W9-DGI-247

$6.50

02/2024

# BEACH MUSIC

Pat Conroy est né en 1945 à Atlanta, en Georgie. Son père était officier de l'US Navy et sa mère, une sudiste d'Alabama à qui Conroy attribue souvent son amour du langage. Il est l'aîné d'une famille de sept enfants qui a été affectée par une suite de drames, dont le suicide d'un des fils. Elevé dans le milieu viril des bases militaires du Sud, Pat Conroy a été marqué par la violence, notamment celle de son père, dont il avoue qu'elle est au centre de son œuvre et de sa vie. Ses deux romans, *Le Prince des marées* et *Beach Music*, ont été de formidables succès de librairie.

PAT CONROY

# *Beach Music*

ROMAN TRADUIT DE L'AMÉRICAIN PAR FRANÇOISE CARTANO

ALBIN MICHEL

*Titre original :*

BEACH MUSIC

© Pat Conroy, 1995.
Published by arrangement with Nan A. Talese, an imprint of Dou-
bleday, a division of Bantam, Doubleday, Dell Publishing Group,
Inc.
© Éditions Albin Michel, S.A., 1996, pour la traduction française.

*Ce livre est dédié à mes trois frères*
*irremplaçables et merveilleux :*
MICHAEL JOSEPH, JAMES PATRICK *et* TIMOTHY JOHN,
*fervents de la vie et de la loyauté.*

*Et à* THOMAS PATRICK,
*notre frère blessé, perdu,*
*qui se donna la mort le 31 août 1994.*

## Prologue

En 1980, une année après le plongeon vers la mort de ma femme qui enjamba le pont Silas Pearlman de Charleston, Caroline du Sud, je partis vivre en Italie pour recommencer de zéro, emmenant avec moi notre petite fille. Elle n'avait pas encore deux ans, notre adorable Leah, le jour où ma femme, Shyla, arrêta la voiture sur le point le plus élevé du pont et contempla, pour la dernière fois, la ville qu'elle aimait tant. Elle avait serré le frein à main et ouvert la portière, puis elle s'était hissée sur la rambarde du pont, avec la délicatesse et la grâce énigmatique qui toujours lui avaient donné cette touche féline. Elle était également vive et drôle, Shyla, mais il y avait en elle une part sombre qu'elle dissimulait sous des remarques brillantes et une ironie aussi finement ciselée que la dentelle. Elle avait atteint une telle maîtrise des stratégies de camouflage que sa propre histoire avait pris l'apparence d'une succession de miroirs judicieusement placés qui lui permettaient de se cacher à elle-même.

Le soleil allait bientôt se coucher et l'autoradio diffusait en stéréo une cassette des grands tubes des Drifters. Elle venait de donner notre voiture à réviser et le réservoir d'essence était plein. Elle avait réglé toutes les factures et pris rendez-vous pour moi chez le Dr Joseph, pour un détartrage. Même dans ses derniers instants, elle avait gardé le souci instinctif de l'ordre et du fonctionnel. C'est qu'elle avait toujours mis son point d'honneur à tenir la bride à sa folie, à la garder invisible ; et lorsqu'elle ne fut plus en mesure d'étouffer les voix qui montaient en elle, leurs effets pernicieux installèrent le chaos sur un mode mineur, la dépression se déroula sur elle comme une bâche opaque éteignant cette part de son mental où jadis avait brillé une lumière. Ayant payé son tribut aux services psychiatriques, épuisé la vaste panoplie des recours pharmaceutiques, et sacrifié aux liturgies de thérapeutes de toutes obédiences théoriques, elle était sans défense lorsque la musique noire de son subconscient fit résonner l'élégie qui annonçait la fin de son temps sur terre.

Sur la rambarde, tous les témoins oculaires le dirent, elle hésita, Shyla, et elle regarda en direction de la mer et des voies de navigation longeant Fort Sumter, dans un effort de recueillement avant l'ultime acte de sa vie. Sa beauté avait toujours eu un côté inquiétant, et tandis que le vent de la mer gonflait ses cheveux qui flottaient derrière elle comme des oriflammes, nul ne pouvait comprendre qu'une créature aussi ravissante s'apprêtait à quitter volontairement la vie. Mais Shyla était lasse de se sentir défectueuse, éphémère, elle voulait mettre en berne les bannières de tous ses lendemains. Trois jours auparavant, elle avait disparu de notre maison de Ansonborough et je découvris seulement plus tard qu'elle était descendue au Mills-Hyatt pour mettre ses affaires en ordre. Après avoir pris les rendez-vous, rédigé les instructions, notes et lettres devant permettre à notre vie quotidienne de se poursuivre dans sa prévisible harmonie, elle avait barré le miroir de sa chambre d'hôtel d'un grand X tracé au rouge à lèvres carmin, puis elle avait réglé sa note en liquide, badiné avec le portier et donné un gros pourboire au jeune groom qui lui avança la voiture. Le personnel de l'hôtel avait fait état de son humeur enjouée et de sa sérénité pendant le temps de son séjour.

Alors que Shyla se tenait en équilibre sur la rambarde du pont, un homme s'approcha d'elle, par-derrière, un homme qui remontait de Floride, hébété d'agrumes et de Disney World, et qui demanda doucement, pour ne pas effrayer la gracieuse inconnue sur le pont : « Ça va bien, ma belle ? »

Elle pivota lentement et lui fit face. Puis, le visage ruisselant de larmes, elle recula d'un pas, et par ce pas elle changea à jamais la vie des siens. Sa mort ne surprit aucun de ceux qui l'aimaient, pourtant aucun de nous ne s'en est tout à fait remis. Shyla fut exceptionnelle jusque dans le suicide : personne ne la tint responsable de l'acte lui-même ; elle fut pardonnée aussi instantanément qu'elle nous manqua, avant d'être longuement, douloureusement pleurée.

Pendant trois jours je me suis joint à l'équipe de volontaires à la mine consternée qui cherchèrent le corps de Shyla. Inlassablement, nous avons dragué le port de long en large, pratiquant une version grotesque du braille avec les piques qui exploraient les hauts-fonds vaseux et les piles du vieux pont reliant Mount Pleasant à l'île de Sullivan. Deux gamins étaient à la pêche au crabe lorsqu'ils remarquèrent son corps qui arrivait près d'eux le long de l'herbe de marécage.

Après l'enterrement, une tristesse qui semblait permanente s'abattit sur moi et je me perdis dans les détails et tracasseries qui, dans le Sud, accompagnent la mort. Les grands chagrins n'échappent pas à la nécessité d'être nourris, et je traitai le vide inconsolable de mon être en alimentant tous ceux qui venaient m'entourer de leur soutien. J'avais l'impression d'assurer l'intendance pour la totalité des troupes qui s'étaient rassemblées, afin de combattre la douleur pernicieuse que je ressentais chaque fois qu'était prononcé le nom de Shyla. Le seul mot était devenu un champ de mines. La douceur de ces deux syllabes était impitoyable et je ne supportais pas de les entendre.

Je me perdis ainsi dans les huiles et condiments de ma cuisine bien approvisionnée. J'engraissai mes amis et ma famille, me lançai dans des recettes compliquées dont j'avais toujours remis l'expérience

11

à plus tard, je m'aventurai même pour la première fois dans la gastronomie asiatique. Avec six brûleurs en action, je produisais des veloutés impeccables et des ragoûts roboratifs. Je passais des fourneaux aux larmes et réciproquement, et puis je priais pour le repos de l'âme de ma triste épouse blessée. Je souffrais, je pleurais, je m'effondrais, et je préparais de fabuleux repas à ceux qui venaient me réconforter.

Il y avait très peu de temps que nous avions enterré Shyla lorsque ses parents me traînèrent en justice pour obtenir la garde de mon enfant, Leah, et le procès qu'ils m'intentèrent me ramena à toute vitesse dans le monde réel. Je passai une déprimante année à tenter de prouver devant un tribunal mon aptitude à la paternité. Pendant cette période, j'eus affaire à une série d'avocats reptiliens si dépourvus de scrupules que je n'aurais pas donné la moelle de leurs os à manger à des chiens sauvages, ni utilisé leur chair noueuse pour appâter une nasse à pêcher les crabes. Le chagrin avait rendu fous le père et la mère de Shyla, et j'ai beaucoup appris sur l'efficacité de la stratégie du bouc émissaire en observant la haine tranquille, lisible sous le rictus de leur visage pendant qu'ils écoutaient les témoignages relatifs à ma santé mentale, l'état de mes finances, ma réputation morale et ma vie sexuelle avec leur fille aînée.

Malgré le bel assortiment de mes défauts et manques qui piquèrent la curiosité de la cour, il est peu de gens qui, m'ayant vu un jour en compagnie de ma fille, nourrissent le moindre doute sur les sentiments qui m'attachent à elle. Je fonds littéralement à sa vue. Elle est mon attestation, mon viatique pour la communauté des hommes, et le peu de foi en l'avenir qui me reste encore.

L'amour absolu que je portais à Leah ne fut cependant pas l'argument qui emporta la décision des juges. Avant son ultime virée en voiture, Shyla m'avait posté une lettre qui était à la fois une lettre d'amour et une lettre d'excuses pour ce qu'elle avait fait. Lorsque mon avocat me fit lire ce document devant le tribunal, il devint évident, pour les parents de Shyla comme pour toutes les personnes présentes dans la salle, que me faire porter la responsabilité de sa mort relevait, au mieux, de l'erreur judiciaire. Sa lettre, écrite aux heures les plus noires de sa vie, était un acte d'une générosité extraordinaire. Elle me l'avait adressée comme on envoie un baiser, comme un dernier geste d'une sensibilité délicate, rare. Et cette lettre me permit de gagner Leah. Mais la férocité de la bagarre judiciaire me laissa épuisé, amer, écorché. J'avais l'impression que Shyla était morte une deuxième fois.

Ma réponse au plongeon de ma femme et à la virulence de ce procès fut une période de désarroi et de tristesse; puis l'Italie. De l'Europe, j'escomptais le havre, le répit, et l'imminence de ma fuite secrète loin de la Caroline du Sud ranima en moi l'envie de me battre. Je gagnais confortablement ma vie comme écrivain spécialisé dans les voyages et la gastronomie, et puis prendre la fuite avait toujours été une des choses où j'excellais.

Par mon départ en Europe, j'avais essayé de situer le souvenir de Shyla, autant que celui de la Caroline du Sud, définitivement dans le passé. J'espérais ainsi sauver ma vie et celle de Leah de l'étouffement que je commençais à ressentir sur le lieu où Shyla et moi avions grandi ensemble. Dans mon cas, le Sud était un bagage dont on ne se défait pas, quel que soit le nombre de frontières que l'on passe, mais ma fille était encore petite et je voulais faire d'elle une jeune femme européenne, dans l'ignorance béate de la douceur ravageuse de ce Sud qui avait noyé sa mère dans un de ses plus jolis fleuves. Mes nombreux devoirs de père, je les prenais très au sérieux, mais il n'existait pas de loi, à ma connaissance, m'obligeant à élever Leah dans le moule sudiste. Le Sud avait été pour moi un bienfait aux revers certains, et je partais en exil, porteur de quelques douloureuses blessures. Pendant toute la traversée de l'Atlantique, Leah dormit sur mes genoux et, à son réveil, j'entamai sa transformation en lui apprenant à compter en italien. C'est à Rome que nous nous installâmes pour commencer le long processus du refus de l'identité sudiste, envers et contre la campagne épistolaire dans laquelle se lança ma mère pour me convaincre de rentrer. Ses lettres arrivaient tous les vendredis : « Un sudiste à Rome ? Un fils des basses terres en Italie ? Ridicule. Tu as toujours eu la bougeotte, Jack, jamais tu n'as su te sentir bien au milieu des tiens. Mais je peux te dire une chose. Tu seras vite revenu au pays. Le Sud a bien des défauts. Mais sa marque est indélébile, elle ne s'efface jamais. »

Ma mère mettait certes le doigt sur une réalité, mais je campai sur mes positions. Je racontais aux touristes américains qui m'interrogeaient sur mon accent que j'avais cessé de suivre dans les pages sportives du « Herald Tribune » les scores obtenus par les Atlanta Braves, et que même sous la menace d'un fusil ils ne me feraient pas relire Faulkner ni la très chère Eudora Welty. Je ne voyais pas, ou bien je m'en moquais, que j'essayais ainsi de répudier ce qu'il y avait de plus authentique en moi. En revanche, je ne plaisantais pas sur le besoin de temps pour panser mes plaies et offrir un repos nécessaire à mon âme. L'objet de la quête était l'amnésie ; j'avais choisi Rome pour y accéder. Pendant cinq années, mon plan fonctionna très bien.

Mais nul ne tourne le dos aux siens sans représailles : une famille est une armée trop disciplinée pour offrir la moindre compassion à ses déserteurs. Par-delà l'éventuel degré de sympathie que pouvaient leur inspirer mes motivations, ceux qui m'aimaient le plus interprétèrent ma décision comme un acte d'évidente trahison. Ils pensèrent qu'en m'éloignant de la Caroline du Sud, le geste de Shyla avait réussi à me faire enjamber la rambarde derrière elle, avec Leah.

Je comprenais totalement, mais j'étais trop au bout du rouleau pour m'en soucier. Je me lançai donc avec enthousiasme dans l'étude de l'italien et je parvins à maîtriser la langue courante des commerçants et camelots de notre quartier. Au cours de notre première année d'exil, faisant feu de toutes mes compétences, j'ai achevé mon troisième livre de cuisine, une compilation des recettes glanées au fil de dix années de fréquentation professionnelle des meilleurs restaurants du Sud. J'ai aussi écrit un livre de voyage sur Rome qui remporta un beau succès auprès des touristes américains dès qu'il fit son apparition chez les *giornalai*. J'y exhortais tous mes lecteurs américains à comprendre que Rome était à la fois sublime et d'une beauté impérissable, une ville qui se fondait dans des silences de feuilles mortes et récompensait avec splendeur tout visiteur assez aventureux pour s'écarter des sentiers battus des itinéraires touristiques. Tous les affres et déchirements de mes propres accès de mal du pays passèrent dans l'écriture de ce livre. Le message, habilement dissimulé au cours de ces premières années, disait que voyager à l'étranger valait bien tous les inconforts et remises en cause, mais prélevait un tribut radical sur l'esprit. Si je pouvais écrire indéfiniment sur les charmes inépuisables de Rome, j'étais incapable d'éteindre cette douleur nacrée au fond de mon cœur, où je reconnaissais l'appel du pays.

Cet appel, je le gardais pour moi, en fait, je niais même l'entendre ou le ressentir. Je me concentrai sur la tâche d'élever Leah dans une culture qui m'était étrangère ; j'engageai une bonne qui s'appelait Maria Parise, venait de la campagne ombrienne, et que je vis avec plaisir devenir de plus en plus maternelle avec Leah. Maria était une femme simple, volontaire, avec ce mélange de superstition et de crainte de Dieu que seules peuvent avoir les paysannes, et elle apporta une gaieté indéniable à l'éducation de cette petite Américaine sans maman.

En très peu de temps, Leah s'intégra à la faune autochtone qui circulait autour du Palazzo Farnese. Elle était la *romanina* chérie adoptée par les gens qui habitaient ou travaillaient dans le quartier de la piazza, et elle ne tarda pas à devenir la première véritable linguiste engendrée par ma famille. Son italien était impeccable tandis qu'elle naviguait entre les étals grouillants du Campo dei Fiori aux débordements sauvages de fruits, de fromages, d'olives. Très tôt, j'avais appris à Leah à se repérer dans le Campo en utilisant son odorat. La partie sud du marché était vitrifiée dans une odeur de poissons occis, et ni l'eau versée à profusion ni la ronde des balais ne réussissaient jamais à éliminer les relents ammoniaqués qui imprégnaient cette partie de la piazza. Les poissons avaient inscrit leur nom dans ces pierres. Mais il en allait de même pour les agneaux de lait et les grains de café et l'*arugula* et les brillantes pyramides d'agrumes et le pain en train de cuire dont le parfum brun doré filtrait des grands fours. Je soufflai à l'oreille de Leah qu'un odorat développé valait mieux qu'un calepin pour enregistrer dans sa mémoire les fragiles graffiti du temps. Je sus que Leah avait acquis un nez de fin limier lorsque, au milieu de la deuxième année, comme nous passions devant l'*alimentari* des frères Ruggeri, elle me fit arrêter pour dire : « Les truffes sont arrivées, papa, c'est la saison », tandis que je reconnaissais cette odeur de terre pure à nulle autre pareille. A titre de récompense, j'offris à Leah un fragment de ces truffes dont le cours atteignait celui de l'uranium, et je le coupai en lamelles dans ses œufs brouillés du matin suivant.

Elever Leah absorbait une grande partie de mes journées et reléguait mon propre chagrin dans un recoin de ma vie que je visitais rarement, faute de temps pour m'attarder sur la complexité des sentiments que m'inspirait la mort de Shyla. Le bonheur de Leah était la priorité absolue de ma vie, et j'étais bien résolu à ne pas lui transmettre l'infinie capacité familiale à la souffrance. Je savais que Leah, parce qu'elle était la fille de Shyla et la mienne, recevrait plus que sa part de gènes du malheur. Prises ensemble, nos familles recelaient assez d'histoires tristes pour expédier une colonie entière de lemmings vers la pièce d'eau la plus proche. J'ignorais totalement si les germes de notre folie couvaient ou non en secret dans les veines de ma superbe petite fille. Mais je me jurai de la protéger de ces histoires, présentes des deux côtés de sa famille et capables de déchaîner les puissances qui m'avaient fait débarquer, moralement exsangue et vaincu, à l'aéroport de Fiumicino. J'avoue être devenu le censeur de l'histoire de ma fille. Le Sud que je décrivais à Leah chaque soir pour l'endormir n'existait que dans mon imagination. Nul signe de danger ou de cauchemar n'y avait place. Elle n'avait pas de face sombre, la lune du Sud que je racontais à ma fille, les fleuves coulaient tranquillement et les camélias étaient en fleur toute l'année. C'était un Sud qui existait sans blessures, sans épines, sans chagrins.

Parce que j'ai hérité du talent familial pour raconter les histoires, mes jolis mensonges devinrent les souvenirs de Leah. Sans m'en rendre compte, je commis l'erreur de transformer pour ma fille la Caroline du Sud en paradis secret et perdu. Mais en gommant soigneusement ce qui dans mon idée risquait de lui faire du mal, je fis de mon enfance une chose aussi fascinante que le fruit défendu. Certes, Rome graverait en elle ses emblèmes les plus exigeants, mais je ne vis pas l'instant où j'insufflai à mon enfant le désir de connaître l'implacable et trop rare beauté de son pays natal. Alors même qu'elle entrait dans les secrets murmurés par Rome, Leah n'était pas une enfant de cette ville, elle n'était pas indigène au sens où l'étaient les lichens qui fleurissent tout le long du mur contenant les eaux du Tibre.

Presque chaque soir, à Rome, lorsque je couchais Leah, je lui racontais une histoire différente concernant mon enfance ou celle de sa mère. Mais il en était une qu'elle me faisait raconter et re-raconter sans cesse, au point que les phrases avaient fini par se figer dans une espèce de par cœur à réciter comme une leçon de catéchisme. Inlassablement, elle me réclamait l'histoire de la nuit où Shyla et moi étions tombés amoureux. Nous avions grandi dans des maisons adossées l'une à l'autre, nous avions joué ensemble quand nous étions bambins, nous nous étions adressé des signes par les fenêtres de nos chambres, et pourtant nous nous étions rarement vus autrement que comme les meilleurs copains du monde. Je venais d'une famille de cinq garçons et Shyla était pour moi ce qui pouvait se rapprocher le plus d'une sœur. Jusqu'à la soirée au bord de la mer à la fin de notre dernière année de lycée, lorsque Shyla me tint des propos que l'on ne tient définitivement pas à un frère.

« Je parie que c'est toi qui as commencé à flirter avec maman, disait Leah.

— Pas du tout. J'étais timide.

— Alors pourquoi est-ce que tu n'es plus timide maintenant ? insistait-elle, taquine.

— Parce que ta maman m'a permis de faire une découverte très agréable. Que j'avais une très forte personnalité.

— Même au lycée ? demandait alors Leah en riant parce qu'elle connaissait la réponse.

— Non. Au lycée, je n'avais pas de personnalité, j'avais des boutons.

— Mais tu sortais tout de même avec Ledare Ansley, la vedette de la classe, la chef des supporters féminines de l'équipe de base-ball.

— Elle aussi était timide, même si pour les gens une jolie fille n'a pas le droit d'avoir des complexes. Comme nous avions tous les deux peur de tout, nous formions une équipe parfaite.

— Sa mère ne t'aimait pas, disait encore Leah.

— Elle pensait que Ledare pouvait trouver beaucoup mieux. Elle avait une façon de me regarder, quand je passais prendre Ledare, comme si j'étais du pipi de chien.

— Il faut toujours que tu sois grossier. Mais tu es fâché contre moi dès que je parle un peu mal.

— Je ne suis jamais fâché contre toi. Mon rôle est de t'adorer. Ce que je trouve très facile.

— Continue l'histoire. Comment vous êtes tombés amoureux, maman et toi. Raconte-moi la partie intéressante, la boum au bord de la mer. Raconte-moi maman, Capers Middleton, et Mike, et Jordan. »

Pendant que je parlais, ma voix traversant les années et l'Atlantique, Leah regardait toujours la photo de sa jolie maman aux grands yeux, posée sur la table de chevet. Je savais que, grâce à cette histoire, elle l'aimait plus profondément, elle se sentait plus proche d'elle, d'une façon qu'elle ne pouvait atteindre autrement, et c'est exactement ce que je recherchais.

« Je suis tombé amoureux de Shyla Fox, une fille que je connaissais depuis toujours, sur l'île St. George.

— C'était l'île St. Michael, corrigeait Leah. Celle qui se trouve juste avant l'île d'Orion, où ta mère habite maintenant.

— Exact, disais-je, toujours ravi de son souci du détail. Un de mes amis organisait une soirée dans la maison de son père.

— Capers Middleton. Son père avait l'usine d'embouteillage Coca-Cola à Waterford. Il habitait la maison la plus chic de Bay Street.

— Exact, mademoiselle. Son père était donc propriétaire de la maison au bord de la mer...

— Même que maman était sortie avec Capers et avec des tas d'autres garçons. Elle avait beaucoup de succès, au lycée de Waterford, tout le monde était à ses pieds. Mais c'est Capers qui l'avait amenée à la boum.

— C'est toi, ou c'est moi qui raconte l'histoire ?

— C'est toi. J'adore ta façon de raconter », disait Leah dont le regard se fixait de nouveau sur la photo de sa mère.

Alors je commençais consciencieusement, je retournais à l'île St. Michael au cours de cette année d'intempéries secouée par des vents de nord-est, lorsque l'érosion le long des îles côtières atteignit des niveaux inquiétants. Sur la plage mouvante, rongée par en dessous, où vers le nord une partie d'une forêt très ancienne s'était récemment trouvée immergée, l'équipe de base-ball du lycée de Waterford avait organisé une boum pour la grande marée. Cette nuit-là, selon les prévisions, la maison des Middleton devait commencer à se disloquer et sombrer dans la mer. Quatre constructions, à seize cents mètres au sud, avaient disparu pendant les dernières marées de printemps. Bien que la maison fût condamnée et abandonnée, nous lui faisions nos adieux en beauté. Déjà elle avait commencé de glisser vers la mer, de pencher du côté de l'argent ciselé des brisants du montant. Les vagues rythmaient nos danses, égrenant bruyamment les ultimes heures de notre adolescence qui s'enfuyait à jamais. Nous avions tous assisté à la naissance du rock-and-roll, puis nous avions contribué à insuffler rythme et désir à la musique pendant que nous traversions en dansant nos années de lycée, dans un mélange de ferveur et d'innocence. Les autorités avaient déclaré la maison zone interdite, mais nous avions forcé les scellés du shérif et l'avions libérée pour une dernière fête à marée haute.

J'avais presque dix-huit ans et possédais encore le côté jeune fou de l'adolescent. Dans un élan de bravoure imbibé de Maker's Mark, j'avais clamé haut et fort que je serais à l'intérieur de la maison lorsque celle-ci larguerait les amarres la retenant à la route du bord de mer. Ledare Ansley, ma petite amie, avait trop de jugeote pour rester dans cette maison penchée qu'éclairaient seulement les phares des voitures que mes coéquipiers avaient prises pour venir faire la fête sur l'île. Pendant le trajet, Ledare m'avait annoncé d'une voix suave que le moment était venu pour nous de fréquenter d'autres personnes, que ses parents insistaient pour que nous rompions très vite après les examens. J'avais hoché la tête, non pas pour approuver, mais faute d'avoir trouvé ma voix, enfouie sous une poussée hormonale aiguë qui me laissa quasiment muet. Elle me confia également qu'elle allait demander à Capers Middleton d'être son cavalier pour ses débuts dans le monde à l'occasion du bal de la St. Cecilia Society, à Charleston. Je venais d'un milieu à zones d'ombres, infiniment moins policé que celui de Ledare, et ma mère me répétait depuis longtemps que ce moment arriverait, mais elle avait omis de préciser qu'il serait aussi douloureux.

L'équipe de base-ball au complet, plus les petites amies, s'était mise à danser sur la musique des transistors ; la radio locale, WBEU, diffusait toutes les chansons qui avaient accompagné nos quatre années de lycée. La mer montait de façon invisible sous nos pieds, et la lune brillait, lumineuse et lisse. Un rai de lumière satinée caressait, tel le velours de l'autel nuptial, les écailles des makaires et le dos des baleines migrant au large. Le flot montant envahissait la terre marécageuse et chaque vague qui venait battre la plage arrivait musclée et illuminée, chargée de la puissance brute que peut donner la lune. Magique, une heure s'écoula, et nous qui dansions devant l'océan, nous qui bravions la marée, nous nous sommes retrouvés en train d'écouter la mer, juste en dessous de nous, tandis que, gaillardes, les vagues montaient à l'assaut de la maison. De précédentes marées avaient déjà ébranlé pilotis et fondations, enfonçant la maison dans les sables. Lorsque s'amplifièrent trop le bruit de l'eau qui monte et celui du béton et du bois qui se rompent, nombre de mes camarades et leurs petites amies renoncèrent prudemment et coururent retrouver les voitures et la sécurité, pendant que la mer continuait de monter, plus haut que tout ce que nous avions imaginé. Cette grande marée, qui finirait par dépasser juste les deux mètres cinquante, donnait l'impression de vouloir submerger l'île entière. Les danseurs étaient de plus en plus nombreux à capituler et à fuir en riant tandis que la mer commençait à disloquer la maison par le dessous. Les clous rouillés par le sel gémissaient comme des violoncelles dans le grain du bois en péril. J'étais au beau milieu d'un *shag*, sur l'air de « Annie Had a Baby », lorsqu'une lame arracha la rambarde de la véranda, et je perdis ma cavalière, Ledare Ansley, qui courut rejoindre le gros des troupes, dehors, en couinant de peur, avec ma veste d'athlète certifié sur les épaules.

Abandonné, je montai ma pinte de Maker's Mark à l'étage, où je sortis sur le balcon de la chambre des parents. Je faisais face à la lune, face à l'océan, face à l'avenir qui se déployait dans sa stupéfiante immensité devant moi. A cette époque de ma vie, beaucoup de choses m'ennuyaient profondément et j'avais soif de beauté, soif de ces royaumes de pure félicité offerts à ceux qui avaient l'imagination de savoir quoi chercher et comment l'obtenir. C'est pour cette raison, entre autres, que j'aimais jouer champ droit dans l'équipe de base-ball au cours de cette longue saison où nous nous entraînions sur les terrains immaculés, dans l'absolue beauté de la discipline de ce sport, une loi en soi. La position du champ droit était un bonheur pour les penseurs, à condition d'avoir le bras pour empêcher les véloces de passer de premier à troisième en un double. Moi, j'avais le bras et la patience minérale du rêveur, alors je parcourais la pelouse, heureux comme un roi, et nerveux lorsqu'un lanceur gaucher arrivait sur la base.

Une porte s'ouvrit dans mon dos.

« Maman ! » jubilait Leah.

En me retournant, je vis Shyla Fox dans le clair de lune. On aurait dit qu'elle s'était parée pour cet instant avec l'aide de la lune. Après une grande révérence, Shyla me pria de lui accorder cette danse.

C'est donc sur un pas de danse que nous prîmes le tournant central de notre vie. Les vents rugissaient, et telle une marée monta entre nous un étrange amour qui flottait sur la crête des vagues en train de disloquer la maison. Seuls, nous dansions sous la pleine lune et les phares des voitures, acclamés par le reste de l'équipe, petites amies comprises, à chaque progression visible du phénomène géant à l'œuvre dans les fondations inondées. Tandis que montaient les eaux de l'Atlantique, au gré d'un ballet consacré de flux et de reflux, la maison s'était mise à vaciller comme sous la première et terrifiante secousse subie par l'arche de Noé. Nous entendions les cinq derniers couples hurler de plaisir et de terreur dans la pièce juste en dessous de nous. Je tenais

Shyla enlacée, dansant avec la fille qui m'avait appris à danser sur la véranda de ma maison. Dehors, les gars de l'équipe et leurs petites amies nous pressaient d'abandonner la maison en train de sombrer et de les rejoindre autour des feux de joie. Ils criaient d'inquiétude et saluaient notre audace d'un concert d'avertisseurs admiratif.

Puis la maison trembla lorsqu'une grande vague heurta ses fondations en parpaings. Bien que glacé par la même peur qui avait fait fuir les autres à l'extérieur, j'étais retenu par le regard de Shyla tandis que nous écoutions le martèlement des vagues sous nos pieds. Les cris de nos amis se transformaient maintenant en suppliques chaque fois qu'une vague submergeait la route défoncée, les embruns salés faisant exploser le bitume érodé au fil du temps comme un gâteau sec grignoté par un enfant.

Un pilier d'appontement se brisa dehors, avec un claquement sec comme un coup de feu. A la radio, les Drifters se mirent à chanter « Save the Last Dance for Me ». Garde-moi la dernière danse... Ensemble, comme si cette scène avait été chorégraphiée de longue date dans une prophétie zodiacale, nous déclarâmes à l'unisson et sans hésitation : « Ma chanson préférée. »

Cet air, qui devint le nôtre en cet instant précis, nous l'avons dansé de la première à la dernière note. Il y avait notre silence et le clapotis des eaux en dessous de nous, tandis que je l'entraînais dans un tourbillon qui fit d'elle une fille différente, une fille qui me regardait comme aucune ne m'avait encore regardé. Sous ses yeux, je devenais un prince né sur l'écume des vagues mues par la lumière. Elle me gratifiait d'une beauté que je n'avais pas et mon âme éprouva de la fierté face à la violence exclusive de son désir pour moi. Attentif, je sentis son ardeur faire naître une chose scintillante et bonne dans mon cœur. C'est à ce moment qu'elle m'emmena dans la chambre où je me retrouvai sur la moquette râpée, les lèvres de Shyla pressées contre mes lèvres, sa langue touchant la mienne, et je perçus l'urgence

23

et la détermination des mots qu'elle murmura : « Tombe amoureux de moi, Jack, chiche que tu tombes amoureux de moi. »

Je n'eus pas le temps de répondre, que j'entendais le sol et les murs trembler de nouveau et tanguer en faisant leur premier pas en direction de la mer. La maison pencha, puis s'inclina comme dans un geste de prosternation devant la puissance de cette marée unique qu'on ne voit qu'une fois dans sa vie. On avait l'impression qu'une montagne tentait de se soulever sous nos pieds.

Nous abandonnâmes la moquette pour sortir sur le balcon, désormais bancal, en nous tenant par la main pour assurer notre équilibre. La lune déroulait sur la mer une pellicule de lumière diaphane et nous regardâmes les fragments d'écume vibrante se repaître des morceaux de ciment brisé, éparpillés sous les fondations. Nous dansions toujours tandis que la maison honorait son rendez-vous avec la marée montante, et que j'étais illuminé par l'amour de cette jeune fille.

L'eau de la mer fut au début et à la fin de notre amour. Par la suite, j'ai souvent regretté que Shyla et moi n'eussions pas passé un pacte d'amour, cette nuit-là ; nous serions restés dans cette maison dévorée par les eaux, enlacés, et nous aurions laissé l'océan entrer par les fenêtres ouvertes, nous porter vers un repli invisible, refermer sur nous une mortelle étreinte nous emportant vers le Gulf Stream, hors de portée des blessures de l'histoire.

La dernière fois que j'ai vu Shyla, c'était pour identifier son corps à la morgue de Charleston, en compagnie de l'inspecteur chargé de l'enquête. L'homme avait une grande compassion et me laissa seul pendant que je pleurais sur cette forme impossible à ne pas reconnaître. J'ai récité pour elle des prières catholiques, parce que je n'en connaissais pas d'autres et qu'elles me venaient aussi facilement que des larmes, même si je ne m'en souvenais qu'à moitié. Boursouflée par son séjour dans l'eau, elle avait laissé dans les hauts-fonds du port tous les signes

24

extérieurs de sa beauté, et les crabes avaient fait leur ouvrage. Une chose attira mon regard comme je me levais pour la laisser, et je me baissai pour retourner son bras. Sur son avant-bras gauche était tatoué le numéro 36 364 04.

« C'est récent, a dit calmement l'inspecteur. Vous avez une explication ?

— Son père était à Auschwitz. C'est son numéro matricule.

— Ça, c'est une première. On croit qu'on a tout vu, mais ce truc-là, c'est vraiment la première fois. Bizarre. Elle était très proche de son père ?

— Pas du tout. Ils se parlaient à peine.

— Vous allez le mettre au courant, pour le tatouage ?

— Non. Ça le tuerait », ai-je dit en regardant le corps de Shyla pour la dernière fois.

Je m'appelle Jack McCall et j'ai fui à Rome pour élever ma fille en paix. Aujourd'hui, en 1985, avant de prendre l'escalier en colimaçon qui monte à ma terrasse avec vue panoramique sur Rome, j'ai pris une boîte à musique que Shyla m'avait offerte pour notre cinquième anniversaire de mariage. En remontant le mécanisme, je contemplais la nuit romaine. Dans le lointain, une cloche sonnait, tel un ange perdu, et une brise montait du Tibre. La boîte à musique jouait le « Concerto pour piano n° 21 » de Mozart, un des morceaux que je préfère au monde. L'air était chargé des odeurs de cuisine qui montaient du Da Gigetto, le restaurant en dessous : agneau grillé, feuilles de menthe, sauge. J'ai fermé les yeux et revu le visage de Shyla.

De la boîte à musique, j'ai sorti la lettre qu'elle m'avait postée le jour de sa mort et j'ai regardé comment elle avait écrit mon nom. Elle avait une jolie écriture et s'appliquait encore plus chaque fois qu'elle mettait mon nom sur le papier. J'ai failli relire sa lettre, mais j'ai finalement écouté la circulation des voitures le long du Tibre, en prenant le collier en or qui se trouvait aussi dans la boîte. C'était un cadeau de sa mère offert le jour de ses seize ans, et elle ne l'avait jamais ôté de son cou jusqu'à ce dernier jour. Il était toujours là dans mes souvenirs lorsque je nous revoyais en train de faire l'amour. Dans son testament, Shyla indiquait clairement qu'elle souhaitait que Leah le porte « lorsqu'elle serait assez grande pour comprendre la nature de ce cadeau ». Les parents de Shyla avaient réclamé la restitution du collier à l'occasion du procès pour la garde de mon enfant. Parce qu'il représentait pour moi un talisman maléfique et de mauvais augure, j'avais souvent envisagé de le leur envoyer par la poste, sans explication ni adresse de l'expéditeur. Ce soir-là, il n'était plus qu'un collier, et je l'ai rangé dans la boîte à musique.

Je n'en savais rien encore tandis que j'observais le va-et-vient des passants juste en dessous, mais j'étais au beau milieu d'une année qui allait changer ma vie pour toujours.

*Première partie*

# 1

Je suis habituellement levé lorsque la Piazza Farnese s'éveille. Dans le noir, je fais mon café dont je monte une tasse sur la terrasse, où je regarde la première lumière éclairer la ville aux tons chamois.

A six heures du matin, l'homme du kiosque à journaux arrive et commence à disposer les magazines sous son auvent. Puis, venant du côté ouest, un camion pénètre sur la piazza, avec des piles d'« Il Messagero » et autres quotidiens du matin. Les deux carabinieri qui gardent l'entrée de l'ambassade de France allument les phares de leur Jeep et commencent leur lente ronde de routine autour du Palazzo Farnese. Arborant la même expression, comme les figures d'un jeu de cartes usé, ils ont l'air de s'ennuyer et l'on voit généralement la lueur pâle de leur cigarette contre le tableau de bord, tandis qu'ils montent la garde dans leur voiture pendant la longue nuit romaine. C'est ensuite une camionnette transportant des sacs de café odorant qui s'arrête devant le Bon Caffè à l'instant précis où le propriétaire des lieux lève le rideau de fer. La première tasse est toujours pour le chauffeur, la deuxième pour le marchand de journaux. Un petit garçon, le fils du cafetier, porte ensuite deux tasses de café noir aux carabinieri en faction de l'autre côté de la piazza, et c'est le moment où les religieuses de Santa Brigida commencent à s'activer dans le couvent qui se trouve en face de mon immeuble.

Alors qu'il fait encore sombre sous les étoiles pâlies et la lune basse, une bonne sœur ouvre la petite grille métallique devant l'église Santa Brigida, geste qui signifie que la messe est sur le point de commencer. Observer ce genre de mise en route est une corvée de solitaire et je sacrifie ensuite au rite qui consiste à compter les trente églises visibles depuis ma terrasse. Je n'avais pas encore fini lorsque je vis arriver sur la piazza, venant du Campo dei Fiori, un homme qui nous suivait depuis plusieurs jours.

Vite, je reculai derrière un laurier-rose quand l'homme leva les yeux en direction de ma terrasse avant d'entrer au Bon Caffè. Je continuai de compter les clochers et les quatre grandes horloges blafardes dont les aiguilles commémoraient l'heure précise de leur mort à la face de Rome. J'écoutais avec plaisir la musique des fontaines de la piazza.

En face, une religieuse s'affairait sur la terrasse de l'église, en cette matinée de lundi, soignant ses roses avec l'insouciance d'un pinson. Un chat tacheté guettait un pigeon dans la première bande ensoleillée de la piazza, mais un clochard les chassa tous les deux en tapant dans ses mains. L'homme qui m'avait suivi sortit du Bon Caffè et regarda de nouveau dans ma direction. Il alluma une cigarette, puis se dirigea vers le kiosque à journaux où il acheta « Il Messagero ».

A mes pieds, la piazza commençait à s'éveiller à la vie avec l'entrée en action des triporteurs et des piétons qui affluaient par les ruelles adjacentes. Les pigeons s'interpellaient depuis les guirlandes majestueuses de fleurs de lis qui couraient le long de l'entablement de l'ambassade de France. J'aimais à la fois l'austérité et la régularité de ma piazza.

A sept heures, ce matin-là, de l'autre côté de la ruelle, les couvreurs se remirent à l'ouvrage sur le toit de l'appartement où ils remplaçaient les rangées de vieilles tuiles en céramique par des neuves, et l'étrange musique des clous heurtant la terre cuite résonnait comme le son d'un xylophone sous l'eau. Je terminai mon café et descendis réveiller Leah pour l'école.

Comme je me dirigeais vers la fenêtre pour ouvrir les volets, Leah demanda :

« Est-ce qu'il est encore là, l'homme qui nous surveille, papa ?

— Il nous attend sur la piazza, comme les autres fois.

— A ton avis, qui est-ce ?

— Je vais le découvrir aujourd'hui, chérie.

— Et si c'était un kidnappeur ? Peut-être qu'il va me vendre aux gitans et que je serai obligée de voler les touristes pour gagner ma vie.

— Toi, tu as encore parlé avec Maria. N'écoute pas ce qu'elle dit des gitans et des communistes. Dépêche-toi, maintenant. Prépare-toi pour l'école. C'est toujours moi que Suor Rosaria gronde quand tu es en retard.

— Et s'il essaie de me faire du mal, papa ? »

J'ai soulevé ma fille dans les airs et je l'ai tenue devant moi, pour que nous puissions nous regarder dans les yeux.

« Je te l'ai déjà dit, ton papa est peut-être un idiot, mais il est autre chose aussi. Tu sais quoi ?

— Il est grand, a-t-elle dit en riant.

— Grand comment ?

— Vraiment grand. Il mesure un mètre quatre-vingt-dix-huit.

— Comment ils m'appellent, les enfants de ton école ?

— Ils t'appellent *Il Gigante*, le géant, a-t-elle répondu, en gloussant de nouveau.

— Et je suis le géant. Ce gars, en bas, c'est le petit nain qui grimpe sur la tige du haricot.

— Oui, mais le petit nain tue le grand géant en coupant la tige du haricot. »

Je l'ai serrée fort dans mes bras, et j'ai ri à mon tour.

« Tu es trop maligne pour moi, Leah. Exactement comme ta maman. Mais ne t'inquiète pas. C'était un conte de fées. Dans la vie réelle, les géants, ils se font des cure-dents avec les tibias de ce genre de gars.

— C'est dégoûtant. Je vais me laver les dents. »

J'entendis Maria entrer et lancer : « *Buon giorno, piccolina* », lorsque Leah passa dans le couloir. Puis Maria rangea son parapluie dans le placard du vestibule et entra dans la cuisine où je lui servis une tasse de café.

« *Buon giorno, Dottore*, dit Maria.

— Je ne suis pas docteur, Maria », répondis-je dans mon italien formel.

Je suis incapable de maîtriser le dialecte de Maria. Il tient à la fois du pépiement et du défaut d'élocution, mais jamais elle ne s'est énervée lorsque j'avais du mal à la comprendre.

« En Italie, vous êtes un docteur, dit-elle en italien. Alors profitez-en et ne dites rien. J'adore vous appeler *Dottore* devant les autres bonnes. Elles savent que je travaille pour un riche. Au fait, votre ami est toujours là.

— Je l'ai vu depuis la terrasse. Est-ce que quelqu'un le connaît ?

— Le *portiere* a parlé avec le patron du Bon Caffè. L'inconnu prétend qu'il est un touriste, et il viendrait de Milan. Mais pourquoi un touriste ne s'intéresserait-il qu'à cet appartement en ignorant le Palazzo Farnese ? Bruno, le marchand de journaux, dit qu'il est sûr que c'est un policier et que vous devez être lié à la drogue ou aux Brigades rouges. Aucun des carabinieri ne l'a jamais vu, mais eux, ils sont tellement jeunes qu'à part leur mère ils ne connaissent personne. Il achète des cigarettes à la *cartoleria* de Giannina. Toute la piazza le surveille. Il n'a pas l'air dangereux. Ils ont dit de vous dire de ne pas vous inquiéter.

— Remerciez-les pour moi. Je leur revaudrai ça, si je peux.

— Ce n'est pas nécessaire. Bien que vous et la *piccolina* soyez des étrangers, vous faites partie de la piazza. Chacun veille sur son voisin.

— Maria, épousez-moi, dis-je en lui prenant la main. Epousez-moi, je vous donnerai mon argent et vous laisserai élever ma fille.

— Vous me dites des bêtises. *Sciocchezze*, dit

32

Maria qui riait en tentant de dégager sa main. *Americano pazzo*. Vous me taquinez trop, alors un jour je vais dire oui, et vous ferez quoi, *Dottore*?

— J'appellerai le pape et le prierai d'arriver dare-dare à Santo Pietro pour célébrer un mariage.

— Vous êtes trop grand pour moi, Signor McCall, dit-elle, flatteuse. Au lit, vous m'écraseriez.

— Toutes mes excuses », dis-je tandis que Leah faisait son apparition dans la cuisine, déjà habillée pour l'école. Elle arborait un large sourire pour me permettre d'inspecter ses dents, soigneusement brossées. Je fis quelques pas vers elle et vérifiai les oreilles et le cou, puis, après un hochement de tête satisfait, je l'expédiai à Maria qui s'occupa de lui faire ses couettes. Les cheveux de Leah dessinaient une longue vague brune et brillante sous la lumière électrique. Quand elle les remuait, ils se mettaient à chatoyer, se troubler, comme une chose à mi-chemin entre le fleuve et l'animal.

« *Bellissima, bellissima*, psalmodia Maria en tressant les cheveux de Leah. La plus jolie petite fille de la piazza... »

La Piazza Farnese était la réalité centrale de la vie de Leah. L'enfant vivait dans l'ignorance béate d'un passé que je fuyais et dont les fins limiers étaient un peu nombreux à mes trousses. Elle ne se souvenait pas de l'avion qui nous avait emmenés de la Caroline du Sud à New York, ni du vol de nuit sur Alitalia par lequel nous étions arrivés à Rome.

Elle serra fort ma main lorsque nous saluâmes le *portiere*, avant de sortir dans la lumière vive.

L'homme en faction tourna le dos et alluma une autre cigarette. Puis il feignit un intérêt soudain pour les informations historiques gravées sur une plaque, juste au-dessus de la porte de la *farmacia*.

« Tu ne vas pas te battre avec lui, hein, papa? interrogea Leah.

— Tu as ma parole. Tu me prends pour un idiot? Après ce qui s'est passé la dernière fois.

— J'ai eu très peur quand tu es allé en prison.

— Sûrement pas autant que moi. Rome a mis un point final à la carrière de boxeur de ton papa.

— Toutes les religieuses savent que tu as été enfermé dans la prison Regina Coeli, gronda-t-elle avec toute la réprobation de ses huit ans. Même Suor Rosaria. C'est très gênant.

— Il s'agissait d'un malentendu culturel, expliquai-je, tandis que nous traversions la piazza grouillante de monde. *Il Gigante* a pensé qu'il y avait un coup de pied au cul à mettre. Simple erreur de jugement qu'aurait pu faire n'importe quel Américain.

— Tu me dois mille lires.

— Je n'ai pas dit de gros mot. Je ne te dois pas un sou.

— Si, tu as dit un coup de pied au "hum". Ça fait mille lires.

— C'est une expression toute faite parfaitement appropriée dans le cas précis. On dit aussi un cul-de-lampe, un cul-de-jatte...

— Oui, mais ce n'est pas pareil. Si tu es juste, tu dois me donner mille lires.

— Je suis un adulte. Cela fait partie de mon rôle officiel d'être injuste avec tous les enfants que je rencontre.

— J'ai été en prison avec toi, dit Leah d'un petit air pincé. Suor Rosaria pense que tu devrais avoir honte.

— Je suis un incompris qui a servi de victime innocente à une société machiste.

— Tu t'es conduit comme une brute », dit Leah.

Chaque fois que je m'énervais, élevais la voix, ou me trouvais dans une situation recelant les graines de la discorde, Leah me rappelait mon contact le plus houleux avec les us et coutumes italiens. L'incident s'était produit au cours de nos premiers mois à Rome, alors que j'en étais encore à m'acclimater aux multiples responsabilités auxquelles est confronté un homme tentant d'élever seul un enfant dans une ville étrangère. Chaque jour j'étais submergé par la simple variété des besoins et envies émanant de cette innocente petite. Avec Leah, j'avais l'impression qu'il m'aurait fallu les talents d'un édile chevronné pour résoudre tous les casse-tête et mys-

ères que Rome s'ingéniait à placer sur notre che-
nin. Par un acte de foi, j'avais mis la main sur le bon
pédiatre. L'installation d'une ligne téléphonique
avait nécessité trois visites à l'hôtel de ville et quatre
à la compagnie des télécommunications, plus trois
pots-de-vin en liquide et une caisse de bon vin pour
le *portiere* qui connaissait le frère d'un ami habitant
la maison voisine de celle du maire. La ville se tar-
guait du caractère absolu de son inefficacité. Son
anarchie bon enfant me laissait épuisé à la fin de
chaque journée.

Mais je n'avais pas eu de véritables problèmes à
Rome, jusqu'au moment où, ayant baissé ma garde,
je m'étais retrouvé en train de faire mon marché, sur
le coup de midi, sous les toiles protégeant les fabuleux étals de fruits et légumes du Campo dei Fiori.
Tout en pilotant ma fille au milieu de cette volière
caquetante de commerce humain, j'aimais étudier
les immenses pyramides de fruits où les guêpes buti-
naient le nectar des prunes et les bourdons s'égaillaient joyeusement dans les raisins et les pêches.
Montrant les guêpes à Leah, je m'émerveillais à voix
haute de l'accord entre insectes et vendeurs, comme
s'ils avaient signé un pacte pour sceller leur partena-
riat dans la vente et la consommation des fruits.

Le simple théâtre de la rue avait enchanté Leah
dès notre première semaine dans le quartier. Chaque
jour nous déambulions de l'extrémité nord du
Campo où nous achetions le pain jusqu'à notre dernière étape chez les Fratelli Ruggeri, dont la boutique fleurait le fromage et le cochon, avec cinquante
jambons pendus au plafond. D'immenses roues de
parmesan, larges comme des pneus de poids lourds,
étaient roulées depuis l'arrière-boutique jusqu'à
l'étal. Ils étaient cinq frères dotés de cinq personnalités uniques et tragiques, comme s'ils avaient un bout
de rôle dans cinq opéras différents. Chacun ne
connaissait d'autre loi que la sienne et ils appor-
taient une note d'improvisation et de spectacle dans
le négoce de leur odorante marchandise. Je venais de
sortir de leur boutique, lorsque je courus au-devant

35

des problèmes après m'être rendu compte que j'avais oublié d'acheter des olives.

Tandis que Leah et moi rebroussions chemin pour traverser de nouveau le Campo en sens inverse, après le rémouleur et sa meule ambulante, puis les échoppes vendant du mou et des abats, nous tombâmes au beau milieu d'une des scènes de ménage assassines du couple De Angelo. S'il nous avait fallu un certain temps pour apprendre leur nom, j'avais déjà été témoin de plusieurs altercations entre Mimmo et Sophia De Angelo sur la Piazza Farnese. Mimmo était un manœuvre alcoolique et on le voyait souvent avec une bouteille de *grappa* qu'il sirotait seul sur le banc de pierre de cinquante mètres de long, devant le palazzo. Il était trapu et court en jambes, poilu sur les épaules, avec des bras musclés et puissants. Lorsqu'il buvait la *grappa* au goulot, installé sur la piazza, c'est d'abord son humeur qui virait au gris. Il se mettait alors à marmonner des invectives contre tout et rien, contre sa vie en général qu'il trouvait décevante. Sa femme lui tombait généralement dessus lorsqu'il était dans cet état et les éclats de leurs hurlements respectifs faisaient le bonheur des piétons marchant le long du Tibre ou sortant juste de la Piazza Navona. Les bonnes manières régissant éventuellement les relations des De Angelo dans l'intimité de leurs appartements n'avaient pas cours dans leurs violents affrontements publics. Leah et moi avions pu en suivre plusieurs depuis nos fenêtres dominant la piazza, et le volume autant que la qualité des insultes qu'ils échangeaient suffisaient à faire de ce couple romain un cas unique. Les disputes se soldaient le plus souvent par la retraite éperdue d'une Sophia en larmes regagnant honteusement ses foyers après avoir constaté que toute la piazza suivait avec un plaisir non dissimulé leurs scènes de ménage à grand spectacle.

« Il est méchant, avait dit Leah.

— Les Italiens ne frappent pas, lui avais-je assuré. Ils se contentent de crier. »

Mais les querelles domestiques des De Angelo progressèrent en fréquence et en décibels. Sophia était jolie, théâtrale, et elle avait dix ans de moins que son mari difficile et peu attentionné. Elle avait aussi de belles jambes, une silhouette avenante et les yeux noyés de tristesse. Chaque jour Mimmo buvait davantage, chaque jour Sophia versait plus de larmes, et le registre de leurs échanges se chargeait plus lourdement de l'antique souffrance des pauvres et des désespérés. Maria me raconta que Mimmo menaçait de tuer Sophia parce qu'elle l'avait humilié devant ses voisins et qu'un homme n'était plus rien s'il perdait son sens de l'honneur face à ses amis et compatriotes.

Rien de tout cela n'aurait dû avoir la moindre importance dans ma vie. Les De Angelo, c'était la couleur locale, un grain de sable dans la guerre entre les sexes, une guerre qui, Dieu merci, ne me concernait pas.

Sauf que, ce jour précis de notre première année à Rome, j'achetais des olives chez le marchand d'olives, un homme sombre et renfrogné que je commençais à aimer pour l'originalité de son humeur maussade, lorsque j'entendis le cri de Leah. Je levai les yeux à l'instant précis où un poing arrivait sur la joue de Sophia.

Ce ne fut pas le sang qui déclencha ma colère, ni les larmes, ni les suppliques. Ce fut la compassion profonde qui m'étreignit en lisant la terreur dans les yeux de Sophia, et ce désespoir résigné que j'avais vu si souvent lorsque j'étais enfant. Je n'avais cependant pas perdu le contrôle de moi-même lorsque j'approchai de Mimmo, fort conscient que j'étais de me trouver dans un pays étranger dont les coutumes ne m'étaient pas familières, et où mon intervention risquait d'être très mal ressentie.

Mimmo allait taper de nouveau, mais je lui attrapai le bras. Il devint fou furieux lorsqu'il me vit m'interposer dans le châtiment de sa femme. Il voulut me frapper avec sa main libre, mais je détournai le coup et maintins les deux bras de Mimmo plaqués.

« *No, Signore*, dis-je avec tout le respect de mon italien hésitant. *E malo.* »

37

Mimmo lâcha une bordée de jurons italiens qui devaient m'aider plus tard à élucider les graffiti sur les murs et les ponts de Rome lorsque j'explorerais les confins de la cité antique en compagnie de Leah. Je saisis le mot *morte*, que j'associai à une menace de meurtre, et le mot *stronzo* qui était un terme générique appartenant au langage de la rue et correspondant plus ou moins à « connard ».

Mimmo dégagea un bras et lança un crochet en direction de mon menton, mais je parai de nouveau et de la même façon son attaque, avant de soulever le bonhomme du sol et de le plaquer solidement contre le mur de la boulangerie. Les gens s'étaient mis à hurler, et en baissant les yeux, je vis le visage terrifié de Leah. Par égard pour elle, je cherchai un moyen de me retirer en douceur d'une scène qui prenait les proportions du grand opéra. C'est alors que Mimmo me cracha dans la figure, et l'espace d'un bref instant, j'eus bien envie de lui démolir le portrait, mais une fois encore, en voyant ma fille, je sus qu'il fallait que je fasse machine arrière, et très vite, avant l'arrivée de la police.

Je reposai donc Mimmo sur le sol, à côté de Sophia qui s'était mise à me hurler de poser son mari par terre. Puis je pris la main de Leah et dis plusieurs fois « *Mi dispiace* » à Mimmo et sa femme. Dans la foule, beaucoup de femmes se mirent à applaudir et nous acclamer lorsque nous nous éclipsâmes discrètement. Quand j'entendis arriver une voiture de police, je fus pris d'une soudaine terreur.

Je m'écartai résolument des badauds, mais tous les regards du Campo étaient fixés sur moi tandis que nous nous dirigions d'un pas rapide vers notre immeuble. Nous nous engouffrâmes dans un café du Vicolo del Gallo où j'emmenais souvent Leah manger une glace, l'après-midi. La propriétaire des lieux était une femme maternelle et pleine de sollicitude, qui se montrait très attentive envers Leah et lui offrait une sucrerie pour chaque nouveau mot italien qu'elle apprenait.

Je commandai un cappuccino pour moi et une

glace pour ma fille, sans remarquer que j'avais été suivi par le Signor De Angelo. La signora servit d'abord la glace de Leah, puis prépara mon cappuccino au milieu des sifflements qui accompagnent le cérémonial du café dans la grande tradition italienne. Je n'entendis pas Mimmo acheter une bouteille de bière et ne le vis pas davantage la boire. En revanche, je sus que le cul de la bouteille m'avait atteint juste au-dessus de l'arcade sourcilière et sentis un côté de mon visage s'engourdir sous le ruissellement du sang. J'attrapai le bras de Mimmo à la seconde volée, soulevai le petit bonhomme au-dessus du sol et le plaquai à plat ventre sur le comptoir de zinc. Leah hurlait, de même que la propriétaire du café, de même que Sophia, de même apparemment que la moitié de Rome, tandis que je maintenais Mimmo plaqué sur le comptoir en regardant dans la glace le sang ruisseler sur mon visage. Puis je m'élançai avec Mimmo, que je fis glisser sur le zinc comme un ballot de linge sale, en prenant de la vitesse à chaque pas. Je parcourus ainsi trois ou quatre mètres, renversant au passage les verres, les tasses et les petites cuillers, tenant toujours Mimmo par la ceinture de son pantalon et son col de chemise. Arrivé au bout du comptoir, je lâchai le paquet et Mimmo vola dans les airs, au-dessus d'une table de consommateurs étonnés, avant de s'écraser contre un billard électrique, sous une avalanche de verre brisé, de bruit et de sang.

Cette nuit-là, Leah et moi la passâmes à la prison Regina Coeli, au bord du Tibre, à écouter les Romaines héler leur homme enfermé depuis le Janiculum au-dessus de la prison. Un médecin de la prison me recousit l'arcade sourcilière en me faisant cinq points de suture avant de plaider auprès du directeur que Leah était une petite orpheline dont la maman venait juste de mourir et qu'il ne fallait sous aucun prétexte la séparer de moi. Le gardien qui me conduisit dans une cellule avec Leah me demanda quelles pâtes je désirais pour dîner, et si je voulais du vin blanc ou du vin rouge. Plus tard, j'ai écrit pour

« European Travel and Life » un article sur mon séjour en prison dans lequel j'accordais deux étoiles au restaurant pénitentiaire.

Leah et moi étions devenus de modestes célébrités à notre sortie de Regina Coeli. Ce bref passage derrière les barreaux avait amélioré considérablement ma maîtrise de l'italien, et je conseille un séjour en prison comme méthode infaillible à tout Américain résolu à devenir bilingue en très peu de temps.

Toutefois, le résultat le plus durable de notre incarcération fut le statut et la visibilité qu'elle nous procura en tant que citoyens de la piazza. Nombre des hommes âgés qui passaient leur temps sur le banc devant le palazzo pensaient qu'une bonne part de la grandeur de l'Italie était liée à la fermeté avec laquelle ses hommes traitaient les femmes. Dans un pays méditerranéen, dans le sud de l'Italie en particulier et parmi les classes les plus basses, le fait de battre son épouse est une forme de discipline familiale, au même titre que la coutume de crever les mules à la tâche dans les champs, et cela ne regardait en tout cas pas les touristes américains. En revanche, les femmes de la piazza furent unanimes dans leur mépris pour Mimmo et leur admiration sans borne pour quiconque était prêt à verser son sang et aller en prison pour défendre les femmes italiennes.

Toute la piazza était donc aux aguets, ce matin-là, lorsque l'étranger nous suivit dans la Via di Monserrato.

Leah portait une robe jaune à smocks, des souliers cirés de cuir marron, et elle regardait son reflet dans toutes les vitrines. Elle se sentait jolie, avec ses cheveux noirs qui brillaient comme une aile d'oiseau au soleil. Devant le séminaire anglais, Giancarlo, l'infirme quadragénaire attardé mental, nous salua depuis son fauteuil roulant que poussait sa pauvre mère, épuisée par des années de souffrance. Personne dans le quartier ne savait ce qu'il adviendrait de Giancarlo après la mort de sa mère, et lorsqu'on les voyait faire leur apparition dans la rue, chaque matin, il y avait toujours une réaction de soulagement. Le sourd-muet, Antonio, nous fit signe, et je m'arrêtai pour allumer une de ses cigarettes. Nous étions entourés de séminaristes anglais en route vers leurs cours, des garçons sérieux qui souriaient rarement et avaient une étrange pâleur, comme s'ils étaient élevés au fond d'une cave.

« Est-ce que tu crois que cet homme veut nous tuer, papa? demanda Leah.

— Non, je crois qu'il désire seulement savoir où nous vivons, ce que nous faisons, et où tu vas à l'école.

— Ça, il le sait déjà. Il nous a déjà suivis vendredi.

— Il n'y a aucune raison de s'inquiéter, chérie, dis-je en serrant fort la main de ma fille. Il ne va pas nous gâcher notre promenade du matin pour aller à l'école. »

Au 20 Via di Monserrato, nous entrâmes dans une cour où l'ombre était profonde et musquée, et Leah appela le chat, Gerardo, pour qu'il vienne chercher sa tranche de saucisson du matin. L'animal répondit prestement en arrivant avec la légèreté soyeuse du fauve. Il accepta avec gourmandise la viande offerte par Leah, puis emporta le présent dans le grand escalier aux incrustations de marbre et aux sculptures partiellement rongées par l'usure. L'homme qui nous suivait feignait un intérêt soudain pour la carte de la trattoria, sur la petite piazza.

« S'il mange là, j'espère qu'il prendra des moules, dit Leah.

— Que c'est vilain! » dis-je.

Un touriste américain venait d'attraper une hépatite après avoir mangé des moules dans un restaurant romain.

« Je parie qu'il fait partie des Brigades rouges, dit-elle.

— Qu'est-ce que tu sais des Brigades rouges, toi?

— Maria me raconte tout. Ils ont tué le Premier ministre et tassé son corps dans un coffre de voiture. Je peux même te montrer où on l'a retrouvé, si tu veux.

— Il ne fait pas partie des Brigades rouges. Il est trop bien habillé.

— Tu ferais bien de t'habiller mieux. Comme un Italien.

— Désolé de manquer de classe, petite saloperie, dis-je affectueusement.

— Ça fait mille lires de plus que tu me dois, dit-elle. Ce n'est pas joli de traiter sa propre fille de saloperie.

— Il s'agit d'un mot tendre. Une autre façon de dire "Je t'aime". Tous les papas le disent, aux Etats-Unis.

— C'est grossier. Aucun père italien ne dirait cela à sa fille. Ils les aiment beaucoup trop.

— C'est ce que dit Maria ?

— Et Suor Rosaria.

— Tu as absolument raison. A partir d'aujourd'hui, je vais faire attention et acquérir un peu de classe. »

Nous poursuivîmes soigneusement notre chemin dans la circulation du matin, car je savais qu'un Romain ne se contente jamais de conduire — il pilote — et je suis toujours d'une extrême vigilance sur le chemin de l'école, à l'aller comme au retour. Un jour, nous avions vu un touriste anglais sur le Ponte Mazzini lever les deux mains en l'air en signe de capitulation après avoir immobilisé sa voiture au beau milieu du pont. Lorsque je voulus voir si je pouvais lui être utile, l'Anglais m'avait répondu : « Ce n'est plus de la conduite, c'est un match de rugby, ici. »

« La journée va être superbe, papa, dit Leah. Sans pollution. »

Certains jours, le degré de pollution atteignait de tels sommets que le Hilton était invisible, et c'était pour moi un réconfort de voir que le brouillard pouvait éventuellement faire œuvre de salubrité publique.

« La tête de Saint-Pierre », dit-elle aussitôt que le dôme de la basilique se dessina au-dessus des platanes bordant le fleuve. Elle avait confondu les mots

« tête » et « dôme » au tout début de notre arrivée à Rome, et c'était resté une plaisanterie rituelle entre elle et moi. Je contemplai la courbe du Tibre. Aucun fleuve, nulle part, aussi sale ou pollué soit-il, ne parvient jamais à être laid. Peu de choses me sidèrent autant que la beauté de l'eau qui coule.

L'homme gardait ses distances et ne monta même pas sur le pont avant de nous avoir vus descendre les marches à côté de la prison Regina Coeli. Il était plus prudent, à présent qu'il savait que nous étions au courant de sa filature. Peut-être des gens de la piazza lui avaient-ils parlé de la façon dont j'avais expédié Mimmo dans le billard électrique.

Nous pénétrâmes dans la cour du Sacra Cuore, tout au bout de la longue rue, la Via di San Francesco di Sales.

Suor Rosaria, une religieuse menue mais jolie, que l'on disait être l'une des meilleures institutrices de Rome pour les jeunes enfants, nous vit arriver. Depuis trois ans, elle s'occupait de Leah et la communication entre elles deux était immédiate et totale. Les religieuses que j'avais fréquentées en Caroline du Sud étaient des créatures aigries qui avaient contribué à empoisonner mon enfance étrange et torturée de petit catholique. J'avais beau savoir qu'on ne pouvait pas plus être un ex-catholique que l'on pouvait être un ex-Oriental, je m'étais bien juré que jamais je n'élèverais Leah dans la foi catholique. J'avais oublié dans mes calculs qu'en vivant dans un pays catholique, elle n'avait aucune chance d'échapper à l'emprise tentaculaire de l'Eglise.

Suor Rosaria sortit de l'école comme une fusée pour courir au-devant de Leah, qui en la voyant se précipita à son tour, de sorte qu'elles tombèrent dans les bras l'une de l'autre comme deux écolières. L'authenticité de l'affection ouverte et sans mélange de cette religieuse pour Leah me ravissait. Suor Rosaria avait l'œil vif et guilleret quand elle nous remercia d'être encore venus jusqu'à l'école avec notre invité. Son regard dévia du côté de l'homme qui nous avait suivis dans Rome pour le quatrième jour de rang.

« *Chi è?* demanda-t-elle.

— Il va me le dire, répondis-je en italien. Il veut que nous sachions que nous sommes suivis. Peut-être qu'aujourd'hui il me dira pourquoi.

— Savez-vous, Signor McCall, dit encore Suor Rosaria, que vous avez la petite fille la plus jolie et la plus intelligente de la ville de Rome?

— *Si, Suora,* répondis-je. Je suis l'homme le plus heureux du monde.

— Tu es le plus gentil de tous les papas, dit Leah en m'embrassant très fort.

— Voilà la bonne méthode pour ramasser une vraie fortune, maligne. M'empêcher de jurer, c'est des cacahuètes, à côté.

— Sois prudent avec ce type, dit Leah. Si tu meurs, papa, je serai toute seule.

— Il ne va rien arriver. Je le promets. »

Je dis au revoir et quittai le périmètre du couvent, non sans un regard rapide sur la rue. Avec la démarche éthérée et aérienne des danseurs, de jeunes ballerines se dirigeaient vers le studio situé au milieu de la Via di Francesco di Sales, et devant l'école d'art, des étudiants fumaient, affalés sur les marches. Mais pas de trace du suiveur. J'attendis une bonne minute, puis je vis une tête d'homme apparaître dans la porte d'un bar, juste en face de l'école de danse, et disparaître aussi vite.

J'avais mis mes baskets, ce matin-là, et je partis à petites foulées tranquilles dans l'une de ces longues et élégantes rues romaines bordées de hauts murs, sans dégagement, et je m'approchai du café.

Comme j'entrais, l'homme me fit signe de le rejoindre au bar.

« Je vous ai déjà commandé un cappuccino, Signor McCall, dit-il aimablement.

— Vous terrorisez ma fille, Sherlock. Je veux que cela cesse.

— Vous mettez un sucre, je crois, dit l'homme. Je pense connaître vos habitudes.

— Etes-vous au courant de ma tendance à cogner quand je m'énerve ?

— Votre propension à la violence m'a souvent été décrite. Mais je suis un vétéran des cours d'auto-défense. Tackwondo, jujitsu, karaté. J'ai beaucoup de ceintures noires dans mon placard. Mes maîtres m'ont appris à fuir le danger. Mais prenons notre café à présent, si vous voulez bien, enchaîna l'homme. Nous discuterons boulot ensuite.

— Je ne savais pas qu'on faisait dans le détective privé, en Italie », dis-je tandis que le cafetier me tendait une tasse de cappuccino au-dessus du comptoir.

L'homme goûta le café en utilisant la petite cuiller avant de hocher la tête d'un air content.

« Nous sommes comme les prêtres. Les gens ne viennent nous chercher que lorsqu'ils ont des problèmes. Je m'appelle Pericle Starraci. J'ai un bureau à Milan. Mais mon intérêt pour l'art étrusque fait que j'aime bien circuler dans toute l'Italie.

— Pourquoi me suivez-vous, Pericle ?

— Parce qu'on m'a payé pour le faire.

— Retour à la case départ. Qui vous envoie ?

— Elle aimerait organiser une rencontre avec vous.

— Qui, elle ?

— Elle veut signer un traité de paix.

— Ma mère. Ma foutue emmerdeuse de mère qui me prend en traître et me poignarde dans le dos.

— Il ne s'agit pas de votre mère, dit Pericle.

— Alors, c'est mon beau-père.

— Non, sa fille.

— Martha ? dis-je, surpris. Et pourquoi diable Martha irait-elle payer vos services ?

— Parce que personne n'a voulu lui donner votre adresse. Votre famille a refusé de coopérer avec elle.

— Bon, dis-je. Première chose agréable que j'entends au sujet de ma famille depuis des années.

— Elle a besoin de vous parler.

— Dites-lui que je n'accepterai pas de la voir, ni elle ni aucun membre de sa famille, quand bien même Dieu en personne me ferait une note sur son ordinateur personnel. Elle a bien dû vous prévenir.

— Elle m'a parlé d'un grand malentendu qu'elle pensait être en mesure de dissiper.

— Il n'y a aucun malentendu, dis-je, m'apprêtant à me lever. Je me suis juré de ne jamais revoir ces gens. C'est la promesse la plus facile à tenir qu'il m'ait jamais été donné de faire. Juste avant celle de ne jamais revoir un membre de ma propre famille. Je suis très démocrate. Je ne veux pas voir le moindre pékin susceptible de m'avoir adressé la parole en anglais au cours de mes trente premières années sur terre.

— Signora Fox se rend compte à présent que vous n'étiez pas responsable de la mort de sa sœur.

— Dites-lui merci de ma part et aussi que je ne la tiens pas pour responsable de la baisse du niveau d'ozone, ni de la fonte de la calotte glacière, ni de la montée des prix du saucisson. Ravi d'avoir bavardé avec vous, Pericle. »

Je me levai et me dirigeai vers la rue.

« Elle a une information, insista Pericle, qui avait bien du mal à suivre. Une chose dont elle prétend que vous voudrez l'entendre. Des nouvelles d'une femme. Une femme aux pièces d'or, je crois qu'elle a dit. »

Je m'immobilisai lorsqu'il prononça ces mots : ils me transpercèrent comme un éclat d'obus.

« Dites à Martha que je la verrai à dîner ce soir. Je serai au Da Fortunato, près du Panthéon.

— C'est déjà fait, Signor McCall, dit tranquillement Pericle. Vous voyez. Je vous l'ai bien dit. Je connais toutes vos habitudes. »

2

Lorsque des amis viennent me rendre visite à Rome au début du printemps, j'aime les emmener au Panthéon pendant un orage et les inviter à se placer

sous l'ouverture dans le dôme aérien aux proportions parfaites, tandis que la pluie tombe par le toit
béant sur le sol de marbre, et que les éclairs
cisaillent les cieux boueux et furieux. L'empereur
Hadrien a reconstruit le temple pour honorer des
dieux qu'on avait cessé d'adorer, mais on ressent la
passion brute de cette ardeur dans le dessin harmonieux et sublime du Panthéon. Je crois que rarement
dieux furent si bien vénérés.

Lors de mon premier voyage à Rome, j'avais passé
une journée complète à étudier l'architecture extérieure et intérieure du Panthéon, pour un article
commandé par le « Southern Living ». Lorsque le
garde m'avait mis dehors, une heure avant le coucher du soleil, je voulais chercher un bon restaurant
où dîner dans notre quartier. Shyla m'avait rejoint à
pied depuis notre hôtel, après une journée passée à
faire les boutiques de la Via Condotti. Elle s'était
acheté un foulard, ainsi qu'une paire de chaussures
chez Ferragamo pour les ravissants petits pieds dont
elle était si fière. Tout à coup, dans la Via del Pan-
theon, l'air se chargea d'un étrange parfum de musc
et d'humus qu'aucun de nous deux ne reconnut.
Comme deux chiens de chasse, nous remontâmes la
piste de l'odeur dont nous débusquâmes l'origine en
passant devant la porte du Da Fortunato. Un panier
de truffes blanches exsudait la fragrance exotique,
mordante, évoquant la transsubstantiation d'une
essence sylvestre dans ses effluves aillés et arrosés de
vin, dont les bouffées capitonnaient la chaussée
devant la trattoria.

Nous revînmes le soir, après nous être aimés dans
notre chambre d'hôtel. Nous étions restés étroite-
ment enlacés, après l'amour, encore surpris et inti-
midés par l'intensité que nous pouvions donner à la
flamme de ce tendre désir que nous avions chacun
pour le corps de l'autre. A certaines époques de notre
vie, nous crépitions littéralement lorsque nous prenait l'envie de faire des étincelles au lit. Dans des
villes inconnues, seuls au monde, nous nous mur-
murions des choses que nous n'aurions dites à nulle

autre personne. Nous nous organisions des fêtes et traitions notre amour avec des langues incandescentes. Nos corps étaient pour nous des champs d'émerveillement.

Le garçon, dont le nom était Fernando mais que l'on appelait Freddie, nous servit à table ce soir-là. Il était costaud, il avait la voix grave, et dominait parfaitement sa portion de salle. Il nous installa à une petite table en terrasse donnant sur le Panthéon et recommanda une bouteille de barolo avec un risotto pour commencer. Lorsqu'il apporta le risotto, il sortit un très bel instrument affûté comme un rasoir, avec lequel il éminça de fines lamelles de truffe blanche sur le riz fumant. Le mariage du riz et de la truffe explosa en un concordat silencieux, et je me reverrai toujours levant l'assiette creuse jusque sous mes narines en remerciant Dieu d'avoir introduit Freddie et les truffes dans notre vie le même soir.

Il dura longtemps, ce dîner, et nous prîmes notre temps. Nous avons évoqué le passé et tous les malentendus entre nous. Mais très vite, nous nous sommes tournés vers le futur, nous avons parlé enfants, le nom que nous leur choisirions, l'endroit où nous allions nous installer, l'éducation que nous donnerions à ces petits McCall merveilleux et éthérés qui, pour n'être pas encore nés, étaient déjà tendrement aimés.

Shyla badinait avec Freddie chaque fois qu'il venait à notre table, et Freddie répondait par un rien de retenue et de charme méditerranéen. Il conseilla ensuite les scampi frais juste passés au gril et assaisonnés d'un filet d'huile d'olive et de citron. L'huile d'olive était d'un vert profond et semblait venir d'un champ d'émeraudes. Les scampi avaient la saveur suave d'un homard qui se serait nourri seulement de miel, séduisant des papilles gustatives encore sous le charme généreux des truffes. Shyla versa de l'huile d'olive sur ses doigts qu'elle lécha consciencieusement. Puis elle refit la même chose sur les miens qu'elle suça l'un après l'autre sous le regard approbateur et envieux de Freddie. Ce dernier salua le geste

n apportant une salade d'*arugula,* puis il sortit un
outeau de poche qu'il ouvrit et se mit à peler une
range sanguine de Sicile en observant un cérémo-
ial patient, sacré. La peau de l'orange se détachait
le la chair rubis du fruit en formant une longue
olute. J'attendais l'erreur de Freddie, mais il pour-
uivit son travail circulaire autour de l'orange
usqu'à susciter les applaudissements des autres
lients. Lorsque la peau, longue comme un serpent
arretière, tomba sur le sol, Freddie la ramassa pour
offrir à Shyla, qui en respira le parfum aigu tandis
u'il découpait l'orange en quartiers qu'il disposa en
osace immaculée, jolie comme une rose. Puis il
pporta des verres gravés à l'image du Panthéon et
ous servit un verre de *grappa* chacun.

Une lune pleine était posée au-dessus de la ville, et
ne jeune gitane vendant des fleurs à longue tige cir-
ulait agilement entre les tables. Trois hommes des
Abruzzes interprétèrent des chants napolitains avant
le faire passer le chapeau pour les sous, un avaleur
le feu mangea son épée flamboyante, un joueur
l'ukulélé chanta « I Want to Hold Your Hand » et
Love Me Tender ».

« On se croirait dans un film de Fellini, Jack, dit
Shyla. On devrait rester toujours ici. »

Des cohortes d'adolescents italiens, avec l'inno-
ence de la jeunesse, déambulaient dans les rues
lébouchant sur la Piazza della Rotonda en migra-
ions incessantes. Des gitanes firent leur apparition,
n robes bariolées et criardes, la voix rauque comme
les perroquets, et elles se mirent à entreprendre les
onsommateurs en terrasse tandis que les garçons
le café tentaient de les en empêcher. Des calèches
irées par des chevaux de course à la retraite se pava-
aient dans les rues au milieu de la foule, avec leur
hargement de touristes allemands et japonais qui
ilmaient tout et ne voyaient rien.

A la fin de la soirée, Freddie nous apporta deux
spressos en nous demandant de nous souvenir tou-
ours du Da Fortunato et du maître d'hôtel qui avait
u le privilège de s'occuper de nous à l'occasion

49

d'une nuit romaine qu'il qualifia de « *fantastica* »
Shyla embrassa Freddie avec une spontanéité bien
venue.

Pendant que j'étudiais l'addition, Shyla serra m:
main en me disant de lever les yeux.

Je vis alors Freddie guidant Federico Fellin
accompagné des deux femmes les plus époustou
flantes qu'il m'ait été donné de voir, pour les installe
à la table voisine de la nôtre. Freddie dit avec un cli
d'œil : « Un fidèle du Da Fortunato. » Puis, connais
sant le pouvoir d'une attention, il acheta une rose :
une jeune gitane et l'offrit à Shyla avec un verre à vir
gravé au chiffre de la maison.

Après la mort de Shyla, j'ai retrouvé ce verre, et l:
rose fanée, et la peau d'orange, soigneusement enve
loppés et conservés dans son coffre-fort. Ils me rap
pelèrent qu'il est des nuits sur terre où un coupl:
peut voir se dérouler toute chose à la perfection, de:
nuits où la lune est pleine, où des gitanes appa
raissent soudain avec des fleurs, où des truffe:
hèlent des étrangers passant dans la rue, où Fellin
vient s'asseoir à la table voisine, où Freddie pèle un:
orange sanguine en guise d'hommage, et cette
nuit-là à Rome, nous étions amoureux comme per
sonne au monde n'a le droit d'espérer l'être un jour
et nous avons conçu notre enfant, Leah, dans l'union
d'un amour ineffable et blessé, dans un cri immense
qui disait oui à notre avenir.

Deux ans et demi plus tard, Shyla enjambait le
pont.

Ce soir-ci, bien des années plus tard, Freddie
m'accueillit par une accolade lorsque je pénétra
dans le restaurant, et il m'embrassa sur les deux
joues, à la mode européenne.

« *Dov'è* Leah ? demanda-t-il.

— A la maison, avec Maria.

— Une belle signorina vous attend à votre table. »

Martha Fox se leva lorsque j'approchai. Elle tendi
une main que je pris à contrecœur. Elle n'essaya pa:
de m'embrasser, ce que je ne l'aurais pas laissée
faire.

« C'est très gentil à vous d'être venu, Jack, dit-elle.

— Je ne vous le fais pas dire, Martha.

— Je ne croyais pas vous voir arriver.

— Si je n'étais pas venu, vous auriez piégé Leah n profitant d'un moment où elle se trouvait sur la ·iazza.

— Vous avez raison. C'est exactement ce que 'aurais fait. Elle est devenue une très jolie fillette.

— Je n'ai pas envie de faire ami-ami avec vous, Martha. Dites-moi plutôt ce que vous êtes venue outre ici, et pourquoi vous essayez d'entrer de nou-·eau dans ma vie. J'ai pourtant fait savoir sans la noindre équivoque que je ne voulais plus jamais ous voir, ni vous ni aucun membre de votre famille.

— Avez-vous l'intention de revenir un jour dans le ·ud? Avez-vous l'intention de montrer un jour à Leah le pays où elle est née?

— Ça ne vous regarde pas.

— J'ai été votre belle-sœur, à une époque. Je econnais que nous n'avons jamais été intimes, mais e vous aimais bien, Jack. Comme la plupart d'entre tous, du reste.

— J'ai l'impression que la dernière fois que nous tous sommes vus, Martha, c'était dans une salle de ribunal, et vous y témoigniez sous serment de mon ncapacité à élever Leah. »

Martha baissa les yeux et se mit à étudier le menu tn court instant. Je fis signe à Freddie de nous tpporter du vin et il arriva dans la minute avec une )outeille de gavi-dei-gavi bien frais qu'il déboucha.

« C'était une grossière erreur, dit-elle avec émotion. Mes parents étaient fous de chagrin après le geste de Shyla. Vous êtes bien placé pour les comprendre et aire preuve d'un peu de compassion. Leah représen-ait leur lien avec Shyla et avec le passé.

— J'aurais eu plus de compassion pour eux s'ils en tvaient montré un tant soit peu à mon endroit.

— Je crois que toute ma famille a craqué après la nort de Shyla, Jack. Tout le monde vous a tenu pour ·esponsable de ce qui est arrivé. Moi comprise. Nous

51

pensions que si vous aviez été un bon mari pour elle jamais ma sœur n'aurait enjambé ce pont. Plus personne ne vous reproche rien aujourd'hui... à l'exception de mon père, évidemment.

— Annoncez-moi une bonne nouvelle. Dites-moi que ce connard a cassé sa pipe.

— J'aime beaucoup mon père, et vous me blessez en parlant de lui en ces termes.

— De la merde.

— Mon père est un homme malheureux, dit Martha en se penchant vers moi au-dessus de la table. Mais il a de bonnes raisons pour cela et vous le savez mieux que personne.

— Juste en passant. Je déteste votre numéro de la fille affectionnée et vous n'êtes pas obligée de jouer les relations publiques pour vos parents. A présent si nous commandions ? »

Quand il arriva, Freddie étudia le visage de Martha.

« *Sorella di Shyla ?* me demanda-t-il.

— Martha, je vous présente Freddie. Il avait un faible pour votre sœur.

— Ah, Martha. Votre sœur était si belle ! Un rayon de soleil. Vous lui ressemblez beaucoup, dit Freddie en s'inclinant profondément.

— Je suis ravie de faire votre connaissance, Freddie. Vous êtes une célébrité en Caroline du Sud.

— Nous avons de belles moules bien pleines, Jack. Des anchois frais, excellents. *Calamari fritti.* Qu'est-ce qui ferait plaisir à Martha ? *Pasta all'amatriciana* peut-être ?

— J'aimerais la pasta pour commencer, Freddie, dit Martha.

— Les désirs de la sœur de Shyla sont des ordres. Bienvenue à la trattoria. Avec l'espoir de vous revoir souvent. Les moules, pour vous, Signor Jack. Faites confiance à Freddie. »

Freddie se retira en direction des cuisines, non sans vérifier que tout se passait bien aux autres tables, et sa compétence me fit sourire. Freddie me faisait penser à un adjudant-chef dans une armée ; il existe des postes plus importants, mais sans lui tout le mécanisme peut s'enrayer.

Puis je regardai Martha dont le visage avait la même lumineuse douceur que celui de sa sœur. Elle partageait cette beauté de biche effarouchée qui, chez Shyla, était à la fois crispée et explosive. Dans le cas de Martha, elle retenait son souffle, émergeant sur la pointe des pieds et vous prenant par surprise chaque fois qu'elle relâchait un peu le ressort tendu qui contrôlait les centres nerveux de sa propre incertitude muette. Même le maquillage ne parvenait pas à masquer la petite fille enfermée dans ses angoisses et jouant à la femme du monde avec des perles et une robe noire.

« Mon père vous tient toujours pour responsable de la mort de Shyla, dit Martha. Il faut que vous le sachiez, c'est la moindre des honnêtetés.

— Vous savez, Martha, dis-je avec lassitude, je m'étais toujours imaginé que je ferais un gendre formidable. Les parties de pêche. Les parties de cartes. Ce genre de conneries, quoi. Et je me retrouve avec cette espèce de bonnet de nuit, rabat-joie et pisse-vinaigre qui vous sert de père. Je n'ai jamais réussi à le comprendre. Mais vous savez tout cela. Vous avez grandi dans ce temple de la souffrance perpétuelle.

— Pourquoi m'en voulez-vous autant d'aimer mon père ? interrogea-t-elle.

— A cause de votre pathétique absence d'honnêteté. L'abominable et dangereuse fausse loyauté que vous affichez. Il est un poison pour vous, comme il l'a été pour Shyla et votre mère. Les femmes de sa vie font cercle autour de lui, elles le protègent et voient de la vertu dans son amertume. Vous ne l'aimez pas. Il vous fait pitié. Comme à moi. Pourtant j'ai rarement vu un salopard de cet acabit.

— Pourquoi le détestez-vous à ce point ?

— J'ai pitié de cet épouvantable fumier.

— Il n'a que faire de votre pitié.

— Alors je lui offre volontiers ma haine. »

Freddie arriva avec les pâtes de Martha et mes moules, et son interruption fut à la fois propice et bienvenue. Le plat de Martha était goûteux et relevé avec en supplément le plaisir interdit de contenir de la viande de cochon. Bien que Juive convaincue Martha ne voyait pas l'intérêt de suivre les règles concernant la nourriture transmises dans le Lévitique. Elle avait passé le plus clair de sa vie adulte à se chicaner avec ses parents à propos de porc et d'huîtres. Elle tenait beaucoup au judaïsme mais ne pouvait prétendre en observer les nombreuses contraintes alimentaires.

« Puis-je goûter une de vos moules ? demandat-elle.

— Pas *kascher*, dis-je en lui en offrant une.

— Mais quel délice, dit-elle en la mangeant.

— Que faites-vous ici, Martha ? demandai-je. Vous n'avez pas vraiment répondu à cette question tout à fait simple.

— Je veux comprendre pourquoi ma sœur a choisi de mourir. Je veux que quelqu'un m'explique pourquoi sa vie avait atteint ce degré de désespoir alors que tout semblait lui sourire. Rien de cela n'a de sens. Mes parents refusent d'en parler.

— Ce que je comprends. Je n'ai pas dit à Leah que sa mère s'était suicidée. Mes lèvres n'ont jamais accepté de lui parler de ce pont. C'était déjà assez dur de lui expliquer que sa maman était morte.

— Est-ce qu'elle sait que j'existe ? Qu'elle a une tante et deux grands-parents qui l'aiment beaucoup ?

— Vaguement, dis-je. Mais je favorise l'amnésie pure et simple. Je vous en prie, épargnez-moi le genre piété filiale. La dernière fois que j'ai vu les gens auxquels vous venez de faire allusion, je vous rappelle que c'était devant un tribunal de Caroline du Sud. S'il est utile de vous rafraîchir la mémoire, vous avez tous autant que vous êtes témoigné de mon incapacité à élever le seul enfant que j'avais. J'ai élevé une superbe petite fille. Elle est magique. Et je l'ai fait sans l'aide d'aucun d'entre vous.

— Vous estimez juste de nous punir pour le reste de nos jours en refusant de nous laisser voir Leah ?

— La réponse est oui. Je pense que c'est justice.

Vous souvenez-vous de la générosité du droit de visite qui m'aurait été accordé si vos parents avaient gagné leur procès ?

— Ils avaient demandé à la cour de ne pas vous accorder de droit de visite, dit Martha en fermant les yeux pour inspirer profondément. Ils sont conscients de leurs torts. Ils voudraient avoir une seconde chance. »

A cet instant, Freddie arriva avec deux daurades grillées. Il prépara le poisson sur la table prévue à cet effet, ôtant les deux têtes d'un coup de couteau. Puis il retira la peau avant d'enlever l'arête centrale comme on sort un violon de son étui. Il servit d'abord Martha et plaça sur son assiette les filets blanc translucide qu'il arrosa d'un peu d'huile d'olive et du jus d'un demi-citron. Il exécuta le même rituel pour moi.

« Vous allez en pleurer, dit Freddie. C'est un délice.

— J'avais commandé du poisson ? demanda Martha lorsqu'il eut quitté notre table.

— Vous aviez une tête à apprécier le poisson. Freddie a beaucoup d'intuition, et il aime toujours me faire des surprises. »

Tout en mangeant, Martha jetait de fréquents coups d'œil derrière moi, et lorsqu'elle parlait, elle était tendue et ne cessait de ramener en arrière une mèche de cheveux imaginaire. Son visage était sans malice, toutes les émotions s'y inscrivaient, et j'y lisais comme dans un livre ouvert. Quelque chose préoccupait Martha, et cette chose n'avait rien à voir avec les sentiments complexes suscités par nos étranges retrouvailles. Les plis de son front me signalaient des ennuis à venir. Depuis que j'avais quitté le Sud, j'avais acquis les réflexes de la clandestinité et savais parfaitement déchiffrer le langage secret d'une embuscade.

« Excusez-moi un instant », dis-je en me levant pour me diriger vers les toilettes. J'appelai à la maison où j'eus Maria à qui je demandai de vérifier que tout allait bien pour Leah. Leah dormait comme un

55

ange, me dit-elle après s'être exécutée, et je fus libéré
d'un poids.

Lorsque je sortis des toilettes, Freddie m'entraîna
discrètement dans les cuisines. Au milieu de la
cohue ordonnée des cuisiniers et des serveurs, il me
dit à l'oreille : « Il y a un type installé en terrasse qui
pose des tas de questions sur vous, Jack. Il a
demandé à Emilio si vous maltraitiez Leah. Il n'aime
pas, Emilio.

— Dites à Emilio que je le remercie, Freddie »,
dis-je en sortant de la cuisine pour me diriger vers la
porte de la trattoria, où le Signor Fortunato en personne accueillait ses hôtes.

Examinant le périmètre extérieur où étaient dres-
sées les tables, je repérai Pericle Starraci qui scrutait
l'intérieur du restaurant. Le détective privé faisait
des gestes à l'intention de quelqu'un.

Lorsque je regagnai notre table, Martha avait
presque terminé son poisson.

« C'est le meilleur poisson que j'aie mangé où que
ce soit. Et de loin, dit-elle.

— C'était le plat préféré de Shyla. C'est pour cela
que Freddie vous l'a servi.

— Pourquoi ne voyez-vous personne appartenant
à votre passé, Jack ? demanda-t-elle.

— Parce que je n'aime pas vraiment mon passé,
dis-je. Je suis submergé d'horreur lorsque j'y pense,
alors je n'y pense pas, point final. »

Martha se pencha un peu dans ma direction. « Je
vois. Vous entretenez une relation amour-haine avec
votre famille, vos amis, et même le Sud.

— Non, dis-je. De ce point de vue, je suis assez
atypique. J'ai une relation haine-haine avec le Sud.

— Il est dangereux d'apprendre après coup son
lieu de naissance », dit Martha, et de nouveau je la
surpris à regarder par-dessus mon épaule vers les
tables en terrasse.

« Quand quittez-vous Rome, Martha ?

— Après avoir vu Leah et lorsque vous m'aurez dit
comment mes parents peuvent rentrer dans vos
bonnes grâces.

— Vous êtes en contact avec une agence immobilière ? demandai-je. Vous risquez d'être ici pour des années.

— Je suis tout à fait en droit de voir Leah. Vous ne pouvez pas m'en empêcher.

— Oh que si ! Et au lieu d'user de menaces et de provocations, j'adopterais, si j'étais vous, un ton plus conciliant. J'ai organisé ma vie de telle sorte que je peux quitter cette ville ce soir même et m'installer dans un autre pays sans trop de difficulté. Je vis comme un homme traqué parce que je redoute des rencontres de ce genre. Je n'ai pas besoin de vous dans ma vie, et ma fille encore moins.

— Elle est ma nièce, dit Martha.

— Elle est la nièce de beaucoup de gens — je suis d'une parfaite cohérence —, aucun de mes frères ne peut la voir non plus. J'élève ma fille de façon qu'elle ne puisse être bousillée que par un seul membre de sa famille. Moi. Ma famille est nase, votre famille est nase. Mais j'ai soigneusement organisé une vie qui épargne à mon enfant ce fatal et perpétuel héritage.

— Mes parents pleurent tous les deux lorsqu'ils parlent de Leah et font le compte des années passées sans la voir.

— Génial, dis-je en souriant. Mon cœur saute de joie comme un cabri dans la prairie lorsque j'imagine vos parents en larmes. Qu'ils pleurent autant qu'ils veulent.

— Ils disent que ne pas voir Leah est pire que ce qu'ils ont subi pendant la guerre.

— S'il vous plaît, dis-je en me prenant la tête entre les mains, un peu las des efforts que je déployais pour être aimable avec l'unique sœur de ma femme. Chez vous, qu'il soit question de tondre la pelouse, de recoudre un bouton de chemise, ou de pratiquer la rotation des trains de pneus de la voiture, on finit toujours à Auschwitz ou Bergen-Belsen. Parlez de sortir acheter un burger et un milk-shake, ou d'attraper un film à la télé, et vous n'avez pas le temps de faire ouf que, vlan, vous vous retrouvez dans un wagon à bestiaux roulant quelque part en Europe de l'Est.

57

— Je suis désolée, Jack, si mes parents ont fait toute une histoire de l'Holocauste en votre présence, répliqua Martha avec humeur. Ils ont terriblement souffert. Ils souffrent aujourd'hui encore.

— Ils n'ont pas souffert autant que votre sœur, dis-je. Pas autant que ma femme.

— Comment pouvez-vous faire pareilles comparaisons ?

— Shyla est morte, vos parents sont toujours en vie. Sur mon livre de comptes personnel, elle l'emporte de plusieurs longueurs.

— Mon père pense que Shyla ne se serait jamais suicidée si elle avait épousé un Juif.

— Et vous vous demandez encore pourquoi je ne laisse pas ma fille voir vos parents ?

— Selon vous, pourquoi Shyla s'est-elle donné la mort, Jack ? interrogea Martha.

— Je ne sais pas. Elle s'est mise à avoir des hallucinations, ça je le sais, mais elle refusait d'en parler. Elle savait qu'elles finiraient par disparaître. Et elles ont effectivement disparu. Le jour où elle a sauté du pont.

— Vous a-t-elle jamais parlé des hallucinations qu'elle avait lorsqu'elle était petite ?

— Non. Elle ne disait déjà pas un mot de celles qu'elle avait alors qu'elle était mariée. Elle gardait sa folie pour elle.

— Moi je suis au courant des hallucinations de son enfance, Jack. »

Je la regardai droit dans les yeux. « Je ne sais pas comment formuler cela plus gentiment, mais, et après ?

— Ma mère désire vous voir, Jack, dit Martha. C'est la raison de ma présence ici. Elle croit savoir pourquoi Shyla a fait ce qu'elle a fait. Elle veut vous le dire elle-même.

— Ruth, dis-je en savourant le mot. Ruth. Pour moi, c'était une des plus belles femmes que j'aie jamais vues.

— Elle se fait vieille.

— J'étais amoureux de votre mère quand j'étais un jeune garçon.

— Mais la vedette de la ville, c'était votre mère à vous.

— On se sent coupable de convoiter sa propre mère. Moi, je n'éprouvais aucune culpabilité à convoiter la vôtre.

— Ma mère sait qu'ils ont eu tort de chercher à vous prendre Leah. Ils ont agi sous le coup du chagrin, et de la colère, et de la peur. Ma mère le sait, et mon père ne voudra jamais l'admettre, mais il le sait aussi.

— Venez dîner demain soir, Martha, dis-je à brûle-pourpoint. Venez, vous pourrez voir votre nièce. »

Martha tira ma tête vers elle et m'embrassa sur la joue.

« N'amenez pas Pericle. Vous n'avez plus besoin de ce sagouin. »

Martha rougit tandis que je me retournais pour faire signe au détective privé qui tenta de se cacher derrière une décoration florale, sur la terrasse.

« J'ai un petit travail préliminaire à faire avec Leah concernant son arbre généalogique.

— Encore une chose, Jack.

— Vite, avant que je change d'avis.

— Ma mère voulait que je vous dise que c'est elle qui a tué Shyla, et qu'elle est aussi coupable que si elle avait pressé la détente.

— Pourquoi pense-t-elle cela ? demandai-je, abasourdi.

— Elle veut vous l'expliquer elle-même, Jack. Entre quat'z' yeux. Ici, ou en Amérique.

— Laissez-moi un peu de temps, dis-je. Demain, je vais à Venise. Installez-vous donc à l'appartement, et faites connaissance avec Leah. Je vous demande juste de ne pas lui dire encore pour Shyla. Il faut que je trouve le moment qui convient pour lui apprendre que sa mère s'est donné la mort. »

A mon arrivée à la maison, Maria dormait déjà et Leah s'était endormie dans mon lit. Son visage au repos m'emplit d'une telle bouffée de stupéfiante tendresse que je me demandai si tous les pères se repaissent avec autant de voracité du visage de leur enfant. J'avais inscrit dans ma mémoire le moindre trait, la moindre courbe de son profil ; pour moi, il s'agissait d'un texte secret à la beauté sans pareille. Forger les mots pour dire à cette adorable enfant que sa maman avait choisi de se donner la mort parce que la vie était pour elle une souffrance intolérable dépassait les capacités de mon imagination.

Le secret de la mort de sa mère était enfoui entre nous, et ce n'était pas un hasard si j'avais choisi Rome comme lieu de notre exil. Les jolis ponts enjambant gracieusement le Tibre étaient tous bas, et dans cette ville il était fort difficile de se tuer en sautant d'un pont.

3

Depuis mon départ en Italie, j'ai écrit huit articles sur la cité des Doges, pour sept magazines différents. Venise est une manne pour ceux qui font des livres de voyages, et j'adore cette ville parce qu'elle est la seule qui se soit révélée plus merveilleuse encore que l'idée que je m'en faisais avant de la connaître. Elle me transforme, elle me transporte lorsque je circule entre ses canaux, à la recherche d'improbables équivalents verbaux qui disent la magie frémissante de cette cité à des lecteurs qui me resteront à jamais invisibles.

En montant dans le *taxi acquei*, j'inhalai l'air marin, âpre mélange des vents de l'Adriatique avec la pollution catastrophique qui menaçait l'existence même de Venise. Le bateau d'acajou vernis s'engagea dans le Grand Canal, et je notai que fièvre et égouts pesaient encore lourd dans la ville. Les gondoles que nous croisions glissaient rêveusement sur l'eau comme des cygnes noirs difformes, issus d'un accès de caprice ou d'un cauchemar. Le soleil surgissait de derrière un banc de nuages et je vécus de nouveau l'instant où Venise changeait pour moi la nature de la lumière. La lumière est belle partout, mais à Venise seulement elle se réalise pleinement. Dans la ville où fut inventé le miroir, chacun des palais bordant le canal se mire fièrement comme un flocon dans son intangible image d'eau.

Je descendis au Gritti, l'un des plus élégants palaces qui rendent grâce à cette cité fantasque et pleine de balustrades. A la terrasse de l'hôtel, je pris position au meilleur endroit de la planète pour déguster un Martini blanc. Contemplant le trafic fluvial, je levai mon verre à la santé de tous les hôtes célestes reposant sous les colonnes de la Maria della Salute, sur la berge d'en face. J'avais écrit un petit couplet louangeur sur le Gritti, paru dans un numéro d'« Esquire », et le directeur de l'hôtel me recevait désormais comme une personnalité royale chaque fois que je passais par la ville. Il y a une prostituée qui sommeille en tout chroniqueur gastronomique et touristique, et je m'en méfiais partout, sauf à Venise. Le Gritti avait cette qualité lisse, feutrée et affairée qui est la marque de tous les grands palaces. Le travail s'y effectuait en secret, et le personnel, invisible mais compétent, avait pour fonction de pourvoir au bonheur du client.

A l'endroit donc où Byzance et l'Europe se donnent la main, j'étais installé seul dans la cité des masques, attendant un verre à la main l'arrivée de deux amis d'enfance. Pour la seconde fois en moins de quarante-huit heures, j'allais être confronté à mon passé. Mais Venise était en soi un retrait dans l'imaginaire, loin du monde, et j'étais prêt à tout ou presque. Tandis que j'étudiais la forme de flamboyants palais, la ville donnait l'impression d'avoir été conçue à la gloire des souffleurs de verre, par une troupe de joueurs d'orgue de Barbarie et de joueurs d'échecs ombrageux. La célébration de la fantaisie pure en faisait un terrain de jeux et une énigme, un lieu où la décadence était à la fois à la fête et en sursis. A Venise, j'avais toujours envie d'être quelqu'un de plus extravagant, de moins sérieux.

« *Buon giorno*, dit le concierge de l'hôtel en me tendant un message. *Come sta ?*

— *Molto bene*, Arturo, répondis-je. Le Signor Hess et la Signora Ansley sont-ils arrivés ?

— Ils sont arrivés ce matin, séparément, dit Arturo. Le Signor Hess a laissé ce mot pour vous. C'est le célèbre producteur d'Hollywood, non ?

— Etait-ce difficile à remarquer ? demandai-je.

— Mr. Hess est plus vrai que nature.

— Il était déjà comme ça enfant, dis-je.

— La dame est *bellissima*, dit Arturo.

— C'est de naissance, dis-je. Je suis un témoin oculaire. »

Je dépliai le message de Mike et reconnus son écriture pratiquement illisible qui me fit penser à des chaussures mal lacées.

« Salut, trouduc, commençait-il aimablement. On se retrouve pour prendre un verre à la terrasse à six heures. Pas mal, le boui-boui. Tache pas les draps en te branlant. *Ciao* et le toutim. Mike. »

Le lycée est une sorte de porte ouverte sur le monde, songeais-je en attendant mes amis au-dessus du trafic du Grand Canal. J'avais toujours considéré mes amis d'enfance comme des gens hors du commun, mais voir l'un d'eux devenir une célébrité internationale à trente ans m'avait étonné. Dans l'obscurité du Breeze Theater, Mike Hess était tombé amoureux du cinéma et du monde qui allait avec. Il regardait un film avec la même passion méticuleuse que celle d'un historien d'art étudiant un tableau du Titien. Ses capacités d'attention et de mémorisation étaient extraordinaires, au point qu'il pouvait citer le nom de tous les acteurs figurant au générique d'« Eve » de Mankiewicz, avec celui du personnage qu'ils incarnaient. « Blanche-Neige » était le tout premier film qu'il avait vu, et il pouvait vous le raconter par le menu, depuis le générique de début jusqu'au plan final de Blanche-Neige s'éloignant dans le rose de l'avenir sur le cheval de son prince charmant, sans oublier un détail. Même sa personnalité fantasque et flamboyante devait le destiner depuis toujours à faire du cinéma.

Mais j'étais plus curieux encore de voir Ledare Ansley. Mike et moi étions restés proches un moment après nos études, alors que j'avais rarement vu Ledare après la fin de notre dernière année à l'université de Caroline du Sud. Malgré des relations privilégiées — j'étais son petit ami attitré — pendant pratiquement toutes les années de lycée, il semble que nous ne nous soyons jamais vraiment connus. Sa beauté l'avait rendue inaccessible, à part. Elle faisait partie de ces filles qui traversent votre vie en y laissant un secret champ de ruines, mais aucune trace visible. On se souvient d'elles, mais seulement pour les mauvaises raisons. Elle m'avait écrit mon premier poème d'amour, qu'elle m'avait offert pour mon anniversaire, mais elle l'avait rédigé en langage codé et n'avait jamais trouvé la confiance nécessaire pour me fournir la clé. Au lycée, pendant un an, je me suis donc baladé partout avec une page de charabia calligraphié, une intraduisible déclaration d'amour que je ne pouvais ni déchiffrer ni apprécier. Je songeais à ce poème à présent, ici, à Venise où toutes les images sont des faux, dérobés à l'eau.

Une main me toucha l'épaule, et je connaissais ce contact.

« Bonjour, bel étranger, dit Ledare Ansley. Offrez-moi cet hôtel, et je risque de vous envoyer un baiser avant d'aller me coucher.

— Ledare, dis-je en me levant. Je savais que cet endroit était fait pour toi.

— Le paradis n'est sûrement pas aussi beau », dit Ledare. Nous nous étreignîmes. « Comment vas-tu, Jack ? Tout le monde est inquiet à ton sujet.

— Je vais bien, dis-je. Le fait d'avoir laissé la Caroline du Sud à ses cendres a été bénéfique.

— Je vis à New York depuis cinq ans, dit-elle. Tu n'as pas besoin de m'expliquer les raisons de ton départ.

— Je n'en avais pas l'intention, dis-je. Comment vont tes enfants ?

— Bien, je suppose, dit-elle, et je sus que j'avais touché un point douloureux. Ils vivent tous les deux avec leur père. Capers les a convaincus qu'il aurait besoin d'eux lorsqu'il serait candidat au poste de gouverneur.

— Si Capers devient gouverneur, alors la démocratie est un vain mot. »

Elle rit et ajouta : « Il a dit de te saluer. Il a gardé une très haute opinion de toi.

— Puisque nous en sommes aux commissions, je te prie de dire à Capers que moi aussi je pense souvent à lui. Chaque fois que je m'intéresse à des virus ou aux spores de champignons vénéneux, je pense à lui. Dès que mes réflexions me portent du côté des hémorroïdes ou des cultures diarrhéiques...

— Message reçu, dit-elle.

— Je n'en doutais pas, dis-je. Tu as toujours eu l'intelligence rapide.

— *Au contraire,* dit Ledare. J'étais la moins futée de la bande. Souviens-toi, ce charmant saligaud, je l'ai épousé.

— Légère erreur de parcours. Un virage malencontreux, dis-je.

— La guerre, oui. La guerre moderne, dit-elle. J'ai commencé par raser la ville, mettre tous mes amis à la torture, j'ai flanqué le feu, salé les terres, et puis j'ai fait sauter tous les ponts qui auraient pu me permettre de revenir en arrière.

— Ça n'a pas marché, hein ? dis-je, appréciant sa présence.

— Tu as toujours su lire entre les lignes, dit-elle.

— Tiens, tiens, dis-je en regardant en direction du lobby de l'hôtel. Une chose extravagante vient vers nous. »

Mike Hess nous rejoignit de son pas rapide et assuré. Son potentiel énergétique était élevé et il paraissait toujours sous pression, comme une bouteille de Pepsi qui aurait été secouée avant l'ouverture. Tous les regards de la terrasse se fixèrent sur lui tandis qu'il arrivait vers notre table. Tenue immaculée ; style efficace et professionnel.

Mike me serra dans ses bras dès l'instant où je me levai, en m'embrassant sur les deux joues, façon plus hollywoodienne qu'italienne. Il embrassa Ledare sur les lèvres.

« Les minettes d'Hollywood peuvent toujours s'accrocher à côté de toi, Ledare. Je bande encore lorsque je te revois dans ton uniforme de supporter-chef de l'équipe de base-ball.

— Tu as toujours eu l'art de toucher le cœur des filles, Mike, dit Ledare en même temps que nous nous asseyions tous.

— Je ne t'avais pas reconnu sans tes chaînes en or, dis-je à Mike.

— La plus grosse bêtise de ma vie, dit Mike avec humour. Mettre ces chaînes en or pour notre dixième réunion des anciens. Mais putain, tout le monde avait envie de me voir jouer les producteurs de cinéma. J'ai voulu faire plaisir à mes camarades de classe. J'ai donné au public ce qu'il attendait. Chemise de soie ouverte sur la poitrine. Chaînes brillant au milieu des poils. Qui s'est fait prendre ?

— Tiffany Blake, dit Ledare. Elle est devenue ta femme.

— Pour une belle prise, c'était une belle prise, dit Mike. J'ai dû l'éjecter de ma vie après la naissance de mon fils, Creighton. Elle avait la détestable habitude de baiser avec des gens qui n'étaient pas mariés avec elle.

— On t'a fait la même réputation, fit observer Ledare.

— Hé, attention, protesta Mike en me désignant. La dernière fois que j'ai vu Jack, ici présent, il m'a traité de bande-mou.

— Quel manque d'élégance de ma part, et grossier en plus », dis-je en souriant. Puis d'ajouter : « Michael, espèce de bande-mou. »

Mike se leva de façon théâtrale et fit mine d'avoir pris une balle dans le ventre. Il recula en titubant, fit un tour complet sur lui-même avant de s'affaler contre la rambarde donnant sur le Grand Canal, et resta immobile, comme mort. Son numéro était assez réussi pour attirer l'attention de deux garçons intrigués, qui s'enquirent de l'état de santé de notre ami.

« Debout, Mike, dit Ledare. Essaie de faire comme si tu savais te tenir dans un bon hôtel.

— Je suis touché au ventre, *amigos*. Inutile d'appeler le *medicos*, dit Mike. Dites à ma mère que je suis mort en récitant le *kaddish* pour papa. »

Mike se redressa tout à coup et regagna son siège. Il s'inclina devant une vieille dame italienne qui n'avait manifestement pas apprécié son numéro et lui jeta un regard glacial d'agacement. Ce mépris parut chagriner Mike.

« Voilà qui résume parfaitement les choses, dit-il. Vous voyez ce visage. C'est pour ça que le cinéma étranger est chiant. Ça manque de vie. On ne sait pas ce que c'est que le brio ici.

— On ne sait pas ce qu'est le brio ? dis-je. En Italie ?

— Ça manque de vie ? renchérit Ledare. Anna Magnani, Sophia Loren, ces gens-là ont inventé l'art de faire vibrer la vie.

— Tu es allé voir un film étranger, ces derniers temps ? demanda Mike en ignorant Ledare. Ils passent leur temps à entrer et sortir. Et ça dure deux heures pleines. Personne ne meurt. Personne ne se fait descendre. On ne baise pas, on ne rit pas. On entre et on sort, c'est tout, ou bien on se tape des repas interminables. On arrive par une porte, on repart par une autre. Tiens, on sert le potage. On met une demi-heure, montre en main, à couper son poulet. Le visage de cette femme, tu le regardes et tu comprends tout de suite pourquoi le cinéma européen est nul. »

Ledare hocha la tête et dit : « Elle critiquait ton interprétation. Elle n'a pas été transportée par ta version puérile de la scène du "Train sifflera trois fois".

— Hé, dit Mike. J'ai fait le même numéro il n'y a pas très longtemps à Los Angeles, au bar du Polo. Pareil. Devant mes pairs des studios. J'ai eu un triomphe, ils se sont levés pour m'applaudir, et certains sont les pires salopards que la terre ait jamais portés. Je te jure que je dis la stricte vérité.

— Parce que tu crois que ce qui marche au Polo va fonctionner au Gritti ? dis-je.

— Arrête, on a grandi ensemble en Caroline du Sud, dit Mike en me prenant le poignet. Il y a un petit palmier en bas de mon acte de naissance.

— Reconnais-le, Mike, dis-je. Ta terre natale, aujourd'hui, c'est Rodeo Drive. Le vrai Mike, il est là. Tout le reste est du chiqué.

— Et alors, ça te défrise ? dit Mike avec un rire satisfait. J'ai de quoi m'acheter ce minable et le revendre cinquante fois tout en gardant de quoi ferrer à neuf le cheval de grand-père, et ce type continue à m'emmerder. Faut vraiment que j'aie un faible pour lui. »

Arriva un autre garçon, qui me serra la main et avec qui j'échangeai quelques plaisanteries en italien. Puis, en anglais, je commandai un Martini Tanqueray blanc, nature, avec un zeste de citron. Mike fronça le nez.

« Un Martini. On se croirait dans un film avec June Allyson. Je suis en passe de succomber à une overdose de Perrier citron. La mécanique n'admet que du sans plomb. Faut que je vous embarque tous les deux à Los Angeles. Vous auriez l'haleine parfumée à la papaye en un mois.

— Je fais l'interprète pour l'italien si tu m'expliques ce que Mike raconte, dis-je à Ledare.

— Il ne boit plus, dit-elle.

— J'ai mon entraîneur personnel, depuis neuf ans, dit Mike. Le bonhomme jouait *cornerback* pour les Rams, et si je dis qu'il me force à bouger mon cul et...

— Tu as lu un Tolstoï récemment, Mike ? demandai-je alors que le garçon lui apportait son verre.

— J'adore. Vraiment j'adore. A L.A. les gens font pipi dans leur culotte quand je débarque dans une réunion de travail, et Jack, peinard dans son fauteuil, il me roule tranquillement dans la merde. Putain, mec, je lis des scénarios non-stop du matin jusqu'au soir. Sans débander. Si je n'accroche pas à la première ou à la deuxième page, terminé, le manuscrit passe par la fenêtre et s'en va voler gentiment dans les airs... Pour moi, le temps c'est de l'or en barre, mec.

— Traduction, s'il te plaît, dis-je en regardant Ledare.

— Il lit beaucoup de scénarios. Peu lui plaisent. C'est un homme occupé, dit Ledare.

— A l'amitié », dis-je en levant mon verre.

Nous trinquâmes tous les trois.

« Il y a quelque chose, chez les amis que l'on s'est fait enfants, qu'on ne retrouve plus jamais par la suite, dit Mike avec un léger trémolo dans la voix.

— Parle pour toi, répliqua Ledare. Moi, je me suis fait des tas d'amis depuis, que je préfère de loin.

— On devient sentimental, et toc! Ledare vous balance une flèche en plein cœur. Elle n'a guère changé, n'est-ce pas, Jack?

— C'est à moi qu'il faut poser la question, Mike, pas à Jack. Je suis la mieux placée pour répondre. Il faut toujours aller à la source, intervint Ledare sans me laisser le temps de répondre.

— Pourquoi tenais-tu à nous réunir à Venise? demandai-je à Mike lorsque je le vis blessé par la réaction de Ledare. Tu parlais d'un projet.

— Un projet! J'ai une idée qui possède un tel potentiel de déflagration que j'aurais de quoi armer un sous-marin nucléaire et faire sauter la planète avec.

— Il veut dire qu'il a une bonne idée, expliqua Ledare.

— Je ne te laisserai pas ruiner mon enthousiasme naturel, Ledare. Alors inutile de te donner trop de mal. Je parle le jargon du monde auquel j'appartiens, exactement comme Jack ici. Si tu veux manger du poulpe dans ce bled, il faut que tu passes par le mot *calamari*.

— Quel est ce projet, Mike? demandai-je une seconde fois.

— Ho, pas si vite. Cette réunion n'est pas soumise à un horaire. Savourons cet instant, laissons nos yeux se repaître du spectacle de l'autre, comme disait le poète.

— Comment va Leah, Jack? demanda Ledare.

— Ouais. L'enfant mystère. Ton remake de l'histoire Lindbergh, version Caroline du Sud.

— Je ne l'ai pas enlevée, Mike. C'était ma fille, et j'ai décidé de partir vivre en Italie.

— Hé, je suis sensible à tes susceptibilités. C'est juste ce qui se dit dans la bande d'autrefois.

— La bande d'autrefois, dis-je doucement. J'ai envie de foncer aux abris chaque fois que j'y pense, à la bande d'autrefois.

— On a eu des hauts et des bas, mais on a aussi vécu de grands moments.

— Jack pense aux dommages et pertes, dit Ledare.

— Dommages et pertes. *Casualties.* J'aime beaucoup. Ça fait un malheur au box-office.

— Qu'avec grâce ces choses-là sont dites, observa Ledare. Tu ajoutes une note exotique à Venise. Vraiment.

— Ledare, j'espère que cela ne va pas entamer nos relations, mais je te le dis du fond du cœur : va te faire foutre. A présent tu comprends peut-être pourquoi je n'ai pas réussi à lire ton scénario jusqu'au bout.

— Si, tu l'as lu, dit-elle, imperturbable. Parce que tu étais dedans. »

Mike dit alors : « Tu n'y es pas franchement impartiale. J'en ai été blessé.

— Je bois du petit lait, dit-elle en faisant signe au garçon de lui porter un autre verre.

— Tout ceci me tape sur les nerfs, interrompis-je, et je commence à regretter d'avoir accepté de faire le voyage pour cette rencontre. Je n'aime pas quand les gens repartent dans de vieilles guerres qu'ils ne peuvent pas gagner. Surtout lorsque je devrais moi-même être pensionné pour ma participation à ces mêmes combats.

— Relax, Jack, dit Mike en levant les mains en signe de reddition. On m'a prévenu que tu risquais de partir en courant sans préavis. Mais il faut que tu m'écoutes jusqu'au bout. C'est une chose que je veux faire depuis longtemps. Ça mijotait dans mon crâne. Je voulais d'abord m'assurer une position dans le business pour pouvoir, le moment venu, taper dans le capital engrangé et lancer le bazar. Tout est en place. J'ai un film qui va sortir à l'automne, que j'essaie de faire sélectionner pour le festival de Venise. Ça va me rapporter un petit paquet, avec ou sans ficelle, et en plus, ça peut marcher aussi sur le créneau intello branché. Alors cesse de me chercher des poux dans la tête, nounouille, et peut-être qu'un de ces jours je pourrai te produire un de tes scénarios sur un écran d'argent, dit-il en regardant brusquement Ledare.

— Le cœur de la jolie sudiste se mit à battre la chamade à l'approche de son Beauregard, dit Ledare avec une glaciale nonchalance, les yeux fixés sur l'église, de l'autre côté du canal. Je me fiche royalement que tu fasses ou non un de mes films, Mike. C'est pour cela que tu m'aimes.

— Je veux que tous les deux, vous écriviez pour moi une minisérie sur le Sud. Centrée sur notre ville et nos familles. Depuis le début, lorsque mon grand-père est arrivé à Waterford, jusqu'à nos jours.

— Une minisérie, dis-je d'une voix désagréable. Quelle vilaine expression.

— Représente-toi un paquet de dollars. Ça effacera les éventuels problèmes philosophiques que tu pourrais avoir à l'idée d'écrire pour la télévision. »

Ledare intervint : « Mon problème à moi, c'est de travailler avec toi, Mike. Je te l'ai dit la première fois que tu m'as parlé de ce projet, et c'est toujours mon problème aujourd'hui.

— Accepter le billet gratuit pour Venise ne t'a en revanche posé aucun problème, n'est-ce pas ?

— Absolument aucun, dit Ledare. J'avais envie de revoir Jack, qu'il me fasse visiter tous les endroits secrets de Venise.

— On peut boire l'eau dans ce bled, Jack ? demanda Mike en baissant la voix. Je veux dire l'eau du robinet, ou bien est-ce qu'il faut que je me brosse les dents au Perrier ? Je suis allé au Mexique l'année dernière et j'ai bien cru que Montezuma m'était remonté par le siège pour piquer un roupillon.

— Tu es à Venise, pas à Tijuana. L'eau est potable. »

Mike parut heureux de voir encore un des soucis du voyage évacué par mon assurance. « Que pensez-vous de mon concept de série sudiste ? Allez-y, feu à volonté.

— Sans moi, dit Ledare.

— Une minute, les enfants. Mike a oublié le plus important. »

Il sortit un stylo et inscrivit un chiffre sur un bout de papier qu'il leva pour que Ledare et moi puissions lire. Un gondolier passait juste en dessous, rentrant chez lui après sa journée de travail, dans son superbe bateau qu'il menait pour lui, pas pour les touristes.

« C'est la somme d'argent que j'ai l'intention de verser à ceux qui vont écrire la série. Soyons réalistes. C'est plus de fric que Jack a jamais gagné en délirant sur des burgers, et je compte sur une édition poche et des ventes intergalactiques. Je suis bien sûr que Jack ne se fait pas ce genre de blé en écrivant sur les rognons d'agneau et la *pizza bianca*.

— Merci pour l'estime que tu portes à la profession que j'exerce, Mike », dis-je avec humeur.

Ledare étudia le chiffre inscrit par Mike sur le bout de papier et dit : « Je comprends pourquoi les gens sont tellement superficiels en Californie.

— Peut-être, dit Mike en haussant le ton pour répondre au cinglant de l'ironie, mais ton aptitude aux mathématiques s'en est trouvée stimulée d'un coup. »

Je hochai la tête en observant le trafic fluvial, juste en contrebas.

« Je suis venu en Italie pour fuir tout cela, dis-je.

— Hé, je ne te demande pas d'entrer dans les choses personnelles. Rien sur ton exil. Rien sur Shyla et le coup du pont. Je veux l'histoire en général. Le grand truc. Mes grands-parents. Les tiens, Jack. Le grand-père de Capers a compté parmi les plus grands hommes politiques de son temps. Je veux dire, il y a de quoi raconter, là. On vient de la lie, nous, mais nos familles avaient ce désir farouche d'offrir mieux à leurs enfants et leurs petits-enfants, et putain, ils n'ont pas raté leur coup. Regarde. Il y a tout. Deux guerres mondiales. Le mouvement des droits civiques. Les années soixante. Le Viêtnam. Jusqu'à aujourd'hui.

— Elle est censée durer combien de temps, cette minisérie ? demanda Ledare.

— Hé, il y aura beaucoup de raccourcis. Beaucoup de voix off. On met la gomme sur les trucs marquants et on couvre le siècle. Je trouve que c'est un super projet et si vous deux n'êtes pas de cet avis, il y a des tas d'écrivains qui aimeraient être sur le coup.

— Engage-les, suggérai-je.

— Aucun d'eux n'était là », dit Mike, et pour la première fois je vis les vestiges du Michael d'autrefois, celui avec qui j'avais grandi et que j'aimais. « Pas comme nous. Eux, ils ne sont pas passés par où on est passés. J'attends toujours que Ledare écrive quelque chose sur ce qu'on a vu en Caroline du Sud, quand on était gamins, mais ses histoires se passent systématiquement dans un solarium pour féministes à Manhattan.

— Ne nous battons pas », dis-je.

Mike répondit : « Putain, au contraire, il faut se battre. En Caroline du Sud, on ne sait même pas ce que ça veut dire. A L.A., mec, tu sais que tu t'es vraiment battu quand tu vois ta bite tomber dans la cuvette le matin en te levant pour aller pisser.

— Je ne veux pas travailler avec toi, Mike, dis-je. Je suis venu par curiosité et parce que j'avais envie de voir ce que ça nous ferait de nous retrouver tous ensemble. Je suis moins nostalgique du passé que toi. Mais j'ai la nostalgie de ce que nous étions, de notre innocence, de ce que nous avons traversé ensemble, de ce que cela aurait pu donner si nous avions eu plus de chance.

— Alors écris les choses comme tu aurais voulu qu'elles se passent, dit Mike en se penchant vers moi. Tu veux enjoliver ? Super. Enjolive. Travailler avec moi, c'est du gâteau. Je suis une vraie crème. Tiens, je te donne des numéros que je te demande d'appeler. En P.C.V. Ils sont au courant.

— Des numéros ? demandai-je.

— Le téléphone de gens qui ont travaillé avec moi. Ils te diront du bien de moi.

— Je peux aussi en fournir quelques autres à Jack, Mike, dit Ledare. Ceux des gens qui crachent par-dessus leur épaule gauche dès qu'ils entendent ton nom.

— On se fait des ennemis dans mon métier, dit Mike. C'est la règle du jeu.

— Alors donne à Jack les coordonnées de personnes prêtes à te brûler vif, juste pour vérifier que leur briquet fonctionne bien. La moitié de la ville pense que tu as toujours été le roi des salauds.

— Mais ils ne m'ont pas connu gamin, dit Mike. Pas comme vous autres. Je n'étais pas comme ça, quand j'étais gosse.

— Désolée, Mike, dit Ledare. Je ne le disais pas dans ce sens-là.

— Ce n'est pas grave, Ledare. Je sais d'où ça vient. Je ne sais pas plus que toi ce qui m'est arrivé. C'est pour cette raison que je voudrais que Jack et toi fassiez ce projet. J'aimerais que vous m'aidiez à trouver. Je sais que je suis vivant. Mais je ne sais plus éprouver cette sensation de vie. *Ciao, amigos.* J'ai un rendez-vous de boulot. Je vous laisse en tête à tête. »

Comme nous nous dirigions vers les ascenseurs, Ledare demanda : « Tu ne vas pas accepter l'offre de Mike, si, Jack ?

— Non. Ce que j'aime le plus, concernant le passé, c'est l'oubli. »

4

Le lendemain après-midi, j'ai emmené Ledare dans différents endroits de la ville, et je l'ai regardée contempler les Italiennes, habillées avec un goût exquis, arpentant les ruelles étroites pour rentrer chez elles. Une femme est sortie d'une petite boutique et elle est venue dans notre direction, me forçant à marcher derrière Ledare sur l'étroit trottoir juste après la Calle del Traghetto.

Ledare s'est arrêtée pour regarder cette femme, leurs regards se sont croisés, elle appréciait les vêtements, la noblesse de la démarche, les jolies jambes, l'élégance naturelle, tout. Elle inhalait son parfum.

« Tu t'y habitueras, dis-je.

— J'en doute, répondit Ledare. Elle est belle.

— Les femmes italiennes ont une espèce de magie.

— On aurait dit un pur joyau. Si j'étais à ta place, cette femme je la suivrais au bout du monde en prenant bien garde de ne jamais la perdre de vue », continua Ledare.

J'ai ri de sa remarque avant de revenir marcher à ses côtés pour traverser le Campo di Santa Margherita où un groupe de gamins jouait au foot sous le regard réprobateur d'un vieux monsignor. Une dame âgée arrosait un bac plein de géraniums, à sa fenêtre, et un peintre était installé à l'entrée du Campo pour capter sur la toile l'ensemble de la scène sous la lumière de fin d'après-midi.

J'avais la conscience aiguë de marcher à côté d'une des vies que j'avais refusé de vivre. Nos passés avaient été jadis mêlés de façon si complexe que nous semblions faits l'un pour l'autre pourvu que nous cédions aux charmes faciles de l'inertie. Les amis de notre enfance nous voyaient finir ensemble, presque inéluctablement. Dès les premières années de primaire, nos deux caractères avaient semblé paisibles et complémentaires. Depuis toujours, on aurait dit que nous étions de la même trempe. Ma mère avait été la première à m'ouvrir les yeux sur la timidité maladive de Ledare. Elle m'enseigna que la beauté était souvent un cadeau intouchable et superbe, mais qu'il appartenait presque toujours au monde extérieur plus qu'à celle qui le recevait. Elle mesurait le poids et la responsabilité de cette beauté que Ledare n'avait pas demandée, et elle sut voir la solitude de la fillette. De façon tacite, Ledare et moi avions joint nos solitudes en nous laissant porter par le cours de nos vies. Tandis que nous marchions côte à côte à Venise, nous éprouvions tous les deux la force d'une histoire non écrite et d'un voyage non accompli. C'était comme une troisième personne qui avançait entre nous deux.

Je savais que Ledare se reprochait avec sévérité les choix qu'elle avait faits. Mais elle avait grandi dans ce cocon infantilisant du Sud qui incite ses filles à choisir les voies de moindre résistance. Juste au moment où elle croyait acquérir une autonomie de pensée et de jugement, elle s'était retrouvée parfaitement engluée dans les pires instincts de ses parents. Elle qui se croyait depuis longtemps immunisée contre le doux poison distillé par sa famille n'en découvrit les effets fatals que lorsqu'elle entreprit de se choisir un mari. Par une succession parfaite de stratagèmes et de décisions soigneusement mûries, elle se débrouilla pour épouser l'unique personne aux yeux de qui elle était à la fois dépourvue de qualités et méprisable. Elle se maria avec un homme qui se fit une joie de confirmer les opinions les plus négatives qu'elle avait d'elle-même, et finit par détester tout ce qu'elle représentait.

Dans ma prime jeunesse, j'aurais cru que ce genre de mariage était rare. Aujourd'hui, je le tiens pour monnaie courante. J'ai vu assez de mariages sans amour pour combler pratiquement tous les espaces vides des grands déserts de l'Ouest américain. Les mères américaines enseignent à leurs fils la façon de briser une fille sans même avoir conscience du dangereux talent qu'elles leur inculquent. Enfants, nous apprenons à trahir nos futures épouses en maîtrisant les manières subtiles et variées dont nos mères peuvent être blessées par nos humeurs irascibles et notre désapprobation. Ma propre mère m'avait fourni l'arsenal complet des armes dont j'aurais jamais besoin pour ruiner la vie de toute femme assez folle pour m'aimer.

Ledare me prit le bras, et nous partageâmes un instant de bonheur.

Ledare avait épousé un de ces mâles américains qui usent du langage et du sexe sans se préoccuper des conséquences, ni se soucier de décence. Son amour pour cet homme avait entamé sa capacité à s'aimer elle-même. Pendant cinq ans, elle avait tenté de retrouver une forme d'équilibre après avoir été quittée pour une fille de vingt ans, qui était physiquement sa réplique, en plus jeune et plus ostentatoire. Ledare me raconta qu'elle avait dressé une liste des hommes de son entourage desquels elle prendrait éventuellement le risque de tomber amoureuse si jamais elle se sentait la force de s'aventurer de nouveau sur ces terrains minés. Je figurais sur cette liste jusqu'au moment où elle se souvint que Shyla s'était suicidée. Elle avait alors soigneusement rayé mon nom et appelé les trois survivants à cette sélection sévère. Comme les autres femmes qui me connaissaient, Ledare me tenait pour largement responsable de la mort de Shyla, même si elle ignorait tout, ou presque, de notre vie commune.

Depuis un pont surplombant un des canaux secondaires, je désignai du doigt deux vieux artisans en train de mettre la touche finale à une gondole. Ils étaient employés par l'entreprise qui continuait de construire les gondoles à la main.

« J'ai un ami nommé Gino, dis-je en prenant le bras de Ledare. Son port d'embarquement est à deux pas.

— Tu as trouvé une agréable façon de gagner ta vie, Jack. Je connaissais tes talents pour faire cuire des huîtres ou rôtir un cochon, mais je n'avais jamais imaginé qu'un jour tu rédigerais des livres de cuisine. Pas plus qu'il ne me serait venu à l'idée que tu allais passer ta vie à écrire sur des villes fabuleuses et des restaurants de rêve.

— Personne ne pensait non plus que tu allais écrire pour le cinéma.

— Je crois que moi, si, dit-elle en me faisant face. Mais je crois aussi que tu as peut-être tout simplement choisi de fuir.

— Possible, Ledare, possible. Mais c'est une vocation, chez moi, et je peux agir à ma guise. C'est l'un des rares bénéfices de l'âge adulte.

— Il m'arrive parfois de raconter à des amis de New York à quoi ressemblait une enfance à Waterford, Jack. Je leur parle de la bande avec laquelle on frayait — tous autant que nous étions — et ils refusent de croire ce que je raconte. Ils disent qu'à m'entendre j'ai grandi entourée de dieux et de déesses. Ils m'accusent d'exagérer. Jamais ils ne me croient. Je commence par Mike, parce qu'ils ont tous entendu parler de lui. Je leur parle de toi, de ta famille. De Shyla, de sa famille. De Capers et de Jordan. De Max, le Grand Juif. De ma mère... Je n'arrive jamais à atténuer suffisamment les faits pour les rendre crédibles. Est-ce qu'un seul d'entre nous ne te paraissait pas brillant, déjà en ce temps-là ?

— Oui. Moi. Je ne me trouvais pas très malin. Déjà à l'époque. Pas assez en tout cas pour me tenir à l'écart.

— A l'écart de quoi ?

— Je ne savais pas que tout ce que l'on fait est dangereux — tout —, que l'acte le plus insignifiant, le plus minime, peut être la chose qui va te foudroyer en plein vol.

— Y a-t-il eu des signes, des présages ? Des feuilles de thé que nous aurions pu décrypter, avec un peu de vigilance ?

— En principe on ne voit pas les signes. Ils sont invisibles, inodores, ils ne laissent pas de traces. On ne les perçoit même pas avant de se retrouver à genoux en train de pleurer sur leur poids insupportable », dis-je.

Je l'entraînai vers une ruelle passant devant une trattoria et une teinturerie aux vitres embuées. L'odeur d'ail et de salaison de porc se répandait dans la rue.

« Je n'ai jamais mangé dans cette trattoria. Elle doit être nouvelle.

— Formidable, dit Ledare. Est-ce la façon dont nous changeons de sujet pour échapper à l'horreur ?

— Je me suis entraîné à exclure la Caroline du

Sud de mes pensées, Ledare. Surtout les choses qui font seulement souffrir. Comme Shyla. J'espère que tu comprends. Dans le cas contraire, tu voudras bien me pardonner, mais je n'ai pas besoin de ta permission pour savoir ce à quoi je dois penser. Pas plus que tu n'as besoin de la mienne d'ailleurs pour écrire sur ce que bon te semble. Et jamais, du reste, pas une seule fois, Ledare, tu n'as écrit une ligne sur nous, les dieux et les déesses de ton enfance.

— Eh bien, cela faisait des années que je n'avais pas entendu mon délégué de classe terminale faire un discours, railla-t-elle, gentiment.

— Espèce de peste, tu m'as bien eu.

— C'est drôle, Jack, la Caroline du Sud a toujours été pour moi le sujet tabou. Je n'ai jamais écrit une ligne, ni fait la moindre allusion, ni envisagé que je pourrais le faire un jour, jusqu'à ce que Mike m'invite à déjeuner à New York, le mois dernier. Mes parents vivent dans la terreur absolue de me voir révéler des secrets de château qui sèmeraient honte et désastre sur le nom de la famille.

— Ta famille n'a pas de secrets, Ledare, dis-je. Elle ne collectionne que les dollars.

— Es-tu surpris que Capers se présente au poste de gouverneur ?

— Capers se présente au poste de gouverneur. » Je m'esclaffai. « C'était inévitable. Tu te souviens comme il parlait toujours de se faire élire gouverneur quand nous étions à l'école primaire ? Tu arrives à y croire, à ce degré d'ambition et de résolution alors qu'on a juste sept ou huit ans ?

— Bien sûr que j'y crois. Je te rappelle, Jack, que je l'ai épousé et que je suis la mère de deux de ses enfants, dit-elle avec une pointe d'amertume dans la voix.

— Tu connais mon opinion sur ton ex-mari, dis-je. Alors passons à autre chose.

— Mais toi, tu ne sais pas ce que moi, je pense de lui, dit-elle. Actuellement du moins. Est-ce que tu imagines qu'il est le candidat républicain ?

— Républicain ? dis-je, sincèrement surpris. Je

préférerais me les faire couper et changer de sexe, plutôt que de voter républicain en Caroline du Sud. Même Capers devrait rougir de honte. Non. Pas Capers. La honte n'est pas au programme du théâtre de l'absurde de ce cul serré.

— Mon fils et ma fille sont ses plus ardents supporters. » Elle marqua un temps d'arrêt et sembla retenir son souffle. « Ils ne m'aiment pas comme ils aiment leur père. C'est un sale con, mais il ne manque pas de charme. Si tu mettais Capers à côté d'un caméléon, c'est Capers qui changerait de couleur.

— Je ne parviens même pas à penser à ces gens sans être submergé par un sentiment de culpabilité. Je me sens coupable de détester Capers, tout en sachant que j'ai toutes les raisons du monde de haïr cette crapule.

— Moi, je ne me sens pas du tout coupable de le détester », dit-elle. Nous nous arrêtâmes un instant pour regarder un chat tacheté qui dormait sur un rebord de fenêtre. « Un jour, tu as essayé de m'expliquer le lien entre catholicisme et culpabilité, mais je n'ai pas compris un mot de ton discours. Le fait que tu sois catholique n'était qu'une bizarrerie de plus de la famille McCall.

— La culpabilité est le trait dominant de ma personnalité, expliquai-je. Le thème central de ma vie. L'Eglise a ancré en moi un sentiment massif et sans mélange de culpabilité. Comme un temple élevé dans l'âme fragile d'un enfant. Le sol était pavé de dalles de culpabilité. Les statues sculptées dans de grands blocs de culpabilité.

— Tu es adulte, aujourd'hui, Jack. Il faut aller de l'avant. Tu as bien dû comprendre la stupidité absolue de toutes ces histoires.

— Je suis bien d'accord. Sauf que toi, tu as reçu une éducation anglicane, et que les anglicans n'ont l'expérience du sentiment de culpabilité que s'ils oublient de nourrir leurs poneys pour le polo ou de couvrir leurs placements boursiers.

— Ce n'est pas ce dont je parle. Tu t'es toujours

79

comporté comme si la culpabilité était une réalité tangible, une chose que tu pouvais tenir entre tes mains. Il faut que tu te laisses aller, Jack. »

Nous nous enfonçâmes davantage dans Venise, silencieux. Ayant ainsi le loisir de voir le visage de Ledare, je trouvai sa beauté toujours embarrassée, retenue. Elle était tellement ravissante que sa grâce tenait plus de la mission que du cadeau. Ledare avait toujours été réticente à accepter les responsabilités que la beauté impose aux femmes.

Je me souviens encore de Ledare faisant du ski nautique sur les eaux du Waterford, vêtue du bikini jaune que sa mère venait de lui acheter à Charleston. Elle avait toujours crâné à ski, se faisant tirer par un puissant hors-bord et exécutant des figures acrobatiques. Mais ce jour-là, les hommes de la ville restèrent alignés sur la berge comme des corbeaux sur un barbelé afin d'admirer les tendres courbes récemment venues sculpter son corps de fillette maigre. Son épanouissement avait été si soudain et généreux qu'il avait nourri les conversations autour des tables de billard et dans les bars de la ville. Ledare avait trouvé la beauté éprouvante ; être de surcroît sexy lui fut insupportable. Comme rien ne la dérangeait plus que le regard importun des hommes, Ledare rangea le bikini jaune dans la boîte où étaient remisées les robes d'été de son enfance.

J'observai son visage, sa grâce, la finesse de ses traits.

« Tu m'as promis une promenade en gondole, dit-elle, changeant de sujet tandis que nous revenions vers le Grand Canal.

— Nous sommes à deux pas de l'endroit où est stationné Gino. Le plus beau des gondoliers.

— Est-ce qu'il attaque les jolies Américaines ?

— Tu es fichue, ma petite », dis-je avec un clin d'œil.

En parcourant des rues qui semblaient trop étroites pour respirer, nous percevions des odeurs d'oignon frit à l'huile d'olive, et nous entendions le bruit de voix qui portaient, aériennes et mystérieuses, le long des canaux. Nous passâmes devant des maisons où des canaris conversaient en chantant devant des fenêtres vivement éclairées, où l'arôme du foie en train de frire pénétrait nos narines, où nous entendions le clapotis de l'eau contre les flancs convexes et noirs des gondoles, le cri des chats en rut. Ledare s'arrêta devant une boutique de masques où des visages grotesques et presque humains nous fixaient de toute la terreur muette de leur absence d'yeux. Nous poursuivîmes notre marche, écoutant les cloches des églises, les querelles des enfants, les roucoulements des pigeons s'interpellant d'un toit à l'autre, le bruit de nos pas le long du canal.

Gino attendait à son poste près de l'Accademia, et il sourit en nous voyant. Il s'inclina profondément lorsque je lui présentai Ledare. Gino était petit, blond, et il avait le corps sculpté en profondeur d'un gondolier. Je remarquai le long regard approbateur de Gino sur Ledare.

La gondole au cou gracile glissait sur le Grand Canal, avec la fierté altière d'un cheval, tandis que Ledare était assise à côté de moi, son bras passé dans le mien. Derrière nous, Gino exécutait des mouvements puissants et parfaits, une action coulée des poignets et des avant-bras.

Ledare laissait pendre sa main contre le flanc de la gondole, et une vague secouant la surface de l'eau après le passage d'un vaporetto la submergea tandis que Gino manœuvrait habilement entre les remous.

Ledare dit : « Cette ville agit sur la réalité. Je me sens dans la peau d'une contessa depuis mon arrivée. J'ai l'impression de flotter, d'être faite de soie.

— Je te promets que tu regretteras de n'être pas faite en billets de banque avant de partir, dis-je. Il est moins ruineux de vivre au paradis.

— Tu crois que le paradis est plus joli que Venise ? demanda-t-elle en regardant autour de nous.

— Il ne faut pas m'en demander trop », dis-je.

Je me souvins de mon séjour à Venise, pendant le carnaval, après la mort de Shyla, lorsque j'étais venu couvrir les festivités vénitiennes précédant la longue période de jeûne et de privations du carême. Durant la partie la plus échevelée de cette première nuit, je m'étais demandé comment ces gens qui célébraient les plaisirs de la chair avec une immodération sans limites pouvaient s'adonner ensuite si rapidement aux sombres joies de l'abnégation.

Il avait neigé, pendant ce mois de février, un blizzard dense venu des hauts cols alpins, et je m'étais retrouvé dans la peau d'un gamin à lancer des boules de neige avec les autres touristes sur la place Saint-Marc. J'avais oublié que le spectacle de la neige met toujours les sudistes en joie. Pour nous, la neige est définitivement une surprise.

J'avais donc acheté un costume et un masque pour me fondre avec les Vénitiens dans leur ville subitement déguisée. Courant les rues dans le sillage de diverses bandes de noceurs, je m'étais retrouvé dans des fêtes où je n'étais pas invité, en me laissant porter par la foule qui franchissait le seuil de *palazzi* enneigés, éclairés par des candélabres. En silence et masqué, je dérivais dans ce monde blanc et étoilé, aussi bizarre que ces anges accompagnateurs qui peuplent les murs des chapelles anonymes. En ne parlant pas, je me perdais dans l'absence de loi du carnaval et sentais le pouvoir des masques, capables de gauchir complètement mon surmoi pour des rites de célébration terrifiants. Je croyais que le saut de Shyla m'avait dévoilé d'une façon profonde, indicible. Mais au cours de cette nuit, le masque me restituait à moi-même tandis que je courais la ville avec une sensation de joie croissante. Dans le froid de Venise, je sentais la brûlure du temps s'éloigner pendant que je dansais avec des femmes anonymes et buvais le vin qui coulait à flots dans ce havre de plaisir, où j'avais la sensation de récupérer une chose perdue au milieu de masques en goguette. Je regardai un jeune prêtre s'engouffrer dans la sécurité d'un porche, comme si l'air lui-même était contaminé. Il eut un seul regard, panoramique, pour le reste de la rue, nous échangeâmes un petit salut, et puis il disparut. Il avait bien raison de fuir cette nuit débridée qui n'était religieuse que sur les franges, et il se signa en entrant dans son ermitage. Le prêtre avait fui l'unique tourbillon autorisé qui fût centré sur l'éloquence éclatante de la luxure.

Je parcourus ensuite des rues glissantes, à demi éclairées, m'enfonçant de plus en plus profondément dans cette Venise inconnue, avec le désir de réussir enfin à pleurer la perte de la pauvre Shyla. Je croyais que les larmes viendraient facilement, à l'abri d'un masque, mais je me trompais encore. Après sa mort, je n'avais pas eu le temps de pleurer Shyla, et j'avais ravalé mon chagrin sous prétexte que Leah avait besoin de ma force beaucoup plus que de toute dépression. Mais j'avais pris rendez-vous au carnaval et tandis que je m'enfonçais au cœur de Venise sous des chasubles de neige, je désirais trouver le temps pour toutes les larmes que je portais en moi. Aucune ne vint, pas une, parce que l'âme de la ville me soulevait en même temps que le brouillard qui montait de l'eau, tandis que le gel commençait à figer le courant des plus petits canaux.

Sur une chaussée étroite et traîtresse se hâtait un autre groupe de dix ou vingt personnes, et une femme me prit par la main avant de m'entraîner. Je la suivis tandis que les feux d'artifice éclataient au-dessus du Grand Canal, et qu'une sirène se taisait au profond de la cité éveillée. Elle me fit monter un escalier jusqu'à un appartement où nous dansâmes sur les chansons d'amour d'un album de Frank Sinatra, dans une pièce tellement bondée que nous tanguions simplement contre les autres corps dans l'atmosphère enfumée.

La femme était masquée mais mon imagination dessina chaque trait de son visage. Sous leurs masques, toutes les femmes devenaient des beautés célèbres et tous les hommes avaient la séduction éblouissante. Celle avec qui je dansais le slow se mit à me poser des questions en italien. Je ne pouvais pas articuler un mot d'italien sans dévoiler à tout le pays que j'étais un Américain.

« Ah ! fit la dame de sa voix chaude et musicale. J'espérais que vous étiez chinois.

— Alors je suis chinois, dis-je en italien.

— Et moi je suis contessa, dit-elle fièrement. Je peux remonter mes origines familiales jusqu'au douzième doge.

— C'est vrai ?

— Cette nuit, tout est vrai. Toutes les femmes sont des *contesse* pendant le carnaval. »

J'avais épuisé les limites de mon italien et demandai en anglais : « Est-ce que le masque rend le mensonge facile ?

— Le masque rend le mensonge nécessaire.

— Vous n'êtes donc pas contessa, dis-je.

— Je suis contessa la même nuit, chaque année. Et j'entends que le monde entier me rende l'hommage qui m'est dû. »

Je reculai d'un pas et m'inclinai profondément.

« Ma contessa adorée.

— Mon laquais », dit-elle avant de tirer sa révérence en disparaissant dans la foule.

De retour dans la rue, je marchai vers l'ouest dans la neige de plus en plus épaisse et sentis mes pieds geler progressivement dans les souliers stupides de mon déguisement. De jolies femmes, cachées derrière des masques laqués, riaient et fuyaient à mon approche. Les ruelles vénitiennes, étroites et claustrophobiques, exagéraient ma stature et mon ombre, projetée dans les cours, prenait une ampleur ecclésiastique. Près de la façade baroque de l'église des Jésuites apparut une femme, seule, dans la neige. Elle gloussa en me voyant, gelé et ridicule dans mon déguisement à trois sous, mais elle ne s'enfuit pas. Puis nous rîmes ensemble en nous rendant compte que nous étions les deux seules personnes dehors dans ce quartier obscur de la ville.

L'inconnue masquée, vêtue de blanc virginal, me prit la main lorsque j'essayai de parler, mais posa un doigt sur mes lèvres pour me faire taire. Lui rendant la pareille, je suivis le dessin de sa lèvre inférieure charnue, jusqu'au moment où elle me mordit rudement le doigt. Elle m'entraîna ensuite par d'étroites ruelles et sous des arches, jusqu'à un quartier de la ville où je n'avais jamais mis les pieds.

Lorsque nous nous engageâmes dans un passage trop étroit pour que deux personnes y marchent de front, elle se retourna et noua un foulard sur mes yeux, s'assurant en riant que le bandeau couvrait complètement le masque. Convaincue que je ne voyais rien, elle me guida dans le passage comme un funambule évoluant sur un fil. Au loin, dans le cœur de la ville, les voix des célébrants me parvenaient distantes et abstraites.

Je la suivis aveuglément en lui faisant confiance lorsqu'elle me fit franchir une porte et me guida dans un escalier étroit. Nous pénétrâmes dans une pièce et elle m'ôta le foulard des yeux; l'endroit était tellement sombre que je ne voyais rien distinctement dans cette parfaite obscurité pleine de chaleur, et je n'entendais que le clapotis de l'eau contre la coque de bateaux invisibles amarrés dehors.

Puis je la sentis nue contre moi, sa bouche trouva la mienne, sa langue chercha ma langue qu'elle repoussa tout au fond de ma gorge. Elle avait un goût de vin et d'eau de mer, sa bouche, un distillat de féminitude. Je lui léchai la gorge et les seins tandis qu'elle m'entraînait vers un lit, m'allongeait sur des draps de coton fraîchement lavés, puis défaisait chaque bouton de mon déguisement. Elle me lécha la poitrine au cours de sa descente ronronnante le long de mon corps. Lorsque sa bouche atteignit mon sexe, elle l'enfourna profondément pour le régurgiter ensuite dans un rapide mouvement inversé, comme un mangeur de feu, reculant à la fois les limites du burlesque et du désir. L'agitation de sa langue me hissa sur les sommets de l'orgasme, puis elle me libéra brusquement pour me faire rouler sur elle. Nous nous embrassâmes encore et je reconnus ma saveur à moi, et le goût de sa bouche était différent lorsque je la pénétrai. Je sus à cet instant qu'elle choisirait de rester anonyme. Il n'y aurait pas de cérémonial des masques qui tombent. Tandis que je bougeais en elle et la chevauchais avec abandon, je me rendis à la nuit, une nuit où le sexe s'épanouit comme une fleur sauvage dans une alcôve secrète de l'imagination, lorsque le désir brame et rugit et peut redevenir primitif, animal, innommable comme au temps des cavernes, des forêts, et des feux de joie, quand le feu n'était pas encore un mot et le corps un être sans nom.

A présent, dans la gondole qui glissait entre les lumières jouant à la surface du Grand Canal, j'essayais de me remémorer ses membres longs restés invisibles, de retrouver chacun de ses gestes dans l'empire caduc du toucher, chaque pression de ses seins, réaction de ses jambes, de ses talons, tout soupirs et frémissements dans la récitation incandescente de ce moment de passion. Elle n'avait pas dit un mot, ni moi non plus, et cette seule absence de parole avait renforcé mon excitation.

Lorsque j'ai joui, mon cri a rencontré le sien et nos langues se sont meurtries contre ce bruit. Puis, épuisés et suant, nous étions retombés chacun de notre côté, et de nouveau nous avions entendu le clapotis de l'eau, le martèlement des bateaux contre leurs amarres, le grincement des cordes tendues par les courants, accompagnant notre propre halètement rauque tandis que la fièvre de notre accouplement retombait lentement. Ses cheveux touchaient ma poitrine pendant que nous restions étendus dans la chambre sombre.

Ledare me toucha la joue, les doigts humides d'être restés dans l'eau. « Je donnerais bien cent sous pour lire dans tes pensées.

— Je réfléchissais à la place de l'existentialisme dans la littérature moderne, dis-je.

— Menteur, dit-elle en m'éclaboussant d'un geste espiègle des doigts avec l'eau du canal. Je ne sais pas de quoi il s'agissait, mais j'ai bien vu que c'était agréable.

— Comment on change de vie.

— Cette ville a été construite pour qu'on n'ait jamais envie de la quitter, n'est-ce pas, Jack ? dit Ledare.

— Non. Je crois que les bâtisseurs de cette ville ont fait mieux. Ils ont voulu qu'on ait toujours de quoi rêver.

— Tout est tellement beau que j'en ai le cœur serré.

— Le souvenir de Venise voyage bien, il ne te lâchera pas », dis-je.

Dans la chambre, j'avais entendu des bruits de pas dans la neige, légers et feutrés. La femme quitta brusquement le lit, mais une fois encore elle me posa un doigt sur les lèvres. Elle revint avec mon déguisement et mes chaussures trempées qu'elle avait posés près d'un chauffage. Lorsque je me fus rhabillé, elle me conduisit devant la porte, me laissa promener les mains sur son visage invisible, à la manière d'un aveugle lisant son poème préféré en braille. Elle remit ensuite son masque, puis le mien, avant de nouer de nouveau le foulard devant mes yeux et de me guider dans l'escalier pour retrouver la neige.

Je la suivis dans le froid mordant de la nuit, vers les foules et le début du carême. Je tentai de lui parler dans mon italien Berlitz, pour lui demander son nom, lui expliquer que je souhaitais la revoir, l'inviter à dîner.

Cela la fit rire, et ce rire révéla qu'elle savait que son mystère et son silence étaient les ingrédients essentiels de notre rencontre érotique.

Nous traversâmes un pont et sa main lâcha soudainement la mienne alors que je lui demandais si Venise était sa ville natale. Je voulus l'appeler, crier son nom, mais je n'avais pas de nom à crier. Otant le foulard qui entourait mon masque, je me trouvai désorienté à l'intersection de quatre rues vénitiennes. Je tendis l'oreille, mais sa fuite fut silencieuse. Je tournai en rond, mais ne croisai que d'autres silhouettes, masquées comme moi, qui traversaient des ponts, tenant qui des bouteilles de vin, qui des chandelles ou des lampes de poche. Les faisceaux lumineux des torches s'entrecroisaient dans l'air enneigé. De partout montaient des voix, mais c'est son silence que je désirais.

Je tentai de refaire le chemin à l'envers, mais j'étais à Venise, et cette femme m'avait donné tout ce qu'elle était disposée à donner.

Avant de quitter Venise, j'arpentai longuement la ville, notamment ce quartier obscur proche de l'église des Jésuites où je pensais que m'avait emmené ma maîtresse secrète. Je voulais la remercier, chanter ses louanges, clamer son nom. Je n'avais fait l'amour avec personne depuis la mort de Shyla. Mon corps était resté éteint jusqu'à cette nuit de neige à Venise, cette nuit et cette femme au masque, celle qui comprenait le mystère de rester sans nom, celle qui ne prononça pas un seul mot.

Bien plus tard, je devais me demander si cette femme n'était pas Shyla en personne, me disant qu'il était temps de me remettre à vivre, temps de l'oublier. Se déguiser et jouer à faire semblant étaient l'un des grands plaisirs de Shyla.

Lorsque nous arrivâmes au Gritti, Ledare et moi, je donnai un billet de cinquante mille lires à Gino pour la course. Gino baisa la main de Ledare et lui proposa une promenade gratuite dans les petits canaux, le lendemain. Puis nous montâmes nous changer pour le dîner.

Mike était déjà installé lorsque nous fîmes notre entrée à la Taverna La Fenice, plus tard dans la soirée.

« Prenez place. Ledare, tu es superbe. Tu risques de te faire arrêter, dans cette robe, dit Mike. C'est bien, ici, Jack. Les trois mousquetaires méritent mieux qu'une vulgaire pizzeria, hein ?

— C'est un de mes endroits préférés, dis-je. J'ai pensé que vous aimeriez bien, tous les deux. »

Lorsque le garçon arriva pour prendre les commandes, j'étais en train de commenter le menu.

« Les pâtes sont somptueuses, ici. Les *bigoli con granzeola* sont préparées avec une sauce au crabe. Rien à voir avec nos crabes bleus, mais c'est délicieux quand même. Les plats à base de veau sont tous très bons. Si vous aimez le foie, Venise est le lieu rêvé.

— Dis simplement à ton gars que je prendrai un

hamburger avec une salade verte au roquefort, dit Mike.

— Ici, on ne sert pas de hamburgers. Et en Italie, on n'assaisonne pas la salade au roquefort.

— On ne sert pas de hamburgers. On est dans un restaurant, oui ou merde ? Au Four Seasons, à New York, où tu payes la peau du cul, tu peux avoir un hamburger.

— Moi, sur la question, je m'en remettrai à Jack, dit Ledare. Il est sur son terrain.

— Le coup de la salade au roquefort, je n'y crois pas non plus, ajouta Mike. Où fabrique-t-on le roquefort ? Tu peux répondre à cette question ?

— En France, dit Ledare.

— Exact. En France. Et ce n'est pas la porte à côté, peut-être ? Je parie qu'on est à moins de cinq bornes de la frontière. Moi, je mange la salade au roquefort.

— Pas ce soir, dis-je.

— C'est toujours le tiers-monde, en Italie, ma parole. On pensait que ces gens allaient piger et embrayer pour le vingtième siècle. Commande-moi des légumes avec leurs tranches de veau très fines. Comment appelle-t-on ces espèces de pellicules de viande ? Ça commence par un s.

— *Scallopini*.

— Je te laisse choisir pour moi, Jack, dit Ledare.

— Petite maligne », dis-je en souriant avant de leur commander un vrai festin vénitien qui commença par un carpaccio, suivi d'un risotto aux pointes d'asperges vertes fraîches. Nous achevâmes le repas sur un gigot d'agneau avec des aubergines et des épinards, puis, trop rassasiés pour le dessert, nous demandâmes un espresso et un verre de *grappa*.

La salade de Mike arriva, mais il refusa d'y toucher lorsqu'il découvrit qu'elle était assaisonnée à l'huile d'olive. Je priai donc le garçon, en italien, d'aller nous chercher un certain nombre d'ingrédients à la cuisine. Lorsqu'ils furent sur la table, Mike mélangea un yaourt et de la mayonnaise dans un bol, puis il ajouta de la sauce Worcester et du Tabasco avant d'écraser une tranche de gorgonzola dans la mixture. Le garçon remua la salade verte ainsi agrémentée, sans pouvoir dissimuler une moue de dégoût devant le résultat.

« Un régal, dit Mike ravi en goûtant. Je vous avais bien dit qu'ils avaient du roquefort planqué dans un coin. »

C'est très peu de temps après que Mike aborda le sujet pour lequel il se trouvait à Venise. « Si nous parlions un peu du projet ? Qu'en dites-vous, tous les deux ? Si je vous demande de citer le plus grand changement intervenu dans le Sud depuis la Seconde Guerre mondiale ? »

Ledare réfléchit un moment avant de répondre : « L'invention du gruau de maïs instantané pour le petit déjeuner. Non, pas ça. Le fait de pouvoir acheter un *taco*, dans n'importe quelle bourgade du Sud, ou presque. »

Mike fit la grimace : « Tu n'es pas sérieuse. Et toi, Jack, ton avis ?

— Je ne vais pas travailler sur ton projet, et je me fiche royalement de savoir ce qui a un peu, beaucoup ou pas du tout changé dans le Sud.

— Ça représente un paquet de pognon, Jack. Plus de fric que tu n'as jamais gagné. Je me suis renseigné. En fait, je vous fais une fleur. Il a fallu que je baratine un peu pour vous faire accepter. Ledare a deux ou trois trucs à son actif, un petit nom dans le milieu. Quant à toi, Jack, ton remake de Julia Child et ses livres de cuisine ne fait pas trop mal dans le tableau.

— Je suis hors du coup, Mike.

— Accepteras-tu d'intervenir comme conseiller ?

— Non.

— Pourquoi ?

— Parce que tu vas vouloir nous faire écrire sur Shyla et je vais refuser.

— On n'a pas besoin de dire qu'elle a sauté du pont. Ou on peut juste le signaler en voix off.

— Sans moi. Tu vas aussi vouloir écrire des choses sur Jordan et les années soixante.

— Non. Attends une minute, dit Mike en tenant une main levée. Tu vas un peu trop vite, là. Moi, je veux mettre tout ça dans un contexte. Tu ne comprends pas ? Ce n'est pas seulement notre histoire à nous. C'est celle du siècle. Mon grand-père qui arrive à Waterford sans connaître plus de dix mots d'anglais. Il rencontre ton grand-père, Jack. Leurs deux vies en seront définitivement changées. Nous sommes autour de cette table, ce soir, à Venise, à cause d'un pogrom qui a eu lieu en Russie en 1919. Ce n'est pas la vérité ?

— Si, dis-je. C'est la vérité.

— Ecoute, c'est ce passé qui nous définit, que ça nous plaise ou pas. Après, on a eu notre part de merde. Tu posais la question de Jordan. Putain, un peu qu'on va en parler, de Jordan. Qui nous a changés plus que Jordan Elliott ? Tu sais où il est, Jack ?

— La rumeur dit qu'il est mort. Nous avons tous assisté au service célébré à sa mémoire.

— La rumeur dit qu'il est vivant et que tu sais où il se trouve. La rumeur dit aussi qu'il vit en Italie.

— Si c'est le cas, il n'a jamais cherché à entrer en contact avec moi, dis-je.

— S'il l'avait fait, tu me le dirais ? demanda Mike.

— Non, je ne te le dirais pas.

— Je ne suis pas d'accord avec ce que cet enfoiré a fait pendant la guerre, mais bordel de Dieu, c'est une sacrée histoire. Surtout si l'on apprend comment il a réussi à s'en tirer.

— Ça, tu pourrais l'inventer, non ? demanda Ledare. Peut-être que Jack a raison. Peut-être qu'il est mort en essayant de fuir ou de se cacher.

— Je veux trouver la vérité, dit Mike. C'est une question de principe, il faut que nous soyons aussi proches que possible de la réalité des faits. Je vais mettre la main sur cet enfoiré et lui filer un gros paquet de fric pour qu'il raconte son histoire.

— Il a dit "principe" ? interrogea Ledare feignant la surprise. Est-ce que Mike a bien prononcé le mot "principe" ?

— Encore un détail de boulot, dit Mike sans relever l'ironie de Ledare. Je tiens à ce que vous m'écoutiez jusqu'au bout avant de vous mettre à hurler tous les deux. Je connais votre réaction à l'avance, mais ce que j'ai à vous dire risque de vous surprendre.

— Vas-y, on écoute, dit Ledare avec un haussement d'épaules.

— Je fais partie du comité de soutien de Capers Middleton dans sa course pour le poste de gouverneur de Caroline du Sud. Je m'occupe du financement de sa campagne. Nous aimerions beaucoup ajouter vos deux noms à la liste de ses partisans. »

Ledare eut l'air parfaitement ébahie et demanda : « Comment dit-on "Va te faire foutre" en italien, Jack ?

— Tu n'as pas besoin de savoir. Tu n'as qu'à dire "Va te faire foutre" comme ça, en anglais, deux fois, une pour toi, une pour moi.

— Je connais très bien vos motifs à tous les deux. Mais vous avez tort, l'un et l'autre. L'animal a changé. J'ai parlé avec lui à New York avant de prendre l'avion pour Venise, et c'est un type qui regarde du côté de l'avenir. Il a un certain nombre d'idées franchement révolutionnaires sur la façon de financer l'éducation et l'industrie pour accéder au siècle prochain.

— Waouh, Mike, miaula Ledare avec une candeur assassine. Tu oublies que j'ai été mariée avec ce type qui regarde du côté de l'avenir. Il avait aussi des idées révolutionnaires sur la façon de contribuer à l'éducation de ses enfants. Il ne donnait pas un sou.

— Votre divorce fait un petit peu problème dans sa campagne électorale. Je ne te mentirai pas, dit Mike.

— Tant mieux, dit-elle. C'est un salaud dépourvu de cœur et de pitié, Mike. Je suis tombée amoureuse de lui, autrefois, je l'ai épousé, j'ai eu deux enfants de lui, et j'ai appris à le détester lentement et sûrement, au fil du temps. Il distille le poison là où il faut, et aussi où il ne faut pas.

— Il a des remords par rapport à toi, Ledare. Il me l'a dit lui-même. Il reconnaît qu'il a été vraiment moche.

— Université de Caroline du Sud, interrompis-je, 1970, Mike. Année capitale. Tu te rappelles peut-être qu'on a appris des choses fort instructives sur Capers Middleton, cette année-là.

— Pas tout le monde, dit Ledare. Certains d'entre nous n'ont tiré aucune leçon concernant la nature ou le sens de l'intégrité de Capers après cet épisode révélateur. Une personne a fait fi de cet événement stupéfiant, et l'a épousé. »

Mike respira profondément et laissa passer notre colère avant de reprendre la parole. « Personne n'a détesté Capers autant que moi pour ce qu'il a fait. Mais il continue d'assumer et pense toujours avoir perpétré un acte de patriotisme. Il veut nous raconter tout ce qui a conduit à cette soirée devant le conseil de guerre. Ça sera dans la minisérie.

— Désolée, Mike, je ne suis pas dans le coup, dit Ledare.

— Mais putain où est le problème ? dit Mike. En plus, je sais que vous avez tous les deux besoin de fric.

— C'est donc ça, Mike ? demandai-je. Tu crois que tu peux nous acheter, que nous sommes à vendre à condition d'offrir le bon prix ?

— Je n'ai jamais parlé d'acheter qui que ce soit, Jack, dit Mike dont le ton changea. Je parle de faire du bon boulot, de raconter une super histoire, et de réapprendre à nous connaître. L'argent, c'est la cerise sur le gâteau. Tu sais, autant de glace au chocolat que tu peux en ingurgiter.

— Et ton copain Capers, il veut raconter à tout le monde le rôle héroïque qu'il a joué à la fac ? Redorer son blason de héros américain ?

— Pour des tas de gens, il a été héroïque. Je dirais que quatre-vingt-quinze pour cent de la population de Caroline du Sud était d'accord avec ce qu'il a fait.

— Les mêmes qui étaient d'accord pour faire la guerre au Viêtnam.

— Les années soixante. Ça, c'est archiringard, Jack. Et ça fait un bide au box-office, dit Mike, toujours mal à l'aise sous le regard inflexible de Ledare.

— Je veux que les choses soient claires, Mike. Alors je vais les éclaircir tout de suite. Sans m'embarrasser de formules. Tout ce à quoi je croyais pendant les années soixante, j'y crois encore de tout mon cœur. Je n'ai rien renié. Rien, dis-je.

— Il y avait une bonne dose de conneries moralisantes, reconnais-le, dit Mike.

— Je reconnais. Et je persiste à y croire.

— D'accord, ce qu'a fait Capers peut se discuter. Je ne suis pas hostile au débat. Mais personne n'a subi de préjudice. Tu as été arrêté, Jack, mais tu n'as pas fait de prison ferme.

— Erreur, tout le monde a écopé. Ça a été un coup de poignard, Mike. Tu comprends ? On adorait Capers, on avait foi en lui, on le suivait. » Je souris. « Mais tu t'en es remis. Tout le monde s'en est remis.

— Pas le gars que tu recherches. Je suis sûre que Jordan ne s'en est pas remis, dit Ledare. S'il s'avère qu'il est toujours en vie, évidemment.

— Est-ce que tu sais où il se trouve ? me redemanda Mike.

— Non, Mike. Nous avons assisté au service célébré en sa mémoire, tu te souviens ? A cause de Capers Middleton, personne n'a revu Jordan depuis 1970. »

Mike sortit un chéquier de sa poche-poitrine et rédigea un chèque de dix mille dollars qu'il me tendit.

« Il s'agit d'un acompte. Tu me conduis à Jordan... et il y a un autre chèque du même montant qui t'attend. »

J'ai regardé le chèque, et j'ai ri. Puis j'ai allumé un coin à la flamme d'une bougie presque entièrement consumée qui se trouvait sur notre table. J'ai regardé le chèque se transformer en une torche somptueuse, puis je l'ai lâché dans la tasse de Mike.

« Mike, observe-moi bien. Tu as besoin de réviser un peu pour l'examen final. Il faut que tu réapprennes à être un être humain. Tu faisais ça très bien, autrefois. Tu as juste oublié les pas. »

Mike se pencha en avant, les yeux brillant de rancœur.

« J'ai une nouvelle pour toi, Jack. Terminé, le temps où tu étais le capitaine de toutes les équipes. L'école est finie, et regardons les choses en face, le petit Mike surclasse tout le monde. Que tu prennes le "Who's Who", "People" ou la nuit des Oscars, Michael Hess est quelqu'un avec qui il faut compter dans le monde du cinéma. Nous tous qui sommes réunis à cette table, nous avons cartonné. Ledare est l'auteur de scénarios célèbres. Tu écris des livres de cuisine pour touristes obèses plus un guide en passant pour aider des connards à trouver la chapelle Sixtine. Mais c'est moi qui ai décroché la timbale.

— Tais-toi, Mike, je t'en prie, dit Ledare. Ecoute un peu ce que tu dis. Se vanter d'avoir les honneurs d'un torchon comme "People". Tu es pathétique.

— Je dirai ce que j'ai à dire. Regarde Jack. Il se drape dans sa morale. Pourquoi le prendre de si haut, Jack ? C'est quoi, la putain de raison de cette arrogance ? Tu nous la joues saint François d'Assise en brûlant le chèque. Mais j'ai appris une chose, mec. Si je fais un chèque assez gros, si je continue d'ajouter des zéros, je finirai par trouver le prix pour lequel tu te mettras à genoux pour me tailler une pipe.

— Tu auras des crampes avant, Mike », répliquai-je avec un sourire pour détendre un peu l'atmosphère. Mais Mike était apparemment résolu à poursuivre l'attaque frontale.

« Tu m'accables de ton mépris. Tu accables Capers Middleton de ton mépris alors que son seul péché est de vouloir faire de la Caroline du Sud un endroit où il fait bon vivre. Peut-être que nous ne sommes pas à la hauteur de tes grands principes, Jack, mais nous, quand nous épousons une femme, elle n'enjambe pas le pont. Nos petites amies à nous, elles se baladent toutes avec leur sac Gucci et leur carte de crédit. On n'en a repêché aucune au fond du fleuve. Désolé d'être brutal, mon vieux, mais les choses sont comme elles sont. »

J'ai fermé les yeux pour ne les rouvrir qu'après avoir retrouvé le contrôle de moi-même. J'avais envie d'attraper Mike par-dessus la table et de le frapper en plein visage jusqu'à voir le sang couler sur mon poing. Puis j'ai pensé à Leah et Shyla, et je n'ai pas répondu à l'agression de Mike.

« Vas-y, Jack, dit calmement Ledare. Tue-le. Il le mérite.

— Je suis désolé, dit brusquement Mike. Je jure que je suis désolé, Jack. Ce n'est pas moi qui ai dit ces choses. Ouvre les yeux. Tu verras le mot remords écrit en gros sur toute ma personne. R-E-M-O-R-D-S. Oui, remords. A l'état pur. Je te promets, Jack. Ce n'est pas moi qui parlais. Personne n'aimait Shyla plus que moi. Tu m'accorderas bien cela. »

J'ai ouvert les yeux et dit : « Je te l'accorde. Tu aimais Shyla et c'est la seule et unique raison qui me retient de t'expédier noyer tes remords dans le Grand Canal.

— Laisse-moi le faire, dit Ledare. Pas toujours les garçons qui font les choses amusantes.

— Jolie réplique, dit Mike. Note-la que je la fasse taper demain matin. On la mettra dans le scénario. »

La soirée s'acheva. Pendant le trajet du retour pour rejoindre le Gritti, Mike essaya de rattraper les dégâts et fut parfaitement charmant, au point de m'arracher un petit rire.

Je ne dis pas un mot, me contentant d'écouter Mike. Je le connaissais assez pour comprendre que les plaisanteries et galéjades participaient du rituel compliqué par lequel il exprimait ses excuses. Mais sous le rire, mon cerveau était en ébullition. Il fallait que je rentre à Rome pour prévenir Jordan Elliott que Mike Hess était à ses trousses.

5

J'accompagnai Martha à l'aéroport de Rome, et une fois sur place elle vérifia plusieurs fois ses billets pour la Caroline du Sud, tandis que des soldats de l'armée italienne passaient à côté d'elle avec leurs fusils-mitrailleurs.

« Je ne me ferai jamais à toutes ces mitraillettes dans les aéroports, dit-elle.

— Ça fait baisser les vols à l'étalage, dis-je. Je vous offre un cappuccino ici. On ne me laissera pas vous suivre dans la zone d'embarquement.

— A cause du terrorisme.

— Je suppose. Les Brigades rouges sont en relative décomposition. Mais l'OLP tient toujours la forme. La Libye fait parler d'elle. L'IRA est dans le circuit. Il y a même un mouvement de libération en Corse.

— Pourquoi habitez-vous ici avec tout ce qui s'y passe ?

— Atlanta n'était pas la capitale du meurtre pour les Etats-Unis, l'année dernière ?

— Si, mais l'aéroport est parfaitement sûr. »

Nous nous offrîmes donc un cappuccino en regardant un groupe de Saoudiens en tenue éclatante, qui entraient dans le bâtiment, croisant un large contingent de natifs du Ghana enroulés dans leurs étoffes aux motifs ethniques. On avait l'impression qu'à condition de rester suffisamment de temps dans l'enceinte de l'aéroport de Rome, on pouvait être certain de voir défiler un citoyen de chaque pays du globe, et cette mise en relation avec le monde entier ne manquait jamais de m'exciter. Mes narines percevaient l'odeur de l'amour des voyages, et je sentais la montée d'adrénaline chez les voyageurs lorsqu'ils levaient les yeux pour consulter le tableau des départs et déchiffraient les numéros inscrits en petits caractères nets sur leurs titres de transport. Dans un aéroport, je pouvais voir bouger le temps. Les gens passaient par le goulot d'étranglement des portes comme le sable dans un sablier.

« Je n'ai pas besoin de vous le dire, Jack : Leah est une enfant superbe. Vous faites un travail formidable.

— Je me contente de regarder, Martha. Elle s'élève toute seule.

— Je voudrais tant que vous la rameniez chez nous.

— C'est peu probable, dis-je aussi gentiment que possible. Désolé, Martha.

— Je vous promets qu'il n'y aura pas de scènes.

— Comment pouvez-vous faire une telle promesse ? Pas avec votre père.

— Est-ce que vous l'avez toujours détesté ? demanda-t-elle doucement. Même quand vous étiez gosse ? Nos maisons étaient adossées l'une à l'autre.

— Non, je ne me suis mis à le haïr qu'en apprenant à le connaître vraiment. Je crois que ça a commencé lorsqu'il a observé les sept jours de deuil raditionnels après le mariage de Shyla qui venait de m'épouser.

— Ma mère l'avait supplié de ne pas le faire.

— Ensuite, lorsqu'il a observé le même rituel une seconde fois après la mort de Shyla, la haute opinion que j'avais de lui n'a fait que croître.

— C'est un bon Juif. Il avait raison d'observer les sept jours de deuil cette fois-là.

— Mais c'était une vraie saloperie de le faire pour son mariage avec moi, explosai-je.

— Encore une fois, il croyait être un bon Juif.

— Et un sale con comme être humain. Est-ce que vous aimez votre père, Martha ? Parce que Shyla ne l'aimait pas du tout. »

Martha resta un moment songeuse.

« Je le respecte, Jack. J'ai pitié de lui. A cause de tout ce par quoi il est passé.

— Ce par quoi il est passé, il l'aura fait payer au centuple au reste du monde.

— Il dit que pour lui, l'épreuve la plus cruelle qu'il ait eu à subir est celle que vous lui infligez en le coupant de sa petite-fille, dit Martha.

— Parfait. Jack McCall coiffe la Seconde Guerre mondiale au poteau dans une compétition serrée pour déterminer qui peut infliger les pires souffrances à George Fox [1].

---

1. George Fox, fondateur de la secte des quakers. *(N.d.T.)*

— Il n'est pas responsable de ce qu'il est, ni de ce qui le fait souffrir.

— Moi non plus, Martha. A présent, il est temps que vous passiez au contrôle de sécurité. »

Au moment de nous quitter, nous nous sommes embrassés, et nous sommes restés enlacés un long moment.

« J'apprécie votre démarche, Martha. C'était un très beau geste. Vous avez couru le risque, c'est bien.

— Ce n'est qu'un début, j'espère. Nous aimerions que Leah fasse partie de notre vie, Jack. Ma mère tient beaucoup à vous voir.

— Remerciez-la. Je vais y réfléchir.

— Vous et Shyla, Jack, dit Martha d'un air songeur. Je n'ai jamais compris comment ça avait pu marcher.

— Personne n'a compris », dis-je tandis que Martha se tournait pour affronter le regard opaque de cinq responsables de la sécurité, armés jusqu'aux dents.

Je regagnai mon appartement où je passai le reste de la journée à travailler à mon article sur Venise et le Gritti. J'aime écrire sur des villes et des cuisines étrangères parce que cela me maintient à une certaine distance des sujets qui me touchent de trop près.

Pour capter l'âme du lieu, dans chaque pays que je visite, je m'efforce de transformer le mal du pays en une sorte d'écriture sacrée pour décrire ce que les autochtones chérissent le plus dans leur propre pays. Ecrire sur Venise constitue toujours un défi. Cette ville est une queue de paon déployée en éventail sur l'Adriatique, et la seule infinité de ses charmes miroitants vous donne le désir de posséder une nouvelle langue secrète, débordante de mots vierges dont on ne peut user que pour décrire la Sérénissime à des étrangers. Venise me renvoie toujours à l'insuffisance de la langue lorsqu'elle est confrontée à tant de beauté intemporelle. J'ai consacré tellement d'heures à m'efforcer de faire mienne, et mienne exclusivement, cette ville trop visitée. J'ai tenté de remarquer des choses qui surprendraient même les Vénitiens.

Mon article terminé, je tapai quatre recettes envoyées par quatre chefs vénitiens, puis j'expédiai le tout au responsable de la rubrique « The Sophisticated Traveler » du « New York Times ». Ayant remis le paquet au *portiere*, je traversai ensuite le Tibre pour aller chercher Leah à l'école juive qu'elle fréquentait une fois par semaine.

Leah sortit entourée d'autres enfants, tous les garçons portant de jolies *yarmulkes*, aussi petites que des mitaines. Elle courut à ma rencontre lorsqu'elle m'aperçut, et je la soulevai pour l'entraîner dans un tourbillon en pleine rue.

« Est-ce que tante Martha est arrivée à l'heure pour son avion ? demanda Leah. Je l'aime beaucoup, tu sais, papa. Nous avions tellement de choses à nous dire.

— Elle t'adore littéralement, chérie. Mais tout le monde t'adore.

— Elle m'a posé une question à laquelle je ne savais pas répondre, dit-elle comme nous nous remettions en route.

— Quelle était cette question ?

— Est-ce que je suis juive, papa ? demanda Leah. Martha m'a posé cette question, et le rabbin me pose toujours la même. Il n'aime pas que j'aille dans une école catholique, le rabbin.

— Suor Rosaria n'aime pas que tu ailles à l'école juive. Mais selon la loi juive, tu es juive.

— Mais pour toi ? interrogea-t-elle. Pour toi, je suis quoi ?

— Je ne sais pas, Leah, avouai-je tandis que nous parcourions les rues bruyantes du Trastevere pour rejoindre le fleuve. Pour moi, la religion est une chose étrange. J'ai été élevé dans la religion catholique, et pourtant l'Eglise m'a fait beaucoup de mal. J'y ai appris la peur des autres, la peur du monde. Mais aussi l'émerveillement. Ta mère était juive et fière de l'être. Elle voulait que tu aies une éducation juive, c'est pour cela que je t'envoie à l'école juive.

— Toi, tu veux que je sois quoi ?

— Ce que je veux n'a pas d'importance. Tu pourras faire tes choix. Ce que j'aimerais, c'est que tu étudies les deux religions, et que tu les rejettes toutes les deux.

— Est-ce qu'on y vénère des dieux différents ? demanda-t-elle.

— Non, chérie. Je crois que c'est le même gars. Je sais que je vais payer plus tard pour ce que je viens de dire. Tu vas grandir sans racines religieuses, et lorsque tu auras dix-huit ans, je te retrouverai en sari safran de Hare Krishna, le crâne rasé, en train de psalmodier en hindi et de taper sur un tambourin à l'aéroport d'Atlanta.

— Je veux juste savoir si je suis juive ou catholique.

— Comme tu veux, chérie. » Et je serrai fort sa main.

« Martha dit que je suis juive.

— Si c'est ce que tu veux, eh bien tu es juive. Je serais ravi que tu sois juive. Rien ne pourrait agacer davantage ma famille.

— A quoi ressemble la Caroline du Sud ? demanda Leah, changeant de sujet.

— Une horreur. C'est très laid, et très déprimant à voir. Ça empeste en permanence, et le sol grouille de serpents à sonnettes. Il y a des lois qui font de tous les enfants des esclaves depuis leur naissance jusqu'à l'âge de dix-huit ans. L'Etat interdit la vente de glaces et de bonbons à l'intérieur de ses frontières et exige que tous les enfants mangent cinq livres de choux de Bruxelles par jour.

— Je déteste les choux de Bruxelles.

— Et ce n'est que le début. Tous les petits chats et les petits chiens sont noyés à la naissance. Des choses comme ça. Personne n'a envie d'aller là-bas. Tu peux me croire.

— Tante Martha a dit que c'était très beau et qu'elle voulait que je vienne la voir l'été prochain. Je peux ? » Nous avons continué de marcher, sans réponse de ma part.

« Quel parfum tu veux ? demandai-je comme nous entrions dans le bar près de la Piazza Trilussa. *Limone o fragola ?*

— *Fragola*, dit-elle, mais tu n'as pas répondu à ma question.

— Tu as envie de manger cinq livres de choux de Bruxelles par jour et d'être vendue comme esclave ?

— Tu dis tout cela seulement pour que je ne pose pas de questions sur maman. »

Nous mangeâmes nos glaces en silence. La mienne était à la noisette, dont le goût me rappelle la fumée, le gel, et l'obscurité. Leah avait choisi un cornet à la fraise. Chaque jour, elle alternait entre la saveur du citron et celle de la fraise ; c'était une façon à elle de structurer et d'ordonner sa vie sans maman.

Sur le Ponte Sisto, nous nous arrêtâmes pour regarder le Tibre dont le cours s'accélérait à l'approche des rapides, près de l'Isola Tiberina. Deux vieux pêcheurs jetaient leurs lignes dans le fleuve, mais je savais que moi, je n'aurais pas le simple courage physique de manger un poisson pêché dans ces eaux impures. Même sous la plus douce des lumières, le Tibre semblait fétide et chassieux.

« Je sais tout pour maman, dit Leah en léchant sa glace.

— Si Martha a dit un seul mot...

— Elle n'a rien dit, s'empressa d'intervenir Leah. Il y a longtemps que je suis au courant.

— Comment l'as-tu appris ? dis-je, en prenant soin de ne pas la regarder, gardant donc les yeux fixés sur les pêcheurs.

— J'ai entendu Maria parler avec le *portiere*, dit-elle. Ils ne savaient pas que j'écoutais.

— Ils ont dit quoi ?

— Que maman s'est tuée en se jetant d'un pont », dit Leah, et au fur et à mesure que les mots sortaient de la bouche de ma jolie petite fille trop sérieuse, je sentis mon cœur se dérober cruellement. Elle essayait de dire les choses comme si de rien n'était, mais les mots martelaient l'autorité terrifiante de l'acte commis par Shyla. A cet instant précis, je sus qu'en la traitant en égale, je lui avais volé toute chance d'être une enfant. Pire, j'avais permis à Leah de me materner, dérobant à une enfant généreuse et tendre ce que ma propre mère ne m'avait que rarement offert. J'avais laissé Leah porter mon implacable chagrin, j'avais transformé son enfance en devoir.

« Maria a dit que ma mère brûlait en enfer. C'est ce qui arrive aux gens qui se donnent la mort.

— Non », dis-je en m'agenouillant à côté d'elle pour la serrer contre moi. Je voulus voir si elle pleurait, mais mes propres larmes brouillaient ma vue.

« Ta maman était la femme la plus douce et la plus gentille que j'aie rencontrée, Leah. Aucun Dieu jamais ne chercherait vengeance d'une femme aussi bonne. Aucun Dieu ne ferait de reproches à une femme qui a tant souffert. Si un tel Dieu existe, moi je lui crache dessus. Tu comprends ?

— Non, dit-elle.

— Ta maman avait des périodes de grande tristesse, murmurai-je à voix basse. Elle les sentait venir et me prévenait qu'elle devait partir un moment. Mais qu'elle reviendrait. C'étaient alors les docteurs, l'hôpital. Ils lui donnaient des médicaments, ils faisaient tout ce qu'ils pouvaient. Et elle revenait toujours. Sauf la dernière fois.

— Elle devait être très triste, papa, dit Leah qui pleurait carrément, à présent.

— Oui.

— Tu ne pouvais pas l'aider ?

— J'ai essayé, Leah. Tu peux me croire.

— C'était à cause de moi ? Elle était malheureuse que je naisse ? » demanda Leah.

Toujours à genoux, je la serrai plus fort encore, la laissant pleurer tout son soûl avant de parler.

« Jamais aucun bébé n'a été aimé comme ta maman t'a aimée. Ses yeux débordaient d'amour dès qu'elle te regardait. Elle ne pouvait se retenir de te toucher, elle aurait voulu toujours te nourrir au sein. Shyla adorait tout chez toi.

— Alors pourquoi, papa ? Pourquoi ?

— Je ne sais pas, ma chérie. Mais je vais essayer de te dire tout ce que je comprends. Je te le promets, à condition que tu retires ton cornet de glace à la fraise de mon cou. »

Nous avons ri ensemble et nous sommes mutuellement séché nos larmes avec les serviettes en papier données par le marchand de glaces. Je laissai Leah essuyer la glace maculant mon col et coulant sur ma nuque. Deux minuscules bonnes sœurs arrivèrent vers nous sur le pont, et lorsque mon regard croisa celui de l'une d'elles, elle regarda le sol, comme un escargot rentre dans sa coquille.

« Tu crois qu'elle a eu mal ? demanda Leah. Quand elle est tombée dans l'eau ?

— Je ne crois pas qu'elle sentait grand-chose. Elle avait avalé un paquet de comprimés avant de monter dans la voiture.

— Le pont, papa, dit-elle, il était plus haut que celui-ci ?

— Beaucoup plus haut.

— Tu crois qu'elle pensait à la nuit de la plage ? Quand la maison a sombré dans la mer ? Quand elle est tombée amoureuse de toi ?

— Non, chérie. Elle avait atteint un point de sa vie où elle ne pouvait simplement plus continuer.

— C'est trop triste. Vraiment trop triste, dit Leah.

— C'est pour cela que je ne pouvais pas t'en parler. Pour cela que j'aurais voulu que ce jour n'arrive jamais. Pourquoi est-ce que tu ne m'as pas posé toutes ces questions quand tu as découvert ?

— Je savais que tu pleurerais, papa. Je ne voulais pas te rendre malheureux.

— C'est mon boulot d'être malheureux, dis-je en caressant ses cheveux bruns. Ne te fais pas de mauvais sang pour moi. Tu peux tout me dire.

— Ce n'est pas ce que tu disais. Tu disais qu'on devait prendre soin l'un de l'autre, que c'était notre boulot justement. »

Je soulevai ma petite fille adorée et la serrai fort contre moi avant de la hisser sur mes larges épaules.

« Tu sais maintenant, bébé. Tu vas apprendre à

vivre avec la mort de ta maman jusqu'à la fin de tes jours. Mais toi et moi, on forme une équipe, et on va faire des choses formidables. Compris ?

— Compris, dit Leah, qui pleurait encore.

— Est-ce que tu as parlé de cela à tante Martha ?

— Non, je me suis dit que tu serais furieux contre elle. Je veux aller la voir. Je veux connaître le reste de ma famille, papa », dit-elle avec toute l'équanimité d'une enfant résolument précoce.

6

Le lendemain matin avant l'aube, Leah se faufila dans mon lit et vint se blottir contre moi, son petit corps souple et leste comme un chaton pelotonné contre mon dos. Elle me caressa les cheveux et nous sombrâmes de nouveau dans le sommeil. Les mots étaient inutiles, et la force véritable de cette enfant m'émerveilla.

Lorsque nous nous éveillâmes enfin, je me rendis compte qu'il était tard et secouai doucement Leah.

« Il faut se préparer. Maria t'emmène à la campagne rendre visite à sa famille, aujourd'hui.

— Pourquoi tu ne viens pas avec nous ? dit-elle en sautant du lit après m'avoir fait un gros baiser.

— Je viendrai plus tard, promis-je. J'ai des choses à régler à Rome d'abord.

— Maria est déjà arrivée, dit Leah. Sens le café. »

Après les avoir mises au car qui allait au village de Maria, je descendis la Via dei Giubbonari, encore ébranlé et meurtri par la réalité de ce que Leah savait désormais.

Je traversai le quartier juif, passai devant le théâtre de Marcellus, où vivait un sans-logis, derrière une arche noire et au milieu d'un peuple de chats. L'homme était inoffensif et schizophrène, et j'avais vu des vieilles femmes du quartier laisser des restes de pâtes dans un même plat pour l'homme et les chats.

Je coupai en direction de la Via di San Teodoro, avant de traverser le Circus Maximus, pour parcourir toute une roseraie au début du mont Aventin. Le jardin offrait une vue panoramique tant du Circus Maximus que du mont Palatin, avec ses palais brisés couleur de terre, alignés sur la crête comme un alphabet en ruine.

Je me retournai, balayai du regard la partie de la ville que je venais de quitter, et repérai un coin au milieu des roses, d'où je pourrais vérifier que je n'avais pas été suivi. Il me paraissait parfois stupide de prendre ce genre de précautions, mais la soudaine apparition de Pericle Starraci sur la piazza, ajoutée au projet de film de Mike, semblait justifier ma prudence.

Je quittai la roseraie et longeai l'orangerie, tandis que des mères de famille promenaient leurs jeunes enfants, et que des touristes se faisaient photographier, avec le Vatican présent, en tout petit, dans le lointain, derrière le Tibre. Après avoir dépassé Santa Sabina, je m'engouffrai dans une cour et feignis d'étudier les fragments de mosaïque coiffant la nef de l'église, tout en guettant de nouveau l'implacable inconnu susceptible de percer le mystère de Jordan Elliott à cause de mon manque de prudence.

C'était à cause de Jordan, et pas de Leah, que j'avais repéré la filature de Pericle Starraci dès qu'il m'avait identifié sur le Campo dei Fiori. « La paranoïa prend une saveur plus piquante lorsque le danger est réel », avais-je écrit un jour à Jordan, sur une carte postale envoyée de Bergen, en Norvège.

Je traversai à grands pas la Piazza dei Cavalieri di Malta, où un car plein à craquer de touristes américains déversait sa cargaison de bétail.

Lorsque je fus certain de n'être pas suivi, j'entrai prestement dans la chapelle bénédictine de Sant'Anselmo. On y célébrait la messe, et j'entendis les moines lever la voix pour l'antique chant grégorien tandis que je me dirigeais vers le troisième confessionnal de la travée de gauche. Un panneau indiquait que le confesseur parlait allemand, italien, français et anglais. Ayant vu sortir deux Italiennes se signant, j'allai m'agenouiller. Le prêtre qui se trouvait derrière la grille éteignit le lumignon extérieur, indiquant ainsi qu'il en avait terminé d'absoudre les crimes contre Dieu pour la journée.

« Père Jordan, dis-je immédiatement.

— Jack, répondit Jordan. Je t'attendais. Quatre personnes sont déjà venues se confesser à moi ce matin. Un record, je crois.

— Le bruit s'est répandu, murmurai-je. Un saint homme est à disposition à Sant'Anselmo.

— Pas vraiment. Désires-tu que je t'entende en confession, Jack ?

— Non, je ne crois pas. Je n'en suis pas encore là. »

Les voix des moines s'élevèrent, pour chanter sereinement Dieu.

« Dieu est patient, Jack. Il attendra.

— Oh non ! Il n'existe pas. En tout cas, il n'existe pas pour moi.

— C'est faux. Il existe pour chacun de nous, différemment.

— Donne-moi une preuve de l'existence de Dieu.

— Donne-m'en une qu'il n'existe pas, répondit doucement le prêtre.

— Ce n'est pas une vraie réponse.

— Ce n'est pas une vraie question non plus, dit Jordan.

— Tu pourrais au moins essayer, insistai-je. Parle-moi de la splendeur des couchers de soleil, raconte-moi la délicate beauté des flocons de neige. Explique-moi avec des mots, même s'ils sont stupides ou ridicules, pourquoi tu crois en Dieu. »

Jordan soupira. Je savais que sa foi à lui l'avait travaillé au long de jours et de nuits de désespoir, et au moment de l'assaut, il était prêt et s'était laissé dévorer comme un agneau. Etre prêt, Dieu a besoin de cette ouverture, songeai-je, tandis que j'écoutais mon ami dans l'air sombre et empreint de latinité.

« Jack, dit Jordan. Pour moi, l'aile d'une mouche est une preuve suffisante de l'existence de Dieu.

— Moi, j'ai perdu le don de la foi. Je l'avais autrefois, mais je l'ai perdu, et apparemment je ne le retrouvérai jamais. Je ne suis même pas sûr de vouloir le retrouver. J'ai oublié comment on prie.

— Tu es en train de prier en ce moment, Jack. Tu cherches. Le chemin est différent pour chacun de nous. » Jordan se tut un instant avant de demander : « Comment s'est passé le voyage à Venise ? Comment va Mike ? Comment va la jolie Ledare ?

— Ils vont bien tous les deux, encore que Mike cultive le style hollywoodien à fond. On dirait que ses vêtements ont été taillés dans de la peau de prépuce de lama.

— A quoi ressemble le film que veut faire Mike ? demanda-t-il, ignorant mes commentaires.

— Le genre qui racontera l'histoire de Jordan Elliott, disparu en 1970 et dont plus personne n'a entendu parler depuis. »

Le chant grégorien s'était tu et l'église sentait fort l'encens et le cierge fondu. Tout semblait en suspens et j'étais conscient de l'étrange immobilité de Jordan.

« Quelle histoire veut raconter Mike, à propos de Jordan Elliott ?

— Il veut raconter notre histoire. Y compris les années soixante. Une sacrée bonne histoire.

— Qui se termine avec la mort de Jordan.

— Ça, c'est la fin officielle, dis-je. Mais je te file mon billet que ce n'est pas celle à laquelle croit Mike. J'ai insinué qu'il se la jouait un tout petit peu. Je n'ai pas dit qu'il était devenu complètement idiot. »

Je tentai d'observer le visage de Jordan à travers la grille du confessionnal, mais comme toujours, il portait son capuchon baissé sur le front. Jordan n'était plus qu'une voix pour moi, désormais, ce qui correspondait à ses efforts constants depuis ce jour stupéfiant où sa mère était venue à Rome me dire qu'il vivait là en secret. Parce qu'il était un homme traqué, Jordan avait accepté de me rencontrer si j'acceptais moi-même de ne pas le voir à visage découvert.

« Comment Mike a-t-il entendu dire que j'étais encore en vie ? » demanda le prêtre, et il y avait une sorte d'épuisement dans sa voix, une fêlure que je n'avais encore jamais entendue.

« La même source. Toujours la même source. Lorsque Mrs. McEarchen est allée à confesse au Vatican, il y a plusieurs années, et qu'elle a eu pour confesseur quelqu'un à qui elle avait enseigné l'anglais en classe de première.

— Erreur sur la personne, dit Jordan. C'est ce que je lui ai dit ce jour-là.

— Il se trouve qu'elle enseigne aussi la diction au lycée de Waterford. Elle se targue de ne jamais oublier une voix. »

Jordan se gaussa, mais il était ébranlé par ce que je lui avais dit. « Quelle est la probabilité que j'entende en Italie la confession d'un professeur d'anglais de Caroline du Sud qui m'aurait appris "Life on the Mississippi" quand j'étais au lycée ?

— Faible, admis-je. La rumeur a pris de l'ampleur après son retour en ville. Mais elle était déjà dans l'air depuis le jour de ta mort prématurée.

— J'étais tellement accablé. Je n'avais pas eu le temps de réfléchir à tout.

— Tu t'en es assez bien tiré. J'ai lu l'avis de décès dans le journal, et j'ai assisté au service religieux où je tenais les cordons du poêle à titre honorifique.

— Mike aussi.

— Il a interrogé Mrs. McEarchern. Beaucoup de gens trouvent son histoire fort crédible. Elle n'est pas folle et n'a pas la langue dans sa poche. Quelle meilleure cachette, en ce monde moderne, que la prêtrise ?

— Non, Jack, dit le prêtre. Encore une chose que tu n'as jamais comprise. La prêtrise est la plus mauvaise des cachettes. On devient prêtre pour ôter le masque, pour sortir de son trou.

— Toi, tu es devenu prêtre parce que tu avais le talent de la fuite, pas parce que tu étais doué pour prendre les choses de front. Sur ce chapitre, nous faisons la paire, toi et moi.

— Je suis devenu prêtre pour me consacrer davantage au Dieu que j'adore, s'énerva Jordan. Espèce d'enfoiré de bas étage. »

Je toquai contre la fine cloison ajourée me séparant de l'oreille de mon confesseur. « Excusez-moi, Seigneur. Mon confesseur vient de m'insulter grossièrement.

— Parce que j'ai été poussé à bout.

— Je t'apporte une lettre de ta mère.

— Elle envisage de venir en Italie le printemps prochain.

— Je ne t'ai pas dit. La sœur de Shyla a fait le voyage jusqu'à Rome. Elle a mis un détective sur ma trace. Contre toute attente, j'ai été content de la voir. Elle essaye de découvrir la vérité concernant sa sœur.

— Alors tu devrais l'aider.

— Je le ferai peut-être.

— Dis-lui ce que je pense de Shyla, Jack. Dis-lui que pour moi, Shyla est la seule sainte qu'il m'ait été donné de croiser. La seule vraie sainte.

— Dommage qu'elle n'ait pas épousé un saint, dis-je en m'apprêtant à partir.

— De ce point de vue, elle était loin du compte, admit Jordan. Mais elle a épousé un ami comme il y en a peu. »

Dans l'obscurité du confessionnal, Jordan récita lentement la prière consacrée et fit le signe de croix.

« Va, à présent, et garde-toi du péché, Jack, dit Jordan. Tu es absous de tes fautes.

— Je ne suis pas venu faire pénitence, dis-je. Je suis venu livrer le courrier.

— Alors je ne t'ai pas donné l'absolution dans les normes, dit le prêtre, mais tu es un homme hors normes.

— Fais-toi discret un moment, conseillai-je. Mike a assez de fric pour débusquer Jimmy Hoffa[1]. »

1. James Riddle (Jimmy) Hoffa, 1913-1975 (?). Dirigeant syndical américain dont la disparition n'a jamais été élucidée. Vraisemblablement assassiné. *(N.d.T.)*

En quittant le confessionnal, je regardai les moines qui psalmodiaient, debout devant leur banc, et je marchai vers l'autel où un prêtre finissait de dire la messe. L'italien vernaculaire me rappela les répons en latin des messes de mon enfance. Un tableau attira mon attention, dans une abside, et je le regardai longuement, me demandant si cette Annonciation était l'œuvre de Raphaël ou d'un anonyme qui aurait étudié les techniques du maître avec beaucoup de précision. A Rome, les chefs-d'œuvre n'avaient rien de plus exceptionnel que les œufs de Pâques, et l'on risquait toujours d'en découvrir un au détour de ses pérégrinations. Mes connaissances en histoire de l'art étaient suffisantes pour me persuader que l'élucidation de la provenance de cette peinture dépassait mes compétences, aussi notai-je de chercher le nom de l'artiste lors de ma prochaine visite à la bibliothèque du Vatican.

Traversant la nef, j'allai m'agenouiller à côté d'une vieille Romaine et je glissai cinq cents lires dans un tronc, avant d'allumer un seul cierge pour le repos de l'âme de Shyla. Agacé par la flamme et le geste, je me levai trop vite et entamai la descente de la longue nef latérale. De l'autre côté, je vis Jordan quitter le confessionnal et se diriger vers la porte qui permettait de rejoindre le monastère.

Jordan m'avait rarement laissé le loisir de le regarder vraiment depuis que nous avions renoué à Rome une amitié longtemps interrompue. Il pensait que moins j'en saurais sur sa vie de prêtre, mieux je serais protégé si quelqu'un perçait sa couverture. Je savais qu'il vaquait aux rituels quotidiens de la vie monastique sous un autre nom, mais ce nom, jamais il ne l'avait révélé, ni à sa mère ni à moi. Comme je le regardais se hâter vers le gouffre de ce monde de jeûne et de prière qui nourrissait désormais sa vie, je distinguai encore l'assurance bravache de l'athlète sous l'habit monacal. Il avait le crâne rasé et portait la barbe, mais toute femme à l'œil connaisseur se serait retournée pour admirer sa beauté et son énergie physique. De tous les garçons avec qui j'ai un jour pratiqué le ballon, Jordan Elliott fut le seul qui m'inspira de la crainte avant d'entrer sur un terrain avec lui. Les rigueurs de la vie monastique n'avaient fait qu'endurcir encore un corps exceptionnel. Lui n'avait apparemment pas ces radars internes que nous avons tous et qui régulent nos réserves de courage physique. Sur les terrains de sport de Waterford, ce prêtre affable que je regardais se mouvoir avec grâce en direction d'une modeste cellule au fond de la ville était capable de botter le cul de quiconque se trouvait en travers de son chemin, et nous le savions tous. Dans une mêlée ouverte, Jordan m'avait un jour pratiquement arraché la tête au moment où je m'apprêtais à recevoir une passe tournante de Capers Middleton. J'appris à cette occasion ce qu'étaient des sels et expérimentai leurs vertus.

Au moment où je me dirigeais de nouveau vers la sortie, je vis un objet ressemblant vaguement à une arme à feu surgir d'un confessionnal, juste devant moi, et viser Jordan. J'avais beaucoup côtoyé les photographes au cours de ma vie professionnelle ; je savais qu'ils étaient nombreux à avoir le fanatisme de la prise parfaite, mais je n'en ai jamais connu un seul susceptible de passer une messe entière enfermé dans un confessionnal, même si le cliché devait lui rapporter une fortune. J'entendis la rafale lâchée par le Nikon, tandis que l'objectif enregistrait chaque pas parcouru par Jordan. Puis je vis l'appareil disparaître à l'intérieur du confessionnal tandis que les moines se remettaient à psalmodier.

Passant dans une autre abside, j'attendis que le mystérieux photographe fasse son apparition. Pendant cinq minutes, il n'y eut même pas un frémissement de rideau du côté du confessionnal, puis je vis un homme bien habillé, portant une sacoche de cuir, sortir de l'ombre, se signer, et faire une génuflexion avant d'exécuter un demi-tour pour sortir. Il ne m'avait pas vu, mais je savais que l'homme aurait été surpris de découvrir que j'étais toujours dans l'église.

Mentalement, je refis le chemin que j'avais parcouru en me demandant où j'avais bien pu baisser ma garde, alors que je prenais les rituels de sécurité et de prudence avec un tel sérieux chaque fois que je venais voir Jordan.

Mais comme je regardais le détective privé Pericle Starraci s'arrêter devant le bénitier pour y plonger le bout des doigts, je le vis se rengorger et lus sur son visage une expression satisfaite : il était sûr d'avoir percé le mystère de la disparition de Jordan Elliott et il avait les clichés pour le prouver.

## 7

J'étais au beau milieu d'un rêve sur Shyla lorsque des coups de feu sur la piazza m'éveillèrent à trois heures du matin. Le bruit d'un *motorino* dévalant la petite rue juste sous la fenêtre de ma chambre me fit penser au vrombissement de hannetons attachés à une ficelle et tournant en rond dans une illusion de liberté. Le rêve s'effaça tout seul lorsque j'allumai ma lampe de chevet et parcourus le couloir sombre qui menait au salon. Sur la piazza, j'entendais courir et crier, tandis qu'au loin, sur une colline derrière le Trastevere, hurlait une sirène dont l'écho se répercutait à chaque virage de la route sinueuse. Leah était déjà à une fenêtre et regardait le policier se vider de son sang.

L'homme était presque mort, et l'on avait peine à croire qu'un corps humain pût contenir tant de sang. L'événement allait s'avérer être un ultime soubresaut des Brigades rouges et ce pauvre policier en train de mourir représenterait la dernière action fatale que Rome aurait à souffrir des vues extrémistes de ce groupuscule.

« Il est tellement jeune, dit Leah.

— Oui, un gamin », dis-je en contemplant l'homme

qui gisait en bas tandis qu'une foule commençait à se former, lançant prières et imprécations devant les carabinieri qui gardaient l'ambassade de France et tentaient de maintenir l'ordre. Un médecin de l'immeuble voisin tâta le pouls du blessé et hocha tristement la tête.

« Pourquoi est-ce qu'ils l'ont tué ? demanda Leah.

— Son uniforme. Il représente le gouvernement. Il incarne Rome, dis-je.

— Il devrait y avoir une meilleure raison, dit-elle. Tu te rends compte pour ses parents ?

— C'est la politique, mon cœur. La politique rend les gens idiots. C'est une chose que tu comprendras en grandissant.

— Ne raconte pas ça à Ledare lorsque tu iras la chercher aujourd'hui, dit Leah tandis que je la raccompagnais jusqu'à sa chambre. Nous avons envie qu'elle aime Rome, n'est-ce pas, papa ?

— Ça, c'est vrai.

— Est-ce qu'ils vont nettoyer le sang avant qu'elle arrive ?

— S'il y a un domaine où les Européens sont champions, c'est bien celui-ci, dis-je en la couchant dans son lit. Au cours de ce siècle, ils ont eu l'occasion d'en nettoyer du sang. Ils sont imbattables sur ce terrain.

— Si Chippie-la-brave-chienne était là, dit Leah qui commençait à s'assoupir sous mes yeux, ceux qui ont fait cela auraient de sacrés problèmes, pas vrai, papa ?

— Ils seraient couchés sur la piazza, répondis-je tout bas, le corps couvert de morsures. Chippie a toujours été là quand tu avais besoin d'elle.

— Une brave chienne », dit Leah, qui s'endormit tout à fait.


Après avoir installé Ledare dans la chambre d'amis, je lui racontai l'assassinat du petit matin avant de l'inviter à m'accompagner dans la journée typique d'un Américain vivant à Rome. Elle avait passé deux semaines à Venise et Paris, où elle avait souvent écouté Mike lui parler de tous les souvenirs qu'il gardait en lui, concernant sa famille et sa ville natale, sans perdre espoir encore de la persuader de collaborer au projet. Je commençai à l'entraîner dans le dédale des ruelles romaines, sachant qu'elle finirait ainsi par abandonner le sujet. Il ne faut que dix minutes à Rome pour vous faire oublier tous les autres lieux sur terre. Avec Ledare, j'eus le plaisir de voir la magie des pierres et des colonnes brisées la prendre par surprise. Dans Rome, à chaque pas que vous faites, vous marchez sur les traces d'un César, d'un pape, ou d'un barbare. Nous voguions donc sur l'histoire de l'Occident tandis que Ledare me racontait les histoires de Waterford. Ma promenade avec elle nous faisait marcher ensemble sur une douzaine de civilisations, empilées l'une sur l'autre comme des chemises dans un tiroir.

Arrivés en haut de la colline, nous fîmes une pause pour regarder un jeune couple élégant sortir de la chapelle du Palazzo dei Conservatori sous les applaudissements des parents, d'amis, et de passants tels que nous.

Traversant la foule devant Ledare, je réussis à me faufiler dans la cour du musée où se trouvent les morceaux de la statue monumentale de Constantin, disposés en fragments géants et inquiétants le long des murs. Nous passâmes devant une énorme main veineuse, large comme une cabane, avec un index plus grand que moi.

« Parce que tu écris, Ledare, et parce que tu écris en anglais, il y a une sainte relique ici que tu dois voir, dis-je en désignant du doigt quelques mots latins gravés sur un entablement.

— Je ne connais pas le latin, dit Ledare. Qu'est-ce que cela veut dire ?

— Une vieille Anglaise m'a montré cette plaque un jour que j'étais venu avec Leah. Elle m'a raconté que l'empereur Claudius avait fait traverser la Manche à ses légions. "Imaginez un peu, a-t-elle expliqué, la stupéfaction de nos ancêtres assistant au débarquement d'éléphants sur les plages de Douvres."

115

— Sans doute la même que la nôtre la première fois que nous avons vu la télévision, sourit Ledare.

— Silence, dis-je. On ne plaisante pas. Lorsque Claudius rentra de sa campagne victorieuse en Angleterre, il fit graver cette inscription sur une plaque de marbre blanc de Luna. Regarde attentivement ces quatre lettres usées : B-R-I-T.

— D'accord, je donne ma langue au chat, dit Ledare.

— C'est la toute première mention écrite du mot Britannia, île britannique. Notre langue maternelle est née ici même, belle sudiste.

— C'est trop pour ma petite tête. Je vais avoir la migraine, dit Ledare.

— Nous devrions tomber à genoux pour dire merci », dis-je.

Ma suggestion sembla ravir Ledare : « Toi d'abord, chéri, moi, j'ai des collants.

— Ha ! Je vois que tu n'es pas une romantique.

— Je suis romantique en ce qui concerne les personnes, Jack, répliqua Ledare. Mais les cailloux me laissent de marbre. »

En nous éloignant du musée pour nous diriger vers le Forum, plus au sud, nous montâmes au Belvedere Tarpeo, où un groupe de touristes japonais se pressaient autour d'un guide qui montrait du doigt le temple de Saturne. L'air s'emplit du crépitement des obturateurs de Minolta et de Nikon, et ce bruit évoquait un débat parlementaire entre insectes depuis longtemps disparus. Je bondis lorsqu'un ravissant jeune couple qui se tenait à l'écart me demanda de les prendre en photo. Je saisis l'appareil, armai, réglai le diaphragme puis après que Ledare leur eut fait signe de se déplacer de quelques pas sur leur droite, je réussis à les prendre avec le temple de Castor et Pollux et le Colisée en arrière-plan. Nous échangeâmes quelques courbettes, puis Ledare et moi poursuivîmes notre chemin, secrètement nourris par cette rencontre avec des inconnus.

Dans la Via di San Teodoro, nous nous désaltérâmes à tour de rôle à la fontaine qui se trouve en face de l'ambassade de Belgique. L'eau était pure et froide, elle descendait des Appenins avec un goût de neige qui aurait fondu dans les mains d'une jolie fille. J'entraînai ensuite Ledare dans la longue rue conduisant à l'antiquaire chez qui je venais payer mon loyer une fois par mois.

Savo Raskovic examinait un gros volume relié en cuir lorsque nous franchîmes la porte. Il jeta un seul regard à Ledare avant de me dire : « Vous avez fini par vous trouver une amie. Ce n'est pas naturel de rester si longtemps sans femme. Je me présente, Savo Raskovic.

— Enchantée, Savo, dit Ledare à cet homme élégant et grand qui lui baisa la main. Je m'appelle Ledare Ansley.

— Ah, Jack! Cher ami, dit Savo, j'ai tant de belles choses à vous vendre. Vous avez un goût exquis, mais pas d'argent. »

Je posai la main sur l'épaule d'un noble Vénitien en bois, qui avait exactement ma taille et gardait l'entrée du magasin.

« Je vais acheter le Vénitien. Avec tous les loyers que je vous ai payés, le prix devrait être négligeable.

— Pour vous, je ferai un effort, dit Savo avec un clin d'œil à l'intention de Ledare. Douze mille dollars.

— Je pourrais m'acheter un vrai Vénitien pour moins cher. C'est un prix scandaleux.

— Oui, mais il est plus agréable de se faire voler par un ami que par un ennemi, n'est-ce pas ? »

Son frère, Spiro, sortit de l'arrière-boutique où il était en train de faire la comptabilité. Spiro était beaucoup plus démonstratif que son frère, et il me serra dans ses bras avant de m'embrasser sur les deux joues.

« Non, dit Savo, attends qu'il ait payé son loyer pour l'embrasser.

— Mon frère plaisantait. Ne le prenez pas au sérieux, dit Spiro. Les Américains sont des gens susceptibles, mon cher frère. Ils ne comprennent pas l'humour des Balkans.

— Parce que c'était de l'humour des Balkans? dis-je. Je comprends que vous ayez émigré en Italie.

— Cette beauté, cette *bell'americana*, dit Spiro en baisant la main de Ledare. Notre prière a été exaucée. Vous allez épouser notre malheureux locataire.

— Vous êtes loin du compte avec lui, dit Ledare. Il ne m'a même pas encore demandé de sortir avec lui.

— Nous sommes des amis d'enfance, dis-je. Les frères Raskovic sont de séduisants voleurs qui se font passer pour des propriétaires.

— Ah, Jack, dit Spiro en désignant une photo prise au début des années cinquante et montrant les deux frères au milieu d'un groupe d'hommes et de femmes séduisants, dont Gloria Swanson. Nous étions beaux, du temps de notre jeunesse.

— Nous faisions alors partie d'un salon, signore, où la beauté était le seul critère d'admission. »

Spiro ajouta : « Mon miroir était mon meilleur ami. Aujourd'hui, il m'assassine.

— Voici mon loyer pour le prochain terme, dis-je.

— Quelle douce musique! dit Savo en souriant à son frère. Le son d'un chèque que l'on remplit.

— Une symphonie, renchérit Spiro. Puisse la *bella donna* toujours retrouver le chemin de notre porte.

— Les rues de Rome sont tellement plus jolies lorsqu'on s'y promène, signora, dit Savo.

— Epousez-le, dit Spiro. Débarrassez-nous de lui.

— Messieurs, protestai-je.

— Vous me rendez malade, dit Savo comme nous nous dirigions vers la porte du magasin. Les Américains sont nuls pour faire la cour. Les femmes ont besoin de compliments, de poésie...

— Vous avez bien raison, dit Ledare à qui les deux hommes firent un baise-main pour prendre congé. Continuez de faire l'éducation de Jack. »

Dans la Via dei Foraggi, je montrai à Ledare l'appartement du second étage où nous avions passé notre première année en Italie, ainsi que la petite piazza de la Via dei Fienili où nous fûmes acceptés et adoptés par les habitants. C'est sur cette piazza que j'avais commencé à me sentir intégré, à la romaine. Lorsque j'amenais Leah faire les courses, la boulangère, Martina, lui donnait un morceau de *pizza bianca*; Roberto, qui tenait l'*alimentari*, lui coupait un petit bout de parmesan; et Adele, qui vendait les légumes les plus frais et les plus soigneusement sélectionnés, lui préparait un cœur de fenouil blanc comme neige à mastiquer après le fromage. Ces gens furent ceux qui apprirent à Leah à parler italien dans le dialecte romain le plus pur, et ils s'étaient fait un véritable devoir d'accomplir cette tâche. C'est pourquoi ils avaient ressenti notre déménagement pour la Piazza Farnese comme une trahison et une manifestation de snobisme. Adele avait pleuré lorsque nous vînmes faire nos adieux. Mais ce jour-là, elle cria mon nom en m'apercevant. Tandis qu'elle me demandait des nouvelles de Leah, je vis que ses mains rugueuses portaient toujours les taches de chlorophylle laissées par les queues d'artichauts qu'elle préparait pour les clients, et elle raconta à Ledare combien Leah raffolait des framboises et des fraises des bois pendant la saison. Je terminai les courses pour le dîner et m'apprêtais à quitter la piazza pour aller déjeuner avec Ledare lorsque je vis Natasha, la fille au chien blanc. Elle était plus grande et plus jolie que la dernière fois que je l'avais croisée. Lorsque j'étais locataire Via dei Foraggi, la fille au chien blanc, comme l'appelait Leah, avait été la première personne dont nous avions fait la connaissance dans le quartier. Je cherchais un endroit pour faire les courses quand Natasha était sortie de son immeuble pour aller promener son chien, un fox-terrier bien toiletté qui avait le port d'un vieil aristocrate et la paranoïa d'un petit animal passant sa vie à fuir les foules.

Je voulus lui parler dans mon italien rudimentaire, que mon accent de Caroline du Sud rendait encore plus étrange. Je dis bonjour, expliquant que j'étais américain, que je venais d'arriver dans le quartier, que ma fille avait trois ans, qu'elle s'appelait Leah, et que j'aimerais avoir des renseignements sur les boutiques où l'on pouvait faire des courses. Après ce long soliloque, j'avais épuisé toutes mes forces et mes pauvres connaissances de la langue. La fille au chien blanc était partie d'un grand éclat de rire.

« Et merde, avais-je dit. Je les trouverai tout seul, ces putains de boutiques.

— Je parle anglais, avait répondu la fillette. Ma mère est italienne et mon père travaille pour United Press International.

— Surtout ne lui répétez jamais ce que je viens de dire. Je vous prie de me pardonner. Je m'appelle Jack McCall.

— Natasha Jones, avait-elle dit. Laissez-moi faire le tour des commerçants avec vous et vous présenter. Les gens sont très gentils ici, une fois qu'ils vous connaissent. »

Je m'approchai silencieusement de Natasha.

« Excusez-moi, dis-je. Vous ne seriez pas Sophia Loren ? »

Natasha pivota, me vit, se mit à rire. « Signor McCall, vous ne venez plus jamais dans le quartier nous rendre visite, dit-elle. Leah sera une vieille dame, la prochaine fois que je la verrai.

— Je vous présente Ledare Ansley, une amie à moi qui vient des Etats-Unis », dis-je.

Natasha salua gentiment et demanda : « Vous avez connu la mère de Leah ?

— Très bien. Nous avons tous grandi ensemble.

— Est-ce que le Signor McCall faisait constamment des plaisanteries ? interrogea-t-elle encore, sans me regarder.

— En permanence, dit Ledare.

— Et elles n'étaient jamais drôles ?

— Absolument jamais, dit Ledare.

— Eh bien, il n'a pas changé, conclut Natasha avec un sourire narquois dans ma direction.

— Natasha est amoureuse de moi, expliquai-je à Ledare. Ce genre de chose arrive fréquemment lorsqu'une très jeune fille rencontre un homme adulte, plein de panache et de beauté.

— Ne croyez pas un mot de ce qu'il dit, signora, dit Natasha.

— Pas de danger, répondit Ledare.

— Je vous manque, n'est-ce pas, Natasha? demandai-je.

— Pas du tout. C'est à Bianco que vous manquez, dit-elle en montrant son chien.

— A Bianco seulement?

— Oui, à Bianco seulement. Vous pouvez me croire, dit-elle.

— Passez donc à la maison écouter les nouvelles cassettes de Bruce Springsteen de Leah, dis-je. Elle serait ravie de vous voir.

— Peut-être que je viendrai », dit Natasha en s'éloignant avec son chien en direction de la Via di San Teodoro.

Une motocyclette pétarada dans la rue la plus proche et un vieil homme se coucha à terre en se protégeant la nuque des deux bras. Les commerçants sortirent lentement pour voir s'il y avait un problème, et le motard fit son apparition sur la piazza, avec son moteur qui continuait d'avoir des ratés. Tout le monde se moqua du vieil homme, mais après avoir vu le policier mort, je comprenais parfaitement son angoisse.

Natasha se retourna. « Un touriste américain s'est fait tuer près de Salerno aujourd'hui, dit-elle. C'est mon père qui m'a prévenue.

— Des terroristes? demandai-je.

— Qui sait? Mais les Américains ont toujours intérêt à être prudents. Expliquez cela à votre amie.

— Comment, j'explique?

— Dites-lui que l'Italie est un pays compliqué », dit Natasha, et au même moment j'aperçus Jordan qui nous observait depuis un passage.

J'ai commencé par regarder ailleurs, vu que je ne l'avais jamais rencontré dehors en public. Lorsque je me retournai de nouveau en entraînant Ledare dans les escaliers qui descendent vers la piazza juste derrière le Capitolino, il avait disparu. A Rome, rien n'est moins repérable qu'un prêtre ou une religieuse. On en croise chaque jour des troupeaux entiers venus de tous les pays du monde.

Je me demandai si cette sortie au grand jour, dans Rome, n'était que la manifestation d'un accès de mal du pays. Comme nous nous dirigions vers le Teatro di Marcello, nous traversâmes une artère animée, bordée de bâtiments de l'époque fasciste. C'est ensuite que je reconnus encore Jordan, de dos assis sur un fragment de colonne de marbre grand comme un banc. Pour nous avoir précédés de la sorte, je me rendis compte que mon ami avait une connaissance de toutes les ruelles et raccourcis de Rome beaucoup plus étendue que je l'avais imaginé. Peut-être voulait-il simplement voir à quoi ressemblait Ledare après toutes ces années. Les circonstances avaient privé Jordan de sa jeunesse, et il avait peut-être été pris de l'irrésistible envie de contempler de loin quelques-unes de ces années perdues.

Il maintint une avance d'une vingtaine de mètres sur nous, tandis que je continuais de m'acquitter de mon rôle de guide touristique en désignant les sites historiques de la rue principale du quartier juif où nous étions. Je gardais Jordan discrètement à l'œil et pilotais Ledare dans le dédale des rues sans lumière. Ce lieu était un cadre parfait pour organiser un assassinat ou mener une liaison, encore fallait-il connaître les rues par cœur.

Avec Jordan en éclaireur, nos pas nous amenèrent à la Fontaine des Tortues, avec ses gracieux éphèbes aidant les tortues à atteindre la vasque supérieure. Je le regardai passer devant la terrasse du restaurant Vecchia Roma, dire un mot au garçon, et disparaître à l'intérieur.

« Si nous déjeunions dehors, proposai-je. Ici, au soleil.

— Cet établissement serait-il le plus beau restaurant du monde, ou quoi ? » dit Ledare en s'asseyant. Je vis que je l'avais épuisée par cette promenade. Rome épuise vite l'œil humain, et trop de beauté trop vite offerte tient du gaspillage. Après avoir commandé une bouteille d'*acqua minerale*, je m'excusai et partis tenter de retrouver Jordan. Il m'attendait dans un cabinet des toilettes pour hommes. Il se mit à parler dès mon entrée.

« On a laissé ceci dans le confessionnal de Sant'Anselmo », dit-il en glissant sous la porte une enveloppe de papier kraft. Je sortis une série d'agrandissements où l'on me voyait entrer dans le confessionnal et Jordan en sortir.

« Tu es très bien, dis-je.

— Je fais beaucoup plus vieux, répondit-il. Les trappistes ne sont jamais photographiés. J'ai eu un choc en me voyant.

— J'ai vu le détective en quittant l'église, dis-je. C'était le même type que celui que Martha Fox avait embauché pour nous filer, Leah et moi, dans les rues de Rome.

— J'ai constaté avec plaisir que tu fais encore plus vieux que moi, plaisanta Jordan.

— Tu mènes une vie de moine, dis-je en m'adressant à sa voix. Tu n'as pas d'enfants pour te réveiller au milieu de la nuit, tu n'as pas à t'inquiéter des factures à payer, ni à te demander d'où viendront les prochains sous. Et puis vous autres, vous avez trouvé la vraie fontaine de Jouvence, le secret de l'éternelle jeunesse.

— Ah oui, et quel est ce secret?

— Vous n'entretenez aucun commerce avec les femmes, dis-je.

— Parce que les femmes te font vieillir? dit Jordan dont je perçus le sourire derrière la porte.

— Non, les femmes, elles te rongent de l'intérieur. C'est tout l'alcool que tu ingurgites pour vivre avec elles qui te fait vieillir.

— Mon abbé m'envoie dans un autre monastère, Jack, dit Jordan. Même à toi il ne veut pas que je dise où.

— Il a raison. Je t'ai fait un mauvais coup. J'ai amené le monde extérieur jusqu'à toi.

— Mike Hess m'a écrit pour me dire qu'il veut me rencontrer. Sa lettre fait allusion au film. J'ai aussitôt appelé ma mère pour lui demander de redoubler de prudence.

— Est-ce que ton père sait que tu es en vie, Jordan? demandai-je. Est-ce que Celestine l'a mis au courant?

— Elle sait que mon père me livrerait aux autorités, dit Jordan. Toute sa vie, il a suivi la même route en ligne droite. Il ne peut pas changer.

— Ces photos, dis-je en les regardant de nouveau. C'est moi avec mon confesseur que je n'ai jamais vu. Tu ne ressembles pas vraiment au Jordan Elliott avec qui nous avons grandi.

— Il faut que je disparaisse un moment, Jack, dit le prêtre. Même pour toi.

— Je comprends. Tu vas me manquer, Jordan. Fais en sorte que ça ne dure pas trop longtemps.

— Cette Ledare. Elle est encore pas mal, hein ? Je donnerais cher pour pouvoir bavarder deux ou trois jours avec elle.

— Un jour, peut-être...

— C'est impossible, Jack, dit Jordan Elliott. Je serai toujours mort pour les gens comme Ledare.

— Il finira bien par y avoir prescription, pour toute cette histoire, dis-je.

— Possible, dit le prêtre comme je m'apprêtais à partir. Mais il n'y a jamais prescription pour un meurtre. »

8

En regardant ma fille, j'avais appris que l'absence de mère crée l'une des plus grandes soifs de la condition humaine. Leah ne pouvait pas regarder une femme sans voir en elle une épouse potentielle pour moi et une mère pour elle. Jamais elle n'avait renoncé à l'espoir de me voir un jour ramener à la maison cette femme unique qui remettrait un peu d'harmonie dans nos vies déstabilisées. Lorsque je présentai Ledare à Leah, je repérai l'instant précis où Leah fit silencieusement le choix de ma vieille amie comme candidate la mieux placée pour prendre la direction de notre maison. Leah avait pris la mauvaise habitude de vouer un culte immédiat à toute femme que je retenais à dîner chez nous, mais Ledare avait l'avantage supplémentaire de compter parmi les créatures mythiques qui peuplaient les récits que je lui faisais de mon enfance.

« Jamais je n'aurais cru que je rencontrerais un jour Ledare Ansley. Vous avez été élue reine du lycée de Waterford, présidente de la National Honor Society, et vous étiez chef des supporters féminines.

— Comment diable sais-tu tout cela ? demanda Ledare.

— Pour Leah, l'annuaire de l'école est un livre sacré, répondis-je tandis que nous nous installions dans la cuisine et que je me mettais à préparer le dîner.

— Ma mère était responsable de l'annuaire, dit Leah. Elle vous a écrit que jamais elle n'oublierait les bons moments que vous avez partagés pendant les cours d'économie de Mr. Moseley. C'était en première. Vous vous racontiez des milliers de secrets. C'est ce qu'elle a écrit.

— Ah, ces années d'insouciance ! dit Ledare en souriant. Que je les ai aimées !

— Vous êtes allée à la maison de St. Michael Island avec papa, dit Leah. Le soir où vous avez rompu avec lui pour sortir avec Capers Middleton, même que ça s'est passé dans sa voiture.

— Ce n'est pas ce que j'ai fait de mieux, d'ailleurs, soupira Ledare.

— Je me suis toujours dit que Capers était sûrement très gentil, dit Leah. Maman sortait avec lui à l'époque du lycée, et vous l'avez épousé. Il est très beau.

— C'était comme grandir avec une vedette de cinéma », dis-je en allumant le fourneau pour mettre l'eau des pâtes à chauffer, avant de saler et de monter la chaleur à fond. Leah sortit de la pièce comme une fusée et revint avec l'exemplaire de l'annuaire de sa mère, corné à force d'être feuilleté. Elle tourna les pages d'un doigt expert et s'arrêta sur la photo des supporters féminines.

« Elle était mignonne, ma maman, n'est-ce pas ? demanda Leah.

— Superbe, ma chérie, dit Ledare. Tu as ses yeux, ses beaux cheveux, et son sourire.

— Est-ce que vous aviez une devise préférée ? demanda Leah. Papa prétend qu'il ne se souvient pas d'une seule.

— Il ne t'a jamais appris notre chant de guerre, le "Waterford High Fight Song" ? dit Ledare. Ça, c'est vraiment un manquement à ses devoirs.

— Je ne savais même pas que les équipes de supporters avaient des chants de guerre, dit Leah.

— Regarde ta maman. Ici, sur cette photo. En haut de la pyramide humaine, dit Ledare en montrant les neuf filles en équilibre précaire sur la pelouse. Lorsque nous défaisions la pyramide, tous les étudiants savaient qu'on allait entonner le chant de guerre de l'équipe.

— Elle est moche, cette chanson, dis-je. Je te mets au défi d'inventer une musique aussi lamentable que celle des hymnes des supporters dans les Etats du Sud.

— Silence, Jack. On ne t'a rien demandé, dit Ledare. Viens te mettre debout à côté de moi, Leah. Maintenant, lève les bras, comme ça. Là, tous les étudiants se lèvent. A présent, on tourne trois fois sur soi-même et on regarde le drapeau du lycée de Waterford. »

Ledare pivota et Leah l'imita maladroitement, mais en observant chacun de ses gestes.

« Maintenant, on lève bien haut les pompons et on les agite au rythme de la fanfare qui joue notre chant de guerre. Allez, plus haut les pompons, chérie. »

Elles se mirent toutes les deux à agiter des pompons imaginaires au milieu de la cuisine, tandis que je maniais le rouleau à pasta jusqu'à obtenir une pâte fine et brillante. Et c'est en chantant avec Ledare une chanson que j'avais laissée loin derrière moi que je commençai à découper de longues lanières.

126

*Allez, les Dauphins allez,*
*Pour la gloire de notre ville,*
*Nous vaincrons toutes les équipes,*
*Allez, et surtout pas de quartier.*

*Au combat, les Dauphins, au combat,*
*Tous pour l'honneur de notre école,*
*Sur le terrain de la victoire,*
*Notre tambour résonnera.*

« C'est toujours la chanson la plus nulle, dis-je.

— Ton père n'a jamais eu l'esprit d'école, expliqua Ledare. Mais ta maman l'avait largement pour deux.

— A cette époque déjà, dis-je en ouvrant une bouteille de barolo pour laisser le vin s'oxygéner, mon honnêteté sans faille me distinguait du lot d'imbéciles que constituaient mes pairs.

— C'est vrai ? demanda Leah.

— C'est une façon de réécrire l'histoire, dit Ledare. Ton père était un adolescent aussi ridicule que nous tous.

— Etiez-vous à l'enterrement de maman ? » demanda brusquement Leah.

Ledare répondit : « Bien sûr. Je n'ai jamais rien vu de plus triste, mon cœur.

— Tout le monde aimait beaucoup maman, n'est-ce pas ?

— On l'adorait tous, dit Ledare.

— Je mets la pasta dans l'eau, dis-je. Préparez-vous pour un festin de roi.

— Chaque fois qu'il veut changer de sujet, papa met la pasta dans l'eau », expliqua Leah.

Je sentais le soyeux donné par le vin rouge aux arômes qui montaient de la sauteuse, où il unissait et mêlait les personnalités en harmonie de la tomate et de l'ail au joyeux sourire vert du basilic.

Lorsque nous eûmes terminé la pasta, je mélangeai artistement un large assortiment de crudités pour obtenir un savant désordre. L'huile d'olive était extravierge, fraîchement pressée à Lucca, et le vinaigre balsamique, noir d'avoir été soigneusement vieilli en fût, et les effluves de la cuisine se fondirent bientôt au point que j'en étais enivré lorsque j'embrassai les deux femmes de ma vie en versant le vin pour boire à notre santé.

« Laisse-moi goûter le vin, papa, dit Leah.

— Juste une gorgée. Les autorités italiennes ont des soupçons lorsqu'une petite fille meurt d'une cirrhose.

— Ça a trop le goût de vin », dit Leah en fronçant son joli nez.

C'était une nuit sans vent, et l'air sentait le romarin tandis que Ledare allumait huit bougies autour de la terrasse et que je servais le dessert. Nous étions sous une tonnelle de roses jaunes et j'en coupai deux pour Leah et Ledare. Leur parfum me fit penser à la Caroline du Sud, et je m'éloignai vite les fleurs. Les guêpes s'étaient déjà retirées pour la nuit et les pigeons gémissaient dans leurs nids invisibles en haut des toits ; une ambulance dévala les rues proches du fleuve en faisant hurler les deux notes lancinantes de sa sirène.

« Oh, papa ! dit brusquement Leah en portant les deux mains devant sa bouche. J'ai oublié. Il y a un télégramme pour toi. Antonio l'a monté à Maria, et Maria me l'a donné avant de partir chez elle.

— Je suis ravi que tu aies oublié. Un télégramme n'est jamais porteur de bonnes nouvelles. Quel que soit le message, ce repas va être gâché et notre digestion coupée. J'ai beau réfléchir, je ne vois pas une seule raison d'interrompre ce dîner pour lire une chose qui va être source de problèmes.

— Jack, dit Ledare, c'est peut-être urgent. »

Leah avait déjà bondi de sa chaise et traversait la pièce comme une fusée. Le temps que je la rappelle, elle avait descendu les cinq premières marches de l'escalier en colimaçon. Nous l'entendions courir dans le couloir menant à sa chambre. Puis ses pas revinrent vers nous au moment où un violoniste jouait la « Lettre à Elise » pour les premiers clients du restaurant Er Giggetto.

« Voilà, dit Leah en posant le télégramme à côté de mon assiette. Coursier spécial. »

J'eus une prémonition en étudiant l'enveloppe jaune avec sa fenêtre de papier cristal. Je perçus de nouveau le parfum des roses jaunes.

« J'ouvrirai quand nous aurons fini.

— Comment peux-tu manger alors qu'il est peut-être arrivé quelque chose de grave ? demanda Ledare.

— Quelqu'un t'a peut-être légué un million de dollars, dit Leah.

— Tu regardes trop la télévision, ma belle.

— On n'est pas dans une émission de télévision, dit Ledare. C'est la vie pour de vrai. Et ceci est un vrai télégramme. Lis-le. »

J'ouvris délicatement l'enveloppe. Le télégramme disait : « Viens de suite. Maman mourante d'un cancer. Dupree. »

Je me levai et marchai jusqu'au bout de la terrasse pour regarder la bande noire dessinée par le fleuve et les lumières sur la colline dominant le Trastevere. Ledare prit le télégramme et le lut, bouche bée.

Puis, à ma propre surprise, je pouffai de rire, un rire imbécile, impossible à enrayer. Toutes les inhibitions accrochées à ces huit mots disposés comme un fruit défendu sur le télégramme avaient explosé d'un coup. Je hurlai d'un rire à la fois incontrôlable et douloureux.

« Jack, dit Ledare. J'aimerais que tu m'expliques où est le comique. Je peux imaginer mille et une façons de réagir à ce genre de télégramme. Mais le fou rire ne fait pas partie du lot.

— Ma mère n'est même pas malade, dis-je. Elle a juste un truc derrière la tête. Un gros truc. Lucy est la reine des stratèges.

— Comment tu le sais, papa ? » dit Leah en prenant le télégramme tenu par Ledare. Elle fondit en larmes après l'avoir lu et se réfugia dans les bras de Ledare. Ce télégramme venait de rouvrir une vieille blessure familiale que j'avais oubliée depuis longtemps. Je ne savais comment m'y prendre pour parler à Ledare ou à ma fille de ces circonstances de notre vie, à ma mère et moi, où elle, ma mère, avait joué de l'imminence de son propre décès.

« Maman veut juste attirer l'attention sur elle, dis-je, conscient de ne convaincre personne. C'est une vieille tradition entre nous.

— Tu ne crois pas que tu devrais appeler ton frère pour vérifier? suggéra Ledare.

— Si tu m'envoyais un télégramme disant que tu es malade, dit Leah en sanglotant, moi, papa, j'irais te voir.

— Eclater de rire, dit Ledare. S'il y a une chose à laquelle je ne m'attendais pas de ta part... Lucy n'est peut-être pas parfaite, mais elle mérite bien une petite larme.

— Je te dis qu'elle n'est pas à l'article de la mort et qu'elle n'a pas de cancer. Je passe pour un sans-cœur, mais si l'on replace cet événement dans son contexte, ma réaction est parfaitement raisonnable, voire prévisible.

— Pourquoi est-ce que tu ris alors que ma grand-mère est mourante? Qu'est-ce que tu penserais si je riais en apprenant que tu vas mourir? » dit Leah.

Elle se remit à pleurer silencieusement, et Ledare la serra dans ses bras.

Je les contemplai un moment toutes les deux avant de me décider à dire : « Je ne t'ai pas très bien préparée à cet instant, Leah, parce que jamais je n'avais imaginé qu'il arriverait. Dans ma tête, mes parents mourraient un jour et seraient enterrés, sans qu'un membre de ma famille vienne m'empoisonner avec ça. J'avais formulé le vœu explicite que ni mes frères, ni mes parents, ni aucun membre de ma famille ne vienne plus jamais empoisonner ma triste vie. Mais je suppose que j'ai commis une erreur.

— C'est ma famille à moi aussi, papa.

— En théorie seulement. Tu n'as vu personne depuis des années, et tu n'as pas le moindre souvenir les concernant. Ma mère n'est pas mourante. Elle fait du cinéma. Elle a un truc spectaculaire derrière la tête.

— Un cancer, c'est un truc anodin, Jack? dit Ledare qui caressait toujours les longs cheveux noirs de Leah.

« — Elle *dit* qu'elle a un cancer. Si ma mère disait qu'il fait beau, je ne la croirais pas, à moins qu'elle ne passe au détecteur de mensonge et que j'aie un papier notarié de la météo affirmant la même chose. Ecoute. Maman nous a déjà fait le coup du cancer en nous racontant qu'elle était à l'article de la mort. C'est un de ses classiques. Elle est du genre à penser qu'un cancer pourra lui arracher la sympathie de ses enfants indignes et ingrats.

— Alors cette pauvre femme peut mourir sans qu'aucun de vous lève le petit doigt ? demanda Ledare, sidérée.

— Tu n'as pas écouté ce que je viens de t'expliquer. Elle a fait le même coup il y a quinze ans. Je connais le film par cœur, et mes frères aussi. D'ailleurs je vais t'en donner la preuve. Descendons au salon que j'appelle mon enquiquineur de frère, Dupree, et tu pourras écouter sur l'autre poste, Leah. Tu pourras te faire une idée du tour de la conversation en écoutant ma participation personnelle à l'aimable badinage familial. Les McCall de Waterford — connus pour le caractère hautement hilarant de leurs brouhahas familiaux et le potentiel déflagrateur de leur esprit caustique...

— Que signifie le mot "brouhaha" ? demanda Leah.

— Que signifie le mot "brouhaha" ? répétai-je. Croyez-vous que j'ai tenu cette malheureuse enfant trop longtemps enfermée en Italie ? Elle est en train de perdre tous les rythmes naturels de sa langue maternelle. »

Leah s'allongea sur mon lit, juste à côté du téléphone, et je me rendis à l'autre appareil sur lequel je composai le numéro de mon frère à Columbia, six fuseaux horaires plus loin, dans une jolie maison proche de l'université.

Lorsque la sonnerie se déclencha, je demandai à Leah : « Tu es là, chérie ?

— Je suis sur ton lit, papa. Je vais tout écouter.

— Est-ce que je t'ai jamais dit que tu étais la plus formidable petite fille qui ait vécu sur la planète Terre ?

— Si, une bonne centaine de fois. Mais tu es de parti pris. Tu es mon père. »

Puis Dupree McCall décrocha et fit : « Allô ? » avec une intonation et un accent que j'aurais reconnus entre mille, même si j'avais quitté la Caroline du Sud depuis un siècle.

« Allô ? répéta Dupree.

— Dupree, c'est moi, Jack. Jack McCall. Ton frère. »

Il y eut un long silence.

« Désolé, mais je n'ai pas de frère s'appelant Jack. Le nom me dit quelque chose, j'ai entendu beaucoup d'histoires autour de l'existence de ce garçon, mais désolé, vieux, je ne peux rien pour vous. A ma connaissance, il n'y a pas de frère répondant au nom de Jack dans la famille.

— Très drôle, Dupree. Je suis prêt à supporter quelques vannes sympathiques sur le thème de ma disparition du cercle familial, mais pas trop.

— Parce que j'ai laissé paraître la moindre sympathie ? Je te prie de m'excuser, espèce de fumier. Je suis fou de rage et j'ai bien l'intention de bomber ta triste gueule dès que je la verrai...

— Dis bonjour à oncle Dupree, Leah, dis-je.

— Bonjour, oncle Dupree. C'est ta nièce Leah, à l'appareil. Je suis impatiente de faire ta connaissance.

— Leah, mon ange, dit Dupree, estomaqué. Oublie ce que je viens de dire à ton papa. Je plaisantais avec ce sacripan. Comment vas-tu, chérie ?

— Très bien, oncle Dupree. J'aurai bientôt neuf ans.

— J'ai un garçon qui a neuf ans. Il s'appelle Prioleu.

— C'est un joli nom. Je ne l'ai jamais entendu.

— J'ai épousé une fille de Charleston. Ils donnent toujours des noms de famille comme prénoms à leurs enfants. C'est une habitude étrange, demande à ton père.

— J'ai reçu ton télégramme, Dupree. C'est la raison de mon appel.

— Est-ce que je pourrais parler seul à seul avec ton père, chérie? dit Dupree. Je sais pourquoi il voulait que tu écoutes, mais il t'expliquera tout ensuite. J'ai besoin de parler de frère à frère avec lui. C'est d'accord, Leah?

— Bien sûr, oncle Dupree. Tu es d'accord, papa?

— Ça va très bien, chérie. Je te raconterai tout lorsque nous aurons raccroché.

— Hé, Leah! dit Dupree. Il y a des tas de gens qui t'aiment beaucoup ici. Nous ne te connaissons pas très bien, mais nous ne demandons pas mieux. »

Leah raccrocha.

« Le télégramme, Dupree.

— Tu appelles pour savoir si c'est du lard ou du cochon, exact?

— Tu brûles. J'ai éclaté de rire en le lisant. Ma fille et Ledare Ansley, qui se trouve à Rome ces jours-ci, semblent penser que ma réaction dénote une certaine superficialité constitutive.

— La nouvelle a fait rire tous les autres frères.

— Mes autres frères ont tous ri », dis-je à Ledare qui m'observait pendant que je parlais. Leah vint s'asseoir près d'elle sur le canapé. J'avais l'impression d'être face au grand jury.

« Ecoute, Jack, je sais que tu te demandes si je mens à propos de l'état de santé de maman, dit Dupree. Alors écoute-moi bien, malin. Est-ce que tu crois que je tiendrais à rassembler dans la même pièce les quatre pires connards qu'il m'ait été donné de fréquenter, rien que pour satisfaire une vie de mensonges pieux?

— Non, effectivement, reconnus-je. Quel genre de cancer a-t-elle?

— Je refuse de répondre à cette question, dit Dupree. Il me reste certains droits.

— Tu ne vas pas m'annoncer... dis-je, et je sus instantanément ce qu'il allait annoncer.

— Bravo, c'est toi le meilleur de la classe, dit Dupree. Tu es le premier à avoir deviné. Si tu y réfléchis, Dieu fait preuve d'un sens amer de l'absurde. Maman a une leucémie. »

Je repartis d'un grand rire tandis que Leah et Ledare échangeaient un regard horrifié.

« S'agit-il d'un nouveau mensonge ? dis-je, retrouvant un peu de contrôle.

— Non, c'est la pure vérité, dit Dupree. C'est ce qui va emporter notre mère. » Il allait en dire plus, mais s'arrêta et j'entendis un changement de ton dans sa voix.

« Elle est dans le coma, Jack. Elle risque de ne plus en sortir. Elle veut que tu viennes, ajouta Dupree. Elle m'avait déjà demandé de te prévenir. Je lui avais répondu que j'avais assez de problèmes sans me faire traîner dans la boue en supplément.

— C'est quoi ce bruit ? demandai-je.

— Quel bruit ?

— Tu pleures, Dupree ?

— Juste une larme. Et je t'emmerde.

— C'est la première fois que je t'entends pleurer.

— Ben, va falloir t'habituer, mon pote. Maman est en train de mourir. Tu peux rire autant que tu veux, mais moi je suis sur place, et je la vois. C'est grave, Jack, je ne suis pas sûr qu'on ait beaucoup de temps devant nous. »

Je regardai ma montre, réfléchis — les horaires d'avions, les réservations, l'heure d'ouverture de l'agence Alitalia le lendemain matin.

« Je serai à Savannah demain en soirée. Tu peux venir me chercher à l'aéroport ?

— Dallas veut s'en occuper. J'ai déjà prévenu les parents de Shyla en leur disant que tu venais.

— Pourquoi tu as fait cette connerie, merde ?

— Les papiers que tu as signés prévoyaient un droit de visite pour les grands-parents.

— Oui, mais pas en Italie.

— Tu l'as amplement prouvé. Ils veulent négocier la paix. Je pense que c'est une bonne idée.

— Ils t'ont dit que Martha est venue ici ?

— Elle m'avait appelé pour m'annoncer son départ.

— Merci de m'avoir prévenu.

— Tu ne m'as pas adressé la parole depuis des années, Jack.

134

— Je rappelle demain pour te dire à quelle heure j'arrive.

— Est-ce que tu amènes Leah ?

— Pas cette fois. Au revoir, Dupree. »

Je raccrochai, marchai jusqu'à la fenêtre et contemplai la circulation sur notre piazza à la beauté austère.

« Je dois partir pour la Caroline du Sud, Leah, dis-je. Je ne serai parti que quelques jours. Si ma mère meurt, tu me rejoindras en avion pour l'enterrement. Si elle ne meurt pas, nous irons ensemble l'été prochain. Le moment est arrivé de retrouver la famille Frankenstein.

— Tu avais tort de rire, n'est-ce pas, papa ? demanda Leah.

— Apparemment, j'avais grand tort.

— Est-ce que tu es triste pour ta maman ? » demanda-t-elle.

Je regardai ma fille et fus pris de la tendresse mortelle que j'éprouvais toujours pour cette enfant à qui je devais l'essentiel de ce qui fait éventuellement sens dans ma vie.

« Je suis toujours triste quand il est question de ma mère, dis-je. Mais pour l'instant, je ferais mieux d'appeler Maria pour lui demander de me préparer une valise ce soir.

— Va t'occuper de tes bagages, ordonna Ledare. Leah et moi, nous avons à parler. »

Je brisais une promesse solennelle que j'avais faite après le saut dans le vide de Shyla, depuis un pont de Charleston. Je rentrais au pays.

*Deuxième partie*

# 9

Ne pas avoir de fille fut pour ma mère la grande tristesse de sa vie. Elle avait donné naissance à une maisonnée de garçons, et le niveau sonore était toujours trop élevé, dans des pièces surchauffées à la testostérone, à l'énergie brute des bousculades, à la vie comme elle va. Pendant toute sa vie, elle avait enrichi une collection de poupées qu'elle léguerait à la fille qui ne vit jamais le jour. Lucy McCall avait toujours semblé trop fragile, trop délicate, pour avoir produit une telle tribu de grands gaillards tonitruants. Ma mère porta toujours en elle une souffrance que la naissance d'une fille aurait largement soulagée, j'en suis certain. Nous lui avions fait une vie hantée par le mâle, marquée par les fils. S'il existe ce qu'on pourrait appeler un excès de masculinité, nous l'incarnions parfaitement, nous les frères McCall.

Je vis mon frère Dallas avant d'être vu par lui. Il était le troisième enfant et le seul fils à avoir suivi les traces paternelles en faisant une carrière de juriste. Dallas était depuis bien longtemps devenu expert dans l'art de dissimuler les angles vifs de sa personnalité et de maintenir le voile sur son côté sombre.

Nous nous serrâmes la main en échangeant fort courtoisement quelques plaisanteries.

« Tu n'as jamais dit au revoir à personne, dit Dallas comme nous nous dirigions vers l'endroit où sont livrées les valises.

139

— J'étais pressé, dis-je en lui serrant la main. Au revoir.

— Le fait de plaisanter n'arrangera pas les choses, au contraire, dit Dallas. Tu vas devoir répondre à de nombreuses questions.

— Je n'ai aucune réponse à donner à aucune question, Dallas.

— Tu ne peux tout de même pas réapparaître au bout de cinq années dans la vie d'une famille, en faisant comme s'il ne s'était rien passé.

— Si, je peux. Je suis un citoyen américain et un homme libre, né dans une société démocratique, et aucune loi au monde ne m'oblige à entretenir des relations de merde avec ma famille de merde.

— En l'occurrence, il s'agit des seules lois de la bienséance, dit Dallas tandis que nous attendions les bagages. Tu aurais dû venir avec Leah — il faut bien que nous arrivions à faire sa connaissance, et de son côté elle a le droit de connaître les autres membres de sa famille.

— Leah ignore le sens du mot "famille", dis-je. Je reconnais que ça peut constituer une tare, à la longue. Mais cette lacune peut également faire d'elle la personne la plus saine de la planète.

— Pour moi, c'est comme un bébé-éprouvette, dit Dallas.

— Tu aurais préféré être un bébé-éprouvette ou être élevé par papa et maman comme nous l'avons été ?

— Votre Honneur, il influence le jury, dit Dallas à un juge imaginaire.

— Comment élèves-tu tes fils, Dallas ? demandai-je.

— Je leur dis que la seule chose dont ils aient à se méfier, c'est... tout. Il faut faire attention à tout. Rentrer la tête, planquer ses fesses, toujours avoir des allumettes et une lampe de poche sur soi.

— Des McCall, me moquai-je. Tu veux en faire des vrais McCall.

— Pas du tout, j'essaie de leur apprendre à s'en méfier, justement, dit Dallas. Tu ne m'as pas demandé de nouvelles de maman.

— Maman, comment va-t-elle? dis-je.

— Plus mal aujourd'hui.

— A quel hôpital est-elle?

— Elle a tenu à rester à Waterford.

— Vous ne l'avez pas emmenée à Charleston ou Savannah? Vous l'avez mise à l'hôpital de Waterford? Pourquoi ne pas lui coller un fusil sur la tempe et lui faire sauter la cervelle, tant que vous y êtes? Elle a une leucémie, Dallas. On va à l'hôpital de Waterford quand on a la gueule de bois, un petit bobo, des dartes, mais jamais de la vie quand on a une vraie maladie, merde. Tu irais à l'hôpital du coin, toi, si tu avais une leucémie?

— Sûrement pas, reconnut-il. Mais maman tenait à Waterford. Beaucoup de jeunes praticiens viennent s'installer en ville. Nous avons même notre chirurgien.

— Notre mère est débile, dis-je. Sa stupidité la perdra. Les vraies maladies doivent être soignées par de vrais docteurs et les vrais docteurs opèrent dans de vraies villes pour gagner du vrai argent. Les docteurs nuls se retrouvent dans les villes nulles aussi inévitablement qu'un étron dérive dans le sens du courant. Tiens, c'est ma valise.

— Suis-je censé écouter tes doléances à propos du traitement médical nul que nous assurons à la mère dont tu ignores l'existence depuis cinq ans? dit-il. Le télégramme envoyé par Dupree n'a pas fait l'unanimité.

— J'aurais préféré qu'il s'abstienne, répliquai-je en prenant mon bagage sur le tapis roulant avant de suivre la foule qui se dirigeait vers le parking.

— Disons que nous sommes démodés, dit-il en prenant mon bagage à main. Nous sommes issus de cette école de pensée qui estime séant de prévenir un fils lorsque sa mère en a émis le vœu précis.

— Vous auriez dû attendre qu'elle soit morte.

— Maman a beaucoup changé ces cinq dernières années. Dommage que tu n'aies pas eu l'occasion de le constater. Son nouveau mari a eu une influence bénéfique.

— Suis-je obligé de rencontrer son nouveau mari ? » demandai-je. La perspective d'aggraver encore le poids émotionnel de mon retour au bercail semblait insupportable. J'avais totalement oublié que je risquais d'être amené à rencontrer mon beau-père pour la première fois.

« J'en suis toujours à tenter de comprendre mon propre père, protestai-je. Je ne vois pas pourquoi je brouillerais les eaux en voulant instituer une relation avec un homme dont l'unique mérite est d'avoir commis un seul crime.

— Quel crime a commis ce pauvre Jim Pitts ?

— Il a épousé la femme qui a ruiné mon existence et la possibilité pour moi de trouver le bonheur sur cette terre. » Rire de Dallas qui répondit : « Quand elle t'a élevé, elle n'en était qu'à ses débuts. Elle faisait encore ses classes. Ce sont les benjamins qui ont pu bénéficier pleinement de son génie.

— J'ai eu de la chance, dis-je. C'est drôle avec maman. Je crois bien que je l'ai détestée toute ma vie, et en même temps je l'adore. Je ne supporte pas l'idée qu'elle souffre ou qu'elle ait des problèmes.

— Elle est un paradoxe vivant, dit Dallas. Exactement la dernière chose que l'on souhaite à propos de sa mère.

— Comment marche ton cabinet ?

— J'ai tellement de clients que je suis obligé de distribuer des numéros d'ordre à l'entrée de la salle d'attente, dit Dallas. J'ai dû louer les services de gardes armés pour contenir les foules. »

Je ris avant de remarquer : « Démarrer dans la profession avec papa n'a pas été une si bonne idée.

— Dans les petites villes, les gens aiment bien que leur avocat soit sobre lorsqu'il rédige leur testament ou vérifie un titre, dit Dallas. Papa s'est écroulé sur la table la semaine dernière pendant que nous déposions devant le tribunal.

— Tu ne m'as pas dit qu'il était au régime sec ? fis-je remarquer.

— Son foie doit ressembler à une distillerie, dit Dallas. Disons simplement que ça n'a pas arrangé les affaires.

— Est-ce que je suis toujours le héros que tu portes aux nues, Dieu sur terre, comme lorsque j'étais gosse ?

— Tu m'as manqué, Jack. Je ne me lie pas facilement. Nous sommes frères, alors quelque part, nous n'avons pas vraiment le choix. Je tiens à ma famille, parce que c'est tout ce que j'ai.

— Il fallait que je panse mes blessures, Dallas, dis-je. Je ne m'y suis pas très bien pris, mais ça s'est fait naturellement. Rome me semblait la solution.

— Tu peux partir où tu veux, dit-il, le problème n'est pas là. Mais rien ne t'interdit de venir rendre visite. Ni d'écrire une lettre.

— Quand je suis parti, dis-je, je voulais disparaître de ma propre vie. Tu n'as jamais eu cette envie ?

— Non, répondit-il. Pas une seule fois depuis que je suis né.

— Nous ne sommes pas faits pareil.

— Je préfère de loin les types comme moi aux types comme toi, dit Dallas.

— Moi aussi », répondis-je, ce qui fit rire mon frère. Malgré les bleus et les épreuves, ma famille avait toujours su trouver le réconfort des vertus lénifiantes du rire. Cet humour noir nous avait sauvés à la fois de la componction et du désespoir.

« Comment vont ta chère femme et ta petite famille ? demandai-je.

— Bien. Merci de t'en soucier.

— Ne t'inquiète pas. Je ne vais pas l'appeler Miss Scarlett quand nous nous verrons.

— Je retire mes remerciements, dit Dallas.

— Tu as fini par lui dire que Lincoln avait libéré les esclaves ?

— Je me fiche que tu détestes ma femme.

— Je ne déteste pas ta femme, Dallas, dis-je, ravi de le voir sur la défensive. Elle émerge vaguement comme une physalie... ou une méduse. Je me méfie des femmes qui émergent vaguement.

— Elle sait simplement se tenir à sa place. Nous sommes très heureux ensemble.

— Chaque fois que j'entends un mari déclarer de

façon pathétique et spontanée qu'il est très heureux avec sa femme, je flaire le divorce, les maîtresses, les charters de nuit pour la République dominicaine et ses séparations éclair. Les maris heureux ne le clament jamais. Ils vivent dans la béatitude et sourient beaucoup.

— Une attitude positive permet de faire du chemin, dit-il. C'est une chose que tu n'as pas pratiquée depuis longtemps.

— Le coup de la bonne attitude, c'est le triomphe de l'hypocrisie, répliquai-je. On ne fait pas plus américain.

— Super, que tu sois de retour », dit Dallas en hochant la tête. Il mit le contact et quitta sa place de parking. « Dire que je te prenais pour un gars formidable, j'ai l'impression que c'était hier.

— Le temps passe vite.

— Je suis content que tu sois venu, Jack. Maman risque d'être morte le temps qu'on arrive.

— Vive les attitudes positives », dis-je, avant de me mordre la langue.

Dallas ne disant rien, je m'engageai sur un terrain moins miné.

« Où vais-je habiter ?

— Tu peux venir à la maison si tu veux, mais papa tient beaucoup à ce que tu ailles chez lui. Il dit que tu pourras avoir ton ancienne chambre.

— Génial ! Exactement ce dont je rêve, dis-je sur le ton du sarcasme.

— Il a tendance à se sentir seul, ces derniers temps, Jack. Tu verras. C'est dur de détester quelqu'un qui est tellement en manque et fait tout pour plaire.

— Pour moi, c'est du billard.

— Tu n'en as jamais marre d'avoir réponse à tout ?

— Non. Et toi, tu n'en as jamais marre de ne poser aucune des bonnes questions ?

— Pourras-tu jamais pardonner à papa et maman d'être exactement conformes à leur nature profonde ? » Le regard de Dallas se concentra sur la bande sombre de route menant de Garden City au petit pont traversant la Savannah, à l'ouest de la ville.

« Non, c'est précisément ce que je ne peux pas leur pardonner.

— Génial, répliqua-t-il sombrement. La moitié des problèmes que tu as avec le monde sont en passe d'être résolus, Superman.

— Regarde donc la route, monsieur le donneur de leçons, dis-je. Nous entrons dans l'Etat qui nous a vu naître. »

Parce qu'elle sert de frontière entre deux Etats, la Savannah occupe dans ma tête une place que les autres fleuves n'ont pas. Un panneau nous signifia les adieux de la Géorgie, un autre nous souhaita la bienvenue dans l'Etat où étaient nés, avaient grandi et appris les routines et dialectes de la terre natale tous les enfants McCall.

Mais il est un fleuve invisible qui coule entre les membres de ma famille, délimitant des formes d'esprit distinctes qui rendent notre parenté à la fois impénétrable et théorique. Les gens commettent toujours l'erreur de nous croire plus proches que nous ne le sommes vraiment. Nous nous ressemblons de façon mal pensée, comme des copies grossières, mais dans la plupart des domaines, nous avons une relation au monde de type opposé.

Dallas est ravi d'être un homme du Sud, un sudiste, et il n'a jamais aspiré à être autre chose. Tout ce qui lui permet de se sentir achevé, bien ancré dans le monde, est accessible dans un rayon de cent cinquante kilomètres autour de notre lieu de naissance. Il balade un sérieux qui fait défaut au système nerveux des quatre autres, dont je suis. De tous mes frères, Dallas est celui qui a choisi la voie la plus conventionnelle, celle qui avait tous les garde-fous de série. Toute sa vie, il a admiré les hommes qui devenaient membres du conseil paroissial de Waterford, occupaient des fonctions municipales, prenaient en charge la collecte de fonds pour United Way et autres bonnes causes. Il inspire confiance aux gens parce qu'il se garde des extrêmes. Sa voix est celle de la raison au sein de notre famille de passionnés au sang chaud, où le hurlement est considéré comme la forme ultime du discours tandis que le poids des arguments se mesure en décibels pour ce qui est du dialogue.

Je dégageai un bras pour serrer la nuque de mon frère. Ses muscles étaient tendus et il grimaça de douleur au contact de ma main. Malgré le don qu'on lui attribuait pour négocier des traités d'armistice et mener des missions internes, je savais qu'il s'agissait en réalité d'un talent acquis dans l'exercice de sa profession. Dallas s'était forgé une réputation de sangfroid qu'il avait payée au prix fort par des achats massifs d'antiacides. Son calme apparent avait été gagné avec l'aide boueuse du Maalox. Même s'il avait su faire son chemin dans la carrière juridique en affectant un contrôle et une présence d'esprit sans faille, Dallas savait qu'à moi, il n'avait aucune chance de donner le change. Bien qu'il aspirât à faire sa place parmi les sages de notre ville, il suffisait de savoir manier un peu le feu pour atteindre son cœur.

J'inspirai l'air des basses terres tandis que chaque kilomètre parcouru nous éloignait des effluences industrielles distillées dans le somptueux soleil couchant de Savannah.

Au fur et à mesure que nous avancions, m'arrivait l'air soyeux, brillant, et je sentais mon enfance remonter, tel un rêve lent et dérobé, lorsque je fermais les yeux pour permettre à la chimie du temps de me laisser reprendre possession des fantômes répudiés des parfums de ma jeunesse perdue. Tout mon corps était penché en avant, impatient, tandis que la voiture traversait la pinède sauvage de l'île Garbade, et je vis le long pont gracile qui enjambait le fleuve Broad Plum, long de deux kilomètres. Spontanément, mon esprit sembla se détendre, comme une chaise longue au bord d'un étang. Parce que la beauté aussi a ses limites, je resterai toujours le prisonnier de guerre de cette latitude odorante et voluptueuse de la planète, bordée de palmiers et de marécages verts se déroulant par portions de cinquante kilomètres le long des cours d'eau, avant de se perdre sur des archipels plats, courant au nord et au sud avant la grandiose apparition de l'Atlantique. Les basses terres avaient imprimé leur marque en moi comme la tête des anciens monarques gravée sur une pièce de bronze frappé. La terre entière exhalait ce parfum évoquant le retour d'une flotte de crevettiers après une journée de labeur sur les marées de zostères et d'eau de rose.

« Elle te manque, cette odeur? demanda Dallas. Tu vivrais mille ans à Rome que tu garderais la nostalgie de l'odeur de ces marais, n'est-ce pas?

— Rome ne manque pas d'odeurs bien à elle.

— Il ne commence pas à te peser, ton système? Dur de faire sa vie entre deux valises.

— Ma vie se trouve dans une autre partie du monde, dis-je. Ce n'est pas un péché.

— Tu veux faire de Leah une Italienne?

— Exactement. Et je mets le paquet.

— Fais-la donc venir ici, cette petite. En deux semaines d'entraînement intensif, on aura fait ressortir son côté petit Blanc.

— Tu sais que tu as l'air d'un débile quand tu la joues mec du Sud profond avec moi? » dis-je.

Dallas me flanqua une bourrade amicale. « C'est pour cela que je le fais. Histoire de voir si tu tires toujours la gueule quand je me lance dans un de mes numéros.

— Il ne s'agit plus d'un numéro, Dallas. Je présume que c'est la nature qui parle, maintenant.

— Je suis intrinsèquement sudiste, dit Dallas, en me guettant du coin de l'œil. Et je n'ai pas honte de le dire haut et fort, ce qui me différencie de toi.

— Ne te fais pas plus bête que tu n'es, dis-je avant de changer de sujet. Comment est-elle physiquement, maman?

— Fraîche comme un chien écrasé, dit-il, les lèvres pincées.

— Comment réagissent les autres?

— Super, grinça Dallas. Maman est en train de crever d'un cancer. Tout va très bien, madame la marquise. »

L'hôpital était joliment situé sur le Waterford, mais à l'intérieur régnait cette odeur institutionnelle aseptisée qui n'appartient qu'à l'Amérique. Les murs des couloirs étaient tapissés de dessins d'écoliers, d'octogénaires et d'aliénés, passés maîtres dans l'art du pastel gras et de la peinture au doigt grâce à la thérapie occupationnelle. Au cours des vingt-quatre heures passées, je m'étais donné beaucoup de mal pour penser à tout sauf à l'état de ma mère. Le passé était le pays par excellence où j'évitais de faire des incursions inutiles. Lorsque nous arrivâmes dans la salle d'attente où la famille réunie montait une garde muette et mal dégrossie, j'eus la sensation de mettre les pieds sur un champ de mines.

« Bonjour tout le monde, dis-je en m'efforçant de ne croiser aucun regard. Ça fait une paye.

— Je suis Jim Pitts, dit une voix d'homme qui ne m'était pas familière. Le mari de votre mère. Nous n'avons pas eu le plaisir. »

Je serrai la main de mon nouveau beau-père et fus pris de vertige, comme si j'avançais dans l'atmosphère d'une planète si dense que les oiseaux ne pouvaient ni voler ni chanter.

« Comment allez-vous, Dr Pitts ? dis-je. Votre goût en matière de femmes est exquis.

— Votre mère sera très heureuse que vous soyez venu, dit le docteur.

— Comment va-t-elle ? » demandai-je.

Le Dr Pitts parut embarrassé, puis effrayé, et je vis qu'avec sa voix de baryton, cet étranger à la haute stature et aux cheveux blancs était au bord des larmes. Lorsqu'il voulut parler et qu'aucun mot ne sortit de sa bouche, j'eus le compte rendu le plus précis et le plus accablant de l'état dans lequel se trouvait ma mère. Extérieurement, le docteur était une version sensiblement adoucie et plus affable de mon père, mais lorsque j'en fis la remarque à mes frères, aucun n'avait fait le rapprochement. Comme deux adolescents, le docteur et ma mère avaient fugué ensemble deux ans plus tôt, alors que l'encre n'était pas encore sèche sur l'acte de divorce de mes parents. Mes frères avaient gardé leurs distances vis-à-vis du Dr Pitts qu'ils continuaient de traiter comme une extension douteuse du cercle familial. Lui avait l'allure d'un homme prisant la constance et débitant des maximes du genre mieux-vaut-tenir-que-courir.

« Les autres enfants m'appellent Docteur, dit-il. J'aimerais que vous m'appeliez Jim. »

Si l'on exceptait mon plus jeune frère, John Hardin, les autres « enfants » avaient la trentaine passée, mais je répondis : « Avec plaisir, Jim.

— Je connais ce visage, lança mon frère Tee à la cantonade. Mais je n'arrive pas à mettre un nom dessus.

— Vous êtes du coin, monsieur ? » demanda Dupree, avec un clin d'œil en direction de Dallas.

Je les envoyai tous les deux se faire foutre en italien, et Dallas éclata de rire. Dupree fut le premier à se lever pour venir me serrer dans ses bras. Il était la seule personne que je connaisse, capable de vous embrasser tout en maintenant une distance. Etant le plus petit des cinq frères par la taille, il avait un talent naturel pour procéder aux arbitrages et mener les négociations délicates qui maintiennent la cohésion des familles ou la font irrémédiablement voler en éclats.

« Content de te revoir, Jack, dit Dupree. A-t-on une chance de revoir aussi Leah, un de ces jours ?

— Apparemment, tout peut arriver », dis-je en lui rendant son étreinte avant d'accepter les effusions de mon frère Tee, l'avant-dernier des cinq garçons. Les émotions de Tee étaient massives et débordantes. Pour ma mère, il était la version la plus tendre du mâle McCall, et de loin la meilleure épaule sur laquelle aller pleurer. Mais Tee était aussi celui des frères McCall qui lui vouait la rancune la plus virulente. Lui seul clamait haut et fort qu'elle avait à répondre de crimes de négligence et d'incompétence... Raison pour laquelle il ressentait particulièrement durement son coma.

« Prépare-toi, Jack, dit Tee. Maman est dans un état épouvantable. J'ignore ce que t'a dit Dallas, mais c'est pire que tout ce que tu peux imaginer.

— Il verra bien assez tôt, dit Dallas.

— J'ai cru que c'était de la frime, dit Tee. Tu sais, notre mère est bien capable de monter un bateau pour arriver à ses fins. J'ai donc cherché à deviner ce qu'elle désirait. Le docteur, ici présent, lui a acheté une Cadillac, je savais donc que ce n'était pas une voiture. Il lui a offert une bague assez grosse pour qu'un gorille ne puisse plus lever le bras. Ce n'était donc pas un diamant. Pourtant, notre mère est un fin stratège. Exact ? Nous savons qu'elle a quelque chose dans sa manche. Exact ?

— Je suis choqué par vos insinuations à propos de ma femme, dit le Dr Pitts.

— Du calme, Docteur, dit Dupree. Tee se contente de penser à voix haute.

— Attendez, toubib. Vous pouvez me faire confiance, dit Tee. Vous ne connaissez pas la dame. C'est un jeu dans lequel vous êtes novice. Je ne suis pas en train de critiquer maman. Pas du tout. Je suis un grand admirateur de ses talents. Même s'ils ont bousillé ma vie. Non, je ne suis pas du genre rancunier.

— Pourriez-vous me faire une ordonnance, Docteur ? dit Dupree. J'ai besoin d'un tranquillisant, rayon vétérinaire. C'est pour calmer Tee pour la nuit.

— Votre mère est la femme la plus merveilleuse du monde, dit le Dr Pitts en se levant pour quitter la salle d'attente. C'est bien dommage que ses fils ne le voient même pas. »

Après son départ, je dis : « Alors il suffit que je m'absente un petit moment pour que vous ne soyez plus bons à rien. Je croyais vous avoir élevés autrement. »

Dallas hocha négativement la tête. « C'est le Dr Pitts qui a du mal à se mettre à notre niveau. Il ne sait manier ni l'humour, ni l'ironie, ni le sarcasme, et manque totalement du degré de cruauté nécessaire pour survivre dans cette famille.

— Il trouve maman parfaite, dit Dupree. Il n'y a rien à redire. C'est l'opinion qu'on peut attendre d'un mari.

« — Dupree n'a pas changé, dit Tee. Toujours aussi faux cul.

— Va voir maman, Jack, dit Dallas. Prépare-toi au choc de ta vie. »

Je parcourus donc le couloir en compagnie de Dallas et pénétrai dans l'unité de soins intensifs. Une fois la porte refermée derrière nous, je fermai les yeux, inspirai un grand coup et m'adossai contre un mur pour récupérer un peu de sérénité avant de regarder ma mère.

« Rude, hein ? dit Dallas. J'aurais dû te prévenir que tous les frères s'étaient réunis. »

Une infirmière portant un masque de gaze nous conduisit près d'un lit, et elle leva sa main gauche en écartant les doigts pour dire cinq minutes lorsque je me penchai sur une femme allongée qui n'avait aucune ressemblance avec ma mère. L'étiquette indiquait « Lucy Pitts » et je sentis mon cœur se gonfler en pensant qu'il y avait une erreur tragique, que cette femme brisée se faisait passer pour la mère somptueuse qui avait mis cinq fils au monde et pouvait encore entrer dans sa robe de mariée. Son corps était frêle et couvert d'ecchymoses.

Je touchai le visage de ma mère ; il était chaud, les cheveux étaient humides et en désordre. Je me penchai pour l'embrasser et vis mes propres larmes rouler sur son visage.

« Putain, Dallas, dis-je. Elle ne joue pas la comédie. Qui aurait cru que maman pouvait mourir ?

— Attention. Le docteur dit qu'elle nous entend peut-être, bien qu'elle soit dans le coma.

— C'est vrai ? » Je séchai mes larmes. Puis je me penchai de nouveau et dis : « Personne ne t'aime autant que ton fils Jack. Tes autres enfants, ils t'en voulaient et te prenaient pour une rien du tout. C'était Jack, ton grand admirateur, lui qui a toujours mené la troupe de tes fans. Jack, Jack, Jack. Voilà le seul nom dont tu dois te souvenir avec amour et adoration lorsque tu émergeras de tout ce truc. »

Je pris la main de ma mère que je pressai doucement contre ma joue en disant : « Je continue de m'attendre à la voir ouvrir les yeux en criant "Cou-cou".

— Pas cette fois, dit Dallas.

— Le type qu'elle a épousé, dis-je, il a l'air bien.

— Il est gentil. Bien à droite lui aussi, c'est-à-dire plus encore qu'Attila le Hun, mais dans le genre civilisé.

— Elle mérite de vivre avec quelqu'un de civilisé. Depuis toujours, d'ailleurs.

— Maman est persuadée que tu la détestes, dit Dallas.

— Cela m'est arrivé.

— Papa aussi pense que tu le détestes.

— Il est sur la bonne voie. Comment ça se passe, question boisson ?

— Pas trop mal ces derniers temps, dit Dallas. Il est resté ivre mort pendant un mois complet lorsque maman a épousé le Dr Pitts, mais il a fini par dessoûler et s'est mis à sortir avec des minettes.

— Est-ce qu'il est venu voir maman ?

— On voit que tu es hors circuit depuis un moment, Jack. Après leur lune de miel, maman et le Dr Pitts sont rentrés chez eux, dans leur maison sur l'île d'Orion où ils ont trouvé papa assis dans leur salon. Il avait vidé toutes les bouteilles du toubib et tenait un fusil pointé sur le cœur du Dr Pitts. Son plan était de tuer le Dr Pitts, de tuer maman, et de se tuer ensuite.

— Tu crois que tu peux parler comme cela ? demandai-je en regardant du côté du lit.

— Elle est au courant de tout, dit Dallas. Elle réussit même à en rire, aujourd'hui, mais il lui a fallu du temps. Papa n'avait pas dessoûlé d'un mois, plus toute la semaine où maman était à la Jamaïque avec le Dr Pitts. Son plan était infaillible, sauf qu'il n'avait pas prévu qu'il serait ivre mort pour le retour des tourtereaux. Pas plus qu'il n'avait prévu que le bar du Dr Pitts serait si bien approvisionné. Papa avait bu jusqu'à la dernière goutte d'alcool que possédait le brave homme, mais il lui avait fallu toute la semaine. Il était trop ivre pour lever son arme et tirer quand les jeunes mariés sont arrivés. Le temps qu'il s'organise, maman et Jim Pitts étaient sortis en hurlant dans la nuit.

— Ils ont porté plainte ?

— Oui. Ils ont porté plainte tout de suite.

— Et tu leur as fait retirer cette plainte.

— Exactement. Mais j'ai eu du mal. Le Dr Pitts a une peur bleue de l'homme qui a gracieusement fourni son sperme pour nous donner la vie. J'ai dû déployer tous mes nombreux talents légaux. Un vrai bazar, cette histoire.

— Pourquoi n'ai-je été mis au courant par personne ?

— On ne peut pas jouer sur tous les tableaux, bonhomme. Tu abandonnes la famille — la famille n'est pas censée te mettre au courant de tous les potins de la commère.

— Tu viens de me dire que mon paternel a menacé d'assassiner ma mère et son nouveau mari. Quelqu'un aurait dû me mettre au courant, insistai-je.

— Pas si vite. Il me semble que certain monsieur écrivit jadis une lettre à tous les membres de sa famille... commença Dallas avec une ironie mordante.

— Cette lettre était une erreur.

— C'est fort possible, il n'empêche qu'elle est arrivée sans problème dans les boîtes aux lettres de tous les McCall. Le monsieur en question déclarait avec une clarté sans équivoque que plus jamais de sa vie il ne voulait entendre parler d'aucun membre de sa proche famille. Et qu'il ne désirait pas non plus correspondre ni communiquer avec quiconque l'ayant connu, adulte ou enfant, à Waterford. Il ne voulait voir personne de sa ville natale, ni de l'université, ni de sa famille. Le monsieur recommençait sa vie à zéro, et cette fois, il la réussirait.

— Lorsque j'ai écrit cette lettre, je croyais que je savais ce que je faisais.

— Nous aussi, dit Dallas. C'est pourquoi nous avons accédé à ton souhait, et la plupart d'entre nous n'ont pas essayé de te contacter pendant ces années.

— Shyla, bredouillai-je. Je ne savais pas quoi faire.

— Nous non plus, dit Dallas. Nous l'aimions aussi. »

Je m'agenouillai près du lit de ma mère et tentai de prier, mais aucun des mots connus ne semblait adéquat. J'écoutai son souffle rauque, difficile, et posai la tête sur sa poitrine. Son cœur vaillant et brave semblait fort, sûr, et ce seul battement me redonna espoir.

Il y eut soudain un menu changement dans sa respiration, et quelque chose dut s'inscrire sur une machine à l'endroit où se trouvaient les infirmières, car une Noire efficace arriva, prit le pouls de Lucy et régla le débit de la perfusion dans ses veines.

Puis arriva une autre infirmière qui montra le cadran de sa montre avec une moue désapprobatrice, comme une maîtresse d'école soulignant une faute d'orthographe à l'encre rouge.

« Elle ne va pas mourir, soufflai-je tout bas à Dallas.

— Si elle ne meurt pas dans les prochains jours, ils estiment qu'elle a une sacrée constitution. »

Je me penchai, posai un baiser sur la joue de ma mère et pris sa main pour la presser contre ma propre joue.

« Dis au revoir, Jack, conseilla Dallas. Au cas où elle t'entendrait vraiment.

— Ecoute-moi, maman. Jack était celui de tes fils qui t'aimait le plus. Tes autres enfants étaient en colère contre toi et parlaient très mal de toi derrière ton dos. Jack a toujours été ton plus grand admirateur, le chef de tes fans. Rappelle-toi le méchant Dallas. Il était toujours odieux et méprisant avec toi. »

Dallas rit tandis que l'infirmière nous éjectait de la salle de soins intensifs.

Dehors, dans le couloir, je me sentis sonné, ratatiné.

« Ton ancienne chambre t'attend, dit Dallas. Papa est absolument ravi de ta visite.

— Il sera là ?

154

— Pas ce soir, dit Dallas. Nous avons dû le faire
boucler au poste. Juste le temps de dessoûler. Il réagit vraiment mal aux nouvelles concernant maman.
C'est bizarre, Jack. Il est encore amoureux et semble
perdu sans elle.

— Ramène-moi à la maison, dis-je. Sur les lieux
du crime. »

## 10

Aucune histoire ne se déroule en ligne droite. La
géométrie de la vie humaine est trop imparfaite et
complexe, trop déformée par le rire du temps et les
stupéfiantes complications du destin pour admettre
la ligne droite dans son système de lois.

Le lendemain matin, la famille se réunit petit à
petit tandis que les cellules endommagées s'affron-
taient mollement dans les voies silencieuses de la circulation sanguine de Lucy. Ce rassemblement était
hors norme et bancal. Aucun de nous n'avait envie
d'être là. Dans son coma, attachée à tous les appareils de contrôle et de surveillance, Lucy ne pouvait
entendre la maison McCall rameutant ses troupes
autour d'elle. Personne n'aimait le théâtre ou le spectacle plus que ma mère, mais ce grand rassemblement n'avait rien d'un caprice et ne ressemblait pas à
une plaisanterie. A ses fils, elle avait enseigné le rire,
pas les larmes. Alors, n'ayant rien à faire, nous restions là à attendre, en essayant d'apprendre les
règles et les politesses de la mort. Sous cette pression
extrême, nous refaisions connaissance. Nous étions
arrivés à un point de rencontre dans nos vies qui
relevait à la fois du bilan et du clin d'œil aux dieux de
l'ombre. La salle d'attente s'emplissait d'étranges
ouvertures, de désordres, et de lucarnes obliques sur
le passé. Mais toutes les issues étaient condamnées
et il n'y avait apparemment aucune sortie possible

pour nous qui cherchions un terrain commun, une ligne droite à partager.

Si nous pensions être en train d'apprendre les protocoles de la mort, nous ignorions lesquels s'appliquaient à notre mère. J'étais arrivé à l'hôpital à sept heures du matin et j'étais allé la voir, au milieu de ces machines bourdonnantes qui contrôlaient ses fonctions vitales. Les infirmières me dirent qu'il n'y avait aucun changement et je me trouvai vite expulsé vers la salle d'attente où je me formai à l'art de la végétation et de l'immobilité en attendant les nouvelles. J'étais entouré de piles de magazines nuls. J'observai le décor, l'ameublement, et je me dis qu'il fallait une sensibilité relevant du degré zéro du génie pour concevoir un lieu aussi hideux. Je pris à un distributeur une tasse de café dont la médiocrité incitait à écrire un article pour demander aux nations productrices de café de cesser leurs exportations vers les Etats-Unis tant que les Américains n'auraient pas appris à faire le café correctement.

Puis arriva mon frère Tee, mal rasé et débraillé. On aurait dit qu'il avait sorti tous ses vêtements du fin fond d'un panier de linge. Il enseignait à des enfants autistes dans le comté de Georgetown, et lorsqu'on lui demandait pourquoi il avait choisi cette profession, il répondait : « Après avoir grandi au sein de cette famille, j'ai trouvé l'autisme reposant. » Tee s'était toujours trouvé au cœur des batailles familiales et se faisait régulièrement piéger dans des démarches diplomatiques incertaines et ambiguës, bien que personne n'eût jamais mis en cause sa bonne foi.

« Je sais pas si je suis content de te voir ou pas, me dit Tee.

— Tu as une petite semaine pour décider, dis-je. Ensuite, je repars pour Rome.

— Et si maman meurt ? demanda-t-il avant de rectifier aussitôt : Non, ne réponds pas. Oublie cette question que je n'ai même pas posée. Je me sens déjà assez coupable. J'ai lu quelque part que la leucémie était le seul cancer totalement lié à l'état émotionnel.

156

Tu te souviens de la fois où je me suis fait coller à l'examen de biologie? Et quand j'ai volé un paquet de Smarties, à l'âge de cinq ans? Ça l'a stressée. Une cellule maligne s'est peut-être formée à ce moment-là, pendant qu'elle me flanquait une fessée.

— Bien raisonné, dis-je.

— Tu en as déjà marre de moi, n'est-ce pas? demanda Tee.

— Non, Tee. Je suis inquiet pour maman, dis-je. Moi, je ne viendrais pas me faire soigner ici si j'avais un simple bobo. Dans cet hôpital, l'abaisse-langue est considéré comme un miracle de la technologie.

— Ça s'est amélioré, dit Tee. Au fait, prépare-toi, mon grand. John Hardin arrive.

— Comment va-t-il?

— Il est sorti de l'hôpital psychiatrique. Dupree s'en occupe et le surveille de près. Maman continue de refuser de considérer qu'il a un problème. C'est son petit dernier. Elle a toujours eu un faible pour John Hardin.

— Sait-il qu'elle est malade? demandai-je.

— Je le lui ai dit hier. Mais lui aussi a ri quand il a entendu le mot leucémie. Il croyait que je me payais sa tête. Fais attention avec John Hardin. Il peut être adorable, mais il démarre au quart de tour. Et il prend très facilement la mouche.

— Merci de m'avoir prévenu, dis-je tandis que Dupree et Dallas arrivaient dans le long couloir d'hôpital.

— Toujours pareil, hein! fit Dallas en se laissant tomber lourdement sur une banquette. Tu es entré la voir, Tee? »

Tee hocha négativement la tête : « Je ne vaux pour la famille que par les talents que je peux déployer en salle d'attente. Quand vous allez vous effondrer, vous autres, vous aurez besoin de Tee, le rocher de Gibraltar, pour vous soutenir et vous remettre sur vos pieds. Je ne suis pas encore entré dans la chambre. L'idée de maman en train de mourir m'atteint suffisamment. Je préfère éviter le spectacle en grandeur réelle.

— Je comprends ça, dit Dupree en se dirigeant vers la porte menant à l'unité de soins intensifs. Au fait, Jack, pour que tu sois prévenu à l'avance : John Hardin a quitté sa maison dans l'île et va arriver ici. Papa devrait être relâché et sortir de la prison à l'heure qu'il est.

— Comment on assiste à la composition d'un tableau de Norman Rockwell, dis-je.

— J'ai oublié de te dire, Jack, intervint Dallas. Il se passe encore des choses intéressantes, à Waterford. Des merdes, mais intéressantes.

— Le film est mauvais, ajouta Tee. Le scénario nul. Les extérieurs moches. Les acteurs en font des tonnes. La réalisation est ringarde. Mais le mélo fonctionne à fond. »

Jim Pitts, notre beau-père, vint nous rejoindre par l'autre couloir, de son pas militaire pour ne pas dire cadencé, en dépit d'une claudication perceptible de la jambe droite. Il leva la main pour empêcher Dupree d'aller voir maman comme il s'y apprêtait, indiquant qu'il désirait nous parler à nous tous, ensemble. Je me surpris à en vouloir au Dr Pitts pour le seul crime d'avoir épousé ma mère, alors que je m'étais réjoui à Rome lorsqu'elle m'avait annoncé dans une lettre qu'elle quittait mon père. Il était manifeste qu'il trouvait normal que les fils de Lucy fassent cercle autour de lui. L'état de ma mère nous avait contraints à une alliance qu'aucun de nous ne désirait. C'était un homme mesuré, à la voix douce, dont le débit était laborieux. Lorsqu'il était sous pression, un léger bégaiement aggravait encore son élocution.

Il dit : « J'ai rendu visite à votre père pour le mettre au courant de l'état de santé de Lucy. Je sais que votre mère ne voulait plus le voir, mais le fait qu'elle soit dans le coma change la situation. J'ai donc fait ce qui me semblait juste. Je l'ai prié de venir la voir ce matin.

— C'est gentil à vous, Docteur, dis-je.

— Trop gentil, dit Tee. La gentillesse me rend méfiant. On ne sait jamais.

— Je n'ai pas eu d'enfants à moi... commença le Dr Pitts.

— Vous n'avez rien manqué, dit Dallas.

— Je voulais dire, si je peux faire quoi que ce soit pour vous... dit-il. Vos désirs seront toujours prioritaires pour moi. Si je vous mets mal à l'aise, si vous souhaitez parler entre vous, je peux sortir fumer une cigarette. Je comprends qu'un étranger soit une gêne pour vous dans de telles circonstances.

— Vous êtes notre beau-père, Doc, dit Dupree. Vous êtes le mari de maman. Vous avez plus de droit que nous à être là.

— C'est très aimable, dit le docteur. Mais je suis conscient de l'embarras que je peux causer.

— Vous ? dit Tee. Etre source d'embarras ? Attendez de nous voir avec notre vrai père.

— Nous vous mettons mal à l'aise, Docteur, dit Dallas. Mais ne vous sentez pas visé personnellement. Les frères McCall produisent cet effet sur tout le monde.

— Parle pour toi, frangin », dit Tee.

Dupree intervint : « Vous avez été bon avec ma mère. Nous apprécions, Docteur.

— Bon, il faut que j'aille voir ma chérie, dit le Dr Pitts en se dirigeant vers la porte du fond.

— Il est sympa, dit Dupree.

— A condition d'aimer ce genre de type, dit Dallas. Moi, je le trouve chiant. Pas de ressort. Pas de couilles. Pas de punch.

— Moi, je suis très content, quand un type épouse ma mère, qu'il n'ait pas de couilles, dit Tee.

— Après papa, j'ai eu ma dose de punch, dis-je.

— Et de ressort, dit Dupree. Pour moi, le bonheur, c'est quand il n'arrive rien d'extraordinaire, quand je ne m'énerve pas, quand je ne suis pas furieux contre mon patron. Je voudrais que la température extérieure soit toujours de vingt degrés, que le ciel soit clair, que ma voiture démarre le matin. Je voudrais garder l'âge que j'ai en ce moment, ne jamais être malade, que la saison du base-ball dure toute l'année. Je n'aime pas les surprises. J'aime la routine. Les choses prévues me comblent de joie.

— Tu parles comme un débile, dit Dallas.

— On croirait t'entendre toi, dit Tee. Tu es avocat, la lie de la terre. Tu veux la paix et la tranquillité dans ta vie, mais tu rêves que le reste du monde explose autour de toi. Lorsque trois cents passagers meurent carbonisés dans un accident d'avion à Atlanta, il y a trois cents avocats qui vont se coucher heureux parce qu'ils savent qu'ils ont gagné le gros lot.

— Ça nourrit la famille, dit Dallas en souriant.

— Ta famille se nourrit de la souffrance humaine, corrigea Tee.

— Oh, arrête de jouer sur les mots ! dit Dallas. Tiens, quelle est cette douce musique ?

— Une sirène, dit Dupree. Mozart pour Dallas.

— Jour de paie pour papa », dit Dallas.

Et aucun de nous ne vit notre père arriver dans le couloir avec son classique problème de verticalité. Lorsqu'il entra dans la salle d'attente, nous sûmes tous, instantanément, qu'il avait bu.

« Ah ! la source de toute joie, murmura Tee tandis que les frères observaient en silence la longue entrée en scène du père.

— Comment s'est-il procuré de l'alcool à cette heure matinale ? demanda Dupree à Dallas. Il doit enterrer des bouteilles un peu partout dans la ville et aller les déterrer comme un chien au fur et à mesure de ses besoins. »

Dallas répondit : « J'ai le privilège d'être son associé, professionnellement. J'ai trouvé une flasque dans un livre de droit qu'il avait évidé. Une autre dans la chasse d'eau des toilettes pour femmes au rez-de-chaussée. Encore une autre dans une gouttière extérieure près de la fenêtre de son bureau. Si l'art de cacher les objets rapportait de l'argent, il serait millionnaire. »

Tandis que mon père pénétrait dans la pièce, je m'efforçai de le voir avec des yeux neufs, pas ceux du gamin qui avait grandi dans la honte d'avoir pour père l'ivrogne de la ville. Il faisait toujours l'effort de se tenir avec dignité et possédait encore cette beauté étrange qui fait que certains hommes vieillissent bien. Il avait le cheveu épais et argenté, comme un service à thé terni. Son corps s'était amolli, avachi aux endroits habituels, mais on voyait bien que cet homme avait eu une certaine force. J'attendais d'entendre le son de sa voix, cet organe au timbre de baryton qui donnait du poids à toute parole prononcée par lui. Ses yeux injectés de sang nous figèrent sur place et il nous fixait comme s'il attendait d'être présenté à des inconnus. Sa spécialité, qu'il avait eu largement le temps de peaufiner, était de rendre toutes les situations difficiles.

« J'imagine que, dans ton idée, je devrais louer une fanfare pour saluer ton retour, dit à mon intention mon père, le juge Johnson Hagood McCall.

— Moi aussi, je suis heureux de te voir, papa, dis-je.

— Ne me regarde pas avec ces yeux, ordonna mon père. Je refuse ta pitié.

— Putain de merde, murmura Tee.

— Dis bonjour à Jack, suggéra Dupree. C'est une question de politesse.

— Salut, Jack, dit mon père en jouant les idiots, les mots sortant comme émoussés de ses lèvres. Ravi de te voir de retour, Jack. Merci de ne pas avoir fait signe, Jack. Merci d'avoir coupé tous les ponts.

— J'ai essayé de t'appeler deux ou trois fois, papa, dis-je. Mais il est difficile de parler à un homme ivre mort.

— Est-ce que tu insinuerais que j'ai un problème d'alcool ? dit le juge en se dépliant de toute sa hauteur, la tête rejetée en arrière.

— Quelle injure ! » commenta joyeusement Tee.

Et Dallas d'ajouter : « Comme si on prétendait que Noé a eu un problème avec la météo, papa.

— Bois un café, proposa Dupree. Dessoûle un peu avant d'aller voir maman. »

Mon père me regarda, puis il s'assit sur une chaise en se laissant tomber dans les derniers centimètres.

« Tu as appris que ta mère m'a quitté pour un homme beaucoup plus jeune, je suppose », me dit-il.

Dallas précisa : « Le toubib a une bonne année de moins que papa, ici présent.

— On se passe de tes commentaires personnels, Dallas, dit le juge. Je me contente d'exposer les faits. Elle s'est laissée éblouir par son argent. Ta mère a toujours eu un faible pour les biens matériels et elle a aussi le goût du lucre.

— Le lucre ? dit Tee. Maman a le goût du lucre ? Je ne sais même pas de quoi il s'agit.

— C'est pour cela que tu enseignes seulement dans un établissement public de l'Etat qui se trouve en queue de peloton pour ce qui est de l'instruction dans notre beau pays, dit le juge. Je me suis laissé dire qu'on te permettait d'éduquer d'autres débiles.

— Je m'occupe d'enfants autistes, papa, dit Tee.

— Tu n'es pas content que papa se soit remis à boire ? me demanda Dupree pour faire diversion. Jamais je ne me sens aussi proche du brave homme que lorsqu'il est en plein delirium tremens.

— Je ne suis pas ivre, dit le juge. Je suis sous médicaments.

— Le cher Dr Jim Beam, dit Dallas. Il officie encore après tant d'années.

— J'ai une infection de l'oreille interne, insista le juge. Le traitement que je suis affecte mon sens de l'équilibre.

— Cette infection doit être une vraie plaie, dit Tee. Elle dure depuis au moins trente ans, je crois.

— Vous étiez tous ligués avec votre mère, contre moi, dit le juge en fermant les yeux.

— Belle perspicacité, dit Tee.

— Mon Dieu, donnez-moi la force d'ignorer les pleurnicheries de cette meute de lâches roquets », pria le juge.

Tee se mit à aboyer et Dupree se tourna vers moi pour dire : « *Môa*, un lâche roquet.

— Reprends-toi, papa, dit Dallas. Ne nous fais pas honte devant le Dr Pitts. C'était gentil de sa part de te prier de venir.

— C'est un briseur de ménage, dit le juge. Rien au monde ne pourrait m'empêcher d'être présent au chevet de ma femme lorsqu'elle se présentera devant le Créateur. Le Seigneur jugera sévèrement Miss Lucy, je crains. Notre Seigneur ne fait pas de cadeau aux femmes qui abandonnent leur pauvre mari dans l'adversité. Croyez-moi.

— Quelle adversité ? demanda Tee.

— L'infection de l'oreille, souffla Dupree.

— La nouvelle vient de tomber, dit Dallas en tendant la main pour ôter les pellicules du veston froissé de notre père. Elle n'est plus ta femme. Il faut que tu aies cette information présente à l'esprit lorsque tu iras la voir.

— Si elle a demandé le divorce, c'est uniquement parce qu'elle traversait une crise de la maturité, dit le juge en s'adressant à lui-même plus qu'à nous autres. Un phénomène beaucoup plus courant qu'on ne croit. Ça arrive généralement lorsque la femme passe une étape de la vie — quand elle ne peut plus porter de fruit.

— Les fruits, c'est nous, me dit Tee en se frappant la poitrine.

— Ressaisis-toi, papa, dit Dupree en rapportant un café dans une tasse en carton. Nous allons avoir besoin de toi avant la fin de cette histoire.

— Où est John Hardin ? demanda le juge. C'est le seul membre de cette famille à être resté fidèle à son père. A travers toute cette épreuve, lui, et lui seul, continue de m'aimer ; lui, et lui seul, respecte encore l'institution paternelle. Vous le croyez ?

— Rude, dit Dupree.

— Difficile à avaler, dit Tee.

— Jack, dit mon père en s'adressant à moi, il y a beaucoup de place à la maison. Sens-toi libre de venir habiter chez moi.

— C'est déjà fait, papa, dis-je. J'ai dormi à la maison la nuit dernière.

— Où étais-je ? dit mon père, et je vis la frayeur dans ses yeux tandis qu'il tentait de se rappeler.

— A dessoûler, dit Dallas. Dans ton pied-à-terre de la prison du comté.

— Alors nous parlerons ce soir, me dit le juge.

Comme au bon vieux temps. Vous êtes tous invités, les garçons. Je ferai des grillades au barbecue derrière la maison, comme lorsque vous étiez gamins.

— Chouette idée, papa, dit Dupree. Merci.

— Formidable, dit Tee.

— Raconte-leur, Jack, dit mon père dont les yeux se mirent à briller. Dis-leur comment j'étais au début. Je descendais la rue et tout le monde s'écartait avec respect pour me laisser passer. J'étais quelqu'un à l'époque, quelqu'un avec qui il fallait compter, n'est-ce pas, Jack ? Répète-leur ce que disaient les gens. Ils étaient petits, tous, en ce temps-là, ils risquent de ne pas se rappeler.

— Les gens disaient que tu étais le meilleur juriste de l'Etat, dis-je. Le meilleur avocat devant un jury. Le juge le plus juste.

— C'est du passé, maintenant. Les bonnes réputations n'ont qu'un temps. Le temps de la mienne était compté, et je n'ai pas vu venir la fin. Le combat n'a pas été loyal... j'ai été pris par-derrière. Une embuscade. Dis-leur, Jack. Dis-leur que tu étais fier d'être mon fils.

— Fier comme Artaban, j'étais, papa, dis-je sincèrement.

— J'ai arrêté de boire trois fois cette année, Jack, dit le juge. Mais la vie me frappe là où seul l'espoir peut me faire vivre. Cette histoire avec Lucy. Lucy. Ma Lucy.

— Qui n'est plus la tienne, dit Dallas. Mets-toi bien ça dans la tête avant que le Dr Pitts t'amène voir maman. »

Tee était à la fenêtre et regardait quelque chose très attentivement lorsque le Dr Pitts sortit de l'unité de soins intensifs et se dirigea vers l'endroit où était assis mon père. Nous entendîmes un bruit de moteur de bateau vibrant dans les aigus, sur le fleuve.

« Pas de changement, nous informa le Dr Pitts avant de s'adresser à mon père. Merci d'être venu, monsieur le juge. Son médecin m'a dit que les deux-trois jours à venir seraient déterminants. Si elle arrive à les passer, il pense qu'elle a une chance de gagner.

— Allez, maman! hurla Tee par la fenêtre. Fais-leur en voir de toutes les couleurs.

— Tu es dans un hôpital, dit Dallas, pas au café des sports.

— Merci pour l'information, qui fait bien le point de la situation, frangin, dit Tee. A présent, en piste pour une mêlée ouverte. John Hardin est en train d'arrimer son bateau sur le quai.

— Dieu soit avec nous, dit Dallas.

— Pire qu'autrefois? demandai-je à Dupree.

— Toujours à la masse, dit Dupree. Mais il est devenu un peu dangereux. Il flanque facilement la trouille.

— A présent, pour le plaisir des spectateurs ici réunis, mesdames et messieurs, voici la folie, dit Dallas.

— D'abord la mort, dit Tee. Puis l'ivrognerie.

— Du calme, Tee, conseilla Dupree. Ne laisse pas transparaître ta nervosité.

— Je ne suis pas nerveux, dit Tee. Je suis mort de trouille.

— Il n'a pas eu son intraveineuse ce mois-ci, dit Dupree. Il va très bien après l'intraveineuse. »

On toqua à la fenêtre et John Hardin fit signe à Tee d'ouvrir. Tee eut un geste de la main pour indiquer à John Hardin de faire le tour afin de trouver les portes, et celui-ci répondit en choisissant une brique qui bordait un massif de fleurs près de la fontaine décorative. Lorsqu'il donna l'impression qu'il s'apprêtait à lancer la brique contre le carreau, Tee s'empressa d'ouvrir et John Hardin se hissa en appui avant de retomber à l'intérieur de la salle d'attente, avec la souplesse d'un chat.

« Tu as entendu parler des portes, John Hardin? dit Dallas.

— Ouais, répondit mon plus jeune frère. Mais j'ai horreur de ça. »

Son regard balaya la salle avant de se poser sur moi.

« Mr. Pizza, dit-il.

— Salut, John Hardin, dis-je. Eh oui, je vis toujours en Italie.

— J'ai cherché l'Italie sur un atlas il n'y a pas long-temps, dit-il. C'est vraiment pas à côté de l'Amérique. Quel est l'intérêt d'aller vivre dans un endroit qui n'est même pas près de l'Amérique?

— Les gens sont différents, dis-je. C'est pour cela que les glaces Baskin Robbins offrent le choix entre trente parfums.

— Je n'ai pas besoin d'autre parfum que celui de la Caroline du Sud, dit-il.

— C'est sympa de voir Jack, n'est-ce pas, John Hardin? dit Dupree.

— Parle pour toi, dit John Hardin. Comment va maman?

— Mal, dit Dallas. Très mal.

— Ce qui veut dire, s'il te plaît, Dallas? demanda John Hardin.

— Elle est en pleine forme, rectifia Dallas. Elle sera là dès qu'elle aura fini de courir son dix mille mètres.

— Relax, frangin, dit Tee. Laisse-moi t'apporter une tasse de café.

— La caféine me rend dingue, dit John Hardin.

— Stop sur le café, dit Dupree.

— Je suppose que, dans ton idée, nous devrions tous dérouler le tapis rouge pour saluer le retour du héros conquérant, me dit John Hardin.

— Ça peut attendre un jour ou deux, dis-je. A mon avis, il n'y a pas urgence.

— J'ai à peine remarqué ton absence », dit mon plus jeune frère avant d'aller s'asseoir le plus loin possible de nous. Il alluma sa première cigarette, qu'il se mit à fumer sérieusement.

« Jamais entendu parler du cancer du poumon? demanda Dupree.

— Jamais entendu parler de la diarrhée verbale? » répliqua John Hardin, et nous battîmes en retraite.

Notre attention se mobilisa sur lui, mais secrète-ment. Il était grand, mince, avec un bronzage mal-sain. Quelque chose dans les yeux de John Hardin exprimait une terreur d'oiseau brusquement libéré. Même si chacun d'entre nous admettait que nous étions les survivants d'une enfance spectaculairement chaotique et que nous portions tous en nous une part de dommage et de dépression, aucun n'avait été aussi grièvement touché que John Hardin McCall. Bébé déjà, il avait une sensibilité taillée et calibrée pour enregistrer les moindres perturbations. Toujours il avait semblé trop candide et innocent pour survivre au combat que constituait l'abominable histoire d'amour vécue par nos parents.

Il était le bébé de la famille, l'enfant bien-aimé de tous, et il n'était pas fait pour résister aux longues années que dura le spectacle de la corruption progressive de notre monde, alors que notre père ingurgitait des quantités d'alcool qui auraient suffi à remplir un mobile home de taille moyenne, et que notre mère se lassait de seulement feindre les joies de la maternité.

Tee, celui qui était le plus proche de John Hardin par l'âge, le regarda avec inquiétude. « Raconte à Jack ta cabane construite dans un arbre, John Hardin.

— Une cabane dans un arbre ? demandai-je.

— Grand-père a donné à John Hardin un bout de terrain sur l'eau, murmura Dupree. John Hardin s'est transformé en espèce d'ermite. Il a passé l'année écoulée à construire cette cabane dans un chêne dont les branches donnent sur le Yemassee. »

Dallas commenta : « Elle est jolie, mais elle n'aura pas la palme du confort. »

Dupree me glissa à l'oreille : « Il a toujours été à l'ouest. »

Et John Hardin protesta : « Pourquoi est-ce qu'on ne la boucle jamais, dans cette famille ? Est-ce que tout le monde ne pourrait pas un peu fermer sa gueule ? »

— Tu as fait ta piqûre, ce mois-ci ? demanda Dupree à John Hardin.

— Chaque fois que je m'énerve un peu, tu me demandes si j'ai fait ma putain de piqûre, répondit John Hardin, écumant de colère et frappant du poing contre sa paume ouverte pour empêcher ses mains de trembler.

— Ton docteur m'a téléphoné, dit Dupree en s'approchant de son frère. Tu as sauté ton rendez-vous. Tu sais que tu t'excites quand tu n'as pas ta piqûre.

— Je m'excite quand tu me tarabustes parce que je ne vais pas me faire piquer.

— Tu devrais arrêter la viande rouge un moment, frangin, suggéra Tee à John Hardin. Essaie un peu la méditation zen. Moi, je ne crois pas aux traitements chimiques.

— Un gourou est né, ironisa Dallas. Cesse de faire comme si tu étais né en Californie.

— Je déteste la Californie et tout ce qui vient de là-bas, renchérit Dupree. Au point de regretter que nous ayons gagné contre le Mexique. »

John Hardin mit un terme à tout débat sur la nutrition et la géographie en déclarant : « Quatorze médecins ont été traduits devant un tribunal l'année dernière pour avoir assassiné leurs patients. Ça, c'est un fait. Fourrez-le-vous dans le crâne, même si ça vous défrise.

— Et alors ? demanda Dupree après un trop long silence.

— Vous ne pigez pas. La lumière ne vous explose pas au visage. Il vous faut quoi, à vous, pour que vous acceptiez de regarder la vérité en face ? Qu'on vous l'écrive dans le ciel avec un avion ? Réveillez-vous. Le message est clair.

— Tu fais très peur à Jack, dit Dupree. Il ne t'a jamais vu depuis que tu t'es transformé en Quasi-modo.

— Je vais prévenir ton patron, Dupree, dit John Hardin. Je vais te dénoncer aux autorités compétentes. Tu peux y compter comme deux et deux font quatre. Tu travailles comme employé du gouvernement à l'hôpital psychiatrique de l'Etat. Sur une échelle de un à dix, ça fait moins trois. Statut nul, salaire nul, le bas de l'échelle sociale. »

Tee lança un journal à Dupree et lui dit : « Tu

risques d'avoir besoin de faire les petites annonces, vieux.

— Je suis très heureux dans mon métier, dit Dupree. Je suis toute la journée avec des gars impeccables, comme John Hardin.

— Un jour, vous allez pousser le bouchon trop loin avec moi, bande de connards. Vous allez me trouver, parce que je sais ce que vous dites. J'ai le moyen de savoir tout ce que vous pensez à mon sujet, tout ce que vous manigancez.

— Arrête, John Hardin, dit Dallas. C'est la viande rouge qui parle, en ce moment.

— Voulez-vous voir votre mère, John Hardin ? demanda le Dr Pitts. Votre père est très contrarié et vous pourriez peut-être l'aider en allant le rejoindre.

— Je sais ce que vous essayez de faire », dit John Hardin. Son visage se tordit tandis que les vents hurlants de la paranoïa montaient de profondeurs inconnues, à l'intérieur de lui. « Ne croyez pas que je ne sais pas ce que vous êtes en train de faire. Je vous ai à l'œil. Je vous ai tous à l'œil.

— Je voulais simplement vous permettre de voir votre mère, tenta d'expliquer le Dr Pitts. Je ne cherchais pas à vous contrarier.

— Vous savez qu'elle est morte ! hurla John Hardin, dont la voix était amplifiée par la fureur, pas par le chagrin. Vous voulez que je sois celui qui la découvre morte alors que c'est vous qui l'avez tuée. Oui, vous. Elle n'avait pas de cancer quand elle était mariée avec mon père. Ça ne vous a jamais effleuré l'esprit ? Vous êtes docteur. Un docteur de merde, tiens. Vous auriez pu l'examiner tous les jours. Mais non. Vous ignorez tous les signes évidents du cancer. Les sept signes mortels et révélateurs. Tous les docteurs connaissent les sept signes mortels.

— Bon Dieu de merde », dis-je.

Dupree refit une tentative : « Viens, je t'accompagne faire ta piqûre. »

Les yeux de John Hardin se mirent à lancer des éclairs. « C'est toi que je déteste le plus, Dupree, dit-il. Tu es numéro un sur ma liste. Ensuite, c'est

Jack. Le cher Jack, le fils aîné qui croit qu'il est venu au monde dans une mangeoire. Après vient Dallas, qui se prend pour une espèce de génie alors qu'en fait il ne connaît rien à rien...

— Je t'offre un verre, mon fils, dit mon père en entendant le scandale lorsqu'il sortit, ébranlé, de l'unité de soins intensifs.

— C'est la dernière chose dont il a besoin, papa, dit Dupree. L'alcool ne fait qu'aggraver son état.

— L'effet n'est pas terrible sur papa non plus, fit observer Dallas. Si tu essayais une de ces piqûres, toi aussi, papa ?

— Je viens avec toi, dit Tee à John Hardin. On va aller tous les deux avec Dupree faire cette piqûre.

— Le seul remède qui me ferait du bien, c'est que tous ceux qui sont dans cette salle attrapent le cancer et que ma gentille maman sorte d'ici avec moi. »

Dupree se leva et s'approcha prudemment de son frère. « S'il te plaît, John Hardin. Nous savons comment ça se termine. Tu vas perdre les pédales et faire quelque chose de stupide. Sans le vouloir, et sans même t'en rendre compte. Mais tu as encore le choix. Fais la piqûre, ou c'est les flics qui vont venir te chercher.

— Si j'avais besoin qu'on me prédise l'avenir, connard, j'irais me commander un repas chinois, hurla John Hardin. Vous voulez que je fasse cette piqûre parce que vous êtes dans le coup pour étouffer l'affaire. C'est bien ça ? Vous savez qu'ils sont en train de tuer maman en ce moment même. Ils lui empoisonnent le sang. Ça lui détruit le foie, les reins — tout. Vous êtes forts en science, peut-être ? Il y en a un de vous qui suit les cours de chimie de Mr. Gnann, je suppose. Maman ne sortira jamais de cette chambre. Jamais. Jamais.

— Il ne nous manquait plus que ça, murmura Dallas sans s'adresser à personne en particulier. Un optimiste pour veiller une mourante.

— Je suis le plus gentil de la famille, dit John Hardin. C'est maman qui l'a dit, pas moi. Je ne fais que répéter. Elle a dit que j'étais son préféré. Le plus réussi de la portée.

— Tu étais le petit dernier, dis-je. Elle a toujours eu un faible pour toi.

— Qu'est-ce que vous en dites, les gars ? jubila John Hardin, en désignant les autres. Même le fils chéri, l'aîné, est de mon côté.

— Si tu venais t'asseoir à côté de moi, mon fils, qu'on parle du bon vieux temps, proposa le juge.

— Le bon vieux temps ? Quelle rigolade ! Vous voulez quelque chose de drôle, les gars ? Un truc qui vous fasse rire ? Qu'est-ce que vous dites de celle-là, comme blague ? Le bon vieux temps... »

John Hardin fonça brusquement vers la fenêtre ouverte par où il ressortit. Nous le regardâmes courir jusqu'à l'appontement, démarrer le moteur du bateau et filer vers le chenal principal pour s'éloigner de la ville.

« Ça risque de prendre du temps, dit le juge, mais cette épreuve nous rapprochera, en tant que famille.

— Ça commence déjà à marcher », dit Dallas en observant le bateau de John Hardin, au loin.

En fin d'après-midi, je pris mon tour d'un quart d'heure au chevet de ma mère, en lui tenant la main, en lui embrassant la joue, en lui racontant à voix basse tout ce que je pouvais sur sa petite-fille. Je lui dis aussi qu'elle avait toujours un beau visage, qui se moquait de l'âge et des circonstances, mais je savais qu'elle aurait détesté être regardée sans maquillage et les cheveux défaits, comme je la voyais à présent. Des petites rides partaient de ses yeux, dessinant une douzaine de stries en éventail. On remarquait les mêmes aux commissures des lèvres, mais le front était lisse comme celui d'un enfant. Ma mère avait usé de sa beauté comme d'un rasoir dans cette ville ; elle n'avait pas eu d'autre arme pour affronter une vie d'infortune. Waterford comptait d'autres femmes plus belles qu'elle, mais aucune n'était plus sensuelle, voire carrément, plus ouvertement sexuelle. Jamais je n'ai rencontré de femme plus sexy que ma propre mère, et d'aussi loin que je me souvienne, les hommes venaient lui manger dans la main. Sa silhouette, restée mince sans rien perdre de ses avantages, faisait l'envie de ses semblables et l'admiration de ses fils. Ses pieds, dont elle était très fière, étaient ravissants, ses chevilles déliées et parfaites. « Votre mère, c'est une carrosserie, disait souvent le juge ébloui. Une sacrée carrosserie. »

Je regardai le sachet argenté de la chimiothérapie qui expédiait goutte à goutte ses poisons dans les veines de ma mère. Ils avaient la pureté de l'eau de source, la couleur du gin le plus cher, et je me représentai le combat mortel des cellules dans l'obscurité opaque de sa circulation sanguine. La chimiothérapie avait une odeur âcre et putride, et me revint en mémoire que Lucy risquait autant de succomber à la chimiothérapie qu'à la leucémie.

Dupree me releva au bout de quinze minutes, et je remarquai que nous observions instinctivement un ordre chronologique, prenant successivement notre tour du plus âgé au plus jeune.

Le poids du regard de mes frères, lorsque je revins dans la salle d'attente, me fut quasiment insupportable. Mon exil avait modifié leur compréhension par rapport à moi, et je sentais leur curiosité morbide. Je menais une vie dont ils ne savaient rigoureusement rien, avec une enfant qu'ils ne reconnaîtraient même pas si elle entrait dans la pièce à cet instant précis. J'écrivais sur des lieux qu'ils n'avaient pas vus, des nourritures auxquelles ils n'avaient jamais goûté, des gens qui parlaient des langues qu'ils étaient peu nombreux à avoir jamais entendues. J'étais habillé différemment, ils ne se sentaient plus à l'aise avec moi, ni moi avec eux. D'une certaine manière, nous nous sentions tous jaugés, écartés et rejetés. Et j'étais jugé coupable parce que je proclamais par mon absence que le Sud n'était pas assez bien pour que j'y vive et y élève ma fille.

Il arrivait constamment des fleurs pour Lucy, et comme elles étaient interdites dans l'unité de soins intensifs, mes frères et moi nous égaillions dans tout l'hôpital en distribuant des bouquets aux malades qui n'avaient pas de fleurs. La femme de Dallas, Janice, arriva avec leurs deux enfants, et je vis le petit Jimmy et le petit Michael me regarder avec méfiance alors qu'ils grimpaient aisément sur les genoux de leurs autres oncles.

« Bien fait pour toi, il ne fallait pas jouer si longtemps les inconnus », dit Dallas, ce qui me fit rire de bon cœur, car il avait raison.

A cinq heures, le jeune médecin de Lucy, Steve Peyton, nous rassembla pour entendre le pronostic, sombre mais pas désespéré. Ma mère avait laissé les symptômes courir beaucoup trop longtemps avant de consulter. Le docteur nous répéta que les prochaines quarante-huit heures seraient déterminantes, mais que si elle passait le cap, elle avait une chance de rémission. Nous nous tenions face à lui, gênés comme des inculpés devant un juge réputé pour sa dureté. Malgré la peur provoquée par ses paroles, nous nous efforçâmes de faire contre mauvaise fortune bon cœur. Dès que le médecin fut parti, le Dr Pitts retourna au chevet de son épouse.

Mes frères et moi restâmes silencieux un moment. Puis Dallas demanda : « Quelqu'un a vu papa ?

— Tu l'as emmené chez lui se changer, dit Tee.

— Oui, et je l'ai ramené ensuite.

— Il est sorti fumer une cigarette il y a deux heures environ, dis-je.

— Holà ! dit Dupree. Je me charge de l'aile ouest. »

Dallas le trouva ivre mort dans une chambre vide au premier étage. Il avait vidé une bouteille entière d'Absolut Vodka. Mon père croyait que personne ne pouvait déceler l'odeur de la vodka dans son haleine et il en buvait souvent lorsqu'il devait faire de longues apparitions en société. La perte de conscience le trahissait alors, pas l'haleine alcoolisée. Je le portai avec Dupree pour le sortir de cette chambre et lui faire descendre l'escalier, tandis que Dallas et Tee marchaient devant en éclaireurs pour ouvrir les portes. Nous l'installâmes sur la banquette arrière de la voiture de Dupree, puis Tee monta à côté de lui et laissa notre père poser sa tête sur ses genoux. Dallas grimpa à l'avant avec moi, et Dupree nous conduisit à la maison paternelle. Après une aussi longue absence, la beauté de la ville me tomba dessus tandis que j'écoutais papoter mes frères.

Dupree parcourut lentement l'avenue bordée de chênes qui longe le Waterford. Douze grandes demeures, muettes et immémoriales comme des reines sur un jeu d'échecs, s'élevaient de l'autre côté. Ces demeures et les chênes d'eau faisaient un contre-point exquis, et l'on sentait le puissant désir d'architectes depuis longtemps décédés, résolus à construire des maisons superbes, des havres pour les longs étés, des maisons sans artifices ni folies, qui dureraient mille ans sans déshonorer les chênes d'eau, altiers et gracieux, sur l'écrin de verdure baigné par le fleuve salé.

J'entendis mon père remuer sur la banquette arrière. L'espace d'un moment, il sembla avoir cessé de respirer, puis un petit ronflement enfantin se fit entendre de nouveau, et je me détendis.

« Je croyais qu'il avait cessé de boire, dis-je.

— Il avait cessé, dit Dupree en jetant un coup d'œil sur notre père dans le rétroviseur. Il rendait l'alcool responsable du divorce. Comme s'il était le prince charmant quand il ne buvait pas.

— Quand a-t-il recommencé ?

— Aussitôt, dit Dallas. Il a décrété que l'alcool était la seule chose qui lui permettrait de surmonter le chagrin d'avoir perdu son épouse. Ce sont ses paroles à lui — l'épouse perdue —, pas les miennes. Il est de l'ancien temps, lui.

— Hé ! tu crois que je n'ai pas d'oreilles, espèce de petit saligaud, dit le juge depuis la banquette arrière.

— Eh bien, dit Tee. Papa est réveillé.

— Vous croyez que je suis dépourvu de sentiments ? »

Dupree me regarda et nous haussâmes les épaules ensemble.

« Ce ne sont pas des sentiments qui te mettent dans cet état, papa, dis-je. Ça s'appelle le delirium tremens. »

Mon père réagit avec violence : « Comment dit-on "va te faire foutre" en italien, Jack?

— *Va fanculo.*

— Eh bien, tu peux aller te *va fanculo* où tu veux, toute la nuit si ça te chante. Je suis bien content que tu sois parti installer ta graisse en Europe, et je regrette seulement que tu sois revenu pour abuser de mon hospitalité.

— Toi, Tee et moi, nous restons avec papa, expliqua Dupree. Nous reprenons nos anciennes chambres. Ça va être formidable ce pèlerinage sur les lieux de notre enfance martyre.

— Bou-hou-hou, railla mon père. Comme si vous saviez ce que c'est qu'une enfance malheureuse. Vous n'auriez pas tenu cinq minutes pendant la Dépression. »

Dupree et moi répétâmes la dernière phrase avec un accord parfait et en imitant exactement l'intonation sentencieuse de notre père.

« Ça a dû être terrible, la Dépression, dit Tee.

— Ça empire chaque année, dit Dupree. Personne n'a survécu à cette saloperie. L'Amérique a été balayée à l'exception de quelques hommes très forts, comme papa. Ses mauviettes de fils n'auraient pas survécu un jour. »

Dupree emprunta Dolphin Street qui coupait entre les deux groupes d'immeubles du centre. La forme des magasins était typique de l'élégance de la ville. Chaque boutique était différente, mais vues ensemble, elles donnaient à la rue une unité sans rupture, l'allure d'une marina parfaitement éclairée avec toute une série de bateaux intéressants amarrés pour la nuit. Je me suis toujours demandé comment une ville si jolie pouvait produire des gens si méchants.

« Pourquoi maman n'a-t-elle pas gardé la maison? demandai-je à Dupree. Je n'aurais jamais cru qu'elle renoncerait à cette maison pour tout l'or du monde.

— A côté de ta mère, la putain de Babylone semble blanche comme la neige poussée par le vent. » La voix venait de la banquette arrière — il continuait à participer à la conversation. « J'ai cédé ma semence à Dalila qui venait de me donner le baiser de Judas.

— Il prend des accents bibliques lorsqu'il parle de maman, expliqua Dallas. Il a l'impression que ça le hisse dans les hautes sphères de la morale.

— Mais la maison, insistai-je. Je crois qu'elle y était plus attachée qu'à nous.

— Son explication est la suivante, dit Dupree. La maison était tellement remplie de mauvais souvenirs pour elle, que même un exorciste n'aurait pas pu y remédier.

— C'est une maison pleine de beaux souvenirs. De beaux souvenirs, geignit papa.

— Dupree, c'est quoi, un beau souvenir? demandai-je.

— J'en sais rien. Paraît que ça existe. Moi, je n'en ai pas un seul. »

Nous avons ri ensemble, mes frères et moi, mais ce rire avait un goût amer, blessé. Dupree passa le bras par-dessus Dallas et me serra la main. Ce geste secret était sa façon de me souhaiter la bienvenue. Il me disait que la fratrie serait toujours terre d'asile pour moi. L'amitié de mes frères était un feu qui brûlait lentement et mon absence ne l'avait pas éteint tout à fait.

La maison de notre naissance était éclairée par la dernière lumière du jour et la marée était haute dans le fleuve lorsque Dupree engagea la voiture dans l'allée. Regarder cette maison, c'était regarder une part secrète de moi-même, un lieu qui révélait les cicatrices et les cratères de la face cachée de l'âme, celle où les souffrances, tourments et déchirements trop lourds à porter relâchaient la tension et pansaient leurs blessures. Et puis elle était contiguë à celle où avait vécu Shyla.

« Aidez-moi à sortir de cette bagnole de merde », cria mon père.

Je m'exécutai avec Dupree, et nous l'aidâmes ensuite à traverser le jardin, rejouant une fois encore la scène dont nous avions été plusieurs centaines de fois les protagonistes au cours de notre enfance. Une enfance qui en avait été fortement marquée, et j'étais certain que notre vie d'adulte en portait aussi les stigmates profonds.

« Tu sais, dit Dupree, je ne verrais aucun inconvénient à ce que papa soit alcoolo, s'il n'était pas aussi méchant.

— On ne peut pas tout avoir, dis-je.

— Tu comprends pourquoi je vis à Columbia? demanda Dupree.

— Tu te posais des questions concernant Rome?

— Aucune. J'ai toujours compris ta logique.

— J'en ai marre de ces conneries, dit notre père. Je vais vous flanquer une trempe à tous les deux.

— On est quatre, papa, lui rappela Tee.

— Faut t'y faire, papa. Tu es vieux, faible, et fini. Nous sommes tous les quatre dans la force de l'âge, et on ne t'aime pas beaucoup.

— Mon Dieu, dire que je lui ai mis le pied à l'étrier, pleurnicha le juge à propos de Dallas. Je lui ai refilé un cabinet valant un demi-million de dollars.

— Mes clients s'achètent des baskets après avoir vu papa, dit Dallas à notre intention. Pour pouvoir partir en courant lorsqu'ils quittent notre cabinet.

— Ça fait du bien de se retrouver chez soi, dis-je. La maison familiale. Les albums de photos. Les bons repas cuisinés amoureusement. Les pique-niques du dimanche. Le papy espiègle qui fait des tours de magie pour ses petits-enfants.

— Rien ne m'oblige à subir ces conneries.

— Oh que si, papa, dis-je. Tu es incapable de marcher sans notre aide. Alors oui. Merci. De rien. Le plaisir est pour moi. A ton service.

— Merci pour rien du tout, bande de nuls », dit mon père.

Dupree et moi commençâmes la manœuvre pour faire entrer le juge à l'intérieur de la maison. Waterford compte encore parmi ces villes d'Amérique où seuls les paranoïaques et les gens qui n'ont pas d'amis verrouillent leur porte. Nous exécutâmes ensemble un pas de deux impeccable pour pivoter et amener le juge dans le vestibule, sans avoir heurté une fois le montant de la porte. Il s'agit là d'un menu talent que possèdent les fils d'ivrognes, parmi tous ceux que doivent acquérir les garçons et les filles dont les parents passent leur vie à noyer l'océan intérieur de leur dépendance sous des cascades de gin et de bourbon.

Mais notre père regimba pour monter les escaliers et nous le fîmes donc passer au salon d'un pas tellement emprunté qu'on aurait dit des concurrents disputant une course en sac. Nous l'allongeâmes doucement, et il dormait déjà que nous n'avions pas encore glissé un coussin sous ses jambes et ôté ses chaussures.

« Là, dit Dupree. On n'a pas rigolé ? Tiens, chez les McCall, on sait prendre du bon temps. »

En regardant mon père, je fus pris d'une soudaine pitié. Quel morne voyage avait représenté la paternité pour cet homme autoritaire et compliqué !

« J'ai honte de le dire, déclara Dallas, mais après cette séance j'ai besoin d'un remontant. Passez dans le petit salon, je nous prépare un verre. »

Dans le petit salon, je regardai la bibliothèque et éprouvai ce fragile plaisir que je ressentais toujours lorsque je prenais conscience de l'immense culture de mes parents. Je caressai les reliures fatiguées des Tolstoï, en méditant une fois encore l'ironie d'avoir un père qui adorait Tolstoï mais ne put jamais se résoudre à aimer les siens.

Je humai les livres et, ce faisant, je sus que je respirais en fait ma propre odeur, l'effluve familier du passé me revenant sous une enveloppe d'arômes : le feu de bois, les livres de droit, l'encaustique du plancher, l'air marin et mille autres parfums mineurs qui entraient dans la composition de cet étrange élixir d'air et de souvenirs.

Derrière le bureau se trouvaient toutes les photos de famille, joliment encadrées, alignées en longues rangées chronologiques. La première était une photo de moi en bébé, blond, mignon. Mes parents étaient tellement beaux qu'ils ressemblaient à des enfants royaux voués à demeurer secrets. Ils rayonnaient de santé. Papa, dur et musclé, de retour de la guerre ; la beauté généreuse de maman, aussi voluptueuse et riche qu'un champ de fleurs sous l'averse. Je m'interrogeai sur la joie qu'ils avaient dû trouver chacun dans le corps de l'autre, les incendies et les passions qui avaient sans doute illuminé le chemin menant à ma conception.

Ces images, toutes, me brisaient le cœur. Pour les photos, comme la plupart des enfants, nous arborions toujours un beau sourire, et nos parents riaient. Tous les clichés accrochés au mur parlaient une langue heureuse et limpide pour dire qu'un homme et une femme pleins de grâce avaient donné naissance à une lignée d'enfants blonds, lisses comme des loutres, resplendissants de vigueur, robustes et verts, et difficiles à contenir. « Quelle merveilleuse, quelle adorable famille nous formions tous », me dis-je intérieurement en observant les photos qui encadraient le déferlement du gigantesque mensonge.

Sur une des photos, on me voyait debout, en arrière-plan, et je ne souriais pas. Je regardai le cliché et tentai de percer mes pensées d'alors. C'était la semaine où je m'étais retrouvé à l'hôpital parce que mon père m'avait cassé le nez. J'avais raconté au docteur que j'avais pris un coup à l'entraînement de football, et j'avais pleuré lorsqu'il m'avait remis les cartilages en place. Sur le chemin du retour, mon père m'avait de nouveau frappé pour m'apprendre à pleurer.

Qui n'aurait pas été ravi d'avoir un garçon comme moi ? me dis-je en scrutant l'enfant timide que je fus. Et j'étais beau, en plus. Pourquoi personne n'avait jamais songé à me le dire ?

Dupree entra dans le petit salon et me tendis un gin-tonic. « Tu as une tête abominable. C'est le décalage horaire ?

— Je suis épuisé, mais je ne crois pas que je pourrais dormir si j'allais me coucher. J'ai besoin de parler à Leah, mais il est trop tard, elle dort.

— Tu as des photos ?

— Ouais. »

Je tendis une pochette à Dupree et mes deux autres frères arrivèrent pour regarder par-dessus son épaule. Ils prirent tout leur temps pour étudier les photos de cette nièce qui leur était inconnue. Ils souriaient et riaient en observant soigneusement chaque cliché.

« C'est le portrait craché de Shyla, dit Dupree. Mais elle a les yeux de maman. Je connais des femmes qui seraient prêtes à tuer pour avoir les yeux de maman.

— Elle est formidable, Dupree. Mais je n'y suis pour rien. Je me contente de ne pas m'en mêler.

— Tu as regardé la maison de Shyla lorsque nous sommes arrivés ? interrogea Tee.

— Non, je n'ai pas l'intention de jamais reposer les yeux sur cette maison. Bien sûr, cette résolution est susceptible de changer dans les trente secondes.

— Tu as des problèmes en perspective de ce côté, dit Dallas. Ruth Fox a appelé à mon bureau hier pour savoir quand tu serais là. Nous avons entendu parler de l'expédition de Martha pour te dénicher à Rome.

— Apparemment, je figurais dans le programme de voyage de beaucoup de monde, ce printemps.

— Ruth tient beaucoup à te voir. Elle a souffert plus que personne depuis la mort de Shyla, dit Dallas.

— J'ignorais qu'il y avait compétition, répliquai-je.

— C'est une femme merveilleuse, Jack. J'espère que tu ne l'as pas oublié, dit Dallas.

— La dernière fois que je l'ai vue, c'était dans une salle de tribunal. Elle était à la barre et témoignait que j'avais été un mauvais mari pour sa fille et un mauvais père pour Leah.

— Sors sur la véranda et regarde du côté de sa maison », dit Dupree.

Je me levai lourdement, plus fatigué que je croyais possible de l'être sans s'endormir sur place. Je traversai les pièces familières de cette maison jolie mais négligée, et franchis la porte entourée de ces colonnes parfaitement blanches qui symbolisent le mélange d'élégance et de simplicité qu'en Caroline du Sud on appelle le style Waterford. Il faisait nuit à présent, et je regardai en direction du fleuve et du ciel étoilé, lavé par la lumière gris émail d'une lune précoce et vacillante. Puis je pivotai pour me diriger vers l'autre côté de la véranda et mon regard s'orienta en direction de la grande maison contiguë au vaste jardin où s'étaient écoulées mes années d'enfance. Quand elle était petite, j'avais remarqué sa beauté avant qu'elle n'éclose et observé la maison où s'opéraient de si mystiques transformations tandis que dormaient les étoiles et Waterford. J'avais vu le charme de Shyla bien avant les premiers chambardements de nos rythmes cardiaques respectifs lorsque nous nous regardions. J'aperçus la mère de Shyla sur la terrasse du premier étage, Ruth Fox, toujours mince comme une flamme, qui montait la garde, vêtue d'une longue robe blanche. Elle se tenait à l'endroit précis où Shyla se tenait autrefois pour m'envoyer des baisers qui me rendaient le monde doux à vivre.

Ruth me fit signe de la main, ancrée dans le silence et la tristesse.

Je répondis par un signe de tête. Tout ce que je parvins à faire, et je crus que ce signe de tête allait me tuer.

# 11

De la brume opaque d'un rêve trop noir pour être gravé dans la mémoire, je m'éveillai dans la chambre avec mon enfance figée autour de moi, tandis qu'une barge chargée de bois de construction faisait sonner sa corne sur le fleuve, dans une vaine tentative pour éveiller le gardien du pont. J'avais grandi entouré de fleuves. Le bruit de n'importe quel fleuve semblait toujours crier mon nom. Dans l'obscurité je me levai, inquiet pour la vie de ma mère, porteur de cette fièvre intérieure désormais aussi naturelle que la sensation de faim. J'écoutai et entendis d'autres bruits dans la maison, ceux de mes frères commençant à bouger dans ces chambres demeurées intactes depuis le jour où nous avions quitté la maison pour aller au-devant de nos propres vies. La fratrie en mouvement installait des échos revigorants, ténus, dans ces foyers récemment ressuscités. Je sentis l'odeur de café frais pendant que je me rasais, et Dupree me servit, ainsi qu'à Tee, un délicieux petit déjeuner avant que nous partions reprendre nos tours de garde à l'hôpital.

Lorsque nous entrâmes dans la salle d'attente, Dallas s'y trouvait déjà, tentant d'établir le contact avec un John Hardin sérieusement sonné et fort peu amène.

« Etat stationnaire », dit Dallas comme nous installions nos territoires respectifs à l'intérieur de la pièce. Le visage de John Hardin était tellement fermé lorsqu'il me regarda qu'il me fit penser à un scrutin secret. Tee alla le prendre par l'épaule et dit : « Ça va, frangin ? Tu aurais dû venir avec nous hier soir... il y avait rassemblement général des frères. C'était quelque chose.

— Je n'ai pas été invité, dit John Hardin en tapant sur la main de son frère avant de la retirer de son épaule. Bas les pattes ! On ne touche pas. Je sais que vous me prenez tous pour un pédé parce que je ne suis pas marié.

— Pas du tout, dit Dallas. Nous te trouvons très malin.

— On se fiche pas mal de ce que tu es, dit Tee. On aimerait juste que tu sois plus détendu en notre compagnie.

— Si tu crois au père Noël, tu as peut-être une chance, lança Dupree.

— Dupree n'a qu'une envie, qu'on me colle la

camisole de force, dit John Hardin, avec un regard méfiant du côté de son frère. C'est un spectacle qui le réjouit toujours. Pas vrai, Dupree ?

— Je préfère regarder Johnny Carson à la télé, répondit Dupree.

— Ça va, mon vieux, intervint Tee à l'intention de Dupree.

— Dupree s'occupe de John Hardin dans des situations difficiles dont aucun de nous n'a idée, Tee, dit Dallas. C'est lui qui doit être présent pour la scène du quatre.

— C'est quoi, la scène du quatre ? demandai-je.

— Tu ne vas pas tarder à le savoir s'il persiste à refuser d'aller faire sa piqûre », dit Dupree en feuilletant les pages sportives du journal du matin. Comme il faisait cette réponse, je me dis que Dupree représentait pour moi un cas atypique ; une partie de lui semblait remontée comme une pile électrique tandis que l'autre donnait l'impression de baigner dans un agent réfrigérant prévenant toute surchauffe du mécanisme central de son mental. La tension entre John Hardin et lui installait une sorte de ligne à haute tension entre nous.

« Tu me traites comme si j'étais toujours le bébé de la famille, dit John Hardin.

— Tu seras toujours mon petit frère, dit Dupree à son journal.

— Tu vois, c'est trop injuste », dit John Hardin en grimaçant comme s'il trouvait la potion amère. Il lutta pour exprimer ce qu'il ressentait. « Pour toi, je ne peux pas être adulte. Parce que j'ai ces passages à vide, ces problèmes, tu refuses définitivement de croire que j'ai grandi. Quand je fais une crise, ça n'a rien à voir avec le manque de maturité. C'est un truc à part. Extérieur à moi. Un truc qui fonctionne tout seul, en dehors de moi, et m'entraîne avec lui. Est-ce une chose compréhensible, oui ou non ?

— Non, dit Dupree.

— Si, dis-je. Je vois exactement ce que tu veux dire.

— Moi aussi, dit Tee.

— Ton explication fonctionne parfaitement jusqu'à ce que se produise une catastrophe, John Hardin, dit Dallas. Là, il devient difficile de garder en mémoire que tu n'y es pour rien.

— Se faire faire une piqûre n'est tout de même pas bien compliqué, dit Dupree. Tu fais la piqûre, il ne se passe rien. Tu ne la fais pas, le compte à rebours est commencé. »

Tee intervint : « Il est en âge de décider s'il doit ou non faire cette piqûre.

— Merci, Tee, dit John Hardin. J'apprécie beaucoup.

— Tee n'est jamais là quand les choses tournent au vinaigre, dit Dupree.

— Tee a raison, dis-je. La décision appartient à John Hardin.

— Facile d'avoir de belles théories quand on habite à Rome, Jack », dit Dallas.

Après cet échange, John Hardin se mit nettement en retrait de tout le monde et fuma cigarette sur cigarette en contemplant le faible trafic fluvial longeant l'hôpital. Il émanait de lui une impénétrable aura de solitude et de danger, bien qu'il écoutât chaque parole prononcée dans la pièce, les mots passant ensuite par un filtre erratique, imprévisible. Dallas m'avait expliqué le problème pendant que nous marchions dans le jardin de l'hôpital. Pour John Hardin, la langue était un instrument d'opacification, de perturbation, de dysharmonie. Des propos proférés en toute candeur par un de ses frères pouvaient prendre dans l'esprit de John Hardin une dimension insupportable. Avec lui, la moindre conversation risquait de s'envenimer instantanément. Il s'intéressait à beaucoup de choses, il était très cultivé, mais un léger changement de ton ou de registre pouvait le déstabiliser et l'expédier irrémédiablement dans des affres furieuses qu'il ne contrôlait pas. Il fallait traverser une zone démilitarisée à haut risque, semée d'embûches et de postes d'observation, avec des mots de passe variables et excentriques, avant d'accéder à ces royaumes immuables où John Hardin se sentait en sécurité. Son équilibre mental était fluctuant, à la dérive.

« Est-ce que quelqu'un a pensé à maman ? interrogea John Hardin encadré par un nuage de fumée. Vous parlez de tout le reste. Quelqu'un sait-il si elle va survivre ou mourir ?

— Le Dr Pitts est à son chevet en ce moment, John Hardin, dit Dupree en se levant pour se diriger vers son frère. Il s'entretient avec le docteur.

— Ce n'est pas notre vrai père, vous savez, continua notre plus jeune frère. Si vous consultez mon acte de naissance, vous ne verrez pas la moindre mention d'un Dr James Pitts. Comment savons-nous s'il nous dit la vérité au sujet de maman ? Il pourrait être en train de lui injecter des tas de produits. La tuer à petit feu pour s'approprier l'héritage qui nous revient.

— Maman ne possède pas grand-chose, dit Dallas en s'approchant prudemment de lui. Tu peux me croire, je suis son exécuteur testamentaire.

— Beaucoup de choses nous reviennent de droit, dit John Hardin. Vous autres vous lavez peut-être les mains de biens matériels que notre mère a mis une vie de dur labeur à obtenir. Mais moi, je suis un coriace.

— Coriace, murmura Dallas. Le voilà qui se prend pour un bout de viande.

— Le Dr Pitts nous aime bien, dit Tee. Il ne cherchera pas à nous léser.

— Il a des yeux de voleur, dit John Hardin. C'est le genre de type qui regarde toujours le premier étage des maisons dans l'espoir de repérer une fenêtre ouverte.

— Il a un regard pénétrant, dit Dallas. Mais c'est normal pour un chirurgien, non ?

— Non, John Hardin a raison, s'empressa d'intervenir Tee. Il y a quelque chose de louche dans le regard du toubib. »

Son irrésolution pouvait faire parfois de Tee l'allié ou l'adversaire des deux clans. Il ne lui était jamais venu à l'esprit que vaciller d'une position à l'autre était une forme d'engagement qui trahissait les deux parties.

Dallas se mit à tourner en rond dans la salle d'attente en faisant cliqueter ses clés si fort dans sa poche qu'il attira subitement tous les regards. Il avait cru qu'en faisant ses études de droit, en épousant une fille de bonne famille, en menant tant ses affaires que sa vie privée avec mesure et dignité, il échapperait aux excès les plus baroques et les plus effrénés du comportement de sa famille. Celle-ci l'embarrassait, elle l'avait toujours embarrassé, et il cherchait à s'immuniser contre ses extravagances, son absence totale de prudence et de retenue. Dallas aspirait à la dignité et il estimait que sa requête était bien modeste, surtout alors que sa mère était mourante. Mais il savait que s'il abordait ce thème ou exprimait carrément cette exigence, tout pouvait arriver. Il savait que ce groupe était capable de tout. En désespoir de cause, il vint s'asseoir auprès de moi et dit :

« Ce n'est pas une famille. C'est une nation.

— Dès que nous serons fixés pour maman, je fiche le camp, dis-je.

— Les choses ne se passent pas ainsi, habituellement, dit Dallas. Mais il suffit que nous soyons coincés... tous dans la même pièce.

— Dante n'aurait pas fait mieux pour décrire l'enfer, dis-je.

— Jamais lu ce mec. » Puis après un regard circulaire dans la pièce, Dallas me souffla : « Tu sais que j'ai demandé à ma femme de ne pas venir aujourd'hui. Pas parce que je n'avais pas envie de la voir là, mais parce que j'appréhende l'inconnu. Je ne sais jamais ce qui va se passer, qui va craquer. L'humiliation peut prendre toutes les formes. Je ne sais pas de quoi je dois me méfier.

— Dans la famille, la réponse est simple, dis-je. Tu dois te méfier de trois choses : de tous les hommes, de toutes les femmes, et de la vie en général.

— Et zut, grogna Dallas. Au moment précis où j'avais l'impression que la tempête s'était calmée, voilà papa qui arrive. Allons-nous avoir droit à la version ivre ou à la version sobre ? »

Mon père possédait par le menu l'art et la manière de réussir son entrée en scène, surtout quand il était à jeun. Il franchit donc la porte rasé de près et dans une mise impeccable. Il se tenait très droit, comme le fantassin qu'il fut jadis, balayant la pièce du regard tel un rapace en quête d'une proie sur laquelle fondre.

Je comptai jusqu'à quatre avant de respirer ; l'odeur d'eau de Cologne, English Leather, affola mes narines et fit ressurgir toute la part noire de mon enfance. L'eau de Cologne était un signe infaillible que mon père allait tenter de mettre un peu d'ordre dans sa conduite et cesser de boire pendant plusieurs jours. Il était apparemment doté d'un baromètre intérieur qui enregistrait les éventuels dépassements d'une ligne de conduite ou d'autorégulation nécessitant une précision impeccable. Il ne se contentait pas d'être alcoolique, il était un alcoolique complexe. Ainsi utilisait-il la sobriété comme une arme fondée sur l'effet de surprise. Durant toute mon enfance, je l'ai vu cesser brusquement de boire, s'asperger d'eau de Cologne et donner à ceux qui l'aimaient de bonnes raisons d'espérer que la vie allait être plus belle. C'était son côté le plus sadique. Mais nous avons tous fini par apprendre à ne jamais céder au charme de notre père à jeun.

« English Leather, dis-je. Le parfum du malheur.

— Je suis pris de vraies nausées lorsque je sens ce truc. Je jure que ce n'est pas du flan. Je lui achète une lotion après-rasage d'une autre marque. Vous croyez qu'il s'en sert ? Plutôt crever, dit Dallas. Voilà l'odeur que j'ai dans mon bureau.

— J'aimerais vous remercier de vous être occupés de votre père hier soir, les garçons, dit le juge de sa voix suavement affectueuse. J'ai voulu m'offrir une petite sieste dans une chambre vide. Je me suis fait un tel mauvais sang pour Lucy, je ne me suis pas rendu compte que j'étais épuisé.

— Tout va bien, papa, dit Tee.

— Je me suis réveillé ce matin avec une sensation merveilleuse, dit le juge.

— La seule personne au monde à adorer les gueules de bois », ironisa Dupree.

Mon père poursuivit : « Je crois que sa leucémie a amorcé la retraite ; à l'heure où je vous parle, elle abandonne le terrain, et d'ici un mois ou deux, nous en rirons tous ensemble. Regardez-vous un peu les gars, avec vos mines de chiens battus. Redressez-vous, un peu de nerf, que diable !

— Nous n'avons pas besoin de boute-en-train, papa, dit Dallas. Essaye d'être un père. C'est ce que tu peux faire de mieux.

— Une attitude positive peut vous mener loin sur cette terre, dit le juge. Je vous suggère de travailler dans ce sens.

— Avoir une attitude positive n'est pas franchement facile quand ta mère est en train de mourir d'un cancer, papa, dit Dupree.

— Allons, allons, grand frère, dit Tee. Tu ne vas pas te laisser abattre par un détail de ce genre.

— Je dois bien avouer que ça me contrarie, dit Dupree.

— Du calme, les garçons, dit notre père pour tenter de nous réconforter. La femme qui est dans cette chambre, je la connais mieux que personne au monde. Elle a la dureté d'un roc et sortira victorieuse de l'épreuve. Parce qu'elle est jolie comme un cœur, les gens ont parfois tendance à la sous-estimer. Mais celle qui vous a donné le jour est un guerrier troyen. Vous pouviez lui plonger la main dans le feu, elle ne vous livrait pas le mot de passe pour Troie.

— Le père qu'on a, dit Tee. Homère.

— Assieds-toi, papa, suggéra Dallas. Le docteur ne va pas tarder à venir nous donner les dernières nouvelles.

— Ce n'est pas un cancer qui va tuer Lucy McCall, dit le juge. C'est une dure à cuire. Il faut que j'entre dans cette chambre pour lui dire que je suis avec elle. J'ai toujours su soutenir Lucy lorsque le monde s'écroulait autour de nous. J'étais son rocher, son havre de sécurité pour affronter la tempête. Au cours de ma carrière au barreau, j'ai vu beaucoup de gens venir plaider leur cause devant moi. J'ai fait mon droit, et je n'ai jamais cessé d'étudier la loi. Je la connais de A à Z. Je connais sa majestueuse grandeur et son absence de pitié.

— Hé, papa, dit Dallas, tu as l'impression d'être devant des jurés ? Nous sommes tes fils. Alors ne nous fais pas de discours.

— Lorsque la loi était défaillante, ce qui arrive parfois, je m'en remettais souvent au pouvoir de la prière. »

Le laïus agaça Tee, qui nous dit : « Je le préfère quand il boit.

— Personne ne l'aime quand il boit, rectifia Dallas. On l'aime quand il est ivre mort.

— Allons faire un tour tous les deux, dit Dupree à John Hardin qui s'était mis à arpenter furieusement la pièce, comme un tigre dans une nouvelle aile du zoo.

— Laisse tomber, papa », dis-je. Je n'aimais pas ce que je voyais dans les yeux de John Hardin. Quelque chose d'explosif se refermait sur lui de l'intérieur. Il avait un regard de cheval en fugue.

« Je vais te chercher une tasse de café, dit Tee à John Hardin.

— La caféine ne fait qu'empirer les choses, dit Dupree.

— Qui t'a chargé de me servir de chien de garde ? dit John Hardin à Dupree entre ses dents serrées. T'as répondu à une petite annonce ? Qui t'a donné le boulot de garde-chiourme ? Qui t'a demandé de diriger ma vie ?

— Ça m'est tombé dessus comme ça, dit Dupree en feuilletant une revue sans lire un seul mot, tendu, prêt à intervenir. Un coup sympathique du destin.

— Il me cherche. Vous êtes témoins de sa façon de me rendre fou. Très subtile. Avec sa voix à peine audible. Qui fait comme un écho. Je dis quelque chose, et sa voix suit avec un décalage de deux ou trois secondes. Et toujours une pointe de désapprobation. Critique. Un commentaire qui me fait passer pour un cinglé échappé de l'asile. Les choses sont telles que vous les voyez. Et vous voyez tous que je vais très bien. Je n'ai rien qu'un peu de silence et de tranquillité ne peut soigner. Bien sûr, je me fais du mauvais sang pour maman. Ils nous racontent des mensonges à son sujet. Mais avec moi, ça ne prend pas. Je vois clair dans leur jeu. Je ne suis pas en train de dire que maman n'est pas malade. Elle a peut-être la grippe. Mais la leucémie, impossible. La leucémie, les gars. Vous vous rappelez maman et la leucémie ? Exclu. La loi des probabilités, ça. Souvenez-vous.

— Maman et la leucémie, on s'en souvient, dis-je. Tu peux me faire confiance.

— C'est une blague », dit John Hardin.

Les mains de mon père se mirent à trembler lorsqu'il reprit la parole.

« Je ne trouvais pas le sommeil, la nuit dernière... commença-t-il.

— Il était dans le cirage, souffla Dallas avant d'aller ouvrir la fenêtre, laissant entrer l'odeur du fleuve.

— Alors j'ai prié le Seigneur pour qu'un miracle se produise, et quand j'ai vu le soleil se lever sur l'Atlantique, ce matin, j'ai su que mes prières avaient été entendues, que Notre Seigneur épargnerait à la pauvre Lucy son rendez-vous avec l'Ange noir de la Mort.

— J'ignorais que la mort avait la peau noire et les cheveux crépus, dit Dupree sans regarder son père, car il surveillait le moindre geste de son frère John Hardin.

— Assez, papa ! hurla John Hardin. Tu ne sauras donc jamais la fermer quand il faut ? Il y a des satellites, là-haut. A des milliers de kilomètres dans le ciel. C'est les Russes qui les ont installés. Les anges nous écoutent, là où ils sont. Et ils se servent de ces satellites. Qui sont reliés au réseau électrique de ce bâtiment. Tout le monde peut entendre nos paroles ou nos pensées. Alors tu vas la fermer ?

— Viens avec moi, dit Dupree d'une voix aimable mais ferme.

190

— Laisse mon petit tranquille, dit le juge. Il est contrarié à cause de sa mère. »

Dallas regarda de mon côté et dit d'un air surpris : « C'est pour cela que tu vis en Italie. C'est toi le plus malin du lot.

— Il y a de la place pour les amateurs, dis-je en regardant Dupree se rapprocher de John Hardin.

— S'il y a deux choses qui ne m'inquiètent pas, vieux, dit Tee dans un effort pour calmer John Hardin, ce sont les anges et les satellites.

— Tu n'as jamais vu le tableau », expliqua John Hardin.

La porte s'ouvrit au fond de la pièce et le médecin de Lucy, le docteur Steve Peyton, entra en compagnie de James Pitts. Ce dernier avait les larmes aux yeux, et tandis que le Dr Peyton tentait de le réconforter, John Hardin se mit à sangloter bruyamment.

« On se tait, ordonna le juge. Tu es dans un hôpital, ici. Tu risques de prendre une amende. »

Les cris de John Hardin avaient été déclenchés par les larmes de son beau-père. On ne pleure guère chez les mâles du clan McCall ; les larmes y ont la rareté de perles fines dans l'austère cassette où l'on range le chagrin.

« Situation stationnaire, dit le Dr Peyton. Aucune bonne nouvelle à annoncer sinon qu'elle continue de se maintenir, là, dans cette pièce.

— Reprends-toi, s'il te plaît, dit le juge à son fils effondré dont les cris s'étaient transformés en gémissements pendant que le docteur parlait.

— Pas eu la piqûre, dit Dupree. C'est la grande pagaille dans sa tête. »

John Hardin regarda du côté de la salle où se trouvaient ses frères. Il ferma les yeux, dans un effort pour chasser de sa tête le tumulte et l'agitation extérieurs, mais tout bourdonnait et tournait là-dedans, et nulle part désormais, ni dans son monde intérieur ni dans celui qu'il voulait affronter en ouvrant les yeux, il n'était en sécurité.

La voix de John Hardin se brisa lorsqu'il dit : « Ils

sont en train de tuer notre mère dans cette pièce, et aucun de nous ne s'en soucie. Nous devrions y aller et l'aider. Elle nous protégeait de lui, quand nous étions des petits bébés... C'est lui le salaud qui fait mourir notre mère.

— Je vous présente John Hardin, docteur, dit Tee. Je parie qu'on a oublié de vous parler de ce genre de cas à la faculté, n'est-ce pas ? »

John Hardin se dirigea vers le Dr Peyton d'un pas menaçant mais mécanique.

« A nous de jouer, Jack », dit Dupree, tandis que nous nous levions ensemble pour intercepter John Hardin dans sa traversée bancale de la salle pour aller s'en prendre au docteur. Avec brio nous déviâmes sa trajectoire et l'entraînâmes vers le distributeur de boissons où Dupree mit trois pièces de vingt-cinq cents pour lui payer un Coca-Cola.

« Je préfère du sans sucre, dit John Hardin. J'essaye de perdre du poids. Tout le monde est gras comme un cochon dans cette ville et je veux du Coca-Cola sans sucre.

— Je vais boire le normal », dit Dallas.

Je réussis à trouver trois autres pièces dans ma poche, au milieu d'une poignée de monnaie italienne.

« C'est quoi, ça ? dit John Hardin en prenant une pièce dans ma main pour la lever dans la lumière.

— Une pièce de mille lires, dis-je. Elle vient d'Italie.

— Il est nul, ce pays, dit-il. Savent même pas faire des pièces de vingt-cinq cents. »

John Hardin mit la pièce italienne dans la machine où elle dégringola pour ressortir aussi vite. « Ça vaut rien. Même la machine n'en veut pas. »

Mais cette pièce avait détourné l'attention de John Hardin.

Le docteur contemplait la salle et il était manifeste dans son regard qu'il était mal à l'aise en compagnie du clan bruyant et prompt à réagir des McCall. L'imprévisibilité et la vivacité de nos réactions le déroutaient.

« Mrs. Pitts a quarante degrés et cinq dixièmes de température, annonça le Dr Peyton, ce qui ramena le silence dans la pièce. John Hardin a techniquement raison lorsqu'il dit que je suis en train de tuer sa mère. Je lui administre la chimiothérapie la plus massive qui existe. Son taux de globules blancs est dangereusement élevé. Elle est dans un état très critique. Lucy peut mourir à tout instant. Je m'efforce de l'éviter. Je ne suis pas certain d'y parvenir. »

John Hardin poussa un cri : « Ha ! », avant d'avancer d'un pas menaçant vers le jeune médecin, en agitant un index accusateur. « Vous avez entendu, tous. Il vient de reconnaître sa nullité. Il a dit qu'il était en train de la tuer. Suivez-moi, les gars. Il faut aller sauver notre mère.

— Calme-toi, John Hardin, ou je te conduis moi-même à Bull Street, dit Dupree, faisant référence à la situation de l'hôpital psychiatrique.

— Mais tu l'as bien entendu, Dupree, dit John Hardin, les bras carrément tendus à présent. Il est en train de tuer maman. Il vient de le dire.

— Il essaie de sauver la vie de notre mère, dit Dupree. Alors ne lui compliquons pas la tâche. »

Le juge s'éclaircit la voix, à l'autre bout de la pièce, et l'accusation changea une nouvelle fois de cible dans ce lieu chargé d'émotion.

« C'est le châtiment choisi par Dieu pour punir Lucy de m'avoir quitté, dit le juge dans le silence qui suivit. Juste rétribution. Ni plus ni moins. »

Je m'étais promis de conserver mon calme et de garder profil bas, mais la remarque de papa fit exploser mes bonnes résolutions. « Hé, papa, si tu pouvais la fermer. Ni plus ni moins.

— Tu ne me fais pas peur, mon garçon, dit-il. La liberté de parole est un droit protégé en Amérique, ma dernière visite à une bibliothèque de droit l'a confirmé. Sans parler du fait que je suis armé. »

Le Dr Pitts et le Dr Peyton regardaient le juge McCall avec une stupeur muette, et ce dernier soutint leurs deux regards avec une parfaite équanimité dépourvue de toute malice.

« Il plaisante, Dr Peyton, affirma Tee. Papa n'a pas d'arme à feu. »

Mis au défi, papa sortit d'un étui ceint à sa cheville un revolver qu'il fit tourner autour de son index avec une virtuosité parodiant les bandits de la vieille école. Dallas traversa la pièce, prit le revolver dont il ouvrit le barillet, révélant que l'arme n'était pas chargée.

« Les armes à feu ne sont pas admises dans la salle d'attente, monsieur le juge, dit le Dr Peyton, soulagé.

— J'ai un badge de shérif adjoint sur moi, répondit le juge McCall en brandissant son porte-cartes. Il est dit que j'ai le droit d'avoir une arme n'importe où dans le comté de Waterford. Tu es donc prié de restituer cette arme à son propriétaire légitime, mon fils.

— Je te la rendrai plus tard, dit Dallas. Je me sens nerveux quand je te vois exhiber ce truc à jeun.

— Je suis ravi qu'il n'y ait pas de contrôle sur les armes à feu dans ce comté, dit Dupree. Les alcoolos comme papa peuvent se balader tranquillement tout en entretenant leur rapidité à dégainer.

— C'est pour tenir les Indiens à distance », tenta de plaisanter le juge, mais ses fils étaient furieux contre lui.

Je sentis les racines de l'épuisement vriller au plus profond des tissus de mon corps. J'avais écrit plus de dix articles sur les risques du décalage horaire et je me considérais volontiers comme un bon expert du lourd tribut qu'un brutal changement de fuseau peut prélever sur le voyageur. A présent, c'était mon corps entier qui se préparait à la tombée de la nuit italienne, alors que le jour était levé depuis peu en Caroline du Sud. J'étais habitué aux bruits du soir sur la piazza, aux sirènes lointaines des voitures de la police romaine, aux musiciens jouant de la mandoline pour les touristes, au son des pieds nus de Leah dans le couloir quand elle venait me faire lire une histoire.

Leah. Son nom s'inscrivit en moi et je vérifiai ma montre en me jurant de l'appeler à trois heures de l'après-midi, ce qui correspondrait opportunément au moment où elle allait se coucher. Je regardai les personnes présentes avec moi dans cette salle d'attente et me rendis compte que Leah n'en reconnaîtrait pas une seule. Et je ne savais pas si je lui avais rendu un fier service, ou si je l'avais coupée de ces forces puissantes qui constituaient une moitié de son héritage de sang, de ruse, de folie, héritage en ce moment uni pour une sombre veillée de protestation contre la mort de notre mère. Malgré les divergences d'opinions que j'avais avec presque tous les présents dans cette pièce, et bien que la discordance fût la compétence la plus aboutie de ma famille, il y avait dans ce rassemblement une beauté et une affirmation inaliénables qui m'émurent beaucoup. Cinq ans auparavant, je m'étais proclamé homme sans famille. Aujourd'hui, j'étais incapable de dire si ce fut péché cardinal ou vœu pieux.

Je me levai, impatient, pressé de faire un tour.

Empruntant le couloir pour être seul, je fus suivi par le Dr Pitts et nous marchâmes ainsi jusqu'à l'entrée principale de l'hôpital. En dépit d'un reste de gêne à mon égard, sa sollicitude et son attachement manifeste à ma mère me touchaient.

« Jack, puis-je vous dire un mot ? demanda-t-il.

— Bien sûr.

— Votre mère souhaite recevoir les derniers sacrements.

— Comment le savez-vous ?

— Je sais tout la concernant, dit le Dr Pitts. Je sais qu'elle aimerait que je prenne contact avec le père Jude à Mepkin Abbey. Vous le connaissez.

— Le trappiste, dis-je. Maman nous emmenait souvent le voir quand nous étions gamins. Il a même habité un moment chez nous pendant les années cinquante. »

Je retournai à la cabine téléphonique et appelai la Trappe avant de regagner la salle d'attente où j'entraînai mon beau-père près d'une fenêtre ouverte, loin des passes d'armes de la famille.

« Vous avez eu le père Jude ? demanda-t-il.

— J'ai parlé à son abbé. Je vais le chercher tout de suite.

« — Prenez la voiture de votre mère. Elle est restée sur le parking », dit le Dr Pitts. Puis il éclata en sanglots, et ces larmes prouvèrent une fois de plus que son amour pour elle était au moins aussi fort que le nôtre.

## 12

Le parfum de ma mère, White Shoulders, m'arrivait par la ventilation et les recoins de sa Cadillac. Avec l'impériale ampleur de ses proportions, cette voiture, gloutonne en essence et résolument voyante, correspondait bien à l'image d'elle-même que ma mère avait construite depuis qu'elle était devenue femme de médecin. Une épouse de magistrat est toujours flouée par la nécessité de faire preuve de prudence et de discernement. Bien qu'elle eût mené une vie où l'absence de discernement était précisément spectaculaire, Lucy avait toujours ressenti la pression rigide de ces injonctions. Devenue femme de médecin, elle s'était épanouie dans la douce vanité de son penchant naturel pour le tape-à-l'œil. La leucémie est la sanction de ce comportement, me dis-je.

N'empruntant que des routes secondaires, je sortis de Waterford pour me rendre à Mepkin Abbey, petite ville de prière cachée dans une forêt semi-tropicale à cinquante kilomètres de Charleston, Caroline du Sud. Son isolement était volontaire. Dans les brumes des eaux stagnantes du Cooper, des hommes silencieux au crâne rasé se retiraient du monde pour dédier leur vie à la solitude et la rigueur spirituelle.

Ici, le silence était vénéré et le jeûne pratique courante. Ils haussaient la voix chaque jour pour chanter, ces hommes, dont certains, frêles et âgés, avaient la grâce des sabliers. Ils vendaient leurs œufs et leur miel à des intermédiaires locaux, baptistes et méthodistes, qui distribuaient leur production dans tout l'Etat. Pour moi, ces hommes avaient toujours représenté l'étrangeté absolue, en dépit du fait que Mepkin Abbey nous servait de refuge, à ma mère et à nous tous, lorsque le juge avait exagéré sur la bouteille. Nous venions à Mepkin Abbey nous mettre à l'abri et panser les blessures de nos âmes brisées. Hébergés dans les chambres d'hôtes, nous assistions à la messe tous les jours avec les moines, et ma mère allait marcher dans les bois pendant des heures avec le père Jude. J'en étais venu à croire que ma mère était amoureuse de cet homme tranquille et déconcertant.

Comme je roulais sur la longue allée montant au monastère, un petit renard roux, téméraire et déluré, s'aventura hors de la forêt et s'immobilisa sur la chaussée. Je ralentis pour regarder le renardeau qui ne manifestait pas la moindre peur. Je sifflai et il inclina la tête, le regard fixe et curieux. Puis la mère sortit à son tour et fonça récupérer sa progéniture vagabonde qu'elle saisit par la peau du cou pour la ramener bien vite à sa tanière.

La vie sauvage, pensai-je intérieurement, voilà ce qui m'a manqué en Italie, ce contact intime avec l'inhumain et l'indomptable.

Le père Jude m'attendait près de la cloche qui ponctuait le temps strictement réglé de la vie des moines. C'était un homme de grande taille, bâti comme un héron, avec un visage de fantôme herbivore, et une silhouette vaguement de guingois. Il avait toujours semblé maladroit et d'une excessive prudence dans les relations humaines. Aux yeux de ma mère, Jude était sans discussion possible un saint homme, mais pour moi il donnait à la foi l'image de la mélancolie. Enfant, je croyais qu'il avait peur de moi, comme si mes os étaient de fragiles porcelaines. A présent que j'étais adulte, il évitait soigneusement mon regard. Je repris la route qui m'avait amené jusqu'à lui. Il était tout excité, à croire que je l'emmenais dans un bordel.

Pendant le trajet pour rejoindre Waterford, il parla très peu, indifférent aux sombres marais et à l'eau noire comme l'encre de l'Edisto, de l'Ashepoo et du Combahee. Mais comme nous franchissions le premier d'une série de ponts marquant le début des terres salées, à l'endroit où les marais de Waterford prennent le pas sur les forêts de peupliers et de nyssas, il retrouva sa voix :

« Est-ce que Dieu te manque ? » demanda le prêtre. L'absolue simplicité de la question me prit par surprise.

« Pourquoi cette question, père ?

— Parce que tu étais un enfant très religieux, autrefois.

— Je croyais aussi à la petite souris, à l'époque. Celle qui vient mettre une pièce sous l'oreiller. J'aime bien les preuves tangibles.

— Ta mère m'a dit que tu avais lâché le catholicisme.

— Exact, dis-je, agacé par la formulation, mais tentant de me reprendre. Ce qui ne veut pas dire que j'ai perdu le goût des paris et que je ne tente plus jamais ma chance au loto.

— C'est tout ce que représentait l'Eglise pour toi ? Un billet de loto ?

— Non, répondis-je. C'est aussi l'Inquisition. Franco. Le silence du pape pendant l'Holocauste. L'avortement. La contraception. Le célibat des prêtres.

— Je vois, dit le prêtre.

— Et ce n'est que la partie visible de l'iceberg.

— Mais Dieu, dit-il. Que fais-tu de lui ?

— Nous sommes en pleine querelle d'amoureux, dis-je.

— Pourquoi ?

— Il a participé à la mort de ma femme. Pas réellement, bien sûr. Mais je trouve plus facile de lui en vouloir à lui qu'à moi.

— Drôle de choix », dit-il.

Je regardai rapidement le visage émacié de cet homme au profil de saint anonyme. Sa maigreur lui donnait une violence qui n'existait pas dans sa voix douce.

« Nous pensions que maman avait une liaison avec vous lorsque nous étions plus jeunes. Nous en étions tous persuadés. »

Le prêtre sourit mais ne parut pas ébranlé par cet aveu.

« Vous étiez trop proches. Il y avait toujours quelque chose de bizarre et de tacite lorsque vous étiez ensemble, tous les deux. Des paroles chuchotées, des mains qui se cherchent. Vos escapades dans les bois. Mon père était fou de jalousie. Il vous a toujours détesté.

— Ah, le juge ! dit le prêtre. Oui. Mais lui non plus n'a rien compris. Un jour, il m'a accusé ouvertement à propos de ta mère en disant qu'il avait des preuves que nous étions amants. Il prétendait même avoir écrit au pape.

— Et vous étiez amants ? demandai-je.

— Non, mais nous nous aimions.

— Pourquoi ? Quel genre de séduction aviez-vous l'un pour l'autre ?

— Ce n'était pas une question de séduction, dit le prêtre. Mais d'histoire.

— D'histoire ?

— Je la connaissais avant sa rencontre avec ton père.

— Continuez, encourageai-je.

— Nos âmes se réconfortaient mutuellement, dit le prêtre. Nous sommes liés par des secrets communs. De très vieux secrets.

— Pourquoi ne parlez-vous pas carrément en latin ? Le message serait plus clair, dis-je.

— Sais-tu quoi que ce soit de l'enfance de ta mère ?

— Evidemment.

— Quoi ?

— Elle est née dans les montagnes en Caroline du Nord. Elle a grandi à Atlanta. Elle a rencontré mon père à Charleston.

— Tu ne sais rien du tout. Exactement ce que je pensais.

— J'en sais plus que vous, dis-je, avant d'ajouter : mon vieux. »

Nous avons roulé une bonne minute dans un silence total avant qu'il répondît : « Non, c'est faux... » Puis il attendit encore dix bonnes secondes avant d'achever sa phrase : « ... mon vieux », dit-il.

Dès que j'eus garé la voiture de ma mère, nous fonçâmes, mais silencieusement, vers l'entrée de l'hôpital pour nous rendre directement au chevet de maman. J'adressai un signe à mes frères au passage, mais le prêtre traversa la salle d'attente comme s'ils étaient transparents. Déjà, ses lèvres articulaient une prière tandis qu'il posait sa sacoche au pied du lit et se préparait pour l'administration des derniers sacrements. Avant de commencer cependant, le père Jude s'agenouilla à côté de maman, prit sa main dans les siennes, déposa un baiser au creux de la paume, referma la main, puis pleura silencieusement.

Trouvant son attitude incongrue et malséante, j'allai me planter devant la fenêtre. A travers les persiennes, je regardai vers le fleuve, espérant ainsi effacer ma présence. Ce prêtre ne générait pas facilement la sympathie, glacial qu'il était sous des dehors réfrigérants. L'amitié que ma mère lui portait, je l'avais toujours ressentie comme un rejet de moi.

Puis je l'entendis dire : « Ils ne savent pas par quoi nous sommes passés, Lucy. Ils ignorent comment nous sommes arrivés où nous sommes. »

Ces paroles me surprirent autant que les larmes. J'étais là, en train de critiquer ce prêtre maigre comme un clou pour sa froideur, et pourtant j'étais devant ma mère inconsciente sans me laisser aller à la moindre émotion. Mes larmes à moi semblaient être figées, gelées dans un glacier auquel je n'avais même pas accès à l'intérieur de moi. Quel genre d'homme étais-je pour ne même pas pleurer au chevet de ma mère mourante ? me demandai-je. Maman avait inculqué à ses fils une dureté et un stoïcisme qui lui coûtaient maintenant la part de larmes que nous aurions dû verser pour elle dans cet hôpital. Je me tournai de nouveau vers le père Jude, qui se préparait à donner l'extrême-onction.

L'extrême-onction, me dis-je intérieurement, tandis que le prêtre allumait des cierges avant de me les tendre. Introït et complies, eucharistie et consécration, kyrie et confiteor. Y eut-il jamais enfant qui aimât plus que moi le sublime vocabulaire de sa religion? Dans la langue de ma religion, je pouvais m'avancer vers l'autel de Dieu avec des mots semblables à des roses lancées pour me soutenir. Sans foi désormais, j'entendis ma religion me chanter des chants d'amour tandis que le prêtre approchait au plus près de ma mère. Elles avaient des ailes, les paroles, et des plumes, et elles planaient sur nos têtes comme le paraclet. Cette mère, cette terre sacrée, cette basilique qui jadis m'abrita.

Le père Jude se signa puis il s'adressa à moi. « Veux-tu bien dire les répons? »

J'acquiesçai. « Ça fait bien longtemps. En anglais ou en latin? »

Il ne répondit pas mais se contenta de commencer. « *Pax huic domui* », et l'enfant de chœur qui sommeillait en moi refit surface. En silence, je traduisis les mots que je trouvais si beaux. « La paix soit sur cette maison. » Avant de répondre : « *Et omnibus habitantibus in ea.* » Et sur tous ceux qui l'habitent.

Je regardai le père Jude procéder à l'aspergès, aspergeant d'eau bénite le corps de ma mère, son lit, puis moi-même. Il me tendit un petit livre noir qu'il ouvrit à la page 484. Mes yeux se posèrent sur les mots qu'il me désignait : « Que les démons de l'enfer se tiennent à l'écart de ce lieu, que les anges de la paix soient présents ici, que toute intention mauvaise quitte cette maison. Gloire au Seigneur. » Les perles d'eau bénite baignaient mon visage.

Me revinrent en mémoire toutes les fois où j'avais prié pour la mort de mon père, après l'une de ses soûlographies, et ce souvenir me submergea tandis que je récitais les répons en latin. Le père Jude était calme à présent, perdu dans les rites du sacrement, englouti dans sa fonction.

Nous faisions une bonne équipe, comme autrefois lorsque je servais la messe pour lui à Mepkin Abbey.

Il trempa le pouce dans une fiole d'huile sainte pour en oindre les paupières de Lucy en dessinant une croix. Je lus les mots pendant qu'il récitait en latin : « Par cette sainte onction et la grâce de Sa grande miséricorde, puisse le Seigneur te pardonner tous les péchés que tu aurais commis par la vue. »

Puis il renouvela le geste sur ses oreilles, ses narines, ses lèvres, ses mains, ses pieds.

« *Kyrie eleison* », dit-il. Seigneur, aie pitié.

« *Christe eleison* », répondis-je. Christ, aie pitié.

Pour terminer, il pria pour chasser toutes les tentations du Malin et demanda à Jésus de prendre Lucy dans ses bras aimants après les souffrances et afflictions de cette vie transitoire et pécheresse.

Je vis ma mère comme telle pour la première fois depuis mon retour au pays. J'avais vécu dans les entrailles de cette femme, m'émerveillai-je, mon pouls battait à l'unisson du sien. Quand elle mangeait, j'étais rassasié. J'essayai de l'imaginer avant ma naissance, rêvant de l'enfant dans son ventre, forgeant le garçon qu'elle avait besoin que je sois, celui qui grandirait bien trop proche d'elle, lié à elle par un amour trop fort, ébloui par sa santé farouche, par sa beauté renommée. Un fils peut-il aimer trop sa mère ? Qu'advient-il lorsque cet amour se fait plus vagabond, comme le fit le mien, puis se tourne vers d'autres objets ? Comment tant de choses peuvent-elles se produire en une seule vie, et pourquoi, pourquoi se produisirent-elles dans la mienne ?

Les derniers rites furent achevés et le père Jude retira son étole violette.

Puis il se tourna vers moi et dit : « Tu es de nouveau redevable à l'Eglise.

— Pourquoi ?

— Parce que ta mère va survivre.

— Comment le savez-vous ?

— J'ai été entendu, dit le prêtre.

— Quel baratin ! dis-je. Et quelle arrogance ! »

Le prêtre me saisit le poignet où mon sang cessa de couler. Il parla avec violence : « Non, Jack, c'est de la foi. De la foi. »

Quittant l'hôpital de bonne heure, j'allai faire les courses au Piggly Wiggly pour le repas du soir que j'avais l'intention de préparer pour mon père et mes frères. Après la profusion sans fin du Campo dei Fiori, je ne m'étais pas assez préparé au désert du rayon frais d'un supermarché de petite ville du Sud. Mais je ne suis pas un homme rigide, surtout concernant ma cuisine, aussi achetai-je des haricots, des légumes et du travers, avant de filer jusqu'à la maison de mon père pour préparer le tout.

Mes frères s'étaient également lassés de l'ambiance dans la salle d'attente, et je les eus donc bientôt assis autour de moi tandis que je me mettais en cuisine pour le repas du soir. Mon père continuait de monter sa garde sobre à l'hôpital, en compagnie du Dr Pitts et du père Jude. J'étais en train de peler des pommes de terre lorsque je me souvins que je n'avais pas parlé à Leah depuis mon arrivée. Je l'avais appelée à deux reprises, mais elle était couchée depuis longtemps. Je consultai la pendule sur le mur et me rendis compte qu'il allait être bientôt minuit à Rome.

« Vous avez pensé à inviter John Hardin pour le dîner, les gars ? demandai-je en décrochant le téléphone de la cuisine.

— Evidemment que oui, dit Tee en avalant une longue gorgée de bière. Il a répondu que je pouvais dire à Jack de se mettre son dîner au cul, qu'il n'avait aucune envie de goûter sa bouffe exotique.

— Tant pis pour lui, dis-je en parlant à une opératrice pour les appels internationaux, à qui je donnai mon numéro de carte de crédit, le code pour l'Italie, celui de Rome, et pour finir le numéro de mon appartement de la Piazza Farnese.

La sonnerie retentit deux fois, puis Leah décrocha.

« Papa ? dit-elle.

— Bonjour, mon bébé. » Je sentis ma gorge se nouer d'amour pour cette petite. « Je suis avec plusieurs de mes frères et tout le monde te fait le bonjour.

— Comment va grand-mère Lucy, papa ? Est-ce qu'elle va guérir ?

— On ne sait pas. Ils espèrent qu'elle va s'en tirer, mais ils ne sont pas très sûrs encore.

— Si elle meurt, est-ce que je pourrai aller à l'enterrement, papa ?

— Par le premier avion, tu viendras, promis. Est-ce que Maria s'occupe bien de toi ?

— Bien sûr, papa. Mais elle me fait trop manger. Elle me gave. Elle me couvre trop. Elle croit qu'il y a des microbes sur toutes mes poupées. Elle me fait beaucoup prier pour toi. Nous avons allumé trois cierges pour ta maman, dans trois églises différentes, hier.

— Très bien. Et l'école ? Et comment va Suor Rosaria ? Comment va tout le monde sur la piazza ?

— Tout le monde va très bien, papa, dit Leah, dont la voix changea de registre. Les parents de maman m'ont téléphoné hier soir. Nous avons parlé un long moment. »

Mon cœur se glaça.

« Ils ont dit quoi ?

— Grand-père n'a presque rien dit. Il a juste pleuré en entendant ma voix. Puis grand-mère Fox lui a pris le téléphone. Elle a été très, très gentille. Adorable. Elle a dit qu'elle espérait te voir pendant que tu serais au pays. Tu vas aller les voir ?

— Si j'ai le temps, mon cœur, dis-je. C'est difficile, Leah. Grand-père Fox ne m'aime pas beaucoup. Il ne m'a jamais aimé.

— Il m'a dit qu'ils étaient légalement en droit de me voir, dit Leah.

— Il y a beaucoup de choses que je ne t'ai pas racontées, chérie.

— Mais tu vas commencer ?

— Dès que nous serons réunis tous les deux. Dès que je saurai quelque chose pour ma mère.

— J'ai trouvé un album de photos dans la bibliothèque. Il y en a une qui montre deux personnes, debout, au bord d'un cours d'eau. Est-ce qu'il s'agit des parents de maman ? Est-ce que ces deux personnes sont mes grands-parents ?

— Je connais cette photo, dis-je. La réponse est oui.

— Ils ont l'air très gentils.

— Oui, ils ont l'air.

— Martha a appelé, tout à l'heure, dit Leah. Elle avait peur que tu sois furieux qu'elle ait donné notre numéro de téléphone à ses parents.

— Ça ne me remplit pas de joie, mais apparemment nous sommes emportés par des événements d'ordre familial, ce mois-ci. Quelque chose est en route, Leah. Et lorsque quelque chose est en route, il est inutile de ramer à contre-courant.

— Est-ce que tout le monde parle de moi ? Est-ce qu'ils ont tous envie de me voir ?

— Ils meurent d'envie de faire ta connaissance, dis-je. Et moi, je meurs d'envie de te retrouver. »

En levant les yeux, je vis Dupree, Dallas et Tee qui s'approchaient de moi.

« Pouvons-nous saluer notre nièce ? demanda Dupree. Nous ne serons pas longs. Juste le temps de lui souhaiter la bienvenue au sein de la famille. »

Dupree empoigna le combiné et dit : « Bonjour, Leah. Ici ton oncle Dupree. Tu n'es pas encore au courant, mais je vais t'adorer, et tu vas m'adorer. En fait, je suis déjà sous le charme rien qu'en entendant ton père. »

Avec un clin d'œil à mon intention, Dupree écouta la réponse de Leah et je lus sur son visage ravi le tour que prenait la conversation. Puis Dallas voulut se saisir du téléphone, mais Dupree le repoussa d'une claque sur la main avant de dire : « Ton oncle Dallas veut te dire un mot, chérie. Mais n'oublie pas, ton oncle Dupree est le numéro le plus réussi de cette triste brochette. »

Dallas prit donc le téléphone et dit : « N'écoute pas un mot de ce qu'il te raconte, Leah. C'est ton oncle préféré, Dallas, à l'appareil. Je vais te plaire beaucoup plus que Dupree parce que je suis plus drôle, plus beau, et bien plus riche que lui. J'ai deux enfants à moi avec qui tu pourras t'amuser, et je te donnerai tous les jours autant de glaces que tu pourras en avaler. Bon, mon frère Tee réclame le téléphone... Oui, on va s'amuser comme des fous. Maintenant, je te passe l'oncle Tee. Il pèse deux cents kilos, il ne se lave jamais, et il raconte des cochonneries, même aux petites filles. Tee, personne ne l'aime, alors il y a peu de chances que tu fasses exception. »

Il tendit le combiné à Tee, qui dit bonjour, et fut ensuite le premier de ses oncles à écouter Leah pour connaître ses pensées. Il rit plusieurs fois avant de dire : « Bon sang, arrive un peu qu'on fasse la fête ! Je vais t'apprendre comment on pêche le crabe et comment on manie le crevettier. On ira attraper du poisson près du quai, et je t'emmènerai même en haute mer, si tu es sage. Si tu es vilaine, je t'apprendrai à fumer et je te paierai ta première paire de talons hauts. Maintenant, je te repasse ton père. Les gens disent que nous nous ressemblons, mais je suis deux fois plus beau. »

Je souhaitai une bonne nuit à Leah, puis Maria s'appropria le téléphone et exigea de me parler. Chaque fois que j'appelais de loin, elle était obsédée par le gaspillage d'argent, Maria, et elle parlait très vite, retombant dans le patois presque inintelligible de son village.

« *Lentamente*, Maria », dis-je.

Et Maria de continuer, de se plaindre des prix qu'elle payait pour acheter à manger, de répéter les commérages de la piazza, de m'assurer que Leah était aussi belle et intelligente qu'avant mon départ. Elle termina en disant qu'elle espérait ne pas avoir dépensé trop d'argent, et en me priant de ne surtout pas oublier les charmes irrésistibles de Rome.

Puis Leah reprit le téléphone et dit : « Papa, tu veux bien me faire plaisir ?

— Tu n'as qu'à demander, mon bébé. Tu le sais bien.

— Ne sois pas furieux contre les parents de maman parce qu'ils m'ont appelée. Jure.

— Je jure, dis-je.

— Autre chose encore, demanda-t-elle.

— Accordé.

— Raconte-moi une histoire, dit-elle.

— Jamais je n'oublierai l'année de l'inondation, le jour où Chippie-la-brave-chienne... » commençai-je.

## 13

Nous apprîmes à mesurer le temps au gré du goutte-à-goutte expédiant la chimio dans un tuyau de plastique relié à une aiguille plantée dans le bras de ma mère. Son rythme cardiaque s'inscrivait en parafes réguliers sur un rouleau de papier, sous le regard attentif des infirmières. Le médecin faisait deux rapports quotidiens d'une voix sèche et monocorde. Tee apporta un ballon de football et, le lendemain, je sortis plusieurs fois taper dans la balle sur le parking avec mes frères. La température de ma mère avait baissé de cinq dixièmes. Pour la première fois, nous ressentîmes un optimisme prudent.

Après avoir quitté l'hôpital, le soir suivant, je rentrai faire une sieste à la maison avant de me rendre, au volant de la voiture de ma mère, jusqu'au lieu de villégiature récemment acquis par Mike Hess dans les basses terres.

Une lumière pâle retenait encore Waterford dans la chaleur d'un jour en fuite. La fin avril est l'époque de l'année où le soleil semble se dissoudre dans l'eau du fleuve et toucher la floraison des arbres transfigurés ; la ville en semblait tendrement embrassée, à regret, tandis que le fleuve fuyait le jour finissant.

Lentement, je roulai vers les îles se trouvant à l'est de la ville. Le pont monta et m'arrêta lorsque surgit une mouette ivoire volant vers le sud. Je mis la radio sur une station de country, émettant de Savannah, afin de renouer totalement avec mon côté Sud profond. La musique agit comme une marinade sur mon esprit plein de lassitude.

La maison de Mike était bâtie sur une quarantaine d'hectares odorants et spectaculaires, donnant sur cette légendaire voie de navigation sinueuse qui va, entre bouées et balises, de Miami jusqu'au Maine. Je savais depuis toujours qu'avec suffisamment de métier on pouvait mettre les voiles dans le Waterford et rejoindre n'importe quel port du monde. On pouvait aller partout, on pouvait tout faire. On pouvait profiter du montant et fuir les terreurs de sa vie.

La maison de Mike était en soi un manifeste grotesque, malgré le délicieux jardin coloré qui l'entourait, avec ses bouquets de muguets, de narcisses, de corbeilles d'or et de myosotis. Des massifs d'azalées longeaient les murs et du cornouiller embrasait tout un côté de sa blanche incandescence.

La maison avait été construite dans ce faux style sudiste qui fait à la fois le charme et le désastre des banlieues du Sud profond. Toutes sont de calamiteuses imitations de Tara, ou inspirées de Tara. On peut sans risque ôter cinq points du Q.I. de tout sudiste pour chaque colonne agrémentant la façade de sa maison. Souvent, ces colonnes blanches sont les barreaux métaphoriques de la prison qu'est le Sud, prison qui ignore aussi bien l'évasion que la libération sur parole.

Je fis un tour dans le jardin trop bien fleuri, appréhendant d'entrer dans la maison. Avant d'arriver à l'appontement, je passai près d'un gardénia et sentis un soudain déchirement d'avoir laissé ma mère ce soir-là. Sur l'autre rive, dans l'hôpital, là-bas, elle était dans le coma.

La voix de Ledare me fit sursauter : « Bonjour. Bienvenue au pays. »

Je me tournai et admirai la jolie femme qui se tenait devant moi, avant de l'embrasser sur les lèvres, comme un frère affectionné.

Je tournai encore la tête dans la brise légère. « Est-ce que la maison est mieux à l'intérieur ?

— Mike a pris un décorateur d'Hollywood, répondit Ledare. Il l'a expédié par avion après lui avoir signé un chèque en blanc. Imagine Monicello[1] revisité dans le style *Mille et Une Nuits*. C'est unique en son genre. »

Nous suivîmes une allée dallée jusqu'à l'entrée de la maison. La décoration intérieure avait un côté hâtif ; tout semblait avoir été acheté, jamais collectionné, et chaque pièce était plus aseptisée que la précédente. Dans le salon étaient exposées plusieurs

1. Résidence de Jefferson. *(N.d.T.)*

gravures anglaises de scènes de chasse : de pâles cavaliers anglais galopaient derrière la meute, sur le placoplâtre en Caroline du Sud. Dans le Sud, ces gravures emblématiques sont l'accessoire obligé et ostentatoire des boiseries de noyer des cabinets d'avocats de seconde catégorie.

Comme si elle lisait dans mes pensées, Ledare dit : « Mike est très susceptible sur le chapitre de ses gravures de chasse. Sa maison de Los Angeles en est couverte.

— Je vois, dis-je. Où est le maître de maison ?

— Il a téléphoné de l'aéroport sur son portable. Il sera là incessamment sous peu. Il faut que je te prévienne. Il a prévu des invités-surprise qui viendront prendre un verre après dîner.

— Comment tu es venue ? Je n'ai pas vu d'autre voiture.

— J'ai emprunté le bateau de mon père pour traverser le fleuve.

— Tu n'as pas oublié le fleuve », dis-je avec admiration.

Elle sourit.

Je demandai : « Est-ce que je peux donner un coup de main pour le dîner ?

— Je ne t'ai pas prévenu ? C'est toi qui fais la cuisine.

— Formidable.

— Tu écris des livres de cuisine. Moi, j'écris des scénarios. C'était assez prévisible. Nous avons un plein baquet de crevettes données par mon père.

— On va les décortiquer ensemble. Tu as acheté des pâtes ?

— J'ai pensé à tout, dit Ledare. Mike m'a demandé de faire des provisions, alors j'ai acheté tout ce que j'ai trouvé de comestible à Charleston. »

Il existe une loi implicite selon laquelle les gens qui ne font pas la cuisine et n'apprécient pas les plaisirs de la table possèdent les plus belles cuisines, dotées des équipements les plus fabuleux, et Mike ne faisait pas exception à la règle. Installés côte à côte devant un plan de travail immaculé, Ledare et moi décortiquâmes des crevettes qui, deux heures plus tôt, nageaient dans les eaux du Waterford. Nous étêtions, puis nous sortions la chair blanche de la pâle carapace translucide. Avec un couteau aiguisé, j'ôtais ensuite la longue veine foncée qui courait de la tête à la queue. Dehors, le soleil reposait sur les eaux du fleuve qui prenaient une teinte rose doré. Même la cuisine avait vue sur le fleuve. Au fur et à mesure que nous travaillions, les reliefs piquants des crevettes s'entassaient au fond de l'évier.

« Est-ce que tu travailles au projet de Mike ? » demandai-je.

Ledare opina avant de répondre : « Ce n'est pas par hasard que nous sommes ici aujourd'hui. Mike a eu vent des problèmes de ta mère et il m'a appelée aussitôt à New York. Il n'a pas renoncé à t'inclure d'une façon ou d'une autre dans son équipe. Comment va ta mère ? Pas mieux, si j'ai bien compris.

— Elle est là-bas, entre la vie et la mort », dis-je. Puis, changeant de sujet aussi délicatement que possible : « Tu es chez tes parents ? demandai-je.

— Provisoirement, dit-elle. J'imagine qu'il me faudra six mois de travail de recherche avant d'écrire une seule ligne. Tu as toujours ta place dans ce projet. J'adorerais que tu y participes.

— Ce n'est pas pour moi, Ledare.

— Réfléchis. Mike prend cette affaire très au sérieux. Ce serait la minisérie la plus longue de l'histoire s'il réussit à monter le projet. »

Je vérifiai l'eau pour les pâtes. « Il ne s'est pas passé assez de choses dans cette ville pour nourrir une minisérie à la télévision. Il ne s'est même pas passé de quoi faire une publicité de soixante-deux secondes. »

Elle me regarda.

« Toi et moi sommes deux des personnages principaux... pour les derniers épisodes évidemment. Les noms seront changés, tout sera romancé, mais nous serons bien là.

— Mike a évidemment omis de me signaler ce détail.

— Il t'en aurait parlé, mais tu n'as pas manifesté le moindre intérêt pour le projet.

— Le projet. On se croirait à la NASA. Je ne connais pas ce visage de Mike. Je n'aime pas ce qu'il est devenu. » Je montai le bouton de la plaque électrique au maximum avant de l'éteindre complètement. Je déteste les cuisinières électriques, j'adore voir la flamme du brûleur quand je fais la cuisine.

« Mike est devenu un producteur dans toute l'horreur du terme, commençait d'expliquer Ledare lorsque nous entendîmes une voiture remonter l'allée. C'est la forme la plus vile de l'espèce humaine et lui est l'exemplaire le plus agréable que je connaisse. Souris, Jack. Quand le terrain est favorable, la superficialité s'épanouit sans problème. »

Mike entra dans la maison au pas de course.

« Désolé pour ta maman, Jack, dit-il en me saluant d'une accolade. Je connais un bon millier de personnes à Hollywood que je voudrais voir attraper une leucémie — je serais même prêt à payer pour cela — et il faut que Dieu fasse ce cadeau à quelqu'un d'aussi adorable qu'elle.

— C'est gentil, Mike, dis-je. Je crois.

— *Ciao*, ma belle, dit Mike en embrassant Ledare sur la joue. C'est le bonheur absolu de vous voir tous les deux. Je commence à ne plus me reconnaître moi-même à Los Angeles. J'ai hurlé contre une gamine, hier, une petite stagiaire de dix-neuf ans. Elle a pleuré. Je me suis senti vraiment con.

— Tu es réputé pour hurler après les gens, dit Ledare.

— Mais ça ne me plaît pas. Ce n'est pas moi, ce genre de comportement.

— Ça va le devenir, si tu persistes, dis-je. Tu veux boire quelque chose ?

— Absolument, et pas du soda, dit Mike. Préparemoi une margarita.

— Je ne sais pas, dis-je. Je suis citoyen américain.

— Un bourbon, alors.

— Pareil pour moi, Jack », dit Ledare.

Je servis les trois verres et nous passâmes sur la

véranda protégée par une moustiquaire, laissant les parfums du jardin et les odeurs de notre ville nous envahir. J'appréciais cette récréation loin de l'hôpital.

« Jack, dit Mike. Je tiens à te présenter mes excuses pour la façon dont je me suis conduit à Venise. Ce n'est pas le vrai Mike que tu as rencontré là-bas, mais le sale connard que je suis devenu, à ma grande honte. Je me comporte ainsi parce que c'est la manière d'obtenir ce que je veux dans le boulot. Les gens sympas, ça fait rigoler... la gentillesse recueille le mépris. Je me sens honteux, et j'espère simplement que tu me pardonneras.

— On a été à la maternelle ensemble, dis-je.

— C'est notre cas à tous, précisa Ledare. Nous t'aimerons toujours, Mike.

— Nous savons qui tu es, et d'où tu viens, dis-je. C'est dur, d'être célèbre, n'est-ce pas ? »

Mike s'anima subitement, les yeux brillants. « Il n'y a pas un seul côté positif. À part l'argent. Et encore, il m'arrive de penser parfois que c'est le pire de tout.

— Si tu veux soulager ta conscience, dit Ledare, partage le bénéfice avec les copains.

— J'ai fait des navets, dit Mike. Je me suis conduit comme le roi des salauds, et mon seul titre de gloire, c'est le fric.

— Moi aussi, je me suis conduit comme le roi des salauds, et mon seul titre de gloire, c'est que je réussis très bien les pâtes, dis-je en me penchant pour presser l'épaule de Mike. Allez, passons à table.

— Je te donne un coup de main », dit Ledare.

Retournant sans enthousiasme aux plaques électriques, je rassemblai les divers ingrédients, et le parfum de l'ail frit à l'huile d'olive bien verte ne tarda pas à envahir la véranda où Mike était resté, contemplant le jardin et le fleuve. Je me rendis compte que les relations étaient devenues soudain plus faciles, plus complices entre Ledare et moi. Elle se mit à me raconter ce qu'elle avait appris de la vie de Mike depuis mon départ. Depuis cinq ans, il fréquentait le cabinet du psychiatre le plus coté de Beverly Hills, et il avait des moments de lucidité éphémères qui l'avaient amené à concevoir l'idée du film sur Waterford.

Le film d'aventures et d'action était devenu son fonds de commerce et chacun mettait en scène les rêves de gloire de gamins pleins de courage. Sur ses plateaux, on consommait plus d'hémoglobine que la Croix-Rouge après un tremblement de terre. On était également plus gourmand en munitions qu'un bataillon israélien scrutant la Syrie depuis les hauteurs du Golan. Ses films n'étaient cependant pas immondes, simplement inutiles. Du divertissement « avec un D majuscule », comme expliquait Mike à ses bailleurs de fonds, des types qui avaient une foi aveugle dans son mauvais goût. L'étude de marché était apparemment le baromètre sur lequel s'appuyait Mike pour prévoir les caprices secrets du goût du public. Dans un film, le héros meurt au cours d'une fusillade apocalyptique avec un gang local, jusqu'à ce qu'un sondage effectué à la sortie d'une projection en avant-première indique que le public préférait retrouver la nuit avec, dans son inconscient collectif, un héros souriant et triomphant plutôt qu'un cadavre. On refait la scène sur un terrain vague, avec résurrection moderne, et hop ! le héros s'éloigne lentement entre les lettres du générique de fin, avec tous ses abattis intacts, tandis que les méchants gisent, inoffensifs et inertes, sur le champ de bataille de son dernier combat. Grâce aux études de marché, Mike n'était plus tributaire des intuitions des réalisateurs, ni de l'imagination des scénaristes. Le public savait précisément ce qu'il voulait et Mike était assez malin pour le lui servir tout chaud.

Comme beaucoup d'hommes puissants à Hollywood qui avaient gagné trop d'argent trop vite, Mike se trouvait à présent au stade étrange et illusoire où il éprouvait le besoin de faire des films ambitieux, d'envergure. Il commençait à désirer le respect du monde hollywoodien, autant que l'envie et la crainte qu'il suscitait. Il avait aussi admis devant Ledare qu'il se trouvait à l'étape la plus dangereuse de la vie d'un producteur. Qu'il n'est rien de plus pathétique ou superficiel qu'un producteur qui désire livrer un message à travers un film. Il avait horreur de la sensiblerie, pourtant il entendait vibrer en lui, discrètes et lointaines, les cordes du sentiment. A tout prix, il voulait désormais dire au monde le courage de sa famille et de la petite ville du Sud qui avait accueilli celle-ci, lui offrant refuge et sécurité.

Ledare et moi étions essentiels dans cette optique.

Pendant le dîner, Mike m'exposa en détail ses vues sur la série. Il voulait qu'elle commence avec son grand-père, Max Rusoff, boucher de son état dans un *shtetl* russe lorsque fut déclenché un pogrom mené par un régiment de Cosaques. On suivrait l'exil de Max quittant la Russie pour se retrouver à Charleston, où il gagna sa vie comme colporteur arpentant la route 17 entre Charleston et Waterford. L'un des premiers clients de Max Rusoff à Waterford avait été mon grand-père et ils nouèrent une amitié qui ne se démentit jamais pendant plus de cinquante ans.

« Je connais tous les épisodes de cette histoire, dis-je à Mike. Ils ont bercé mon enfance et ma jeunesse.

— Je veux raconter l'histoire de ma famille parce qu'il y a des Juifs qui ne veulent même pas croire que d'autres Juifs vivent dans le Sud profond.

— Je vais te poser une question, Mike, et je te demande une réponse franche et honnête. As-tu l'intention de parler de ma femme, Shyla, et de l'épisode sur le pont de Charleston ? »

Un silence gêné rompit un peu le rythme de la conversation et mes paroles restèrent comme suspendues dans les airs. Ledare regarda Mike.

« Nous changeons les noms propres, dit Mike. Toute l'histoire sera traitée en fiction.

— Mais il y aura une jeune femme juive qui se suicide en sautant d'un pont ? »

Ledare me prit la main. « Shyla fait partie de notre histoire à tous, Jack. Pas seulement de la tienne.

— Shyla était ma cousine, dit Mike. Elle appartient autant à l'histoire de ma famille qu'à la tienne.

— Très bien, dis-je. Je salue ce sens de la famille. Mais que fais-tu de cette autre cousine à toi, ma fille, qui va regarder ta série télévisée et voir le personnage inspiré par sa mère enjamber un pont pour sauter dans le vide ? Et je m'adresse à vous deux, maintenant : vous croyez que je vais vivre ça comment, moi ? Mike, Ledare, comment osez-vous seulement imaginer que je vais participer à ce projet ?

— La scène du suicide ne sera pas filmée, s'empressa de préciser Mike. Jack, il me faut absolument ta collaboration. J'aurai besoin de toi. Et Ledare aussi.

— Le suicide de Shyla n'a strictement rien à faire dans ce foutu scénario, criai-je.

— C'est d'accord, dit Mike, si tu acceptes de collaborer pour le reste de l'histoire.

— Le reste, vous le connaissez par cœur, dis-je. Nous avons tous vécu les mêmes événements. Nous avons dansé sur la même musique. Nous avons vu les mêmes films. Nous avons même été amoureux des mêmes personnes.

— Il veut parler de Jordan, intervint Ledare d'une voix qui se voulait neutre.

— Nous sommes allés ensemble à son service funèbre, dis-je très calmement. Nous étions assis côte à côte et nous avons pleuré ensemble, parce que Jordan était notre premier copain mort.

— Tu mens, dit Mike. Désolé de te contrer si brutalement, vieux. Mais tu mens comme un arracheur de dents. »

Il sortit de sa poche-poitrine un paquet de photos qu'il me jeta à travers la table. C'étaient des clichés de Jordan sortant du confessionnal de Sant'Anselmo, Jordan entrant dans le cloître. J'en vis aussi plusieurs de moi, vérifiant que je n'étais pas suivi.

« Jolie photo de mon confesseur à Rome, dis-je en examinant les tirages un à un. Et je suis bien sur celle-ci, où je remonte la Via Aventina. Il y en a une autre de moi entrant au confessionnal. Et, tiens, tu as vu, là, je ressors libéré de mes péchés et béni du Seigneur.

— J'ai fait agrandir ces photos à la Warner et je les ai comparées aux photos de Jordan au lycée. Jordan Elliott est ton confesseur en Italie. Tu lui passes des messages et des lettres de sa mère. J'ai la cassette d'une de tes soi-disant confessions. »

Je regardai Ledare, et pendant un long moment restai sans voix.

« Est-ce que tu étais au courant, Ledare? demandai-je.

— Laisse tomber le mélo, dit Mike. Je te paierai pour l'histoire de Jordan, et je te paierai pour raconter tout ce qui s'est passé entre Capers Middleton et toi à l'université de Caroline du Sud.

— Une question, Mike, dis-je. Qui va me payer le coup de pied au cul que je vais te mettre? Je n'aime pas beaucoup être suivi. Je n'aime pas beaucoup qu'on me prenne en photo en douce. Et je n'aime pas du tout, du tout, qu'on enregistre mes confessions.

— Ce ne sont pas des confessions, dit Mike. Il est question de tout sauf de religion. Je veux que cette histoire englobe ma famille, depuis la Russie en passant par l'Holocauste, les amitiés — et putain, c'étaient de sacrées amitiés, Jack. On finira sur l'élection de Capers Middleton au poste de gouverneur de l'Etat de Caroline du Sud.

— Si Capers Middleton est élu gouverneur de Caroline du Sud, je cesse de croire à la démocratie, dis-je en tentant de me calmer et de contrôler ma voix qui tremblait. Cet Etat a déjà ébranlé la confiance que j'ai en la démocratie en persistant à élire Strom Thurmond année après année.

— C'est toi qui as mené la campagne en sa faveur lorsqu'il a voulu se faire élire président de la promotion, à l'université.

— Tu ne vas pas le lui reprocher, dit Ledare. Capers était différent à l'époque. Moi, j'ai bien été sa première femme. La mère de ses deux enfants.

— Il reconnaît qu'avec toi il n'a pas assuré comme

mari, Ledare, dit Mike. Mais est-ce qu'il est vraiment le seul ? Moi, j'ai été marié quatre fois. Shyla a fait le saut de l'ange depuis le haut d'un pont. »

Là, j'ai perdu le contrôle et sans laisser à Mike le temps de comprendre ce qui lui arrivait, je l'ai soulevé de sa chaise en l'attrapant par la cravate et je l'ai tenu à ma hauteur de sorte que nous étions pratiquement nez à nez.

« J'ai la faiblesse de croire, Mike, que la raison qui a poussé Shyla à se donner la mort n'est pas exclusivement liée au fait que j'étais un mari nul. Soit dit pour ton information, j'étais effectivement nul, mais Dieu me soit témoin, pas au point d'expédier mon épouse délicieuse et terriblement tourmentée jusque sur ce pont au-dessus du Cooper. Est-ce que tu comprends, Mike ? Ou bien faut-il que je te casse le nez pour te rafraîchir la mémoire ?

— Pose Mike, Jack, ordonna Ledare.

— Je te fais mes excuses, Jack. J'ai dit une chose horrible. Je suis sincèrement désolé. Ce n'était pas le vrai Mike qui s'exprimait... »

Ledare acheva le couplet : « ... mais le sale con que je suis devenu à Hollywood. »

Je reposai doucement Mike sur sa chaise et ajustai son nœud de cravate avec une tendresse tranquille.

« Je regrette beaucoup, Mike, dis-je.

— Je l'ai mérité. Tu aurais dû me démolir carrément le portrait. Je passe mon temps à sortir des choses dont je ne peux pas croire ensuite que je les ai dites, continua Mike dont la voix était maintenant calme, amène. Tu sais que ma mère me déteste ? Si, c'est vrai. Ne me regarde pas avec ces yeux, je te le dis vraiment, elle déteste tout ce que je suis devenu. Je dégoûte ma propre mère. Elle me regarde et elle demande : "Quel mal y a-t-il à se contenter d'être heureux ? Où est le péché ?" »

Tout à coup, des phares illuminèrent la pièce et une voiture s'arrêta devant la maison.

« Les invités-surprise sont arrivés, dit Mike, radieux, en se dirigeant vers la porte.

— Tu as une idée ? » demandai-je à Ledare.

Elle répondit : « Pas la moindre. »

Je vis ensuite s'inscrire dans les yeux de Ledare un étonnement douloureux teinté d'angoisse que son sang-froid légendaire ne pouvait dissimuler. Il y avait de l'héroïsme dans la façon dont elle reprit contrôle d'elle-même avant de se tourner vers son ex-mari et mon ex-ami, Capers Middleton, qui faisait son entrée accompagné de sa seconde femme, Betsy.

« Bonsoir, Capers, dit Ledare, sous le choc. Bonsoir, Betsy. »

Et Betsy de dire à Ledare : « Nous allions amener les enfants, mais ils ont tous les deux des examens demain, et il sera tard lorsque nous rentrerons à Charleston.

— Je viens les voir ce week-end, dit Ledare, un peu raide.

— Tu avais raison, Mike, dit Capers, plutôt content. Pour une surprise, c'est une surprise.

— Et voilà, dit Mike, fier de lui. Bingo !

— Bonsoir, Jack, dit Capers. Cela fait bien longtemps. J'ai beaucoup parlé de nous à Betsy. Je lui ai tout raconté.

— Regardez-moi bien, Betsy, dis-je. Parce que c'est la première et la dernière fois que vous me voyez.

— Il m'a prévenu que vous réagiriez ainsi », dit Betsy avec un regard complice en direction de son mari.

Capers Middleton faisait partie de ces fils du Sud à l'allure impeccable, lisse, brillante, sans défaut dans l'expression ni le port. Son physique parfait était le prolongement de son excellente éducation. Autrefois, j'avais, autant que les filles, aimé regarder son visage. Ce visage qui devait m'enseigner que la bonne mine des gens était la dernière chose à laquelle il fallait se fier.

Capers me tendit une main que je refusai de serrer.

« Je n'ai pas passé l'éponge, Capers. Je ne la passerai jamais.

— Tout cela, c'est le passé, dit Capers. Je suis

désolé de ce qui est arrivé. Je tenais à te le dire de vive voix.

— C'est fait, dis-je. A présent, disparais de ma vue.

— Il est là dans un but précis, dit Mike. C'est moi qui l'ai invité, et je vous prie d'être polis avec notre prochain gouverneur et son épouse. Maintenant, passons au salon boire un verre. Capers a une proposition qui à mon avis mérite ton attention, Jack.

— Moi, je vais rentrer, Mike, dit Ledare.

— S'il vous plaît, restez, Ledare, dit Betsy. Nous pourrons parler des enfants pendant que les hommes discuteront affaires. »

Ledare regarda Capers, éberluée et sur ses gardes. « Me dire ça à moi, je n'arrive pas à y croire, dit-elle.

— Betsy a cette opinion désuète que tu pourrais être contente de suivre les progrès accomplis par les enfants que nous avons en commun.

— Tout le monde au salon, ordonna Mike. Je sers le cognac. »

La tension qui régnait dans la petite pièce chargea l'atmosphère d'électricité. Pendant que Mike emplissait les verres, je tentai de deviner l'âge de Betsy, avant de me souvenir qu'elle avait vingt-cinq ans. Je savais que je l'avais déjà vue, sans réussir à situer où. Quand la mémoire me revint, je partis d'un rire intempestif.

« J'étais en train d'envisager diverses attitudes, Jack, dit Ledare. Mais le rire ne figurait pas parmi les possibilités. »

J'avais peine à parler mais désignai Betsy du doigt : « Betsy a été Miss Caroline du Sud. Capers t'a larguée pour une Miss Caroline du Sud. Betsy Singleton, de Spartanburg.

— J'ai été très fière de servir mon Etat pendant une année entière, dit Betsy, dont la combativité me plut. Même que représenter la Caroline du Sud devant le monde entier, à Atlantic City, aura été le plus beau jour de ma vie, avant mon mariage.

— J'ai vécu trop longtemps en Europe, Betsy. J'avais oublié qu'il existait des filles comme vous. Tu risques effectivement de décrocher la timbale de gouverneur, Capers. La Caroline du Sud peut tout à fait marcher à ce genre de connerie.

— Fiche-lui la paix, dit Mike. C'est encore une gosse.

— Elle a été formidable avec nos enfants, dit Capers. Ledare se fera un plaisir de te raconter.

— Elle s'est montrée également charmante avec moi, dit Ledare.

— C'est très gentil à vous de dire ça, dit Betsy.

— Sauf que Ledare n'en pense pas un mot, dis-je. Ça pue le mensonge à trois lieues.

— C'est à moi d'en juger, si tu veux bien, répliqua Ledare d'un ton glacial.

— Tu as laissé tomber Ledare Ansley pour Betsy, dis-je à Capers. Tu es vraiment un trouduc, Capers.

— Jack, s'il te plaît, un peu de tenue, mon vieux, dit Mike.

— Je t'emmerde, Mike. » Puis je me tournai vers lui. « Je pourrais vivre mille ans que je n'oublierais jamais ce qu'a fait Capers Middleton, et jamais non plus je ne pardonnerai à ce fils de pute. Parce que tu t'attendais à quoi, en nous réunissant ? Tu imaginais qu'on allait partir planquer ensemble et tirer les canards demain matin ?

— Elle est très cruelle, ton idée, Mike, dit Ledare qui se leva brusquement avant de prendre son verre et de verser son cognac dans celui de Mike. Tu n'aurais pas dû nous faire ça, ni à Jack ni à moi. Tu n'aurais pas dû leur faire ça, ni à Capers ni à Betsy.

— Comment puis-je m'y prendre autrement pour réunir tout le monde ? dit Mike. C'est pour le projet. Souviens-toi qui est producteur. Alors reste, s'il te plaît. »

Mais Ledare était déjà à la porte de derrière que ses belles et longues jambes s'apprêtaient à franchir. Mike la suivit, pour tenter de la convaincre de revenir, mais j'entendis le moteur démarrer et sus que le bateau partait vers Waterford.

Je me mis à observer la femme-enfant de Capers, Betsy.

Elle faisait partie de ces filles du Sud beaucoup

trop jolies à mon goût. Betsy ressemblait à une fillette sur une affiche vantant les mérites du lait dans l'alimentation. Tout en elle paraissait surfait, calculé, impeccable. Sa bonne humeur avait ce côté systématique et ravissant qui souvent vaut le prix « orange » aux reines de beauté. Elle possédait le genre de beauté qui suscite les louanges mais pas le désir. Son sourire me donnait envie de l'interroger sur l'adresse de son médecin.

« Vous avez vingt-cinq ans, n'est-ce pas, Betsy ? demandai-je.

— Vous faites un recensement ? rétorqua Betsy.

— Oui, elle a vingt-cinq ans, dit Capers.

— Laisse-moi deviner tout seul. Ancienne Tri Delta de l'université de Caroline du Sud.

— Bingo ! fit Mike qui rentrait dans la pièce.

— Volontaire pour le service civil à la Junior League.

— Bingo ! dit encore Mike.

— Comment l'avez-vous su ? demanda Betsy.

— Vous avez le battement de paupières Junior League. Toutes les filles qui passent par les résidences étudiantes apprennent à battre ainsi des paupières pour que leur cher mari se sente adoré chaque fois qu'il profère une stupidité.

— Vous avez de moi une vision stéréotypée, Jack, dit Betsy, et je sentis une véritable flamme en elle.

— C'est le Sud qui vous a transformée en stéréotype, Betsy. Moi, je ne fais que tester les limites de ce stéréotype. »

Capers prit sa femme par l'épaule et dit : « L'éducation de Betsy a fait d'elle une *Southern belle*, c'est-à-dire la sudiste par excellence. Il n'y a pas de mal à cela.

— J'en suis même très fière, dit Betsy.

— La *Southern belle*, dis-je. Sois belle et tais-toi. C'est devenu une appellation honteuse dans le Sud d'aujourd'hui, Betsy. Aucune femme intelligente ne revendique plus cette étiquette. Quand une femme se réclame de la *Southern belle*, cela signifie généralement qu'elle est bête comme une oie. Vous êtes manifestement brillante, en dépit d'un goût détestable dans le domaine des hommes.

— Eh bĩen, je suis pourtant une *Southern belle* et je pense avoir très bon goût en matière d'hommes, comme beaucoup de femmes en Caroline du Sud.

— J'ai épousé Betsy pour sa loyauté, Jack.

— Erreur. Il est un seul vrai crime impardonnable pour un homme.

— Qui est ? demanda Capers tandis que Mike revenait s'asseoir.

— Il est impardonnable pour un homme de n'importe quelle génération — j'ai bien dit n'importe quelle génération — de trahir et d'humilier les femmes de la même génération que lui en épousant une femme beaucoup plus jeune. Tu n'as pas épousé Betsy pour sa loyauté, vieux. Tu l'as épousée pour sa jeunesse.

— La trahison recèle des plaisirs inattendus, dit Capers, et Mike de l'approuver en riant. J'ai toujours aimé ton côté dévot, Jack.

— Je suis beaucoup plus futée que les femmes de votre génération, dit Betsy pour abonder dans le sens de Mike et Capers.

— Erreur, jeune femme de la Junior League. » Je me sentais des envies de méchanceté. Le cognac faisait son effet et il régnait une sorte d'inquiétude excitante dans la pièce. Je jaugeai Betsy avant de lancer l'assaut. « Les femmes de ma génération, elles ont été les plus fascinantes, les plus sexy et les plus intelligentes que l'Amérique ait jamais portées. Elles ont déclenché le mouvement de libération de la femme, elles sont descendues dans la rue pendant les années soixante pour faire cesser cette guerre inepte au-delà du supportable au Viêtnam. Elles se sont remué les fesses pour obtenir l'égalité des droits sur le lieu de travail, elles ont étudié le droit, elles sont devenues médecins, elles se sont engagées dans les luttes collectives, et elles se sont débrouillées pour élever des enfants beaucoup mieux que ne l'ont fait nos mères.

— Doucement les basses, Jack, dit Mike. Betsy est une môme.

— C'est une demeurée », dis-je. Et de me tourner de nouveau vers Betsy. « Les femmes de ma génération, à côté d'elles, les hommes comme moi, comme Mike et comme votre dégonflé de mari, ils ont l'air de nains sans intérêt. Ne parlez pas de ces femmes, Betsy, sauf si vous êtes à genoux pour signifier votre admiration.

— Il a été amoureux de Ledare autrefois, Betsy, dit Capers sans rien perdre de son élégance flegmatique. Elle a rompu avec lui juste avant le bal de la St. Cecilia à Charleston. Jack a toujours conçu de l'amertume à cause de ses origines modestes.

— Betsy, vous n'êtes même pas digne d'embrasser les collants de Ledare Ansley, répliquai-je.

— N'empêche qu'elle a épousé Capers et vous a laissé tomber, dit Betsy. Ce qui, je dois dire, la fait remonter dans mon estime.

— Je croyais pouvoir compter sur ton sens des bonnes manières, dit Mike qui aurait bien voulu désamorcer l'escalade de l'agressivité. Betsy est une fille super. Capers et elle sont venus plusieurs fois chez moi à Beverly Hills, cette année.

— La seule personne que je cherche à blesser, c'est Capers, dis-je. Parce que Capers sait parfaitement que la vie de Betsy, je peux l'écrire ici, tout de suite, dans cette pièce. Des femmes comme cette pauvre Betsy, j'en ai vu des milliers. Capers n'aime pas l'idée d'avoir épousé un cliché sudiste vivant. Je suis capable de dire pour qui Betsy votera au cours des cinquante prochaines années, combien d'enfants elle aura, et le prénom qu'elle leur donnera. Je connais son argenterie, et sa vaisselle, et le nom de jeune fille de sa mère, et le régiment de confédérés dans lequel servait son arrière-arrière-grand-père pendant la seconde bataille de Bull Run.

— Mon arrière-arrière-grand-père a été tué à Antietam.

— Toutes mes excuses, Betsy. Je me prends parfois les pieds dans les détails. »

Betsy avala une gorgée de cognac et dit : « Et ma maîtrise, je l'ai eue où, connard ?

— Chérie, j'aimerais que tu évites ce langage », dit Capers.

Mais cette riposte avait été une plaisante surprise. « Pas mal, Betsy, dis-je. *Complimenti*. Je ne m'y attendais vraiment pas. Chaque fois que je crois connaître tout ce qu'il y a à savoir des femmes du Sud, elles m'envoient un ballon impossible à intercepter. Le coup était super. Chapeau.

— Je n'épouse que des femmes belles, intelligentes et avisées, Jack, dit Capers. J'espère t'en avoir administré la preuve maintenant.

— La ferme, Capers, dis-je. Il faut que j'insulte encore un peu ta femme pour qu'elle se fâche et fiche le camp.

— Moi, j'envisage de te sortir de chez moi à coups de pied dans le derrière, Jack, dit Mike.

— Malheureusement pour toi, Mike, il y a un problème de taille, dis-je. Alors tu la fermes toi aussi, parce que tous les deux, on va avoir une longue conversation pour que tu m'expliques les raisons de cette soirée.

— Hé, Jack, dit Betsy. Je commence à comprendre pourquoi votre femme a sauté du pont. Je suis seulement surprise qu'elle ne l'ait pas fait plus tôt.

— Redites ça une seule fois, Betsy, et je casse la gueule à votre mari. Je lui arrange tellement bien le portrait qu'il finira comme monstre de foire au lieu d'avoir un bureau de gouverneur. »

Betsy se tourna vers Capers qui demeura imperturbable. « Mon mari n'a pas l'air terrorisé.

— Il est mort de trouille. Mais il ne le montre pas.

— Il est allé au Viêtnam. Pendant que vous étiez un réfractaire.

— Exact, Miss Caroline du Sud. Et c'est d'autant plus marrant, parce que je peux effectivement lui casser la gueule. Si les gars dans mon genre étaient allés au Viêtnam, on l'aurait gagnée, la guerre. Réfléchissez à ça, la prochaine fois que vous ferez une tarte ou des œufs au plat.

— Les gauchistes sont tous les mêmes, cracha

Betsy un peu gênée de se retrouver sur la sellette. J'ai entendu dire que votre femme était une féministe militante.

— Nous l'étions tous les deux, dis-je. Et j'élève ma fille pour qu'elle le soit aussi.

— Cela lui apportera quoi ?

— De ne jamais vous ressembler, Betsy, dis-je. Parce que si ma fille devenait un truc dans votre genre, ou si elle épousait un connard comme Capers Middleton, je la balancerais moi-même du pont dans le Cooper. »

Betsy se leva avec grandeur et dignité avant de s'adresser à son mari. « Partons, Capers. Nous pouvons aller dormir chez ta mère. J'appellerai la bonne.

— Bonsoir, bonsoir, Betsy, dis-je, conscient de la cruauté moqueuse de ma voix. Je me souviens de votre prestation dans votre numéro de Miss Amérique. Vous jongliez avec des bâtons enflammés. J'avais honte pour mon Etat et toutes les femmes qui y vivent. »

Betsy était en larmes quand elle partit et je fus pris d'une tristesse nauséeuse.

« Sympa, Jack, dit Mike en remuant la tête. Quel homme exquis !

— Appelle Betsy pour moi demain, Mike, dis-je. Présente-lui mes excuses et explique-lui qu'habituellement je ne suis pas l'abominable con que j'ai été. C'est son mari que je déteste, pas elle. »

Capers Middleton ne semblait pas ébranlé par mon agression contre sa femme. Il avait l'œil clair et bleu. Sous cet éclairage, et à cette heure, on aurait dit un homme tout frais éclos du côté de l'Arctique.

« Si tu te risquais à traiter de cette façon une femme que j'aime, dis-je, tu pourrais appeler ton dentiste d'urgence pour te refaire les dents.

— L'exagération, dit Mike en s'interposant. Ça a toujours été ta limite. »

Je regardai Mike. « Un type qui vient d'Hollywood ne devrait jamais se lancer dans un débat sur l'exagération. »

Capers s'éclaircit la voix comme s'il allait prendre la parole, puis il me regarda droit dans les yeux.

« J'ai besoin de ton aide, Jack. Ton amitié me manque beaucoup.

— Ecoute-le, Jack, dit Mike. Je te demande d'écouter Capers. S'il réussit à devenir gouverneur, il a l'intention de courir pour la présidence des Etats-Unis.

— S'il l'obtient, je jure devant Dieu que je demande la nationalité italienne, dis-je.

— Je souhaite t'avoir dans mon équipe de campagne électorale, Jack », dit Capers.

Je regardai Mike, stupéfait. « Ai-je un problème de communication qui m'empêche de me faire comprendre de ce connard ? Je te déteste, Capers, et en plus, tu es républicain. Je déteste les républicains.

— Moi aussi, je les détestais, reconnut Mike. Puis je suis devenu riche.

— Notre brouille est de notoriété publique dans l'Etat, et cela risque de me poser certains problèmes pendant la campagne.

— J'espère bien que ça va t'en poser des tonnes, ce qui est totalement mérité, dis-je.

— Le mois prochain, le journal de l'Etat va publier un long portrait détaillé de moi, et une chaîne de télé locale a presque terminé un documentaire qui retrace toute ma carrière dans la vie politique de la Caroline du Sud.

— Ils vont traiter l'épisode de l'université ? demandai-je.

— Les deux le font, dit Capers, et le calme de sa voix me parut inquiétant. La plupart des citoyens de Caroline du Sud voient là une preuve de l'amour que j'ai pour mon pays. En revanche, d'autres estiment que j'ai trahi la confiance de mes amis les plus proches. La question risque de se transformer en enjeu électoral et nous pensons que les démocrates vont tenter d'en tirer profit.

— *Viva* la revanche. Si Judas Iscariote s'était acoquiné avec Benedict Arnold [1], tu aurais hérité de la planète.

1. Général américain qui trahit sa patrie en passant dans les rangs anglais pendant la guerre d'Indépendance. *(N.d.T.)*

— Capers m'a exposé sa vision concernant l'avenir de cet Etat, et s'il est élu, il sera le gouverneur le plus progressiste de ce pays.

— Arrête, Mike. J'ai les yeux qui se brouillent. »

Capers continua : « Ce qui nous est arrivé lorsque nous étions étudiants ne se serait jamais produit en dehors du contexte de la guerre du Viêtnam. J'ai défendu mes convictions profondes. Je croyais que ma patrie était en danger.

— Les larmes. Je sens que je vais pleurer. Ça me fait toujours ça, lorsque j'entends déblatérer des sornettes, dis-je.

— C'était une époque difficile, dit Mike. Même toi, il faut bien que tu le reconnaisses, Jack. J'ai été réfractaire parce que je pensais que c'était l'attitude juste, et puis je n'avais pas envie de me faire trouer la peau dans un pays dont je ne savais pas seulement écrire le nom. »

Et Capers d'ajouter : « Nous avons tous commis des erreurs pendant la guerre du Viêtnam.

— Pas moi, dis-je. Je ne me suis jamais trompé pendant toute cette putain de guerre. J'ai sauvé l'honneur en étant contre cette guerre à la con.

— Le vent tourne en faveur des vétérans du Viêtnam, en ce moment, dit Capers.

— Je ne me sens pas concerné. J'en ai marre de les entendre geindre, les vétérans du Viêtnam. A-t-on jamais vu dans ce pays des anciens combattants pleurnicher et se lamenter si haut et fort sur leur sort ? Ils manquent complètement de fierté.

— Nous avons été nombreux à nous faire cracher dessus à notre retour au pays, dit Capers.

— Ça, c'est des conneries. Un mythe qui court dans les villes. J'ai entendu cette histoire des milliers de fois, et je n'en crois pas un mot. Ça se passe toujours à l'aéroport.

— C'est là que ça m'est arrivé à moi, dit Capers.

— Si c'était arrivé aussi souvent que le prétendent les chers vétérans du Viêtnam, personne, au cours de ces années, n'aurait pu tenir debout dans un aéroport à cause de tous les crachats recouvrant le sol.

Tu mens, Capers, et si tu dis la vérité, tu aurais dû faire avaler son dentier au connard qui t'avait craché dessus. C'est ça que je ne parviens pas à comprendre. Un million de vétérans du Viêtnam se font cracher à la figure, et on ne déplore pas une dent cassée. Pas étonnant que vous l'ayez perdue, cette guerre de merde.

— Voilà un côté de Jack qui m'a toujours plu, commenta Mike pour Capers. Et qui continue de me plaire. Certaines personnes peuvent ne pas apprécier, mais Jack il ne lâche jamais le morceau.

— Moi, c'est ce qui m'a toujours déplu chez lui, dit Capers en me regardant dans les yeux. Dans son univers, il n'y a pas place pour le compromis, les avis nuancés, la marge de manœuvre. Dans ton monde à toi, Jack, c'est noir ou blanc, tout ou rien. Le règne des extrêmes jouant en dehors de toutes les limites connues. Ce qui a des accents de sincérité, mais aucun rapport avec la vie en ce bas monde.

— Belle démonstration d'éloquence, dit Mike avec admiration. Très beau morceau de bravoure.

— Je suis un homme souple, moi, dit Capers. C'est ce qui m'a permis d'aller loin.

— Tu es un homme sans morale, dis-je. Voilà ce qui t'a permis d'aller loin. »

Je me dirigeai vers la porte de derrière sans dire au revoir et j'entendis la voix de Capers, dans mon dos : « Tu m'appelleras, Jack, disait-il. Parce qu'il y a une chose au moins que je sais à ton sujet. Tu aimes Jordan Elliott. C'est ta faiblesse. »

Ivre de rage, j'avais tellement hâte de m'éloigner de chez Mike que je fis patiner les pneus de la voiture de ma mère sur la route non goudronnée qui traversait toute la propriété. Mes mains tremblaient sur le volant et j'étais transi de froid, alors que l'air du mois d'avril était doux et chargé du parfum des fleurs. Dans ma fureur, j'aurais pu rouler sur un piéton ou heurter un panneau de signalisation, mais rien ne se mit en travers de mon chemin tandis que je fonçais sur la route qui filait vers l'ouest, et la ville.

Je me rendis directement chez Ledare, qui

m'attendait sur la véranda, dans un fauteuil de rotin blanc. Sur la table également en rotin se trouvait une bouteille de Maker's Mark et un seau de glace.

J'étais encore sous le choc de ma confrontation avec Capers et renversai du bourbon en me servant un verre, avant de m'effondrer dans un fauteuil.

« Je savais que tu allais venir. Comme si je l'avais rêvé, dit Ledare. Alors, tes commentaires sur cette rencontre avec le prince des ténèbres ?

— Tu vois un inconvénient à ce que je brise cette bouteille et sectionne tous les artères et vaisseaux sanguins de mon corps ? » dis-je.

Ledare envoya promener ses sandales et replia ses jambes sous elle. J'avalai une gorgée de bourbon.

« Je déteste cette ville, je déteste cet Etat, je déteste cette soirée, et ces gens, et mon passé, et mon présent, et mon avenir... La seule chose à quoi j'aspire vraiment, c'est ma mort. Ce qui fait de moi un exemplaire extrêmement rare parmi les êtres humains qui, eux, semblent craindre la mort par-dessus tout — mais je vois en elle de longues vacances payées, où je n'aurais plus jamais à penser à la Caroline du Sud, ni à Capers Middleton. »

Ledare se mit à rire et dit : « Dans les films, c'est le moment où l'héroïne est censée prononcer une phrase bien importante et bien sentie, du genre : "Je sais que tu sors d'une épreuve pénible, chéri, mais tu ne me trouves pas mignonne ?" Puis tu me regardes, tu me désires follement, et tu te rends compte que la nuit commence à peine et que nous avons la vie devant nous.

— C'est comme ça que ça marche dans les films ? dis-je.

— C'est aussi comme ça que ça marche dans la vraie vie, dit-elle.

— Je suis donc censé te trouver "mignonne".

— Je préférerais "irrésistible" », dit-elle.

Je la regardai et, comme toujours, appréciai ce que j'avais sous les yeux.

« Je m'en suis pris à Betsy, dis-je d'un ton geignard. La pauvre ne m'a jamais rien fait, et je lui ai

229

littéralement sauté à la gorge. Tout cela parce que j'en avais après Capers.

— Rien ne pouvait me faire plus plaisir, répondit Ledare. Tu sais, il n'y a rien de plus humiliant que de voir tes enfants élevés par une gamine.

— Nous avons tous les deux été traînés en justice pour la garde de nos enfants. Comment Capers a-t-il réussi à gagner? Moi, je me disais que j'avais de fortes chances de perdre Leah, et je comprends pourquoi, mais je suis sûr que tu es une bonne mère.

— Bonne, mais pas futée. J'ai pris beaucoup de poids après la naissance de Sarah. J'ai commis l'erreur de ne pas le reperdre aussitôt. J'ignorais que Capers était dégoûté par les femmes trop grosses. Ce en quoi il ne se distingue pas vraiment des mâles de ce pays. Vous autres hommes ne serez contents que lorsque la boulimie fera partie du contrat de mariage. Bref, Capers entama une série de liaisons qui se terminèrent avec la charmante Betsy.

— Mais les enfants?

— Il me fallut environ un an pour me défaire des kilos qui avaient amené Capers à se défaire de moi, dit-elle à l'obscurité ambiante. Entre-temps, il avait accrédité l'idée que j'attachais plus d'importance à mon activité de scénariste qu'à mon mariage. Nous nous sommes séparés et je suis partie m'installer à New York avec les enfants. J'ai commencé à sortir un peu avec n'importe qui. Pas très regardante. Ni très prudente. Sale période, Jack. Dont j'ai honte encore aujourd'hui. Mais cela m'a aidée à tempérer un peu ma haine pour Capers. Etre mariée avec lui, c'était vivre sous une chape de glace. Il m'a fait ce qu'il t'a fait à toi : détective privé, photos, etc. Un des gars était noir, un écrivain rencontré pendant une tournée de promotion chez les libraires. Deux ou trois étaient mariés. C'est comme cela qu'il m'a volé mes enfants.

— Tu veux que je retourne là-bas lui casser la gueule?

— Tu as toujours envie de casser la gueule à quelqu'un?

— Je préfère considérer ma réaction comme héroïque. En plus, Ledare, je suis un mec. Je sais ce qui embête les autres mecs, ce qu'ils redoutent vraiment. Se faire casser la gueule arrive en tête de liste. Par ailleurs, tu sais bien que je cherchais simplement à te réconforter.

— Si tu tiens à me réconforter, dit-elle, dis-moi que tu vas le tuer. Lui casser la gueule, ce n'est pas suffisant. »

Ledare prit ma main gauche qu'elle souleva pour la tenir dans le peu de lumière que la véranda extorquait encore au fleuve. Deux fois, elle fit tourner mon alliance autour de mon doigt. J'ai de petites mains, qui semblent appartenir à un homme nettement moins grand que moi.

« Pourquoi portes-tu encore ton alliance ?

— Parce que je n'ai jamais divorcé. Et je ne suis pas remarié. Elle me rappelle Shyla.

— Il est mignon, ce Jack ; sous sa rude écorce, il cache un tendre cœur.

— Non, mais cela aurait été le cas si j'avais eu un autre père que le mien.

— Je viens juste d'avoir une passe d'armes avec ma mère, dit Ledare. Chaque fois que j'entends sa voix, il me vient des envies d'être orpheline.

— Tu trouves bizarre que je porte toujours mon alliance ?

— Non, je t'ai dit que je trouvais ça mignon.

— Mais un peu bizarre.

— Un petit peu. Tu la retires lorsque tu sors avec une dame ?

— Cela ne m'arrive pas souvent.

— Pourquoi ?

— Quand une femme que l'on aime se suicide, on se pose certaines questions, Ledare. Même si l'on sait que des forces complexes — des forces dont je ne sais pas grand-chose et que je n'ai jamais comprises — ont contribué à la pousser vers la mort, le fait est que j'ai bien dû jouer un rôle. J'y pense chaque fois que j'appelle une femme pour l'inviter à dîner.

— Tu te dis que la femme qui accepte de dîner avec toi risque de se suicider ? »

Je ris de sa moquerie. « Non. Tu te dis que si elle te plaît et que tu lui plais, et qu'il y a ensuite beaucoup de dîners, et beaucoup de baisers, et une belle robe blanche, tu risques encore d'être appelé à la morgue pour reconnaître un corps...

— Je suis désolée pour cette remarque, Jack. Je te demande pardon.

— Chaque nuit de ma vie, je vois Shyla sauter dans le vide. C'est un rêve qui se greffe automatiquement sur tous les autres. Supposons que je sois en train de faire du kayak dans une rivière en Alaska, elle va surgir d'une forêt en contre-haut et sauter d'une falaise. Ou bien si je marche dans une rue d'Amsterdam, le long d'un canal, je vais entendre un hurlement, et Shyla va faire un grand bond dans le vide depuis le haut d'une de ces superbes maisons qui se pressent le long de tous les canaux, et moi je plonge pour la sauver. Quand j'ouvre les yeux dans l'eau, il y a mille Shyla qui flottent autour de moi, toutes mortes.

— Tu dois vraiment attendre avec impatience le moment d'aller te coucher.

— Le temps du sommeil n'est pas le moment de la journée que je préfère. »

Il y eut un moment de silence. « Comment as-tu réussi à garder Leah ? demanda calmement Ledare.

— Qu'est-il arrivé à votre chêne ? dis-je en me redressant sur mon siège, histoire de changer de sujet. Vous aviez le plus beau chêne de la rue.

— Capers, dit-elle. Pendant tout le temps que nous avons été mariés, il a estimé que ce chêne bouchait la vue et empêchait de voir les couchers de soleil sur le fleuve. L'année où les choses se sont définitivement dégradées, il sortait régulièrement dans le jardin avec toute son équipe de collaborateurs. Ils tenaient tous ce qui ressemblait à des chopes de bière et faisaient semblant d'admirer le coucher du soleil.

— Ça n'a aucun sens.

— En fait, dans ces chopes, ils avaient un désherbant puissant. Tout en admirant le soleil couchant,
chacun versait subrepticement le désherbant au pied
de l'arbre. Il a fallu environ six mois pour que ce
pauvre chêne se mette à périr. Tout le monde était
furieux à Waterford, mais Capers a nié en bloc.

— Tu étais au courant?

— Bien sûr que non, dit-elle. C'est un membre de
son équipe qui me l'a raconté des années après. Mais
mon père a soupçonné Capers d'emblée.

— C'est drôle, je suis arrivé à un moment de ma
vie où je préfère un chêne à un être humain. Putain,
j'aime encore mieux le chiendent que Capers Middleton.

— Il reste persuadé que vous allez redevenir amis,
comme avant.

— Plus après ce soir, à mon avis, dis-je.

— Revenons à Leah, dit-elle. Raconte le procès
pour la garde de l'enfant.

— Les parents de Shyla m'ont, assez naturellement, tenu pour responsable de la mort de Shyla.
Après l'enterrement, j'ai eu un de ces abominables
coups de dépression. Mes frères m'ont fait admettre
à l'hôpital de Columbia où l'on m'a mis aux anti-
dépresseurs. Il a fallu du temps pour que les médicaments me redonnent un peu d'entrain et l'envie de
jouer au fer à cheval avec les autres patients.

— Où était Leah pendant cette période?

— Elle habitait chez les Fox qui, évidemment,
pleuraient la mort de Shyla. Leah était déjà merveilleuse. L'idée leur est venue, assez innocemment j'en
suis certain, que Leah pourrait remplacer Shyla. Ils
ont demandé la garde officielle de l'enfant alors que
j'étais encore hospitalisé.

— Comment as-tu fait pour gagner en étant dans
un hôpital psychiatrique?

— Mon frère Dupree travaille dans cet établissement. Il est venu me dire ce qu'avaient fait les Fox.
La colère est un antidote puissant à la dépression.
L'insupportable douleur d'avoir perdu Shyla s'est
transformée en colère contre ses parents qui ten-

taient de voler notre enfant. Le père de Shyla a témoigné pendant le procès que j'avais battu régulièrement sa fille... la liste des atrocités a duré, duré. Il mentait, mais ils étaient prêts à tout pour garder Leah, garder quelque chose de Shyla.

— Pas étonnant que tu sois parti en Italie.

— Ma famille a fait front autour de moi. Mon frère Dallas a pris le dossier gratuitement. Les Fox se sont écroulés pendant le contre-interrogatoire. Shyla avait laissé une lettre avant de mourir. Ensuite ma famille a témoigné de mes qualités de père. Je n'avais jamais soupçonné chez eux ce genre de dignité... une grandeur d'âme, envers et contre tout ce qui nous était arrivé. J'ai vu une famille dont j'ignorais qu'elle pouvait être la mienne, ce qui explique pourquoi ils ont été si blessés par mon départ pour l'Italie, peu de temps après le procès, et sans perspective de me revoir un jour.

— Je ne peux pas les blâmer.

— J'ai tout fait de travers, admis-je. Mais je ne peux plus rien changer maintenant.

— Shyla n'aurait pas aimé que tu quittes définitivement le pays, le Sud. »

Percevant une pointe de reproche dans la douceur de sa voix, je la regardai.

« J'avais besoin de prendre mes distances par rapport au Sud, finis-je par dire. Je trouve épuisant de penser au Sud, excessivement stimulant d'y vivre, quant à tenter d'analyser le Sud, c'est la folie assurée.

— Si Mike ne réalise pas ce projet, j'aimerais bien écrire sur nous tous, dit Ledare.

— Fais-moi naître à Charleston, dis-je. Comme ça ta mère ne sera pas obligée de désinfecter les marches chaque fois que je me présente à la porte.

— Elle ne le fait pas chaque fois, dit Ledare. Elle aimerait simplement que tu apprennes l'usage de l'entrée de service.

— Comment ça va avec tes parents ?

— Papa me regarde et pense : "mauvaise graine". Les yeux de maman se voilent et elle se dit : "mauvais ovule". Ils sont tous les deux pris de haut-le-cœur lorsqu'ils songent que leur fille a gâché une occasion d'être épouse de gouverneur.

— Si ce type devient gouverneur, les oiseaux éviteront de survoler cet Etat pour leur migration d'hiver.

— Signe pour le film, Jack, dit soudain Ledare.

— Pourquoi ? demandai-je. J'ai tellement l'impression qu'il ne faut pas. Trop de signes indicateurs de danger.

— Nous pourrons apprendre à nous connaître en tant qu'adultes, dit-elle. Je risque de te plaire, en grande personne. »

Ledare bougea le bras pour me prendre la main.

« C'est bien le plus gros des dangers », dis-je.

14

Le lendemain matin, sous la douce lumière du soleil, j'empruntai la route à deux voies à travers bois et marais, avec les ponts enjambant les petits fleuves côtiers allant rejoindre l'océan Atlantique. Un Noir jetait son crevettier depuis un pont. Le filet se déploya au-dessus de la marée basse, virevoltant comme un tutu de danseuse, avant de dessiner un cercle de chanvre parfait qui heurta la surface de l'eau et sombra rapidement par le fond. J'imaginai les mailles s'enfonçant dans la vase, prenant au piège tout rouget, crabe ou crevette qui passait par cet arc de cercle, et je me demandai où pouvait être mon crevettier à moi... Et puis aurais-je encore la patience de remplir une glacière de crevettes, lorsqu'elles étaient rapides et pleines de vigueur, au printemps ?

En franchissant le petit pont au-dessus du Bazemore, je songeai à la carte accrochée dans le bureau, chez mon père. Il s'agissait d'une projection de Mercator représentant le Gaston Sound, avec Waterford la ville, et Waterford le fleuve. Elle marquait les limites des eaux territoriales et de la zone contiguë, et c'est sur cette carte que j'avais découvert la beauté potentielle d'une simple compilation d'informations utiles. La ville était située à la latitude 32°15', le plein de la mer correspondait à une montée moyenne de sept pieds et demi des eaux du Waterford. De petits chiffres très précieux couraient en graffiti méticuleux le long de chaque cours d'eau et bras de mer, indiquant chaque fois la profondeur moyenne de l'eau à marée basse. J'avais adoré étudier cette carte parce qu'elle constituait une explication imprimée sur le papier de l'endroit où j'avais été placé sur la Terre. C'était un hymne au lieu en tant que tel, un chant de gloire à la notion d'espace mesurable. Je passai d'une île à l'autre, au milieu de terres salées qui changent la vision que l'on peut avoir de la couleur verte, entre des salons de beauté pour Noires et des stations-service fermées. Je voyais chaque détail de la carte, tandis que l'odeur quasi animale du marais embrasait mes sens.

Arrivé à l'île d'Orion, je m'arrêtai pour décliner mon nom à la garde assurant la sécurité devant la barrière. Elle me toisa avec férocité comme si j'étais venu piller toute l'argenterie et la porcelaine de l'île. Puis elle me remit à regret un laissez-passer temporaire avant de m'indiquer le chemin de la maison des Elliott.

« Ne donnez pas à manger aux alligators, m'intima-t-elle.

— Que vais-je faire du chien mort que je trimbale dans le coffre ? » demandai-je en appuyant sur l'accélérateur.

Les Elliott habitaient une belle maison à étage donnant sur l'océan. Je toquai à la porte et n'attendis que quelques instants avant de voir Celestine ouvrir et se jeter dans mes bras.

« Tu es toujours costaud, dit-elle.

— Vous êtes toujours jolie, dis-je.

— Mais non. J'aurai soixante-huit ans le mois prochain », dit Celestine, qui avait bien tort. Son visage avait une beauté naturelle que le temps pouvait modifier mais jamais effacer complètement.

Celestine Elliott avait toujours incarné aux yeux de tous la parfaite épouse de militaire, l'humble servante de l'extraordinaire progression de son mari dans la hiérarchie du corps des marines. C'était une femme qui éblouissait sans effort, et dont le mari paraissait beaucoup mieux qu'il n'était en réalité, simplement parce qu'il avait su garder à ses côtés une femme à ce point hors du commun. Elle possédait le don de l'attention absolue, surtout lorsqu'elle parlait avec des gens susceptibles de favoriser la carrière de son mari.

De nombreuses personnes, dont Celestine, pensaient que le général Rembert Elliott serait devenu chef suprême du corps des marines s'il n'avait jamais eu d'enfant. Son seul fils, Jordan, avait fait plus de dégâts dans sa carrière que la balle japonaise qui l'avait quasiment tué pendant la bataille de Tarawa.

Celestine me fit entrer dans la salle de séjour et nous servit deux tasses de café tandis que je regardais l'Atlantique où un navire voguait vers le nord en direction de Charleston.

Une fois assis, nous commençâmes par échanger quelques plaisanteries, puis je lui tendis un sac très élégant de chez Fendi, contenant deux lettres et plusieurs cadeaux de son fils.

« Il y a un problème », Celestine, dis-je calmement.

Une voix grave résonna en écho, sans lui laisser le temps d'articuler un mot. « Un problème de taille, comme tu n'en as jamais connu, ma chère. »

Rembert Elliott, général des marines jusqu'au bout des ongles, fixait sa femme d'un regard bleu aussi pur et limpide que l'air marin. Il était debout dans le coin de vestibule menant à la porte de derrière. Le visage de Celestine se vida de son sang et je tendis tranquillement le bras pour prendre les deux lettres qu'elle avait dans la main.

« Donne-moi ces lettres, Jack, ordonna le général.

— Elles sont à moi. C'est moi qui les ai écrites, dis-je, après m'être levé.

— Tu es un menteur. Ma femme et toi, vous mentez tous les deux, dit l'homme dont la fureur était si évidente que son visage en devenait presque indécent. Tu es une traître, Celestine. Ma propre femme, une traître.

— Et votre partie de golf à Hilton Head, général ? » demandai-je.

Je ne m'attendais pas à le trouver dans la maison.

« C'était une ruse pour vous surprendre tous les deux en flagrant délit, dit-il.

— C'est ce qui s'appelle un mensonge, dis-je. Bienvenue au club.

— Capers Middleton m'a donné ces photos prises à Rome », dit le général. Il allait les tendre à sa femme mais se ravisa et préféra les jeter violemment sur le sol. Celestine ne fit aucun commentaire en ramassant les photos. Le goût de l'ordre était chez elle une seconde nature, même pendant les assauts les plus furieux de son mari. Elle prit le temps de regarder l'un des clichés montrant la pâleur ascétique de son fils.

Puis Rembert Elliott fit une chose qui surprit sa femme autant que moi. Il recula tandis que Celestine récupérait les photos éparpillées, il était figé par le doute, incapable de décider de la suite de son action. Débarquer et prendre d'assaut des falaises fortifiées était sa spécialité, mais la tête de pont qu'il avait à présent devant lui semblait trop dangereuse pour une attaque frontale. Il fallait des stratégies subtiles à base de camouflage, de ruses et autres encerclements secrets. Le général n'avait suivi aucun enseignement de l'école de guerre lui permettant d'affronter sa petite famille avec plus d'aisance et moins de sources de discorde. Même sa femme, qui le défiait maintenant du regard, ressemblait à un éclaireur des lignes ennemies, infiltré dans sa propre maison en passant sous les barbelés afin de piéger sa cuisine.

Lorsque cet homme d'action se trouva dans l'impossibilité d'agir, je profitai de cette paralysie incongrue. Le laissant bloqué dans son élan, je montai dans la salle de bains du premier où je déchirai les lettres de Jordan en confettis avant de les faire disparaître dans la cuvette des cabinets. A mon retour, aussi bien Celestine que le général étaient assis, chacun occupé à évaluer le renouveau de sa méfiance envers l'autre.

« Tu m'as fait assister à un service religieux à la mémoire d'un fils qui m'avait déshonoré, alors que tu savais qu'il était vivant ? demanda le général.

— Je le croyais mort, répondit-elle.

— Pourquoi est-ce que tu ne m'as pas prévenu quand tu as appris ? »

C'est moi qui répondis : « Parce que vous le détestez, général. Vous l'avez toujours détesté, et Jordan le savait, Celestine le savait, je le savais, vous le saviez. Voilà pourquoi elle ne vous a rien dit.

— J'avais le droit de savoir, insista le général. C'était ton devoir de m'avertir.

— Je ne suis pas un marine, chéri. Un détail que tu sembles avoir du mal à retenir.

— Ton devoir d'épouse, corrigea le général.

— Si nous parlions de ton devoir de père, contre-attaqua-t-elle avec colère. Parlons un peu de la façon dont tu as traité ton fils depuis le jour de sa naissance. Avec moi qui restais à te regarder tyranniser et tourmenter le merveilleux, l'adorable garçon que nous avions comme fils.

— Enfant, il était efféminé, dit le général. Tu sais que c'est la chose au monde que je ne tolère pas.

— Il n'était pas efféminé, répliqua-t-elle. Il était gentil, mais pour toi il n'y a pas de différence.

— Il aurait fini par rejoindre la clique, si je t'avais laissé la charge de son éducation, répliqua son mari, sur un ton accusateur teinté de mépris.

— Quelle clique ? interrogeai-je.

— Il serait devenu homosexuel, expliqua Celestine.

— Ah ! l'horreur absolue, dis-je. La malédiction pire que la mort.

— Exactement, dit-elle.

— Je n'aurais pas exercé cette pression sur Jordan si tu avais été capable de porter d'autres enfants, dit le général.

— Evidemment. C'est tellement commode de tout mettre sur mon dos.

— Le loup solitaire fait toujours un mauvais soldat, dit le général Elliott. Il représente un danger dans toutes les compagnies. Il est incapable d'en rabattre sur son ego au nom de l'intérêt général.

— Ce qui est ton cas, chéri, dans le cadre de ta famille, dit Celestine.

— Tu n'as jamais rien compris à l'esprit militaire. »

Elle rit avant de lancer : « Je ne le comprends que trop bien, au contraire.

— Pendant quatorze ans j'ai cru mon fils mort, dit le général en se tournant vers moi. Tu t'attendais à quelle réaction de ma part ?

— De la joie, suggérai-je.

— J'ai déjà informé les autorités compétentes, dit le général.

— Tu leur as dit quoi ? demanda Celestine.

— Le nom de l'église où ont été prises ces photos, dit-il. Et la possibilité qu'il ait commis un crime. Tu vas devoir répondre à beaucoup de questions, Jack.

— Pour lesquelles j'aurai peu de réponses, général, dis-je.

— Je suppose que tu as détruit ces lettres, dit-il.

— De simples notes que j'ai écrites pour Ledare Ansley, dis-je.

— Dis-lui que je serais contente de la voir, dit Celestine. J'ai entendu dire qu'elle était en ville.

— Jack, dit le général, je pourrais te faire arrêter pour avoir caché un fugitif.

— Je n'en doute pas, répondis-je. Sauf que personne n'est accusé de crime. Et que celui que vous soupçonnez de crime est apparemment mort.

— Est-ce que tu nierais que c'est mon fils, sur ces photos ? dit le général.

— En Italie, je suis limité aux confesseurs qui parlent anglais, dis-je.

— C'est bien Jordan, n'est-ce pas, Jack ? dit le général, d'une voix imprudemment pressante.

— Je ne peux pas vous le dire, dis-je.

— Tu veux dire que tu refuses, dit-il. Celestine?

— Chéri, je n'ai aucune idée de ce dont tu parles, dit-elle.

— Tous ces voyages en Italie, dit le général. Je croyais que c'était ta passion pour l'art.

— L'art est toujours un des temps forts de ces voyages, dit Celestine.

— Je déteste les musées de peinture, me dit le général Elliott. C'est là qu'elle rencontre Jordan. Je vois clair, à présent. »

J'observai le général et j'eus un bref pincement de sympathie pour cet homme émotionnellement limité et solidement noué. Sa bouche était mince comme une lame de couteau. Il était petit mais trapu, la soixantaine très avancée, et dans ses yeux brûlait un frémissement bleu capable de terroriser les hommes et de charmer les femmes. Depuis toujours, les gens avaient peur de Rembert Elliott, qui en avait toute sa vie éprouvé beaucoup de plaisir. Il faisait partie de ces hommes dont l'Amérique a besoin en temps de guerre mais dont elle ne sait que faire lorsque l'armistice est signé.

A l'instar des autres hommes ayant passé le plus clair de leur vie à s'entraîner à tuer des soldats ennemis, Rembert Elliott avait fait un père et un mari consternants. Depuis le premier jour de leur mariage, il avait traité sa femme comme un adjudant que l'on tance pour inaptitude. Quant à Jordan, il avait grandi entre les baisers de sa mère et les coups de son père.

Le général se leva pesamment pour aller étudier encore les photos.

« Ce prêtre, c'est mon fils, n'est-ce pas? me dit-il.

— Comment diable pourrais-je le savoir? dis-je. C'est mon confesseur. Vous devriez fréquenter davantage les églises, général. Vous remarqueriez cette petite clôture qui sépare le prêtre du pauvre pécheur. Elle a une fonction. Celle d'empêcher toute identification.

— Tu prétends qu'il ne s'agit pas de mon fils? dit le général.

241

— C'est mon confesseur, répétai-je. Aucun tribunal ne peut faire témoigner mon confesseur contre moi, et vice versa.

— Je crois que c'est mon fils.

— Super. Je suis heureux pour vous. Enfin réunis. Vous n'aimez pas les histoires qui finissent bien ? »

Celestine vint se planter devant son mari qu'elle regarda droit dans les yeux.

« C'est Jordan, Rembert, dit-elle. Chaque fois que nous sommes allés à Rome, je lui ai rendu visite. Je te raconte que je vais faire des courses.

— Menteuse. Menteuse, murmura le général.

— Non, chéri, susurra-t-elle. Mère. Mère. »

Le général se tourna de nouveau vers moi. « Tu as donc joué les messagers.

— C'est une façon de présenter les choses, répondis-je.

— Je l'éduquais pour en faire un officier des marines, dit le général.

— Pour moi, c'était l'archipel du goulag, dis-je.

— Jordan a accédé à l'adolescence pendant les années soixante, dit-il. C'est ce qui l'a détruit. Pas un de vous ne connaît le sens des mots fidélité, patriotisme, sens des valeurs, ou éthique. »

Je ripostai : « Mais demandez-nous si nous savons ce que veut dire mauvais traitements à enfant.

— Vous êtes une génération de menteurs et de lâches. Vous vous êtes dérobés à vos devoirs envers votre pays lorsque l'Amérique avait besoin de vous.

— Je viens d'avoir la même conversation stupide avec Capers Middleton, dis-je. Alors permettez-moi de résumer rapidement : une guerre nulle, déclenchée par des hommes politiques nuls, menée par des généraux nuls, et cinquante mille jeunes passés aux profits et pertes sans l'ombre d'une raison valable.

— La liberté vaut bien que l'on meure pour elle.

— Celle de l'Amérique ou celle du Viêtnam ?

— Les deux », dit-il.

Je traversai alors la pièce pour serrer Celestine dans mes bras. « Il est dans un autre monastère, dans un autre quartier de Rome. Il est en sécurité, lui dis-je. Désolé d'avoir dû détruire ses lettres. »

Et de sortir de la maison.

Comme je montais dans la voiture de ma mère, le général Elliott parut sur le pas de la porte et me cria : « McCall !

— Oui, général.

— Je veux voir mon fils.

— Je le lui dirai, général. Il n'a jamais eu de père. Il risque d'apprécier cette idée.

— Tu veux bien organiser une rêncontre ? demanda le général Elliott.

— Non, absolument pas.

— Puis-je savoir pourquoi ?

— Je n'ai pas confiance en vous, général, répondis-je.

— Tu as une autre suggestion ? demanda-t-il.

— Attendre, répondis-je.

— Tu ne crois pas qu'un homme puisse changer, n'est-ce pas ? » demanda-t-il.

Je regardai cet homme rigide, dépourvu de spontanéité et dis : « Effectivement.

— Au temps pour toi, dit le général. Moi non plus, je ne le crois pas. »

Celestine arriva précipitamment sur la véranda. « Jack, dit-elle. Fonce directement à l'hôpital. Tee vient d'appeler. Ta mère est sortie du coma. »

Tous mes frères sauf John Hardin m'attendaient dehors, devant l'entrée principale de l'hôpital, lorsque j'arrivai. Je sautai littéralement hors de la voiture, et ils firent cercle autour de moi, non sans me bousculer sérieusement pour m'embrasser.

« Maman, cria Tee. Elle a gagné.

— Serait-elle dure à cuire ? dit Dupree.

— Ce n'est pas un vague cancer qui aura sa peau, dit Dallas.

— Je ne pouvais pas m'empêcher de penser qu'elle faisait semblant d'être à l'article de la mort, dit Tee. Juste histoire que je me sente coupable. »

Dupree lança une bourrade dans l'épaule de Tee. « Maman a mieux à faire que de t'enfoncer dans la culpabilité.

— Ah oui ? Quoi, par exemple ? dit Tee, provocateur.

— C'est vrai. Quoi, par exemple ? renchérit Dallas.

— Le Dr Pitts est le seul à l'avoir vue. Il trouve que ce serait une bonne idée que tu sois le premier à entrer dans sa chambre, dit Dupree.

— Maman, dis-je. Maman. »

Nous avons recommencé notre pantomime démonstrative et Tee se débrouilla pour prendre ma main et la tenir un instant, comme il faisait quand il était tout petit et que j'étais pour lui le plus formidable et le plus gentil de tous les grands frères.

Les infirmières avaient sorti Lucy de la salle de soins intensifs et la famille s'était réunie dans une autre salle d'attente, plus gaie.

Une ambiance euphorique régnait sur nous tous, et même le taciturne père Jude semblait soulagé par la tournure prise par les événements. Nous fîmes cercle autour du Dr Pitts pour l'écouter répéter ce que lui avait dit le médecin. Tandis qu'il nous parlait de la baisse de la température, de la stabilisation de la tension artérielle, du lent retour à la conscience, mes frères et moi avions l'impression d'être des prisonniers à qui l'on annonçait une amnistie. Après toutes ces heures vécues dans la frousse et le découragement, l'optimisme avait un goût étrange, l'exubérance relevait de l'exotisme.

« Et si vous entriez voir votre mère, Jack ? dit le Dr Pitts.

— Raconte-lui quelques blagues, dit Tee. Dans son état, se tordre de rire est excellent.

— J'en doute un peu, dit le Dr Pitts.

— Tee n'a jamais ébloui personne par la qualité de sa pensée », dit Dallas.

Ils étaient encore en train de discuter lorsque je les quittai pour me rendre dans la chambre individuelle où se trouvait ma mère.

Ses yeux étaient fermés, mais son visage avait encore une beauté remarquable pour une femme de cinquante-huit ans. Je ne lui avais pas parlé depuis cinq ans, et cette idée me déchira tandis que j'approchais du lit. J'étais parti à Rome pour me sauver moi, sans songer une seconde à la cruauté désinvolte qu'il y avait à sortir ainsi de la vie de tant de personnes. Lucy ouvrit les yeux et son regard bleu me fixa. Sans l'ombre d'un doute, ma mère était la femme la plus exaspérante, la plus ensorcelante, la plus entêtée et la plus dangereuse que je connusse. Elle prétendait tout connaître de ce qu'il y avait à connaître des hommes, et je la croyais. Elle avait un sens de la description tonique et raffiné. Son imagination était extraordinaire et impossible à contenir. C'était une menteuse prodigieusement douée qui n'accordait de toute façon aucune vertu particulière à la vérité. Quand elle entrait dans une pièce pleine d'hommes, elle pouvait susciter le même émoi que si quelqu'un avait jeté un serpent à sonnettes dans l'assistance. Et jamais de ma vie je n'avais vu de femme plus sexy. Une chose que nous avions apprise durement, mes frères et moi, c'est qu'il n'est pas facile d'être le fils de la femme la plus sexy, la plus aguicheuse, la plus légendaire de la ville où l'on vit. Pour ma mère, il n'existait aucun mariage qu'elle ne fût capable de briser. Elle se vantait d'avoir rencontré peu de femmes jouant dans la même catégorie.

J'attendis ses premières paroles.

« Apporte-moi du maquillage, dit Lucy.

— Bonjour, Jack, dis-je. Quel bonheur de te voir, mon fils. C'est que ça fait un sacré bout de temps.

— Je dois ressembler à une vieille sorcière, dit-elle. Est-ce que j'ai une tête de vieille sorcière ?

— Tu es très belle.

— Je déteste quand tu n'es pas franc.

— Tu as une tête de vieille sorcière, dis-je.

— C'est pour cela que je veux du maquillage, dit Lucy.

— Tu dois être fatiguée, dis-je sur un ton qui se voulait banal.

— Fatiguée ? dit-elle. Tu plaisantes. J'étais dans le coma. Je n'ai jamais été aussi reposée de ma vie.

— Alors tu te sens bien ? dis-je en guise de nouvelle tentative.

— Bien ? dit-elle. Je ne me suis jamais sentie aussi mal. Ils me bourrent de chimio.

— Je crois que j'ai compris cette fois, dis-je. Tu te sens mal mais très reposée.

— Tu as amené Leah avec toi ? demanda-t-elle.

— Non, mais elle t'embrasse.

— Ça ne suffit pas. Je veux la tenir dans mes bras, cette enfant, lui dire certaines choses, dit Lucy. Toi aussi. Il faut que je t'explique ma vie.

— Tu ne dois rien me dire du tout. Tu as déjà réussi à gâcher mon existence. Il n'y a rien à ajouter.

— Un peu d'humeur, on dirait.

— On dirait, oui.

— Je voulais vérifier. Sortir du coma fait un drôle d'effet. Comme si on devait s'extraire de sa propre tombe. Je suis toujours mignonne ?

— Une vraie poupée. Je te l'ai déjà dit.

— Amène-moi la femme de Dupree. Explique à Jean que j'ai besoin de maquillage, et en quantité. Elle connaît mes marques.

— Le coma n'est apparemment pas très efficace contre la vanité, dis-je, pour la taquiner.

— Mais pour maigrir, c'est royal, dit-elle. Je suis sûre que j'ai perdu près de trois kilos depuis que je suis ici.

— Tu nous as fait très peur.

— Cette leucémie va me tuer, Jack, dit-elle. A mon âge, c'est incurable. Tôt ou tard, je vais avoir une rechute et je mourrai. Le docteur pense que j'ai juste une bonne année.

— Je suis terrifié de t'entendre parler de cette façon.

— Il fallait que je le dise à quelqu'un. Je mentirai aux autres, dit-elle, et je la vis qui faiblissait. Je veux aller vous rendre visite à Rome, à Leah et à toi.

— Nous en serions ravis, dis-je.

— Il faut que j'aille te voir là-bas. Je ne sais pas à quoi ressemble ce pays. Il faut que tu me redonnes ton amour. C'est ce dont j'ai le plus besoin au monde. »

Je ne regardais pas ma mère, mais ses paroles

résonnèrent profondément en moi. Elle se tut, et lorsque je levai les yeux, elle était endormie. Lucy McCall Pitts à Rome... j'imaginai, avant de me dire que si l'Italie avait pu survivre à l'invasion des Huns, elle survivrait aussi à la simple visite de ma mère, aussi rusée et vindicative fût-elle. Elle dormait profondément à présent, et pour moi, son fils aîné, elle semblait éternelle, indestructible, elle était le centre de cette Terre. Dallas entra et me fit signe qu'il était temps pour moi de céder la place.

« Qu'a-t-elle dit? me demanda-t-il comme nous marchions dans le couloir.

— Pas grand-chose. Que je suis son fils préféré et qu'elle se serait fait ligaturer les trompes si elle avait su l'amère déception que représenteraient ses autres fils.

— Hum, refrain connu, dit-il. Et à part cela?

— Elle a réclamé du maquillage.

— Elle est sortie d'affaire, se réjouit Dallas. Sauvée. »

Tee et Dupree nous attendaient dans le vestibule. Tee parla à voix basse pour ne pas être entendu des autres dans la salle d'attente.

« J'ai une bonne nouvelle. Les problèmes de famille continuent. »

Dallas grogna, mais Tee poursuivit : « Grandpa vient d'appeler. Ginny Penn a disparu de la maison de repos.

— Non, ce n'est pas vrai, encore! dit Dallas.

— Elle n'ira pas loin, dit Dupree, toujours pragmatique. Elle est dans un fauteuil roulant. Ce n'est pas comme s'il fallait prévenir la police.

— C'est la troisième fois qu'elle s'échappe, dit Tee. J'ai vaguement l'impression qu'elle ne s'habitue pas.

— Grandpa ne peut pas la soulever, dit Dallas. C'est une mesure temporaire. Jusqu'à ce que son problème de hanche soit réglé.

— Elle croit que nous l'avons abandonnée », dit Dupree.

Nous nous entassâmes dans la voiture de ma mère après avoir quitté l'hôpital, et tandis que je traversais

la ville à bonne allure, Dallas réfléchissait tout haut :
« Trois routes, elle n'a pu prendre que trois routes, et
sur aucune elle n'a dû aller bien loin. Elle n'a pas
pris cette expérience de la maison de repos avec
sérénité.

— Je lui ai parlé au téléphone, dis-je. Elle déteste. »

Dix minutes plus tard, je prenais à gauche la
longue route pavée qui descendait vers le fleuve et la
maison de repos. Immédiatement, nous avons vu
notre grand-mère qui actionnait les deux roues de
son fauteuil, la mine résolue et farouche. Je la dépas-
sai, fis demi-tour dans une allée et revins me ranger
près d'elle.

Sans prêter la moindre attention à la voiture,
Ginny Penn continua d'actionner les deux roues
simultanément, comme un rameur remontant un
cours d'eau difficile. Elle transpirait, elle avait le
visage écarlate, mais elle était ravie de son escapade
et avait mis beaucoup plus de distance entre elle et la
maison de repos qu'il eût paru possible. Elle regarda
sur le côté, nous vit rouler au pas tout près d'elle,
éclata en sanglots. Elle nous regarda de nouveau,
puis accéléra le rythme, maltraitant ses épaules,
avant d'abandonner et de pleurer dans ses mains
rougies par les ampoules à venir.

« On peut te déposer, Ginny Penn ? demanda doucement Dallas.

— Laissez-moi tranquille, dit-elle entre deux sanglots.

— Ton médecin a appelé, dit encore Dallas. Il est
inquiet pour toi.

— Ce vieux débile, je l'ai viré. J'ai besoin qu'on
vienne à mon secours, les enfants. Il faut que quelqu'un m'aide, sinon je vais mourir là-dedans. Personne ne vous écoute quand vous êtes vieux. Personne n'écoute, et personne ne s'intéresse.

— Nous allons faire de notre mieux pour t'aider,
dis-je depuis la place du conducteur.

— Eh bien, repars vers cet hôpital et dis-leur :
"Nous sommes venus sauver notre grand-mère de ce

trou à rats." Prends toutes mes affaires. Et si tu tiens à rendre service aux personnes âgées de cette ville, descends la cuisinière. Elle n'est même pas capable de te servir une carotte crue sans la gâcher. »

Dallas me regarda en haussant les épaules. « Nous envisagions une méthode plus diplomatique.

— Alors contentez-vous de me laisser tranquille, gémit Ginny Penn. Je pars chez une amie. Je vais téléphoner.

— Quelle amie ? demanda Dallas.

— Je n'ai pas encore décidé. Ce n'est pas les amies qui me manquent dans tout le comté, et pour toutes, ce serait un honneur de s'occuper d'une dame comme moi. Je ne suis pas une rien du tout comme votre grand-père. Ma famille avait un nom.

— Allez, grand-mère, dis-je. Monte avec nous dans la voiture, nous allons nous occuper de toi.

— Vous, dit-elle, et son regard impérieux nous toisa. Vous serez toujours le bas peuple, vu vos origines. Votre pauvre mère, c'est une moins que rien, quant à votre père, ce n'est pas vraiment le gratin.

— C'est toi qui as élevé papa, fit remarquer Dallas. Tu ne peux pas te défausser entièrement.

— J'assume complètement, déclara notre grand-mère. J'ai épousé votre grand-père en pleine connaissance de cause, et je savais où je mettais les pieds. Je me suis mariée pour de mauvaises raisons, voilà.

— Par exemple ? dis-je.

— Il était beau à se pâmer, finit par répondre Ginny Penn. Bon sang, j'en avais des sueurs froides rien qu'à le regarder.

— Allez, assez de ces sornettes, Ginny Penn », dit Dupree qui ouvrit la portière et se dirigea vers sa grand-mère. Tee et moi la soulevâmes doucement de son fauteuil pour l'installer sur la banquette arrière de la voiture. On avait l'impression de porter une cage de petits oiseaux et elle tenait plus de la coque vide que du fruit mûr lorsque nous l'allongeâmes sur le dos. Elle n'avait plus la force de rester assise.

« Nous allons passer un marché avec toi, Ginny Penn, dis-je. On va essayer de te sortir de cet établissement, mais il faut d'abord que tu y retournes. Les choses doivent être faites correctement. »

Sauf que Ginny Penn était déjà endormie pendant que je parlais. Nous la ramenâmes et la confiâmes aux infirmières qui la réveillèrent et lui reprochèrent sévèrement sa conduite.

« Traîtres », gronda-t-elle pendant que l'infirmière les embarquait, elle et son fauteuil, vers sa chambre, sa cellule, son abandon.

Sur le chemin du retour pour raccompagner Dallas à son cabinet, nous observâmes tous un silence songeur.

« Ce doit être horrible de vieillir, finit par dire Dallas. Je me demande si Ginny Penn se réveille chaque matin en pensant que c'est son dernier jour sur cette Terre.

— Je crois qu'elle espère que c'est le dernier jour, dis-je.

— Nous ne lui avons pas dit que maman était sortie du coma, dit Tee.

— Pourquoi lui donner une raison supplémentaire de souffrir ? dit Dallas, ce qui nous fit tous rire.

— Toute sa vie, elle a voulu faire croire au monde entier qu'elle appartenait à l'aristocratie. »

Dallas dit : « Je crois que nous devrions commencer par nous prosterner devant elle chaque fois que nous la voyons, ça nous éviterait une bonne partie du laïus.

— Elle a le sang bleu, et nous, nous sommes du pipi de chat, dit Tee.

— Vous vous souvenez quand elle parlait de la plantation où elle a grandi ? demanda Dupree. Nous avons toujours cru que c'était un mensonge parce qu'elle ne nous y avait jamais emmenés.

— Burnside, dis-je. La célèbre plantation Burnside.

— Elle ne mentait pas, dit Dupree. La plantation a vraiment existé, et c'est là qu'elle a été élevée.

— Alors, elle se trouve où ?

— Sous les eaux, dit Dallas.

— Sous les eaux ? répétai-je en écho.

— Burnside se trouvait à l'extérieur de Charleston, près de Pinopolis. Lorsqu'on a construit un barrage sur le fleuve pour faire le lac Moultrie, Burnside a été recouverte par la montée des eaux provoquée par le barrage. Ginny Penn était une Sinkler par sa mère et Burnside était la plantation des Sinkler.

— Je comprends, maintenant, dis-je. Ginny Penn était tellement bouleversée après la perte de la demeure ancestrale, qu'elle s'est dépêchée d'épouser un Portoricain, notre grand-père.

— Elle n'a jamais réussi à raconter la fin de l'histoire, dit Dupree. Il est évident que l'engloutissement de sa maison a représenté pour elle un terrible signe de Dieu. Une sorte de présage néfaste.

— Comment tu as découvert tout cela? demanda Tee.

— Ma femme, Jean, se rend à Charleston deux fois par semaine. Elle travaille à sa maîtrise d'histoire. Un jour, en fouillant dans les archives de la bibliothèque de Charleston, dans King Street, elle est tombée sur un mémoire ayant pour sujet la famille Sinkler. Le nom de Ginny y figure deux fois. La maison était aussi jolie que l'a toujours affirmé Ginny Penn.

— Quel soulagement de savoir que du sang bleu coule effectivement dans ces veines fatiguées! dis-je.

— Moi, je suis content d'être un plouc, dit Tee. Ça me convient très bien. »

Dallas de contempler son jeune frère avant de dire : « Je suis bien d'accord.

— Tu n'es pas obligé d'approuver si vite, signala Tee.

— Ce sont plutôt les fréquentations de Tee qui devraient t'inquiéter, me dit Dupree.

— J'abonderai dans ce sens, dit Dallas.

— Attendez, j'adore mes amis. Des types super et des nanas extra, dit Tee.

— Un pêcheur de crevettes passerait carrément pour Rockefeller s'il franchissait le seuil de la porte de Tee, dit Dallas.

— Il a un faible pour les damnés de la terre, dit

Dupree. J'ai toujours eu envie de le voir s'intéresser au rayon du dessus.

— C'est plutôt mes frères qui laissent à désirer, dit Tee. Vlan! Attrapez! Bien jeté, non? Vous n'arrêtiez pas de me brutaliser quand j'étais gosse. Mais le p'tit Tee est devenu grand. Maintenant ses frères doivent le prendre au sérieux. »

De retour à la maison, nous avons regardé le coucher de soleil depuis la véranda du haut, celle où nous jouions ensemble lorsque nous étions gamins. Je me revoyais, assis sur le même fauteuil en rotin, plus de vingt ans auparavant, en train de donner son biberon à Tee tandis que ma mère, enceinte de huit mois de John Hardin, préparait le dîner, que mon père était à son travail, et que sur la pelouse de devant, Dupree apprenait à Dallas à taper dans un ballon de football. S'il n'y avait pas la mémoire, le temps ne signifierait rien. Pourtant nous étions réunis à l'endroit où la lumière était la plus belle, et la dernière lueur du jour plus belle encore que le reste. Nous nous retrouvions là pour dire au revoir à ces journées brunies et brûlées au soleil qui donnaient au fleuve la couleur opaque et tendre de sa retraite insomniaque.

De la cuisine quasiment vide de mon père, je remontai des bières fraîches achetées en route chez Ma Miller, avec des cacahuètes, des pickles, un morceau de fromage de Cheddar fort que je coupai en tranches fines pour mettre sur des biscuits salés avec de minces rondelles d'oignon rouge. Pour mes frères, la nourriture était un carburant, pas un plaisir, et ils avalaient à peu près tout ce que je pouvais leur servir. Le téléphone sonna et Dallas pénétra dans les fins fonds de la maison pour répondre.

Lorsqu'il revint, il annonça : « Maman vient de faire un vrai repas. »

Pour nous congratuler, nous levâmes nos verres au fleuve et à notre mère, qui de sa fenêtre d'hôpital avait vue sur le même cours d'eau, deux kilomètres en aval.

« Elle est tout de même costaud, dit Dupree en avalant une gorgée de bière.

252

— Pas assez pour battre la leucémie, dit Dallas. La prochaine fois, elle sera vaincue.

— Comment peux-tu dire une chose pareille? demanda Tee qui se leva d'un bond pour aller à la balustrade, sans nous regarder.

— Excuse-moi, dit Dallas. La réalité est ce qui me permet de supporter le pire... et le meilleur. »

Je voyais que Tee essuyait ses larmes dès qu'elles se formaient. Son émotion tendit un peu l'atmosphère et je dis : « C'est mon amour qui lui a permis de passer ce cap. Ma traversée héroïque de l'Atlantique pour être auprès de ma mère quand elle avait besoin de moi. »

Dallas sourit avant de protester : « Pas du tout, c'est l'amour discret de son troisième fils, souvent ignoré et souvent moqué, Dallas, qui l'a sauvée du sépulcre.

— Quel sépulcre? dit Tee. Comme si notre famille possédait un foutu sépulcre.

— Je m'accorde le droit d'être littéraire, dit Dallas. Il s'agissait d'une figure poétique.

— J'ignorais que tu faisais dans la littérature, dis-je.

— Je ne fais pas, dit Dallas, mais il me plaît de cultiver parfois certaines prétentions à la littérature.

— *Certaines*, ironisa Dupree. Avec tout le lot d'incertitude qui pèse certainement sur ce *certaines*.

— Cesse de pleurer, Tee, dit Dallas. J'ai l'impression de ne pas aimer assez notre mère. »

Tee de renifler : « Ce qui est le cas. Tu ne l'as jamais vraiment aimée.

— Faux, dit Dallas. J'étais un petit garçon, autrefois, et je ne voyais que par elle. Et puis j'ai grandi et j'ai appris à la connaître. Et j'ai évidemment été horrifié. Jamais je n'avais été confronté à un tel potentiel de duperie. C'était trop pour moi. Alors j'ai pris le parti de l'ignorer. Ce n'est pas un péché.

— Moi je l'adore en bloc, dit Tee. Bien qu'elle ait bousillé consciencieusement ma vie et viré toutes les petites amies que j'ai pu avoir.

— Ça, tu ne peux pas lui en faire le reproche, dit

Dupree. Tes petites amies étaient toujours des catastrophes ambulantes.

— Tu ne les connaissais pas comme moi.

— Dieu merci, dirent ensemble Dallas et Dupree.

— Tu as de la chance de pouvoir pleurer, dis-je à Tee. C'est une bénédiction.

— Tu as pleuré, toi, depuis que maman est malade ? demanda Dallas à Dupree.

— Non. Et je n'en ai pas l'intention, dit Dupree.

— Pourquoi ? demandai-je.

— Je n'ai pas envie d'être une femmelette comme Tee, moi », dit-il.

L'obscurité tomba sur nous et les étoiles s'allumèrent une à une dans le ciel de l'est. Je songeai à mes propres larmes, celles que je n'avais jamais versées sur Shyla. Dans les jours qui avaient suivi sa mort, je m'attendais à pleurer des torrents de larmes, mais il n'en était venu aucune. Sa mort m'avait tari et dans mon cœur, c'était le désert plus que la moiteur des forêts tropicales. Cette absence de larmes me contraria, avant de me faire peur.

Je me mis donc à observer les autres et découvris avec soulagement que je n'étais pas le seul homme à réagir ainsi. Je tentai de construire une théorie susceptible d'expliquer mon extrême stoïcisme devant le suicide de ma femme. Chaque explication se transformait en excuse, parce que si quelqu'un au monde mérita jamais mes larmes, ce fut bien Shyla Fox McCall. Ces larmes, je les sentais au fond de moi, secrètes et intactes dans leur mer intérieure. Elles étaient là depuis toujours. Je me dis alors qu'à la naissance, les hommes américains se voient allouer exactement autant de larmes que les femmes américaines. Mais parce qu'il nous est interdit de les verser, nous mourons beaucoup plus tôt que les femmes, d'une explosion du cœur, d'une poussée de tension, ou le foie rongé par l'alcool, parce que ce lac de chagrin que nous avons en nous ne peut pas s'évacuer. Nous les hommes, nous mourons d'avoir trop gardé les yeux secs.

« Une autre bière, Tee ? proposa Dallas. Ça te fera du bien.

— Je n'en ai pas besoin, vieux, dit Tee. Je pleure de joie.

— Non, dis-je. Tu pleures parce que tu peux pleurer.

— Si nous rappelions Leah ? suggéra Dallas.

— Excellente idée, dis-je en me levant pour me diriger vers la porte.

— Il se passe quelque chose, dit Dupree dans mon dos.

— Comment cela ? demanda Dallas.

— Personne n'a vu John Hardin, dit Dupree. Grand-père est passé chez lui, et on ne l'a vu nulle part.

— Il finira bien par réapparaître, dit Tee.

— C'est justement ce qui me fait peur », dit Dupree en scrutant l'obscurité. On voyait les lumières de l'hôpital à présent, de l'autre côté du fleuve, en aval.

## 15

Je ne sais pas pourquoi je suis toujours plus heureux lorsque je pense à un endroit où je suis allé ou bien où j'ai envie de me rendre, plutôt qu'à l'endroit où je me trouve. Il m'est difficile d'être heureux au présent.

Durant les longues soirées romaines, pendant les dîners peuplés de jolies comtesses à l'haleine fleurant le pinot grigio et au rire brillant et communicatif, il arrivait que mon esprit dérivât vers l'ouest, en dépit de ma promesse de ne jamais remettre les pieds dans mon pays natal. Mais je traînais Waterford avec moi comme une tortue porte le pesant fardeau de sa carapace. Le mal du pays résonnait en tendres échos discrets au fond de moi, jusqu'à ce que, fermant les yeux, je fusse dans les rues aérées de Waterford auxquelles la légèreté de ma nostalgie ôtait toute pesanteur.

A présent, parcourant Blue Heron Drive où se trouvait le cabinet de mon père et de mon frère, je sentais poindre en moi le regret du bruit et du chaos désordonné de Rome. Je gravis rapidement les marches et arrivai dans les bureaux du premier étage, à l'apparence miteuse et médiocre.

Dallas était en train d'écrire sur un bloc de papier jaune ligné, et il alla au bout de sa pensée avant de lever les yeux.

« Salut, Jack, dit-il. Bienvenue dans mon usine à dollars. Si tu permets que je termine, je suis à toi dans un instant. »

Dallas écrivit encore quelques lignes avant de mettre cérémonieusement un point final. « J'ai encore perdu deux clients aujourd'hui. Les gens ne réagissent pas très bien quand ils voient le fondateur du cabinet gerber dans le caniveau.

— Est-ce que l'affaire marche bien, financièrement, Dallas ?

— Le magazine « Money » vient m'interviewer tout à l'heure, dit-il avec une pointe de cynisme amer dans la voix. Et « Fortune » voudrait me dresser une statue, juste devant la porte de l'immeuble, à cause de ma marge brute d'autofinancement.

— Ça va mal ?

— Pas très bien.

— Papa n'est pas un appui positif ?

— Quand il n'est pas imbibé, oui. Il doit faire deux désintoxications par an, dit Dallas. C'est triste, parce que pendant ses périodes de sobriété je peux mesurer ses qualités de brillant juriste. Il va vraiment mal depuis que maman est tombée malade.

— Il va vraiment mal depuis plus de trente ans, dis-je. On peut dire qu'il ne fait pas de publicité pour l'alcool, lui.

— Il aime toujours maman.

— Je pensais que le nouveau mari allait éclairer sa lanterne », dis-je.

Je regardai mon frère, avec son air sérieux et son physique avenant.

« Pourquoi tu ne montes pas ton propre cabinet ? demandai-je.

— Il a besoin de moi, Jack. C'est tout ce qui lui reste, dit Dallas. Il n'a nulle part où aller. Au cas où tu n'aurais pas remarqué, notre père est un homme tragique.

— Quelle est sa contribution dans toute cette affaire ? demandai-je.

— Son passé de juge très respecté, dit Dallas. Ce n'est pas rien. Il fait du bon travail en salle d'audience, quand il n'a pas le cerveau noyé dans un litre de bourbon.

— Comment va grand-père ? demandai-je. Il assure encore quand les yankees débarquent pour chasser le chevreuil ?

— Il te dépèce un chevreuil en moins de temps qu'il ne te faut pour nouer tes lacets de chaussures, dit Dallas non sans un brin de fierté. Avant que tu repartes, il faudrait que nous allions tous là-bas faire un barbecue d'huîtres.

— Bonne idée. Mais tout dépend de l'état dans lequel sera maman, dis-je.

— Tu as du nouveau ?

— Je n'y suis pas encore allé aujourd'hui. Le seul poids psychologique de la famille m'épuise. Dupree et Tee sont déjà là-bas. J'y passerai dans l'après-midi. Je dois voir Max, auparavant. Il a laissé des messages pour moi un peu partout.

— Max est toujours notre client, dit Dallas. C'est un roc. »

J'allais partir, mais je m'arrêtai en plein élan et me retournai pour dire à mon frère : « Si jamais tu avais besoin d'un dépannage, Dallas, voudrais-tu m'en parler ?

— Non, Jack, je ne le ferais pas, dit Dallas. Mais c'est gentil d'avoir proposé. »

De retour dans la rue, je passai devant toutes ces boutiques familières dont l'existence était menacée par l'ouverture de centres commerciaux et de chaînes Wal-Marts. Je saluais des gens que je connaissais depuis toujours, mais je savais bien qu'il y avait une certaine réserve dans mon attitude, et elle se lisait dans la façon dont j'étais salué en retour.

La grande qualité des petites villes, c'est que l'on finit par y connaître tout le monde. C'est aussi leur grand inconvénient.

Je traversai la rue pour pénétrer dans le magasin de Max Rusoff. Je montai directement à l'étage pour accéder au bureau dans lequel Max était penché sur sa comptabilité, crayon en main. Ce crayon, à l'époque de l'informatique, résumait parfaitement le personnage.

« Le Grand Juif », dis-je, et Max se leva pour venir me saluer.

Quand il me serra dans ses bras, je sentis l'extraordinaire puissance physique du bonhomme, alors que sa tête atteignait tout juste ma poitrine.

« Et alors, Jack, où étais-tu fourré ? Max ne fait plus partie de tes priorités, on dirait. Moi qui devrais me trouver en tête de liste », gronda-t-il.

Je reculai d'un pas et tendis la main. « Vas-y, vieillard. Voyons si tu as toujours la poigne. »

Max eut un sourire pour répondre : « Mes mains ne sont pas vieilles, Jack. Pas mes mains. »

Devant moi se tenait un homme trapu, costaud, court sur jambes et bâti comme une bouche d'incendie. Rien que son cou semblait assez puissant pour tirer une charrue et je l'avais vu balancer des sacs de cinquante kilos d'aliments pour animaux à mon grand-père, comme s'il maniait des oreillers d'hôtel. Il paraissait à la fois solidement enraciné, et déployé en largeur. Lorsque j'étais petit, serrer la main de Max était une expérience aussi douloureuse que celle de se pincer les doigts dans une portière de Buick. Comme se faire mordre par une mécanique, plus grosse que la vie.

Depuis l'adolescence, j'essayais de faire toucher le sol à Max en lui serrant la main. J'avais dans l'idée que mon état d'homme adulte serait attesté le jour où Max demanderait grâce sous la puissance de ma poigne. Mais ce jour n'était jamais venu. C'était toujours moi qui terminais à genoux et suppliais Max de cesser tandis que les os de ma main étaient broyés douloureusement.

Nous nous serrâmes donc la main et Max s'offrit le luxe de s'amuser un peu de moi avant de me faire ployer avec des miaulements de douleur. Je m'assis en me frottant la main dans le bureau clair et bien installé qui jouissait d'une vue panoramique sur le fleuve.

« Les affaires marchent bien ? demandai-je, connaissant le plaisir que prenait Max à faire le numéro du pauvre commerçant américain.

— De quoi payer les factures, mais tout juste, dit Max. La situation pourrait être pire.

— Je me suis laissé dire que tu gagnais des mille et des cents, dis-je, taquin.

— Si nous avons encore un toit au-dessus de notre tête l'année prochaine, cela tiendra du miracle, se lamenta-t-il. Mais j'ai cru comprendre que les livres de cuisine te valaient les égards de ton banquier.

— Je n'ai pas vendu assez d'exemplaires pour acheter une paire de chaussures à ma fille, protestai-je.

— Tu as fait plus de quatre-vingt-dix mille exemplaires et il y a eu quatorze réimpressions, dit Max. Tu crois que je ne me tiens pas au courant de ce qui t'arrive ? Bien que tu sois parti te cacher en Italie comme un voleur ? J'ai l'impression que le percepteur a le sourire chaque fois que tu lui fais un chèque.

— Il n'est pas mécontent non plus le jour où tu payes tes impôts, Max.

— A propos d'argent, dit Max. Mike m'a dit qu'il t'avait vu. Ils font pleuvoir des déluges de dollars sur mon petit-fils, à Hollywood. Est-ce qu'il t'a raconté qu'il s'était marié une quatrième fois ? Encore une chrétienne. Une beauté, comme toutes les précédentes. Mais à la quatrième tentative, on pouvait penser que pour une fois il épouserait une Juive et ferait le bonheur de ses parents.

— Mike tente de faire son propre bonheur », dis-je pour défendre mon ami.

Max hocha la tête et déplora : « C'est le grand échec de sa vie. Là-bas, il fraye avec les *meshuga-*

259

*nahs*[1]. Il ne travaille qu'avec des dingues. Ou alors c'est lui qui les rend fous. Je ne sais pas dans quel sens ça fonctionne. Je suis allé lui rendre visite dans sa ville chic et toc, avec ma femme. Ses enfants, ils sont tous blonds. Ils n'ont aucune idée de ce que peut être une synagogue. Il vit dans une maison comme tu n'en as jamais vu. Pour moi, elle semble aussi vaste que la ville, sa maison. Et ses femmes, elles sont de plus en plus jeunes, au point que la prochaine risque d'avoir douze ans, si ça continue. Sa piscine est tellement grande que tu pourrais y faire un élevage de baleines. »

Je dis en riant : « Il a bien réussi.

— Dis-moi. Comment va ta mère ? Comment va Lucy ?

— Mieux, mais nous ne voulons pas nous faire trop d'illusions, dis-je.

— Je suis très triste pour vous tous, dit Max, mais bien content pour moi. C'est la seule chose qui a pu te ramener à Waterford. Pourquoi as-tu laissé Leah là-bas ?

— Tu le sais bien, Max, dis-je en détournant les yeux pour m'intéresser à un motif du tapis d'Orient.

— Je veux que tu aies une conversation avec Ruth et George pendant ton séjour. »

J'eus un haussement d'épaules.

« Ne hausse pas les épaules quand Max te dit quelque chose. Qui t'a donné ton premier boulot ? Je te pose la question.

— Max Rusoff, dis-je.

— Ton deuxième ?

— Max.

— Ton troisième, ton quatrième, ton cinquième... ?

— Max, Max, Max, dis-je, souriant de sa stratégie.

— Max s'est-il montré généreux envers Jack ?

— Formidable.

— Alors, fais plaisir à Max. Va voir Ruth et George. Ils n'ont déjà que trop souffert. Ils ont

1. Les fous, en yiddish. *(N.d.T.)*

260

commis une erreur. Ils le savent aujourd'hui. Tu verras.

— C'était vraiment une erreur de taille, Max,
dis-je.

— Parle avec eux. Je m'occupe d'arranger ça. Je
sais ce qui est bien. Tu n'es qu'un môme, et les
mômes ne savent rien.

— Je n'ai pas été môme très longtemps.

— Pour moi, tu seras toujours un môme », dit
Max.

En me levant pour partir, je dis : « Au revoir Max.
Je parle du Grand Juif à tous les gens que je rencontre en Italie. Je leur raconte les Cosaques et le
pogrom et ton départ pour l'Amérique.

— Arrête avec cette histoire de Grand Juif,
ordonna Max dont la voix était peinée et déconcer-
tée. Ce nom, c'est gênant.

— Je t'appelle le Grand Juif parce que c'est ainsi
que tout le monde t'appelle, dis-je.

— Ce nom me suit partout où je vais, dit Max.
C'est comme une tique rapportée de la forêt... facile
à attraper, mais difficile de s'en débarrasser.

— Ça vient de ton histoire en Ukraine.

— Tu ne sais rien de l'Ukraine, ni de la vie là-bas,
protesta Max. On exagère tout.

— C'est aussi ta vie à Waterford, dis-je. Mon
grand-père m'a raconté cette partie, et Silas n'exagère pas.

— Tu n'es pas allé voir ton grand-père, dit Max. Il
est blessé.

— Je courais les rues de la ville pour retrouver sa
femme, dis-je. Ginny Penn a encore fait une fugue
hier.

— Il n'empêche qu'il voudrait te voir.

— Mon temps est compté, Max. »

Max eut un hochement de tête dubitatif.

« Montre-moi l'objet dont tu t'es servi, dis-je, histoire de changer de sujet. Montre-moi ton arme.

— C'est un outil, dit-il. Pas une arme.

— Mais il t'est arrivé de l'utiliser comme une
arme, dis-je. Je connais l'histoire.

— Une fois seulement, il a fait office d'arme.

— C'est la seule chose que tu aies emportée du Vieux Continent. »

Max se dirigea vers le coin de son bureau où se trouvait un coffre-fort qu'il possédait déjà lorsque j'étais tout gamin, et dont il se mit à manipuler la combinaison. Après le déclic d'ouverture, il fouilla à l'intérieur et ressortit un coffret fabriqué à la main. Il ôta le couvercle, écarta un morceau de velours et exhiba un couperet de boucher qu'il aiguisait régulièrement. Dans la lumière, la lame ressemblait à une bouche très mince.

« Il vient de chez moi, à Kironittska, dit Max. J'étais apprenti boucher.

— J'ai envie d'entendre l'histoire, Max. J'ai envie de l'entendre encore une fois.

— On ne sait pas où peut mener l'amour », dit Max, commençant le récit que j'avais écouté une douzaine de fois du temps que j'étais gamin à Waterford.

Max était né en Ukraine, à une époque où tous les Juifs avaient obligation, par décret du tsar, de rester dans les lieux de regroupement. Ils menaient là une vie d'extrême pauvreté, dans les vingt-cinq régions de l'Ouest qui leur étaient réservées.

Max naquit le 31 mars 1903, dans la petite ville de Kironittska, benjamin d'une famille de quatre enfants. La dernière chose dont avaient besoin les siens était bien d'une bouche de plus à nourrir, car ce monde avait déjà peine à subvenir aux besoins de ceux qui existaient déjà. La pauvreté n'engendre aucune noblesse mais laisse partout son empreinte, et celle qu'elle devait laisser sur Max était indélébile et rendue plus épouvantable encore par le fait que son père était un mendiant professionnel qui gagnait sa survie incertaine en quémandant l'aumône chaque jour, sauf celui du sabbat, dans le dédale des rues commerçantes du quartier juif. Personne ne se réjouissait jamais à la perspective de subir les façons mielleuses de Berl, le Pique-Assiette, qui emplissait l'atmosphère de ses supplications et lamentations. Il emmenait souvent ses enfants avec lui, pour ces expéditions humiliantes où il réclamait de l'argent à des gens qui avaient travaillé dur pour le gagner. Si les Juifs montraient plus de tolérance à l'égard de leurs mendiants que les fidèles de la plupart des autres religions, on ne pouvait néanmoins tomber plus bas que Berl, le Pique-Assiette.

La famille vivait dans un taudis du quartier le plus pauvre d'une ville pauvre entre les pauvres, où la faim était le seul convive que bien des familles pouvaient espérer recevoir à leur table. La mère de Max, Peshke, vendait des œufs au marché découvert qui se tenait chaque jour sur la place de la ville, et les intempéries avaient gravé sur son visage ingrat les rudes graffiti des hivers russes. Tôt le matin, avant le lever du soleil, elle allait acheter des œufs chez les paysans; puis elle s'installait sur l'emplacement où elle avait la permission officielle de mener son négoce. L'impôt qu'elle payait pour cette patente était le seul ancrage légal de sa famille. Il était difficile de vendre assez d'œufs pour acheter de quoi manger chaque soir, et c'était avec une grande dose d'amertume qu'elle regardait son mari arriver subrepticement sur la place, et cette présence bruyante et voyante l'amenait à penser que Berl n'était sur cette Terre que pour la faire mourir de honte.

Pendant les premières années de sa vie, Max fut élevé et nourri par sa sœur Sarah, qui avait dix ans à sa naissance et reçut l'entière responsabilité de s'occuper de son petit frère et de son autre sœur, Tabel, qui avait sept ans.

Alors que Max avait trois ans, Tabel partit travailler à la fabrique de boutons et le père emmena donc son plus jeune fils dans ses tournées de mendicité au cœur de la ville. Berl avait enseigné à Max l'art de s'avancer vers les riches en tenant une petite sébile, et de demander l'aumône tout en arborant son sourire irrésistible. Berl avait été stupéfait de voir ce qu'un joli petit garçon comme Max pouvait soutirer de la poche d'un patron d'usine. Max devint d'un coup synonyme de bonne chance pour toute la famille.

Peshke entendit les premiers hurlements venant de la rue qui descendait au fleuve, des hurlements accompagnés par les bruits des sabots des chevaux des Cosaques et les cris de peur. Les camelots rassemblèrent autant de marchandises qu'ils pouvaient porter avant de fuir dans un désordre complet tandis que six Cosaques pénétraient dans la Mullenplatz, l'épée tirée et déjà pleine de sang.

Berl observait la scène depuis un muret de pierres où il était assis en compagnie de Max. Décelant dans la situation une opportunité exceptionnelle, il longea le mur protecteur en portant son enfant, puis se glissa sous un des étals pour récupérer quatre oranges, cinq pommes et deux bananes mûres. Voyant qu'il passait inaperçu, il continua et prit encore un pot de miel, six grosses betteraves à sucre, et un chou-fleur entier — autant de choses qu'il déposa au fond des grandes poches de son vêtement crasseux et en haillons.

Il demeura caché sous l'un des étals jusqu'à ce qu'il entendît les chevaux s'éloigner. Rassemblant alors son courage, il risqua une sortie en direction de la rue conduisant à sa maison, sans savoir que deux des Cosaques étaient en train de se servir dans la marchandise comme lui-même venait de le faire. Il vit le plus grand des deux Cosaques, une imposante statue blonde, sauter en selle, et instantanément, l'homme et le cheval se ruèrent sur lui, formant un seul et même animal. Berl courut, mais il n'avait pas une chance, alors il fit volte-face et souleva son petit garçon pour le présenter au Cosaque tel une supplique, comptant sur l'amour que tout humain porte aux enfants. Max hurla en voyant la charge sanguinaire du Cosaque. L'épée de ce dernier passa sous les pieds nus de Max et d'un mouvement aussi précis que mortel, éventra Berl, le Pique-Assiette, sans faire de mal à son jeune fils.

Max tomba sur son père qui le cramponna et le serra fort entre ses doigts arthritiques.

« Récite pour moi les prières du *kaddish* » furent les ultimes paroles de son père sur terre. Berl mourut avec son fils terrorisé sur lui, barbouillé du sang de son père.

La superbe charge, sabre au clair, du cavalier cosaque devait être le premier souvenir d'enfance de Max. Cet instant meurtrier allait inscrire sa naissance en ce bas monde dans la lumière de la conscience.

La mort de Berl déclencha la longue et lente décrépitude de la mère de Max, Peshke. La pauvreté est en soi une démence, mais quelque chose se défit aux limites de l'esprit de Peshke après le meurtre de son mari et l'humiliation d'une inhumation dans la fosse commune. La tragédie de la mort de Berl fut un peu entamée, aux yeux des Juifs de Kironittska, par la nourriture volée que l'on retrouva dans ses poches. Etre un mendiant était une chose, spolier des camelots qui avaient dû fuir avant l'arrivée des *pogromcyks* était fort différent. Bien que sa mère ne prononçât jamais le mot devant lui, Max apprit que la honte peut faire, sur un être humain, des ravages bien pires que n'importe quel pogrom.

A huit ans, Max fut envoyé en apprentissage chez le forgeron, Arel, le Muscle. Pendant cinq années, Max seconda Arel à sa forge, soignant les chevaux, portant les outils et les seaux pleins de lourds lingots d'acier, contribuant aux tâches domestiques auprès d'Iris, la femme exigeante et triste d'Arel. Arel était un doux qui avait toujours souffert et aidait l'enfant à étudier l'hébreu et la Torah.

A treize ans, il fit sa bar mitzvah au cours d'une cérémonie réunissant d'autres jeunes garçons aussi pauvres que lui. La cérémonie fut brève, éloquente, simple, et le lendemain, Max porta pour la première fois la *tefillin* de son père pendant les prières du matin.

La même année, Arel, le Muscle, tomba raide mort dans sa forge et sa femme Iris dit à Max qu'il n'était pour elle qu'une bouche de plus à nourrir et qu'en tant que veuve, elle avait plus de soucis qu'une grenade n'a de pépins. C'est ainsi que Mottele, la Lame, prit à contrecœur Max comme apprenti. Mottele avait un caractère épouvantable mais un bon métier. Certains *shayner Yid,* ou Juifs respectables, se servaient chez lui, et il était aussi réputé pour sa parfaite honnêteté que pour ses coups de colère. Si tout le monde savait que Max était vaillant à la tâche pour une rétribution misérable, peu se rendaient compte qu'après les journées de labeur à la forge, et celles passées dans la boutique du boucher à transporter des carcasses et couper des os de bœuf et de mouton avec les lames affûtées de son nouveau métier, Max était en train de devenir un jeune homme costaud et plein de vigueur.

Un an après le départ de sa sœur Sarah avec son beau-frère Chaim vers une nouvelle vie à Varsovie, Max fut appelé à la Mullenplatz pour s'entendre expliquer que sa mère était devenue folle après qu'une bande de voyous chrétiens s'en étaient pris à son étal et avaient cassé tous les œufs qu'elle avait à vendre.

Lorsqu'il arriva sur la place du marché, Max entendit les lamentations de sa mère qui couvraient tous les autres bruits. Il la ramena à la maison mais ne parvint à la ramener ni au silence ni à la raison. Comme l'un des œufs qu'elle avait passé sa vie à vendre, quelque chose en Peshke s'était irrémédiablement brisé lors de ce menu incident. Peshke ne retourna jamais vendre des œufs à la Mullenplatz ; pour elle toutes les lumières s'étaient éteintes et Max devint son unique soutien. Pendant un an il s'occupa de tout pour elle, il la nourrit, fit son ménage, l'emmena faire de longues promenades le long du fleuve chaque fois qu'il avait un instant libre.

Mais une nuit, au cœur de l'hiver, il s'éveilla en sentant le froid sur son visage. Il se leva bien vite, alluma une bougie, vit que sa mère n'était pas dans son lit. Il remarqua également que tous ses vêtements se trouvaient à leur place habituelle. Sur le pas de la porte, il appela quand il vit les marques de pieds nus dans la neige épaisse, sous le blizzard qui s'était mis à souffler des montagnes. En grande hâte, il s'habilla et bredouilla des prières au Maître de l'Univers qu'il supplia d'épargner sa mère. Puis il sortit en courant et en criant son nom, mais il pénétrait dans un monde de silence gelé qui était à la fois entièrement blanc et totalement noir. Il suivit ses empreintes, qui finirent par disparaître sous la neige. Il arpenta toute la ville en maudissant le nom de Dieu qui poussait les gens au désespoir avant de leur faire la grâce de les laisser mourir.

Sur la Mullenplatz, il trouva sa mère assise, nue et morte, à l'endroit précis où toute sa vie elle avait vendu des œufs. Il couvrit Peshke de baisers, puis la souleva et la transporta dans ses bras à travers la ville silencieuse. Max était capable de hisser un demi-bœuf sur un camion, alors sa mère lui semblait légère. Son chagrin fut total et dévastateur. Tout le temps qu'il observa le *shiva*, Mottele, la Lame, et sa famille prirent soin de Max, et les clients de Mottele lui portèrent de la nourriture pendant les sept jours rituels du deuil pour sa pauvre mère. Ses frères et sœurs s'étaient tous éparpillés vers l'ouest, perdus pour la Pologne.

Pour la première fois de sa courte vie, Max vit chaque lever et chaque coucher de soleil tandis qu'il disait les belles prières du *kaddish*.

Les années de guerre entre 1914 et 1918 furent difficiles et terrifiantes pour les Juifs de Kironittska. Pendant même la signature de l'armistice, la guerre civile se déchaîna en Russie après l'assassinat du tsar et de sa famille. Comme disait Mottele au cours de l'un des premiers sièges : « Quand tout va bien, la situation est dure pour les Juifs. Quand tout va mal, il n'y a pas de mots pour décrire le sort des Juifs. »

Quand les Blancs tenaient la ville, les Juifs souffraient beaucoup plus qu'avec les bolcheviks. Les pogroms étaient fréquents et de nombreux Juifs furent massacrés par des hordes de soldats indisciplinés. Personne n'avait le sommeil lourd, dans le quartier juif, et l'Ange de la Mort tenait la ville comme une mouche dans sa main.

Pourtant, Mottele mettait Max en garde : « *Nu*, Max. Ceux qui font des sourires et t'appellent "Camarade", ce sont les véritables meurtriers, les vrais porchers. *Nu*, écoute-moi, Max, j'ai beaucoup réfléchi à ces problèmes. Le communisme, c'est une façon pour le gouvernement de voler tout le monde. Capitalisme ? Communisme ? Des foutaises, tout ça, c'est du pareil au même. Peu importe qui est au pouvoir, pour les Juifs, c'est toujours mauvais. »

Mottele venait de finir sa harangue lorsque Rachel Singer et sa fille de seize ans, Anna, entrèrent dans la boutique pour acheter le rôti de bœuf du sabbat. Abraham Singer était propriétaire d'une fabrique de carreaux qui employait sept cents ouvriers, ce qui faisait de lui, et de loin, le Juif le plus riche de Kironittska. Mottele remarqua que son commis, Max, se précipitait pour servir les Singer alors qu'il savait bien que la politesse lui imposait de laisser à Mottele, la Lame, le privilège de servir ses clients les plus distingués.

« Continue de découper ce taureau, dit Mottele en bousculant Max pour le repousser, et c'est alors qu'il remarqua le regard béat d'admiration de Max pour la beauté naturelle d'Anna Singer. Anna était connue pour être la plus belle fille née dans le quartier juif de Kironittska depuis la fille du rabbin Kushman, un siècle plus tôt. Même les *goyim* reconnaissaient qu'elle était la plus jolie jeune femme de la ville. Son visage fonctionnait comme un aimant attirant les regards des hommes autant que ceux des femmes. Elle avait une silhouette ravissante et elle était d'humeur amène.

Lorsque Rachel et Anna Singer sortirent de la boutique, Max courut sur le pas de la porte et regarda Anna s'éloigner parmi la foule admirative en compagnie de sa mère. Amusé de voir Max à ce point épris, Mottele rit de l'innocence du garçon quant au clivage social insurmontable qui régissait la vie juive à Kironittska.

« *Nu*, Max, dit-il. Ce monde est fait de telle façon par le Très-Haut que toutes les Anna Singer de la planète jamais ne baissent les yeux sur un pauvre *schlemiel* comme Max Rusoff. Certaines choses sont censées s'opposer dans le monde. Il y a les pommes et les oranges, les Russes et les Juifs, les Polonais et les Russes, le *kascher* et l'impur, les cochons et les vaches, les rabbins et les apostats, etc. Anna a marché toute sa vie sur des tapis d'Orient alors que tu as passé la tienne à patauger dans la boue. Elle a eu un précepteur pour lui enseigner le français, le russe et les maths en plus de l'hébreu. Elle joue du piano comme un ange. Elle fait la fierté de tous les Juifs de Kironittska.

— Elle ressemble à une fleur, dit Max qui poussa un soupir avant de se remettre à son travail au milieu des os et du sang des animaux abattus.

— Une fleur dont le parfum n'est pas pour ton nez, dit Mottele, mais doucement car tout le monde avait compris les sentiments de Max.

— Anna est-elle fiancée ? demanda Max.

— Tous les *shayner Yid* sont venus demander la main d'Anna Singer. A présent au boulot ! Occupe-toi des vaches et cesse de penser aux femmes. Ne répète à personne cette folie à propos d'Anna Singer. Tu serais la risée de la Mullenplatz. N'en parle qu'à Mottele. Avec Mottele, tu peux avoir confiance. »

Le 4 mai 1919, la ville s'éveilla dans un inquiétant silence surnaturel et les citoyens de Kironittska découvrirent que les bolcheviks avaient retiré leurs troupes pour la troisième fois depuis le début de la guerre civile. Pendant deux jours, pas un Juif ne bougea de chez lui et tous se terrèrent en attendant l'attaque des Blancs, des Cosaques ou d'une des autres bandes de tueurs. Au bout d'un certain temps, les gens se remirent à sortir et un certain optimisme joyeux se ressentit dans tous les quartiers assiégés de la ville.

Une semaine plus tard, la place du marché était pleine et bourdonnante de l'activité d'antan, les vendeurs avaient retrouvé les artistes du marchandage, les coqs chantaient et les oies cacardaient tristement, les jeunes filles achetaient de jolis peignes pour leurs cheveux et les paysans titubaient dans les rues, imbibés de vodka et les poches pleines de kopecks après la vente de leur volaille et de leur bétail. L'odeur de pain et de levain fleurissait près du boulanger, un aquarium de carpes vivantes était à la vente chez le poissonnier, et le marchand de parapluies appelait la pluie de ses prières.

Puis tout le monde soudainement se tut tandis qu'une centaine de Cosaques franchissaient à bonne allure le pont de Kironittska, sabre au clair. Leur mission était de semer la terreur et la désolation. Il s'agissait d'un détachement d'un régiment cosaque lancé à la poursuite de l'Armée rouge qui avait évacué les lieux une semaine plus tôt. Kironittska devait être punie du crime d'avoir subi l'occupation des troupes ennemies.

Les Cosaques déferlèrent dans la Mullenplatz comme un cyclone. Une vieille femme juive de quatre-vingts ans qui vendait des raisins secs et frais fut piétinée à mort par deux cavaliers agissant en duo. Huit Juifs et cinq chrétiens gisaient déjà sur la place lorsque les Cosaques se lancèrent dans les ruelles à la poursuite des fuyards. Dix autres Juifs moururent en tentant de rejoindre la Grande Synagogue où ils étaient sûrs de trouver la protection de Dieu contre la colère des ennemis. Mais Dieu resta silencieux quand ils furent frappés, comme il resta silencieux lorsque les Cosaques mirent le feu à la Grande Synagogue. Puis ils quittèrent la ville au galop pour rejoindre leur régiment. Ils laissèrent derrière eux sept incendies, vingt-six morts, des centaines de blessés, et la ville assassinée jusque dans ses moindres pierres. On entendait des cris dans les rues lointaines où quelques Cosaques s'attardaient encore à terroriser les gens.

Max avait fermé les grilles de la boutique dès qu'il avait entendu les cris et le désordre. C'est la réaction que Mottele lui avait enseignée en cas de danger. Dehors, il entendait la panique des voisins et malgré l'envie qu'il avait de sortir prêter main-forte à ses frères juifs, il se rappela le géant cosaque qui avait tué son propre père et l'image de ces cavaliers qui ne souriaient pas l'emplit de terreur.

Puis il entendit Mottele frapper contre le rideau de fer de la boutique et lorsque Max ouvrit, Mottele s'écroula à l'intérieur, le dos zébré d'un grand coup de sabre. Max le souleva pour le hisser sur le comptoir où la viande était découpée pour les clients.

Tordes, le Haricot, le barbier d'en face, qui avait regardé Max rentrer Mottele dans la boutique, était venu aider. Bien que son métier fût de couper les cheveux, Tordes arrachait aussi les dents, appliquait les sangsues, et il était connu pour sa science médicale et pharmaceutique.

« Les salauds ! Les salauds ! » hurlait Mottele sans se lasser.

Tordes, le Haricot, était venu avec une bonbonne d'alcool. « Cela va faire mal, Mottele, mais c'est pour désinfecter la plaie. Si cela se trouve, il a coupé du bacon avec la lame de son épée, hier soir, l'assassin. »

Max n'avait jamais entendu personne crier aussi fort que Mottele lorsque l'alcool toucha la plaie béante. « Ça m'a fait encore plus mal que la lame ! hurlait Mottele.

— La Grande Synagogue, dit Tordes à Max tout en nettoyant la blessure de Mottele, elle est en flammes. Puissent leurs noms être gravés sur les fesses de Satan. »

Tout à coup, un martèlement moins puissant mais plus pressant se fit entendre contre le rideau de fer, et lorsque Max ouvrit, une Rachel Singer anéantie et ensanglantée franchit le seuil de la porte, le visage ruisselant de sang à cause d'une blessure à la tête.

« Mon mari, dit-elle. Ma fille, Anna. Au secours, je vous en prie. »

Et Max Rusoff — celui qui avait peur des Cosaques, celui dont la mère était morte folle et nue dans la neige, le fils de Berl, le Pique-Assiette, Max qui n'avait ni notoriété ni importance dans la vie des Juifs de Kironittska, Max qui était secrètement

amoureux de la belle et inaccessible Anna Singer —,
ce même Max, pauvre entre les pauvres mais craignant Dieu, Max s'inclina devant cette dame distinguée et ensanglantée, avant d'empoigner son couperet et de se précipiter vers la maison d'Anna Singer.

Elle se trouvait à dix pâtés de maisons, au bout
d'un dédale de ruelles où Max ne croisa pas âme qui
vive pendant sa course folle. Les Juifs de Kironittska
s'étaient retirés pendant que les Cosaques faisaient
feu en bas de la ville, près du fleuve. A chaque pas
Max s'enfonçait davantage dans le monde privilégié
des *shayner Yid*, ces Juifs prospères qui habitaient de
vastes maisons et dont la réussite faisait la fierté de
la communauté juive. Dans sa hâte, il ne pensait
guère à sa peur, Max, il ne songeait qu'au triste sort
encouru par Anna Singer. Devant la grille ouverte de
la résidence des Singer, Max s'arrêta un instant pour
rassembler son courage et reprendre son souffle. Il
priait le Dieu qui avait fait Samson de lui donner la
force de combattre des Philistins, lorsqu'il entendit
les hurlements d'Anna Singer. Au comble de la
lâcheté et du doute, il se rua dans la cour.

Abraham Singer gisait sur le pavé, avec plusieurs
balles dans le cœur. Les corps de deux de ses domestiques gisaient à côté de lui. Sur sa monture, un
cavalier cosaque regardait un autre Cosaque occupé
à violer une Anna Singer hurlant, juste derrière la
porte ouverte de la maison. Le Cosaque à cheval riait
et ne vit pas approcher l'apprenti boucher avant que
ce dernier arrivât juste sous lui. Le Cosaque baissa
les yeux et dit un seul mot : « *Yid.* » Oui, Juif il était,
et boucher aussi. Max n'avait jamais tué un être
humain et tout dans sa sensibilité et son vécu de Juif
s'élevait contre cette éventualité, mais en tant que
boucher, il avait une terrifiante connaissance des
artères, des points tendres et des zones mortelles
pour la tâche à accomplir. Les Cosaques étaient une
vieille histoire pour les Juifs, mais ils avaient
commis une erreur fatale dans leur raid sur Kironittska : ils avaient choisi de violer la jeune fille que Max
Rusoff aimait en secret.

Le Cosaque perché sur son grand cheval vit un petit Juif trapu, mais il ignorait que Max était capable de soulever un bœuf entier pour le suspendre, sur la lancée d'un seul et même geste gracieux, aux crochets de l'arrière-boutique du boucher. Il partit d'un grand rire, le Cosaque, surpris de trouver un Juif pieux prêt à rendre les coups, mais ce Cosaque hilare ne pouvait pas savoir que Max était réputé parmi les autres bouchers pour le soin qu'il prenait de ses couteaux parfaitement affûtés. Le sabre du Cosaque était à demi sorti de son fourreau lorsque Max frappa le premier coup, sectionnant net le bras du Cosaque au niveau du coude, et éteignant son rire à jamais. L'attaque avait été si surprenante et si rapide, que le jeune Cosaque, ébahi et incrédule, ne put que lever son moignon sanguinolent dans l'air nocturne, sans voir venir le second coup terrible lorsque le boucher, cramponnant le manche du couperet, bondit en hauteur et enfonça la lame dans la gorge du Cosaque, tranchant net son hurlement.

Les témoins de la scène, car il y avait deux domestiques terrés dans le jardin, s'accordèrent plus tard à dire que la sauvagerie de l'attaque du boucher était ce qui les avait fort angoissés. Après avoir regardé la tête blonde du Cosaque rouler sur le pavé, dans cette stupéfiante réparation du contentieux entre Juifs et Cosaques, ils émergèrent, anéantis par une profonde terreur.

Anna Singer hurlait de plus belle à l'intérieur de la maison et ses cris brisèrent le cœur de Max. Il s'engouffra dans la porte ouverte, le visage maculé de sang russe et la furie atteignant des sommets parfaitement assassins, lorsqu'il découvrit le second Cosaque, les pantalons roulés sur les chevilles, tandis qu'il forçait rudement le corps allongé d'Anna qui se débattait et hurlait sous lui.

Max Rusoff agrippa le Cosaque par les cheveux et tira si fort en arrière que le bonhomme en fut presque scalpé. Le Russe poussa un grand cri et voulut foncer sur son assaillant, mais sa rage ne fut pas suffisamment rapide et le couperet fendit encore une fois l'obscurité ukrainienne. La lame siffla en s'abattant tandis que la virilité du Cosaque roulait sous une chaise de la salle à manger. A deux mains et avec l'intention de tuer, en un seul coup parfaitement ajusté, Max ficha le couperet dans le crâne du Cosaque brun. La guerre de Max contre les Cosaques était terminée.

Anna Singer pleurait et s'était tournée du côté de l'escalier pour cacher sa nudité. Ramassant ce qui restait de sa robe, Max la couvrit du mieux qu'il put. Puis il prit une nappe sur la table pour en draper son corps. Il voulut lui parler, tenter de consoler la belle jeune fille violée dont le père gisait assassiné derrière la porte. Mais pas un seul mot ne put sortir de sa bouche.

Il marcha jusqu'à la porte et vit qu'un paysan avait abandonné un chariot à légumes près de la grille de chez les Singer. Il se précipita pour le rentrer dans la cour. Les chevaux cosaques étaient nerveux et troublés par l'odeur du sang frais de leurs maîtres dans leurs naseaux. C'est alors que les deux domestiques juifs sortirent discrètement de leur cachette dans le jardin. Max les héla.

« Conduisez ces chevaux à la boutique de Mottele le boucher », ordonna-t-il.

Puis Max souleva les corps des deux Cosaques qu'il jeta sur le chariot comme des sacs de patates. Il récupéra les parties manquantes — une tête et un bras dans la cour, un pénis sous une chaise. Anna avait disparu à l'étage et Max arracha une tenture du salon pour en recouvrir les corps des Cosaques, dehors. Il parcourut ensuite tranquillement la ruelle sombre qui menait à la rue des Bouchers où se trouvait la boutique de Mottele.


Lorsqu'il pénétra dans la boucherie de Mottele, Rabbi Avram Shorr manqua défaillir à la vue des corps des deux Cosaques entassés comme des fagots contre le mur, leurs cadavres mutilés rendus plus mystérieux et angoissants à la lueur d'une unique bougie.

« Qui est responsable de cette abomination? demanda le rabbin.

— C'est moi. Max Rusoff.

— Quand les Cosaques découvriront cette atrocité, ils vont déferler par milliers sur cette ville pour venger leurs morts.

— Grand rabbin, dit Mottele qui s'inclina profondément en signe de soumission devant ce visiteur de marque. C'est pour moi un grand honneur de vous recevoir dans ma modeste boutique. Max souhaiterait poser certaines questions auxquelles seul un rabbin peut répondre.

— Il a mis en péril toute la communauté juive, dit le rabbin. Quelles sont vos questions, boucher?

— S'il plaît au Reb, commença Max, serait-il possible de suspendre les règles de la *kashruth* pour une seule nuit?

— Les Juifs ne suspendent pas leurs règles alimentaires simplement à cause d'un pogrom, répondit le rabbin. L'heure est au contraire à une observation encore plus stricte de nos lois. Dieu permet les pogroms parce que les Juifs s'écartent des lois.

— Pour une seule nuit, Reb? demanda Max.

— Ces chevaux des Cosaques, dit le rabbin en regardant les deux superbes montures qui occupaient une bonne partie de l'arrière-boutique de la boucherie, qui pourrait croire que de tels chevaux appartiennent à des Juifs? Lorsqu'ils les verront, les Cosaques commenceront le massacre des Juifs.

— Vous êtes notre témoin, Reb, dit Max. La mort de ces chevaux s'est faite sans cruauté.

— Je ne vous comprends pas », dit le rabbin.

Au même instant, les jambes du cheval le plus proche du rabbin ployèrent et l'animal s'affaissa en émettant un petit bruit étranglé. Max avait tranché la gorge d'un cheval et Mottele celle de l'autre, mais ils avaient opéré avec tant de rapidité et de précision que les chevaux n'avaient senti qu'un picotement à peine plus agaçant qu'une piqûre de mouche tandis que leurs veines jugulaires étaient sectionnées par des lames soigneusement affûtées.

« Ecartez-vous, Reb », dit tranquillement Max.

Le rabbin recula vers la porte et les chevaux s'effondrèrent en rendant leur ultime souffle.

« Pourquoi avez-vous fait cela à ces pauvres créatures ? dit le rabbin qui était un grand professeur et un grand érudit mais n'avait encore jamais assisté à l'abattage d'un animal aussi grand.

— Parce que les Cosaques ne trouveront pas ces chevaux, répondit Max. Si le Reb voulait bien suspendre les lois pour une nuit, nous aurions de quoi nourrir tous les Juifs pauvres de la ville.

— Rigoureusement impossible. La viande de cheval est *trayf*, impure, et le Lévitique interdit aux Juifs de manger la chair des animaux qui ne ruminent pas.

— Rien que pour une nuit, Reb, dit Mottele. Nous pourrions livrer de la viande aux familles les plus pauvres.

— Ni une nuit ni une seconde. On ne suspend pas les règles alimentaires parce qu'un boucher de Kironittska est devenu fou. Vous pensez que je suis trop strict, mais c'est la Torah qui est stricte.

— Encore une question, Reb, demanda timidement Max.

— Posez, dit le rabbin. J'imagine qu'à présent vous allez me demander la permission de manger les Cosaques.

— Cela concerne effectivement les Cosaques, Reb, dit Max. Lorsque les Juifs enterreront les morts, demain, au cimetière juif, pourrions-nous enterrer aussi les Cosaques ?

— Vous voudriez ensevelir pareille ordure avec les saints sacrés de notre peuple ? dit le rabbin Avram Shorr. Vous voudriez souiller les os de nos ancêtres en enterrant à côté d'eux cette saleté, cette *trayf* ? C'est hors de question.

— Alors que devons-nous faire des Cosaques, Reb ? demanda Mottele.

— Pourquoi devrais-je m'intéresser à ce qu'il advient de ces Cosaques ? dit le rabbin.

— Parce que le rabbin lui-même a dit que ces

deux Cosaques allaient amener des milliers de Cosaques vengeurs sur cette ville.

— Je comprends votre argument, boucher. Que Matchulat, le fabricant de cercueils, s'occupe de faire un cercueil pour ces deux-là. Une fois le couvercle cloué, ils ne seront plus des Cosaques, mais des cadavres. Laissez-moi la nuit pour réfléchir à ce problème, je trouverai une solution à ce dilemme. Dites-moi, boucher, ajouta le rabbin en regardant Max dans les yeux, saviez-vous que vous aviez en vous cette violence bestiale ? »

Honteux, Max répondit : « Non, Reb.

— Vous êtes aussi cruel qu'un Polonais ou un Lituanien, dit le rabbin en contemplant le carnage autour de lui. Vous êtes un animal, comme le pire des *goyim*. Je suis pris de honte pour tous les Juifs quand je contemple cette pièce. Nous sommes un peuple doux, épris de paix, et je frémis de savoir que nous, Juifs, avons produit en notre sein un barbare, un mutilateur.

— Mon père a été tué par un Cosaque, dit Max.

— Max est un bon Juif, Reb, dit Mottele.

— Vous devriez amener ce Juif à la raison, dit le rabbin. Qu'avez-vous dit à ce Juif belliqueux lorsqu'il a ramené ces deux Cosaques morts dans votre boutique ? Je vois bien qu'il a du respect pour vous, Mottele. Que lui avez-vous dit ? Comment l'avez-vous éduqué ? »

Mottele regarda du côté de Max, puis s'adressa de nouveau au rabbin. « La première chose que j'ai dite à Max quand j'ai vu les Cosaques, Reb, pardonnez-moi, mais la première chose que j'ai dite c'est : *"Mazel tov."* »

Comme le rabbin Shorr s'en allait, cinq des autres bouchers de la rue arrivèrent dans la boutique de Mottele avec les grands couteaux et couperets de leur métier. Ils étaient tous venus quand ils avaient appris la tâche que Mottele et Max s'étaient assignée pour la nuit, ils étaient venus au nom de la solidarité de leur métier mélancolique et entaché, cette fraternité silencieuse d'hommes qui gagnaient leur vie en découpant des animaux pour en faire des morceaux de viande. Tous portaient des tabliers blancs, tous étaient forts et durs à la tâche, tous comprenaient la nécessité de se débarrasser de la moindre trace des Cosaques et de leurs chevaux. Trois d'entre eux s'occupèrent du cheval tué par Max, et les autres prêtèrent main-forte à Mottele. Et les beaux chevaux de disparaître au fur et à mesure que les bouchers exerçaient leur art. Ils travaillèrent dur, rapidement, ôtant proprement les viscères et découpant les chevaux avec une adresse et une diligence surprenantes.

Max remarqua en même temps que Mottele un vilain chien noir craintif qui traînait toujours dans le secteur du marché pour quémander quelques déchets. Mottele allait chasser le corniaud squelettique lorsque Max l'arrêta.

« Ce soir nous avons de quoi le nourrir », dit Max. C'est ainsi que tous les chiens et les chats errants de la ville eurent de la viande de cheval pour dîner — l'art du boucher est un art de la réduction, et ceux de Kironittska connurent leur heure de félicité pendant que les deux chevaux quittaient la boutique sous forme de côtelettes et de grillades. Les bas morceaux furent offerts gratuitement pour nourrir les animaux domestiques pendant plusieurs jours. Lorsqu'ils furent au bout de leur peine et eurent lavé les litres de sang de cheval dans la boutique, rien ne pouvait laisser imaginer à quiconque que deux chevaux de la cavalerie cosaque avaient été attachés dans la boucherie de Mottele. Et toute la confrérie des bouchers éprouva un renouveau de fierté.

Le lendemain, des centaines de Juifs en deuil se massèrent en procession pour une marche de trois kilomètres jusqu'au cimetière juif. Vingt-six Juifs avaient trouvé la mort lors de l'explosion de violence, mais vingt-huit cercueils furent portés jusqu'au cimetière sur les épaules d'hommes juifs. Le rabbin Avram Shorr avait réfléchi au problème posé par les corps des deux Cosaques, et il avait trouvé une solution très efficace.

Au milieu de la foule qui pleurait et gémissait, les

bouchers de Kironittska portaient deux des cercueils et participèrent au cortège de plus de cinq cents personnes endeuillées qui traversèrent le pont pour rejoindre les champs de coquelicots de la campagne proche.

Cette foule s'engouffra dans le cimetière, mais les gens étaient si nombreux que beaucoup durent assister à la mise en terre à l'extérieur du périmètre sacré. Pendant qu'à l'intérieur du cimetière les Juifs enterraient leurs morts, de l'autre côté du mur, Max et les bouchers ensevelirent les deux Cosaques en prenant soin de bien tasser la terre à l'endroit de leurs tombes. La foule des éplorés vêtus de noir masqua leur activité aux yeux étrangers. Lorsque la cérémonie fut terminée, chaque Juif vint fouler les tombes cosaques avant de regagner la ville et chacun cracha consciencieusement sur la terre fraîchement remuée. La veille, ces Cosaques avaient fait couler le sang juif, mais c'est couverts de crachats juifs qu'ils se présentèrent devant leur Créateur.

L'Armée rouge reprit Kironittska un mois plus tard. Cette époque vit beaucoup de gens engloutis dans la sinistre incohérence qui s'empare d'un pays lorsque le frère doit combattre son frère. La Russie perdit des milliers de soldats inconnus, durant cette période, et les deux Cosaques sans nom furent inscrits sur la liste anonyme des combattants perdus.

Mais la vie de Max Rusoff en fut changée à jamais. A dater de ce jour, les Juifs s'adressèrent à lui avec un mélange de peur, de répulsion et de sainte terreur. Nul ne regrettait le sort des Cosaques, pourtant la plupart avaient été profondément troublés par la manière dont ils avaient trouvé la mort. Dans l'esprit de ces *landsleit*, l'image de Max bondissant dans la nuit pour enfoncer son couperet dans la gorge d'un Cosaque était marquante, indélébile.

Et progressivement les Juifs de la ville se tinrent à l'écart de Max, et le commerce de Mottele fut gravement pénalisé par cette prise de distance. Jamais de sa vie Rachel Singer ne remit les pieds dans la boutique de Mottele. Max voulut faire une visite à Anna, plusieurs semaines après l'enterrement de son père, afin de s'enquérir de sa santé, mais il fut éconduit avec une brutalité inutile par un domestique de la famille, qui lui signifia sans ménagement que jamais il ne serait le bienvenu dans cette maison. « Sauf en cas de pogrom », se dit intérieurement Max en repartant vers la boucherie. Six mois plus tard étaient annoncées les fiançailles d'Anna Singer avec un riche fourreur d'Odessa, et Anna sortit définitivement de la vie de Max Rusoff.

Peu de temps après le mariage, le rabbin Avram Shorr convoqua Max.

« J'ai cru comprendre que vous avez ruiné le commerce de Mottele, dit le rabbin.

— Les gens évitent la boutique, Reb, c'est exact.

— Vous êtes néfaste pour les Juifs de Kironittska, Max, dit le rabbin. Vous êtes comme un *dybbuk* qui serait entré dans le corps de tous les Juifs, un esprit maléfique qui nous habite tous. L'autre jour, une femme a trouvé ses enfants en train de jouer dans la rue. L'un d'eux avait un couteau et faisait semblant de poignarder son petit frère. Après avoir corrigé le premier, elle lui a demandé à quel jeu il jouait. L'enfant a répondu qu'il faisait Max, l'apprenti boucher, et que son petit frère tenait le rôle du Cosaque.

— Je suis désolé, Reb, dit Max.

— Même nos enfants sont contaminés. Mais je voudrais tout de même savoir une chose, Max : d'où a pu sortir cette épouvantable réserve de hideuse violence ?

— J'étais amoureux d'Anna Singer. C'était un secret », dit Max.

Le rire du rabbin résonna comme le tonnerre dans le couloir de l'école juive du quartier est.

« Un apprenti boucher amoureux de la fille d'Abraham Singer ? dit le rabbin, incrédule.

— Je n'espérais pas l'épouser, Reb, expliqua Max. Je l'aimais, c'est tout. Mottele m'avait prévenu que ce n'était pas possible.

— Abraham vous aurait fait jeter dehors si vous aviez seulement osé faire votre demande, dit le rabbin.

— Pas le soir du pogrom, dit Max. Cette nuit-là, Abraham Singer m'aurait accueilli comme un rabbin.

— Vous avez été le témoin du viol de sa fille, dit le rabbin. Abraham n'aurait pas apprécié.

— J'ai tué le violeur de sa fille, dit Max. Ça, Abraham en aurait été bien content.

— Cette nuit-là, vous vous êtes comporté en barbare, cracha le rabbin.

— Je me suis comporté en Juif, dit Max.

— Un Juif plus cruel que les *goyim*, dit le rabbin.

— Un Juif ne permet pas le viol des jeunes Juives, dit Max.

— Vous ne faites plus partie de Kironittska, boucher. Vous avez semé le trouble chez les habitants de cette ville.

— Je ferai ce que dira le rabbin, dit Max.

— Je voudrais que vous quittiez définitivement Kironittska. Allez en Pologne. Allez où vous voulez. Partez en Amérique.

— Je n'ai pas assez d'argent pour payer le voyage, dit Max.

— La mère d'Anna Singer est venue me trouver, dit le rabbin. Elle payera votre billet. La famille Singer est gênée par votre présence dans cette ville. Abraham avait beaucoup de frères puissants. Ils ont tous peur que vous racontiez ce que vous avez vu cette fameuse nuit.

— Je n'en ai parlé à personne », dit Max.

Le rabbin répondit : « Les frères Singer ne font pas confiance à un garçon boucher pour tenir longtemps sa langue. Les paysans ont la réputation d'être bavards.

— Je n'ai pas vu les frères Singer pendant la nuit du pogrom, dit Max.

— Ils étaient chez eux et priaient pour la délivrance de notre peuple, comme tous les Juifs religieux, dit le rabbin.

— Moi aussi, je priais, dit Max. Sauf que mes prières ont pris une forme différente.

— Blasphémateur. Le meurtre n'est jamais une prière, dit le rabbin.

« — Je suis désolé, Reb. Je n'ai pas d'instruction. »

C'est ainsi que Max Rusoff quitta Kironittska pour le long et dangereux voyage jusqu'à la frontière polonaise, et de là il acheta un billet pour un cargo partant vers l'Amérique. Au cours de la traversée qu'il effectua dans l'entrepont bondé, Max fit la connaissance d'un professeur de langues de Cracovie qui s'appelait Moshé Zuckerman. Zuckerman donna ses premières leçons d'anglais à Max, qui à leur surprise à tous deux se révéla naturellement doué pour les langues.

Le soir, Max restait sur le pont où il étudiait les étoiles et s'entraînait à la pratique de cette nouvelle langue bizarre qu'il devrait bientôt parler. Max n'avait personne pour venir l'accueillir à Ellis Island, ce qui le différenciait de la plupart des autres Juifs qu'il rencontra pendant la traversée. Mais Moshé Zuckerman comprit bien que Max ne pouvait pas débarquer en Amérique en n'ayant nulle part où aller. Alors il se chargea de prendre toutes les stupéfiantes dispositions : il trouva un hébergement temporaire pour Max chez un cousin, et pour finir le mit dans un train qui partait de Pennsylvania Station pour la Caroline du Sud où, dit-il à Max, il y avait de belles terres et pas de ghettos. Pendant la nuit qu'il passa dans le train qui traversait tous les Etats de la côte Est, Max s'efforça de dominer sa peur, car il savait qu'il n'existait pas de possibilité de retour. Plus le train descendait vers le Sud, moins le peu d'anglais qu'il avait appris lui était compréhensible. Lorsqu'il atteignit Charleston, à dix heures du matin, tous les mots avaient pris cette douceur, cette moiteur, cette langueur que donne le ronronnement des élisions dans le parler sudiste.

Il était attendu par Henry Rittenberg, qui portait un costume impeccable et surprit beaucoup Max en s'adressant à lui en yiddish. A cause de cette tenue immaculée et de ses manières élégantes, Max l'avait pris pour un Américain. Les Juifs de Charleston faisaient preuve d'une extraordinaire générosité à l'égard des autres Juifs étrangers qui venaient atterrir chez eux, et Henry Rittenberg appela son ami Jacob Popowski, qui venait de perdre un de ses commis voyageurs pour couvrir un secteur allant jusqu'à la frontière avec la Géorgie.

Une semaine plus tard, Max sortait de Charleston chargé comme une bête de somme, avec deux ballots.

Pendant la première année, Max arpenta routes et forêts désolées dans un paysage peu habité. Il constituait une présence exotique et bizarre pour ces sudistes qu'il venait solliciter à l'improviste, alors qu'ils labouraient leurs champs derrière leurs mules ou s'occupaient de leurs quatre poules dans un lopin sans herbe. Au début, son anglais était rudimentaire et comique, et Max exposait ses marchandises à la ménagère en la laissant toucher les brosses et babioles qu'il avait à proposer. « Vous aimer. Vous acheter », disait-il avec son fort accent qui effrayait certaines femmes, surtout quand elles étaient noires. Mais quelque chose dans le visage de Max en rassurait d'autres qui habitaient en bordure de la route 17. En même temps que sa maîtrise de l'anglais s'améliorait, il devenait une figure familière dans l'univers de ces fermiers solitaires et laborieux, qui petit à petit se mirent à attendre les visites de Max Rusoff, et même à les chérir. Dans les fermes, les enfants l'adorèrent d'emblée. Il avait toujours dans son ballot un petit cadeau gratuit pour eux. Un ruban par-ci, un bonbon par-là.

Quand il faisait la route, Max troquait de la marchandise contre le droit de dormir dans une grange, et des œufs pour manger. En fait, les femmes auxquelles il avait affaire se mirent à l'appeler « l'homme aux œufs », à cause de son refus de manger les plats qu'elles confectionnaient, à l'exception des œufs durs. Les œufs bouillis étaient pour lui la seule façon de se nourrir en restant un Juif religieux et kascher. Il avait coupé ses papillotes et rasé sa barbe en voyant combien il tranchait sur les autres citoyens de Charleston, y compris les Juifs. Mais pour devenir citoyen américain dans le sud des

Etats-Unis, il fallait plus de souplesse que ne l'avait imaginé Max Rusoff.

A la fin de la première année, Max s'acheta un cheval et un chariot, et son champ d'action en fut fort élargi, de même que ses ambitions.

Avec ce cheval et ce chariot, il put allonger ses voyages, et la deuxième année il atteignit la petite ville de Waterford, à l'embouchure du fleuve du même nom, puis il s'aventura dans les îles marines qui s'avancent dans l'Atlantique. Dans Waterford, il menait son cheval lentement, notant au passage les commerces qui existaient et ceux qui faisaient défaut. Il interrogea les habitants qui le traitèrent avec la courtoisie désinvolte que les sudistes ont toujours eue à l'égard des étrangers. Son accent faisait rire certains, mais Max ne s'en offusquait pas.

Pendant cette deuxième année en Caroline du Sud, Max conduisait sa carriole sur la route la plus reculée de St. Michael's lorsqu'il entendit un homme le héler par-dessus un petit cours d'eau salée.

« Ho ! dit le type qui était jeune, robuste, et avait un visage agréablement hâlé. C'est vous le Juif ?

— C'est moi, répondit Max.

— J'ai entendu parler de vous. J'aurais besoin de quelques trucs, dit-il. Mais attendez deux minutes, j'arrive avec mon bateau.

— Avec plaisir, dit Max, fier de placer une des expressions qu'il ajoutait quotidiennement à sa maîtrise de la langue américaine. J'ai la vie devant moi. »

Max regarda l'inconnu ramer dans son petit bachot pour traverser le cours d'eau.

Le bonhomme mit pied à terre et serra la main de Max.

« Je m'appelle Max Rusoff.

— Et moi, Silas McCall. Ma femme s'appelle Ginny Penn et nous aimerions que vous passiez la nuit chez nous. Nous n'avons encore jamais rencontré de Juif, un des peuples du Livre saint.

— Je ne poserai pas de problème, sourit Max.

— Ginny Penn a déjà fait cuire une douzaine d'œufs durs, dit Silas en donnant un coup de main pour le cheval. Vous devriez ouvrir un magasin et vous poser, ajouta-t-il encore. Vous n'êtes pas fatigué de faire du porte-à-porte ?

— Si », dit Max.

Ainsi eut lieu la rencontre entre Max Rusoff et celui qui deviendrait son meilleur ami dans le Nouveau Monde, ainsi la destinée d'une famille juive devint-elle intimement liée à celle d'une famille chrétienne. Les lignes du destin opèrent avec une science obscure qui leur est propre, et cette rencontre de hasard allait changer la vie de tous leurs proches. Les deux hommes connaissaient bien la solitude et ils avaient attendu toute leur vie l'apparition de l'autre. En moins d'un an, Max avait ouvert son premier petit magasin à Waterford, et il avait fait venir en Amérique Esther, la fille de Mottele le boucher, pour l'épouser. La réception pour le mariage avait eu lieu chez Silas et Ginny Penn McCall. La bonne société de Waterford était venue en nombre.

En 1968, Max et sa femme Esther firent un voyage en Israël et à Yad Vashem, le mémorial pour les victimes de la Shoah. Max trouva le nom de femme mariée d'Anna Singer dans la liste des Juifs exterminés. Elle faisait partie des Juifs de Kironittska que les S.S. avaient conduits devant une immense fosse avant de les abattre à la mitrailleuse. Max était resté une heure à Yad Vashem, et il avait pleuré sur l'impossibilité et l'innocence de son amour pour Anna Singer. Quelque chose, dans la pureté de cet amour pour la belle jeune fille, représentait la meilleure part de lui-même. Malgré les soixante-cinq ans qu'il avait alors, il était encore le gamin de seize ans paralysé par le charme et la beauté de cette jolie Juive aux yeux de braise. Il ne supportait pas de l'imaginer à genoux, dans la honte de sa nudité, il ne supportait pas l'idée d'Anna mourant sans hommage ni honneur rendus à sa mémoire, Anna enterrée dans une fosse commune.

Il ne dit jamais à Esther qu'il avait trouvé le nom d'Anna. Mais la nuit qui suivit le jour où il lut son nom sur la liste des victimes de la Shoah, Max fit un rêve. Dans ce rêve, il vit Anna Singer, son mari, ses enfants, arrachés à leur maison par les brutes nazies. Il vit la peur sur le visage d'Anna, cette même peur qu'il avait entrevue la nuit où elle avait été violée chez elle tandis que son père gisait assassiné dans la cour. Sur le visage d'Anna, Max vit qu'elle savait qu'elle allait mourir pour le crime d'être une élue de Dieu. Ses cheveux tombaient sur ses épaules comme un feu sombre. En approchant de la fosse, elle tenait ses enfants par la main et dut marcher entre deux rangées de nazis ricanants.

Dans le rêve de Max, Anna s'était soudain mise à danser, mais cette danse était invisible aux yeux des soldats ainsi qu'aux yeux des autres Juifs condamnés qui l'accompagnaient. Il fallut à Max plusieurs secondes d'engourdissement ébloui pour se rendre compte qu'Anna dansait pour lui, qu'elle reconnaissait ainsi à travers la mémoire et le temps ce petit Juif solitaire et déshonoré qui l'avait aimée de loin, mais aimée avec une fureur dont la puissance illumina toutes les années de sa vie. Elle dansait, et les oiseaux se mirent à chanter, et l'air à se charger d'un parfum de menthe et de trèfle tandis que la file des Juifs continuait sa marche forcée avant de s'agenouiller une dernière fois pour mourir.

Brusquement, Max vit ce qui avait inspiré la danse gracieuse d'Anna Singer. D'un côté de la fosse, dans une rue étroite de Kironittska, se trouvait une boucherie, et un jeune boucher robuste de seize ans était sorti pour voir à quoi correspondait ce tapage. Il était apparu, musclé et timide sous le soleil. Le jeune Max s'immobilisa lorsqu'il vit Anna danser, il s'inclina profondément, et il se serait joint à la danse, mais il avait une grande tâche à accomplir.

Avant de s'y atteler, il regarda Anna et vit qu'elle s'était transfigurée, devenant la jeune fille qui était autrefois entrée dans sa boutique avec sa mère. Elle savait que Max l'aimait, et comme elle était en situation de faire des choix, cette fois, elle allait faire le bon. Par-dessus la fosse elle cria oui, oui à Max, oui toujours à Max, mon vengeur, mon protecteur, mon amour.

Max Rusoff rejoignit les deux Allemands qui, sans remords ni courage, tiraient dans la foule désarmée des femmes, des enfants, des rabbins, et il fendit leurs deux crânes comme des côtelettes d'agneau, en deux coups puissants. Puis parcourant la rangée figée des nazis, bondissant dans le soleil pour abattre son couperet sur les boîtes crâniennes, jusqu'aux orbites, il les trancha un à un au fil d'une lente et sanglante progression vers l'amour de sa vie. Ses bras puissants étaient couverts du sang des Allemands lorsqu'il se trouva enfin devant elle et s'inclina pour lui offrir un bataillon de nazis exécutés en guise de dot.

Puis le sang n'était plus là, il ne restait que le soleil, et Anna embrassa Max tendrement, l'invita enfin à danser. Et ils valsèrent, valsèrent en direction de la boucherie et de la vie qui existe à l'autre bout du temps. Enlacés, ils tourbillonnaient vers ce morceau de paradis où les étoiles brillent comme une lettre d'amour écrite par un Dieu généreux.

Max fut éveillé par une rafale de mitrailleuse et la vision du corps d'Anna criblé de balles basculant avec ses enfants dans la fosse.

A son retour à Waterford, Max se rendit à la synagogue qu'il avait aidé à construire de ses mains, et il dit le *kaddish* pour Anna Singer.

Dans le Sud américain, il pria pour son âme. En ce temps-là, les gens de la ville l'appelaient le Grand Juif, pas pour ce qu'il avait fait dans l'univers, mais pour ce qu'ils l'avaient vu faire dans leur ville. Lorsqu'il était parti pour Israël, cette première fois, il était maire de Waterford.

## 16

Je passai le reste de la matinée à faire des courses pour ma mère. Je retournai au magasin de Max Rusoff avec Dupree pour lui acheter une nouvelle chemise de nuit et des produits de maquillage. Nous lui avons pris aussi trois perruques qu'elle pourrait porter pendant les prochaines semaines, lorsque ses cheveux seraient tombés à cause de la chimiothérapie. Nous avons choisi ce qui se faisait de mieux à Waterford et Dupree en a gardé une sur la tête pendant tout le trajet de retour jusqu'à l'hôpital, tout en me racontant ses journées au milieu des malades mentaux à l'hôpital public de l'Etat. Il travaillait bien avec les maniacodépressifs et nourrissait une empathie immodérée à l'égard des « schizophrènes de tout poil », comme il disait.

En début d'après-midi, l'infirmière aida ma mère à passer la chemise que nous lui avions achetée, et elle portait une des perruques lorsque j'entrai dans sa chambre pour mes dix minutes de visite quotidienne.

« La perruque a dû coûter une fortune, dit ma mère.

— Dix mille dollars, dis-je. Mais Dupree m'a aidé, il a mis cinq dollars de sa poche.

— La chemise de nuit est très jolie.

— Tu as l'air d'une star, là-dedans.

— Où est John Hardin, Jack ? demanda ma mère.

— Je ne l'ai pas vu depuis un jour ou deux.

— Tu veux bien ouvrir l'œil ? me dit-elle. Les choses ne sont pas toujours faciles, avec ce gamin.

— Il paraît, dis-je.

— J'ai appelé Leah aujourd'hui, annonça ma mère.

— Qu'a-t-elle dit ? répondis-je, surpris.

— Elle m'a invitée à Rome, dit Lucy. Je lui ai promis de venir la voir dès que j'aurai retrouvé assez de force. Je l'ai aussi invitée à venir passer de longues vacances ici. Je voudrais qu'elle soit avec moi quand les tortues viendront pondre leurs œufs, entre mai et août.

— Les tortues pondront, qu'elle soit là ou pas », dis-je.

Lucy insista : « Je suis responsable du programme sur l'île d'Orion. Nous assurons la surveillance de la plage. Compter les tortues. S'assurer que les œufs ne sont pas dérangés.

— Leah adorerait. Ecoute, il y a une foule de gens qui attendent à la porte. Grand-père est là. Tout le monde veut te voir, maman. Je reviendrai plus tard. Je dois repartir dimanche.

— Non. Ce n'est pas juste, dit-elle.

— Ce n'est pas juste pour Leah que je reste absent si longtemps.

— Qui s'occupe d'elle ?

— Charles Manson vient d'être libéré sur parole, dis-je. Il avait vraiment besoin de ce boulot.

— Allez. Viens me voir demain. S'il te plaît, trouve John Hardin. »

Il n'était pas encore trois heures lorsque j'arrivai à la maison ; je vis Ruth Fox installée sur la véranda de chez mon père. Je coupai le moteur, appuyai mon front contre le volant de la voiture. J'étais meurtri, épuisé, au point de me sentir anesthésié. Les yeux fermés, je ne pensais pas être en état de supporter encore un conflit, ou un fantôme surgi de mon passé compliqué. Je n'avais en particulier aucun désir d'échanger des propos acerbes avec la mère de la femme que j'avais littéralement adorée. Je songeai à Leah qui était à Rome et qui me manquait beaucoup. Qu'avait pu être la souffrance endurée par Ruth Fox, me dis-je, elle qui avait perdu Shyla et Leah en l'espace d'une seule année ? J'ouvris les yeux pour regarder la silhouette immobile et patiente, assise dans le fauteuil de rotin blanc. Sans joie, je descendis de voiture et me dirigeai vers ma belle-mère.

Même sous la lumière brutale du soleil, je fus ému par la beauté de Ruth et me dis qu'il était peu banal, pour une seule ville, d'avoir produit cette génération de belles femmes. Et par une soudaine révélation, je vis la femme qu'aurait été Shyla à la soixantaine.

Ruth avait la minceur d'une jeune fille et des cheveux argentés. Vue de plus près, cette longue tignasse donnait l'impression d'avoir été volée à un ciel nocturne. Ses yeux, tout en ombres, restaient noirs même en pleine lumière, de sorte que je ne pus rien lire de ses pensées en approchant d'elle.

Derrière la maison, les marais, baignés par l'eau de mer qui remontait dans les chenaux, prirent une odeur plus sombre, comme une bête immonde tapie dans l'ombre, tandis que j'affrontais une part mutilée de mon passé et de moi-même. Malgré mes efforts pour trouver une entrée en matière, les mots se dérobaient. J'entrai sur la véranda. En silence, nous nous observâmes réciproquement. Il y avait tant d'années que nous étions morts l'un pour l'autre. Ruth finit par prendre la parole.

« Comment va notre petite Leah? » dit-elle avec son accent au doux écho de zones de résidence du côté des frontières mouvantes de l'Europe orientale.

« Alors, répéta-t-elle. Je vous pose la question, Jack : comment va notre petite Leah?

— Ma petite Leah va très bien, répondis-je.

— Elle est très belle, dit Ruth. Martha nous a rapporté des photos. Elle a même fait une jolie vidéo de Leah s'adressant à nous.

— Leah est une enfant merveilleuse, Ruth, dis-je.

— Il faut que nous parlions.

— C'est ce que nous sommes en train de faire », dis-je, et j'entendis dans ma voix plus de froideur que je n'y avais mis. Dans le visage de Ruth, je voyais le visage de Shyla et aussi celui de Leah, et cette filiation me frappa.

Ruth dit : « Il faut que nous reconsidérions nos relations de A à Z.

— Commencez par méditer ceci, dis-je. Nous n'entretenons aucune relation. Nos relations se sont achevées le jour où votre mari est venu à la barre pour tenter de me retirer mon enfant. Tout le monde comprend la nature de l'erreur aujourd'hui, mais uniquement parce que j'ai gagné. Si vous aviez gagné, je n'aurais plus jamais revu Leah.

— Vous êtes en droit de nous haïr, dit-elle.

— Je n'ai pas de haine contre vous, Ruth, dis-je tranquillement. Je déteste votre mari. Vous, je ne vous ai jamais haïe. Vous n'avez pas affirmé au juge que je battais Shyla et Leah. Votre mari l'a fait.

— Il est le premier désolé, dit Ruth. Il sait qu'il a été injuste envers vous. Il aimerait vous expliquer certaines choses, Jack, dit-elle. Moi aussi, j'aimerais beaucoup vous expliquer certaines choses.

— Commencez donc par "la dame aux pièces d'or".

— Je dois finir par "la dame aux pièces d'or". Je ne peux pas commencer par là, dit Ruth dont le visage semblait fragile et pâle sous la lumière crue.

— Ce furent ses dernières paroles, dis-je. Pour moi, elles n'ont pas de sens. Martha dit que vous en connaissez la signification. Alors éclairez-moi.

— Ces paroles ne pourront pas avoir de sens pour vous tant que je ne vous aurai pas raconté toute l'histoire, mon cher Jack.

— S'il vous plaît, ne m'appelez pas votre cher Jack.

— On ne s'aimait pas autrefois, Jack?

— Vous m'avez aimé jusqu'au jour où j'ai épousé votre fille.

— Nous sommes des Juifs orthodoxes. Vous ne pouvez pas nous reprocher d'être contrariés que notre fille épouse un gentil. Vos parents n'étaient pas plus heureux de vous voir épouser une Juive.

— Je voulais juste remettre les pendules à l'heure, dis-je avant de m'asseoir sur la balancelle que j'actionnai doucement d'avant en arrière. Vous m'avez très mal traité.

— Si je vous avais expliqué le sens de "la dame aux pièces d'or"... » Elle s'interrompit pendant qu'elle luttait pour ne pas s'effondrer. Puis elle poursuivit, mais chaque mot était gagné de haute lutte. « Alors, je n'aurais pas pu vous reprocher la mort de Shyla. En vous rendant responsable, Jack, j'ouvrais une fenêtre pour moi. Je vous ai accusé pour ne pas plonger dans le désespoir.

— Vous préfériez m'y plonger moi. »

Ruth Fox me regarda : « Jack, vous ne savez pas ce qu'est le désespoir. »

Je me penchai en avant pour lui lancer sauvagement : « On se fréquente en permanence.

— Vous ne savez rien du désespoir. Vous en

291

connaissez les lisières. Moi, je suis allée au cœur, dit Ruth d'un ton ferme, calme, convaincant.

— Nous y revoilà donc, dis-je, agacé. Atout maître avec l'Holocauste.

— Oui, dit-elle. Je choisis de jouer cette carte. J'en ai gagné le droit. Et mon mari aussi.

— Vous ne vous en êtes pas privés. Quand Shyla refusait de terminer son assiette, votre mari se mettait à hurler "Auschwitz".

— Accepterez-vous de le voir, Jack? demanda Ruth. Il tient beaucoup à vous rencontrer.

— Non. Dites à ce triste salopard que je ne veux plus jamais le voir. »

Ruth se leva, vint vers moi, mais j'évitai son regard. Elle prit mes mains qu'elle embrassa doucement. Ses larmes tombèrent sur mes mains qui furent inondées, couvertes de baisers, caressées par ses cheveux.

« Je vous demande de voir mon mari. Je vous le demande pour moi.

— Non, dis-je, avec un rien d'emphase.

— Je vous demande de voir mon mari, répétat-elle. Je vous le demande au nom de Shyla. La petite fille que nous avons conçue ensemble. Celle que vous avez aimée. Celle qui a donné le jour à Leah. Je vous le demande au nom de Shyla. »

Je regardai Ruth Fox et vis la femme qui fut le premier asile de ma femme. Je songeai à Shyla à l'intérieur du corps de Ruth, à l'immense amour de Ruth pour sa fille dépressive, et je me demandai comment je réussirais à survivre si jamais Leah se donnait la mort. Ce fut Leah, et pas Shyla, qui me fit me lever.

« Je rentre à Rome, et maman va essayer de venir nous rendre visite en décembre si elle retrouve assez de force. Leah et moi reprendrons l'avion avec elle après Noël. Maman veut assister à la messe de minuit au Vatican.

— Leah, ici, à Waterford, dit Ruth.

— J'aimais Shyla. Tous ceux qui ont eu l'occasion de nous voir ensemble savaient que j'aimais votre fille. Je suis désolé d'avoir été catholique. Je suis désolé qu'elle ait été juive. Mais l'amour parfois fonctionne ainsi.

— Nous savons que vous l'aimiez, Jack, dit Ruth. Et Martha nous a raconté que vous donniez une éducation juive à Leah. Martha dit que vous l'emmenez à la plus vieille synagogue de Rome chaque sabbat.

— J'ai promis à Shyla que si un jour il lui arrivait quelque chose, je ne laisserais pas Leah oublier qu'elle est juive, dis-je. Je suis quelqu'un qui tient ses promesses.

— Leah, dit Ruth, vous nous laisserez la voir ?

— Vous pourrez voir Leah autant que vous voudrez, mais à une condition.

— Ce que vous voudrez, dit Ruth Fox.

— J'aimerais savoir ce que vous et George savez de la mort de Shyla. Nous ne sommes pas obligés de nous faire des reproches mutuels. Moi, je peux vous raconter ce qu'elle disait et ce qu'elle pensait au cours des jours qui ont précédé le grand saut. Je n'ai aucune idée de ce qu'elle savait de votre passé. Elle était toujours triste, Ruth, mais je suis un homme triste, et c'est une des choses qui nous ont rapprochés. Chacun savait faire rire l'autre. Je croyais tout savoir d'elle. Mais j'ignorais les choses importantes, celles qui pouvaient la sauver.

— Mon mari a hâte de vous voir.

— Dites à George que je ne peux pas tout de suite, dis-je. Mais quand je reviendrai avec Leah... on commencera.

— Etes-vous allé sur la tombe de Shyla depuis votre retour ?

— Non, dis-je, avec un rien de brusquerie.

— C'est une belle pierre. Très jolie. Elle vous plairait, dit-elle.

— Nous irons ensemble, Leah et moi. »

De retour à l'hôpital, je regardai le Dr Pitts conduire mon grand-père, Silas, puis mon père dans la chambre de ma mère. Les frères s'étaient réhabitués à ma présence à leurs côtés et lorsque Dallas arriva de son cabinet, nous devisâmes ensemble des événements de la journée. Le médecin de ma mère parlait de la laisser retrouver son propre lit dans une petite semaine. Au loin, nous entendions un bruit d'avertisseurs, tout à fait en aval du fleuve. Dallas se mit à nous parler du cas de divorce sur lequel il travaillait lorsque Dupree marcha vers la fenêtre pour regarder dehors.

« Le pont est ouvert, dit Dupree. Tee, prends les jumelles.

— Je les ai dans ma serviette, dit Dallas. Il y a une aigrette qui niche avec ses petits sur un poteau télégraphique à côté de mon bureau. »

Le concert d'avertisseurs s'aggravait dans le lointain.

« Un bateau un peu lent à l'heure de pointe, dit Dallas. Il n'en faut pas plus.

— L'heure de pointe à Waterford ? dis-je.

— La ville a grandi, dit Tee.

— Il n'y a pas de bateau », dit Dupree qui regardait dans les jumelles.

Nous rejoignîmes Tee devant la fenêtre pour scruter l'horizon du côté du pont ouvert.

« C'est pas possible autrement, dit Tee. Ils n'ouvrent pas le pont histoire de se distraire.

— Si je vous le dis, répéta Dupree. Il n'y a pas de bateau.

— John Hardin connaît le type qui manœuvre le pont tournant, Johnson, dit Tee. Il va lui tenir compagnie de temps en temps.

— Pourquoi est-ce que mon cœur s'arrête de battre, tout à coup ? » demanda Dallas.

Mon père arriva derrière nous et dit : « Que regardez-vous, tous les quatre ?

— Où est John Hardin, papa ? demandai-je.

— Il va très bien. Je viens de le dire à ta mère. Il est passé à la maison, ce matin. Il avait l'air dans une forme éblouissante. Il voulait juste m'emprunter un fusil. »

Dupree baissa les jumelles et jeta un regard noir à notre père. Puis il scruta de nouveau le pont à travers les lentilles et dit : « Nom de Dieu, je vois John Hardin. Il a quelque chose à la main. Ouais. Bravo papa, c'est ton fusil.

— Tu as prêté un fusil à un schizophrène para-
noïde ? dit Dallas.

— Non, j'ai prêté un fusil à John Hardin, rectifia
le juge. Il m'a dit qu'il voulait faire quelques cartons
pour s'entraîner. »

Comme nous regardions de nouveau par la fenêtre,
un homme surgit sur la chaussée du pont ouvert,
courant à toute vitesse. Il ne ralentit pas et nous
assistâmes, fascinés, à son plongeon en piqué dans
les eaux du Waterford.

« C'est John Hardin », devina Tee, et nous démar-
râmes tous les quatre au pas de course dans le couloir de l'hôpital, direction le parking.

Dans la voiture de Dupree, avec ce dernier qui fonçait dans les rues bordées d'arbres, nous voyions les
gyrophares de trois voitures de police qui tournaient
à l'unisson devant le pont ouvert, côté ville.

« On ne rigole pas avec le trafic fluvial, les gars, dit
Dallas. Ce n'est pas un règlement local qu'il est en
train d'enfreindre. La police fédérale va être sur le
coup. Ils n'adorent pas non plus que la circulation
routière soit interrompue à cette heure de la journée.
Et ils n'aiment certainement pas qu'un type armé
immobilise le seul pont qui permette de rejoindre les
îles. Ils risquent de blesser John Hardin. »

Dupree prenait les petites rues, évitant les encom-
brements entre Anchorage Lane et Lafayette Street,
mais il fut obligé de forcer le passage à travers une
file de voitures bloquées dans Calhoun Street, qui
menait directement au pont.

« Ils en ont carrément ras le bol, les automobi-
listes », dit Dallas tandis que Dupree contraignait
sans douceur une vieille dame à reculer jusqu'à toucher le pare-chocs de la Corolla Toyota qui se trouvait derrière elle.

Puis Dupree donna de l'avertisseur et fonça à
contresens sur la voie déserte correspondant à la circulation sortant du pont. Il dépassa la file de véhicules coincés et de conducteurs incrédules, et vint se
ranger à côté des deux voitures de police également
rangées du mauvais côté. Nous bondîmes tous les

quatre pour venir rejoindre la ligne de policiers qui faisaient face à un John Hardin plein de morgue, de l'autre côté de l'eau. John Hardin, enfin seul, bravant le reste du monde.

En arrivant au bord du pont tournant, nous vîmes le shérif Arby Vandiver qui tentait de négocier avec John Hardin. Mais nous savions tous les quatre que notre frère était entré dans cette zone incontrôlable où les voix qu'il entendait en lui et le bourdonnement confus de ce qui se passait sur le pont le rendaient réceptif exclusivement à son monde intérieur. Depuis longtemps il avait créé son île à lui et n'avait d'autre tribune que lui-même lorsque l'éclair extraordinaire et ravageur de la folie l'éblouissait.

« Hé Waterford ! hurlait John Hardin. Je t'emmerde. Voilà ce que j'ai à dire à cette ville et à tous ceux qui y vivent. Quelle petite ville minable ! Tous ceux qui grandissent ici, ou sont obligés d'y vivre même un tout petit moment, deviennent d'irrémédiables connards. Ce n'est pas ta faute, Waterford. Tu n'y peux rien si tu es pourrie jusqu'à la moelle. Mais l'heure est venue. Tu ne vaux plus un clou, et ça se voit.

— On est fier de s'appeler McCall, murmura Dallas.

— C'est bon, John Hardin, ordonna le shérif Vandiver dans un porte-voix. Appuie sur le bouton, et laisse le pont se refermer. Tu bloques la circulation sur des kilomètres.

— Ce pont, on n'aurait jamais dû autoriser sa construction, shérif. Vous le savez parfaitement. Vous vous rappelez comme elles étaient belles, ces îles, avant qu'ils fassent un pont ? On pouvait parcourir des kilomètres à pied sans voir une maison. Il y avait des dindons sauvages partout. Il suffisait de tremper du fil appâté pour lever des poissons. Et aujourd'hui ? Putain, rien du tout. Sauf un millier de généraux qui vivent là à côté de leurs terrains de golf. Un million de colonels en retraite avec leurs niaises de femmes y ont fait construire des maisons hideuses pour leurs vieux jours. Il y a sept terrains de golf entre ici et la mer. Il leur faut combien de trous, à ces connards?

— Il n'a pas tort », dit quelqu'un dans la foule qui commençait à grossir sur le bout de pont derrière nous. Un autre attroupement se formait sur l'autre moitié de pont, côté océan.

« Je dois récupérer mon pont, petit, dit le shérif.

— C'était une ville superbe, autrefois, cria John Hardin pour en appeler au sens partagé de la nostalgie qu'il prêtait au shérif.

— Oui, petit, c'était le paradis sur terre, dit Vandiver d'une voix lasse étrangement déformée par l'instrument en forme de volcan. Appuie sur le bouton et rends-moi gentiment ce pont, ou je risque de devoir te faire du mal, John Hardin. »

En entendant ces paroles, Dupree entra dans la danse des négociations en s'adressant au shérif : « Hé, Vandiver, que ceci soit bien clair. Vous n'allez faire aucun mal à John Hardin.

— Ce ne sera pas moi, dit le shérif. Le règlement stipule que je dois appeler les forces d'intervention spéciale du SWAT à Charleston, en cas de siège. Ils arrivent en hélicoptère.

— Que vont-ils faire de John Hardin? demandai-je.

— Le descendre, dit le shérif. Surtout qu'il est armé.

— Renvoyez les types du SWAT, shérif, dit Dallas. Appelez-les pour leur dire de rentrer. Nous allons faire en sorte que John Hardin ferme le pont.

— Ça ne marche pas comme ça, protesta le shérif.

— Alors faites-leur savoir que ses frères sont arrivés et qu'ils vont le convaincre d'abandonner son projet, dit Dupree.

— Je vais les prévenir », dit le shérif en retournant vers sa voiture.

John Hardin nous observait attentivement pendant ces discussions et il suivit le shérif des yeux.

« Je sais ce que tu racontes, Dupree, cria-t-il. Tu es en train de dire à tout le monde qu'il me faut ma piqûre et qu'ensuite je serai raisonnable. Le monde peut bien croire que je suis fou, moi, je pense que c'est le monde qui est fou — alors qui va trancher ? Jamais je ne laisserai une autre voiture franchir ce putain de pont. J'emmerde Waterford. J'emmerde cette petite ville. Si les petites villes sont petites, il y a une raison. Waterford est une petite ville parce que c'est une ville nulle. Jamais un bateau ne devrait être obligé d'attendre à cause d'une voiture. La voiture est un mode de transport inférieur. J'ai libéré le Waterford pour le rendre à tous les bateaux du monde. »

Dupree fit un pas en avant, lui qui avait la plus grande tendresse pour John Hardin, et était sa bête noire favorite.

« Ferme le pont, John Hardin, ordonna-t-il.

— Tu peux aller te faire mettre, Dupree, répondit John Hardin avec un geste explicite du médius pour donner plus de poids à ses paroles. Cette ville est un tel tas de merde qu'elle a collé la leucémie à ma pauvre mère. Quand j'étais enfant, personne n'avait de cancer. Maintenant, tout le monde en a. Comment vous expliquez cela, bande de pauvres cons ? Avec vos sourires débiles, vous vous fichez tous pas mal de bousiller cette ville. Ça a commencé avec ce pont. Le nombre de connards qui passaient le fleuve avec leurs clubs de golf. Sans savoir ce qui est important. La beauté est importante...

— Demain matin, j'aurai perdu jusqu'à mon dernier client en ville, me murmura Dallas. Il n'en restera pas un.

— Point final ! hurla John Hardin. La beauté et rien d'autre. Vous êtes allés vous balader à Hilton Head, récemment ? Cette pauvre île, ils vont la noyer sous le béton.

— Ferme ce putain de pont, John Hardin », répéta Dupree, juste assez fort pour être entendu de John Hardin. Les gens qui sortaient du travail commencèrent à s'énerver et déclenchèrent un concert d'avertisseurs couvrant toute possibilité de dialogue. John Hardin tira un coup de fusil en l'air, à la suite de quoi le shérif et ses acolytes entreprirent de faire taire les klaxons.

« Je vous présente mon frère Dupree, hurla John Hardin depuis son îlot d'acier. Le jour où l'on organisera un concours pour désigner le roi des enculés, je vous garantis qu'il sera dans les finalistes.

— N'empêche, criai-je à mon tour pour me montrer solidaire de Dupree, que tu es prié de fermer ce pont, s'il te plaît, John Hardin. C'est moi, Jack, qui te demande de bien vouloir refermer ce pont.

— Mon frère Jack, qui a abandonné Waterford et sa famille pour aller dans un pays où l'on ne mange que des lasagnes, de la pizza, et ce genre de saloperie. Comment pourrait-il comprendre que si je ne ferme pas le pont, c'est parce que l'important, c'est la beauté ? Et que c'est très important.

— On s'en fout de la beauté, hurla Tee exaspéré et gêné par cette embarrassante épreuve.

— Du calme, Tee, dit Dallas. Nous sommes confrontés à un cas de folie à l'état pur.

— Perspicace, le diagnostic, ironisa Tee à voix basse.

— Quand j'étais enfant, il n'y avait pas une seule maison sur l'île d'Orion. Aujourd'hui, il n'y a plus le moindre bout de terrain en bord de mer. L'érosion est partout. Les tortues peuvent à peine atteindre la terre ferme pour pondre leurs œufs. Imaginez un peu ce qu'elles doivent penser, ces mamans tortues, dit John Hardin.

— Les tortues ne pensent pas. Elles se contentent d'être des tortues, dit Dupree. Tu parles comme un débile, John Hardin.

— Je n'avais jamais compris pourquoi tu étais parti vivre en Europe, dit Dallas. Jusqu'à aujourd'hui.

— Il y a des tas de maisons à louer, dis-je.

— Quel nul tu peux faire ! continua Dupree à l'intention de John Hardin. Tu fais partie des nuls et des toquards depuis le jour où tu es né. Maman me le disait tout à l'heure. Elle est sortie du coma.

— Maman est sortie du coma ? dit John Hardin. Tu mens. Je te dis merde, Dupree McCall. » La voix de John Hardin s'était faite poignante comme un sifflet de train. « Je ne fermerai pas ce pont tant que tout le monde ne criera pas : "On emmerde Dupree McCall."

— Organisez la chorale, les gars, dit Dupree. Il parle sérieusement. Et si les gars du SWAT arrivent, ils vont tuer notre petit frère. Ils ne rigolent pas, eux. »

Nous recrutâmes des volontaires dans la foule pour faire passer le mot chez les conducteurs. Le shérif cria des instructions au rassemblement des personnes coincées de l'autre côté du pont tandis que la tension montait au point qu'il devenait presque dangereux de respirer l'air ambiant.

Le shérif empoigna son porte-voix et dit : « A trois. Un. Deux. Trois... »

Et la foule de scander : « On emmerde Dupree McCall.

— Plus fort ! exigea John Hardin.

— Plus fort !

— On emmerde Dupree McCall, gronda la foule.

— Maintenant ferme ce pont, cria Dupree. Avant que je ne vienne en personne te botter le cul.

— Tu comptes sauter à la perche, connard ? cria John Hardin.

— Il y a des dames, ici, dit Dallas, changeant de tactique.

— Je présente mes excuses à toutes les dames que je pourrais avoir offensées, dit John Hardin, et sa voix avait les accents de la contrition. Mais ma mère a la leucémie et je ne sais plus très bien où j'en suis, aujourd'hui.

— Maman est sortie du coma, cria de nouveau Dupree. Elle veut te parler. Elle refuse de voir aucun de nous tant qu'elle ne t'aura pas parlé. Ferme le pont.

— J'accepte à une condition, dit John Hardin.

— On dit oui, dit Dupree à notre intention en parlant sans remuer les lèvres, comme un ventriloque. Je ne l'ai jamais vu dans un état pareil.

— Je veux que tous mes frères se mettent à poil, complètement, et qu'ils plongent dans l'eau, hurla

John Hardin, ce qui déclencha quelques rires dans l'assistance.

— Je suis avocat et j'exerce ici, dit Dallas. Les gens ne vont pas confier leurs intérêts à un type qu'ils ont vu à poil sur un pont.

— Il faut le faire, dit Dupree.

— Compte là-dessus, Dupree McCall, dit Tee. Je suis professeur de l'enseignement public dans cet Etat. Je ne peux pas. C'est impossible.

— Si on ne le fait pas, la brigade du SWAT va descendre John Hardin. »

Dupree marchait déjà vers le bord du pont et commençait à se dévêtir. Nous suivîmes, en ôtant nos vêtements.

« On se déshabille, dit Dupree, et toi, tu jettes le fusil dans l'eau. Puis on plonge. Et tu fermes le pont. Marché conclu ? »

John Hardin prit le temps de réfléchir avant de dire : « Marché conclu. »

Dupree enleva ses sous-vêtements, suivi de Tee, puis de moi, et enfin d'un Dallas fort récalcitrant et bougonneur.

John Hardin affichait un sourire radieux en jouissant du spectacle de ses frères nus comme des vers et humiliés. « Vous avez tous une petite bite. »

Ceux qui pouvaient entendre éclatèrent de rire. Même le shérif et ses hommes cédèrent à l'hilarité.

« Il y a des journalistes ? » demanda Dallas.

Je me retournai et vis un photographe avec plusieurs appareils autour du cou ainsi qu'un autre armé d'un caméscope.

« Et des photographes, dis-je.

— Ma carrière est finie, dit Dallas dont le désespoir s'aggravait.

— L'information va faire le tour de l'Etat en un rien de temps », dit Tee.

Dupree leva la tête pour scruter le ciel et cria ensuite : « Jette le fusil dans l'eau. Ça fait partie du marché. »

John Hardin hésita un peu, puis jeta l'arme dans l'eau salée du fleuve.

« Nous allons sauter, dit Dallas. Ensuite, tu fermeras le pont. C'est d'accord ?

— L'eau qu'on boit dans cette saleté de ville a donné la leucémie à ma mère. L'eau du robinet vient de la Savannah, bande d'imbéciles. Avec les déchets nucléaires, la pollution des papeteries...

— C'est d'accord ? répéta Dupree. Maman est sortie du coma. Elle a demandé après toi d'abord. Elle veut vraiment te voir.

— Maman, maman ! hurla John Hardin.

— Alors, on est d'accord ? » dit encore une fois Dupree.

John Hardin se retourna pour nous regarder. Ses yeux s'emplirent soudain de malice et il cria : « Sautez, espèces de salopards, allez, à l'eau ! Et j'espère que les requins vont bouffer vos minuscules quéquettes vite fait. Sautez, et ensuite je ferme le pont.

— J'ai le vertige, dit Tee.

— Alors je vais te donner un coup de main », dit Dupree en le poussant du pont.

Tee hurla de terreur pendant toute la durée de la chute. Quand il refit surface, nous sautâmes à notre tour du pont de Waterford, dans un bel ensemble dont je pense qu'il ne manquait pas de style.

Je heurtai l'eau froide du mois d'avril et descendis plus profond que je ne l'avais jamais fait de toute ma vie, si profond que lorsque j'ouvris les yeux je dus nager à l'aveuglette vers la lumière. L'eau était opaque et troublée par les riches éléments nutritifs qui se développent à profusion dans les marécages couleur de jade. Lorsque je retrouvai enfin la surface, le regard de mes trois frères était fixé sur les poutrelles métalliques du pont tournant, juste au-dessus de nous, et je pus voir s'amorcer la lente rotation massive indiquant que John Hardin respectait sa part de contrat. Le shérif nous salua en criant ses remerciements.

Le courant du montant était fort, et nous étions déjà à cent mètres en amont lorsque nous vîmes les hommes du shérif passer les menottes à John Hardin avant de le faire monter dans une voiture de police.

« Et maintenant ? demanda Tee.

— Laissons-nous porter jusque chez papa.

— Ma carrière est terminée, gémit Dallas.

— Lance-toi dans quelque chose de nouveau, mon grand, dit Tee. La nage synchronisée, par exemple. A poil. »

Nous avons pouffé, puis Tee et Dupree plongèrent immédiatement, et leurs deux paires de jambes poilues se tendirent à l'unisson le temps de quelques battements, puis ils émergèrent, toussant et crachant l'eau par les narines, mais toujours hilares.

« Nous avons effectivement une petite bite, dit Tee.

— Parle pour toi, dit Dallas.

— Je vois la tienne aussi. Nous sommes tous les quatre montés comme des écureuils, dit Tee qui flottait sur le dos en contemplant tristement ses avantages naturels à peine suffisants.

— Une question, dis-je en pataugeant, soulagé que l'épreuve de force fût terminée. John Hardin fait ce genre de coup tous les combien ?

— Deux ou trois fois par an, dit Dupree. Mais là, il a innové. Il ne s'était encore jamais servi d'un fusil, et il n'était jamais monté sur un pont. Je lui mets mention "très bien" en créativité, pour ce coup.

— C'est triste. Et pathétique, dit Dallas qui flottait sur le dos.

— Oui, c'est triste, reconnut Dupree. Mais on rigole, aussi.

— Dis-moi ce qu'il y a de rigolo, dit Dallas. Notre frère est conduit dans un asile de fous, menottes aux poignets. »

Dupree dit : « Tu avais déjà imaginé qu'un jour tu sauterais d'un pont, nu comme un ver, avec la ville entière qui te regarde ? »

Je hurlai de rire et d'amour fraternel, tout en entamant un dos crawlé. Nous avons nagé un bon moment en silence, et j'étais perdu dans mes pensées à la fois hilarantes et affligeantes. Nous étions des enfants des basses terres, bons nageurs, bons pêcheurs, nous avions grandi et mûri dans une mai-

303

son pleine de terreurs secrètes dont nous portions chacun les marques différentes. Une étrange part d'ombre nous habitait, faite de méfiance et de distorsion. Nous usions du rire comme arme autant que comme vaccin.

Plus nous allions, plus l'eau avait le contact froid de la soie sur mon corps, et jamais je n'avais connu cette nudité limpide, animale. J'écoutais le bavardage de mes frères et chaque mot qu'ils prononçaient nous rapprochait. A travers eux, je pouvais étudier certains des défauts que j'avais à supporter dans ma propre vie. Comme moi, ils avaient le caractère ombrageux, taciturne, mais ils se montraient d'une excessive courtoisie avec tout le monde. Ils étaient tous francs du collier et un peu primaires, mais ils savaient me regarder dans les yeux, exprimer leur affection d'un rire, et ne jamais donner l'impression d'avoir un rendez-vous urgent ou de chercher la sortie la plus proche quand j'étais avec eux.

Nous saluions les gens au passage, sur la berge, et tandis que la marée nous portait, je sentais que mes frères n'avaient pas plus envie que moi de voir cette journée s'achever. A tour de rôle, nous nous racontions des histoires, et comme moi mes frères firent durer le plaisir en soignant les détails qui parsèment chaque épisode des récits réussis. En bons sudistes, ils savaient saisir une histoire au vif. J'étais entouré par leurs voix, et j'aimais le son de ma langue maternelle sortant ainsi de gosiers sudistes. Mes frères parlaient tous en même temps, se coupaient la parole, et nous flottions sur le cœur de notre fleuve, celui dont le chant avait bercé notre enfance. J'écoutais mes frères, avec leur accent sucré aux consonnes adoucies, comme un ronronnement de chaton, aux spirantes sifflantes et cotonneuses, avec tous ces mots dont la tendresse passait le rideau de fumée de la langue de mon enfance.

Pris dans la petite armada de mes frères, je nageais dans le fleuve qui menait à la maison de mon père, conscient que le lendemain je me trouverais dans un avion volant vers l'Europe et ma fille, après avoir vécu une semaine qui allait chambouler toute ma vie. Je me sentais des liens avec ce fleuve, avec cette ville, avec ce ciel ouvert, avec tout ce qui m'entourait.

Ma fille ne savait rien de cette réalité, ni de ce qui la rendait indiciblement vitale pour moi. Demain, je rentrerais chez moi, je raconterais à Leah tout ce que j'avais vu, entendu, éprouvé, et puis je m'en remettrais à son cœur avide et généreux d'enfant privé de mère pour me pardonner. Je l'avais arrachée à ce que nous étions tous les deux. Je lui avais tout donné, sauf le Sud. Je lui avais volé sa carte de visite.

Mike Hess et Ledare me conduisirent à l'aéroport de Savannah, le lendemain, et je signai pour le projet de film. Mike avait profité d'un moment de faiblesse, alors que j'étais en train de me réconcilier avec ma propre histoire.

## 17

Dans la lumière dérangeante mais bénie qui éclaira ces années que j'appelle mon enfance, j'ai grandi dans une maison qui comptait deux étages, beaucoup de pièces, et me fit tomber amoureux des architectes peu soucieux de contingences et concevant des alcôves et des pièces de formes étranges, si vastes que je pouvais m'y perdre pendant les plus violentes querelles opposant mes parents. J'étais un enfant craintif, et un escalier secret était mon refuge préféré. Parce qu'il aimait par-dessus tout le droit et le bourbon, mon père s'intéressait peu à cette maison. Mais ma mère l'inspirait par tous les pores de sa peau, elle en connaissait le moindre recoin, et lui parlait même à l'occasion, lorsqu'elle était perdue dans ses pensées pendant le grand nettoyage de printemps. Pour mon père, la maison était un lieu où il accrochait son chapeau, ses vêtements, et où il abritait sa bibliothèque, mais ma mère y voyait une prière exaucée par un monde généreux.

La maison avait été construite en 1818, dans ce qui devint le style Waterford ; les fondations pleines étaient en mortier spécial de la région, couvert de stuc, et les deux étages de vérandas étaient orientés à l'est pour profiter des brises fraîches qui montaient du fleuve aux jours les plus chauds de l'été.

Les pièces étaient spacieuses et hautes de plafond, et il y avait un grenier sentant le bois de cèdre et l'antimite, où étaient entassés assez de meubles abandonnés, de coffres et de tentures pour cacher une petite ville d'enfants menacés. Mais cette maison avait échu à Johnson Hagood et Lucy McCall accidentellement, et non sans controverse.

Depuis le début de leur mariage, nos parents s'étaient comportés comme deux fronts de tempête s'opposant, nous raconta-t-on. Leur union avait un côté artificiel et mal assorti. La source auprès de laquelle je recueillis cette information perturbante était ma très volubile grand-mère, Ginny Penn, qui me laissa toujours croire que ma mère était tombée un jour d'un camion de choux et avait embobiné mon innocent de père pour se faire mener à l'autel. En réaction peut-être contre les préjugés de sa mère, mon père avait ramené maman, Lucy, à Waterford, alors qu'elle était déjà sa légitime épouse et sans avoir encore prononcé son nom devant ses parents. Personne ne la connaissait, et pas un seul citoyen de Waterford n'avait entendu parler de sa famille. Pour un sudiste, la notion d'origines est capitale, et celles de Lucy furent inventées dès l'instant de sa rencontre avec mon père dans une boîte de strip-tease d'Atlanta. Mon père avait bu et ne savait pas que Lucy était une strip-teaseuse en congé ce jour-là. Johnson Hagood rentrait juste d'Europe où il avait combattu dans le cadre de la Seconde Guerre mondiale, et il avait eu sa dose de carnage pour une douzaine de vies. Lui avait envie de repartir de zéro, et

Lucy cherchait une porte de sortie lorsqu'ils tombèrent l'un sur l'autre. Le mariage fut célébré dans le bureau d'un juge de paix près de Fort McClellan, mon père en uniforme et ma mère en robe blanche, ample et ras du cou. Je suis né cinq mois après la cérémonie et ma mère m'appelait son « enfant de l'amour », mais Ginny Penn lui fit perdre cette habitude. Moi, j'aimais bien être un « enfant de l'amour ».

Petit, je ne savais presque rien de ces choses que j'appris progressivement et de façon fragmentaire, pendant la période qui suivit la première hospitalisation de ma mère, à cause d'une leucémie. Les sources furent variées et surprenantes, mais la principale ne tarda pas à être ma mère en personne. Le cancer lui donnait la force d'affronter un passé spectaculairement dépourvu d'instants de grâce. Aux yeux de Lucy, mon père était mignon et bien né. Il était apparemment sa meilleure chance d'échapper à la monotonie d'une vie écrite à l'avance, et elle la saisit sans trop réfléchir. Comme elle n'avait pas de passé, Lucy mobilisa tous ses brillants talents d'imagination, et elle s'en fabriqua un. Elle inventait sa propre autobiographie au fur et à mesure des besoins, et quand Johnson Hagood s'en était satisfait, elle l'incluait, mot pour mot, dans le récit qu'elle faisait toujours de sa vie.

Mon père crut Lucy O'Neill sur parole et annonça à ses parents qu'il avait épousé une danseuse d'Atlanta qui exerçait son art comme membre du corps de ballet. En 1947, Atlanta ne possédait pas de corps de ballet attaché à la ville, mais comment mon père aurait-il pu être au courant de cette donnée culturelle ? Lucy O'Neill avait une beauté inhabituelle, éclose naturellement d'un capital génétique nettement défavorable. Mais elle séduisait les hommes par sa silhouette, tout en courbes étonnantes, à vous faire exploser sur la langue, avec la douceur sucrée d'un fruit tropical, des mots comme « voluptueux ». J'ai toujours pensé que mon père avait épousé une coquille sans rien connaître de la femme qui était à l'intérieur. Il savait qu'elle n'était ni dégrossie ni instruite, mais il n'imaginait pas qu'elle était illettrée. Il croyait voir en elle l'éclair de l'intelligence à l'état pur, ce qui lui plaisait beaucoup. Mais en réalité, il épousait Lucy O'Neill pour contrarier sa mère, ce en quoi il réussit au-delà de ses pires envies de vengeance. Ginny Penn Sinkler McCall décréta que Lucy était une « rien du tout » dès l'instant qu'elle la vit.

Au demeurant, une boîte de strip n'est pas une si mauvaise école pour une fille de seize ans qui n'a jamais étudié ni passé de diplôme sur le comportement masculin. Dans le monde où elle évoluait, une femme devait comprendre le b. a.-ba du désir, et la leçon était facile à retenir et à mettre en application. Lucy avait toujours gardé un avantage sur les femmes lisses et gâtées qu'elle fréquenta ensuite à Waterford, parce que sa connaissance des hommes, elle la tenait du bas de l'échelle, pas du haut. Elle avait l'expérience des gars ivres de bière, braillant dans la sciure pour qu'elle ôte son bustier et glissant des billets de un dollar dans ses jarretelles ; elle ne savait rien des étudiants en smoking dissertant sur les poèmes de Sidney Lanier dans les soirées de leur fraternité, au printemps. Sa vision des hommes était monolithique, mais pas fausse : les hommes étaient prisonniers de leur braguette, et les femmes détenaient les clés du paradis. Ses théories sur les relations entre hommes et femmes étaient brutalement primaires et animales, mais elle n'en changea jamais de toute sa vie. Dans les soirées, lorsqu'elle s'avançait vers les rangées de messieurs connaisseurs, toutes les femmes présentes dans la pièce avaient pour elle des regards admiratifs et meurtriers. Si elle ne possédait ni vernis ni raffinement, Lucy McCall était imbattable dans le domaine des connaissances de base.

Quand elle rencontra Johnson Hagood, dès le premier jour Lucy s'inventa pour lui un passé d'enfant unique d'une famille respectée d'Atlanta. Elle avait grandi dans une maison de style Tudor, au 17, Palisades Road, dans le quartier de Brookwood Hills, à Atlanta. Son père était un associé du cabinet juridique King and Spaulding, connu pour être le seul cabinet juridique catholique de la ville, et il était spécialisé dans la gestion de biens. Sa mère, Catherine, était apparentée aux Spaulding d'Atlanta par sa mère, ses deux parents fréquentaient l'église du Sacré-Cœur, et sa mère avait été la première catholique à faire partie de la Junior League d'Atlanta. Ils avaient été tués tous les deux dans un accident de train à Austell, tout près de Waterford, le jour où Garner O'Neill tenta de gagner le train de vitesse au passage à niveau.

Lucy fut expédiée à Albany, Géorgie, chez une tante célibataire qu'elle détestait. A seize ans, elle s'était enfuie en faisant du stop, et c'est un fermier allant vendre des œufs au marché qui l'avait amenée à Atlanta. De 1947 à 1986, telle fut la version officielle de l'histoire de Lucy, à laquelle on ne touchait aucun mot, sous aucun prétexte.

L'histoire était vraie et lui avait été racontée par une vieille strip-teaseuse qui avait été la maîtresse de Garner O'Neill pendant des années, jusqu'à ce qu'il meure avec sa femme dans un accident de train. Chaque fois que son mari ou ses enfants interrogeaient Lucy sur ses parents, elle pleurait si spontanément et si abondamment que toute velléité inquisitrice ou dubitative était étouffée à la source. De cette expérience, ma mère apprit le pouvoir, tant des histoires que des larmes. La mort tragique des O'Neill servit de cadre à l'histoire qu'elle prétendait avoir vécue, ce qui était faux. Elle demeura fidèle à cette version, ce qui lui donna une connaissance rien moins qu'éphémère de la fiabilité de ce qui est inventé, imaginé, de l'irrésistibilité de la fiction.

Ginny Penn McCall, qui avait grandi au milieu des Sinkler de Charleston et avait une connaissance innée des subtilités de l'éducation et du raffinement, repéra instantanément l'imposture effective de Lucy.

En écoutant son accent, Ginny Penn sut que Lucy n'avait pas grandi à Atlanta, et qu'elle était encore moins née dans une famille distinguée. Ginny Penn affirma dès le premier soir à son mari que Lucy n'était qu'une « rien du tout, une petite Blanche minable », ajoutant : « Et je ne crois pas un mot de son histoire de parents et d'accident de train au passage à niveau d'Austell. » Sachant qu'elle n'avait pas trompé Ginny Penn, Lucy entreprit de gagner l'affection de son beau-père, Silas Clairborne McCall.

C'était un chasseur et un pêcheur réputé dans le comté, et Lucy ne tarda pas à apprendre que Ginny Penn n'avait jamais manié une carabine de sa vie. Confiant sa ribambelle de fils à Ginny Penn au fil des saisons, Lucy partait dans les bois avec Silas lorsque commençait la saison du chevreuil, et elle était dans le bateau avec lui lorsque l'alose et le *cobia* remontaient le fleuve, au printemps, pour pondre leurs œufs en eau douce. L'hiver, ils se postaient ensemble à l'affût, attendant les vols de pilets, de colverts et de malards qui venaient se poser dans les rizières inondées. Parce qu'elle connaissait les mots de passe secrets qui s'accumulaient autour des appâts et des munitions, la séduction progressive de Silas McCall fut un jeu d'enfant pour Lucy. Si Ginny Penn s'était plainte d'entrée de jeu de l'incapacité de Lucy à distinguer l'argent massif du métal argenté, Silas se vantait d'avoir une belle-fille capable de lancer une ligne aussi loin qu'un homme, et de suivre la trace d'un sanglier dans un marécage d'eau stagnante. Les critiques de Ginny Penn à l'égard de Lucy étaient semblables à celles qu'elle avait formulées jadis contre Silas. Quand Silas entreprenait de jauger le caractère d'un étranger, Ginny Penn vérifiait qu'on n'avait pas volé d'argenterie. Silas décréta publiquement qu'à son avis sa belle-fille était une « brave fille ». Il n'existait pas de meilleure recommandation pour certains vrais sudistes, mais c'est aussi ce qui valut à ma mère la haine définitive de Ginny Penn.

A l'automne 1948, après avoir épousé Lucy, Johnson Hagood McCall entra en première année de la faculté de droit de l'université de Caroline du Sud, à Columbia, grâce aux bons offices des militaires. Il faisait la navette avec Waterford, passant trois nuits par semaine sur place, dans une pension, avant de rentrer chez lui, auprès de sa femme, pour le reste de la semaine. La guerre avait élevé le niveau de ses ambitions et il trouva l'étude du droit facile. Il avait une pensée rationnelle, structurée, juste, et il se découvrit un talent pour discuter et parler. Les études de droit lui donnèrent aussi l'occasion de fréquenter des femmes qui avaient remis leurs études supérieures pour participer à l'effort de guerre. La compagnie de femmes intelligentes était pour lui un souvenir oublié, et cette première année le rendit critique à l'égard de Lucy, dont la banalité était soulignée par la vivacité et la spontanéité. Une rancœur prématurée s'installa lorsque Johnson Hagood regretta son mariage impulsif et se rendit compte que Lucy serait pour lui un piètre atout. Il découvrit tout à fait incidemment qu'elle n'avait jamais entendu parler de Mozart, de Milton, ou du Saint Empire romain. Non seulement elle était inculte, mais elle ne nourrissait apparemment aucune curiosité naturelle pour ses recherches sur la jurisprudence.

Chaque jour elle écoutait la radio, mais jamais il ne la voyait lire un livre ou une revue, et elle semblait parfaitement assommée chaque fois qu'il tentait de discuter avec elle un problème de droit épineux. Lorsqu'il lui dit qu'il souhaitait la voir s'inscrire à des cours pour s'élargir l'esprit, Lucy lui rétorqua que toutes ses énergies et toute son attention iraient à ses enfants. S'il désirait une femme diplômée de l'université, il aurait dû y penser avant de l'épouser. Le bonheur de Lucy enceinte était si touchant à voir que Johnson Hagood fut emporté par le sentiment enfantin de mystère qu'elle attachait à sa grossesse. Cette capitulation scella un schéma qui devait régir ensuite toute leur relation. L'enfant qui se trouvait en Lucy eut apparemment toujours le dessus sur l'homme incarné par mon père. « Méfie-toi des femmes vulnérables, nous dirait-il plus tard. Avec la vulnérabilité, tu te fais avoir à tous les coups. »

La grossesse contraignit Ginny Penn à l'action. Elle enleva pratiquement Lucy pour la garder à Charleston pendant un mois et lui offrir des cours accélérés dans le domaine de l'art de vivre et des bonnes manières sudistes. Intimant à Lucy l'ordre d'observer en silence, Ginny Penn lui inculqua les rudiments concernant l'argenterie, la porcelaine, la façon de se tenir à table, la conversation, et les règles du savoir-vivre, le tout en quatre semaines de formation intensive. Au cours de cette période, Ginny Penn apprit avec consternation que Lucy était issue d'un milieu de petits Blancs sudistes encore plus minables qu'elle n'avait soupçonné.

Au restaurant Henry's, dans Market Street, Lucy avait étudié le menu avec soin et attention avant de commander systématiquement la même chose que Ginny Penn, qui conclut à un manque d'imagination ou d'audace, non sans remarquer que le désir d'apprendre et le talent avec lequel Lucy pratiquait le mimétisme tenaient de l'héroïsme.

Ginny Penn eut la surprise de découvrir que Lucy enregistrait vite. A leur retour à Waterford, Lucy était capable de tenir une fourchette correctement et de couper sa viande dans une assiette en Wedgewood sans se faire remarquer. Elle savait dresser le couvert pour dix, connaissait l'usage des couverts à salade et du couteau à poisson, elle faisait la différence entre un verre à vin blanc et un verre à vin rouge. Ginny Penn apprit également à Lucy à cuisiner sept plats différents pour chaque jour de la semaine, Johnson Hagood s'étant plaint que Lucy n'était même pas capable de faire cuire un œuf. Sans être réputée pour ses talents de cordon bleu, Ginny Penn avait reçu un minimum d'enseignement ménager et appris à cuisiner à la façon sérieuse et typique de Charleston. Elle alla même jusqu'à transmettre très solennellement à Lucy le secret de sa recette du crabe pilau, un plat des basses terres dont on prononçait le nom à la huguenote, comme il se devait. La cuisine, enseigna-t-elle à Lucy, était une façon infaillible de repérer le degré de raffinement d'une femme. Attacher trop d'importance à la cuisine était un signe d'insatisfaction, mais avoir atteint la maîtrise parfaite de sept plats flatteurs pour le palais autant que pour les yeux signalait la femme sérieuse qui avait le sens de la mesure en toute chose.

Peu de temps après son retour à Waterford, Lucy McCall et son mari louèrent une ancienne maison d'esclaves, charmante mais sommairement rénovée, derrière la propriété de Harriet Varnadoe Cotesworth. Johnson Hagood avait dû déployer toute la grâce et l'éloquence qu'il possédait pour obtenir d'être reçu par la peu sociable Miss Cotesworth, qui appartenait à une longue lignée d'excentriques, spécialité propre aux petites villes du Sud. Cette femme pleine d'amertume, avec une nette tendance à la paranoïa, avait longtemps été redoutée dans la ville. Sa maison n'avait pas été ravalée depuis les années vingt, et pour se faire de l'argent, elle vendait les meubles de famille, un par un, à Herman Schindler, un antiquaire de Charleston. Elle accepta de louer à Johnson Hagood parce qu'elle avait vraiment besoin de l'argent, et qu'elle connaissait sa parenté avec les Sinkler de Charleston. L'affaire avait été conclue sur le pas de la porte de service à peine ouverte, et elle n'avait pas regardé le visage de l'homme à qui elle louait, ni demandé le nom de sa femme.

Abandonnée à elle-même une bonne partie de la semaine, pendant que son mari suivait ses cours de droit à Columbia, Lucy entreprit la lente conquête de Harriet Varnadoe Cotesworth, en utilisant tous les trucs qu'elle avait appris lors de sa formation éclair à Charleston. Elle cueillait des fleurs, sauvages ou cultivées, dont elle faisait des bouquets dans de simples vases de verre qu'elle déposait ensuite sur le pas de la porte de Harriet. Chaque fois qu'elle faisait les courses, elle prenait soin d'acheter des tomates ou des concombres, ou n'importe quel légume de saison pour sa propriétaire. Quand elle faisait des gâteaux ou du pain, elle n'oubliait jamais d'en faire un pour Harriet. Lucy agissait ainsi sans arrière-pensées ni mobile précis, mais elle était aussi seule et isolée à Waterford que Harriet Cotesworth.

Si elle ne donna pas à Lucy l'occasion de la rencontrer pendant le premier mois où les McCall habitèrent la maison des esclaves, Harriet accepta les fleurs et la nourriture qui lui étaient offertes. Elle rédigeait scrupuleusement des billets de remerciements sur du papier vieux de trente ans, et Lucy les gardait comme des trésors, sans pouvoir les déchiffrer. Johnson Hagood les lui lisait à voix haute quand il rentrait en fin de semaine, et Lucy prétendait adorer le son de sa voix quand il prononçait ces mots délicatement assemblés. Puis Lucy en arriva rapidement à charger Johnson de certains travaux chez Harriet. Un samedi, elle lui fit réparer les marches du perron, dangereusement usées. Un autre week-end, elle persuada Harriet de le laisser grimper sur le toit où il passa deux jours à colmater une fuite. Il était bricoleur, et Harriet ne tarda pas à émerger de sa solitude en même temps qu'elle dépendait de ses talents d'homme à tout faire. Mais son cœur fut conquis par Lucy.

Un matin, après n'avoir observé aucun signe de vie chez Harriet pendant plusieurs jours, Lucy poussa la porte de service et pénétra dans la maison décatie et mangée par le moisi. Il y avait des meubles entassés jusqu'au plafond dans certaines pièces, mais Lucy se fraya un chemin, jusqu'à arriver à un superbe escalier à vis.

On avait l'impression d'une maison noyée, et l'humidité avait une odeur iodée qui tenait du matelas de varech. Un bout de papier peint fleuri lui resta dans la main lorsqu'elle se mit à gravir les marches en appelant : « Miss Cotesworth, Miss Cotesworth ! » Quand elle atteignit enfin la chambre de maître, elle ouvrit la porte et découvrit Miss Cotesworth évanouie sur le plancher, gisant dans une mare d'urine.

Quand Harriet s'éveilla, ce soir-là, Lucy était à son chevet et dit à la vieille dame qu'elle avait une double pneumonie, mais que ce cher Dr Lawrence lui avait injecté une dose massive de pénicilline et pensait que le mal avait été pris à temps. Lucy avait fait le ménage dans la chambre et disposé des fleurs coupées partout. Elle avait désinfecté le cabinet de toilette, changé le linge, et ouvert les rideaux, laissant pénétrer le soleil pour la première fois depuis des années. Mais Harriet était beaucoup trop faible et désorientée pour se plaindre de quoi que ce soit. Malgré un éclair d'affolement soupçonneux dans le regard de ses yeux bleus, elle ne resta pas consciente assez longtemps pour faire une scène. Quand Harriet se réveilla de nouveau, Lucy lui donna à la cuiller une soupe de légumes qu'elle avait préparée elle-même.

Lucy soigna Harriet pendant la durée de sa pneumonie, et elle le fit avec grâce et bonne humeur. Au cours de ces deux semaines, la Miss Cotesworth vilipendée par Waterford trouva la fille qu'elle n'avait jamais eue, et durant les deux dernières années de la vie de Harriet, Lucy apprit la conduite qu'une fille est censée avoir face à une figure maternelle en train de mourir. Les deux portaient assez de blessures de leurs passés respectifs pour combler l'extraordinaire abîme qui les séparait socialement.

Harriet poursuivit la tâche entamée par Ginny Penn à Charleston et entreprit d'enseigner à Lucy l'art d'éviter certaines chausse-trapes qu'elle ne manquerait pas de rencontrer au cours de sa vie à Waterford. La vieille dame instruisit Lucy des secrets et scandales qui avaient entaché l'histoire des grandes familles de Waterford. Rien de tel qu'un scandale pour démythifier le lustre et la force d'un grand nom de Caroline du Sud. Elle le prouva en racontant à Lucy la ruine d'une douzaine de familles distinguées dont les patriarches et les fils ne pouvaient contenir leurs élans pour les filles du bas peuple. Bien que Harriet racontât en fait l'aventure advenue à Johnson Hagood, elle ne sembla pas faire le lien, tant son affection croissante pour Lucy l'avait aveuglée.

Le 5 novembre 1948, je naquis dans une chambre

à l'étage de la maison des Varnadoe Cotesworth, dans le lit à colonnes où étaient nées des générations de Varnadoe et de Cotesworth. Je fus baptisé Johnson Varnadoe Cotesworth McCall à l'insistance pressante de Harriet, et Lucy se fit un plaisir de céder dans la mesure où ce nom rendait Ginny Penn folle de rage. Tout Waterford se gaussa lorsque Lucy donna ce nom honorable et imprononçable à son premier-né, mais Harriet Varnadoe Cotesworth en pleura de bonheur. Elle avait toujours désiré transmettre à un fils le nom de son père bien-aimé et voyait enfin son vœu se réaliser.

Ce Varnadoe Cotesworth, placé en situation névralgique entre mon patronyme et mon premier prénom, me causa une grande gêne pendant mon enfance, vu que la ville entière savait que je n'avais rien d'un Cotesworth et que je n'avais jamais seulement vu un Varnadoe de souche. Mon passeport et mon permis de conduire indiquèrent toujours John V. C. McCall comme étant mon nom officiel, et pendant la guerre du Viêtnam, je soutins aux activistes du campus universitaire que mes parents m'avaient baptisé ainsi en hommage au Viêt-cong. De toute ma vie, je ne révélai qu'exceptionnellement, à un ami proche ou pendant une soirée trop arrosée, la signification de ces deux initiales prétentieuses dont je m'excusais aussitôt honteusement.

Pendant six mois, Waterford se moqua de la folie des grandeurs de ma mère, jusqu'à la mort soudaine de Harriet, qui décéda dans son sommeil. Les rires cessèrent définitivement à la lecture du testament de Harriet, qui légua tout ce qu'elle possédait, y compris la maison des Varnadoe Cotesworth, à Johnson Hagood et Lucy McCall.

Etre propriétaire transfigura Lucy. Elle adora la taille, la forme et la grandeur simple de la maison où elle élèverait ses enfants. Cette maison donna à ma mère la passion de l'architecture, un œil surnaturel pour reconnaître les objets anciens, des habitudes de jardinage, un intérêt forcené pour la protection de la nature, et une tendresse absolue pour le bruit de la pluie faisant des claquettes sur une toiture en zinc noirci pendant un orage d'été. Mon père et elle réhabilitèrent le lot d'antiquités oubliées qu'ils trouvèrent dans les pièces, les couloirs et les greniers, partout. La maison les rapprocha comme rien n'avait pu le faire, pas même ma naissance.

La maison des Varnadoe Cotesworth sonna le glas de l'union bancale de mes parents, mais l'histoire sous-jacente à cet héritage inattendu transforma ma mère, qui eut le sentiment de se trouver peut-être à l'aube d'une vie heureuse, envers et contre tout. Lucy décréta que c'était l'histoire la plus fabuleuse jamais advenue dans le Sud, et elle en faisait le récit aux cohortes de touristes qui venaient chaque année traîner chez nous à l'occasion de la traditionnelle visite de printemps. Ma mère revêtait une robe à crinoline dans la pure tradition sudiste et, ses jolies épaules nues éclairées par la lueur d'une bougie, elle faisait aux visiteurs un bref historique de sa maison, avant de les époustoufler et de modifier définitivement le cérémonial des visites de printemps en répétant l'histoire que lui avait racontée Harriet Cotesworth dans les jours qui précédèrent ma naissance.

Chaque année, mes frères et moi nous rassemblions pour écouter ma mère faire le portrait de la ravissante Elizabeth Barnwell Cotesworth, grand-tante de Harriet, dont les pieds foulèrent jadis les larges lattes des planchers de pin où nous nous adonnions à nos jeux de garçons turbulents. Elle mettait tant de passion et de conviction dans son récit que nous, ses fils béats d'admiration, étions persuadés qu'elle racontait l'histoire de sa jeunesse à elle, certains que nous étions que les jeunes gens devaient succomber comme nous à la magie de sa beauté.

« Elle s'appelait Elizabeth Barnwell Cotesworth, commençait ma mère, et elle est née dans la chambre même où devait naître mon propre fils, Jack, plus de cent ans plus tard. Sa beauté était déjà légendaire lorsque ses parents l'envoyèrent parfaire son éducation à Charleston. C'est au cours d'un bal donné au sud du Broad qu'Elizabeth fut présentée pour la première fois à un jeune lieutenant stationné à Fort Moultrie. En une seule danse, ce jeune diplômé de West Point, dont le nom était William Tecumseh Sherman, tomba sous son charme. »

Chaque fois que Lucy prononçait le nom de l'Antéchrist, Sherman, un frisson de stupeur parcourait l'assistance composée essentiellement de sudistes qui avaient grandi dans des familles où se transmettait le récit des méfaits de Sherman le violeur et grand spoliateur du Sud. Aucun sudiste, aussi progressiste soit-il, ne saurait pardonner à Sherman sa prodigieuse marche vers la mer par laquelle il brisa définitivement les reins de la Confédération. Ma mère tirait le parti maximum de cette haine absolue contre Sherman. Nous étions sur le palier, alignés en pyjama le long de la rampe, et elle nous faisait des clins d'œil, auxquels nous répondions par un autre clin d'œil, tandis que sa voix continuait de filer la singulière histoire d'Elizabeth et de son prétendant. La foule ne nous voyait jamais, mais nous restions dans le champ de mire de Lucy, et son récit nous captivait chaque fois. Et chaque fois l'histoire que nous entendions s'amplifiait et changeait au gré des détails qu'elle ajoutait. Parce que l'histoire de Sherman et d'Elizabeth appartenait à ma mère, et à elle seule, elle marqua le début de sa transfiguration au sein de la société de Waterford. Toute mon enfance, elle côtoya ces foules bien habillées de la visite de printemps, qui passaient d'une rue à l'autre, derrière un guide leur éclairant la route avec un candélabre d'argent. Dans la mesure où elle avait déjà une expérience de la scène, Lucy n'eut aucun mal à jouer le rôle de la belle sudiste alanguie. Lorsqu'elle accueillait les foules chuchotantes qui approchaient ces vieilles demeures comme on entre dans une chapelle privée, Lucy sentait que tout le groupe retenait son souffle à l'instant où elle faisait son apparition sur la véranda de sa maison, dans une robe donnée par Ginny Penn. Au fil des années, en même temps que ma mère prenait confiance en elle et dans la position qu'elle occupait en ville, elle devint célèbre dans le quartier pour ses talents de conteuse. Ma mère savait rendre crédit à qui le méritait, et elle décréta qu'elle devait tout au général Sherman. Mon malheureux frère Tee, dont l'enfance fut mortifiée par le prénom qu'il avait reçu, Tecumseh, avait été baptisé ainsi en l'honneur du soldat, et pas du grand chef indien.

Lorsque j'étais en terminale, au lycée, l'un de mes cadeaux de Noël fut un ticket personnel pour la visite annuelle des demeures historiques. Les parents de plusieurs de mes camarades de classe s'étaient regroupés pour avoir un tarif spécial, estimant qu'il était grand temps que leurs enfants soient instruits des richesses architecturales de leur ville. Ce soir du printemps 1966, pour la première fois, j'arrivai en touriste dans la maison où j'avais grandi, et je partageai l'émerveillement de la foule lorsque ma mère apparut sur le perron de chez elle, dans sa robe à la Scarlett O'Hara, les cheveux coiffés en anglaises, le visage éclairé par la lumière douce des chandeliers. Je levai les yeux et découvris mes jeunes frères en train de prendre position entre les barreaux de la balustrade de la véranda de l'étage. Dans les premières années, ma mère manquait d'expérience et se trompait parfois dans son récit, mais ce soir-là, elle raconta l'histoire de la maison avec la maîtrise manifeste d'une professionnelle. Sa voix était charmante lorsqu'elle salua le groupe qui formait un demi-cercle compact au bas des marches de sa maison. Quand elle eut un mot pour les dix élèves de terminale du lycée de Waterford, nous manifestâmes notre enthousiasme.

Je tenais la main de Ledare Ansley, et notre histoire d'amour était proche de sa fin. Jordan sortait avec Shyla ; Mike et Capers avaient amené les très chic jumelles McGhee dont les parents siégeaient au bureau de la Société historique. J'avais toujours entendu l'histoire de Sherman par bribes, caché dans l'ombre tandis que ma mère entraînait la foule de pièce en pièce.

Je ne saurais dire ma fierté, ce soir-là, en entendant la voix de ma mère commencer l'histoire de Harriet Varnadoe Cotesworth, qui menait à celle de la grand-tante de Harriet, Elizabeth. Cette dernière était née pendant une tempête de neige exceptionnelle sur Waterford, et une part du charme extraordinaire d'Elizabeth fut attribuée aux quinze centimètres de neige qui recouvraient la ville la nuit de sa naissance. Lorsque Lucy énuméra tous les détails de la vie d'Elizabeth, établissant le caractère incomparable et rare de celle qui habita autrefois cette maison, je tombai une fois de plus sous le charme.

Faisant un signe pour inviter tout le monde à la suivre, ma mère fit entrer les visiteurs dans le salon, où elle attendit patiemment que chacun fût bien installé avant de continuer. Accrochée au bras de Jordan, Shyla me vit les regarder et m'envoya un baiser exagéré que je fis semblant d'attraper au vol. Mike Hess nourrissait déjà une passion pour l'histoire et buvait les paroles de ma mère. Capers souleva un plat de service posé sur un secrétaire dans le vestibule, le retourna, et lut en silence le mot « Spode », authentifiant l'origine de la porcelaine. Capers savait bien que ma mère était une arriviste et une simulatrice, et il espérait la prendre en flagrant délit de faute de goût. Mais Lucy avait dix-sept ans d'avance sur lui et avait depuis longtemps réglé son numéro à la perfection. Ce qui n'était pas d'une authenticité absolue dans notre maison, et les exemples ne manquaient pas, était tenu soigneusement caché pendant ces journées de printemps où les azalées étaient en fleur. Dans les premières années, elle avait commis ce genre de faux pas, mais l'humiliation publique est un excellent remède à l'ignorance ou à la négligence. Elle recouvrait bien les traces et ne répétait jamais la même erreur.

« Après cette première danse, le lieutenant Sherman écrivit à Elizabeth dans le style franc et direct qu'il utiliserait plus tard dans ses mémoires. Il lui disait que cette danse avec elle avait définitivement changé sa vie.

« — Est-ce que je te fais le même effet, Jordan ? entendis-je Shyla murmurer à côté de moi.

— Exactement, chuchota Jordan à son oreille.

— Et toi, Jack ? me demanda-t-elle en me lançant une œillade.

— Elizabeth, lui susurrai-je. Oh, Elizabeth ! » Et Shyla de faire une révérence tandis qu'une vieille dame mettait l'index devant sa bouche.

« Sherman lui expliquait que pour la première fois de sa vie il avait réellement espéré que l'orchestre ne finirait jamais de jouer, et que cette valse durerait toujours, dit ma mère. Mais il devait rejoindre une véritable cohorte de jeunes gens de bonne famille nés dans nos basses terres, qui savaient qu'Elizabeth était le parti de la saison. Tous les garçons de Charleston étaient fous de notre Elizabeth.

« Cependant Sherman était celui qui l'intriguait, celui dont elle parla dans la lettre qu'elle écrivit à ses parents et qu'ils lurent dans cette pièce où nous nous trouvons. Elle décrivait ses longues promenades à pied avec le lieutenant, l'après-midi. Des promenades lentes, intimes, où ils se confièrent l'un à l'autre des secrets qu'ils n'avaient racontés à personne. »

Capers leva la main et Lucy dit : « Oui, Capers, vous avez une question ?

— Est-ce que Sherman était beau ? demanda-t-il. J'ai toujours pensé qu'il était hideux comme un rat. »

Les membres du groupe rirent timidement.

« Est-ce que Sherman était aussi mignon que Capers ? dit Mike. C'est tout ce que Capers souhaite savoir en fait, Mrs. McCall. »

Il y eut encore quelques rires et Lucy répondit : « Il n'était pas considéré comme un bel homme par ses contemporains. Mais comme pourraient vous le dire bien des femmes présentes dans cette pièce, le physique n'est pas ce qui compte le plus. Il y a la personnalité, l'ambition, la passion. On a parlé de son charisme. Le bruit courut même qu'un jeune homme d'une excellente famille de Charleston voulut provoquer Sherman en duel à cause d'Elizabeth. Et que le regard de Sherman lui laissa penser qu'il n'était pas forcément sage de provoquer Sherman.

« Sherman embrassa Elizabeth, une fois au moins, et il existe une preuve de ce baiser dans une lettre écrite par Elizabeth à sa jeune nièce, la mère de Harriet Cotesworth. Après ce baiser ils se considérèrent l'un et l'autre comme fiancés. C'est à ce moment que Sherman vint dans cette maison pour être présenté aux parents d'Elizabeth. C'est dans cette pièce même que Sherman sollicita un entretien privé avec le père d'Elizabeth. Il demanda à Mr. Cotesworth la main de sa fille. Lorsque Elizabeth et sa mère revinrent d'une promenade inquiète dans le jardin, elles fondirent toutes les deux en larmes en sentant l'odeur de cigare. Passons dans la bibliothèque, je vous prie, et je vous raconterai la suite. »

Ma mère montra le chemin, avec sa taille menue et ses manières enfantines, et je crus exploser de fierté devant la virtuosité de son numéro. Elle était devenue, par des années de zèle et de travail acharné, une femme digne de vivre dans cette maison. Autodidacte farouche, elle s'était remodelée en une chose à quoi sa naissance ne la destinait pas. J'aurais voulu brandir une pancarte disant que cette visite était guidée par ma mère, et que c'était ma mère qui racontait cette histoire. Déjà, je sentais le groupe accroché par l'improbable romance entre Sherman et Elizabeth.

« Que s'est-il passé ? demanda Mike Hess tandis que le groupe s'apprêtait à passer dans la bibliothèque avec ses rangées de livres reliés en cuir.

— Sûrement rien de bon pour le Sud, en tout cas, dit un vieux monsieur. Elle parle du diable incarné.

— Ce jeune Sherman me semble pourtant sympathique, dit sa femme pour le taquiner.

— Le 13 mai 1846, le Congrès déclara la guerre au Mexique, dit ma mère, et la semaine suivante, le lieutenant Sherman reçut l'ordre de rejoindre l'armée de l'Ouest avec ses troupes, avant de partir vers le territoire du Nouveau-Mexique pour défendre Santa Fe.

— Et Elizabeth ? demanda Shyla.

— Est-ce qu'elle s'est mariée, Mrs. McCall ? » demanda Jordan.

Ma mère négocia parfaitement ses effets et déclara : « William Tecumseh Sherman et Elizabeth Barnwell Cotesworth ne devaient plus jamais se revoir. »

On entendit les respirations s'arrêter, et Lucy attendit quelques instants avant de reprendre son récit. Mais elle les avait tous dans le creux de sa main à présent, et j'appris beaucoup sur l'art de captiver l'attention d'étrangers en observant ma mère attentivement ce soir-là. De nouveau sa voix se fit entendre, par-dessus le groupe haletant et compact qui tendait l'oreille pour ne rien perdre de ses paroles.

« Après qu'une année entière eut passé, d'un commun accord et à regret, ils rompirent leur engagement et, six mois plus tard, Elizabeth épousait Tanner Prioleau Sams, un négociant de Charleston, d'excellente famille et possédant toute la grâce facile des manières sudistes qui faisaient défaut à Sherman avec sa réserve glaciale d'homme du Middle West. Tanner Sams était le prétendant éconduit qui avait parlé d'aller provoquer Sherman en duel parce qu'il courtisait Elizabeth. La patience et le déclenchement d'une guerre étrange gagnèrent le cœur d'Elizabeth à Tanner Sams, qui en sut gré jusqu'à la fin de ses jours aux armées de Santa Anna.

« Ainsi Elizabeth se fondit-elle dans son rôle d'épouse, de mère et de maîtresse de maison pour mener une vie d'une grande dignité selon tout ce que l'on sait. Elle avait le caractère loyal, sa beauté prit de la profondeur avec les années, et même Mary Chestnut dans son journal de la guerre de Sécession signale sa participation à trois bals, où sa présence était chaque fois plus éclatante.

« Après le déclenchement de la guerre de Sécession, Sherman ne revint pas dans le Sud, sauf pour y semer le feu. Il fit brûler et souffrir le Sud à la terrible mesure de son code de la passion. Plus que tout autre général nordiste, Sherman aimait le Sud dont il comprenait à la fois la fierté et les contradictions, mais cette connaissance ne l'empêcha pas d'en parcourir les montagnes et les vallées avec une froide et totale fureur. Avec ses hommes, il était arrivé du Mississippi jusqu'aux lisières d'Atlanta, et il avait regardé ses armées étouffer dans leur propre sang, abandonnant les cadavres de milliers de types de l'Ohio et de l'Illinois à jamais enfouis dans la terre du Sud rendue sacrée par leur sacrifice. Coupant ses lignes de ravitaillement, il ravagea Atlanta et enseigna à ses soldats le prix des allumettes lorsque l'on veut mettre un ennemi à genoux. Sherman se souvint des moments élégiaques qu'il avait vécus à Charleston, et de l'extraordinaire attachement des sudistes à leur terre odorante et leurs gracieuses maisons. Sur près de huit cents kilomètres, il dévasta ce Sud à la beauté émouvante, brûla toutes les maisons approchées par ses troupes. De Chickamauga à l'Atlantique, il vainquit les saisons et conduisit ses hommes avec une infatigable, une inexorable habileté, et il inscrivit son nom en lettres de feu et de sang sur le corps sacrificiel de la Géorgie.

« Sherman fit couler le sang et la vie des fils du Sud dans mille fleuves, mille champs, sur mille routes. Il arracha des cris aux femmes du Sud, pleurant leurs morts et leurs blessés, et il découvrit que la souffrance de femmes affligées et affamées pouvait se révéler aussi efficace que des troupes fraîches pour achever une guerre. Il traversa la Géorgie comme une motte de beurre et donna à cet Etat quelques leçons inoubliables sur les horreurs de la guerre. Pendant tout le long et froid hiver 1864, il se déchaîna avec son armée, sillonnant insatiablement la fumée des plantations en feu, scellant son statut de premier conquérant du Sud.

« Les deux syllabes du nom de Sherman devinrent le mot le plus honni du Sud. De belles femmes aux manières de duchesses crachaient par terre lorsque l'on prononçait son nom.

« Sherman menait ses hommes vers Savannah, les

lignes commerciales de l'Atlantique, l'histoire de la stratégie militaire. Il chevauchait vers Elizabeth. » Ma mère continua : « Lorsque le général Sherman prit Savannah après avoir pillé la Géorgie, grande était la peur de le voir diriger ses armées sur Charleston, la ville et le bas peuple qui avaient déclenché les hostilités de cette guerre entre les Etats. Charleston avait enduré un siège cruel et tout le monde se préparait à évacuer la ville avant l'assaut des troupes de Sherman. Les citoyens de Charleston avaient déjà résolu de brûler leur ville de leurs propres mains, plutôt que de laisser les hordes de Sherman transformer la cité sacrée en brasier. Charleston serait brûlée par ceux qui l'aimaient. Les yankees n'étaient pas dignes d'un tel honneur.

« Beaucoup de rumeurs prétendirent que Sherman avait fait passer la Savannah à ses armées, et ces rumeurs se confirmèrent. Le Sud tout entier, la nation tout entière s'attendaient à apprendre que Sherman avait déchaîné la furie de ses troupes sur la ville qui avait commencé le terrible conflit. Mais arrivé à Pocotaligo, Sherman fit opérer une avancée-surprise à ses troupes en direction de Columbia, où il sema la dévastation et réduisit la ville en cendres.

« Après cette manœuvre-surprise et après avoir rasé Columbia, Sherman écrivit une lettre à la mère d'Elizabeth qui vivait toujours dans cette maison. Quand les yankees avaient pris Waterford au début de la guerre, la mère d'Elizabeth avait refusé de fuir et vécu toute la guerre sous domination yankee. Ces derniers lui témoignaient un grand respect. Voici la lettre que le général Sherman adressa à la mère d'Elizabeth. »

Lucy traversa toute la bibliothèque tandis que la foule s'écartait sur son passage. Elle manipula un interrupteur électrique commandant une lampe montée sur une potiche chinoise, qui éclaira une lettre manuscrite encadrée, fixée au mur.

« Comme vous ne pourrez pas tous venir assez près, je vais vous lire ceci à voix haute, si vous permettez. »

Mais ma mère n'avait pas besoin de lire la lettre sur le mur; elle l'avait apprise par cœur il y a bien longtemps, et il n'y eut pas un bruit dans la maison pendant que nous écoutions sa voix.

« Chère Mrs. Cotesworth,

« Je me souviens avec un grand plaisir et beaucoup de tristesse de la soirée que j'ai passée dans votre maison. J'ai appris la mort de votre mari à Chancellorsville et cette nouvelle m'a beaucoup peiné. J'ai remarqué que la charge de cavalerie qu'il commandait à l'époque a percé les lignes de l'Union et infligé des pertes sévères aux forces unionistes. Sa mort fut honorable et j'espère que cela atténue votre chagrin.

« Vous devez savoir que je mène actuellement mon armée contre les forces confédérées qui défendent Columbia. Le Sud est brisé et la guerre sera bientôt finie. J'aimerais que vous transmettiez mes salutations à votre fille, Elizabeth, et que vous lui disiez que j'ai gardé le plus grand respect pour elle. Je n'ai jamais été vraiment sûr que la guerre contre le Mexique et les belles victoires remportées par les forces américaines valaient la perte d'Elizabeth. J'ai souvent songé à elle tandis que mon armée descendait vers le Sud et se rapprochait inexorablement de cette partie du monde qu'Elizabeth me rendit jadis magique par le simple fait d'être vivante.

« Je vous prie de bien vouloir transmettre un message à votre fille. Dites à Elizabeth que je lui offre la ville de Charleston, en cadeau.

> Bien à vous,
> Wm. T. Sherman
> Général des armées. »

Aucune visite guidée n'offrit jamais autant à ses clients que ce que reçurent ces heureux amateurs de vieilles demeures à qui ma mère montra la maison Varnadoe Cotesworth. Je savais que chaque fois qu'elle racontait cette histoire, elle tentait de reconquérir quelque chose pour elle. Ma mère avait envie d'être pour quelqu'un ce qu'Elizabeth fut pour Sherman, et elle savait que mon père ne serait jamais ce quelqu'un. Souvent, je m'attardais sur notre appontement pour contempler la maison de mon enfance baignée de soleil, et je me disais qu'un jour, moi, j'aimerais une femme comme Sherman aima Elizabeth. Je voulais parcourir le vaste monde pour trouver une jeune fille à qui j'écrirais des lettres que ses descendants feraient encadrer pour les accrocher sur les murs de la bibliothèque. J'accomplirais une marche vers la mer avec son nom sur les lèvres, et ce nom je l'écrirais dans les sables que la marée recouvrirait ensuite. Cette histoire me marqua. Mais elle changea la vie de ma mère.

Elle s'était approprié l'histoire, pour elle seule. Une histoire aux harmonies d'abondance qui résonnaient profondément en elle. L'infinie souffrance qu'avait été son enfance n'en était pas guérie pour autant, mais ma mère puisait là une foi féconde en l'avenir, dans la monnaie négociable des possibles. Cette belle histoire lui rendait la réalité supportable. Contre toute probabilité, Lucy se retrouvait gardienne de la maison d'Elizabeth, dépositaire du grand cri d'amour et de désarroi humains du général Sherman.

Comme la foule s'apprêtait à descendre les marches avant de quitter la maison, mes frères m'appelèrent et je leur fis un signe d'au revoir. J'allais quitter définitivement la maison dans quelques mois, et mes gentils petits frères n'auraient plus qu'à se débrouiller tout seuls.

« Dis donc, mon joli, lança Lucy, tu ne vas pas t'en aller sans un baiser à ta mère. »

Je rougis, mais je remontai les marches et ma mère me serra fort contre elle. Mike, Capers, Jordan applaudirent bruyamment et je rougis plus fort encore.

Ma mère ôta la trace de rouge à lèvres sur ma joue, et nos regards se croisèrent soudain, et toute la rapidité, toute la cruauté du temps qui passe me tombèrent brutalement sur les épaules, et je faillis me retrouver à genoux. Ma mère le vit, elle le sentit. Ses yeux me fixèrent et sa main effleura mon visage.

« Général Sherman, général Sherman ! cria une voix de fille. On s'en va. »

L'accent sudiste était caricatural et ma mère rit en disant : « Il arrive, Elizabeth. »

Je courus vers la voix et la main tendue, dont j'eus la surprise de voir qu'elle appartenait à Shyla.

*Troisième partie*

# 18

En tant qu'écrivain voyageur, je connais bien mes aéroports, et notamment celui de Rome, Leonardo da Vinci, dont je possède par cœur le moindre centimètre carré. Pourtant, le jour où l'avion de ma mère, qui faisait sa première visite en Italie, toucha le sol, en décembre suivant, l'aéroport lui-même semblait transformé et magnifié par son arrivée. Nous avions failli la perdre au cours de cette semaine qu'elle passa dans le coma, et son rétablissement avait pris des dimensions magiques pour nous tous. J'avais réintégré le cercle familial après un long intermède de tristesse et de temps perdu passé à tenter de panser les blessures d'une âme sérieusement entamée par la mort de Shyla. J'avais rétabli le lien avec une chose de la plus haute importance, et les répercussions de ce voyage remuaient des profondeurs avec des échos d'une richesse qui me stupéfia. En retournant voir ma mère frappée par la maladie, jamais je n'avais imaginé trouver à son chevet mon moi perdu, qui m'attendait là.

Tandis que les passagers commençaient à sortir par les doubles portes, devant les douaniers et les soldats impassibles armés jusqu'aux dents, je montrai ma mère à Leah et dis : « Va vite embrasser cette femme. C'est ta grand-mère, Leah. »

Leah se faufila aisément dans la foule et je suivis dans son sillage. Comme Lucy nous cherchait du regard, Leah s'approcha d'elle et dit : « *Ciao*, grand-mère. Je suis Leah McCall, ta petite-fille. »

Lucy baissa les yeux pour regarder sa ravissante petite-fille aux yeux sombres et dit : « Où étais-tu tout ce temps, chérie ? », avant de se mettre à genoux pour serrer Leah dans ses bras. Puis elle se releva et m'embrassa. Nous récupérâmes ses bagages, et Lucy, tenant la main de Leah, sortit derrière moi de l'aéroport pour monter dans un taxi.

La guérison de ma mère était remarquable et son visage exhibait une bonne mine, inespérée après les assauts sans merci que son corps venait de soutenir. Ses cheveux avaient repoussé mais étaient très courts ; elle avait la démarche alerte et je vis plus d'un Italien entre deux âges la détailler des pieds à la tête avec une lueur d'admiration alanguie dans le regard. Elle m'avait écrit qu'elle faisait ses huit kilomètres de marche tous les jours et n'avait manqué qu'un seul mois de sa garde vigilante qui la conduisait sur la plage tous les matins d'été pour guetter l'arrivée des tortues pondeuses. Même en décembre, ma mère avait le plus joli bronzage de l'aéroport.

Lucy regardait les foules qui se bousculaient pour récupérer des voyageurs et hocha la tête devant ce bruyant désordre. Puis elle sortit son argent italien, qu'elle avait changé à Savannah avant de partir, et le montra à Leah. Désignant un billet de mille lires, elle dit : « Je ne sais même pas si j'en ai pour trois sous ou un million de dollars.

— Dis-toi que c'est à peu près comme un billet d'un dollar, grand-mère, dit Leah.

— Mais c'est qu'elle est maligne, dit Lucy. Une fille qui sait compter n'est pas esclave de son miroir.

— Tu as une forme resplendissante, maman, dis-je. La guérison te va très bien.

— J'étais chauve comme une peau de fesse il y a deux mois, dit-elle. Si tu as de l'argent en trop, investis dans les perruques, mon fils. Tu as de très beaux cheveux, Leah. Comme ta maman.

— Merci, grand-mère, répondit Leah.

— Dans mes valises, j'ai plus de cadeaux pour toi

332

que de vêtements pour moi, dit Lucy. Tout le monde t'a envoyé quelque chose de Waterford pour que tu saches que tu es attendue avec impatience.

— Le 27 décembre, dit Leah. Nous repartons à Waterford avec toi. Tu vas adorer Noël à Rome, grand-mère.

— Est-ce que tu te souviens que je t'aimais très fort quand tu étais toute petite, Leah? demanda Lucy en serrant l'enfant contre elle.

— Je ne me rappelle rien de la Caroline du Sud, dit Leah. J'ai essayé, mais je n'y arrive pas.

— L'été prochain, tu travailleras avec moi dans mon programme de protection des tortues, celles qu'on appelle des carets, sur l'île d'Orion. Nous faisons en sorte de sauver cette espèce de l'extinction.

— Super, dit gaiement Leah. Et je pourrai voir tout cela?

— Voir? dit Lucy. Je vais t'apprendre à devenir une dame tortue.

— Ça doit être beau, Waterford, dit Leah. Tu sais, grand-mère, que tu es la première personne que je rencontre qui connaisse Chippie-la-brave-chienne, à part papa.

— Chippie? dit Lucy avec un regard oblique et bizarre dans ma direction.

— Je raconte des histoires de Chippie à Leah, expliquai-je.

— Qu'y a-t-il à raconter? dit ma mère, perplexe. Chippie était une bâtarde. Une chienne abandonnée.

— Non, maman, dis-je, et elle perçut un accent de désapprobation dans ma voix. Chippie était une bête superbe. Sans peur, intelligente, et elle a toujours protégé la famille McCall.

— Elle a même sauvé la famille McCall de nombreuses fois, n'est-ce pas, grand-mère? » dit Leah.

Lucy finit par comprendre. « Oh oui, dit-elle. Je crois qu'aucun de nous ne serait encore en vie aujourd'hui s'il n'y avait pas eu Chippie... la brave, brave chienne. »

Ce soir-là, pendant que je la mettais au lit, Leah me serra fort par le cou en me remerciant d'avoir laissé sa grand-mère venir.

« J'adore ta mère, papa, dit Leah. Elle est tellement gentille avec moi, et tu es exactement comme elle.

— S'il te plaît, dis-je prudemment. Ne t'emballe pas trop vite.

— C'est vrai, dit Leah. Et elle a dit que j'étais le portrait craché de maman. Ça veut dire quoi ?

— Le portrait craché ? dis-je. Ça veut dire que tu ressembles beaucoup à ta maman. Tu veux que je te raconte une histoire ? Celle du jour où nous sommes tombés amoureux, Shyla et moi, au bord de la mer ? Ou une autre ?

— Est-ce que ta mère racontait bien les histoires, papa ?

— C'était la championne, concédai-je. Personne ne mentait comme ma mère.

— Est-ce qu'une histoire est toujours un mensonge ? »

Je pris le temps de réfléchir avant de répondre. « Non, une histoire n'est jamais un mensonge, dis-je. Une histoire, ça ne peut que faire plaisir. Un mensonge fait souvent souffrir.

— Alors je voudrais que ma grand-mère me raconte une histoire, dit Leah. Ça ne te fera pas de peine, papa ?

— Je vais la chercher, dis-je.

— Bonsoir, dit Leah en m'embrassant. Je n'aime les histoires de Chippie-la-brave-chienne que les jours où je suis triste. Ce soir, je me sens très heureuse, plus heureuse que jamais. »

Dans le salon, je me mis à la fenêtre et regardai les Romains se presser dans le froid des rues sombres qui donnaient sur la Piazza Farnese. Je voyais à la fois les piétons et mon reflet anonyme dans la vitre éclairée. La même vitre me permettait la surveillance incognito de Romains inconnus, et le luxe de l'auto-examen. L'écrivain voyageur tournait son regard sur lui-même.

Je venais d'avoir trente-sept ans mais la silhouette un peu molle qui me fixait dans la lumière et le verre, au-dessus de la piazza, se sentait depuis trop longtemps inanimée et périphérique au cours des événements. Les personnages que je voyais en dessous me semblaient mus par un but tandis qu'ils traversaient la piazza avant de disparaître dans une des sept rues menant au cœur de la Rome de la Renaissance. Ils marchaient d'un pas décidé, forts de leur résolution, alors que tout ce que je faisais semblait superficiel et contraint. J'avais envie d'engagement, d'intrusion, que ma vie ressemblât un peu plus à mardi gras qu'à carême. A cause peut-être de l'arrivée de ma mère et de sa surprenante vigueur, je me rendis compte que je me satisfaisais du rôle d'observateur du genre humain depuis trop longtemps. La prudence m'avait blessé. La peur me tenaillait trop; elle avait ralenti mon pas, éteint ma spontanéité, mon désir de prendre éventuellement des virages à la corde. Je me vis tel que j'étais, encadré dans cette fenêtre : un homme qui avait peur des femmes, peur de l'amour, peur des passions, peur des amitiés tenaces. A ce tournant de ma vie, toutes les possibilités étaient ouvertes, et je savais que c'était justement mon problème.

J'entendis ma mère entrer dans la pièce, derrière moi. « C'est un vrai frigo, ici. Ils ignorent le chauffage, en Italie ?

— Je vais le monter. Ces vieilles bâtisses sont pleines de courants d'air, dis-je.

— Sois un amour, et tant que tu y es rapporte à ta maman chérie un Chivas Regal avec des glaçons, murmura Lucy. On a de la glace dans ce pays, j'espère ? »

Je lui préparai un verre, un autre pour moi, montai le thermostat de la chaudière et revins dans le salon. Lucy était debout devant les grandes portes-fenêtres que je venais de quitter et observait la foule.

« Que font tous ces gens ? » demanda-t-elle.

Elle se retourna pour prendre son verre et dit : « Merci, chéri. Je me sens complètement moulue, comme si j'avais été piétinée par un troupeau de bisons.

— C'est le décalage horaire. Tu devrais sans doute aller te coucher.

— J'ai des dizaines de lettres à te remettre, et des messages en pagaille, mais cela peut attendre. Qu'est-ce que c'est que cette rumeur à propos de toi et de Jordan Elliott ?

— Une rumeur, dis-je. Sans fondement.

— Rien n'est plus vilain qu'un fils qui raconte des mensonges à sa mère mourante, dit Lucy.

— Tu n'es pas mourante, dis-je. Ne parle pas ainsi.

— Je suis officiellement mourante, dit fièrement Lucy. J'ai une lettre de mon médecin pour le prouver. Dis à Jordan que c'est la dernière chance que j'aie de le voir.

— Je ne sais pas de quoi tu parles, mentis-je, me sentant coincé par la femme qui m'avait appris à la fois à détester le mensonge et à y recourir quand besoin était.

— Il adorerait me voir, dit-elle, car il était inimaginable pour Lucy qu'un homme pût se refuser le plaisir de sa compagnie.

— Y a-t-il une chose particulière que tu aimerais voir pendant ton séjour à Rome ? dis-je, changeant de sujet.

— Lourdes, dit-elle.

— Lourdes ?

— Oui, Lourdes, répéta Lucy.

— C'est en France, maman, dis-je. Ici, nous sommes en Italie.

— Et ce n'est pas la porte à côté ? »

Je ris avant de répondre : « Non. Ce n'est pas la porte à côté.

— Eh bien, si ma vie a si peu d'importance à tes yeux, je suppose que nous pouvons faire l'économie de Lourdes, dit Lucy, boudeuse.

— Maman, dis-je. Je suis allé à Lourdes. C'est des conneries, et c'est à plus de quinze cents kilomètres d'ici. »

Ma mère répondit : « C'est faux.

— Maman, j'écris des livres de voyages. Alors, je connais la distance entre Rome et Lourdes, merde !

— Tu n'es pas obligé d'être vulgaire, gronda-t-elle.

— Le commerce du miracle est en crise, dis-je.

— Bon, mais il paraît qu'il y a à Rome des églises où se sont produits des miracles », continua-t-elle.

Je claquai dans les doigts. « Pourquoi est-ce que je n'y ai pas pensé ? Evidemment, maman ! Tu veux des miracles. Cette ville en est remplie, de miracles. Il y a l'église avec un morceau de la vraie Croix, celle avec la couronne d'épines. On va se faire un festival. Nous allons visiter toutes les églises miraculeuses de la ville, et je n'ai pas parlé de Saint-Pierre.

— Il faut que j'aille au Vatican.

— Je t'ai eu une audience avec le pape, dis-je, et nous allons tous à la messe de minuit à Saint-Pierre.

— Une audience avec le pape ? s'exclama Lucy, le souffle coupé. Quelle robe je vais mettre ? Heureusement que mes cheveux ont repoussé. Je ne fais pas très classe avec ma perruque.

— Va dormir un peu, à présent, maman, dis-je. Tu as besoin de te reposer avant de pouvoir bien profiter de Rome.

— J'en profite déjà », dit-elle. Puis elle marqua une pause. « Y a-t-il une amie femme que tu aurais envie de me présenter ?

— Non, dis-je. Il n'y a pas d'amie femme que j'aurais envie de te présenter.

— Cette petite mérite d'avoir une maman, dit Lucy. Ce n'est peut-être pas à moi de le dire, mais cette enfant est carrément sevrée d'affection féminine. Elle a ce drôle de regard qu'ont tous les enfants sans mère.

— Non, c'est faux, dis-je, agacé.

— Tu ne le vois pas, dit Lucy, parce que tu ne veux pas le voir. Il faut que tu sortes un peu et que tu te mettes en quête d'une maman pour cette pauvre petite.

— Elle n'a pas besoin de mère, dis-je, furieux de ne pouvoir effacer une nuance défensive dans ma voix. Maria l'aime aussi fort que pourrait l'aimer une mère.

— Maria ne parle pas anglais, dit Lucy. Comment Leah peut-elle savoir quoi que ce soit de l'amour maternel avec quelqu'un qui ne parle même pas sa langue ?

— Je me serais mieux porté si tu n'avais pas parlé anglais », dis-je.

Son rire étincelait, comme un objet en étain que l'on lance très haut, et elle rit tout le long du long couloir qui menait à sa chambre.

Et nous avons visité les églises, les chapelles, les basiliques de Rome, en quête du saint qui intercéderait en faveur de Lucy. Et dans le même temps, j'en profitais pour lui apprendre à apprécier le café italien, en nous arrêtant régulièrement pour un espresso ou un cappucino. Chaque jour, nous déjeunions au Da Fortunato où Freddie s'occupait de nous avec son service impeccable et son anglais fautif. Freddie s'enticha de Lucy et l'heure du déjeuner devint à la fois l'occasion d'un festin d'antipasti et de pasta, et celle, pour une Lucy âgée de cinquante-huit ans, de pratiquer l'art de la séduction innocente dans une ville qui honorait la nourriture et la séduction infiniment plus que l'innocence.

Au total, nous visitâmes les tombeaux de vingt et un exaltés qui eurent la chance d'entrer dans le calendrier des saints. Lucy tenait une liste méticuleuse des tombes sur lesquelles elle avait déjà prié. Elle avoua sa certitude de trouver une délégation de tous ces saints pour lui souhaiter la bienvenue si ses prières n'avaient pas été entendues et qu'elle devait mourir. J'ouvrais des yeux ronds, mais ma mère restait infatigable et imperturbable tandis que je l'accompagnais dans ces rues sombres et chargées dont les bâtiments rougissaient harmonieusement au fil du temps, tantôt dans les ocres, tantôt dans les tons cannelle, et parfois dans les ors brossés, incertains. Dans chaque église, avant de ressortir, Lucy s'arrosait d'eau bénite, douchant abondamment les ganglions lymphatiques où s'étaient concentrées les cellules malignes de sa leucémie. Puis elle s'élançait courageusement dans la rue et son manteau dégoulinait d'eau bénite pendant une dizaine de mètres. Ce rituel de baptême me paraissait ridicule, pour ne rien dire de ma gêne.

« Ça me fait du bien, disait Lucy qui sentait ma réticence. Alors il faut t'y faire.

— Je pourrais aussi demander à un prêtre de bénir l'eau de la fontaine de Trevi et tu n'aurais plus qu'à aller y faire trempette tous les jours, dis-je.

— Tu rates toujours ton effet lorsque tu essayes d'être drôle, dit-elle.

— Nous allons être les premières personnes jamais arrêtées pour usage excessif d'eau bénite, dis-je.

— L'Eglise a les moyens, mon fils, dit Lucy.

— Enfin un point de théologie sur lequel nous sommes d'accord », dis-je.

Etant un guide parfait pour la visite du Forum, j'avais décidé d'imposer par la ruse un peu de vrai tourisme à ma mère en l'emmenant dans les ruines de la cité antique. Mais rien de ce que je lui racontais concernant le fonctionnement du sénat romain ou la grandeur et la décadence des Césars ne l'intéressa le moins du monde. Elle n'avait rien d'autre en tête que son insatiable désir de se gagner la sympathie et l'intercession médicale d'un obscur petit saint, et la Rome préchrétienne la laissait parfaitement indifférente.

« Ce ne sont que des vieilles pierres, dit ma mère lorsque je lui expliquai en quel honneur fut érigé l'arche de Titus. Si je voulais voir des cailloux, j'irais me promener du côté des Smokies.

— Nous nous trouvons dans un des berceaux de la civilisation occidentale, commençai-je pompeusement.

— Tu parles comme un livre, dit-elle en consultant le guide que j'avais écrit. Tes livres sont difficiles à suivre.

— Tu n'es pas obligée de les lire, chère maman, dis-je. Je suis avec toi. »

Elle dit : « Tu délayes, tu délayes. Résume. Emballe.

— Oh, dis-je, me contenant avec peine, cet endroit s'appelle le Forum, maman ! A présent je vais te montrer d'autres tas de cailloux. Mais avant de partir, j'aimerais que tu voies le temple de Saturne. Demande à ce dieu de guérir ta leucémie.

— Quel dieu ? demanda ma mère.

— Saturne, répondis-je gaiement. Un dieu romain haut placé. Ça ne peut pas faire de mal.

— Je ne veux pas de dieux étrangers, dit-elle fièrement.

— Tu fais la difficile, dis-je en regardant les huit colonnes. Saturne, guéris ma pauvre maman de son cancer, je te prie.

— Ne l'écoute pas, Saturne, dit Lucy. Il parle pour ne rien dire.

— Je voulais seulement mettre toutes les chances de notre côté », dis-je en entraînant ma mère vers le Campidoglio.

La veille de Noël, j'emmenai Lucy à l'église Santa Maria della Pace pour lui permettre de laver son âme de tout péché avant de recevoir la communion pendant la messe de minuit. Nous traversâmes la Piazza Navone, en nous arrêtant à toutes les boutiques parce que Lucy voulait acheter des personnages de la Sainte Famille, des Rois mages somptueusement décorés, et des bergers au visage placide, pour sa crèche à Waterford. La piazza bourdonnait d'une charnelle animation de saison, et les arnaqueurs circulaient au milieu des touristes avec une agilité de lynx. Une élégante en fourrure marchandait le prix d'un Enfant Jésus avec un paysan des Apennins haut en couleur. Un peintre de rue sans une once de talent faisait un portrait à la craie d'une Japonaise qui se plaignait d'avoir l'air coréen sur le dessin.

En entrant dans l'église, je signalai les gracieuses sibylles peintes par Raphaël, mais une fois encore, ma mère se désintéressa de l'art quand il était question de s'occuper de son âme. Elle regarda la rangée sombre des confessionnaux et dit : « Comment est-ce que je fais pour me confesser alors que je ne sais pas un mot d'italien ?

— Tiens, voilà un dictionnaire, dis-je en lui tendant un petit livre.

— Très drôle, dit Lucy. C'est un dilemme du pèlerin auquel je n'avais jamais pensé.

— Mais notre sainte mère l'Eglise y a pensé, dis-je

en désignant un confessionnal tout au fond de l'église. Il y a un prêtre qui parle anglais là-bas. Quels sont tes péchés? Il est difficile de commettre des péchés en suivant une chimiothérapie.

— J'ai désespéré plusieurs fois, mon fils, dit Lucy sans comprendre que je voulais plaisanter.

— Ça, ce n'est pas un péché, maman. C'est la vie moderne qui te tape sur l'épaule et te dit : "Bonjour."

— Je n'en aurai pas pour longtemps », dit ma mère en entrant dans le confessionnal au rideau marron, et j'entendis le bruit du petit volet du prêtre qui s'ouvrait.

J'écoutai le murmure de la voix de ma mère derrière le rideau de velours, et le registre plus bas de celle du prêtre qui lui répondait. Je me mis à genoux pour tenter de prier, mais je ne sentais pas grand-chose se passer dans les régions où l'âme s'active souvent quand elle a besoin de réconfort. Combien de fois, venant dans une église, je me suis retrouvé en train de scruter les motifs du sol au lieu d'essayer d'engager un dialogue avec Dieu ! Enfant, je parlais facilement avec lui, mais à l'époque, j'avais plus de talent aimable pour la conversation, et je me prenais moins au sérieux.

Ma mère sortit soudain la tête de sous le rideau et me regarda dans les yeux. « Tu te moques de moi ?

— Tu en as mis du temps, dis-je.

— Comme pénitence, ce prêtre m'a donné cinq Notre Père, cinq Je vous salue, Marie, et il a dit que je devais lui faire une douzaine de *cookies* au chocolat.

— Ces prêtres modernes, dis-je. Ils exagèrent.

— Jordan adorait mes *cookies*, dit-elle avant de se retourner du côté de la grille.

— Vous êtes dans une église, madame. Je trouve votre conduite consternante. »

Je reconnus la voix de Jordan.

Ils sortirent en même temps du confessionnal et je regardai ma mère sauter dans les bras de Jordan qui la serra et la souleva de terre.

« C'est la preuve, Jordan, que certaines prières sont exaucées, dit-elle.

— Pour moi aussi, dit-il.

— Depuis le jour où tu as disparu, j'ai prié pour que tu sois en vie, et que tu ailles bien.

— Vos prières ont aidé. Je les sentais, dit Jordan en la reposant sur le sol de marbre.

— S'il vous plaît. Je sors de table, dis-je.

— Ne t'occupe pas de lui, dit Lucy.

— C'est toujours ce que j'ai fait, rit Jordan.

— Est-ce que tu es un vrai prêtre ?

— C'est ce qu'on me raconte, dit-il. Je viens de vous faire une âme toute neuve pour Dieu. Vous êtes fin prête pour la messe de minuit à Saint-Pierre.

— Est-ce que Jack se confesse ?

— Jamais, dit Jordan. Il est incorrigible.

— Oblige-le, dit ma mère.

— Malheureusement, Jack est libre de ses décisions, comme nous tous, dit-il.

— Tu es superbe. Comme un prêtre.

— Vous êtes toujours une des plus jolies femmes de la planète, Lucy, dit Jordan.

— Ils devraient dépenser un peu plus d'argent chez les opticiens, dans ton ordre, dit-elle. Mais merci tout de même.

— On se voit au Vatican, dit Jordan. Au revoir, Lucy. Au revoir, Jack. »

Ce soir-là, nous nous habillâmes avec beaucoup de soin pour une réception de Noël où nous étions invités avant d'assister à la messe à Saint-Pierre. Je pris mon temps pour passer mon smoking et Leah vint m'aider à mettre mes boutons de manchettes, et m'admirer. Elle portait une longue robe blanche à l'encolure légèrement échancrée qui révélait à la fois sa fragilité et sa beauté. Sortant un rang de perles de la boîte à bijoux de Shyla, je le mis autour du cou de Leah tandis que nous nous regardions ensemble avec satisfaction dans le miroir ancien.

« Papa, j'aimerais me faire percer les oreilles, me dit Leah, la fillette dans le miroir, qui parlait de la même voix précise que celle que j'avais devant moi.

— Tu n'es pas trop jeune pour cela ? lui demandai-je.

— Trois filles de ma classe ont les oreilles percées, dit Leah. Je voudrais bien porter les boucles de maman. Elles sont si jolies.

— Nous verrons », dis-je en regardant Leah. Ses yeux étaient brun profond, comme Rome.

« Est-ce que je peux mettre du rouge à lèvres, ce soir ? demanda Leah.

— Oui. Si tu en as envie.

— J'en ai très envie.

— Tu sais le mettre ? demandai-je. Parce que moi, je ne sais pas.

— Bien sûr, dit Leah. Je m'exerce chaque fois que je vais dormir chez Natasha. »

Leah ouvrit une pochette de soirée qui appartenait autrefois à Shyla et sortit un tube de rouge. Elle tendit les lèvres et appliqua le bâton d'une main experte sur sa lèvre inférieure. Puis elle pinça les lèvres plusieurs fois pour répartir judicieusement le rouge et colorer la lèvre supérieure. Ce geste de Leah, l'innocente simplicité de sa façon de mettre du rouge à lèvres, était, je le compris, l'une des premières étapes irréversibles par lesquelles tous les enfants sortent de la vie de leurs parents. Le corps de Leah était une machine à mesurer le temps dont elle seule était l'heureuse propriétaire.

Lucy fit irruption dans ce rite de passage en s'exclamant : « Ah non, jeune fille, pas ça ! »

Puis elle avança résolument jusqu'au miroir et prit le bâton de rouge des mains de Leah.

« Tu es beaucoup trop jeune pour mettre du rouge à lèvres. Et tu peux aussi retourner directement dans ta chambre pour ôter ce collier de perles. Les perles sur une petite fille, ça fait vulgaire. Alors file, et débarbouille-toi correctement. »

Leah leva vers moi des yeux médusés et je me rendis compte que jamais de sa vie on ne lui avait parlé sur ce ton. Je m'étais toujours contenté d'insister calmement lorsque surgissait un différend entre nous. Leah ne savait pas grand-chose de l'humiliation d'être un enfant et ignorait encore que les adultes piétinent régulièrement les sentiments des petits dont ils ont la responsabilité.

« Va au salon, Leah, dis-je. Tu es jolie comme un cœur. »

Leah évita de croiser le regard de sa grand-mère lorsqu'elle quitta la pièce, furieuse. C'est bien une McCall, pensai-je en observant sa fière retraite.

« Tu as fait de la peine à Leah, dis-je. Ne recommence jamais ça.

— C'est pour son bien. Il faut que quelqu'un veille à son éducation, dit Lucy. Tu la déguisais en prostituée.

— Maman, dis-je en essayant de me montrer patient, alors que je sentais mon tempérament ombrageux prendre le dessus. Paris et Linda Shaw organisent une réception pour toi. Lui est un excellent romancier, elle reçoit avec beaucoup d'élégance, et ils habitent un appartement merveilleux. Tous les amis que nous avons à Rome seront présents. Ils veulent témoigner leur affection à Leah et moi. Ils veulent te montrer qu'ils sont heureux que tu sois guérie, que tu sois venue à Rome, que je retrouve ma famille après plusieurs années de séparation. Mais je savais que tu trouverais le moyen de gâcher cette soirée. Toute ma vie, je t'ai vue t'évertuer à gâcher les occasions heureuses. On dirait que le bonheur te rend furieuse. Que les réjouissances t'embêtent.

— Tu dis n'importe quoi, dit Lucy, battant en retraite. J'ai toujours adoré les fêtes.

— C'est vrai. Et tu vas beaucoup t'amuser à celle de ce soir. Mais tu aimes semer la discorde, dis-je. Tu viens de gâcher la fête pour Leah, et comme Leah va être malheureuse, tu viens aussi de la gâcher pour moi.

— Ce n'est pas ma faute si tu ne sais pas ce qui est convenable ou pas pour une petite fille.

— Je vais au salon, maman, dis-je, non sans percevoir la froideur de ma voix. Je vais dire à Leah qu'elle est très jolie, et très bien habillée. Tu viens de me faire comprendre pourquoi je déteste l'Amérique et pourquoi je me suis toujours senti laid quand j'étais petit.

— Ton enfance a été une pure béatitude, ricana Lucy. Tu n'as aucune idée de ce que peut être une enfance malheureuse. Et tu élèves Leah comme si tu voulais qu'elle se prenne pour la reine de Saba.

— Calme-toi, maman, dis-je. Je vais parler à Leah maintenant.

— Tu ferais mieux de me soutenir, Jack, murmura Lucy avec flamme. Sinon, cette petite n'aura aucun respect pour moi. »

Je trouvai Leah sur la terrasse, tremblant de froid et pleurant à chaudes larmes. Je la fis rentrer dans le salon où nous nous assîmes sur le canapé, mais elle continuait de sangloter, le cœur gros. Lorsqu'elle commença à se reprendre, je choisis mes mots avec soin.

« Lucy a eu incontestablement, totalement, définitivement tort en disant ce qu'elle a dit, Leah, déclarai-je en la serrant contre moi.

— Alors pourquoi elle l'a fait ? demanda Leah en essuyant ses larmes.

— Parce qu'elle appréhende cette soirée, dis-je. Chaque fois que ma mère doit rencontrer quelqu'un, elle se croit inférieure à lui. Pour elle, il est plus facile d'être méchante avec toi et avec moi que d'affronter le fait qu'elle est terrorisée à l'idée d'être présentée à nos amis de Rome.

— Je croyais être jolie », dit Leah.

Je l'embrassai avant de lui dire : « Tu es la plus jolie de toutes. Et ce tout le temps. Pour moi, en tout cas. »

Leah se remettait progressivement de ses émotions. « Est-ce que je devrais ranger les perles de maman dans sa boîte à bijoux ?

— Tu es superbe avec ce collier. Sauf que maintenant, tu as les yeux rouges et gonflés.

— Je n'ai pas pu m'empêcher de pleurer, papa, dit Leah. Personne ne m'a jamais parlé de cette façon.

— Elle est jalouse de toi et de toutes les choses que tu as, dis-je. Ma mère nous a toujours raconté qu'elle avait eu une enfance malheureuse, mais sans vouloir entrer dans les détails. Aujourd'hui, je crois que c'était pire que malheureuse, que c'était carrément horrible.

— Si elle a été malheureuse quand elle était petite, papa, pourquoi est-ce qu'elle voudrait me faire du mal ? demanda Leah.

— Parce que, lorsqu'on t'a fait du mal, tu perds confiance dans le monde, dis-je. Si le monde est méchant avec toi pendant ton enfance, tu passes le reste de ta vie à être méchant pour te venger.

— Je ne crois pas que j'aime ta mère, papa », dit Leah.

Sa conclusion me fit rire.

« Tu n'es pas obligée. Tu peux choisir d'aimer qui tu as envie. C'est une décision qui t'appartient, Leah, et dans ce domaine, tu es une nation souveraine à toi toute seule. Mais tu n'es pas au bout de tes surprises avec ma mère.

— Comment cela, papa ? demanda Leah.

— Ma mère est une grande comédienne méconnue », dis-je tandis que nous entendions le bruit des talons hauts de Lucy sur le marbre du vestibule.

Elle fit une entrée théâtrale, dans un grand cliquetis de chaînes et de bracelets. Puis elle regarda Leah et s'exclama : « Tu es absolument divine, ma chérie. Belle comme un cœur. Et quel goût exquis ! Ce sont les perles de Shyla ? Elles te vont aussi bien qu'à elle. Tiens, laisse-moi te nettoyer les lèvres avec ce mouchoir. Je veux que tu mettes mon rouge à lèvres à moi. Il fait beaucoup plus chic et adulte. Je t'en ai acheté un tube rien que pour toi aujourd'hui. »

Comme elle frottait doucement les lèvres de Leah avant de lui mettre son rouge à elle, Lucy se rendit compte qu'elle avait pleuré.

« Est-ce que ton père a dit quelque chose qui te fasse de la peine ? demanda Lucy en me jetant un regard furieux. Les hommes ! Ils ne sont pas bons à grand-chose à part te briser le cœur et lâcher l'oseille.

— Lâcher l'oseille ? demanda Leah.

— Oh, c'est juste une expression ! dit Lucy gaie-

346

ment. En grandissant dans le Sud, j'ai appris des tas d'expressions de la campagne. Tu es prié d'être gentil avec Leah, Jack. Tu ne mesures pas le trésor que tu as là. Profite de cette petite tant que tu l'as. Ça ne durera pas toujours. »

Dans les minutes qui suivirent nous sortîmes pour le Trastevere où avait lieu la fête, afin d'arriver une heure précisément après l'heure indiquée sur le carton d'invitation. L'heure est une notion volatile et étrangère à Rome, et aucun Romain digne de ce nom ou se respectant n'éprouverait autre chose qu'une gêne immense en arrivant à une soirée à l'heure prévue. Au début que j'étais à Rome, en me présentant à huit heures pour dîner, j'avais systématiquement dérangé la maîtresse de maison sous sa douche. Il faut un moment aux Américains — que les Romains connaissent bien pour leur hilarante ponctualité — pour s'adapter, mais je m'étais adapté.

Je restai près de la porte, pour présenter Lucy à mes amis romains. Lucy était en beauté, tout sourires et séduction.

« Qui est-ce ? murmura-t-elle lorsqu'un bel homme à la tête léonine fit irruption à l'entrée.

— Maman, je te présente Gore Vidal, dis-je. Gore, voici ma mère, la très prédatrice Lucy McCall Pitts.

— Allez, dit Lucy, vous n'êtes pas Gore Vidal.

— Je vous demande pardon, madame, dit Gore en levant un sourcil de roi étonné de se retrouver mêlé à la foule.

— Maman, ne me fais pas un remake d'Eliza Doolittle s'il te plaît, dis-je, inquiet à cause du mépris massif dans lequel Gore Vidal tenait ses compatriotes.

— Vous êtes Gore Vidal l'écrivain ? dit-elle. J'ai lu tous vos livres.

— Permettez-moi d'en douter, madame, dit Gore. J'en ai écrit beaucoup trop. J'ai déjà eu bien du mal à tous les inventer.

— Si, insista Lucy. A la bibliothèque de Waterford, j'ai remporté le prix du citoyen lisant le plus de livres, le plus grand nombre de fois, dans l'histoire de toute la ville.

— Jack. C'est sans doute une plaisanterie où je tiens le rôle du bouffon. Ce genre de provincialisme triomphant me fait rêver d'une injection d'insuline.

— Ce n'est que ma mère dans toute sa splendeur, dis-je, désabusé.

— C'est gentil de venir voir votre fils, Miss Lucy, dit Gore. Ma mère était un vrai monstre.

— Je suis certaine qu'elle n'avait pas à forcer ses talents vu le nom que vous portez, Gore », dit Lucy, ce qui fit hurler l'intéressé de rire avant de rejoindre les autres invités.

Ma mère évolua pendant les deux heures qui suivirent parmi mes amis romains, et son charme sudiste parut être contagieux. Elle circulait d'un groupe à l'autre, et j'entendis son accent toute la soirée, suivi des rires ravis de mes amis.

Tandis que je me déplaçais avec Leah au milieu des convives, le temps passa si vite que nous avions l'impression d'être là depuis quelques minutes lorsque les cloches de Rome commencèrent à s'activer dans une douzaine de clochers à l'entour, en même temps que les aiguilles des horloges se rapprochaient petit à petit du douze de minuit. En remerciant Linda et Paris pour cette soirée, ma mère s'arrêta et salua Gore Vidal pour qui elle s'était prise d'une soudaine affection.

« Gore, dit ma mère. Venez nous rendre visite en Caroline du Sud.

— Lucy, ma chère, répondit-il. Pourquoi m'infligerais-je une telle punition ? » Et les deux de rire tandis qu'il baisait la main de ma mère, puis celle de Leah.

Gore observa Leah qui lui faisait une petite révérence et dit : « Cette enfant est adorable. On dirait qu'elle est née dans les perles.

— Les perles, c'était mon idée », dit Lucy en sortant dans la nuit romaine, pendant que le regard de Leah croisait le mien.

Un taxi nous laissa pas très loin du Tibre, et nous rejoignîmes cette foule splendide et superbement vêtue qui cheminait entre les deux éléments de la colonnade pour monter à la basilique Saint-Pierre. C'était une cohorte lente et recueillie, semblable à un troupeau d'herbivores se nourrissant de prières, d'encens et de pain azyme. La proximité immédiate d'une église rappela son cancer à Lucy, qui se mit à dire son chapelet pendant que nous attendions dans les files prodigieuses qui se formaient à chaque entrée. Par toute l'exubérance de ses excès, la basilique Saint-Pierre me soufflait toujours de ne pas oublier que le dépouillement protestant était né assez naturellement de la démesure d'églises comme celle-ci. Mes amis sudistes et baptistes manquaient de s'étrangler quand je les confrontais à l'inflation esthétisante de l'Eglise romaine. Mais j'aimais le côté excessif, somptuaire de tout cela, et je tentais d'expliquer aux visiteurs qu'ils avaient devant eux la représentation que les artistes du Moyen Age pouvaient avoir du paradis. L'encens me rappelait le temps où j'étais enfant de chœur, l'odeur de la prière montant en fumée.

Lorsque nous pûmes nous agenouiller à nos places, Leah me murmura tout bas : « Grand-mère n'aime pas que je sois juive.

— Je m'en moque, dis-je. Et toi ?

— Elle dit que ça ne va servir qu'à m'embrouiller l'esprit.

— J'ai été élevé dans la religion catholique, lui dis-je à l'oreille, et j'ai l'esprit complètement embrouillé.

— Grand-mère a dit que tu ne connaissais rien à la façon d'élever une enfant juive, dit-elle.

— Elle a raison, dis-je. J'improvise, bébé. Je fais ce que je peux.

— Je lui ai dit que tu te débrouillais très bien.

— Merci. Tu ne penseras pas la même chose plus tard.

— Pourquoi ? demanda-t-elle.

— En grandissant, expliquai-je. D'ici deux ans, tout ce que je dirai te semblera stupide ou ridicule. Jusqu'au son de ma voix qui t'énervera.

— Je ne crois pas. Tu es sûr ? *Certo ?* demanda-t-elle.

— *Certo*, dis-je. Ça fait partie des lois naturelles. Autrefois, je trouvais que tout ce que disait ma mère était formidable, et qu'il n'y avait pas plus intelligent qu'elle au monde.

— Non, dit Leah.

— Si, dis-je. Ensuite, je suis entré dans l'adolescence, et je me suis rendu compte qu'elle était bête comme ses pieds. Ainsi que tout le monde autour de moi.

— Ça doit être intéressant, dit Leah, en observant ma mère. D'entrer dans l'adolescence.

— On le croit », dis-je tandis que la basilique continuait de s'emplir de foules immenses et silencieuses.

Lorsque je m'assis, je sentis qu'on me tapait sur l'épaule et j'entendis la voix de Jordan juste derrière moi. Je fus surpris, avant de me rappeler que c'était lui qui m'avait eu des billets pour la messe de minuit.

« Leah est une vraie poupée. On croirait voir Shyla », me dit Jordan. Ma mère se mit à apprendre à Leah l'usage du chapelet, et leur attention à toutes les deux était à présent concentrée sur les rangs de perles blanches que Leah tenait entre ses mains.

« Une des lettres que tu m'as portées aujourd'hui, Jack. Mon père veut venir à Rome pour me rencontrer après le jour de l'an.

— Je ne me réjouis que si tu es content, dis-je. Je n'ai jamais porté ton père dans mon cœur. » Je me levai pour laisser des retardataires gagner leur place au milieu du rang.

Jordan dit : « Tu as toujours eu ce préjugé stupide contre le sadisme. Qu'est-ce que tu en penses ?

— Je pense à l'exposé que tu as fait au lycée, dis-je à voix basse. Celui sur les serpents corail. Ils mordent rarement, mais ceux qui sont mordus ne survivent presque jamais. Ton père est comme ça.

— Maman affirme que c'est une mission de paix, dit Jordan. Il veut me tendre un rameau d'olivier.

— Ou te battre à mort avec, dis-je.

— Il arrive. Que je le veuille ou non, dit Jordan. Je fais quoi ?

« — Tu demandes ton transfert en Patagonie.

— Chut, mon fils, dit ma mère de sa voix la plus autoritaire. Le pape arrive par l'allée centrale.

— A plus tard », dit Jordan avant de disparaître dans la nuit de Noël.

Une chorale de religieuses se mit à chanter d'une voix aiguë depuis un lieu élevé et lointain pendant que le pape montait l'allée centrale en bénissant les fidèles au passage. Je regardai ma mère recevoir la bénédiction papale avec la gratitude d'un joueur de défense récupérant une balle longue. Le pape était entouré d'une civilisation entière de cardinaux et de monsignors aussi patients que des coucous suivant un taureau de concours dans les basses terres.

A la communion, je suivis ma mère jusqu'à l'autel où nous reçûmes tous les deux l'eucharistie des mains du pape Jean-Paul II. Pendant que nous formions une ligne avec le reste de la foule qui nous entourait, je regardai des prêtres apparaître à chaque autel latéral, et il en vint des douzaines aussi du maître-autel pour distribuer le corps et le sang de Dieu, à la chaîne. C'est pourtant radieuse et pleine d'espoir que ma mère pria longuement à genoux lorsque nous eûmes regagné nos places. En regardant vers le fond de la basilique, je vis des hommes en uniforme, armés de mitraillettes, qui observaient avec vigilance le comportement de la foule. Il semblait maigre et décharné, le pape, et je me souvins qu'un jeune assassin turc avait tiré sur lui, sur le parvis de Saint-Pierre. Je me sentis traversé par la messe, mais pas touché. Je faisais partie de ce qui n'allait pas dans mon siècle.

Plus tard, je pourrais dire que c'est à cet instant précis, au Vatican, que j'ai commencé le terrible compte à rebours vers l'inconnu. Dans les jours qui allaient suivre, je m'efforcerais de mettre de l'ordre dans toutes ces pensées décousues qui se fondirent ensemble alors que je regardais ces hommes assurant silencieusement la couverture du pape. J'avais un rendez-vous avec l'obscurité, et je m'y rendais avec une innocence aux yeux grands ouverts, une sensation placide de bien-être. Le temps lui-même m'avait repéré dans un espace ouvert. J'avais été distingué par des yeux perspicaces alors que je ne sentais que la joie et l'allégresse de voir ma vie se remplir, cicatriser les plaies et les blessures. Mais il me faudrait d'abord endurer le vide peuplé de terreur qu'est l'oubli. Je devais attendre le signal, que les lumières s'allument sur moi, que mon heure indicible appelle mon prénom comme on appelle le mal en personne.

Deux jours plus tard, le 27 décembre 1985, je ne sentais pas de changement dans la pression atmosphérique alors que je payais le taxi qui m'aidait à décharger mes bagages à l'aéroport de Rome. Pour autant que je pusse dire, aucune étoile ne changea de magnitude tandis que Lucy, Leah et moi passions la double porte, puis les carabinieri armés, afin de nous rendre au comptoir d'enregistrement de la Pan Am. Dans ce voyage, rien n'était différent des milliers d'autres voyages et grands départs que j'avais vécus pendant ma vie.

Je ne me souviens pas avoir tendu les trois tickets et les trois passeports au comptoir de la Pan Am, et je ne me souviens pas non plus avoir regardé ma montre neuve pour dire à ma mère qu'il était neuf heures deux. Nous avions dix bagages à nous trois et j'eus un bref accrochage avec l'employé qui voulait me faire payer un supplément. De l'autre côté de la Pan Am, un vol El Al partait à la même heure et une foule gigantesque se bousculait pour accéder au contrôle de sécurité avant les portes d'embarquement. Au-dessus, des gardes armés patrouillaient sur une passerelle métallique avec des fusils-mitrailleurs, et on voyait partout des visages de policiers ennuyés, indifférents. Leah devait reconstituer tout ceci beaucoup plus tard.

Je pris nos cartes d'embarquement, et je cherchais la porte d'embarquement lorsque je vis quatre hommes bizarrement vêtus marcher vers nous. Deux étaient en costume de ville gris, les deux autres en jeans, et tous portaient un foulard qui dissimulait partiellement leur visage. Les hommes commencèrent à ouvrir des sacs en toile qu'ils avaient, l'un d'eux dégoupilla une grenade avant de la lancer. Puis tous les quatre sortirent des fusils-mitrailleurs, et avec une fureur aveugle et arbitraire déclenchèrent un feu mortel dans les vingt-cinq mètres du terminal. J'attrapai Leah que je jetai par-dessus le comptoir d'enregistrement, sur le type qui venait de nous donner nos cartes d'embarquement. « Reste couchée, Leah ! » hurlai-je avant de me diriger vers ma mère effrayée, désorientée, qui partait vers le milieu de la salle alors que les forces de sécurité se mettaient à riposter par des rafales meurtrières, et que les policiers italiens s'apprêtaient à maîtriser sans tarder les quatre terroristes palestiniens qui étaient là pour tuer un maximum de personnes avant d'être eux-mêmes abattus.

Lucy se tenait debout, la bouche ouverte, lorsque je la plaquai au sol avant de tomber sur elle. C'est à ce moment que je me sentis atteint par deux balles d'un AK-47 automatique, une à la tête, l'autre à l'épaule. J'entendis ma mère crier une fois, puis je fus submergé par le tintamarre de la mitraille, et des grenades qui explosaient près de nous, et des hurlements de ceux qui n'avaient rien mais étaient paralysés par la terreur. « Ça va, maman ? Ça va ? » demandai-je en voyant le sang qui tachait son manteau ; puis je perdis connaissance. Un homme et une femme, allongés à côté de nous, étaient morts.

Ce que je raconte à présent, je l'ai appris par la suite.

Lorsque la fusillade cessa, on releva seize morts et soixante-dix blessés dans l'aéroport qui ressemblait à un abattoir. Leah courut de corps en corps, cherchant désespérément son père et sa grand-mère. Mon poids imposant avait coincé ma mère au sol et Leah dut solliciter l'aide d'un employé d'El Al pour me faire basculer et la dégager. Je n'allais pas reprendre conscience avant trois jours. J'avais du sang plein la tête et les yeux, et Leah se mit à crier quand elle me crut mort. Mais ce jour devait aussi être celui où elle apprendrait la force des grands-mères.

« Jack respire encore. Il est vivant. Il faut faire en sorte qu'on l'évacue par une des premières ambulances. On va avoir besoin de ton italien, chérie », dit ma mère.

Lucy et Leah coururent vers l'entrée principale tandis que résonnait le hurlement des sirènes des ambulances venant de tous les coins de Rome et convergeant avec les équipes de cameramen et de journalistes vers Fiumicino. Lorsque les premiers ambulanciers débarquèrent dans l'aéroport frappé par les terroristes, Leah se mit à crier : « *Mio papà, mio papà, non è morto. Sangue, signori, il sangue è terribile. Per favore, mio papà, signori.* »

Les deux hommes suivirent l'adorable fillette qu'ils croyaient italienne, et je fus le premier à être évacué, la première victime à paraître sur les écrans de télévision lorsque l'équipe commença à tourner. J'avais la tête et le haut du torse couverts de sang, et le manteau de Lucy semblait avoir baigné dans le sang de son fils, qu'elle ne lâchait pas. Image diffusée en direct dans toute l'Italie.

A ce moment précis, Jordan Elliott sortait du cours qu'il professait sur les limites du dogme, au Northern American College, près de la fontaine de Trevi. En entrant dans la salle des professeurs, il vit une brochette de ses frères en prêtrise plantés devant un poste de télévision.

« Il y a eu un massacre à l'aéroport de Rome, dit le père Regis, un érudit en latin. Ça semble très grave.

— Ils sont en train de sortir quelqu'un », dit un autre.

Jordan ne me reconnut pas à cause du sang, mais il poussa un cri en voyant Leah et Lucy qui couraient pour suivre les brancardiers. Dans un état second, il entendit l'envoyé spécial nommer l'hôpital le plus proche du Vatican, où des chirurgiens arrivaient déjà de tout Rome pour recevoir les blessés. Jordan sortit de la pièce au pas de course sans une explication et fonça à la première borne de taxis. Il avait été demi-arrière droit au lycée de Waterford dans le pack où je jouais arrière, Mike Hess étant demi gauche et Capers Middleton *quarterback*. En 1965, on connaissait bien le pack Middleton et quand l'équipe avait besoin de gagner un peu de terrain, on s'adressait à l'arrière monumental avec son nez camus, moi. Mais s'il s'agissait de prendre un maximum de terrain, la balle était pour le champion des demis-arrière, celui qui pouvait remonter tout le terrain, le gars qui courait le cent yards en dix secondes pile, le rapide, l'aérien Jordan Elliott. Aucun Romain qui croisa Jordan ce jour-là dans sa course jusqu'à la borne de taxis de la Piazza Venezia n'oublia jamais la vitesse de ce prêtre, si je dois croire ce qu'il me raconta du moins. Quand il eut atteint le premier taxi, il sauta sur la banquette avant et cria : « *Al pronto soccorso. All'ospedale. Al pronto soccorso.* »

Et lorsqu'on me déchargea aux urgences de l'hôpital Santo Spirito, Jordan nous attendait.

« Allez dans la salle d'attente, Leah et Lucy, ordonna-t-il. Je vous y retrouve plus tard. Ayez foi dans le Seigneur. »

Pendant que les brancardiers se lançaient dans une longue course à travers les couloirs, le père Jordan courut à côté de moi en faisant le signe de la croix et en me donnant une absolution éclair selon un rite utilisé exclusivement en cas d'extrême urgence. Il le fit en latin, car il savait que je faisais partie de ces catholiques égarés qui conservaient une agaçante nostalgie de la liturgie latine.

« *Ego te absolvo ab omnibus censuris, et peccatis, in nomine Patris, et Filii, et Spiritus Sancti. Amen.* »

Cette extrême-onction fit l'ouverture du journal télévisé du soir en Italie. Pendant qu'il dessinait le signe de croix sur mes deux graves blessures, il dit en me tenant une main : « Si tu te repens de tous tes péchés, serre fort ma main si tu m'entends, Jack. » Il y eut une petite pression de ma part, raconta-t-il par la suite, et Jordan continua : « Tu es absous de tous tes péchés, Jack. Entre dans cette salle d'opération sans crainte pour ton âme. Mais rappelle-toi qui tu es, Jack. Tu es Jack McCall, de Waterford, Caroline du Sud, le gars, l'homme le plus costaud que j'aie jamais connu. Sers-toi de ta force, Jack. De toute ta force. Mets tout ce que tu as dans ce combat. Leah, ta mère et moi, nous t'attendons. Sers-toi de ta force pour nous. Gagne ce combat pour nous. Nous qui t'aimons et avons besoin de toi. »

La porte s'ouvrit, mais avant de disparaître dans la salle d'opération à l'éclairage violent où je fus happé, je serrai encore une fois sa main, dit-il, plus fort.

« Je te remets entre les mains de Dieu, Jack McCall », dit Jordan en faisant un ultime signe de croix devant la porte de la salle où les chirurgiens se mirent au travail pour extraire les deux balles que j'avais reçues.

Beaucoup plus tard, lorsque je commençai à reconstruire le fil des bribes de souvenirs que j'avais gardés de l'événement, je me souvins de quelques moments de la course folle entre l'aéroport et l'hôpital. Leah pleurait et répétait : « Papa, papa, papa », inlassablement, et j'essayais d'établir le contact avec elle, mais une torpeur s'emparait de moi comme une drogue, et c'était de nouveau le silence et l'obscurité. L'autre chose dont je me souviens est un virage brutal de l'ambulance et Lucy qui criait au chauffeur : « Ralentissez », et encore une fois, les sanglots déchirants de Leah et ma frustration de ne pouvoir la consoler.

Je suis resté six heures en salle d'opération. Les chirurgiens réussirent à sauver mon œil gauche. La balle entrée dans mon épaule était allée se loger du côté du poumon, et c'est cette balle qui faillit me tuer. J'avais déjà perdu beaucoup de sang avant d'arriver sur la table d'opération et mon cœur s'arrêta deux fois pendant le cours de l'intervention. Mais la force dont avait parlé Jordan prévalut et, parce que c'était le destin, par chance, ou à cause peut-être des prières de ceux qui m'aimaient, je survécus au massacre de l'aéroport de Rome.

Trois jours durant, en réplique à la récente immobilisation de ma mère, je restai dans le coma. Plus tard, je ne pus faire revivre aucun rêve de cette période d'apathie totale. Malgré la sensation que j'avais d'être passé par des rêves éclatants, transfigurateurs, il n'en restait rien que je pusse appréhender, à part une fantasmagorie de couleurs vives. L'assaut des couleurs fut la seule chose que je rapportai de mon voyage hors du temps, pendant que mon corps luttait pour sa survie.

Je finis par m'éveiller lentement au son des cloches. J'avais l'impression de prendre mon essor comme un oiseau s'envolant d'une grotte au centre de la Terre. Je sentais cette chose que l'on appelle l'« être » se reconstruire dans mon sang en même temps que je formais ma première pensée consciente depuis ma blessure. J'entendis la Cité éternelle appeler mon nom. Pendant une heure j'écoutai en me demandant où j'étais et pourquoi je ne voyais rien. Mais tout cela calmement, sans panique. Puis je distinguai des voix qui parlaient tranquillement autour de moi. Je me concentrai fort pour reconnaître ces voix, mais elles étaient basses, pour ne pas me déranger, me réveiller. Et puis j'entendis la voix, la voix qui pouvait me faire lutter pour récupérer mon moi là où il était allé se cacher. Il me fallut encore une heure, à mettre toute mon énergie à remonter à la surface, émerger à la lumière, au monde des cloches et des voix, à ce monde abandonné où je pouvais rire et parler. Longtemps j'ai réfléchi au premier mot que je dirais, et je me suis battu avec rage pour le dire dans mon obscurité, et dans la douleur que je commençais à sentir pour la première fois. Finalement, j'entendis le mot se former comme une pierre précieuse dans ma poitrine. « Leah !

— Papa, entendis-je crier en réponse, avant de sentir le baiser de ma petite fille sur la partie de mon visage qui n'était pas couverte de pansements. Papa, merci mon Dieu, papa, merci mon Dieu, papa, papa, papa, répétait Leah. J'avais tellement peur que tu meures, papa.

— Eh bien, ce n'est pas de chance, dis-je lentement, prenant la pleine mesure de ma désorientation.

— Bonjour, Jack, me dit Lucy. Ravie que tu sois de retour. Tu es resté longtemps parti.

— Est-ce qu'on a attrapé l'avion ? demandai-je, question qui provoqua un éclat de rire général dans la pièce.

— Tu ne te souviens pas, papa ? dit Leah.

— Aide-moi, dis-je. Pour commencer, pourquoi est-ce que je ne te vois pas ?

— Tu as les yeux bandés, dit Lucy.

— Je suis aveugle ? demandai-je.

— Tu as bien failli, dit ma mère.

— Une faillite dont je me réjouis, dis-je. J'ai l'impression d'être passé sous un troupeau de rhinocéros.

— Tu as pris deux balles, dit une troisième voix.

— Qui d'autre est là ? Ledare, c'est toi ? » dis-je en levant un bras vers elle.

Ledare me prit la main et s'assit à côté de moi. « Bonjour, Jack. Je suis venue dès que j'ai su.

— Ledare, c'est trop gentil, dis-je.

— Leah n'a pas quitté ton chevet une minute, dit Ledare. Ta mère et moi sommes allées nous reposer et faire un peu de toilette à tour de rôle à ton appartement. Mais Leah est restée ici en permanence. Elle est vraiment exceptionnelle, ta fille, Jack. »

A ces compliments, Leah s'effondra et sanglota aussi fort qu'une enfant peut sangloter. Ledare s'écarta du lit et Leah vint se glisser près de moi. Elle pleura pendant dix minutes et je la laissai pleurer sans rien faire pour l'arrêter, sinon la serrer contre moi. Je laissai les larmes se tarir sans dire un mot. Quand ce fut terminé, je demandai seulement : « Tu veux que je te raconte une histoire ?

— Oui, papa. Raconte-moi une belle histoire, dit Leah, épuisée.

— Je n'en connais qu'une, dis-je.

— Chippie-la-brave-chienne, dit Leah dont le visage s'illumina. Vous avez connu Chippie-la-brave-chienne, Ledare ?

— Oui, dit Ledare en riant. J'ai connu Chippie.

— C'était une bâtarde, pour l'amour du ciel », dit

Lucy. Mais je levai un index menaçant dans sa direction.

« A toi de choisir le sujet, dis-je.

— D'accord », dit Leah qui devint bizarrement songeuse et silencieuse. Puis elle annonça : « Je sais quelle histoire j'ai envie d'entendre.

— Il faut que tu me dises, dis-je, perplexe.

— Tu ne voudras peut-être pas la raconter, papa, dit Leah.

— Je raconterai ce que tu voudras, dis-je. Ce n'est qu'une histoire. »

Leah se remit à pleurer avant de retrouver le contrôle d'elle-même pour dire : « Je voudrais entendre l'histoire de Chippie-la-brave-chienne à l'aéroport de Rome.

— Voilà bien l'idée la plus stupide que j'aie entendue », dit Lucy.

Mais Leah pleurait de nouveau et je dis : « Non, maman. Je sais ce que cherche Leah.

— Je trouve simplement ridicule de faire revivre les mauvais souvenirs, dit Lucy. Nous avons tous été mis à assez rude épreuve. Je suis tellement bouleversée que j'en ai oublié ma leucémie, avec tout ce chambardement.

— Ecoutez, Lucy, dit Ledare, tandis que je commençais mon histoire.

— Le 27 décembre 1985, Jack McCall et sa jolie petite fille, Leah, étaient en train de faire leurs valises pour partir en Caroline du Sud. Lucy, la vilaine maman de Jack, houspillait la bonne en anglais, alors que la pauvre Maria ne connaît que l'italien.

— Cela ne me fait pas plaisir, bougonna Lucy.

— Ce n'est qu'une histoire, maman, dis-je avant de continuer. Toutes les camarades de classe de Leah étaient venues lui souhaiter *Buon viaggio!* et elles firent une haie sur la piazza en chantant pour elle lorsque le taxi l'emmena dans la circulation romaine. J'entendis alors une chose que je n'avais pas entendue depuis des années. Un jappement familier qui me fit regarder derrière moi et découvrir un petit chien noir avec une croix de poils blancs sous le cou, qui courait après le taxi...

— C'est Chippie-la-brave-chienne, dit Leah.

— Je croyais Chippie morte, car elle avait disparu bien des années plus tôt à Waterford, et ma mère, la méchante Lucy au cœur dur, m'avait dit que Chippie était partie mourir dans les bois.

— C'était toujours moi qui devais donner à manger à cette abrutie de chienne, protesta Lucy.

— Il faut un méchant dans toutes les histoires, expliquai-je.

— Crois-moi, dit Lucy. Cette histoire ne va pas en manquer.

— Je demandai au chauffeur de taxi de s'arrêter et ouvris la portière arrière. Chippie-la-brave-chienne sauta sur la banquette et me lécha la figure pendant cinq bonnes minutes. Puis je présentai Chippie-la-brave-chienne à Leah-la-plus-belle, et Chippie lui lécha le visage pendant les cinq minutes suivantes. Ensuite, Chippie aperçut Lucy, et les poils se dressèrent sur son dos, et la brave chienne se mit à faire : *"Ggg-rrr."*

— Je reconnais que ce cabot ne m'adorait pas, dit Lucy. Mais elle devenait toujours plus aimable à l'heure des repas.

— Pourquoi est-ce qu'elle ne t'aimait pas, grand-mère ? demanda Leah.

— Je lui flanquais des coups de balai dans le derrière chaque fois que je la trouvais sur le canapé du salon, dit Lucy. C'est-à-dire environ cinq fois par jour. Il n'y avait pas moyen de la dresser, cette chienne.

— Chippie-la-brave-chienne était trop occupée à pratiquer l'héroïsme pour s'intéresser aux jeux de chien-chien. Donc, Chippie nous accompagna tout le temps du trajet jusqu'à l'aéroport de Rome, et j'avais l'intention d'acheter une cage spéciale pour la ramener avec nous en Caroline du Sud. Le taxi s'arrêta devant la grande porte des départs. Leah, Chippie-la-brave-chienne et la méchante Lucy pénétrèrent guillerettement dans le terminal avec moi. La première personne qu'elles virent alors fut Natasha Jones, avec son joli chien blanc, Bianco. Leah fit les présentations entre Bianco et Chippie-la-brave-chienne, et il fut décidé que les deux chiens partageraient la même cage pour rentrer aux Etats-Unis... »

Je sentais une tension dans la chambre, et je ne comprenais pas jusqu'au moment où j'entendis Ledare dire : « Natasha Jones a été tuée pendant le massacre, Jack. Son père et son frère sont blessés.

— Nom de Dieu! dis-je. Je ne me souviens même pas avoir vu Natasha et ses parents ce jour-là.

— Je ne suis pas allée à son enterrement parce que je voulais rester avec toi, papa, dit Leah, d'une voix fragile.

— Tu as bien fait, Leah, dis-je. J'avais plus besoin de toi que Natasha. Est-ce que quelqu'un pourrait m'expliquer ce qui s'est passé? Je vais avoir besoin d'un peu d'aide si je dois finir cette histoire de Chippie-la-brave-chienne. Je ne me souviens de rien d'autre. Rien. »

Ledare prit la parole car elle vit que ni Lucy ni Leah ne pouvaient parler. « Quatre tueurs sont entrés dans l'aéroport avec leurs armes cachées. Ils avaient treize grenades à main et quatre automatiques AK-47. Vous étiez au comptoir d'enregistrement lorsque la fusillade a commencé, poursuivit Ledare. Tu as soulevé Leah et tu l'as balancée derrière le comptoir où elle est restée couchée par terre jusqu'à la fin de la fusillade. Ensuite, tu as couru vers ta mère que tu as jetée au sol en lui faisant un bouclier de ton corps. C'est à ce moment-là que tu as été touché. Une fois à la tête, juste au-dessus de l'œil gauche. La balle est passée à un centimètre du cerveau. Une autre fois à l'épaule, et la balle est allée se loger dans la poitrine en perforant le poumon gauche.

— Je ne me souviens absolument de rien, dis-je.

— Un homme a appelé une radio depuis Malaga, en Espagne, afin de revendiquer l'attentat de l'aéroport au nom du groupe Abou Nidal et de l'OLP. Il y a eu un autre massacre à Vienne, au même moment. Tu imagines ce culot? dit Lucy.

— Vive Israël! dis-je. D'accord. Je reprends l'histoire. Donc, tandis que Chippie faisait connaissance avec Bianco, l'œil de la brave chienne se mit à scruter un peu l'aéroport. Chippie avait la capacité stupéfiante de juger le caractère des gens au premier coup d'œil. C'était une faculté innée chez elle. De la même façon que les chiens d'arrêt possèdent un odorat extraordinaire, Chippie savait flairer le bien et le mal. Elle vit des tas de gens heureux qui s'apprêtaient à s'envoler pour un merveilleux voyage, jusqu'au moment où son regard s'arrêta sur quatre hommes qui lui déplurent. En fait, pour être tout à fait honnête, nous dirons que ces quatre pauvres types déplurent tout à fait à Chippie-la-brave-chienne.

— Holà, dit Leah. Les quatre types vont avoir des ennuis.

— Chippie-la-brave-chienne s'avança pour voir ce qui se tramait. Plus elle se rapprochait des quatre types, plus Chippie-la-brave-chienne avait l'apparence d'un loup rusé. En vérité, elle semblait devenir plus costaud, plus puissante, et ses crocs s'aiguisaient au fur et à mesure qu'elle sentait le mal comme jamais encore elle ne l'avait senti. Elle sauta sur le comptoir du bar et se déplaça comme un grand chat, en contournant soigneusement les tasses pour ne pas renverser le cappucino de quelqu'un. Lorsqu'elle atteignit l'extrémité du comptoir, Chippie-la-brave-chienne s'était transformée en chien de guerre, en chien sanguinaire. La ville où une louve avait jadis allaité Remus et Romulus avait de nouveau grand besoin de loups, des loups plus sauvages et cruels que la louve qui servit de mère aux fondateurs de Rome. Et Rome appela un loup...

— Et Chippie-la-brave-chienne répondit présente, s'écria Leah.

— Chippie-la-brave-chienne répondit effectivement présente, dis-je. Les quatre types commencèrent à sortir leurs AK-47 ainsi que leurs grenades. Puis ils se tournèrent vers une foule agglutinée devant les comptoirs de la Pan Am et d'El Al. L'un d'eux visa la douce, la merveilleuse Natasha Jones, un autre pointa son arme sur l'adorable, la ravissante Leah McCall, et juste comme ils allaient tirer, les quatre types entendirent un bruit qui leur glaça l'âme de peur jusqu'à la racine.

— *Ggg-rrr*, gronda Leah.

— *Ggg-rrr*, grondai-je avec elle.

— Ils avaient oublié une chose », dis-je.

Et Leah de s'exclamer : « Ils avaient oublié Chippie-la-brave-chienne !

— La brave chienne sauta à la gorge du premier terroriste et ses crocs sectionnèrent la carotide d'un homme qui ne ferait plus jamais de mal à personne. Son fusil tomba, lâchant inutilement une série de balles dans le plafond. Le deuxième terroriste tira sur Chippie-la-brave-chienne, mais celle-ci lui avait déjà planté les crocs dans les parties génitales et le hurlement que poussa l'homme alerta les forces de sécurité qui arrivèrent de toute part. Puis Chippie pivota et fonça entre les balles tandis que les deux hommes restés debout savaient désormais qui était leur véritable ennemi. Chippie-la-brave-chienne fut touchée une fois, mais il faut plus d'une balle pour arrêter Chippie-la-brave-chienne.

— C'est bien vrai, dit joyeusement Leah. Une balle, ce n'est rien du tout pour Chippie-la-brave-chienne.

— Je suis quand même bien sûre de ne pas avoir vu cette sale bête, dit Lucy.

— Le troisième homme avait le visage balafré par un long coup de couteau. Chippie-la-brave-chienne s'en prit à cette cicatrice. Ses crocs déchirèrent le visage du type, et lorsque ce dernier tomba à terre, la chienne sauta à la gorge du dernier homme debout. Le dernier homme debout se cramponna et vida son chargeur sur Chippie-la-brave-chienne. Chippie-la-brave-chienne fonça en titubant sur le dernier homme, mais elle n'eut pas la force. Elle regarda Jack, et Leah, et Lucy, aboya une dernière fois pour leur dire adieu. Puis Chippie-la-brave-chienne posa sa tête entre ses deux pattes de devant et mourut d'une mort paisible et douce. Un agent de sécurité d'El Al tira sur l'homme qui avait tué Chippie-la-brave-chienne, et qui mourut sur le coup.

— Non, papa, dit Leah. Chippie-la-brave-chienne ne peut pas mourir ! Ce n'est pas juste.

— Chippie est morte quand j'avais dix-huit ans, chérie, dis-je. Comme ta maman était morte, je n'ai jamais voulu te dire que Chippie aussi était morte.

— Chippie est enterrée dans le jardin, dit Lucy. Elle a une tombe assez jolie. Faite par Jack.

— J'attends cette histoire depuis que tu as été blessé, papa, dit Leah. Je voudrais bien qu'elle soit vraie.

— Les histoires n'ont pas besoin d'être vraies. Il suffit qu'elles fassent du bien, dis-je. Maintenant, chérie, je suis épuisé.

— Laisse-le se reposer, Leah, dit Lucy. Je vais te ramener à la maison et te préparer à manger.

— Je reste ici, dit Leah.

— Vous ferez ce qu'on vous dit de faire, jeune fille, insista Lucy, et j'entendis la peur et le soulagement dans la voix de ma mère.

— Leah et moi, nous formons une équipe, maman, dis-je. Laisse-la tranquille.

— Nous irons tout de même à Waterford quand tu iras mieux ? demanda Leah.

— Oui, ma fille. Là, je n'ai pas été bon. Tu ne connais aucune des histoires qui ont fait de toi qui tu es.

— Le film est en route, Jack, dit Ledare. Mike m'a envoyé le premier chèque dès qu'il a su que tu avais pris deux balles. Tu es engagé, que tu le veuilles ou non.

— Certaines des histoires que veut Mike sont celles que je dois raconter à Leah, dis-je.

— Tu racontes celles que tu connais, dit Ledare. Moi je compléterai en fonction de mes possibilités.

— Ledare ? demandai-je. Est-ce que tu es venue ici à cause du film ?

— Désolée de te décevoir, répondit Ledare. Je suis venue parce que tu avais besoin de moi.

— Tu es la bienvenue en Italie et pour tout le reste, dit ma mère. Je repars à Waterford après-demain. Il faut que je sorte de ce pays de dingues. Je vais évidemment réserver une voiture blindée pour me conduire à l'aéroport. Je ne me sentirai en sécurité que lorsque je sentirai l'odeur des choux en train de cuire.

— Nous te rejoindrons dès que possible, maman, dis-je.

— Jordan est passé à la télévision, dit Ledare. En train de t'administrer les derniers sacrements. Mike a la bande. Le général Elliott aussi.

— L'intrigue se complique.

— Papa, pourquoi est-ce qu'il se cache, Jordan ? dit Leah. Il est venu ici à l'hôpital des masses de fois. Mais toujours en pleine nuit. »

Comme j'essayais de répondre, je sentis que je m'éloignais d'eux et le sommeil ressembla à un trou noir où le temps tombait en une cascade sans fin qui commençait par des mots se dérobant au contact de la main de Leah contre la mienne, pour se terminer en sommeil trop prompt à se manifester.

## 19

Je quittai l'hôpital dans les jours qui suivirent, avec une cicatrice prune que Leah toucha tendrement pendant qu'on ôtait mes pansements pour la dernière fois. Le Dr Guido Guccioli, qui m'avait sauvé la vie, me fit d'ultimes recommandations sur la nécessité de laisser mes yeux se reposer et les dangers du surmenage. Il expliqua comment les cônes et les bâtonnets formaient des grappes incolores accrochées aux nerfs rétiniens, et comment l'opération qu'il avait réalisée tenait de l'art d'accorder un piano grand comme un œuf de caille. Le médecin et trois des infirmières descendirent jusque dans la rue où

Ledare et Leah m'aidèrent à monter dans le taxi qui allait me raccompagner chez moi.

« Ho, Guido! Est-ce que je peux vous embrasser sur la bouche? demandai-je.

— Non, surtout pas, ce ne serait ni digne ni hygiénique, dit le docteur en m'embrassant sur les deux joues. Mais avec la Signora Ledare, je ne dirais pas la même chose. »

Pendant le trajet du retour, je baissai la vitre pour sentir le souffle de l'air douillet et suave sur moi, en moi. Jusqu'à l'odeur du Tibre qui était riche et sombre lorsque nous le traversâmes à l'endroit où il se séparait en deux bras jumeaux, confluant ensuite après avoir enlacé la proue aiguë de l'Isola Tiberina.

Sur la Piazza Farnese, un petit groupe de gens du voisinage s'était rassemblé devant la porte de mon immeuble. Maria, le chapelet enroulé autour des doigts, était du lot, avec quelques voisins; deux religieuses portant des gants de jardinage émergèrent de leur cloître-écrin, les frères Ruggeri arrivèrent de l'*alimentari*, avec l'odeur de fromage sur les mains; il y avait Freddie dans sa veste blanche de serveur, l'homme aux olives et deux des marchands des quatre-saisons du Campo, la dame des œufs et volailles, la belle blonde du magasin de matériel de bureau, Edoardo, maître du café et des *cornetti*, Aldo le marchand de journaux, et le patron de l'unique restaurant de la piazza.

Quelques acclamations montèrent de la petite troupe amicale lorsque je descendis du taxi et marchai d'un pas mal assuré vers ma porte. Parce que j'avais été blessé, l'attentat avait touché cette piazza de façon directe et personnelle. Les commerçants firent envoyer des fruits et des légumes du Campo dei Fiori et, pendant une semaine, ils refusèrent de prendre l'argent de Ledare. Les marchandes de poisson firent livrer des moules et de la morue. Le volailler apporta des poulets tués de la veille. Mes généreux voisins prirent totalement en charge mes premières semaines de convalescence à la maison.

Chaque jour, je les voyais pendant mes promenades dans les rues étroites, pour reconstituer mes forces.

Bien que j'eusse voyagé sur presque tous les continents et côtoyé plus ou moins longuement des douzaines de nationalités, je n'ai jamais bien mesuré ni compris l'originalité bourrue avec laquelle les Romains pratiquent la gentillesse. Leur sens des petits gestes d'amitié est unique. Leur compétence dans l'art d'entourer l'étranger fréquentable relève de la science municipale. Mes voisins saluèrent donc dignement mon retour sur la piazza, et se réjouirent de mon rétablissement. Ces Romains, vraiment, songeais-je, ils ne peuvent pas lever le petit doigt sans offrir au reste du monde d'inimitables leçons de cérémonial et d'hospitalité.

Observant mon retour à travers de puissantes jumelles Nikon, appris-je plus tard, se trouvait Jordan Elliott, rasé de près et vêtu de jeans, de chaussures confortables et d'une chemise de soirée griffée Armani. Il me regarda entrer dans l'immeuble avec Ledare, sur qui je m'appuyais davantage que sur la canne anglaise à bout de caoutchouc qu'on m'avait donnée à l'hôpital. La bureaucratie des formalités administratives de sortie venait de m'achever et ce comité d'accueil me toucha tellement que mes dernières forces en furent anéanties. Le *portiere* ouvrit la porte comme pour le retour d'un prince, et je le remerciai d'un sourire. Un photographe d'« Il Messagero » fixa l'instant de cordialité et de nostalgie authentiques de ce retour à la maison. Les fleuristes chargèrent les bras de Ledare de bouquets d'anémones et de zinnias.

Mais le sentiment n'était pas au rendez-vous de la surveillance effectuée par Jordan. Ses jumelles étaient réglées sur la foule, pas sur moi, lorsque je disparus dans le vestibule de mon immeuble dont les immenses portes noires se refermèrent sur moi comme les ailes d'un archange. Ce n'est qu'au moment où la foule se dispersa que Jordan identifia l'objet de sa quête patiente. Svelte, l'homme avait le port martial, et Jordan imagina qu'il avait sans doute observé mon retour à l'abri du petit café de la piazza pour ne se montrer que lorsque les gens commencèrent à s'égailler avec force commentaires. Quand cet homme atteignit la fontaine la plus proche de chez moi, Jordan frissonna en songeant à la bizarrerie de sa position d'observateur clandestin étudiant la robuste silhouette de son propre père grâce aux lentilles grossissantes. Le général Elliott se déplaçait avec la grâce et l'attention d'un fantassin, scrutant chaque visage qu'il croisait. Il cherchait manifestement Jordan, et Jordan imaginait l'agacement de son père en ne le voyant pas dans la foule.

Peu après mon transfert à l'hôpital, Jordan était apparu sur les écrans de télévision de la nation entière tandis que les portières de l'ambulance s'ouvraient et qu'on me roulait vers le service des urgences. En tant que père trappiste ayant vécu l'essentiel de sa vie adulte dans un monastère, Jordan comprenait particulièrement mal le pouvoir et la rapidité de la communication moderne. L'expression d'horreur affligée sur le visage de Jordan quand il m'aperçut accéda à la célébrité dans l'instant où elle fut répercutée par satellite dans toutes les salles de rédaction du monde. Lorsqu'il me prit la main et me chuchota à l'oreille les paroles des derniers sacrements, tandis que j'enfilais les couloirs de l'hôpital mis en état d'urgence, les rides d'inquiétude et de compassion lisibles sur son visage anguleux constituèrent un symétrique abrupt et dynamique de la douleur partagée par toute l'Italie. Et ce visage devint célèbre en vingt-quatre heures sur la Péninsule. De façon inopinée, cette identification à la détresse de Jordan fut comme un cadeau éloquent pour le pays. Son visage exprimait tout ce que ressentait l'Italie devant le massacre de ces voyageurs paisibles. Les journalistes italiens se lancèrent à la recherche du prêtre mystérieux. Mais Jordan replongea dans les profondeurs cachées de la cité pleine de prêtres pendant que des photos de lui commençaient à faire la une des journaux américains.

Sur l'île d'Orion, le général Elliott reconnut son fils

immédiatement. Lorsque la bande fut rediffusée quinze minutes plus tard sur CNN, il en fit une copie pour pouvoir la refaire passer à son gré. Le visage du général Elliott était impénétrable, mais le monde entier avait toujours pu lire à livre ouvert sur celui de son fils. La barbe bien taillée dissimulait la fossette héritée de sa mère. Mais le labeur de quinze années n'avait pas altéré les traits du visage de son fils, qui s'étaient simplement creusés, devenant encore plus reconnaissables. Les yeux de Jordan étaient inoubliables et son père ne les avait certainement pas oubliés. Il ne dit rien à sa femme Celestine qui ne fut au courant de mes malheurs que tard dans la journée du lendemain. Entre-temps, comme nous devions l'apprendre plus tard, le général avait déjà pris contact avec Mike Hess et Capers Middleton. Le soir, ils comparèrent les photos du prêtre sortant du confessionnal sur l'Aventin aux images du prêtre qui accueillit mon ambulance au Trastevere. Au cours d'une consultation téléphonique secrète le lendemain, ils conclurent ensemble qu'ils avaient trouvé leur homme.

Le fait d'avoir été surpris pendant cette simple fraction de seconde par l'œil de la caméra avait amené à Jordan un flot de visiteurs dont il se serait volontiers passé, mais aussitôt après, Jordan disparut dans les silences terre de Sienne de la Rome monastique. Avant que les chirurgiens m'eussent ramené à ma chambre d'hôpital, Jordan était passé d'un obscur monastère situé dans l'une des abbayes les plus obscures de la colline Caelian à une maison à mi-chemin du Trastevere recevant des prêtres ayant des problèmes de dépendance aux drogues. Un barbier lui avait rasé la barbe, et il avait sorti des lunettes à monture en écaille.

Une machine souterraine s'était mise en route dès que le quartier général d'Interpol à Rome avait reçu une photo de Jordan Elliott avec moi, après un match de base-ball datant de notre dernière année de lycée. Elle était accompagnée d'un agrandissement du cliché où Jordan regardait avec une émotion attendrie mon corps en train d'être transporté sur un brancard vers les urgences. Une employée du service des empreintes digitales d'Interpol avait fait parvenir l'information à son frère qui travaillait pour un monsignor supervisant un comité de réforme de la comptabilité de la banque du Vatican. Jordan Elliott était recherché dans le cadre d'une enquête sur les circonstances de la mort d'un jeune caporal des marines et de sa petite amie, mort qui remontait à 1971. Le dossier indiquait que Jordan avait peut-être changé de nom et se ferait passer pour un prêtre catholique appartenant à un ordre inconnu. Jordan Elliott était donné pour très intelligent, doté d'une force physique importante et éventuellement armé. Le général Elliott avait prévenu confidentiellement les services secrets de la marine, qui s'étaient mis en relation avec leurs correspondants d'Interpol en Italie.

Ce fut la première fois, depuis sa fuite en Europe, que Jordan eut la certitude d'être un homme traqué. Il l'avait longtemps soupçonné, mais il s'était si définitivement évanoui de sa vie en Caroline du Sud — il y avait même eu un service funèbre — qu'il en était venu à penser que toutes les recherches entamées pour le retrouver avaient depuis longtemps échoué, faute de preuve ou de piste récente. Sa mère et moi étions les uniques complices de la conspiration. Jordan s'était laissé bercer par une sensation d'invisibilité et à présent, en regardant son père, il se rendait compte que sa réaction d'inquiétude à mon sujet nous avait placés tous les deux dans une situation dangereuse.

Le général prit position dans les ombres de la fontaine en forme de sarcophage sculpté dans du marbre égyptien, entouré de voitures en stationnement irrégulier.

Il avait encore une beauté hors du commun, se dit Jordan en étudiant les traits réguliers de son père, dont le visage était buriné et les bras bronzés et musclés par la pratique du golf. Jordan remarqua les premiers signes de caroncule sous le menton de son père. Il doutait qu'aucun fils eût jamais craint son père comme lui avait craint le sien, et le seul mot de « père », sacré et primordial dans les religions du monde entier, central dans le mystère catholique de la sainte Trinité, lui avait toujours fait froid dans le dos. Pour Jordan, cette simple syllabe n'évoquait pas un homme doux et rassurant, maniant les hochets et les berceuses comme seule arme, mais une armée sur le pied de guerre, les mains ensanglantées.

« Père. » Jordan prononça le mot à voix haute. « Ton père est rentré, ton père est rentré, ton père est rentré... » Les quatre mots les plus redoutés de son enfance lorsqu'ils étaient articulés par les lèvres pleines de tendresse de sa mère. La peur et la haine que lui inspirait son père avaient toujours été ce qu'il y avait de plus brut et inclassable chez Jordan. La force de cette haine avait ébranlé la placidité de tous les confesseurs auxquels Jordan avait demandé le pardon de ses péchés au cours de sa carrière pastorale. Son abbé lui avait dit, il y avait encore moins d'un an, que le royaume des cieux lui serait interdit tant qu'au fond de son cœur il ne trouverait pas la miséricorde nécessaire au pardon de son père. Alors qu'il observait ce père, il se rendit compte qu'il n'était pas plus près d'entrer au royaume des cieux que le gamin pleurant après avoir été encore une fois battu et rêvant du jour où il tuerait son père de ses propres mains.

Jordan avait reçu une lettre de sa mère — son père souhaitait une réconciliation et Jordan se préparait à ces retrouvailles lorsque sa photo de jeunesse était arrivée dans les bureaux romains d'Interpol, d'où elle avait fait son chemin secret à travers le labyrinthe des couloirs et antichambres du Vatican, jusqu'au petit bureau de son abbé. Jordan pensa que son père l'avait trahi. Mais il pensa aussi que Capers Middleton pouvait avoir vendu son vieil ami, en apothéose spectaculaire de sa campagne pour le siège de gouverneur de Caroline du Sud. Son abbé partageait cet avis. Il nourrissait une défiance italienne et scrupuleuse à l'endroit des hommes politiques, en même temps qu'un culte aimable mais rigide de la paternité.

Quelques jours après mon retour à la maison, Maria répondit à un coup de sonnette et fit entrer Mike et Capers dans le salon où je me trouvais avec Ledare. L'impatience de Mike était palpable à l'intérieur de la pièce, qu'il arpentait près des fenêtres, avec un moteur qui s'emballait quelque part dans son système nerveux. Mais Capers en revanche était imperturbable, calme, apparemment intéressé exclusivement par mes tableaux et objets anciens dont il faisait un inventaire rigoureux. Tandis que ses yeux passaient mes possessions en revue, il dit : « Tu as de jolies choses. C'est une surprise, Jack.

— Jette un coup d'œil rapide, et fiche le camp de chez moi », dis-je.

Mike s'interposa de suite. « Il s'agit d'une visite professionnelle. Liée à notre film. Tu n'es pas obligé de tomber amoureux de Capers, Jack. Mais écoute-le simplement.

— Je n'aime pas Capers, dis-je. Je croyais l'avoir manifesté clairement à Waterford.

— Tu as été clair, mais tu avais tort, dit Mike.

— Mike, dit Ledare. Tu n'aurais pas dû nous faire ce coup, ni aux uns ni aux autres.

— Tu es sous contrat, chérie, dit Mike. Je ne suis pas obligé de mener les choses à ta guise. Demande à la Guilde des scénaristes.

— Capers est comme une allumette allumée pour nous, dit Ledare à Mike. Nous sommes inflammables. Tu le sais parfaitement.

— Nous voulions l'un et l'autre nous assurer que Jack allait bien. Nous étions inquiets, dit Mike.

— J'ai prié pour toi, finit par dire Capers.

— Mike, dis-je. Il y a une bible sur ma table de chevet. Tu prends le Nouveau Testament et tu cherches l'histoire de Judas Iscariote. Capers lui trouvera des accents autobiographiques troublants.

— Il y en a qui ont la langue toujours bien pendue, dit Mike, admiratif.

— C'est bien du Jack, dit Capers. Il s'est toujours pris pour Jésus.

— Seulement lorsque je suis en présence de l'homme qui nous a un jour crucifiés, tous mes amis et moi, dis-je, avec froideur et colère. Habituellement, je fais plutôt dans le genre Julia Child.

— Tu as fait la une des journaux de Caroline du Sud en te faisant tirer dessus, dit Capers dont la voix égale était dangereusement contrôlée. Dès que j'ai appris la nouvelle, j'ai pris les dispositions pour venir à Rome te rendre visite à l'hôpital. En fait, il y aura un article sur notre voyage dans le journal de l'Etat, dimanche prochain.

— Avec des photos, bien sûr ? dis-je.

— Combien cela va-t-il me coûter ? dit Capers.

— Au-dessus de tes moyens, dis-je.

— Vous n'avez pas trouvé Jordan, dit Ledare. C'est la raison de votre présence ici.

— Nous n'avons même pas eu confirmation que Jordan Elliott est vivant, dit Capers. Nous avons essayé les franciscains. Les jésuites. Les paulistes. Les trappistes. Les bénédictins. J'avais l'aide de l'évêque de Charleston. Mike est en contact permanent avec le cardinal de Los Angeles. Quelque chose a coincé, et tout le système s'est refermé sur nous.

— Nous avons fait circuler toutes les photos prises par le détective. Pas un franciscain de cette ville ne peut identifier clairement ce prêtre américain barbu. Tous les franciscains que nous avons rencontrés étaient certains que cet homme ne faisait pas partie de leur ordre. Pourtant, il porte leur habit et a entendu des confessions dans l'une de leurs plus grosses églises.

— Raconte à Jack l'épisode le plus bizarre, dit Mike.

— J'allais y arriver, dit Capers. Nous obtenons un rendez-vous avec le patron des franciscains. Le grand manitou. Un chef-né, le type, le port royal. Il nous sert le couplet habituel. Regarde les photos. Jamais vu le gars. Puis il nous dit une chose intéressante. Il nous sort de but en blanc que les franciscains en tant qu'ordre, et son abbé en particulier, n'apprécient pas vraiment les pressions exercées par des Américains voulant retrouver la trace d'un membre de leur ordre, ou de n'importe quel ordre, recherché pour crimes de guerre en Amérique. Sur quoi il nous prie de sortir de son bureau. Mais voilà, Jack, dit Capers en se penchant en avant, nous n'avons jamais parlé de crimes de guerre à qui que ce soit. Nous cherchions Jordan, c'est tout. Et nous n'avons jamais dit à personne pourquoi.

— Et alors ? dis-je. Tu crois que les franciscains ne vont pas procéder à quelques vérifications de leur côté ? Ils sont dans le coup depuis le treizième siècle.

— Est-ce que tu as tuyauté Jordan ? demanda Capers.

— Ecoute-moi bien, Capers. Je n'ai pas envie de me répéter. J'étais à l'hôpital, dans le cirage complet, dis-je. Mais je l'aurais prévenu si j'avais été au courant de votre arrivée. Je lui aurais suggéré de faire exactement ce qu'il a fait... disparaître de la circulation jusqu'à ce que vous soyez repartis.

— S'il n'y a pas de Jordan, il n'y a pas de contrat de télévision, dit Mike. Il n'y a pas de film. »

Ledare regarda Mike. « Pourquoi cela gênerait-il Jack ?

— Parce que s'il n'y a pas de film, il n'y a pas de pardon présidentiel pour Jordan Elliott, dit Mike. Tout cela fait partie d'un vaste plan, Jack.

— Je vois, dit Ledare. La minisérie s'achève avec Capers Middleton obtenant un pardon présidentiel pour son vieil ami Jordan Elliott. Ensuite, à l'occasion de l'intronisation du gouverneur, à Columbia, le pack Middleton sera enfin réuni, ce qui constituera un symbole de l'aptitude du gouverneur Middleton à panser les plaies qui ont divisé sa génération.

— Non, ma belle. Ça, c'est le présent, dit Mike. Mais il faut regarder plus loin. Dans six ans, pour la convention nationale du parti républicain. Tu peux aussi patienter dix ans, que Capers annonce sa candidature officielle à la présidence des Etats-Unis.

— Ne crains rien, mon passeport, dis-je en hochant tristement la tête. Si j'aimais vraiment mon pays, je te flanquerais directement dehors par cette fenêtre ouverte, Capers, ce qui représenterait pour toi cinq étages en chute libre avant de t'aplatir sur la piazza. Malheureusement, mon patriotisme se contente de paroles.

— Qui que soit ton adversaire, dit Ledare, je lui écrirai ses discours. Je travaillerai pour rien et donnerai des interviews dans toutes les gazettes du pays. Je donnerai le nom et les mensurations de toutes les minettes que tu as sautées pendant l'enfer de nos années de mariage.

— Tu ne feras rien à cause des gosses, dit Capers sans passion.

— Ils seront assez vieux d'ici là et je me moquerai bien de ce qu'ils pensent.

— Ta faiblesse, chérie, c'est que tu te soucieras toujours trop de ce qu'ils pensent, dit Capers, cherchant le coup de grâce. Tu ne sais que trop bien que la fête des Mères n'est pas le jour de l'année qui les réjouit le plus.

— Assez joué au chat et à la souris, dit Mike. Est-ce que oui ou non tu vas nous aider à retrouver Jordan, Jack ? Toi aussi tu as signé le contrat.

— Ouvre bien grandes tes oreilles, Mike, dis-je. Et cette fois, écoute ce que je vais te dire. Nous avons déjà eu une conversation pénible à ce sujet et je ne tiens pas à recommencer. Je ne lèverai pas le petit doigt parce que je déteste ton pote Capers. Ai-je été assez clair ?

— Tu utiliserais le mot haine pour définir ce que tu éprouves pour moi ? demanda Capers.

— Oui, dis-je. Il résume assez bien l'état de mon esprit.

— N'y a-t-il rien que je puisse faire pour changer ta façon de voir les choses ? demanda Capers.

— Je crains que non, Capers. Désolé mon vieux.

— Je vais être franc avec toi, Jack, dit Mike en regardant du côté de Capers qui opina silencieusement. Le projet de film a besoin de Jordan parce qu'aucun de nous ne connaît toute son histoire. Il est la clé de tout. J'ai besoin de sa collaboration, sinon je ne pense pas réussir à vendre la série à une télévision. Tu piges ? Ça, c'est mon intérêt professionnel. Pour ce qui est de Capers : les démocrates vont tenter de ressortir ce que Capers a fait à ses copains de lycée. Ils ont récupéré des photos de Capers surfant avec Jordan et de nous tous après le triomphe de notre équipe à la finale de football de l'Etat. Tu vois le tableau ? J'ai vu les slogans qu'ils sont en train de concocter. Une catastrophe.

— Toute cette histoire n'a donc rien à voir avec l'amitié, la nostalgie, ou simplement les regrets, dis-je.

— Rien du tout, répondit Ledare. Il n'est en fait question que du sujet préféré de Capers... Capers Middleton.

— Tu deviens moins jolie lorsque tu es cynique, dit Capers.

— Peut-être, mais je suis aussi beaucoup plus intelligente, pas vrai ? riposta-t-elle.

— Il n'est pas beau le monde dont tu fais partie, n'est-ce pas, Capers ? » dis-je.

Et celui-ci de répondre : « Le monde n'est jamais beau. C'est la façon de le prendre qui compte, ce qu'on appelle le style.

— Question style, tu es très fort, dit Ledare. Mais ce qui pèche, chez toi, chéri, c'est plutôt la substance.

— Dis à Jordan que nous voudrions le voir, dit Mike. Nous sommes en relation avec son père. Nous avons une proposition gagnante à lui faire.

— J'y suis, dis-je. Le héros de notre film, c'est Capers. »

Capers se leva pour prendre congé.

« J'ai toujours été le héros, Jack, dit-il. Tu joues un rôle secondaire depuis le début — celui du copain, le pote, le brave gars.

— Sois aimable avec les scénaristes, Capers, dit Ledare. Sinon, tu risques de te retrouver en hauts talons.

— C'est pour cette raison que je me suis adressé

d'abord au producteur, dit Capers. Mais ne viens pas me donner de leçons, s'il te plaît. Nous ne sommes pas en délicatesse. »

Après leur départ, je dormis un moment, et à mon réveil la fraîcheur de la nuit était tombée, l'obscurité avait une texture bleue, humide. Le vent qui montait du Tibre apportait une odeur de feuilles et de papier. Des pages d'« Il Messagero » avec les nouvelles de la veille volaient sur la piazza comme du linge arraché à la corde à linge. Je me rendis à la fenêtre la plus éloignée, vis qu'il était exactement neuf heures. Allumant un petit vestibule peu utilisé derrière moi, je me tenais au beau milieu de l'encadrement d'une immense fenêtre rectangulaire, et je voyais le dôme élégant de la basilique Saint-Pierre éclairer le modeste ciel romain. Puis je discernai un clignotement dans le noir. Salut, disait la lampe en morse. J'agitai la main et fis signe à Ledare de venir me rejoindre à la fenêtre. Je lui montrai le clocher de Saint-Thomas-de-Canterbury, et elle vit une colonne de lumière éclairer par intermittence.

« C'est Jordan, dis-je. C'est ainsi que nous devons communiquer, à présent.

— Que veut-il ? » demanda-t-elle.

Un long faisceau de lumière nous apparut, suivi d'un plus bref, et d'un autre long, avant le retour à l'obscurité.

« Kilo, en morse. Ce qui veut dire : "J'ai besoin de te voir."

— Comment sauras-tu où le rencontrer ? »

Je me grattai derrière le crâne, signe que j'avais reçu le message. Trois éclairs brefs furent alors suivis de trois plus longs. Et le même message exactement se répéta plusieurs instants après.

« Numéro trente-trois, Ledare, dis-je. Prends le "Guide bleu de Rome et des environs" ; il est là, sur la table. Cherche l'index, page 399. Il y a une liste des églises dans la colonne de droite, qui commence par Sant'Adriano. C'est l'église numéro un. Compte jusqu'à trente-trois pour moi.

— La trente-troisième église répertoriée est Santa Cecelia, à Trastevere, dit Ledare.

— Bien, dis-je. C'est une grande église. »

Je me grattai le crâne de nouveau et il y eut un dernier éclair. « Jordan nous dit bonne nuit. Nous nous voyons dans deux jours au Trastevere.

— Est-ce là qu'il vit ?

— Je ne le pense pas, dis-je. Encore que je n'aie aucune idée de l'endroit où il habite. Il estime que moins j'en sais sur sa vie, mieux ça vaut pour moi. »

Ledare, regardant vers le bas l'homme solitaire qui traversait la piazza balayée par le vent, dit : « Tu crois que Jordan se sent seul, Jack ?

— Je crois que la solitude est la composante essentielle de sa vie », dis-je.


Nous fîmes une longue course en taxi par les ruelles sinueuses de Rome, et après avoir acquis la certitude que nous n'étions pas suivis, je priai le chauffeur de nous conduire au restaurant Galeassi, au Trastevere. Nous descendîmes rapidement du taxi pour nous diriger vers l'immense présence boudeuse de l'église Santa Cecelia. Je dirigeai Ledare vers la droite de la nef, sous une Assomption de la Vierge Marie peinte sur le plafond. Nous traversâmes ensuite la vieille mosaïque de pavement en direction d'une rangée de confessionnaux alignés dans un ordre martial, à l'autre bout de l'église.

Deux des confessionnaux avaient une ampoule allumée, indiquant la présence d'un confesseur à l'intérieur, mais un seul portait un écriteau discret disant : « English spoken ». Faisant signe à Ledare de m'attendre sur un banc, je m'agenouillai d'un côté du confessionnal et tirai le rideau. Par habitude, je l'entrouvris légèrement pour voir si nous avions été suivis au Trastevere. J'entendis la voix étouffée de Jordan donnant l'absolution dans un italien impeccable à une vieille Romaine dont la surdité faisait de sa confession un livre ouvert pour quiconque se trouvait à portée de voix.

Le volet glissa et je vis le profil couvert de Jordan à travers la grille séparant le confesseur du pécheur.

« Salut, Jordan, dis-je.

— Salut, mon vieux, dit Jordan. Je suis content de savoir que tu vas bien. »

Il me raconta ensuite que ses supérieurs avaient été interrogés par des représentants d'Interpol à propos d'un prêtre fugitif recherché dans le cadre d'une enquête relative à un crime qui avait eu lieu en 1971.

« La dénonciation peut avoir diverses origines, les deux plus probables étant mon père et Capers Middleton.

— Ta mère tuerait ton père, dis-je. Quant à Capers, il m'a pratiquement persuadé qu'il a plus besoin de toi que toi de lui.

— Faire confiance à Capers n'est pas un mince dilemme, dit sèchement Jordan.

— Quelle autre source peut-on envisager ? demandai-je.

— Mike pourrait avoir parlé à des amis à Hollywood du détective privé qu'il a engagé. Ta mère pourrait avoir parlé à des membres de ta famille. Mon père pourrait facilement s'être confié à un vieil ami. Il y a mille scénarios possibles.

— Et alors, il se passe quoi ?

— Mon abbé veut que je quitte Rome un moment, dit Jordan. Le temps qu'on y voie plus clair.

— Tu accepteras de me dire où tu vas ? demandai-je.

— Non, tu sais que je ne peux pas le faire, Jack, dit Jordan. Mais j'aimerais que tu me rendes un service. Je voudrais que tu m'organises un rendez-vous avec mon père. Mais sois extrêmement prudent. Méfie-toi.

— Entendu, dis-je. Ledare est avec moi. Elle pourrait aider.

— Bien. Dis-lui de venir de l'autre côté du confessionnal que nous organisions cette rencontre avec mon père.

— Quand vas-tu voir ta mère ? demandai-je.

— C'est fait. Elle comprend pourquoi j'ai besoin de le voir. J'ai toujours désiré avoir un père, Jack. Tu le sais. Je n'en ai jamais eu de ma vie.

— Tu y accordes une trop grande valeur, dis-je.
— Non, dit-il. J'en ai vraiment besoin. »

## 20

Deux jours plus tard, j'attendais le général Elliott au bar de l'hôtel Raphaël.

Lorsqu'il finit par faire son apparition, ses yeux balayèrent la salle d'un regard dur, de prédateur. Après un coup d'œil sur sa droite, un autre sur sa gauche, il avança vers ma table et tendit la main. Je me levai et nous échangeâmes une poignée de main formelle.

« Tes blessures guérissent bien ? dit le général.

— Je me sens beaucoup mieux, merci, répondis-je.

— Tu me conduis à mon fils, nous sommes bien d'accord ? dit le général.

— Non, ce n'est pas d'accord du tout, dis-je. Je vous emmène faire une promenade dans Rome. Jordan décidera s'il veut vous voir ou pas.

— Mais il sait combien je désire voir cette histoire résolue en sa faveur, dit le général. Il doit savoir aussi que je n'aurais pas fait tout ce chemin si je ne l'aimais pas toujours.

— Il veut d'abord voir si quelqu'un vous a suivi, dis-je.

— Voilà qui me semble relever un peu de la paranoïa, dit le général.

— Général, vous ne pensez pas qu'en l'occurrence un peu de paranoïa s'impose ?

— Je ne ferais jamais quoi que ce soit qui nuise à mon fils, dit le général.

— Vous l'avez fait par le passé, répondis-je. Nous saurons avant la fin de la journée si vous souhaitez renverser la vapeur.

— Que voulez-vous dire ? lança sèchement le général.

380

— Nous verrons le tour que prendront les choses. »

Et de quitter ensemble le Raphaël pour nous diriger à pied vers la Santa Maria della Pace où nous marchâmes jusqu'à une porte latérale à laquelle je toquai fort trois fois. Trois autres coups répondirent aux miens, la porte s'ouvrit, et j'entraînai le général sous un porche semi-circulaire qui nous fit accéder à l'intérieur, où nous passâmes devant les gracieuses sybilles peintes par Raphaël en personne, pour rejoindre un bel autel de marbre et ressortir par la porte de la sacristie, qui donnait sur le cloître où de timides religieuses nous regardèrent passer sans un commentaire ni un regard curieux. Un autre *portiere* nous attendait pour nous ouvrir une autre porte, et je tendis un billet de mille lires pour le service effectué par les deux hommes.

Nous étions à présent lâchés dans les ruelles de Rome, la partie secrète de la ville que je préférais. On avait l'impression de parcourir des champs de rouille et de terre de Sienne brûlée dans ces dédales multiples aux longues échoppes profondes dont les propriétaires trônaient derrière leur comptoir ancien, patients comme des stalagmites. Je ne pus m'empêcher de désigner certaines boutiques ayant un intérêt historique ou architectural tandis que nous déambulions dans ces rues qui s'échappaient brutalement de la Via dei Coronari. Deux fois nous revînmes sur nos pas, avant de prendre un taxi à la station proche du Corso Vittorio Emanuele. Je priai le chauffeur de nous conduire au Pincio, près des jardins Borghese.

« C'est du boulot d'amateur, Jack, dit le général. J'ai travaillé pour les services secrets de la marine pendant deux ans, et on ne se débarrasse pas d'une filature bien menée simplement en jouant au chat et à la souris.

— Mais nous sommes des amateurs, général, dis-je. Il va falloir faire preuve d'indulgence à notre égard.

— Qui s'assure que nous ne sommes pas suivis ? demanda le général.

— Jordan, répondis-je.

— Nous l'avons déjà croisé ?

— Deux fois, dis-je. Est-ce que vous avez apprécié Rome ?

— Non. Trop chaotique. Cette ville n'a aucun sens de l'ordre », dit le général.

Je m'élevai contre cet avis et dis : « Elle a un sens de l'ordre qui est parfait. Mais c'est un sens de l'ordre à la romaine, qui n'est pas nécessairement perçu par les étrangers. »

Le taxi nous laissa au Pincio et j'entraînai le général le long de la promenade qui domine tout Rome. De cet endroit, tout semblait différent ; la position dominante et l'angle de vue révélaient des milliers de terrasses soigneusement entretenues et dissimulées sur les toits de la ville.

Nous arrivâmes ainsi en haut des marches menant à la Piazza de Spagna, et je pris le bras du général pour descendre. Il avait les muscles durs et puissants d'un jeune lutteur, et je ne pus m'empêcher d'admirer sa prestance en comprenant qu'un jeune soldat pût suivre cet homme impénétrable et distant au combat. S'il avait des points faibles, ils étaient bien cachés.

Le général commençait à trouver ce petit jeu irritant, de mon côté j'étais épuisé et agacé, mais lorsque nous atteignîmes le Dal Bolognese, sur la Piazza del Popolo, j'étais certain que nous n'étions pas suivis. Pourtant, la passion contenue du général m'inquiétait. Il était manifestement inapte à l'amabilité ou à la conversation, et Rome ne l'intéressait apparemment pas du tout.

Nous entrâmes au bar Rosati où je réglai deux *cappuccini*. Bien qu'il parût fort agacé, le général voyait bien qu'il n'avait d'autre solution que de maintenir sa participation à cette longue diversion fort énervante. Le bar s'emplissait d'hommes d'affaires qui avaient besoin d'*aperitivi* avant de se diriger vers leur restaurant préféré pour déjeuner.

Le général m'observait attentivement lorsque nous entendîmes tous les deux un bruit d'hélicoptère juste au-dessus de nous, qui n'ébranla ni son équanimité ni son calme. Nous n'avions guère de sujets à aborder ensemble sans risquer de rouvrir de vieilles blessures, et le silence m'était pesant. En temps ordinaire, le général ne détestait pas se trouver en compagnie de personnes dont il savait qu'elles ne l'aimaient pas. La situation mettait son interlocuteur dans l'embarras et le poussait à la faute, ce dont il ne manquait pas de tenter de tirer avantage.

« Quelle est la prochaine étape ? demanda le général.

— Je ne sais pas, répondis-je en regardant du côté de la Piazza del Popolo. Nous devons être patients.

— Patient, je l'ai été, et jusqu'à présent nous n'avons fait que tourner en rond. »

Puis je vis Ledare sortir à pas rapides de la Via del Babuino et se diriger vers la porte monumentale, la Porta del Popolo. Elle ne regarda pas de notre côté tandis que le général observait sa promenade soigneusement répétée le long de la piazza. Un break Volvo de couleur bleue arriva par la Porta del Popolo et roula vers Ledare, avant de s'arrêter à sa hauteur. Quatre hommes, tous des franciscains, descendirent du véhicule et partirent dans des directions différentes en s'éloignant de l'obélisque central. L'un des prêtres s'arrêta et Ledare lui posa un léger baiser sur la joue avant de montrer du doigt l'endroit où je me trouvais avec le général.

« Où est sa barbe ? dit le général.

— Rasée après son passage à la télévision, répondis-je. Vous avez vu ça sur les photos.

— Il a pris du poids », dit le général.

Le prêtre vint vers nous, à contre-jour, d'un pas hésitant, indifférent, manquant totalement de résolution.

« Est-ce bien lui ? dit le général. Il y a tellement longtemps. Et puis j'ai le soleil dans les yeux. Je ne vois pas si c'est bien lui.

— Souhaitez-vous être seul avec lui ? demandai-je.

— Pas encore, dit le général. Reste, s'il te plaît. Au moins le temps de faire les présentations.

— Vous n'avez pas besoin de présentation, dis-je. Il s'agit de votre fils. »

En approchant de nous, le prêtre retira son capuchon, révélant une tignasse de boucles brunes. Le général tendit alors la main à son fils, et il y eut un brusque remue-ménage derrière nous dans le bar, tandis que trois hommes surgissaient du Dal Bolognese. Le général cramponna rudement la main de son fils pendant qu'un agent secret d'Interpol passait avec adresse les menottes au prêtre. Tous les accès à la Piazza del Popolo furent soudainement bloqués par des Fiat bleues avec leurs gyrophares et leurs sirènes stridentes.

« Je t'ai dit que c'était du boulot d'amateur, Jack, dit le général. On m'avait équipé d'un émetteur. Nous avons été suivis pas à pas d'un bout à l'autre.

— Jordan m'avait chargé d'un message pour vous au cas où les choses tourneraient ainsi, général, dis-je en regardant deux agents traîner Ledare sans ménagement jusqu'à nous. La formulation est très simple : il n'a pas été surpris le moins du monde.

— Qu'il fasse la commission lui-même, dit le général en regardant son fils dans les yeux.

— Tu peux me dire ce que je viens faire dans cette mascarade idiote, Jack ? » dit le prêtre en s'adressant à moi avec un accent irlandais tel que même les policiers italiens surent qu'il n'était pas américain. En plus, il ôta une paire de lunettes noires.

« Où se trouve mon fils, Jordan Elliott ? demanda sèchement le général au prêtre irlandais.

— Je ne sais pas ce dont vous parlez », dit le prêtre avec affabilité, en s'amusant de l'agitation et de la foule rassemblée autour de lui.


Pendant des heures, ils m'interrogèrent dans les locaux d'Interpol sur mes relations avec Jordan, et je répondis avec franchise à toutes leurs questions. Je ne pouvais rien leur dire de la vie quotidienne de ce prêtre à Rome. Je n'avais aucune idée de l'ordre auquel appartenait Jordan, ni de l'endroit où il dormait la nuit, ni du lieu où il célébrait la messe. Mais je communiquai volontiers une liste des églises où nous avions échangé des courriers, ajoutant gracieusement qu'il portait l'habit de divers ordres religieux.

Celestine Elliott subit aussi un interrogatoire éprouvant sur ce qu'elle savait des activités clandestines de son fils, mais Jordan l'avait protégée en l'enveloppant du même voile d'ignorance que moi. Celestine répondit à ses interrogateurs avec une rage aveugle comme on en voit peu, mais elle n'offrit aucune information spontanée.

Ledare fut relâchée après avoir été entendue pendant moins d'une heure. Elle était de son propre aveu un personnage secondaire, n'avait pas vu Jordan depuis qu'elle avait quitté le lycée et n'avait fait que parler, à travers la grille d'un confessionnal, à quelqu'un qui prétendait être Jordan. Une fois libérée, elle regagna mon appartement de la Piazza Farnese où, avec l'aide de Maria, elle commença de préparer les bagages de Leah pour un long séjour en Amérique.

Jordan devait me raconter par la suite que, tandis que son père regardait venir à lui le franciscain irlandais sur la Piazza del Popolo, lui-même se trouvait sur une terrasse au-dessus de la librairie du Lion Rouge, d'où il observait son père en pleine pratique de la mauvaise foi ouverte. Traîtrise et incompréhension avaient été les seules constantes de leur vie commune. Il pouvait pardonner la vénalité, mais pas la traîtrise, pas encore une fois. Jordan était resté assez longtemps pour voir la confusion de son père à l'instant où il se rendit compte que son piège avait été déjoué, et qu'il était lui-même la proie d'un autre piège qu'on lui avait tendu. Mais il y avait tant de détresse sur le visage du général, que Jordan était passé par un moment de pitié latente. Il avait regardé son père décrire un cercle pour scruter les issues, les toits, et les remparts des jardins Borghese, en sachant que Jordan le surveillait, et en se rendant compte qu'il avait été battu sur le terrain de la stratégie et de la guerre par un fils qui n'avait jamais mené d'hommes au combat. Par cette action, le général savait aussi qu'il venait de river un pieu dans le cœur de son mariage.

Ce soir-là, après avoir été relâché et après être rentré chez moi, j'étais devant la fenêtre du fond d'où je regardais le clocher de Saint-Thomas-de-Canterbury, mais je ne voyais que du noir. Ledare et moi avions repassé les événements de la journée écoulée. Depuis la scène sur la Piazza del Popolo, aucun de nous n'avait eu de nouvelles de Jordan, de Celestine, ou du général. Un peu plus tôt, quand Leah était allée se coucher, je lui avais raconté toute l'histoire de mon amitié avec Jordan Elliott. Tout est lié, dans la vie, avais-je dit à Leah. Rien n'arrive qui n'ait un sens.

Après avoir éteint la lumière dans sa chambre, je revins au salon où je servis pour Ledare et moi-même un verre de gavi-dei-gavi que j'avais mis à refroidir dans un seau à glace. Nous trinquâmes sans enthousiasme et buvions en silence lorsque Ledare demanda : « Comment te sens-tu, Jack ? Tu es encore en convalescence, tu dois être épuisé. »

Je portai la main à ma tête, puis à ma poitrine.

« Avec tout ce chambardement, j'ai oublié que j'étais blessé, dis-je.

— Est-ce que l'œil s'est éclairci ? demanda-t-elle. Est-ce que tu vois toujours trouble ? »

Je posai la main sur mon œil droit et regardai Ledare du gauche avant de dire : « Le projectionniste a encore un peu de mise au point à faire... Il faut tourner le bouton... mais à peine. Ça va mieux.

— J'ai appelé Mike pour lui dire que le général avait transmis l'avis de recherche à Interpol, dit Ledare. Il a été soulagé. Je crois qu'il soupçonnait Capers d'avoir pu faire le coup.

— Le projet continue de tenir, dis-je.

— Mike a bien aimé cet épisode, dit-elle. La seconde trahison du fils par le général lui a plu. Il a trouvé ça biblique. »

Je dis : « Ça donne le frisson. Tout ce qui peut nous arriver de néfaste est béni pour le film de Mike. »

Je regardai de nouveau par la fenêtre, vis quelque chose, fonçai dans le vestibule de l'entrée, allumai la lumière, vins me placer dans l'encadrement de la seule fenêtre de l'appartement ayant vue sur Saint-Pierre. Quelqu'un émettait des signaux depuis le clocher, mais si c'était Jordan, il avait une heure de retard sur notre rendez-vous. Celui qui tenait la torche était un béotien en morse et il fallut trois messages pour me permettre de déchiffrer quelque chose.

« Jordan est en sécurité », disait le premier message.

« Merci à vous », disait le second.

« Où se trouve Jordan ce soir ? demanda Ledare.

— Je ne sais pas, Ledare. Je ne l'ai jamais su.

— Comment reprendra-t-il contact avec toi ? »

J'allais répondre lorsque je vis une silhouette traverser la piazza et venir droit sur mon appartement. « Nom de Dieu, dis-je. Dis-moi que mon œil blessé me trompe. »

En bas, le général Elliott s'approchait de mon immeuble comme s'il était ramené au bout d'une ligne.

« Est-ce que tu as un fusil ? demanda Ledare. Le plus charitable serait de l'abattre avant qu'il atteigne la porte. »

La sonnette retentit désagréablement, et Ledare m'embrassa sur la joue pour me dire bonsoir. Elle avait eu son compte de psychodrame pour les vingt-quatre heures écoulées.

Je me dirigeai vers l'interphone sans allumer dans le couloir et décrochai.

« *Chi è ?* demandai-je.

— Jack, dit le général, c'est moi, le général Elliott. J'aimerais te voir. S'il te plaît, Jack. »

Je réfléchis pendant près d'une minute avant d'appuyer sur le bouton qui déclenchait l'ouverture des deux portes immenses donnant accès au palazzo. J'attendis la lente montée de l'ascenseur ronronnant jusqu'au cinquième étage et fis entrer le général Elliott dans le salon, où je lui servis d'office un Martini-gin avec un zeste de citron dans un verre en forme de vasque. Comme je lui tendais le verre, il dit : « A ta place, je n'aurais pas accepté de te laisser mettre les pieds chez moi.

— J'ai envisagé cette attitude. Mais ma bonté naturelle prend toujours le pas sur mes habitudes moins charitables, dis-je sans même tenter de dissimuler la moquerie dans ma voix. En plus, je suis curieux d'apprendre ce qui vous amène. Je pensais ne jamais vous revoir, et cette idée me comblait d'aise.

— Ma femme n'était pas à l'hôtel à mon retour, dit le général, et je vis que cet aveu lui était très douloureux. Elle avait réglé la chambre et laissé un message pour moi. Elle me quitte.

— Ça alors ! Celestine retrouvant ses esprits après tant d'années, dis-je.

— Elle m'a laissé sans ressources. Très peu de liquide. Pas de passeport. Pas de billet d'avion. Pas de vêtements, dit le général en avalant une petite gorgée de Martini.

— Utilisez votre carte de crédit pour acheter des vêtements et un billet, lui dis-je. Demain, vous allez à l'ambassade vous faire établir un nouveau passeport.

— Je n'ai pas de carte de crédit, dit le général, embarrassé. Celestine s'occupait de tous les détails matériels de notre vie. Je ne prends jamais de portefeuille. La bosse qu'ils font derrière le pantalon m'a toujours paru contraire à l'élégance militaire.

— Je vous aiderai à rentrer aux Etats-Unis, général, dis-je.

— Je me reposais sur elle pour tout ce qui concernait notre couple, dit l'homme. Je crois qu'aujourd'hui je l'ai perdue.

— Vous m'avez pris par surprise, avouai-je. Je croyais sincèrement que Jordan faisait preuve d'une prudence excessive.

— J'ai commis une erreur, avec mon fils. Je pensais qu'il n'avait aucun sens de la stratégie, qu'il était incapable de penser vite. Il m'a surpris. Une première fois au lycée. Et encore aujourd'hui.

388

— C'est une surprise qui a gâché sa vie, dis-je.

— Et celle de ma femme, et la mienne. »

Je voulus tenter de jauger l'homme que j'avais en face de moi, mais il était difficile de l'observer l'air de rien à cause de son état de tension. Malgré le contrôle et la discipline qu'il gardait encore, quelque chose bouillait juste sous la surface, comme un mauvais génie enfermé dans une bouteille et prêt à faire le mal. Malgré les vêtements civils, le visage du général avait l'éclat dur d'un diamant au-dessus de la chemise Brooks Brothers. Je savais qu'être général était un art, une vocation, une maladie incurable. L'arrogance en est la ressource naturelle, et passer un quart d'heure à se regarder dans un miroir en pied la distraction favorite.

« Pour aujourd'hui, dit le général.

— Oui. Commençons par aujourd'hui.

— Capers est venu me trouver il y a quelque temps avec un projet de grâce présidentielle en faveur de Jordan, dit le général. J'ai été surpris car, en dépit des rumeurs, je pensais que Jordan était mort. J'avais cru à son suicide, ou j'avais réussi à faire comme si. Mais Capers m'a montré les photos de Jordan sortant du confessionnal. Cette époque avait été insupportable pour nous tous. Jamais je n'ai détesté une génération de jeunes gens comme j'ai détesté la tienne et celle de Jordan. Je n'étais du reste pas le seul à sentir les choses de cette façon.

— Vous n'étiez pas non plus en odeur de sainteté auprès de nous.

— Un marine a été tué par Jordan. Ainsi qu'une fille de marine. En tant qu'homme d'honneur, ma solidarité va entièrement au marine assassiné. Je n'y peux rien, Jack. Je suis fait comme ça.

— Vous avez été fidèle à votre nature, dis-je. Vous n'avez pas à vous excuser.

— Je ne peux pas changer. Je suis marine avant d'être père, avant d'être un mari, avant même d'être américain. Si le commandant en chef du corps des marines décidait que le président représentait une menace pour la nation, je passerais le Memorial

Bridge à la tête d'un bataillon de marines et monterais à l'assaut de la Maison-Blanche. »

Je ne sentis aucune provocation dans cette profession de foi dont les mots sortaient avec force, soulagement.

« Jusqu'où iriez-vous, vos marines et vous ? demandai-je par simple curiosité.

— Avec le facteur surprise, les hommes adéquats et une demi-heure d'avance, je vous servirais la tête du président sur un plateau le soir même.

— Comme un carré de chocolat sur mon oreiller, dis-je.

— J'ai choisi le métier des armes, dit-il. Mais je n'ai pas choisi le meilleur siècle pour le pratiquer.

— Général, vous comprenez bien que le jeune marine en question et la fille de marine qui se trouvait avec lui... ils ont été tués accidentellement.

— C'est ce que prétend ma femme. Si nous avions pris Jordan, aujourd'hui, il serait passé en procès et la vérité aurait fini par éclater. Les juristes à qui j'ai parlé m'ont assuré qu'entre le fait qu'il était devenu prêtre et le remords qu'il exprimerait, Jordan risquait de ne pas faire un seul jour de prison. Mais je devais à ce marine et sa petite amie le passage de mon fils devant un tribunal. Si eux étaient morts, lui pouvait bien venir à la barre et s'expliquer sur les actions qu'il avait menées et qui avaient conduit à leur mort.

— Il aurait pu partager votre avis, dis-je. Mais vous n'avez pas eu la décence de prendre le temps de lui poser la question vous-même.

— La décence, dit le général. Je pense que mon fils s'est rendu coupable de trahison pendant la guerre du Viêtnam.

— Je le pense aussi.

— Ma femme dit pourtant que tu l'as aidé à s'échapper.

— Il a trahi en connaissance de cause, dis-je, contrarié que Celestine eût confié cette preuve à charge à son mari. Il n'a jamais voulu commettre un meurtre.

— Tu aiderais quelqu'un qui a trahi son pays ? me lança le général avec mépris. Quel genre d'Américain es-tu ?

— Le genre qui ne vous livrerait pas la tête de mon président, répliquai-je sèchement. Mais revenons-en à votre fils : Jordan, je l'aiderais n'importe quand, si besoin était, et je l'ai prouvé.

— Même s'il fallait pour cela fouler aux pieds le drapeau de ton pays ? » dit le général, qui se leva pour arpenter le sol de marbre. Avant de répondre, je réfléchis soigneusement à la question. Toute ma vie, j'avais eu tendance à répondre trop vite. Avoir la repartie facile n'était qu'un moyen de tenir les gens à distance lorsqu'ils se faisaient trop pressants.

« Par amour pour votre fils, finis-je par répondre, oui, monsieur. Je foulerais le drapeau de mon pays aux pieds.

— Mon fils et toi n'êtes pas faits de l'étoffe qui a permis la grandeur de notre nation ! cria le général, dont la voix se propagea en écho dans les larges couloirs.

— Pas toute la grandeur, général, concédai-je. Mais nous en représentons une partie.

— Vous ne vous êtes pas battus pour votre pays, lança-t-il.

— Oh que si ! dis-je. C'est bien ce qui vous échappe.

— Comment oses-tu seulement prétendre une chose pareille ? dit le général. J'ai vu des tas de jeunes absolument formidables mourir là-bas, en combattant dans ma division.

— Formidables, ils l'étaient, admis-je. La guerre tue des jeunes gens fantastiques. C'est une réalité assez connue, général. »

Et le général de dire : « Il y a une beauté à mourir pour son pays que tu ne connaîtras jamais. »

A quoi je répondis : « Vous non plus, général. Il me déplaît de le souligner, mais vous avez survécu à toutes les guerres de votre pays.

— En quoi est-ce que tu crois, Jack ? demanda le général, railleur. Existe-t-il une valeur assez sacrée à tes yeux pour que tu la portes en toi et ne laisses aucune force la salir ? »

Encore une fois, je réfléchis avant de répondre. Plusieurs secondes s'écoulèrent avant que je dise : « Oui. Une. Jamais je ne trahirai mon enfant. »

Le général Elliott recula d'un pas comme si je venais de lui jeter de l'acide au visage. « *Semper fidelis*, murmura-t-il. Ce sont les deux mots les plus puissants que j'aie dans le cœur. Ils sont là. Et ils sont la seule explication à ce qui s'est passé aujourd'hui. La perte de ma femme. Mon fils. *Semper fidelis*.

— Nous sommes dans la ville où furent gravés ces deux mots, général, dis-je. Est-ce que vous avez de l'argent ? Un endroit pour dormir ? Avez-vous dîné ? »

Le général fit non de la tête.

Je le pris par l'épaule et l'entraînai vers le couloir. « Général, je n'ai jamais commandé une escouade de marines dans un raid au Cambodge. Mais je suis très fort aux fourneaux. J'ai un portefeuille plein de billets de banque, et une chambre d'amis avec vue. Cela risque de ne pas durer longtemps, mais ce soir vous allez me préférer à Chesty Puller.

— Pourquoi fais-tu cela ? demanda le général, soupçonneux. Tu devrais me détester cordialement. »

Je le poussai vers la cuisine avec un beau sourire avant de dire en cherchant un paquet de pâtes dans le placard : « Je vous hais souverainement, général. Mais vous êtes le père de mon meilleur ami, et je ne veux pas vous laisser dormir sur un banc, au bord du Tibre. En plus, c'est pour moi l'occasion de vous prouver la supériorité naturelle des hommes de progrès sur les nazis. Ce sont des chances qu'on n'a pas souvent au cours d'une vie. »

Ainsi donc, par une froide nuit romaine, le général Elliott resta assis sur un tabouret dans ma cuisine, tandis que le vent des Apennins rugissait et cerclait la bouche des petites fontaines d'une fine pellicule de givre, et que les deux ennemis que nous étions parlaient d'homme à homme pour la première fois de leur déconcertante et épineuse histoire commune. Avoir approché de si près la mort avait ouvert en moi un chapitre que je croyais avoir définitivement clos. Le général avait passé une dure journée. L'implacable solitude des mots *Semper fidelis* se figea sur sa langue lorsqu'il réfléchit au piège qu'il avait tendu à son fils avec les meilleures intentions.

Nous parlâmes prudemment, évitant le cœur des choses. Tous les sujets explosifs à la fois nous coinçaient et nous liaient, conduisant aux pitoyables événements de la journée écoulée. Pour moi, le Sud avait fait du général un prisonnier de naissance, au caractère hermétique comme une cellule, sans la moindre permission ou remise de peine. Il avait par ailleurs le charme facile, indispensable à qui souhaitait gravir rapidement les échelons de l'armée. Le général joua de ce charme pendant que je lui préparais à manger et remplissais son verre. Il raconta des anecdotes sur son enfance, des histoires sur mon grand-père et le Grand Juif, sur l'arrivée des parents de Shyla, et les années qu'il avait passées à la Citadel.

Lorsque je le laissai devant sa chambre, chacun de nous avait vu l'autre sous un jour qu'il ignorait. Nous avions eu une conversation civilisée. L'abondance de nos griefs et fureurs restait entre nous comme un champ de mines que nous contournions avec adresse, ayant fait le choix de la dignité pour nous mener au terme de cette soirée ardue.

Et puis j'admirais le courage qu'il avait fallu à Elliott pour se présenter à la porte de son ennemi, et de son côté le général semblait reconnaissant que je lui eusse ouvert cette porte.

Après que je lui eus donné des serviettes et une brosse à dents, le général me demanda : « Est-ce que Jordan est un bon prêtre ? Ou cela fait-il partie de sa couverture ? Un jeu qu'il joue ? »

Je réfléchis avant de répondre : « Votre fils est un homme de Dieu. »

Le général hocha la tête avec incrédulité et dit : « Cela ne te surprend pas ? Me suis-je à ce point trompé sur mon fils ? Il n'était pas un peu de la jaquette ? »

Je ris silencieusement, en me souvenant, et dis : « Jordan Elliott était le plus joyeux salopard que j'aie rencontré de ma vie — et de loin. »

## 21

Du jour où il arriva à Waterford, Jordan Elliott fut connu comme « le Californien ». Pour les habitants de Caroline du Sud, la Californie était le lieu où le rêve américain avait commencé à virer au soleil et se gâter terriblement. Il s'agissait d'un pays interdit, où toutes les passions humaines étaient vénérées à l'excès, et toute entrave poussée vers ses limites ineffables.

On parla de l'Eté de Jordan. Personne jamais n'avait rien vu d'approchant. Ses cheveux blonds lui tombaient sur les épaules et il resplendissait d'une santé radieuse et bénie. Sans être d'une beauté conventionnelle, il avait un visage aux traits marqués de coureur de fond. Ses yeux étaient sans peur mais empreints de tristesse, bouleversants. Waterford allait découvrir immédiatement que Jordan Elliott prenait la vie comme un saut en chute libre depuis un avion volant haut dans le ciel. De Californie, il apportait des idées révolutionnaires qu'il diffusa généreusement.

De cet été, je garderais le souvenir de mes amis, l'âme légère et portée par l'air comme les colverts, lâchés sur la vaste nappe des grands marais d'eau salée, heureux au milieu des richesses vertes d'une terre si pleine de vie que les cours d'eau avaient l'odeur d'un parfait distillat de spartina et de blanc d'œuf. Les jeunes garçons de Waterford avaient l'habitude de faire des fleuves entourant Waterford leur terrain de jeux : parties de pêche à n'en plus finir, séances de bateau durant douze changements de marée, huile d'amandes douces et mercuro-chrome sur leurs épaules brûlées par le soleil, tandis que les poissons hantant ces eaux soumises à l'attraction lunaire se battaient pour mordre à leurs hameçons — le chevalier, le *cobia* migrant, le bar tacheté, la truite suave —, autant de filets frais qui doreraient dans leurs poêles, empliraient leurs estomacs, et illumineraient les journées généreuses de leur enfance honnête. Le marais avait de quoi satisfaire cent fois les cinq sens d'un jeune garçon. Je pouvais fermer les yeux en lançant mon filet dans un cours d'eau à marée basse, et l'air de l'été pénétrait mes poumons. Il ne me restait plus qu'à me prendre pour un navigateur, un marin, une créature marine des eaux et des marécages. La vase noire du lit remontait entre mes orteils et j'entendais un marsouin chasser le mulet vers un banc de sable.

Jordan eut sur Waterford l'effet d'un cataclysme, même s'il allait falloir des années pour évaluer les dommages et bénéfices de son passage plein d'audace dans la vie de la ville. Pour ses contemporains, il ouvrit les fenêtres du temps, livra à domicile des nouvelles du vaste monde. La vie devint fable, théâtre, mythe, parce que Jordan le voulait ainsi.

Jordan était un sale môme de militaire, fils d'un lieutenant-colonel, un de ces enfants migrateurs, interchangeables et finalement invisibles qui passaient en coup de vent dans les maisons incolores des deux bases de marines installées en ville et à l'hôpital naval. La vie de ces enfants était tellement marquée au sceau de l'éphémère qu'un Waterfordien de souche avait peu de raisons de perdre son temps à faire l'effort de les connaître vraiment. Ils passaient par la ville et ses écoles tous les dix ans, sans se faire remarquer, ni apprécier.

Capers, Mike et moi avions vu Jordan pour la première fois dans Dolphin Street, alors que nous nous rendions tranquillement à un match de base-ball de l'American Legion, sur le terrain du lycée. Nous n'étions pas pressés et marchions lentement dans la rue commerçante pendant l'une de ces journées odorantes du Sud où les trottoirs étaient brûlants sous la plante des pieds et la végétation paraissait à la limite de la combustion spontanée. La canicule couvait à l'intérieur des choses. Des bouffées d'air frais sortaient des boutiques à chaque mouvement de porte et nous recevions tous les trois cette fraîcheur comme une bénédiction. Dans la baie à l'air immobile, les voiliers étaient paralysés comme des libellules piégées dans l'ambre d'un zénith éternel. Le temps était à l'arrêt et les bébés pleuraient dans leurs landaus, agacés par la température, les boutons de chaleur et l'impatience lasse de leur mère. L'été inscrivait son nom sur l'asphalte grésillant et l'on ne voyait pas un chien dehors.

« Qu'est-ce que c'est que ce bastringue ? dit Mike, qui fut le premier du groupe à repérer Jordan dévalant Dolphin Street sur une planche à roulettes en slalomant avec une époustouflante virtuosité entre les voitures roulant au ralenti.

— Je n'en sais foutre rien, et je m'en contrefous », dit Capers, feignant l'indifférence alors que Mike aussi bien que moi percevions la pointe d'incertitude dans sa voix. Capers était l'arbitre des modes au sein de notre groupe. Il tolérait les suiveurs mais acceptait mal la rivalité.

« C'est le nouveau, dis-je. Celui qui arrive de Californie. »

Je n'ai jamais oublié cette première apparition de Jordan Elliott, avec sa crinière de palomino volant derrière lui tandis qu'il dévalait la rue sur le premier skate-board à avoir franchi les frontières de la Caroline du Sud. Je suivis avec effroi la navigation de Jordan entre les Buick et les Studebaker, tandis que tous les yeux de cette rue sudiste posaient un regard collectivement désapprobateur sur l'étranger. Jordan était vêtu d'un maillot de bain et d'un tee-shirt en lambeaux, avec des tennis coupées au bout, il évoluait avec une ostentation bruyante, effectuant des virages en épingle à cheveux et des volte-face qui semblaient impossibles et surhumaines. Ses lunettes de soleil lui enveloppaient le visage et ressemblaient plus à un masque de hors-la-loi qu'à quoi que ce fût ayant un rapport avec les lois de l'optique. Commerçants et clients sortaient affronter la muraille de chaleur pour assister au spectacle.

L'agent Cooter Rivers était en train de verbaliser un automobiliste de l'Ohio pour stationnement illicite lorsqu'il remarqua le désordre et siffla Jordan qui s'immobilisa sur la chaussée.

L'agent Rivers était un homme à la carrure imposante et à la cervelle restreinte, qui adorait les foules à la façon des comédiens amateurs et fut ravi de se sentir le centre d'intérêt de ses concitoyens lorsqu'il aborda le gamin aux cheveux longs. L'agent Rivers de dire : « Eh bien, petit malin, c'est quoi cette chose ?

— Que voulez-vous ? Je suis pressé, dit Jordan derrière ses lunettes noires, apparemment indifférent à l'émoi qu'il suscitait.

— On ajoute "monsieur" à la fin de la phrase, bonhomme, gronda l'agent.

— A la fin de quelle phrase ?

— Quoi ? dit l'agent, désarçonné. A la fin de toutes, mon gars. A la fin de toutes les phrases que tu prononces si tu tiens à tes abattis.

— Désolé, monsieur, répondit Jordan. Mais je ne comprends pas un mot de ce que vous dites. Pourriez-vous parler anglais, je vous prie ? »

Mike et moi nous joignîmes à plusieurs témoins de la scène qui éclatèrent de rire.

« Bonhomme, répondit avec irritation l'agent, je ne sais pas si tu passes pour un rigolo là d'où tu viens, mais si tu t'amuses à faire le zigoto avec moi, je vais te fermer le clapet plus vite que tu crois. »

Jordan ouvrit des yeux ronds derrière ses lunettes, impénétrable, étranger, hiératique. « Qu'a dit ce type ? » demanda-t-il à la foule, provoquant d'autres rires.

L'accent de Cooter Rivers était effectivement épais et difficile à déchiffrer même pour un gars de Caroline du Sud. De plus, quand il se sentait mis en cause, il avait un débit plus rapide que la normale, ce qui aggravait le léger défaut d'élocution que son passage par l'enseignement public de Waterford n'était pas parvenu à corriger tout à fait. Les gutturales se faisaient indolentes et les labiales presque inintelligibles. Avec l'énervement, les mots se bousculaient en un flot intraduisible. Jurant dans sa barbe, Cooter rédigea un procès-verbal qu'il tendit à Jordan. Quelques hommes applaudirent parmi les témoins, tandis que Jordan étudiait le papillon.

Puis Jordan demanda : « Vous êtes allé jusqu'en terminale ? »

Un Rivers agacé répondit : « Presque.

— Vous avez mal orthographié "infraction", dit Jordan, et mal orthographié "circulant".

— Je me suis fait comprendre, dit l'agent.

— Que suis-je censé faire de ce papier, maintenant ? » demanda Jordan.

Tout en se frayant un chemin dans la foule, l'agent Rivers répliqua : « Tu peux le boulotter pour ton quatre heures si ça te fait plaisir, petit malin. »

La foule se dispersait déjà et beaucoup de gens manquèrent le moment où Jordan mangea son procès-verbal aussi aisément et résolument qu'un cheval de trait dévore une carotte. Il mastiqua bien et avala le tout avec un léger hoquet.

« Tu joues au base-ball ? demandai-je.

— Je joue à tout, dit Jordan en accordant son premier regard au grand type élancé et au nez épaté que j'étais à l'époque.

— Bien ? demanda Mike.

— Je me défends. » Dans le langage codé des athlètes, Jordan nous faisait savoir que nous avions affaire à un vrai joueur. « Je m'appelle Jordan Elliott.

— Je sais qui tu es, répondit Capers. Nous sommes des cousins lointains. Je m'appelle Capers Middleton.

— Ma mère a dit que tu aurais trop honte pour venir me saluer », dit Jordan, amusé. Il y avait un côté à la fois séduisant et déplaisant dans son assurance.

« J'ai entendu dire que tu étais bizarre, dit Capers. Tu viens d'en faire la preuve.

— Capers, quel drôle de nom! Ça veut dire câpre, et en Europe la câpre est une espèce de condiment qui accompagne les salades et le poisson. C'est dégueulasse.

— C'est un prénom traditionnel dans la famille, dit Capers, sur la défensive et prêt à sortir les griffes. Il compte beaucoup dans l'histoire de la Caroline du Sud.

— Oh, tu parles! dit Mike en faisant semblant de vomir sur le trottoir.

— Mon père pense que les Elliott du coin n'étaient pas n'importe qui, avoua Jordan.

— C'est un nom en Caroline du Sud, confirma Capers. Un très joli nom.

— Je savais bien que j'aurais dû piquer le sac à vomir la dernière fois que j'ai pris un avion de la compagnie Delta, dit Mike, ce qui fit rire Jordan.

— Je m'appelle Jack McCall, dis-je en tendant la main. Un McCall, c'est des clopinettes, dans cette ville.

— Mike Hess, dit Mike en s'inclinant. Capers nous tolère parce que nous astiquons son armure.

— Ils sont tous les deux issus de familles très bien, dit Capers.

— Pour Capers, nous faisons partie de la racaille des petits Blancs, dis-je. Mais il mourrait de solitude s'il ne nous avait pas.

— Tu n'aurais pas dû manger ce P.-V., dit Capers. C'est un manque de respect envers la loi.

— Si on l'emmenait à l'entraînement? dis-je. On a trois blessés.

— Comment expliquer sa coiffure au coach Langford? demanda Capers.

— Il vient de Californie, dit Mike. Voilà l'explication. »

Si nous avions débarqué avec un chef Mau-Mau ou un vannier tibétain sur le terrain de base-ball, la réaction du coach Langford n'aurait pas été plus incrédule.

« Eh bien, c'est quoi cette chose ? dit le coach Langford.

— Un gosse de militaire, coach, dis-je. Il arrive de Californie.

— On dirait un communiste russe, murmura Langford.

— Il est cousin avec Capers, dit Mike.

— Eloigné, s'empressa de préciser Capers.

— La Californie, vous dites, dit le coach Langford. On a une tenue en rab, fiston. Tu as déjà joué ?

— Un peu, dit Jordan.

— Comme lanceur ?

— Une fois ou deux.

— On dit monsieur, exigea le coach Langford.

— Monsieur », dit Jordan, et il y mit le ton et l'inflexion exacte qu'il aurait eus pour articuler « Je t'emmerde ». Il avait l'art et la manière de gêner les adultes sans tomber dans l'insolence ouverte. Jordan Elliott fut à ma connaissance le premier rebelle à mettre les pieds à Waterford depuis l'incendie de Fort Sumter, le premier à traiter les représentants de l'autorité comme des extraterrestres, des intrus dont le rôle consistait à brimer la joie et l'exubérance naturelles de la jeunesse.

Tandis que nous regardions Jordan passer la tenue, Capers nous dit : « Je crois que nous avons commis une grosse erreur en l'amenant à l'entraînement.

— Moi, il me plaît, dit Mike. Il ne se laisse pas faire. Il se conduit exactement comme je le ferais si j'avais deux sous de courage. Ce que je me fais une fierté de ne pas avoir.

— C'est un sportif, en tout cas, dis-je en observant le skate-board. Tu as envie de t'essayer à ce truc ?

— Ma mère m'a tout raconté sur lui. On aurait dû le mettre en maison de redressement il y a des années, dit Capers.

— Voyons comment il lance, dis-je.

— C'est un pauvre môme de militaire. Ils déménagent tous les ans. Laisse-lui une chance, ajouta Mike.

— Ils n'arrivent jamais à s'adapter, quand on regarde bien, dit Capers. Ils ne savent pas qui ils sont. Ils ne sont chez eux nulle part. Je les plains beaucoup.

— C'est un Elliott. Un Elliott de Caroline du Sud, dis-je, taquin.

— Une famille très bien. Très, très bien », se moqua encore Mike.

Capers sourit en regardant Jordan entrer sur le terrain.

« Lance, le nouveau, dit le coach Langford en jetant à Jordan son propre gant ainsi qu'une balle. Où est ta casquette ?

— Elle n'était pas à ma taille.

— Cette tignasse californienne, dit le coach. Il va falloir remédier à cette situation. Otis, à la batte, mon gars. Vous autres, répartissez-vous sur le terrain. »

Le receveur, Benny Michaels, acheva de fixer ses protections avant de prendre position derrière le marbre pour recevoir les lancers d'échauffement de Jordan. Jordan s'échauffa lentement, mais il était visible que ce n'était pas sa première expérience de lanceur. Rien d'extravagant dans son style : du travail compétent, professionnel. Puis Otis Creed eut la langue trop longue.

Otis fut le premier gars de la Pony League à chiquer régulièrement sans vomir. Son père tenait la marina à l'entrée du canal et Otis avait les taches de rousseur et le hâle de quelqu'un ayant grandi au milieu des bateaux, avec cette plaisante odeur d'atelier de mécanique où l'on répare les petits moteurs. Il savait démonter un moteur de bateau aussi facilement qu'un soldat remonte les pièces d'un M-1. Otis était incapable de faire l'analyse grammaticale d'une phrase simple ou de résoudre une équation du premier degré. Waterford était une ville célèbre pour ses bagarreurs et Otis Creed roulait des épaules avec la décontraction de la brute tranquille.

« C'est bien la première fois que je manie la batte contre une fille, dit Otis suffisamment fort pour être entendu des joueurs de défense. En plus elle est vachement mignonne. »

Les rires parcoururent les rangs, mais il s'agissait d'un rire nerveux, forcé.

Jordan commença le jeu de jambes et de bras du lanceur et expédia sa première balle directement dans la protection juste au-dessus de la bouche d'Otis Creed. C'est avec ce lancer que les gars de Waterford découvrirent à quelle vitesse Jordan lançait une balle de base-ball. Benny n'eut même pas le temps de faire mine d'arrêter cette première balle. Elle heurta le grillage avec un bruit métallique de corde de guitare qui rompt sous trop de tension.

« Elle a fait exprès de me viser », dit Otis qui se redressa en brossant la poussière de son pantalon avant de brandir une batte menaçante contre Jordan. Mais Jordan ne prêta pas la moindre attention à Otis et se contenta de récupérer la balle envoyée par le receveur avant de retourner au monticule, de jongler une ou deux fois pour faire exploser la terre entre ses doigts comme des aigrettes de pissenlit.

« Encore, le nouveau ! » ordonna le coach.

Le second lancer eut la même puissance. Il manqua la gorge d'Otis d'un millimètre et ce dernier partit encore comme une toupie avant de s'écrouler du côté du banc de l'équipe adverse.

« Otis, tu as l'air un peu crispé dans ta cage, dit le coach Langford.

— Il est furieux comme un bouc en rut, coach », cria Otis.

Et Jordan de dire : « Tu me prends toujours pour une fillette ?

— Tout juste, Boucles d'or. »

Le lancer suivant atteignit Otis en haut de la cage thoracique, avec un bruit de pastèque éclatée.

Je me trouvais à côté de Mike en champ extérieur et dis : « Otis n'a jamais été doué pour sentir le vent.

— Apparemment, on a dégoté un sacré lanceur, dit Mike.

— La question est : peut-il lancer au-delà du marbre ? » dis-je.

Otis se remit douloureusement debout, poussa un rugissement, et fonça vers le monticule, la batte levée. Le garçon aux cheveux longs ne sembla pas s'affoler et avança de plusieurs pas pour accueillir Otis. Le coach Langford s'interposa et maintint les deux joueurs à distance l'un de l'autre de ses grosses mains déformées par l'arthrite.

« Pas malin de se payer la tête d'un gars qui lance aussi fort, dit le coach à Otis. Tu peux expédier la balle derrière le marbre, mon gars ? »

Jordan posa son regard bleu sur ce coach enrobé à l'accent traînant qui tenait une station-service pour gagner sa vie et s'acquittait de sa tâche d'entraîneur avec un formidable amour du sport et de la jeunesse. En ce temps-là déjà, Jordan savait juger les gens au premier coup d'œil et était aussi perspicace qu'ombrageux, aussi sut-il voir la bonté de l'homme sous l'écorce primitive et fasciste, de règle dans la confrérie sudiste des coaches. C'est la gentillesse fondamentale et durable du bonhomme que reconnut Jordan lorsque le coach Langford remit la balle dans son gant en disant : « Maintenant, mon gars, je voudrais te voir éliminer le batteur. »

En quatre lancers, Jordan élimina Otis radicalement. Il y eut sur le terrain un murmure admiratif et audible des gars devant la vitesse de Jordan et le bruit sec de la balle dans le gant de Benny.

Pour Capers, Mike et moi, l'apport de Jordan compléta notre groupe de façon significative. Pendant les deux dernières années de lycée, Jordan fut le demi-arrière droit de ce qui devint le pack Middleton et n'essuya que deux défaites en deux ans. Dans l'équipe de basket, Jordan sautait comme un dieu au panier, récupérait les balles sous les panneaux, et marqua le but qui scella notre victoire contre le lycée de North Augusta en championnat d'Etat. Ses performances de lanceur s'améliorèrent d'année en année, tandis qu'il avançait vers l'âge adulte, et sa balle était chronométrée à plus de cent quarante à la fin de la dernière année de lycée, lorsqu'il mena son équipe tout près du championnat.

Mais Capers fut celui qui repéra le potentiel de Jordan dès ce jour : sous la crinière de cheveux blonds, il vit à la fois la séduction et le danger du sourire exceptionnel de Jordan, exceptionnel par la candeur et la générosité cachées de ce garçon rebelle et malheureux, qui semblait en guerre contre tout le monde adulte. Capers perçut l'aura sexuelle contenue dans son assurance insolente et pincée. Flairant le rival éventuel, il chercha l'amitié de Jordan sans laisser à l'étranger le temps de devenir dangereux.

Ni Mike ni moi n'élevions jamais la moindre protestation, car nous avions appris depuis notre tendre enfance à accepter l'ascendant de Capers dans tous les domaines. Capers attendait cette soumission comme un droit naturel dans une amitié déséquilibrée depuis le début. Parce qu'il était élevé au sein d'une famille portant la politique aux nues, il maîtrisait bien les stratégies fondées sur le silence et l'action indirecte. Ainsi soufflait-il à Mike une idée de nature à susciter une dispute avec moi, et nous nous faisions l'un et l'autre un plaisir de nous tourner vers lui pour solliciter son aide ou son intercession. Souvent, il se retrouvait en position d'arbitre pour trancher une querelle opposant ses amis. Sa tyrannie s'exerçait dans un gant de velours, et elle était appréciée. Capers admirait le chahut et l'espièglerie que Mike et moi introduisions dans sa vie rangée ; il se mettait rarement en position d'exiger, et ni Mike ni moi nous rendions compte que les choses se passaient toujours comme le voulait Capers. Nous étions les instruments d'un instinct politique supérieur, qui savait être impitoyable sous des dehors plaisants et généreux. Dans le Sud, la sérénade Machiavel se joue toujours *piano*, et à trois temps.

Mais le véritable ciment de notre amitié à tous les quatre fut en vérité Skeeter Spinks. Skeeter était issu de la lie des petits Blancs du Sud, et il faisait partie des méchants. Son passage au lycée avait été marqué par le règne de la terreur pour les adolescents de Waterford, car Skeeter aimait se vanter d'avoir flanqué au moins une raclée à tous les garçons de l'école. Les bons élèves redoutaient particulièrement son entrée en scène, car il prenait un malin plaisir à les humilier. Son gabarit était impressionnant et il ajoutait une force de jeune paysan dur à la peine à des habitudes de brute. Il était instable, borné, et possédait un caractère à la fois vif et imprévisible. Skeeter faisait partie de ces cauchemars vivants qui font qu'une enfance américaine peut devenir invivable pour ceux que la nature a doté d'un pénis.

Pendant l'été 1962, Skeeter m'avait choisi comme tête de Turc de la saison. La mise en place de l'intégration scolaire avait exacerbé la haine virulente de Skeeter pour les Noirs, et le père de Skeeter rendait mon père, le juge McCall, personnellement responsable de l'application des lois d'intégration à Waterford. En tant que collégien admis en second cycle, j'étais un peu jeune pour être battu comme plâtre par Skeeter, mais ce dernier ne ratait jamais l'occasion de me faire une prise et de s'amuser à m'humilier devant les filles. Il avait pris l'habitude de me flanquer une petite claque chaque fois qu'il me croisait, mais plus l'été avançait, plus les claques gagnaient, imperceptiblement mais sûrement, en vigueur. Je m'efforçais d'éviter les lieux fréquentés par Skeeter, mais Skeeter s'en rendit compte et prenait un plaisir supplémentaire à traverser la rue pour me dénicher dans les endroits où je tentais de lui échapper.

Pendant la Pony League, cet été-là, je n'avais nulle part où me cacher car Skeeter ne manquait pas un match de base-ball. Je venais de dépasser le mètre quatre-vingts pour soixante-six kilos, j'étais dégingandé et encore mal à l'aise dans mon corps. Je me sentais comique et tendre comme un chiot danois, mais Skeeter décréta que ma taille représentait une nouvelle menace surgie des rangs. Il avait quitté l'école depuis un an et travaillait comme mécanicien auto chez le concessionnaire Chevrolet, lorsqu'il entendit dire que je l'avais traité de « branleur boutonneux ».

C'était vrai. J'étais coupable d'avoir terni la réputation de Skeeter par ces mots précis, mais je les avais prononcés devant des amis, sans imaginer qu'ils arriveraient aux oreilles de Skeeter. Un jour, j'allais à pied avec Capers, Mike et Jordan en discutant du match formidable que nous venions de perdre 1 à 0 contre Summerville. Nous repassions tous les lancers lorsque deux voitures pleines d'avants de football de terminale freinèrent à notre hauteur, en faisant hurler les pneus, et Skeeter en descendit avec cinq de ses copains. Nous avions encore nos gants aux mains et ruisselions de sueur après l'effort fourni. Jordan avait une Louisville Slugger de quatre-vingt-cinq centimètres que j'avais fendue par un mauvais coup et qu'il avait réparée avec du ruban adhésif.

Skeeter alla droit au but et me frappa d'un revers de main en plein visage, m'expédiant au sol, la bouche pleine de sang.

« Paraît que tu as mal parlé de moi, McCall, exulta Skeeter. Je voulais voir si tu aurais le cran de me redire ça en face.

— Jack m'a dit qu'il te prenait pour un seigneur, quelqu'un qui faisait honneur à la race blanche, dit Mike en essayant de m'aider à me relever.

— La ferme, le Juif, ordonna Skeeter.

— Laisse tomber, Skeeter, dit Capers. Nous ne cherchions querelle à personne.

— Boucle un peu ton clapet, beau gosse, avant que j'arrache ton joli museau pour le donner à bouffer aux crabes », dit Skeeter qui me fit le coup du lapin, ce qui m'envoya à plat ventre au sol.

C'est à ce moment que Jordan donna quelques coups de batte sur le trottoir, histoire de faire savoir à Skeeter qu'il y avait un nouveau dans le secteur.

« Dis donc, l'épouvantail à moineaux, dit Jordan, tu ressembles au môme de la pub pour Clearasil. Il y a une vraie tête sous les boutons ? »

Mike ferma tristement les yeux et devait reconnaître par la suite qu'il pensait que Jordan venait de prononcer ses dernières paroles, que Skeeter, avec son Q.I. de végétarien de l'époque glaciaire allait inventer une nouvelle façon horrible d'assurer au Californien une mort atroce.

« Il t'a traité d'épouvantail à moineaux, dit Henry Outlaw, le centre de l'équipe de football.

— Henry qui comprend quelque chose du premier coup ! fit Mike.

— Ta gueule, Hess, dit Henry. Ou je t'attrape par la peau des fesses et je te bouffe cru.

— Je ne suis pas sûr d'avoir bien entendu, dit Skeeter en avançant lentement vers Jordan qui se contenta de cramponner la batte plus fort. Tu peux répéter ça, mignon ?

— Non, espèce de fausse couche, dit Jordan. Je ne répéterai pas, pauvre plouc hideux, bête à manger du foin, avec ta tête de hyène aux dents cariées. Et ne fais pas un pas de plus si tu n'as pas envie de passer la nuit à cracher des échardes de batte de base-ball.

— Hou-hou-hou ! fit le camp de Skeeter en feignant la terreur tandis que Skeeter riait franchement et faisait mine de reculer.

— Tu fais partie de la racaille de marines qui débarque tous les ans sur l'île Pollock ?

— Oui, je fais partie de la racaille de marines, dit Jordan. Mais il se trouve que la racaille en question tient une batte de base-ball.

— Je vais t'arracher cette batte et te faire faire le tour de la ville à coups de pied au cul, dit Skeeter dont la voix siffla comme un serpent venimeux. Ensuite, je te mettrai la boule à zéro.

— Commence par résoudre le problème de la batte, tête de nœud, dit Jordan.

— Ne l'excite pas plus qu'il ne l'est déjà », dis-je calmement à Jordan.

Henry Outlaw de commenter : « Ce minus a signé son arrêt de mort, McCall.

— Tu n'auras pas les couilles de me frapper avec cette batte, fanfaronna Skeeter.

— Fais tes prières pour ne pas te tromper », dit Jordan avec un petit sourire qui étonna tout le monde.

Il semblait extravagant que Jordan ne fût pas le moins du monde impressionné ou intimidé par Skeeter. Le combat était manifestement déséquilibré, avec un homme dans la force de l'âge prêt à se battre contre un gamin. Jordan se cramponnait simplement à sa batte et défiait Skeeter du regard, en attendant l'assaut, calme et serein. Aucun des garçons présents dans la rue ce jour-là ne savait que Jordan Elliott avait passé sa vie à se faire tailler en pièces par un marine adulte. S'il redoutait ce marine de tout son être, il n'avait pas peur d'une bande de voyous et de vauriens.

Skeeter ôta son tee-shirt maculé de sueur et d'huile de moteur, et le jeta à un gars de sa bande. Il cracha dans ses mains, les frotta l'une contre l'autre, et vint se planter devant Jordan, torse nu, les muscles bandés avec une cruelle élégance.

« Putain ! fit Henry Outlaw, admiratif devant ce corps aiguisé et harmonieux.

— Explique qui je suis à ton pote, dit Skeeter en commençant à faire des feintes devant Jordan. Il est nouveau dans le coin et ne se rend pas compte qu'il va mourir. »

Mike dit : « Jordan, je voudrais te présenter notre grand ami à tous, Skeeter Spinks. Nous sommes très fiers de Skeeter. C'est notre grosse brute locale. »

Capers se mit à rire, moi aussi, et l'espace d'un instant, Skeeter parut envisager un changement de tactique.

« A moi la parole, Skeeter, dit Jordan, ramenant l'attention de ce dernier à leur différend. Skeeter ? C'est quoi ce nom qui veut dire moustique ? Tu es un petit insecte qui suce le sang sur les fesses des bébés ? Le type dont nous avions peur, en Californie, il s'appelait Turk, et il était surfer. Nous autres Californiens, on ne se laisse pas intimider par des crétins qui ont un nom d'insecte.

— Bon Dieu ! dit Henry Outlaw, ce gars cherche vraiment les ennuis.

— Faut être vraiment dégonflé pour frapper un homme avec une batte de base-ball au lieu de se servir de ses poings, grogna Skeeter.

— Eh oui, dit Jordan. Dommage que tu n'aies pas devant toi un brave couillon.

— Bats-toi avec les poings, ordonna Skeeter. Comme un homme.

— Ce serait avec plaisir, Skeeter, dit Jordan, mais nous n'avons pas le même gabarit. Ni le même âge. Tu es plus grand que moi. Comme tu es plus grand que Jack. Alors cette batte ne fait que rendre le combat plus équitable.

— Je parie que tu n'as pas les couilles de te servir de ce truc », dit Skeeter, en fonçant brusquement sur Jordan, sans préavis.

Ce soir-là, pendant que Skeeter Spinks était aux soins intensifs à l'hôpital, tout Waterford sut que l'intuition de Skeeter lui avait joué un sale tour.

Plus tard, la ville serait au courant de l'extraordinaire sens de l'équité de Jordan, et de son sang-froid absolu. Il était rapide comme l'éclair dans ses mouvements, et je le vis réagir au quart de tour comme un crotale lorsque Skeeter lança sa charge malheureuse. Il était clair aussi que Jordan était prêt au combat dès le moment où il tapa la batte contre le ciment du trottoir. Et une fois qu'il s'était mis en condition, il arborait un état de concentration proche de la prière. Nous n'avions pas seulement observé une certaine forme de courage, mais une témérité qui venait du tréfonds de l'âme de Jordan. Il faillit bien tuer Skeeter Spinks, avec cette batte de base-ball.

Jordan fit un pas de côté et esquiva la première charge de Skeeter. Le plan de Skeeter n'était pas mauvais, il voulait faire tomber Jordan comme il avait précipité au sol des petits demis de terrain qui résistaient aux plaquages pendant les matches du lycée. Sa stratégie s'écroula lorsque Jordan esquiva le coup et abattit la batte violemment derrière le crâne de Skeeter. Ce premier choc provoqua une commotion cérébrale. Le bruit fut semblable à celui d'un couperet fendant une carcasse de poulet. Au lieu de rester à terre, Skeeter se remit debout en titubant, humilié et furieux, avant de tenter une autre attaque, beaucoup plus incertaine, contre Jordan, qui n'avait pas eu tort de faire confiance à son maniement de la batte. Le deuxième choc brisa trois côtes à Skeeter, et l'un des éclats d'os perfora le poumon droit. C'est pour cela qu'il vomissait le sang quand l'ambulance arriva.

Skeeter n'avait toujours pas compris et fit une dernière tentative inutile contre Jordan, qui maintint sa position avec le même calme glacial et imperturbable. C'est là que Jordan fracassa la mâchoire de Skeeter, mettant ainsi un terme à sa carrière de terreur locale. Plus jamais cette brute ne donna de cauchemars à un seul gamin de Waterford et pas un gamin de la ville n'ignorait le nom de Jordan Elliott le lendemain. Il n'y eut pas d'arrestation et pas de répercussions judiciaires pour Jordan.

Je devais découvrir plus tard que dans la vie de Jordan, amour et souffrance avaient toujours été synonymes. Lorsque notre amitié se fit plus intime, Jordan fut à plusieurs reprises le témoin de mon humiliation pendant les délires éthyliques de mon père, et il me raconta la fugue qu'il avait faite quand il était encore au collège. Sa mère avait écumé les plages de surf de Californie du Sud avant de le trouver dans le Pacifique, le regard fixé vers l'Asie, attendant la prochaine vague. Ce fut peu de temps après que Mrs. Elliott traîna Jordan de force dans le cabinet d'un certain capitaine Jacob Brill, psychiatre. Dix fois, vingt fois, Jordan me répéta l'histoire, mot pour mot.

Jordan ne serra pas la main du capitaine Brill et ignora même sa présence lorsqu'il entra dans son cabinet et étudia le décor de la pièce. Le docteur et l'adolescent restèrent assis face à face une minute sans prononcer un mot, puis le Dr Brill se racla la gorge et dit : « Bon. »

Mais le silence convenait à Jordan, qui ne répondit pas. Il était capable de rester des heures sans articuler un mot.

« Bon », répéta le Dr Brill.

Jordan continua de garder le silence, mais il porta

son attention sur le psychiatre. Toute sa vie, Jordan avait regardé les adultes droit dans les yeux, et peu d'entre eux supportaient le poids muet de cet examen interrogateur. « Alors, pourquoi ta mère t'a envoyé ici, à ton avis ? » demanda le Dr Brill, essayant de susciter une réaction.

Jordan se contenta de hausser les épaules en observant l'homme pâle et peu avenant qui était assis en face de lui.

« Elle doit bien avoir une raison, continua le docteur. Elle a l'air d'une femme très gentille. »

L'adolescent opina.

« Pourquoi me regardes-tu de cette façon ? demanda le docteur. Tu es ici pour parler. Moi, je suis payé par l'oncle Sam pour écouter. »

Détournant les yeux, Jordan s'intéressa à une peinture moderne représentant un carré, un cercle et un triangle en superposition et intersection, de différentes couleurs.

« Que vois-tu lorsque tu regardes ce tableau ?

— Un exemple de mauvais goût, répondit Jordan en se tournant de nouveau vers le docteur.

— Tu es critique d'art ?

— Non, répondit Jordan, mais pour mon âge, je suis un assez bon aficionado.

— Aficionado ? répéta le docteur en détachant chaque syllabe. Tu es aussi quelqu'un qui aime se faire remarquer.

— Je parle espagnol, alors je ne cherche pas à me faire remarquer. Je parle aussi italien et français. J'ai vécu à Rome, à Paris, à Madrid quand mon père était affecté auprès des ambassades. Ma mère adorait la peinture, et elle a passé sa licence d'histoire de l'art à l'université de Rome. Elle m'a transmis son amour de l'art. Vous pouvez me croire, elle détesterait encore plus que moi ce tableau.

— Nous ne sommes pas ici pour discuter de mes goûts artistiques, dit le Dr Brill. Nous sommes ici pour parler de toi.

— Je n'ai pas besoin de vous, docteur, dit Jordan. Je me débrouille très bien.

— Ce n'est pas l'opinion de tes parents et de tes professeurs.

— C'est mon opinion à moi.

— Ils estiment tous que tu es un jeune homme très perturbé. Ils te croient malheureux. Moi aussi, Jordan. J'aimerais t'aider », dit le Dr Brill, d'une voix douce dans laquelle Jordan ne détecta aucune fausse note.

Jordan hésita donc un instant avant de parler : « Je suis triste. C'est vrai. Mais pas pour les raisons qu'ils imaginent... Je mériterais d'avoir de meilleurs parents. Dieu a fait une grosse erreur. Il ne m'a pas donné aux bonnes personnes.

— Cela lui arrive souvent, convint le Dr Brill. Mais tes parents ont une excellente réputation. On ne peut pas en dire autant de toi. Il paraît que tu n'as pas d'amis.

— C'est un choix de ma part. Je préfère être seul.

— Les solitaires sont souvent des inadaptés », dit le Dr Brill.

Mais Jordan l'attendait au tournant et renvoya : « Les psy aussi.

— Pardon ?

— Les psy sont les pires des nuls. J'ai entendu mon père le clamer des millions de fois. Il l'a encore dit aujourd'hui.

— Il a dit quoi, exactement ? demanda le Dr Brill.

— Il a dit qu'on se fait psy parce qu'on est soi-même complètement taré. »

Le Dr Brill hocha la tête et dit : « Dans mon cas, ton père a tout à fait raison. J'ai eu une enfance abominable. Cela m'a donné envie d'améliorer le monde.

— Vous ne pouvez pas améliorer le mien.

— Je peux essayer, si tu acceptes, Jordan.

— Je suis ici sous de faux prétextes. Mes parents n'aiment pas ce que je suis. Mais ils ne me connaissent pas. Ils ne savent rien de moi.

— Ils savent que tu n'as eu que des C et des D sur ton relevé de notes.

— Je passe, dit l'adolescent. Mes professeurs pourraient arrêter le tic-tac des pendules, tellement ils sont ennuyeux. L'ennui devrait faire partie des sept péchés capitaux.

— Qu'est-ce qui t'ennuie ?

— Tout, dit Jordan.

— Est-ce que je t'ennuie ? demanda aimablement le Dr Brill.

— Brill, dit Jordan en fixant le docteur de ses yeux bleus. Les gens comme vous sont une vraie plaie. Jamais vous ne comprendrez quoi que ce soit à moi.

— Je suis le cinquième psychiatre auquel on t'envoie, dit le Dr Brill en consultant ses notes dans un dossier. Tous signalent ton attitude hostile et ton refus de te soumettre au processus thérapeutique.

— Je n'ai pas besoin d'un psy, docteur, dit Jordan. Merci de m'avoir consacré ce temps, mais j'ai quelque chose qui m'aide là où vous autres ne m'êtes d'aucun secours.

— Tu peux me dire quelle est cette chose ? demanda l'homme entre deux âges. J'aimerais savoir.

— La religion, dit Jordan.

— Quoi ?

— Je suis très religieux. Je suis catholique.

— Je ne comprends pas très bien.

— Ça n'est pas étonnant, dit Jordan. Vous êtes juif. Beaucoup de psy sont juifs. Du moins ceux que j'ai rencontrés.

— Je pense que le fait d'avoir des sentiments religieux est un signe positif.

— Merci, dit Jordan en se levant. Je peux partir à présent ?

— Certainement pas, ordonna le psychiatre en faisant signe à l'adolescent de se rasseoir. Ta mère me dit que tu es angoissé par la nouvelle affectation de ton père.

— Je ne suis pas angoissé du tout. Je refuse simplement de partir avec eux.

— Tu as douze ans. Tu n'as pas vraiment le choix. Je crois qu'en fait, nous devrions élaborer des stratégies pour rendre la transition plus facile.

— Oui, j'ai douze ans, dit Jordan. Vous savez

combien d'écoles j'ai déjà à mon actif? Dix. J'ai fait dix écoles différentes, docteur. Vous savez ce que c'est que débarquer dans une nouvelle école tous les ans? C'est l'horreur. Pas un seul bon côté. Rien. C'est pour cela que les mômes de militaires sont tous tarés. Ou bien des lèche-culs cent pour cent, ou bien des clients pour l'asile de dingues.

— On apprend à se faire des amis facilement, continua le Dr Brill avec toujours une pointe d'ironie dans la voix. On apprend à ne compter que sur soi, à être souple. On apprend à organiser son temps, ce qui prépare à gérer les crises.

— On apprend surtout la solitude, murmura Jordan avec amertume. C'est même tout ce qu'on apprend. On ne connaît personne. Alors on apprend à vivre sa vie sans amis. Ensuite je me retrouve dans un cabinet comme celui-ci et quelqu'un commence à me demander pourquoi je n'ai pas de putains de copains.

— Ton père a reçu une affectation pour l'île Pollock, en Caroline du Sud, dit le docteur, qui venait de consulter de nouveau ses notes.

— La Caroline du Sud, dit Jordan avec mépris. Une affectation de rêve.

— Ton père est content. Tu devrais être heureux parce que c'est bon pour la carrière de ton père. Un grand pas en avant.

— Mon père me déteste, dit Jordan en regardant de nouveau le mauvais tableau.

— Qu'est-ce qui te fait croire une chose pareille? demanda doucement le docteur.

— Simple question d'observation, répondit l'adolescent.

— Ta mère m'a dit que ton père t'aimait beaucoup. D'après elle, il a beaucoup de mal à exprimer cet amour.

— Pour la haine, il fait ça très bien.

— Est-ce que ton père t'a déjà battu, Jordan? » demanda le docteur, et il sentit toutes les portes se fermer autour de cet adolescent. Le blocage.

« Non, mentit Jordan en digne fils d'officier de marine.

— Est-ce qu'il a déjà frappé ta mère ? demanda le Dr Brill.

— Non, mentit encore Jordan, guerrier secret du corps des marines.

— Est-ce qu'il te harcèle ? demanda le docteur.

— Oui.

— Est-ce qu'il crie et transforme ta vie en cauchemar ?

— Oui.

— Alors tâchons de mettre au point une stratégie pour toi en Caroline du Sud. Trouvons le moyen d'échapper au militaire en le rusant. Ta mère m'a dit que ton père risquait de rester sur l'île Pollock pendant tes quatre années de lycée.

— Et alors ?

— Tu auras le temps de te faire des amis. Essaie de commencer très vite. Cherche des gars avec qui tu te sentes à l'aise. Des gars bien.

— En Caroline du Sud ? demanda Jordan. Je pourrai m'estimer heureux si les enfants de là-bas ont des dents.

— Pratique tous les sports. Prends une petite amie. Passe les soirées dehors avec tes copains. Va à la pêche. Ton père aura beaucoup de responsabilités dans son nouveau poste. Il va être soumis à une rude pression. Tiens-toi à l'écart de lui, Jordan. Invente des moyens de l'éviter à tout prix.

— Je suis sa distraction, dit Jordan. Il veut que je sois exactement comme lui, et moi... je préférerais mourir.

— Pourquoi est-ce que tu fais du surf ? demanda le docteur. Pourquoi tu portes les cheveux si longs ? Juste pour l'embêter ? »

Jordan sourit avant de préciser : « Ça le rend dingue. Les cheveux longs, c'est effectivement pour ça. Pas le surf.

— Pourquoi, alors ? J'aimerais savoir.

— Parce que le surf me permet de sentir la présence de Dieu. L'océan. Le soleil. Les vagues. La plage. Le ciel. Je ne peux pas expliquer, docteur. C'est comme si je priais sans me servir de mots.

— Tes parents ont-ils la moindre idée de ton tempérament religieux ?

— Ils ne savent rien du tout de moi.

— Est-ce que tu as toujours eu ce rapport à la religion ?

— C'est la seule chose qui ne change pas dans ma
vie, répondit Jordan. Quand j'étais petit, c'était un
réconfort. C'est toujours un réconfort. La prière est
la seule et unique chose qui me donne l'impression
de ne pas être seul.

— Tu as de la chance d'avoir la foi, Jordan. Beaucoup de chance.

— Vous êtes juif. Vous croyez à quoi ?

— Je suis juif, dit le docteur, tranquillement, en
essuyant ses lunettes avec sa cravate. Et je ne crois à
rien.

— Je suis désolé. Ce doit être horrible, dit Jordan.

— Tu es un brave garçon. Un très brave garçon.

— J'ai tout fait pour que vous me détestiez quand
je suis arrivé ici. »

Rire du docteur. « Tu as fait ça très bien, dit-il.
J'aime ton esprit combatif. J'aime tout en toi, sauf
que tu es un menteur.

— En quoi est-ce que j'ai menti ? demanda Jordan.

— Tu as dit que ton père ne te battait jamais. Tu
as dit qu'il ne battait pas ta mère, dit le docteur sur
un ton tel que Jordan sut qu'il était au courant de
tout.

— Il n'a jamais levé la main sur aucun de nous de
toute sa vie », dit Jordan, mais les mots manquaient
de conviction.

Le docteur applaudit à deux mains, non pour se
moquer, mais admiratif. « Bien joué. Nous savons
toi et moi que sa carrière risque d'être terminée si tu
dis la vérité. Je comprends pourquoi tu es obligé de
mentir. Tiens-toi à l'écart de lui, Jordan. Des
hommes comme lui, j'en ai vu des tas. Ils deviennent
de plus en plus dangereux au fur et à mesure que
leurs fils grandissent. Tu es assez intelligent pour
apprendre à l'éviter. Sois plus malin que lui.

— J'essayerai, dit Jordan.

— La vie n'a pas été très drôle pour toi, hein ? demanda le docteur.

— Non, pas très.

— Quelle a été la pire chose qui te soit arrivée ? Je sais, tu ne peux pas me parler de ton père. Mais à l'école ? »

Jordan réfléchit à sa courte vie et songea que jamais il n'avait reçu une seule lettre d'un camarade de classe. Il n'avait jamais été invité pour la nuit chez un copain d'école et n'avait jamais dansé avec une fille.

« L'année du cours moyen, finit par dire Jordan, j'ai changé d'école au mois de février. C'était ma troisième école dans l'année. Le jour de la Saint-Valentin, il y avait une grande fête dans la classe et l'institutrice avait sorti des boîtes avec le nom de tous les élèves. Le matin, les enfants mettaient des cartes de la Saint-Valentin dans les boîtes, au nom de leurs amis ou des enfants qu'ils aimaient bien. Ensuite, la maîtresse appelait chaque nom, on se levait, et on allait chercher ses cartes. Une fille qui s'appelait Janet Tetu a eu plus de soixante cartes. Elle était tellement jolie et gentille que certains garçons lui en avaient envoyé quatre ou cinq.

— Et toi, tu n'en as eu aucune, dit doucement le docteur.

— Je n'en ai toujours eu aucune, dit l'adolescent. Mon père est contre la Saint-Valentin. Il dit que c'est un truc de fillette.

— Je regrette que nous ne nous soyons pas connus plus tôt, Jordan. Reprends le sport quand tu seras dans ton nouveau lycée. Ton père sera ravi, et cela t'éloignera de lui », conseilla le docteur.

Jordan secoua négativement la tête et dit : « Non. Il vient me chercher après l'entraînement. C'est là que je suis coincé. C'est les pires moments pour moi. Quand je suis seul avec lui.

— Ta mère viendra te chercher. Je te le promets.

— Chez nous, les règles sont dictées par le colonel.

— Eh bien cette règle, c'est moi qui la dicterai. Ta mère viendra te chercher, ou tu ne feras pas de sport. Il n'y aura aucune exception. »

Plus tard, Jordan me raconta qu'il ne croyait pas vraiment à l'assurance du docteur mais il dit : « Marché conclu.

— J'ai vu ta mère régulièrement au cours de cette année, Jordan », dit le docteur.

Jordan manifesta sa surprise. « Je ne le savais pas.

— Elle est très inquiète pour toi. Elle est très inquiète pour elle.

— Qu'est-ce que ça change ?

— Elle m'a raconté ce que fait ton père. Ne te fais pas de souci. J'ai juré le secret. Elle m'a interdit de le dénoncer aux autorités militaires, dont nous savons tous que, de toute façon, elles ne feraient rien. Ta mère pense que ton père t'aime beaucoup mais... elle pense aussi qu'il risque de te tuer, un jour. »

Jordan me raconta qu'il s'écroula en entendant ces paroles prononcées à voix haute, celles dont il avait toujours cru au fond de son cœur que c'était la vérité. Il se sentit découvert dans un retranchement secret, une des zones d'ombre qu'il s'était créées tout enfant. Au cours de sa vie, il avait versé assez de larmes pour emplir un petit aquarium et maintenir en vie des poissons vivant en eau salée, mais il avait pleuré en privé, seul avec sa peine. Devant ce petit docteur plein de bonté, il sentit les larmes inonder son visage d'un long flot tiède. Elles jaillissaient parce que le secret était percé, parce que cet homme bizarre et sans prétention avait enfin obtenu de sa mère l'aveu de leur commun cauchemar. Pendant son enfance, souvent il s'était réveillé au milieu de la nuit en se retournant parce que sa joue rencontrait l'humidité froide laissée par ses larmes. Comme si quelqu'un avait jeté un verre d'eau sur son oreiller.

« J'ai eu un entretien avec ton père, continua calmement le Dr Brill lorsque Jordan eut retrouvé le contrôle.

— Oh non ! dit Jordan, avec une terreur désespérée au fond des yeux.

— Il a tout nié. Je lui ai montré le rapport médical de septembre dernier, lorsque tu as été admis à l'hôpital naval avec une légère fracture de la mâchoire.

— Je me suis fait ça au football, dit Jordan.

— C'est ce que tu as déclaré à l'interne de service, dit le Dr Brill en tendant le dossier brun à Jordan. Mais tu n'es même pas sorti pour aller au football, cette année-là. Le coach McCann l'a confirmé.

— C'est en marquant une touche avec des gars engagés volontaires, dit Jordan, qui tenta d'anticiper sur le docteur.

— C'est ton père, Jordan, dit le docteur. Tu n'as plus à mentir pour le protéger.

— Qu'a dit mon père ?

— Il a tout nié en bloc. Au début, il était calme et courtois. Puis il s'est mis en colère tout en continuant de nier. Après s'être convaincu que j'avais inventé cette histoire de toutes pièces, il était carrément fou de rage. Ce doit être terrifiant d'affronter sa fureur quand on est sa femme ou son fils.

— Est-ce qu'il a fini par reconnaître les faits ? demanda Jordan.

— Jamais. Je lui ai dit que j'avais peu d'estime pour les officiers et les messieurs qui pratiquaient le mensonge.

— Vous avez dit cela à mon père ?

— Oui, dit le docteur. Il m'a évidemment menacé de me casser la figure.

— Il en est capable, docteur, dit Jordan.

— Je n'en doute pas une seconde, mais j'ai fait remarquer que le passage en cour martiale qui en résulterait risquait de compromettre un peu sa carrière. J'ai passé un marché avec lui. Je me tairai s'il cesse ses sévices.

— Vous croyez que ça va marcher ?

— Non. Mais ta mère le croit. Je voudrais que tu y mettes du tien en te tenant à l'écart de ton père. Sois poli. Joue son jeu. Ton genre gros dur qui roule des mécaniques le met hors de lui. Abstiens-toi quand il est dans le coin. Je prendrai des nouvelles auprès de ta mère régulièrement. Tu pourrais couper tes cheveux ?

— Non. Je ne lui donnerai pas cette satisfaction tout de suite. Mais je les couperai avant la rentrée au lycée. Promis.

— Ça me semble correct. Bonne chance. Je t'écrirai de temps en temps.

— Je n'ai encore jamais eu de nouvelles d'un psy que j'avais vu. Vous n'allez pas m'écrire, alors inutile de le dire, dit Jordan.

— Si, je le ferai, dit le Dr Brill. Tu auras de mes nouvelles une fois par an. »

Jordan haussa les épaules. « Quand ?

— Le jour de la Saint-Valentin », dit le docteur.

C'est au cours de cet été-là que, dans les rues ombragées de Waterford et sur les plages baignées de soleil de l'île d'Orion, Jordan Elliott entra dans nos vies.

Pendant la Pony League, nous avons été les quatre premiers à manier la batte. Mike a commencé et mené la marque. Capers est passé ensuite et il a marqué en doubles et triples. Puis Jordan a mené l'équipe en finale de l'Etat. J'étais le meilleur et j'ai marqué douze fois dans la saison.

Pendant le championnat contre Greer, nous avons été battus 1-0 lorsque j'ai manqué une balle, alors que je jouais champ extérieur droit. Cet échec fut dévastateur pour moi, mais le coach Langford nous rappela qu'aucune équipe de Waterford n'était encore arrivée en finale d'Etat pour la Pony League. Il m'a dit qu'il y aurait encore des tas de matches à disputer, et que je devais apprendre à perdre jeune, si je voulais savourer la joie de la victoire quand je serais plus vieux.

Spontanément, Jordan nous invita, Mike, Capers et moi, à venir dormir chez lui dans l'île Pollock, après le match. Nous pourrions faire la grasse matinée, disait-il, et ensuite jouer au basket dans le gymnase de la base ou aller nager à la piscine du club des officiers. Je réglai l'affaire avec ma mère avant de traverser le parc de stationnement pour rejoindre

Mike et Capers sur la banquette arrière de la voiture du colonel Elliott. Jordan était assis devant, ses cheveux blonds encore trempés de sueur après l'effort. La défaite était difficile à avaler et nous étions inhabituellement silencieux, regardant le colonel Elliott discuter avec le coach Langford.

« Tu as demandé à ton père s'il était d'accord pour qu'on dorme chez toi ? demanda Mike.

— J'ai demandé à maman avant le match, répondit Jordan. Lui ne remarquerait même pas si je ramenais les Harlem Globe Trotters à la maison. »

Puis le colonel Elliott revint vers la voiture où il faisait sombre, toujours vêtu de son uniforme de marine. Même son allure semblait sortir tout droit des magasins de l'armée. Il se tenait droit et marchait avec la grâce d'une panthère. Arrivé devant la voiture, il chercha ses clés, ouvrit la portière, referma, mit le contact.

« Papa », dit Jordan dans le noir.

Le colonel Elliott ne répondit pas. En revanche, il frappa Jordan d'un revers si violent que sa tête cogna contre le dossier tandis que sa casquette volait et tombait sur les genoux de Capers, derrière.

« Tu as donné à cinq batteurs. Cinq batteurs, merde ! Je t'avais dit de ne pas tenter ce *sinker* tant que tu ne maîtriserais pas bien le coup. Je ne te l'ai pas dit, mauviette ? Je ne te l'ai pas dit ?

— Papa », dit Jordan qui voulait avertir son père de notre présence sur la banquette arrière, invisible à cause de l'obscurité.

Un autre revers réduisit Jordan au silence tandis que le colonel continuait : « Tu as donné au gars qui a marqué. Si tu ne lui avais pas fait ce cadeau, à ce salopard, nous n'aurions pas perdu la balle de match.

— Mais c'est moi qui ai fait la faute, colonel, dis-je depuis la banquette arrière, et le marine surpris se retourna et découvrit notre triple présence et nos yeux écarquillés par la surprise.

— Je ne savais pas que vous étiez là, les garçons. Sacré match que vous avez fait, tous les trois ! Quelle saison formidable ! Je vais vous dire un truc, moi, on a une sacrée brochette de sportifs dans cette voiture, et cette foutue ville n'a pas encore tout vu. Je suis le seul à savoir les merveilles que vous allez faire ensemble. Si on s'arrêtait prendre un milk-shake ? Tu as envie d'un milk-shake, fiston ? » dit le colonel en regardant du côté de Jordan qui fixait le paysage encore éclairé par la vitre baissée.

Jordan fit oui de la tête, et je sus qu'il était incapable de dire un mot. Le colonel Elliott nous offrit le milk-shake « de la victoire » et se montra charmant pendant tout le trajet de retour. Mais un lien secret s'était forgé entre Jordan et moi. Nous appartenions à la même tribu triste et défaite. Il n'existe pas de fraternité plus forte que celle qui s'établit entre deux garçons qui découvrent qu'ils sont l'un et l'autre les fils de pères menant la guerre à leur enfant. Cette nuit-là, je parlai de mon père à Jordan, je lui racontai le désastre lumineux que le bourbon avait amené sur l'histoire malheureuse de ma famille. Nous avons échangé des anecdotes jusqu'à l'aube, pendant que Mike et Capers dormaient profondément dans la chambre d'amis — Capers et Mike qui avaient eu la vie heureuse des enfants qui n'ont jamais reçu ne serait-ce qu'une fessée de leurs parents.

Après la fin de la saison de la Pony League, nous passâmes deux semaines tous les quatre sur l'île d'Orion, sous la surveillance de mes grands-parents Silas et Ginny Penn McCall. Nous allions pêcher dans les vagues où nous levions des bars et des carrelets pour le dîner. Je découvris cet été-là que j'aimais faire la cuisine pour mes amis, j'aimais les entendre ronronner de plaisir et me complimenter pour les plats que je préparais sur les braises et les grilles chauffées à blanc. J'avais quartier libre dans le jardin de mes grands-parents et j'enveloppais des épis de maïs dans du papier aluminium après les avoir rincés à l'eau de mer et tartinés de beurre, de sel et de poivre. Sous les étoiles, nous dégustions les tomates rouges, les gombos, les petits pois relevés par le petit salé et les piments *jalapeno*. Je parcourais les rangées généreuses d'aubergines, de pastèques, et de concombres, et je faisais ma cueillette. Mon grand-père, Silas, nous expliqua cet été-là que les basses terres étaient si fertiles qu'on pouvait semer une pièce et voir pousser un arbre à monnaie.

Chaque soir, je faisais un feu de camp avec du bois mort, pendant que les autres nettoyaient la pêche du jour. Le bois avait une odeur de sargasse et d'air salé, la saveur du Gulf Stream, et son parfum effleurait la truite et les filets de bar que je faisais revenir au beurre.

A marée basse, nous allions avec nos filets jusqu'aux cours d'eau plus petits, à la pointe de l'île. A tour de rôle, nous apprenions à Jordan à lancer son filet. Capers exécuta la première démonstration, enroulant la corde autour de son poignet gauche avant de prendre une partie du filet lesté entre ses dents et d'empoigner les deux autres extrémités du filet de ses deux mains. Il fallait les deux mains, la bouche et un poignet, pour jeter correctement. Il fallait aussi le bon rythme, l'entraînement et une bonne coordination entre les yeux et la main. Jordan possédait toutes les qualités requises, et à sa cinquième tentative, le filet s'épanouit en cercle parfait devant lui, beau et fin comme une toile d'araignée. Avec ce lancer, Jordan prit sa première crevette blanche et son premier crabe bleu. Nous avons rempli une glacière de crevettes pendant cette seule marée, et mes amis ont eu droit à quatre recettes différentes de crevettes au cours des quatre repas qui suivirent. Après les crevettes, nous passâmes au crabe bleu, et nous attrapâmes de quoi nous nourrir pour une semaine. Je farcis un carrelet d'un mélange de chair de crabe et de crevette, et je fis cuire le tout dans le four de ma grand-mère, avec un filet de citron et de l'ail, non sans faire des essais de piment de Cayenne, paprika, sauce soja et huile d'olive. Ainsi fis-je mes premiers pas dans ce qui allait devenir ma carrière.

Après ces repas, nous restions allongés dans le sable à grogner du plaisir d'avoir trop mangé. Nous eûmes la surprise de découvrir que Jordan était capable de nommer la quasi-totalité des étoiles. Vénus était l'allumeur de réverbères qui donnait le signal de départ dans le ciel occidental. Nous regardions les étoiles et parlions de nos vies, égrenant des histoires sans importance parce qu'elles sont les seules que peuvent raconter des petits Américains.

L'unique déception de Jordan, au cours de l'été, vint de la qualité des vagues dans son nouveau pays. Il n'imaginait pas qu'on pût être déçu par tout un océan, mais il se sentit trahi par l'Atlantique. Debout avec sa planche de surf, il regarda les vagues du descendant avec une incrédulité totale.

« Il est poussif, cet océan, dit Jordan.

— Comment ça, il est poussif cet océan ? s'indigna Capers comme si Jordan avait insulté l'Etat tout entier. Cet océan, c'est l'océan, mon vieux. L'océan Atlantique.

— Ça n'ira pas, dit Jordan. C'est trop riquiqui.

— Trop riquiqui ? dit Mike. Tu veux quoi ? C'est l'océan, on te dit.

— Le Pacifique, c'est un vrai océan, dit Jordan. Et ça n'a rien à voir. »

Jordan était déjà capable, au tout début de leur amitié, de mettre en branle le chauvinisme sudiste de Capers. « Est-ce qu'en Californie tout est mieux que ce que nous avons ici, en Caroline du Sud ?

— Oui. Tout est mieux en Californie. Ici, c'est le tiers-monde, les gars, dit Jordan en guettant tristement les vaguelettes qui venaient éclater sur la plage.

— Ce qui veut dire ? » demandai-je.

Et Jordan d'expliquer : « Laisse-moi formuler les choses ainsi : la Caroline du Sud, c'est l'Oklahoma du Sud. C'est-à-dire le plus bas qu'on peut descendre.

— Mais tu es un Elliott, dit Capers. Un Elliott de Caroline du Sud. Un des grands noms de l'histoire de la Caroline du Sud.

— Je n'y peux rien, dit Jordan. C'est quand même un Etat nul.

— Tu descends d'un milieu distingué, dit Capers.

Personne n'a pris le temps de te parler de tes ancêtres ? Je suis également un Elliott du côté de ma mère. Nous sommes cousins éloignés. On a écrit des livres sur la famille Elliott.

— Il existe beaucoup de livres aussi sur ma famille, dit Mike.

— Cite un titre, dit Capers, sans se moquer vraiment.

— La Genèse, l'Exode, le Livre des Rois, le Deutéronome... énuméra Mike.

— Ceux-là ne comptent pas, dit Capers.

— Pour moi, ils comptent beaucoup, dit Mike.

— C'est toi qui l'as dit. Pas moi. »

Et puis un jour, au mois de juillet, lorsqu'une fin d'ouragan venu des Caraïbes atteignit les côtes de Caroline du Sud et que l'Atlantique produisit des vagues admirables même pour un Californien, Jordan nous apprit à surfer. Professeur patient, il commença par enseigner à Mike comment on se met debout sur une planche, puis il fit sortir Capers à l'endroit où les rouleaux se brisent et il parvint à le mettre debout à la troisième tentative sur une vague. La tornade était devenue plus féroce lorsque je me préparai à rejoindre Jordan, assis sur sa planche, tandis que le tonnerre grondait de son râle puissant au-dessus de nos têtes, et que les éclairs fissuraient les nuages noirs et tendus.

Pour ne pas être renvoyé sur la plage, je dus plonger sous les vagues au moment où elles s'abattaient sur moi avec la force d'un immeuble qui s'écroule. Le ciel était sombre et la pluie me blessait les yeux ainsi que les joues pendant que je tentais d'atteindre la zone morte, au large, où m'attendait Jordan. Après l'avoir rejoint, je me cramponnai à sa planche pour me reposer plusieurs minutes avant de m'attaquer au permis d'apprenti surfer. Nous flottions sur les renflements qui nous arrivaient inlassablement de derrière. Sur la terre, je voyais les palmiers ployer avec une souplesse de ballerine, et balayer le sol en signe de modeste soumission.

« Et la foudre ? demandai-je lorsque d'impressionnants éclairs déchirèrent le ciel.

— La foudre ne frappe pas les gars de notre trempe, répondit Jordan avec assurance.

— Pourquoi ? demandai-je.

— On est ici pour faire du surf, Jack, me réprimanda Jordan. Pas pour prendre un cours d'électricité. Alors fais attention. Regarde-moi. Tu choisis une vague qui semble te convenir. Une vague avec laquelle tu puisses faire corps. La troisième, là, me plaît bien. Maintenant, regarde. Tout est dans le timing. »

Je regardai les yeux de Jordan mesurer cette troisième vague qui enflait en venant vers nous. Lorsqu'elle eut assez de hauteur et de puissance, Jordan se mit à battre l'eau avec confiance pour amener la planche à la même vitesse que celle de la vague qui coupa sa route et la souleva. Dès que la planche entama son ascension, Jordan se mit debout, les genoux fléchis mais en souplesse, et il guida la planche sur la face déclinante de la vague avec la prudence de quelqu'un qui emprunte pour la première fois un escalator. La planche fendait l'eau comme une lame un tissu, et Jordan monta très haut avant de redescendre brutalement lorsque la vague l'expédia violemment vers la plage. On aurait dit qu'il chevauchait une lionne courant vers le sable.

Jordan maintenait un équilibre en position presque accroupie, et j'entendis les cris d'encouragement de Capers et de Mike, sur la plage, tandis qu'une lame d'eau furieuse et blanche le propulsait, le portait, et le livrait aux sables blancs où il mit pied à terre avec la grâce délicate d'une femme pénétrant dans sa loge à l'opéra.

Lorsque Jordan revint vers moi, il faisait en sorte d'aider la planche à se soulever à chaque vague, ce qui amenait cette dernière dans une position presque verticale et sortait Jordan pratiquement de l'eau. Des vagues qui semblaient inépuisables.

« Est-ce qu'elles sont aussi bien que les vagues de Californie, celles-ci ? criai-je lorsque Jordan arriva près de moi et que je cramponnai la planche.

— Ce sont des vagues de Californie, répondit Jordan. Elles ont dû se perdre. Elles viennent du Pacifique. Ils ont dû organiser un échange pour les vacances, je suppose.

— Elle t'a offert de quoi t'amuser, cette dernière vague de Caroline du Sud, dis-je.

— Elles sont très désordonnées. En Californie, les vagues fonctionnent par cycle de sept. Tu prends la troisième ou la quatrième parce que ce sont en général les plus grosses. Ici, c'est le chaos.

— Le Pacifique a l'air un peu trop prévisible, hurlai-je pour couvrir le bruit du vent et des vagues. Pas très futé.

— L'Atlantique est un océan minable, de deuxième choix, cria à son tour Jordan, mais il s'était déjà remis à jauger les vagues en train de se former. Ça pourrait aller avec un ouragan chaque jour. Mais ce ne sera jamais le Pacifique. Maintenant, à toi, Jack. Tu vois la quatrième, là-bas ? N'aie pas peur lorsque tu auras la sensation d'un effondrement. C'est la planche qui entre au cœur de la vague. Mets-toi à genoux à la première. Et rappelle-toi, c'est une question de rapport entre surfaces.

— Entre surfaces ? demandai-je.

— Penses-y, dit Jordan en me poussant énergiquement dans la vague. Tout va s'éclaircir. »

Cet été-là, nous devînmes les garçons qui chevauchent l'ouragan, les coureurs de tempête qui avaient appris à surfer sur les plus grosses vagues de toute l'année. J'avais pris cinq vagues dans l'après-midi et ma relation à l'eau en avait été changée. J'étais tombé trois fois dont une avait modifié ma perception des chutes. Aspiré sous un énorme rouleau, éjecté de la planche que je reçus sur la tête, j'avais été irrésistiblement expédié en une série de pirouettes, qui m'avaient définitivement désorienté. Affolé et buvant de l'eau, j'étais ballotté sauvagement, puis envoyé verticalement au-dessus de la vague, le temps d'être surpris, avant d'être aplati par la vague suivante qui déferla sur mes épaules. Ce jour-là, la mer était terrifiante. Mais Jordan nous enseigna qu'une mer sur laquelle on peut surfer ne pouvait être indomptable. Il insistait sur l'importance de considérer à la fois la surface de la vague et celle de la planche. Tous les sports, répétait-il, devenaient simples dès lors qu'on les réduisait à une simple loi de physique.

Le talent de Jordan procédait à la fois de l'impulsion et de la témérité, et tandis que Capers en venait à se méfier de l'imprudence de Jordan, Mike et moi étions sous le charme. L'amour de Jordan pour les entreprises casse-cou et ce besoin impérieux qu'il avait de vivre à la limite des choses, sa recherche d'expériences que les autres ne voyaient même pas, nous offrirent cet été-là des aventures que nous n'aurions pas seulement imaginées auparavant. Toute sa vie, la plus grande crainte de Jordan fut d'être enterré vivant dans ce terreau américain de désespoir et d'anesthésie où l'on ne sentait rien, où le fait d'être vivant n'était qu'un élément prouvable au lieu de donner accès à la magie. Non que Jordan fût à la recherche systématique de sensations fortes, mais il trouvait dans l'action une élégance qu'il ne trouvait nulle part ailleurs.

Cet été-là, notre groupe de quatre escalada le château d'eau au centre de la ville parce que Jordan voulait avoir une vue panoramique sur Waterford. Nous allâmes jusqu'à Charleston en jouant les passagers clandestins sur un train de marchandises, avant de revenir en stop dans un camion chargé de pastèques. Jordan adorait nager et il étonna Silas McCall en effectuant deux fois le trajet entre l'île Pollock et l'île d'Orion, ce qui représente une distance de treize kilomètres, avec la traversée d'un couloir de navigation. Mais Jordan évoluait dans l'eau avec la grâce heureuse d'une otarie. C'était un nageur puissant comme Silas avait rarement vu, et il ne craignait ni les eaux profondes, ni les marées, ni les requins. Quand il nageait, il semblait participer du même mystère que celui qui suscite les marées. On aurait dit une créature d'eau et de rêve, nageant d'une île à l'autre.

Un soir à minuit, alors que nous passions tous les

quatre la nuit chez Mike, Jordan nous fit jouer à dire que nous étions des membres de la Résistance française chargés d'une mission suicide par le général de Gaulle. Notre tâche consistait à faire sauter le Pont-Neuf à Paris au moment précis où Hitler l'emprunterait pour inspecter les armées victorieuses du Reich. Jordan avait fabriqué des bombes fausses, mais ressemblantes, que nous devions fixer contre les piles du pont de Waterford avec du ruban adhésif imperméable. Nous sautâmes à pieds joints dans l'eau noire, chacun portant des fusées factices soigneusement enveloppées, qui avaient l'allure de bâtons de dynamite. Avant de nous laisser regagner les appontements à la nage, Jordan passa auprès de chacun de nous pour vérifier le travail et, mécontent de ce que nous avions fait, il refixa les faux explosifs sous le niveau de l'eau, conformément aux normes exigeantes qu'il avait établies. Pour finir nous le regardâmes installer un réveil et un faux détonateur, puis il nous fit signe de nous laisser glisser dans le courant pour sortir de la ville et récupérer les serviettes et les vêtements que nous avions cachés sur le pont d'un yacht en cale sèche. Jordan avait prévu son coup dans les moindres détails. Tandis que nous nagions vers la ville, Jordan consulta sa montre et dit : « Maintenant », et nous nous retournâmes ensemble, sachant que le pont avait sauté et que le corps déchiqueté du Führer gisait au fond de la Seine.

La fascination de Jordan pour l'anarchie et le statut de fugitif n'alla pas sans dissensions, liées notamment à la vision que Capers avait du monde. Pour Capers, Jordan était le seul garçon, de tous ceux qu'il connaissait, qui exhalât le danger par tous les pores de sa peau. Jamais Capers n'avait vu encore se manifester une nature rebelle dans sa vaste tribu de cousins. Son intérêt pour Jordan devint aussi scientifique que personnel, car il ne connaissait aucun Elliott ou Middleton qui ne fût intrinsèquement conservateur et courtois. Mais Jordan fit remarquer à Capers que leurs ancêtres avaient jadis participé à l'éviction d'un roi anglais et que certains avaient combattu aux côtés du révolutionnaire Francis Marion contre les soldats britanniques, dans les marais insalubres au nord de Charleston.

« Nous avons commencé en rebelles, en hommes qui allaient contre le sens du vent, disait Jordan à Capers. Nos ancêtres étaient derrière les canons lorsque le Sud a tiré sur Fort Sumter. Je suis plus fidèle que toi à l'esprit de nos ancêtres, Capers.

— Ce n'est que le temps qui le dira », répondait Capers qui ne croyait pas un mot de ce que disait Jordan.

Lorsque vint la pleine lune, à la fin du mois d'août, nous décidâmes tous les quatre d'aller à sa rencontre à la nage, avançant plus loin que jamais vers le large. Jordan mena sa planche au-delà des vagues, dans les eaux noires, à quatre cents mètres de la côte. Nous nagions près de lui, agrippant parfois la planche pour nous faire remorquer un moment comme fait le rémora avec le requin.

« On est assez loin, dit Capers.

— Encore un peu, plaida Jordan.

— C'est Requin-ville, ici, dit Mike.

— On ne fait pas partie de leur chaîne alimentaire », dit Jordan.

Avec six mètres de profondeur, Jordan se laissa glisser de la planche et nous contemplâmes tous les quatre les reflets de la lune à la surface de l'eau. Ils nous prenaient dans leurs dentelles pendant que nous regardions la lune se répandre sur l'Atlantique comme un verre de vin qu'on retourne. Nous sentions les courants entre nos jambes tandis que nous restions en suspens, innocents comme des appâts. Au loin, nous voyions la maison du gardien, où devait être assis mon grand-père, occupé à lire un livre en écoutant une station de musique country à la radio. Nous étions si loin que la maison ressemblait à un bateau échoué. Avec toute cette lumière qui nous entourait, nous avions l'impression d'être sécrétés par ces eaux baignées de lune, comme des perles se forment au sein tendre des tissus des huîtres. Les battements de nos quatre cœurs éveillaient la curiosité du serran, du *pompano* et du merlan qui cherchaient leur nourriture en dessous de nous.

Le souffle d'un marsouin, à une vingtaine de mètres, nous fit sursauter.

« Un marsouin, dis-je. Heureusement que ce n'est pas un requin blanc. »

Puis un autre marsouin brisa la surface de l'eau et vint vers nous. Un troisième, un quatrième marsouin affluèrent près de la planche et nous sentions de grandes silhouettes secrètes qui nous observaient par en dessous. Je tendis la main pour caresser un dos couleur de jade, mais au dernier moment le marsouin plongea et ma main effleura le reflet de la lune à l'endroit où l'aileron s'était enfoncé dans les eaux soyeuses. Les marsouins avaient manifestement reconnu l'odeur de jeune garçon dans l'eau de la mer et entendu le chant des hormones dans ce bout d'océan. Aucun de nous ne dit mot lorsque les marsouins firent cercle autour de nous. La rareté, la perfection de cette visite nous donnèrent le réflexe du silence puis, aussi vite qu'ils avaient surgi, les marsouins s'éloignèrent de nous, en direction du sud où il y avait des poissons à chasser.

Chacun de nous se rappellerait toute sa vie cette nuit sur les vagues. C'était l'année juste avant le lycée, à ce moment d'équilibre instable entre l'enfance et l'âge adulte, et nous admirions notre propre audace en nous laissant flotter, loin de la vigilance, de l'approbation, du regard des grandes personnes, soumis à la seule indifférence des étoiles et du destin. Ce fut le plus pur instant de liberté et de félicité jubilatoire que j'avais jamais vécu. Un contrat tacite s'installa entre nous pendant la nuit des marsouins. Chacun de nous irait souvent retrouver par l'imagination cette planche de surf, revivre cette nuit où le bonheur paraissait si facile à atteindre.

Pendant une heure nous nous laissâmes porter par notre Gulf Stream personnel, évoquant nos vies encore à vivre, racontant les anecdotes et histoires drôles qui sont source à la fois d'intimité et d'évasion chez les adolescents.

Dans ses conversations préliminaires avec Ledare et moi à propos de la minisérie, Mike devait revenir souvent sur cette nuit.

« Qui a posé la question sur le suicide, cette nuit-là ? me demanda Mike.

— C'est Capers, dis-je. Il voulait savoir comment chacun de nous s'y prendrait pour mourir s'il avait le choix.

— J'ai dit quoi ? demanda Mike. J'ai une mémoire de merde.

— Comprimés et alcool, dis-je. Tu as dit que tu faucherais une bouteille du bourbon préféré de ton père et un tube de somnifères de ta mère.

— Je ferais encore le même choix aujourd'hui, dit Mike.

— J'ai dit que je me tirerais une balle dans la tête. Mais Jordan avait son plan de suicide tout prêt.

— Je m'en souviens, dit Mike.

— Il a dit qu'il volerait un bateau au port de plaisance de l'île Pollock. Il aurait déjà envoyé une lettre à ses parents pour expliquer l'amour qu'il éprouvait pour sa mère et la haine qu'il vouait à son père. Il rendrait son père responsable de son suicide. Après avoir volé le bateau, il partirait en mer aussi loin que lui permettrait le réservoir de carburant. Puis il s'ouvrirait méthodiquement les veines et les artères. Il laisserait le sang couler dans le bateau car il voulait que son père ait le spectacle de son fils dans un bain de sang. Lorsqu'il sentirait ses forces le quitter, il enjamberait la rambarde et offrirait son corps à Kahuna, le dieu du surf. Il savait que son père serait fou de ne pas avoir de corps à enterrer. »

Ledare avait demandé : « Il savait tout cela en première ? Comment Capers a dit qu'il se tuerait ?

— Facile. Capers a dit que jamais il n'envisagerait le suicide. C'était la voie de sortie des lâches, et lui préférait rester se battre, quels que soient les problèmes qu'il aurait à affronter.

— Quelle noblesse ! dit Ledare.

— Tu as des préjugés, dit Mike.

— C'est vrai, dit-elle. Pauvre Jordan. Il a dû être beaucoup plus malheureux que nous n'avons jamais su.

— Ça fera une scène formidable », dit Mike.

Mais je savais que de nous tous qui nous étions laissés dériver avec la planche de surf cette nuit-là, Capers était le personnage central. Capers vivait parfaitement inséré dans son propre rêve, où il se voyait comme œuvre en gestation. Il était le seul d'entre nous qui se contemplait aux diverses étapes de son chemin dans la vie. Il ignorait le doute. Il savait toujours précisément où il allait et connaissait tout des subtilités de la navigation côtière.

C'est une chose que nous allions découvrir plus tard, lorsque nous nous trouvâmes accidentellement en travers de sa route. Nous arrivâmes au terme de cet été avec une amitié scellée. Mais l'histoire de cette amitié allait porter des fruits amers et faire venir les larmes aux yeux de tous ceux qui nous aimaient bien.

*Quatrième partie*

## 22

L'imagination est l'une des porcelaines les plus brillantes de l'âme. Comme approchait à grands pas le jour où je ferais visiter à Ledare les royaumes oubliés de mon passé, je sentais les vannes du souvenir s'ouvrir à un flot continu. En écrivant des livres de voyages, j'étais devenu expert dans l'art d'échapper à ce qui m'était le plus intime. Je gardais l'œil fixé sur l'horizon et fuyais toute tentation de me plonger dans l'étude de mon nid personnel. Mon existence professionnelle reposait sur la sincérité de ma rupture totale avec le passé. Le monde était mon sujet, et ma ville natale le stimulant qui me faisait sortir à la découverte de ce monde. Dans ma tête miroitaient les lumières de mille villes et cités dont je gardais le souvenir glorieux et précis ; je pouvais parler sans problème des ports où piments et mandarines arrivaient entassés dans des bateaux noirs, sur les marchés en plein air, des bazars enfumés où l'on vendait des fillettes comme prostituées et des singes pour leur viande, de lieux où les hommes racontaient des histoires en lisant les tarots dans des langues qui semblaient ignorer les voyelles.

Mais Waterford restait enterré et nombre de ses histoires avaient disparu dans mon inconscient. Tout au fond de moi, j'entendais se former l'oratorio lointain lorsque j'assemblais des morceaux de mon passé comme on compose une musique que je partageais avec Leah. Leah avait adoré les rares anecdotes sur Waterford que je lui racontais, peut-être parce qu'elle savait intuitivement qu'elles étaient le prélude à la grande histoire où elle se découvrirait un jour. Je lui avais toujours dit qu'il n'était rien de plus beau au monde qu'une histoire qu'on raconte, pourtant j'étais celui qui avait régné en grand censeur sur le texte de son imagination.

Au cours des trois mois qui précédèrent notre vol vers l'Amérique, je tentai de raconter à Leah tout ce qui était susceptible de faciliter sa compréhension et sa survie lors de l'examen de passage familial qu'elle allait devoir subir. Et au fur et à mesure que fleurissaient les épisodes, Leah allait souvent solliciter Ledare pour entendre sa version à elle du même souvenir. La mémoire de Ledare était parfois plus cruelle et plus douloureusement précise. Avec Ledare, Waterford ressemblait au chef-lieu d'un rituel convenu et asphyxiant. Mon Waterford à moi restait dans le flou d'un bal masqué sur le double thème de la folie et de la surprise. Avec la combinaison des deux, un horizon à deux clochers commençait à se dessiner dans l'esprit de Leah.

Pendant le vol transatlantique vers Atlanta, je sortis de ma valise un album de photos, spécial et relié en cuir, que j'avais gardé sous clé pendant toutes ces années où je voulais maintenir Leah dans l'ignorance de son passé. J'ouvris l'album et lui montrai des photos de mon grand-père et ma grand-mère devant leur maison de gardien dans l'île d'Orion, des photos de ses oncles, en lui donnant une courte biographie de chacun tandis que notre avion traversait un ciel turquoise.

Enfant sage et attentive, Leah mémorisa le nom et le visage de tous les membres de sa famille, proche ou lointaine.

« Qui est-ce, là, papa ? demanda Leah en regardant un Kodachrome passé.

— Ça, c'est moi, avec Mike Hess et Capers Middleton, en cours élémentaire.

— Tu es plus petit que moi maintenant, dit-elle.

— C'est l'effet du temps », dis-je en observant mon

image prise il y avait plus de trente ans. Je me souvenais du jour où la mère de Capers avait fait cette photo, et je me souvenais du goût des bonbons Pecan Sandies que ma mère mettait chaque jour dans mon panier-repas pour le déjeuner, toute cette année-là.

« Qui c'est ? demandai-je.

— Un joli petit chien, dit Leah.

— Mais pas n'importe quel joli petit chien.

— Chippie-la-brave-chienne ! s'écria Leah. Mais papa, elle est mignonne et minuscule. Je croyais que Chippie avait la taille d'un saint-bernard.

— Non, dis-je. Elle dormait avec moi, sur mon oreiller, toutes les nuits. Ma mère arrivait, la chassait, l'expédiait au rez-de-chaussée d'un coup de pied, mais Chippie était toujours là le matin quand je me réveillais.

— C'est maman, là ? » dit Leah en désignant une fillette endimanchée aux yeux tristes.

Je fis oui avec la tête. « Absolument. C'était en septième. Elle était venue faire admirer à ma mère ses chaussures neuves, des richelieus bicolores. C'est pour cela qu'elle montre ses pieds.

— Papa, je suis tellement contente ! dit Leah en serrant mon bras. Jamais je n'aurais cru que je rencontrerais ma famille un jour. Tu crois qu'ils vont m'aimer ?

— Ils vont te dévorer tout cru.

— Ça veut dire que c'est bien ? demanda Leah.

— Ils vont être sur le cul devant la *bambina*.

— Un gros mot. Ça fera mille lires.

— Plus maintenant, dis-je. Nous allons bientôt atterrir. Ça fait un dollar à présent.

— Est-ce que Ledare vient nous chercher ?

— Pas à Atlanta, dis-je. On passe la douane, et elle nous attend à Savannah.

— Est-ce que tu es content de retourner vivre à Waterford, papa ? demanda ma fille.

— Je suis terrorisé, avouai-je avant d'ajouter : mais au moins, la vie est tranquille à Waterford. Il ne s'y passe pas grand-chose, à Waterford.

— Il se passe beaucoup de choses à Waterford »,
dit Leah, et je vis qu'elle s'adressait directement à
l'album de photos.

Avant l'atterrissage, je contemplai les vertes collines de Géorgie avec ses lacs cachés, en tentant de
calmer mon angoisse.

Puis je regardai ma fille circuler au milieu des
photos de mon passé, et je me rendis compte que
j'avais élevé une enfant curieuse de tout ce qui avait
trait à ses racines, que j'allais donc devoir faire taire
mes craintes.

Ledare nous attendait à l'aéroport de Savannah et
nous emmena directement chez Elizabeth, dans la
Trente-septième rue, pour un repas que j'avais organisé avant de quitter Rome. Je commençais déjà à
m'inquiéter de la façon dont j'allais gagner ma vie en
écrivant des livres de voyages sans m'éloigner plus
d'un jour de Waterford, mais mon rédacteur en chef
à « Food and Wine » m'avait fait savoir qu'était née
une nouvelle génération de chefs alliant une formation classique au désir de révolutionner la cuisine
traditionnelle du Sud. Ils conservaient, paraît-il, leur
attachement au gruau de maïs, les *grits*, et aux grillades au feu de bois, en dépit de leur envie de servir
le fromage de chèvre sur une salade verte.

Sous les élégants hauts plafonds victoriens du
quartier historique, je retournai aux cuisines pour
interroger Elizabeth Terry et son équipe, pendant
qu'ils préparaient des repas somptueusement
composés et appétissants pour des tablées de clients
à la mise conservatrice. Elle me cita le nom de tous
les chefs importants les plus impliqués dans le
renouveau de la cuisine sudiste. Pour le premier soir
de notre retour en Amérique, nous fîmes un repas
léger et succulent, comme il aurait été impossible de
faire dans le Sud des années soixante-dix, sauf à La
Nouvelle-Orléans. Leah mangea des pâtes *alla matri-
ciana*, qu'elle trouva délicieuses en se demandant à
voix haute pourquoi son père lui avait dit que plus
jamais elle ne mangerait de bonnes pâtes à moins de
revenir à Rome. Je reconnus mon erreur et évoquai

mes dures années de labeur comme critique gastronomique goûtant d'abominables combinaisons de pâtes et de sauces servies, depuis le Texas jusqu'en Virginie, dans des restaurants italiens qui tous méritaient d'être au mieux fermés sur ordre de l'inspection de l'hygiène, au pire réduits en cendres.

Plus tard, nous passâmes notre première nuit sous un ciel de Caroline du Sud, dans la maison sur l'île d'Orion que Lucy avait louée pour nous. Ledare était passée prendre les clés pour faire le tour des lieux, et elle avait trouvé l'endroit plus que correct. La maison était construite en hauteur et dominait un lagon d'eau salée.

En découvrant la maison pour la première fois, j'eus le plaisir de voir que les propriétaires, Mr. et Mrs. Bonner, avaient choisi les meubles et les tableaux avec beaucoup de soin. C'étaient des gens de goût, des personnes que j'aimerais connaître, pensai-je en étudiant un mur orné de photos de famille où les Bonner exhibaient la belle santé de leurs enfants blonds dont le sourire aux dents bien alignées prêchait avec éloquence pour le talent de l'orthodontiste. La cuisine était bien équipée et Lucy avait déjà fait des provisions. Dans la chambre des parents, je trouvai un bureau et un lit à colonnes dont j'étais prêt à parier qu'il s'agissait d'un meuble de famille.

A l'étage, j'entendis Leah s'extasier sur une chambre qu'elle trouvait à son goût. Je défis ses valises pendant qu'elle prenait une douche. Attentif à ne pas froisser les vêtements pliés avec amour et tristesse par Maria, je garnis une armoire ancienne, non sans rire de bon cœur en découvrant trois paquets de pâtes et un salami entier que Maria avait mis dans les bagages, au cas où les Américains ne seraient pas capables de nourrir correctement Leah. Je me fis un pense-bête pour appeler Maria le lendemain matin afin de lui dire que nous étions bien arrivés, et que Leah avait mangé des pâtes qu'elle avait trouvées excellentes. Leah sortit de la chambre qu'elle venait d'adopter en pyjama, les yeux brouillés par le sommeil. Elle sentait bon le talc et dormait déjà, alors que j'en étais encore aux premières phrases d'une histoire.

Je rejoignis Ledare en bas, où elle était en train d'allumer un feu qu'elle avait préparé dans la cheminée. Elle m'avait servi un verre qu'elle me tendit pendant que je regardais les flammes consumer la bûche de chêne.

« A ton retour, dit Ledare.

— Si c'est l'enfer, disons que le décor sera joli, dis-je en regardant la pièce.

— Pourquoi ne pas opérer un virage à cent quatre-vingts degrés et profiter de ton séjour ici? suggéra Ledare.

— Je t'en prie, dis-je. Il va falloir que tu essaies de prendre en compte mon angoisse existentielle.

— Tu auras tout le temps de la soigner, dit Ledare. Mike a appelé, il veut que nous ayons écrit un synopsis de la minisérie dans un mois. Il m'a chargée de te dire que les excuses, c'était terminé, et il veut un mot de ton médecin certifiant que tu as effectivement pris une balle dans la tête tirée par un terroriste.

— Je me sens toujours mal à l'aise par rapport à ce projet, dis-je à Ledare. Comment allons-nous réussir à écrire pour Mike sans sauter à pieds joints dans le lit de Capers? »

Ledare dit : « Le sujet est fascinant, et je crois que nous pourrons apprendre sur nous-mêmes des choses que nous ignorons. Nous pourrons faire revivre une partie de la magie du bon vieux temps à jamais révolu.

— Il est dangereux d'écrire sur ce que l'on ne connaît pas », dis-je.

Ledare se leva pour partir et répondit : « Il est dangereux de ne pas le faire. »

Je m'éveillai beaucoup trop tôt le lendemain matin, et lorsque Lucy arriva, elle nous trouva en train de regarder un télévangéliste mettre son audi-

442

toire en garde contre Armaguédon qui, disait-il, était
à nos portes à cause de l'esprit du mal et de la licence
qui animaient l'humanité. Lucy prépara un petit
déjeuner copieux pour Leah, et lui mentit lorsque la
fillette lui demanda le sens du mot « licence ». Je rec-
tifiai clairement l'erreur maternelle. Après le petit
déjeuner, Lucy s'assura que Leah était assez chaude-
ment vêtue, puis elle nous emmena tous les deux
pour une première grande promenade sur les six
kilomètres de plage de l'île d'Orion. La marée était
basse et la mer étale tandis que nous marchions sur
le sable en ramassant des coquillages et en observant
les épaves couvertes de bernaches laissées par la
marée de la nuit. C'était une journée sans vent et
même les mouettes devaient battre leurs grandes
ailes pour se maintenir en l'air. L'océan reflétait le
ciel et peu de vaguelettes venaient troubler le pélican
brun qui nageait à vingt mètres de nous.

Pendant la promenade, Lucy désigna à Leah tous
les endroits où l'on pouvait nager sans crainte, ainsi
que ceux où la mer pouvait se révéler traître avec des
tourbillons très forts. Elle expliqua à Leah que si un
jour elle était prise par un courant, il fallait se laisser
entraîner par lui plutôt que de tenter de lutter.

« Tu laisses le courant t'emmener vers le large,
chérie, dit Lucy. Les courants perdent leur force
quand l'eau est plus profonde, alors tu pourras
reprendre le contrôle. Il ne te restera plus qu'à regagner tranquillement le bord à la nage, en te laissant
porter par une vague. »

Ensemble, la dame et la fillette étudiaient les détritus entassés au hasard des flaques laissées par la
marée descendante. Ramassant un fragment de
carapace de crabe bleu, Lucy montra le bleu foncé
qui teintait la pince brisée, « le plus beau bleu de
toute la nature ».

Leah manifestait tant de bonheur et de curiosité
que la promenade dura des heures et que Lucy par-
tagea avec elle toute la connaissance qu'elle avait du
littoral. Elles ramassèrent tous les coquillages
qu'elles purent trouver, mais seules étaient abon-

dantes les vénus. Lucy promit une profusion de coquillages après les marées de printemps, lorsque l'océan commencerait à se réchauffer.

« Des coquillages. Nous viendrons chercher les plus beaux coquillages de l'Atlantique. Et les plus rares aussi. Mais il faudra être vigilantes. Travailler dur. Penser à venir impérativement après chaque marée.

— On pourra le faire, grand-mère, dit Leah. Papa m'a dit que tu pourrais m'apprendre tout ce qu'il y a à connaître de la mer.

— Il sait aussi pas mal de choses, dit Lucy, modeste mais ravie. Evidemment, je suis sûre qu'il en a oublié la plupart depuis le jour où il s'est mis en tête de devenir européen. Viens par ici, petite. Je vais te montrer comment l'érosion grignote cette plage. »

Au bord de l'eau, Lucy avait trouvé le texte de toute création inscrit quotidiennement sur les sables de l'île d'Orion. En parcourant la plage chaque matin, elle avait affermi sa foi en Dieu et appris à comprendre qu'elle n'avait pas plus d'importance pour la planète que le plus minuscule plancton flottant dans le bouillon invisible qui participait aimablement de la chaîne alimentaire. Lucy avait trouvé un secours dans la possibilité d'envisager son propre flux sanguin comme une mer intérieure qui n'était guère différente de celle qu'elle longeait actuellement en compagnie de Leah. Sa leucémie était comparable à la virulence des marées rouges qui attaquaient les côtes du Sud pendant l'été, tuant les poissons pour la plus grande joie des oiseaux de mer gloutons. Le bord de la mer était un bon endroit pour appréhender tous les cycles de l'univers. La peur de la mort y était moins tenaillante.

Lucy regarda Leah courir avec grâce dans le sable vers une carcasse de petit requin. Crabes et mouettes avaient déjà commencé leur menu massacre. Les yeux du squale avaient été arrachés et un prédateur de plus grande taille avait enlevé une partie de l'aileron dorsal. Pendant que sa petite-fille gambadait, Lucy me dit qu'elle ferait toute l'éducation de cette enfant et l'attacherait si définitivement au Sud que je ne pourrais jamais la ramener en Italie. Je lui jetai un regard noir, sans relever.

Après la promenade sur la plage, je parcourus avec Leah les vingt-huit kilomètres de la Seaside Road, dans la grande Chrysler Le Baron que Lucy avait incité le propriétaire à me laisser.

Nous passâmes cinq autres îles avant de traverser le pont J. Eugene Norris pour entrer dans Waterford proprement dit. Pendant ma convalescence à Rome déjà, j'avais imaginé ce circuit en compagnie de Leah, et je m'étais répété l'itinéraire mentalement, choisissant avec soin les rues que je prendrais et les maisons devant lesquelles je m'arrêterais pour en raconter l'histoire.

Je pris à droite en sortant du pont et roulai douce-ment devant les demeures des planteurs qui avaient construit leurs belles maisons face à l'est, au soleil levant, et à l'Afrique. Les mousses dégoulinaient des chênes d'eau en profusion fumeuse, donnant aux maisons des allures de chapelles vues à travers des voiles. Des labradors dormaient sur les marches de marbre. Des murs de briques, blanchis par des lichens nacrés, dissimulaient des jardins bien entre-tenus aux regards indiscrets. C'était le quartier où nous avions grandi, Shyla et moi, et les rues sem-blaient se perdre dans un champ de temps oublié, une dérive pareille à celle de l'enfance.

Nous descendîmes Porpoise Avenue avec ses bou-tiques et magasins, avec ses façades du dix-huitième et du dix-neuvième siècle entassées de chaque côté de cette artère commerçante. Il fut une époque où je pouvais, les yeux fermés, nommer toutes les bou-tiques et leur propriétaire sur chaque trottoir, mais les temps modernes avaient amené en ville un afflux d'étrangers qui avaient ouvert des boutiques de pro-duits biologiques, de matériel de bureau, des banques aux noms inconnus qui avaient fusionné avec de grandes institutions financières de Char-lotte. Je remarquai aussi que les cabinets juridiques les plus anciens et les plus respectés avaient changé leurs plaques aristocratiques, signant la mort des associés d'antan et saluant la montée de jeunes avocats agressifs, pressés de voir leur nom gravé dans le cuivre le long de Porpoise Avenue. En passant devant Lafayette House, je montrai la plaque de mon père et de mon frère : McCall et McCall, avocats du barreau. La pharmacie Luther avait fermé, les jumeaux Huddle avaient abandonné leur salon de coiffure pour hommes, et le cinéma Breeze était devenu une élégante boutique de prêt-à-porter masculin. Le magasin de chaussures de Lipsitz était à sa place de toujours et sa simple survivance prenait des airs de correctif nécessaire au changement ambiant.

Lorsque nous arrivâmes devant les magasins Rusoff, je dis à Leah qu'à cet endroit nous trouverions Max, le Grand Juif. Nous passâmes ensuite par un quartier plus populaire où je lui montrai un bâtiment à un étage qui avait abrité le premier commerce ouvert par le Grand Juif quand il était venu s'installer à Waterford. Nous fîmes un crochet par le lycée et le terrain de football où je jouais comme arrière tandis que Shyla et Ledare faisaient l'une et l'autre partie des *pom-pom girls* dans ce monde d'il y a bien longtemps, où l'innocence était au moins une illusion à laquelle les jeunes sudistes pouvaient s'accrocher en attendant le jour où ce même monde y mettrait un terme brutal. Chaque rue était une fenêtre ouverte sur mon passé, et le visage de Shyla se mit à surgir pour moi derrière le moindre panneau ou feu rouge. Et je compris alors que j'étais revenu pour avoir mon premier face-à-face avec Shyla depuis qu'elle était morte.

En parcourant De Marlette Road, la rue qui devait son nom à l'explorateur français qui le premier avait abordé à Waterford en 1562, je montrai le fleuve du même nom dont on apercevait les miroitements entre les maisons bâties le long de la falaise. Il fut un temps où je pouvais nommer toutes les familles, avec le prénom des enfants, qui habitaient dans chacune des maisons devant lesquelles nous passions, mais la mort et la mobilité avaient brouillé les cartes, la fiabilité de mes souvenirs devenait suspecte. Pour finir, nous arrivâmes devant l'entrée du cimetière juif, petit mais bien tenu, à huit cents mètres en dehors de la ville.

Il était clos d'un mur de briques recouvert de lierre, et nous trouvâmes l'ombre et le confort offerts par des chênes et un peuplier, lorsque je poussai le portail métallique orné de l'étoile de David. Je pris la main de Leah pour avancer entre les longues rangées de pierres tombales aux inscriptions en caractères hébraïques, qui donnaient la liste de tous les Juifs qui suivirent Rusoff à Waterford.

Je m'arrêtai devant une des tombes, et je sentis ma respiration se bloquer quand je lus le nom de Shyla. Je n'avais pas remis les pieds dans ce cimetière depuis que nous l'avions enterrée, et en lisant « Shyla Fox McCall », je ne pus m'empêcher de me cacher les yeux derrière ma main gauche. Le mot McCall semblait déplacé dans ce carré de Schein, de Steinberg et de Keyserling.

« Oh papa! dit Leah. C'est maman, hein? »

Je comptais consoler ma fille, mais je restai sans voix. Le choc de la mort de Shyla avait vite débouché sur les formalités liées à son décès, puis sur le procès devant décider du sort de notre enfant. La douleur avait tari mes larmes, inhibé mes sentiments. J'étais foudroyé, et pourtant je ne pouvais pas pleurer, je restais le regard fixe. Je caressai les cheveux de Leah qui pleurait.

Puis je finis par dire : « Ce n'est pas le bon cimetière. »

Leah me répondit : « J'étais sûre que tu allais faire de l'humour.

— Suis-je à ce point prévisible? demandai-je.

— Oui. Tu fais toujours de l'humour quand tu es triste, dit-elle. Raconte-moi une histoire sur maman, dit-elle encore en s'agenouillant pour arracher les mauvaises herbes du pâle gazon d'hiver qui recouvrait la tombe.

— Quelle est ta préférée? demandai-je.

— Raconte-m'en une que tu ne m'as encore

jamais racontée, dit Leah. Je n'arrive jamais à voir maman pour de vrai, c'est comme si elle n'existait pas vraiment.

— Est-ce que je t'ai jamais raconté comment ta mère me rendait dingue ? Comment elle réussissait à me mettre dans des rages noires ?

— Non », dit Leah.

Alors je racontai à Leah l'histoire de la femme noire de Charleston que Shyla avait trouvée dans une petite rue, près du magasin de meubles tenu par Henry. Elle avait un cœur de socialiste, Shyla, avec une âme de missionnaire, et de toute sa vie elle ne put supporter aucune souffrance humaine ou animale. Peu de temps après notre mariage, Shyla faisait des courses lorsqu'elle tomba sur une femme noire qui gisait, inconsciente et couverte de plaies, dans une petite rue.

Shyla entra dans le magasin de Henry Popowski à qui elle demanda de lui appeler un taxi, ce qu'il fit avec plaisir. Elle dut ensuite user de son charme auprès d'un chauffeur de taxi plus que récalcitrant pour le persuader de l'aider à hisser le corps prostré de la Noire anonyme sur la banquette arrière de sa voiture. A la fin de la course, elle refit un numéro et il porta la femme avec elle jusqu'à la maisonnette de deux pièces que nous avions louée dans les communs d'une demeure de Church Street.

Lorsque je rentrai de mon travail de chroniqueur gastronomique et critique de cinéma au « News and Courier », nous eûmes l'une des plus âpres querelles de notre mariage. Shyla soutenait qu'aucun être humain n'abandonnerait une pauvre Noire sans défense, évanouie dans une petite rue au milieu d'une société blanche raciste. Je répondis que je laisserais volontiers passer ce genre d'occasion. Si tel était le cas, hurla Shyla, elle avait dû épouser le mauvais mari et allait vite se mettre en quête d'une personne plus humaine et compatissante que moi. Mais j'estimai que la compassion n'avait rien à voir avec le fait qu'une Noire droguée, couverte de plaies et puant la vieille bique, était couchée dans le seul lit de la seule chambre de l'appartement. Je clamai ensuite que nous allions être expulsés dès que nos propriétaires racistes découvriraient qu'ils avaient récupéré une prostituée de race noire parmi leurs locataires. Shyla cria qu'elle n'allait pas organiser sa vie pour faire plaisir à des racistes et qu'elle ne m'aurait pas épousé si elle avait su que j'étais un nazi caché. « Nazi ! avais-je hurlé. Je proteste parce que tu ramènes une héroïnomane inconsciente que tu couches dans mon putain de lit, et je me retrouve d'un seul coup à la tête de tous les fours crématoires de Bergen-Belsen. Chaque fois que je discute avec toi, je commence dans King Street, à Charleston, et je termine devant la porte de Brandebourg en train de diriger ma petite troupe de jeunes nazis dans une interprétation inspirée du "Vaisseau fantôme".

— Si le costume te va, répliqua Shyla, je t'en prie, mets-le. » Aucun de nous deux ne s'était aperçu que notre hôte s'était réveillée avant de l'entendre dire : « Putain, où c'est que je suis ?

— Dans ma putain de maison, lui dis-je.

— Où vous êtes la bienvenue et où vous pouvez rester le temps qu'il vous faudra pour vous remettre sur pied, dit gentiment Shyla.

— C'est pas l'impression que j'ai.

— Mon mari est un sale raciste, expliqua Shyla. Ne faites pas attention à lui. »

Déboussolée, la femme noire demanda : « Vous m'avez enlevée ou quoi ?

— Ouais, dis-je avec agacement. Même qu'on a laissé une demande de rançon chez votre grand-mère, dans les cabinets au fond du jardin.

— Raciste jusqu'à la moelle ! cria Shyla en me bourrant la poitrine de coups de poing. Espèce de sale raciste ! Dire que je partage le lit du grand manitou du Ku Klux Klan.

— Super, dis-je. On brûle les étapes. On passe directement d'Auschwitz à Selma.

— Vous êtes du Klan ou quoi ? demanda la femme noire.

— Pas du tout, madame, expliquai-je en tentant

de conserver mon calme. Je ne suis pas du Ku Klux Klan. Je ne suis qu'un pauvre Blanc oublié de Dieu, mal payé et mal aimé, qui aimerait simplement que vous ôtiez votre carcasse purulente de son lit.

— Pourri, raciste! cria Shyla. C'est grâce à des salauds comme toi que les Blancs sudistes, les maîtres de l'oppression, ont une réputation épouvantable.

— Bien envoyé, ma belle, dit la femme noire en hochant la tête.

— Notre invitée est d'accord avec moi, triompha Shyla.

— Elle n'est pas notre invitée, dis-je.

— Si je suis pas votre invitée, qu'est-ce que je fous ici, hein? dit la femme noire.

— La solidarité féminine, dit Shyla, c'est une belle chose.

— Est-ce que je peux prendre un bain? demanda la femme noire.

— Bien sûr, dit Shyla en même temps que je répondais :

— Certainement pas.

— Aurais-tu oublié que nous sommes invités à prendre un verre chez mon éditeur? demandai-je.

— Pas du tout, dit aimablement Shyla. Et je suis prête à t'accompagner dans cet antre du Néanderthal.

— Verrais-tu un inconvénient à ce que nous n'emmenions pas ta nouvelle amie, Harriet Baignoire? demandai-je en simulant la courtoisie.

— Je suis attendue à une soirée avec mon futur ex-mari, dit Shyla. Prenez un bain et faites-vous belle. Je laisse dix dollars pour le taxi. Laissez-moi vos coordonnées, je vous inviterai à déjeuner la semaine prochaine.

— En ce qui me concerne, je ne quitterai pas cette maison tant que cette femme ne sera pas partie, dis-je.

— Oh que si! clama Shyla. Ou je demande le divorce dès demain matin. Le premier divorce pour cause de racisme blanc dans l'histoire de la Caroline du Sud. »

Et Shyla de sortir comme une bombe de la maison tandis que, après un coup d'œil inquiet du côté de la femme noire, je la suivais dehors.

A notre retour de la soirée donnée par Mr. Manigault, la femme noire avait pris son bain, s'était fait à dîner, puis avait volé tous les vêtements, les chaussures et les produits de beauté de Shyla. Elle avait entassé le tout dans la valise de cuir que Shyla m'avait offerte pour mon anniversaire. En sortant, elle avait encore pris l'argenterie qui se trouvait dans le secrétaire près de la porte. Puis elle avait appelé un taxi et réintégré joyeusement la pègre des quartiers noirs de Charleston.

Ce souvenir me fit glousser devant la tombe de Shyla où je me trouvais avec Leah.

« Cette histoire nous a fait hurler de rire tous les deux, dis-je. Lorsque nous arrivions dans une ville inconnue, en Europe, ta mère me demandait tout bas : "Putain, où c'est que je suis ?"

— La police, elle ne l'a jamais arrêtée, cette femme ? demanda Leah.

— Ta maman n'a jamais voulu que j'appelle la police, dis-je. Elle a décrété que cette femme avait plus besoin de toutes ces choses que nous. Elle était ravie qu'elle les ait emportées. Moi, j'aurais aimé envoyer cette femme apprendre à travailler le cuir au pénitencier d'Etat.

— Maman se moquait que la femme lui ait volé ses affaires ? demanda Leah.

— Je l'apercevais de temps en temps, cette femme, se baladant dans les robes de Shyla, dis-je. J'étais en reportage avec un photographe, et je la voyais écumer un bout de territoire près du pont sur le Cooper, alors je demandais au photographe de me faire une photo. Shyla adorait que je garde ces clichés dans un album.

— Elle s'est achetée de nouveaux vêtements ?

— Elle est allée directement à Waterford, chez le Grand Juif, à qui elle a expliqué la situation, et elle est revenue à Charleston avec une nouvelle garde-robe. Elle a toujours pu compter sur Max.

— Tu étais fâché contre maman ? demanda Leah.

— Au début, j'étais furieux. Evidemment. Mais toute cette aventure cadrait parfaitement avec le caractère de Shyla. J'aurais pu épouser cent filles de Caroline du Sud qui seraient passées sans même un regard pour cette femme sur son trottoir. Mais j'ai choisi la seule qui allait la ramener à la maison. »

Leah resta un long moment le regard fixé sur le nom de sa mère avant de dire : « C'était quelqu'un de gentil, maman, n'est-ce pas, papa ?

— Un amour, dis-je.

— C'est tellement triste, papa, murmura Leah dans un souffle. Tellement triste. Elle ne sait rien de moi. Elle ne sait pas à quoi je ressemble, ni combien j'aurais pu l'aimer. Tu crois qu'elle est au ciel ? »

Je m'agenouillai auprès de ma fille, sur le sol dur et froid. Je l'embrassai sur la joue et ôtai la mèche de cheveux devant ses yeux.

« Je sais ce qu'il faudrait que je réponde pour te soulager, dis-je. Mais je t'ai expliqué. Je ne suis pas très fort en religion. Je ne l'ai jamais été. Je ne sais pas si les Juifs croient au paradis. Demande à ton rabbin. Demande à Suor Rosaria.

— Je crois que maman est au ciel, dit Leah.

— Alors moi aussi », dis-je et nous quittâmes le cimetière la main dans la main, prenant le temps de nous retourner pour regarder la tombe de Shyla, encore une fois, avant de monter dans la voiture.

Je devais toujours me souvenir de cette visite à la tombe de Shyla comme d'une des expériences les plus pénibles de ma vie. J'éprouvai de nouveau de la colère contre Shyla, mais cette colère, je la gardai pour moi. Lorsqu'elle avait sauté du pont, Shyla n'avait pas pensé au jour où il me faudrait amener notre fille sur sa tombe pour la pleurer. Il y avait tant de choses auxquelles Shyla n'avait pas pensé.

Après le cimetière, nous revînmes par Perimeter Road, jusqu'à Williford Curve, avant de prendre à gauche devant le hideux collège public et de parcourir encore quatre longs pâtés de maisons, jusqu'à la rue de la maison de mon enfance.

« C'est ici que j'ai grandi, dis-je à Leah.

— Elle est belle. Et immense », dit-elle.

Nous marchâmes à pied jusqu'au quai, et je lui montrai la ville derrière nous, à l'endroit où le fleuve fait une boucle à gauche pour rejoindre la mer. Avec précision, je voulais la familiariser avec le lieu où elle se trouvait, en lui montrant les îles où nous avions dormi, dans notre maison en location, avant de lui indiquer la direction générale de l'Italie. Leah parut indifférente à cette leçon de géographie, et je revins vite au quai, après le spartina des terres marécageuses qui avait encore son aspect hivernal et maigre. Pendant les mois froids, les marais dormaient imperceptiblement, sous la boue, tandis que de nouvelles pousses d'herbe, acérées comme du verre brisé, commençaient à se former. Le nouveau marais était en gestation.

La porte de derrière n'était pas verrouillée, et en entrant dans la cuisine, j'inhalai les effluves qui disaient les composants complexes de mon enfance. L'air salé du marais entrait dans cette odeur, mais aussi le rire de ma mère, le marc de café, la friture de poulet, les uniformes pleins de sueur jetés en tas dans la lingerie, la fumée de cigarette, les détergents... et je me souvenais de tout en avançant, la main de Leah dans la mienne.

Nous traversâmes le vestibule sombre qui menait à la salle à manger, où je pris une salière de cristal et tentai de saupoudrer un peu de sel dans le creux de ma main, mais l'humidité avait depuis longtemps transformé le contenu de cette salière en mince imitation de la femme de Lot. Je reniflai le poivre mais il était trop vieux pour seulement me faire éternuer.

A l'étage, je montrai ma chambre à Leah, et elle contenait encore les fanions que j'avais accrochés quand j'étais gosse. Un album de souvenirs poussiéreux, qui n'avait pas été ouvert depuis longtemps, racontait l'histoire de ma carrière sportive dans une petite ville, depuis les poussins jusqu'aux années de fac.

Leah désigna une porte qui montait à un grenier à

demi caché. Comme tous les enfants, elle tourna autour de l'accumulation de vieilles malles et de meubles abandonnés. Elle découvrit un sac plein de patins à roulettes et des tas de clés bizarres. Plus loin elle trouva un album de photos de moi, prises quand j'étais bébé. Il y avait une clarinette, un bateau à voile, et une pleine boîte de vestes passées de mode.

Je la laissai fouiller pendant que je feuilletais de vieux albums pris au hasard. Les coupures de journaux avaient vieilli avec moi, et lorsque je tombai sur une photo de Shyla félicitant Capers après un match en lui sautant au cou dans le pur style des *pom-pom girls*, j'éprouvai une insupportable tristesse et replaçai l'album sur son étagère poussiéreuse.

Je m'intéressai ensuite aux livres de poche, dont pas un seul ne semblait avoir été bougé de place. Cette pièce avait longtemps servi de refuge pour fuir la discorde et la tristesse du rez-de-chaussée, et c'est là que j'étais tombé amoureux de ces livres et de leurs auteurs d'une manière que seuls connaissent et comprennent les lecteurs impénitents. Pas une fois un bon film ne m'a affecté de façon radicale et définitive comme peut le faire un bon livre. La lecture avait le pouvoir de modifier pour toujours ma vision du monde. Un grand film changeait éventuellement ma perception des choses pendant un jour.

J'avais toujours classé ces livres par ordre alphabétique d'Agee à Zola, et je les avais lus pour la sonorité des mots, pas pour les idées qu'ils épousaient.

« Salut, Holden Caulfield, dis-je en tirant le livre de son étagère. Rendez-vous au Waldorf, sous la pendule. Bonjour à Phoebe. Vous êtes un prince, Holden. Un vrai de vrai. »

Puis sortant « Look Homeward, Angel », je lus la superbe première page de Wolfe et me souvins qu'à seize ans, ces mêmes mots m'avaient enflammé par la beauté inhumaine de la langue à la façon d'une supplique, d'une incantation, d'un grand fleuve grondant dans l'obscurité.

« Salut, Eugene. Salut, Ben Gant », dis-je tranquillement car je connaissais ces personnages aussi bien que les personnes que je rencontrais dans la vie. La littérature était le lieu où le monde faisait sens pour moi.

« Mes hommages, Jane Eyre. Salut, David Copperfield. Jake, la pêche est bonne en Espagne. Méfie-toi d'Osmond, Isabel Archer. Attention, Natasha. Bon combat, prince André. La neige, Ethan Frome. La lumière verte, Gatsby. Attention aux grands garçons, Piggy. Ça ne m'est pas égal, Miss Scarlett. Les bois de Birnam bougent, lady Macbeth. »

Ma rêverie fut interrompue par la voix de Leah. « A qui tu parles, papa ?

— A mes livres, dis-je. Ils sont toujours là, Leah. Je vais tous les emballer et les expédier à Rome pour toi. » Je descendis l'escalier pour retrouver ma chambre et ouvrir la fenêtre qui donnait sur le toit et le jardin. Le bois avait joué et il me fallut plusieurs minutes pour ôter la moustiquaire. Je grimpai alors sur une partie plate du toit qui donnait sur le fleuve et le jardin.

« Tu as déjà grimpé dans un arbre ? demandai-je.

— Pas gros comme ça, dit Leah. Est-ce que c'est dangereux ?

— Je croyais que non quand j'étais enfant, admis-je. Mais aujourd'hui, l'idée que tu puisses grimper me donne des palpitations — comme si j'allais faire une crise cardiaque.

— C'est votre arbre, à maman et à toi ? demanda-t-elle.

— Le même, dis-je. Aujourd'hui, les branches sont tellement grosses qu'on peut se mettre debout sur certaines, mais je veux que nous restions à quatre pattes la plupart du temps. Prudence.

— Vous étiez prudents, maman et toi ?

— Non, on était cinglés. »

Je m'engageai sur une branche qui touchait le toit avant de descendre sur une autre plus basse, énorme et large comme un trottoir. Je tendis le bras pour aider Leah à me suivre et nous rampâmes ensemble jusqu'au cœur de l'arbre. Le chêne fut le seul vestige de mon enfance qui ne me parut pas plus petit que dans mes souvenirs. Nous gagnâmes un creux dans le tronc où les restes d'une cabane offraient encore un poste d'observation confortable. Leah était tout excitée.

Je désignai une petite maison blanche tout au fond du jardin. Une vieille dame balayait les marches de son modeste perron. « C'est la maman de Shyla. C'est ta grand-mère, Leah.

— Je peux lui parler ? chuchota Leah.

— Tu n'as qu'à crier, dis-je. Demande si nous pouvons venir.

— Comment je l'appelle ? demanda-t-elle.

— Essaie grand-mère, conseillai-je.

— Grand-mère ! dit Leah dont la voix sonna comme une clochette dans le grand arbre. Grand-mère ! »

Ruth Fox leva les yeux, surprise. Elle prit son balai et descendit dans le jardin où elle avait entendu une voix d'enfant.

« Là-haut, grand-mère. C'est moi, Leah, dit Leah en faisant signe à sa grand-mère.

— Leah ! Leah ! Ma Leah, bégaya Ruth. Tu es folle ? Descends de cet arbre. Jack, êtes-vous en train d'essayer de tuer ma seule petite-fille avec vos bêtises ? »

Nous descendîmes du grand arbre, et Leah sauta dans les bras de sa grand-mère. Ruth s'effondra quand elle serra Leah dans ses bras. Je me sentis indiscret et, en tournant le dos, je vis une chose que j'avais oubliée, près du bassin à poissons. M'éloignant de Leah, je remarquai que la petite plaque mortuaire était en piteux état. Les poissons rouges flottaient comme des chrysanthèmes dans l'eau noire. Je frottai les lettres effacées sur la pierre usée et découvris les mots : « Chippie-la-brave-chienne ».

Je décidai de montrer la tombe de Chippie à Leah un autre jour. En me retournant, je vis Ruth dire quelque chose à Leah qui la fit sourire de bonheur. Je me demandai si George Fox était au courant du retour de sa petite-fille.

Puis j'entendis une musique qui venait de chez les Fox, la rhapsodie de Rachmaninov, sur un thème de Paganini. Ce choix me surprit car je savais que George Fox tenait cette composition précise en piètre estime et qu'il la trouvait banale et sentimentale. Mais je savais aussi que c'était le morceau de musique classique préféré de Shyla, et que George le jouait avec conviction et passion en hommage à Shyla et en marque de gratitude pour moi qui lui ramenait leur petite-fille.

La musique cessa, et George parut à sa fenêtre, et nous nous regardâmes. Nous nous toisions, et un grand courant de haine circula entre nous.

« Grand-père », entendis-je dire à Leah pendant que Ruth désignait son mari du doigt. Notre amour partagé pour Leah nous adoucit l'un et l'autre, nous ramenant à de meilleurs sentiments. Tandis que Leah montait en courant les marches pour entrer chez les Fox, George Fox et moi échangeâmes un salut. Il articula : « Merci », avant de disparaître.

## 23

En écrivain voyageur patenté, j'étais revenu au point de départ, j'étais entré dans la cité interdite de Waterford comme si le voyage m'était enfin permis, pour retrouver un dur pays des merveilles qui avait carrément tué ma femme et fait de moi un étranger à ma propre famille ainsi qu'à mes amis. A mes yeux, la ville était un lieu dangereux, semé d'impasses et de culs-de-sac, et pas un instant on ne pouvait lui tourner le dos.

Ce fut ma fille, Leah, qui me rendit ma ville comme un cadeau, un don. Elle y trouvait une magie parce que toutes mes histoires commençaient et finissaient là, parce que chaque jour elle croisait Shyla, par hasard. En classe, elle occupait la table qui avait été celle de sa mère à l'école primaire, selon les dires, près de la fenêtre. Après l'école, elle allait chez les Fox où son grand-père lui donnait des leçons de piano et sa grand-mère mettait son point d'honneur à la gâter honteusement. Leah trouvait étrange que j'eusse passé tant de temps loin d'une ville où il faisait si bon vivre. Rome pouvait fourrer Waterford dans une petite poche de son manteau sans jamais même remarquer le moindre changement à son paysage grouillant et métallique. Leah avait l'impression d'une vie en miniature. L'intimité fonctionnait avec la notion de territoire. En arrachant Leah à son lieu de naissance, j'avais seulement réussi à prouver que l'exil est le plus sûr moyen de sanctifier le chemin du retour au bercail.

Je n'avais précisé à personne la durée de mon séjour, mais il était clair pour moi que toute cette histoire de retour était liée à la santé de ma mère. Je travaillais avec Ledare sur le projet de film de Mike parce que c'était bien payé ; nous nous étions mis à étudier sereinement le passé, ce qui nous amenait à découvrir sans cesse de nouveaux détails qui nous surprenaient, et à passer chaque jour un certain temps ensemble. Je n'avais jamais fréquenté une femme aussi facile à vivre sur de si longues périodes. L'histoire sur laquelle nous travaillions était en partie la nôtre, mais plus nous recevions de directives de Mike Hess, plus nous prenions conscience de l'importance cruciale que revêtait pour le projet la disparition de Jordan Elliott. Mike semblait penser qu'il pourrait recoller tous les morceaux de notre vie, pourvu que nous parvenions à donner un sens à la série de catastrophes qui nous avaient séparés radicalement alors que nous étions encore si jeunes. Il traînait avec lui une irrémédiable nostalgie pour une époque et des amitiés, Mike. Ledare et moi interrogeâmes des centaines de personnes pour tisser un récit qui éclairait à la fois la minisérie et les grands tournants de nos vies. En enquêtant sur les autres, nous apprenions mille choses sur nous-mêmes. Pourtant, les questions pour lesquelles nous n'avions pas de réponse laissaient l'autre inerte, incomplet. Jordan avait totalement disparu dans les arcanes de l'Europe catholique. Ni sa mère ni moi n'avions eu de ses nouvelles depuis qu'il avait été trahi par son père, Piazza del Popolo. La guerre entre Jordan et le général Elliott d'une part, le saut dans le vide de Shyla d'autre part étaient les deux pôles entre lesquels s'inscrivaient les temps perturbés de notre vie commune dans le Sud. Ledare et moi passâmes la fin de l'hiver et le début du printemps à tracer une chronologie de tous les incidents qui nous avaient amenés à cet état de préparation et d'attention. Nous attendions que survienne une chose qui nous laverait de toutes les zones d'ombre et d'ambiguïté de notre passé. Il nous manquait la solution, le dénouement. Je pouvais me raconter que j'étais revenu pour écrire le scénario, montrer à ma fille le pays et les gens dont elle était issue, voire tomber amoureux de Ledare, juste un petit peu. Seule ma mère savait, parce qu'elle avait une compréhension totale et instinctive de la moindre nuance de mon comportement, que j'étais revenu au pays pour des motifs que je ne pouvais même pas m'avouer à moi-même, et que je ne repartirais pas avant sa mort. Le film devenait mon excuse.

Tous les matins à six heures trente, avant l'école, Lucy venait chercher Leah qu'elle emmenait pour une longue promenade à pied sur la plage. Là, Lucy faisait de la côte un texte d'une beauté sublime. Lors de leurs expéditions matinales, Lucy apprenait à Leah à reconnaître une coquille d'œuf de serpent, le triangle sombre d'une dent de requin, les différentes sortes d'étoiles de mer, et l'esthétique de la collection de coquillages en général. Les préférences de Lucy allaient aux pholades, dites ailes d'ange, pour le drapé de leur flamboyance éthérée, aux olives modestes, aux porcelaines et aux fusains dont l'architecture compliquée semblait le fruit du hasard. Elle avait gardé une affection enfantine pour les oursins plats, bien que cette côte fût à ces cousins germains de l'oursin ce que Comstock Lode était aux pépites. Leur profusion sur cette côte jonchée de coquillages en diminuait le prix même aux yeux de Leah, mais comme pour tous les coquillages, c'était la symétrie parfaite de leur forme qui en faisait la valeur. Pour Lucy, toute la côte de Caroline du Sud était une lettre d'amour écrite par Dieu pour traduire concrètement l'affection qu'il portait aux ramasseurs de coquillages du monde entier. Elle enseigna encore à Leah l'art de reconnaître les signes laissés dans le sable par les tortues de mer quand elles commençaient à pondre leurs œufs en mai.

Après leurs promenades, elles se déchaussaient, se séchaient les pieds avec de grandes serviettes de toilette laissées sur la plage arrière, puis Lucy emmenait Leah à l'école, en ville. A cause de sa maladie, Lucy exigeait de moi une reddition complète chaque matin, et pour la même raison, je m'inclinais. C'était une autre façon pour ma mère d'indiquer que ses jours étaient comptés, qu'elle souhaitait renouer tous les fils cassés de sa vie, et qu'elle avait besoin d'une bonne dose d'indulgence de la part de ses enfants pour mener à bien ces tâches légères avec un minimum de grâce.

Tous les jours après l'école, George et Ruth Fox attendaient devant la porte de la classe la sortie de Leah. Ils la ramenaient à pied jusque chez eux où Ruth lui servait du lait et des *cookies*, puis trois fois par semaine, George lui donnait ses cours de piano. Elle jouait avec la vivacité d'une fillette de son âge, et la seule chose qui manquait à son talent pour impressionner était la passion, l'obsession. La monogamie est nécessaire à la pratique du piano, et Leah avait infiniment trop d'autres curiosités et centres d'intérêt pour consacrer sa vie au clavier. George était cependant un professeur patient, et l'éducation italienne de Leah avait été impeccable. La joie de vivre naturelle de Leah compensait la vision noire des choses que cultivait George. La musique qu'ils partageaient procurait à tous les deux beaucoup de plaisir. Après chaque leçon, George jouait un morceau à Leah, pour tenter de lui montrer la beauté que l'on peut tirer d'un piano, pourvu que l'on prenne le temps d'être le serviteur dévoué et passionné de cet instrument.

Chaque vendredi, Leah célébrait le sabbat chez ses grands-parents. Ruth allumait les bougies du sabbat et servait le repas du sabbat. J'avais certes promis à Shyla d'élever notre fille dans la religion juive, mais je comptais bien que cette responsabilité lui incomberait à elle. Il était peu de questions relatives au judaïsme pour lesquelles je possédais des réponses faciles, et je pouvais lire autant de livres que je voulais, aucun texte ne parvenait à éclairer la jungle théologique où les principes de cette foi complexe et coupeuse de cheveux en quatre croissaient et se multipliaient comme des papayes. J'avais essayé de faire de Leah une bonne Juive, mais je ne percevais pas très bien les constituants d'une si notable création. Ensemble, nous avions étudié les prières les plus faciles en hébreu, mais j'avais le sentiment d'être un imposteur chaque fois que j'articulais ces mots mystérieux et beaux. J'étais aussi peu à l'aise avec une langue se lisant de droite à gauche qu'avec les fleuves coulant vers le nord. C'était en dehors de l'ordre naturel des choses tel que je le connaissais, même si je savais que l'hébreu avait près de deux mille ans d'avance sur l'anglais. Je fus soulagé de voir George et Ruth se charger de l'éducation religieuse de Leah, par un accord tacite entre nous. Le vendredi et le samedi étaient à eux, depuis le lever du soleil à son coucher. En dépit de leur reconnaissance, les Fox ne m'invitèrent jamais à partager avec eux le repas du sabbat. L'histoire était encore incandescente entre nous. Nous pratiquions une courtoisie réciproque qui frôlait la caricature. Acteurs du même drame, nous interprétions nos rôles respectifs avec une raideur et une dissonance certaines. Toutes les paroles étaient suaves, et toutes sonnaient faux. Ruth tentait de masquer la tension par sa volubilité et son rire aigu, papillonnant comme un petit oiseau lorsque j'arrivais à dix-sept heures trente pour reprendre Leah. George restait toujours à l'arrière-plan, les mains cérémonieusement jointes. Il s'inclinait solennellement pour me saluer et je répondais par mon hochement de tête le plus guindé. Si nous étions l'un et l'autre ravis de l'armistice, aucun de nous ne savait quelles stratégies pouvaient nous sortir de l'impasse de la défiance et de la haine que nous éprouvions chaque fois que nos regards se croisaient. Pour l'amour de Leah, nous nous montrions cordiaux. Pour celui de Shyla, nous n'en faisions pas plus.

Au cours du mois qui suivit notre retour, j'ai présenté Leah à toutes les personnes qui avaient compté dans la vie de Shyla et la mienne, je lui ai montré tous les détails du monde où nous avions grandi. Nous avons passé en revue tous les livres d'or du lycée qui étaient restés dans le grenier des Fox après notre mariage.

Entre les pages des grands albums se trouvaient des souvenirs de la vie de lycéenne de Shyla : des orchidées séchées portées pour un bal tombaient en pétales raidis et fripés comme des gants de lutins. Elle avait gardé les moitiés de tickets de cinéma des films qu'elle avait vus avec le titre du film soigneusement inscrit ainsi que le nom de son cavalier de la soirée. J'eus un sourire en voyant défiler les tickets portant le nom de Jordan Elliott écrit de la main nette de Shyla. Il y avait des programmes de théâtre scolaire, de matches de football, de cérémonies à la synagogue. Les billets qui lui avaient été passés pendant un cours étaient eux aussi datés et annotés. Une dissertation qu'elle avait rédigée sur lady Macbeth pour le cours de littérature, avec la note A+ et le commentaire élogieux écrit par son professeur, John Loring, était conservée avec les publicités, à la fin.

« Voyons ce que tu as écrit, dit Leah en feuilletant le livre d'or.

— Oh ! mon Dieu, j'espère que je n'ai pas signé cette sottise.

— Bien sûr que si, papa. Tu as épousé maman.

— Oui, mais à l'époque je ne savais pas que j'allais me marier avec elle.

— Tiens, je l'ai. Regarde, papa. Lis-moi ta dédicace.

— C'est pire encore que ce que je craignais. C'est horrible. Je ne peux pas lire une chose pareille en état de sobriété. »

Sur une page marquée « secret », le mot étant lui-même encadré par une parenthèse spectaculaire, j'avais écrit, dans les limbes de ma virilité : « Chère Shyla, ces quelques mots de moi pour dire des petits riens à l'une des filles les plus adorables du monde. Jamais je n'oublierai les cours de littérature de cette année de première, ni la façon dont Mr. Loring rougissait chaque fois que tu le traitais de "tombeur". Nous avons vécu beaucoup de choses ensemble, mais je peux dire sincèrement que cela valait la peine et que tout s'est passé dans un climat de franche et saine camaraderie. (Saine, hum !) Lorsque tu te seras lassée de cet obsédé sexuel de Jordan, tu peux grimper dans l'arbre qui monte à ma fenêtre quand tu veux. (Ha ! Ha ! Ha ! Je plaisante !) N'oublie pas celui à qui l'on doit le "Bop de bop-she-bop" et le "ram de ram-a-lang-a-ding-dong". Souviens-toi toujours de l'excursion de fin d'année et du jour où Crazy Mike a mis un serpent à sonnettes dans la voiture de Mrs. Barlow. Ne fais pas trop de bêtises cet été, en attendant de nous soûler ensemble tous les soirs à l'université, l'année prochaine. A une fille un-pot-cible-ha-houb-lit-yeah ! Jack. »

En relevant les yeux, j'étais plus gêné qu'ému par ce que j'avais écrit à la fin de l'année de terminale.

« J'étais un imbécile. Le parfait crétin. Je comprends aujourd'hui pourquoi les Fox ne pouvaient pas me voir, dis-je. Que ta mère ait pu m'épouser restera un des grands mystères de la vie.

— Je trouve ça très mignon », dit Leah.


La force de l'habitude ne comptait pas dans mes vertus cardinales, mais je m'étais efforcé de cultiver au moins le camouflage de la certitude avec Leah. Comme chez beaucoup d'enfants, la régularité apaisait une sorte d'impatience primitive en elle. Leah était habituée à fonctionner selon un emploi du temps qui lui donnait la sensation inhérente que les choses étaient dans l'ordre, à l'heure, correctes. Sans la présence de Leah, mes voyages commenceraient tous à minuit, je le crains, et je terminerais mes repas sous l'éclat silencieux des étoiles, à trois heures du matin. Ma fille assurait une certaine normalité et offrait un antidote à mon déphasage naturel.

Plusieurs fois par semaine, nous allions prendre un verre à six heures dans la maison de ma mère et du Dr Pitts, en bordure de mer. Je tenais à passer autant de temps que possible avec ma mère, et malgré la contrariété que représentait la nécessité de partager ce temps avec un relatif inconnu, j'avais bien compris que le Dr Pitts faisait partie du lot. Toute sa vie, Lucy avait été à la recherche d'un homme qui boirait la moindre de ses paroles et prendrait avec un sérieux total ses idées les plus saugrenues et désinvoltes. Elle avait trouvé cet homme en la personne de Jim Pitts. Il l'adorait.

Je n'avais pas envie de transmettre à Leah mon expérience d'une froide incapacité à s'exprimer. Au fond de mon cœur, je pensais que c'était peut-être ce qui avait tué Shyla. En rentrant au bercail pour être avec ma mère, j'espérais que le glacier qui était en moi finirait par se rompre et chercher la chaleur des eaux du Gulf Stream qui étaient aussi mon héritage.

Lucy connaissait une rémission exceptionnelle; elle avait retrouvé un teint rose et sa santé s'améliorait. Nous savions tous qu'il s'agissait d'un faux printemps, mais l'envie de vivre de Lucy était communicative, ainsi que son enthousiasme. Elle ne rendrait pas les armes sans combattre.

J'étais assis dans la salle de séjour de ma mère, et je regardais le Dr Pitts faire son entrée rituelle et raide de six heures du soir.

« Choisissez votre poison, me dit-il.

— Un Martini-gin, sec. Avec un zeste, dis-je.

— Et pour mademoiselle? demanda le docteur à Leah.

464

— Une citronnade, s'il vous plaît, Docteur Jim »,
dit-elle.

Lucy arriva du jardin et vint nous embrasser tous
les deux. Des baisers indifférents, donnés comme ça,
sans y penser. Elle sentait la sauge et la terre.

« Comme d'habitude, chérie ? demanda le Dr Pitts
depuis le bar ancien où il officiait devant une rangée
de flacons en verre taillé. Philtre d'amour numéro
neuf ?

— J'en salive déjà, mon amour, dit Lucy avec un
clin d'œil à Leah. Tu crois qu'il est l'heure de donner
à manger aux quatre cavaliers de l'Apocalypse,
Leah ? »

Leah regarda la pendule de grand-père au fond de
la pièce et dit : « Oui, regarde. »

Lucy s'assit en face de moi et se mit à chanter un
air de son vaste répertoire country. Son choix du
jour s'était porté sur : « I Walk the Line », de Johnny
Cash.

Elle avait une belle voix profonde qu'elle adorait
faire admirer. Le Dr Pitts eut un sourire affectueux
pendant sa performance, et prépara le cocktail.

Il y eut un léger mouvement sous une chaise, à
l'autre bout du vaste séjour, ainsi que du côté des
tentures, devant les fenêtres orientées vers le sud. En
moins d'une minute, les quatre tortues apprivoisées
que Lucy gardait à la maison avaient amorcé leur
lente sortie solennelle hors de leur cachette secrète.
Pour Leah, leur apparition continuait de relever de
la magie, malgré le nombre de fois où elle avait
assisté à l'invitation chantée de Lucy pour les prier
de se joindre au reste de la famille réunie autour
d'un verre. Leurs carapaces étaient délicatement gravées, telles des porcelaines de phosphorescence et de
chocolat. On aurait dit des nénuphars déambulant
dans la pièce. Lorsqu'elles furent toutes arrivées,
groupées autour de ses pieds et levant vers elle leur
regard éthéré d'animal à sang froid, Lucy fit passer
deux bols à Leah et regarda sa petite-fille offrir aux
tortues un festin de viande hachée crue et de laitue.
Elles étaient bien élevées, ces tortues, et attendaient

chacune leur tour. Lorsqu'elles eurent terminé, elles firent demi-tour et regagnèrent avec une grâce liturgique le monde souterrain de la maison, tandis que le Dr Pitts ponctuait leur retraite par son apparition avec les verres pleins.

« Un jour, j'ai essayé de leur chanter du rock, Leah, dit Lucy en prenant le verre de vodka-tonic préparé par son mari, dont elle croisa brièvement le regard.

— Ça va te redonner du poil de la bête, dit le Dr Pitts en passant de Lucy à Leah, qui prit sa citronnade en disant merci.

— Mais le rock n'a pas fait bouger les tortues d'un millimètre, jura Lucy. Ensuite, j'ai essayé les chants de Noël. Rien. A cause du Docteur Jim, j'ai chanté l'hymne de la marine. Pas de tortues. Alors j'ai entonné "The Wabash Cannonball" et les tortues sont sorties au pas de course. Ce sont des tortues cent pour cent country qui ne répondent qu'au rythme de la country. Rien d'autre n'a d'effet sur elles.

— C'est vrai, Leah, dit le Dr Pitts. Je suis témoin principal pour la défense. Je suis prêt à signer une déclaration sous serment allant dans ce sens. Un homme n'a qu'une parole, alors elle est précieuse, n'est-ce pas ? »

Il me tendit mon Martini et, comme tous les anciens militaires qu'il m'avait été donné de croiser, le Dr Pitts dosait le Martini à la perfection.

« Voilà de quoi injecter votre œil de sang, dit le Dr Pitts en levant son verre, et mettre le feu à vos entrailles. »

J'avais remarqué, dans le temps que j'avais passé à la maison, que le Dr Pitts s'exprimait surtout dans le registre du rituel et des politesses strictement convenues. Il était suffisamment courtois pour savoir qu'il était censé dire un mot à l'occasion, mais assez intelligent pour savoir que la meilleure stratégie pour lui, dans ce type de circonstance, était une totale déférence envers son épouse. Il aimait dire de lui-même qu'il était un homme sans surprise, par quoi il signifiait en fait qu'il se trouvait ennuyeux.

« Finalement, il va y avoir un peu d'animation par ici, dit Lucy à Leah. Il ne s'est rien passé d'important depuis votre arrivée sur l'île, mais tout cela va changer.

— Que va-t-il se passer, grand-mère ? » demanda Leah qui alla s'asseoir sur les genoux de ma mère. Je regardai les doigts de Lucy courir dans les cheveux noirs de Leah.

« Une grande occasion, dit Lucy. Ginny Penn rentre de l'hôpital demain. Tous les fils seront à la maison pendant le week-end.

— John Hardin aussi ? demanda Leah.

— J'ai eu un coup de fil de John Hardin aujourd'hui même, dit Lucy. Il était dans d'excellentes dispositions. Il sort de l'hôpital et viendra passer le dimanche à Waterford pour être avec nous tous. » Puis se tournant vers moi elle ajouta : « John Hardin veut montrer à Leah sa cabane dans l'arbre. J'aimerais venir avec vous quand vous irez. Il paraît que c'est une vraie merveille, ce qu'il a fait.

— Est-ce que John Hardin va vraiment bien, maman ? dis-je. La dernière fois que je l'ai vu, il avait un fusil braqué sur toute la ville et je l'ai trouvé un petit peu agité.

— Tu n'as jamais rien compris à John Hardin, dit Lucy. Tu n'as jamais pris le temps de voir le monde avec ses yeux à lui.

— Si je voyais le monde avec ses yeux à lui, je serais attaché menottes aux poignets sur le même lit d'hôpital psychiatrique que lui, maman chérie.

— Ton sens de l'humour est parfois d'un goût exécrable, mon fils.

— Je ne faisais pas d'humour, maman.

— Qu'est-ce qu'il a, John Hardin ? demanda Leah.

— Il a des migraines, dit Lucy.

— Il déraille complètement », dis-je.

Il était presque sept heures et il y avait encore de la lumière à l'ouest, à l'horizon. En regardant du côté de la mer, nous voyions le vent soulever la crête d'écume des vagues du montant, installant un dialogue entre les palmes des arbres et apportant une saveur iodée. L'air de l'océan était lourd et sacré pour Lucy qui en était venue à connaître la sensation de la vie quand on la vivait pleinement. Ses sens s'embrasaient comme cinq cierges de carême lorsqu'elle regardait la portion d'océan au-delà de leur terrain. Je savais qu'elle pensait pouvoir être guérie par l'air et l'eau salés.

Déjà les ratons laveurs s'étaient rassemblés au fond de son jardin dans une grande clameur accompagnant leurs manœuvres pour prendre position. Ils menaient un tel chahut de voyous, qu'avec leurs dos courbés et leurs museaux clownesques, on aurait dit une meute de chiens mal dressés. Mais c'étaient des animaux exceptionnels. La porte de derrière claqua et Leah sortit avec le sac de croquettes pour chats et de restes divers que Lucy avait prévu pour le repas du soir. Pendant cinq minutes, les ratons laveurs discutèrent, sifflèrent et se poursuivirent mutuellement, jusqu'au moment où il ne resta plus rien à manger, et ils évacuèrent alors le jardin pour gagner les arbres d'un terrain vague. Avec leur disparition, on avait l'impression que le souvenir de la fumée s'en était allé.

« La première fois que je suis arrivée dans les basses terres, ton arrière-grand-père m'a dit une chose que je n'ai jamais oubliée.

— Grand-père Silas ? demanda Leah.

— Il a été mon premier professeur, ici. Il a partagé avec moi tout ce qu'il savait de ces îles.

— Il veut m'apprendre à tirer un chevreuil, dit Leah. Mais papa dit que grand-père a des choses plus intéressantes à m'apprendre.

— Silas m'a dit cette chose, le premier jour où je lui ai été présentée, dit Lucy. Il m'a dit que lorsque le premier homme blanc a mis le pied sur ces îles, un écureuil pouvait grimper à un arbre tout au bord de la mer et filer vers l'ouest sans avoir à toucher le sol avant le Mississippi. Pour dire l'épaisseur des forêts, en ce temps-là.

— Mais les marécages ? demanda Leah. Comment ils pouvaient traverser les marécages, les écureuils ?

— Bonne question, dit Lucy. Il ne faut jamais prendre ce qu'on entend pour argent comptant. »

Le Dr Pitts et moi avions suivi le repas du soir depuis une fenêtre panoramique du petit salon. Il existait un curieux déséquilibre entre nous, comme si la génération qui nous séparait était un fleuve tellement traître qu'aucun capitaine de port ne pouvait promettre un pilotage sûr dans ses eaux pleines d'épaves. Je voyais que le mari de ma mère cherchait désespérément à se faire aimer de moi, et ses piètres efforts de conversation étaient sa manière de tenter de combler le gouffre qui nous séparait.

« N'est-ce pas qu'elle est belle ? dit le Dr Pitts.

— Très belle, dis-je, et il me fallut un moment pour comprendre que le docteur ne faisait pas allusion à Leah.

— Elle s'intéresse à tout. Elle a l'enthousiasme vierge d'une petite fille. Je n'ai jamais vu ça. Elle a des réserves d'énergie qui sortent des limites de l'épure. Rien que moi, je ne peux pas la suivre. Vous avez une sacrée chance d'avoir une mère pareille. Sacrée bonne femme. Sacrée, sacrée bonne femme ! »

Je savais que le Dr Pitts ramait parce qu'il n'était pas à l'aise avec moi. Mais en dépit de tous mes efforts, je fus incapable de trouver une parole pour le sortir de son embarras. Je songeai à une succession de sujets tranquilles — la pêche, le golf, le jardinage, l'inflation, les impôts —, mais rien ne vint rompre spontanément le silence entre nous. L'effort fourni me laissa épuisé, mais la conversation ne démarra pas.

« Vos frères, Jack ? Est-ce qu'ils parlent de moi ? Est-ce qu'ils m'aiment bien ? Toute information que vous pourriez me donner en ce domaine serait la bienvenue. Et resterait strictement confidentielle.

— Nous savons tous que vous aimez notre mère, Docteur, dis-je. Nous vous en sommes très reconnaissants.

— Ils ne m'en veulent donc pas de prendre la direction des opérations, si l'on peut dire, commenta le docteur tandis que nous avions l'un et l'autre le regard fixé sur les femmes de nos vies.

— Papa est un alcoolique, Docteur, dis-je. Je pense que sous la quantité de bourbon qu'il a absorbée depuis le début des années soixante, existe un homme plutôt bien. Mais je pense aussi qu'il s'en serait mieux tiré s'il s'était mis à siroter de l'essence. Il serait mort plus vite, et nous l'aurions moins haï.

— Votre père a appelé aujourd'hui, dit le Dr Pitts. Une fois encore, j'ai peur.

— Pourquoi appelle-t-il ici ?

— Il boit un coup de trop, et ensuite il appelle pour harceler votre pauvre mère, dit-il. J'imagine que je devrais intervenir et mettre un terme à ceci, mais elle dit qu'elle peut faire face. Elle a besoin de toutes ses forces, vous savez. Ça ne lui fait pas de bien de les gaspiller inutilement. Surtout pour des bêtises.

— Je ne comprends rien à la leucémie, dis-je. Maman semble être dans une forme plus éblouissante que jamais. Elle fait huit kilomètres à pied tous les jours au réveil. Elle reprend des couleurs. Peut-elle vaincre cette maladie ?

— Tout est possible. Le corps est une chose bizarre. Qui réserve tant de surprises que la sagesse traditionnelle paraît stupide.

— Vous pensez donc que maman peut avoir le dessus ? demandai-je, en me rendant compte que c'était la première fois que j'osais nourrir le moindre espoir.

— Je préfère penser que votre mère vivra toujours, dit le Dr Pitts en pesant soigneusement ses mots. Je ne crois pas que je pourrais vivre sans elle. J'ai beaucoup d'espoir, parce que je n'ai pas le choix.

— Quel genre de leucémie a-t-elle ?

— La pire, dit-il.

— Est-ce que le médecin qui la suit est à la hauteur ? demandai-je.

— Sa compétence est sans incidence », dit le Dr Pitts en se raclant la gorge pour masquer sa gêne.

Il s'éloigna pour remplir nos deux verres, et je

remarquai une légère bizarrerie dans sa démarche, comme si mon beau-père tentait de masquer une claudication. Nous sortîmes pour rejoindre Lucy dans le début de chaleur printanière. Déjà les pluviers avaient amorcé leur retour d'Amérique du Sud, dans une rumeur annonciatrice du vert tumulte qui ne manquerait pas de suivre.

Assis sur la terrasse, nous écoutions la mer monter à son temps. Les vagues ondulaient selon un rythme ordonné comme celui du sable dans un sablier. Tout était calme et paisible, et je regardais affectueusement ma mère qui avait toute sa vie rêvé de la tranquillité de ces rituels domestiques. La dramaturgie de la normalité absolue l'émouvait infiniment.

Lucy fut la première à l'apercevoir. Elle ne laissa rien paraître d'une éventuelle inquiétude mais se leva et lissa sa robe froissée.

« Jim chéri, dit-elle. Tu veux bien faire un saut avec moi jusque chez T.T. Bones avant la fermeture ? J'ai oublié d'acheter des pâtes et du pain pour le dîner.

— Bien sûr, dit le Dr Pitts en posant son verre. J'y vais, reste avec tes invités.

— J'aimerais t'accompagner avec Leah, si tu veux bien », dit Lucy, et je vis son regard contrarié en direction de la plage. Je regardai du même côté et compris instantanément la situation, sans que nous échangions un mot.

« Tu pourrais me prendre un pot de mayonnaise Hellmann, maman ? dis-je.

— Avec plaisir, répondit-elle. Si tu veux bien mettre l'eau à bouillir pour les pâtes. »

Je surveillai la silhouette de l'homme qui se rapprochait de plus en plus et dis : « J'y vais tout de suite. Leah, choisis-toi un dessert sympathique pour demain. »

Pendant que tout le monde rentrait dans la maison pour sortir par le devant, je descendis les marches vers la plage. La marée montait progressivement, mon père arrivait, brandissant une bouteille en verre comme si elle était pleine à ras bord de pierres semi-précieuses. Sa démarche était bancale et il me trouva en travers de son chemin lorsqu'il s'apprêta à monter directement vers la maison. Nous nous toisâmes dans le clair-obscur du soleil couchant.

« Tu te mets au body-surfing ? demandai-je. Ou bien est-ce que tu fais de la marche rapide pour perdre du poids ?

— J'ai besoin de parler à ta mère, me dit Johnson Hagood sans aménité. Je dois prendre des nouvelles de sa santé.

— Sa santé est mauvaise, dis-je. Elle est mourante. A présent, dégage, papa. Tu fais peur à maman chaque fois que tu te conduis de cette façon. »

Il regarda du côté de la maison, puis revint sur moi. « Je n'ai pas bu, dit-il en levant la bouteille presque pleine. J'ai apporté ça pour épater la galerie.

— Je n'en doute pas.

— Mes enfants se sont tous retournés contre moi, comme des chiens enragés.

— Pas trop tôt, dis-je.

— Tu ne m'as toujours pas amené ta fille en visite, dit-il d'une voix pitoyable et blessée. Je suppose que vous avez pris la grosse tête, tous les deux en Europe, à vivre comme des princes.

— Eh oui, nous passons d'un palais de Habsbourg à l'autre, dis-je en hochant tristement la tête. Nous sommes allés te voir deux fois, papa. Les deux fois tu étais dans un état comateux.

— J'ai été soumis à forte pression, ces temps-ci, dit Johnson Hagood en vérifiant le niveau du bourbon contre le ciel à demi éclairé.

— Quel genre ?

— Pour cesser de boire, dit-il sans ironie, ce qui ne m'empêcha pas d'éclater de rire. Tu m'as toujours détesté, Jack. Tu as toujours été le meneur de ceux qui complotaient contre moi.

— Pas toujours, non, rectifiai-je. Pendant deux ou trois ans, tu m'as fait pitié. Mais la haine est venue facilement ensuite.

— Tu conduis Leah chez les parents de Shyla tous

les jours. Les Fox t'ont traité bien plus mal que je ne l'ai jamais fait.

— Les Fox ont essayé de me prendre mon enfant, dis-je. Toi, c'est mon enfance que tu as essayé de me voler. Les Fox ont échoué. Tu as réussi. »

Mon père regarda par-dessus mon épaule vers la maison d'où il pensait que Lucy assistait à la scène. Il cria à son intention : « Lucy ! Lucy ! Drapeau blanc. J'ai besoin de te parler.

— Tu vas lui faire honte devant tous ses voisins.

— Ça a toujours été son point faible, ça, ricana mon père. Elle est très sensible à l'opinion des voisins. Ce qui m'a fourni un bel avantage tactique au fil des années. Allez, laisse-moi passer. Il y a un docteur à Hilton Head qui peut guérir ta mère. Il utilise ce médicament à base de noyaux d'abricots qu'on ne trouve qu'au Mexique.

— C'est ça, dis-je. Personne ne meurt du cancer au Mexique. Maman a déjà un docteur. Il réussira aussi bien qu'un autre à la tuer. »

Il ôta le bouchon de la bouteille et avala un petit coup de Old Grand-Dad. J'avais déjà vu mon père siphonner son demi-litre de bourbon d'une seule traite, sans reprendre son souffle. Il me regarda.

« Tu étais le moins gâté par la nature de tous mes enfants, c'est un signe, ça, dit-il enfin. Voilà une timbale que tu devrais être fier de décrocher. La nichée des nullités. »

Puis il continua après avoir débouché encore une fois sa bouteille : « Tu étais laid dès la naissance, fiston. Et ce n'est franchement pas ma faute, même si toi et les autres essayez toujours de me reprocher que l'océan est trop salé. Non, les gens venaient me dire que tu étais le bébé le plus laid qu'on ait vu naître à Waterford, rougeaud, rachitique, plein de coliques. Moi, je t'ai toujours trouvé une tête de plouc. »

J'avais toujours été soufflé par le potentiel de méchanceté de mon père. Malheur au gamin né avec des taches de rousseur, astigmate, rouquin, ou que sais-je ? Il trouvait toujours le point faible de l'adversaire et il ne reculait devant rien pour faire mal aux gens qu'il aimait le plus au monde.

« Maman n'est pas là, papa, dis-je. Elle a emmené Leah et Jim pour les protéger lorsqu'elle t'a vu arriver. J'ai reçu la mission de me débarrasser de toi.

— Où est ton armée ? »

J'ai hoché la tête avant de dire : « Papa. Maman est remariée. Elle a une nouvelle vie. Tu n'as pas à l'importuner ou l'humilier devant son nouveau mari.

— Nous avons prêté serment devant Dieu, le Tout-Puissant, dit-il avec emphase. Le Roi des Rois. Le Seigneur des Armées. Le Créateur de toutes choses, grandes et petites.

— Elle a repris sa parole, dis-je. Avec l'aide d'un avocat. Tu sais ce que c'est qu'un avocat ?

— Elle m'a abandonné lorsque j'étais dans le besoin. J'étais désemparé, je vomissais dans tous les caniveaux, je tendais les bras dans la nuit pour appeler un ange de miséricorde. L'alcoolisme est une maladie, mon fils. Ta mère a manqué à son poste comme une infirmière se détourne d'un lépreux. C'est pour la punir que Dieu lui a envoyé le cancer.

— Je le lui dirai. Elle sera ravie de l'apprendre, dis-je. Maintenant, dégage. Je vais te raccompagner chez grand-père.

— Je ne veux ni d'un connard ni d'un dégénéré pour me tenir le bras. Toi, tu es les deux. J'ai jeté un œil à tes livres de cuisine pour pédés. Je voulais te faire savoir que je préférerais crever de faim que de bouffer un seul de ces plats.

— Je vais écrire un livre de recettes spécialement pour toi, papa. Le premier chapitre s'appellera "Martinis blancs". Le suivant pourrait s'intituler "Margaritas", ensuite, "Scotch avec soda" et ensuite "Bloody Marys". »

Mon père rétorqua crânement : « Je bois l'alcool sec.

— Alors je simplifierai. La recette pourrait donner ceci : "Achetez une bouteille d'alcool. Ouvrez. Buvez-la entièrement. Vomissez dans le sable. Partez tranquillement dans les vapeurs." Comme titre, on pourrait envisager : "Petit déjeuner".

— Un peu de respect, dit Johnson Hagood. Je t'ai déjà expliqué que c'était une maladie. J'ai besoin de compassion, pas de condamnation.

— Sors du jardin de maman, dis-je, mon humeur commençant à se gâter.

— Je ne suis pas dans son jardin. Le terrain sur lequel je me trouve appartient au littoral du grand Etat de la Caroline du Sud. Nul homme ou femme ne peut acheter ou prétendre avoir des droits sur la plage qui appartient pour toujours à l'Etat et au public. Ne discute pas de droit avec moi, triple crétin. Je suis le meilleur juriste que tu aies jamais croisé, et j'en sais plus long sur le droit de la Caroline du Sud que tu peux seulement imaginer.

— Tu as bousillé ta carrière en la noyant dans le Jim Beam.

— Je suis un être plus profond que tu ne le seras jamais, Jack. Je bois par désespoir, désillusion, vide de l'âme. Des choses que tu ignores totalement.

— Grâce à toi, je pourrais faire un cours à Harvard sur le sujet, répliquai-je. Mais que les choses soient claires : tu bois parce que tu adores te soûler.

— Pourquoi devrais-je continuer à t'écouter ? répondit mon père avec un nouveau venin dans la voix. Tu n'es qu'une pédale qui écrit des livres de cuisine. Une fillette passée maître dans les tâches domestiques faute d'avoir réussi à sortir des jupons de sa mère. C'était facile de te faire un cadeau. Je pensais à un truc qui ferait plaisir à Lucy, et je l'achetais pour toi. »

Je voulais retrouver mon sang-froid et dis : « J'ai déjà entendu ce refrain, papa. Tu oublies tout ce que tu dis parce que tu es soûl. Nous, nous nous souvenons de tout parce que nous ne buvons pas. La seule chose qui te restera, c'est que je t'ai fait parcourir la plage à coups de pied au cul. Il y a trop longtemps que nous jouons à ce jeu. Si on en trouvait un autre ?

— J'aime bien celui-ci. J'ai besoin d'exprimer le mépris où je te tiens. Le dégoût absolu que tu m'inspires. Tu peux toujours faire semblant de te moquer de ce que je dis, mon cher, mais tu es comme tes frères. Cela vous touche beaucoup trop. Je cherche les choses qui vont vous faire le plus mal, et je les utilise pour le plaisir. C'est ma distraction favorite. J'appelle ça le bousille-môme. Tu trouves le point faible. Tu t'acharnes dessus comme un dentiste qui creuse sur une carie. Si tu vas assez profond, tu touches le nerf. Tu insistes encore sur un millimètre, et ta victime se retrouve à genoux en hurlant de douleur.

— Ne fais pas ça, papa, dis-je tout bas. Je t'avertis.

— Mesdames et messieurs, je vous demande d'accueillir sur notre scène la ravissante et délicate Shyla Fox. »

Je fonçai sur mon père que je saisis à la gorge avant de le soulever sur la pointe des pieds. Il se débattait et voulut me frapper au visage avec la bouteille, mais je la lui arrachai des mains et la jetai très loin, dans l'océan déchaîné.

« Ton chagrin pour Shyla, c'était de la frime, me cracha-t-il. Tout est du chiqué chez toi. Je t'ai regardé sortir de chez les Fox avec ta petite fille. C'est tellement touchant. Le gentil papa. Le veuf éploré. Mais c'est du cinéma. Si le gentil papa donne le change assez longtemps, alors le monde entier croira qu'il aime sa petite fille. Moi, je ne vois que ta froideur, Jack. Un iceberg ambulant. Parce que je vis avec ce grand froid à l'intérieur de moi qui a gâché toute ma vie.

— Je n'ai aucun point commun avec toi.

— Tu es mon portrait craché, se vanta-t-il, hilare. Tous mes fils portent cette marque glaciale contre laquelle j'ai lutté ma vie entière. Regarde ce pauvre Dallas. Mon associé au cabinet. Il a une femme charmante et deux enfants, mais cela ne lui suffit pas. Il faut qu'il aille chercher la première fille qui lui ouvre les cuisses gratis, et il croit qu'il a découvert le Pérou. Vous passerez tous votre vie à chercher l'amour, et quand vous l'aurez sous le nez, vous ne le verrez même pas.

— Tu ne sais rien de nous, soufflai-je rageusement.

— Regarde là-haut », dit Johnson Hagood en levant les yeux vers la maison.

Lucy était revenue avec Jim et Leah. Je la regardai marcher jusqu'à la grande baie vitrée du salon où elle s'encadra dans la lumière artificielle pour scruter les vraies ténèbres. Nous la voyions parfaitement et elle ne nous distinguait même pas.

« Voilà ce que j'ai perdu, me dit mon père. Parce que je ne savais pas ce que je possédais. Je parie que tu ne soupçonnais pas combien tu aimais Shyla avant de la voir à la morgue. Je me trompe, Jack ? »

Il regarda une dernière fois son ex-femme et cria : « Je t'aime, Lucy ! Je t'aime toujours ! »

Et lorsque Lucy s'éloigna de la fenêtre, il ajouta : « Je t'aime, espèce de grosse conne. »

## 24

Max et Esther Rusoff prenaient beaucoup de plaisir à la conduite de leur commerce à Waterford. Max était un magicien de la vente et Esther tenait les livres de comptes avec une précision infaillible et une écriture aussi jolie qu'une rangée de tulipes. Pour eux, le commerce était un prolongement de l'art de se montrer courtois et hospitalier, et quiconque entrait dans leur magasin se voyait traité comme un invité de marque. Max était celui qui accueillait, donnait son avis, racontait des blagues, pendant qu'Esther travaillait dans les coulisses à la comptabilité et la gestion des stocks.

Ils prospérèrent. Leur petit commerce d'alimentation devint le premier supermarché de la ville, et ils ouvrirent le grand magasin Rusoff au printemps 1937. Ce magasin ne tarda pas à être connu pour ses articles de mode et ses prix attractifs. La première femme qui fit le chemin depuis Charleston pour venir faire ses courses à Waterford eut droit à un sac à main, offert par la maison, et sa photo parut dans le journal local. A leur propre surprise, les Rusoff se découvrirent des talents pour la publicité et les techniques de vente modernes. Tout ce qu'ils touchaient se transformait en or et ils avaient peine à croire à leur bonne fortune ainsi qu'aux bienfaits que Dieu déversait sur eux.

En 1939, le Dieu des Juifs cessa de se manifester. Depuis des années arrivaient régulièrement chez Max et Esther des lettres de parents dispersés à travers la Russie et la Pologne. Esther avait tenu à entretenir religieusement une correspondance avec toute la famille, et dès les premiers temps de son installation à Waterford, Max avait envoyé de l'argent à sa famille restée en Europe.

En 1939, le courrier de Pologne cessa définitivement. Avec le silence de la poste, la langue yiddish mourut pour Esther Rusoff cette année-là.

Lorsqu'il connut l'inquiétude des Rusoff concernant leur famille, Silas McCall organisa une rencontre avec l'honorable Barnwell Middleton, leur représentant élu au Congrès des Etats-Unis. Revêche et aristocratique, Middleton vint à Waterford, au restaurant Harry's, en octobre 1941, et regarda longuement le visage fatigué et les bras puissants de Max Rusoff. Silas McCall était présent pendant que Max racontait la disparition de sa famille et de celle d'Esther, après l'entrée en Pologne des troupes allemandes, suivie de l'invasion de la Russie. Lorsqu'il eut dit ce qu'il avait à dire, Max remit à l'élu une liste de tous les membres de leur famille, avec nom et adresse. La liste comptait soixante-huit personnes, dont quatre très jeunes enfants.

Middleton se racla la gorge et but une longue gorgée de café noir avant de parler. « Les temps sont terribles, Max.

— Que savez-vous ? demanda Max.

— Que les temps sont terribles. Pires que vous ne croyez. Pires que quiconque n'imagine. »

Silas intervint avec humeur. « Bon sang, Barnwell, ce type est déjà malade d'inquiétude. N'aggravez pas encore les choses tant que vous ne saurez rien avec certitude.

— Les nouvelles seront mauvaises, Max, de toute façon.

— Nous sommes juifs, dit Max. Les mauvaises nouvelles, on a l'habitude. »

Plus d'une année passa et les Rusoff n'avaient toujours rien reçu de Barnwell Middleton. Entre-temps, les Etats-Unis s'étaient pleinement engagés dans la guerre. Max n'avait pas eu la moindre nouvelle des Juifs de Kironittska, et le silence qui avait recouvert la Pologne recouvrait désormais la Russie. Cette année-là, leurs deux fils, Mark et Henry, s'engagèrent dans l'armée américaine. En envoyant leurs fils combattre les Allemands, Max et Esther Rusoff se sentirent américains comme jamais encore ils ne s'étaient sentis. Max avait donné à ses deux garçons un moulage miniature de la statue de la Liberté lorsqu'ils avaient été expédiés sur le Vieux Continent, et pendant toute la durée de la guerre ils conservèrent la petite statue sur eux. Ils combattirent avec rage et détermination sous la bannière américaine, et en tant que fils du Grand Juif, ils ne craignaient pas les Cosaques. Ils se battirent dans le nord de l'Europe, où la voix collective de tous les Rusoff s'était tue.

Au milieu de l'année 1943, pour la première fois depuis sa promesse d'éclaircir le sort advenu aux familles d'Esther et Max Rusoff, Barnwell Middleton déjeuna avec Max et Silas. Pendant les quinze premières minutes du repas, Barnwell évoqua les progrès de la guerre, les victoires et les défaites des Alliés, le pessimisme qui régnait à Washington.

Silas écouta avec agacement avant de dire : « Venons-en au fait, Barnwell.

— Avez-vous réussi à obtenir des informations sur nos familles ? demanda Max.

— Oui, répondit Middleton d'une voix grave. J'aurais préféré ne pas recevoir de réponses. Mais je les ai eues. »

Alors Barnwell se pencha au-dessus de la table

pour prendre la main de Max qu'il serra fort pendant qu'il donnait des nouvelles d'Europe centrale dans un café de Caroline du Sud connu pour son mauvais café et ses bons gâteaux.

« Max, murmura-t-il, tous les noms que vous m'avez donnés, tous... ils sont tous morts, Max. Absolument tous. »

Max ne dit rien. Il n'essaya pas de parler et n'aurait sans doute pas réussi à articuler un son si l'on s'était adressé à lui directement.

« Vous ne pouvez pas vraiment savoir, dit Silas. On est en guerre. La confusion règne. Les armées se battent. Vous ne pouvez pas avoir de certitude.

. — Exact, Silas, concéda Barnwell. Il se pourrait que certaines des personnes en question aient réussi à s'échapper, qu'on les ait oubliées. Certaines pourraient aussi se cacher. L'information a mis beaucoup de temps à me parvenir. Je ne suis même pas sûr de son origine, ni de la personne qui l'a transmise. Ma source est en Suisse et je sais qu'il est allemand. C'est tout ce que je sais. Il dit que tous les membres de votre famille sont morts, Max. Et tous ceux de la famille d'Esther aussi. Il n'y a pas de Juifs dans les villes que vous avez citées avec la liste des noms.

— *Judenrein*, finit par dire Max.

— Ils tuent tous les Juifs dont ils peuvent se saisir, dit Barnwell. Sauf ceux qu'ils mettent au travail forcé. Presque toute votre famille a été massacrée sur place. Les Juifs étaient obligés de creuser leur propre tombe avant d'être abattus en masse, à la mitrailleuse.

— Il y avait quatre jeunes enfants, dit Max. Des bébés.

— Les Allemands ne font pas de détail, dit Barnwell.

— Ils fusillent les bébés ? demanda Silas.

— Ou ils les enterrent vivants après avoir tué leur mère, dit Barnwell. Il y avait une adolescente dont on a cru qu'elle était une nièce d'Esther. Elle vit cachée en Pologne. Mais finalement, il s'avère qu'elle a seulement le même nom qu'une jeune fille inscrite sur la liste d'Esther, Ruth Graubart. Quel dommage. En fait, elle n'a aucun lien de parenté avec vous.

— Qu'est-il arrivé à la famille de cette petite? » demanda Max.

Barnwell haussa les épaules avant de répondre : « La même chose qu'à la vôtre, j'imagine. Il paraît que la résistance polonaise pourrait la faire sortir, moyennant finances.

— Alors vous devriez le faire, dit Silas.

— Le prix était un peu élevé, dit Barnwell avec une froide ironie. Ils demandaient cinquante mille dollars en espèces. »

Silas siffla et Barnwell lâcha enfin la main de Max. D'un geste circulaire de l'index, Barnwell réclama une nouvelle tournée de cafés.

« Il est beau, le monde, dit Silas. Racontez-moi quelque chose de positif concernant l'espèce humaine.

— Cette fille, dit Max.

— Quelle fille? demanda Barnwell.

— Celle qui est cachée. Celle que vous avez prise pour une nièce d'Esther, dit-il.

— Aucun lien de parenté. Elle est originaire d'une autre partie de la Pologne.

— N'empêche. C'est une jeune Juive en difficulté.

— Oui, dit Barnwell.

— Esther et moi aimerions faire venir cette petite en Amérique », dit Max.

Les deux hommes regardèrent Max comme s'ils avaient mal entendu.

« Elle n'est rien pour toi, Max. Ni pour Esther, dit Silas. Et elle coûte cinquante mille dollars.

— C'est une jeune Juive en difficulté. C'est quelque chose pour moi. Et pour Esther aussi. Vous dites que sa famille est vraisemblablement morte. Comme la mienne. Si nous ne l'aidons pas, qui va le faire?

— La vie d'une adolescente ne fait pas grande différence dans une guerre de cette ampleur, répondit Barnwell.

— Moi, je crois que si, répondit Max.

— Mais vous n'avez pas cinquante mille dollars en

liquide, dit le représentant du Congrès en guise de conclusion avant de se lever de table avec l'expression d'un monsieur qui a passé assez de temps sur une affaire désagréable. Personne n'a ce genre de liquidité dans cette ville.

— Sauf vous, dit Silas. Dans cet Etat, vous élisez quelqu'un pour l'envoyer au Congrès, et en quatre ans il est millionnaire. Expliquez-moi comment ça marche, Barnwell.

— Dieu sourit aux candides et aux fous », répondit Barnwell.

Ce soir-là, Max sortit avec Esther sur la véranda dominant le fleuve, et ensemble ils regardèrent le soleil dorer une bande de nuages bas d'un or patiné, surnaturel. Ils burent un schnaps dans un petit verre en cristal. C'était pour eux un rituel qui célébrait leur prospérité et leur besoin de détente après le dur labeur de leurs premières années à Waterford.

Max ne trouvait pas les mots pour annoncer à la femme qu'il aimait le plus au monde qu'elle avait perdu toute sa famille. Chez elle, il y avait une immense affection et beaucoup d'intimité, et il ne savait pas comment lui dire que son Europe était morte.

Max se servit un deuxième schnaps et raconta en yiddish.

Pendant six jours, Esther pleura les siens, puis un jeune rabbin vint diriger les services du sabbat dans leur maison. Max et Esther promirent de construire une synagogue à Waterford pour honorer leurs familles.

Lorsque les sept jours de deuil furent achevés, Esther retrouva les bras de Max et lui murmura à l'oreille avant de s'endormir : « Cette petite, Max. Celle dont Barnwell t'a parlé.

— Moi aussi, j'ai pensé à elle.

— Que pouvons-nous faire ?

— Vendre tout, répondit Max. La maison. Le magasin. Le supermarché. Repartir à zéro.

— Est-ce que nous pouvons avoir cinquante mille dollars ? C'est beaucoup. Trop, peut-être.

— La banque nous avancera la différence, dit Max. J'en suis certain.

— Alors, c'est ce que nous allons faire, dit Esther.

— Oui, dit Max.

— Tu l'aurais fait de toute façon, avec ou sans mon accord, dit Esther. Je connais bien mon mari. Je suis assez maligne pour être d'accord avec la décision que tu as déjà prise. Mais c'est juste. Même si nous risquons de spolier nos propres enfants.

— Comment nos enfants pourraient-ils souffrir parce que nous sauvons un autre enfant ? » demanda Max.

Dans les mois qui suivirent, Max vendit le magasin à la chaîne Belk, de Charlotte, le supermarché à un détaillant de Charleston, la maison de Dolphin Street à un lieutenant-colonel du corps des marines stationné à Pollock Island et proche de l'âge de la retraite. Il fit parvenir les cinquante mille dollars à Barnwell Middleton, à Washington, et reçut en retour un télégramme circonspect insistant sur la lenteur de la procédure et le peu de probabilités de voir ce sauvetage mené à bien. Mais Barnwell Middleton s'engageait néanmoins à faire de son mieux.

Max n'avait pas vendu le bâtiment de la première petite boutique qu'il avait ouverte à Waterford il y avait maintenant des années, et les locaux étaient vides. La famille Rusoff retourna s'installer au dernier étage, et en très peu de temps, Max et Esther avaient repris le harnais.

Près d'une année s'était écoulée lorsque Max reçut un télégramme de Barnwell Middleton l'informant qu'un navire marchand arriverait le 18 juillet 1944 dans le petit port de Waterford. Une jeune fille nommée Ruth Graubart figurait sur la liste des passagers. Max appela sa femme pour lui annoncer la bonne nouvelle, puis Silas McCall qui transmit l'information à Ginny Penn. La nouvelle circula ensuite de maison en maison, comme toujours dans les petites villes, légère, allègre et vive parce que cette histoire apportait un peu de joie dans un monde trop habitué à apprendre qu'un enfant du pays avait trouvé la mort sur le Vieux Continent.

Lorsque le bateau arriva à Waterford, une jolie adolescente emprunta la passerelle, accompagnée avec une solennelle gravité par le capitaine. Elle était apparemment timide et stupéfaite par la clameur qui monta de la foule. Lorsqu'elle fut présentée à Max et Esther, qui l'accueillirent en yiddish, elle esquissa une révérence. Max pleura et lui ouvrit les bras. Quand elle courut s'y jeter avant d'enfouir son visage dans la grande poitrine, toute la ville rugit de plaisir pour lui souhaiter la bienvenue. Elle sut ainsi qu'elle appartenait désormais à Waterford, Caroline du Sud, qu'elle avait trouvé son port d'attache. Toute la ville allait adopter cette adolescente, Ruth Graubart, qu'elle regarderait achever ses études au lycée avant d'épouser George Fox. Une ville qui serait encore là lorsqu'elle porterait son premier enfant, Shyla, qui serait là aussi le jour où Ruth enterrerait ce même enfant.

Mais le grand souvenir de cette ville, ce serait le tout premier instant, lorsque la petite orpheline juive, revendue par des étrangers, posa pour la première fois le pied sur le sol de Waterford et courut se jeter dans les bras du Grand Juif.

Silas McCall raconterait plus tard à ses petits-enfants que lorsqu'il assista à l'arrivée de l'adolescente, il eut pour la première fois la certitude que l'Amérique allait gagner la guerre. L'histoire de l'arrivée de Ruth, il la raconta bien des fois à ses petits-enfants, mais il la terminait toujours de la même façon, et les petits McCall avaient toujours la chair de poule à l'instant du mot de la fin.

Un rugissement de bonheur s'éleva dans la ville, disait-il, un long rugissement.

Mais Ruth ne raconta jamais son histoire aux gens de Waterford, sauf à son mari et à sa fille Shyla, jusqu'au jour où elle me la raconta à moi aussi, pendant le printemps 1986, après notre réconciliation et mon retour à Waterford avec sa petite-fille, Leah, pour aider ma mère à mourir.

Ce fut seulement après avoir entendu la terrible histoire de Ruth en Pologne que je sus enfin qui était la dame aux pièces d'or.

## 25

J'accompagnais mon grand-père, Silas McCall, en voiture, pour aller chercher Ginny Penn à sa maison de repos de Waterford. J'avais laissé mes frères chez mes grands-parents où ils terminaient d'installer une rampe d'accès pour le fauteuil roulant de Ginny Penn. Mon grand-père était un sudiste massif, qui fumait et respectait la loi, mais il n'était pas loquace.

« Content de ramener Ginny Penn à la maison ? demandai-je.

— Je n'ai pas vraiment le choix, dit Silas. Elle adore faire tourner les infirmières en bourrique.

— Papa va bien ?

— Il a cuvé en dormant. Puis il est parti en ville. »

Nous avons installé ma grand-mère sur la banquette arrière, épuisée par l'effort et l'émotion des formalités de sortie. La bureaucratie impose toujours une dépense d'énergie excessive, surtout pour les personnes âgées et malades. Ginny Penn ne répondit même pas aux signes d'adieu des infirmières alignées devant la porte pour lui souhaiter bon retour.

« Des monstres, dit-elle tandis que Silas et moi distribuions des saluts. Des sangsues. Des videuses de bassins. Des sacs à microbes. Des moisissures de pénicilline. On devrait leur interdire de toucher les vraies dames, les êtres raffinés.

— Je croyais qu'elles étaient gentilles, dit doucement Silas, presque en aparté.

— Tu n'es pas venu me voir une seule fois, siffla Ginny Penn. J'aurais encore mieux fait d'épouser Ulysse S. Grant que ce misérable traître de Silas McCall.

— Tu peux m'arrêter un instant ? me demanda mon grand-père. Je voudrais acheter un bâillon.

— Grand-père est venu te rendre visite tous les jours, Ginny Penn, dis-je.

— Mes petits-enfants m'ont abandonnée. Toute la ville guettait ma mort. Il y aurait eu une explosion de joie à l'annonce de mon décès.

— Même que j'aurais ouvert la parade dans Main Street, marmonna Silas.

— Ne la cherche pas, dis-je en lui touchant le poignet. Ginny Penn, tous mes frères sont là-bas. Ils ont passé la journée à construire une rampe d'accès pour ton fauteuil roulant.

— C'est ce que tu appelles un cadeau de bienvenue ? Une rampe d'accès pour fauteuil roulant ?

— J'ai assisté aux préliminaires, dis-je. Elle va être superbe. »

Mes quatre frères étaient réunis dans la maison de leurs grands-parents lorsque je tournai dans l'allée. La construction avait bien vieilli et possédait une certaine distinction au milieu des maisons d'été modernes qui avaient poussé autour d'elle. Derrière, le golf de quatorze trous dessiné par Robert Trent Jones formait une dénivellation juste après le jardin. Une voiturette électrique transportant deux retraités sereins et dignes passa silencieusement comme un voilier voguant vers le green lointain. Quatre biches à la beauté tout en finesse, avec leurs queues blanches, broutaient dans les hautes herbes. Lorsque j'étais enfant, me dis-je, cette île était sauvage et l'on ne risquait pas d'y trouver une balle de golf, mais tout avait changé depuis.

Tout, sauf mes grands-parents, rectifiai-je. Eux avaient toujours eu un côté excentrique, déplacé. La force de l'habitude était aussi ce qui, apparemment, les liait l'un à l'autre, pas l'amour. Ginny Penn était blessée parce que nous, ses petits-fils, lui préférions Silas pour qui nous avions un attachement vibrant qu'elle ne connaîtrait jamais. Nous démentions pourtant cette analyse en lui disant de manière claire et nette que nous l'aimions exactement autant qu'elle nous y autorisait, mesure qui variait au gré imprévisible de son humeur.

« Les gars, dis-je.

— Les meilleurs gars du monde, précisa Silas.

— On fait avec ce qu'on a », dit Ginny Penn. Mais je vis bien qu'elle était à la fois ravie de rentrer chez elle, et de trouver un comité d'accueil pour saluer son retour.

Mes frères poussèrent des cris et coururent à sa rencontre. Ils tambourinaient sur les ailes de la voiture et continuèrent leur tintamarre jusqu'à arracher un sourire à la sinistre Ginny Penn. Alors ils feignirent tous les quatre un soudain vertige avant de tomber en chœur dans les pommes.

« Ils ont toujours été stupides comme de jeunes chiots », dit-elle tandis que Silas l'aidait à sortir de voiture et que j'allais chercher le fauteuil roulant sur la véranda.

Tee monta en courant le nouveau plan incliné qui donnait un parfum de bois neuf à tout le jardin. Une fois en haut, il se coucha sur le dos et cria à Ginny Penn : « Hé, la mamie. »

Ginny Penn fulmina et dit : « Ne m'appelle pas "la mamie" ou je te flanque la raclée du siècle.

— Regarde, Ginny Penn, dit joyeusement Tee. L'inclinaison est parfaite. »

Puis, mimant les morts des films de série B, Tee se laissa débouler jusqu'en bas de la rampe.

« Il faut un coup de vernis, dit Ginny Penn. J'ai une sainte horreur du bois brut. C'est une offense à mon sens esthétique.

— Nous aussi, on est très contents de te voir, grand-mère, dit Dallas.

— Merci, les garçons, d'avoir construit cette rampe, ajouta Dupree en singeant une voix féminine.

— Même le fait d'avoir frôlé la mort ne l'a pas fait changer d'un iota, les gars, dit Silas en la poussant tristement sur la rampe. Elle sera odieuse jusqu'à son dernier souffle.

— C'est bien mon intention », dit-elle.

A mi-course de la rampe, mes frères arrêtèrent le fauteuil roulant et se mirent à la couvrir de baisers de bienvenue. Ils lui embrassaient le visage, le cou, lui faisaient des chatouilles sous les bras. Ils lui embrassaient les paupières, les joues, le front, et elle se mit à les chasser à coups de canne. Ils battirent en retraite, en riant, avant de repartir à l'assaut lorsque Silas la roula devant la porte de la maison. Ces effusions semblaient à la fois lui faire plaisir et presque la dégoûter. Elle désirait leur attention, pas des contacts physiques. Elle avait toujours considéré les embrassades comme la plus surévaluée des activités humaines.

Nous nous installâmes sur la véranda pendant que John Hardin ponçait la rampe, pour lisser les aspérités. De nous tous, il était le seul vrai menuisier et il était peu de choses qu'il ne savait pas faire de ses mains. Malgré ses talents, il était inapte au travail, faute de pouvoir supporter la tension que le lieu de travail le plus serein rendait inévitable. Nous le regardions poncer le bois fraîchement coupé, admiratifs devant sa façon d'économiser sa peine.

Tee rompit le silence : « Il faut dire les choses comme elles sont. Ginny Penn est une vraie salope. Suis-je le seul de cet avis ?

— De qui tu parles ? dit Dupree. De cette adorable vieille dame ? »

Leah sortit sur la véranda après avoir lu à Ginny Penn un poème qu'elle avait écrit en l'honneur de son retour.

« Est-ce que ton poème a plu à Ginny Penn, chérie ? demanda son oncle Dupree.

— Je n'en sais rien, dit Leah. Elle a dit que oui.

— Ne t'en fais pas, dit Tee. La gentillesse ne fait pas partie de ses qualités.

— C'est trop lui demander, confirma Dallas.

— Est-ce que vous avez tous connu ma mère ? » demanda Leah à mes frères, qui furent surpris par la question. Ils l'entourèrent avec sollicitude.

« Bien sûr, Leah, dit Dupree. Que désires-tu savoir ? De quoi tu te souviens le mieux, à propos de Shyla ?

— Je ne me rappelle pas vraiment avoir eu une mère, oncle Dupree, dit Leah.

— Pourtant, tu as eu une très gentille maman, chérie, dit Dallas.

— Jolie comme un cœur, en plus, exactement comme toi, ajouta Tee.

— Vous l'aimiez tous ? demanda Leah.

— Si on l'aimait ? dit Dupree. On était tous amoureux de ta maman. Je ne sais pas si ton papa te l'a dit, mais elle était carrément sexy.

— Une danseuse comme je n'en ai jamais vu, dit Tee. Je ne connais personne qui danse le shag comme elle.

— C'est quoi, le shag?

— Une fille née en Caroline du Sud qui demande ce qu'est le shag? dit Dupree. Ça, c'est un crime contre l'humanité.

— La preuve que ton papa est nul à chier, dit Tee.

— On ne connaît pas le shag, en Italie, les gars, protestai-je pour me défendre. J'aurais aussi bien pu lui apprendre le Hula hoop.

— Pas d'excuses, dit Dupree. Je vais rapprocher mon pick-up de la véranda et mettre une cassette. L'éducation de ma nièce souffre d'une tragique lacune.

— Il aurait mieux valu pour cette petite être élevée dans un orphelinat de Caroline du Sud, taquina Dallas. J'ai honte de t'avoir pour frère, Jack.

— Regardez Dupree avec son pick-up pourri, se gaussa John Hardin. Je ne connais personne qui aime jouer les clodos comme lui.

— Dupree est le plouc par excellence, dit Tee. Un plouc qui se la joue. Il n'y a pas pire. »

Dupree vint ranger sa camionnette devant la véranda noircie par le vent de la mer. Il mit une cassette et monta le volume à fond.

« La musique de l'été, dit Dupree en remontant sur la véranda. La musique de Caroline. Il n'y a pas plus doux aux oreilles.

— Tes oncles vont maintenant réparer la négligence coupable de ton père, dit Dallas. En fait, je vais peut-être porter plainte contre lui. »

Dupree prit la main de Leah à qui il se mit à expliquer les pas. J'attrapai Tee avec qui je commençai à danser sous le regard fasciné de Leah, qui ne m'avait encore jamais vu danser.

« La quintessence du shag, Leah, dis-je, c'est l'absolue froideur qu'on arbore sur le visage. Le shag n'est pas une histoire de passion. Le shag, c'est l'été, les désirs secrets, une attitude. Il faut garder un masque complètement indifférent.

— C'est qui ce type — Platon ? Nous voulons seulement apprendre à danser à cette petite, dit Dupree.

— Si je sais faire la fille, expliqua Tee à Leah, c'est parce que je suis plus jeune et qu'ils m'obligeaient toujours à faire la fille quand ils s'exerçaient à danser le shag. »

Dallas invita Leah à danser lorsque le morceau suivant : « Double Shot of my Baby's Love », hurla dans les haut-parleurs de l'autoradio.

« Ta mère était la plus grande danseuse de shag de tous les temps, dit Dallas.

— Elle était capable de danser n'importe quoi, dit Dupree.

— Hé, allez prétendre que Leah n'apprend pas vite, dit Dallas, admiratif.

— C'est le sang de sa mère qui coule dans ses veines, dit Tee. Cette petite a le shag dans le sang. Je retiens la danse après John Hardin. Je vais lui apprendre le shag frotté.

— Le shag frotté, gloussa Leah. Ça a l'air rigolo. »

A dater de ce jour, Leah devint une inconditionnelle des oncles. Elle était conquise et libérée par leur attention joyeuse, et son plaisir brillait sur tout son visage. Son corps se mit à bouger en harmonie avec le rythme, et l'on observait comme un épanouissement de sa jeune féminité tandis qu'elle tourbillonnait sous le regard admiratif de mes frères. Ils faisaient la queue pour danser avec elle et se disputaient les tours. Ils transformèrent une après-midi sur une véranda en une étrange débauche de paillettes dont elle se souviendrait toute sa vie. Elle avait été choisie, élue, elle avait le pouvoir d'une reine de conte de fées entourée de ses armées fidèles et valeureuses. A la fin de cette journée, elle dansait le shag aussi bien que ses oncles.

Je regardai chaque danse que Leah fit avec mes frères, dont la tendresse m'émut beaucoup. Puis Dupree me tapa sur l'épaule en disant : « Le prochain morceau, c'est pour Leah et toi. »

La chanson « Save the Last Dance for Me », par les Drifters, emplit l'espace et Leah remarqua un changement en moi.

« Qu'est-ce qui ne va pas, papa ? demanda-t-elle lorsque je lui pris la main pour la prier de m'accorder cette danse.

— Tu peux remettre au début, s'il te plaît, Dupree ? demandai-je. Il faut que j'explique la signification de cette chanson. » Puis me tournant vers Leah : « Tu te souviens de l'histoire sur la façon dont nous sommes tombés amoureux, maman et moi ?

— La nuit où la maison est tombée dans la mer ? dit Leah.

— Exactement. Eh bien, lorsque ta maman et moi avons dansé dans cette pièce où nous nous sommes retrouvés seuls parce que tout le monde s'était enfui, nous avons dansé le shag.

— Ça, je ne savais pas.

— J'aurais dû t'apprendre à danser le shag. Mes frères ont raison.

— Ce n'est pas grave, papa. Tu m'as appris des tas de choses.

— C'était notre chanson préférée, à ta maman et à moi. Celle sur laquelle nous sommes tombés amoureux. »

Leah n'avait jamais dansé avec moi, mais elle entendait ses oncles fredonner de plaisir en nous regardant évoluer sur les paroles de cette merveilleuse chanson. Ils battaient la mesure en frappant dans leurs mains et en tapant des pieds, ils sifflèrent lorsque je fis tourbillonner Leah sur la véranda battue par les intempéries. Sa plus grande surprise à elle fut de ne pas réussir à danser aussi bien que moi. Et elle le dit. Et au fur et à mesure que nous dansions, je la vis se transformer lentement en une réplique exacte de Shyla, et mes larmes se mirent à couler ; enfin, mes larmes se mirent à couler.

Elle ne se rendit pas compte que je pleurais jusqu'au moment où mes frères firent silence. Nous cessâmes de danser et je m'assis sur les marches. Ma petite fille me serra dans ses bras pendant que la chanson que sa mère et moi avions aimée entre toutes me faisait m'écrouler complètement. Je pouvais supporter le souvenir, mais pas la musique qui rendait le souvenir si déchirant.


## 26


Au début du mois de mai, alors que nous étions là depuis un mois et parce qu'elle insista beaucoup, je conduisis Lucy en voiture sur la Highway 17 qui va à Charleston et au monastère des trappistes, à Mepkin Abbey. Tout en restant assez floue sur les motifs de sa visite, elle avait cependant indiqué qu'elle souhaitait être entendue en confession par le père Jude. Depuis le jour où j'avais amené ce dernier au chevet de ma mère, à l'hôpital, lorsqu'il était venu lui administrer l'extrême-onction, je soupçonnais que leur relation dépassait le lien existant entre un confesseur et sa pénitente, mais je ne pensais plus, comme autrefois, qu'ils étaient amants. J'avais interrogé Lucy, mais elle excellait dans l'art de détourner la conversation. Il était peu de questions qu'elle ne réussissait pas à esquiver. Dans sa bouche, la langue anglaise devenait un écran de fumée sans que son regard trahît la moindre chose. Sur la route qui nous conduisait à Charleston, je l'observai plusieurs fois à la dérobée. Elle était sereine, en beauté.

Il y avait longtemps que je souhaitais l'entraîner quelque part où nous serions en tête à tête, afin de lui poser toutes les questions sans réponse que j'avais accumulées depuis l'enfance, et qui avaient ressurgi lorsque j'étais à Rome, un bandeau devant les yeux. Si je n'étais pas en possession d'une stratégie précise pour lui extorquer ce trésor d'informations cachées, je désirais lancer l'opération sans éveiller de soupçons de sa part.

« Je viens d'avoir une merveilleuse nouvelle », dit-elle tout à coup en étirant ses bras au soleil. Lucy n'acceptait l'usage de la ceinture de sécurité que depuis qu'elle avait contracté la leucémie. Elle s'était toujours fait un point d'honneur de la refuser, et la voir sagement sanglée dans sa ceinture bouclée me faisait un drôle d'effet. « J'aimerais te mettre au courant, mais je tiens à ce que tu me promettes d'abord de n'en parler absolument à personne.

— Je promets de le dire seulement à une personne, dis-je. Autrement, on ne peut pas me faire confiance. Les secrets sont un fardeau trop lourd pour moi.

— Le pape vient d'annuler mon mariage avec ton père. Je peux recevoir de nouveau ce sacrement. Je me suis remariée à l'église avec le Dr Pitts hier.

— C'est gentil d'avoir invité tes enfants.

— Nous ne voulions pas créer de problèmes, dit-elle. J'ai écrit au pape pour le remercier.

— Tu as eu cinq enfants avec papa, dis-je.

— Une lamentable erreur. J'ai l'impression de m'éveiller d'un mauvais rêve.

— Cela signifie-t-il que nous sommes tous des bâtards ? » demandai-je en réglant le rétroviseur.

La question fit rire Lucy qui répondit : « L'idée ne m'a pas traversé l'esprit. Oh, chéri, c'est trop drôle ! Oui, je suppose que oui. Je n'ai même pas songé à poser la question. Jude saura.

— Ce mariage n'a donc jamais eu lieu. Toutes ces souffrances, ce chagrin, ce malheur. Rien de tout cela n'a existé, dis-je.

— Si, tout a existé, expliqua Lucy, mais l'Eglise a tout effacé. Il ne reste plus de traces de ce qui est arrivé.

— Moi, je suis une trace, insistai-je.

— Non, dit Lucy. Tu es annulé.

— Si je ne suis rien, je ne peux pas conduire cette voiture, criai-je. Je n'existe pas. Je ne suis pas là. Mes parents ne se sont jamais mariés, et moi je ne suis jamais né. Prends le volant, maman, parce que je ne suis qu'un pauvre con d'annulé. »

Et de lever les deux mains en l'air pendant que Lucy se penchait pour récupérer la direction.

« Je crois que ne pas être né serait peut-être le plus beau cadeau que je pourrais faire à mes enfants, dit Lucy. Le foyer où je vous ai élevés ne respirait pas le bonheur.

— *Au contraire.* Ce fut un rêve devenu réalité, dis-je. Avec en vedette les petits bâtards McCall, leur vierge de mère, et leur ivrogne de père qui serait par la suite cocufié et châtré par rien moins que le pape en personne.

— Lorsque ton père va apprendre la nouvelle, je tiens à connaître sa réaction, mot pour mot. Je chéris à l'avance l'expression de sa douleur.

— Tu ne devrais pas nourrir de rancœur contre papa, dis-je en reprenant le volant. Après tout, vous n'avez jamais été mariés.

— Je n'ai plus d'amertume à avoir. C'est comme s'il ne s'était jamais rien passé. On pourrait peut-être même devenir amis.

— Si tu veux, je peux faire les présentations, proposai-je. Monsieur le juge McCall, j'ai le plaisir de vous présenter Mrs. Pitts. Le pape vient d'étouffer toute rumeur d'un éventuel mariage entre vous ainsi que celle de l'existence de cinq enfants nés de cette longue et abominable union.

— Attention, voilà que tu plaisantes à présent, signala Lucy.

— L'Eglise catholique romaine, dis-je en hochant la tête. Pourquoi est-ce que tu m'as élevé dans cette religion ridicule, en état de coma dépassé, débile, sexuellement perverse, bizarroïde, ignare, demeurée ? Nous sommes sudistes, nom de Dieu, maman ! J'aurais pu être de confession anglicane et expert en golf. Presbytérien et coincé du cul mais capable de me racler la gorge avec autorité. Méthodiste et ne pas m'étrangler en voyant quelqu'un tartiner de la guimauve fondue sur une patate douce. Baptiste et heureux de picoler en douce. J'aurais pu appartenir à l'Eglise de Dieu et parler des langues inconnues. Mais non, il a fallu que tu me condamnes à être bizarre, et monstrueux, et solitaire, en me faisant cadeau de la seule religion qui pouvait me signaler à mes pairs comme nullité au paradis.

— J'ai offert à mes enfants la Cadillac des religions, dit Lucy.

— Nous ne sommes pas tes vrais enfants, dis-je. Le mariage a été annulé. Tu peux rayer de ta mémoire les nausées du matin, les douleurs de l'accouchement, les problèmes de placenta, les biberons de deux heures du matin, la rougeole, la varicelle... rien de tout cela n'est arrivé. Tes enfants sont cinq petits cauchemars que tu n'as jamais faits.

— La Cadillac, dit-elle. Le nec plus ultra. » Et elle appuya sa tête contre le dossier en fermant les yeux.

Après plusieurs kilomètres de silence, Lucy dit : « Je veux que le père Jude entende ma confession. C'est indispensable.

— Dis-moi pourquoi le père Jude a autant d'importance pour toi. »

Je voyais que la question déplaisait à ma mère qui attendit un long moment avant de répondre.

« Plus tard. Je n'ai pas l'intention de te laisser me gâcher la journée, dit Lucy. Il faut toujours que tu essaies de me faire sentir coupable de l'éducation que je t'ai donnée. Mais enfin, les résultats sont là. Tu as fait des études supérieures, tu as une jolie petite fille, tu as écrit un paquet de livres portant ton nom et ta photo sur la couverture. Et tu voudrais me faire croire que j'ai fait du mauvais boulot. Tu as eu une enfance formidable.

— Ouais, on peut dire que j'ai eu du pot.

— Tu ne sais même pas ce que c'est que de ne pas avoir de chance.

— Parle-moi un peu de la mienne, dis-je en cherchant un ton ironique plutôt qu'amer, même si l'amertume perçait clairement sous l'ironie.

— Quand tu prenais des coups, tu saignais, exactement comme moi, dit Lucy. Mais toi, tu saignais dans un lit chaud... tu avais l'estomac plein, et ta maman venait te passer un gant frais sur le visage.

— Quand j'étais petit, tu me parlais de ton enfance à Atlanta.

— J'ai vécu un moment à Atlanta, se cabra Lucy.

— Tu avais une photo de tes parents sur ta table de chevet.

« — C'était une belle histoire, dit Lucy. Ton père s'y est laissé prendre. »

Je tournai la tête pour la regarder. « Mon père, oui, mais pas Ginny Penn, dis-je.

— Hélas non! Pas Ginny Penn. Elle a su que je venais de nulle part dès l'instant où elle m'a vue.

— Et alors? dis-je. Où est le problème? »

Lucy resta un moment sans répondre, avant de dire : « Il lui a fallu un certain temps, à Ginny Penn, pour vérifier mon histoire. Mais elle a reconstitué le puzzle pièce par pièce. Quand elle a découvert la vérité, je lui avais déjà pondu trois petits-enfants, et le quatrième était en route. Entre-temps, ton père s'était déjà personnellement impliqué dans le succès de la distillerie Jack Daniel's, dans le Tennessee. Ginny Penn s'est alors rendu compte que, en dépit de mes antécédents éventuels, je serais toujours assez bonne pour nettoyer le vomi de son fils. Ce pieux mensonge, je l'ai payé au prix fort.

— Qui étaient tes parents?

— Tu n'as pas besoin de le savoir, dit-elle. Ils étaient en dessous du niveau zéro, irrécupérables. Et dans le Sud, la notion d'irrécupérabilité est plus désespérée que n'importe où ailleurs. Eh bien mes parents, c'était cela. Maman était douce, pathétique, brisée de l'intérieur. Papa était mauvais, mais comme disait maman, seulement quand il était éveillé... ha! ha! »

Son rire me glaça.

« La méchanceté de la montagne n'est pas la même que les autres types de méchanceté. La dureté des hommes est pire dans les pays où la lumière ne pénètre que tard le matin. Papa a toujours manqué de lumière.

— Tu les aimais?

— Lui, jamais. Il n'y avait pas grand-chose à aimer. Impossible de trouver un aspect positif... dit-elle. Il n'y avait pas la moindre faille dans la carapace. Je ne l'ai jamais vu sourire.

— Ils sont toujours vivants?

— Non, et j'en remercie le ciel, dit-elle. Jude et

moi ne serions pas là pour en parler s'ils vivaient
encore.

— Jude et toi? Qu'est-ce que tu veux dire?

— Rien, ce n'est pas ce que j'ai dit.

— Est-ce que ton père buvait?

— Ha! se gaussa Lucy. Ton père ne lui est jamais
arrivé à la cheville dans ce domaine.

— Personne n'est mauvais à ce point, dis-je.

— C'est aussi ce que je croyais. Tu es trop près de
la normalité. Un poil. Tu crois que tu sais à quoi
t'attendre dans la vie, Jack. Tu crois que ton enfance
t'apprend tous les pièges dont tu dois te méfier. Mais
les choses ne fonctionnent pas de cette façon. La
souffrance n'avance pas en ligne droite. Elle fait des
boucles, te prend par-derrière. Ce sont les boucles
qui tuent. »

Nous arrivions à la route menant à l'abbaye. La
voiture traversait des plages d'ombre immobile, me
procurant une sensation perdue. La terre elle-même
semblait devenir silencieuse au fur et à mesure que
nous approchions de la population de Mepkin, ton-
surée, à genoux : la forêt se déployait avec la fierté
farouche de drapeaux interdits surgissant à l'intérieur des terres. Des plantes grimpantes centenaires
pendaient comme des gréements aux branches de
bouleaux et de chênes ployés. En empruntant la
longue allée menant au monastère, nous fîmes
silence, Lucy et moi, comme si nous étions l'un et
l'autre à l'écoute d'ordres secrets. Jusqu'au temps qui
prêtait à l'ensemble une complicité muette, effon-
drée. Je rangeai la voiture et marchai jusqu'à la sonnette pour les visiteurs que je pressai dans l'air
empreint d'encens. En arrière-fond s'élevait le chant
des moines. Les bâtiments étaient neufs et semblaient adaptés aux collines californiennes plus
qu'au Sud.

Le père Jude parut au bout d'une allée, les bras
croisés devant lui et les mains cachées sous ses
manches, la tête légèrement inclinée en avant. Lucy
et lui s'étreignirent et restèrent un long moment
enlacés.

Jude semblait immatériel, végétal, d'une pâleur semblable au blanc des asperges qui font la célébrité d'Argenteuil, en France. Le prêtre avait un visage marqué, torturé, et pourtant je savais qu'il n'avait pour ainsi dire aucune expérience du monde extérieur. Et je m'étonnais de cette intimité contenue que j'observais entre eux tandis que le père Jude emmenait Lucy vers la chapelle où se célébrait une messe.

Après le service, je m'excusai et me rendis dans la bibliothèque où je passai l'après-midi à faire du courrier en feuilletant le bizarre assortiment de revues qui avaient passé la censure du moine chargé des abonnements. Lucy explora les terres monacales en compagnie de Jude, et malgré leur invitation à me joindre à eux, j'avais senti qu'ils préféraient disposer de ce moment en tête à tête.

J'enviais la qualité solitaire et retirée de la vie contemplative. J'admirais l'intransigeance de la discipline monastique, et dans un siècle qui me paraissait chaque année plus ridicule, je me disais que la solitude et la prière et la pauvreté constituaient peut-être la réponse la plus éloquente à ces temps absurdes où l'aliénation était à la fois une pose et une philosophie.

J'aimais la simplicité des moines, dont je rêvais d'atteindre l'amour total et sans complication qu'ils vouaient à Dieu. L'idée de renoncement et de silence me plaisait, mais je doutais de mon aptitude à me plier aisément à leur pratique.

Sur la route du retour vers Waterford, la nuit s'insinua lentement dans les basses terres et la fatigue de Lucy était évidente pendant que nous passions entre les arbres gorgés de lumière. Son épuisement m'inquiéta et j'imaginais l'approche des globules blancs se massant pour attaquer son système sanguin. J'avais niché à l'intérieur de son corps, autrefois, je m'étais nourri au fleuve tiède des eaux florissant en son sein, j'avais appris à aimer cette sécurité du noir giron des femmes, à reconnaître la sérénité de la musique d'un cœur qui bat, à savoir que l'amour maternel commence dans le temple des entrailles, vitrail célébrant les origines et les élixirs de la vie née dans le sang. Ce sang qui m'avait nourri, songeai-je, est en train de la tuer. Voilà pourquoi les gens croient en des dieux dont ils ont besoin pendant les heures noires sous la lumière froide des étoiles, me dis-je. Rien d'autre ne pouvait toucher l'indifférence royale du monde. Ma mère, là; c'est en elle que j'avais connu pour la première fois l'Eden et la planète où j'allais entrer, nu et effrayé.

« Cesse de penser à mon enterrement, dit Lucy, les yeux toujours fermés. Je ne suis pas encore morte. Seulement épuisée.

— Je pensais juste qu'il était bien étrange de vivre dans un Etat où l'on ne trouve même pas un traiteur chinois correct.

— Tu mens, dit-elle. Tu m'avais tuée et enterrée.

— Et si j'assassinais papa? dis-je. Histoire de voir quel effet cela fait de perdre un de ses parents. Sauf que comme il s'agirait seulement de papa, aucun de nous ne serait vraiment touché.

— Ne parle pas de ton père de cette façon, ordonna ma mère.

— Ce n'est pas mon père, dis-je. N'oublie pas l'annulation et notre honte à tous, à présent que nous sommes devenus des bâtards.

— Que sais-tu de la honte, mon fils? » demanda Lucy en se redressant sur la banquette et en défroissant sa robe. Puis elle ouvrit son sac et sortit un vaporisateur pour se parfumer le poignet de White Shoulders — et c'est toute l'histoire de mon enfance qui envahit la voiture et l'air ambiant.

« Beaucoup de choses. J'en sais très long sur la honte. »

Elle secoua la tête et frotta le creux de son poignet contre son visage et sa gorge.

« Jude est peiné que tu aies quitté l'Eglise, dit-elle.

— Ça ne le regarde pas, dis-je.

— Il a baptisé tous mes fils. Il t'a fait faire ta première communion, dit-elle.

— Nous pensions que vous étiez amants, tous les

deux, dis-je. Je le lui ai raconté quand il est venu t'administrer les derniers sacrements. »

Rire de Lucy. « Qu'a-t-il dit ? demanda-t-elle.

— Pas grand-chose. Il n'est pas porté sur les remarques désobligeantes.

— Jude m'a dit que le moment était venu, dit ma mère en fermant les yeux.

— Le moment de quoi ?

— De mettre les cartes sur la table, dit-elle.

— Retour à la honte, c'est ça ? dis-je.

— Oui. On en revient toujours là, dit Lucy. Le père Jude est mon frère, Jack. Ton oncle.

— Bizarre, dis-je après un kilomètre de silence sur la route de Caroline. Même pour toi, c'est bizarre.

— J'ai été prise à mon propre mensonge. Sans trouver le moyen de faire marche arrière et de repartir de zéro. Je pouvais tout affronter, sauf le mépris de Ginny Penn. Tu comprends ça ?

— Non, dis-je en toute sincérité. Je ne comprends pas. Il est habituel, dans la plupart des familles sudistes, de présenter les jeunes neveux à leur oncle direct nettement avant leur trente-septième anniversaire. »

Lucy répondit en riant : « Ce que tu peux être vieux jeu !

— Même pour nous, maman, ce truc est trop retors. Sincèrement, j'aurais encore préféré apprendre que le père Jude était ton amant. La boulette aurait été beaucoup plus facile à avaler.

— Il fut un temps où la chose était sans problème pour moi, dit-elle.

— J'ai hâte de connaître les détails, dis-je en conduisant, avant de crier par la fenêtre : Parce que des putains de détails horribles et incroyables, il y en a toujours.

— Calme-toi », dit Lucy, avant de se mettre à raconter.

Et moi à écouter.

## 27

La vérité, c'est que Lucy McCall était née Dillard, dans les draps sales d'une méchante cabane de trois pièces, à un jet de pierre d'une rivière appelée Horse-pasture, dans les montagnes du comté de Pelzer, Caroline du Nord. Il n'y avait ni dentiste ni docteur à plus de cent soixante kilomètres à la ronde, et dans la vallée où elle était née, peu de gens avaient encore leurs dents passé quarante ans. Son père, A. J. Dillard, se disait agriculteur, mais il n'avait jamais brillé par son travail, ni par son succès. Il buvait lorsqu'il aurait dû faire les semailles, il buvait pendant toute la saison des moissons, il buvait quand arrivaient les premières neiges. Sa fille ne sut jamais à quoi correspondaient les initiales A. J., et personne ne la renseigna non plus sur le nom de jeune fille de sa mère. Cette dernière avait pour prénom Margaret.

Son frère, Jude, naquit deux ans après elle, dans les mêmes draps sales. Encore une fois, le père était ivre mort et Margaret accoucha seule, sans rien dire, évitant de faire le moindre bruit qui pût tirer son mari du sommeil éthylique où il était. Elle s'était toujours fait une fierté de ne jamais solliciter d'aide, ni de coups, les derniers étant une chose à laquelle il pensait de lui-même. Battre sa femme était à la fois un passe-temps et un besoin irrésistible chez A. J. Dillard, qui avait été à bonne école avec son propre père. Personne ne savait ni lire ni écrire dans la famille. Il fallait aller jusqu'à Ashville pour trouver le moindre livre, en dehors de la Bible. La mortalité infantile était banale dans ces contrées, et des femmes brisées comme Margaret espéraient souvent cette fin clémente pour leurs petits. Plus tard, Margaret se mit à rêver que ses enfants étaient conduits à Jésus juste après leur mort, et qu'on leur mettait de ravissantes ailes d'ange en dentelle et en neige. Margaret avait douze ans à la naissance de Lucy, quatorze à celle de Jude. Dans son coin des Appalaches, le comté de Pelzer, elle n'était pas considérée comme une mère particulièrement jeune. En revanche, ses voisins la plaignaient pour son infortune. Personne n'a jamais gaspillé un gramme de salive à dire une chose aimable en faveur d'A. J. Dillard. Un Dillard représentait la lie absolue de la race blanche, dans cette partie du monde, un comté exclusivement blanc, où une loi proclamée mais non écrite faisait interdiction aux Noirs d'entrer dans le comté après le coucher du soleil. Lorsque la Dépression finit par s'abattre sur l'Amérique, personne, dans le comté de Pelzer, ne remarqua la moindre baisse du niveau de vie. Lucy était née affamée, mais le lait de Margaret était pauvre et peu abondant, de sorte que toute l'enfance de Lucy serait marquée par la faim.

Lucy ne put jamais déterminer à quel moment elle avait compris que son père était dangereux. Elle avait grandi en voyant le visage de sa mère couvert de plaies et de bosses, et elle croyait donc naturel pour un mari et une femme de se battre à coups de poing. Les coups reçus altéraient l'apparence de sa mère, et au fil des années, les yeux de Margaret y virent de moins en moins bien, tandis que le dessin de la mâchoire et des pommettes se modifiait au gré des fractures successives. Mais Lucy se souvint toujours de la douceur de sa mère.

Lorsqu'elle eut cinq ans et Jude trois, son père quitta leurs montagnes pour descendre louer ses services comme ouvrier agricole dans une plantation de tabac, près de Raleigh. Parfois il rentrait pour l'hiver, et parfois il envoyait l'argent par la poste, mais il fit de moins en moins partie de leur vie pendant les cinq années qui suivirent. Margaret s'épanouit en son absence et découvrit qu'elle parvenait à tirer plus de récoltes de leur bout de champ caillouteux que n'avait jamais pu le faire son mari. Elle éleva des poulets, des cailles et des abeilles dans le jardin qui entourait sa maison restée brute. Lucy et Jude apprirent à pêcher au ver dans la Horsepasture, où ils attrapaient des truites pour le dîner d'un bout de l'année à l'autre, ou presque. Margaret maniait le fusil aussi bien que n'importe quel homme de la vallée et elle troquait les chevreuils et les ours qu'elle abattait contre les fournitures dont elle avait besoin pour la ferme. A dix ans, Lucy était aussi habile au fusil que sa mère, et elle était fière de la douleur qu'elle ressentait au creux de l'épaule en allant se coucher après une chasse fructueuse. Elle s'était fait les dents sur la 22. long rifle de son père, et ni les écureuils, ni les lapins, ni les opossums n'étaient en sécurité lorsqu'elle mettait les pieds dans la forêt. Cette 22. long rifle finit par faire partie d'elle, et elle la maniait avec autant d'aisance qu'un rouleau à pâtisserie lorsqu'elle préparait une fournée de biscuits.

Un jour, elle tua un dindon sauvage après une journée entière de traque. Il s'agissait d'un mâle adulte, un gibier d'une telle noblesse farouche qu'elle se surprit à admirer sa ruse tandis qu'il fuyait entre les buissons de mûres et d'églantine, avec la prestance d'un pur-sang, et qu'elle suivait ses empreintes grosses comme une main d'enfant lorsqu'il passait dans des zones découvertes.

Dans les églises des Appalaches, du temps de Lucy, on révérait un Dieu sévère et sans merci. Bien qu'illettrées, les familles d'A. J. et de Margaret étaient très religieuses, et extrêmes dans leurs croyances. Leur foi était irréductible, sans compromis, d'une intensité sans faille. Pendant la communion avec le Seigneur, lorsque l'extase était à son comble, l'Eglise du Dieu Primitif et de Ses Saints faisait circuler des serpents venimeux au milieu de ses fidèles pâles et vertueux, tous persuadés que les serpents ne leur feraient aucun mal si leur foi en Dieu était sincère. Lucy se souvenait du sabbat où deux hommes avaient échoué à l'épreuve et s'étaient écroulés en se tordant, frappés par un crotale dont c'était la première prestation. Un des hommes, touché à l'œil, mourut en quelques minutes. A l'enterrement d'Oakie Shivers, le prédicateur exhorta ses ouailles à mener une vie plus droite, leur jurant à tous qu'il avait eu la vision divine d'Oakie brûlant pour l'éternité dans le feu de l'enfer, les crochets du serpent encore plantés dans l'œil. Le prédicateur s'appelait Boy Tommie Green, et le Seigneur lui était apparu dans un chariot de feu près d'un champ, sous Chimney Rock, d'où il lui avait ordonné, d'une voix terrible comme le tonnerre, d'utiliser les serpents. Ses sermons, qu'il ne rédigeait jamais, il les hurlait, sans s'adoucir pour prononcer le nom de Jésus. Le mot Jésus lacérait l'air lorsque Boy Tommie parlait, brandissant ce nom comme un cri pour effrayer ces frustes pécheurs des montagnes, qui venaient chercher soulagement et réconfort dans son église. La vie éternelle était une promesse spécialement douce pour des gens qui soupaient de chiens errants et de petits oiseaux, en s'échinant à tirer de maigres récoltes de lopins où les cailloux abondaient plus que la bonne terre.

Comme la plupart des habitants des montagnes de ces régions, A. J. distillait son propre alcool, au-dessus de la Horsepasture, chaque fois que s'achevait la saison du tabac, et il n'était plus le bienvenu nulle part. Au fil des années, ses retours à la maison devinrent des événements redoutés, et Lucy n'avait aucun souvenir d'un père gentil, ou simplement à jeun. Chez lui, tout était dur comme un affleurement de granit. Battre sa femme et ses enfants était un jeu auquel il pouvait s'adonner au réveil, à demi éméché et avec la gueule de bois, tabassant sa petite famille pour des péchés dont ils étaient complètement innocents, avant de sombrer dans la morosité et le remords, puis de relancer le cycle avec sa première gorgée de whisky. Au milieu de l'hiver, Lucy et Jude priaient pour le début de la floraison du tabac dans les plantations du centre de la Caroline du Nord. Ils avaient compris que les maris étaient maîtres chez eux et que les hommes tenaient femmes, enfants, ainsi que tous les animaux des champs en esclavage ; pourtant, Boy Tommie était celui qui devait les délivrer de la colère et de la méchanceté naturelle de leur père.

Boy Tommie parlait des langues inconnues et citait l'évangile de Luc du début à la fin sans regarder une fois le texte de la Bible. Admirable pour ce qui était des choses du Seigneur, mais loin d'être un saint dans la mesure où sa connaissance des femmes valait bien celle qu'il avait de la Bible.

Boy Tommie réservait ses visites à la ferme des Dillard à la pleine saison du tabac, quand il était certain de l'absence d'A. J. Avant d'entrer dans la maison pour étudier la Bible avec Margaret, il lâchait une vipère cuivrée dans la poussière de la cour et donnait de longues badines à Lucy et au petit Jude en leur apprenant comment poursuivre un serpent dans le jardin, sans le laisser s'échapper ni dans la rivière ni dans les bois. Le serpent avait la couleur d'un sentier d'automne, et tandis que les enfants taquinaient le reptile, Boy Tommie encourageait la spiritualité de Margaret à l'intérieur de la maison de trois pièces.

Une année, A. J. revint au début du mois de septembre, sans prévenir, le bras cassé et mal remis grâce à l'attelle d'un médecin autodidacte qui rafistolait les travailleurs migrants qui s'estropiaient mutuellement dans des bagarres, ou se blessaient en travaillant dans les plantations de tabac. A. J. possédait l'intuition des illettrés, et il comprit rapidement la situation lorsqu'il vit ses enfants agacer un serpent en le levant au soleil au bout de leurs badines, sans surveillance, dans le calme étrange de la fin d'après-midi. Quand il trouva Boy Tommie couché sur sa femme, nus l'un et l'autre comme à l'instant de leur naissance, il tua Boy Tommie d'un seul coup de hache. La hache coupa en deux la cervelle du prédicateur dont le sang aspergea deux murs et le visage de Margaret. A. J. barbouilla du sang de son amant la tête et le cou de Margaret, non sans lui tartiner les seins et le ventre de morceaux de sa cervelle. Il la frappa ensuite au visage jusqu'à ce que son sang mêlé à celui de Boy Tommie formât un élixir sacramentel de l'amour. Il cognait de sa main valide et ne s'arrêta que lorsqu'il eut la certitude d'avoir brisé les os de cette main ainsi que ceux du visage de son épouse. Puis il la traîna et la sortit nue à coups de pied dans la cour, sous le regard des poulets, des cailles, de la mule et de deux enfants paralysés de terreur. A. J. l'emmena ainsi jusqu'à la Horsepasture en maudissant le nom de Dieu, celui de sa femme, et tous les deux étaient couverts du sang d'un homme mort, et il plongea la tête de Margaret dans un trou d'eau profonde qui devint écarlate du sang de ses plaies. Il la maintint immergée plusieurs instants avant de la ressortir à l'air libre et à la lumière pour lui dire de se préparer à mourir dans l'eau de la rivière, puisque le Seigneur leur avait ordonné de renaître des eaux de la vie. Les hurlements de sa femme n'étaient rien à côté de sa fureur et de la rigueur de sa juste vengeance, mais il commit une erreur, une erreur terrible, imprévisible, qu'il eut le temps de regretter dans des souffrances abominables. A. J. n'avait pas prêté attention au silence de la jolie petite fille fâchée, celle qui descendait vers la rivière avec une vipère cuivrée enroulée à l'extrémité d'une longue badine, et ce serpent, elle avait appris à l'aimer et à lui faire confiance.

A. J. saisit Margaret à la gorge et lui cogna la tête contre une pierre qui avait une arête aiguë, lui ouvrant le crâne tandis qu'un nouveau drapeau ensanglanté se déployait dans les eaux. Elle avait la tête sous l'eau, Margaret, mais elle entendit le cri lointain, vaincu, de son mari qui n'avait pas vu la fillette lui poser le serpent autour du cou, à la façon d'un grand collier vibrant, couleur de montagne. Les crochets se plantèrent d'abord dans l'omoplate avant d'envoyer une seconde dose de venin près du coccyx. A ce moment seulement A. J. attrapa le serpent qu'il lança violemment dans l'eau où le courant l'emporta vers un grand trou à truites d'où la vipère put rejoindre l'autre rive où elle disparut en ondulant dans la forêt, après sa longue captivité parmi les âmes sauvées.

Lorsqu'il lâcha Margaret, elle aussi fut entraînée par le courant et ballottée dans les remous. Elle aurait coulé si elle n'avait pu se saisir des racines découvertes d'un sycomore auxquelles elle s'agrippa le temps de reprendre son souffle et ses esprits. Elle regarda Lucy et le petit Jude courir dans un chemin montant à flanc de montagne, poursuivis par A. J., qui perdait un peu de vitesse à chaque foulée. Sa main cherchait quelque chose dans son dos, qu'apparemment il ne trouvait pas, ses doigts valides voulant découvrir ce qui le faisait souffrir. Une ou deux fois il poussa un hurlement, avant de se retourner pour chercher sa femme des yeux. Le poison lui brûlait les veines, mais sa colère lui fournit encore la force de traîner le cadavre de Boy Tommie jusqu'à la rivière et de cracher tandis que le courant emportait le corps jusqu'aux premiers rapides, où il resta coincé entre deux rochers. Margaret regarda horrifiée le cadavre s'asseoir, la bouche et les yeux morts de Boy Tommie s'ouvrir, l'eau blanche lui ruisseler sur les épaules. Elle se cramponnait aux racines, l'eau froide ralentissait son rythme cardiaque ·et la circulation de son sang, mais elle attendit la quasi-obscurité et la conviction que la rage et la douleur de son mari avaient cédé avant de se risquer hors de l'eau.

Dégoulinante de l'eau de la rivière, elle entra dans sa maison pour chercher ses enfants, qui observaient la scène depuis un rocher d'où ils avaient vue sur la ferme où leur enfance avait tourné court. Elle connaissait par cœur la place de chaque objet et alla prendre une lampe à pétrole, puis ouvrit le tiroir où elle rangeait les allumettes, et mit un peu de lumière dans la tristesse ambiante. Sortant dans la cour, elle leva la lampe devant son visage pour permettre à ses enfants de la reconnaître, s'ils étaient en train de guetter depuis une cachette. Elle les appela en faisant le cri de la chouette qu'elle imitait à la perfection. Plus tard, ses deux enfants garderaient le souvenir obsédant de ces ululements plus que du son de sa vraie voix. Silencieux comme des algues, ils restèrent accrochés au rocher en attendant de voir si leur père allait apparaître pour assommer leur mère. Toute la montagne semblait mise en danger par son retour. Sentant le calme revenu, Lucy donna le signal en serrant le bras de son frère, et ils descendirent vers leur maison par un chemin qu'ils connaissaient par cœur.

Ils trouvèrent leur mère en train de sortir une grosse corde de la grange, et la nervosité qui régnait dans la basse-cour en émoi troublait la nuit en la rendant bruyante. Le son de la rivière les calma tandis qu'ils arrivaient dans la cour au sol dur, sans herbe.

« Attelez la mule », dit leur mère en s'adressant plus à la nuit qu'à Lucy ou Jude, et les deux enfants de pénétrer dans la grange pendant que Margaret entrait dans la maison avec un rouleau de corde tellement lourd qu'elle trébucha en chemin. Féroce et jaune comme un œil de rapace, la lumière de la lampe à pétrole éclairait la cour. Margaret évoluait avec une grande économie de gestes à présent qu'elle avait décidé de ce qu'elle devait faire. Ivre, étendu sur le dos, ronflant, A. J. reposait sur le lit sanglant où il avait tué Boy Tommie et où ses deux enfants avaient été conçus dans la tristesse de leur vie de reclus. Le poison enflait sa gorge. A. J. ne sentit pas la corde que Margaret jeta sur sa poitrine avant de la fixer par un nœud aux montants métalliques du lit. Puis elle enroula la corde autour de lui, en la faisant passer sous le sommier pour la récupérer en rampant de l'autre côté, sans oublier de bien la serrer. Avec la patience d'une araignée, elle le ficela à l'aide d'une corde assez solide pour servir de longe à un bœuf adulte. Sur son corps, sous le lit, elle le saucissonna solidement et il ressembla bientôt à un papillon pris dans les mortels rets de soie. Elle ne voulait pas lui laisser la moindre échappatoire, car elle connaissait désormais les enjeux et le goût de la haine sur la langue et au creux de l'estomac. Margaret n'avait pas de miroir et si elle en avait eu un, elle aurait choisi de ne pas se regarder en tâtant les plaies et bosses de son visage sur lesquelles elle passa un index blessé contre les pierres. A chacun de ses mouvements, elle sentait la brûlure des fractures déchirer tout son système nerveux. Mais elle opéra lentement, méthodiquement, elle avait un plan.

Elle aida les enfants à charger toutes les provisions de la maison sur le chariot, avec tous leurs vêtements, toutes les couvertures, tous leurs biens. Les enfants exécutaient ses ordres à la lettre et ne parlaient pas. Pour eux, elle était devenue une sorte de spectre, une femme étrange, assez sainte pour dormir avec l'homme aimé des serpents, et mariée à un homme fou au point de tenter de les tuer tous les deux.

Margaret descendit jusqu'à la rivière et ramassa un caillou gros comme une chaussure d'enfant. Elle en aima le contact, le poids, la masse, la forme. Elle demanda à ses enfants de monter dans le chariot et d'essayer de dormir au milieu du linge et des vêtements. Jude s'endormit aussitôt, mais Lucy fit seulement semblant et regarda sa mère retourner vers la maison où se trouvait la lumière, et où une bonne partie de son futur bagage de connaissances sur les relations entre hommes et femmes allait lui être révélée.

A. J. Dillard fut réveillé par la terrible douleur de la morsure du serpent dans son dos et ses épaules, assez grave pour le mettre à la torture, mais pas pour le tuer. Le whisky avait d'abord atténué la souffrance, puis l'avait fait sombrer dans l'inconscience. Il avait la bouche sèche et envie d'un verre d'eau lorsqu'il émergea d'un sommeil agité, sans rêves. Il avait en plus un goût de coton et de sable au fond de la gorge, et se mit à pleurer lorsqu'il sentit la brûlure de ses blessures en voulant se retourner, mais la corde lui coupait les veines du cou. Il cria le nom de Margaret et regretta de l'entendre répondre.

« Détache-moi, femme ! » ordonna-t-il quand il vit son ombre entrer dans la pièce, mais il souffrait beaucoup trop pour remarquer les détails. La pierre dans sa main faisait partie de ces détails. « Ensuite, je finis de te tuer. Avant de m'occuper de la gosse qui m'a jeté un serpent.

— Tu ne quitteras pas ce lit, dit la femme en se dirigeant vers lui.

— Un peu d'eau alors, si tu as l'intention de me tuer.

— T'auras pas besoin d'eau, là où tu vas aller, dit Margaret avant de grimper sur le lit et de s'asseoir à califourchon sur sa poitrine en le regardant dans les yeux.

— Je t'ai salement amochée, dit-il en riant malgré la douleur.

— C'était la dernière fois que tu me tapais dessus », dit sa femme en le frappant à la tête avec le caillou. Il cria une fois, et le deuxième coup lui brisa les dents du haut. Elle continua de le frapper au visage, jusqu'à le rendre complètement méconnaissable. Couvert de larmes, de morve et de sang. Lucy resta aussi longtemps qu'elle put, puis la voix suppliante de son père demandant grâce lui fut insupportable. Il répétait qu'il regrettait tout ce qu'il avait fait, qu'il n'était pas encore prêt à quitter la vie et encourir la colère du jugement éternel. Plus il perdait son sang, plus il devenait religieux, plus il parlait comme Boy Tommie.

Lucy courut rejoindre sa mère qu'elle tenta d'écarter de son père, mais la rage de l'épouse était déchaînée et ne se laissa pas contrer. Margaret frappa encore et encore le visage de son mari, jusqu'à en avoir le bras meurtri. Alors elle se dirigea vers un seau d'eau où elle se lava les mains et le visage sur lesquels elle effaça toute trace de sang.

Pour finir, sa mère se mit à verser du pétrole sur les lattes de pin du plancher, arrosant les rideaux et le mobilier de fortune sans se soucier ni du gâchis ni de l'avenir. Si Lucy ne comprit pas pourquoi sa mère répandait du pétrole sur la table et les murs, son père, lui, savait et se mit à tenter de briser les nœuds de la grosse corde, en tirant de toutes ses forces. Il réussit à faire bouger le lit, qui se déplaça lentement sur le plancher, centimètre par centimètre, mais Margaret l'aspergea avec le reste de pétrole.

« Tu n'as pas le cran », dit son mari qui ne savait pas grand-chose des profondeurs et du potentiel d'indignation que sa femme accueillait en secret dans les recoins cachés de sa féminité.

Du pas de la porte où elle se trouvait à présent,

Margaret Dillard fit ses adieux à son mari : « Tu embrasseras Satan de ma part, A. J. » Et de lancer la lampe à pétrole en direction de la chambre avant de rejoindre le chariot en courant.

Le bruit de son père en train de mourir accompagna Lucy lorsqu'elle quitta la vallée de la Horsepasture, et la poursuivit encore sur la longue route non goudronnée et semée d'embûches qui sortait de ces montagnes pour descendre vers Seneca, Caroline du Sud. Ils n'avaient pas de voisins assez proches pour remarquer le feu ou s'inquiéter des supplications désespérées d'A. J. Leur mère n'accorda plus une pensée à sa maison, ni à son compagnon, et mit toute son énergie à maintenir la mule au milieu du chemin.

Ils rencontrèrent beaucoup de gentillesse spontanée au cours de ce voyage pour quitter les montagnes au milieu desquelles Margaret avait vécu chaque minute de sa vie. Les épouses d'agriculteurs, fortes de leur propre expérience de la solitude, comprenaient l'indicible et audacieux coup de tête qui amenait cette femme au visage tuméfié devant leur porte pour mendier un peu de nourriture. Elles lui donnaient des œufs, du lait et du fromage parce que c'était une femme et qu'elle avait deux enfants. Aucune n'aurait eu cette générosité pour un homme voyageant seul.

Pendant un mois entier, ils parcoururent les chemins de Caroline du Sud, d'une petite ville à une autre, tandis que Margaret Dillard essayait d'imaginer un plan. Un jour, elle aperçut son propre visage dans un miroir, dans une ferme qui les avait hébergés, près de Clinton, Caroline du Sud, et elle pleura en constatant les dégâts infligés par A. J. Il fut un temps où elle avait été fière de sa beauté, mais à présent, elle éprouvait cette honte particulière que la laideur offre en prime aux femmes disgracieuses. Elle ne voyait pas comment un jeune homme pourrait jamais tomber amoureux d'un visage à ce point mutilé, défiguré. Si elle-même était dégoûtée par sa propre image dans un miroir, elle ne pouvait espérer attirer l'attention d'un homme correct et gentil. Faute de savoir quoi faire et où aller, elle continua de pousser sa mule d'une ville à l'autre, dans l'attente d'un hypothétique miracle. Mais il n'y eut pas de miracle pour Margaret Dillard et ses enfants. La mule rendit l'âme au sortir de Newberry.

A la ville suivante, elle se rendit à pied avec ses enfants devant le portail d'une institution d'obédience protestante, dite Orphelinat du Ministère de l'Agneau, tenue par des missionnaires qui étaient allés prêcher la parole de Dieu auprès des tribus du Sud saharien. L'établissement se trouvait entre Newberry et Prosperity, à Duffordville. La ville avait été construite en bordure d'une voie ferrée, et les maisons avaient cette banalité anonyme censée protéger les petites villes du désastre. On ne voyait pas la moindre note de vanité dans l'architecture, ni dans la disposition de la ville. A l'entrée de l'orphelinat, Margaret montra le bâtiment principal, une maison à étage, en bois, dotée de fenêtres sans volets et de deux colonnes doriques non peintes, qui ressemblaient à une paire de béquilles soutenant l'édifice.

« Ils prennent les orphelins, dit Margaret à ses enfants. C'est là que vous allez vivre.

— Mais tu es là, s'écria Lucy. Nous avons une mère.

— Oui, je sais », répondit Margaret, mais d'une voix rêveuse, absente.

Cette nuit-là, ils campèrent sous un pont de chemin de fer et firent un feu qui les réchauffa, puis Margaret donna à ses enfants les dernières provisions qui lui restaient. Elle était vaincue par son indécision et ses yeux avaient renoncé à toute perspective de délivrance. Elle avait prié aussi fort qu'on pouvait prier, pour ne récolter qu'une mule morte et un cœur fatigué, épuisé. Margaret Dillard chanta une berceuse à ses enfants, puis elle leur murmura qu'ils étaient très beaux à la lumière du feu. Pendant leur sommeil, elle les embrassa, les couvrit de sa propre couverture, et se pendit avec un court morceau de corde à une pile du pont. Elle voyait sa mort comme l'unique et ultime cadeau qu'elle pourrait jamais offrir à ses petits. Un cadeau que les enfants découvrirent au réveil.

Pendant les années qui suivirent, Lucy ne put jamais prononcer le mot « orphelin » sans trembler à cause de ses terribles résonances. Pour elle, un orphelin était un enfant que l'on pouvait maltraiter tranquillement, un innocent offert en sacrifice aux forces du mal. A dix ans, Lucy Dillard, qui avait vu son père assassiné et sa mère pendue à une poutrelle de pont de chemin de fer, était en droit de penser qu'elle avait connu le pire de ce que le monde peut offrir à une fillette. C'est alors qu'elle rencontra le révérend Willis Bedenbaugh.

Très tôt Lucy apprit que pour la moyenne des gens, un orphelin est une chose difficile à aimer. Un orphelin était un paquet rejeté, abandonné, qu'on laisse sur le bord de la route, à la complète dépendance de la charité et de la tolérance d'étrangers. Plus tard, dans les romans et les films, elle serait toujours furieuse de voir des orphelins systématiquement recueillis par de chaleureuses familles au grand cœur qui les traiteraient comme s'ils étaient arrivés en leur sein de façon normale. Elle apprit que ce monde était peuplé de trop de Willis Bedenbaugh, qui se faisaient les dents en jouant les prédateurs sur de jeunes orphelins.

Le révérend Bedenbaugh était une version plus douce de l'homme de Dieu que le modèle produit dans les montagnes de Caroline du Nord. Il était fier de son teint laiteux et de ses cheveux blond cuivré qui lui donnaient l'apparence d'une grosse pêche contente d'elle. Ses chaussures étaient coûteuses et cirées à la perfection par un orphelin de dix-huit ans, handicapé mental et violent, qui n'avait jamais trouvé de famille chrétienne pour l'accueillir. Il s'appelait Enoch et vivait dans un box, au fond de la grange.

Comme il n'y avait pas d'école, les dix-huit orphelins fréquentaient deux fois par jour la chapelle où ils subissaient des sermons que le révérend leur lisait mot pour mot dans un livre intitulé « L'Art du sermon ». Sa voix portait dans la petite chapelle et possédait une qualité lisse et apaisante à laquelle Lucy trouvait bien du charme. Le révérend Bedenbaugh était la première personne ayant fait des études supérieures qu'elle rencontrait. Pendant les premiers services, Jude et elle se demandèrent en leur for intérieur où se trouvaient les serpents. Ils ne voyaient pas comment un chrétien pouvait mesurer son amour pour Jésus s'il ne passait pas l'épreuve du serpent, au risque d'être mordu et d'en mourir. Mais ils gardèrent leur théologie personnelle pour eux et s'habituèrent à l'éloquence plus en rondeur et en réserve des terres intérieures de Caroline du Sud.

Le révérend Bedenbaugh ne viola Lucy qu'au bout d'un mois. Après avoir abusé d'elle, il sécha ses larmes, lui lut un long passage des Ephésiens, et la mit en garde contre l'immoralité intrinsèque des femmes, dont le corps suscitait la lubricité chez des hommes pieux. Il lui donna un bonbon à la réglisse en guise de récompense, et à dater de ce jour, Lucy détesta à jamais le goût de la réglisse.

Elle découvrit qu'il ne violait pas toutes les petites orphelines, mais avait ses favorites, qui avaient de plus grosses portions aux repas et étaient dispensées des corvées les plus pénibles dans la ferme tenue par les enfants. Lorsqu'il buvait, il arrivait dans la grande pièce où les orphelins dormaient dans des lits superposés. Il venait généralement à trois heures du matin pour faire son choix. Toutes les fillettes qui avaient ses faveurs devaient coucher dans les lits du bas, et elles n'avaient pas le droit de porter de culotte. Lucy ne tarda pas à devenir sa proie préférée, et apprit à détester l'odeur du whisky autant qu'elle abominait le goût de la réglisse.

Une nuit, alors que le révérend était en elle, Lucy ouvrit les yeux et vit son frère, Jude, qui la regardait depuis la couchette du haut, avec l'impuissance rageuse et triste de tous les petits garçons témoins de ce genre de scène. Elle leva le bras dans le noir, et Jude se pencha pour lui tenir la main jusqu'à ce que le révérend eût fini son affaire et roulé sur le côté. Ensuite, il se retirait dans son bureau, au même étage, pour lire sa bible et fumer sa pipe. L'odeur du tabac pénétrait dans le dortoir sans lumière, et les enfants s'abandonnaient au sommeil en sachant qu'ils étaient à l'abri de nouveaux assauts pour cette nuit. Puis il éteignait sa lampe à pétrole et dormait dans un petit divan à côté de sa table de travail.

En novembre, il avait violé une petite nouvelle qui passait sa première nuit à l'orphelinat. Les autres l'avaient entendue se débattre et crier dans le noir, entendu aussi le révérend Bedenbaugh lui ordonner de la fermer et de se soumettre à la volonté de Dieu. Ils entendirent encore le moment où il lui brisa le cou. Avant le matin, Enoch avait emmené la petite pour l'enterrer à côté de Margaret Dillard dans le cimetière des pauvres qui jouxtait l'orphelinat. Bedenbaugh se mit à boire davantage par la suite, et c'est à cette époque que data sa préférence pour Lucy, parce qu'elle ne faisait pas de bruit et ne se débattait pas. Son frère, Jude, se taisait aussi, mais il tenait la main de sa sœur pendant qu'elle était violée sur le lit en dessous du sien.

Après les assauts sur sa sœur, Jude observait le moindre mouvement de Bedenbaugh lorsqu'il regagnait son bureau. Une grande fenêtre sans carreau donnait au prédicateur vue sur le dortoir des enfants, mais permettait aussi à Jude de l'étudier. Lorsqu'il s'asseyait dans son fauteuil, il s'adonnait au rituel compliqué de la pipe. Il commençait par nettoyer méticuleusement le fourneau avec son canif, puis ramonait le tuyau avec un cure-pipe blanc et propre. Il fumait du Prince Albert, qu'il conservait dans de grandes boîtes en fer-blanc sur son bureau. Il commençait par inhaler le parfum puissant du tabac cru, puis saisissait une grosse pincée entre le pouce et l'index qu'il tassait ensuite soigneusement avec un outil à tête plate qui, pour Jude, ressemblait à un clou. Bedenbaugh sortait alors un briquet en argent, qu'il admirait à la lumière de la lampe avant de faire tourner la petite roue sous son pouce et de mettre la flamme en contact avec le tabac, dont l'odeur arrivait bientôt jusque dans le dortoir et endormait Jude. Le révérend Bedenbaugh achevait alors une pinte de whisky, avant de sombrer dans un sommeil pesant, ponctué de ronflements profonds, comiques.

Il fallut plus d'un mois à Jude pour concevoir le plan qu'il réclamait dans ses prières biquotidiennes à la chapelle. Cette nuit-là, après que le révérend était retourné à son bureau et qu'il avait entendu Lucy pleurer en silence, Jude observa les cérémonies et ablutions postcoïtales à travers la fenêtre éclairée. Même Lucy était endormie lorsque le jeune garçon descendit de sa couchette avec l'agilité d'un chat, pour se rendre jusqu'à la porte du bureau de Willis Bedenbaugh. Son intention était de faire regretter amèrement au révérend Bedenbaugh d'avoir choisi de violer la sœur de Jude Dillard, qui portait en lui, comme une marque de naissance, un peu de la rage des gens des montagnes. Il attendit le début des ronflements, et lorsqu'il les entendit, Jude entra dans le bureau.

La forme molle dormait et ronflait sous un édredon de plumes. Jude avança jusqu'à la table et vit l'œil incandescent de la pipe encore allumée dans le cendrier, furieuse, consumée. Il ouvrit le premier tiroir à droite, comme il avait souvent vu faire Bedenbaugh, fouilla, trouva la recharge métallique pleine de liquide pour le briquet en argent. Il repéra ensuite le briquet à côté de la pipe, et prit ce dernier dans la main gauche, gardant la recharge métallique dans la droite. Sa mère avait procédé différemment, mais le projet était identique. Sa force avait tenu à sa détermination, au fait qu'elle avait conçu une stratégie. Lui aurait aimé être plus vieux pour comprendre mieux, mais il l'était assez pour savoir qu'il ne pourrait pas tenir la main de sa sœur une fois de plus sans mourir de honte.

Il ôta la minuscule capsule rouge fermant la recharge, et se mit à répandre le liquide sur l'édredon qui couvrait le révérend. Le contenant émettait une espèce de grincement qui l'obligea à s'efforcer de suivre le rythme des ronflements de l'homme. Jude était patient et consciencieux, et si l'opération lui prit près d'une demi-heure, il se débrouilla pour vider la recharge sans verser une seule goutte sur lui-même.

Pendant les dix minutes qui suivirent, il tenta de trouver le courage d'allumer le briquet. Jamais il n'avait fait fonctionner un briquet, il avait seulement regardé le révérend Bedenbaugh le faire. Il sentait sous son pouce la roue rugueuse. Dans son imagination, il la faisait tourner et surgissait une flamme qui montait d'un coup jusqu'au toit de l'orphelinat. Il appuya une fois, mais il ne se passa rien, hormis un léger grattement, comme celui d'un rongeur dans une boîte. Le bruit modifia le rythme des ronflements du prédicateur, et Jude attendit une minute entière avant d'oser une nouvelle tentative. Le deuxième essai ne fut pas plus convaincant que le premier, et de nouveau le prédicateur bougea dans son sommeil. La troisième fois, Bedenbaugh s'éveilla et sentit l'odeur de l'essence à briquet qui avait mouillé sa chemise de nuit. Il fallut quatre tentatives à Jude pour apprendre à se servir d'un briquet.

« Qu'est-ce que tu fais debout ? » demanda l'homme d'une voix pâteuse.

Une flamme sortit du briquet, et avant de l'approcher de l'édredon, l'enfant chanta d'une voix claire : « Je suis chrétien, voilà ma foi, mon espérance et mon soutien. »

Puis il enflamma l'homme, et Bedenbaugh, pris dans une explosion de lumière, bondit hors du lit et se mit à courir avec ses vêtements en feu. Il traversa le dortoir en hurlant, et à chaque pas il ressemblait plus à une torche et moins à un humain. Il flambait de plus en plus fort, et sa langue, épargnée par le feu, ne réussissait à produire que des bruits, pas des mots. Lorsqu'il arriva au fond de la pièce, ses cheveux enflammèrent les sombres tentures de coton, tandis que son corps, recroquevillé et noirci, tombait sur les genoux et mourait dans l'odeur de sa propre chair gâtée, calcinée.

Jude Dillard regarda l'homme en feu s'écrouler à l'autre bout de la pièce, remarqua la longue flamme qui grimpait au rideau, et comprit qu'à l'âge de huit ans, il venait de tuer son premier homme, avec la conscience tranquille qui accompagne toujours le sentiment que justice a été rendue. Dans sa mémoire, la silhouette de cet homme en train de brûler allait rester à jamais gravée. Dans chacune de ses confessions, dans chacun de ses actes de contrition, il figurait le remords suscité par la mort de Willis Bedenbaugh. Cauchemar après cauchemar, l'image de Bedenbaugh allait se confondre avec celle de son père dans une terrifiante parenté, et leurs hurlements respectifs enseigneraient inlassablement au prêtre endormi les châtiments par le feu. Sa vie contemplative, enterrée, commença lorsqu'il regarda son ennemi tomber sur le plancher de pin, tandis que les orphelins criaient : « Au feu ! » L'événement marqua aussi le commencement de sa vie silencieuse, et Jude fut incapable d'articuler un mot pendant deux longues années après l'incendie de l'orphelinat. Lucy l'entraîna hors du feu en le prenant par la main, et, prêt à subir son destin après avoir commis son seul meurtre, il la suivit avec la docilité d'une victime.

Le bâtiment en bois brûla toute la nuit, et la moitié des emplois du village partirent en fumée avec lui. L'avis général fut que Bedenbaugh s'était endormi après avoir avalé sa demi-pinte de whisky, et que les cendres de sa pipe avaient mis le feu à ses draps. Il était l'unique responsable de sa mort, et les villageois entrevirent une certaine justice dans cet incident. Les restes de Bedenbaugh furent vite enterrés, et vite oubliés, car on ne trouva guère plus que quelques os et quelques dents dans les ruines calcinées.

Un hébergement provisoire fut installé dans le dortoir des filles du collège universitaire de Newberry, et une rapide dispersion des orphelins commença à la suite de l'appel lancé aux familles de fermiers du Piedmont. Un agriculteur qui avait une plantation de tabac près de Florence choisit Jude, pendant une présentation, mais il fut dissuadé de l'emmener par Lucy, qui plaida que personne ne séparerait le frère de la sœur, brisant le peu de liens de famille qui existaient encore dans leur vie. Lorsque les étudiantes revinrent à Newberry après les congés d'été, Lucy et Jude étaient les seuls survivants de l'incendie de l'orphelinat à ne pas avoir trouvé de maison d'accueil.

Lucy rêvait de lire douceur et délivrance dans les yeux des personnes qui venaient les voir, elle et son frère, avec le regard attentif d'acheteurs de bétail.

Mais elle savait que rien n'était moins désirable et indispensable qu'un orphelin. Chaque jour passé à Newberry inscrivit un peu plus de dureté dans son regard, et elle acquit une source de force intérieure en même temps qu'elle commençait à mesurer le fardeau d'être considérée comme une chose sans valeur. Son caractère se forgea cet été-là. Lucy serait la preuve vivante que l'on se met en travers du chemin d'un enfant malmené par le destin à ses risques et périls. En veillant aux intérêts de son frère, elle se transforma.

En septembre, Lucy surprit une conversation au cours de laquelle l'aumônier de l'établissement évoquait avec la surveillante du dortoir des filles l'éventualité de confier Jude à l'hôpital psychiatrique public situé dans Bull Street, à Columbia. Elle avait entendu parler d'enfants à problèmes qu'on avait envoyés à Bull Street et qui n'avaient plus jamais été autorisés à quitter l'institution. Mais Lucy estima que son frère et elle avaient connu assez de misères. Elle seule savait que son frère s'était réduit à un état de contrition qui envahissait et inhibait ses moindres instants de lucidité. C'était un enfant fragile, un petit oiseau dont la peur des vautours avait noué le chant. Jude avait besoin d'une sœur forte, alors elle devint forte. Il avait fait payer un prix terrifiant au violeur qui l'avait déflorée, elle lui éviterait les cellules qui étouffent le cri des fous. Pendant deux jours, elle vola de la nourriture dans la cuisine et cacha ses provisions sous son lit. Du tronc pour les pauvres de la chapelle anglicane, à l'aide d'un chewing-gum jeté par un étudiant de Newberry et récupéré par elle pour le fixer à l'extrémité d'un long bâton, elle fit sortir quatre-vingt-six cents comme par magie. Elle s'estima absoute de toute culpabilité en expliquant à son frère, qui n'en demandait pas tant, qu'ils étaient bien assez pauvres pour mériter le secours des pièces recueillies par un tronc pour les pauvres.

La nuit même, ils s'échappèrent du dortoir. Tenant son frère par la main, Lucy lui fit traverser la ville endormie, repliée sur elle-même, pour rejoindre la Columbia Highway dont elle avait entendu parler comme de la route sortant de la ville. Pendant huit heures, elle leur imposa à tous deux une marche forcée qui mit plusieurs kilomètres entre la ville et eux. Ils errèrent ensuite sur les petites routes de Caroline du Sud pendant un mois, dormant dans des clairières, des champs de maïs, des granges à foin, des écuries. Ils se déplaçaient le soir tombé, avec la méfiance de toutes les créatures de la nuit, et ils apprirent à aimer le goût des œufs crus ainsi que celui du lait tiède, juste sorti du pis de la vache. Ils glanaient et chapardaient ce qu'ils pouvaient dans le voisinage des fermes. Par hasard, ils avaient pris la route de la côte, en évitant Columbia, dont ils redoutaient le rapport avec Bull Street et l'asile de fous. Comme ils ne se mettaient en route qu'après le coucher du soleil, ils s'habituèrent à la lumière des étoiles et arpentèrent des routes non goudronnées qui s'enfonçaient entre des champs où mûrissaient les récoltes, sous un ciel nocturne illuminé par des constellations dont ils ignoraient le nom. Parce que ni l'un ni l'autre n'avait passé un jour à l'école, le monde ne possédait pour eux que peu de noms.

La main dans la main, ils traversèrent ainsi l'Etat de Caroline du Sud sans être repérés. Ils laissaient des coquilles d'œufs pour jalonner leur sillage et se gavaient de baies et de pommes sauvages. Ils regardèrent un paysan ivre tuer un chien à coups de bâton parce qu'il avait égorgé un poulet, et cette nuit-là, autour d'un feu repérable à des kilomètres, ils mangèrent le poulet. Lucy devait rire des années après en se souvenant que Jude voulait aussi prendre le chien pour le manger. Cette étrange odyssée lui apprit que la faim élargit le champ des gastronomies reconnues. L'amour qu'ils avaient l'un pour l'autre fut leur soutien, et ils devaient tous les deux se souvenir de cette longue équipée sans adultes comme des jours les plus heureux de leur enfance blessée, infortunée.

Sans but précis, ils déambulèrent au hasard, à la façon de somnambules, sous des arbres à présent habillés de longs manteaux de mousse et de lianes, qui annonçaient la côte. La terre elle-même changeait sensiblement sous leurs pieds, se faisant plus sablonneuse, plus acide. De manière invisible, le niveau de l'eau montait, les marécages et leurs cyprès commençaient à renvoyer l'écho de conciliabules nocturnes entre hiboux, du cri d'alligators mâles revendiquant leur territoire à l'approche d'un rival dans des eaux noircies par la vase, les algues, le limon. Eux traversaient des forêts, ignorés par les milliers d'yeux qui scrutaient ce monde fermé, sans soleil, où presque tout le monde était chasseur, et tout le monde une proie potentielle.

Parce qu'ils étaient des citoyens de la nuit, leurs déplacements avaient la magie des contes de fées. Jude n'ayant toujours pas recouvré l'usage de la parole, Lucy prenait toutes les décisions, regardant le choix de leur cachette pendant le jour, notamment. Ils errèrent ainsi jusqu'au moment où la faiblesse les gagna, et dès que la faiblesse se mit à les gagner, la mort ne tarda pas à se mettre en mouvement. Lorsqu'elle ne parvint plus à sortir Jude de son sommeil affamé, Lucy se dirigea directement vers la fumée qui montait d'une pauvre bicoque de campagne. Sans l'ombre d'une hésitation, elle frappa à la porte et la première Noire à qui elle adressa jamais la parole vint lui ouvrir. Cette femme s'appelait Lotus, et ce jour fut celui d'une délivrance pour Lucy et son frère évanoui. Lucy n'aurait pu tomber sur des gens plus pauvres pour amener son frère, ni sur des personnes animées d'une plus grande générosité naturelle.

Lorsqu'il ouvrit un œil, Jude tétait le petit doigt qu'une énorme Noire avait trempé dans la mélasse fabriquée par son propre mari. Elle en avait tartiné les gencives et les dents de Jude. Enfant, Lotus avait connu les privations, aussi entreprit-elle aussitôt d'engraisser ces deux petits Blancs surgis de nulle part et trouvés devant sa porte, en bordure des marais de Congaree.

Pendant trois semaines, Lotus nourrit ses petits protégés blancs, en regardant la couleur leur venir aux joues tandis qu'elle les gavait de gâteaux pleins de beurre, de bacon frit dans une poêle d'aluminium, et de tous les œufs qu'elle parvenait à leur faire avaler. Pour le déjeuner et le dîner, elle préparait tous les légumes et haricots que donnait son jardin, et ils se régalèrent de chou, de pois des champs, de gombos et de betteraves au vinaigre. A force de gras, de fer et de vitamines, Lotus mit de l'électricité dans leur sang.

Mais un paysan qui portait un chargement de foin vers Orangeburg aperçut les deux enfants blancs qui jouaient devant la maison d'une famille noire, et il en parla à un homme de loi avec qui il noua conversation dans un magasin d'alimentation, à sept kilomètres de là. Son devoir accompli, le paysan poursuivit sa route avec son chargement de foin, vers Orangeburg et sa vie anonyme, bouleversant une fois de plus les vies de Lucy et Jude Dillard.

Sous le prétexte que la cohabitation entre Noirs et Blancs était contraire à la loi, le shérif Whittier prit simplement possession de Lucy et de Jude, qu'il installa sur la banquette arrière de sa voiture, avant de les conduire à la prison du comté où il leur fit passer la nuit.

Une fois de plus, ils se trouvaient indésirables, dépourvus de valeur, et de la prison on les transféra dans une maison communale avant de les mettre dans un train qui partait pour Charleston, en compagnie d'un juge itinérant qui les livra à une femme terrifiante, vêtue d'une longue robe noire à capuche, responsable de l'orphelinat catholique St. Ursula, à Charleston. Dans une rue calme, bordée d'arbres et couverte de mousse, les enfants atterrirent dans un monde étrange de calices dorés, d'encens, de prêtres en soutanes superbes, qui murmuraient en latin. Mais ils abordaient le catholicisme sans préjugés, vu qu'ils n'avaient jamais vu un catholique ni entendu parler de cette religion de toute leur vie. Ils commencèrent par être stupéfiés par les rituels et l'exotisme. Avec leur position dominante dans les niches et les recoins de l'église, les effigies de Jésus et des saints leur faisaient peur, et Lucy avait la sensation qu'il n'existait aucun moyen d'échapper au regard désapprobateur de ces icônes sans paupières, qui voyaient tout. Les religieuses et les prêtres semblaient détachés des contingences de ce monde, et c'étaient les premiers adultes que Lucy eût rencontrés s'habillant différemment du commun des mortels, comme s'ils imitaient les statues de plâtre qu'ils vénéraient les mains jointes, en manipulant des colliers de perles noires.

Dès le début, Jude s'épanouit dans le cadre de la serre créée par la discipline bienveillante des religieuses. Il aima leur rigueur et leur passion de l'ordre. De leur côté, elles interprétèrent son silence comme un signe de sainteté et d'obéissance, ce qui lui valut d'emblée leurs faveurs. Une des religieuses, sœur John Appassionata, se prit d'un intérêt particulier pour Jude qui, grâce à son dévouement, retrouva l'usage de la voix. Elle lui enseigna l'alphabet, et très vite il fut capable de lire d'un bout à l'autre les livres de lecture du cours préparatoire, et aussi de faire des soustractions. Il avait l'intelligence rapide et apprenait très vite.

L'expérience de Lucy à l'orphelinat ne fut pas aussi réussie. Après la douceur des soins de Lotus, Lucy se sentit davantage détenue que recueillie de plein gré à St. Ursula. La religieuse responsable du dortoir des filles, sœur Bernardine, était une femme raide, aux lèvres pincées, qui ne tolérait ni négligence ni manque de sérieux chez les seize fillettes confiées à son autorité. Elle avait peur du monde extérieur et faisait en sorte de communiquer cette peur à toutes les fillettes dont elle avait la responsabilité. Elle leur apprenait à détester leur corps parce qu'elles avaient commis le crime impardonnable d'être nées filles. La preuve de la haine de Dieu pour les femmes était inscrite dans la Bible, qui mettait l'accent sur leur soumission, et le fait qu'elles avaient été créées en second, en utilisant une côte superflue d'Adam. Le cycle menstruel témoignait du crime de la femme et de son impureté. Sœur Bernardine n'était pas heureuse d'être née fille.

Ainsi donc la ville de Charleston, serre aux vitraux enfermant une richesse luxuriante et une perversion faite de strabisme concupiscent, devint-elle la bouée de sauvetage de deux enfants perdus, nés infortunés dans le Sud mauvais. Charleston brisait ses pauvres aussi cruellement que le faisaient les montagnes, mais la ville savait camoufler les suaves émanations du mal.

Charleston serait finalement une chance pour Jude, et une grande malchance pour Lucy. Leurs deux vies devaient se séparer là, et ils perdirent tout contact l'un avec l'autre pour de longues années. Jude s'épanouirait sous la tendre vigilance des religieuses et des prêtres, transportés par le spectacle de sa bonté naturelle, qui avec l'âge allait prendre une qualité hors du commun. Les rituels du catholicisme le comblèrent dès ses premiers jours à St. Ursula. Il se retira dans un monde de prière, et pour lui, ce retrait contint les germes d'une vocation. Le cérémonial de la messe était riche à la fois de silences et de paroles, son luxe formel permit à son âme de s'épanouir. Sous le parrainage de sœur John Appassionata, il demanda à ce que sa sœur et lui fussent baptisés dans la foi catholique romaine, en la cathédrale catholique de Charleston. Endurcie et cynique, Lucy vit la sagesse de ce geste et apprit par cœur les réponses qu'elle entendait les autres fillettes réciter pendant le cours de catéchisme. Les religieuses avaient d'ores et déjà remarqué que Lucy ne savait ni lire ni écrire, et sœur Bernardine utilisait ouvertement le mot « retardée » à son propos. Cette épithète sembla figer Lucy dans le temps, la rendre invisible.

Elle ne tarda pas à faire sa première fugue de St. Ursula. La vie de fugitive, elle en avait l'expérience, mais pas toute seule, et pas dans une ville. Lucy avait treize ans lorsqu'elle traversa East Bay Street et prit la direction des docks. Elle eut droit à un apprentissage accéléré, et apprit qu'il n'était rien de plus dangereux au monde que la situation de jeune fille cherchant à faire son chemin toute seule dans les bas quartiers d'une ville. Un homme lui offrit le billet de train jusqu'à Atlanta, où elle mena une vie dissolue et sans joie, jusqu'au jour où mon père entra en scène. Car dans la vie de ma mère, ce jour-là compta comme un jour de chance.

## 28

Du premier jour où nous arrivâmes à Waterford, Leah fut soumise à une énorme pression de toute part pour être heureuse. Avoir l'air de bien s'amuser devint presque pour elle un devoir civique. Les gens évoquaient son bonheur aussi fréquemment qu'ils commentaient les risques de pluie ou les variations de la pression atmosphérique. Souvent, elle avait l'impression d'être surveillée d'aussi près qu'un prisonnier libéré sur parole pour bonne conduite. Qu'on s'occupât d'elle ne la dérangeait pas, mais être épiée en permanence lui était désagréable. Où qu'elle mît les pieds, Leah se heurtait au passé de Shyla.

Soudainement, sa mère semblait être partout, alors que pour Leah elle restait insaisissable, évanescente, tant dans sa vie que dans sa conscience. Plus

Leah apprenait de choses sur sa mère, moins elle était certaine de savoir quoi que ce fût de Shyla. A la synagogue, un samedi, Elsie Rosengarten, une vieille femme juive qui avait été l'institutrice de Shyla au cours élémentaire, éclata en sanglots lorsqu'on lui présenta Leah.

J'expliquai plus tard, en serrant la main de ma petite fille : « Les gens ont un choc parce que tu ressembles beaucoup à ta maman.

— Je te ressemble à toi aussi.

— Pas assez pour qu'on s'en aperçoive », dis-je après un coup d'œil à la dérobée à Leah, en me demandant si tous les parents avaient ce sentiment d'humilité devant la beauté de leurs enfants. Depuis notre retour, rares étaient les nuits où je ne m'étais pas levé à trois heures du matin pour aller vérifier que Leah respirait toujours.

« Est-ce que les gens croient que je vais me faire du mal, simplement parce que maman l'a fait ? dit Leah. C'est pour cela qu'ils me regardent tout le temps ?

— Mais pas du tout ! dis-je.

— Si, c'est vrai, dit-elle. Tu cherches juste à me protéger.

— Absolument pas. Les gens n'arrivent pas à croire que j'aie pu élever tout seul une fille qui ait l'air aussi normale et bien dans sa peau, expliquai-je. Ta mère ne te lâchait pas une seconde, quand tu étais bébé. Elle était dingue de toi. Elle refusait de laisser qui que ce soit t'approcher la première année, même moi. A l'entendre, me permettre de changer tes couches était un immense sacrifice de sa part.

— Beurk, dégoûtant, dit Leah.

— C'est une impression qu'on a, dis-je. Mais en fait, c'est formidable quand il s'agit de son bébé, et que cela fait partie des choses à faire. J'aimais bien changer tes couches.

— Tu es contrarié parce que ta mère va mourir, n'est-ce pas ? dit Leah en posant son front sur mon avant-bras. Je le vois. »

J'eus un instant d'hésitation, mais je perçus le

besoin d'intimité dans sa voix, le désir qu'elle avait de me voir lui permettre d'entrer dans les grottes secrètes où je soignais ma propre angoisse devant la maladie de ma mère.

« Tu ne sais pas à quel point j'ai été un mauvais fils, Leah, dis-je. Tu n'imagines pas les choses que je lui ai dites. Des choses impardonnables. Je l'ai regardée tant de fois avec les yeux de la haine absolue. Je ne l'ai jamais comprise, et je la punissais de ma propre ignorance. J'ai peur qu'elle meure sans me laisser le temps de lui dire assez de fois combien je regrette.

— Elle sait que tu l'aimes, papa, dit Leah. Je l'ai entendue dire au Dr Peyton, l'autre soir, qu'elle ne connaissait aucun fils au monde capable de faire tout le chemin depuis l'Italie rien que pour être aux côtés de sa maman quand elle avait besoin de lui.

— Cette histoire, tu l'as inventée ?

— Elle a dit quelque chose dans ce genre, en tout cas. Et puis c'était le sens général. »

Assez tôt, ce soir-là, nous retournâmes marcher un peu sur la plage, sentir l'eau sous nos pieds en pataugeant dans les reflets de l'étoile du berger se répétant à l'infini dans les flaques laissées par la marée descendante. L'arrivée de l'été s'annonçait avec la montée de la température de l'eau, chaque jour. Les cellules de chaque vague s'allumaient progressivement à l'approche de juin, et tous les champs, lorsqu'on allait vers la ville, étaient couverts de pieds de tomates dont les fruits verts se gorgeaient de la lumière du soleil. Les jours s'étaient réchauffés bien avant que la mer s'en mêlât. Un océan est une chose difficile à chauffer, mais Leah et moi sentions que le processus était en route tandis que nous nous éclaboussions en attendant l'apparition de la lune. Une brume se leva au-dessus du sable devenu plus froid, et, encore au-dessus, les mouettes volaient vers le nord, dans la dernière lumière. L'une d'elles cria, et ce cri évoquait toujours pour moi un déchirement et une solitude sans nom. Je formai le vœu que ma propre solitude ne fût pas contagieuse, transmissible par le sang, qu'elle ne coulerait jamais dans le poignet pâle de ma fille. J'aimais les nuits du Sud comme celle-ci, j'aurais voulu être un personnage plus rayonnant, à la figure moins triste, tandis que nous marchions la main dans la main sur cette plage où je lui servais de guide sous la vaste fratrie des étoiles s'allumant dans le ciel nocturne.

Une heure durant nous avons arpenté le sable, et la nuit était bien tombée lorsque nous reprîmes le chemin de la maison de Lucy. Les étoiles brillaient, à présent, et l'air avait une odeur de sargasses, de mollusques, de pins. Plus haut, nous entendîmes un soudain remue-ménage. La lune ne diffusait qu'un maigre croissant de lumière, sous lequel Leah distingua une énorme tortue, juste devant nous, avant de pousser un cri de détresse en voyant un jeune homme sauter sur la large carapace qu'il se mit à cingler, ainsi que les nageoires avant, en hurlant comme un cow-boy. Nous fonçâmes.

« Descends de la tortue, mon gars, dis-je en tentant de ne pas m'énerver.

— Je vous emmerde, monsieur, rétorqua le gamin dont je vis qu'il faisait le malin devant sa petite amie.

— Je te demande gentiment de descendre de la tortue, dis-je. Comme tu vois, je mets les formes, petit.

— Vous êtes peut-être un peu dur d'oreille, dit le gamin en âge d'aller à l'école. Je vous emmerde. »

Je l'attrapai par le col, et en un saut périlleux arrière, il quitta le dos de la tortue. Il était plus vieux et plus costaud que je n'avais jugé au premier coup d'œil, et il se mit en position de combat.

« Du calme. Il s'agit d'une tortue caret femelle, qui vient pondre ses œufs à terre, dis-je.

— J'espère que tu as un bon avocat, connard, dit le gamin, parce que ça va se finir devant un tribunal, ce truc.

— Papa, elle repart vers l'océan », cria Leah.

La grande tortue avait obliqué sur la droite et était en train d'effectuer une pesante rotation de tout son corps pour se diriger vers l'eau. Le jeune type essaya

de lui couper la route, mais recula lorsque je lançai :
« Attention, elle peut t'arracher une jambe d'un coup
de mâchoire, mon gars. Cet animal possède assez de
force dans les mâchoires pour tuer un requin
adulte. »

Il s'écarta d'un bond de côté lorsque le grand reptile fonça en sifflant, empestant l'air de son souffle
fétide, surnaturel. Dès que la tortue atteignit une
profondeur d'eau suffisante pour mouvoir son
énorme masse, elle se transforma en une silhouette
souple et angélique qui plongea comme un oiseau de
mer dans l'étreinte de la mer.

« Vous l'avez laissée partir, cria le jeune type.

— Tu allais en faire quoi, petit ? demandai-je. La
peindre en noir pour la vendre dans un bazar à six
sous ?

— J'allais lui trancher la gorge. »

Je n'avais pas remarqué l'approche d'une lampe
torche sur la plage, mais Leah l'avait vue et courait
déjà au-devant de la silhouette qui arrivait. L'instant
d'après, je vis le couteau menaçant que le jeune
homme brandissait à quelques centimètres de mon
visage.

« Ces tortues, les carets, font partie des espèces
protégées. C'est un délit de les gêner pendant la période de la ponte, dis-je.

— Oggie, pose ce couteau, supplia sa petite amie.

— J'ai pêché et chassé toute ma vie, mon pote, dit
Oggie, et mon père m'a toujours parlé avec des trémolos dans la voix des steaks de tortue cuits au feu
de bois.

— Ton cher papa n'est plus dans le coup, dis-je.
Aujourd'hui, tu risques d'écoper d'une peine de prison à ce petit jeu. Il existe des manières plus faciles
de faire un repas de fruits de mer.

— J'aimerais voir l'acte de vente indiquant que tu
es propriétaire de cette plage, connard, dit Oggie.

— Moi aussi, je faisais le malin, à ton âge, dis-je.
Mais je n'étais pas grossier. C'est les vertus éduca-
tives de la chaîne MTV sur votre triste génération,
n'est-ce pas ?

— Qui est grimpé sur le dos de la tortue ? entendis-je ma mère demander tandis que la lumière de sa torche aveuglait Oggie, qui détourna la tête.

— C'est moi, dit Oggie. J'ai fait dix mètres sur son dos avant que ce branleur me fasse dégringoler.

— Et ce couteau, c'est pour quoi faire ? demanda Lucy.

— Ce type m'a attaqué. J'ai le droit de me défendre. »

La lampe torche s'abattit sur le poignet du jeune type et le couteau tomba dans le sable. Je le ramassai, marchai jusqu'au bord de l'eau où les vagues venaient éclater, et lançai le couteau aussi loin que je pus dans l'océan.

« Ce couteau est propriété privée, dit Oggie en se frottant le poignet.

— Il l'est toujours, dis-je.

— Ma mère ira porter plainte chez les flics, dit-il encore en se dirigeant vers la rangée de maisons éclairées.

— Qui est ta famille ? demanda Lucy. D'où sorstu ?

— Je suis un Jeter. Mon grand-père s'appelle Leonard Jeter.

— Eh bien, transmets mon bonjour à Len. De la part de Lucy Pitts, dit-elle. Laisse les tortues tranquilles, petit. Nous voulons qu'elles pondent dans le sable.

— Vous n'avez pas de badge officiel, à ce que je vois, madame.

— Tais-toi, Oggie », dit la petite amie, tandis qu'ils quittaient le faisceau de lumière de la lampe torche pour pénétrer dans l'éclairage plus discret des maisons.

« Comment elle va faire, maintenant, la tortue ? demanda Leah à sa grand-mère.

— Elle risque de pondre ses œufs dans l'eau, tout simplement, ma chérie, répondit ma mère en dirigeant la lumière de sa torche sur les vagues. Mais l'instinct qui la pousse à pondre dans le sable est très puissant. Peut-être qu'elle va attendre que nous soyons tous partis pour revenir, quand il n'y aura plus un chat sur la plage.

— Surtout quand il n'y aura plus Oggie, dit Leah.

— C'est un Jeter, dit Lucy. Une famille de minables.

— Maman, s'il te plaît, dis-je.

— Je ne fais qu'énoncer des faits, dit-elle. Ils ont tous les ongles crasseux, dans la famille. C'est de naissance, chez eux, comme les taches de rousseur.

— Papa n'aime pas que l'on colle des étiquettes sur les gens, grand-mère, expliqua Leah.

— Ah bon? dit Lucy. Tu peux toujours dire qu'un caret est un poulet à deux têtes, ce n'est pas cela qui changera le fait que c'est un caret. C'est pareil pour les Jeter. Tu peux coller un smoking sur le dos de ce garçon, lui apprendre les belles manières, tu ne vas pas en faire un huguenot. Tu peux dire d'un Jeter qu'il s'appelle Rockefeller, c'est tout de même un Jeter que tu verras traverser ton jardin. Ce n'est pas vrai, Jack?

— Ça suffit, maman, dis-je. J'essaye de lui apprendre à penser différemment. »

Rire de Lucy qui dit : « Désolée, mon fils. Tu l'as amenée dans le Sud. C'est de cette façon que l'on pense dans le Sud, alors autant l'habituer aux coutumes locales. »

Le matin suivant, Leah me réveilla avant le lever du jour en me priant de me dépêcher. Elle m'avait préparé du café à emporter sur la plage pour la patrouille du matin. Nous enfourchâmes nos bicyclettes pour aller jusque chez Lucy, où nous laissâmes nos engins près de la douche en plein air avant de retirer nos chaussures pour rejoindre Lucy qui était déjà sur la plage. Elle tendit à Leah trois coquillages laissés par la marée.

« Ils sont très jolis pour ta collection. Nous allons en remplir un bocal pour te faire une lampe que tu remporteras à Rome », dit Lucy en plaçant trois porcelaines dans la main de Leah. Leah les admira, puis les glissa soigneusement dans ma poche en me priant de ne pas les y oublier.

« Est-ce que la maman tortue est revenue ? demanda Leah.

— C'est ton travail de vérifier, dit Lucy. Ton père et toi êtes responsables des prochains deux kilomètres de plage. Moi, je dirige l'ensemble de l'opération.

— Nous sommes les premiers levés », dit Leah en scrutant l'île du nord au sud.

Un escadron de pélicans bruns passa au-dessus de nos têtes, avec une telle aisance dans le déploiement de leurs ailes qu'ils avaient l'air d'un psaume silencieux glorifiant l'acte de voler. On aurait dit des ombres dérobées à l'âme d'autres ombres.

« Allons nous baigner », dis-je.

Mais Leah repoussa ma proposition d'un hochement de tête. « Pas avant d'avoir vérifié toute la plage pour les tortues.

— Je fais confiance à Leah pour cette mission, dit Lucy. Pas à toi, Jack.

— Quelques minutes de plus ou de moins ne changeront rien à l'affaire. »

Sur trois cents mètres, nous arpentâmes le sable mouillé, laissant des empreintes de taille différente, mais proches par la forme, et rigoureusement identiques quant à la voûte plantaire. Leah gardait les yeux rivés sur le sable devant elle, et elle poussa un grand cri lorsqu'elle vit les traces profondes laissées par la tortue, dessinant une longue traînée.

« Elle est revenue ! exulta Leah. Elle est revenue ! »

Leah suivit le sillage profond creusé par les nageoires du caret en ressortant de l'eau. Lucy et moi restions en retrait, laissant Leah remonter les traces jusqu'à l'endroit où elles s'arrêtaient, là où la tortue avait creusé son nid.

Je portais le seau ainsi que la longue sonde argentée qui était en réalité une crosse de golf en fer dont la tête avait été cassée pendant un parcours. Leah empoigna la crosse abîmée avant d'approcher du tumulus que la tortue avait soigneusement tassé comme le tabac dans un fourneau de pipe avant de repartir vers l'Atlantique.

« Elle pond ses œufs en regardant vers l'océan. Regarde bien la forme. La tortue rebouche le trou avec les mêmes pattes nageoires qu'elle utilise pour creuser le sable », dit ma mère.

Leah sonda le sable comme le lui avait appris ma mère au cours de la saison d'entraînement qui durait depuis plus de deux mois. Penchée sur la crosse endommagée, elle l'enfonça dans le sable et releva les yeux pour consulter Lucy lorsqu'elle sentit que la résistance se maintenait. Puis elle ressortit l'outil, et essaya en un autre point à l'intérieur du grand périmètre circulaire correspondant à l'empreinte laissée par la tortue. A petits coups rapides et sûrs, elle continua de sonder le sable jusqu'au moment où le manche de la crosse de golf s'enfonça dans une partie plus meuble. Alors Leah s'agenouilla et enfonça délicatement l'index dans le sable.

« Je l'ai, grand-mère, s'écria-t-elle. On dirait de la farine tamisée alors que le reste du sable est tout dur.

— Cette mère tortue a réussi à berner des tas de ratons laveurs, dit Lucy, mais pas Leah McCall, qui est bien trop maligne pour ça.

— Est-ce qu'il faut que je les déterre ? demanda Leah en regardant sa grand-mère.

— Cette année, nous les récupérons tous, dit Lucy. Nous allons les réenfouir tout près de ma maison, où ils seront en sécurité.

— Que pense le département de la Protection de l'Environnement de Caroline du Sud de ce projet ? demandai-je.

— Ils n'apprécient pas du tout, du tout, reconnut Lucy. Creuse, Leah. Creuse, chérie. »

Pendant plusieurs minutes, je regardai Leah retirer par poignées le sable pour dégager un trou en forme de sablier, soigneusement aménagé. Elle ne levait pas le nez, passionnée qu'elle était par ce travail, et descendait de plus en plus profond, se fiant complètement à son toucher au fur et à mesure qu'elle dégageait le sable meuble. Puis elle se figea après un mouvement de recul.

« Il y a quelque chose, là, dit Leah.

— Soulève-le délicatement, dit Lucy. Tout ce que tu sors est précieux. »

Le bras de Leah opéra lentement, faisant émerger un œuf blanc et rond, à peine plus gros qu'un poing de bébé. Doux comme de la peau, blanc comme de l'ivoire. Un œuf tout à fait plausible : la taille adéquate pour donner naissance à un vautour ou une aigrette, mais un peu petit pour créer une splendeur animale de l'ampleur d'une tortue caret.

« Dépose l'œuf dans le seau, Leah, en faisant très attention, dit Lucy. Prends garde à le laisser orienté exactement comme il était dans le nid. La nature sait toujours ce qu'elle fait. Commence par mettre un peu de sable au fond du seau. Oui, parfait. »

Méthodiquement, Leah plongea le bras dans l'obscurité du nid jusqu'à l'épaule, remontant un seul œuf chaque fois, comme s'il s'agissait d'un joyau. Le moindre de ses mouvements était empreint de solennité. Jamais l'excitation ne lui fit accélérer le rythme, et l'introduction de chaque œuf dans le seau s'apparentait à la chorégraphie compliquée d'une sorte de danse des saisons.

« Quarante-huit, quarante-neuf, cinquante... » Leah comptait à haute voix en les empilant les uns sur les autres, tandis que Lucy notait dans un petit carnet.

« Regarde, la tortue a essayé de franchir ces rochers, mais elle n'y est pas parvenue », dit Lucy en montrant les traces qui menaient jusqu'aux grands blocs de granit apportés par les propriétaires de la parcelle pour contenir l'érosion. Le sable était une force prééminente dans les basses terres, où aucun bloc de pierre n'était d'origine. « Nos maisons en bordure de mer tuent plus de tortues que pourraient y prétendre ratons laveurs et crabes des sables réunis. On n'aurait jamais dû autoriser la construction de maisons devant les dunes.

— Soixante et onze, soixante-douze, soixante-treize... » Leah comptait toujours.

« Etait-ce un bon endroit pour faire son nid ? demandai-je.

— Ce trou aurait été submergé par la première belle marée de printemps, dit-elle. Ce nid n'avait aucune chance. Mais on ne peut pas en vouloir à la tortue. Que veux-tu qu'elle fasse contre ces foutus blocs de pierre ? Il lui faudrait une corde et un crochet pour les escalader. Et ensuite, comment les bébés pourraient-ils rejoindre la mer ? Tout ce truc est tordu. »

Soigneusement, Lucy consigna l'emplacement du nid, la date et l'heure de sa découverte, le nombre d'œufs pondus, le moment approximatif où la tortue était venue à terre creuser son nid et pondre ses œufs. Leah déposa cent vingt-deux œufs dans le seau, puis elle reboucha le nid et tassa le sable sous ses pieds.

« A présent, conduisons ces bébés en lieu sûr », déclara Lucy en me tendant le seau devenu lourd.

Leah ouvrit la marche pour nous conduire sans traîner à l'endroit sélectionné par ma mère afin de servir de lieu de naissance à la moisson annuelle de futures tortues. Lucy prit le temps de ramasser au passage une rangée de coquilles de palourdes laissées par la marée de la nuit. Elles étaient éparpillées sur le sol comme des friandises. Lorsque je m'intéressai de nouveau à notre tâche en cours, je vis que Leah était approchée par une femme en uniforme.

« Qui est-ce ? demandai-je. Là-haut, à côté de ta maison ? »

Et Lucy de gémir : « Des problèmes en perspective. Avec un P majuscule. Laisse-moi parler. Elle est très embêtée quand on est gentil avec elle. »

La jeune femme en uniforme était jolie et tenait à Leah des propos rapides et animés concernant la récolte des œufs de tortue. Leah faisait des grands gestes pour montrer les œufs en question, puis elle se pencha au-dessus du sol pour expliquer comment elle avait trouvé et récupéré le chargement d'œufs que je transportais.

« J'ai toujours eu une sainte horreur des femmes

qui s'appellent Jane, dit Lucy en se préparant à l'affrontement. C'est un prénom qui prédispose à la malveillance et aux indigestions.

— Tu as fait une étude statistique?

— J'ai une vie d'observation à mon actif, mon fils, me confia-t-elle tout bas, avant de devenir plus volubile et gaie en arrivant près de la femme au dos tout raide. Bonjour, Jane, j'étais en train de dire à mon fils que vous aviez un nom charmant. Jack, je te présente Jane Hartley. Vous avez déjà fait connaissance avec ma petite-fille, Leah.

— Vous l'avez autorisée à vider tout un nid de ses œufs de caret », dit Jane d'une voix distante et officielle. Elle portait l'uniforme des services de la Protection de l'Environnement de Caroline du Sud. « Je parie que vous avez omis de signaler à Leah que c'était une infraction à la loi de cet Etat, et que vous aviez passé une journée en prison, l'été dernier, pour ce motif précis.

— Ce n'est pas vrai, si, grand-mère? demanda Leah.

— Techniquement, c'est la vérité, concéda Lucy. Mais rien n'est moins convaincant qu'une vérité technique. Passe-moi la pelle, Jack. Je vais faire un autre trou.

— Je confisque ces œufs », dit Jane, qui fit alors un pas dans ma direction. Mais Lucy s'interposa avec résolution et détermination.

« Pas question que je perde un seul œuf cette année pour satisfaire la stupidité des crétins de la Protection de l'Environnement. Pas un, dit Lucy.

— Vous aimez beaucoup vous prendre pour Dieu, n'est-ce pas Lucy?

— Pendant très longtemps, répondit Lucy en feuilletant son carnet maculé de sel, j'ai appliqué scrupuleusement les consignes. Reconnaissez-le, Jane. Je n'ai pas touché un seul nid de tortue. J'ai suivi au pied de la lettre toutes les directives de vos services. La nature sait ce qu'elle fait, disaient Jane Hartley et la Protection de l'Environnement. "Laissons les œufs où la mère les a enfouis. Que la nature suive son cours", tels étaient les ordres. "La nature est cruelle, mais elle a ses raisons."

— La règle vaut toujours, dit Jane. Nous estimons plus judicieux de nous en remettre aux voies de Dieu qu'à celles de Lucy.

— Ma méthode permet à beaucoup plus de bébés tortues de rejoindre l'océan que les voies de Dieu, et ce carnet est là pour le prouver, dit Lucy en brandissant comme une arme le calepin au-dessus de sa tête.

— Ma grand-mère adore les tortues, dit Leah.

— Elle aime effectivement beaucoup les tortues, convint Jane. C'est avec la loi qu'elle est fâchée.

— Mon fils est un écrivain mondialement connu et il publie aussi des livres de cuisine, dit Lucy avec un total manque d'à-propos. Il se souviendra de toutes les paroles diffamatoires que vous prononcez à mon sujet. Il a une mémoire d'éléphant.

— Vous êtes insensible aux charmes de ma mère, Miss Hartley, dis-je.

— Votre mère est une emmerdeuse, Mr. McCall. Mon rôle est déjà assez difficile sans que j'aie à me battre avec une personne qui prétend militer pour le camp de l'écologie.

— Ecoutez un peu les exploits réalisés par sa clique, Jack et Leah. Ils ont envoyé une note à toutes les sociétés de protection de la tortue de Caroline du Sud. Il y en a une sur toutes les îles entre ici et la Caroline du Nord. Partout il y a des problèmes d'érosion. La moitié des sites de ponte des carets ont été détruits au cours des dix dernières années. Tous les gens impliqués dans les programmes de protection sont très inquiets. Et voilà que ces génies concoctent une nouvelle série de mesures interdisant de toucher un œuf ou un nid après que la tortue a pondu. Impossible de protéger un nid, de le déplacer, de le garder... rien. Ils ont tous de très beaux bureaux à Columbia. Ils touchent de bons salaires. Et ils sucent le sang des contribuables dont je suis.

— Il faut bien que quelqu'un paye pour ma Maserati, rétorqua Jane sans sourciller, à mon intention.

537

— Pourrions-nous trouver un compromis ? proposai-je. Nous sommes déjà allés un peu loin, compte tenu de la loi.

— Si cela ne tenait qu'à moi, vous prendriez autant d'années de prison qu'il y a d'œufs dans ce seau, dit-elle sèchement, mais les pleurs de Leah la surprirent un peu.

— Papa, nous risquons d'aller en prison pour cent vingt-deux ans, dit la fillette en se précipitant vers moi pour me serrer fort par la taille. Simplement pour avoir aidé grand-mère.

— Je savais bien qu'il ne fallait rien attendre de bon de cette femme, dis-je. Calme-toi, Leah. Personne ne va aller en prison.

— Lucy risque de s'y retrouver cette fois, dit Jane. Apparemment, je vous ai pris en flagrant délit. »

Lucy intervint en me prenant le seau des mains avant de dire : « J'ai tenté de me montrer raisonnable avec les gens de chez vous. Vraiment. Vous ne vivez pas ce problème au jour le jour, Jane. Ce n'est pas juste, ce n'est pas bien, et en tout cas ça ne contribue vraiment pas à assurer la survie de ces tortues.

— Si l'homme persiste à intervenir sur les nids, ces tortues n'auront aucune espèce de chance de survie, contra Jane.

— Ça, c'est de la théorie, Jane. Une chose qu'on écrit sur le papier. Ça a l'air vrai, ça sonne bien, ça se lit facilement. Mais ça ne marche pas.

— Ça a marché pendant des millions d'années, Lucy. L'efficacité de ce principe est prouvée depuis l'époque des dinosaures.

— Jack, Leah, écoutez bien. Ecoutez comment les choses se sont passées. Nous avons fait ce que Jane, ici présente, disait. A la lettre, nous avons suivi ses instructions. Sous prétexte qu'ils avaient des statistiques, des graphiques, des diplômes à la noix. Et parce qu'ils avaient un badge, un fusil, et le poids de la loi derrière eux. Racontez à Leah ce qui est arrivé, Jane. Expliquez-lui comme elles ont bien marché, vos théories.

— Elles ont marché à la perfection, dit la femme

en serrant son ceinturon. La nature a permis à un certain nombre de nids de donner naissance à un certain nombre de carets. Quelques nids ont été détruits par des prédateurs. Rien que de prévisible.

— Ce bilan me semble raisonnable, maman, dis-je.

— Mon fils, je m'incline devant ta compétence pour ce qui est des sites historiques et des pizzas pepperoni. Mais pour ce qui est des tortues, tu es un béotien, dit Lucy en foudroyant Jane Hartley du regard, laquelle le lui rendit parfaitement.

— Lucy se croit au-dessus des lois de la nature, dit Jane.

— Les lois de la nature, elles sont en train de me tuer, Jane, riposta Lucy. Je suis douloureusement bien placée pour mesurer combien je suis sujette à ces lois. Je ne serai pas là l'année prochaine pour avoir cette discussion avec vous, mais Dieu fasse qu'une autre personne concernée prenne ma place.

— Donnez-moi ces œufs, Lucy.

— Non, il n'en est pas question. D'ailleurs, qu'avez-vous l'intention d'en faire ?

— Les rapporter à mon bureau, dit Jane. Prendre des photos pour conserver une preuve. Vérifier qu'ils n'ont pas subi de dommage. Puis les rapporter sur l'île afin de les enterrer de nouveau, aussi près que possible du site original.

— Ces œufs doivent être remis dans le sable immédiatement, dit Lucy en allant chercher une pelle qu'elle avait laissée contre les pilotis de la terrasse de chez elle. Je transporte tous les nids de l'île dans le sable sec qui se trouve juste devant ma maison, Jane. De cette façon, je pourrai assurer leur protection personnellement, vu qu'ils ne seront qu'à une vingtaine de mètres de mon oreiller.

— De cette façon, vous violez la loi chaque fois qu'une tortue vient pondre sur cette plage.

— Qu'est-il arrivé aux nids, l'année dernière ? demandai-je.

— Rien du tout, dit Jane. Il ne leur est rien arrivé.

— Vingt pour cent seulement ont permis la naissance de bébés tortues ! dit Lucy en commençant à creuser.

— Les lois de la nature ont prévalu, dit Jane, à mon intention cette fois. Lucy a commis l'erreur de personnaliser sa relation à tous ces œufs et ces carets.

— L'année dernière, il y a eu cent vingt nids, riposta Lucy. Mais l'érosion a été terrible sur la partie sud de la côte. Une grande partie de la plage a été dévorée par les intempéries de février. Tout le monde a commencé à installer des blocs de granit pour protéger les maisons. Les bulldozers ont remué des tonnes de sable pour recouvrir ces barrières de pierres. L'endroit était sillonné par les camions-bennes. Lorsque les tortues sont arrivées, au mois de mai, on aurait cru que quelqu'un avait construit la muraille de Chine à l'endroit où elles creusent leur nid. Il y en a deux qui sont allées pondre sur un banc de sable à une vingtaine de mètres à l'intérieur de l'océan. C'est dire leur affolement. Nous avons déplacé ces nids.

— Avec notre permission, dit Jane.

— Exact, mais vous avez refusé l'autorisation de déplacer aucun des nids situés au pied des blocs de pierre, sur les trois kilomètres de la côte sud, dit Lucy sans cesser de manier la pelle. Les marées de printemps ont eu une ampleur extraordinaire, l'année dernière. L'océan entier semblait se dresser dans un gigantesque effort pour dévorer la terre sèche. L'herbe des marais a même été submergée par endroits. Cinquante-six nids ont été balayés par ces grandes marées. Ce qui peut représenter six mille petites tortues qui n'auront pas regagné la mer à cause de l'imbécillité de Jane et de ses collègues.

— Nous avons commis une erreur, Lucy. Nous l'avons reconnue.

— Ils n'ont pas voulu me laisser installer des barbelés pour protéger les nids des chiens et des ratons laveurs. Ce qui a fait une perte supplémentaire de vingt-sept nids. Ces fichus ratons laveurs pullulent sur l'île parce qu'ils adorent piller les poubelles des touristes obèses de l'Ohio. J'en ai surpris dix-sept en train de se bagarrer pour un nid d'œufs de tortue qu'ils avaient répandus sur toute la longueur de la plage.

— Nous sommes du même côté dans cette histoire, dit Jane. Vous n'avez jamais voulu le comprendre, Lucy.

— Alors aidez-moi à apprendre à ma petite-fille comment on creuse un trou de tortue où ces œufs se sentiront aussi bien que s'il s'agissait d'un nid fait par leur maman.

— Je tiens à ce que vous sachiez, Mr. McCall, que votre mère était déjà comme cela avant d'être malade, dit Jane en levant les bras au ciel sous l'effet de l'exaspération.

— Je sais, dis-je. Elle m'a élevé. »

Lucy maniait la pelle avec économie et précision, et au fur et à mesure qu'elle ôtait le sable par petites pelletées, un trou rond qui constituait la réplique des nids en forme de sablier creusés par les pattes arrière des carets se mit à apparaître. Il s'agissait d'une copie étrange et ravissante, qui me fit prendre conscience du nombre d'heures qu'elle avait dû consacrer à l'observation patiente de ces créatures disgracieuses.

« Viens ici, petite, dit Lucy à Leah. Tu vas bien arrondir les parois, à présent. Fais comme si tu étais la maman qui veut faire le nid le plus douillet et le plus sûr du monde pour ses bébés. On dirait que la pelle est la patte nageoire et que tu souhaites que tes œufs tombent dans une belle pièce ronde où le seul bruit qui leur parviendra sera celui des vagues.

— Comme ça ? dit Leah en s'appliquant pour racler le tranchant de la pelle contre une paroi et ramener à peine plus d'une demi-livre de sable.

— Parfait. Lisse aussi l'autre côté. Vous pensez que c'est la bonne profondeur, Jane ? »

Jane approcha pour inspecter le trou. Elle se mit à genoux et enfonça le bras, presque jusqu'à l'épaule.

« Je creuserais encore de quinze centimètres », dit-elle, et Lucy d'acquiescer de la tête.

Leah creusa donc quinze centimètres de plus et posa le sable qu'elle dégageait sur la petite dune qui s'était formée à côté du nid.

« Et si ce n'est pas la bonne profondeur, grand-mère? Que se passera-t-il?

— Rien sans doute. Mais puisque nous opérons sans trop savoir, autant prendre un maximum de précautions. Il y a cent vingt-deux bébés tortues qui comptent sur nous.

— Vous comprenez ce que j'entends par une personnalisation excessive? dit Jane.

— On arrive à la partie la plus amusante, dit Lucy qui déployait une patience inhabituelle pour instruire Leah. Je crois que c'est la plus belle course du monde aux œufs de Pâques. On cherche les œufs, on les sort du nid, on les transporte dans un endroit sûr, et maintenant il faut les recacher.

— C'est toi qui le fais, grand-mère, demanda Leah. Je vais regarder pour la première fois.

— Non. Je veux que ce nid soit le tien. Tu m'aideras à surveiller celui-ci et tous les autres. Mais je tiens à ce que tu places ces œufs un par un au fond du trou. Ensuite, au moment de l'éclosion, je te demanderai de les aider à sortir, et ils connaîtront ton odeur.

— Ça ne marche pas de cette façon, Lucy, intervint Jane gentiment.

— Qu'est-ce que vous en savez? » riposta sèchement Lucy.

Leah sortit le premier œuf qu'elle observa soigneusement alors qu'il brillait au soleil de mai. Elle le manipulait avec beaucoup de délicatesse et s'assura que l'œuf était orienté dans la même direction que lorsqu'elle l'avait retiré du nid original. Sa tête disparut presque lorsqu'elle disposa l'œuf avec le sérieux d'un prêtre posant l'hostie consacrée sur la nappe de l'autel. Quand le premier œuf fut ainsi mis en place, Leah sollicita du regard l'approbation des trois adultes qui la lui accordèrent dans un bel ensemble.

Il lui fallut près d'une demi-heure pour combler le trou avec les œufs de tortue, et elle put accélérer le rythme au fur et à mesure qu'elle gagnait de la confiance en elle-même. Au début, chaque œuf lui semblait fragile, mais à la fin, le contact était devenu familier et elle les maniait avec plus d'aisance.

Lucy lui apprit ensuite à recouvrir les œufs avec le sable qui avait été ôté pour faire le trou, avant de tasser le tout avec autant de fermeté qu'y mettrait une mère de cent cinquante kilos, déterminée à dissimuler le nid à la curiosité des prédateurs. Elles étaient en train de lisser le sable sur le nid et Jane apportait la cage de barbelés lorsqu'une voix mâle venue de la terrasse nous fit tous sursauter.

« Est-ce que cette salope te cherche encore des noises, maman ? dit la voix, et en levant les yeux je découvris John Hardin qui contemplait la scène, torse nu derrière une balustrade.

— J'ai oublié de te mettre au courant, Jack. Ton frère est arrivé de Columbia hier soir, tard.

— Bonjour, John Hardin, dit Jane en installant les barbelés en protection sur le nid. La salope ne fait qu'agacer un tout petit peu votre mère. Pas de quoi ameuter les populations.

— Tu veux que je lui casse la figure, maman ? demanda John Hardin.

— Tais-toi un peu. Ils vont te rembarquer à Bull Street si tu n'es pas capable de tenir un peu ta langue, dit Lucy.

— Merci beaucoup pour les visites à l'hôpital, Jack, dit John Hardin qui venait de me repérer. Je t'ai attendu à toutes les heures de visite en espérant te voir arriver avec des cacahuètes bouillies et des barres Heath, comme autrefois. Mais rien. Tu es devenu un trop gros bonnet pour John Hardin. Tu es trop occupé à écrire des vacheries sur les restaurants français et concocter tes rengaines sur les tomates séchées et le vinaigre balsamique pour venir voir ton petit frère enfermé chez les dingues.

— Ça suffit, John Hardin. Ton frère est encore en convalescence après s'être fait tirer dessus à Rome.

— J'avais oublié, Jack, dit John Hardin. Excuse-moi. J'ai lu tous les journaux qui racontaient que tu avais été blessé, et je voulais prendre le premier avion pour Rome afin de venir m'occuper de toi. Ce n'est pas vrai, maman ?

— C'est tout à fait exact, chéri », dit-elle en vérifiant la façon dont Jane avait posé la protection de barbelés sur le nid. Puis, à voix plus basse elle me glissa à l'oreille : « Dans l'état où il était, il aurait été capable de voler à ton secours sans même se soucier d'appeler la compagnie aérienne Delta.

— Qui est cette chose ravissante ? demanda John Hardin en reconnaissant Leah. Est-ce la charmante Miss Leah McCall ?

— Bonjour, oncle John Hardin.

— Viens vite faire un gros baiser à ton oncle », dit John Hardin tandis que Leah m'implorait du regard. Puis John Hardin ouvrit le portail et je découvris alors qu'il n'avait aucun vêtement sur lui.

Je hochai la tête en disant : « Et si tu allais t'habiller un peu, John Hardin ? Leah n'a encore jamais embrassé d'homme tout nu.

— Merci, papa », murmura Leah.

Jane et Lucy se retournèrent ensemble et regardèrent John Hardin qui se tenait fièrement nu comme un ver, sans la moindre gêne.

« Je suis devenu nudiste à l'hôpital psychiatrique, maman, dit John Hardin. J'en fais une question de principe, et je sais que j'aurai ton soutien. Il s'agit d'un acte de foi, pas d'une manifestation de folie. Ça, je peux te le garantir.

— Mets tes vêtements tout de suite, mon garçon, dit Lucy d'une voix assassine. Sinon, je t'arrache les choses avec cette pelle et je les flanque dans l'Atlantique. Couvre-toi, je te prie, devant cette innocente jeune fille. Je n'ai jamais vu personne sortir au grand jour en ce simple appareil. »

Et d'enlever le chapeau de Jane Hartley pour dissimuler à la vue de la jeune fille les pâles organes génitaux de son fils.

« Je suis une scientifique, Lucy. Je ne vais pas en faire une apoplexie.

— Moi, je suis sa mère, Jane, et je trouve cela

absolument révoltant, dit Lucy. Appelle l'asile de fous, Jack, et dis-leur qu'ils sont loin d'avoir résolu ce qui ne tourne pas rond chez le nudiste ici présent.

— C'est ainsi que Dieu m'a fait, Leah, dit John Hardin. Est-ce que tu vois quelque chose de choquant ou de dégoûtant dans l'œuvre de Dieu ? Je reconnais que ma bite est plutôt moche, mais nous n'avons pas à critiquer ce que le Seigneur a fait. Tu n'es pas d'accord ?

— C'est quoi une "bite", papa ? me demanda Leah.

— Un mot d'argot pour désigner le pénis, dis-je.

— Merci, papa.

— Il n'y a vraiment pas de quoi, chérie.

— Je trouve que ta bite est très jolie, John Hardin, dit aimablement Leah.

— Tu vois, maman, avec tes conneries de puritanisme coincé, cria John Hardin. La beauté est affaire de simulation.

— Tu veux dire d'appréciation, rectifia Lucy.

— Je veux dire exactement ce que je dis, ni plus ni moins, insista John Hardin.

— Entendu, dis ce que tu veux. Mais va mettre quelque chose sur tes avantages naturels.

— Mes avantages naturels, railla John Hardin. On n'est pas à Plymouth Rock avec les Pères Pèlerins, ma chère maman. Tu ne vas pas t'arracher la bouche en prononçant le mot bite, braquemart, chibre, popaul ou queue...

— Ce sont les mots dont je parlais l'autre jour, papa, dit Leah. Ceux que j'ai entendus dans la cour de récréation.

— Quand tu les connaîtras tous, tu seras presque une vraie Américaine.

— Je suis venu au monde nu comme un ver... dit John Hardin.

— Je suis bien placée pour le savoir, dit Lucy à Jane. Que diriez-vous d'une tasse de café ?

— Avec plaisir.

— Et c'est nu que je retournerai à ma véritable mère, la Terre, et non cette femme qui prétend m'avoir mis au monde dans l'ignominie et la profanation choquante. Ce chien, là, qui se promène sur la plage, il est nu. Cette mouette, ce pélican, ce marsouin, là-bas... tous, tous ils vont nus comme le jour où ils ont vu leur mère et la lumière du jour pour la première fois. Moi, j'ai vu la lumière, et puis j'ai vu cette garce au cœur de pierre qui m'a élevé, Jane, et qui a fait de moi un fou qui parcourt le monde privé d'amour et sans être invité nulle part.

— Mets un pantalon, et rejoins-nous pour boire une tasse de café, mon fils, dit Lucy en secouant le sable de ses pieds et de ses mains.

— Puisque tu me parles gentiment, maman, dit John Hardin, je vous rejoins tout de suite. On n'attrape pas les mouches avec du vinaigre, comme disait César pendant la guerre des Gaules.

— C'est quoi cette histoire de vinaigre et de César, papa ? demanda Leah.

— John Hardin veut simplement que je lui parle gentiment, répondit Lucy. Il entretient un rapport bizarre avec la langue.

— Saviez-vous que les nudistes commettent moins de meurtres que n'importe quel autre groupe social, Jane ? demanda John Hardin.

— Je l'ignorais, répondit cette dernière, mais je ne suis pas surprise.

— Je vous fais peur, n'est-ce pas ? demanda John Hardin à Jane Hartley. Vous n'avez encore jamais croisé de schizophrène dûment estampillé de votre vie, et je lis la peur dans vos yeux.

— Tais-toi, je te prie, dit Lucy en tendant à son fils une serviette de plage qu'il se noua autour de la taille tandis qu'elle-même traversait la terrasse devant sa maison pour entrer chez elle, par la porte vitrée de la salle de séjour. Tu n'es pas obligé de faire part à tout le monde de tes titres de gloire. Le fait de te montrer en costume d'Adam en dit assez long sur toi.

— Ma sœur est schizophrène, John Hardin, dit Jane en suivant Lucy. Votre numéro n'est pas une nouveauté pour moi. »

John Hardin regarda la jeune femme traverser la terrasse avant de disparaître à l'intérieur de la maison.

« Elle est jolie, non, Jack?

— Très jolie.

— Tu crois que je lui plais, Leah? demanda John Hardin dont la voix se chargea de tendresse.

— Tu lui plairais davantage si tu étais habillé, dit Leah.

— C'est du parti pris, dit-il, et sa voix baissa d'une octave.

— Elle est habituée à voir des garçons habillés, c'est tout, dit Leah.

— Oh! fit John Hardin, apparemment radouci. Je n'ai jamais su parler aux jolies filles. Peut-être que tu pourrais m'aider, Leah. Tu es jolie, toi. En fait, je parie que tu seras élue Miss Italie, un de ces jours. A moins que tu ne viennes vivre ici, auquel cas tu deviendras Miss Amérique.

— Parle-lui comme ça, John Hardin, dit Leah. Elle appréciera peut-être.

— Je sais qu'on est censé dire "bonjour" à une fille. Je le fais toujours. Je sais aussi qu'ensuite, on doit dire un truc du genre : "Quelle belle journée!" Je le dis quand il fait beau. Mais quand il pleut, ou qu'il fait froid, il faut dire quoi? Et après? Parce qu'il y a des milliers de choses à dire. Mais quand une fille est jolie, qu'a-t-elle envie d'entendre après le bulletin météo? C'est pour moi un mystère, Leah. Souhaite-t-elle apprendre que le Pakistan a subi un tremblement de terre la nuit précédente? C'est carrément important. Ou bien préférerait-elle savoir comment se terminait le film de Jerry Lewis que j'ai vu la veille à l'hôpital? Ou alors, le maquillage? Elle aimerait peut-être parler de maquillage, mais tu comprends, moi, je ne me maquille pas. Je serais ravi de lui parler de n'importe quoi, mais il me vient trop d'idées, et pour finir je ne dis rien du tout. Les jolies filles me détestent, Leah.

— Mais non, dit Leah. Elles savent exactement ce que tu ressens. Dis-leur ce que tu viens de nous dire. Parle à Miss Hartley. Elle comprendra.

— Maintenant? J'y vais maintenant?

— Non, il faut que les choses viennent naturellement. Attends le bon moment, dit Leah.

— Ça, je ne peux pas, dit John Hardin. Pour moi, il n'y a jamais de bon moment. »

Le lendemain, je conduisis Leah à l'île qui jouxtait pratiquement l'île d'Orion dans sa partie sud-ouest. L'idée était de rendre visite à John Hardin dans la cabane qu'il s'était construite lui-même dans un arbre, afin d'avoir un lieu où se rendre chaque fois qu'il éprouvait le besoin de se retirer du monde. Cette maison dans les arbres, on en parlait beaucoup sur l'île et à Waterford, mais peu de gens la voyaient. John Hardin avait installé son pied-à-terre dans un chêne bicentenaire dominant un cours d'eau que remontait la marée, et qui dessinait un collier d'eau profonde dans l'immensité du marécage. Comme il était habile de ses mains et disposait de beaucoup de temps libre, la cabane avait grandi au fil des années, bénéficié de plusieurs rénovations, et elle comptait cinq pièces, plus une véranda fermée par une moustiquaire, le jour où je rangeai ma voiture au pied de l'arbre avant de donner un coup d'avertisseur pour prévenir mon frère. Tout au bout de la route, je montrai à Leah la baraque en bois brut construite par mes frères et moi, celle qui nous avait servi de pavillon de pêche pendant toute notre enfance. J'étais surpris de voir l'appontement en aussi bon état, mais je me souvins que John Hardin vivait là en permanence ou presque lorsqu'il n'était pas interné à l'hôpital psychiatrique. La cabane dans l'arbre était construite en sapin massif verni. Son architecture était empreinte à la fois de charme et d'excentricité, avec des pièces de plus en plus petites et semblables à des tourelles au fur et à mesure qu'elles grimpaient en spirale autour de l'arbre, s'adaptant aux branches plus hautes et moins solides. Partout où l'œil se posait, il découvrait des mangeoires et des baignoires à oiseaux, ainsi que des carillons éoliens. Le moindre mouvement d'air créait une musique dans les feuilles et les glands du chêne. La plupart de ces carillons avaient été fabriqués manuellement, ce qui donnait un côté un peu désaccordé et extravagant à leur musique. La cabane dégageait néanmoins une sensation d'espace et d'harmonie qui arracha un cri de joie à Leah.

Nous entendîmes John Hardin nous héler d'en haut, avant de faire descendre une échelle de bois pour accéder à son domaine. La maison comprenait trois étages, ingénieusement imbriqués. Tout en haut, John Hardin avait aménagé pour lui une petite chambre équipée d'un hamac et d'une bibliothèque pleine de livres de poche. Il éclairait sa maison hors du commun avec des bougies et des lampes à pétrole, cuisinait sur un petit brasero. La brise océane était sa seule climatisation et John Hardin reconnaissait volontiers que sa maison dans les arbres était inutilisable en hiver. Il se trouvait cependant qu'historiquement, les mois d'hiver avaient presque toujours coïncidé avec ses périodes de dépression, lui permettant de bénéficier du logement gratuit qui l'attendait en permanence dans Bull Street, à Columbia. Il prenait l'essentiel de sa nourriture avec ses filets et sa canne à moulinet dans le cours d'eau. Très fier de sa capacité à vivre en autarcie, il désigna ses commodités, dissimulées dans un épais bouquet de myrte des marais.

« Il est interdit d'installer des commodités sur cette fichue île, expliqua John Hardin à Leah. Une de leurs lois idiotes. Il existe une sorte de complot en Amérique pour que les êtres humains aient honte de leurs excréments. Moi, je suis fier de mes excréments.

— Je n'ai jamais trop pensé aux miens, dit Leah qui me sourit avant de suivre John Hardin dans une pièce petite, de forme étrange, presque totalement occupée par un hamac.

— C'est la chambre d'amis. Je n'ai encore jamais eu d'invités ici, mais le jour où j'en aurai, ils dormiront dans cette pièce. Tu peux venir quand tu veux, Leah. Tu n'as même pas besoin d'invitation.

— Merci beaucoup, John Hardin. C'est vraiment gentil.

— C'est une zone strictement interdite au reste de la famille. Mieux vaudrait pour toi que je ne te chope jamais en train de fouiner sur mes terres, Jack.

— Aucun risque », dis-je, pris d'une sensation d'enfermement, de claustrophobie, au fur et à mesure que je passais d'une cellule à une autre. Il y avait des trucs pour accéder d'une pièce à l'autre, mais rien ne semblait très solide sous mes pieds, et j'avais l'impression de me trouver sur un petit bateau ancré dans une baie ouverte à tous les vents, un jour de tempête. John Hardin avait décoré les murs de sa pièce à vivre avec des œuvres d'art offertes par des compagnons d'internement à l'asile psychiatrique. Ces tableaux ressemblaient à des vignettes imprimées dans un pays où l'on aurait utilisé les cauchemars pour séduire une étrange race de touristes. Ils constituaient une forme d'art désespérée, cousine de la peinture, aux images constamment dérangeantes.

« Tous les artistes sont schizophrènes, dit John Hardin à Leah. Est-ce que tu étais au courant, Leah ?

— Je ne crois pas.

— Ils ont tous une vision déformée du monde. Ils peignent ce qu'ils connaissent le mieux : la distorsion.

— Ce sont des amis à toi ? demanda Leah.

— Les seuls amis qui vaillent la peine d'être fréquentés. Ceux qui sont aux neuroleptiques depuis au moins un an. La Thorazine te maintient à une telle distance de toi-même que l'art devient pour toi la seule façon d'éprouver que tu existes toujours.

— C'est joli, dit Leah, mais elle était inquiète à l'idée qu'elle disait peut-être ce qu'il ne fallait pas dire à son oncle écorché vif. Je ferai des dessins pour la chambre d'amis. Cela te serait agréable ? »

Le visage de John Hardin s'adoucit lorsqu'il répondit : « Je les garderai comme un trésor. Tu peux en être certaine.

— Je vais faire une peinture de la Piazza Farnese à Rome, promit-elle. Elle me manque tellement que je la vois dès que je ferme les yeux.

— Elle te manque à ce point, chérie ? demandai-je.

— Bien sûr, papa. C'est chez moi.

— Chez toi, c'est Waterford, dit John Hardin. Tout le reste, c'est du cinéma.

— Mais c'est à Rome que j'ai grandi, dit Leah. Tu aimerais beaucoup, d'ailleurs.

— Je n'ai jamais aimé les gens qui ne parlent pas anglais, dit John Hardin. J'ai toujours l'impression qu'ils ont des choses à cacher.

— C'est ridicule, dis-je. Et très sudiste.

— Peu importe », dit John Hardin en nous emmenant jusqu'à la plus grande pièce, qui avait trois fauteuils de jardin, un hamac, et une paroi moustiquaire pour empêcher les insectes d'entrer. John Hardin faisait preuve de réels talents de charpentier, et en dépit d'une sensation d'équilibre instable, les pièces semblaient s'organiser selon un ordre naturel non programmé, comme si cette maison était la concrétisation d'un rêve de l'arbre. Une brise montait de l'océan et les centaines de notes des carillons éoliens résonnaient comme des glaçons dans des timbales d'argent. Ils modifiaient l'atmosphère de la forêt comme un orchestre change celle d'un théâtre dès que les instruments commencent à s'accorder. Pour moi, le son était discordant, mais il avait un effet apaisant sur John Hardin.

Ce dernier sortit une feuille de papier de sa poche, qu'il lut en silence avant de dire à Leah : « J'ai rédigé quelque chose et j'aimerais avoir ton avis. J'ai vu hier que tu étais plutôt experte en matière de relations entre les hommes et les femmes.

— Non, dit-elle. Je n'ai même pas encore eu de petit ami.

— Mais tu sais comment il faudrait que je parle à Jane Hartley si je veux l'impressionner.

— Tu n'as qu'à être toi-même, John Hardin. Elle aimera beaucoup.

— Ecoute ceci, demanda-t-il. Tu joues le rôle de Jane. Moi, je joue le mien.

— C'est pas vrai ! dis-je.

— Ça va bien, papa, dit Leah sans me laisser continuer. Tu me lis, et j'essaierai de faire Miss Hartley.

— Elle aime la nature. C'est une scientifique. Il faudrait donc que je lance une conversation intéressante pour elle. Que je lui fasse savoir d'entrée de jeu que nous avons des intérêts communs. Nous sommes donc installés à table pour dîner. Je n'ai commandé que des légumes. Et si elle est végétarienne, ou bien déteste les gens qui acceptent de manger des animaux qu'elle s'est juré de protéger, ce serait mal commencer la soirée.

— Moi, je commanderai ce que j'ai envie de manger, John Hardin, intervint Leah.

— Bonne idée, dit-il en notant quelque chose sur sa feuille de papier. Je commanderai du poisson. Même si elle est végétarienne, je crois que certains végétariens ne sont pas hostiles à l'idée de manger des produits de la mer. Et puis j'adore le poisson. Maintenant, dis quelque chose. Fais comme si tu étais Jane. »

Leah eut un moment d'hésitation avant de réagir : « Tu en as une jolie cravate, ce soir. Elle est très bien assortie à ton costume. Je suis contente que tu ne sois plus nudiste. »

John Hardin parut déconcerté et consulta ses notes avant de dire : « Saviez-vous, Jane, que le papillon de nuit mâle émet un cri si puissant qu'il crée des ondes capables de tuer d'autres insectes en plein vol ? »

Il regarda Leah, qui était perplexe mais courageuse.

« Non, dit-elle, j'ignorais cela. C'est très intéressant.

— Le papillon de nuit mâle est la terreur du monde des insectes, poursuivit John Hardin après avoir de nouveau consulté ses notes. Saviez-vous que des recherches récentes ont établi que les alligators préfèrent la chair des labradors à celle des caniches ? Les chercheurs pensent que les alligators sont tellement habitués à vivre à proximité de clubs de golf et de quartiers résidentiels, qu'ils ont ajouté le chien de compagnie à la liste de leurs mets préférés.

— Pauvres chiens, dit Leah, sincèrement horrifiée.

— Quel beau temps nous avons, n'est-ce pas Jane ? lut encore John Hardin.

— Oui, il fait de plus en plus chaud », répliqua Leah qui jeta un coup d'œil dans ma direction pour savoir si elle était à la hauteur. Je la rassurai d'un hochement de tête et elle continua : « Croyez-vous qu'il pourrait pleuvoir demain ?

— C'est drôle que vous parliez de pluie. Cela me fait penser à la neige. Saviez-vous que la femelle de l'ours polaire cache toujours son museau derrière sa patte lorsqu'elle chasse un phoque près d'un trou d'air ? C'est parce qu'elle a la truffe noire alors que la neige autour d'elle est blanche. Elle devient ainsi invisible pour s'approcher du phoque et en faire sa proie.

— Comment savez-vous tant de choses sur la nature ? » demanda Leah.

John Hardin sourit et se mit à lire son texte écrit. « Parce que ma conviction est que l'homme fait partie de la nature, et qu'en étudiant la nature, on s'étudie soi-même. Une araignée va manger une mouche comme l'homme va manger un cheeseburger. Tout est lié et ne fait qu'une seule et même chose.

— Je supprimerais la réplique de la mouche et du cheeseburger, dis-je, les nerfs mis à vif par les carillons éoliens.

— La nourriture, c'est de la nourriture. Dans la nature, on ne fait pas d'histoire. Jane est assez intelligente pour suivre mon raisonnement.

— Tu pourrais peut-être parler des chevaux qui mangent de l'avoine, dit Leah. Les mouches, c'est un peu dégoûtant.

— Excellente idée, Leah. Tu as le même genre de sensibilité que Jane. Toi, tu n'es pas sensible pour deux ronds, Jack.

— Merci, dis-je, avant d'apercevoir un bateau prenant la boucle du Sawgrass. C'est Ledare. Tu veux venir faire un tour en bateau avec nous, John Hardin ? Il paraît qu'elle a une surprise pour nous.

— Non, dit-il. Je vais rester ici à travailler sur ma conversation imaginaire avec Jane Hartley. Tu as des suggestions à me faire, Leah ? Un petit secret qui me permette de deviner comment pensent les jolies filles ? »

Leah prit la main de son oncle avant de l'embrasser sur la joue. « Tout le monde a besoin d'un ami. Fais seulement comprendre à Jane que tu l'aimes beaucoup, et tout se passera très bien.

— Demain je vais à la bibliothèque lire tout ce qu'ils ont sur la nature. Lorsque je l'inviterai à dîner, j'en saurai plus long sur les animaux que quiconque.

— Quand as-tu l'intention de l'inviter, John Hardin ? demandai-je.

— Dans plusieurs années, dit-il. Il me faudra bien deux ou trois ans d'études avant de seulement songer à l'inviter.

— Mais elle risque de rencontrer quelqu'un d'autre, dit Leah.

— C'est un risque que je dois courir, dit John Hardin tandis que Leah et moi empruntions l'échelle pour descendre de l'arbre.

— Ne parlez surtout à personne de ma cabane, recommanda-t-il en nous rejoignant. J'ai des ennemis partout, et ça les rend fous de savoir que je suis un homme libre.

— Avec nous, tes secrets ne risquent rien », dis-je, en regardant le bateau à moteur venir vers nous, à quinze cents mètres. Le ronflement du moteur était rassurant, tellement familier au gosse des basses terres que j'étais qu'il ne me tirait même pas d'un sommeil agité.

En passant devant l'ancien abri de pêche, John Hardin ouvrit la porte et nous fit entrer. Je vis avec plaisir qu'il avait remis l'endroit en état, réparé les carreaux cassés, et même repeint à l'intérieur. Le poêle à bois était toujours dans son coin, les lits de camp rouillés étaient toujours appuyés contre le mur du fond, mais John Hardin utilisait ce lieu comme atelier, à présent, et ses outils, impeccables, étaient parfaitement rangés. Il y avait une pile de planches fraîchement coupées, à l'odeur agréable.

« Tu sais pourquoi j'ai acheté ce bois ? demanda-t-il.

— Aucune idée.

— Je vais fabriquer un cercueil pour maman.

— Quelle idée abominable ! dis-je. Elle est au courant ?

— Bien sûr que non, ce sera une surprise, dit John Hardin manifestement blessé par mon ton de voix. Cela lui fera un souci de moins. Je vais faire du costaud. Il sera très beau.

— Elle sera très contente, dit Leah.

— Je n'en suis pas si sûr », dis-je.

Leah me lança un regard désapprobateur : « Mon père a tort. C'est une très belle idée.

— Ce sera une œuvre d'art, Jack, tu verras. Le plus beau cercueil qu'on ait jamais vu dans ce comté, dit John Hardin, en surveillant les alentours comme s'il risquait d'être entendu par des intrus. Cette région est tellement pleine d'ivrognes, de parjures, de coquins, de maquereaux, de satanistes et de fraudeurs fiscaux.

— Des fraudeurs fiscaux ? dis-je.

— Moi, je suis exempté d'impôts en ma qualité de schizophrène, mais il y a des gens qui ne remplissent aucune déclaration de revenus pour le fisc. Ceux-là sont la lie de la terre, pire que les champignons, pire que la moisissure qui pousse sur les arbres.

— Pourquoi tu ne viens pas faire un tour avec nous ? » demanda Leah.

John Hardin regarda le bateau ralentir pour venir se ranger devant l'appontement.

« Non, allez-y, vous », dit-il avant de courir rejoindre son arbre comme un animal, de grimper vite par l'échelle qu'il tira derrière lui, pour se protéger de la dureté du monde de dehors.

Ledare nous regarda ôter chemise et pantalon pour rester en maillot de bain. Lorsque nous embarquâmes, elle fit signe à Leah de venir s'installer entre ses jambes pour prendre les commandes.

« Tu ne seras pas une fille des basses terres tant que tu ne sauras pas piloter un bateau, dit Ledare. Passe en marche arrière, et direction le bras de mer de Waterford. »

Leah suivit les instructions et le bateau recula lentement vers le milieu du cours d'eau.

« Vire à droite, et après tu redresses », dit Ledare. Je regardai Leah obtempérer à la lettre ; ses cheveux noirs et sa mine sérieuse faisaient un contraste saisissant avec la blondeur généreuse de Ledare. Leah semblait noircie par ce même soleil qui paraissait ne laisser aucune trace sur le teint clair de Ledare.

« La marée est encore au montant, mais elle est déjà presque haute, dit Ledare. Pas de problème avec les bancs de sable.

— On peut aller vite ? demanda Leah.

— Vas-y pleins gaz, petite, dit Ledare. Quand on a ton âge on a des réserves de vitesse à décharger. »

Leah ne se fit pas prier et le bateau, un Renken de seize pieds, fabriqué à Charleston, se dressa au-dessus des remous et fila au milieu du chenal séparant l'île d'Orion de l'île Barnwell, inhabitée. Ledare indiquait le chemin tandis que nous voguions sur les eaux stagnantes derrière les îles en barrière, et que le spartina déployait une vaste couverture verte d'un bout de l'horizon à l'autre.

Lorsque nous fûmes près du Waterford, Ledare fit signe à Leah de ralentir et de laisser tourner le moteur au ralenti. Je me faufilai alors entre elles deux, ouvris une bière, m'installai lourdement à la barre. Puis j'enfonçai bien ma casquette de base-ball des Atlanta Braves et repassai de la crème solaire sur mon visage et mon cou pendant que Ledare démêlait la corde enroulée à la poupe. Elle laissa ensuite la corde glisser progressivement à l'extérieur, en contrôlant l'opération avec l'attention d'une trapéziste vérifiant le matériel sous le chapiteau.

« Qu'est-ce que tu fais, Ledare ? demanda Leah.

— Tu vois ce regard dans ses yeux ? dis-je. Elle a remporté quatre fois le grand tournoi de ski nautique du festival de Sea Island.

— Cinq fois, rectifia Ledare. Et c'était filles et garçons confondus, chérie. Je suis meilleure sur des skis que n'importe quel garçon jamais né dans cette ville.

— Meilleure que papa ? »

Rire de Ledare qui me regarda affectueusement. « Ton papa est charmant, Leah, mais pour ce qui est du ski nautique, je le laisse sur place. Dis-lui, Jack. Ravale ton orgueil de mâle et dis-lui la vérité.

— Elle est d'une incroyable arrogance, dis-je. Mais cette fille cesse d'être humaine dès qu'elle est sur des skis. Elle devient alors la poésie en mouvement. Une déesse de la mer. »

Ledare sauta dans l'eau à pieds joints, et Leah suivit son exemple, tandis que j'enclenchais la marche avant pour remorquer la corde entre les deux nageuses et moi. D'un seul coup, je fus renvoyé à mille et une après-midi de mon enfance, lorsque l'odeur du fleuve et le ronronnement des moteurs me donnaient l'enivrante sensation d'un temps dans lequel je pénétrais profondément et que je vivais de même. Je revoyais cent images de Ledare fendant les eaux au gré de ses slaloms et des virages vertigineux qu'elle effectuait en se couchant presque à la surface de l'eau. Toutes les lois de la physique et toutes les beautés de la géométrie semblaient se conjuguer lorsque Ledare s'élançait derrière un hors-bord. Je la regardai expliquer à Leah, l'encourager, et je me souvins que pendant une grande partie de mon adolescence, j'avais grandi avec la certitude que Ledare serait un jour la mère de mes enfants. Je la regardai disposer les mains de Leah sur la barre fixée à l'extrémité de la corde, lui placer les pieds dans les skis et ajuster les fixations.

Il n'était pas un geste de Ledare dans l'eau qui fût dépourvu de grâce. Elle semblait heureuse, dans son élément, et nageait autour d'une Leah légèrement effrayée mais rayonnante, qui avait hérité de moi un insatiable goût pour les défis à relever. Elle détestait l'échec, Leah, surtout lorsque l'échec avait des témoins. Mais Ledare la calmait, lui disait de garder ses skis bien réunis, ses bras tendus, et de laisser le bateau faire le reste. Après avoir chaussé ses propres skis, elle vint se placer derrière Leah, qu'elle installa entre ses jambes, contenant les skis de l'élève à l'intérieur des siens ; elle mit ensuite ses mains à l'extérieur de celles de Leah sur la barre, et me donna le signal d'accélérer.

En me retournant, je vis que Leah avait lâché la corde dès qu'elle avait entendu le rugissement du moteur, et que Ledare avait lâché prise en même temps. Elle parlait gentiment à Leah tandis que je décrivais un cercle pour ramener la barre à la surface, juste à portée des mains de Ledare, qui était en train de les remettre toutes les deux en position pour un nouvel essai.

« Tu te cramponnes fort. Puis tu tends bien les bras. Il ne faut pas les plier du tout. Les skis de chaque côté de la corde. Parfait, Leah. Maintenant, je vais donner le signal à ton père et on va traverser la ville à skis. »

Leah tint bon la deuxième fois, elle se dressa sur ses skis, en prenant appui contre les jambes de Ledare. Elles émergèrent simultanément, les jambes de Ledare très écartées pour guider la petite skieuse, qui parcourut deux cents mètres avant de perdre un ski et de tomber. Ledare tomba à l'unisson et nagea pour récupérer le ski dans le sillage du bateau.

Encore une fois, Ledare donna le signal, Leah se redressa, et là, elles traversèrent la ville ensemble, avec Leah qui n'osait pas bouger un muscle et Ledare qui faisait signe aux promeneurs. Elles passèrent sous le pont et Leah eut le temps d'apercevoir les voitures roulant au-dessus de leurs têtes.

Touchant l'épaule de Leah, Ledare désigna le sillage dessiné par le bateau à tribord et, par une pression de la main gauche, elle incita Leah à s'écarter du bateau. Ensemble, elles pointèrent leurs skis en direction de la marina de l'Oyster, et dans un ensemble parfait, elles franchirent comme une seule et même skieuse le remous du sillage avant de filer de côté par rapport au bateau, souples, graciles, adorables, dans leur étrange mais allègre pas de deux. J'entendis Leah couiner de plaisir et regarder Ledare la diriger ; la corde prit ensuite du mou et elles attendirent l'instant précis où elles sentirent de nouveau la tension pour laisser le bateau prendre le contrôle et les ramener doucement dans le sillage avant de passer de l'autre côté, en deux sauts impeccables. J'entendais Ledare parler par-dessus le bruit du moteur, sans distinguer ses paroles. Mais je voyais Leah se détendre et prendre confiance sous les directives patientes de Ledare. On peut réussir n'importe quoi, pensai-je, absolument n'importe quoi, lorsque l'on bénéficie d'un professeur possédant talent et passion.

Je fis un geste circulaire avec l'index, mais Leah tomba une nouvelle fois tandis que je décrivais une lente courbe à cent quatre-vingts degrés avec le bateau. Lorsque je revins, Ledare insista pour me faire lancer une autre corde afin de permettre à Leah de skier séparément en sa compagnie, derrière le bateau.

« Leah est prête pour cela ? demandai-je.

— C'est un talent inné chez elle », dit Ledare en désignant Leah du menton.

Elle le prouva lorsque je lâchai de nouveau les gaz et vis l'adulte et la fillette surgir ensemble du Waterford, criant de joie à l'unisson tandis que je les remorquais sur toute la longueur de la ville, devant les belles maisons coloniales du centre, entre les grands chênes de Water Street. Je songeai à Venise, cette cité sortie de l'Adriatique, avec tous ses palais sensuels et lointains, comme s'ils avaient été dessinés par des architectes amoureux des orchidées et des gâteaux de mariage. Pourtant, je ne pouvais nier que la sobriété, l'espace, les proportions des maisons de Waterford touchaient aussi fort mon sens de l'esthétique que n'importe quel canal de Venise.

Pendant plus d'une demi-heure, je les ai tirées ainsi en montant, puis en descendant le Waterford, jusqu'au moment où, saisissant le signal de Ledare pour m'indiquer que Leah commençait à fatiguer, je jetai l'ancre sur le banc de sable qui se trouvait juste en face de la ville. Lorsqu'elles furent remontées à bord et se furent séchées avec les serviettes, Ledare distribua des sandwiches à la tomate, préparés avec les tomates du potager de sa mère, de la laitue, de la mayonnaise, et des oignons frais. Je gémis de bonheur en mordant dans le sandwich, lorsque le jus rouge me coula sur le visage et les bras. J'ouvris les tranches de pain pour examiner la tomate dans laquelle je venais de croquer. Elle était grosse, rouge pompier, luisant de jus et de santé. Je me souvins d'un jour lointain, où j'étais allé dans un champ avec mon grand-père, et il s'était penché pour cueillir une tomate à un pied lourd de fruits. Il avait pelé la tomate avec son couteau de poche, Silas, puis avait salé un quartier avant de me le tendre. Je n'imaginais pas que le nectar du paradis pût avoir meilleur goût que cette tomate fraîchement cueillie. Et pour moi, ce goût devait rester, et restera toujours celui de Waterford et de l'été.

Le jour s'achevait lorsque nous reprîmes le chemin de l'île d'Orion, avec le soleil qui jouait à la surface de l'eau et embrasait un banc de cumulus à l'ouest. Nous hélions au passage les balises et les bouées de signalisation, et je sentais la brûlure du soleil me tirer la peau dans l'air qui fraîchissait. En passant devant l'île Ladyface, Ledare montra soudainement un cours d'eau où j'allais pêcher, enfant. C'était dans un coin isolé, derrière une île qui avait échappé au développement excessif qui était en train de modifier la composition et l'atmosphère de toutes les basses terres.

« Fais le détour par chez Henry Thomas, dit Ledare.

— Je n'ai plus revu Henry depuis le lycée, dis-je. Il a toujours son atelier de soudure ?

— Il a fait faillite, son atelier. Il est dans le bâtiment du côté de Hilton Head. Qui n'est pas dans le bâtiment à Hilton Head ? Je l'ai rencontré au Piggly-Wiggly l'autre jour. Il a demandé de tes nouvelles.

— Henry et moi jouions ensemble au football, expliquai-je à Leah. C'était un sacré joueur. »

Leah demanda avec des yeux vitreux à cause de la fatigue : « Ce qui veut dire ?

— Que c'était un dur. Il t'arrachait la tête, si tu lui en fournissais l'occasion.

— Un plouc, alors, risqua Leah. Comme ceux dont parlent mes oncles.

— Pur sucre, dit Ledare. On ne fait pas mieux dans le genre. Il aurait passé sa vie au Darlington 500. Une course de voitures, chérie.

— Henry n'a pas inventé l'eau chaude. Mais c'est un brave gars, dis-je.

— Je suis passée chez lui, la semaine dernière. Il voulait me présenter son petit dernier, dit Ledare. Il est trisomique, mais c'est un amour. Allons lui dire bonjour.

— Leah est fatiguée, protestai-je.

— Je tiens à ce qu'elle voie cela », dit-elle.

Au fur et à mesure que la mer se retirait, le bateau s'enfonçait dans le marécage, et je pilotais entre les longs couloirs d'herbe des marais que nous dominions une heure plus tôt. Il fut une époque de ma vie où je connaissais tous ces cours d'eau assez bien pour naviguer de nuit sans même consulter une carte, mais ce jour-là, je dus m'y référer à deux reprises pour repérer les hauts-fonds et les bancs de sable afin d'amener le bateau en vue de la maison de Henry Thomas. Il s'agissait d'une vieille ferme en bois, avec une véranda fermée par une moustiquaire devant toute la façade. Quatre véhicules étaient garés dans la cour, dont un définitivement. Un coq chantait quelque part dans un champ, derrière la maison, une aigrette était en chasse sous les pilotis de l'appontement de Henry Thomas et elle s'envola lorsque notre bateau se rapprocha trop de son territoire. Ledare désigna un endroit où l'eau était moins profonde, à une vingtaine de mètres, et elle me murmura de couper le moteur avant de jeter l'ancre.

« On ne va pas à quai saluer Henry ?

— Chut ! dit Ledare en posant un doigt sur ses lèvres. Il sait que nous sommes ici. Je l'ai prévenu de notre visite. »

Le coucher de soleil transformait le marais en or et le ciel occidental en un écran de roses et de violets dus aux derniers vestiges de l'embrasement. Autour de nous, l'eau s'enflammait et le bateau reposait sur un brasier étale et froid. Sans rien dire, nous regardions le miroitement de l'eau, semblable aux plumes du paon dans ce doux chatoiement de la marée descendante. Leah baissa la main pour toucher la surface jaune acidulé.

Un petit garçon sortit en courant de la maison de Henry Thomas, suivi à distance par sa mère, son père et deux grandes sœurs. L'enfant était vêtu d'un short et d'un tee-shirt, il avait aux pieds une paire de baskets noires et était équipé d'une minuscule bouée de sauvetage. Pourtant, il courait sans peur, ne ralentissant que pour emprunter la passerelle de l'appontement.

« Il s'appelle Oliver », murmura Ledare tandis que Leah et moi regardions l'enfant tendre les bras vers le soleil avant de commencer à tourner sur lui-même en pirouettes gracieuses. Sa petite voix aiguë se mit à chanter, et bien que les paroles fussent difficiles à distinguer, je reconnus l'air de « Mary Had a Little Lamb ». Oliver scruta l'eau, plein d'espoir, mais il ne vit rien et cria de colère et de surprise. Se laissant tomber sur les genoux, il tambourina contre les lattes de bois brut et gauchi, puis il chanta une autre chanson, aux paroles impossibles à identifier, mais à la mélodie encore une fois connue et lancinante.

« Rock of Ages », dit Ledare à l'oreille de Leah.

Incrédule et fâché, Oliver regarda du côté de ses parents, leva les bras en l'air et se mit à trépigner violemment, tandis que le vacarme résonnait dans tout le marécage. Il commença une troisième chanson, puis une quatrième. Les siens regardaient sans bouger ni faire de bruit, malgré un signe amical de Henry pour saluer les visiteurs venus en bateau.

« Il arrive », dit Ledare.

Une nageoire dorsale, aux courbes élégantes comme celles d'une gondole, brisa la surface immobile des eaux, beaucoup plus profondes, à deux cents mètres de là. Le marsouin approchait en souplesse, son corps vert prenant des nuances jonquille à la dernière lumière du jour, puis jaune paille, puis écrues, et enfin il se dressa hors de l'eau lorsqu'il fut près de l'appontement où chantait Oliver. Il renversa la tête en arrière et Leah se leva et se pencha en avant lorsqu'elle entendit le marsouin émettre ses propres sons aigus.

L'enfant partit dans une suite de pirouettes ravies et se mit à articuler, crier, croasser des sons que l'excitation faisait échapper à toute discipline langagière. S'il s'agissait de mots, ils étaient discordants, inhumains, étranges. Le visage d'Oliver était illuminé, extatique, et l'enfant tendit les bras vers le marsouin en entonnant « Jesus Loves Me » pour la créature au museau bombé et tous les oiseaux à longues pattes qui pataugeaient là et s'immobilisèrent pour écouter cette protestation bizarre, interlude primitif entre le crépuscule et la nuit. Plus l'excitation de l'enfant montait, plus sa voix devenait aiguë, moins claire. Elle semblait calmer le marsouin, cette voix, et il nageait en cercles tranquilles, sortant de l'eau pour émettre des sons plus doux. Le chant d'Oliver possédait une harmonie surnaturelle et mystérieuse, celui du marsouin semblait quasiment humain, presque familier. L'extase de l'enfant grandissait toujours et il dansait en montrant le marsouin du doigt, puis en regardant sa famille. A la fin, Oliver grognait et couinait des sons inintelligibles auxquels le marsouin répondait systématiquement par des bruits rêveurs, beaucoup plus tristes.

Lorsque le marsouin repartit vers l'océan, Oliver cria de dépit, avant d'agiter le bras en saluts rageurs et furieux, puis de se laisser choir, inerte, épuisé. Henry vint jusqu'à l'appontement dans la pénombre et prit Oliver dans ses bras. Il nous fit signe à tous, dans le bateau, avant de ramener l'enfant auprès des siens. Pendant une longue minute, nous n'avons pas dit un mot, encore sous le choc de ce à quoi nous venions d'assister. Incapables de donner un nom à la scène dont nous avions été témoins, nous savions tous les trois qu'il s'agissait d'une forme rare de dialogue et de communication.

« Papa, qu'est-ce qu'il disait à ce marsouin, Oliver ? finit par demander Leah.

— Des choses merveilleuses, je suppose, dis-je. Mais je ne sais pas.

— Devine, dit-elle.

— Moi je sais, dit Ledare alors que je remettais le moteur en route.

— Dis-moi, demanda Leah.

— Oliver disait au marsouin : "Est-ce que Jack est amoureux de Ledare? Est-ce que Jack est amoureux de Ledare?" Et le marsouin répondait : "Il devrait bien. Il devrait bien." »

Leah fit le trajet du retour sur les genoux de Ledare et nous suivîmes le sillage du marsouin reparti vers l'Atlantique, sous les étoiles qui nous illuminaient de leur parfaite indifférence.


## 29


Pour moi, la mémoire était le pays du passé utilisable, mais je commençais à me demander à présent si l'absence de mémoire ne constituait pas aussi un danger. Je venais de prendre une conscience aiguë que les contresens, les erreurs de jugement sur l'importance à donner aux choses, l'inéluctabilité de l'interprétation fautive d'une expérience pouvaient conduire à une vision imparfaite. J'avais cru Shyla réellement heureuse durant notre mariage. Bien que très au fait de l'histoire de ses fluctuations d'humeur, de ses dépressions, de ses migraines, j'en venais à penser que j'avais sous-estimé la force de frappe des démons malins et souterrains qui l'avaient amenée au désespoir et jusqu'à ce fameux pont. J'avais toujours interprété la tristesse de Shyla comme une part de sa profondeur, car rien ne m'inspirait plus de méfiance que les gens béats, les personnalités à l'optimisme apparemment gratuit. Shyla possédait tant de profondeurs secrètes que j'avais souvent l'impression de la voir explorer un nouveau continent de glaciers et d'icebergs chaque fois qu'elle était la proie des humeurs sombres toujours présentes en elle. Une part de son charme tenait aussi à son entrain et à son imprévisibilité. Shyla ne restait pas longtemps abattue, mais je savais désormais que le revers de cette vertu m'avait échappé, que son temps de bonheur était compté, parce que ce qui faisait sa nature la plus authentique résidait dans les recoins les plus inaccessibles de son être.

Plus je racontais à Leah des histoires sur sa mère, plus je me heurtais en permanence à des images qui n'avaient pas su parler assez fort à l'époque. En suivant sa musique intérieure, Shyla était allée au-devant de son propre bourreau. Lorsque j'entrepris la difficile reconstitution de l'itinéraire qui avait conduit à la destruction de Shyla, je fis revivre des images que j'avais conservées intactes en moi sans en connaître la véritable signification. Je me rendais compte à présent que d'aussi loin qu'il m'en souvenait, Shyla avait toujours semblé embarrassée par ses parents. L'accent étranger des Fox la gênait. Elle avait honte de leur différence.

Très tôt, Shyla avait pris l'habitude de passer les après-midi chez nous, à se repaître de l'atmosphère agitée d'une maison américaine qui, pour elle, représentait la normale. Chaque fois qu'elle repérait l'odeur de hamburger, de pop-corn noyé dans le beurre, ou de poulet frit émanant de la cuisine de ma mère, Shyla faisait son apparition en toquant timidement à la porte, et Lucy l'invitait à profiter de ce qui se mijotait.

Je gardais le souvenir précis de la première fête d'anniversaire organisée par les Fox pour Shyla.

Ma mère nous avait emmenés tous les deux, Shyla et moi, au cinéma le Breeze, qui ce jour-là projetait en matinée « Reviens, petite Sheba » avec Shirley Booth et Burt Lancaster. Le choix était bizarre pour des enfants de notre âge, mais il n'y avait pas d'autre salle en ville et ma mère fut bien obligée de subir le film jusqu'au bout tandis que Shyla et moi nous amusions entre les fauteuils, allant jusqu'à nous aventurer au balcon « Réservé aux gens de couleur », que nous trouvâmes complètement vide. Cette découverte nous réjouit beaucoup, et ma mère dut venir nous récupérer au milieu du film, alors que nous étions occupés à nous tatouer mutuellement les bras au stylo à bille. Avant de quitter la salle, Lucy effaça nos dessins en les frottant avec un Kleenex imbibé de sa propre salive.

La fête devait être une surprise, et lorsque Shyla franchit le seuil de la porte de chez elle, son père exécuta au piano une variation baroque et inspirée, sur le thème de « Happy Birthday », qui plongea les enfants de Waterford dans un silence intimidé. Ruth, George et Lucy furent les seuls à chanter, et Shyla se cacha le visage dans les mains en voyant quelques gamins du quartier ricaner de l'accent guttural de son père. Puis George Fox annonça, comme s'il s'adressait au public éclairé de Carnegie Hall, qu'il avait préparé un concert spécial en l'honneur de l'anniversaire de sa fille. Les dix enfants invités durent alors subir en silence l'interprétation, par George Fox, de la « Rhapsodie hongroise n° 2 » de Franz Liszt.

Lorsque la fin du concert annonça leur délivrance, les enfants sidérés, mais très agités, furent introduits dans une salle à manger à la table cérémonieusement dressée et éclairée par des chandeliers d'argent. Shyla arborait une mine stupéfaite qui aurait pu exprimer l'incrédulité ou la peur, mais son visage semblait s'être figé sous l'effet d'un froid soudain. Elle connaissait la suite, mais ne pouvait rien faire pour modifier le cours des événements.

« Maintenant, dit sa mère tandis que les camarades d'école de Shyla prenaient place autour de la table avec une résignation polie, on va se régaler. Un festin pour ma gentille Shyla dont c'est aujourd'hui, vous le savez tous, l'anniversaire. Elle est née américaine, nous lui célébrons donc son anniversaire à l'américaine, voilà. »

Ruth roulait les « r » curieusement, et les enfants présents ne comprirent pas un mot de ce qu'elle disait. Plusieurs garçons plongèrent sous la table pour cacher leur fou rire. Seule la présence de ma mère maintint un semblant d'ordre, encore Lucy dut-elle faire trois fois le tour de la table pour tempérer les irruptions de niaiserie intempestives chez les garçons.

Pourtant, même ma mère ne put contrôler les expressions de stupeur qui fleurirent spontanément sur la bouche des enfants lorsque Ruth découvrit les nombreux plats contenant le festin qu'elle préparait en secret depuis plusieurs jours pour sa fille. Il y avait du bortsch à la crème aigre, ce qu'aucun de nous n'avait jamais vu, une salade russe composée de mayonnaise, de petits pois et de miettes de saumon, et une chose au fromage appelée *kreplach*. Un des garçons, Samuel Burbage, vomit directement sur ses genoux après avoir goûté les harengs marinés à la crème aigre. Le thé fut servi brûlant dans des gobelets en verre à anse, et un plat de petits pains Kaiser faits maison circula autour de la table sans rencontrer un seul amateur. La carpe farcie suscita des exclamations éberluées et plusieurs enfants repérèrent enfin un saladier d'œufs durs facilement identifiables qu'ils s'empressèrent de faire passer, contents d'avoir trouvé l'unique nourriture visiblement américaine.

Shyla endura l'épreuve sans commentaire, mais je me souviens du soulagement sur son visage lorsque Ruth Fox revint de la cuisine accompagnée de ma mère, en portant un vrai gâteau d'anniversaire décoré de sucre glacé, avec des bougies allumées. Ma mère entraîna les enfants dans une interprétation enlevée de « Happy Birthday », avant d'emporter le gâteau dans la véranda pour éloigner tous les convives du lieu du crime perpétré par Mrs. Fox. Dehors, Shyla souffla les bougies, puis on apporta les cadeaux pour les ouvrir. Lucy organisa ensuite une partie de cache-cache pour tous les enfants, filles et garçons. Mais pendant que Lucy amusait les invités dans le jardin, Ruth pleurait en débarrassant la table des plats restés intacts.

Ma mère avait sauvé l'anniversaire de Shyla en faisant oublier aux enfants les choses qu'ils n'avaient pu se résoudre à avaler, mais la trêve fut de courte durée.

Lorsque la mère de Samuel Burbage arriva pour récupérer son fils, ce dernier s'empressa de crier en courant la rejoindre : « On a eu du poisson cru à la crème fraîche, maman. Moi, j'ai tout vomi. »

La mère de Harper Price apprit que sa fille s'était brûlé la langue avec le thé, et que les beignets étaient durs comme du bois.

« Ça s'appelle des *bagels*, tenta d'expliquer Shyla. Ma mère les a achetés chez Gottlieb, à Savannah. »

Capers Middleton n'avait jamais vu de soupe rouge, Ledare n'avait jamais mangé de poisson froid ni de nouilles sucrées, Elmer Bazemore, fils d'un pêcheur de crevettes, avait à peine goûté une bouchée de carpe farcie avant de recracher dans sa serviette. Il jura à ses parents qu'il se demandait vraiment où l'on trouvait ce genre de poisson dans les eaux américaines, et que la chair de ce poisson juif lui avait brûlé la langue au point de l'obliger à réclamer plusieurs verres d'eau à Mrs. Fox. Ruth Fox devait expliquer ensuite qu'elle avait sûrement servi la carpe farcie avec trop de raifort.

Le caractère totalement étranger de la maison de Shyla devint une des menues obsessions de ses amis et camarades de classe de Waterford. Les enfants ont instinctivement le réflexe du troupeau, et rien n'est plus douloureux pour eux que des habitudes de leurs parents susceptibles de les singulariser et de les tourner en ridicule. Shyla aura passé toute son enfance à se vouloir américaine. Son désir était même plus profond et plus extraordinaire encore : Shyla Fox aspirait à un niveau inaccessible d'américanité — elle voulait devenir une vraie sudiste, ce qu'il y a de plus insaisissable et aléatoire dans l'identité américaine. Sa vie entière devint une pratique tranquille et appliquée du mimétisme. Son accent évolua au fil des années, et devint plus consistant à force d'écouter la voix collective des femmes de sa ville. Les

expressions typiques de l'idiome sudiste la ravis-
saient autant que l'accablait l'usage du yiddish chez
ses parents. Elle devint tyrannique et leur interdit de
parler en yiddish en sa présence. Leur yiddish était
déplacé, discordant, au pays des azalées, du maïs,
des plantations, des beignets d'oignon, du pop-corn,
des gaufrettes Necco, des barres Three Musketeers,
celles qui sont assez grosses pour partager avec son
copain, disait la publicité.

« Elle se prend pour une yankee de souche, ironi-
sait souvent son père.

— Elle veut seulement une vie normale, répondait
sa mère. Dis-moi en quoi c'est un péché. Je désire la
même chose pour elle. »

L'intuition, plus que des faits avérés, me conduisit
à penser que l'atmosphère qui régnait dans la maison voisine était bizarre et un peu dingue. Leur habitude de célébrer des fêtes dont je n'avais jamais
entendu parler, et dont je pouvais à peine prononcer
le nom, était pour moi plutôt exotique, et j'essayais
régulièrement d'obtenir de Ruth Fox quelques
insultes en yiddish à servir à mes frères lorsqu'ils
m'agaçaient. Mais il existait un élément d'instabilité
et de profonde perturbation chez les Fox, que personne, dans la petite ville où je vivais, n'était capable
d'appréhender, fût-ce superficiellement. Ce n'était
pas la sensation d'« étrangéité » qui mettait cette
maison à part des autres, mais une tristesse si
intense qu'elle s'incrustait comme une poussière
mortelle dans le moindre centimètre carré de ses
pièces spacieuses et immaculées.

George et Ruth Fox avaient peur des chiens, des
chats, et de leur ombre. Je voyais le regard furtif
qu'ils me jetaient de derrière leurs rideaux fermés
chaque fois que je venais frapper à leur porte. Ils
sautaient en entendant un coup de sonnette inattendu. Leurs mains tremblaient lorsqu'ils répondaient au téléphone. Quand elle mettait sa lessive à
sécher au soleil, Ruth Fox guettait en permanence
les manœuvres d'ennemis potentiels. Pendant des
années, j'ai tenté de comprendre ce qui n'allait pas.

569

J'épiais, j'écoutais aux portes, j'observais les mouvements tranquilles de la famille depuis mon poste d'observation dans le chêne, la nuit tombée. La seule découverte que je pus faire, c'était que les parents de Shyla semblaient s'assombrir, au lieu de vieillir. Mr. Fox s'éveillait souvent en hurlant au beau milieu de la nuit, à cause de cauchemars qu'il avait amenés avec lui de son pays natal. Lorsque je demandais à Shyla pourquoi son père criait la nuit, elle me disait que j'avais dû rêver, qu'elle n'avait jamais rien entendu. Une fois, je l'ai entendu hurler un nom de femme, mais il ne s'agissait de personne dont j'eusse entendu parler, ou qui eût jamais vécu dans notre quartier. Après qu'il s'était réveillé avec le nom de cette femme inconnue sur les lèvres, et tandis que je me déplaçais sur les branches du chêne baignées de lune qui me permettaient d'accéder à ce genre de secrets, j'entendis Ruth consoler son mari. En suivant cette scène intime et triste, je dus me pincer fort, à cause de Shyla, pour être sûr que je ne rêvais pas. J'essayai de suivre leur conversation, mais ils se parlaient dans une langue étrangère. Sans comprendre cette langue, j'en savais assez long sur les mots pour comprendre que Ruth aimait George Fox par-delà le temps et la raison.

Au cours des années qui suivirent la fête d'anniversaire de Shyla, la morosité et le malheur qui planaient en permanence chez les Fox semblèrent s'épaissir. J'ai souvent pensé que l'intérêt exclusif que George Fox portait à sa musique n'y était peut-être pas étranger. Nous avions tous peur de Mr. Fox, avec ses manières impeccables du Vieux Continent, sa main déformée, sa souffrance, sa timidité qui semblait bizarre lorsqu'elle accompagnait son regard malveillant. Si ses élèves l'adoraient, ils se recrutaient tous parmi les enfants hypernerveux et angoissés. Le soir, quand j'essayais de m'endormir, j'écoutais Mr. Fox jouer du piano, et ces récitals m'apprirent que la musique pouvait faire mal, blesser, et que la belle musique était un lieu où l'homme pouvait cacher sa douleur.

Je me souviens de la première fois où j'ai dit à ma mère qu'à mon avis, quelque chose ne tournait pas rond chez Shyla. J'avais remarqué que Ruth parlait différemment à sa fille lorsqu'elle ignorait ma présence dans les alentours. Un jour, j'étais entré dans la chambre de Shyla en grimpant par la branche du chêne et j'allais partir à sa recherche à l'intérieur de la maison lorsque j'entendis sa mère lui parler au rez-de-chaussée. Avant d'avoir pu rejoindre la fenêtre sur la pointe des pieds pour rebrousser chemin par la voie secrète qui réunissait nos deux maisons, j'entendis encore la voix de Ruth. Ce qu'elle disait me fit m'arrêter sur place pour m'assurer que j'avais bien entendu.

« Ferme cette porte quand tu me parles, criait Ruth, ou bien nous allons tous mourir de pneumonie. C'est ce que tu veux. Que nous soyons tous morts ! Va te laver les mains. Ne joue plus dans la terre. Dieu n'a pas voulu faire de toi une fourmi. Mon Dieu, ces mains. Eteins ce poêle. Tu es folle ou quoi ? Tu tiens à offrir une prime aux sapeurs-pompiers ? »

Je ne reconnaissais pas la femme qui parlait ainsi, cette version déstabilisée et nerveusement malade de Ruth Fox. Ce fut ma première vision partielle de l'enfance vécue par Shyla, parce que les Allemands avaient broyé et détruit le monde de ses parents. Je n'apprendrais que longtemps plus tard que les nazis faisaient de fréquentes visites dans cette maison, qu'ils assistaient aux repas avec leur regard bleu, qu'ils rotaient lorsqu'on allumait les chandeliers du sabbat, et que Shyla avait grandi en croyant que les microbes n'étaient jamais que des Allemands en miniature se nourrissant de l'âme des Juifs.

En passant entre les branches épaisses du chêne, j'entendis Ruth dire : « Ecarte-toi de cette fenêtre, Shyla. L'Ange de la Mort pourrait passer par là. »

Je me retournai et vis le petit visage effrayé de Shyla. Elle me fit un signe de bonjour, et je répondis de même. Je me rends compte aujourd'hui que la maison des Fox, à Waterford, n'était qu'une annexe de Bergen-Belsen, une simple halte sur le chemin des fours crématoires. Aucun des parents de Shyla n'avait réussi à quitter le pays de leur passé atroce. George Fox jouait sa musique pour consoler ceux qui étaient partis en fumée, rejoignant les nuées au-dessus de la Pologne. Chaque noire célébrait la perte d'une âme entrée dans le fleuve de la mort sans la consolation de la musique. La maison était pleine de larmes, de terreur, d'incoercible fureur et de musique, peuplant les rêves des enfants d'envahisseurs bottés qui tenaient à la main des chandelles faites avec les cheveux des Juifs.

Après notre mariage, Shyla m'a longuement raconté son enfance sudiste. Elle croyait que des soldats allemands pouvaient n'importe quand investir sa maison par un rapide mouvement tournant au cours duquel périraient toutes les plantes grimpantes, les arbres fleuris et les azalées. Mais de telles confidences étaient inhabituelles chez Shyla et survenaient toujours à l'improviste. La plupart du temps elle était d'un mutisme obsessionnel concernant les expériences de guerre vécues par ses parents. Le sujet devint *verboten,* surtout après la naissance de Leah. Shyla ne supportait pas l'idée d'un monde capable de mettre une enfant aussi tendre et vulnérable que Leah dans une chambre à gaz. Ce monde-là devint le matériau de base de tous ses cauchemars, mais elle le laissait rarement émerger dans sa vie diurne.

Je n'imaginais pas la profondeur de ses obsessions morbides jusqu'à l'instant où j'ai vu, fraîchement tatoué sur son avant-bras, le numéro matricule de son père, à la morgue de Charleston, après son suicide. La présence de ce simple chiffre rageur indiquait avec éloquence son lien avec le grand massacre de son peuple.

Après la mort de Shyla, ce fut mon tour d'être obsédé par l'Holocauste, d'étudier ces années béantes avec une passion et un désir d'exhaustivité que je n'aurais jamais cru possibles. Ce numéro sur le bras de Shyla me hanta parce qu'il signait une vie de tortures vécues à mon insu. Je suis certain que j'aurais pu l'aider si seulement j'avais connu la profondeur de son implication dans la destruction des Juifs. Elle avait passé sa vie à dissimuler sa judaïté en l'enveloppant dans un cocon de soies précieuses et secrètes. Sa spiritualité s'épanouissait dans l'ombre, et un papillon de nuit grotesque, avec des têtes de mort inscrites sur ses ailes poudrées, tentait de s'envoler dans le musée où elle maintenait épinglée sur du velours son âme chloroformée. Ce fut seulement après la naissance de Leah qu'elle sembla vouloir se réconcilier avec ses racines juives. Shyla Fox avait grandi en pleine chrétienté sudiste, acceptée par ses camarades chrétiens, heureuse dans les eaux immuables d'une vie provinciale où sa judaïté la rendait un tout petit peu bizarre, décalée. Mais du moins ses parents étaient-ils considérés comme des gens pieux qui craignaient Dieu, et pour Shyla, sa petite synagogue était une sorte d'ouverture, de théâtre, de bal masqué, une oasis. Lorsqu'elle arriva en terminale au lycée, cinquante familles juives se retrouvaient chaque semaine pour la cérémonie du sabbat, et dans un désordre de lumière, de bruit, de bavardages, Shyla se croyait au centre d'un monde qui à la fois la chérissait et était fier d'elle.

La mère de Shyla ne lui avait jamais rien dit de la puberté, ni des changements qui allaient intervenir dans son corps. La première fois qu'elle saigna, elle se crut atteinte du cancer, elle pensa avoir déplu à Dieu de façon définitive et indicible. Elle entra dans sa vie de femme innocente et peu avertie, ce qui la marqua, à ses yeux du moins, comme un être singulier, étrange, choisi. Elle se fit plus rêveuse, plus renfermée. Sa mère l'avait protégée jalousement, et cette année-là, avant le début du cycle de ses dépressions, la mère et la fille se rapprochèrent. C'est à cette époque que Ruth Fox se mit à raconter la guerre à sa fille. Les histoires sortaient de la bouche de Ruth, brutes et incontrôlées. Ainsi les expériences terrifiantes vécues tant par George que par Ruth pénétrèrent-elles l'imagination de leur enfant pré-

coce, au sérieux exquis, des anecdotes tellement
chargées de détresse qu'elles remontaient inlassablement à la surface avec tout l'excès de leur force
intacte; souvent lorsqu'elle commençait à perdre du
sang. De sorte que dans l'esprit de Shyla, les souffrances de ses parents pendant la guerre furent asso-
ciées à ses propres hémorragies. Il avait toujours été
dans les intentions de Ruth de raconter à Shyla tout
ce qui lui était arrivé (son mari, leurs familles
d'Europe orientale), mais elle attendait le moment
propice, lorsque Shyla aurait atteint une certaine
maturité. Bien qu'elle estimât important pour Shyla
de percevoir le monde comme un lieu dangereux
ignorant les scrupules, elle ne souhaitait pas marte-
ler cette information trop tôt, pas plus qu'elle ne
désirait inscrire en Shyla la peur d'une humanité
barbare, sans foi ni loi. Non sans arbitraire, Ruth
choisit la puberté de Shyla pour commencer de lui
faire partager ces histoires.

Immanquablement, elle scrutait le regard de ses
voisins de Waterford, Ruth, en se demandant ce qu'il
faudrait pour les jeter dans la rue, déchaînés et insa-
tiables dans leur soif collective de sang juif. Pendant
toute mon enfance, à mon insu, Ruth avait observé
mon visage en essayant de le coiffer du casque nazi.
Dans tous les chrétiens qu'elle croisait, Ruth cherchait le nazi qui sommeillait sous la surface. Mais
toutes ces choses, je ne devais les apprendre que
bien plus tard.

Shyla était une auditrice attentive, ces histoires,
elle les assimila et en fit une part d'elle-même. Elles
édifiaient des bibliothèques entières tout autour de
son cerveau et leur poids lui donnait migraines et
cauchemars. Ruth avait été soulagée de partager un
peu de la souffrance qu'elle portait en elle depuis si
longtemps, mais il lui fallut du temps encore pour
comprendre l'intensité de la détresse qu'elle ino-
culait ainsi à sa fille aînée.

Entre dix et treize ans, Shyla se replia sur elle-
même, elle prit ses distances vis-à-vis de sa famille et
de ses amis, elle traversa plusieurs épisodes étranges

qui la menèrent dans les cabinets de divers spécialistes en psychiatrie infantile exerçant dans le Sud. Malgré de bons résultats scolaires, elle se retira de presque toute activité collective. Ce furent les années où elle progressa le plus au piano, celles qui permirent à son père de caresser l'espoir de la voir devenir un bon professeur de musique, bien que lui fissent défaut la passion et la virtuosité qui signalent tous les grands concertistes. Shyla travaillait pendant des heures et, comme son père, elle trouvait le répit parmi les petites notes noires, une évasion dans les ténèbres mystérieuses de la musique. De vertu, sa discipline au piano devint une forme de démence.

Elle ne tarda pas à sauter les repas pour maîtriser une nouvelle partition. L'amour de l'art la faisait jeûner, disaient ses parents, avec des trémolos de fierté. La musique semblait couler à flot continu : elle animait ses doigts qui produisaient un déluge de notes, de bruit, de chansons, d'élégies, par lesquels une fille dévouée gaspillait indirectement son amour pour un père qui se défiait des mots et ne chérissait que les harmonies du clavier. George était un professeur sévère pour Shyla, car il pensait qu'elle cherchait à atteindre un niveau de compétence auquel, à son avis, son talent ne lui permettait pas d'accéder. Il ne la ménageait pas, et chaque fois elle franchissait les obstacles imaginaires qu'il lui fixait. Elle parvenait à jouer des concertos qu'il avait déclarés hors de sa portée. Comme elle le défiait de fixer des limites à son talent, il plaçait la barre de plus en plus haut, sachant qu'elle ne possédait pas l'ampleur et la fluidité requises par le grand art. Il avait raison, George Fox, et il poussa sa fille au-delà de ses limites. Lorsqu'elle finit par craquer, elle avait perdu cinq kilos qui n'avaient rien de superflu et les médecins de Waterford furent incapables de lui redonner l'appétit. A l'hôpital, ils la mirent sous perfusion de glucose tandis que ses doigts jouaient d'inaudibles sonates sur la couverture.

Lorsqu'elle fut autorisée à sortir, Shyla entra dans ce qu'elle devait appeler plus tard son « année noire », celle des masques, des hallucinations, du chagrin pour des morts dont elle ne connaissait pas le nom. Sans rien dire à personne, elle absorba les histoires que sa mère lui avait racontées en secret, et elle prit la place de ses parents, refaisant le chemin qu'ils avaient parcouru, souffrant les tourments qu'ils avaient endurés. Shyla se laissa mourir de faim, de soif, ses mains faisaient de la musique partout où ses doigts se posaient, et elle passa cette année à pleurer pour des parents qui n'avaient eu ni le temps ni les ressources, et moins encore la permission de pleurer.

Un jour, je trouvai Shyla en larmes sur le banc appuyé contre le mur de briques qui séparait nos deux maisons. A la force des bras, je montai en appui sur le mur, puis par un rétablissement expert, je me mis debout et courus me placer juste au-dessus d'elle pour lui demander ce qui n'allait pas. Je vis alors le sang sur ses jambes. La prenant par la main, je l'entraînai par le portail donnant sur le jardin en friche d'un voisin, qui descendait jusqu'à une portion de marécage donnant directement sur l'appontement derrière notre maison. Le jasmin était en fleur, les abeilles semblaient y jouer les couturières en maniant d'invisibles fils de soie. Je lui fis ôter chaussettes et chaussures, puis vêtus de nos tenues légères d'été, nous sautâmes ensemble dans la marée montante.

« L'eau salée guérit tout, affirmai-je.

— Je suis en train de mourir. Je veux mourir tellement j'ai honte.

— C'est sûrement une chose que tu as mangée, dis-je en piochant dans la réserve de réponses toutes faites de ma mère.

— Ma mère va me tuer quand elle verra que je me suis baignée avec cette robe.

— On va passer discrètement par chez moi, proposai-je. On utilisera l'arbre. »

Les eaux du Waterford lavèrent Shyla, et nous regagnâmes tous les deux le jardin de chez moi pour grimper dans ma chambre en utilisant le chêne sur le tronc duquel j'avais cloué des grosses chevilles pour faire une échelle. Shyla se déshabilla dans ma chambre et mit un tee-shirt et un vieux short à moi ; puis elle me tendit sa robe et sa culotte mouillées en me chargeant de les jeter. Parce que j'avais peur pour elle si on les découvrait, j'ai creusé un grand trou près du marécage, à un endroit caché par la haie, et j'ai fourré le paquet au fond. Pendant que je m'acquittais de ma tâche, Shyla alla informer sa mère qu'elle perdait tout son sang.

Pourtant ce n'était pas le fait de saigner qui la tuait lentement, mais son incapacité à intégrer les blessures de ses parents dans un monde qui fît sens pour elle. Bien qu'élevée dans une paisible petite ville sudiste au bord de la mer, où n'importe quel enfant pouvait trouver une sensation de sécurité, d'équilibre, de cohésion, elle était née avec la capacité de repérer le moindre électron d'angoisse dans l'aura entourant un être cher, et de le faire allégrement sien. Elle consommait la douleur des autres parce que c'était son plat préféré, le seul fruit qu'elle choisirait toujours de dérober au jardin d'Eden. Sa maladie s'appelait Auschwitz, mais il s'agissait d'un diagnostic difficile à faire lorsqu'on vivait dans les basses terres de Caroline du Sud, en 1960.

Pendant plus d'un an, Shyla parvint à survivre. Puis un soir, sa mère la suivit après un dîner auquel elle avait à peine touché, et elle monta ainsi les marches du grenier où elle entendait Shyla parler à un groupe de fillettes qui ne répondaient jamais. Pendant quinze minutes, elle écouta ce terrifiant monologue fait de consignes et d'encouragements, avant d'ouvrir la porte et de surprendre Shyla au milieu de toutes les poupées de son enfance, voilées de noir comme des religieuses. Shyla volait chaque soir de la nourriture pour elles, et elle exhortait les poupées à ne pas faire de bruit lorsque les Allemands patrouillaient dehors.

Horrifiée, Ruth prit sa fille dans les bras et s'excusa de lui avoir parlé du passé monstrueux. Elle avait sous-estimé la force extraordinaire de sa propre histoire et la sensibilité fabuleuse avec laquelle Shyla la recevait.

Le lendemain, ma mère regarda, incrédule, Shyla sortir dans notre jardin et enterrer toutes ses poupées dans une fosse commune qu'elle avait creusée la veille. Le mois d'août battit les records de chaleur et marqua le premier séjour de Shyla au service infantile de l'hôpital psychiatrique de Caroline du Sud. Elle fut internée à Bull Street où elle resta six semaines, soignée pour une dépression grave.

Shyla revint de Columbia identique à elle-même, sauf qu'elle semblait plus indépendante, plus renfermée. Sa fragilité la rendait singulière, mais nous nous entendions toujours bien et faisions souvent nos devoirs ensemble, sur la table de cuisine de chez moi, où le bruit de cette maison surpeuplée exerçait apparemment un effet calmant sur elle. Je croyais qu'elle était en train de redevenir la Shyla de toujours, et puis une nuit, pendant l'hiver, il neigea à Waterford pour la troisième fois du vingtième siècle. La neige fit surgir en Shyla une image limpide mais inexplicable qui n'avait rien à voir avec les conditions météorologiques. L'étrange chimie de la neige et de la mémoire prit possession d'elle, et elle apprit encore une fois que la folie revêtait de nombreux masques, changeait de discours à volonté, maîtrisait parfaitement l'art du déguisement, de la ruse, et des coups bas. Cette fois-là, elle avait choisi de prendre forme humaine, celle d'une femme belle et triste.

Lorsqu'elle parut, cette femme apporta avec elle un pays imaginaire où seule Shyla avait accès. Elle raya le monde réel, l'effaça totalement en se montrant à Shyla pour lui offrir le réconfort de sa majesté muette. Elle était d'une gentillesse extrême.

Bien qu'elle eût toujours su que ces apparitions existaient à l'intérieur de sa tête, Shyla ne perdit jamais l'enthousiasme que suscitait en elle la venue de la dame. Elle ne pouvait pas la faire surgir à volonté : la dame planifiait ses visites avec perspicacité et ruse. Chaque mois, elle suivait les lois biologiques et n'apparaissait qu'après le début des règles de Shyla.

Un jour, je surpris Shyla à genoux et en transe dans son jardin. Il commençait à neiger.

« Il y a un problème, avec Shyla, dis-je lorsque je trouvai Mrs. Fox.

— Que s'est-il passé ? » dit-elle, en s'essuyant les mains sur son tablier avant de se précipiter vers le jardin. Elle vit Shyla agenouillée devant le muret de briques, remuant les lèvres sans qu'un mot sortît de ses lèvres entrouvertes, fixant, transfigurée, une chose invisible.

« Shyla, c'est ta mère. Ecoute-moi, Shyla. Tu ne peux pas me faire ça. Pas à moi, ni à ton père. Tu es heureuse. Tu as tout pour être heureuse. Tout, tu entends ? Il n'y a rien à craindre. Personne ne va venir te faire du mal. Tu dois être heureuse. C'est un devoir, pour toi, d'être heureuse. Qu'est-ce qu'il t'a fait ? Est-ce que Jack t'a fait mal ? Est-ce qu'il a porté la main sur toi ?

— Jamais Jack ne ferait le moindre mal à Shyla, Ruth, dit une voix qui était celle de ma mère. Vous le savez mieux que personne. Comment osez-vous accuser Jack d'une chose pareille ! »

Ruth tourna son regard triste vers ma mère et leva les deux bras en l'air dans un geste de pathétique supplique. « Je ne peux pas supporter l'idée que ma Shyla ait un problème. C'est simplement au-dessus de mes forces, Lucy. Vous ne comprenez pas, mais mon espoir, l'espoir de mon mari, nos rêves à tous les deux, depuis toujours, ils sont incarnés dans cette petite et sa sœur. Comment pourrait-il y avoir un problème ? Il y a pléthore de nourriture ici, les gens sont gentils, on ne risque pas d'être tiré de son sommeil par un bombardement. Tout va bien, et voilà comment je la trouve. Pour quelle raison, Lucy ? Dites-moi pourquoi. »

Ma mère s'approcha de la fillette agenouillée, tandis que la neige continuait de tomber. Elle se mit à genoux à côté de Shyla qu'elle prit par l'épaule.

« Tu vas bien, beauté ? demanda Lucy après un moment.

— Qu'est-ce que c'est ? dit Shyla en remarquant la couche blanche sur son pull-over.

— De la neige. Moi, j'ai grandi avec, dans les montagnes. Mais ici, c'est rare. Tu nous as fait peur, chérie. On aurait cru que tu étais partie faire un tour sur la lune.

— Non, Mrs. McCall. J'étais ici. Vous avez vu, vous aussi ?

— Vu quoi, Shyla ? demanda Lucy en se retournant pour regarder Ruth.

— La dame, dit Shyla.

— Oh mon Dieu ! Cette fois, elle est folle ! dit Ruth qui tournait en rond jusqu'au moment où ma mère la figea sur place d'un regard glacial.

— Formidable. Tu es sûre que c'était une dame ? demanda Lucy.

— Oh oui ! une très belle dame.

— Moi aussi, je fais ce genre de rêves, quelquefois, Shyla, murmura doucement Lucy. Il m'arrive d'avoir l'impression que je vois ma pauvre mère, qui est morte, et nous parlons ensemble, et elle semble si réelle que je pourrais tendre la main pour lui ôter une mèche de cheveux devant les yeux, mais je me rends compte alors qu'elle n'est pas vraiment présente. C'est peut-être ton imagination ? Peut-être que tu es seulement en train de rêver.

— Non, Mrs. McCall. Elle est toujours là. Sur la barrière.

— A quoi est-ce qu'elle ressemble, cette dame ? demanda Lucy. Décris-la plus précisément.

— Elle a les mains jointes, en prière. Il y a une lumière autour de sa tête.

— Ne lui posez plus de questions, Lucy, dit Ruth. Je vous en supplie. Elle est déjà assez folle sans devoir répondre à des questions. »

Lucy me regarda, ignorant délibérément Ruth, et dit : « C'est la Vierge Marie. La mère de Jésus. Nous avons le privilège d'être les témoins d'une apparition.

— Je ne crois pas que la Sainte Vierge apparaisse aux Juifs, maman, dis-je.

— Tu es son secrétaire particulier chargé de son emploi du temps ? répliqua ma mère, et je vis que son opinion était irrévocable. D'ailleurs, Marie était juive. C'est donc parfaitement logique, d'un certain point de vue.

— Mrs. Fox ne semble pas sur la même longueur d'onde, fis-je observer.

— Shyla, demanda doucement ma mère, tu connais la statue que j'ai dans le vestibule de chez moi ? »

Shyla fit oui de la tête.

« C'est elle, la dame que tu vois ? C'est la Sainte Vierge Marie ? La mère de Jésus de Nazareth ? »

Shyla regarda Lucy et confirma. « Je crois. »

Lucy se signa et se mit à réciter le Credo. « Dis un rosaire avec moi, Jack. Nous sommes témoins, comme les petits bergers de Fatima ou Bernadette de Lourdes.

— Mrs. Fox pleure, maman. Je crois que nous ferions mieux de ramener Shyla à l'intérieur. Nous sommes tous couverts de neige.

— En laissant la pauvre Marie dehors toute seule ? dit Lucy. Jamais je n'envisagerais une chose pareille.

— Je ne vois rien du tout, maman, dis-je, nerveux.

— Toi et moi n'avons pas été choisis pour voir, Jack, expliqua Lucy. Mais nous l'avons été pour être témoins de ce qu'a vu Shyla.

— Je n'ai pas vu ce que Shyla a vu. Elle tremble, maman. Fais-la rentrer à la maison.

— Tu resteras dehors pour ne pas laisser Marie toute seule ? demanda Lucy.

— Oui, dis-je. Je jouerai les gardiens pour Marie.

— Ne soyez pas insolent, jeune homme, dit Lucy en aidant Shyla à se relever avant de la raccompagner devant sa porte. Demande-lui d'intercéder pour nous. Demande-lui que ton père cesse de boire.

— Sainte Vierge, faites que mon père ne soit plus un ivrogne, dis-je.

— Tu appelles cela prier ? dit Lucy en se retournant pour me regarder. Et la sincérité ? Si j'étais la mère de Dieu, je ne t'accorderais aucune faveur si tu me le demandais sur ce ton.

— C'est la première fois que je prie un mur, dis-je, agacé et frigorifié.

— Les saint Thomas ne font pas recette, mon fils. Et ils ne vont pas loin dans la vie.

— Et s'il s'agissait d'un produit de l'imagination de Shyla ? demandai-je. S'il n'y avait rien sur ce mur, que du lierre ? Pourquoi est-ce que je prierais, alors ?

— Disons que nous aidons Shyla à se sentir mieux. Nous lui montrons que nous avons foi en elle et que nous la soutenons. S'il n'y a rien sur ce mur, tu pries le même Dieu que d'habitude, un point c'est tout.

— Ça, je peux le faire au chaud, à la maison.

— Tu restes ici, avec elle », dit Lucy d'un ton sans réplique.

Ce fut la première apparition de la Vierge dans l'histoire du diocèse de Caroline du Sud. La nouvelle n'enchanta pas le rabbin de Waterford, et n'amusa pas non plus le père Marcellus Byrd, le prêtre misanthrope et passif que l'on faisait tourner d'une paroisse à l'autre dans le diocèse depuis vingt ans. En fait, personne n'apprécia, à part ma mère, qui était ravie.

Pendant les six mois qui suivirent, Shyla passa sa vie parmi les malades et les handicapés mentaux de l'hôpital psychiatrique de Bull Street. Elle y apprit les lois atroces de l'électricité. Sa vision de la dame en larmes fut remplacée par le néant et la confusion. On lui assomma le cerveau qui perdit toutes ses images. La dame mourut sous la puissance des décharges imposées aux fragiles tissus de son cerveau. Shyla erra en pantoufles dans le pavillon des femmes, intouchable, inconsolable, et les docteurs échangèrent des regards entendus lorsque, après sa thérapie, elle fut incapable de dire le nom de la ville où elle était née. Les électrochocs fonctionnent comme des prédateurs naturels de la mémoire, et Shyla ne sut même pas qui j'étais lorsque je lui écrivis là-bas, la première semaine.

Je lui ai écrit chaque semaine pendant son absence, et le chêne qui nous servait de passerelle et de cachette semblait triste sans elle. Mes lettres étaient inévitablement timides et guindées, mais dans chacune je lui disais que j'espérais son prochain retour. J'avais passé mon enfance entière à portée de voix de Shyla, alors je me sentis perdu quand elle ne fut plus au milieu de ma vie. Personne en ville ne prononçait le nom de Shyla. Les stigmates de l'asile en faisaient un personnage tabou, et même ses parents semblaient m'éviter quand je les croisais dans la rue, comme s'ils avaient honte. Sa disparition de la scène tenait davantage de l'effacement que du départ.

Le dernier jour de classe, ce mois de juin, je laissai un mot à mes parents pour les prévenir que Mike, Capers et moi partions pêcher dans l'île d'Orion, que nous resterions à la cabane et qu'il ne fallait pas m'attendre avant deux ou trois jours. C'était le début de la douce période de liberté pendant laquelle mes camarades et moi échappions à la surveillance inquiète de nos parents en passant tout l'été sur le fleuve. Si un gamin de Waterford ne souhaitait pas vivre le plus clair de son temps sur un bateau ou un terrain de sport, ses parents pouvaient légitimement s'alarmer. Mon père trouva le mot et éprouva un pincement de nostalgie au souvenir de ses propres heures de langueur intemporelle, lorsqu'il écumait les bancs d'huîtres pour traquer le bar et la dorade, il y avait bien longtemps, à cette lointaine époque où il avait le droit d'être un gamin.

A cinq heures du matin, je sortis par la fenêtre de ma chambre en utilisant la branche de chêne qui touchait pratiquement le toit de notre maison. Je profitai de la voiture d'un adjoint du shérif qui transférait un prisonnier au pénitencier de Columbia et il me déposa devant la porte de l'hôpital psychiatrique de Bull Street, non sans m'avoir infligé un sermon sur les dangers de l'auto-stop.

L'endroit était désert, bien entretenu, les bâtiments semblaient bien conçus mais sinistres. Je déambulai pendant une heure dans l'enceinte fermée, en m'appliquant à paraître sain d'esprit et désinvolte. Lorsque je pus voir Shyla, à l'heure des visites, j'avais le sentiment que ma santé mentale était suspecte et temporaire.

Shyla semblait plus vieille, plus femme que dans mon souvenir. Elle avait la permission de circuler et me fit visiter la bibliothèque, la cantine, où elle paya mon déjeuner en signant son nom, et la chapelle ouverte à toutes les confessions.

« Je voudrais que tu voies les fous venir prier ici. C'est mieux que le cirque. Certains crient "Amen", d'autres "Maman", d'autres encore font une crise et doivent être placés en isolement par leur infirmière. Mais la plupart se contentent de chanter, beaux comme des anges. Les fous ont de jolies voix. Une grande surprise, pour moi. »

Tandis que nous explorions les trente-cinq hectares du centre hospitalier, sans oublier le moindre recoin, je fis à Shyla le résumé des événements intervenus pendant ses mois d'absence, loin de l'école de Waterford.

En passant devant le pavillon de l'administration centrale, Babcock, Shyla me prit soudain par la main pour me faire monter les marches. Après m'avoir fait traverser le vestibule au pas de course, elle me fit grimper les trois étages du bâtiment avant d'accéder à une sorte de grenier sombre menant à une coupole avec une vue panoramique sur plusieurs kilomètres. Un escalier étroit nous conduisit au sommet de la charpente obscure sur laquelle reposait le dôme. Il s'agissait d'un ouvrage compliqué qui avait apparemment nécessité la mort de dix forêts pour fournir toutes les poutres qui soutenaient cette gracieuse coupole argentée qui dominait avec une légèreté aérienne les arbres de Columbia. Lorsque nous eûmes atteint la toute dernière marche de bois, il restait encore un vaste espace libre jusqu'au sommet de la structure. Des centaines de chauves-souris étaient pendues là comme des gants de base-ball, les yeux adaptés à l'obscurité du lieu. J'entendais les pigeons roucouler dans les avancées du toit, juste en dessous, et je percevais l'odeur de guano, de moisissure, de décomposition, dans l'air stagnant.

« Lève les yeux. Je voulais te faire une surprise,

chuchota Shyla. Regarde tout là-haut, sous la coupole. »

Je m'exécutai et sentis mes pupilles se dilater en même temps que je scrutais les ténèbres, dans un néant qui ne laissait entrer aucune lumière. Progressivement, l'ampleur et la beauté des courbes du dôme se révélèrent à moi, mais je ne voyais rien de plus.

« Regarde mieux, dit-elle. Elles te regardent.

— Qui est-ce qui me regarde ?

— La surprise », dit-elle.

C'est alors que je les vis, dans toute la timidité confiante de leur nature sauvage. Un couple de chouettes, semblables à des boîtes de bière, nichant sur une saillie de la charpente à vingt pieds au-dessus de nos têtes, nous observait. Elles n'auraient pu choisir d'emplacement plus précaire pour élever leurs petits. Une lumière surnaturelle leur donnait un léger brillant, et nous entendions les cris impatients des petits invisibles et affamés, semblables au bruit de succion des enfants qui aspirent les restes d'une glace avec une paille au fond d'un grand verre. On avait la sensation d'être dans un endroit où le mal venait panser ses blessures et imaginer ses prochains méfaits, un lieu de contes de fées où l'ogre faisait irruption dans la vie des enfants perdus.

Le souffle court, je regardais les chouettes me regarder, leurs ailes rousses bien serrées le long de leur corps. Je n'aurais su dire si elles me faisaient penser à des pingouins ou à des singes. Il y avait une beauté dans leur nature farouche, leur immobilité inquiétante. Elles étaient les sentinelles zélées du pays des fous.

« Il y a combien de petits ? demandai-je à voix basse.

— Il en reste trois. Sur cinq au départ, répondit Shyla.

— Où sont les deux autres ?

— Mangés par leurs frères et sœurs. J'ai observé. Tu n'imagines pas la quantité de rats et de souris qu'il faut pour nourrir des bébés chouettes.

— Comment tu les as trouvés ?

— J'ai le droit de circuler librement, dit douce-ment Shyla. Ils savent que je ne suis pas folle.

— Alors pourquoi tu es ici ?

— Parce que j'ai vu la dame.

— Pourquoi tu tenais tant à m'amener ici ? demandai-je. C'est glauque.

— Pour qu'on soit seuls.

— Pourquoi voulais-tu que nous soyons seuls ? » dis-je, avec la sensation d'être à la fois coincé et égaré.

Shyla me sourit avant de dire : « Pour ça. »

Et de m'embrasser sur la bouche.

J'eus d'abord un mouvement de recul, comme si elle m'avait giflé.

« Ne bouge pas, idiot », dit Shyla.

Elle m'embrassa encore, et le contact de ses lèvres contre les miennes fut très doux, et j'étais ravi de me trouver dans ce lieu, avec la peur et les chouettes.

Nous échangeâmes encore plusieurs baisers.

« Bon, dit Shyla. Voilà une bonne chose de faite.

— Pourquoi tu l'as faite ?

— Toutes les filles du service parlent d'embrasser et tout le reste, dit Shyla. Je voulais m'y mettre, et je ne pensais pas que ça t'embêterait. »

Me léchant les lèvres, qui avaient la saveur des siennes, je dis : « On ne s'est pas mal débrouillés, hein ? Pour des débutants, je veux dire.

— J'attendais beaucoup plus, reconnut Shyla.

— Tu attendais quoi ?

— Je n'en sais rien. Plus, c'est tout. Mais ce coup ne compte pas. Ce n'était pas un vrai baiser. Nous n'étions pas portés par la passion.

— Ça ne t'a pas plu ?

— Je n'ai pas dit ça. Ce n'était pas mal. C'est juste que ce n'était pas à la hauteur du tintouin qu'on en fait.

— J'ai peut-être besoin d'entraînement, dis-je, pourtant je ne devais plus embrasser Shyla jusqu'au soir où nous dansâmes dans la maison menacée par les eaux, bien des années plus tard.

— Je n'en sais rien, dit Shyla. J'adore venir sous cette coupole. J'ai l'impression d'être seule au monde. Est-ce que les élèves de l'école savent que je suis à l'asile de fous ?

— Ils croient que tu es malade. Que tu as attrapé un truc grave. Mrs. Pinckey nous fait prier pour toi toutes les semaines. Nous disons un Notre Père pour ton prompt rétablissement.

— Un Notre Père ? dit Shyla. Mais je suis juive.

— Ça ne fait de mal à personne. Elle veut seulement que tu guérisses. Comme nous tous.

— Ton père boit toujours ?

— Oui », répondis-je.


Shyla avait été emmenée en hiver, elle fut renvoyée à Waterford en été ; son absence était passée relativement inaperçue de ses camarades de classe, totalement occupés qu'ils étaient par les détails merveilleux de leur propre croissance. Son retour se fit sans incident ni commentaire, son absence fut rapidement oubliée. Elle reprit sa vie dans la maison de la musique sombre, et nous retrouvâmes les branches du chêne où nous évoquions ensemble les événements de la ville. Aucun de nous ne fit jamais allusion au jour où nous étions montés sous le dôme de Babcock, ni aux baisers timides que nous avions échangés sous le patronage des chouettes. Pourtant, ces baisers revêtaient une grande valeur pour nous deux, et nous gardâmes l'un et l'autre intact le souvenir de ce jour.

L'été de son absence fut celui de l'arrivée de Jordan à Waterford, et cette arrivée devait bouleverser la vie de Shyla autant que la nôtre à tous. Parce qu'il avait vécu partout dans le monde, Jordan avait le courage d'émettre des opinions qu'aucun autre garçon de Waterford n'aurait osé formuler, par crainte du ridicule. Sans être un libre penseur, c'était un original qui n'avait pas la vocation pour suivre le reste du troupeau.

Ce fut après un match de base-ball, en fin d'après-midi, alors que ma mère offrait à Capers, Mike, Jordan et moi le réconfort mérité de hamburgers dans notre jardin, derrière la maison, que Shyla vit Jordan pour la première fois. Mes frères s'ébattaient alentour en jouant à cache-cache, et Lucy hurla à leur intention que ses azalées étaient territoire interdit. D'autres barbecues fonctionnaient dans le voisinage et l'odeur mêlée du charbon de bois, de la graisse, et de la viande saisie par la flamme formait un parfum précis qui serait toujours celui de l'été pour quiconque l'a inhalé — avec celui de la lavande et de la menthe piétinées par des enfants courant se cacher. Mon père, qui n'avait pas assisté au match, s'était servi un bourbon dans son bureau tapissé de livres, et il continuerait de boire dans la coupe en argent de l'amitié jusqu'à perdre conscience plus tard dans la soirée. Son absence prenait toujours autant de place que sa présence, et je surveillais régulièrement la porte, toutes les terminaisons nerveuses en alerte, redoutant une soudaine apparition paternelle.

Ma mère, ravissante au milieu de ses enfants, adorait nous restaurer après les matches, mes amis et moi, indifférente à la forte odeur de sueur émanant de nos tenues, satisfaite de son jardin, de sa maison, du voisinage, du spectacle du fleuve gorgé de lumière qui faisait une boucle autour de chez nous avant de disparaître vers la ville. Lorsqu'elle retourna la première fournée de hamburgers, elle remarqua la présence de Shyla, qui regardait derrière le portail, près du lierre.

« Entre, ma belle, cria-t-elle à Shyla. Je fais un hamburger, et Jack va te présenter Jordan. C'est le nouveau tombeur qui vient d'arriver en ville. »

Difficile de dire qui rougit le plus fort de Jordan ou de Shyla, mais elle rejoignit notre table et rit de nos histoires de match, tandis que son père se mettait au piano, en arrière-fond. C'était sa manière favorite de manifester sa désapprobation. Il s'installait à son piano dès que sa fille s'amusait avec des amis. Il la punissait par la musique.

« C'est une sonate de Beethoven, dit Jordan en

inclinant la tête pour tendre l'oreille. Qui joue ce morceau ?

— C'est le père de Shyla, répondit ma mère.

— Il est très bon, Shyla, dit Jordan.

— Je vous amène Elvis quand vous voulez », dit Capers pour plaisanter.

Lorsque Mike et Capers repartirent à vélo, la nuit était déjà tombée sur le jardin et ma mère était rentrée coucher les petits. La musique de George Fox n'avait pas cessé un instant, et les notes d'une sonate de Bach s'égrenaient sur nous comme des pièces de monnaie que l'on jette. Jordan et Shyla discutaient de leurs morceaux de musique préférés, et je commençais à faire grise mine, avec le sentiment d'être ignoré. Puis je remarquai que Jordan se taisait maintenant et observait le visage de Shyla dans la lumière changeante mais encore diaphane.

« Jack, vous êtes de vrais crétins, dit Jordan. Vous n'avez rien vu, n'est-ce pas ? C'était là sous vos yeux, tout le temps. Personne n'a rien remarqué.

— De quoi est-ce que tu parles ? » demandai-je.

Jordan se leva de son siège pour se rapprocher d'une Shyla terrorisée. Soigneusement, Jordan lui ôta ses lunettes qu'il posa sur la table de jardin. Puis il défit la natte qui maintenait les cheveux de Shyla en place et laissa sa somptueuse crinière noire lui tomber sur les épaules. Elle s'était un peu raidie, Shyla, mais elle n'avait pas élevé la moindre protestation.

« Je suis fils unique, Shyla, et je brosse les cheveux de ma mère chaque fois que mon père n'est pas dans les environs. Mon Dieu, tu as des cheveux merveilleux. »

Les cheveux de Shyla coulaient comme une sombre rivière ondulant sous la lumière finissante. Jordan y passa doucement ses ongles, comme s'il plongeait les mains dans un trésor de joyaux noirs. Trop tard, pour moi. Je découvrais trop tard ce que Jordan avait repéré dès le premier jour de sa rencontre avec Shyla Fox.

S'asseyant à côté d'elle, Jordan tendit la main vers

le visage de Shyla, lissa la peau sous les yeux, suivit le dessin de la mâchoire, de la pommette. Je sus ce que Jordan allait dire bien avant qu'il prononçât les mots. J'aurais voulu le crier, mais je n'en avais pas le droit, pour n'avoir pas été capable de voir ce que j'avais sous les yeux depuis toujours.

« Tu n'as rien vu, Jack, répéta Jordan. Aucun de vous n'a rien vu, les gars. Même Shyla n'est pas au courant. Tu es au courant, Shyla ?

— Au courant de quoi, Jordan ? demanda-t-elle.

— Que tu es très belle, Shyla, dit-il. Tu es la plus jolie fille de cette ville.

— Mais non », dit Shyla en cachant son visage dans ses mains.

Jordan n'avait pas cessé de la regarder. « Tu ferais aussi bien de t'y habituer, Shyla, dit-il. Tu es superbe. Il n'y a pas une seule fille dans cette ville de bas étage pour t'arriver à la cheville. »

Shyla se leva et courut vers la musique qui venait de chez elle. Mais elle avait entendu les paroles de Jordan et ne put trouver le sommeil, cette nuit-là, lorsqu'elle y repensa. Plus tard, pendant notre première année de mariage, elle me dit que pour elle la vie avait commencé à cet instant-là.

« Ta vie n'a commencé qu'à partir de Jordan, dis-je, alors que nous partagions le même lit, bien des années plus tard.

— J'avais passé une partie de l'année à l'asile de fous, Jack. L'année où la dame est apparue.

— Ils n'ont jamais rien compris à cette histoire, dis-je en respirant l'odeur de Shyla dans le noir.

— Ma mère a su qui était la dame depuis le début, dit Shyla. Elle faisait partie d'une histoire de guerre qu'elle m'avait racontée.

— Quelle histoire ?

— Je ne m'en souviens pas. J'ai essayé, mais il n'y a rien.

— Qui était la dame, selon ta mère ?

— Ce n'est pas important, chéri.

— C'est important pour moi. Je suis ton mari.

— Ma mère m'a dit qui était la dame dès le premier jour. Elle était terrorisée.

— Dis-moi son nom », insistai-je.

Shyla m'embrassa avant de se retourner et de s'endormir.

Il me faudrait de nombreuses années pour reconstituer le puzzle et comprendre que Shyla avait vu la dame aux pièces d'or.

## 30

Je tremblais chaque fois que je devais franchir le seuil de la porte de Shyla. Jamais je n'ai pu me sentir à l'aise ou vaguement chez moi, lorsque j'amenais ma fille dans la maison où sa mère avait joué enfant, la maison où elle était devenue la plus jolie suicidée que la ville eût connue. Son corps serait toujours là, entre les Fox et moi, et apparemment il n'était rien que nous pussions y faire. Nous nous en tenions à des contacts limités mais cordiaux. La seule exubérance de Leah et sa gentillesse nous contraignaient à une alliance que nous nous accordions à considérer comme une conséquence positive de mon retour à Waterford. Parce que Leah avait besoin que nous nous aimions, nous faisions notre possible pour la satisfaire. Ruth et moi limitions nos discussions au domaine pratique en leur gardant un ton amical, tandis que George et moi nous évitions consciencieusement tout en nous comportant comme si d'un commun et tacite accord nous avions décidé de masquer notre mutuel mépris. La courtoisie donnait à notre inimitié des allures moins radicales.

La maison de Ruth resterait définitivement un morceau d'Europe perdu dans l'hallucination des jours. Les Fox avaient transporté dans leurs malles la pesanteur de leur nostalgie d'une terre natale. Cette nouvelle patrie avait réussi à faire des filles Fox de vraies Américaines, mais elle n'avait pas effleuré les parents. La langue anglaise dérapait dans leur gosier, trop variée pour permettre la précision, mais aussi trop quotidienne et inaccessible pour offrir à l'immigrant la moindre sensation de maîtrise. L'anglais était une quatrième langue pour George, une troisième pour Ruth. George Fox continuait de rêver en polonais ; Ruth en yiddish ; et les deux trouvaient miraculeux de pouvoir encore rêver.

Ce fut pendant le festival de Spoleto que Ruth Fox m'appela pour me demander si je laisserais son mari emmener Leah à un concert de musique de chambre, à Charleston. Après que j'eus donné facilement mon accord, elle me demanda si je viendrais déjeuner chez elle, car il y avait certaines choses dont elle souhaitait m'entretenir. A la manière protocolaire dont nous usions l'un avec l'autre, Ruth s'apprêtait, je le compris, à me parler de son enfance en Europe pendant la guerre. Nous avions mis au point un style elliptique nous permettant de faire passer l'information entre nous avec un minimum de mots. A cause de Shyla, nous nous efforcions d'être aimables l'un avec l'autre. A cause de Leah, nous tentions de trouver le moyen diplomatique d'installer la trêve et la détente qui nous permettraient un jour de retrouver une affection réciproque.

Leah constituait pour nous un terrain neutre et elle nous servit de sujet de conversation bien longtemps après le départ de George et Leah que nous saluâmes ensemble lorsque la voiture sortit du garage des Fox pour les quatre-vingt-dix minutes de route nécessaires pour rejoindre Charleston. Nous déjeunâmes sur une table de rotin blanc, et elle nous servit un verre de chardonnay californien. Un chien aboya dans le lointain et l'on entendait le ronronnement des tondeuses à gazon dans des jardins invisibles. L'air était chargé de parfums d'été, les abeilles bourdonnaient dans les jasmins en pleine floraison. Dans cette ville sudiste solitaire et paisible entre toutes, Ruth se mit à me parler de la Pologne après l'invasion allemande. Elle s'abstint pratiquement de toute transition pour introduire le sujet, mais commença d'une voix lointaine que j'eus peine à reconnaître comme sienne. Je tentai une seule fois de l'interrompre, mais elle m'intima le silence d'un geste de la main. Elle avait besoin de me raconter les événements qui l'avaient amenée de Pologne jusqu'à cette véranda de Waterford — l'incroyable complexité du destin d'une jeune Juive pour arriver jusqu'à cet après-midi de confrontation où elle allait dire à son gendre chrétien ce qu'elle savait des ravages, de la terreur, de la folie d'un monde mis à feu et tourneboulé par des événements cataclysmiques. En me racontant ce qui lui était arrivé, Ruth me faisait un cadeau d'une incommensurable valeur. Je perçus rapidement qu'en m'informant de son histoire personnelle, elle manifestait son propre besoin de refermer la porte sur notre passé conflictuel. C'était l'acte le plus généreux que personne eût jamais fait pour moi : Ruth me fournissait quelques clés pour pénétrer le mystère de la mort de Shyla.

Ruth Fox avait grandi dans la ville de Kronilov en Pologne et était la fille d'un rabbin orthodoxe nommé Ephraim Graubart, dont l'amour qu'il portait au Talmud était célèbre dans de nombreuses villes. Sa mère s'appelait Hannah Shem-Tov. Son grand-père, un commerçant faisant le négoce de la vodka et du cognac, était un homme rude qui parlait franc et avait une opinion sur tout. La grand-mère de Ruth, Martha, était une femme pieuse aimée de la même façon par les Juifs et les non-Juifs.

Ruth eut une enfance heureuse et banale jusqu'à l'âge de treize ans, lorsque la guerre éclata. Elle gardait le souvenir de tout son monde mis à feu par les bombes lâchées sur la ville tandis que les routes ne tardaient pas à être envahies par des réfugiés terrorisés.

Après la première journée de bombardement, Ruth et sa famille s'endormirent avec l'odeur de chair de cheval calcinée dans les narines. Son grand-père, Moshé Shem-Tov, tenta de convaincre son fils, le rabbin, de fuir vers la frontière russe, où il avait des amis qui pourraient les faire passer. Mais Ephraim Graubart avait ses ouailles, et comme rabbin, jamais il ne s'était senti aussi nécessaire et apprécié des malheureux Juifs qui affluaient dans sa synagogue. Parce que sa fille n'abandonnerait pas son mari et parce que sa femme ne partirait pas en laissant derrière elle sa fille unique, la fuite de Moshé vers la frontière ne se concrétisa jamais, bien que son envie de déserter subsistât en permanence au cours des terribles journées qui suivirent. L'armée polonaise était déjà vaincue et les Allemands déchaînaient déjà leur furie contre leurs Juifs polonais, citoyens sans défense. Les Allemands qui occupèrent Kronilov semblaient omniprésents, invincibles.

Dès le jour qui suivit les premiers bombardements et les premières fusillades, la mère de Ruth s'était lancée dans la confection de vêtements pour ses filles. Lorsqu'elle eut presque achevé de coudre de nouvelles robes pour Ruth et sa sœur Tonya, Hannah se rendit chez son père qu'elle prit complètement au dépourvu en lui réclamant la totalité de l'argent qu'il comptait lui laisser à sa mort. Interloqué, Moshé questionna sèchement sa fille. Mais Hannah avait hérité une partie de la ruse et de l'instinct de conservation de son père. Elle avait écouté les Juifs de Kronilov discuter de la montée des nazis et d'Adolf Hitler, elle savait que ceux qui resteraient en ville avaient un avenir très limité. Tandis que Ruth racontait son histoire, je m'abandonnai au son de sa voix.

« Ma mère se prépara à l'arrivée des Allemands en cousant. Sa stratégie consista à faire une robe pour ma sœur et une pour moi. Mon grand-père, Moshé, n'avait jamais su dire non à sa fille unique, et lorsqu'elle lui expliqua qu'elle devait rester auprès de son mari, le rabbin, elle ajouta qu'elle avait un plan pour sauver ses enfants. Ainsi Moshé lui remit-il les seize pièces d'or qu'il conservait dans un livre spécial, des pièces frappées à l'effigie du tsar Nicolas II.

Elle prend les pièces qu'elle recouvre d'étoffe pour en faire des boutons, huit pour ma nouvelle robe, huit pour celle de ma sœur.

« Au moment où les robes sont achevées, les Allemands ont installé leur gouvernement provisoire dans la ville brisée, paralysée, ils ont commencé d'humilier pour se distraire les civils qui ont peur d'eux. Ils cassent le moral d'hommes désarmés, pour s'amuser. Un de leurs plaisirs consiste à passer à la baïonnette les Juifs hassidiques dont ils détestent l'allure étrangère. Ils trouvent plaisant d'entendre ces hommes qui craignent Dieu supplier qu'on leur laisse la vie sauve dans un allemand que les soldats comprennent à peine.

« Pendant les fusillades et les tourments, ma mère sort toujours dans la rue pour aider les blessés, et un jour elle ramène un jeune Polonais grièvement touché après que des soldats ont ouvert le feu sur une foule. Il s'appelle Stefan et ma mère reste à son chevet pour le soigner comme s'il était son propre fils. Pendant plusieurs jours, Stefan semble dans un état désespéré, mais les soins de ma mère l'empêchent de mourir, elle le nourrit, elle veille sur lui. Ma mère Hannah est toujours ainsi, elle se moque de savoir qui est juif et qui est gentil lorsque quelqu'un souffre et a besoin de secours. Pendant des jours, il n'est pas conscient, il délire, il ne sait même pas qu'il est de ce monde. Puis il finit par reprendre le dessus. C'est un paysan des environs de Kronilov, et lorsqu'il est assez robuste pour partir, ma mère envoie un message à un marchand de ferraille qui s'appelle Fishman et qui circule de village en village pour son métier. Fishman prévient la mère de Stefan que son fils est en train de se remettre dans la maison d'un rabbin. Lorsque la mère de Stefan, Christina, arrive chez nous et trouve son fils vivant, elle est submergée de joie et de gratitude, elle tombe à genoux pour embrasser les mains de ma mère.

« Plus la guerre continue, plus les conditions empirent pour tous les Juifs de Pologne. Les nazis montent une potence près du quartier général de leur commandant, Landau, et ils s'amusent à pendre des Juifs pris à voler du pain ou à tenter de vendre illégalement des objets de valeur. On organise des ghettos et les Juifs y sont entassés, dans les pires quartiers de la ville, les plus pauvres, où la crasse est inimaginable et l'eau non potable. A la fin du premier hiver, il ne reste pratiquement plus de nourriture et les gens sont déportés vers des camps de travail forcé, tandis que les familles tentent désespérément de rester ensemble. Des Juifs sont exécutés tous les jours dans la rue pour le seul crime d'être juifs.

« Quand elle était enfant, ma mère avait une amie, chrétienne, qui vivait près de chez elle. Cette fillette, qui s'appelait Maria, a vécu toute sa jeunesse sans mère, parce que la sienne était morte de la grippe. Puis le père de Maria épouse une veuve avec cinq enfants, et comme il y a trop de bouches à nourrir, Maria est mise dans un couvent où elle devient religieuse. Son nom de religieuse est sœur Paulina, et elle écrit plusieurs fois par an à ma mère pour lui donner de ses nouvelles et lui demander de répondre à ses lettres. Dans ses courriers, Maria dit toujours à ma mère que si un jour elle peut lui rendre service, elle fera tout ce qui est en son pouvoir, bien qu'elle n'ait pas d'argent, mais seulement ses prières et son Dieu. Alors en plus de coudre les pièces du tsar Nicolas II déguisées en boutons, ma mère brode sur ma robe l'adresse du couvent où vit sœur Paulina, à Varsovie. Elle la cache à l'intérieur, près de l'ourlet, mais l'écrit lisiblement pour que, si jamais nous arrivons jusqu'à Varsovie, nous puissions trouver sœur Paulina. Elle nous fait aussi apprendre l'adresse par cœur et nous devons la réciter tous les jours, comme une leçon pour l'école.

« Et puis un jour, après l'obscurité du petit matin, la ville se réveille aux cris de : "Dehors, les Juifs. Sortez de vos maisons, saloperies. Vermine. *Juden. Juden.*" Vous n'imaginez pas ce que représente le mot "Juif" quand il sort d'une bouche qui vous hait. Les Allemands prononçaient le mot *Juden* comme s'il s'agissait du plus épouvantable blasphème.

« Ils ont ordonné à tous les Juifs de sortir et de se rassembler sur la place pour une opération de sélection. En voyant le nombre de camions rassemblés, mon grand-père a su que la sélection serait très large et que cette fois sa famille serait embarquée. A notre insu, ce grand-père, qui était mon grand-père, avait préparé une cachette secrète pour nous dans un grenier de la maison voisine. Pendant que les Juifs se mettaient en rang dans la rue, notre grand-père nous donne l'ordre de filer par la porte de derrière et de le suivre par un escalier de service qui monte à un grenier secret que lui et un ami ont préparé. Ils avaient payé très cher pour avoir cet endroit, qu'on ne voyait de nulle part et auquel on ne pouvait accéder que par une échelle. Il contenait des provisions achetées au marché noir. Ensemble ils limitent strictement le nombre des personnes pouvant être sauvées dans chaque famille.

« Les nazis rassemblent tous les Juifs du ghetto pendant que nous — deux familles —, nous gravissons l'échelle qui conduit à la sécurité. Le grenier est petit, il n'y a pas d'aération, nous entendons les cris assassins des Allemands et le bruit des moteurs des camions qui quittent lentement la place, chargés de Juifs. Ma grand-mère est si terrorisée qu'elle tremble et se cache le visage dans les cheveux de ma sœur. Tout le monde a peur, mais tout le monde se tait. Le moindre bruit peut signifier la mort.

« Bientôt, nous entendons les Allemands fouiller les maisons pour chercher les gens qui se sont cachés. Il y a des hurlements au loin, puis le bruit d'une mitrailleuse. Mon père, le rabbin, a sur le visage une expression lointaine, et je sais qu'il est perdu dans ses prières, loin de ce monde. Mais nous autres sommes bien présents, et notre peur est telle qu'on pourrait la palper.

« En dessous de nous, au rez-de-chaussée, nous entendons les Allemands fouiller la maison où nous nous trouvons, celle où nous sommes cachés. Personne n'ose respirer. Puis, comme ils arrivent à l'escalier, le bébé de la fille aînée des Smithberg se met à pleurer.

« Je vois le regard échangé par la fille Smithberg et son mari. Par Smithberg et sa femme. Ma grand-mère est au désespoir en écoutant le bébé. Lorsqu'elle entend les Allemands monter l'escalier, elle dit : "Tu nous as tous tués, mon mari." La mère met sa main sur la bouche du bébé, mais en vain. Le petit redouble de colère, comme n'importe quel enfant. Elle lui offre le sein, mais il n'en veut pas. Les cris sont de plus en plus forts, jusqu'au moment où le père prend l'enfant et colle sa grosse main sur la bouche du petit. Il pince les narines du bébé. Pose la paume sur sa bouche. Le bébé ne fait plus de bruit. Il devient bleu. Personne ne dit un mot tandis que le bébé meurt sous nos yeux à tous et que les Allemands fouillent le premier étage. Quelqu'un est sorti de sa cachette, car nous entendons la brève rafale de mitrailleuse. Nous entendons pire. Nous entendons l'aboiement d'un chien. L'instant d'après, les Allemands sont juste en dessous de nous et nous entendons le chien aboyer furieusement en tirant sur sa laisse pour foncer vers notre cachette.

« Ils nous ont délogés de notre grenier, mais il y avait tellement de cris que je ne me souviens de rien, sauf d'un Allemand jetant mon grand-père à terre d'un violent coup de crosse. Je me précipite vers mon grand-père et me jette dans ses bras pour le protéger. Ma mère hurle mon nom. Ce fut le dernier mot qu'elle prononça. Un soldat lui a tiré une balle dans la tête. Une gigantesque lame passe sous mes yeux et la gorge de mon grand-père explose avec un jet de sang qui éclabousse le mur d'en face. Le chien arrache les parties de Smithberg qui tente de se défendre. Puis deux des soldats emmènent ma sœur et les autres filles et moi aussi à l'étage en dessous, où ils nous violent. Ma sœur est violée à côté de moi. Lorsqu'il en a fini avec elle, le soldat sort son couteau et lui tranche la gorge. Les autres filles sont abattues et laissées sur place.

« Le soldat qui m'a attrapée est très jeune. Un gamin allemand aux yeux terrorisés. Quand il a fini, il me regarde. Nous sommes seuls dans une pièce, entourés de filles mortes. Il avait déchiré ma culotte et ne m'avait pas regardée pendant qu'il faisait son affaire. Il remet son pantalon, époussette son uniforme. Il lève son fusil pour m'abattre. Puis le baisse. Il pose un doigt sur ses lèvres pour que je garde le silence. Puis il se penche en avant et trempe la main dans le sang de ma sœur avant de m'en barbouiller le visage. Le sang de Tonya est encore chaud sur ma peau. Il tire ensuite une balle dans le corps de ma sœur et me fait signe de faire la morte. Je reste immobile jusqu'à ce que tous les camions soient partis et le silence revenu. Je me lève et marche jusqu'à la grille d'égout qui communique avec le fleuve. Je n'ai plus peur du tout. Comme une morte, je patauge dans la saleté sous les rues, et lorsque j'atteins le fleuve, j'attends la tombée de la nuit. Quand la nuit est là, je marche jusqu'à la sortie de la ville. Je me baigne. Je me lave du sang, de la saleté de la ville, du garçon allemand que j'ai à l'intérieur de moi. Puis je vais jusqu'au dernier pont de la ville, je le traverse lorsque je suis certaine que personne n'arrive. Je marche dans le noir, sous les étoiles, pour trouver la ferme où vit le Polonais blessé, Stefan, avec sa mère, Christina. J'entends la voix de ma mère me dire : "Va chercher Christina. Trouve Stefan. Ils s'occuperont de toi un moment. Mais ils sont très pauvres. Tu ne pourras pas rester longtemps chez eux. D'autres Polonais vont te dénoncer aux Allemands. Les Allemands viendront et tueront tout le monde."

« C'est une nuit noire sans étoiles, la route est noire et je ne vois rien, mais je marche. C'est d'eux que je rêve en marchant, et toute la nuit je prie pour eux tous en allant retrouver Stefan et Christina.

« Le matin, je m'arrête devant une petite ferme et je regarde un homme sortir d'une grange en fumant une cigarette. Je compte demander mon chemin pour la ferme de Stefan. Je regarde son visage, mais je n'ai pas confiance. Alors je continue, sans cesser de me cacher, jusqu'à la ferme suivante. Là, je vois une fillette un peu plus vieille que moi. Dans les champs, je vois des hommes, mais ils sont loin. J'ai faim, alors je me montre et je l'appelle. Elle est surprise mais elle vient et me regarde comme si quelque chose n'allait pas. Du sang coule sur ma jambe, juste un peu, à cause de ce qui m'est arrivé la veille. Elle m'emmène chez elle où sont sa mère et ses frères. Je demande où est la maison de Stefan et Christina, et sa mère lui dit que je suis une Juive, qu'il faut me ramener où elle m'a trouvée.

« Alors nous partons. Mais la petite Polonaise m'emmène dans une grange et me donne un œuf. Puis elle me prend la main et m'emmène à travers champs. Quand nous croisons des paysans, elle les salue de la main et me dit de faire pareil comme si de rien n'était. Sans que nous échangions une parole, je sais qu'elle me conduit à la maison de Christina. Nous passons près d'un ruisseau et elle me fait me laver la jambe. Nous parcourons ce qui me semble un long chemin, mais c'est seulement parce que j'ai faim. Nous arrivons chez Stefan et Christina, qui sont contents de me voir. Avant que la fillette ne parte, je vais dans une chambre et découds un bouton. Quand elle s'en va, je sors avec elle et la remercie. La première pièce d'or sera pour elle. La première pièce de cinq roubles à l'effigie du tsar Nicolas II.

« Je sais que je suis un danger pour Christina et Stefan. Ils me cachent dans une grange au-dessus des cochons. L'odeur des cochons est tellement immonde que même les chiens allemands ne pourraient flairer la présence d'une petite Juive. Ils me préviennent tous les deux que le mari de Christina déteste les Juifs et qu'on ne peut pas lui faire confiance en lui révélant la cachette. Je comprends mais je leur dis que je n'ai pas vu mon père mourir, que je voudrais le retrouver et partager son sort, quel qu'il soit. Christina et Stefan échangent un drôle de regard, et la mère dit à son fils de me montrer mais de faire très attention.

« Ils me donnent à manger, puis Stefan me fait traverser plusieurs champs et grimper une montagne avec beaucoup d'arbres. Bien avant d'atteindre les arbres, j'entends les coups de feu. Stefan me dit d'être prudente et de ne pas faire de bruit, que nous devons rester cachés sinon les Allemands nous tueront. Tout en bas, dans la vallée, je vois les camions décharger des centaines et des centaines de Juifs. De grandes fosses ont été creusées et les Allemands font quitter tous leurs vêtements aux malheureux Juifs, avant de les aligner le long des fosses. Les petits enfants pleurent et tiennent la main de leur mère. Il y a de vieilles femmes. Des hommes âgés. Des bébés. Tout le monde termine dans cette vaste fosse. Puis d'autres prisonniers jettent de la chaux et de la terre sur les corps assassinés. Tant de gens sont fusillés qu'on ne peut même pas les compter. Je cherche mon père, mais qui pourrait se choisir un père au milieu de ces amas de cadavres ? Et puis nous sommes si loin qu'ils ressemblent tous à des fourmis. Finalement, je détourne les yeux et je pleure toutes les larmes de mon corps. J'ai treize ans. Stefan regarde tout et je pleure jusqu'au coucher du soleil, quand tous les camions s'en vont.

« Lorsque Stefan prend le chemin du retour, je refuse de le suivre. Au lieu de cela, je sors de la cachette et dévale le flanc de la montagne. Je cours, je cours, et j'ai l'impression qu'il me faut courir des kilomètres. Stefan commence par vouloir m'arrêter, puis il comprend et se contente de courir derrière moi. Il sait que je veux seulement voir si mon père ne serait pas encore vivant quelque part dans ce champ. La lune n'est pas pleine, mais elle est juste au-dessus de l'endroit où a eu lieu le massacre. Il y a une odeur de sang, de chaux, et aussi d'excréments. J'entends quelque chose, mais je ne sais pas ce que c'est. Je m'avance dans ce champ et je sens que Stefan est derrière moi, comme une espèce d'ange, une sorte de messager de Dieu, qui veille sur moi et me protège. Je commence à appeler mon père. Je crie le nom de tous les membres de ma famille en foulant la terre fraîchement retournée. J'entends vraiment quelque chose. Puis je sens, comme si la terre se mettait à bouger sous mes pieds. Ce que j'entends, ce sont les cris des Juifs enterrés. Leurs bouches trouvent une poche d'air et ils appellent à l'aide avant de n'avoir plus rien à respirer. Partout sous mes pieds les vivants se tordent de douleur, et la terre meuble bouge pendant que je marche sur eux. A chacun de mes pas horrifiés je piétine quelqu'un qui n'est pas encore mort. Ils bougent parce que je bouge au-dessus d'eux. J'appelle mon père en passant sur ces Juifs à demi morts qui sont mes voisins de Kronilov. Stefan finit par me ramener à la cachette et vient me porter à manger tous les jours, jusqu'à ce qu'un jour son père le suive et me découvre.

« Ce père est un homme puissant et fort, et il est très fâché contre Stefan et Christina. Comment osent-ils cacher une Juive dans sa ferme sans qu'il n'en sache rien ? Tous les deux lui racontent que ma mère a sauvé la vie de Stefan, mais rien ne peut émouvoir cet homme. Il dit qu'il me tuera et me donnera à manger aux cochons si je ne suis pas partie le lendemain. Ce soir-là, on m'emmène dans les bois et on me cache. Puis, un matin, Christina me dit que son frère va me conduire à sœur Paulina. Son frère Josef part livrer un camion de peaux de vaches dans un marché de Varsovie, il me cachera entre les peaux. Avant de les quitter, je donne à Stefan et à Christina une pièce d'or chacun pour les remercier de m'avoir sauvé la vie, et je donne à Josef l'adresse que ma mère a brodée dans ma robe, celle du couvent de sœur Paulina.

« Pendant plusieurs jours, je reste enfouie sous les peaux de bêtes. Nous sommes souvent arrêtés par des patrouilles allemandes, mais Josef apporte un chargement de peaux qui serviront à faire des chaussures pour les soldats allemands, alors il n'y a pas de problème. Un soir, nous arrivons dans les vieux quartiers de Varsovie, et jamais je n'ai vu une ville aussi grande, aussi belle. Nous traversons la Vistule et Josef me dit que c'est le plus grand fleuve du monde. Il a l'air de couler à des kilomètres en dessous de nous. Josef me montre les choses qu'il aime dans la ville. Il est très fier de la capitale de son pays.

Il est très fier d'être polonais, alors quand nous croisons des Allemands, Josef touche le bord de son chapeau pour les saluer, avant de marmonner qu'il jetterait volontiers le charbon sur le brasier de l'enfer qui brûlera leur âme pour l'éternité. C'est un homme amusant, très gentil avec moi.

« Nous arrivons enfin dans la bonne rue. Josef va jusqu'à la porte et cogne le loquet de laiton. Il me fait un clin d'œil.

« Une vieille religieuse répond et parle avec Josef. Il désigne la remorque et la sœur fait non de la tête. Le ton monte et la religieuse disparaît. Puis une autre sœur vient devant la porte et discute avec Josef. Sans résultat. C'est un homme têtu, il est venu parler avec une religieuse, et c'est avec elle et personne d'autre qu'il parlera. Finalement une troisième religieuse arrive et écoute Josef. Déjà, je sais que les choses seront différentes, car elle sort de l'ombre et fait quelques pas vers moi tout en écoutant Josef lui expliquer les raisons de notre présence. "C'est la fille de Hannah, c'est vrai ?" me dit-elle, et je fais oui de la tête, et je sais qu'elle est Paulina. Lorsque j'embrasse Josef sur les deux joues pour lui dire adieu, je glisse une pièce de ma mère dans sa poche. J'agis en secret, pour qu'il la trouve plus tard, parce que je crois qu'il n'accepterait pas de cadeau.

« Paulina me conduit à la mère supérieure, qui dit que je peux rester, mais sa décision n'a pas l'heur de plaire à une des religieuses. Elle s'appelle Magdalena et dit que si l'on autorise une Juive à rester dans le couvent, toutes les sœurs seront torturées, et assassinées, et violées par les nazis qui souilleront en plus la Sainte Eucharistie. Cette sœur dit encore qu'une Juive n'a rien à faire dans un couvent dédié à la prière et au dur labeur. Mais les autres religieuses n'écoutent pas cette Magdalena.

« Paulina déclare ensuite à ma grande surprise que je lui ai fait part de mon désir d'étudier pour devenir catholique. La mère supérieure me demande si c'est vrai et je dis que oui. Puis Paulina ajoute que si je deviens catholique, j'envisagerais même de me faire sœur. Encore une fois je confirme car je vois que cette Magdalena déteste les Juifs aussi fort que n'importe quel nazi. Je hoche la tête et sourit à la mère supérieure en lui disant que j'aimerais beaucoup devenir sœur.

« Le soir, je raconte à Paulina ce qui est arrivé à ma famille, à ma mère. Elle pleure beaucoup car elle aimait ma mère. Tout de suite, Paulina me coupe les cheveux très court et me fait revêtir la tenue des novices. Je passe un mois dans sa chambre, et jour et nuit elle m'inculque les prières et le catéchisme. J'étudie toute la journée et Paulina me dit que j'étudie pour avoir la vie sauve. Elle m'apprend à me signer, à faire une génuflexion devant l'autel, à utiliser l'eau bénite quand j'entre dans la chapelle. Elle me répète : "Ruth, cela risque de te sauver la vie si jamais tu te fais prendre par les Allemands." Chaque matin, j'assiste à la messe avec elle et j'observe soigneusement chacun de ses gestes. Je me lève quand elle se lève. Je m'agenouille quand elle s'agenouille. Je dis les prières en latin, j'apprends à réciter le chapelet et tous les rituels que je peux, je prie en permanence.

« Je reste deux ans dans ce couvent. Chaque jour je vais communier, je chante des cantiques, je me confesse. Mais j'ai un secret que je cache à tout le monde. Lors de mon arrivée dans ce couvent, j'avais toujours ma robe aux pièces d'or cousues dans les boutons, dont Magdalena m'a dit qu'elle devait être donnée aux pauvres. Mais je ne peux pas m'en séparer, parce que je risque d'en avoir besoin s'il se passe quelque chose. Une nuit donc, pendant que tout le monde dort, je l'emporte dans la chapelle adjacente au couvent, et j'avise un petit autel, tout au fond de l'église, où se trouve une statue de la Sainte Vierge. Il y a un espace vide dans le socle de cette statue, et j'y cache ma robe avec les pièces.

« Je viens chaque jour prier et dire mon chapelet devant cette statue de Marie. Paulina et la mère supérieure le remarquent pour en conclure que j'entretiens une relation privilégiée avec la Sainte

Vierge, ce qui leur plaît et qu'elles encouragent. Je ne peux pas toujours toucher ma robe, mais je le fais parfois lorsqu'il n'y a personne dans les parages, parce que je sais que cette étoffe a été tenue jadis par ma mère, que toutes les coutures ont été réalisées par cette femme que j'adore et ne reverrai plus jamais. Je me sens presque toujours consolée lorsque je prie cette Marie. Je m'adresse à elle de Juive à Juive. Je dis : "Marie, vous êtes juive comme moi et vous avez élevé votre fils dans le respect de la loi juive, comme j'ai été élevée. Je sollicite votre aide en tant que Juive, Marie. Je vous supplie de m'aider à survivre à tout cela. S'il reste des membres de ma famille en vie, accordez-leur votre soutien, je vous prie, et veillez sur eux. Je suis toujours une Juive croyante, et je le resterai parce que c'est ce que je suis, une Juive. Comme vous l'avez été vous-même. Je vous demande à vous et à votre fils de me protéger. Dites-lui que je suis seulement une pauvre petite Juive comme vous l'étiez jadis. Comme lui était un petit Juif à Nazareth où son père était un pauvre charpentier. Veillez sur moi, je vous prie, et sur sœur Paulina, et sur les autres sœurs gentilles. Si vous vous en prenez à Magdalena, cela me sera bien égal car c'est une redoutable antisémite, et il paraît qu'elle porte le nom d'une femme déchue."

« Un soir, après le dernier service à la chapelle, je priais Marie lorsque je me sentis envahie par un grand froid, quelque chose de mauvais. Vite, je me signe et me lève pour rejoindre ma minuscule cellule lorsqu'un bruit se fait entendre dans le couloir qui rejoint le couvent.

« Je vois alors sœur Regina et sœur Paulina, les bras croisés devant elles sans laisser leurs mains visibles, entrer dans la chapelle. Derrière elles marche un officier S.S. C'est un homme petit, soigné. Son uniforme jette en moi une terreur que je ressens encore aujourd'hui. Il a le visage livide, arrogant. Je m'immobilise et incline la tête en signe de soumission devant la mère supérieure.

*Jude ?* me demande l'Allemand.

— Non, dis-je en secouant la tête.

— Vous mentez comme tous les Juifs, dit-il.

— Elle fait partie de notre communauté, dit sœur Paulina. J'ai grandi avec sa mère. Nous avons été baptisées dans la même église. Sa mère et moi avons été confirmées ensemble.

— Les Polonais mentent autant que les Juifs.

— Vous avez demandé à voir cette personne, dit sœur Regina. Vous l'avez vue, et vous savez maintenant qu'elle fait partie de notre ordre.

— Nous avons reçu une dénonciation signalant que vous cachiez des Juifs, dit l'homme. Il y était fait mention précise de cette personne.

— Elle est catholique, dit Paulina.

— Jureriez-vous qu'elle est née catholique ? demande le S.S.

— J'en jurerais, dit sœur Paulina.

— Vous accepteriez de brûler en enfer pour l'éternité rien que pour sauver un Juif ? dit l'homme.

— Pour sauver n'importe quelle vie, répond la religieuse, je serais heureuse de brûler en enfer.

— J'ai cessé de croire en Dieu et dans les contes de fées, dit l'Allemand.

— Mais vous croyez cependant en Hitler, fait observer Paulina.

— Je crois en la grande Allemagne", dit-il la voix montant en même temps que la colère.

« Sœur Regina dit :

"Il n'y a pas de Juifs, ici. Votre travail vous appelle ailleurs.

— Depuis combien de temps est-ce que vous entraînez cette Juive ?" demande-t-il, et il tourne autour de moi à présent, il me regarde, il renifle l'air comme si j'allais émettre une odeur qui me trahirait. Je ne crois pas avoir jamais eu aussi peur de ma vie. J'entendais mon sang battre dans mes tempes.

« Puis il s'adresse à moi :

"J'ai été séminariste à Berlin, autrefois. Quel ange est apparu à Marie pour lui dire qu'elle allait être la mère de Dieu ?"

« Le S.S. sourit aux deux religieuses et pose son regard sur moi.

"C'est l'ange Gabriel qui est apparu à la Vierge, dis-je, et je vois Paulina sourire dans le dos de l'Allemand.

— Quel nom donne-t-on à cet événement dans le monde catholique ?

— L'Annonciation, Herr", dis-je.

« Il me demande de réciter toutes les prières du chapelet et je récite mot pour mot. L'Allemand me demande de citer les douze apôtres du Christ, et je ne donne que onze noms. Je lui chante *O Salutaris Hostia*, le cantique en latin pour célébrer l'Eucharistie. Je récite l'acte de contrition et les paroles que je dis au prêtre en entrant dans le confessionnal.

« Je m'en sors tellement bien que je commence à prendre plaisir à cette mise à l'épreuve de ma foi. Il me berce dans un sentiment de sécurité... de confiance. Il se fait presque amical, son regard s'adoucit, j'en viens à oublier qu'il est allemand, ou S.S. Je me concentre sur ses questions, qui sont difficiles, même pour une catholique.

« Il me prend alors au dépourvu en me demandant :

"Que fait votre père ?"

« Je ne remarque pas qu'il pose la question en yiddish. Avant d'y avoir réfléchi, je m'entends répondre :

"Il est rabbin."

« Derrière lui, je vois sœur Regina se signer, mais Paulina garde les mains jointes, cachées par les plis de son habit. La seule peau que l'on aperçoit est celle de son doux visage qui est devenu livide. L'Allemand sourit, content de lui. J'ai été prise au piège et je sais que j'ai signé non seulement mon arrêt de mort, mais celui de toutes les religieuses et novices du couvent.

"Nous ne savions pas que cette petite était juive, dit sœur Regina.

— Vous le saviez pertinemment, ma sœur, dit le S.S. Je l'ai su au premier coup d'œil. Les Juifs ont une expression que même le voile ne peut dissimuler.

— Elle a été amenée par un catholique, dit Regina. Ses parents avaient été tués.

— Une religieuse est venue vous dénoncer au quartier général S.S. cet après-midi. Elle m'a aussi révélé que vous cachiez dans le clocher de votre église un émetteur radio utilisé par la résistance polonaise. Est-ce exact ? Ne me mentez pas encore une fois.

— C'est exact. Nous sommes des religieuses, mais nous sommes aussi polonaises", dit Regina.

« L'Allemand m'attrapa le menton et m'obligea à le regarder dans les yeux.

"J'ai vu mourir assez de Juifs, ça ne me gêne plus. Alors pourquoi est-ce que cela devrait me gêner de laisser un Juif en vie ? dit-il. Je veux que la radio soit retirée d'ici demain matin, mes sœurs. La religieuse qui vous a trahies s'appelle Magdalena. Elle m'a parlé de la Juive et de la radio.

— La radio aura disparu, dit Regina. Pouvons-nous garder Ruth ? Elle s'est convertie et nous pensons qu'elle fera une bonne religieuse."

« En s'apprêtant à partir, il dit encore :

"Je suis un bon soldat, mais je suis surtout un bon Allemand. Priez pour moi, mes sœurs.

— Nous prierons, promet sœur Regina.

— Priez pour moi, jeune Juive, dit-il en souriant.

— Je le ferai."

« Nous entendons le claquement de ses talons résonner dans le couloir mais pendant un long moment nous ne disons pas un mot. La peur nous a réduites au silence.

"Qu'allons-nous faire pour sœur Magdalena ? demande sœur Paulina.

— Elle a besoin d'un petit séjour à la maison mère. La solitude lui fera du bien.

— Et si elle trouve un autre officier allemand à qui raconter son histoire... commence Paulina. Mais la main levée de Regina l'interrompt.

— Il n'y aura plus de radio demain. Il faut prévenir les personnes concernées.

— Tu dois oublier que tu connais le yiddish, dit sœur Paulina.

— Je suis désolée ne n'avoir pas su donner le nom des douze apôtres, sœur Paulina, dis-je.

— Tu as oublié Judas. Mais j'espère que Magdalena se souviendra définitivement de lui."

« Entre-temps, la résistance polonaise s'était déjà lancée à la recherche d'une jeune Juive qui portait mon nom et dont la mère était arrivée jadis de la ville ukrainienne de Kironittska après avoir passé la frontière. Deux mois plus tard, un homme arrivait au couvent, un soir, pour me poser des tas de questions sur mon passé. Il me dit qu'un Juif américain qui s'appelait Rusoff avait payé une très grosse somme d'argent pour me faire sortir. Je lui réponds que je n'ai pas de famille en Amérique. Mais Paulina me rassure en m'expliquant que ce Rusoff connaît beaucoup d'hommes politiques américains, qu'il doit être un personnage célèbre et puissant pour exercer son influence jusque dans la Pologne déchirée par la guerre. Paulina prend une lettre que l'homme tient à la main et dit, fort surprise : "Dieu soit loué, c'est ton oncle Max. Il était le frère de ton père." Au dos de l'enveloppe est inscrite l'adresse : Max Rusoff, Poste restante, Waterford, Caroline du Sud. Jusqu'à ce jour, je n'avais jamais entendu parler de la Caroline du Sud.

« Quelques mois passent encore. Le moment du départ est arrivé, une dernière messe est célébrée en l'honneur de mon départ, une grand-messe. C'est après cette messe, le soir venu, que je récupère la robe cousue par ma mère. Le grand Polonais vient me chercher un soir. Je suis prête et toutes les religieuses et les novices sont présentes pour mon départ. Je n'ai qu'une toute petite valise. J'ai déjà caché une pièce d'or sous l'oreiller de sœur Paulina. J'embrasse Regina et les autres sœurs. Je dis adieu aux novices. Elles sont très gentilles mais je ne les connais pas bien. Après la guerre, j'apprends pourquoi. Près de quatre-vingts pour cent d'entre elles sont juives comme moi, et les religieuses pensaient qu'il était plus prudent que nous ne soyons pas au courant de nos situations réciproques.

« La dernière chose que me dit Paulina, c'est : "Siostra." Ce qui veut dire "sœur" en polonais.

« Je lui dis que je l'aime très fort et l'appelle *"Siostra"* avant de sortir dans la ville en guerre, suivie par le grand Polonais.

« Pendant plusieurs jours, je voyage cachée et clandestinement, puis un jour on m'amène dans un bateau de pêche où je dois me terrer sous le pont. Avant de m'abandonner à mon sort, le Polonais m'embrasse sur les deux joues et me souhaite bonne chance en Amérique. Je ne connaîtrai jamais son nom parce qu'en de tels temps, même cette information peut être dangereuse. Mais il me salue et me dit — je n'oublierai jamais ces paroles aussi longtemps que je vivrai —, il dit : "Vive la Pologne libre."

« Max Rusoff et sa famille ont payé une rançon pour m'arracher à mes ennemis. Un peu plus tard, je débarque dans cette fameuse Caroline du Sud où des centaines d'inconnus sont venus me souhaiter la bienvenue. L'un d'eux s'avance. C'est Max Rusoff, que l'on appelle le Grand Juif. Derrière lui se trouve sa femme, Esther. Ils ne me connaissent pas, mais ils me serrent dans leurs bras. Ils n'ont aucun lien de parenté avec moi, mais ils m'élèvent comme leur fille. Ils ne me doivent rien, mais ils me rendent à ma vie. Pour moi, pas de numéro tatoué, pas de camp de concentration. Je ne sors pas de l'épreuve avec l'amertume de mon mari. J'en sors en me disant qu'il y a beaucoup de braves gens dans le monde et que la pauvre petite Juive a eu la chance de les croiser au milieu d'une guerre abominable. C'est tout. Je suis épuisée. Raconter cette histoire a été très dur. Mais c'est ce qui m'est arrivé. Mot pour mot, comme je m'en souviens. »

Dans le silence qui suivit, je demandai : « Est-ce que vous portiez la robe cousue par votre mère lorsque vous êtes arrivée en Amérique ?

— Non, dit Ruth. J'avais trop grandi. Mais je l'avais prise avec moi. Elle m'a porté chance pendant le voyage.

— Où est cette robe, aujourd'hui ?

— Près de ma table de nuit. Dans un tiroir, me dit Ruth.

— Combien restait-il de pièces lorsque vous êtes arrivée en Amérique ? Apparemment vous en aviez distribué à beaucoup de gens.

— Trois. Il n'en restait plus que trois. La robe pesait lourd la première fois que je l'ai mise. Elle était légère quand je suis arrivée ici.

— Le collier de Shyla... ? » demandai-je.

Ruth tâta son cou et exhiba une chaîne en or qui brilla au jour. Elle l'avait fait faire avec une des pièces de cinq roubles.

« Je ne la quitte jamais. Jamais, dit Ruth.

— Shyla ne l'a jamais quittée non plus, dis-je. Jusqu'à la fin.

— Ma fille Martha porte l'autre. Elle non plus ne la retire jamais.

— La dame aux pièces d'or ? demandai-je.

— La statue de Marie dans la chapelle, dit Ruth. J'ai commis l'erreur de dire à ma Shyla que je croyais qu'elle était la dame qui m'avait sauvée. C'est ce que je pense profondément. Je priais cette dame qui cache les pièces d'or. J'ai dit à Shyla qu'à mon avis la mère de Jésus a eu pitié de moi. Elle a vu une petite Juive et je crois que j'ai rappelé à Marie la petite fille qu'elle avait été.

— Vous pensez que c'est elle la dame qui apparaissait à Shyla ? Celle qu'elle voyait dans ses hallucinations ?

— C'est ce que je pense, Jack. Si je n'avais pas raconté cette histoire à Shyla, peut-être que ma fille serait encore avec nous aujourd'hui. Depuis tout ce temps, je me dis que j'ai contribué à tuer Shyla en lui racontant cette histoire.

— Je ne crois pas, dis-je. Je trouve ça plutôt joli, d'une certaine façon.

— Comment cela ? Je ne comprends pas.

— Ne serait-ce pas joli que Marie apparaisse à Shyla après toute l'horreur de la guerre ? Ce serait tellement gentil, Ruth. La mère juive du Dieu des chrétiens qui s'excuse de ce qui est arrivé aux parents d'une petite Juive pendant la terrible épreuve des Juifs de Pologne. Ce serait vraiment un beau geste de la part de la mère de Dieu.

— Ce genre de choses n'arrivent pas, dit Ruth.

— Dommage, dis-je. Ça devrait.

— Mon mari souhaite vous parler bientôt, Jack, dit-elle.

— A ce sujet?

— Il ne m'a pas dit. »

Ce soir-là, quand Leah et George rentrèrent du festival de Spoleto, nous restâmes dîner chez les Fox. Comme Leah était fatiguée, je dis qu'elle pouvait passer la nuit chez ses grands-parents, que je viendrais la chercher le lendemain matin. Elle s'endormit pendant que je lui lisais une histoire, dans l'ancien lit de Shyla, au milieu des ours et des peluches que sa mère avait aimés jadis. Je posai un baiser sur la joue de ma fille et imaginai mon désespoir et ma fureur si le rez-de-chaussée de cette maison était investi par des soldats capables d'assassiner des enfants sans états d'âme. La « Symphonie Jupiter » de Mozart jouait en bas, et ce furent les doux échos de cette musique qui me firent chercher la compagnie de George Fox.

Dans son salon de musique du rez-de-chaussée, je trouvai George Fox en train d'écouter ses disques, en buvant un cognac, perdu dans sa rêverie. Même dans sa maison, au milieu de ses meubles, George avait l'expression brisée, obsédée, d'un ange déchu. Il sursauta à mon approche, et à cet instant seulement je compris que tout inconnu arrivant près de George Fox était un soldat nazi déguisé. J'aurais voulu dire une chose aimable qui illuminât le visage de mon beau-père, mais je restai planté devant lui, muet.

« Vous êtes pâle, Jack, finit par dire George. Prenez un cognac avec moi.

— Ruth a perdu toute sa famille. Je l'ai toujours su, mais en fait je ne savais rien.

— L'histoire que vous venez d'entendre, dit George en me regardant dans les yeux. Ruth attribue la mort de Shyla à cette histoire. Mais je ne suis pas d'accord avec elle.

— Pourquoi? demandai-je.

— Parce que je crois que ce qui m'est arrivé en

Europe a tué Shyla. Et je n'ai jamais raconté toute l'histoire à personne, Jack. Personne n'a jamais entendu ce qui m'est arrivé, parce que je me disais que quiconque entendrait cela ne pourrait plus jamais trouver le sommeil, ni la paix. Vous savez ce que j'ai appris, Jack ? J'ai appris qu'une histoire jamais racontée pouvait tuer. Je pense que Shyla est peut-être morte à cause de ce que je ne lui ai pas dit, et non à cause de ce que Ruth lui a dit. Je croyais que le silence était l'attitude et la stratégie adéquates pour ce que j'avais vécu. Je ne pensais pas que mes poisons, mes haines, ma honte transpireraient et contamineraient tout ce que j'aimais.

— Sombre, dis-je. C'est le mot qui me vient à la bouche lorsque j'entends votre nom.

— Pourrais-je vous raconter ce qui m'est arrivé, Jack ? demanda George Fox, dont le regard se portait maintenant dehors, sur le fleuve et les étoiles. Est-ce que vous écouteriez ? Pas ce soir. Mais un jour. Proche.

— Non, dis-je. Je crois que je pourrai faire sans. L'histoire de Ruth était déjà assez terrible.

— J'ai une raison de désirer vous raconter, dit-il. Nous ne nous sommes jamais aimés, tous les deux, Jack. C'est ce qu'il y a de plus vrai dans nos relations, non ?

— Exact, dis-je.

— Mais vous donnez une éducation juive à Leah. Cela m'a étonné.

— Je remplis une promesse faite à Shyla.

— Mais Shyla est morte, dit George.

— Pour moi, elle est assez vivante pour que je tienne cette promesse.

— Voulez-vous un cognac ?

— Oui, dis-je, en m'asseyant face à mon vieil ennemi.

— Est-ce que vous reviendrez m'écouter ? commença George avant de dire une phrase que je ne l'avais jamais entendu prononcer : S'il vous plaît. »

## 31

J'essayais d'observer les effets des basses terres sur l'imagination de Leah. Dans la mesure où cette dernière était neuve dans le décor, je me demandais si les basses terres feraient résonner la même authentique magie en elle qu'elles avaient fait vibrer en moi. Je doutais qu'elles eussent le pouvoir de refaçonner une fillette qui avait grandi dans l'agitation et le fabuleux désordre de Rome, mais j'avais compté sans l'énergie tranquillement insidieuse de Waterford, la séduction pulpeuse du spartina et de l'azalée, du styrax et de l'arbre de Judée. La ville vous faisait prisonnier sans jamais envisager d'amnistie ou de libération sur parole. Je voyais Waterford imprimer progressivement son empreinte délicate sur Leah et j'espérais que l'étau se fermerait sur son cœur et pas sur sa gorge.

Mais c'était l'île d'Orion qui scellait le destin de Leah.

J'utilisais le lagon derrière la maison que nous louions comme terrain de jeux et comme manuel. Après l'arrivée du temps chaud, nous allions pêcher des crabes pour le dîner, en appâtant aux têtes de poisson et aux cous de poulet. J'ai appris à Leah que la chair des crabes bleus de l'Atlantique était un des plus grands délices de la gastronomie, surclassant jusqu'aux homards du Maine. Ensemble, nous attrapions une bassine de crabes que nous nettoyions ensuite sur la table du jardin, et la chair brillante et blanche avait le parfum de l'eau de mer. Je lui ai enseigné l'art de cuisiner une soupe de crabes en utilisant un bouillon de poisson, réduit pendant des jours entiers. Pour moi, un bouillon doit être sublime, pas seulement bon. Lorsque nous nous lassâmes de la soupe, je lui appris à confectionner des pâtés de crabes en utilisant seulement la chair de la carapace mélangée à de la farine et à du blanc d'œuf, avant d'y ajouter du chablis, des câpres, des échalotes et du piment de Cayenne. Je n'abâtardissais pas mes pâtés de crabes avec de la chapelure ou de la mie de pain. La saveur du crabe était ce qui me plaisait. En matière de cuisine, je transmettais tous mes préjugés à Leah qui se faisait un plaisir d'accepter et d'adopter ces opinions en apprentie zélée qu'elle était. Nous cuisinions ensemble tous les soirs, fabriquant une réserve de souvenirs que nous chéririons toute notre vie.

J'ai appris aussi à Leah l'art de rôtir un poulet à la perfection, de frire les aliments à la sudiste et à l'italienne, de cuire une miche de pain, de faire une salade composée, d'allumer un barbecue, d'ouvrir une huître en moins de cinq secondes, de réussir les meilleurs *cookies* au chocolat de cette partie du monde, de cuisiner le poisson en papillotes de papier sulfurisé, avec de l'ail, du gingembre frais, du vin blanc et de la sauce soja, de faire des petits pains au lait meilleurs encore que ceux de Lucy. Dans une cuisine, je ne sentais plus le poids du monde sur mes épaules ; pour moi, cuisiner a toujours été une distraction noble, et apprendre à quelqu'un l'art de confectionner un repas mémorable était une combinaison de plaisir et de générosité dont je ne me lassais jamais.

Quelquefois, à marée basse, j'emmenais Leah sur de petits cours d'eau, derrière l'île, et je lui appris à jeter un filet. Je lui avais acheté son petit filet personnel et lui montrai comment enrouler la corde autour de son poignet gauche, étaler le filet en écartant ses mains entre les poids, coincer le filet entre ses dents avant de lancer. Je lui expliquai que le déploiement du filet ressemblait à ce qui se passe pour une jupe à crinoline pendant une valse. C'était un moyen lent mais efficace d'attraper de quoi se faire un dîner de crevettes. Une manière rapide de se procurer de l'appât.

Je montrai à Leah que pas un centimètre de terre ou de mer n'était exempt de carnage ou de piège : tout ce qui vivait avec la marée était un chasseur potentiel. Le plus minuscule vairon était menaçant comme un barracuda, vu à l'échelle du moucheron et des larves de crabes bleus ou de moules.

Quand nous avions rempli nos seaux d'appâts, nous garnissions nos hameçons et lancions nos lignes pour pêcher le bar, le flet et la daurade, au montant.

« Tous les animaux sont comestibles, dis-je un matin pendant que Leah remontait un bar. Tu peux manger ce poisson cru, si tu es obligée.

— Je ne suis pas obligée, dit-elle. Et je n'y serai jamais.

— Comment le sais-tu ?

— Je ferai comme toi quand je serai grande, dit-elle. J'aurai des cartes de crédit. »

Je ris.

« Ecoute ce que je vais te dire. Je parle sérieusement. Tu peux manger des insectes, des œufs de tortue. Tu pourrais manger une tortue caret, s'il le fallait. Des grenouilles, des ratons laveurs, des opossums. Le monde des protéines est vaste et varié.

— Ça me donne envie de vomir, dit-elle.

— On ne sait jamais ce qui peut arriver », dis-je.

Je réfléchis un moment à cette affirmation avant de continuer. « Il arrive toujours une chose terrible dans la vie de quelqu'un. Une chose inhabituelle. J'essaie de t'apprendre à être parée à toute éventualité. Il faut que tu sois toujours prête à bouger, prête à faire face à l'inattendu. Tu n'auras pas le temps de te préparer. Le destin te prend par surprise. Comme ma mère : elle finit par divorcer de mon ivrogne et propre à rien de père, elle épouse un homme gentil, puis elle prend un grand coup derrière la tête en contractant la leucémie. C'est une chose qui arrive la nuit, lorsque tu dors, que tu as baissé ta garde.

— Tu ne devrais pas traiter ton père de propre à rien, me réprimanda Leah. Ce n'est pas gentil.

— Tu es bien la première gamine que je rencontre qui réussisse à me donner l'impression que je suis immature, dis-je.

— Tu es méchant avec ton père, dit-elle sans me regarder. Vous êtes tous méchants avec lui.

— Il faut dire aussi qu'il est toujours soûl.

— Peut-être que c'est le lot des gens qui sont très seuls.

— Tu ne sais pas de quoi tu parles.

— Il vient me voir à l'école pendant l'heure du déjeuner, dit Leah. Il est toujours très gentil avec moi, et il n'est jamais soûl. C'est quelqu'un de bon, papa, et je sais qu'il voudrait bien que tu l'aimes plus.

— Moi aussi, je voudrais bien l'aimer plus. »

Et Leah de dire : « C'est ton rôle à toi de l'aimer. Il est ton père.

— Tu es drôlement autoritaire pour quelqu'un qui est encore à l'école primaire.

— Tu m'as appris à être gentille avec tout le monde, répliqua-t-elle.

— Eh bien, je vais rectifier légèrement la proposition, dis-je. Sois gentille avec tout le monde, sauf avec mon père. »

Leah hocha tristement la tête. « Tu es un mauvais fils. Comme tous mes oncles. Sauf John Hardin. Lui, il aime tout le monde.

— John Hardin ne compte pas, dis-je.

— Tu ne comprends pas John Hardin, dit-elle, comme tu ne comprends pas ton père.

— Voilà que tu deviens bien raisonneuse pour ton âge.

— Et alors ? Je suis contente de grandir. Ça ne te fait pas plaisir ?

— Pas du tout. Pour dire la vérité, je voudrais que tu restes toute ta vie comme tu es maintenant. J'adore comme tu es en ce moment. J'aime ta compagnie dix fois plus que celle de n'importe qui au monde. Même si cela te semble bizarre, je t'aime plus que toutes les personnes qu'il m'a été donné de croiser sur la planète Terre. Sauf que le mot aimer n'est pas assez fort. Je devrais dire "adorer", "révérer", "être dingue", "gaga"... il n'y a rien à la hauteur. »


Nul ne devrait jamais sous-estimer les vertus d'un enseignement de qualité, mais un enseignement médiocre peut aussi avoir des effets importants.

Delia Seignious enseignait depuis quarante ans l'histoire de la Caroline du Sud aux élèves de première, étouffant dans l'œuf toute passion de l'histoire susceptible de germer dans l'imagination de ses étudiants. Il n'était pas un domaine de cette discipline qu'elle ne fût capable de rendre mortellement ennuyeux. Le cours était aride comme une table de logarithmes et sa voix aiguë et monocorde aurait enfoncé dans la stupeur l'insomniaque le plus endurci. S'endormir pendant le cours d'histoire de Mrs. Seignious faisait partie des rites de passage de la ville. Son exposé d'une semaine sur le siège de Charleston était tellement morne que plusieurs étudiants sortaient du cours sans s'être jamais rendu compte que le siège était terminé.

Mrs. Seignious manqua défaillir de plaisir le jour de la rentrée des classes, en 1962, lorsqu'elle annonça devant sa classe que deux descendants de noms comptant parmi les plus grands de Caroline du Sud figuraient sur la liste de ses élèves. Elle fit lever Capers Middleton et Jordan Elliott, qu'elle offrit à l'admiration de leurs condisciples pour le bon goût qu'ils avaient eu de naître dans des familles d'une telle notabilité. Capers se dressa dans toute la fierté de sa haute taille. Son visage avait déjà une beauté ciselée. Jordan en revanche se leva en arborant une mine renfrognée et désorientée dans cet environnement nouveau pour lui, au milieu des autres élèves qui le considéraient avec méfiance comme un transfuge aux liens étranges avec le sang royal.

Le lendemain, Jordan fut mis à la porte du cours pour avoir collé des chewing-gums Juicy Fruit, auxquels Delia Seignious était de notoriété publique « allergique », derrière la carte de la Caroline du Sud coloniale. Mrs. Seignious expliqua au reste de la classe que Jordan était espiègle et plein de fougue, ce en quoi il ne faisait qu'obéir aux lois immuables de la génétique, vu que le roi des imbéciles lui-même savait (Mrs. Seignious prononça cette phrase d'un seul souffle) qu'il fallait une fougue hors du commun pour rompre avec la mère patrie. Or aussi bien

Capers que Jordan étaient liés à trois des Sud-Caroli-
niens qui signèrent la déclaration d'Indépendance.
Elle-même, ajouta-t-elle avec une modestie de bon
aloi, n'était liée qu'à un seul des signataires de cette
déclaration.

« Mr. Middleton et Mr. Elliott sont issus d'excellentes vieilles familles de Caroline du Sud. Certains
pourraient s'interroger sur l'éventuelle importance
de cette circonstance, mais l'expérience enseigne que
cela change tout. On voit au dessin de la mâchoire
de l'un et l'autre de ces jeunes gens qu'ils descendent
d'hommes et de femmes qui plaçaient la vertu plus
haut que les paillettes, la justice au-dessus de la
rétribution, l'élégance avant le clinquant et le tape-à-
l'œil. L'on sait à quoi s'attendre lorsque l'on traite
avec un Middleton ou un Elliott. Leur réputation est
faite. Leur éducation impeccable. Ayez des fils,
Capers. Ayez des fils, Jordan. Vous n'avez pas le
droit de laisser ces noms superbes de Caroline du
Sud s'éteindre, ou être relégués dans les cimetières
de l'histoire. Nous étudierons cette année les écrits et
les exploits de vos distingués ancêtres, et vous mar-
cherez l'un et l'autre la tête plus haute lorsque vous
comprendrez la valeur du lignage dont vous êtes
issus. Chaque fille que vous concevrez sera un grand
nom perdu et un motif de chagrin. Chaque fils sera
un porte-nom. »

Mike poussa des gloussements écœurés dans le
dos de Jordan en murmurant : « Hé, le porte-nom, je
pourrais avoir un Juicy Fruit quand j'aurai
dégueulé ? »

Jordan fit passer un chewing-gum à Mike avant de
lui adresser un signe obscène. Après le cours, Mike
déclara : « On voit au dessin de ma bite que je descends d'une des plus grandes familles de fabricants
de *bagels* de l'Upper West Side.

— Fais des fils, Mike ! Fais des fils ! lançai-je
joyeusement.

— J'aimerais mieux encore pourrir sur pied
qu'écouter la voix de cette bonne femme », dit Jordan. Mais Mrs. Seignious avait trouvé son champion

en la personne de Capers, qui défendait à qui voulait bien l'entendre tant sa pédagogie que le contenu de ses cours.

« Il est important de savoir d'où l'on sort, dit Capers.

— Pourquoi ? demandai-je. Quelle différence est-ce que cela peut bien faire ? L'Amérique est une démocratie. Chacun reçoit un traitement équitable.

— Tu parles ! dit Jordan. La moitié de cette ville est noire. Raconte-moi que la couleur de ta peau ne fait aucune différence dans ce pays de merde.

— Le jour viendra, prédit Capers. Ils ne l'ont pas encore mérité.

— Tu parles vraiment comme un débile, Capers, dit Jordan. On croirait entendre un centenaire, alors que tu n'es qu'en première. Tu crois toutes les choses auxquelles croient tes parents.

— J'ai plus de respect pour mes parents que pour qui que ce soit sur terre, dit Capers. Je leur dois tout.

— Tu es le mec le moins branché et le moins cool que j'aie rencontré, vieux, dit Jordan en toisant son cousin d'un œil clair et direct, californien. Tu as de la chance d'être né dans les fins fonds de la brousse. Ton cirque serait terminé en une semaine, sur la côte Ouest.

— Tu es en train de me traiter de plouc, si je ne m'abuse, regimba Capers.

— C'est bien pire, dit Jordan. Tu es le ringard absolu, mec. Le genre de type qui garde ses chaussettes pour aller à la plage.

— Peut-être que je suis simplement fier de ce que je suis.

— Peut-être que tu es simplement un connard de sudiste, répliqua Jordan.

— Ayez des fils, Capers. Ayez des fils, Jordan », dis-je pour tenter de faire baisser la tension entre eux.

Mike intervint aussi : « Ce cours m'aidera beaucoup lorsque je rédigerai mes mémoires : "Un jeune Juif chez les confédérés". Pensez-vous que Mrs. Seignious a entendu parler d'Ellis Island ? Ce n'est pas très loin de Plymouth Rock.

— L'histoire de la Caroline du Sud, dit Jordan en hochant la tête. Quelle contradiction dans les termes ! J'ai vécu dans le monde entier sans jamais entendre personne prononcer le nom de cet Etat. C'est nulle part, mon vieux. Dans le genre pays nul, on ne fait pas mieux. Il ne s'est jamais rien passé, ici.

— L'Etat de la Caroline du Sud a été le premier à faire sécession de l'Union, se hérissa Capers. Nous avons tiré sur Fort Sumter, et nous avons été les premiers à prendre les armes.

— Et ensuite, le Nord est descendu flanquer la rouste à vos péquenots de confédérés, de Richmond à Vicksburg.

— Nous avons donné tout ce que nous avions. Notre commandement a été grandiose, dit Capers qui avançait les poings fermés sur un Jordan parfaitement détendu.

— On n'entend jamais parler de la marche de Lee sur New York, alors qu'il y a pas mal de documents sur la marche vers la mer de Sherman. J'ai étudié les champs de bataille de la guerre de Sécession avec mon père, Capers. J'en sais beaucoup plus long sur ce sujet que toi.

— Tu n'es pas un vrai sudiste, proclama Capers.

— Je suis américain, mec, et fier de l'être.

— Ta famille est arrivée dans le Nouveau Monde en 1709. La mienne est venue ici en 1706. Qu'est-ce qui t'est arrivé, entre-temps ? demanda Capers.

— Et toi, Jack, quand ta famille est-elle arrivée ici ? interrogea Mike pour rire.

— En 1908. Quelque chose comme ça, dis-je en plaisantant, et Capers crut que je me moquais de lui. Et toi, Mike ?

— Ma famille ? Très tôt, dit Mike. Ils ont débarqué sur ces terres vierges l'année où Detroit a sorti les Edsels. Un vrai succès, comme chacun sait.

— Ayez des fils ! Ayez des fils ! » Mike et moi nous tordions de rire dans les bras l'un de l'autre en psalmodiant la ritournelle.

Pendant un autre cours, Delia Seignious lut un chapitre du livre de William Elliott, publié en 1859

sous le titre « Carolina Sports by Land and Water ».
Elle lisait d'une voix monotone comme une chasse
d'eau qui fuit. La moitié de la classe dormait et
l'autre rêvassait tandis que Delia Seignious s'éver-
tuait à donner vie à la prose compacte de l'arrière-
grand-père de Jordan et de l'arrière-grand-oncle de
Capers, côté maternel. Elle lut le premier chapitre,
celui qui avait jadis ébloui les pêcheurs yankees,
celui où l'honorable Mr. Elliott décrit la poursuite
d'une raie géante, dite aussi diable, ou mante, dans
le bras de mer de Waterford. Seule Delia, avec son
génie de la monotonie, pouvait transformer la cap-
ture d'une raie de deux tonnes, avec ses grandes
nageoires noires et son corps aplati, en un récit insi-
pide dont les mots se répandaient sur la classe
comme une poudre somnifère. Avec elle, la « Charge
de la Brigade légère » aurait pris des accents de chapitre sur l'art de plier une serviette dans un manuel
de savoir-vivre à l'usage des débutantes. Lorsque
Mr. Elliott enfonça un harpon près de l'arête centrale d'un diable, et que cette créature gigantesque se
mit à entraîner son bateau fonctionnant à la sueur
d'esclave dans les eaux agitées au large de Hilton
Head, le ronflement tranquille des supporters se
mêlait à celui des joueurs de football, et je sentais la
transpiration tremper mon dos de chemise. La canicule et un enseignement médiocre ont largement
contribué à baisser le Q.I. collectif des Etats du Sud
au fil des décennies.

Pourtant, un élève l'écoutait et buvait chacune de
ses paroles. Pour Capers Middleton, ce que Delia
Seignious tirait du grenier poussiéreux de ses
connaissances pour nous l'offrir joua un rôle capital
dans l'image qu'il se fit de lui-même et de son
monde. Non seulement il se sentait en osmose avec
l'histoire de la Caroline du Sud, mais il envisageait
sa propre vie comme une illustration et un prolongement de cette histoire. Depuis le jour de sa naissance, il avait manifesté un sens aigu des privilèges
et des droits qui lui avaient échu grâce aux
accomplissements de ses ancêtres.

Ce Noël-là, Capers se vit offrir par ses parents une édition originale de « Carolina Sports by Land and Water ». Le livre ravit Capers par ses récits enthousiastes de parties de chasse et de pêche se déroulant dans les basses terres moins peuplées d'avant la guerre de Sécession. Le pays décrit par Elliott était un vert paradis regorgeant de gibier et de poissons. Capers se sentit en communion d'esprit avec William Elliott et chassa les mêmes animaux que son ancêtre avait chassés, pêchant aussi les mêmes poissons dans les lieux exacts amoureusement décrits par ce parent plein de fougue.

Le père de Capers s'adressa à un forgeron noir de Charleston, spécialisé dans la restauration des grilles en fer forgé, à qui il fit réaliser pour Capers la réplique exacte du harpon manié par William Elliott lorsqu'il traquait les raies géantes dans le bras de mer. Capers serrait l'arme en imaginant les équipées sauvages et dangereuses quand l'un de ces énormes monstres avait été harponné et fonçait vers le large sous le coup de la douleur. Il en appelait aux esprits de ses ancêtres lorsqu'il pistait le lynx ou le daim à queue blanche dans les vastes étendues des anciennes rizières. Il se fixa un but secret : il voulait tuer un spécimen de chaque animal dont William Elliott avait cité le nom dans son livre.

En 1964, le père de Jordan, qui avait été élevé au grade de colonel, devait être expédié pour une mission ultrasecrète dans un lointain pays qu'on appelait le Viêtnam. A cette époque, aucun de nous n'avait jamais entendu le mot Viêtnam.

Celestine Elliott loua une maison, à trois rues de chez moi et à une de chez Capers et Mike. C'est dire que cet été-là, nous fûmes inséparables. Le même été d'ailleurs, Mike, Jordan et moi devions regretter de ne pas avoir été plus attentifs au cours de Delia Seignious sur l'histoire de la Caroline du Sud.

En avril, tous les dimanches, Capers empruntait le bateau de son père, un Renken de dix-huit pieds, pour des parties de pêche qui duraient la journée entière, sur le fleuve. Nous étions tous les quatre des pêcheurs accomplis, très fiers de notre équipement ; nous changions fréquemment d'appâts et de leurres au gré de l'évolution rapide des conditions, et nous consacrions beaucoup de temps à nous chamailler tandis que nous passions des hauts-fonds des bancs d'huîtres à des eaux plus profondes pour attraper du poisson. Nous appâtions nos hameçons avec des anguilles gelées avant de lancer nos lignes devant les formes ondulantes des *cobias* en chasse tout près de la surface. Le *cobia* était un poisson puissant, en forme de torpille, celui que je préférais pour cuire au feu de bois et déguster dehors.

Le harpon de Capers s'était révélé un cadeau symbolique mais inutile. Lors d'une pêche au flet pendant une nuit sans lune, il avait essayé d'utiliser le harpon pour capturer un flet que la lanterne d'un bateau de pêche rendait visible dans la vase d'un banc de sable. Nous laissions le bateau dériver en eau peu profonde et tentions à tour de rôle d'attraper à l'hameçon ces poissons plats, enfouis dans le sable pour guetter le passage d'une proie. Leur silhouette se dessinait dans la vase comme le profil d'une jolie femme sur un camée. Un hameçon à trois crochets permettait de remonter le flet à bord sans problème. Le harpon de Capers était si gros qu'il massacra le poisson dont la chair fut gâchée. Un jour, Capers utilisa son harpon pour ramener un requin de plus de vingt kilos, mais l'arme était encore démesurée par rapport à la proie. Elle restait donc inutilisée au fond du bateau, attachée à trente mètres de grosse corde marine. Capers justifiait épisodiquement sa présence en rappelant à Jordan que les descendants de William Elliott ne prenaient jamais la mer sans être parés à toute éventualité. Mais il y avait trop de poissons à attraper avec des lignes normales, et il nous arriva même de remonter un *cobia* de vingt kilos. Les filets de celui-là, je les ai fait cuire au feu de bois, avec de l'huile de maïs, du beurre et du jus de citron, et ce fut d'ailleurs la première recette que je vendis à un journal.

Pendant la première semaine d'août, Mike frappa trois balles gagnantes au College Park de Charleston, marquant trois points qui assurèrent la victoire de l'équipe de la Légion américaine de Waterford dans le championnat d'Etat. Capers était troisième base, moi deuxième et Jordan première, lorsque Mike frappa le premier lancer de Conway. Nous grandissions en force au même rythme, tous les quatre, et arrivions ensemble à notre meilleure forme athlétique. Lorsque Jordan lançait, rien n'était sûr si la balle partait vers le champ extérieur où Mike jouait champ gauche et Capers couvrait un terrain incroyable en champ centre, tandis que personne n'osait tâter de mes talents légendaires en champ droit. Jordan savait que nous jouions très fin en champ extérieur; nous manquions peu d'arrêts de volée, aucun renvoi sur une base, et touchions toujours le coureur.

Après la fin de la saison de base-ball, nous partîmes nous installer pour le reste de l'été dans le camp de pêche de ma famille, au sud-ouest de l'île d'Orion.

Pendant la première semaine, nous avons chargé des réserves supplémentaires de carburant sur le Renken des Middleton, puis, ayant choisi une journée superbement calme avec une météo qui ne prévoyait que du ciel bleu, nous sommes partis avec le moteur de soixante-quinze chevaux en direction du Gulf Stream. Les vieux pêcheurs parlaient toujours du Gulf Stream avec révérence, comme d'un grand fleuve indigo et secret né dans le Sud, qui amenait un courant chaud ainsi que les marlins et les baleines en route vers l'étoile Polaire et l'Angleterre. Là-bas, les eaux étaient métalliques ou bleu cobalt, les poissons pesaient aussi lourd que des voitures. Tous les pêcheurs qui revenaient du Gulf Stream racontaient des histoires sur la puissance stupéfiante et épuisante des grands poissons arrachés à leurs profondeurs.

Il nous fallut une heure pour atteindre la pleine mer et nous n'avions informé personne de nos projets car aucun adulte n'eût autorisé un aussi long périple dans un si petit bateau. Avant le lever du jour, nous avions franchi la dernière balise marquant l'entrée de l'estuaire. La mer était étale sous la première lumière et la proue de notre embarcation regardait du côté de l'Afrique. Nous salivions le goût de l'aventure, comme si notre destination était effectivement le Cameroun ou la Côte-d'Ivoire. Dans une glacière, nous avions emporté assez de boissons et de nourriture pour tenir deux jours. Nous frôlions les vingt nœuds, tandis que nous nous éloignions de plus en plus de la terre ferme.

« Ma mamma juive de mère m'écharperait si elle savait où je suis en ce moment, dit Mike en scrutant l'horizon où il ne distinguait que de l'eau, sur trois cent soixante degrés. Elle me croit en train de pêcher des crabes avec des cous de poulet, comme nous avons annoncé.

— Nous aurions dû prendre une radio, dit Jordan.

— Les gars des basses terres n'ont que faire d'une radio, dit Capers, le regard rivé au compas pour maintenir le cap plein est. Nous sommes nés dans la gadoue, avec des nageoires et des branchies. Je suis fait pour le Gulf Stream, mon vieux.

— Nous, le Californien, on n'a pas besoin de radio, parce qu'on a des couilles grosses comme des pneus Goodyear, plaisantai-je.

— Vous avez surtout un cerveau gros comme un petit pois, dit Jordan en contemplant l'océan autour de lui. Et la chance d'avoir affaire à un océan minus. Vous ne mettriez pas le petit orteil dans le Pacifique sans emporter une radio.

— Ils n'avaient pas de radio, sur le *Mayflower*, dit Capers. Christophe Colomb ne pouvait pas appeler Ferdinand pour discuter le coup. Rien à craindre, le capitaine est à son poste.

— Personne ne sait où nous sommes, dit Jordan.

— Le type de la marina sait que nous sommes sortis en mer, dis-je. Nous avons rempli six bidons de carburant.

— Nous n'aurions pas pu partir si nous avions prévenu nos familles, dit Capers.

— Chez moi, ils feraient une attaque s'ils savaient où je suis », dis-je.

Capers parla plus fort pour couvrir le bruit du moteur : « Même que ton père aurait pu sombrer dans la boisson. »

Je fis celui qui n'avait pas entendu et me retournai pour regarder du côté où était censée se trouver la terre ferme.

« Moi, je n'en fais jamais assez pour mon père, dit Jordan. Je pourrais filer en voiture jusqu'à Spartanburg, mettre enceintes toutes les filles de Converse College, il me prendrait encore pour un pédé. »

Avant d'atteindre le Gulf Stream, nous arrivâmes dans un vaste espace de sargasses, ces prairies de l'Atlantique Nord qui dessinent un long archipel d'algues brunes plus riches en chlorophylle que le Kansas. C'était le premier signe que nous n'étions plus loin du Gulf Stream. Pendant le cours de sciences de la Terre, notre professeur, Walter Gnann, avait tracé le parcours du Gulf Stream qui quitte le golfe du Mexique pour remonter la côte de Floride. Mr. Gnann faisait partie de ces scientifiques introspectifs pour qui la nature n'est que la preuve de la grandeur et du génie mathématique de Dieu. Avec le Gulf Stream, Mr. Gnann pouvait partir dans des considérations sur le climat, les mutations de la vie aquatique, animale et végétale, entre les Caraïbes et la côte de la Caroline du Sud, une application naturelle du théorème de Coriolis avec l'inclinaison d'une trajectoire sur une surface tourbillonnante. La Terre tournait sur son axe, la Lune attirait les eaux avec ses mains de marionnettiste, et le Gulf Stream se déplaçait comme un Nil secret et chaud au sein de l'Atlantique, empêchant l'Angleterre d'être un royaume des neiges. Le Gulf Stream apportait les bonnes nouvelles du Sud aux froides contrées inhospitalières d'Europe, sous forme d'une lettre d'amour expédiée des eaux méridionales pour fondre les icebergs encombrant les voies de navigation du Groenland.

L'eau changea lorsque nous entrâmes dans le Gulf

Stream proprement dit, prenant une teinte bleu saphir comme si elle coulait du cœur d'une pierre étrangère à ces contrées. Elle semblait limpide et vive comme un torrent de montagne. Enfants des basses terres, nous étions toujours profondément troublés par les eaux claires. Dès que le Renken vogua sur le Stream, l'eau s'éclaircit sensiblement. Capers consulta la sonde et vit que nous flottions sur soixante-dix mètres d'eau. Renouvelant l'opération quelques minutes plus tard, il eut la surprise de constater que nous étions passés à trois cent cinquante mètres. La nouvelle nous arracha des sifflements incrédules.

« On se noie aussi facilement dans un mètre d'eau que dans trois cents », dit Jordan pour tenter de lever un peu le poids d'angoisse qui s'était abattu sur tout le monde. Nous consultions à tour de rôle l'appareil de mesure en le tapant délicatement pour vérifier que l'indication était juste.

Mike répondit : « Ouais, mais on a plus de chances d'être repéré rapidement dans un mètre d'eau. Quel genre de poissons y a-t-il à cette profondeur ?

— Des maousses, dit Capers.

— Tout ce qui a envie d'être là, ajouta Jordan. Il ne faut pas avoir peur de la bagarre quand on va se balader sur le Gulf Stream.

— On risque de voir des baleines », dis-je.

Et Jordan de répéter : « On aurait dû prendre une radio. »

Capers se gaussa : « Les radios, c'est pour les mauviettes. Jetons les lignes. »

Je pris la barre et tournai la proue côté nord, mis à la vitesse adéquate en tenant compte du courant. J'aimais bien la pêche, avec la beauté et l'efficacité du matériel, l'art de faire des nœuds élégants, d'essayer la résistance du fil, de sélectionner l'appât convenable en fonction des circonstances. J'étais heureux de voir mes amis étudier le contenu de leur boîte bien rangée avant de faire leur choix pour le moment où ils lanceraient leur ligne dans ces eaux légendaires. Une demi-lune était toujours présente dans le ciel de l'ouest, pâle vestige laissé par la nuit passée. Je crus voir des oiseaux de mer écumer la surface de l'eau, avant de me rendre compte que je contemplais en fait mes premiers poissons volants. Ils avaient une tête de chien, sérieuse, et des ailes d'ange mauvais. Sans rien connaître de leurs habitudes, je devinai que s'ils volaient, c'était pour échapper à un danger mortel et de grande taille, en dessous d'eux.

« Commençons par attraper de l'appât vif, dit Mike. Je ne suis pas sûr que ces putains d'appâts artificiels vont piéger les gros poissons, ici.

— Bonne idée », dis-je avant de virer de cap vers la terre et de faire deux ou trois milles pour trouver un coin sympathique, près d'une vaste étendue de sargasses.

Nous jetons l'ancre, puis nos lignes, par le fond. Les hameçons sont garnis à la crevette, ou au mulet. A flotter sur cet océan parfaitement lisse, nous avons l'impression d'être coincés dans le reflet de l'image de la Terre. Les jardins de sargasses regorgent de poissons et nous utilisons des lignes de vingt livres sur nos cannes les plus légères. En l'espace de vingt minutes, Capers a levé une daurade arc-en-ciel, pendant que Mike et Jordan remontaient de plus banals mulets. A voix basse, nous discutons de la profondeur à laquelle nous allons pêcher lorsque nous aurons retrouvé le large. Il est convenu que Capers utilisera la ligne la plus longue, pendant que Mike et Jordan pêcheront à la traîne sur le côté, l'un à quinze mètres et l'autre tout près de la surface. Nous vérifions la gaffe, la souplesse de nos cannes, nous mettons au point le protocole si quelqu'un a une touche sérieuse. Je leur signale quand nous entrons de nouveau dans le Gulf Stream et annonce au fur et à mesure la profondeur.

« Tu as trop de ligne », dit Mike à Capers, qui venait toujours avec du matériel plus coûteux que nous. Sa boîte Plano, le nec plus ultra, déborde d'hameçons et de leurres qu'il n'utilise jamais, mais Capers aime la superbe et la pêche sportive. Pour lui, le succès se mesure avec des chiffres — le nombre et la taille des prises. Pour sa première sortie sur le Gulf Stream, il tient à revenir avec du gros, le reste ne l'intéresse pas.

« Ça résiste à cinquante livres, annonce fièrement Capers.

— Tu es paré pour ramener un alligator avec ça, dis-je du tac au tac.

— Je vais envoyer ma daurade par le fond.

— Au fait, on pêche quoi ? demande Mike. Je ne sais même pas ce que je suis censé attraper.

— On fait dans le haut de gamme, dit Jordan.

— Des trophées, dit Capers. Des trucs qu'on accroche sur ses murs. »

Pendant une demi-heure je tiens la barre, fasciné par l'étendue circulaire de l'eau autour de moi, celle du ciel au-dessus de ma tête, et les deux me semblent de la même couleur, de la même substance. Seul le bruit du moteur est incongru et gênant. J'éprouve la même montée muette d'harmonie que lorsque l'on s'en va tout seul et que l'on pénètre dans le silence de cathédrale d'une nature éloignée du tumulte des villes. L'espace d'un bref instant, le bruit du moteur disparaît, effacé par l'immensité soyeuse de l'Atlantique qui nous initie à ses profondeurs dans une immobilité parfaite. Mes trois amis ont disparu de ma conscience comme je suis certain d'avoir disparu de la leur.

Et puis une chose mord la daurade, une chose grande, qui se balade très au fond. Jordan et Mike moulinent pour remonter leur ligne, je coupe le moteur, et nous nous apprêtons tous les trois à regarder Capers mettre ses talents de pêcheur à l'épreuve du Gulf Stream. Si Capers se fait toujours accuser d'utiliser une canne trop forte, cette fois son équipement ne sera pas démesuré. Le poisson qui a mordu à l'hameçon a manqué de lui arracher la canne dès la première attaque, mais Capers réagit magnifiquement. La ligne fait chanter le moulinet en se déroulant, et il laisse faire, ravi de s'exhiber devant ses amis. Nous regardons tous la ligne filer à une vitesse inquiétante tandis que Capers exerce un début d'imperceptible traction.

« Ça fait quel effet ? demande Mike.

— Comme si j'avais ferré une locomotive », répond Capers.

Il mène bien le coup, mais ce poisson possède beaucoup de force, et de courage, et de goût pour le combat.

« Je veux le voir, ce poisson », dit Jordan après quinze minutes de lutte et sans que le poisson ait approché de la surface. A présent, la sueur coule sur le visage de Capers, sa poitrine, les poils de ses jambes.

« Tu auras tout le temps de le contempler, dit Capers. Je vais l'attraper, ce salaud.

— Il risque d'être trop gros pour qu'on le remonte à bord, dis-je. Qui sait ce que c'est. Un requin peut-être, ou une lamie.

— Tu oublies mon harpon, dit Capers dont la voix faiblit tandis qu'il affronte le poisson, debout. Prépare-le. »

Je sors le harpon de sous la proue, ôte l'étui de cuir qui protège la lame. Puis prenant une pierre à aiguiser dans la boîte de Capers, j'affûte le fil de la lame jusqu'à ce qu'un méchant sourire d'argent vienne en éclairer toute la longueur. Je touche la lame et une ligne de sang affleure le gras de mon pouce. Mike sort une corde dont il noue une extrémité au harpon, l'autre à un étançon du bateau.

Puis nous voyons le poisson. Nous avons tous pris de gros poissons au cours de notre carrière sur les eaux. Mais aucun de nous n'est préparé à la taille du marlin bleu qui saute hors de l'eau à cinquante mètres derrière le bateau. J'éprouve une soudaine bouffée de joie et de limpidité lorsque le marlin, dans l'élan de son saut vertigineux vers le soleil, nous transporte vers d'autres mondes. C'est notre première rencontre avec un poisson incarnant le mythe, le cauchemar, le fauve.

Nous manifestons bruyamment notre surprise, mais Capers est trop épuisé pour faire le moindre bruit. Il sent une poussée d'adrénaline lui parcourir le corps, apaisant un peu la terrible douleur qui lui déchire le dos, les épaules, les bras. Tout son corps lutte avec ce poisson, en y mettant toute la ruse d'un gosse des basses terres qui a passé sa vie à sortir des bars, des empereurs et des squales. Pourtant, je ne suis pas sûr que tous les poissons pêchés par Capers atteindraient ensemble le poids de ce stupéfiant marlin, acrobatique et farouche. Il saute encore, exécute un ballet sur les eaux immobiles, souple comme une danseuse, avant de sombrer dans l'océan comme un petit avion qui s'écrase, tout près de notre bateau.

La stupeur nous arrache un sifflement de peur.

« On ne peut pas le charger sur le bateau, dis-je.

— N'importe quoi ! crie Capers d'une voix qui ne lui ressemble pas.

— Il est plus gros que le bateau, dis-je, pour expliquer.

— Nous allons le tuer avec le harpon, dit Mike.

— Jack a raison, dit Jordan. Il risque de nous couler.

— On l'attachera au bateau, souffle Capers.

— Ça me rappelle une histoire que j'ai lue, mec, dit Mike. "Le Vieil Homme et la mer", tu vois le genre de connerie. On va passer la nuit à se battre contre les requins.

— Nous avons un moteur, dis-je. Je suppose que nous pourrions le remorquer.

— Sauf que Capers ne l'a pas encore capturé, dit Jordan. Ce poisson n'a pas l'air vraiment fatigué. Il commence juste à tenir la forme.

— Tu veux qu'un de nous te relaie, vieux ? demande Mike.

— C'est mon poisson, répond Capers. Je le ramènerai moi-même.

— Voilà la mentalité qui fait la grandeur de notre pays, dis-je, sarcastique.

— Tu sembles à l'article de la mort, dit Jordan. Mike cherchait simplement à t'aider.

— Il pourrait s'agir d'un record, halète Capers. Il ne comptera pas si quelqu'un m'aide.

— Nous mentirons, dis-je. Nous jurerons tous sur la Bible que tu as tout fait tout seul.

— Je crois aux règles, dit Capers, dont la chemise est trempée de sueur. Les règles constituent une forme de discipline. Elles ont leur raison d'être en tant que telles. »

Ce petit discours de Capers est salué par nos applaudissements caustiques.

« Dépêchez-vous de rigoler, bande de nuls, dit Capers. Parce que vous lirez mon nom dans "Sports Illustrated" lorsqu'ils auront pesé ce petit trésor, à la marina.

— Vu la méchanceté dont tu as fait preuve, dit Mike, je vais raconter partout que je t'ai aidé à sortir ce poisson.

— Moi aussi.

— Et moi pareil.

— Vous pouvez tous aller vous faire voir, dit Capers. Ma parole veut dire quelque chose, à Waterford. J'ai trois cents ans d'honnêteté Middleton derrière moi pour me soutenir. »

Le marlin effectue alors un autre départ en flèche, et de nouveau la ligne fait chanter le moulinet. Brutalement, la tension cesse et Capers se met à rembobiner comme un malade, sa main droite s'active dans une espèce de flou dû à la vitesse tandis que le poisson jaillit des profondeurs pour un nouveau saut spectaculaire dans les airs. Je vois la douleur crisper le visage de Capers et lui faire perdre sa concentration. Les muscles de la main et des doigts se raidissent sous les crampes, il secoue une main dans le vide pour tenter de rétablir la circulation et chasser les spasmes impitoyables remontant par les nerfs et les muscles jusque dans le bras. Il se remet à rembobiner frénétiquement, mais le marlin vire de bord et plonge par le fond. Lorsque la ligne se rompt, nos quatre gémissements ne font qu'une seule et même voix.

« Le salaud. Le salaud », articule faiblement Capers en tournant le moulinet à vide. Sa plainte a le ton du désespoir, et il crie contre l'océan tranquille avant de balancer canne et moulinet aussi loin que possible dans l'eau. Le tout éclabousse la surface de manière dérisoire après la spectaculaire plongée du marlin.

A contempler la désolation de Capers, je retiens mon souffle en m'attendant à le voir s'effondrer et pleurer de rage, au lieu de quoi il plonge directement dans l'eau depuis la poupe du bateau. Il ne remonte à la surface qu'au bout de vingt longues secondes, encore est-ce pour replonger aussitôt vers le fond.

Lorsque Capers émerge de nouveau, Jordan lance : « Je ne pense pas que tu pourras l'attraper de cette façon, Capers. Il est sans doute à mi-chemin de l'Afrique, à l'heure qu'il est.

— Je n'aurai plus jamais un poisson comme lui accroché à mon hameçon, dit Capers en pataugeant dans l'eau. On n'a qu'une chance dans sa vie d'attraper un poisson de cette taille.

— Quel poisson ? dit Mike. Je n'ai vu aucun poisson.

— Espèce de misérable con ! dit Capers.

— Et si tu remontais à bord ? » dis-je.

Capers de hocher négativement la tête avant de répondre : « Je ne sens plus mes bras.

— Pas étonnant que ce poisson ait réussi à filer », dit Mike en tendant une main à Capers. Mais ce dernier est trop fatigué pour seulement l'attraper, et Mike doit se pencher par-dessus bord et le prendre sous les aisselles en me faisant signe de lui prêter main-forte. C'est un Capers gémissant de douleur que nous hissons hors de l'Atlantique.

Il s'affale sur un siège, épuisé, anéanti, lessivé.

« Depuis que je suis né, j'ai toujours eu tout ce que je pouvais désirer, dit-il. Des parents formidables, des résultats scolaires excellents. Je suis celui qui frappe un coup sûr à la neuvième reprise, qui marque l'essai gagnant, et le dernier tir. Les plus jolies filles de l'école m'envoient des billets doux. Je suis élu délégué de classe tous les ans depuis la troisième année de primaire. Et aujourd'hui, vlan ! Battu. Ratatiné. Baisé. Je n'ai jamais rien désiré aussi fort que lever ce poisson.

— Peut-être que lui, le poisson, il ne savait pas qui tu étais, lance Jordan. Putain, s'il avait été au courant de tes performances, des jolies filles, et tout, il aurait sauté tout seul dans le bateau.

— C'était le plus gros poisson que j'aie jamais vu, dit-il. Combien croyez-vous qu'il pesait ? Je parie pour la demi-tonne.

— Non, dit Mike. Un demi-quintal, plutôt.

— Jamais de la vie, il ne dépassait pas les cinquante kilos, dit Jordan. Les poissons semblent plus gros, dans le Gulf Stream.

— Bande de salauds ! dit Capers, les yeux fermés. Ce qui me manque vraiment, dans la vie, c'est des copains sympas. »

Nous nous baladons pendant une demi-heure encore avant de commencer à nous soucier du carburant que nous consommons et du peu de chances que nous avons d'avoir une nouvelle touche. Nous décidons de remettre le cap vers la côte, en nous arrêtant tremper un peu de fil dans le secteur plus poissonneux des sargasses. Quand il y a des algues, il y a forcément plus de vie animale. Nous mouillons près de ce qui ressemble à une falaise de sargasses. Jordan jette l'ancre directement dans les algues et les pattes se prennent dans la dense jungle sous-marine. Pendant que nous nous affairons sur nos lignes et nos hameçons pour les adapter à la situation, Capers va s'allonger sous la proue pour échapper à la chaleur du soleil et s'endort instantanément. Sa déception est encore trop vive et récente pour que nous n'estimions pas plus sage de le laisser écluser le souvenir fabuleux du marlin par un sommeil réparateur, plutôt que de l'inciter à taquiner le rouget.

A tour de rôle, nous nous enduisons mutuellement le dos et les épaules d'un mélange d'huile d'amandes douces et de mercurochrome. Nus à l'exception de nos slips de bain, nous luisons de sueur et de gras tandis que nous surveillons nos lignes. Avant la pause du déjeuner, nous avons déjà pris une quinzaine de mérous dont le plus gros, selon nos estimations, doit friser les dix kilos.

Pour manger, nous ouvrons des sacs de pommes chips, de cacahuètes enrobées de chocolat M&M, des paquets de petits gâteaux Hostess, et des boîtes de saucisses de Francfort. Nous ouvrons des boîtes de Coca-Cola et autres sodas en parlant à voix basse pour ne pas troubler le profond sommeil de Capers dont pas un muscle n'a bougé. Notre repas additionne inévitablement les pires aliments produits par l'Amérique, et tout est délicieux. Jordan propose de rentrer avec une ligne équipée d'un leurre dont il a entendu dire qu'un empereur s'y était laissé prendre près d'un récif artificiel, au large de Charleston. Nous parlons songeusement de pêche, de sport, de filles, mais par la suite, nous ne devions plus garder le moindre souvenir précis de cette conversation.

Sans nous presser, nous rassemblons les détritus que nous remballons dans un seul sac. Capers dort encore trop profondément pour qu'on le réveille. Alors que j'aiguise mon hameçon et que Jordan s'apprête à lancer, Mike dit : « On pêche encore une heure ici, et ensuite on rentre. Autant être sûrs d'avoir la lumière du jour pour rejoindre la côte.

— Nous avons largement le temps, dis-je en fixant mon hameçon.

— Nous sommes sur un banc de sable, dit Jordan en regardant son propre fil, dans l'eau.

— Impossible, dit Mike. Nous sommes au beau milieu de l'Atlantique. Tant que nous n'aurons pas rejoint le bras de mer, nous ne risquons pas d'avoir des bancs de sable. »

Je lance à mon tour à côté de Jordan et constate immédiatement qu'il y a un problème. Mon appât touche très vite un fond sableux.

« Je vois mon appât, dis-je.

— Je vois aussi le mien, dit Jordan.

— Nous sommes sur soixante pieds de fond au moins, dit Mike en vérifiant la sonde.

— Alors comment se fait-il que nous voyions notre hameçon ? demande Jordan.

— Nous sommes sur trois pieds d'eau, Mike, dis-je.

— Moi, je lis soixante.

— Tu peux lire ce que tu veux, dit Jordan. Viens te rendre compte. »

Mike se déplace vers l'arrière du bateau, en hochant la tête et en titubant tandis qu'il baisse la visière de sa casquette de base-ball sur son front. Il ajuste ses lunettes de soleil avant de les ôter complètement pour voir dans l'eau avec moins de distorsion.

« Je distingue vos hameçons, dit-il. Ils sont sur le fond... »

Jordan et moi entendons alors la voix de Mike se casser en même temps que nous sentons sa peur se répandre comme un poison fatal dans l'air qui nous sépare.

« Putain de merde ! Ramenez vos lignes, mais lentement, les gars. Qu'on ne sente rien. Ne bougez pas. Ne respirez pas. Pas de conneries, moulinez en douceur pour ôter votre hameçon du dos de cet énorme salaud.

— C'est quoi ? murmure Jordan. Le marlin ?

— Je n'en sais foutre rien, mais ce truc est de taille à le boulotter, ton marlin. Mon Dieu, il est incroyable. Je n'ai jamais rien vu de si gros de toute ma vie. Jamais. »

Nous moulinons en douceur, avec d'imperceptibles mouvements de poignet et le miroitement de la lumière dessine des losanges opaques à la surface de l'eau. Ce que voit Mike, nous ne le voyons pas encore. Lorsque nous posons nos cannes, nous nous agenouillons à côté de lui pour scruter les profondeurs. Mais encore une fois, nous avons l'impression d'avoir dérivé sur un haut-fond composé des parties les plus noires de l'eau et de la terre. Le fond noir au-dessus duquel nous nous trouvons est bizarre et surprenant, mais je ne comprends toujours pas ce qui a pu inquiéter Mike à ce point. Puis Jordan voit, et il reste bouche bée de stupeur.

« Nom de Dieu ! dit-il. Ne bouge pas d'un millimètre, Jack. Je le vois, Mike. Il est gigantesque.

— Moi, je ne vois rien du tout », dis-je, d'autant

plus frustré que je regarde exactement au même endroit que Jordan. J'ai l'impression d'être en présence d'un de ces puzzles pour enfants où les animaux sont dissimulés dans les feuillages de la forêt... et d'un seul coup, mes yeux accommodent et voient ce qu'il y a effectivement à voir. Lentement, il apparaît que ce que je prends pour le fond est vivant. Et non seulement c'est vivant, mais il s'agit de la plus gigantesque créature marine qu'il m'ait jamais été donné de connaître. Elle ne nage pas, elle plane à la façon des rapaces et des martins-pêcheurs au-dessus des lagons avant de fondre sur un mulet. Sur ma gauche, je vois le délicat frémissement d'une aile qui doit bien peser une tonne. Sur ma droite, je vois une nageoire noire briser la surface avant de couler de nouveau sans faire pratiquement la moindre vague.

« J'ai déjà vu un de ces trucs, dis-je. C'est une raie géante. Une mante. Un diable. La plus grosse du monde. C'est inoffensif, il ne faut surtout pas bouger. Appelez Delia Seignious. »

J'avais huit ans lorsqu'on m'avait emmené repêcher l'épave du « Brunswick Moon », qui avait coulé au large de l'île d'Orion pendant l'ouragan de 1893. Mon père et mon grand-père avaient voulu en faire un rite de passage pour moi ; une initiation aux us et coutumes des hommes. Mon grand-père Silas m'avait appris à repérer l'épave en plaçant notre bateau au milieu de cinq palmiers nains qui se trouvaient à droite d'un chêne, sur le rivage. Ce jour, je m'en souvenais moins à cause du poisson que nous avions pris que pour les histoires racontées par les deux hommes et la sensation que l'âge adulte était à la fois un club et un privilège. En rentrant de cette partie de pêche, nous avions croisé un banc de raies géantes s'égaillant dans le chenal menant au petit port de Waterford.

Etaient-elles en plein rituel d'accouplement ou simplement d'humeur guillerette, la question ne fut jamais vraiment élucidée, mais je sus en revanche que mon père et mon grand-père furent aussi impressionnés que moi par ce rassemblement de géants. Ces raies mettaient tant d'entrain dans leurs ébats qu'autour d'elles l'océan semblait secoué par une tempête. On aurait cru voir des champs tout noirs prendre soudainement vie, s'animer. La silhouette de ces raies était monstrueuse, massive et pourvue d'ailes de démon. Le banc qu'elles formaient aurait pu être confondu avec un festin de requins se régalant de menu et de gros fretin. Mais je me souvenais surtout de leur vitalité de jeunes épagneuls, prompts au chahut brutal autant qu'aux joutes affectueuses. Elles sautaient hors de l'eau et s'ébattaient comme des gosses turbulents au sortir d'une journée de garderie à la discipline sévère. L'océan était ébranlé par leur taille et leur agitation, et nous avions suivi pendant une heure ces raies géantes dans leur inexplicable et somptueux ballet dans les eaux côtières de la Caroline du Sud. Pourtant, malgré leur taille imposante, aucune de ces raies n'approchait l'immensité de la créature qui rampe, telle une chimère noire, juste en dessous de nous. Elle est peut-être endormie ; ou bien elle nous observe avec curiosité. Sa gueule paraît assez grande pour ne faire qu'une seule bouchée de notre Renken de dix-huit pieds. Le bateau, que nous avons toujours trouvé robuste et capable d'affronter le large, nous semble maintenant fragile comme un pauvre radeau.

« Je vais attraper ce joli morceau, dis-je, en retrouvant mon sang-froid. J'ai cru comprendre qu'elles ont un faible pour les crevettes. »

Je cherche ma canne, mais Jordan m'agrippe le poignet et ne le lâche pas. « Je plaisantais, dis-je. Tu me prends pour un imbécile ?

— On ne plaisante pas avec un truc de cette taille », dit Jordan.

Puis nous entendons le hurlement de Mike et nous nous retournons juste à temps pour voir Capers Middleton, arrière-petit-neveu de William Elliott, lever son harpon sous le soleil et le lancer d'un jet puissant dans l'épine dorsale de la raie géante. Ni Jordan ni moi n'avons le temps d'articuler un seul mot de mise en garde — nous voyons la lame déchirer l'air, avant d'être propulsés en avant tandis que la raie jaillit de l'eau et survole notre embarcation. Lorsque je relève ma tête, qui a heurté le bastingage, je vois le ventre blanc de la créature passer au-dessus de nous, tel un ange de la mort expulsé du Paradis. Un terrible bruit métallique se mêle à nos cris de terreur lorsque la corde du harpon se prend dans les pales du moteur qu'elle arrache comme s'il s'agissait d'un simple jouet de cire. Nous manquons de chavirer lorsque la corde se tend sur toute la longueur du bateau, et si l'un de nous avait été debout à cet instant, il aurait été décapité d'un coup. Le pare-brise est réduit en miettes comme un pauvre morceau de pain. Et nous sentons le bateau remorqué sur l'eau à une vitesse effarante.

Pendant plusieurs minutes, Jordan et moi restons étendus côte à côte, désorientés, au milieu des débris qui jonchent le fond du bateau. J'ai l'arcade sourcilière gauche ouverte et le sang ruisselle sur mon visage. Un hameçon a transpercé la joue de Jordan qui cherche à le retirer, en souffrant le martyre. Mike et Capers sont immobiles et une flaque de sang se forme sous la tête de ce dernier. Le soleil est encore haut dans le ciel et j'estime qu'il peut être environ trois heures de l'après-midi. Je n'arrive pas à croire la vitesse à laquelle nous parcourons l'océan, sans moteur. Avant de me lever, je tente d'imaginer la taille du poisson qui est passé au-dessus de nous, dans le délire de la douleur qui a provoqué son premier saut. Son ombre a carrément éclipsé le soleil et il avait une forme irréelle. Je me rapproche de Mike pour me rendre compte qu'il est sérieusement blessé. Un morceau d'os brisé sort d'une vilaine blessure sur l'avant-bras.

« Mike, tu es, oh, non ! » dis-je.

Puis j'entends un son étranglé et vois Jordan montrer sa bouche avec l'hameçon. Je rampe plus ou moins jusqu'à lui et manipule l'hameçon jusqu'à l'extraire des chairs tendres et sanguinolentes, juste sous les molaires du bas. Je sors l'hameçon par la bouche de Jordan. Je fouille ensuite dans ma boîte de pêche, dont je sors une trousse de secours, et je tamponne la joue blessée avec de l'alcool pur, déclenchant un nouveau hurlement de douleur de Jordan.

« On est dans une sacrée merde, dis-je.

— Aide-moi à flanquer Capers par-dessus bord, dit Jordan en se tenant la joue. C'est à cause de sa connerie qu'on est dans ce caca.

— Il ne savait pas, dis-je en essayant de nettoyer le visage de Jordan tout en évitant de regarder le bras cassé de Mike.

— Ce truc aurait pu nous tuer.

— Patience, ce n'est pas fini, dis-je.

— Pourquoi a-t-il lancé ce harpon ?

— Parce qu'il a manqué le marlin », dis-je.

Jordan secoue négativement la tête : « Mais non. Je parie qu'il voulait être fidèle à l'esprit aristocratique de nos ancêtres Elliott. Ces antécédents familiaux que nous avons l'ont complètement bousillé. Il préférerait tuer un yankee à Antietam, mais à défaut, planter un harpon dans une raie géante fait l'affaire. Il a failli nous tuer tous les quatre.

— On va venir à notre secours, dis-je pour me montrer rassurant. Waterford a une super équipe de sauvetage en mer.

— Encore faudrait-il qu'ils sachent où nous chercher, dit Jordan. On nous croit à la pêche au crabe dans une rivière, en train de lire de vieux numéros de "Playboy". Il va leur falloir un sacré effort d'imagination pour deviner qu'on est remorqués vers le large par une raie géante de deux tonnes. »

Nous plaçons ensuite des bouées de sauvetage sous la tête de Mike et de Capers ; les deux sont toujours inconscients. Nous grimpons à l'avant du bateau où nous observons la corde tendue qui disparaît dans l'eau à trente mètres de nous. Le harpon a dû pénétrer profondément dans la puissante aile noire, et l'idée me vient que cette créature ne fait que fuir, comme n'importe quel animal en train de paître paisiblement qui endure soudain une souffrance atroce après s'être laissé surprendre par des chasseurs. La raie géante essaye en réalité de fuir notre bateau. Voilà au moins une chose claire tandis que le vent ébouriffe nos cheveux et que le soleil pèse sur notre visage et nos blessures, qui brûlent chaque fois que le bateau heurte de front une vague de la marée montante.

Plus tard, nous évoquerons ce que nous aurions dû faire au cours de ces premières minutes, mais Jordan et moi sommes encore sous le choc de la violence qui s'est brutalement abattue sur notre partie de pêche. Nous ne prenons aucun plaisir au tour de manège offert par ce poisson monstrueux, nous nous contentons de le subir passivement dans un état zen induit par le pouvoir terrifiant des forces invisibles et ineffables. Un simple instant d'imprudence nous a mis en grand péril, et nous observons, témoins de notre propre exécution, pendant que notre sort se joue dans l'eau, en dessous de nous. Mais nous sentons aussi la terreur et la panique de l'immense mante qui fend l'océan avec une lame plantée dans le flanc. Nous songeons que nous allons peut-être mourir bientôt, et bien que nous soyons assis côte à côte dans ce bateau, j'ai l'impression d'être seul pour affronter ce fol et mortel périple. Nous ne nous offrons le réconfort d'aucune fraternité, d'aucune solidarité.

Pendant quelque vingt milles, la raie géante tire le bateau dans des vagues qui se font de plus en plus fortes. Avec le vent qui se lève à l'est, l'animal ralentit un peu, assurément freiné par l'épuisement et la perte de sang. Je me demande si nous serons entraînés par le fond à la mort de la raie, et à ce moment seulement je dis : « Il ne faudrait pas décrocher la corde ? » sans que la question s'adresse à personne particulièrement.

« Il va falloir couper au niveau du taquet », dit Jordan qui se tient toujours la joue.

Puis tout à coup la corde prend du mou et je me dis que la mante a dû réussir à se dégager du harpon. Mais en l'espace de quelques secondes, l'animal jaillit bruyamment hors de l'eau, dans toute la gloire de sa monstrueuse immensité, semblable à je ne sais quelle créature oubliée appartenant à la mythologie d'un continent perdu. Ailée, titanesque, la raie prend son essor en battant des ailes comme un oiseau préhistorique. Son saut hors de l'eau nous prend par surprise, et nous manquons de tomber par-dessus bord lorsqu'une aile frappe la surface de l'eau avec un bruit de tonnerre audible à des kilomètres. Effrayés, nous nous recroquevillons sur les sièges du bateau auxquels nous nous cramponnons pendant que la raie géante exécute une série de bonds. Elle jaillit plusieurs fois de l'eau, telle une nouvelle espèce de mort et d'obscurité inventée par la peur pour se distraire.

Puis la mante géante fait volte-face et fonce sur le bateau. Mike crie de douleur en reprenant conscience, mais nous sommes tellement paralysés par la vision de la corde qui reprend du mou, dans l'attente angoissée du bruit que va faire le poisson géant, que nous ne réagissons pas. Mike gémit encore lorsque la raie surgit hors de l'eau, vole vers nous et au-dessus de nous, le passage de son ventre blanc éclipsant une fois encore le soleil, anéantissant tout espoir de délivrance et d'éventuelle sécurité. Le bateau semble bien frêle à l'ombre de l'animal blessé, et si la raie géante était tombée sur lui, nous aurions été tous les quatre écrasés, comme de vulgaires alevins d'anguilles. Mais dans une contorsion, la raie exécute une culbute en l'air, et elle se libère du harpon, lâchant net la corde. Son aile gauche s'écrase sur le flanc tribord du bateau et nous prenons l'eau lorsque l'embarcation chavire avant de se redresser toute seule.

Jordan et moi nous mettons à écoper avec les timbales éparpillées au fond du bateau. En nous activant à deux mains et deux récipients, il nous faut ce qui paraît une éternité pour arriver à un résultat. Ce n'est que lorsque le bateau est à peu près vidé que nous pouvons nous tourner vers Mike dont les gémissements sont déchirants.

Jordan immobilise du mieux qu'il peut le bras

cassé de Mike, en le serrant dans un bandage, fait d'un morceau de tee-shirt déchiré et fixé par du ruban adhésif imperméable trouvé dans une des boîtes d'hameçons. Il s'occupe ensuite de Capers, nettoie la blessure profonde derrière le crâne, diagnostiquant à voix haute une probable commotion cérébrale. Il propose même de recoudre la vilaine entaille qui barre mon arcade sourcilière, mais je décline.

Nous dérivons toute la nuit, écrasés de soleil et de fatigue, dans un sommeil sans rêve proche de l'inconscience. Profond comme l'océan.

Je suis déjà debout lorsque Capers émerge tandis que les premières lueurs pointent à l'horizon est. En dépit d'un état encore incertain et confus, il reconnaît les silhouettes endormies à côté de lui, touche plusieurs fois la blessure de sa tête, constate les dégâts subis par le bateau.

« Putain, mais qu'est-ce que vous avez fait au bateau de mon père ? dit-il à voix haute.

— Rendors-toi, Capers, dis-je.

— Qu'est-ce que vous avez fabriqué du moteur ? demande-t-il. Ce n'est pas vrai, mon père va vous assassiner quand il verra ce que vous avez fait, les gars.

— Tu ne te souviens pas ?

— Me souvenir de quoi ?

— La raie géante.

— Tu veux parler du marlin ? dit-il. J'ai ferré un marlin qui s'est échappé. Ensuite je me suis endormi, et maintenant je me réveille, et vous, vous avez bousillé le bateau de mon père.

— Economise tes forces, Achab, dit Jordan en s'asseyant pour contempler l'océan qui nous entoure.

— Vous pouvez vous préparer à m'aider à payer les dégâts, dit Capers dont la voix monte dans les aigus. Rien que le moteur coûte plus de deux mille dollars, les gars. »

Jordan se dirige vers Mike et vérifie l'état de son bras. Mike est lui aussi réveillé, mais son bras cassé le fait trop souffrir pour qu'il ouvre la bouche ou fasse un geste. Il a les yeux plus brillants que nature et Jordan lui touche le front pour évaluer la fièvre.

« J'exige de savoir ce qui s'est passé, dit Capers. Je suis le capitaine de ce vaisseau, et je vous jure bien qu'il est hors de question que nous bougions d'un pouce avant que quelqu'un m'explique ce qui s'est passé. Comment comptez-vous nous faire aller où que ce soit sans moteur ? interroge-t-il sans que la question s'adresse à personne de précis.

— Jack et moi, on a organisé un vote pendant que tu dormais, dit Jordan. On a pensé qu'il serait sympa de rentrer à Waterford en se laissant flotter. »

Je commence par rire, puis j'expose à Capers et à Mike ce qui est arrivé après que Capers a lancé le harpon sur la raie géante. Mike se rappelle avoir vu Capers lever le harpon, mais Capers ne garde pas le moindre souvenir de cet épisode. Il écoute l'histoire dans la stupéfaction la plus totale.

« Vous n'auriez jamais dû me laisser faire un truc pareil, dit Capers en touchant la partie douloureuse derrière son crâne. Un de vous aurait dû m'arrêter.

— D'accord, c'est notre faute, dit Mike. Bien raisonné, Capers.

— Il faut que vous m'aidiez à inventer une version pour mon père, dit Capers. Une baleine. On s'est trouvés coincés dans un banc de baleines à bosse, et une des queues a arraché le moteur. Je vais mettre au point les détails.

— Tu as le temps devant toi », dis-je en regardant du côté où est censée se trouver la terre ferme.

Mike parvient à se lever, mais la souffrance le fait pratiquement retomber sur les genoux. Jordan l'installe en position assise et tente de le soulager en plaçant des coussins et des bouées sous son bras, pour le soutenir.

« Tout à l'heure, je tiens à ce que tu ailles dans l'eau, Mike. Il faut s'assurer que la blessure est propre et ne s'infecte pas.

— Pas question. Je ne mets pas un orteil dans une eau où se baladent des saloperies comme cette raie géante.

— J'aurais bien voulu la voir », dit Capers.

Et Jordan de répliquer : « Tu l'as vue assez pour nous flanquer dans ce pétrin.

— Nous sommes perdus en mer, dit Capers.

— Merci pour l'information », dit Jordan.

Mike corrige en riant : « Pas du tout, mon mignon. On est simplement foutus. Baisés, faits comme des rats.

— Je vais nous tirer de là, dit Capers. Je vais trouver quelque chose. Laissez-moi réfléchir. »

Capers se lève et scrute l'océan qui s'étend à l'infini. Les mains sur les hanches, il arbore un masque de consternation ulcérée. Pendant cinq longues minutes il demeure planté là, jusqu'à ce que Mike demande : « Tu as trouvé quelque chose ? »

La voix de Capers est grave, sobre, lorsqu'il annonce : « Savez-vous que nous avons de bonnes chances de mourir ici ?

— Voilà qui est penser, dit Mike en acquiesçant. Il a pris tous les éléments en considération.

— Merci d'éclairer un peu la situation, dis-je.

— Nous n'allons pas mourir, annonce Jordan.

— Qu'est-ce qui nous en empêchera ? demande Mike.

— Mon père, dit Jordan. Mon con de père.

— Il n'est pas là, dit Capers.

— Quand j'étais petit, mon père m'emmenait avec lui en manœuvres pour le week-end. Il racontait à ma mère que nous partions camper. Nous allions au fin fond de la forêt, à Camp Lejeune ou Quantico, et il m'imposait une marche forcée de trente kilomètres en me demandant de faire comme si nous étions en guerre. Nous vivions de ce que nous trouvions dans la nature. En mangeant des champignons, des écrevisses, des asperges sauvages. J'ai avalé des cuisses de grenouilles, des pétales de fleurs et des insectes. Est-ce que vous savez que les insectes sont des protéines à l'état presque pur ?

— J'espère que tu n'as pas l'intention d'ouvrir un restaurant, mec », dit Mike.

Mais Jordan continue : « Je les détestais, ces weekends en compagnie de mon père, et j'avais toujours peur. Il adorait se mettre à l'épreuve, dans un contact direct avec la nature. Si jamais les ennemis de l'Amérique débarquaient sur nos côtes, me disait-il, les hommes comme lui se retireraient dans les forêts et pourraient tenir des années. Ils ne traqueraient l'ennemi que de nuit, armés de couteaux, de bâtons et de lames de rasoir. Un jour, il a tué un faon, et nous l'avons mangé trois soirs de suite. Entièrement... le foie, les rognons, le cœur.

— Beurk, dit Mike.

— Ce n'est pas ce qui va nous tirer d'ici, dit Capers.

— Si, justement. Il faut simplement que vous fassiez tout ce que je dirai, précisa Jordan. J'en connais un rayon sur la faim et la soif. Nous n'allons pas tarder à en faire l'expérience, tous autant que nous sommes. Mais dans l'immédiat, je peux assurer notre survie.

— Alors vas-y, dis-je.

— Mais c'est moi le chef de classe », dit Capers.

Nous le regardons tous les trois, soudainement médusés, mais Capers se rattrape en expliquant : « Je veux dire par là que je suis habitué à commander. Dites à Jordan que j'ai toujours été élu délégué de classe. Dis-lui, Mike. Jack.

— Nous ne sommes pas en train de discuter de qui va faire les plans de table pour le bal de l'école, dit Mike.

— Son père lui a enseigné les techniques de survie, Capers, dis-je. Il va appliquer les mêmes méthodes pour nous maintenir en vie ici, sur l'océan.

— Sauf qu'ici, il n'y a rien à manger, ni à boire, dit Capers.

— Notre premier ennemi, il se trouve là, dit Jordan en pointant le doigt vers l'est. Si nous restons dans ce bateau assez longtemps, le soleil nous tuera.

— Attends, dit Capers. On sera à Fort Lauderdale à Pâques. Nous allons pouvoir améliorer notre bronzage.

— Ce n'est pas le moment de plaisanter, mon

pote, dit Mike. Mike ne rigole plus quand il risque de mourir.

— Tire-nous de ce guêpier, Jordan, dis-je. Tu veux prendre la direction des opérations, tu l'as.

— Qu'est-ce qu'on fait, Jordan ? demande Mike.

— Toi et Capers, allez vous mettre sous le plat-bord, à l'abri du soleil. Retirez tous vos vêtements. Jack et moi, on se couvrira le mieux possible. Il nous reste un petit peu d'eau dans la glacière. Nous allons la rationner, mais nous boirons seulement le soir. Jack et moi, nous passerons la journée à pêcher. Ne bougez pas. Economisez votre énergie.

— On va nous trouver à un moment ou à un autre de la journée, dit Capers.

— Possible. Mais nous allons agir comme si on ne devait jamais nous retrouver, dit Jordan.

— Tu cherches seulement à nous faire peur, dit Capers.

— Et il réussit très bien, dis-je.

— Oui, c'est exactement ce que je cherche à faire. »

Mike demande : « Pourquoi, Jordan ? Quel est l'intérêt de nous flanquer une frousse à mourir ?

— Parce que personne ne sait où nous sommes, dit Jordan. Personne ne saura par où commencer les recherches. Nous n'avons pas de radio, pas de fusées, aucun équipement d'urgence. Nous avons assez d'eau pour durer deux ou trois jours. S'il ne pleut pas d'ici là, nous mourrons ensuite de soif en cinq jours... ce qui nous fait une espérance de vie d'une semaine au mieux.

— Charmant, dis-je.

— Je vais mourir parce que Capers Middleton est le roi des cons, dit Mike en hochant la tête.

— Il n'existe aucune preuve établissant que j'ai lancé le harpon, dit Capers sous nos trois regards incrédules. Pour ce que je sais, vous pouvez fort bien avoir monté cette légende tous les trois pendant que je dormais.

— Tu peux nous croire, Capers, dis-je. Ce n'est ni un flet ni une sirène qui nous a entraînés au large après avoir arraché notre moteur.

« — Mon père va me tuer quand il verra ce que nous avons fait à son bateau, dit Capers.

— Comment cela, "nous"? interroge Mike. Personnellement je ne vois pas ce qui justifie l'emploi de la première personne du pluriel dans cette proposition. Tu n'as demandé la permission de personne pour harponner ce poisson. Tu as cédé à ton impulsion personnelle, Capers. Il s'agit incontestablement d'un acte indépendant.

— Attends, on était partis pêcher, dit Capers. Je n'ai fait qu'essayer de prendre un poisson. Personne ne peut me le reprocher.

— Sauf que le poisson en question était grand comme un immeuble, dis-je. Tu aurais dû le voir. »

Notre soumission à la discipline imposée par Jordan est totale. Nous exécutons chacun des ordres qu'il donne sans discuter. Pour un garçon habitué à la solitude, il s'adapte bien à une vie de promiscuité forcée, où tout est prévu à l'avance, et le commandement lui vient avec une surprenante facilité. Nous voguons pendant des journées immobiles, sans un souffle d'air, et le deuxième soir, Jordan décide que nous devons tous sauter dans l'océan et nous laver soigneusement, ainsi que nos vêtements. « Jack, tu y vas le premier. Capers et moi, on va descendre Mike dans l'eau. Mike, il faut que tu laisses l'eau salée nettoyer ta blessure. Nous avons tous besoin de baigner nos plaies et bosses. Un de nous restera toujours à bord pendant que les autres seront dans l'eau. Restez près du bateau. Toujours à portée de main. »

Je me laisse glisser le long de la coque et pénètre dans un océan froid, profond, terrifiant. Le sel brûle la blessure qui court le long de mon arcade sourcilière, mais j'étouffe un cri de douleur et attends que Capers et Jordan fassent descendre doucement Mike, sans lui abîmer davantage le bras. Je le reçois et le soutiens dans l'eau. Aucun de nous n'aime la mine de Mike ; il a le teint cendreux et cireux sous le hâle. Pourtant il n'émet aucun son lorsque son bras pénètre dans l'eau, et il laisse Jordan le masser et remettre en place le bandage bien serré. Il gémit doucement chaque fois que Jordan touche le bras cassé, mais se soumet à ses soins affectueux parce que Jordan sait conserver son autorité même quand il patauge tout nu dans l'Atlantique.

« Ne buvez surtout pas d'eau salée, dit Jordan, même si vous avez très soif. Le sel déshydrate. Il faut uriner trois fois plus qu'à l'ordinaire pour évacuer le sel de l'organisme.

— Pour qui tu te prends ? dit Capers depuis le bateau. Mon toubib ? »

La nuit, nous parlons, nous pêchons, nous faisons sécher nos vêtements dans l'air frais et pur. Nous nous déplaçons librement, chacun fait ce qu'il est censé faire. Avec des leurres et l'un des appâts qui ont survécu à notre rencontre avec la raie géante, nous nous mettons à pêcher très sérieusement, car nous savons que ce que nous prendrons sera notre seul gage de survie. Jordan a vérifié le niveau de l'eau dans la glacière et constaté qu'elle ne permettra pas de tenir un jour de plus, or il n'y a pas eu un nuage dans le ciel depuis un moment.

Quand le soleil est haut, Jordan oblige Mike et Capers à se mettre sous le plat-bord, où ils sont tassés et mal à l'aise, mais à l'abri des rayons de soleil les plus forts. Quant à nous deux, nous tirons la bâche goudronnée pour nous protéger. Le plein midi est une période de calme plat et d'hibernation complète sur le bateau, et nous adaptons notre rythme de vie à un cycle précis mais radicalement nouveau, puisqu'il est l'exacte inversion de notre quotidien habituel. Nous nous entraînons à guetter le moindre bruit de moteur d'avion ou de bateau qui pourraient être à notre recherche. Une fois, nous repérons un petit avion volant vers le nord, et nous nous dressons en hurlant tandis que ce dernier s'éloigne et disparaît. Cette perspective brièvement entrevue d'un possible sauvetage nous emplit d'un soudain espoir illusoire avant de nous plonger dans un désespoir profond, aggravé par une faim et une soif croissantes. L'eau devient un sujet de conversation obsessionnel, puis générateur de fantasmes, au point que Jordan finit par nous interdire d'aborder ce sujet. Par miracle, le bras de Mike, pourtant soigné de façon sommaire, ne montre aucun signe d'infection à l'endroit où la fracture est ouverte.

En flottant sur l'eau, nous apprenons que la soif aiguise l'intensité du cauchemar et que la faim est une parfaite mise en bouche avant l'hallucination. La chaleur et le soleil rendent nos rêves incandescents et fragiles. Quand le jour tombe, nous nous éveillons trempés de sueur et plongeons avec plaisir dans l'océan crépusculaire, nus, tout près du bateau qui dérive lentement. L'eau salée nous agace et nous nous rinçons généreusement la bouche non sans recracher l'eau dans la mer.

Dès que nous avons regagné le bord, Jordan nous donne l'ordre de tremper tous les hameçons malgré l'état de décomposition de l'appât. Notre patience se voit récompensée la cinquième nuit, lorsque Capers lève une malheureuse sériole qu'il remonte avec un cri de joie. Jordan tue immédiatement le poisson qu'il débite en nouveaux appâts avant d'exiger que toutes les lignes soient amorcées à neuf.

« Cinq jours en mer pour ce petit poisson merdique, dit Mike, écœuré, pendant que je m'occupe de ses lignes.

— Je ne vois pas pourquoi nous pêchons, surtout, dit Capers. Nous ne pourrons pas manger nos éventuelles prises.

— Bien sûr que si, dit Jordan. Et nous le ferons.

— On ne peut pas manger du poisson cru, dis-je.

— On mangera tout le poisson cru qu'on pourra prendre, et même qu'on sera bien contents, dit Jordan en relançant sa ligne, au profond.

— J'ai envie de vomir rien que d'y penser, dit Capers. Je ne pourrai jamais, Jordan. Et tu pourras bien dire ce que tu veux.

— Tu le feras quand tu auras assez faim. Ou assez soif, nous affirma Jordan.

— Je n'ai jamais réussi à manger une huître crue, avoue Mike.

— Et maintenant, tu pourrais ? » demande Jordan.

Mike réfléchit une minute avant de répondre : « Maintenant, oui. J'en boufferais même volontiers une centaine.

— Lorsque nous étions cantonnés au Japon, avec mon père, mes parents adoraient le poisson cru. Le mets le plus raffiné, au Japon. Là-bas, ils traitent leur poisson avec beaucoup de respect, et le type qui découpe le poisson est considéré comme un artiste. »

Mais Capers ne veut rien entendre. « Tu peux faire beaucoup de choses, Jordan, mais tu ne réussiras pas à transformer un Middleton en Japonais.

— Je parie que si, dit Jordan. Parce qu'après avoir mastiqué du poisson cru, on n'a plus soif. C'est l'eau contenue dans le poisson qui va nous sauver la vie.

— Sucer du jus de rognon de poisson, dis-je. Le grand rêve de ma vie.

— Autant vous y préparer. Nous manquons totalement d'eau depuis plus de trois jours pleins. Nous avons déjà commencé à mourir.

— Tu pourrais formuler les choses différemment ? demande Mike.

— Nous sommes déjà en train de faiblir, dit Jordan.

— C'est beaucoup mieux, dis-je. Le choix des mots est très important, ici.

— Je serai attentif au langage que j'utilise, dit Jordan, mais vous, les gars, préparez-vous à faire un festin de poisson cru. »

Nous retrempons nos lignes amorcées de frais et je suis plongé dans une semi-rêverie lorsque se fait entendre un grand cri, poussé par Jordan. Il a une sérieuse touche et bagarre pendant dix minutes avant de sortir un mérou de dix kilos. Jordan le découpe soigneusement, devant nous tous. Il attend l'obscurité totale avant de servir des lanières luisantes de mérou à ses trois convives écœurés. La chair du poisson est translucide et garde sa teinte ivoire sous la lumière des étoiles.

Pendant que Jordan mange, dégustant chaque goutte d'humidité avant d'avaler, Capers et Mike vomissent deux fois, et moi une, avant de réussir à garder la moindre part de ce repas. L'obstacle est psychologique, mais sévère. Lorsque la nuit s'achève, cependant, chacun de nous a réussi à absorber une bonne livre de poisson cru. Jordan est patient et garde sa lucidité. Même lorsque nous régurgitons les premières bouchées : il récupère ce que nous restituons pour en garnir les hameçons.

La même nuit, nous prenons quatorze autres poissons, et l'humeur passe de la résignation à la résolution. Nous dormons pendant la canicule de la journée suivante, avec la certitude d'avoir donné notre confiance à un capitaine qui sait ce qu'il fait.

Le lendemain un cargo passe à une cinquantaine de mètres de notre bateau, mais aucun de nous n'entend le moindre bruit jusqu'à ce que Jordan se réveille quand le sillage du grand bateau vient heurter le flanc de notre embarcation, et nous hurlons à nous casser la voix en regardant le navire disparaître à l'horizon. Mais nous dérivons toujours vers le sud, portés par les vents et les courants. Nous parlons constamment de sauvetage, des conversations que nous aurons avec nos familles, des torts que nous réparerons en rentrant chez nous, de secrets que nous avons toujours gardés précieusement. Le temps semble perdre toute signification tandis que les vagues viennent frapper inlassablement notre bateau. Nous lisons mutuellement sur nos visages le tribut que ce naufrage prélève sur nous tandis que notre peau se brûle et que nos joues se creusent, dans l'attente d'une délivrance sur un océan dont l'indifférence est magistrale et ineffable.

Cent fois par jour nous renonçons avant de découvrir de secrètes réserves de courage dont nous n'aurions osé imaginer l'existence. Nous plaisantons, nous désespérons, nous achevons chaque journée comme nous l'avons commencée, et notre discipline tient. Un jour, après que Capers a lavé soigneusement Mike et que Jordan lui a fait exécuter quelques mouvements étranges le long de la coque à titre d'exercice, Mike se met à hurler pendant que je le remonte à bord. Je crois lui avoir fait mal involontairement, mais son cri a pour cause un mouvement dans une mer qui est restée d'huile toute la journée. Et puis je vois, et Jordan, qui est encore dans l'eau, voit aussi. Capers tourne le dos à l'aileron qui se dirige rapidement sur lui, à une cinquantaine de mètres. Il émerge nettement plus haut dans l'eau que la tête de Jordan ou celle de Capers.

« Une baleine », dit Mike et j'aurais voulu qu'il ait raison.

Jordan tend la main vers Capers qui se retourne pour voir ce que montre Mike.

L'eau sombre est assez limpide, dans l'océan tranquille et gorgé de soleil, pour permettre à Mike d'identifier le premier le requin marteau. Je me souviens aujourd'hui encore du terrible œil gauche du grand requin fonçant sur le bateau. Mike voit la mâchoire s'ouvrir tandis que Capers et Jordan se précipitent vers nous en hurlant de terreur.

« Un putain de requin », dit Mike en se penchant malgré son bras cassé pour aider Capers à remonter. Mais Jordan s'immobilise brutalement ; il semble incapable de bouger ou de prendre une décision. Lentement, il se met à nager mais s'éloigne du bateau et de nous trois qui lui hurlons de revenir.

Mike est le premier à repérer de nouveau l'aileron qui file sur Jordan à une vitesse stupéfiante. Le requin fend l'océan comme un éclair zèbre un ciel de nuit, et cette fois, Mike aperçoit son œil terrible lorsqu'il croise la silhouette fragile et nue de Jordan.

En fin de compte, Jordan passe assez près pour que je l'attrape par le poignet. Capers lui empoigne l'autre bras, et à nous deux, nous l'arrachons à l'océan ainsi qu'à une mort certaine et horrible qui nous aurait offert en prime ses hurlements pendant qu'il se faisait déchiqueter dans l'eau, sous nos yeux. L'aileron disparaît et émerge de nouveau, charge avec rage, et nous ne pouvons que regarder, terrorisés. Nous voyons tous les quatre l'œil droit du requin marteau nous compter pendant que nous nous recroquevillons dans le peu de sécurité que nous offre le bateau. Cette nuit-là, nous pleurerons tous, même Jordan, et nous sommes réconfortés de le voir enfin manifester un peu de peur.

Nous bougeons à peine de toute la nuit. Nous écoutons le requin tourner autour du bateau et heurter rageusement la coque. L'immobilité de l'eau et l'éclat d'une lune presque pleine donnent des reflets cuivrés à l'aileron qui nous traque. Le requin disparaît parfois pendant une heure ou deux avant de revenir, sans préavis, histoire de vérifier que nous n'avons pas commis l'erreur de retourner dans l'eau.

« Plus jamais je ne mets le cul dans l'eau, à moins qu'il s'agisse d'une piscine javellisée ou d'une baignoire, avec maman qui m'attend à côté pour me passer mon peignoir, dit Mike.

— A quoi est-ce que tu pensais en nageant vers cet aileron ? dis-je en m'adressant à Jordan qui a un frisson involontaire avant de me répondre :

— Mon corps était insensibilisé par la peur. Comme si j'étais paralysé, ou que j'avais la polio. Je crois que mon corps se préparait à ma mort. Je ne suis pas sûr que j'aurais senti quoi que ce soit si le requin m'avait arraché la jambe.

— Oh si, tu aurais senti quelque chose, dit Capers. Nom de Dieu, quand je pense aux dents de ce truc. Je ferme les yeux, et je ne vois que ça : cette gueule ouverte pour te dévorer, Jordan.

— Il avait effectivement une belle dentition, dis-je.

— Les gars, regardez bien votre copain Mike Hess, ici présent, dit Mike. Regardez-le attentivement, parce que plus jamais vous ne le verrez sur un bateau de pêche. Plus jamais vous ne le verrez manger du poisson, et plus jamais vous ne le verrez remettre un pied sur un bateau. »

Nous rions ensemble, puis le requin refait un passage à côté du bateau, et sa queue frappe le flanc de notre embarcation comme si l'animal voulait ainsi transmettre un message terrifiant aux humains qui se trouvent à bord. Nous retenons notre souffle, nous écoutons le squale faire un nouveau passage. Dans notre imagination, un millier de requins marteaux infestent les eaux baignées de lune, en dessous de nous. Il est omniscient, omniprésent, insatiable, ce requin. Il nous poursuit, il ne veut que nous, il y met toute la ruse de son espèce maudite.

Trois jours durant, le requin marteau surveille notre bateau, disparaissant parfois pendant une demi-journée entière pour ressurgir à chaque fois, lorsque nous pensons en avoir fini avec lui. Puis il part pour de bon, tandis qu'un orage se lève sur l'Atlantique. Nous crions de joie en voyant se former les nuages noirs et furieux. Notre soif est si intense, à ce moment, que nous avons de nouveau exclu l'eau de nos conversations. Nous avons la langue noire, enflée, comme si on nous avait mis à sécher après nous avoir roulés dans le sel, et nous observons le moindre nuage qui passe en priant qu'il se transforme en masse compacte.

Lorsque le requin disparaît pour la dernière fois, en filant vers le nord, un éclair déchire le ciel à l'est. Nous aurions dû redouter l'orage dans un bateau ouvert, mais nos cris de joie accueillent cette promesse de pluie. Nous déplions la bâche que nous avions rangée sous un siège et ôtons le couvercle de la glacière pathétiquement vide. Aucun de nous ne quitte des yeux les nuages qui s'accumulent lentement avant la tempête. Nous observons leur spirale ascendante qui forme de somptueux cumulus que l'on croirait modelés par de superbes mains invisibles, et nous attendons, la bouche sèche, en priant pour que l'eau salvatrice qu'ils vont nous apporter soit abondante.

Le vent se lève, les vagues aussi, tandis que la mer se gonfle brutalement. Le tonnerre qui résonnait à quelques kilomètres est maintenant juste au-dessus de nous, l'éclair aussi qui inscrit son nom dans le ciel avant que tombe un rideau de pluie, douloureux sur nos visages brûlés par le soleil. De grosses gouttes mouillent nos lèvres, nos langues, et nous pleurons de soulagement.

Jordan nous crie de maintenir notre discipline, et nous tenons la bâche dans laquelle la pluie verse des dizaines de litres d'eau. Unissant nos efforts, nous formons une sorte de rigole et versons l'eau dans la glacière. Jordan nous demande de récupérer encore de l'eau de pluie, mais nous nous sommes déjà jetés sur la glacière avec nos gobelets et buvons avec avidité. Puis Jordan finit par perdre à son tour le contrôle et se joint à notre débauche d'eau douce. Un tel élixir nous restitue notre voix pendant que nous buvons notre soûl et bénissons l'orage. Lorsque nous avons éclusé la totalité de notre collecte, de nouveau nous utilisons la bâche pour recueillir cette eau précieuse dont nous emplissons la glacière. Mais tandis que la tempête se fait plus sévère et le vent plus violent, une autre peur se fraye lentement son chemin dans notre conscience. Si nous avons prié pour la pluie et l'orage, nous n'avons rien dit du vent, nous ne l'avons pas même envisagé.

Il n'y a plus de lune, plus d'étoiles, et comme les vagues commencent à malmener les flancs du bateau, nous mettons la glacière en sécurité et prenons nos places attitrées. Elles montent, les vagues, elles forment une masse en surplomb puis se fracassent comme une montagne sombrant dans la mer. Notre embarcation a beau être résistante, nous ne pouvons pas manœuvrer en fonction des vagues et devons chevaucher la tempête comme un pélican en équilibre instable sur la crête des remous. Lorsque la masse gigantesque d'une seule vague s'abat sur nous, je manque de passer par-dessus bord. Je me cramponne à l'arrière du bateau et suis propulsé, haletant, par l'eau salée, sous le plat-bord.

Une autre vague arrache la glacière et l'expédie à la mer avec une boîte de pêche qui n'a pas été rattachée après la dernière utilisation. Sur l'ordre de Jordan, nous serrons nos gilets de sauvetage tandis qu'il nous tend des longueurs de corde pour nous arrimer au bateau. Nous entendons Mike tomber cul par-dessus tête et Jordan l'agripper par le maillot au moment où il bascule en arrière et se casse de nouveau le bras contre la barre du bateau.

L'eau des puissantes vagues déferle sur nous et les éclairs illuminent l'ouest au fur et à mesure de la progression de l'orage. La nature met parfois trop de zèle à exaucer une prière et tandis que notre bateau, fragile comme une feuille, flotte sur des mers profondes et noires, la nuit nous fait hésiter à réclamer la pluie avec véhémence.

Le matin, nous nous retrouvons dans un bateau quasiment coulé et plus qu'à demi rempli d'eau. Jordan et moi passons la matinée à écoper à mains nues — la tempête a presque tout emporté. Mike gémit, à peine conscient, et nous avons peur de toucher son deuxième bras cassé. L'infection ne va pas tarder à gagner, et nous n'y pouvons rien. Capers a subi un autre choc sur la tête et une déchirure de son cuir chevelu révèle la blancheur de la boîte crânienne. Il a perdu connaissance. Jordan et moi avons eu des côtes fracturées pendant la nuit, et nous avons tous les deux mal en respirant.

Nous écopons l'eau du bateau jusqu'à être vaincus par l'épuisement, et nous sombrons alors dans un profond sommeil, douloureux et désespéré. Passent une autre nuit, puis un autre jour, puis encore une nuit. Lorsque le jour suivant se lève, le soleil se met gaillardement à l'œuvre et nous sommes trop faibles pour nous protéger. Le feu de la canicule commence à faire son œuvre, et dans le milieu de la journée, nous commençons à mourir. Nos pieds enflent, des cloques se forment sur nos mains, notre visage.

Nous perdons toute notion de temps et d'espace au point d'oublier sur quel coin de planète nous pouvons nous trouver, et l'idée de la mort ne m'est pas désagréable. Jordan a la fièvre à présent, et une nuit, il me touche la main.

« Hey, Tonto, dit Jordan. Apparemment, ce sont les méchants qui l'emportent.

— On s'est salement défendus, kemo sabe, dis-je tout bas.

— Pour parler franchement, dit Jordan, je regrette bien d'être venu à cette partie de pêche. »

Je veux rire, mais le seul fait de sourire me fait mal.

« Jack, tu m'entends ?

— Oui.

— Nous sommes les seuls survivants ?

— Les seuls à être conscients, dis-je. Je les envie, les deux autres.

— Nous sommes aussi les deux catholiques, dit Jordan.

— Oui, quelle chance.

— On va dire notre chapelet. Ensuite, on n'aura plus qu'à remettre nos vies entre les mains de la Sainte Vierge.

— Je remettrais ma vie entre les mains de Zeus, si cela pouvait m'aider.

— Si ça marche, Jack, nous lui serons redevables notre vie entière.

— Je suis le seul à ne pas être dingue sur ce bateau, me dis-je tout bas.

— Tu promets de vouer ta vie à la Vierge Marie et à son fils Jésus, si nous survivons à cette histoire ?

— Est-ce que tu as perdu la tête, ou quoi ? »

Je me souviens d'avoir entendu Jordan commencer le Credo, puis le soleil est revenu, puis les étoiles, puis rien, puis les étoiles encore, puis rien, rien...

Puis de la brume et du mouvement.

Je me réveille sans savoir si je suis mort ou vivant.

« Debout, Jack, est en train de dire Jordan. J'ai besoin de toi. Debout. »

Je me lève, titubant. A l'arrière du bateau je vois Jordan qui manie une rame brisée dans l'eau et grimace chaque fois que le bateau bouge, serait-ce un tout petit peu.

« Tu entends quelque chose ? »

J'enjambe les corps de nos deux amis. Ils respirent toujours mais semblent morts. Le brouillard est une autre forme de cécité. J'ai l'impression d'être submergé sous un fleuve de lait. Une fausse lumière matinale éclaire, mais je ne vois que ma main, devant moi.

« Arrive à l'arrière, me presse Jordan. Tu entends ? Dis-moi que tu entends, toi aussi. »

Je ferme les yeux pour mieux me concentrer sur la simple stupéfaction d'être en vie et prié d'écouter. Je me demande un moment si nous ne sommes pas tous morts, si le brouillard n'est pas le décor naturel lorsque l'on rend le dernier soupir.

« J'entends, dis-je tout à coup. J'entends. C'est la mer. Le bruit des rouleaux qui se brisent sur la plage.

— Non, pas ça, dit Jordan. Il y a quelque chose dans l'eau. Une chose vivante. »

J'entends alors l'autre bruit, le bruit irréel, sans rapport avec l'océan, ni l'endroit où nous nous trouvons. On dirait un moteur, ou un bruit de forge, ou une chose qui siffle, épuisée, quelque part, pas loin, dans le brouillard. Le bruit se rapproche jusqu'à me donner l'impression qu'un homme est en train de mourir dans l'eau, juste hors de ma portée. Puis je me rends compte que ce bruit n'est pas humain, et je recule en songeant à la migration des baleines à bosse le long de la côte, car je me sens vulnérable, penché sur la proue, les bras tendus en avant. J'ai les côtes en feu, la chose dans l'eau me fait peur, mais l'idée de laisser tomber Jordan me fait encore plus peur... Ce bruit de vagues, je me rends soudainement compte que c'est celui de notre salut.

Puis je le vois qui vient droit sur moi, aussi désorienté que moi, aussi peu dans son élément, mais je tends les bras et touche quelque chose qui me raccroche de façon totale et tangible à ma propre histoire, à mon enfance dans les champs et les marécages des Carolines. Un daim à queue blanche, grand et costaud comme ceux que j'avais pu voir, nage pour rejoindre un nouveau territoire, entre deux îles. J'ai déjà vu un daim nager ainsi, alors j'attrape la partie gauche de sa ramure et je sens mes doigts la cramponner. L'encolure musclée du daim tente de me faire lâcher prise, mais je m'agrippe, et je sens le bateau tourner au rythme imprimé par le daim. Il est dans l'eau profonde d'un chenal, ce daim, et la mer est au montant. Il finit par renoncer à son propre objectif et ne nage plus que pour son salut, en nous traînant avec lui.

A l'arrière, Jordan godille aussi fort qu'il peut pour

aider le daim. Je pleure de douleur en continuant de serrer la ramure. Le souffle du daim est laborieux, furieux, mais le bateau avance avec lui, et avec le brouillard. Jordan est toujours en train de réciter un rosaire qui n'a ni début ni fin, lorsque le bateau heurte la terre ferme et que le daim m'arrache à la proue pour me déposer dans la terre noire des marais et le spartina.

Nous avons touché terre sur l'île Cumberland, en Géorgie, après quinze jours en mer. Jordan Elliott parvient à sortir du marais pour arrêter un garde forestier en Jeep qui prévient les gardes-côtes ; on nous évacue en hélicoptère sur Savannah, Géorgie. Les médecins disent que Capers comme Mike seraient morts dans les vingt-quatre heures et que notre survie à tous relève du miracle.

Le deuxième soir de notre séjour à l'hôpital, Jordan vient jusqu'à mon chevet en portant sa perfusion avec lui.

« Une devinette, Jack ?

— Je n'ai plus envie de jouer à rien, dis-je.

— Les implications de celle-ci sont immenses, Jack. Cosmiques.

— Tu plaisantes ?

— Non, je te parle le plus sérieusement du monde, dit Jordan.

— D'accord, vas-y. Je ne peux pas t'empêcher.

— Quand avons-nous rencontré Dieu, là-bas, Jack ? Lequel était Dieu ?

— Je ne comprends rien à ce que tu dis. Laisse-moi tranquille.

— Est-ce que c'était le marlin ? Ou la raie géante ? Ou bien était-Il dans les poissons que nous pêchions pour survivre, comme la multiplication des pains et des poissons ? Ou alors, c'était le requin marteau ? L'orage ? Le daim à queue blanche ?

— Est-ce que je peux dire "rien de tout cela" ? dis-je, perturbé.

— Dieu était tout cela à la fois, explique Jordan. Il est venu à nous sous différentes formes. Il nous aimait et voulait veiller sur nous.

— Il a été plutôt nul, alors.

— Il a été formidable. Nous sommes tous en vie.

— Comment tu le sais ? Pour Dieu, je veux dire. Qui apparaît en prenant la forme de tous ces animaux.

— J'ai interrogé Marie, sa mère, dit Jordan. Il faut toujours remonter à la source. »

*Cinquième partie*

## 32

Sans que cela correspondît à un choix ou une volonté de notre part, les élèves qui achevèrent leur terminale en 1966, dans tous les lycées d'Amérique, se virent lancés comme des dés sur le velours des tables de jeu de l'histoire. Il n'y avait ni panneaux indicateurs, ni catéchisme, ni code de la route pour nous aider à naviguer dans les épuisants dédales des années soixante. Nous fûmes propulsés sans discernement dans les pièges d'une décennie vouée à la violence et aux dérapages, et le mieux que nous eussions à faire était de nous cacher les yeux, les oreilles, et les parties génitales, comme des tatous ou des pangolins, pour faire en sorte de ne pas exposer la fragilité de notre bas-ventre aux regards ou au massacre.

La classe 1966 faisait son entrée dans une Amérique devenue hallucinée, défigurée. Le pays entier semblait avoir effectué un retour sur soi, et toutes les anciennes certitudes paraissaient creuses, marginales, tandis que la belle assurance d'une nation habituée à marcher la tête haute était, du jour au lendemain, devenue la proie du doute. Alors que nos pas résonnaient encore sur l'estrade, cette classe entrait dans un pays qui bougeait incognito, sans même le savoir. Nous serions la première génération américaine de ce siècle à faire la guerre contre elle-même. Cette guerre du Viêtnam serait la seule guerre étrangère menée sur le sol américain. Tout le monde était libre de choisir son camp. On ne tolérait pas les spectateurs neutres, qui étaient tournés en ridicule. Les survivants n'existaient pas, pendant les années soixante il n'y eut que des victimes, des prisonniers de guerre et des vétérans criant dans le noir.

Bien qu'aujourd'hui encore je tienne ces années comme l'époque la plus stupide et la plus débile, je consentirai à reconnaître, si l'on m'y contraint, que certains moments furent merveilleux, voire sublimes. J'avais le sentiment intense, transcendantal, d'être vivant en ce temps-là, alors que depuis, aucune décennie ne m'a plus offert la moindre sensation. Mais je ne pense pas que j'aurais jamais pu reconnaître le garçon que j'allais devenir, à l'époque. Je ne suis même pas certain que l'étudiant Jack McCall aurait pris la peine de serrer la main de l'homme qu'il dut bien devenir par la suite, quand le rideau de fumée se fut dissipé.

J'avais adoré l'université de Caroline du Sud : échapper au toit paternel représentait une émancipation de l'esprit dont je ne pouvais dire ni le prix ni la mesure. Mon père ne pouvait plus m'humilier pour la simple raison qu'il ne m'avait plus sous la main, puisque nous ne cohabitions plus. Chaque jour, mes professeurs me contraignaient à me pencher sur les textes d'écrivains dont je n'avais encore jamais entendu le nom. Je découvris que ces hommes et ces femmes anonymes, qui exerçaient leur génie secret de la langue anglaise bien avant que je fusse né, écrivaient à ravir. Je fus surpris, en lisant Chaucer en vieil anglais, de trouver un auteur comique. Je n'avais même jamais imaginé que les gens pussent rire ou plaisanter dans l'Angleterre médiévale. Dans mon innocence, je croyais que le rire était aussi une invention moderne qui n'occupait aucune place dans la destinée des ménagères et des archers du temps passé. Par la fréquentation des livres, je sus que les plaisirs de la découverte pouvaient être quotidiens.

Mes deux premières années de faculté furent paisibles, passionnantes, studieuses. L'immensité de l'université, l'anonymat de cet Etat-cité indiscipliné édictant ses propres règles sous le regard du Capitole me donnèrent une image séduisante d'un monde riche de possibilités et d'opportunités sans fin, pouvant permettre à un garçon de caractère d'aller au bout du monde. J'étais subjugué et régénéré par les idées, comme si en moi brillait une pleine lune perpétuelle sur une mer toujours haute.

Alors que d'autres universités américaines étaient en ébullition permanente pendant le grand débat national sur la guerre du Viêtnam, nous autres, étudiants de l'université de Caroline du Sud, buvions comme des trous. Nous ingurgitions des bassines entières d'un mélange redoutable dit « Jésus-Christ » à base de jus de raisin non fermenté et de vodka ordinaire. Les fûts métalliques de bière trônaient dans une débauche de glaçons fondus pour toutes les réunions. L'ébriété était tenue pour un état de choix chez une importante proportion de la communauté étudiante ; une ironie et un calme calculés, mais gauches, constituaient le code de conduite favori des jeunes coqs se pavanant et faisant la roue pour l'édification des étudiantes de bonne famille.

Le système grec régnait en maître incontesté sur tous les aspects de la vie du campus lorsque notre promotion arriva à l'université de Caroline du Sud. Le peu de grec que je connaisse, je l'ai appris au cours de cette première année, en tentant de me retrouver dans cet époustouflant assortiment de fraternités et de sororités, dont les noms étaient source de confusion et de dissensions chez les étudiants de première année. Au cours du premier mois, Capers devait me confier que le choix d'une fraternité est la décision la plus lourde de conséquences qui incombe à un homme, avant celui d'une épouse convenable. Il ajouta que cinq anciens KA et six anciens SAE avaient rédigé pour lui des lettres de recommandation élogieuses, que les deux institutions concernées avaient reçues l'été précédent. Par Ledare, je sus que trois condisciples de sa mère avaient écrit pour elle, mais le fait que sa mère elle-même était une ancienne Tri Delta de l'université de Caroline du Sud laissait peu de doute sur son sort. Par le droit du sang, et non pour ses vertus personnelles, reconnut Ledare, elle était pratiquement assurée d'être acceptée.

Je participais à la plupart des soirées organisées par les fraternités, ce qui me permit d'avoir une vision infinitésimale d'un milieu social dont j'avais entendu parler sans jamais bien en comprendre les subtilités. Ledare avait rompu avec moi à l'issue de la terminale, parce qu'elle allait faire ses débuts dans le monde et que ma famille et moi ne correspondions pas tout à fait au paysage des comités chargés de se prononcer sur la légitimité et l'admissibilité, tant des débutantes que de leur chevalier servant. Mon père étant juge, membre du barreau, et sa mère une Sinkler de Charleston, je m'étais toujours cru d'un lignage acceptable, sinon sublime. Je n'avais jamais pris la pleine mesure de la mésalliance que mon père avait contractée en épousant ma mère, illettrée et sans éducation. Cette mère ne pouvait évidemment pas m'aider à naviguer sur ces eaux périlleuses. J'ignorais tout des codes et de l'uniforme de la vie en fraternité, et les deux devaient être imprimés dans le mental d'un jeune homme bien avant la semaine de la rentrée. Tout ce qui en moi était une qualité au lycée devenait un défaut pour les meilleures fraternités. J'avais l'esprit vif et prenais facilement la température d'une pièce, aussi me fallut-il peu de temps pour éprouver ma différence dans la politesse contrainte avec laquelle les chers « frères » potentiels me détaillaient de la tête aux pieds.

Au début du mois d'août, j'avais déjà pris une étonnante leçon d'initiation à cette mystérieuse éthique sociale de laquelle mes amis semblaient très familiers. J'accompagnais Capers et l'impérieuse Mrs. Middleton à Charleston pour acheter, chez Berlin's, le trousseau dont Capers aurait besoin au cours de cette première année cruciale à l'université.

« N'oublie pas, disait Eulalia Middleton, la première impression est celle qui compte le plus, et de surcroît, ajouta-t-elle avec emphase, c'est la seule qui persiste vraiment.

— C'est exact. Tout à fait exact, confirma Mr. Berlin en faisant passer un blazer bleu à Capers.

— L'emballage est ce qui transforme le cadeau banal en trésor, déclama-t-elle pendant que Capers se contemplait dans un costume noir trois-pièces à rayures.

— Vous devriez écrire un livre, Mrs. Middleton, dit Mr. Berlin en faisant des marques de craie sur les bas de pantalons retroussés. Bien que ces choses relèvent pour nous de l'évidence, vous seriez consternée par ce qu'il m'arrive d'entendre dans ce magasin.

— Il ne s'agit que de bon sens, dit-elle, avant d'ajouter en levant les sourcils tandis qu'elle guettait mon regard dans le miroir : Et en plus, le bon goût est une qualité que l'on possède de naissance, ou jamais. »

Lorsque Capers acheta un smoking, cet après-midi-là, j'appris que le smoking était une chose que l'on pouvait acheter, et pas seulement louer pour la soirée. Lorsque vint l'addition correspondant aux emplettes de Capers, le total dépassait les trois mille dollars, ce qui m'arracha un sifflement médusé, mais je m'aperçus très vite que je venais de commettre une gaffe irrattrapable en voyant Capers, Mrs. Middleton et Mr. Berlin se donner tout le mal du monde pour faire comme s'ils n'avaient pas entendu. Je fis quelques rapides calculs dans ma tête qui me permirent de me demander si mes parents avaient dépensé trois mille dollars au total pour moi, depuis ma naissance, et ce en comptant la nourriture. Mais j'étais ébloui par le soin que Capers et sa mère mirent dans la constitution savamment réfléchie de sa garde-robe d'étudiant.

Pendant que Capers essayait un imperméable London Fog de belle coupe, j'avais ouvert des yeux ronds devant le prix et demandé : « Il va te servir à quoi, Capers ? »

C'est Mrs. Middleton qui m'avait répondu, non

sans ironie : « Tu imagines qu'il ne pleut pas dans le nord de l'Etat ?

— Bien sûr que si, dis-je. Mais on peut toujours courir se mettre à l'abri quelque part. Rentrer chez soi.

— Un monsieur ne court pas, expliqua Mrs. Middleton. De plus, un monsieur doit être paré contre toutes les vicissitudes du climat. Tu auras besoin d'un parapluie noir pour raccompagner les jeunes filles à leur porte quand il pleut, Capers. Comment comptes-tu faire en pareille circonstance, Jack ?

— Je suppose que je les prendrai par la main en leur disant de courir avec moi.

— Je n'en doute pas », dit Mrs. Middleton, mais je vis Mr. Berlin retenir un sourire.

Malgré mes efforts pour assimiler toutes les règles de l'étiquette de la vie estudiantine au cours de ce premier semestre encore en pointillé, il y avait trop de paramètres à intégrer en un temps trop court. J'étais trop débraillé, trop gauche pour me fondre dans la hiérarchie complexe des meilleures fraternités. J'observais l'effet produit par l'arrivée de Capers dans une soirée organisée par une fraternité, et je me rendais compte que l'absence de griffe London Fog ne suffisait pas à expliquer la tiédeur réservée de ces frères potentiels lorsque je suivais Capers comme un poisson-pilote de lieu en lieu. La politesse à mon égard était parfaite, mais je sentais bien que mon apparition ne suscitait pratiquement aucune réaction tandis que je circulais de lieu en lieu à la recherche de cette sensation de confort qui m'indiquerait en langage subliminal que j'avais enfin trouvé l'endroit adéquat. Bien que personne ne me le dît en face, je finis par me rendre compte que ma candidature était totalement inopportune dans le gratin des fraternités, et qu'elle n'était envisageable que faute de mieux dans les fraternités de second rayon. La chirurgie s'opérait tacitement et sans anesthésie. Bien avant que les fraternités eussent établi leurs listes, je savais que je n'étais pas dans la course et racontais à tous mes camarades de lycée que j'avais choisi d'être indépendant.

Bien des années plus tard, je devais m'avouer que mon soutien farouche au mouvement pacifiste eût été moins nécessaire si le SAE était passé par-dessus ma garde-robe achetée sur catalogue de vente par correspondance et la gaucherie dérangeante de mes débarquements dans les soirées. L'aura de la petite ville me collait à la peau; l'odeur du péquenot me suivait à la trace dans mes tentatives silencieuses pour réussir à faire mon trou sur le campus de l'université de Caroline du Sud. Je m'étais imaginé que je passerais encore plus de temps avec mes meilleurs amis de Waterford, en ajoutant simplement de nouveaux noms brillants à la liste au gré des épisodes de la vie sur le campus. Je fus troublé, puis furieux de voir Capers et Ledare immédiatement dissociés d'amis dans mon genre. Tandis que les fraternités rivalisaient sauvagement pour courtiser Capers, les sororités menaient pratiquement la guerre pour gagner les faveurs de Ledare.

Mike avait rejoint d'emblée la ZBT, la fraternité juive, dès le jour où il avait mis les pieds à l'université, avec détermination et dynamisme. Il était perspicace et clairvoyant, il savait où il allait. Il voulait déjà travailler dans l'industrie cinématographique quand il était au lycée, mais il lui fallait encore trouver la porte d'entrée. Bien qu'il eût choisi la dominante gestion, Mike se mit immédiatement à suivre tous les cours du département d'anglais ayant rapport de près ou de loin avec le cinéma. Il allait au cinéma tous les jours et rédigeait une note précise d'appréciation personnelle sur chaque film qu'il voyait. Dès que les lumières s'éteignaient dans une salle obscure, et que le générique commençait à défiler sur un écran géant, Mike était un homme heureux. La vie étudiante le mobilisa à temps plein, entre le nombre incroyable de sorties, le sérieux du travail universitaire, et les occasions qu'elle offrait à des jeunes gens aussi ambitieux que Mike d'élargir leurs horizons autant que le leur permettaient leur intelligence et leurs capacités. Parce qu'il était né dans une famille qui l'aimait profondément, Mike

pensait que tous les gens qu'il rencontrait ne pou
vaient que succomber à sa gentillesse, ce qui étai
presque tout le temps le cas. Son sourire était conta
gieux et jaillissait de sa nature généreuse et inquisi
trice. Il voulait connaître la vie de toutes les per
sonnes qu'il croisait et avait le temps de parler avec
tout le monde. Il avait le don de vaincre les résis
tances des timides et d'en faire les témoins et les sup
porters de son univers loquace et fantastique. Sur le
campus, il devint célèbre pour transporter une
caméra de 8 mm partout où il allait. Sa connaissance
de l'instrument se transforma lentement en une
sorte de talent artistique.

A l'université, seule Shyla sembla demeurer égale
à elle-même dans le tourbillon de la vie estudiantine
Aucune des vanités et manigances ayant cours chez
les étudiantes ne semblait l'intéresser. Dans la
mesure où elle était la plus jolie jeune Juive du cam
pus, avec un charme qui semblait grandir de jour en
jour, elle sortit successivement avec tous les jeunes
Juifs les plus mignons et les plus cotés du campus
dont le président de la ZBT, dès qu'elle emménagea
dans sa chambre de la Capstone House. Elle entra
dans le comité de rédaction du « Gamecock » au
cours de la première semaine, et décrocha un peti
rôle dans la première production théâtrale de la nou
velle saison, « Timon d'Athènes ». Rien ne semblai
changé, ni forcé, ni copié chez elle, et chaque foi
que je la voyais, je pouvais remonter dans ma vie e
retrouver ce que j'avais été, simplement en observan
ses réactions. Bien qu'elle m'eût mis au défi de tom
ber amoureux d'elle l'été précédent, lorsque nou
avions dansé ensemble dans la maison condamnée
des Middleton, Shyla savait que je n'étais pas encor
prêt. Elle se montra patiente, sereine, convaincu
que notre histoire, commencée dans le chêne, fini
rait par vaincre mes résistances. Nous nous retrou
vions souvent pour déjeuner à la Russell House, e
continuions à tout nous dire comme lorsque nou
étions enfants. Une chose au moins nous rassem
blait, c'est que Jordan nous manquait beaucoup e

que nous aurions bien voulu qu'il s'inscrivît à l'université au lieu de marcher sur les traces de son père en intégrant la Citadel. Nous ne pensions ni l'un ni l'autre qu'avec son indépendance d'esprit Jordan pourrait s'épanouir dans la brutale épreuve du feu que l'école militaire réservait à ses six cents étudiants de première année.

Les premières lettres de Jordan commencèrent à arriver après la semaine de bizutage, lorsque les cours débutèrent. Sous couvert de prendre des notes pour son cours d'histoire américaine, il écrivait de longues diatribes contre les brimades infligées à tous les bizuths, sous la férule sans contrôle de jeunes sadiques. « J'ai écrit une lettre à ma mère pour la remercier de m'avoir envoyé dans ce merveilleux enfer. Je lui rappelais que la même école avait formé le type formidable qu'elle avait épousé, et que certains des gars d'ici me faisaient carrément regretter mon père. J'ai notamment un sergent-chef, nommé Bell, qui a pris ton obligé en grippe simplement parce qu'il pense que l'expression de mon visage exprime une attitude négative. Bell a un Q.I. de légume et ne soupçonne pas à quel point mon attitude est négative, et à quel point j'ai l'intention de la rendre plus négative encore. Je suis venu ici parce que mon paternel ne supporte pas l'idée que j'existe et que je me balade partout en disant que je suis son fils. Toute cette histoire est une mauvaise idée. Mon voisin de chambrée adore la vie ici et rêve de devenir tireur isolé au Viêtnam. J'ai l'impression de partager la chambre de Heinrich Himmler. Demande à Shyla et Ledare si elles me feront des suçons sur le cou lorsqu'on se verra. Oh, mais j'omettais de te signaler la richesse de la vie intellectuelle à la Citadel. Hier soir, ils ont passé un film porno aux première année, où l'on voyait une femme faire l'amour avec un âne. Crois-moi, toi comme moi, on aurait choisi l'âne. Quant à mon camarade de chambrée, béni soit son cœur de fasciste, il est très fier de sa capacité à péter sur commande. Il s'est ouvert de ce talent à son sergent et se fait désormais un plaisir de péter bruyamment chaque fois qu'il est sollicité. Si je pensais à quel point vous me manquez tous, je ne tiendrais pas un quart d'heure de plus ici. Pourrez-vous venir me voir pour ma première permission ? Amicalement, dans le malheur et la souffrance, Jordan. »

Lorsque Jordan fit son premier défilé en uniforme, je fis le chemin avec Shyla, un vendredi, pour l'emmener dîner au Colony House. Avant de laisser Jordan et ses camarades quitter la caserne, les anciens organisèrent une petite séance de gym impromptue au cours de laquelle Jordan dut faire cent pompes avant de pouvoir franchir la sortie. Lorsqu'il vint vers nous, le crâne rasé, nous vîmes qu'il avait perdu beaucoup de poids.

« Pourquoi es-tu aussi maigre ? interrogea Shyla.

— Mon sergent-chef estime qu'il n'est pas juste que des animaux ou des plantes meurent pour permettre à un crétin de vivre, dit Jordan. Sa mère lui a appris à ne pas gaspiller la nourriture, et nourrir un gland est par définition du gaspillage.

— Est-ce que tu apprends quelque chose, ici ? demandai-je. C'est quoi, ta matière principale ?

— Cirage de pompes.

— Non, pour de vrai, dit Shyla, en riant. Tu étudies quoi ?

— Grenades à main. Et lance-flammes en option. »

Nous avons passé la soirée à plaisanter et à rire, mais Jordan ne réussissait pas à masquer la tristesse profonde qui faisait à la fois la couleur et la matière de toutes les anecdotes qu'il racontait sur la vie en caserne. Il y avait un gars dont le visage était tellement rongé par l'acné qu'ils le forçaient à se mettre un sac de papier sur la tête pour venir au mess. Un bizuth de Waycross, Géorgie, qui avait passé son enfance à braconner des alligators dans les silences noirs des marécages d'Okefenokee, avait fait une crise de nerfs pendant le cours de physique.

Ce qui touchait Jordan, c'était la souffrance des autres ; il était depuis longtemps habitué à sa propre souffrance. La cruauté des anciens était pour lui une aimable plaisanterie à côté de la tyrannie infiniment plus subtile de son père. Jordan devait bien être le seul à trouver presque comique la méchanceté de ces garçons. Mais ce qui le déprimait, c'était de trouver avec la Citadel une réplique institutionnelle de la face la plus sombre de son père.

Nous n'avions pas encore commandé que Jordan avait déjà mangé tout le pain frais et un plein ravier de beurre apportés par le serveur en même temps que les menus. Il mit aussi quatre morceaux de sucre dans son thé glacé, non sans s'excuser platement auprès de ses compagnons de table.

« J'ai tellement faim que je boufferais le cul d'une poupée en chiffon, dit Jordan.

— Jordan! protesta Shyla.

— Désolé, Shyla. C'est une expression que j'ai entendue au mess. Aucun cadet ne peut faire une phrase sans la ponctuer de "merde" ou de "putain".

— Je trouvais l'université de Caroline du Sud potable, dis-je, jusqu'à ce que je voie ton école. Maintenant, je trouve que c'est le paradis.

— Jack a un petit peu de mal à s'habituer, dit Shyla, mais nous, on adore. Tu devrais quitter cet endroit sordide et t'inscrire dans une vraie université.

— Je voudrais bien trouver une voie de sortie honorable, dit Jordan. Si je me contente de démissionner, mon père ne voudra jamais payer mes frais de scolarité ailleurs. Le problème est qu'il n'existe aucune voie de sortie honorable pour quitter la Citadel, sauf d'obtenir le diplôme.

— Trouve un truc, dit Shyla. Jack a besoin d'un copain. Qui aurait cru que ce grand garçon se sentirait seul au milieu de dix mille personnes?

— Jack est un timide, dit Jordan. Il lui faut du temps pour trouver ses marques. »

Au-dessus de nous, une voix dit : « Cadet Elliott! »

Nous levâmes les yeux tous les trois en même temps pour découvrir un élève de la Citadel toisant Jordan. Jordan se leva immédiatement et se mit quasiment au garde-à-vous, ce qui déplut fort au cadet.

« Pas ici, Elliott. Rompez, monsieur. Je suis en train de dîner avec mes parents et je n'ai pas pu m'empêcher de remarquer que vous avez baissé la fermeture Eclair de votre vareuse en vous asseyant. C'est un privilège réservé aux première classe.

— Je l'ignorais, monsieur.

— Au rapport devant ma chambre dix minutes avant l'extinction des feux, gros malin », murmura le cadet avant de sourire en regardant Shyla. Il allait se présenter lorsque je l'attrapai par l'oreille pour le faire descendre à mon niveau.

« Salut, pustule, dis-je à l'oreille du gars. Je suis un malade de l'hôpital psychiatrique de Bull Street. J'ai tué ma mère en lui plantant un couteau de boucher dans l'œil. Je ne voudrais surtout pas avoir à venir m'occuper de toi, mais si jamais mon cousin Jordan me dit de... »

Je pris un couteau à viande sur la nappe.

« Laisse-le tranquille, Jack, dit Jordan. Je vous prie de l'excuser, monsieur. Mon cousin ne sort pas souvent de l'hôpital.

— Je suis son infirmière, cadet, dit Shyla. J'espère que vous n'avez pas eu peur. Nous allons devoir augmenter sa dose de médicaments. »

Je relâchai le sergent terrorisé qui dit : « Merci, Elliott. Oubliez le rapport. Je vous souhaite une bonne soirée.

— Merci, monsieur, dit Jordan. Vous êtes sûr que vous ne voulez pas vous joindre à nous ?

— Ma mère n'a pas souffert, dis-je. Elle est morte instantanément. »

Tandis que le cadet s'empressait de regagner sa table dans la pièce sombre, Jordan gloussa : « Il s'appelle Manson Summey et c'est le pire salaud du régiment. Il bouffe de la jeune recrue à son petit déjeuner et se vante à qui veut l'entendre du nombre de cadets qu'il a éjectés dans l'année.

— Laisse-le t'éjecter. Viens à l'université, dit Shyla. Il y a des dortoirs entiers de filles prêtes à venir te manger dans la main. On a de l'alcool, des fêtes en veux-tu en voilà, un orchestre...

— Alors pourquoi est-ce que Jack se sent si seul ? demanda Jordan qui tendit la main sous la lumière des bougies pour me prendre le poignet.

— Parce que Jack est Jack, dit Shyla. Il croyait que nous allions tous grandir ensemble, et que toi, moi, Capers, Mike, Ledare et lui, on vivrait tous dans une grande maison.

— Où est le problème ? dis-je.

— Pour moi, ce serait le paradis, dit Jordan en humant l'air tandis que son steak arrivait des cuisines.

— Ce n'est pas réaliste, dit Shyla. C'est la preuve que tu manques de vision.

— C'est la preuve que j'ai du discernement, Shyla, dis-je. Je sais reconnaître mes amis. »

Il fallut encore un mois d'école militaire à Jordan Elliott pour estimer qu'il avait une solution fantastique pour se faire renvoyer de la Citadel tout en gardant sa dignité intacte et en recueillant la bénédiction de son père. Ce dernier avait jugé que la Citadel saurait endurcir son fils là où sa mère avait créé des zones de faiblesse pendant les absences de son mari. En fait, le général attendait de l'école qu'elle réussît là où lui-même avait échoué : faire que Jordan n'eût aucune ressemblance avec sa mère.

Le plan conçu par Jordan nécessitait l'aide de ses amis de l'université de Caroline du Sud, et manifestait clairement que Jordan avait déjà développé ses talents naturels de stratège hors pair. Avoir une vision claire des choses était pour lui une vieille habitude, et la tension du système militaire n'avait fait qu'aiguiser son aptitude à prendre la bonne décision quand l'occasion se présentait.

Deux semaines avant le match de football annuel opposant la Citadel à Furman, deux cadets de la Citadel avaient profité d'une permission de fin de semaine pour aller enlever l'élégant pur-sang arabe qui servait de mascotte à l'équipe de Furman. Il s'agissait d'un cheval docile, superbe, facile à mener, mais à cause de la hâte des cadets à partir avec le héros de Furman, le cheval fut blessé par deux gars bien trop éméchés pour manier correctement un cheval qu'ils ne connaissaient pas. Lorsqu'ils se rendirent compte de la gravité des blessures subies par la mascotte désormais aveugle, ils firent ce qu'ils considéraient comme un acte d'humanité et abattirent le cheval d'une balle dans la tête. Un des cadets commit une erreur de jugement en peignant le mot « Citadel » à la bombe sur la dépouille de l'animal.

Avant l'incident, la rivalité entre la Citadel et Furman était vive. Après, la Citadel incarna et symbolisa tout ce que le monde moderne peut avoir de démoniaque et d'indicible pour ce charmant établissement d'enseignement supérieur tenu par des baptistes et sis dans les montagnes proches de Greenville. La population jadis placide et distinguée de Furman se dressa dans un mouvement de pure fureur barbare lorsque la nouvelle de l'atrocité commise se répandit dans le campus. Une photo du cheval abattu fit la une de tous les journaux de l'Etat et, craignant les représailles, le président de la Citadel, le général Nugent, consigna tous les cadets dans l'enceinte du campus jusqu'à la fin du match contre Furman. Plusieurs fraternités de Furman jurèrent de pendre le bouledogue de la Citadel au mât du Capitole de l'Etat en l'honneur du cheval massacré.

Le sergent-chef de Jordan Elliott, Manson Summey, se trouvait chez sa petite amie à Furman, le dimanche matin, lorsque la photo du cheval mort parut dans le « Greenville Morning News ». Après avoir pris congé de sa belle, Manson découvrit cinquante étudiants de Furman, dont la moitié de l'équipe de football, qui l'attendaient devant sa voiture.

Lorsqu'ils raccompagnèrent Manson Summey à la Citadel, deux jours plus tard, ils lui avaient rasé le crâne et le pubis, l'avaient vêtu d'une petite culotte de fille, couvert de fiente et de plumes de poulet ramassées dans une ferme locale. Ils peignirent le mot « Furman » sur six bâtiments du campus de la Citadel, dont la chapelle. Les cadets promirent de se venger après avoir trouvé Manson enchaîné et passé à tabac, gisant au milieu du terrain de manœuvre. Mais le général Nugent, en concertation avec le gouverneur et le président de Furman, consigna tous les cadets dans leurs chambres et posta des gardes autour du campus afin d'éviter une nouvelle incursion d'étudiants de Furman. La tension entre les deux écoles atteignit des niveaux inquiétants et les deux équipes de football jurèrent de remporter le match qui se disputerait le samedi suivant à Charleston. L'atmosphère bouillait d'une mâle énergie diffuse et chicaneuse, et le campus de la Citadel ressemblait à une petite principauté assiégée, en état de guerre. Le mot « Furman » était devenu une obscénité pour les cadets en émoi, chez qui l'humiliation et la correction infligées à Manson Summey avaient effacé tout souvenir de la mort du cheval de Furman.

Alors le première année Jordan Elliott alla trouver son officier supérieur, Pinner Worrell, avec un plan brillamment ficelé qui combinait la stratégie militaire et un sens biblique de la vengeance. L'idée était simple mais astucieuse, et Worrell, capitaine des cadets, accepta de lui donner son soutien, voire d'y participer si Jordan pouvait persuader trois personnes étrangères à la Citadel de conduire les voitures nécessaires au repli. Jordan assura à son supérieur qu'il disposait déjà des trois conducteurs parfaits pour une mission mêlant le goût du risque à celui de la conduite rapide.

« Sont-ils capables de se taire, Elliott ? demanda le cadet Worrell.

— Je réponds d'eux sur ma vie, monsieur, répondit le cadet Elliott.

— Mais tu n'es qu'un gland, Elliott. La lie de la terre. Une pollution nocturne. Un préservatif usagé. Un torche-cul. Ce projet engagera essentiellement des première classe. La crème de la crème. Des dieux, Elliott, de véritables dieux.

— Je mettrais la vie de véritables dieux entre les mains de ces trois amis, monsieur. Bien que je ne sois qu'un préservatif usagé.

— J'assurerai la responsabilité des aspects militaires et stratégiques de cette mission top secret, crétin. L'année prochaine, je serai au Viêtnam pour tuer des niakoués, piller des villages, pacifier les campagnes et, d'une façon plus générale, casser de l'Annamite. Toi, Elliott, tu n'auras en charge que la partie transport. Tu n'es qu'un demi-gland, un spermatozoïde de futur soldat. Je t'enseignerai tout ce que tu dois savoir des subtilités du génie militaire.

— Laissez-moi régler la question du transport, monsieur. »

Le mercredi soir qui précédait le match contre Furman, quinze cadets de la compagnie G, vêtus de treillis, se rencontrèrent pour écouter les instructions de dernière minute données par Pinner Worrell. Pour la cinquième fois, il leur exposa les étapes successives de leur action de commando sur le campus de l'université Furman. Chaque équipe devait peindre au moins trois bâtiments avant de foncer au point de rendez-vous, et repartir assez vite pour être rentrée à Charleston avant le réveil au clairon. Dans cette mission, la coordination était essentielle, répétait-il inlassablement. Les quinze cadets accordèrent leurs montres pendant que Pinner leur faisait répéter une fois de plus les consignes. Ils avaient déjà chargé les bidons de peinture, les pinceaux, les pinces coupantes et l'alcool dans les trois voitures qui attendaient dans Hampton Park, à deux pas du campus de la Citadel. Lorsque la sonnerie de l'extinction des feux résonna dans tous les baraquements à dix heures trente, les quinze étaient postés près d'une sortie secondaire. Ils foncèrent ensemble pour franchir la porte au pas de course et, en croisant un jeune sergent dans le noir, ils crièrent : « Allez », avant de s'élancer vers la voie ferrée qui passait derrière le pavillon de science militaire. Les cadets devaient être de retour avant le réveil du matin, à six heures quinze. Greenville se trouvait à près de trois cent cinquante kilomètres.

Avec nos trois voitures prêtes à partir, Capers, Mike et moi regardions nos montres, emballions les moteurs, attendions la charge des cadets qui devaient surgir des buissons d'azalées longeant la voie ferrée. Aucun de nous n'avait hésité lorsque Jordan l'avait appelé pour demander de l'aide. Au nom de l'amitié, nous étions tous ravis de faire la traversée de l'État plein cube, aller et retour.

J'enfonçai l'accélérateur lorsque Jordan grimpa à côté de moi, tandis que son commandant, Pinner Worrell, s'installait à sa droite. Trois autres gars sautèrent sur la banquette arrière en hurlant : « C'est parti ! » La Pontiac GTO de Capers démarra en tête, sur les chapeaux de roues, suivie par la Chevrolet rouge 1957 de Mike, que ce dernier entretenait à la perfection. Ma voiture était plus banale, une Chevrolet grise 1959 avec d'étranges ailerons arrière qui lui donnaient des allures de grand-mère. Mais c'était ma première voiture et je l'adorais précisément pour sa banalité et son absence de style. Elle n'était pas la plus rapide des trois voitures, mais une fois lancée, elle pouvait soutenir le rythme sans problème.

Nous dévalâmes les quartiers résidentiels de Charleston à près de cent vingt à l'heure pour attraper la bretelle de l'I-26, avec les radios qui hurlaient du rock à pleine puissance et les cadets qui écluseaient des bouteilles d'alcool pour se donner du cœur au ventre. En sa qualité de bizuth, Jordan ne pouvait pas dire un mot et j'écoutais les propos nerveux des première classe en suivant les feux arrière de Mike, lancé dans une virée d'enfer pour laquelle nous avions prévu de tenir une moyenne de cent soixante-dix kilomètres à l'heure.

En moins d'une heure, nous passions près de Columbia, qui se trouvait à plus de cent soixante kilomètres de Charleston et dont les lumières brillaient à notre droite. En arrivant près de Newberry, je repérai les lumières bleues d'une voiture de police dans mon rétroviseur et écrasai la pédale de frein, jusqu'au moment où Worrell m'informa que l'agent était un ancien de la Citadel, dans le secret de l'expédition. La voiture de police dépassa nos trois véhicules, et avec ses gyrophares bleus pour nous ouvrir la voie, nous pûmes foncer au milieu des pins tandis que l'Etat commençait sa lente ascension dans les montagnes au nord de Greenville. Je sentais la terre se lever sous mes roues et tourner son énergie vers les contreforts à venir. Jamais je n'avais roulé à cette vitesse, ni couvert une telle distance à travers l'Etat de Caroline du Sud, escorté par un agent de la police de la route portant l'anneau de la Citadel.

En passant devant la sortie pour Clinton, j'eus à peine le temps d'apercevoir un bref clignotement, sur la bretelle au-dessus de nous. Loin devant, sur une autre bretelle, je vis un unique signal lumineux répondre au premier, mais tout allait tellement vite que je n'étais même pas certain de l'avoir vu. J'enregistrai simplement, et de façon floue, qu'il devait s'agir d'un code, mais mon attention était tellement concentrée sur ma conduite que je ne m'en souvins plus avant le lendemain. Comme nous approchions de Greenville, Pinner Worrell répéta encore les consignes aux cadets, point par point, pour être sûr que chacun connaissait son rôle à la perfection.

« Wig, tu te charges de la bibliothèque. Tu peins juste les mots "Bouledogue" et "La Citadel" sur la façade. Ne t'occupe pas du derrière. Ceci vaut pour vous tous. Retour de tout le monde ici, à trois heures pile. Compris, messieurs ? Je me suis bien fait comprendre, crétin ?

— Oui, monsieur, dit Jordan.

— Tu as le pavillon des filles, fausse couche, dit Worrell à Jordan. Pas question d'aller renifler les petites culottes sous la corde à linge.

— J'essayerai de me contrôler, monsieur, dit Jordan, et les autres de rire sur la banquette arrière.

— Putain de gland ! dit Worrell, mais avec une note de fraternelle affection tandis que nous quittions l'autoroute pour suivre la route indiquant l'université de Furman.

— Quelle est ta mission, Pinner ? interrogea un des cadets anonymes qui se trouvaient à l'arrière.

— Dans une équipe, le commandant se réserve toujours la tâche la plus difficile, dit Worrell. J'irai bomber "Merde au cheval mort de Furman. La Citadel est ravie de l'avoir tué".

— Tu es fou, Worrell, dit une voix admirative. Complètement cinglé.

— Merci, dit Worrell. Merci beaucoup. C'est ça qui va me donner la pêche au Viêtnam. Les gars comme vous vont peindre des dortoirs. Mais il n'y a que Worrell pour avoir l'idée d'aller bomber l'église d'un campus baptiste sudiste.

— Pourtant, tu es baptiste, Worrell.

— Je suis une machine de guerre à l'état pur, Dobbins, corrigea Worrell. Et nous sommes en état de guerre. »

Lorsque je rangeai ma voiture derrière celle de Mike, à côté de la clôture entourant le campus de Furman, Worrell dit : « Tu aurais fait une super recrue pour la Citadel, McCall. Quel dommage de perdre un type de ta trempe au profit de la boutique à fillettes qu'est l'université de Caroline du Sud ! On y va, les gars. Précision absolue. Militaire. Notre plan est sans faille. Seule l'erreur humaine peut faire merder. Et dans l'armée de Worrell, messieurs, l'erreur humaine n'existe pas. »

L'équipe de la voiture de Capers avait déjà découpé une large brèche dans le grillage de clôture, et les premiers cadets en tenue camouflée couraient déjà, avec leur sac à dos plein de bombes de peinture, vers les bâtiments de Furman qui se trouvaient à environ douze cents mètres. Ils avaient une forme splendide, ces cadets, au physique aiguisé et mis en condition par de longues heures de course d'obstacles et de défilés au pas cadencé.

Lorsque j'eus ouvert le coffre de ma voiture, je fus époustouflé par la rapidité et l'économie de mouvement avec lesquelles les cadets endossèrent leur sac, avant de foncer vers la brèche dans la clôture où ils s'engouffrèrent en rampant. La lune, jusqu'alors cachée sous une couche nuageuse, sortit tout à coup et baigna les cadets de lumière pendant leur course silencieuse et précise comme celle d'une truite sauvage dans un torrent. Je regardai Pinner Worrell disparaître derrière une colline et fus surpris de trouver Jordan Elliott qui émergeait de l'ombre derrière moi, hilare.

« Tu vas avoir de sérieux problèmes, Jordan, dit Capers.

— Pas autant qu'eux, dit Jordan. Enfin, pour le moment. »

Jordan pointa le doigt à droite, où une lampe torche clignota deux fois, avant qu'une autre lampe répondît au signal à gauche.

« Qui est éveillé à cette heure du matin ? demanda Mike.

— Tout le campus. Vous vous souvenez de Fergis Swanger ?

— Le gardien de but du lycée de Hanaha. Un sacré joueur », dit Mike.

Jordan montra un autre signal lumineux, à l'est. « Fergis joue dans l'équipe de Furman, maintenant. Je l'ai appelé l'autre soir.

— Pour quelle raison ? dit Capers. Tu ne le connais même pas, ce salopard.

— Je lui ai raconté en détail notre plan de bombage sur le campus de Furman.

— Tu es un fumier, une vraie pourriture, dit Mike. C'est génial.

— Sauf que c'est franchement hypocrite, dit Capers. Je les aimais bien, moi, les gars que j'avais dans ma voiture.

— Tu peux demander ton transfert, dit Jordan. A présent, dégagez en vitesse. S'ils trouvent qui nous a amenés jusqu'ici, il ne restera rien de vos voitures, à part l'antenne et le cendrier.

— Pourquoi ? demanda Capers. Pourquoi tu as fait ça ?

— J'avais un camarade de promo dans le même réfectoire que moi. Nous avions le privilège de manger avec Pinner Worrell. Si ce n'est que le Worrell en question ne souhaitait pas gaspiller l'argent de la Citadel pour nourrir un bizuth. Alors il nous affamait. Mais il y avait tout de même un jeu qu'il aimait bien. Il cherchait ce que nous détestions le plus. Moi, j'ai horreur des choux de Bruxelles, et quand il m'a proposé une assiette de choux de Bruxelles, j'ai dit : "Non monsieur, merci." Il m'a fait manger le plat entier. Ce jeune gars, Gerald Minshew, a refusé du jus de tomate. Worrell l'a donc obligé à en boire douze verres. Malheureusement, Minshew avait omis de préciser qu'il était allergique au jus de tomate. Il a failli mourir aux urgences.

— Pourquoi est-ce que tu fais tout cela, Jordan? demanda Mike. Ton histoire de choux de Bruxelles et du pauvre Minshew, ça ne prend pas.

— Il faut que je me tire de cette école. Je ne suis pas fait pour. Je déteste tout là-bas, sauf l'heure d'aller se coucher, et encore, je rêve de l'école pendant la nuit.

— Tu n'as qu'à partir », dis-je.

Jordan eut un rire amer. « Je t'ai expliqué, Jack. J'ai supplié mon père de me laisser renoncer, mais il ne veut pas en entendre parler. Maman me dit que je dois trouver une sortie honorable, ou passer quatre ans à la Citadel.

— Tu appelles cela une sortie honorable? dit Capers. Ces gars vont prendre la raclée du siècle.

— Moi aussi, dit Jordan en s'éclipsant pour ramper sous la brèche dans la clôture, sauf qu'il partit ensuite vers l'ouest au lieu de suivre le même chemin que les autres cadets.

— Rentre avec nous, dis-je. Ces types de Furman vont te massacrer.

— S'ils ne le font pas, tout le monde saura que c'est moi qui ai prévenu, dit Jordan. Allez, merci, les gars. Je n'oublierai jamais ce que vous avez fait pour moi cette nuit. Maintenant, filez avant de vous faire prendre. »

Tandis que Jordan disparaissait derrière une hauteur, une immense clameur se leva à cent mètres de nous et cinq cents étudiants de Furman exécutèrent un mouvement tournant qui coupait toute possibilité de retraite aux cadets de la Citadel. Il dut y avoir un autre signal car tout le campus s'illumina brusquement, pendant que les types de Furman sortaient apparemment par milliers de cachettes stratégiques réparties un peu partout sur le campus, pour encercler irrémédiablement les cadets sidérés et en faiblesse numérique désespérée.

La virilité sauvage de cette foule hurlante dut me fasciner, car je faillis ne pas réussir à regagner ma voiture à temps lorsqu'un contingent de l'équipe de base-ball de Furman s'élança, armé de battes, vers les voitures stationnées. Nous avons sauté au volant et démarré sur les chapeaux de roues sur la route non goudronnée, alors que des balles expédiées par-dessus la clôture arrivaient en salve, cabossant mon capot et brisant la vitre arrière de Mike.

Nous nous retrouvâmes à une station-service ouverte toute la nuit sur l'I-26, pour faire le plein.

« C'était quoi, tout ce merdier ? demandai-je.

— Nous devrions avoir honte d'abandonner ces pauvres cadets, dit Capers.

— Tu as raison, Capers, dis-je. Fais demi-tour et va récupérer les tiens, comme prévu.

— Tu ignores tout de la solidarité, dit Capers. Tu ne t'inscris pas dans une fraternité.

— Fais-moi une démonstration de ta solidarité, monsieur Fraternité, dis-je. Retourne chercher ces cadets.

— Jordan s'est servi de nous », dit Capers.

J'ai acquiescé de la tête en disant : « Jordan est notre ami, nous le soutenons.

— Putain, dit Mike, il fait des trucs auxquels on ne penserait jamais.

— Il est dangereux, dit Capers.

— Jusqu'ici, dit Mike en riant, les cadets de la Citadel sont les seuls à en faire les frais. »

Et il s'avéra de fait fort dangereux pour les vaillants cadets prêts à tout qui firent le voyage jusqu'à Furman, cette nuit-là. Des seize cadets qui s'introduisirent subrepticement sur le campus de Furman, pas un ne ressortit sur ses pieds. L'un d'eux fut attrapé au lasso sur un chêne, précipité au sol et piétiné par une foule d'étudiants de Furman qui le laissa pour mort. Pinner Worrell eut la mâchoire fracturée et trois côtes brisées alors qu'il tentait d'asperger de peinture la ligne d'attaquants qui étaient tombés sur lui. Il comptait parmi les trois mâchoires cassées répertoriées aux urgences de l'hôpital de Greenville. Sept cadets y arrivèrent inconscients, dont Jordan Elliott.

Jordan fut aussi le seul cadet à atteindre un bâtiment de l'université de Furman pour le profaner avec les mots « La Citadel ». Il était en train de bomber cette inscription lorsqu'il fut repéré par une patrouille venue reluquer les filles, qui donna l'alarme. Jordan se trouva vite engagé dans une course à pied qu'il était destiné à perdre. Il courut vers le lac tranquille qu'il avait repéré sur la carte de Worrell, pendant la préparation de l'expédition. Se sentant presque rattrapé par ses poursuivants, il plongea dans les eaux froides de novembre et se mit à crawler aussi vite qu'il pouvait, en direction de l'autre rive. Derrière lui, il entendit cinq ou six types de Furman entrer dans l'eau et couiner de déplaisir à la morsure du froid. Parce qu'il nageait comme une otarie, Jordan nourrit l'espoir fugace de réussir à semer ses poursuivants.

Puis il entendit quatre canoës mis simultanément à l'eau et, en se retournant, il compta dans chacun quatre rameurs musclés s'activant à l'unisson dans sa direction. Jordan décida de leur faire face, hilare. Lorsque le premier canoë arriva sur lui, il plongea sous l'eau et réussit à le faire chavirer, mais une rame le frappa derrière la tête, et il se mit à saigner. Avant de couler dans l'eau noire, il vit l'ombre de rames arrivant de partout, lentement, encore et encore et encore.

La commotion cérébrale subie par Jordan fut sévère, et il fut le dernier cadet à quitter l'hôpital de Greenville pour être reconduit, sous bonne garde, jusqu'à la Citadel. Comme les autres avant lui, il fut exclu de l'école pour conduite indigne d'un cadet, et pendant qu'on l'escortait à sa chambre pour rassembler ses affaires, les cadets des baraquements Padgett-Thomas, rassemblés sur son passage, saluèrent son départ par une ovation si imposante et si prolongée, que même la fureur du général Elliott se trouva tempérée par l'hommage triomphal rendu à son fils.

Jordan passa le reste du semestre chez ses parents

à Camp Lejeune. En janvier, il s'inscrivit à l'université de Caroline du Sud où j'avais peint les mots « Allez Furman » sur le pas de la porte menant à notre pavillon.

## 33

Le premier jour de juin, Lucy téléphona pour demander si je pouvais venir la voir, seul. Le ton de sa voix m'alarma et j'eus la soudaine prémonition d'une mauvaise nouvelle. A mon arrivée, elle me dit que la nuit précédente elle s'était éveillée dans le noir et avait ressenti un léger changement, presque imperceptible, à l'intérieur de son cœur, comme si l'on tournait les petits cylindres de la combinaison d'une serrure. Elle avait toujours été capable de déchiffrer les signaux envoyés par son corps et avait connu chacune de ses grossesses bien avant le diagnostic du docteur, qui confirmait son intuition. La nuit précédente, alors qu'elle baignait dans sa propre sueur, étendue sur son lit, elle avait reconnu le retour des cellules qui devaient la tuer. La leucémie était repartie, dit-elle, et cette fois, elle ne lâcherait pas prise.

J'avais déjà vu ma mère pleurer, mais jamais encore sur sa propre condition de mortelle. Elle avait fait tout ce que le médecin lui avait demandé, et pourtant sa sentence de mort avait été prononcée. Je ne pense pas qu'elle versait des larmes sur son triste sort, encore que ce fût ma première idée pendant que je jouais les témoins ébahis auprès d'elle. En la regardant pleurer, je compris progressivement. On pleure la perte d'un monde trop beau, de tous les rôles que l'on ne pourra plus jamais tenir. L'obscurité prend une signification différente. Le corps a entamé sa préparation au terme ultime, à la paix et à la générosité du silence. J'observais ma mère essayant d'imaginer un monde sans Lucy Pitts. C'était d'abord inconcevable, mais les larmes préparaient le chemin. L'idée se mit à la tenter au cœur de sa vie. En pleurant devant moi, Lucy faisait le premier pas vers une belle mort.

Un fils meilleur que moi eût pris sa mère dans ses bras, il l'eût réconfortée. Mais mon corps était timide pour ce qui était de l'intimité banale des contacts charnels. Je tendis la main vers son épaule, pour la retirer aussitôt lorsqu'elle fut sur le point de toucher son corps. Le chagrin de ma mère semblait la rendre dangereuse, électrique. Mais derrière la peine, un code ancien disait déjà la résignation. Ma main se tendit de nouveau, mais elle n'arriva pas jusqu'à ma mère, tant la distance qui nous séparait s'était brusquement agrandie. Dans la chaleur de cette matinée, je sentis mon cœur se couvrir d'un film de glace. Muet, je cherchai les mots qui eussent apporté la paix à ma mère. Conscient que je devais la serrer dans mes bras, je restais paralysé sur place, à me poser beaucoup trop de questions. C'est ainsi que je laissai passer à jamais ce moment précieux et vital. J'étais incapable de penser à un contact physique sans faire surgir les images de strangulation, de souffle court qui enfonce dans le royaume de la terreur. Quand les autres hommes trouvaient le réconfort entre les bras des femmes de leur vie, moi j'avais des visions de python, de soudain et preste étouffement.

Tandis qu'assis sur la terrasse, nous écoutions les vagues successives de la marée montante, Lucy me répéta qu'elle était en train de vivre les ultimes mois de sa vie. Il était temps, disait-elle, de mettre de l'ordre dans ses affaires, de dire les vérités qui devaient être dites, d'expliquer à ses enfants qu'elle ne les avait pas abandonnés dans les roseaux le jour de leur naissance, bien qu'elle sût que nous étions persuadés du contraire. Nous l'avions jugée injustement et élue, par des scrutins secrets tenus derrière son dos, notre plus tendre bourreau. Pour nous avoir protégés des horreurs de son enfance personnelle,

elle ne nous avait pas préparés à la souffrance plus banale que nous aurions à subir. Elle nous avait menti sur son identité et ses origines parce qu'elle voulait nous offrir un nouveau départ dans une vie qui l'avait maltraitée depuis le début. Elle estimait que l'amour était ce qu'il y avait de plus fort et authentique en elle, mais elle craignait néanmoins de ne pas l'avoir laissé s'exprimer librement, de l'avoir enfermé, serré trop fort près de son cœur. Au moment où elle se sentait mourir, elle tenait à me faire savoir qu'elle avait aimé ses fils si fort que c'en était effrayant. Pour contenir cette peur, Lucy nous avait adorés en secret, elle avait transformé cet amour en une forme extravagante de contre-espionnage, avec ses mots de passe propres et ses codes de silence. Elle avait camouflé l'affection qu'elle nous portait sous des barbelés et des épines, elle avait placé des mines dans tous les jardins de roses qui y menaient. Les bras tendus, ses enfants les avaient traversés mille fois, ces champs de mines, pour tenter de l'atteindre. Si elle avait su que l'amour est une chose que l'on doit gagner, pour laquelle on doit se battre, elle nous aurait fait passer le message.

Il avait fallu que le cancer se mît à grignoter sa vie pour qu'elle se rappelât la petite fille qu'elle avait été. Cette même petite fille avait ajouté la difficulté et la douleur à l'art d'aimer. L'amour avait dû franchir le seuil d'une maison en feu lorsque son père était mort dans un incendie allumé par sa mère. L'amour avait encore dû enjamber le cadavre de sa mère inconsolable, qui s'était pendue à une pile du pont de chemin de fer. Que pouvait représenter l'amour, lorsqu'il avait depuis si longtemps les mains tachées de sang ? Je sentais que ma mère voulait m'expliquer tout cela, qu'elle luttait pour trouver les mots justes. Mais ses phrases se dérobaient et je n'entendis bientôt plus que les vagues. Elle respirait fort. L'heure était venue de mettre de l'ordre chez elle et elle allait tenter de réparer les dégâts avant de mourir. C'est la promesse qu'elle me fit ce matin-là en m'annonçant que sa leucémie était revenue, qu'elle avait élu domicile dans son corps de façon permanente, cette fois.

Le Dr Pitts nous rejoignit sur la terrasse et je vis que ma mère lui avait déjà annoncé la nouvelle. Il se dirigea vers elle, rasé de frais, bien habillé, et je sentis son eau de Cologne parfumer l'air lorsqu'il souleva ma mère de son siège et qu'elle s'effondra contre lui. Son mari la tint dans ses bras, et j'appris ce que pouvait signifier la force tranquille des hommes lorsqu'il lui murmura quelque chose à l'oreille que je n'entendis pas. Je vis le réconfort qu'il lui apportait par ce seul geste. Aucun homme de ma famille n'eût été capable d'assurer cette fonction vitale dans sa simplicité. Ma mère avait le visage enfoui contre sa poitrine et je détournai les yeux, conscient de déranger un instant d'intimité douce-amère.

« Je crois que nous devrions annuler la réception en l'honneur de Lucy, dit le Dr Pitts. Vous pouvez prévenir vos frères, Jack.

— Non, dit ma mère en s'écartant de lui. Cette réception, c'est ma réception. Et elle aura lieu.

— Ils voulaient fêter ta rémission, dit le Dr Pitts.

— Personne n'a besoin de savoir qu'elle est terminée, dit-elle. Ma rechute sera un secret entre nous. Il n'existe pas de loi stipulant que tu dois informer tes frères de tout, n'est-ce pas, Jack ?

— Aucune, dis-je.

— Je vais m'acheter là plus jolie robe d'Atlanta », dit-elle en posant un baiser sur la joue du Dr Pitts. Avant de me glacer le sang en ajoutant : « Et je serai enterrée avec. »

C'est ainsi que nous nous lançâmes, mes frères et moi, dans l'organisation d'une réception prévue pour la fête du Travail, le premier lundi de septembre, en annonçant partout qu'il s'agissait de célébrer la première année de rémission de Lucy. Tandis que nous nous répartissions les tâches, je me sentis curieusement soulagé par le fait qu'aucun de mes frères ne savait que les globules blancs avaient repris le chemin de la guerre. Nous avions tous été affolés par le sang qui coulait dans ses veines, traître et porteur de danger, et pour connaître la réalité de la mortalité, et l'accepter tant intellectuellement qu'au niveau le plus primitif, jamais nous n'avions envisagé que notre mère pouvait mourir, qu'elle risquait un jour de nous quitter. Parce qu'elle était toute jeune à notre naissance, elle était plus une sorte de grande sœur, ou de confidente, qu'une mère. Sa complexité nous surprenait tous encore, en vieillissant, et aucun de nous n'eût été capable de la résumer en trois phrases rapides et superficielles. Si chacun de nous néanmoins avait dû se livrer à ce jeu, il en serait assurément sorti cinq descriptions de cinq femmes différentes, issues de latitudes, voire de systèmes solaires variés. Lucy était fière d'être mystérieuse, insituable, couleur de nuit. Elle avait pleuré lorsque nous lui avions annoncé la fête que nous voulions organiser pour elle. Alors que mes frères interprétaient ses larmes comme une manifestation de gratitude, je savais qu'elle pleurait devant le refus farouche de ses fils de reconnaître qu'elle était à l'article de la mort. Mike avait offert d'accueillir la réception chez lui, et de fournir l'alcool. Dallas, Dupree, Tee et moi devions passer la semaine précédente à nous occuper du ravitaillement. Nous voulions une journée grandiose et mémorable pour célébrer le triomphe de Lucy dans un combat inégal.

Lorsque le Dr Peyton appela de l'hôpital avec les résultats de ses dernières analyses de sang, il confirma que la rémission était terminée. Il lui demanda de venir dès le lendemain pour entreprendre une nouvelle chimiothérapie.

« Pas question, mon cher docteur, dit-elle. Je sais ce qu'est une chimio, maintenant. Les effets sont bien plus dévastateurs sur moi que ceux de la leucémie. Mes gars organisent une fête en mon honneur, et je ne la raterai pour rien au monde.

— Comme vous voulez. Mais pendant que vous mangerez des crevettes frites, les cellules malignes vont s'en donner à cœur joie.

— J'ai lu ce que les livres de médecine de mon mari disent de ma leucémie. Selon eux, il s'agit d'un type de leucémie particulièrement tenace, et je n'ai pas la moindre chance de m'en tirer, avec ou sans chimio.

— Il y a toujours une chance, Lucy, dit le jeune médecin.

— Cette chance-là, je l'aurai encore après la réception, dit Lucy. Mes fils ont passé l'été à tout organiser.

— Pourquoi cette fête a-t-elle tant d'importance pour vous ?

— Parce que ce sera la dernière à laquelle j'assisterai sur cette Terre, dit-elle. Et j'ai bien l'intention d'en profiter à fond. D'ailleurs je vous invite ; mes fils savent recevoir. »

C'est Tee qui avait lancé un jour l'idée d'organiser une grande fête inoubliable en l'honneur de Lucy. Après avoir mobilisé son attention sur ce projet dans l'abstrait, il nous rendit fous lorsqu'il fallut s'occuper des détails qui permettraient de passer à la réalité.

« Je suis l'auteur du projet, nous dit Tee. A vous les gars de vous occuper des petites cuillers et des lampions.

— Combien de personnes comptes-tu inviter, monsieur l'auteur du projet ? demanda Dallas.

— Pas de limites », dit Tee.

Nous annonçâmes donc à Lucy qu'elle pouvait inviter autant de monde qu'elle voulait, et elle nous prit au mot. Elle eut des faiblesses même pour ses ennemis et ses yeux se brouillaient lorsqu'elle nous racontait pourquoi elle n'adressait plus la parole à certaines femmes de la ville. Elle plaignait les gens qui n'avaient pas eu l'occasion de la connaître depuis qu'elle avait enfin trouvé le courage d'expulser le juge de sa vie. Elle était plus dure du temps où elle passait toutes ses heures de veille à réparer les dégâts provoqués par ses bringues et ses soûlographies. Il était injuste que sa vie s'achevât juste au moment où elle avait enfin réussi à la mettre dans les rails. Elle fut ravie de notre détermination à lui organiser une grande fête, émue par le nombre de personnes qui avaient appelé pour confirmer leur venue.

Pendant la dernière semaine d'août, mes frères et moi nous sommes levés de bonne heure pour aller pêcher de quoi régaler nos invités. Tee et Dupree sortaient en bateau sur le lac Moultrie attraper les perches qui devenaient énormes dans les profondeurs glaciales de ce lac créé par l'homme près de Columbia. Silas McCall et Max Rusoff achetèrent un permis et passèrent la semaine à pêcher la crevette alors que les deux avaient quatre-vingts ans passés. Ils étêtaient les crevettes eux-mêmes avant de les mettre dans la glace à l'eau de mer, dans des bidons d'un litre. L'opération de ravitaillement pour la fête se faisait solennellement et dans les règles. Seuls le Dr Pitts et moi étions assombris par l'horrible certitude que nous avions de voir bientôt le cancer dévorer la vitalité et l'éclat du fameux teint rose de Lucy. Nous savions qu'elle se desséchait de l'intérieur.

La veille de la fête, le soir, sur l'île d'Orion, Lucy nous emmena sur le lieu choisi pour installer les nids, devant sa maison. Là, entre des piquets rectangulaires, reliés par du fil de fer, ses volontaires et elle avaient réenterré les œufs des mères tortues qui avaient commencé à pondre dans le sable inerte et tiède, le 15 mai précédent. L'érosion avait été sauvage, avec de violentes tempêtes qui emportaient le sable. Quatre nids avaient déjà été balayés lorsque Lucy informa la Protection de l'Environnement de Caroline du Sud qu'elle passerait outre à leurs directives stipulant que les nids devaient rester où les tortues les avaient creusés. Le spectacle des œufs baignant dans l'eau de mer et cassés par les crabes et les oiseaux écœura Lucy. Chaque jaune qu'elle trouvait en train de sécher sur un morceau de coquille constituait pour elle un pas de plus vers l'extinction. Il y avait eu trente-sept nids cet été-là, et ses collaborateurs et elle avaient déménagé deux mille soixante-dix œufs dans la crèche qu'elle pouvait surveiller depuis sa véranda.

La période d'incubation dans le sable chaud était de deux mois, et même au moment de l'éclosion des œufs, Lucy ne jugea pas opportun d'observer la lettre de la loi. Selon le règlement de la direction de l'Environnement, si une personne avait reçu la permission de déplacer un nid (ce qui n'était pas le cas de Lucy), cet individu ne pouvait toucher les œufs une fois qu'ils avaient été réenterrés. L'Environnement pensait avec Darwin que les lois de la sélection naturelle primaient, et qu'il convenait de les laisser opérer lorsque les tortues quittaient le nid et se lançaient dans leur course jusqu'à la mer.

Mais au fil des années, Lucy avait observé trop de pertes, à son avis inutiles et dommageables, dans les rangs des bébés tortues. Un jour, elle avait trouvé dix bébés tortues empilés comme des conserves dans un repaire de crabes, la plupart vivants et impuissants, attendant d'être décapités par le crabe qui ferait son souper de leur tête. Elle avait regardé les ratons laveurs circuler entre les tortues, se battre contre les mouettes qui fondaient depuis le ciel sur les bébés pour leur arracher la tête avant de rejeter la carapace entre les brise-lames. Lucy avait également observé la course des tortues jusqu'à l'eau qu'elles n'atteignaient que pour se faire attraper par les crabes bleus trop agiles qui les attendaient sous la vague, ou dévorer par des petits requins ou marlins aux aguets dans les eaux plus profondes.

Malgré son impuissance face aux ennemis que les tortues rencontreraient dans l'océan, Lucy imagina un plan qui leur donnait au moins une chance à toutes d'atteindre la mer. Chaque fois qu'elle déplaça un œuf au cours de cet été, elle enfreignit une loi de Caroline du Sud. Mais presque tous les bébés tortues qui bénéficièrent de sa protection connurent le goût de l'eau de mer avant d'entamer leur long voyage vers la mer des Sargasses.

Au coucher du soleil, la veille de la fête donnée en son honneur, ma mère sortit de sa maison en tenant Leah par la main, suivie de mes frères et moi qui marchions derrière elle en file indienne. Elle avait pris un seau et une grande coquille de palourde pour creuser dans le nid dérangé. Betty et Al Sobol, ses principaux adjoints, attendaient déjà en compagnie du rassemblement habituel de touristes avec leurs enfants surexcités. La nouvelle du projet de libération des tortues avait déjà créé le principal attrait touristique de l'île, juste après le golf. Lucy était stricte sur les règles, et elle avait su imposer une discipline aux touristes qui prenaient garde de ne pas franchir les démarcations matérialisées par une clôture mise en place par Lucy.

« Est-ce que le nid est mûr ? demanda Lucy à Betty Sobol.

— Constatez vous-même, répondit Betty. Elles sont prêtes à filer. »

Lucy nous laissa le temps de faire cercle autour d'elle pendant que les touristes s'installaient confortablement à portée d'oreille. Elle prenait son rôle de professeur avec beaucoup de sérieux, et ne plaisantait jamais quand il était question de ses tortues.

Elle officiait avec le même sens du spectacle que lorsqu'elle racontait l'histoire de Sherman et Elizabeth dans le cadre des visites des demeures historiques. Ce qu'elle disait n'aurait pu être reproduit sur une affiche, mais il y avait dans sa voix une sincérité authentique, utile. Avant le développement de l'île d'Orion, il fut un temps où les tortues venaient par centaines creuser leur nid sur cette même côte. Le scénario valait pour de nombreuses espèces animales partout dans le monde, avant que le lent ballet de l'extinction se mît à prendre de la vitesse tandis que l'homme persistait à polluer et à encombrer par ses déchets ce qu'il aimait le plus. Elle montra le nid qui allait être découvert ce soir-là et fit remarquer aux enfants que le sable meuble s'était un peu effondré, ce qui signifiait que les petites tortues avaient brisé leur œuf et commencé de creuser toutes seules pour remonter vers l'air. On intervenait dans ce processus, expliqua Lucy, par désir d'offrir au plus grand nombre possible de tortues une chance de survivre au périlleux voyage qui les attendait. Les enfants gémirent lorsque Lucy leur raconta qu'une seule de ces petites tortues vivrait assez longtemps pour revenir à son tour pondre ses œufs sur ce même bout de côte.

« Beaucoup d'entre nous serons morts quand cette

unique tortue reviendra, dit Lucy. Je voudrais que certains parmi vous, les enfants, promettent de revenir ici chaque été pour faire en sorte que ces tortues continuent de survivre. Promettez-moi. Levez la main. »

Leah fut la première à lever le bras, suivie par chacun des enfants qui formaient un demi-cercle attentif, presque militaire. Lucy hocha la tête devant cette unanimité, puis se laissa tomber sur les genoux pour étudier les contours du nid qu'elle s'apprêtait à découvrir.

« Creuse avec ta main, ce soir, chérie », dit-elle à Leah qui se mit à ôter le sable par poignées entières au point le plus creux du V inversé. A la quatrième poignée, le corps électrique d'une petite tortue gigotait dans sa main.

« Tiens le compte précis, ordonna Lucy. Il y avait cent quatre-vingt-dix-neuf œufs dans ce nid. » Lucy prit la première tortue, l'examina pour voir s'il restait encore du jaune d'œuf collé à l'abdomen, puis la déposa dans le seau.

« Une », dit Leah avant de sortir deux autres tortues qu'elle tendit à sa grand-mère tandis que les enfants gloussaient et se bousculaient.

Lucy examinait chacune des tortues pour vérifier qu'il n'y avait pas, sur la carapace, de traces de jaune d'œuf qui les feraient irrémédiablement couler une fois dans l'océan. Une petite fille blonde de cinq ans échappa à sa mère et demanda à Lucy si elle pouvait en tenir une. Lucy la posa dans la menotte et demanda :

« Comment tu t'appelles, ma jolie ?

— Rachel, répondit l'enfant.

— Mets-la dans le seau. Cette tortue s'appellera Rachel.

— Elle est à moi ? demanda la fillette.

— C'est ta tortue, répondit Lucy. A partir d'aujourd'hui, et pour toujours. »

Leah sortit quatre-vingt-seize tortues prêtes à se lancer dans la course vers la mer le soir même. Vingt-trois étaient encore lestées de jaune qu'il leur faudrait absorber avant d'aller se mesurer à l'Atlantique. Celles-ci, Leah les enterra de nouveau en utilisant le sable qu'elle venait d'enlever. Elle lissa la surface avec sa main avant de recouvrir de fil de fer pour empêcher les ratons laveurs de tenter un raid dans la matinée.

La foule suivit Lucy et Leah jusqu'au bord de l'eau, cinquante mètres plus bas. Avec un vieux morceau de métal, Lucy traça un grand demi-cercle sur le sable et informa les curieux qu'il ne fallait pas aller au-delà. Les touristes se répartirent à l'extérieur du périmètre ainsi délimité et regardèrent attentivement Leah renverser le seau et les quatre-vingt-seize tortues jaillir et mener leur premier combat pour atteindre la mer. La marée montait et tirait fort vers le nord tandis que ces minuscules tortues, animées d'une soudaine vitalité, dont chacune avait la taille d'un dollar en argent et la couleur de chaussures de l'armée mal cirées, s'égaillèrent dans un parfait désordre, enfermées qu'elles étaient désormais dans la responsabilité de leur destin propre. La foule se mit à les encourager, applaudissant leur course maladroite vers l'océan rugissant. Une tortue ouvrait la voie, avec une bonne avance sur le reste du lot. Mais toutes allaient dans la même direction.

« Comment savent-elles se diriger vers l'océan ? demanda une jeune mère.

— Les scientifiques disent que c'est à cause de la lumière, expliqua Lucy.

— Et vous, quel est votre avis ? demanda la jeune femme.

— Ces tortues sont nées en Caroline du Sud, comme mes fils ici présents, dit Lucy en nous souriant. Moi, je crois qu'elles écoutent les vagues. Et qu'elles aiment la musique des vagues, la musique de l'été. »

Lorsque la première tortue heurta la première vague, elle fut retournée d'un coup, mais eut tôt fait de se remettre dans la bonne position, sans se laisser abattre. Elle avait éprouvé l'élément auquel elle était destinée, et lorsque la deuxième vague la toucha, elle nageait. L'instinct pur menait ces minuscules tortues vers la mer en même temps que la topographie et l'odeur de cette côte se gravaient à jamais dans leurs petites cervelles primitives et juste écloses. Une fois que ces tortues avaient accompli leur marche jusqu'à la mer, on pouvait bien les embarquer sur un vaisseau spatial pour la planète Mars, les ramener ensuite en les lâchant sur la plage du Lido à Venise, elles sauraient retrouver leur chemin jusqu'à l'île d'Orion pour venir pondre leurs œufs. Chez elles, l'instinct du retour aux sources était une forme de génie.

Au fur et à mesure que les tortues atteignaient la mer, je lisais le bonheur sur le visage de Lucy. Elle ne se lassait jamais de regarder les petites créatures lutter dans le sable jusqu'à rejoindre les flots. Une fois dans l'eau, elles s'égaillaient comme de jeunes bruants quittant le nid pour leur premier vol. Elle regardait les minuscules têtes reptiliennes émerger à la surface d'une mer entraînée par le vent, prendre une bouffée d'air, puis rejoindre leur grand et périlleux voyage. Sa joie était un bonheur mérité qu'elle savait partager avec des étrangers.

« Leah, dit-elle en cherchant la main de sa petite-fille, chaque fois que je vois cela, j'ai l'impression de découvrir Dieu pour la première fois. »

Une jeune mère aux cheveux roux s'approcha de Lucy pour lui demander : « Ceci est contraire à la loi, n'est-ce pas ? J'ai lu un article récent disant que l'homme devrait laisser la nature suivre son cours.

— Dans ce cas, la nature a décidé que l'espèce des tortues carets devait disparaître, dit Lucy.

— Alors, c'est que c'est la volonté de Dieu, dit la femme.

— Possible. Mais moi, je ne suis pas d'accord du tout, dit Lucy.

— Vous iriez contre la volonté de Dieu ? » dit la femme qui portait au cou une croix en or.

Et Lucy de répondre : « Ce n'est pas la première fois que nous sommes en désaccord, toutes les deux. C'est le troisième soir que vous êtes avec nous pour un lâcher de tortues.

— Non, le quatrième, dit la femme rousse, en regardant vers le haut de la plage, du côté des maisons.

— Restez pour la fête du Travail, dit John Hardin à la femme. Nous faisons une grande fête en l'honneur de ma mère. Tout le monde est invité.

— Je ne serai pas là assez longtemps, dit la femme, tandis que Lucy voyait des gyrophares bleus se refléter dans les pupilles de son interlocutrice. A vrai dire, je dois partir tout de suite.

— Vous n'auriez pas dû appeler les flics, dit Lucy. J'essaie seulement d'aider les tortues à avoir leur chance.

— Vous enfreignez la loi, dit la femme. J'ai un diplôme de biologie. Vous interférez dans le cours de la nature.

— Madame, vous avez appelé les flics contre ma mère, dit John Hardin en coupant la retraite à cette femme.

— Tue-la, John Hardin, dit Tee.

— La ferme, Tee, ordonna Dupree en s'interposant entre John Hardin et la femme rousse. Du calme, maintenant. On peut s'expliquer.

— Ma mère a la leucémie, madame, dit John Hardin dont la colère montait au fur et à mesure que la police approchait. Vous croyez que le fait d'aller en prison l'aidera à lutter contre le cancer ?

— Personne n'est au-dessus des lois, dit la femme.

— Combien d'années de prison je vais prendre, quand j'aurai tué cette bonne femme, Dallas ? interrogea John Hardin, et quelques murmures montaient à présent du côté des touristes alors qu'une femme criait à la police de se dépêcher.

— L'idée de préméditation ne serait pas retenue contre toi, dit Dallas. Tu es devenu fou après que la dame a fait arrêter ta maman qui est en train de mourir du cancer. Je pense que tu en prendrais pour trois ans, avec libération anticipée pour bonne conduite.

— Mes fils sont de grands farceurs, ma belle, dit Lucy pour rassurer la femme terrorisée.

700

— Mais j'ai passé la moitié de ma vie à l'asile de fous de Columbia, dit John Hardin. Un jury aurait sûrement pitié d'un pauvre schizophrène.

— Tais-toi, John Hardin. Arrête de l'exciter, Dallas. On se calme, ma chère. Montez donc jusque chez moi, et servez-vous un verre, dit Lucy en levant un doigt menaçant à notre intention, alors que le shérif arrivait, flanqué de la jeune femme qui travaillait pour la Protection de l'Environnement.

— Tiens, tiens, shérif, dit Lucy. Que faites-vous ici par cette belle nuit, pendant que les chasseurs sont en train de tirer des chevreuils en dehors de la saison et que les braves types pêchent la crevette dans tous les cours d'eau du coin ?

— J'ai une plainte contre vous, Lucy, dit le shérif Littlejohn.

— Moi, j'ai un plein tiroir de plaintes contre vous, Lucy, dit l'employée de la Protection de l'Environnement, Jane. Mais Lucy est persuadée qu'elle sait mieux que la loi.

— Si vous en savez si long, dites-nous un peu pourquoi ces tortues sont une espèce menacée, dit Lucy.

— En tant qu'avocat chargé de ta défense, je te conseille de garder le silence, maman, dit Dallas.

— Maman, est-ce qu'ils vont arrêter la dame aux tortues ? s'inquiéta une petite fille.

— Je fais ce boulot depuis des années. En m'y prenant exactement de la même façon, dit Lucy. Eux n'arrêtent pas de changer les règles me concernant.

— J'ai un mandat d'arrêt contre vous, Lucy, dit le shérif Littlejohn.

— Minute, shérif, maman est malade. Elle ne passera pas la nuit en prison, dis-je.

— On était à l'école ensemble, Littlejohn, dit Dupree. Tu as été viré à cause de l'anglais.

— J'avais un D, dit Littlejohn.

— Qui a un fer ? demanda John Hardin à la foule. Je vais réduire cette rouquine en bouillie de chat.

— Vous l'avez entendu, shérif ? dit la femme rousse. Il m'a menacée devant un représentant de la loi.

— Il raconte plus d'âneries qu'un poste de télé, dit le shérif. Ne faites pas attention.

— Quelle loi a été violée, shérif? demanda Dallas.

— Personne n'a le droit de toucher un nid de tortue », dit le shérif.

Et Jane, de la Protection de l'Environnement, d'ajouter : « Elle les aide à atteindre l'océan. C'est contraire à la loi.

— Ma mère n'a pas touché un seul nid ce soir, dis-je. Tous ces gens pourront en témoigner. Ma fille et moi avons découvert ce nid. Ce n'est pas la vérité? »

La foule acquiesça.

« Dans ces conditions, je me ferai un plaisir de vous arrêter, Jack.

— Mais c'est elle qui dirigeait les opérations, insista la femme rousse. Tout s'est fait sous son commandement.

— Passez-moi les menottes, Littlejohn, dit Lucy en jouant le public. Je ferai la une de tous les journaux de l'Etat. »

Une voix masculine se leva derrière le shérif. « Laissez ma femme tranquille, Littlejohn. » Elle appartenait au Dr Jim Pitts qui était descendu voir l'origine de ce tapage. « Les gens faisaient des crêpes et des gaufres avec ces œufs de tortue lorsque nous sommes arrivés sur cette île. Lucy a changé tout cela.

— Rentrez chez vous, braves gens, ordonna le shérif à la foule qui refusa de se disperser et resta groupée, fâchée, en attendant de voir l'issue du conflit en cours.

— Elle leur sacrifie tout, à ces foutues tortues, dit le Dr Pitts. Tout.

— Nous ne prétendons pas qu'elle n'a pas fait du bon travail, autrefois... dit Jane.

— C'est moi qui ai déterré toutes les tortues, shérif, dit Leah. Je les ai mises dans le seau et je les ai portées en bas, près de la mer. Ma grand-mère n'a rien fait du tout.

— C'est exact, dirent les gens dans la foule.

— Si quelqu'un ose te toucher, maman, je le tue de mes mains, dit John Hardin qui vint se placer entre le shérif et sa mère.

— Le mandat d'arrêt est à votre nom, Lucy, dit le shérif Littlejohn.

— Alors je vous suis en prison, dit Lucy. Dallas, tu m'accompagnes et tu me fais libérer sous caution.

— Tu fais confiance à un avocat, dans ce pays ? dit John Hardin. Après le Watergate, je ne compterais même pas sur un de ces salopards pour relever un numéro de téléphone dans les toilettes.

— La ferme, John Hardin, dit Dupree. Tu parles comme lorsque tu as besoin d'une piqûre.

— Quelqu'un ne fait qu'exprimer une opinion, et toi, Dupree, tu veux le mettre à la Thorazine. »

Le shérif Littlejohn mit fin à la discussion en passant les menottes à Lucy d'un seul geste rapide, qui prit tout le monde par surprise. Lucy fit deux pas en direction de la voiture de police, avec le shérif qui lui tenait fermement le bras. Puis elle interrompit sa propre arrestation par un évanouissement qui la fit tomber en avant, la tête dans le sable. Le Dr Pitts se précipita et lui souleva la tête pendant que John Hardin plaquait la femme rousse à terre et se battait avec elle dans le sable. Mes frères réussirent à maîtriser John Hardin, mais ce dernier flanqua un coup de poing sur le visage de Tee et expédia un violent coup de pied dans l'entrejambe de Dallas, et la foule se mit à faire un tel remue-ménage qu'un riverain installé sur sa terrasse rentra chez lui alerter la sécurité de l'île d'Orion. Lorsque le shérif tira un coup de feu en l'air pour ramener le calme, le Dr Pitts cria très fort et demanda à tout le monde de reculer pour laisser Lucy respirer. Le shérif Littlejohn poussa un soupir avant de se pencher pour ôter les menottes qui entravaient les deux poignets de Lucy. Elle avait l'air fragile, Lucy, comme un coquillage abandonné sur la plage et malmené par la tempête. Des larmes coulaient sur le visage du Dr Pitts, mais il s'agissait de larmes de rage, pas de chagrin. Bien qu'il tentât de parler, la colère brouillait sa voix, et il ne put que bredouiller sur le corps de sa femme. Cet étranger qui a épousé ma mère, songeai-je une fois de plus, il l'aime beaucoup plus profondément que nous ne semblons le croire.

« On viole, on assassine, on pille, on se drogue, on dégrade dans tout le comté de Waterford, hurla Tee, et le super shérif des basses terres vient courageusement arrêter notre mère, une militante écologiste atteinte de leucémie. Beau boulot, Littlejohn, roi des cons du vingtième siècle. »

La foule commença à se disperser, comme une fumée se dissipant à la dernière lueur du jour, pendant qu'une lune pointait le haut de son crâne à l'horizon est de l'océan. Je m'agenouillai pour soulever ma mère dans mes bras et la ramener à la maison. Cherchant toujours ses mots, le Dr Pitts m'emboîta le pas et Dallas hissa Leah sur ses épaules avant de nous suivre.

A l'intérieur de la maison, le Dr Pitts explosa, après que j'eus conduit Lucy dans sa chambre où elle retrouva juste assez de force pour avaler une gorgée d'eau et se mettre en chemise de nuit avant de s'endormir.

« J'ai quelque chose à vous dire, les garçons, commença le Dr Pitts en se versant un plein verre de whisky. Je sais que vous aimez votre mère et je sais aussi qu'elle vous aime. Mais vous allez précipiter sa fin si vous ne vous contrôlez pas un peu. Il faut que vous appreniez tous à ne pas pomper tout l'air de la pièce où vous vous trouvez. Vous devez accepter de figurer dans une scène sans l'occuper complètement. Vous n'avez pas besoin d'être le type le plus drôle, le plus déchaîné, le plus fou, le plus bizarre ou le plus bruyant de la planète pour attirer l'attention de Lucy. Elle vous adore tous. Mais il y a trop d'agitation autour d'elle. Je vous demande de cesser de transformer le moindre événement en affaire d'Etat. Tout prend des proportions démesurées dès que vous êtes présents. Apprenez à vous détendre. A prendre le temps de la réflexion. A examiner les choses avec calme, sans précipitation. Pourquoi est-ce trop demander à des McCall? Pourquoi faut-il que chaque jour ressemble à un reportage amateur sur l'Apocalypse? Votre mère a besoin de repos. De tranquillité. Et demain, vous donnez une fête à laquelle toute la ville est invitée. Tout le monde. Je n'ai pas rencontré une seule personne qui ne soit pas invitée à la fête pour Lucy. Noirs, blancs, ils ont tous répondu qu'ils viendraient, et même Lucy ne connaît pas la moitié d'entre eux. Avec vous, on passe de l'événement au grand spectacle, puis à l'extravagance. Vous attirez le bruit et le désordre. Vous adorez tout ce qui est mauvais pour Lucy. Vous la tuez. Vous êtes en train de tuer ce que vous ne supportez pas de perdre...

— Je suis d'accord avec le Dr Pitts, dit John Hardin. Vous êtes une bande de nuls qui ne devraient pas avoir le droit d'approcher de maman.

— Pourquoi tu n'écris pas au courrier du cœur pour les braques, John Hardin? dit Dupree.

— C'est toi qui as le plus mal réussi de tous les frères, et de loin, répliqua John Hardin. Le seul boulot que tu aies été fichu de trouver consiste à boucler les fous.

— Ce qui n'est pas un mal, dit Dupree. Ça me permet de passer tout mon temps en compagnie de gars merveilleux dans ton genre.

— Faut vraiment être minable et en dessous de tout pour se moquer des handicapés mentaux, dit John Hardin à Dupree.

— Vous faites peur à Leah, tous les deux, signala calmement Dallas. Jack l'a élevée dans l'idée que la vie était pleine d'ours en peluche, de pizzas gratis, de photos de la petite souris. Elle a été vaccinée contre l'horreur d'être une McCall.

— Ecoutez-vous, ça recommence, dit le Dr Pitts. Chacun de vous verse un peu plus d'huile sur le feu. Vous pouvez la fermer? Vous pouvez la fermer, maintenant, que ma malheureuse épouse puisse dormir?

— Devons-nous annuler la fête? demanda Tee au Dr Pitts.

— Votre mère ne m'adresserait plus jamais la parole si j'annulais la fête en son honneur, dit le Dr Pitts qui se leva pour monter se coucher. Aidez-moi à ce que tout se passe en douceur. S'il vous plaît. Je vous en supplie, les garçons.

— Hé, toubib, dit Dupree très sérieusement. Merci d'aimer notre mère. C'est gentil à vous, et nous apprécions.

— Elle a eu une vie difficile, dis-je, et peu d'occasions de s'amuser. Mais maman a dit que vous étiez la meilleure chose qui lui soit jamais arrivée. »

Lorsque Lucy se leva, le lendemain, vibrante et fraîche, elle utilisa l'expression « La Dernière Cène » pour désigner avec une charmante ironie la fête que nous avions organisée pour elle. Elle mit une jolie robe, achetée au très chic Saks Fifth Avenue d'Atlanta, et une capeline faite par une modiste de la Via del Corso, à Rome. Elle rayonnait de toute la grâce naturelle qu'elle avait apportée avec elle des montagnes de Caroline du Nord, en regardant le Dr Pitts lui préparer à déjeuner et s'agiter autour d'elle. Sa gentillesse la comblait manifestement, en dépit de son côté appliqué et désuet. Il avait une espèce de moue permanente, comme s'il venait de s'éclaircir la voix, et son visage ressemblait à celui de la vieille fille du paquet de cartes cornées avec lesquelles nous jouions, à l'époque où nous restions à la maison avec la fièvre, un jour d'école. J'avais l'impression que leur amour était fondé sur un commun besoin d'ordre et de savoir-vivre. Ils avaient tous les deux subi une vie marquée par le chaos et la mésentente, au cours de leurs premiers mariages respectifs, et chacun offrait maintenant à l'autre un havre de paix méritée.

Waterford avait fini, au terme de quarante ans, par s'habituer aux façons de Lucy. La ville connaissait la Lucy respectueuse et douce autant que la harpie revêche. Cinq cents citoyens de la ville assistèrent à sa « Dernière Cène », dont deux cents n'avaient pas été formellement invités. Lucy n'avait jamais été esclave du protocole et chacun savait à Waterford que sa porte était toujours ouverte. Et elle souriait toujours en public. Ils étaient tous venus dire adieu à son célèbre sourire.

Mike Hess avait proposé de s'adresser à un traiteur qui s'occuperait de tout, mais nous avions tenu à prendre en charge personnellement la nourriture. Comme tous mes amis proches, Mike était tombé amoureux de ma mère bien avant de céder aux charmes des filles de son âge. Lorsqu'il avait donné son premier entretien au magazine « Premiere », il avait raconté au journaliste qu'il avait pris conscience du fait que les petites villes abritaient de vraies déesses le jour où, invité au cinquième anniversaire de son meilleur ami, il avait vu pour la première fois Lucy McCall. Mike passait beaucoup de temps chez moi, mais c'était autant pour le badinage innocent que Lucy pratiquait avec les jeunes garçons que pour moi, et je l'avais toujours su. Lucy faisait partie de ces mères au charisme puissant, qui prenait le temps d'écouter et de conseiller les amis de ses enfants, et qui de ce fait nous influença tous, pour le meilleur et pour le pire, nous qui avions eu la chance de la fréquenter.

Les Red Clay Ramblers s'installèrent au bord du fleuve et jouèrent leur jolie musique pendant des heures entières. Le sénateur Ernest Hollings tenait conférence d'un côté de la vaste pelouse qui allait de derrière la maison jusqu'à l'eau, et son adversaire républicain, Strom Thurmond, baisait la main de toutes les dames qu'il croisait pendant que l'air se chargeait des effluves d'un festin mauvais pour les artères, mais excellent pour le moral. Dupree surveillait un ragoût Frogmore en train de mijoter près des tables de pique-nique, et je sentais l'odeur des saucisses de porc se mêler à celle du maïs frais et des crevettes, jetant dans l'atmosphère une note rustique de ferme, de champ et de fleuve côtier. En face de moi se tenait Dallas, en chemise et jeans, qui répartissait des huîtres sur des plaques métalliques posées sur des parpaings et chauffées par un grand feu de bois. Il disposait les huîtres avec une précision exemplaire, surveillant leur temps d'exposition à la chaleur, jusqu'au moment où elles s'ouvraient toutes seules pour libérer un jet de vapeur parfumée et répandre leur jus sur la plaque brûlante. Dallas posait alors les huîtres ouvertes sur les tables de pique-nique protégées par du papier journal, où les mollusques, à présent lavés, exhalaient un peu du musc argenté et légèrement métallique d'une étendue de spartina après la pluie. Tee et les belles-sœurs servaient des plats entiers de barbecue où la sauce à base de moutarde donnait aux morceaux de porc le brillant d'une peinture à la feuille d'or. Trois bars de plein air assuraient le moral des troupes et des glacières pleines de boîtes de bière étaient disposées un peu partout, à disposition. Les femmes s'étaient habillées pour venir, car elles savaient d'expérience que Lucy ignorait le sens du mot « décontracté » et serait sur son trente et un, même si elles avaient par ailleurs multiplié les efforts pour lui arracher le secret des consignes vestimentaires pour la fête.

Mike avait pris place à côté de Lucy et du Dr Pitts sous la véranda, pour constituer une sorte de comité d'accueil informel, qui serrait les mains à l'ombre de huit colonnes ioniques, tandis qu'après avoir salué l'invitée d'honneur, les gens traversaient la maison pour redescendre par l'autre escalier, en suivant la musique et les bonnes odeurs de cuisine. J'avais confié à Leah la tâche de filmer au caméscope tout l'événement, pour la postérité.

« Tu es producteur, réalisateur, ingénieur du son, chef électricien, tout à la fois. Fais comme Fellini. Rends-nous célèbres », avais-je dit à Leah.

Pendant le reste de l'après-midi, Leah circula, dans sa robe blanche, au milieu de la foule immense et bon enfant. Elle faisait désormais partie de Waterford et chaque fois qu'elle fixait l'objectif de la caméra sur un groupe de personnes inconnues, quelqu'un remarquait sa présence, reculait d'un pas, et la présentait à tout le monde. J'entendis plusieurs fois un homme ou une femme qu'elle n'avait jamais vus dire : « Mon Dieu, enfant, mais tu es le portrait craché de ta jolie maman ! Shyla prenait des cours de danse avec ma petite-fille, Bailey, et à elles deux, elles faisaient une fameuse équipe. Elle avait la grâce d'un lis, sur scène. Je le sais, enfant. J'y étais. »

Leah semblait soulagée par la présence de la caméra entre elle et le continent perdu de la mémoire que ces gens prétendaient retrouver avec une clarté aveuglante lorsqu'ils contemplaient ses traits. Chaque fois que j'entendais le nom de Shyla, je ressentais le poids de la solitude glaciale créée par l'absence de mère s'alourdir sur Leah. Et je me réjouissais qu'elle eût la protection de la caméra, excuse à l'invisibilité. Les caméras sont la bouée de sauvetage des gens très timides qui n'ont nulle part ailleurs où se cacher. Derrière les lentilles, ils peuvent dissimuler le fait qu'ils n'ont rien à dire à des étrangers.

Tandis que je surveillais huit marmites d'eau salée d'où sortaient des pâtes cuites *al dente*, j'avais l'impression de voir défiler le film de toute ma vie. Mrs. Lipsitz, chez qui avaient été achetées toutes les chaussures de mon enfance, commanda des spaghettis tout en bavardant avec Mr. Edwards qui m'avait vendu mon premier costume. Il était venu avec le coach Small, qui m'avait appris à lancer une balle courbe, et le coach Singleton, qui m'avait initié à l'art du blocking sur un terrain de football. Il se trouvait à côté de Miss Economy, qui m'avait jadis fait chanter le solo de « God Rest Ye Merry Gentlemen » le soir du jour de l'an, alors que la tempête de neige s'abattait sur Colleton et tuait un chêne qui poussait déjà au bord du fleuve lorsque Christophe Colomb découvrit l'Amérique. Plus de cinquante Noirs se mêlaient à cette foule, et je me répétai que j'avais eu bien de la chance d'avoir été élevé par des parents sudistes qui non seulement n'étaient pas racistes, mais œuvrèrent avec un zèle inhabituel pour nous protéger de la contagion de ce virulent virus sudiste. Nos parents incarnaient une valeur bien dangereuse à une époque où les Blancs du Sud se serraient les coudes pour manifester leur attachement à des idées à la fois indéfendables et anti-américaines.

En 1956, alors que j'avais juste huit ans, mon père, Johnson Hagood McCall, était un juriste brillant, encore qu'irascible. A l'époque, au tout début de son penchant pour la boisson, les avocats redoutaient sa présidence parce qu'il ne tolérait ni le manque de préparation ni qu'on lui fît perdre son temps. La violence de ses réprimandes verbales était célèbre et pétrifiante. Ses audiences se déroulaient dans le calme et ses jugements étaient équitables. Bien que le juge Johnson Hagood ne fût ni un bon père ni un mari admirable, l'exercice de la loi lui conférait une certaine noblesse et révélait des traits de caractère qui le surprenaient lui-même. Mais la période était mal choisie dans l'histoire de la Caroline du Sud pour marier la bravoure et le marteau du juge.

Il était juge itinérant auprès du quatorzième district judiciaire, ce qui l'éloignait de Waterford pendant de longues périodes de temps. L'affaire qui eut une fin pénible pour lui était simple, mais sensible dans le comté rural où elle arriva devant un tribunal. Un professeur du nom de Tony Calabrese, qui enseignait l'anglais dans un lycée, avait été licencié de son emploi pour avoir plaidé ouvertement dans sa classe en faveur de l'intégration dans les écoles publiques. Mr. Calabrese était un enseignant du service public, dépendant du comté de Reese, et le comté de Reese était connu de toute la Caroline du Sud pour la mentalité arriérée de ses habitants. Mon père parlait du comté de Reese comme de « la capitale mondiale de l'inceste », et tenait les avocats de là-bas en parfait mépris. Tony Calabrese reconnaissait avoir plaidé en faveur de l'intégration scolaire, mais uniquement à titre d'outil pédagogique, et juste pour stimuler un débat d'idées chez des élèves qu'il jugeait amorphes et dépourvus de toute opinion. Le fait que Tony Calabrese, né à Haddonfield, New Jersey, de parents venus de Naples, fût catholique pratiquant et républicain avoué ne jouait pas non plus en sa faveur.

Au fil du procès, il devint manifeste aux yeux de mon père que l'administration du lycée n'avait respecté aucune des procédures réglementaires dans le licenciement de Mr. Calabrese. A la barre des témoins, le professeur fit preuve de fougue et n'exprima aucun regret, offrant à la défense du lycée tous les arguments qu'elle souhaitait. Mr. Calabrese, drapé dans son indignation, déclara que jamais le monde des idées ne se verrait éclipsé dans une de ses classes, et qu'il ne se laisserait brimer par personne pour les idées qu'il entendait défendre. Plus mon père écoutait, plus il pensait que le procès de Tony Calabrese constituait une expérience positive pour toute petite ville, et il applaudissait en silence le professeur vindicatif tandis que l'atmosphère de la salle de tribunal se tendait et se chargeait d'hostilité. Il s'identifia progressivement avec ce plaignant incandescent qui avait traîné devant le tribunal une administration scolaire mal préparée.

Vers la fin de l'audience, mon père demanda à Calabrese : « Comment avez-vous atterri ici, dans le comté de Reese, monsieur ? »

Calabrese leva les yeux en souriant avant de répondre : « La chance des néophytes, Votre Honneur. »

La réponse amusa mon père qui fut bien le seul à sourire dans cette salle maussade. Il jugea en faveur de Calabrese, à qui il fit rétablir son salaire, mais il commit ensuite l'erreur de sermonner tant l'administration du lycée que les citoyens du comté de Reese.

« Vous ne pouvez pas licencier un professeur pour avoir débattu en classe de ce qui fait quotidiennement les gros titres de nos journaux. L'on peut être en désaccord avec la notion d'intégration, mais chacun, s'il est instruit, est capable de voir qu'il s'agit d'un processus inéluctable. Vous pouvez licencier une centaine de Calabrese aujourd'hui, mais l'intégration n'en sera pas moins là demain. Calabrese n'a fait que préparer vos enfants à l'avenir. Son éviction est une réaction de colère, parce que vous tenez avant tout à vous cramponner au passé. J'ai lu et relu la décision dite *Brown versus the Board of Education*, prise le 17 mai 1954. C'est de la mauvaise politique, mais c'est une bonne loi. On ne peut pas licencier quelqu'un sous le prétexte qu'il enseigne un droit constitutionnel. L'intégration arrivera en Caroline du Sud, avec ou sans Calabrese. »

Cette nuit-là, dans le comté de Reese, dix hommes masqués vinrent chercher Tony Calabrese qui se défendit mais fut battu presque à mort, à coups de poing et de manches de pioche. Ils brûlèrent sa voiture, sa maison, et le conduisirent jusqu'à la frontière du New Jersey où ils l'abandonnèrent, ficelé dans un sac à huîtres et avec un œil crevé. Les dix agresseurs de Calabrese ne furent jamais pris, mais leurs voisins les connaissaient parfaitement et étaient convaincus au fond de leur cœur que Calabrese avait reçu une leçon de civisme à la sudiste, bien méritée.

Le lendemain soir, mon père présidait un dîner officiel de fonctionnaires locaux, accompagnés de leurs épouses, qui se réunissaient chez nous pour imaginer un financement politique en faveur d'un jeune politicien du nom d'Ernest F. Hollings, qui envisageait de se présenter au poste de gouverneur. La nouvelle de la disparition de Calabrese avait atteint Waterford et le shérif avait fait savoir qu'il serait peut-être sage de poster un policier devant chez nous, au moins pour la semaine à venir. Dans la mesure où mon père ne se sentait pas menacé dans sa ville natale, il ne fut pas inquiet du tout. En revanche, ma mère s'alarma énormément et, tout en préparant le repas, ce soir-là, elle vérifia toutes les voies d'accès à la maison et téléphona en secret au shérif pour savoir si l'on avait des nouvelles du professeur enlevé. Elle était enceinte de six mois de mon plus jeune frère, John Hardin, et pensait en savoir beaucoup plus long, intuitivement, que son mari sur la façon de réagir des petits fermiers blancs concernant le problème de l'intégration. Dallas, Dupree, Tee et moi fûmes expédiés au lit de bonne heure et les fermetures des fenêtres soigneusement vérifiées.

Nous l'avions vue tous les quatre briser des pots de confiture vides dans l'évier au cours de l'après-midi, et disposer les morceaux de verre sur la rambarde au-dessus de la véranda. Pendant que ma mère examinait la situation, mon père buvait. Le Jack Daniel's confirma sa bonne conscience et atténua ses inquiétudes quant à la disparition de Calabrese.

Grâce au bourbon, mon père affronta la soirée sans peur et sans reproche. A cause de la violence des ségrégationnistes, ma mère nous coucha tous dans la même chambre, mes frères et moi, et confia à la chienne Chippie le soin de monter la garde devant notre porte.

Lucy avait dressé la table avec beaucoup de soin et regarda les invités langoureux et confiants se diriger lentement vers la salle à manger et les odeurs de volaille rôtie au riz sauvage et aux navets. Elle observa Becky Trask et Julia Randel lorsqu'à la lueur des chandelles elles s'installèrent sur la chaise tirée par leurs époux, avec l'élégance de deux danaïdes se posant sur une pivoine.

Je dormais profondément lorsque j'entendis Chippie bouger sur mon lit et se diriger vers la fenêtre pour scruter l'obscurité. Elle avait le poil hérissé sur la colonne vertébrale et un grondement sourd au fond de la gorge. Lorsque je me levai pour la rejoindre près de la fenêtre, je ne vis rien dans la nuit sans lune. Mais Chippie refusa de se laisser calmer.

« Ce n'est rien, Chippie », répétais-je, mais son poil hérissé disait le contraire et mes paroles ne suffirent pas à faire taire ses grognements.

Tout à coup, une brique brisa la vitre de la fenêtre du rez-de-chaussée, avant d'atterrir sur la table. D'autres briques suivirent, et j'entendis Becky Trask hurler lorsqu'elle fut touchée à l'épaule et que toutes les chaises furent renversées dans la panique qui poussa chacun à ramper pour échapper au mitraillage. Les chandelles à demi consumées roulèrent dans toute la pièce, et mon père se retrouva nez à nez avec le maire de la ville tandis qu'une voix criait dans l'obscurité : « On va te faire la peau, toi qui aimes tant les négros. Tu vas mourir, pourriture de juge. »

Puis une fusillade éclata et j'entendis les femmes hurler pendant que les hommes se criaient de faire quelque chose. J'entendis ensuite un coup de feu tiré juste sous ma fenêtre, et j'eus l'impression que quelqu'un maniait le fusil sur la véranda, à quelques pas de moi.

« Ils vont nous abattre sur place, comme des chiens », cria le maire à l'intention de mon père, et il y eut encore un coup de fusil, tandis que les agresseurs semblaient s'enfuir dans la nuit. Dans le lointain, je reconnus l'appel d'une sirène auquel répondirent les aboiements tranquillement hystériques de Chippie, enfermée à l'étage avec mes frères et moi.

Dans le silence, les invités étaient encore couchés sur le sol quand ils virent une silhouette franchir le pas de la porte, et à la lumière faible et vacillante des chandelles ils regardèrent Lucy ranger son fusil encore fumant à sa place, dans le placard de l'entrée. Ma mère connaissait bien mieux que mon père, avec tous ses diplômes et sa science des arcanes de l'opposition légale, la vraie nature des Blancs du comté de Reese.

Elle avait préparé le repas et chargé son fusil, juste au cas où des importuns viendraient faire du mal à sa famille. Elle tirait en tenant le fusil à hauteur de la hanche, lorsqu'elle ouvrit la porte, et elle aurait tué quiconque se serait trouvé sur la véranda plongée dans le noir.

Cet incident fut la première des nombreuses occasions qui amenèrent la ville de Waterford à réviser son opinion sur ma mère.

Mes frères et moi avons entendu cent fois l'histoire de cette attaque nocturne, au cours de notre enfance. Les trous laissés par les balles dans le plâtre des murs ne furent jamais comblés, ni ceux qui ébréchèrent la cheminée. Ces trous servirent de rappels sacrés, prouvant que notre père avait le courage de ses convictions, et qu'il était important de savoir

défendre des valeurs dans une société qui s'était dés-
honorée en sacrifiant à ses pires instincts. Ces trous
nous rappelaient aussi un père dont nous pouvions
être fiers, même si de ce père nous ne gardions qu'un
souvenir très flou. Les balles tirées pendant l'étonnante intervention de Lucy restèrent enchâssées
dans trois des piliers de la véranda, où elles repré-
sentaient à la fois un enseignement pour nous, ses
enfants, et un avertissement à ceux qui s'approche-
raient de notre maison avec des intentions nuisibles
ou perfides. Ils le faisaient à leurs risques et périls.
Le procès Calabrese sonna l'heure de gloire de mon
père.

Je songeais à ces jours fameux en regardant le
gouverneur Dick Riley prendre la main de Lucy et
l'escorter jusqu'en bas des marches, sous les applaudissements de la foule. Pas mal, maman, pour une
cul-terreuse, me dis-je en voyant Strom Thurmond
lui baiser la main et Ernest Hollings tenter de coiffer
l'évêque Unterkoefler au poteau pour figurer sur les
photos prises par des journaux de villes aussi lointaines que Charlotte. Les Red Clay Ramblers entamèrent la « Tennessee Waltz » et Joey Riley, maire
de Charleston, entraîna Lucy, imité par d'autres
couples. Tee fit poser le caméscope à Leah pour danser avec son oncle « préféré ». Avant la tombée de la
nuit, Leah, qui avait dansé avec la moitié des
hommes de Waterford, avait un peu le tournis à
force d'essayer de situer cette brochette de visages
dans l'histoire de ses parents au sein de cette petite
ville à deux clochers, qu'elle apercevait entre les bras
de ces partenaires qui n'en finissaient pas de changer. Je souris en secret en la voyant tourbillonner sur
la pelouse, entraînée par des hommes gentils qui
avaient grandi près de ce fleuve, et avaient fait un
moment partie de ma vie et de celle de Shyla.

Lorsque les Ramblers se lancèrent dans une série
de tubes de l'été remontant aux jours glorieux des
vacances d'antan à Myrtle Beach, je posai ma toque
de cuisinier entre les plats de pâtes fumantes pour
courir, avec le tablier qui s'emmêlait dans mes

jambes, inviter ma mère à danser. La chanson s'appelait « Green Eyes », par Jimmy Ricks et les Ravens, et ces yeux verts me ramenèrent à la jetée de Folly Beach, pendant l'été 1969, lorsque je m'étais joint à tous mes camarades de lycée pour une virée nocturne sur la Route 17 bordée de cyprès, dans la nouvelle Impala décapotable de Capers, et nous étions huit à boire et chanter à tue-tête avec la radio à pleine puissance, et le parfum des nénuphars qui nous arrivait de l'Edisto.

Je fis tourbillonner ma mère sous le soleil et les acclamations, en regardant Leah filmer notre danse pendant que je chantais les paroles de « Green Eyes » pour ma jolie maman. Je fermai les yeux, et j'entendis le rythme de la chanson, et la main de ma mère devint la main de Shyla, et mes pieds foulèrent l'herbe comme ils avaient foulé le parquet de la maison des Middleton, avec, en dessous de nous, l'Atlantique qui s'avançait au son de la musique, il y avait bien des années de cela. A cette époque, notre amour était une ébauche, une harmonie encore à confirmer, et le rire de Shyla, qui dansait pendant que nos camarades criaient de peur pour nous, était une garantie, une promesse pour l'avenir. Chaque fois qu'elle me regarda, Shyla composa cette nuit-là une chanson d'amour avec ses yeux. Mon sang devenait le lieu que les dieux devaient découvrir avant de pouvoir connaître le feu. Mon amour pour Shyla était différent de celui que j'éprouvais en dansant avec ma mère; pourtant, à l'intérieur de moi, une sensation de similitude brûlait avec une incandescence lumineuse et brute. Il existait pour moi un lien absolument sacré entre la femme qui m'avait donné le jour et celle qui avait porté ma douce Leah, Leah qui tenait la caméra pour filmer cette danse. Est-il plus belle chose au monde qu'un fils dansant avec sa mère, dont toute une petite ville louait la beauté? Je pensais, et je m'efforçai d'aller plus loin dans ma réflexion. J'étais heureux de pouvoir aimer Lucy d'un amour pur et sans tache, parce qu'elle était l'unique détentrice du seul visage de mère que je connaîtrais jamais. Le mot « mère » ne s'appliquait qu'à une seule femme sur terre, et j'étais profondément blessé d'avoir ignoré la conception confuse que cette femme avait de la manière d'aimer un fils. A cause de l'extraordinaire complexité de la personnalité de Lucy, je savais qu'une mère peut revêtir une époustouflante variété de masques... Je sentis qu'on me tapait sur l'épaule. Dallas demanda à interrompre cette danse, puis je vis Tee et Dupree faire la queue pour attendre leur tour. Après avoir dansé avec chacun de nous, Lucy pourrait bien danser avec le reste de la population masculine de la ville, mais en regardant autour de moi, je remarquai que mon père semblait omniprésent dans son rôle imposé mais bienvenu d'éminence grise. Il évoluait dans la foule avec le port et la discipline d'un Monsieur Loyal. A cause de son passé imbibé, ses fils surveillaient de près le moindre de ses mouvements, et échangeaient des signes entre eux lorsqu'il sortait du champ visuel de l'un pour pénétrer dans celui de l'autre. Pour avoir été témoin pendant une vie entière des soûlographies de mon père et de l'incommensurable horreur qu'il pouvait semer sur les existences qu'il piétinait alors par inadvertance, j'avais fini par comprendre pourquoi les autorités militaires fusillaient les sentinelles qui s'endormaient pendant leur garde, en temps de guerre. J'avais vu mon père gâcher une douzaine de fêtes aussi réussies que celle-ci.

Mais il parvenait à se contrôler à la perfection pendant la fête en l'honneur de Lucy, bien que ses fils eussent suggéré, par prudence, d'oublier le nom de leur père dans la liste des invités. Mais Lucy était allée en personne au cabinet lui remettre son invitation en mains propres. Elle me raconta en privé qu'ils avaient bavardé pendant plus d'une heure, et que cette visite avait enchanté le juge à cause de son côté intime qui validait leurs années de vie commune.

« Ta mère est un sacré canon, fiston », me dit mon père.

A quoi je répondis affectueusement : « Soûle-toi, et je te tue.

— Loin de moi l'idée de me soûler pendant une fête donnée en l'honneur de ma propre femme », dit-il avec une enrageante dévotion.

Mais mon père tenait parole et circulait de groupe en groupe avec la dignité d'un maître de cérémonie. Il portait un costume blanc, léger, impeccable. Il évitait soigneusement la zone centrale où Lucy et le Dr Pitts occupaient la place d'honneur, mais il se conduisait avec un charme et une élégance parfaits.

« Quel bel homme ! » entendis-je quelqu'un dire à Ledare, et je remarquai que Leah gardait son grand-père dans le champ de la caméra chaque fois qu'elle le pouvait.

Lorsque les Red Clay Ramblers se lancèrent dans leur interprétation du « Wonderful Night » de Bert Kaempfert, mes frères regardèrent instantanément du côté de l'orchestre, avec la même idée que moi, à savoir que quelqu'un avait graissé la patte des musiciens. Cette chanson était le slow préféré de mes parents, et je retins mon souffle en regardant le juge se diriger vers ma mère.

Il s'inclina profondément devant elle, qui se tenait à côté du Dr Pitts et répondit par une petite révérence. Mon père demanda au docteur l'autorisation de danser avec sa charmante épouse, et le docteur acquiesça d'un geste aimable du bras. Ils tournèrent ensemble sur la pelouse, mon père guidant ma mère dans une interprétation ample et emphatique de ce qui avait été jadis une simple valse. Tous les autres danseurs s'écartèrent, et je n'ai pas osé regarder mes frères pendant que mes parents dansaient. J'aurais été incapable de dire un mot à qui que ce fût pendant les deux minutes de leur exhibition sur cette pelouse impeccable. J'étais très ému de voir le beau couple qu'ils formaient en dansant ; le parfait désastre de leur vie commune ne m'en ébranlait que davantage ; et j'étais presque à genoux en songeant que ces personnes étaient mes parents. Je les suivais des yeux, et je savais que cette danse avait autant de sens pour eux que pour leurs fils.

A la fin du morceau, mon père la ramena au Dr Pitts et les deux hommes s'étreignirent, tandis que Lucy lançait les applaudissements.

Mike et Ledare me rejoignirent, et nous restâmes ensemble, en nous tenant par les épaules, lorsque les Red Clay Ramblers repartirent dans les classiques avec « Sixty Minute Man », pour le plus grand plaisir d'une foule qui manifesta son approbation.

« Ma chanson. Ma chanson », dit Mike qui se mit à swinguer en faisant signe à Ledare de le suivre. Ledare s'exécuta avec la prudence d'un chat évaluant les risques avant de sauter.

« Jolie femme, lui criai-je.

— Tu as raison, répondit-elle. Je suis ravie de te l'entendre dire.

— Qui chantait cet air, cette chanson sacrée qui devrait figurer dans le Talmud ? demanda Mike.

— Je le sais. Laisse-moi une minute, dit Ledare.

— Billy Ward et les Dominoes, dis-je.

— Jack est mon alter ego, dit Mike. Le passé est une chose aussi sacrée pour lui que pour moi. Epouse-moi, Ledare, tu es la seule femme que je connaisse sans avoir été marié avec elle.

— Est-ce que je saurais te rendre heureux, Mike ?

— Evidemment que non. Parce que je ne cesserais pas d'être moi. Coincé dans la tête et le caractère de Mike Hess, qui n'est jamais satisfait de ce qu'il a. Qui cherche partout dans le monde le bonheur qu'il a connu ici, enfant.

— Moi, je veux faire le bonheur de quelqu'un, dit Ledare. Je pense même avoir un don pour cela.

— Bonne réplique. Mets-la dans le script. Non. Je t'aime beaucoup trop pour t'épouser. Mes ex-femmes me détestent. Elles sont toutes millionnaires, coulent des vies plus faciles que Louis XIV, et aucune ne peut me voir en peinture. Des tiroirs-caisses. Qui appellent mon comptable. C'est lui le plus embêté. Hé ! grand-mère, viens danser, s'il te plaît. »

Mike avança avec Ledare dans son sillage et souleva Esther Rusoff de son siège, en dépit de ses protestations. Ledare prit la main de Max et tous les quatre rejoignirent le reste des danseurs.

« Surtout, filme cette scène, Leah, dis-je. Ledare qui danse avec le Grand Juif. Mike avec Esther, la femme du Grand Juif. »

Je repérai Capers et sa femme-enfant, Betsy, en train d'engranger les voix en travaillant la foule de conserve. Ils avaient des sourires identiques, à croire que le même orthodontiste leur avait redressé les dents en utilisant le même appareil. Ils se déplaçaient comme deux fauves en chasse, tout en concentration et en grâce féline. Ils bondissaient en tandem pour prendre les électeurs aux basques. Je voyais leurs regards se croiser périodiquement, avec un éclair de reconnaissance, chacun signifiant à l'autre qu'ils formaient une belle équipe.

« Betsy, dis-je lorsqu'ils approchèrent de ma table, votre manque d'assurance est-il le résultat d'un long entraînement ? Ou bien est-ce un don naturel ? »

Ses yeux me fusillèrent, mais elle était trop experte pour mordre à l'hameçon.

« Tiens, Jack, je parlais justement de vous. J'espère que vous avez déjà acheté votre billet pour l'Italie.

— Joli, Betsy, dis-je. Dommage que cette belle amitié parte en lambeaux faute d'être cultivée.

— S'il ne tenait qu'à moi, j'accélérerais le processus, dit-elle.

— J'adore quand vous êtes méchante, Betsy. Ça m'excite.

— Ne laisse pas mon vieil ami Jack te faire sortir de tes gonds, chérie, dit Capers. C'est avec moi qu'il a un problème.

— Heureux de te l'entendre dire, remarquai-je.

— Il paraît que mon ex a des visées sur toi, Jack, dit Capers.

— J'espère bien.

— Voilà qui nous rapprocherait, si l'on peut dire, poursuivit-il.

— Bien sûr, dis-je. D'ailleurs nous envisageons de donner ton nom à notre premier enfant.

— Je suis flatté, dit-il.

— Mais je ne pense pas que Lavement soit un joli prénom. Votre avis, Betsy ?

— Jack, Jack, dit Capers. Tes manières.

— Excusez-moi, Betsy, dis-je. Je me demande ce qui m'a pris.

— Je n'arrive pas à croire que tu aies pu un jour avoir de l'amitié pour ce type, dit Betsy à Capers.

— Vous vous méprenez sur mon compte, dis-je, en feignant l'horreur. Il fut un temps où j'avais tout du petit Jésus. Et puis j'ai lu « Das Kapital ».

— J'essaie de me souvenir où j'ai bien pu rencontrer un pire con que vous, dit Betsy.

— A l'église. Il attendait au pied de l'autel. Le jour de votre mariage, mon cœur », dis-je.

Betsy sembla prête à exploser, mais elle repéra une amie à l'autre bout du jardin et se dirigea vers elle avec un grand sourire.

« Betsy est parfaite pour toi, Capers, dis-je. Je crois bien que c'est la pire chose que j'aie jamais dite de quelqu'un. »

Nous cessâmes l'un et l'autre en voyant Mike Hess arriver vers nous, rayonnant.

« Ta mère vit le jour de sa vie », dit Mike.

Je regardai en direction de ma mère, au milieu d'une cour d'admirateurs et de vieux amis. « Elle prend son pied. Merci à toi, Mike.

— Je bandais chaque fois que je pensais à Lucy, dit Mike à Capers. Comme tous les autres, hein ?

— Mike a l'art de faire les compliments, dis-je.

— Il est facile d'être jolie, dit Capers. Mais être sexy, c'est un art.

— Tu parles en connaissance de cause, Capers. Tu es les deux, dit Mike.

— Un capital génétique est un patrimoine plus précieux qu'une propriété en front de mer, plaisanta Capers avant de me demander : Tu es au courant pour jeudi ? »

Je fis non de la tête et Mike expliqua : « J'ai demandé à Ledare de te dire de réserver ta soirée de jeudi.

— Qu'est-ce qui se trame ?

— Un spectacle son et lumière, expliqua Capers en se dirigeant vers la limousine de Strom Thurmond qui emmenait le sénateur.

— Je ne peux pas te dire, expliqua Mike. Capers n'est même pas au courant des détails. Mais ça va être grand. Peut-être l'une des soirées les plus cruciales de notre vie.

— Dis-m'en plus.

— Jordan a appelé, dit Mike. Il veut nous réunir tous encore une fois.

— Je le croyais en Europe », dis-je, secoué par cette information.

Rire de Mike qui répondit : « Je parie que tu mens, Jack. Mais ne te fais pas de souci. C'est Jordan qui a pris contact avec moi. Je n'ai pas eu de chance dans les recherches que j'ai entreprises.

— Quel est le lieu prévu pour la rencontre ?

— Ça, je ne peux pas te le dire, dit Mike. Nous sommes encore en pourparlers. Et ce n'est pas une mince affaire avec lui. Mais je crois que cette fois, c'est parti pour notre petit film. Il souhaite une confrontation avec Capers.

— Pourquoi est-il entré en contact avec toi ?

— Il a fini par accepter de me vendre l'histoire de sa vie, expliqua Mike. Je crois qu'il souhaite se rendre. Si tu veux mon avis, je pense qu'il a besoin de l'argent pour payer sa défense.

— Mike, dis-je en attrapant mon ami par le poignet, si Capers ou toi tentez de faire arrêter Jordan, on repêchera vos cadavres dans le vivier à homards de Harris Teeter.

— Je suis de ton côté sur ce coup, Jack, dit Mike. Capers n'oserait pas me doubler.

— Sois très prudent, dis-je encore. La moitié de cette assemblée a assisté au service funèbre à la mémoire de Jordan en 1971. Ils continuent de le croire mort.

— Ces gens sont de bons chrétiens, dit Mike avec un regard panoramique sur la foule. La résurrection est un concept qu'ils devraient gober assez facilement.

— Qui y aura-t-il d'autre ?

— Les négociations sont encore en cours, dit Mike. Je t'en ai dit plus long à toi qu'à quiconque. Réserve ton jeudi.

— Impossible. Je vais chez Fordham's acheter de l'engrais pour mes violettes africaines.

— Arrive avec Ledare, dit Mike en ignorant ma plaisanterie. Je te communiquerai les détails.

— Est-ce qu'on ne te dit jamais d'aller te faire mettre, à Hollywood ? demandai-je.

— Les gens ont une peur bleue de moi, à Hollywood, dit Mike à titre d'information et sans hostilité. C'est le summum de la déférence, chez les véreux.

— A jeudi, donc.

— J'étais gentil, quand j'étais gosse, n'est-ce pas, Jack ?

— Tu étais formidable. Il n'y avait pas plus gentil que toi, dis-je.

— Tu n'aimes pas ce que je suis devenu, n'est-ce pas ? demanda Mike.

— Pas du tout.

— Même la gravité ne peut arrêter une chute libre, Jack, dit Mike avec une pointe d'étrange regret dans la voix. Il fut un temps où je me voyais différemment. Un jeune homme en pleine évolution. Un monsieur qui a réussi. Et puis j'ai commencé à me repasser le film de ma vie, et là, j'ai été horrifié par ce que je voyais. Même ma mère est gênée.

— Fais un petit effort, Mike. Nous sommes sudistes. C'est un gros défaut, mais la gentillesse fait partie de nos qualités naturelles. C'est comme ça.

— Tiens ! dit Mike dont l'attention se porta sur une Volkswagen cabriolet 1968, qui fut sans doute jaune dans le passé mais était aujourd'hui sale et décolorée par le soleil. Regarde ce qui arrive dans l'Avenue of Oaks. Tu ne conduisais pas cette voiture du temps de la faculté ?

— Elle est passée successivement entre les mains de tous mes frères. C'est John Hardin qui l'a maintenant. Il prépare un cadeau pour maman », dis-je.

Un meuble protégé par des couvertures dépassait

723

de l'arrière de la voiture au volant de laquelle John Hardin circula entre les véhicules stationnés, jusqu'à arriver devant la table centrale, où trônait Lucy. La foule était un peu moins nombreuse, à présent, mais les amis les plus proches étaient encore là et les garçons chargés du bar s'activaient toujours de chaque côté de la maison. Leah était assise à côté de Lucy, qui distrayait ses hôtes avec une série d'histoires qui charmaient par leur esprit, sans contenir la moindre trace de rancœur. Leah regardait Lucy captiver son public en s'arrêtant au milieu d'une phrase pour lever un sourcil ironique, avant de servir la chute de l'anecdote. A la maison, Leah essayait cette technique sur moi, mais elle ne savait pas lever un sourcil sans que l'autre suivît. Tandis que Leah regardait, le sourcil acrobatique de Lucy se leva et ma mère contempla la voiture de son fils John Hardin, lequel se dirigeait maintenant vers elle. John Hardin avait le don de démoraliser ma mère, mais l'amour qu'elle vouait à son petit, son pauvre bébé malade, était incontestable. Elle tenta de ne pas laisser paraître son trouble lorsqu'il vint l'embrasser et gratifier ses hôtes d'effusions suspectes mais chaleureuses. Il avait fini son cadeau et arrivait juste à temps pour le lui offrir, à l'occasion de cette fête. La foule applaudit pendant qu'elle se levait pour aller jusqu'à la voiture, en tenant le bras de son fils. John Hardin était encore ruisselant de sueur après son dur labeur.

Il avait en lui une dimension théâtrale qui pouvait s'exprimer parfois sur le mode bizarre, parfois dans l'excès. Avec un sens accompli de la mise en scène, il demanda à Lucy de fermer les yeux, et un des Ramblers, particulièrement réceptif à l'instant, accompagna le dévoilement d'un roulement de tambour. Avec un goût parfait, John Hardin ôta une série de bâches et de couvertures qui enveloppaient son cadeau, puis il hésita au moment d'enlever la dernière couche. Il tira d'un coup sec, puis souleva le présent qui se trouvait sur le siège arrière pour venir le déposer aux pieds de sa mère, sans remarquer immédiatement la surprise manifestée par la foule.

John Hardin avait fait un cercueil pour Lucy, en utilisant un chêne de l'île d'Orion, abattu par la foudre. Après avoir posé le cercueil dans l'herbe, il fit apprécier son ouvrage à Lucy en lui faisant caresser le grain soigneusement poli du bois, comme s'il lui avait fabriqué un violon dans une essence précieuse au doux parfum. Il brillait, le cercueil, et les veinures du chêne étaient visibles dans les marques laissées par la scie. Je vis que Lucy aussi avait eu un choc lorsque son fils avait enlevé la dernière couverture protégeant son cadeau, mais elle s'était reprise plus vite que tout le monde et savait bien que dans l'univers interdit et chaotique de John Hardin, ce cercueil était le message d'amour d'un fils schizophrène qui n'avait jamais su ajuster à la norme ses protestations d'ardeur toujours erratiques et inarticulées.

Dallas hocha la tête en disant : « Il a aussi apporté douze litres de liquide d'embaumement.

— Admirez la qualité du travail, dit Dupree. La perfection. John Hardin devrait construire des bateaux.

— J'aimerais bien faire preuve d'esprit, dit Tee en venant nous rejoindre, mais je suis le demeuré de la famille. Je vais sans doute trouver un commentaire hilarant, mais ce sera dans deux mois, sur un échangeur de l'I-26, ou bien en essayant de tirer du liquide à un distributeur automatique alors que je sais que mon compte est à sec. Je sais que vous autres, vous avez déjà sorti six ou sept répliques à mourir de rire et que vous attendez de moi que j'en produise au moins une. Je ne peux pas. Les spermatozoïdes paternels ont faibli avec l'âge. Les ovules de maman étaient vieux et abîmés lorsque John Hardin et moi avons été conçus. Je dirai simplement une chose : je trouve bizarre d'offrir un cercueil à sa mère alors qu'elle a un cancer. Voilà ma déclaration pour la presse. Vous pouvez la transmettre à qui bon vous semble.

— Il a senti une nécessité, dit Dupree. Cela peut sembler un peu étrange. Mais en tout cas, cela fera une belle économie pour le Dr Pitts.

— Pauvre maman, dit Dallas. Quel cran ! Elle n'a plus qu'à remercier John Hardin comme s'il venait d'acheter un bâtiment d'université qui portera son nom. »

Lucy se dressa sur la pointe des pieds et posa un baiser sur la joue de John Hardin en le serrant fort contre elle. Elle amena le front de son fils contre le sien et lui sourit jusqu'à le faire rougir. Puis elle recula d'un pas, regarda le cercueil, et s'adressa à la foule : « Qui a trahi mon secret ? C'est exactement ce dont j'avais envie, et j'ai hâte de l'essayer. »

Les rires exprimèrent le soulagement de la foule. Ils saluaient l'humour de Lucy, son habileté à détendre l'atmosphère.

John Hardin fit une réponse qui nous surprit : « Je voulais offrir à ma mère une chose que peu de fils ont jamais offert à leur mère. Vous savez presque tous que j'ai causé beaucoup de soucis à ma mère parce que je souffre de trucs que je ne contrôle pas. J'avais peur que ma mère pense que j'ai fait ça parce que je crois qu'elle va bientôt mourir. Ce n'est pas ça du tout. Maman, elle a toujours enseigné à ses enfants que les paroles, c'était bien joli, mais que tout le monde pouvait parler. Tenez compte de celui ou de celle qui fait, elle disait, qui agit, qui passe à l'acte. Elle nous a appris à nous fier à ce qu'on voyait, pas à ce qu'on entendait. J'en meurs, moi, à l'idée que ma mère puisse ne pas être là. Je ne supporte pas. C'est à peine si je peux en parler. Mais quand le moment viendra, maman, je veux que tu saches que ce cercueil, je l'ai fait en t'aimant. J'ai coupé l'arbre, je l'ai porté à la scierie, je l'ai poncé, centimètre par centimètre. Je l'ai ciré jusqu'à y voir mon visage en reflet. Mes frères ont organisé cette fête ensemble, et moi, je ne les ai pas aidés du tout. Je faisais ça. J'avais peur que tu sois choquée, et tes amis aussi. Mais je faisais comme si je construisais la maison où tu vivras pour toujours, celle où tu seras lorsque Dieu viendra te réclamer. »

Lucy serra de nouveau son fils dans ses bras, et John Hardin pleura sur son épaule pendant que la

726

foule applaudissait plus fort. Puis il se dégagea brusquement, et avec sa force colossale, il souleva le cercueil aussi facilement que s'il s'agissait d'une planche de surf, et il le remit sur la banquette arrière de la décapotable, avant de s'en retourner sans même avoir goûté le barbecue.

« Coiffé au poteau par un schizophrène, dit Dallas. C'est toujours la même chose, avec moi.

— Non, dis-je. Nous venons d'assister à beaucoup mieux. Cette fête se sera achevée en beauté. »

## 34

« Alors, Jack.

« Vous pensez avoir besoin de savoir ce qui m'est arrivé pendant la guerre ? Vous avez l'innocence de croire que vous pourrez ainsi accéder à des réponses, à la clé cachée, aux raisons qui ont poussé la pauvre Shyla à sauter de ce pont, à Charleston ? Pour vous, le pont qui a emporté Shyla est lié aux grilles d'Auschwitz, n'est-ce pas, Jack ? Votre vie n'est qu'une longue recette. Il suffit de suivre les instructions dans l'ordre, de bien peser, de ne pas innover, de calculer le temps, et tout le monde pourra déguster un succulent repas à l'abri d'une tranquille maison américaine. Vous vous dites que moi, j'ai oublié un ingrédient. Lorsque vous saurez lequel, vous pourrez vous le procurer, le peser, le humer, le cataloguer, l'ajouter à la recette, et *voilà*, on le jette dans la marmite, et la recette de la mort de Shyla Fox sera dite.

« Vous avez le temps de faire un tour en enfer, Jack ? Je vais vous dresser une brève biographie des vers de terre. En Europe, les vers de terre ont prospéré comme nulle part ailleurs, au cours de ces années. Je vais vous conduire dans les couloirs de la mort, et je crois que vous trouverez ma visite mémorable et exhaustive. J'ai séjourné là-bas, tous frais payés, grâce aux agents de voyage du III<sup>e</sup> Reich qui ne souriaient jamais. Vous avez un faible pour les plaisanteries, Jack, depuis toujours, alors je pensais vous faire rire, mais non, votre visage reste de marbre. Ridicule d'être si sérieux. C'est ce que vous me répétiez toujours, Shyla et vous. Le passé est le passé. Il faut l'oublier. D'accord. Vous n'allez donc pas rire. Une promesse, cependant. Vous devrez entendre toute l'histoire. Pas question de sortir vomir un coup. Pas de larmes. Je vous étranglerai de mes mains si vous osez verser une seule larme de crocodile chrétien sur la mort de ceux que j'aimais. C'est d'accord ?

— C'est d'accord, dis-je.

— Alors, Jack, nous voici enfin réunis. Vous et moi, avec nos années de mutuel mépris ; personne n'en connaît la profondeur, personne ne sait depuis combien de temps il est là, entre nous. Je vous ai haï pour des raisons auxquelles vous ne pouviez rien, des raisons que vous ignoriez. Comment pouviez-vous savoir que vous ressemblez à un fils de S.S., un conducteur de panzer, un pilote de la Luftwaffe ? Pour moi, les yeux bleus ne peuvent chanter d'autre chant que celui de la mort. Sur le quai d'Auschwitz, les miens ont été accueillis par des yeux bleus. Vos yeux bleus à vous, ils ont grandi dans la maison voisine de la mienne, à Waterford. Il avait les yeux bleus, Mengele, qui a pointé le doigt vers la gauche, expédiant toute ma famille vers la chambre à gaz. Shyla aussi, elle est allée à gauche le jour où elle a choisi vos bras.

« Jamais vous n'avez rencontré d'artiste comme moi. Non, comme celui que je fus autrefois. J'étais le produit d'une longue tradition européenne où le talent artistique est inscrit dans les veines de quelques élus. Très tôt, je me suis consacré à ces cinq lignes horizontales, où viennent se placer les notes noires de la partition musicale. Il s'agit d'un monde de signes et d'annotations qui me parlent de façon parfaitement limpide. Un monde d'altérations à la

728

clé, de points d'orgue, de notes d'ornement, de quarts de soupir, qui constituent la langue commune et l'héritage de tous les musiciens sur toute la planète. Un monde dont vous ne connaissez rien. Dans le domaine de la musique, vous et votre famille êtes des ignares. Moi, je ne peux pas imaginer la vie sans musique. Sans musique, la vie est la traversée d'un désert qui ignore jusqu'au nom de Dieu. Dans la douce harmonie de la musique, j'ai trouvé toutes les preuves dont j'avais besoin de l'existence d'un Dieu, garant de la cohésion de la terre entre les portées, qui sont le paradis. C'est dans ce paradis qu'il a, sur les lignes et dans les interlignes, inscrit des notes d'une perfection capable de célébrer toute sa création par leur beauté. Il fut un temps où je me croyais assez doué pour interpréter même la musique écrite par Dieu, dans le code secret de l'alignement des étoiles. C'est du moins la vision des choses que l'on m'a inculquée. Regardez les étoiles, de temps en temps. Ce ne sont que des notes. De la musique.

« Ah ! l'Holocauste, Jack. Eh oui, encore ce mot. Ce mot idiot, ce vaisseau vide. Je suis las de ce mot. Un mot usé, privé de son sens, que nous, Juifs, enfonçons dans la gorge du monde en interdisant à quiconque d'en faire un usage impropre. Un malheureux mot ne peut porter un tel poids, pourtant celui-ci est voué à ployer à jamais sous pareil fardeau. Les rails des wagons à bestiaux, les gémissements des vieillards sentant leur propre merde leur couler entre les cuisses dans l'obscurité souillée, les hurlements des jeunes mères qui regardaient leurs bébés mourir dans leurs bras, la terrible soif des enfants pendant les interminables transferts, la soif impossible à oublier jusqu'au moment où, par millions, ils se ruèrent vers le plafond des chambres à gaz, arrachant leurs ongles sanguinolents tandis que le gaz les tuait comme des mouches... Holocauste. On ne devrait pas exiger d'un seul mot qu'il porte tant de cœurs humains.

« Nous ne sommes pas des survivants. Aucun de nous. Nous avons été des dés. Des dés jetés dans la bouche de l'enfer, et nous avons appris qu'une vie humaine ne vaut pas plus que celle d'une mouche. Les asticots nés dans les excréments avaient plus de chances de survivre qu'un Juif pris dans l'engrenage du III<sup>e</sup> Reich. Les nazis avaient le génie de la mort. Lorsque la guerre a éclaté, je n'avais jamais vu un homme mourir. Avant la fin de cette même guerre, j'étais réconcilié avec la mort que je suppliais de venir me délivrer d'un monde dépassant le cauchemar. J'ai appris qu'il n'est rien de pire que d'être refusé par la mort. Mais la mort se moque bien des désirs de pauvres dés. Les dés se contentent de rouler et de sortir un nombre, au hasard. Ils ne ressentent rien, les dés. On les jette, dans l'abysse. Je peux vous raconter comment on se repère dans le néant. J'ai la carte, Jack. Tous les noms de rue sont couverts de sang, et les rues elles-mêmes sont pavées de crânes de Juifs. Vous êtes chrétien, Jack, et vous devriez vous sentir facilement chez vous. Je hais votre tête de chrétien, Jack. Je suis désolé. Je l'ai toujours haïe, je la haïrai toujours.

« Les exécutions de Juifs, les rafles, l'inimaginable sauvagerie, l'inimaginable rendu banal. L'Holocauste a été une réalisation chrétienne du début à la fin. Il lui est même arrivé d'être spécifiquement catholique, parfois. Tout a commencé avec un Juif pieux, ce Christ. Ce Christ juif qui a vu des millions de ses frères et sœurs tués en son nom. Ce Christ circoncis, qui observait la loi juive à la lettre, dont les disciples ont traqué les Juifs comme des microbes, de la vermine. Même les cris de nos enfants ne peuvent émouvoir un cœur chrétien. Les pleurs de nos bébés enrageaient les soldats allemands. Des bébés. Leur manque de contrôle constituait un affront au Reich. Ils avaient de la chance lorsqu'ils arrivaient jusqu'aux portes des chambres à gaz, les bébés.

« Vous détestez mes yeux, Jack. Tout le monde déteste mes yeux. Parce qu'ils sont froids. Morts. Vous croyez que je ne le sais pas ? J'ai un miroir. J'évite de croiser mon propre regard même pour me raser. Ils sont morts dans ma tête il y a très long-temps, ces yeux, et ils ont été forcés de continuer à vivre parce que mon corps était vivant. Je peux me forcer à ne pas me souvenir. Mais mes yeux, ils ont vu, et il y a des corps pendus à des crochets de boucher juste derrière ma rétine. Mes yeux sont devenus métalliques, opaques, par surexposition à l'horreur. Ils sont repoussants, non parce qu'ils aspirent au repos, mais parce qu'ils attendent l'oubli.

« Tout cela est devenu un cliché, aujourd'hui. Qui n'a pas déjà entendu mille fois cette histoire ? Les Juifs crient haut et fort : "Nous ne devons jamais oublier", et puis ils se mettent à raconter encore et toujours la même histoire, si répétitive, si désespé-rée, que les mots se défont sur les bords, se brouillent, et même moi j'ai envie de me boucher les oreilles et de crier : "Assez" à celui qui parle, quel qu'il soit. Je crains que vienne un jour où notre his-toire ne pourra plus être entendue pour avoir été trop souvent racontée. C'est un cliché à cause de l'exactitude germanique. Une fois qu'ils ont mis en place leur machine de mort, les nazis n'ont plus dérogé à leur méthode. Ils pénétraient dans chaque ville, bourgade, *shtetl*, avec un plan précis pour l'extermination des Juifs. Nous racontons tous la même histoire. Ne varient que de menus détails.

« Je ne suis pas né dans une famille juive sem-blable à celles que vous connaissez ici, à Waterford. Mon père était un Berlinois qui combattit pour le Kaiser et fut blessé et décoré pour son courage pen-dant la bataille de la Somme. Les parents de ma mère étaient des musiciens qui possédaient une usine et étaient célèbres dans toute la Pologne. Ces gens-là fréquentaient le monde, Jack, ils avaient goûté à ce que l'Europe pouvait offrir de meilleur. Les Juifs de Waterford descendent du bas peuple des communautés juives de Russie et de Pologne, des gens qui ne savaient ni lire ni écrire, qui sentaient la pomme de terre crue et le hareng tourné. Pourquoi levez-vous le sourcil ? C'est une chose que vous devez comprendre, sinon vous ne comprendrez jamais rien de moi.

« Ruth descend de ce genre de famille. Des paysans, colporteurs ou bûcherons, qui parlaient le yiddish dans la journée et s'épouillaient le soir. En Amérique, ils auraient ressemblé aux Noirs, les *Schwarzen*. Je ne porte pas de jugement. Mais c'est ce qu'est Ruth, et ce que je suis moi. Les origines. L'histoire de l'Europe et celle de ma famille concouraient à faire de moi un musicien. J'ai composé ma première sonate à sept ans. A quatorze, j'ai achevé une symphonie en l'honneur du quarantième anniversaire de ma mère. Il n'existe pas une famille en Caroline du Sud aussi cultivée que celle où je suis né. Je dis cela pour fixer les choses. Aucune arrogance dans cette déclaration, juste des faits. L'Europe a profondément marqué ma famille. Elle nous a enveloppés dans une culture qui a mis mille ans à se constituer. L'Amérique n'a pas de culture. Elle est encore dans les langes.

« J'avais quatre sœurs, toutes plus vieilles que moi. Elles s'appelaient Béatrice, Tosca, Tonya, et Cordelia, qui ne sont pas des noms juifs, notez-le, mais des allusions savamment choisies à la littérature et à l'opéra. Elles engendraient la gaieté partout où elles passaient. Toutes firent de beaux mariages, brillants. Pour moi, elles ressemblaient à de jeunes lionnes, fortes, résolues, et elles refusaient de laisser ma mère me faire la moindre remontrance. Chaque fois que la pauvre femme tentait de me réprimander, mes quatre sœurs formaient un cercle protecteur autour de moi, avec la soie de leur robe qui m'effleurait le visage, tandis que j'avais les yeux à hauteur de leur taille de guêpe et que leurs mains me caressaient les cheveux, en même temps que leurs quatre voix mettaient ma pauvre mère en minorité. Mon père lisait le journal, amusé, comme s'il assistait à la dernière comédie venue de Paris.

« Nous n'étions pas de bons Juifs ; nous étions de bons Européens. La bibliothèque de mon père avait de quoi couper le souffle lorsqu'on y découvrait les œuvres reliées de Dickens, Tolstoï, Balzac et Zola. Il avait beaucoup d'instruction et une vaste culture.

Comme patron d'usine, il était adoré. Il évitait tant la démagogie que l'autoritarisme, et avait suffisamment lu pour savoir que le bien-être des ouvriers lui serait rendu au centuple, grâce aux richesses qu'apporte le bonheur.

« Ma famille ne fréquentait la synagogue qu'à l'occasion des fêtes importantes. Ils étaient humanistes, rationalistes. Mon père avait un côté libre penseur, il marchait volontiers la tête dans les nuages lorsqu'il n'alignait pas des colonnes de chiffres ou ne passait pas des commandes pour faire tourner son usine.

« Dans notre maison de Varsovie, maman était le centre de l'univers, et elle tenait à donner à ses enfants tout ce que le monde avait à offrir. J'étais son fils unique, et elle m'adorait comme peu d'enfants furent jamais adorés. Pour moi, son sourire était comme le soleil. Elle a été mon premier professeur de piano. Dès le début, elle me disait que je serais un grand maître. Elle n'avait pas d'ennemis. A l'exception, bien sûr, de la chrétienté entière, mais cela je ne le savais pas quand j'étais enfant.

« A dix-huit ans, j'ai remporté un important concours rassemblant des jeunes pianistes, à Paris. Mon principal rival était un Hollandais qui s'appelait Shoemaker. C'était un véritable artiste, mais il n'aimait pas les projecteurs. Un autre pianiste s'appelait Jeffrey Stoppard, de Londres. Puissant. Il avait un beau toucher, mais aucune intensité dramatique. Les critiques racontèrent que je me déplaçais comme le prince des ténèbres quand j'approchais du piano. Ils me surnommèrent le Loup noir.

« Je me souviens surtout d'un pianiste allemand. Son nom était Heinrich Baumann, et son talent le plaçait en second rang. Il était passionné de musique, mais il n'avait pas de génie, ce qu'il savait déjà à l'époque. Pendant des années, nous avons entretenu une correspondance, où nous évoquions la musique, nos carrières, tout. Le soir du concours, nous avons marché dans Paris toute la nuit, et nous étions assis sur les marches du Sacré-Cœur lorsque le soleil s'est levé, donnant aux vieux immeubles une superbe couleur rose. Une ville est toujours plus belle quand on vient d'y remporter un concours. Heinrich avait terminé troisième, classement qu'il ne devait jamais dépasser. Ses lettres cessèrent en 1938. Il était devenu dangereux d'écrire à un Juif. Fût-il le Loup noir.

« La persévérance est une qualité que je possède de naissance. C'est une composante nécessaire de tous les grands musiciens. La poursuite de la grandeur signifie que la paresse n'a pas place dans la vie de qui s'y engage. Le matin, je travaillais mes gammes. Je crois beaucoup à la vertu des gammes. Quand on maîtrise la grammaire des gammes, les secrets des plus grands compositeurs se révèlent lentement, par touches successives. Mes dons prélevaient un lourd tribut sur moi. Je me tenais éloigné des politesses. Je n'étais ni aimable ni cordial, et ne rêvais que de notes noires jaillissant des gammes comme l'eau du torrent sur les pierres. Lorsque j'attaquais une nouvelle symphonie, j'étais aussi heureux que les premiers astronautes qui marchèrent sur la Lune.

« Mais pourquoi est-ce que je perds mon temps à vous raconter cette histoire, Jack ? Vous ne sauriez pas jouer "Maman, les petits bateaux" au piano, même avec le grand Horowitz pour vous tenir la main. L'une des trahisons les plus impardonnables de Shyla a été d'épouser un homme ignare en musique.

« J'ai eu une première femme, Jack. J'ai aussi eu trois fils. Vous ne saviez pas que j'avais eu une autre femme, avant Ruth ?

— Non.

— Vous ne saviez pas que j'ai eu d'autres enfants avant Shyla et Martha ?

— Non.

— Ça ne fait aucune différence. Il est inutile de parler des morts. Vous êtes d'accord ?

— Non.

— Vous ne savez pas ce que c'est que perdre une épouse.

— Si, je sais, dis-je.

— Sonia et moi, nous étions faits pour nous rencontrer. Elle était belle, aussi belle que la musique que je jouais pour lui rendre hommage. Elle aussi jouait du piano, avec un talent inhabituel, surtout pour une femme, à cette époque et à cet endroit. J'ai joué à Varsovie peu de temps après mon triomphe à Paris. Les places étaient toutes vendues plusieurs semaines avant le concert. Mon nom courait sur les lèvres de tous les mélomanes de Pologne. Cette soirée fut celle de ma reconnaissance dans la ville de ma naissance. J'ai été absolument brillant. Un sans-faute. J'ai terminé le récital par la « Troisième Rhapsodie hongroise » de Liszt, parce que c'est un morceau spectaculaire, qui plaît au grand public. Sonia était assise au deuxième rang, et je l'ai vue lorsque je suis entré en scène pour commencer mon récital. Elle était comme une flamme pure se consumant au sein de cette salle. Aujourd'hui, en cet instant, je peux fermer les yeux et la voir comme si le temps n'avait pu avoir prise sur ce moment magique. Elle faisait partie de ces femmes qui ont l'habitude d'être remarquées, et elle a vu que je la voyais, elle a vu la minute précise de ma reddition et de sa victoire, lorsque je me suis laissé conquérir, voler par elle. Je me suis perdu à jamais dans ce premier regard. J'avais beau me produire ce soir-là devant un public de plus de cinq cents personnes, je n'ai joué en réalité que pour elle. Lorsque je me suis levé pour recevoir les applaudissements de la foule debout, j'ai remarqué qu'elle seule restait assise. Plus tard, lorsque j'ai fait sa connaissance, je lui ai demandé pourquoi elle avait refusé de se lever. Elle m'a répondu : "Pour être bien sûre que vous me chercheriez afin de me poser cette question."

« Notre mariage a été l'un des plus grands et des plus joyeux jamais célébrés chez les Juifs de Varsovie. Nos deux familles étaient riches, cultivées, et la sienne était connue pour avoir produit, du côté maternel, une lignée de rabbins distingués dont on remontait la trace jusqu'au dix-huitième siècle. Nous avons fait notre voyage de noces à Paris, où nous sommes descendus à l'hôtel George V, et nous avons déambulé la main dans la main dans les rues de Paris. Nous faisions l'amour en nous chuchotant des mots en français, et j'ai perdu ma timidité devant elle cette nuit-là, en lui murmurant en français à l'oreille. Plus tard, elle devait déclarer qu'elle était tombée enceinte au cours de notre première nuit d'amour. Nos corps s'enflammaient lorsque nous étions ensemble. Je ne peux pas dire les choses autrement. Je pense que cette chose n'arrive qu'une fois, seulement lorsque l'on est jeune et qu'on a l'épiderme qui prend feu au contact de l'autre. Je n'étais jamais rassasié d'elle, je n'avais jamais assez de l'interminable festin que m'offrait son corps. On ne vit pareil amour qu'une seule fois.

« Sonia connaissait la musique presque aussi bien que moi. Elle restait dans la pièce où je répétais en cherchant son approbation. Jamais je n'ai eu un public aussi spontané et compétent que Sonia. Sa grossesse était une immense source de joie pour nous deux, et j'épanchais mon âme sur le clavier, de sorte que mon enfant endormi et en gestation pût entendre la plus belle musique du monde tandis qu'il se fabriquait des os et vivait dans le ventre de sa mère. A cette époque, j'avais des excès de sentimentalité banale, mais c'est un aspect de moi que vous n'avez pas connu. J'ai enseveli cette part de moi il y a bien longtemps. Sans jamais un regard en arrière, sans réciter le *kaddish*, sans m'en vanter.

« Sonia l'appréciait plus que moi. Mes deux jumeaux, Joseph et Aram, sont nés le 4 juillet. J'ai joué un morceau que j'avais composé pour l'occasion pendant tout le travail de Sonia, et parce que c'était un désir de ma Sonia.

« Alors, Jack, il ne s'écoule pas tant d'années, mais c'est une période qui me semble aujourd'hui celle du bonheur parfait. Sous le regard approbateur de la jolie Sonia, avec le bruit de mes fils grandissant dans la nursery, j'ai commencé à surpasser même le talent qui m'avait été donné à la naissance. J'ai atteint ce stade où je pouvais faire pleurer le piano, ou crier, ou exulter, rien qu'en posant mes doigts sur les touches.

« Mais la bête nazie grandissait aussi. En tant que Juif, on se sentait traqué dans les grandes villes au fur et à mesure que la voix de Hitler empoisonnait l'atmosphère. En tant que musicien, je me croyais protégé de la furie des armées, et la foi de mes ancêtres importait peu lorsque je m'installais devant une partition, et interprétais les notes passionnées que Brahms, Chopin, Schumann... tous les plus grands, avaient laissées au monde. Pour moi, Hitler ne signifiait rien, à cause de la musique, de Sonia, de mes deux fils jumeaux. Lorsque la lecture des journaux m'a dérangé, j'ai cessé de lire les journaux. Lorsque les rumeurs se sont mises à enfler dans la rue, je me suis enfermé chez moi en exigeant la même chose de Sonia. Lorsque la radio a fait pleurer Sonia de peur, j'ai éteint le poste et interdit son usage. Je refusais d'entendre les aboiements des meutes nazies. La politique m'ennuyait et m'écœurait.

« Puis j'ai entendu gratter à ma porte et j'ai vu la bête nazie, mais j'étais candide et innocent. Alors j'ai joué ma musique pour calmer la soif de sang de la bête nazie. La bête a aimé ma musique, elle est venue à mes concerts, elle m'a bissé, a jeté des roses sur la scène, acclamé mon nom. Elle aimait tant la musique, Jack, que j'ai failli ne pas voir le moment où elle a essuyé le sang des miens sur ses crocs et sur ses griffes. La Pologne antisémite a été attaquée par l'Allemagne antisémite. Je n'ai appris que bien plus tard que la Seconde Guerre mondiale avait commencé, et que moi et les miens étions dans l'œil du cyclone.

« J'ai compris dès les premiers jours de la guerre que je n'étais pas un homme d'action. Comment un musicien est-il censé répondre aux lanceurs de bombes ? Je me suis trouvé paralysé par la peur et suis resté à mon piano pendant les premiers bombardements, faute de pouvoir faire un geste. Mon piano me semblait plus sûr, plus amical que la cave où ma femme et mes voisins avaient couru se cacher. J'entendais le bruit des avions, puis celui des sirènes, et je savais ce que je devais faire, mais j'étais incapable de fuir. Je me suis retrouvé en train d'interpréter le second mouvement de la « Sonate pour piano n° 32 en ut mineur, opus 111 », de Beethoven. Le tout dernier mouvement de cette dernière des trente-deux sonates pour piano.

« Vous n'avez jamais vécu dans un pays envahi. Vous ne pouvez pas comprendre le chaos, le désespoir, la panique dans les rues. Je crois que c'est ce qui rend si laides la musique et la peinture modernes. Ma femme, Sonia, m'a retrouvé, après le retour des bombardiers à leur base, assis sur le banc du piano, toujours en train de jouer, comme possédé. J'avais uriné dans mon pantalon. Tellement j'ai eu peur pendant ces premiers bombardements. Je crois avoir pensé que la musique me sauverait, qu'elle formerait un rempart protecteur qui me protégerait à la façon d'un parapluie étanche à tout. Sonia s'est montrée très gentille et très douce envers moi. "Ce n'est pas grave, mon cher mari. Je vais m'occuper de toi. Laisse-moi t'aider. Appuie-toi sur moi." Je ne me souviens pas d'avoir pensé une seule fois à Sonia ni à mes fils pendant le bombardement. Pas une fois. Jusqu'à cet instant, l'idée ne m'était jamais venue que j'étais un lâche de la plus méprisable espèce. A présent, même Sonia le savait.

« Le père de Sonia, Saul Youngerman, était un homme d'action. Il était capable de pensées lucides sous la pression des événements. Pour commencer, il avait lu *Mein Kampf* de Hitler et avait observé son ascension en Allemagne avec beaucoup de méfiance. C'était un riche industriel qui possédait des fortunes dans quatre pays différents, et il nous a dit qu'il connaissait les visées de Hitler. Il nous a donné l'ordre de filer vers l'est aussi vite que possible, afin d'avoir une bonne avance sur l'armée allemande. Ses deux fils, Marek et Stefan, ont refusé de quitter Varsovie, parce que leurs épouses étaient des citadines habituées au confort de la capitale. Ils avaient des enfants d'âge scolaire, et même si les Allemands étaient vainqueurs, ils ne pourraient pas empêcher leurs enfants d'aller à l'école. Il est facile de se moquer de leur stupidité aujourd'hui, mais souvenez-vous, à l'époque, les mots Treblinka, Auschwitz, et Mauthausen ne signifiaient rien pour personne. Pas un seul des membres de la famille de Sonia restés à Varsovie n'a survécu à la guerre. Pas un.

« Avec la folie qui régnait sur les routes, avec Varsovie à feu et à sang, Saul Youngerman organisa notre départ par la Vistule, en péniche, puis dans des chars à bœufs qui nous firent parcourir vingt kilomètres, jusqu'à une ferme où deux voitures de tourisme nous attendaient avec des chauffeurs en livrée. La richesse du père de Sonia n'est pas ce qui fit la différence. Nombreux furent les riches qui moururent de faim dans le ghetto de Varsovie. Non, lui avait conçu un plan dans sa tête au cas où les choses iraient mal, et il n'avait pas hésité à le mettre en action. Le jour nous dormions, et nous roulions la nuit. Lorsque nous avons atteint une frontière, après quatre nuits fort éprouvantes, nous sommes passés en territoire contrôlé par l'Armée rouge. Saul avait imaginé que sa famille serait ainsi en sécurité, vu que Ribbentrop et Molotov avaient signé le pacte germano-soviétique de non-agression. La femme de son frère dirige là une usine, elle est prévenue de notre arrivée. Le 5 septembre, nous sommes recueillis par la famille Spiegel. Ils nous installent dans une belle maison, avec un excellent piano que l'on venait de faire accorder en prévision de mon arrivée. La ville de notre délivrance se trouve en Ukraine. Elle s'appelle Kironittska.

« La roue du destin a des voies inattendues. C'est l'endroit dont sont originaires votre Grand Juif, Max Rusoff, et sa femme Esther. Mais le même destin ne révèle ses desseins que lentement, à son heure. Nous sommes donc là, et je joue du piano tous les jours, et des foules de gens se rassemblent sous mes fenêtres pour écouter ma musique. Tout se passe bien pour nous à Kironittska, dès le début. Il y a beaucoup de Juifs, quelque vingt mille, aussi sommes-nous bien entourés. Les nouvelles de Varsovie sont chaque jour plus mauvaises, mais nous ne le savons que par la radio. Le 17 septembre, l'Union soviétique attaque la Pologne par l'est.

« J'accepte des élèves, dont certains sont très bons, mais ce n'est pas la vie que j'aurais choisie. Mon beau-père effectue plusieurs voyages, semés d'embûches, à Varsovie. Il porte de la nourriture et des médicaments à la famille, puis rejoint Kironittska, au prix d'aventures terrifiantes. Je n'ai jamais rencontré d'homme plus courageux. Les histoires qu'il rapporte de Varsovie sont chaque fois plus alarmantes. En novembre, les principaux quartiers juifs sont fermés par des barbelés. Les Juifs reçoivent l'ordre de porter l'étoile de David. Saul Youngerman refuse cependant de renoncer à un autre voyage à Varsovie. Il se considère comme un patriote polonais, plus que comme un Juif.

« Bien que nous ne le sachions pas, ma Sonia est enceinte de notre troisième enfant lorsque nous arrivons à Kironittska. Mais cet enfant ignore dans quel monde il va faire son entrée et continue de grandir en elle. Malgré la terrible angoisse qui nous étreint, concernant ceux que nous avons laissés en Pologne, nous nous félicitons d'avoir pu fuir. Mon troisième fils, Jonathan, naît en juin. Si j'avais pu prévoir l'avenir, j'aurais écrabouillé le crâne de Jonathan sur un rocher près du fleuve. J'aurais donné de la mort-aux-rats à mes jumeaux, à Sonia, puis à moi-même.

« En juin 1941, les Allemands déclarent la guerre à l'Union soviétique. Le 22 juin se produit le premier bombardement massif des populations civiles de Kironittska. Trois semaines plus tard, après une brève occupation par les troupes hongroises, j'entends dans les rues les mots les plus abominables qu'il m'ait été donné d'entendre : les Allemands arrivent.

« Et les Allemands sont là. Instantanément, les

choses changent pour les Juifs. Parce que l'Union soviétique était l'alliée de l'Allemagne, nous avions baissé notre garde, nous nous croyions en sécurité. Des rumeurs nous parvenaient de Varsovie, puis d'autres régions de Pologne, concernant le sort des Juifs, mais nous n'y prêtions pas attention. Après tout, les Allemands sont des êtres humains comme nous. Cette année-là, je commence à fréquenter la synagogue pour la prière du matin. Puis un jour, les Allemands réduisent la synagogue en cendres, avec cent Juifs à l'intérieur. Si Sonia n'avait pas été malade le matin de ce jour, j'aurais péri avec les autres. Je considère que les Juifs qui ont brûlé vifs ce matin ont eu de la chance.

« Puis arrive la Gestapo, inhumaine, mais d'une beauté qui glace le sang. Son génie, c'est l'orgueil, dont ils ont poussé la science beaucoup plus avant que celle de la compassion. On ne peut pas faire appel à leur humanité, parce qu'ils sont des surhommes. Un homme d'affaires ukrainien possédait la plus belle demeure de la ville, et cette maison est réquisitionnée par le Hauptsturmführer Rudolf Krüger, pour y établir ses quartiers généraux. Cet homme d'affaires, qui s'appelle Kusak, proteste qu'il appartient à l'une des meilleures familles d'Ukraine, et demande le respect dû à son nom dans cette ville. Krüger s'incline et fait pendre le malheureux Kusak à une poutre dépassant de sa propre maison. Le corps reste pendu là pendant plusieurs semaines, en guise d'avertissement aux citoyens de Kironittska. C'est seulement lorsque l'odeur devient trop forte que Krüger le fait décrocher et jeter dans un égout.

« Bien entendu, les Allemands engagent de nombreuses dépenses regrettables mais nécessaires, dans leur guerre contre les Juifs. Ils sont contraints de lever de lourds impôts dans la population juive. Ils s'adjoignent le concours des Ukrainiens dans cette tâche. Si les Ukrainiens parviennent un jour à faire oublier ce vilain chapitre de leur histoire, cela signifiera que Dieu devait dormir pendant toute la durée de la guerre. Au lieu de porter le brassard jaune habituel, les Juifs de Kironittska s'en voient imposer un blanc, avec une étoile juive de couleur bleue, mesurant dix centimètres de large. Ces Juifs portent tous leurs objets en or ou en argent aux bureaux de la Judenrat. Mon alliance et celle de Sonia sont ainsi perdues. Tous les appareils électriques et le cuir à chaussures sont collectés. Tous les livres allemands confisqués. Nous sommes entre les mains de criminels, d'assassins, de voleurs. Le peuple élu de Dieu.

« Quelques malheureux Juifs induits en erreur entendent que s'ils se convertissent au christianisme, ils échapperont à l'horrible sort de leurs compatriotes. Un vendredi, pendant une messe de baptême, vingt familles juives entières, à l'exception de quelques anciens, sont baptisées. La Gestapo a préparé un cadeau de baptême pour ces nouveaux gentils. Ils sont conduits jusqu'au cimetière chrétien, et abattus au fusil-mitrailleur. Enfants et femmes compris. Plus tard, un membre de la Judenrat, qui a appris à mieux connaître Krüger, lui demande pourquoi. Krüger en fait une sorte de plaisanterie. Il dit : "Si on met un porc dans une cathédrale, on aura toujours du jambon et du lard, et la cathédrale n'aura pas changé." Le membre de la Judenrat, c'était moi.

« La Judenrat. Un mot que vous ignorez, Jack. Moi, je dois vivre avec, et j'ai honte. Je n'ai jamais avoué à personne que j'ai occupé cette position, jusqu'à ce soir où je vous raconte tout.

« Krüger choisit un comité de Juifs pour administrer les affaires juives dans ce nouveau ghetto. Un refus équivaut à une mort rapide et certaine. En participant, je vais collaborer avec les Allemands pour la torture et la destruction de mon propre peuple. Lorsque les Allemands ont besoin d'une équipe de travail pour réparer un pont, la Judenrat fournit une liste de Juifs à Krüger. Chaque fois que les Allemands décident de réduire la taille du ghetto au cours d'une *Aktion*, nous décidons quels Juifs seront regroupés sur la place principale du ghetto, chargés dans des camions, et emmenés pour ne plus jamais revenir. En faisant cela, je crois sauver la vie de

Sonia et de mes fils. Ce qui est le cas. Mais je les sauve pour quoi ?

« Le chef de la Judenrat est un chirurgien qui s'appelle Isaac Weinberger. C'est un contemplatif, un homme patient qui pense que les nazis sont des gens avec qui l'on peut raisonner, comme avec tout le monde. C'est lui qui tient à inclure mon beau-père, Saul Youngerman, au sein de la Judenrat. Saul voit aussitôt les dangers inhérents à pareille position, mais il voit aussi la sagesse d'œuvrer au sein de ce groupe, pour la sécurité des siens. C'est Saul qui conseille ma participation. Très tôt, il me terrorise en me confiant que les nazis ont pour projet de tuer tous les Juifs de la planète. Je ris de cette déclaration. Je lui dis que la guerre exacerbe chez tous les hommes le sens de l'exagération. Retirant ses lunettes pour les essuyer, Saul me répond qu'il a toujours admiré mon génie, mais que cela ne m'empêche pas de penser comme un imbécile. Nous nous trouvons dans nos quartiers, à l'intérieur du ghetto, mes enfants jouent près de nous, ma femme et ma belle-mère bavardent devant les fourneaux en préparant le dîner. "Ce sont tous des cadavres, me murmure alors Saul Youngerman. Tous des cadavres."

« Le 30 août, la Judenrat est priée de fournir aux Allemands la liste de tous les intellectuels juifs. Dans cette liste figurent deux cent soixante-dix enseignants, trente-quatre pharmaciens, cent vingt-six médecins, trente-cinq ingénieurs. Je suis également nommé sur cette liste, comme musicien. Le lendemain, cent hommes sont sélectionnés. Ils se rassemblent au petit matin, montent dans les camions, disent adieu à leurs familles en larmes, et disparaissent définitivement. Sauf un homme.

« Il s'appelle Lauber et fait partie des trente-quatre pharmaciens de la liste. Il revient au ghetto, la nuit, clandestinement, comme si le salut se trouvait là. Le réconfort des bras de sa femme lui manque, ainsi que le son de la voix de ses enfants. Ce qu'il retrouve. Il raconte son histoire aux autres femmes dont les maris sont partis avec les camions. On les emmène à cinquante kilomètres, jusque dans un champ de haricots où on lui donne une pelle, avec l'ordre de creuser. Ils creusent un immense trou, se déshabillent complètement, s'agenouillent près de leur œuvre. Alors les mitrailleuses des nazis les libèrent du fardeau de cette guerre. Le peuple élu retourne au Dieu qui l'a élu.

« Personne ne veut croire ce Lauber. La Gestapo le trouve. Ils le prennent, lui, sa femme, ses enfants, ses parents, et deux autres familles qui se trouvent dans sa maison, ils les emmènent au cimetière juif où ils sont tous abattus. Alors seulement le pauvre Lauber ne passe plus pour un menteur. La femme de Lauber meurt en lui criant qu'il aurait mieux fait de ne pas revenir.

« Le Hauptsturmführer Krüger est un philistin cruel doublé d'un rustre qui tente de se parer d'une éducation et d'une élégance usurpées. Au Dr Weinberger, il parle de son amour pour Wagner, mais il est incapable de donner le titre d'un seul des arias qu'il adore siffloter. Weinberger lui parle de moi, et je reçois l'ordre de jouer du piano pour un groupe d'officiers allemands en route pour le front. Pendant qu'ils mangent, je joue en écoutant les Allemands évoquer l'effort de guerre et leurs nombreux succès sur le front russe. Ils parlent comme des hommes normaux, jusqu'au moment où ils sont ivres et se mettent à parler comme des soldats nazis. Au cours de ce festin, ils consomment plus de viande que n'en ont vue les Juifs du ghetto depuis l'existence du mur. Ils passent ensuite à la bibliothèque pour fumer le cigare et boire du cognac. Tous sauf un officier qui vient près du piano et m'écoute jouer. "Tu joues toujours comme un ange. Même en ces temps troublés." Je lève les yeux et reconnais mon ami Heinrich Baumann. Il s'assoit à côté de moi, et nous jouons à tour de rôle l'un pour l'autre. Il interprète Mozart et je réponds avec Chopin. Pendant que nous jouons, Baumann m'interroge sur ma situation et celle de ma famille. Il me dit que je peux redouter le pire

parce que je suis juif. Après dîner, il me rac-
compagne chez moi, dans le ghetto, avec son auto-
mobile. Les soldats le saluent. C'est un militaire, pas
un S.S. Chez moi, il entre embrasser Sonia et mes
enfants qui dorment. Il s'incline devant Saul Youngerman et ma belle-mère. Dans un sac, il laisse de
formidables provisions de farine de blé, de viande en
conserve, de farine de maïs. En partant, Herr Baumann m'embrasse et s'excuse pour toute la nation
allemande. Nous appartenons toujours à la confrérie
de la musique, me dit-il. Il est tué en menant ses
hommes contre les troupes soviétiques, à Stalingrad.
  « Un bon Allemand ? Non. Herr Baumann combat-
tait pour les armées de Hitler. Au mieux était-il un
membre de la Judenrat, comme moi. Il est peu
d'Allemands qui ne me pardonneraient pas ma participation à la Judenrat. Ils me connaissent. Je suis
l'un des leurs, par une sorte de lien profond qui nous
attache ensemble dans toute la tristesse de notre
humanité. Nous dansons avec l'ennemi, et le laissons
mener la danse.
  « Croyez-vous que vous seriez capable de jeter
votre fille Leah dans un four crématoire, Jack ? Bien
sûr que non. L'amour que vous lui portez est trop
immense, exact ? Laissez-moi vous affamer pendant
un an. Obtenir votre soumission par les coups. Tuer
tous ceux que vous aimez et vous faire travailler
jusqu'à tomber à terre. Vous humilier, mettre des
poux plein vos cheveux et des asticots dans votre
pain. Laissez-moi éprouver vos limites, trouver
l'endroit à la frontière de votre âme où cesse la civilisation et commence la dépravation. C'est ce qu'ils
m'ont fait, Jack. A la fin de la guerre, j'aurais jeté le
Messie en personne dans les flammes du crématoire,
et je l'aurais fait pour un bol de soupe. Je serais
capable d'y jeter aussi Ruth, Shyla, Martha, Sonia,
mes fils, sans l'ombre d'une hésitation. Il est là, le
truc, Jack. Il suffit de briser totalement un homme,
et il est à vous, vous le possédez. Laissez-moi vous
briser comme ils m'ont brisé, et je vous promets que
vous jetteriez Leah au feu, que vous la pendriez haut

et court, que vous la regarderiez être violée par une centaine de types avant d'avoir la gorge tranchée, et ses entrailles offertes aux chiens affamés dans la rue. Je vous choque. Je suis désolé. Je vous raconte ce que je sais. Mais vous, sachez une chose : vous êtes capable de tuer Leah de vos mains parce que le monde est parti à vau-l'eau, que Dieu tient son visage caché entre ses mains, que vous croyez, en la tuant, prouver comme jamais encore votre amour pour elle. Je tuerais Leah moi-même, ce soir, plutôt que de lui laisser connaître ce que j'ai fait. Et j'aime votre fille plus que tout au monde.

« Non, elle ne me rappelle pas les fils que je pleure. Elle ne me rappelle pas non plus Shyla. Elle est beaucoup plus calme et mesurée que fut jamais Shyla. Non, votre Leah touche en moi un point que je croyais définitivement mort. Elle me rappelle Sonia, ma tendre épouse défunte.

« Krüger semble se prendre d'affection pour moi, et les prétentions qu'il a concernant sa culture et sa personne l'incitent à me faire jouer du piano pendant qu'il dîne. Il s'enivre très vite et pleure quand il est soûl. Son fils unique, Wilhelm, rentre du front russe pour célébrer son dix-neuvième anniversaire. Le père et le fils boivent trop, et je dois jouer encore et encore des chansons du folklore allemand. Puis ils me chassent à l'arrivée des deux prostituées ukrainiennes prévues pour la soirée. Le lendemain, dix jeunes Juifs sont sélectionnés et emmenés à une quinzaine de kilomètres, dans un champ bordant une rivière. On explique à ces Juifs qu'ils vont pouvoir courir jusqu'à l'eau, et que ceux qui atteindront la rivière seront libres. Krüger et son fils se trouvent au milieu du champ, à cinquante mètres, armés de gros fusils de chasse. Lorsque les Juifs courent, père et fils tirent à tour de rôle sur les cibles mobiles. Ce sont d'excellents tireurs. Quelles que soient ses esquives ou la vitesse de sa course, aucun Juif n'atteint la rivière. Krüger me raconte l'anecdote plus tard dans la soirée, en même temps qu'il me demande de ne jouer que du Haydn.

« Un vieux rabbin orthodoxe, qui s'appelait Nebenstall, est pris à prier, et humilié publiquement par la Gestapo. Ils l'obligent à cracher sur la Torah jusqu'à ce qu'il n'ait plus de salive. Alors ils le forcent à uriner sur le livre sacré. Ils veulent ensuite le faire déféquer sur la Torah, ce qu'il ne parvient pas à faire, car il n'a pas mangé. Ils lui apportent du pain. Miche après miche, ils le lui enfournent dans le gosier. Mais ils mettent trop de vigueur à le nourrir et l'étranglent en voulant lui faire avaler le pain. Ils l'abandonnent sur place. Des Juifs se battent pour avoir le pain qui reste dans la bouche du rabbin mort. Un autre rabbin récupère la Torah souillée et l'enterre, solennellement et en secret, dans le cimetière juif.

« En octobre, la Judenrat reçoit de Krüger l'ordre de dresser une autre liste, de mille Juifs cette fois. Le ghetto rétrécit encore. Nous choisissons les Juifs au plus bas de l'échelle, les pauvres, les moins considérés ; les malades et les faibles sont des cibles faciles de même que les vieillards qui n'ont pas produit de descendance notable. Nous protégeons nos familles et celles de nos amis. Chaque fois que nous valsons avec l'ennemi, nous nous avilissons davantage. Quand la sélection est achevée et les camions partis, les nazis nous donnent un peu de nourriture supplémentaire pour les nôtres. Pour une miche de pain, nous vendons les enfants d'Israël qui connaîtront bien pire que l'esclavage.

« Un jour, mon beau-père m'entraîne presque de force à son usine. Le directeur a suivi les Russes lorsqu'ils ont quitté la ville, et Saul doit reprendre l'affaire. Il s'agit d'une fabrique de vêtements que les Allemands réquisitionnent pour la confection de capotes d'hiver pour les soldats. Saul me confie à un maître tailleur à qui il ordonne de m'apprendre à coudre un manteau. Je suis furieux et lui lance au visage que je suis pianiste, et que cet endroit est fait pour employer des paysans. Saul m'attrape par la manche et me secoue. Il est vieux mais fort. "Apprends à coudre, me crie-t-il. Apprends à faire quelque chose dont les Allemands ont utilité. Besoin." Le maître tailleur m'enseigne donc l'art de coudre droit. Il me fait recommencer jusqu'à ce que je sache piquer correctement. L'art des fermetures Eclair et des cols est complexe. Saul vient vérifier mes progrès et nous nous disputons encore. Mais il me force à venir tous les jours. Je couds au lieu de faire des gammes. Je couds au lieu de pratiquer les grands compositeurs. Je couds et je déteste mon beau-père. Je vous le dis aujourd'hui, quarante ans après : cet homme que je hais, Saul Youngerman, cherche à me sauver la vie en faisant de moi un tailleur. Les nazis n'auraient pas hésité à expédier Beethoven à la chambre à gaz, sauf s'il avait été capable de coudre une chemise pour un soldat du front est. Il a fait de moi un musicien doublé d'un tailleur.

« Un jeune type de la Gestapo, un certain Schmidt, sème la terreur parmi les Juifs. Il a coutume de gifler ceux qu'il croise dans la rue. Schmidt adore ce jeu parce que les vieux commencent à tomber à genoux dès qu'ils l'aperçoivent. Un jour, je vois la scène de mes propres yeux. Schmidt marche dans une rue du ghetto et tous les hommes s'agenouillent à son passage. Je suis un de ces hommes.

« Schmidt ressemble à un albinos et il a une réputation de violeur. Il violait les Ukrainiennes et les Polonaises aussi volontiers que les jeunes Juives. A une différence près. Les Juives, il les déflore pendant que les parents écoutent dans la pièce voisine, et il les abat aussitôt après. Certaines ne sont que des fillettes. Les Juifs cachent leurs filles quand le bruit circule que Schmidt est à proximité du ghetto.

« Il devient vite manifeste qu'une vie juive compte pour moins que rien. C'est même la seule certitude au sein du ghetto. La famine y est le lot quotidien. La quête de nourriture devient une entreprise désespérée. Les quatorze entrées du ghetto sont gardées par la police ukrainienne. Certains Ukrainiens sont de braves gens qui subissent les mêmes horreurs que le sort réservé aux Juifs qu'ils tentent d'aider. De vils informateurs juifs rapportent la mansuétude des

Ukrainiens qui disparaissent de leur poste, et on ne les revoit plus jamais. L'Ordnungsdienst porte un uniforme de type militaire, voulu par ses propres membres. C'est la police juive et ses membres gagnent certaines faveurs en jouant les indicateurs pour le compte de la Gestapo. Ce sont les hommes de main de la Gestapo. Mais je dois dire qu'ils ne sont pas pires que moi. Le ghetto est un abattoir et nous sommes tous du bétail promis au massacre. Dans un tel cauchemar, la seule façon pour un Juif de prouver son innocence est de mourir. Les gens commencent à mourir de faim, et leurs cadavres sont empilés comme du bois de chauffage le long des immeubles. Envier les morts est devenu courant.

« Certains Juifs sont plus mal lotis que d'autres. Je regarde les hommes chargés d'emporter les matières fécales à la rivière. Ils sont affamés, horribles à voir, et poussent les chariots comme de vieux chevaux brisés. La tâche est pénible, dégradante. Une puanteur leur colle à la peau. Pourtant, leur travail nous sauve tous de l'épidémie. La plupart meurent du typhus.

« Gisela est le nom de la mère de Sonia. Elle est douce, gentille, aimée. Mais son mari, Saul Youngerman, la rend folle par les risques insensés qu'il prend. Saul soudoie les Ukrainiens et la police juive. Il trouve même le moyen d'acheter la Gestapo. Il organise un circuit de contrebande pour faire entrer de la nourriture dans le ghetto. Bien qu'il connaisse les conséquences de ses actes insensés, Saul Youngerman entretient des contacts secrets avec les partisans qui tendent des embuscades aux troupes allemandes dans la campagne. Un indicateur juif, le criminel Feldman, dénonce Saul à la Gestapo en prétendant qu'il a fait entrer un fusil dans le ghetto. Ce n'est pas vrai, mais c'est un arrêt de mort pour Saul Youngerman. Sa femme, Gisela, est emmenée avec lui dans les locaux de la Gestapo. Sonia et mes fils auraient été embarqués avec eux, mais ils sont dehors avec Sonia, en train de chercher un peu de lait. Je les trouve après des recherches affolées dans le ghetto — cachés dans l'abri des égouts.

« Le même soir, je joue du piano chez Krüger, pour le dîner. Il ne laisse en rien transparaître qu'il sait que mon beau-père se trouve entre ses mains. Avant que je trouve les mots ou le courage de lui poser la question, il me signifie mon congé. Lorsqu'elle découvre que je ne l'ai même pas interrogé sur le sort de ses parents, Sonia me boude. Et elle continue de me faire la tête tandis que j'essaye de m'expliquer.

« D'autres membres de la Judenrat viennent me trouver pour s'enquérir du sort de Saul et Gisela. Nous décidons ensemble de nous rendre en groupe au bureau de Krüger afin de découvrir où ils se trouvent, et ce en ayant au moins la force que donne le nombre. Le Dr Weinberger conduit notre délégation en tant que chef de la Judenrat. Même les nazis le respectent, car il soigne et guérit certains membres de la Gestapo lorsqu'ils se rompent les os en allant dans le fossé avec leurs camions. Quand nous voyons Krüger à son bureau, il frappe Weinberger au visage avec sa badine d'officier et roue le pauvre homme de coups, tandis que les autres l'implorent. En hurlant, il nous dit qu'il y aura une *Aktion* spéciale pour la Judenrat et nos familles de Juifs si nous n'apprenons pas à respecter son rang. Puis il s'adresse à moi personnellement et crie qu'il sait que je suis derrière cette visite. "Alors comme ça, dit-il, vous aimeriez voir votre beau-père?" Je ne parle pas parce que la peur me rend muet. Mais je fais oui de la tête. Il me dit qu'il sait comment on traite les porcs, que son grand-père en élève, que les porcs finissent tous de la même façon. Puis il m'emmène à l'abattoir qui se trouve à l'extérieur du ghetto et me fait entrer à l'intérieur. C'est l'endroit où la Gestapo a installé sa prison et son centre d'interrogatoire. J'entends des gens hurler et gémir, mais je ne vois personne. Krüger marche vite, et je le suis. L'odeur de sang et de déjections est partout, mais je ne peux dire si elle est humaine ou animale. Nous arrivons devant un gardien, une porte. "Les Youngerman sont-ils disponibles pour recevoir une visite ?" demande-t-il au gardien dans un allemand dialectal dont il pense que je ne le comprends pas. Le gardien répond avec un faux sourire que oui, ils sont parfaitement disponibles. J'avance dans l'obscurité et Krüger allume une lampe. Ils ont suspendu Saul Youngerman à un crochet à viande. La pointe lui a transpercé l'omoplate. Je ne reconnais pas son visage tellement il a été battu. Mais il est encore en vie et ses yeux gonflés fixent quelque chose à l'autre bout de la pièce. En suivant son regard, je vois Gisela, nue, pendue par les pieds, éventrée d'un long coup de lame qui va de la gorge au pubis. Ses intestins pendent à l'extérieur de son corps et lui cachent presque le visage. Krüger sort pendant que je regarde. Je l'entends vomir dans le couloir.

« Ce soir-là, il me fait jouer "Les Quatre Saisons" de Vivaldi pendant qu'il dîne.

« Malgré ses questions répétées, je ne raconte jamais à Sonia ce que j'ai vu à l'abattoir. Je lui dis que ses parents ont été emmenés avec un convoi. Je ne raconte pas non plus aux autres membres de la Judenrat. Je ne pense pas qu'il me faille aggraver les peurs communes. Désormais, nous savons tous que nous sommes à la merci de bouchers et de déments. Sonia essaye de se donner du cœur en se disant que ses parents ont été envoyés en camp de travail. Je l'encourage dans ce sens. Le désespoir est un pain quotidien dont nous ne sommes pas en manque.

« En juillet, nouvelle *Aktion*, et cinq cents autres Juifs sont conduits au massacre. La brigade juive des pompiers est emmenée à la campagne et contrainte de creuser une grande fosse commune. Les malheureux Juifs doivent ensuite se déshabiller complètement afin que leurs vêtements servent à confectionner des uniformes pour le Reich. Alors qu'il est aligné avec les autres, face aux fusils-mitrailleurs, un jeune Juif, nommé Wolinski, se précipite sur un des gardes de la Gestapo. Il a caché un couteau de treize centimètres, scotché sur sa cuisse. La lame pénètre dans la gorge du soldat de la Gestapo qui s'étrangle avec son propre sang, mais court après Wolinski pour lui planter une baïonnette dans le dos. Il ne lui faut pas longtemps. Wolinski est à moitié mort lorsqu'il offre aux nazis sa version spéciale de la "Sonnerie aux morts". Pour rendre hommage à Wolinski, les Allemands rassemblent cinq cents autres Juifs le lendemain, pour être exterminés. Je le sais. Je passe la nuit, avec les autres membres de la Judenrat, à décider quels noms figureront sur la liste. Toujours, nous choisissons les plus pauvres et les plus démunis parmi nous. Toujours, nous choisissons ceux que nous ne connaissons pas et qui n'ont pas de liens familiaux avec nous.

« Toute ma vie j'ai été un obsédé de la propreté. Mais tant pis pour l'hygiène au ghetto. Comme n'importe quel autre Juif, je dois survivre dans un environnement d'une crasse ignoble. La nuit, les rats sont les princes des ténèbres, et nous les entendons remuer les marmites et les casseroles en quête désespérée de quelques reliefs de nourriture. Le meilleur endroit pour eux est le cimetière où ils peuvent engraisser, grâce au peu de viande qu'ils peuvent trouver sur les os des Juifs faméliques. Les punaises sont à ce point nombreuses et mauvaises que nous devons souvent réveiller nos enfants et sortir dormir dans la rue, sous les étoiles. L'hiver, nous n'avons d'autre choix que celui de faire la guerre aux punaises, aux blattes, aux poux. L'eau est précieuse. Même sale, elle reste précieuse. Un soir, un vieux Juif prend le temps de fermer les yeux pour bénir le morceau de pain qu'il s'apprête à manger, lorsqu'un rat surgit d'un placard et arrache le pain des mains du vieil homme. Le vieux Juif devient fou de rage, tue le rat d'un coup de chaussure, le dépèce, le fait cuire sur un feu, avant de le dévorer goulûment. Un rabbin s'approche de lui, non pas pour reprocher au vieil homme de manger de la viande qui n'est pas kascher, mais pour connaître la saveur de l'animal. Il était à ce point, le désespoir des Juifs de Kironittska.

« Un criminel du nom de Berger est placé à la tête de l'Ordnungsdient après que le précédent chef a été abattu en pleine rue par l'Oberscharführer pour n'avoir pas exécuté un ordre assez vite. Ce Berger est construit comme un roc, et occupe un poste de simple manœuvre à la gare où il porte les colis. C'est un ivrogne, un voyou, et il est bête comme un goy, Jack, si vous voulez bien excuser l'expression. Les Juifs comme Berger sont la honte des autres Juifs, mais ils sont circoncis, conformément à la promesse faite, alors que faire ? Les nazis se moquent bien d'avoir affaire à un Einstein ou un Horowitz s'ils trouvent la *mezozah* à la porte et le prépuce coupé. Berger est armé d'un fer de golf, d'un uniforme, et il adore battre les Juifs cultivés pour les soumettre. Certains le craignent davantage que le soldat allemand moyen.

« Certaines jeunes Juives se prostituent auprès des nazis ou de quiconque est capable de les nourrir. Si un soldat allemand couche avec une Juive, c'est la mort pour tous les deux, conformément aux lois raciales. Mais les hommes sont ce qu'ils sont, les femmes aussi, et par ailleurs, pour manger, chacun est prêt à tout. Parce que je fais partie de la Judenrat, nous avons plus de nourriture que les autres, aussi suis-je moins inquiet.

« Un jour, je marche dans la rue principale du ghetto, rentrant chez moi après une journée à l'usine passée à reconvertir des manteaux de fourrure en uniformes chauds pour les soldats allemands engagés sur le front est. Je suis épuisé par le travail et le peu d'espoir. J'avance lentement, la tête basse, m'efforçant de n'attirer l'attention de personne, ce qui est toujours la meilleure stratégie de survie. Je me trouve brutalement au centre d'une vive agitation, un orage. Beaucoup de cris, des hurlements, des pleurs. Je lève les yeux, deux membres de la Gestapo ont pris deux gamins juifs qui introduisaient de la nourriture clandestine dans le ghetto. Un des gosses a dix ans, l'autre neuf. Ils sont frères et pleurent tandis que les soldats les giflent violemment, encore et encore. Ils emmènent ces deux garçons vers une place, où des cordes sont prêtes sur un échafaud, pour pendre les Juifs, les Polonais et les

Ukrainiens qui déplaisent aux nazis. Les nazis adorent pendre les gens pour l'exemple. Krüger arrive à cet instant précis au volant d'une Jeep.

« Les deux gamins pleurent très fort quand on les pousse vers l'échafaud, mais dans la mesure où il s'agit manifestement d'enfants, je pense qu'il ne leur arrivera rien. Ils ont tenté de faire entrer dans le ghetto du poisson en conserve et une bouteille de vodka, denrées qui atteignent désormais des prix incroyables. Comme pour une farce, ces gamins sont juchés sur un tabouret, on leur attache les mains derrière le dos, on leur passe la corde au cou. La scène est épouvantable, et j'entends des Juifs gémir car ils savent qu'il ne servirait à rien d'élever la voix pour protester. J'ai personnellement l'impression de traverser un décor inimaginable qui n'aurait de sens que si j'étais dans un cauchemar. Je ne peux détourner mon regard de ces enfants qui, en temps normal, seraient en train de jouer au football dans une cour d'école. Puis j'entends appeler mon nom, et c'est Krüger qui me voit et m'ordonne de sortir de la foule qui s'est formée. "Ce ne sont que des enfants", dis-je en courbant l'échine, et il me cingle le visage d'un coup de cravache, et je sens le goût du sang dans ma bouche. Monte alors un autre vacarme tandis qu'un homme joue des coudes pour arriver devant la foule. Il s'agit de Berger, la brute prétentieuse qui commande l'Ordnungsdient. Il crie : "Ce sont mes fils ! Les fils de votre serviteur docile, Berger, qui va se charger de les punir avec la dernière sévérité. Je jure devant mon Créateur.

— Il n'y a ici ni fils ni enfants, dit Krüger à la foule, mais deux ennemis du Reich qui doivent recevoir un châtiment impitoyable." Et Krüger de s'assurer personnellement que les nœuds coulants sont bien en place. Les deux gamins hurlent pour appeler leur père, qui tente de courir vers eux mais est foudroyé dans son élan par un coup de crosse qu'il prend dans la nuque. Berger est fort comme un bœuf, la peur le rend fou, et les hurlements de ses fils le remettent tant bien que mal sur ses pieds, tandis qu'il leur crie de ne pas s'inquiéter. En yiddish, il répète inlassablement à ses fils que Yahvé les protège. Sauf que Yahvé a pris de longues vacances, loin de son peuple élu, en ces temps-là. En tout cas, il n'était pas en Europe de l'Est, Jack, ça j'en suis certain.

« De nouveau j'entends mon nom appelé par Krüger. Il parle doucement, sur un ton presque amical, alors la foule n'entend pas. "Vous êtes membre de la Judenrat, un dirigeant pour votre peuple, me murmure-t-il. Alors voyons comment vous prenez les décisions difficiles, comment vous vous acquittez des tâches que l'état de guerre exige de tous les serviteurs du Reich. Il y a trop longtemps que les Juifs sont des parasites et des sangsues. Faites une chose qui contribuera à débarrasser le Reich de cette vermine. Pendez ces deux merdeux, pianiste."

« Berger se met à plaider pour ses fils et j'entends les soldats allemands tenter de le réduire au silence, mais il est fort et réagit comme un animal. Il force le passage jusqu'à ce que trois membres de la Gestapo, surgis de nulle part, parviennent à le contenir. Alors Krüger me dit — et ce sont les mots qui me font changer d'attitude, Jack —, il dit : "Si vous ne les pendez pas tout de suite, je pendrai demain votre jolie Sonia et tous vos délicieux enfants à cette même potence." A ces mots, je n'hésite pas une seconde. Je m'avance vers les deux gamins, et sous le regard plein de haine de leur père, je pousse les deux tabourets d'un coup de pied. Krüger me rattrape par le col alors que je tente de me détourner. Il me force à regarder les deux enfants se tortiller et se débattre avant de mourir d'une mort horrible. Le plus jeune met beaucoup plus de temps que son frère aîné.

« Berger hurle de douleur et je pense n'avoir jamais entendu pareille souffrance. A l'état pur. Ils le traînent de force et l'emmènent dans les locaux de la Gestapo. De là-bas, seules les prostituées ressortent vivantes. Lorsque je rentre chez moi, je raconte ce que j'ai fait à ma Sonia, et elle me serre dans ses bras, me couvre le visage de baisers. Elle me dit de ne pas m'inquiéter, de ne pas souffrir, que nous sommes mis à l'épreuve en tant que Juifs, et que nous survivrons en tant que Juifs, et que nous leur montrerons à tous que nous sommes issus d'un peuple persécuté depuis trois mille ans. "Ils peuvent faire ce qu'ils veulent de nos corps, me dit-elle, en m'embrassant, en me serrant contre son cœur, ils peuvent nous affamer, nous torturer, nous massacrer à la chaîne, mais nos âmes continueront de nous appartenir. Ils ne peuvent nous voler, mon cher époux, ce que nous sommes en vérité." Sonia avait raison pour elle. Elle se trompait pour George Fox.

« Cette nuit-là, Krüger me demande de lui jouer du Haydn et j'interprète à la place un morceau de Telemann, et ce pauvre idiot ne soupçonne pas un instant ma supercherie. Ce n'est pas un péché de ne pas avoir de culture. C'en est un de faire semblant. Ce soir-là, en jouant Telemann, je fais comme si je jouais devant un public royal à Londres, et je réussis une performance si brillante que même les Britanniques taciturnes se lèvent pour m'applaudir. Je vais jusqu'à me convaincre que je n'ai pas participé le jour même à la pendaison de deux enfants juifs innocents. J'ai leur sang sur les mains pendant que je joue Telemann.

« Le monstre Krüger commence à donner des signes de grande nervosité au fur et à mesure que l'automne se refroidit. Certains jours il ne sort pas de chez lui. D'autres, il est intempestif, brutal, et partout à la fois. Une famille juive a caché de l'or et des diamants sous une pierre dans une église chrétienne et, quand ils sont pris, Krüger fait battre à mort toute la famille avec une statue de saint Joseph qu'il fait chercher dans cette église. L'une des victimes est une fillette de deux ans. La brigade juive des pompiers a ordre d'avoir en permanence des fosses creusées pour cinq cents corps au moins.

« Un de ses mauvais jours, Krüger vient à l'usine où je suis en train de coudre des manteaux. Chaque tailleur juif qui voit Krüger pénétrer dans son lieu de travail manque de faire un arrêt cardiaque instantané. Il a fini par incarner l'Ange de la Mort en personne dans le ghetto. La gestion de l'horreur prélevait un tribut jusque sur le visage de Krüger. Sa chair devient flasque, comme s'il pourrissait de l'intérieur. D'un mouvement du doigt, il me fait signe de le suivre. Que puis-je faire ? Je suis son esclave, alors bien sûr, je le suis.

« A l'arrière de sa voiture, il me met. Il crache sur mon étoile de David, histoire de me rappeler ce qu'il pense de tous les Juifs. Je trouve cela presque comique — ai-je besoin de ce rappel ? Il me fait passer dans les rues de Kironittska et s'arrête devant un orphelinat plein de petits enfants. Ce mois-là est arrivée une énorme cargaison de Juifs hongrois dont le ghetto ne veut pas, et n'a pas utilité. Les Juifs de Kironittska traitent les Juifs hongrois de façon ignoble, à quelques rares exceptions. Chez les humains, ce sont toujours les rares exceptions qui permettent de penser que Dieu a eu raison de créer le genre humain. Mais à l'orphelinat, ce jour-là, l'idée même de genre humain est absurde.

« Dans des camions, ils ont chargé plus de cent enfants, les plus petits, les plus vulnérables. Douze d'entre eux ne sont même pas juifs. Quatre ont commis le crime de naître polonais. Huit sont coupables d'être ukrainiens. Il y a beaucoup de bébés. Certains pleurent. La plupart n'ont pas la force. La voiture de Krüger conduit le petit convoi hors de la ville. Je dois vous dire que je crains plus pour ma propre vie que pour toute autre chose pendant ce trajet. Je ne me souviens pas d'avoir pensé un seul instant à ces malheureux enfants. Nous roulons pendant une heure pour arriver en altitude, dans des montagnes à peine visibles de Kironittska par temps clair. Nous arrivons à un pont, au-dessus d'une gorge au fond de laquelle coule un torrent furieux, cent mètres plus bas. Une hauteur à ne pas y croire. Les soldats commencent par les bébés. Ils les attrapent par les pieds, les mettent dans un sac de grosse toile. La plupart des enfants pleurent, d'autres se débattent, certains sont déjà à moitié morts et ne protestent pas. Krüger sort un beau fusil de chasse avec lequel, me dit-il, il a chassé le cerf et le sanglier en Bavière. La crosse est gravée.

« Pendant la route, les soldats allemands se sont enivrés au cognac. Un par un, ils ramassent les paquets d'enfants inutiles et les jettent par-dessus la rambarde, dans le cours d'eau, tout en bas. Le pont semble prêt à se briser sous la terreur des enfants. Ceux qui n'ont pas été mis en sac sont pris de panique. Certains appellent leur mère. Aucun ne sait vraiment ce qui arrive, et c'est le seul élément d'humanité dans cette scène indescriptible. Krüger charge son fusil, vise. Il touche environ un enfant sur trois au fur et à mesure que les ballots sont jetés par-dessus bord. C'est un fin tireur, renommé même chez les S.S. Il essaie de faire tourbillonner chaque paquet qu'il tire. Un des bébés rebondit ainsi trois fois avant de toucher l'eau, et les soldats allemands acclament Krüger pour son adresse. Il parvient ensuite à faire mouche sur quinze enfants de suite, avant de manquer un bébé sur lequel il ne tire qu'à l'instant où il va toucher l'eau. Mais il ne tarde pas à se lasser de ce jeu et range soigneusement le fusil dans son étui. Il hurle à ses soldats de se dépêcher d'achever le travail, et ils se mettent alors à jeter les vingt ou trente enfants qui restent dans le précipice, sans prendre la peine de les emballer. Je vois cinq bébés nus plonger vers la mort. Ils se trouvent à des hauteurs différentes au-dessus du vide et volent, innocents et condamnés. L'affaire est rapidement conclue et nous reprenons la route pour la ville. Krüger ne m'adresse pas une seule parole. Et je sais que si je parle, il me tirera une balle dans la tête.

« Le soir, il me demande de lui jouer quelque chose de beau, quelque chose qui le soulagera de la terrible souffrance que représente sa mission. Je joue le « Concerto n° 21 » de Mozart, parce qu'il contient une sorte de beauté secrète. Au milieu du concerto, Krüger se met à pleurer et je comprends qu'il est encore ivre. Il se met à parler, mais il ne dit rien des enfants massacrés. Il parle de devoir, de devoir strict. Pour être un bon soldat, il doit exécuter la moindre consigne du Führer avec un maximum de férocité. Il lui serait plus facile d'être souple, parce que dans la vie civile, on le connaît comme un homme affable, gentil et bon vivant. Tout le monde lui dit qu'il gâte ses enfants, surtout sa fille, Bridget. Il est banquier dans son autre vie, et son seul problème est qu'il voudrait prêter de l'argent à tout le monde. Il est malheureux de devoir dire non, même à un ivrogne ou un bon à rien. Pendant une heure, il me raconte d'une voix douce qu'il est un tendre, qu'il adore cueillir des brassées de fleurs des champs pour sa petite Bridget, qu'il aime faire goal contre ses deux fils, et qu'il les laisse toujours marquer quelques buts avant l'heure du dîner. J'interprète Mozart et fais en sorte de m'occuper de mes affaires. Il pleure, il boit, il pleure, il boit. Puis il s'écroule et je sors de chez lui sur la pointe des pieds, pour traverser le ghetto, le soir du jour où Krüger a fait jeter plus de cent orphelins du haut d'un pont sur l'Ukraine. S'il existe un Dieu, Jack, ces orphelins auront rencontré Krüger sur un pont au-dessus de l'enfer. Dieu devait alors tourner le dos, comme il l'a fait avec son peuple élu pendant les années dont je parle, pour ne jamais se retourner, aussi affreux que deviennent les hurlements de Krüger, aussi longtemps qu'ils durent, et j'espère que ce sera l'éternité.

« Chaque jour je croise de plus en plus de gens affamés. Ils ont les jambes qui enflent et changent de couleur. Ils se déplacent bizarrement, comme s'ils étaient immergés, et l'on commence à reconnaître ceux qui seront morts dans les prochains jours. Ils sont dans un halo, dégagent une puanteur, et l'on apprend à faire un large détour quand on les croise. Parce que je suis membre de la Judenrat, tailleur à l'usine, et pianiste de Krüger, ma famille est bien nourrie, relativement. Nous vivons dans la crasse et la misère, mais nous mangeons mieux que la plupart des Juifs du ghetto. C'est pour moi une satisfaction, et puis ma belle Sonia ainsi que les enfants sont tous en vie.

« Puis un Juif du nom de Sklar, jeune, ardent, athlétique, reçoit un nazi venu arrêter sa mère et son père avec un flacon d'acide chlorhydrique. Ce Sklar jette l'acide au visage de la bête nazie, qui hurle pendant que la brûlure de l'acide lui dévore les yeux et la moitié du visage. Ce Sklar est abattu sur place par d'autres Allemands et ses parents prennent tous les deux une balle dans la tête. Krüger ordonne que son corps soit pendu publiquement et brûlé. Mais la soif de sang de Krüger n'est pas étanchée par une rétribution si clémente. Le nazi qui a perdu les deux yeux et la moitié du visage est renvoyé dans ses foyers à Düsseldorf, et Krüger convoque la Judenrat pour une réunion nocturne, au cours de laquelle il exige la pendaison de trois cents Juifs aux divers lampadaires de Kironittska, à titre de représailles après l'attaque d'un soldat du Reich. La Judenrat lance un appel à volontaires, mais rares sont les hommes susceptibles de se porter volontaires à leur propre exécution.

« Les membres de la Judenrat sont au bord de la folie. Les vieillards sont ensuite retenus pour la pendaison, sous le prétexte qu'ils ont eu le temps de goûter à la vie. On fait une descente à l'hôpital et tous les grands malades sont tirés de leur lit. Les fous mis dans le lot, et l'on se raconte qu'on leur rend en fait service puisqu'ils ne distinguent pas entre la vie et la mort. Krüger est un Dieu mauvais auquel nous devons obéir en désignant nos frères juifs pour le massacre. Lorsque nous nous trouvons à court, Krüger hurle qu'il pendra tous les membres de la Judenrat ainsi que leur famille si nous ne lui fournissons pas le nombre exigé. C'est alors que nous avons la chance, pensons-nous sur le moment pour en souffrir plus tard, qu'arrive par la gare une cargaison de Juifs hongrois. Pendus à des lampadaires, des poutrelles extérieures, des échafauds de fortune, trois cents Juifs sont sacrifiés pour un seul nazi rendu aveugle. Krüger les laisse exposés jusqu'à ce que leurs corps entrent en décomposition.

« La nuit de ces exécutions sommaires, Krüger me

fait jouer du Wagner. Wagner, l'antisémite. Sauf que Krüger est un homme stupide et que ses choix musicaux du jour ne sont le reflet d'aucune ironie de sa part. Une fois de plus, il s'enivre et se met à marmonner : "Vous ne savez pas le prix. Vous ne savez pas le prix." Je joue comme si je n'entendais pas. Je joue Wagner pendant que, la même nuit, trois cents Juifs traversent la mer Rouge pour accéder à la Terre promise. Trois cents hommes qui ont tenu la promesse faite à leur Créateur se balancent dans le vent glacial qui descend des montagnes entourant Kironittska. Si, je connais le prix, Herr Krüger, je connais le prix exact, parce que vous m'avez obligé à choisir pour vous chacun d'eux.

« Judenrat. J'ai du mal à prononcer ce mot à voix haute. La honte que je ressens en disant ce mot m'enfonce dans un tel désespoir que j'ai du mal à respirer ensuite. Dans le ghetto de Varsovie, le chef de la Judenrat se suicide. Je me dis que c'est la seule réponse appropriée. Mais elle demande un courage que je n'avais pas en entrant dans cette guerre. Que feront Sonia et mes fils si je m'ouvre les veines ou si j'avale de la mort-aux-rats ? Je connais quatre familles qui ont pris du poison tous ensemble. De façon à choisir leur mort. Moi, j'attends que la bête nazie ait faim et cherche une proie. Qui penserait que cette bête nazie jetterait un jour son dévolu sur la jolie Sonia ?

« Egoïstement, j'ai décidé que ma femme et mes enfants survivront, quitte à ce que le reste du monde soit condamné. Un jour pourtant, l'usine est fermée par crainte du sabotage d'une des machines, mais ce n'est rien et on nous renvoie simplement chez nous avec des menaces et pas de rations supplémentaires. J'arrive dans l'appartement surpeuplé où est logée ma famille, au milieu d'autres familles, dont certaines arrivées récemment de Hongrie. Mes enfants sont confiés à la garde d'une vieille paysanne juive. Je demande où se trouve ma femme, en prenant le bébé tandis que mes deux aînés fouillent mes poches en quête de nourriture. Il est difficile de prononcer les noms de mes fils. A son retour, Sonia est surprise de me trouver là. Puis très gênée. Je lui demande où elle était, car il est dangereux pour une femme séduisante de se trouver dans la rue avec la police ukrainienne et les soldats allemands qui patrouillent en permanence. Elle pose un doigt sur mes lèvres, regarde le sol et dit : "Je t'en prie, mon mari, pas de questions."

« La même nuit, lorsque la ville dort, avec les ronflements des étrangers et une couverture pour nous séparer des autres, je veux prendre ma femme dans mes bras. J'ai besoin du réconfort de son corps. Je voudrais tout oublier en lui faisant l'amour. Elle m'embrasse comme d'habitude, puis me dit que plus jamais nous ne pourrons faire l'amour, qu'elle m'a déshonoré, qu'elle a déshonoré nos familles, que je ne dois plus jamais la serrer dans mes bras. Elle pleure beaucoup dans le noir, me demande de lui pardonner. Un mois plus tôt, le monstre, Krüger, vient la trouver et lui ordonne de se rendre chez lui car il a décrété qu'elle fera une prostituée agréable. Il fait de longues digressions pour lui expliquer qu'il ne croit pas aux lois sur la pureté de la race prêchées par les nazis, mais qu'il les défend en paroles pour protéger sa carrière. Devant lui, elle tremble et le supplie de ne pas l'obliger à cela. Mais parce qu'il est le roi de cette portion de l'enfer, il rit en lui faisant savoir qu'il se fera un plaisir de fusiller son mari et ses enfants dans la rue, puis de la faire venir chez lui comme domestique. Et il abandonne ensuite ses explications et son rôle de séducteur qui commence à l'ennuyer, pour la violer sur le divan, près du piano. Il exige qu'elle se présente chaque jour chez lui. Sonia supplie Krüger de ne pas me révéler mon infortune. Dans sa grande générosité, Krüger accepte. "C'est chaque fois un viol, mon cher mari", proteste la douce Sonia. Elle m'explique ensuite qu'elle ne peut plus m'aimer parce que Krüger lui a transmis la syphilis. Adorable Sonia. Sa souffrance et sa honte, cette nuit-là, entre mes bras, dépassent presque ce que chacun de nous peut supporter. Mais au petit matin, nous renouvelons notre serment d'amour. Ils peuvent tout nous prendre, mais notre amour réciproque nous appartient à jamais.

« On croit que l'on a vu ou imaginé le pire qui puisse arriver aux Juifs du ghetto. Et puis survient une autre horreur, complètement destructrice. On prie pour n'avoir plus d'imagination. Et l'on voit sa prière exaucée. On apprend que le mal est un puits sans fond. Le désespoir qui m'étreint l'estomac est paralysant.

« Pendant que je vous raconte ces choses, Jack, je m'inquiète de la façon dont je les raconte. Je me demande : croit-il que j'exagère ? Est-ce que j'oublie des détails importants qui le persuaderaient de l'authenticité de ces événements ? Devrais-je laisser de côté des choses qui semblent trop abominables, incroyables ? Est-ce que je semble assez sincère ? Qu'en pensez-vous, Jack ? Dites quelque chose. Vos yeux. J'ai toujours détesté vos yeux. Les yeux de Krüger. Les yeux de l'Allemagne. Ha ! les yeux de mon gendre.

« Arrive la typhoïde. Puis le choléra. Avec le froid qui s'accentue, approche la fin du ghetto. Les choses ne se passent pas trop bien pour l'Allemagne, sur le front russe. La Mère Russie a entrepris de dévorer les armées de l'envahisseur, comme elle le fait toujours. Les expressions commencent à changer sur les visages allemands.

« On se met à sortir les morts dans la rue, comme les ordures du matin.

« Krüger commence à s'adresser à moi comme si nous étions de vieux amis. Il a besoin de parler et il me choisit, moi. Il n'aime pas que je réponde à haute voix, alors je hoche la tête pendant que mes doigts courent sur le clavier. J'apprends à compatir à son malheur, au tourment de son commandement. Il me dit une chose intéressante. Ce monstre, Krüger, m'apprend que je ne comprendrai jamais ce que c'est que d'avoir une ville entière sous son contrôle. Il sait que la ville fonctionne sous le régime de la seule terreur, mais il a appris que la terreur a ses limites. Je suis en train de jouer Dvorak pendant qu'il exprime cette pensée. Il renverse son cognac en méditant ce dilemme. Chaque vie, à Kironittska, est là pour le plaisir. Lui, Krüger, peut faire tuer tout le monde. Dans les locaux de la Gestapo, des hommes et des femmes sont fréquemment torturés à mort. Il connaît le coup des clous sous les ongles, la douleur que ça provoque. Toutes les parties du corps peuvent servir à la torture. On peut enfoncer des ciseaux dans les narines, les tympans, l'anus. On peut arracher brutalement la peau des testicules. Chaque orifice peut devenir un tunnel de ce qu'il nomme "exquise souffrance". Chaque langue peut être contrainte à parler, puis arrachée. Il se rend compte que la souffrance humaine ne le touche plus du tout. Il peut ordonner la mort de dix mille personnes et hésiter davantage à écraser un insecte sous son talon. Sa fille a attrapé une pneumonie et son fils a de mauvaises notes à l'école. Il me dit qu'il aimerait que sa femme soit meilleure cuisinière. Il avait joué comme goal, autrefois, dans une équipe de football scolaire. "Ce ne sera plus long maintenant", dit-il, mais il n'explique pas. Ce soir il aimerait entendre Mozart au lieu de Beethoven. L'imbécile ne sait pas que je jouais du Dvorak.

« Le lendemain, deux mille personnes sont regroupées pour une *Aktion*, emmenées jusqu'à une fosse commune creusée par les pompiers juifs, et passées au fusil-mitrailleur, dans la neige. Cette fois il y a une surprise : ils abattent aussi tous les pompiers.

« Le soir, je joue du piano et Krüger est ivre à son arrivée. J'interprète Brahms. Il vient se placer près du piano pendant que je joue. Il ne l'a jamais fait. Il me touche l'épaule d'un geste fraternel comme si nous étions amis. Puis il place ses doigts sous mon nez. C'est brutal. Soudain. "Cette odeur, dit-il. C'est votre Sonia. Vous reconnaissez l'odeur ? Elle est à moi. Pour toujours. Je suis le propriétaire de cette odeur. Tu m'entends, Juif ? Cette odeur est à moi. C'est l'odeur de ma prostituée." Il paraît presque honteux après avoir parlé. Puis il se fâche contre moi. Il me gifle violemment et je tombe du tabouret. Je me relève, me rassois, me remets à jouer. Il me jette son cognac au visage. Il crie qu'il déteste les Juifs plus encore que Hitler, qu'il aidera son Führer à les tuer tous. Il me dit ensuite que je suis le seul à le comprendre. Que je suis son ami. Qu'il est plus amoureux de Sonia que de sa répugnante épouse. Il est inquiet pour sa fille. Il a peur de tomber entre les mains des Russes. Il est pris de nausées. Il vomit près du piano. Mais ce sera bientôt terminé. Très bientôt. Il vomit encore. Il s'écroule dans son vomi. J'appelle la bonne ukrainienne et nous le portons ensemble jusqu'à sa chambre. Je sors dans la nuit. Je n'ai jamais rejoué de Brahms. Je ne peux pas. Brahms est mort pour moi, et j'aimais beaucoup Brahms.

« Il faut que je vous dise une chose concernant Sonia et moi. Après avoir appris l'histoire avec Krüger, je pense qu'elle va empoisonner l'amour entre Sonia et moi. Elle croit que sa seule vue risque de me révulser. Je me dis que je ne pourrai peut-être plus jamais croiser son regard. Mais ce n'est pas ce qui se passe. Notre amour sort renforcé et nous nous accrochons l'un à l'autre comme si nous étions les dernières personnes sur terre à ne pas avoir perdu la capacité d'aimer. Nous nous promettons mutuellement que Krüger ne pourra pas salir ce qu'il y a de plus beau entre nous. Nos corps, nos destins lui appartiennent. Mais nous nous appartenons l'un à l'autre.

« Sonia, Sonia, Sonia.

« Il ne reste plus grand-chose à présent. En février, au cœur de l'hiver, le ghetto de Kironittska est éliminé. Il reste moins de mille Juifs à évacuer en train. Krüger vient prendre congé de Sonia et moi. Bien qu'il ne puisse le dire, je vois bien qu'il est désolé de notre départ. Il est amoureux de ma Sonia. Je le vois, et il est blessé que Sonia le regarde avec les yeux du mépris. Ce monstre, Krüger, est un homme seul. Je suis seul depuis quarante ans, alors je connais la solitude de Krüger. Le train roule pendant deux jours, puis il s'arrête dans l'obscurité glacée. Notre bébé, Jonathan, meurt cette nuit-là, et sa mort brise quelque chose en Sonia. D'autres personnes, surtout des gens âgés, meurent de froid. Le train repart. Il n'y a ni eau ni commodités. Hommes et femmes doivent bien déféquer. L'odeur nous fait honte. L'odeur nous désespère. Le bruit des enfants réclamant à boire. Bref, vous imaginez. Enfin, non, vous n'imaginez pas. Cette journée en train, je la porte en moi. Le train qui brise Sonia. Nous avons tout supporté, mais c'est le train qui la brise. Ma jolie Sonia meurt avant que les Allemands aient l'amabilité de la conduire à la chambre à gaz. Quand ils ouvrent les portes d'Auschwitz, Sonia a perdu la raison. Elle a pris les devants. Je suis obligé de lui arracher notre bébé, Jonathan.

« Voilà mon tatouage, Jack. Les Allemands adorent les listes, les catalogues, tout ce qui a une place. A cause de mes talents de musicien, ils sont au courant de mon arrivée. Je suis orienté vers la file des vivants. Sonia et mes deux jumeaux rejoignent la file de la mort. Mes deux fils encadrent leur mère, comme pour la protéger. Ils savent que leur mère n'est plus là, et bien qu'ils soient seulement de jeunes enfants, ils semblent accéder à l'âge adulte dans cette file. Ils doivent accompagner leur mère à sa mort. Tous les deux me font un signe d'adieu. En cachette, pour que les Allemands ne voient pas. Ils sont emmenés vers l'éternité. Je tente de croiser le regard de Sonia, mais elle est déjà partie. Je la vois sortir de ma vie, et je vois encore, après ces années terribles, après ces choses qui sont arrivées, je vois pourquoi il fut un temps où on disait d'elle qu'elle était la plus belle femme d'Europe.

« Je revêts l'uniforme du camp lorsque je prends un grand coup par-derrière, qui me précipite au sol. Je reçois ensuite des coups de pied dans l'estomac, le visage. Il y a beaucoup d'agitation, et je me dis qu'un gardien allemand va me tuer, dans le vestiaire. Il s'agit de Berger, la brute juive de Kironittska. Celui dont les fils ont été pendus pour avoir commis le crime d'avoir volé de la nourriture. La seule chose dont se souvienne Berger, c'est que je suis celui qui a ôté les tabourets sous les pieds de ses fils. "Ce Juif, il est à moi."

« Berger est un Sonderkommando, un de ces Juifs maudits que l'on force à retirer les cadavres des chambres à gaz pour les mener aux fours crématoires. Chaque jour, il vient me trouver pour me battre un peu plus. Il fait figure de roi au milieu des damnés. Un Krüger. Finalement, il m'emmène dehors, me gifle, me tape le derrière du crâne. Il circule sans problème entre les baraquements. Les gardiens postés dans les miradors le voient, et il marche comme s'il était le concierge du lieu. Il m'amène à un endroit et j'entends des voix juives chanter un chant hébreu à la louange du Tout-Puissant. Il fait sombre et l'air est obscurci par une fumée noire. Puis se lève un cri qui ne ressemble à aucun son terrestre. Puis le silence. Berger m'expédie encore une fois au sol. Il me relève sans ménagement, et me pousse devant lui, vers un groupe d'autres Juifs, dont un tourne une roue. Je suis propulsé par une porte et reçois l'ordre de faire comme lui. A l'intérieur se trouve un tas de Juifs morts, des centaines. Essentiellement des femmes, des enfants et des vieillards. Je travaille dur pour débarrasser ces corps. Sous les coups de Berger. Je traîne les cadavres par les pieds. Certains ne pèsent pratiquement rien. Je suis en train de tirer un cadavre lorsque Berger m'interrompt et me force à regarder. C'est Sonia. Il me fait ensuite fouiller dans le tas pour trouver mes fils. Je les trouve et les amène à Berger. Il me tend des pinces et me dit de retirer toutes les dents en or de la bouche de Sonia. Il lui ouvre la bouche et arrache la première couronne avec sauvagerie. Je suis incapable de bouger, mais il me frappe au visage avec la pince. J'ouvre doucement la bouche de Sonia. J'enlève une dent. Berger saisit la pince et se met à lui arracher toutes les dents de la bouche. Ce Berger est fou, lui aussi, et il est aussi innocent. Plus tard, il se trouve un Juif travaillant à l'administration qui m'a vu en concert, autrefois. C'est un fin mélomane. Il découvre que Berger me fait travailler jour et nuit avec le Sonderkommando. Ce Juif inconnu est souverain dans son royaume et inscrit le matricule de Berger sur une liste prévue pour la mort. On vient chercher Berger, et je suis présent quand il est sorti d'une pile de corps dans la chambre à gaz.

« Pour le reste, Auschwitz est Auschwitz. Vous pouvez lire sur le sujet. Mon expérience n'est pas originale. Je travaille. Je souffre. Je jeûne. Une fois, je manque de mourir de dysenterie. Pour survivre, je joue la musique que j'aime dans ma tête pendant toutes mes heures de travail. Je convoque les grands compositeurs à se réunir dans ma tête pour interpréter pour moi leurs plus belles œuvres. Dans la misère, je dîne tous les soirs en smoking avec Beethoven, Bach, Mozart, Chopin, Liszt, Haydn, Puccini, Rimsky-Korsakov, Mahler, Strauss, Tchaïkovski et tous les autres. Chaque soir, je m'habille lentement, attentif à mes boutons de manchette, de col, nouant et renouant ma cravate jusqu'à obtenir un nœud parfait. Avant le concert, je me rends dans les grands restaurants d'Europe où je commande les meilleurs plats cuisinés par les plus grands chefs. Je mange des escargots luisants de beurre, de hachis d'ail et de persil, je déguste du canard rôti à la peau brune croustillante, avec des poches de graisse sous les os des ailes, des baguettes badigeonnées à l'huile d'olive et des crèmes brûlées au sucre de canne caramélisé couronnant une couche onctueuse à vous arracher une moue de plaisir. Nous mangions, nous ne nous empiffrions pas, ces grands compositeurs et moi. Comme je vis dans ma tête, je survis en me concentrant sur les magnifiques réserves de beauté que j'ai engrangées. J'entends la musique au milieu de cette misère. Et je fais ce que je me suis promis de ne pas faire, quelles que soient les circonstances : je survis. Je me déshonore en survivant.

« Pendant l'hiver 1945, je suis d'une des marches forcées alors que les Russes approchent d'Auschwitz. Nous affrontons la neige, sans nourriture ni repos.

Beaucoup d'hommes tombent en chemin et sont achevés d'une balle. Ces balles ont dû représenter un cadeau. Je suis à Dachau quand les Américains libèrent le camp. Je ne me rappelle rien. Plus tard, on me montre une pile de corps nus. Vous connaissez ces photos. Des piles entières d'épouvantails morts. La personne qui me montre cette photo est un docteur qui a fait le cliché. Après avoir photographié, il a l'impression de voir ma poitrine bouger. Il prend mon pouls et me fait transporter d'urgence à l'hôpital de fortune. J'ai la main gauche gelée et prise par la gangrène. Il me coupe le petit doigt de la main gauche. A mon réveil, je peux remuer l'annulaire mais il ne retrouve jamais sa sensibilité. J'ai toujours regretté que ce médecin ait pris cette photo. Il aurait dû me laisser où j'étais. J'allais retrouver Sonia.

« Ruth me trouve dans un camp de rescapés où elle recherche des survivants de sa famille. Elle entend parler d'un Juif faisant partie des survivants de Kironittska. Nous nous marions, et je ruine ainsi la vie de cette excellente femme. Je l'embrasse en sachant qu'elle lit dans mes yeux que je pense à Sonia. Je fais l'amour avec elle, et il m'arrive de murmurer le nom de Sonia. Shyla et Martha naissent, et je suis encore déçu parce qu'elles ne sont pas les fils que j'ai perdus. Je ne les aime pas. Je leur en veux de ne pas être ma famille disparue. Je suis incapable d'aimer Ruth, Jack. J'essaie, mais je ne peux pas. Je ne parviens pas à aimer Shyla et Martha. Je ne peux aimer que des fantômes. Je m'endors en aimant mes fantômes et je ne me réveille que le jour où Shyla saute du pont.

« Voilà, Jack. »

*Sixième partie*

## 35

J'ai détesté les années soixante et je voue une haine particulière aux souvenirs de bruit, de chambardement, de grossièreté de ces temps cacophoniques. Les vociférations sont la chose que je me rappelle fort clairement, suivie de l'affectation et du manque d'hygiène. C'est la seule décennie, de celles que j'ai vécues, qui n'ait pas eu la décence de tirer sa révérence le temps venu — 1970, pour moi, fut la pire des années soixante, et de loin.

J'en ai gardé la haine de la musique folk, de la dévotion, des poils sur le visage, des chemises indiennes, de la rhétorique politique sous toutes ses formes. Ma conception de l'enfer, c'est d'être coincé dans un aéroport pour cause de tempête de neige, à écouter une chanteuse hippie sur le retour maltraiter sa guitare Martin déjà fatiguée pour interpréter « Blowin in the Wind », « Puff the Magic Dragon », « I Gave My Love a Cherry », « Lemon Tree », et « We Shall Overcome », dans cet ordre. J'ai été le prisonnier lucide de cette époque, et il n'existait pas de programme en douze points qui pût m'arracher à la dépendance à ces foutaises auxquelles j'ai succombé pendant cette sinistre période de la guerre du Viêtnam. La plus grande tragédie de cette guerre étant moins la mort absurde de jeunes gens sur ce qu'on nommait étrangement des champs de bataille, que la stupidité qui s'empara du jour au lendemain de tout le pays. Elle transforma aussi en ennemis le groupe d'amis le plus soudé qu'il m'ait été donné de connaître. Nous nous sommes laissés insidieusement happer par l'air du temps, qui nous a changés à jamais, tous autant que nous étions.

Lorsque l'écran de fumée fut dissipé, je me suis juré que plus jamais je ne perdrais un ami pour une chose aussi subjective et mouvante qu'une opinion politique. « Je suis américain, claironnais-je à qui voulait l'entendre. Alors j'ai le droit de penser ce que je veux, et vous aussi, bon Dieu, vous aussi. » Cette affirmation devint mon credo, le thème central de ma vie, mais n'avaient été l'intolérance et l'entêtement que j'arborais avec tant de superbe en ces années, ainsi que les étranges rouflaquettes et l'attitude supérieure que je baladais partout, je serais entré dans l'âge mûr avec aussi peu d'intérêt pour le monde des idées que n'importe quel sudiste bon teint. Toute ma personnalité s'est forgée autour du problème du Viêtnam, même si je ne l'admets pas sans peine.

Le jeudi qui suivit la fête pour Lucy, j'ai pris la route 17 qui va à Charleston, avec Ledare installée sur la banquette avant. Nous roulions vitres baissées, et les odeurs de moisson et de cours d'eau saturés de feuilles emplirent la voiture tandis que le vent faisait voler les cheveux miel de Ledare. Mike nous avait envoyé deux invitations, par lesquelles il sollicitait notre présence au Dock Street Theater de Charleston, à quatorze heures précises. La carte n'exigeait aucune réponse, mais il avait formulé l'invitation d'une façon qui ne permettait ni de s'excuser ni de s'abstenir.

« Que prépare Mike ? demandai-je.

— Rien de bon, dit-elle.

— Tu es au courant, n'est-ce pas ?

— Il a un truc dans sa manche, dit-elle en me lançant un regard perplexe. Mais il le tient secret.

— Pourquoi ?

— Il pense que nous ne viendrions pas si nous savions ce qui se trame. »

Aucun théâtre américain ne soutient la comparaison avec celui de Dock Street pour son côté intime et sa majesté sous-estimée. Il a l'atmosphère feutrée d'un bâtiment qui retient son souffle, et la sérénité qui y règne est douce aux acteurs et au public. Il a la sobriété d'une église *shaker*, et le seul fait d'être là donne envie de courir chez soi écrire une pièce de théâtre. La scène a la taille d'un petit parquet de danse ; en entrant, j'ai vu Mike surveiller l'équipe de tournage avec le preneur de son dont Ledare me dit qu'il l'a fait venir de la côte Ouest. Je me souviens que Mike m'avait confié avoir assisté à sa première représentation au Dock Street Theater, quand il était enfant, et que la pièce était « Les Sorcières de Salem », d'Arthur Miller. L'expérience avait été tellement forte que sa vie en avait été définitivement changée. Il avait grandi avec une passion pour les acteurs faisant semblant d'être quelqu'un d'autre et prononçant les répliques fabriquées d'inconnus amoureux, avec la fougue et la passion de la langue. Bien qu'il eût commencé par le théâtre, Mike n'avait pas tardé à regarder du côté du cinéma. Au théâtre, disait-il, on peut créer un frémissement, une tension, un style, mais dans un film on a la possibilité de fabriquer tout un monde simplement en laissant la lumière inscrire des ombres sur des kilomètres de pellicule. L'une des premières choses qu'il fit après son premier succès cinématographique fut d'entrer au comité de direction du Dock Street Theater. Mike n'a jamais oublié ses origines.

« On boucle la mise en place dans dix minutes environ, annonça Mike à l'équipe, qui travaillait avec vitesse et précision. Tout le monde connaît la règle du jeu. Quand on démarre, mes invités ne doivent pas se rendre compte de votre présence. *Comprende ?* On ne doit ni vous voir ni vous entendre. On ne fait pas de l'art, ici. Je veux juste enregistrer l'événement, disait-il pendant que Ledare et moi descendions l'allée centrale.

— Quelles sont les règles syndicales en vigueur, ici ? demanda le cadreur d'une voix taquine.

— Aucune, gros malin, dit Mike en souriant. La Caroline du Sud est un Etat où prévaut le droit au travail, pas le droit du travail. Depuis l'époque de Fort Sumter, on y déteste tout ce qui ressemble de près ou de loin à un syndicat.

— C'est pour faire quoi ? cria un cameraman du haut d'un balcon.

— Juste un film privé », dit Mike en tapant dans ses mains.

A notre approche, Mike claqua encore une fois dans ses mains et toute l'équipe disparut, définitivement. Il exigeait une préparation précise et minutieuse. Nous étions les premiers à arriver.

« Vous êtes en avance, dit Mike. Les gens en avance me rendent nerveux.

— On peut s'en aller, dit Ledare.

— Non, j'avais prévu des arrivées échelonnées dans le temps. Capers et Betsy devaient être là les premiers, mais ils sont en retard. Montez sur scène et installez-vous à votre place. Vous êtes sur la gauche. Le buffet est somptueux et le bar bien fourni.

— Quel rôle devrons-nous jouer ? demanda Ledare.

— Aujourd'hui, on improvise. Tout est possible. On déballe tout, dit Mike. Les choses vont devenir plus claires quand tout le monde sera arrivé. »

Mon regard fut attiré par un mouvement au fond du théâtre, et en me tournant, je reconnus la silhouette raide du général Rembert Elliott, qui se tenait debout derrière les derniers rangs. Il fut rejoint par un homme plus grand, aux cheveux gris, et j'eus la surprise de voir mon propre père descendre l'allée centrale, vêtu de son costume de juge. Ils étaient venus en voiture ensemble depuis Waterford. Une femme s'éclaircit la voix dans mon dos, sur scène, et je découvris Celestine Elliott, qui avait dû arriver par les coulisses et regardait son mari approcher avec des yeux froids comme la glace. Lorsqu'il vit sa femme, le général Elliott s'immobilisa et l'observa pendant qu'elle prenait place à gauche de la scène. Je savais qu'ils ne s'étaient pas revus depuis la visite calamiteuse à Rome, et qu'ils n'avaient communiqué que par le truchement de leurs avocats. Le général s'inclina devant Ledare et moi, avec une solennité excessive.

« Ça me flanque la frousse, Jack, dit Ledare tandis que nous les regardions s'installer.

— Comment cela ?

— Quand j'aurai soixante-dix ans, je voudrais que toutes mes erreurs soient derrière moi. Je voudrais pouvoir compter trente années de vie brillante et plaisante à mon actif. Regarde-les. Le juge, le général, Celestine. Ils sont tous au supplice. Je ne pourrais pas supporter l'idée que le reste de ma vie sera aussi pénible que mon passé.

— L'introspection est une erreur, dis-je. Sois heureuse en te laissant porter par la vie.

— Ce n'est pas une réponse.

— Je suis d'accord. Mais c'est au moins une stratégie. »

Capers Middleton salua l'assistance d'une voix puissante tandis que Betsy et lui faisaient leur entrée fracassante et confiante, au fond de la salle. Tout en eux me semblait exagéré, comme si leur métabolisme fonctionnait un degré au-dessus du commun des mortels. Leurs sourires ressemblaient pour moi à des grimaces. Comme chez tous les hommes politiques qu'il m'a été donné de voir, les yeux de Capers repéraient tous les acteurs présents dans une salle en un seul coup d'œil. Je le vis saluer Ledare d'un signe de tête, mais le geste était condescendant, dédaigneux. Lorsque Capers lâchait quelqu'un, la répudiation était définitive et sans appel, sauf si, bien sûr, il découvrait en cours de route qu'il avait besoin des services de cette personne. Avec une économie professionnelle, il pilota Betsy jusqu'à leurs places, sans perdre le temps de dire deux mots à Mike ou à nous. Bien qu'il fût d'une importance capitale pour lui de paraître dominer toutes les situations, je voyais qu'il était nerveux, au milieu de ces retrouvailles entre nos passés respectifs.

Mike consulta sa montre et regarda du côté de la petite porte du Dock Street Theater. Mon père avait pris place derrière un bureau surélevé, sur lequel était posé un marteau de président. Il frappa deux coups de ce marteau sur la table de chêne, plus pour rompre la tension extraordinaire qu'autre chose. Il paraissait davantage brisé que vieilli, et je me rendis compte que je l'avais beaucoup négligé depuis mon retour à Waterford et mes tentatives maladroites pour entourer ma mère. Je tentai de trouver en moi les sentiments que je pensais être ceux qu'éprouve un fils pour son père, mais impossible de feindre une émotion qui n'existait pas. La pitié m'envahit, au lieu de l'amour que je cherchais à faire surgir. Mon père se leva, lissa sa robe de juge, ajusta son col et sa cravate. Puis il regagna sa place et s'assit, comme nous autres.

Mike avait organisé la mise en scène avec brio. Au centre et au fond se trouvaient le bureau et le fauteuil du juge, avec, juste à la droite du juge, une belle chaise à dossier haut. Devant, à gauche et à droite, étaient installés de confortables fauteuils recouverts de tissu, formant de grands arcs de cercle qui se faisaient face. Les couleurs étaient coordonnées, ce qui donnait une atmosphère à la fois conviviale et chaleureuse. A gauche étaient assis Ledare, Celestine et moi ; à côté de moi restait un siège inoccupé. En face de nous, et à droite de la scène, nous avions Capers, Betsy, le général Elliott, et un autre fauteuil libre. Derrière chacun de nos fauteuils avaient été disposées plusieurs grandes chaises en bois. Dans les hauteurs, à ma gauche, je surpris les mouvements à peine visibles d'un cameraman réglant une mise au point.

Mike était debout au milieu de la scène, à côté du juge, près de la chaise à haut dossier, où il nous voyait tous sans problème. « Je vous souhaite la bienvenue, mes amis, en vous remerciant d'avoir répondu à mon invitation. Je veux que vous sachiez tous que vous êtes filmés et enregistrés. Si vous avez envie de parler, il vous suffit de lever la main et le juge McCall vous donnera la parole. Lorsque je m'assiérai, cette scène deviendra comme un tribunal. Le juge présidera. Il est le seul participant rémunéré ce soir. Le reste de l'assemblée, vous, êtes présents parce que d'une façon ou d'une autre vous avez compté beaucoup pour moi. Nous sommes liés par l'affection et l'admiration que j'ai pour vous. Je connais la plupart d'entre vous depuis toujours.

« Pourquoi ce lieu ? interrogea ensuite Mike de façon purement rhétorique. Parce que j'ai pensé que dans ce théâtre nous pourrions nous retrouver comme si nous étions dans une pièce, une pièce que nous allons écrire ensemble, ce soir. J'ai amené deux invités-surprise à Dock Street. Cette pièce comptera des surprises, mais elle aura aussi un dénouement. Nous voterons tous à la fin de la représentation. L'homme qui passe en jugement m'a donné son accord pour vous permettre à tous d'émettre un vote qui décidera de son sort.

« Ah! Je vois que vous êtes intéressés. Intrigués peut-être. Accrochés. Je vous donnerais volontiers les règles, sauf qu'il n'y en a pas. On vous demandera seulement de faire le procès du passé. Tous, à l'exception de Betsy, avez été les acteurs des événements que nous allons instruire ensemble, ou les témoins. Certains de vous avaient des premiers rôles dans cette distribution, mais vous avez tous contribué à l'action d'une manière ou d'une autre. « Hamlet » ne serait pas « Hamlet » sans Rosencrantz et Guildenstern, et cette histoire serait incomplète sans chacun d'entre vous.

« Tout le monde sait que Capers, Jack et moi étions inséparables du temps de notre enfance et de notre jeunesse. Lorsque je pense au mot amitié, leurs deux noms sont ceux qui me viennent en premier à la bouche. Jack et moi ne nous fréquentons plus, et cela me chagrine plus que je ne saurais dire. Je pense pouvoir aussi affirmer sans m'avancer que Jack hait Capers, ou qu'en tout cas il ne l'aime pas du tout. »

Assis sur mon fauteuil, en face de Capers, je le regardai droit dans les yeux et dis : « Haïr est le mot juste, Mike. »

La femme de Capers, Betsy, qui était placée à côté de son mari, intervint : « Je t'ai prévenu dès le début, Mike, cette histoire ne me plaît pas du tout. Je ne vais pas rester assise là, à entendre mon mari critiqué par un faux sous-chef. »

Je souris.

« Ce que j'aime en vous, Betsy, dis-je, c'est votre esprit. J'ai pleuré, lors de ce concours de beauté, quand vous avez joué l'"Hymne à la joie" au mirliton.

— Ne persécute pas ma pauvre femme, Jack, dit Capers. Cela n'est pas digne de toi. »

Mon père donna du marteau sur son bureau : « Ça suffit, fils.

— Tu ne comprends rien, dit Capers. Moi, je t'aime toujours, Jack. C'est ce que va établir cette soirée.

— Alors elle risque d'être fort longue, mec », dis-je.

Nouveau coup de marteau. « J'exige de l'ordre. »

Et le marteau heurta encore le bureau de chêne, mais cette fois je restai muet devant le visage rouge de colère de mon père.

Le général Elliott se leva de son siège, martial jusqu'au bout des ongles, la mine revêche, autoritaire. Il avait toujours le port d'un homme capable de traverser un fleuve à la nage et de trancher la gorge de toutes les sentinelles en poste près d'un dépôt de munitions.

« Cette soirée va concerner mon fils, n'est-ce pas ? demanda-t-il à Mike.

— Ce qui est arrivé à Jordan joue un rôle central dans notre histoire, général. Nous le savons tous. Si le corps des marines ne vous avait pas stationné sur l'île Pollock, rien de tout cela ne serait arrivé. Jack et Capers seraient toujours les meilleurs amis du monde. Celestine et vous ne seriez pas en train de divorcer. Je pense même que Shyla serait peut-être encore vivante, bien que cela soit plus hypothétique. Mais l'arrivée de Jordan dans la ville a tout changé. Il n'est pas seulement devenu notre meilleur ami, il est devenu notre destin.

— Si vous avez le moindre renseignement concernant mon fils, vous êtes dans l'obligation d'en référer aux autorités fédérales. Si vous savez où il se trouve, vous pouvez être accusé de donner asile à un fugitif. Je vous dénoncerai moi-même, Mike, et vous savez que je tiens toujours parole.

— Tais-toi », dit Celestine.

Le juge frappa encore un coup de marteau, un seul, qui servit de rappel à l'ordre. Le général se tourna de nouveau vers Mike. Sa voix était tellement douloureuse qu'on aurait dit qu'il s'adressait au commandant d'un peloton d'exécution.

« Si vous avez le moindre renseignement concernant mon fils, vous avez l'obligation morale d'en avertir les autorités », dit-il.

Il y eut un peu de mouvement derrière le rideau, à gauche, et Jordan Elliott, immaculé dans son habit de trappiste, s'avança vers le centre de la scène. Un autre moine, ainsi que le père Jude, l'accompagnèrent avant de s'installer sur leurs chaises, en retrait.

« Bonjour, papa, dit Jordan au général. Tu n'as jamais su ce qui s'était passé. Tu connais toutes les versions de l'histoire à l'exception de la mienne.

— Deux innocents sont morts à cause de toi, dit le général, dont la voix avait perdu de sa morgue tant il était stupéfait de voir son fils. Au lieu d'un soldat, j'ai élevé un fuyard et une mauviette.

— Nous ne le savions ni l'un ni l'autre à l'époque, papa, dit Jordan, mais tu as élevé un prêtre.

— Dans ma religion, on ne laisse pas un assassin accéder à l'autel », dit le général en fixant les deux autres prêtres présents sur scène.

Le père supérieur se leva et vint rejoindre Jordan avant de déclarer : « J'ai fait la connaissance de votre fils à Rome, alors qu'il était novice. Je suis devenu son parrain et son confesseur. Le pardon des péchés est un article central de la foi catholique romaine. Parmi les trappistes qui ont eu à fréquenter votre fils, tous le considèrent comme un homme bon, et certains voient en lui un saint homme.

— Il déshonore son pays et sa religion, dit le général. Qui peut le qualifier de saint ?

— Son confesseur, dit le père supérieur avant de s'incliner et de regagner sa chaise.

— Je ne vous ai pas autorisé à retourner vous asseoir », dit le général.

Le père supérieur essuya son front du revers de sa manche et répondit : « Je n'ai pas besoin de votre permission pour m'asseoir, merci, général. Vous êtes à la retraite, monsieur, et votre grade n'a plus de valeur que symbolique. Je suis le supérieur de l'abbaye de Mepkin, en exercice, et mon autorité bénéficie du poids et de l'imprimatur de deux mille ans de règne spirituel ininterrompu. Je vous prierai donc de ne plus élever la voix contre moi, monsieur. Votre fils est ici sur mon conseil et avec ma permission, je peux lui faire quitter ce lieu et l'emmener quelque part ailleurs sur la planète pour le cacher dans des endroits dont vous ignorez jusqu'à l'existence.

— Vatican II, grinça le général. C'est là que l'Eglise s'est mise à dévier. Ce gros pape incapable de monter en appui sur ses deux bras même si sa vie en dépendait, il a saisi tous les hochets et gadgets gauchisants sur lesquels il a pu mettre la main, et il en a fait un beau paquet pour Vatican II afin de démanteler tout ce qu'il y avait de vrai et d'irremplaçable dans l'Eglise catholique. Lorsque la religion était stricte, elle était juste. Je déteste cette nouvelle Eglise efféminée, permissive, à l'écoute, où prêtres et religieuses baisent à couilles rabattues et jouent de la guitare pendant la grand-messe en chantant "Kumbaya". »

Mon père frappa encore du marteau contre le bureau en disant : « Vous vous perdez en digressions, général. C'est du bavardage. Il est temps d'avancer.

— J'ai encore un invité-surprise à accueillir, dit Mike. Nombre d'entre vous ne le connaissent que comme un personnage légendaire. Si vous lisiez les journaux, du temps de vos études en Caroline du Sud, son nom vous dira quelque chose. Mesdames et messieurs, je vous présente Bob Merrill, dit "Radical Bob", leader des "Students for a Democratic Society", les SDS, en Caroline de 1969 à 1971. »

En me tournant pour regarder Bob Merrill faire son entrée en scène, j'eus le terrible pressentiment que cette soirée promettait d'être plus pénible et plus dévastatrice pour tout le monde qu'avait pu l'imaginer Mike. Je croyais haïr Capers Middleton plus que quiconque au monde, mais j'avais complètement oublié le révolutionnaire Bob Merrill. Radical Bob avait fait une brève apparition dans nos vies, opéré des dégâts inestimables, et puis il avait disparu de la circulation.

Merrill se dirigea vers Capers et les deux hommes s'embrassèrent. Bob rejoignit ensuite Jordan et serra le prêtre entre ses bras. Puis il se tourna vers moi et me tendit une main prudente.

« Si je prends ta main, dis-je, ce sera pour t'étrangler dans la seconde qui suit.

— Tu devrais quand même essayer de grandir, Jack, dit Bob. Il est plus que temps d'oublier le passé.

— Lorsque tu as accepté l'invitation pour cette soirée, Bob, dis-je, est-ce que tu as pensé à un moyen de ressortir de ce théâtre sans que je te casse la gueule ? »

Nouveau coup de marteau, le juge s'éclaircit la voix, et Mike s'interposa entre nous deux.

« Qui est Radical Bob ? demanda mon père.

— Radical Bob fut le premier leader, sur le campus, du mouvement contre la guerre dans lequel nous avons tous été engloutis, expliqua Mike.

— Où tout cela conduit-il, Mike ? demanda mon père.

— Monsieur le juge, répondit Mike, ravi de son rôle, je ne pourrai répondre à cette question que lorsque nous arriverons au terme de cette production. »

Ledare se leva pour s'adresser à Mike. « Et toi, qu'est-ce que tu retires dans cette histoire, Mike ? Tu as toujours été généreux, mais pas au point d'être stupide.

— Merci de cet avis éclairé, ma chère, dit Mike. Ledare a raison. En échange de l'organisation de cette soirée, j'ai les droits sur l'histoire de Jordan. Si nous décidons que Jordan est coupable, il ira se rendre aux autorités compétentes sur l'île Pollock. Capers a offert ses services d'avocat au cas où Jordan serait poursuivi. A titre gracieux.

— Ce qui permettra à Capers de jouer les héros devant l'électorat de Caroline du Sud, dit Ledare. "Middleton défend le prêtre assassin, son ami d'enfance."

— Le cynisme ne sied pas à ta beauté, ma chère », dit Capers, souriant.

Ledare interrogea Jordan. « Tu as donné ton accord pour être défendu par Capers ? »

Et Jordan de secouer la tête. « C'est une proposition aimable, mais je l'entends pour la première fois.

— S'il te défend, j'espère que tu iras à la chaise électrique, dis-je.

— Jack, Jack, dit Capers. Les gens vont penser que nous nous sommes querellés.

— Mike, dis-je en me levant. Tu vas faire un film de cette histoire. Capers va se retrouver gouverneur. Jordan, lui, risque d'aller en prison. Alors dis-moi : pourquoi cette mise en scène ? Ce décor ? Avec les amis et les ennemis réunis dans la même pièce ? Cette affaire pouvait se régler en privé. Si Jordan est heureux comme prêtre, laisse-le être heureux. Fiche-lui la paix. Qu'il sorte de ce théâtre et retourne d'où il vient. Tu as mis Jordan en très grand danger. Et pourquoi ? Pour un de tes films ? Pour l'élection de Capers ?

— Non, Jack, dit Mike. J'ai remarqué au fil des années que je n'avais que très rarement eu la sensation de vivre un événement intensément, avec toutes mes cellules en éveil, tout mon corps qui chauffe comme s'il allait prendre feu. Ecoute notre respiration à tous. Sens la tension. Cette soirée promet d'être un moment qu'aucun de nous n'oubliera jamais. Nous sommes cernés par notre histoire, elle nous torture. Pourtant, il fut un temps où l'amour passait entre nous, comme une lumière qui nous éclairait et éclairait notre chemin. Ce soir, je veux que nous découvrions ensemble ce qui est arrivé à cet amour, pourquoi la haine peut se substituer si facilement à l'amour.

— On commence par où ? » demanda Capers.

Mon père tapa son marteau et déclara : « Quiconque désire parler doit venir à la barre des témoins. Celui qui parle doit dire sa vérité, comme s'il s'agissait d'un vrai tribunal.

— Nos versions sont tellement différentes, dit Ledare. Je ne suis plus la personne que j'étais à l'université. Je déteste l'étudiante que j'étais.

— Eh bien parle-nous de cette haine, dit Mike. Chacun de nous dira son histoire. Il n'y aura pas d'ordre de passage. Nos histoires ajoutées constitueront une sorte de vérité qu'aucun de nous ne peut appréhender maintenant. Toutes nos voix ne raconteront qu'une seule histoire. Aucun d'entre nous ne risque de souffrir de ce qui sera dit ici... sauf Jordan. Mais si nous arrivons à une forme de vérité, concernant Jordan, je pense que nous pouvons atteindre notre vérité personnelle, à chacun, la vérité sur ce que nous avons fait au cours de ces années. »

Mike claqua des doigts et les lumières s'éteignirent dans la salle, ne laissant que la scène sous une lumière très vive. Il y eut un moment de silence total, puis le marteau résonna et Mike prit la parole : « Retournons maintenant à la guerre du Viêtnam. Le président Nixon est à la Maison-Blanche. Le pays est en guerre avec lui-même. Les campus dans toute la nation sont des temples de la colère. A Columbia, Caroline du Sud, nous sommes à mi-parcours de notre vie étudiante. Nous sommes sudistes. Fondamentalement apolitiques. La guerre est populaire dans notre Etat parce que la Caroline du Sud est conservatrice. Pourtant, il est en train de se passer quelque chose à l'université. Le mouvement contre la guerre prend corps et gagne du terrain chaque jour. Mais notre principal souci reste d'avoir une petite amie pour les matches de football, un boulot après le diplôme.

« Mesdames et messieurs, je propose que nous entrions tous dans l'histoire de notre époque, sans duplicité, ni a priori. Nous étions des gosses de Waterford, sympathiques, joyeux drilles, aimant l'alcool et les voitures, ayant la langue bien pendue. Nous pouvions passer des nuits entières à danser et il nous arrivait de rouler jusqu'à Myrtle Beach rien que pour ça. Les garçons étaient tous beaux et les filles jolies. Nous nous amusions beaucoup, nous rigolions très fort, et nous étions tous en harmonie avec nous-mêmes comme avec notre petit monde. Puis le vaste monde est venu nous tirer par le coude, se faire connaître. Et il a tiré de plus en plus fort. Et il a fait sentir sa présence.

« Commençons, à présent. Et n'arrêtons, je vous prie, que lorsque nous aurons entendu tout le monde. »

A travers un chœur de voix diverses et de perspectives uniques, l'histoire se déroula progressivement. Mon père donnait la parole aux intervenants et commença par interdire strictement les interruptions. Les lumières de la rampe le baignaient dans un halo de lumière nacrée, tandis qu'il écoutait, vêtu des noirs atours de la justice, son autorité bien assise. Il avait belle allure ; l'autorité lui seyait.

Il fit d'abord signe à Ledare qui comprit le message et vint à la barre des témoins. Elle avait survécu à la bataille que nous nous apprêtions à revivre en étant un témoin neutre, et il parut opportun qu'elle fût celle qui introduirait la scène à laquelle nous allions tous participer.

Pendant que je l'écoutais décrire le contexte de cette époque, je me rendis compte que je n'avais jamais imaginé que Ledare prêtait la moindre attention aux événements d'ordre politique. Il me semblait qu'elle s'était laissée porter en restant aux lisières du cataclysme, inaccessible au scandale et étrangère à aucune des poussées de fièvre et autres crises qui ébranlèrent le reste de notre groupe. Son choix avait été d'observer sans participer, et je me rendis compte, en l'écoutant parler, qu'elle était devenue pour moi transparente dès l'instant où elle s'était cantonnée dans le rôle d'observatrice, alors que nous étions aspirés vers l'épicentre.

« Qui savait la moindre chose sur le Viêtnam, au début ? dit Ledare en regardant mon père. Parce que c'était quand même devenu une vraie guerre lorsque nous sommes arrivés à l'université. Certes, je regardais toutes les manifestations à la télévision, mais la Caroline du Sud était à part. J'étais beaucoup plus intéressée par ma sororité et les soirées prévues que par le reste. Et nous étions tous dans le même cas. Je me souciais davantage de mon maquillage que du delta du Mékong. J'étais ce genre d'étudiante, et je n'ai pas à m'en excuser, car j'étais en cela le pur produit de mon éducation. Mes parents attendaient de moi que je fasse preuve de sérieux dans le choix d'un mari, et mes responsabilités s'arrêtaient là. Les études, pour eux, c'était le vernis final. Quant au problème qui mobilisait les esprits, au cours de mes deux premières années d'université, c'était l'exiguïté du parc de stationnement réservé aux étudiants. Sérieusement. Voilà quel était le véritable sujet sensible, celui qui irritait vraiment les étudiants. Et puis les choses ont changé. Presque du jour au lendemain. Tout le monde s'en est rendu compte. C'était dans l'air... »

L'écouter remua mes propres souvenirs et me

ramena à ces années de fac, pendant lesquelles je ne me suis jamais autant senti dans le coup tandis que je suivais mes cours au sein de ce campus accueillant et sympathique. La guerre jouissait d'une incroyable popularité, la première année, et nous étions tous allés écouter Dean Rusk lorsque le secrétaire d'Etat est venu sur le campus défendre la politique de l'administration démocrate. A l'époque, il était devenu hasardeux pour Dean Rusk de paraître sur un campus américain, mais nous, étudiants de Caroline du Sud, lui avons fait un accueil plein d'enthousiasme et d'admiration. Il nous a mis en garde contre le « communisme », mot le plus terrifiant du vocabulaire anglais de l'époque. Pour des sudistes, l'organisation du travail en communauté était facilement imaginable, mais peu d'entre nous étaient prêts à envisager une vie d'hommes sans Dieu, définitivement privés de leur religion. Et je me suis dit aussi, tranquillement : la guerre du Viêtnam possédait un autre atout dans les Etats du Sud : il nous était bien égal de tuer des gens ou de mener une guerre contre une nation dont nous n'avions jamais entendu parler. En tant que sudistes, nous entretenions la plus grande défiance vis-à-vis du gouvernement fédéral lorsqu'il levait des impôts ou tentait d'interférer dans l'intégrité des lois de l'Etat, mais nous lui accordions une confiance aveugle lorsqu'il envoyait ses soldats dans des contrées humides et périlleuses pour massacrer des populations asiatiques parlant des langues inconnues. Aucun officier du recrutement n'eut jamais de mal à réunir son contingent de volontaires en Caroline du Sud.

Puis, en 1968, ce fut l'offensive du Têt, l'assassinat de Martin Luther King, le meurtre de Robert Kennedy, la Convention de Chicago, toute une série de variations sur le thème de l'horreur dans un laps de temps très court.

Pendant que Ledare poursuivait, je me rappelais que notre campus était resté passif, indifférent, alors que les étudiants occupaient les bâtiments administratifs de Columbia et Harvard. Pourtant, des signes et symboles de changements commençaient à apparaître, sans préméditation, ni rhétorique. Nous laissions pousser nos cheveux, arborions une moustache, et les premières barbes ont fait leur apparition. Un laisser-aller vestimentaire s'installait imperceptiblement, au point qu'un étudiant appartenant au très recherché SAE, et se baladant en costume, passa progressivement pour une curiosité, une pièce de musée égarée dans les rangs de sa fraternité. Des filles d'assureurs dans une petite ville, ou de pasteurs baptistes, adoptaient les robes hippies et cessaient de se maquiller, sauf lorsqu'elles rentraient chez elles pour le week-end. Mis à part celle de la Sécession, aucune mode n'était jamais née en Caroline du Sud. Mais le tumulte des autres campus ainsi que la tonalité permissive de l'époque s'évaluaient à la longueur des rouflaquettes envahissant les joues des jeunes gens de Caroline du Sud.

Des filles comme Ledare avaient leur vie toute tracée bien avant leur arrivée à l'université. Sa beauté était conforme et sécurisante, pas exotique comme celle de Shyla, ni dangereuse. Elle avait été courtisée, choyée par les Tri Delta et son élection était acquise alors qu'elle n'avait pas encore mis un pied sur le campus. La reine des *pom-pom girls* du lycée n'eut qu'à changer la couleur de ses pompons et de ses jupettes, avant d'apprendre les codes beaucoup plus amusants des à-côtés de la vie estudiantine. Ledare était le genre de fille qui sortait avec le *quarterback* de l'équipe de football, mais épousait le rédacteur en chef de la revue de droit. Pendant sa deuxième année, elle régna comme Miss Garnet and Black et fut élue reine l'année suivante. A part Shyla, peu de personnes remarquèrent que ses résultats lui avaient valu d'être Phi Beta Kappa, ni qu'elle avait choisi la philosophie. Pendant toute cette période, Shyla tenta d'entraîner Ledare dans des discussions politiques, mais Ledare préférait la sécurité des bibliothèques et le vacarme éblouissant des championnats de football à l'enfermement dans les perversités du débat idéologique.

L'époque l'effrayait et elle se tint à l'écart. A cause de sa beauté, personne ne prit le temps de la connaître vraiment, pas même elle. C'est ainsi que sur la scène du Dock Street Theater, Ledare Ansley devint la personne la mieux placée pour décrire ce que nous avions été autrefois. Elle avait tout vu, tout observé, depuis son trône sur le char de la fête. Elle seule pouvait dire à quel moment le quotidien de notre vie étudiante se mêla inextricablement aux urgences meurtrières de la guerre. A présent, comme je fixais de nouveau mon attention sur ce qu'elle racontait, Ledare disait que Shyla avait été l'élément moteur. C'est Shyla qui avait changé le plus, Shyla qui s'était transformée en femme dangereuse et fascinante, Shyla qui avait introduit Radical Bob dans notre petit groupe.

Sur scène, Radical Bob Merrill ne put s'empêcher de rire en entendant son nom cité pour la première fois.

« Radical Bob, dit-il. Voilà qui me renvoie bien loin en arrière.

— Je suis d'accord avec Ledare, dit Capers qui se leva de son siège pour s'adresser à l'assistance après avoir remplacé Ledare à la barre des témoins. Il est difficile de décrire Shyla à cette époque. Je ne me souviens pas d'avoir beaucoup entendu Shyla au cours de nos années d'école ou de collège. Vous vous rappelez sa timidité maladive en ces temps-là ? Le moindre regard semblait être une torture pour elle. Cette fragilité a semblé se dissiper au lycée. Elle embellissait tous les ans. Et elle devenait plus sexy, aussi. Et puis elle avait cette intelligence, ce brillant avec lesquels elle pouvait vous tyranniser, vous taquiner ou vous séduire. Elle était capable de retourner une salle. A l'université, Shyla s'est découvert un tempérament de leader. Elle aurait fait une militante républicaine formidable. »

Mike dit : « Elle détestait les républicains de toutes ses tripes. Elle m'a dit une chose que je n'ai jamais oubliée pendant la campagne de McGovern. Shyla a dit : "On traitait les sudistes qui n'aiment pas les Noirs de racistes. Maintenant, on dit qu'ils sont républicains." »

— Les républicains n'ont pas été très bons pour porter notre message dans l'électorat noir, convint Capers. Mais nous nous en occupons.

— Si vous décrochez un seul bulletin de vote noir, dis-je, c'est que la démocratie ne fonctionne pas.

— Venant de ta bouche, je prends cette remarque pour un compliment », dit Capers.

Le juge fit résonner le marteau et ordonna : « A présent, cela suffit, Jack. Calme-toi. »

Capers se mit à applaudir, mais sur le mode moqueur, ce qui aggrava la tension. « Le génie de l'exagération. Un talent que Jack possède avec une démesure comparable à celle de son corps. Il croit avoir le privilège du cœur. Illusion pathétique que partagent tous les Américains progressistes. En théorie, ils aiment les Noirs, les exclus, les handicapés, les pauvres, mais vous ne verrez jamais un de ces spécimens humains à leur table. »

Nouveau coup de marteau.

« On poursuit, dit le juge. Vous êtes comme des scorpions dans le même flacon. »

Le général Elliott restait impassible sur son siège, loin de tous, avec un visage qui exprimait la réprobation. S'il écoutait, il ne laissait rien paraître. Il fixait son fils qui lui retournait ce regard, neutre. Jordan, le prêtre, n'avait rien à envier au général, ni son port raide, ni sa maigreur, ni sa mine vertueuse, ni sa beauté. Une seule grande différence était manifeste entre eux : la note sombre que Jordan apportait sur la scène était douce, louangeuse, celle du général paraissait volée à un peloton d'exécution.

« Capers et moi allons enchaîner pour cette partie de l'histoire, dit Mike, celle qui commence au moment où nous nous sommes tous laissé pousser les cheveux.

— J'avais les cheveux sur les épaules », se souvint Capers.

Intervention de Ledare : « Les cheveux longs, c'est une chose, mais aucun de nous n'a perdu un ami à la guerre. Il a pu se passer des tas d'événements par ailleurs, mais nous n'avons pas eu d'ami mort au Viêtnam.

— Moi, si, dit le général Elliott d'une voix qui occupa soudainement la scène.

— Mais pas Jordan. Pas ton fils. Jordan est là,

devant toi, dit Celestine. Il est présent ce soir, enfin prêt à t'affronter. ».

Le général répliqua : « Jordan est plus mort que n'importe quel soldat mort au Viêtnam après avoir combattu courageusement, Celestine. Pour moi, il est transparent. Sa lâcheté me rend aveugle à sa réalité. Il y a un brouillard épais entre nous, complètement opaque. Nous sommes séparés par un fleuve de sang. Le sang des hommes que j'ai menés au combat. Chaque fois que j'essaie de voir mon fils, leur sang me coule devant les yeux. Je suis ébloui par leurs noms dès que je tente d'apercevoir Jordan. Tous les noms inscrits sur le mur du Mémorial pour le Viêtnam surgissent devant moi. Des centaines de milliers de lettres, les noms de tous les garçons morts en faisant leur devoir, en servant l'Amérique... Leurs noms défilent devant moi en régiments interminables quand je cherche à voir le visage de notre lâche de fils. Notre Jordan. »

Il y eut un silence, oppressant, que je rompis en me levant pour crier au général Elliott : « Avec des connards de votre espèce pour nous commander, je suis stupéfait qu'un seul soldat américain ait réussi à rentrer sans dommage du Viêtnam. Comment un seul vieux schnock rigide et complètement dépassé peut-il croire qu'il sait tout sur tout ? Répondez-moi, général. C'est votre fils que vous avez en face de vous. Pas un drapeau, ni un M-1, ni un fanion, ni une grenade, ni un terrain de manœuvre, ni un terrier de renard... et pourtant vous avez montré plus de tendresse et de dévotion à toutes ces choses que vous n'en avez jamais manifesté à votre fils. Vous avez tabassé Jordan pendant toute son enfance, et tout le monde ici le sait. Vous cogniez aussi sur Celestine, mais nous ne sommes que deux ou trois à le savoir. Oh ! vaillant général de la république qui siégez aujourd'hui dans un tribunal devant juger votre fils... vous n'arrivez pas à la cheville de l'homme qu'est votre fils, et vous n'y êtes jamais arrivé. Vous êtes un bourreau d'enfants, un mari qui bat sa femme, un penseur poids plume, un tyran haut de gamme, et la seule raison qui fait que vous n'êtes pas un nazi bon teint, c'est que vous ne parlez pas allemand et que nous avons une constitution qui permet de tenir les salopards de votre espèce à l'œil. »

Coup de marteau. « Silence, Jack. Et assieds-toi. Tu as déjà des réactions trop passionnelles alors que nous venons tout juste de commencer.

— Non, monsieur le juge, dit Mike. Nous sommes au cœur de notre drame.

— Je veux répondre à Jack, dit le général en se levant, le doigt pointé vers moi comme une menace. Votre génération est la première à avoir déshonoré l'Amérique. Lorsque le pays a eu besoin de ses fils, les réfractaires dégonflés et autres fils à maman de votre temps sont allés passer la visite en dessous féminins, ils ont simulé des crises d'asthme, sucré leurs urines, fait des régimes de famine pour descendre sous le poids minimum, bouffé comme des goinfres pour le dépasser, engrossé des filles pour échapper à la conscription, rejoint en masse les rangs de la Garde nationale pour éviter le front. Nous avions besoin d'hommes de fer pour le Viêtnam, et nous avons dû les choisir dans une nation de femmelettes. Il nous a fallu sélectionner des guerriers dans un marécage de beaux gosses plus à l'aise sur un divan de psy qu'avec une boussole dans la jungle. Notre pays pourrit sur pied. C'est une république asexuée, qui devient obèse, efféminée, bouffie de tous les excès flagrants d'une société dégénérée. J'en ai la nausée. Vous me donnez la nausée, Jack.

— Bien dit, général », dit Capers dans le silence qui suivit.

Celestine Elliott se leva alors pour intervenir : « Parle-nous donc de la loyauté, chéri. Tu as éduqué Jordan dans le culte de la loyauté, vertu cardinale du soldat.

— Je n'ai pas changé d'avis, dit le général sans regarder son épouse en instance de divorce. Mais Jack ne peut rien savoir du genre de loyauté dont je parlais.

— Il pourrait t'en remontrer, sur le chapitre de la loyauté surtout, dit-elle. Jack n'a absolument jamais tourné le dos à notre fils, lui. Il a été d'une loyauté absolue envers le seul enfant que nous avons mis au monde. Il n'a jamais vacillé. Il ne s'est jamais dérobé. Jamais il n'a demandé quoi que ce soit en échange, ni rien reçu en retour.

— Ce n'est pas vrai, dis-je.

— Qu'as-tu retiré de tout cela, Jack ? demanda Celestine.

— L'affection de Jordan. Il a toujours été un ami irremplaçable. Grâce à lui, je me suis senti moins seul au monde. »

Durant cet échange, Jordan garda le regard fixé sur son père. Son expression ne varia pratiquement pas ; elle portait toute la sérénité de la vie monastique.

Mike reprit alors le fil de la narration principale. « Nous avons tous été témoins, dit-il, du changement de Shyla Fox après sa rencontre avec Radical Bob Merrill, qui s'était fait transférer de Columbia à l'université de Caroline du Sud au cours de l'été 1969. Bob avait fait partie des révolutionnaires qui occupèrent les bâtiments administratifs de Columbia et formulèrent une série d'exigences si contraignantes que la police de New York fut appelée pour dégager les locaux au cours d'une opération brutale menée avant l'aube, qui causa grand dommage à la fameuse réputation progressiste de Columbia. Radical Bob était en train de dormir à Harlem au moment de la descente de police, car il apprenait à fabriquer des bombes incendiaires auprès d'un militant des Black Muslims, lui-même en liberté surveillée, bombes incendiaires destinées aux forces de police chargées de contenir les manifestations politiques. Il était venu dans le Sud monter une section des "Students for a Democratic Society" à l'université de Caroline du Sud. Sa première recrue fut Shyla Fox. Avant de quitter l'université, il avait réuni un peu plus de cinquante adhésions aux SDS. Il forma les recrues à son idée et se chargea de leur éducation politique. Le talent avec lequel Radical Bob organisa les étudiants somnolents de l'université lui valut les félicitations spéciales de la direction nationale du mouvement. Mais cela nous mène plus tard, après

Kent State et la tempête qui a brisé nos vies à tous, qui sommes réunis aujourd'hui au Dock Street Theater.

« Je n'avais jamais vu un type comme Radical Bob, dit Mike. Il avait de longs cheveux noirs, comme un Indien, parlait trois langues, pouvait citer des pages entières de Walt Whitman ou de Karl Marx — rien ne le déconcertait, rien ne le troublait. Il n'avait pas de talent d'orateur, mais il jugeait parfaitement les personnalités, les qualités de meneur. Il connaissait la méfiance sudiste à l'égard des éléments extérieurs, aussi usa-t-il de séduction pour amener les étudiants à faire ce qu'il voulait. Lui restait dans l'ombre, invisible, afin de mieux tirer les ficelles. Il éveilla notre conscience politique. C'est indubitable. A l'exception de Shyla, je ne pense pas qu'aucun de nous avait jamais réfléchi plus d'une seconde à la guerre. Nous étions fins prêts pour l'entendre. Toute ma vie, j'avais attendu un type comme Radical Bob. Sympa. Il était l'incarnation du gars sympa. Avec lui, les idées prenaient vie. Nous avons tous marché dans son truc. Sauf Jordan. »

Radical Bob, dans son costume impeccable griffé Brooks Brothers, avec sa coupe de cheveux parfaite et ses mains manucurées, confirma : « Jordan était totalement imperméable aux charmes de la pensée révolutionnaire. Ses réactions étaient beaucoup trop passionnelles pour qu'on lui fasse confiance dans un mouvement politique. Le seul danger qu'il représentait pour moi était l'ascendant qu'il avait sur ses amis. Dans leur innocence, Shyla et Mike le révéraient. Moi, j'ai vu en lui un élément incontrôlable. J'ai donc tout fait pour miner l'amitié de Shyla et Mike pour Jordan. J'ai agi de même auprès de Jack.

— Mais j'aurai été ta grande victoire, Bob, dit Capers. Le plat de résistance, comme on dit.

— Eh oui, dit Bob en souriant à Capers. J'avais jeté mon dévolu sur toi dès le mois de mon arrivée sur le campus. Shyla et dans une moindre mesure Mike étaient de belles prises, mais il faut voir les choses en face, ils étaient juifs et pouvaient donc être balayés par les demeurés sudistes que je cherchais à atteindre. J'ai utilisé ma propre judaïté pour les appâter, mais avec toi, j'avais besoin d'élargir un peu mes ambitions. J'ai donc conçu une stratégie. Lorsque j'ai découvert la filière Waterford qui vous unissait tous, j'ai proposé à Shyla de vous amener tous ensemble au Yesterday's — pour un pot amical qui pourrait déboucher sur une conversation plus sérieuse. La guerre. L'attitude à avoir par rapport à cette guerre. Avec, bien entendu, la perspective plus lointaine d'aborder le thème de la désobéissance civile.

— La phrase de toi dont je me souviens le mieux, dit Capers, est la suivante : "S'il doit y avoir du sang versé dans les rizières du Viêtnam, il faudra qu'il en coule autant dans les rues de Caroline du Sud." Tu m'as appris beaucoup de choses, Bob.

— Shyla et toi étiez mes meilleurs élèves. Je n'ai jamais vu personne ayant la moitié de ton talent pour remuer une foule, Capers.

— Nous avons tous été passionnés par la question du Viêtnam, d'une manière ou d'une autre, dit Capers.

— Judas aussi était bon pour les embrassades, dis-je, sans même regarder Capers. Tape le marteau, papa. Avant que ces deux tourtereaux ne glissent dans leur propre bave. »

Bob et Capers rirent tous les deux, mais il s'agissait d'un rire jaune, et la tension qui régnait dans le théâtre s'aggrava sensiblement. Le père Jude toussa. Celestine s'excusa avant de partir vers les toilettes. Ledare s'inclina en avant sur son fauteuil. Il y eut un nouveau coup de marteau et Mike continua l'histoire qui nous engouffrait tous dans un passé sulfureux, stérile.

Mike avait la parole, mais je sentis remonter tous les souvenirs en me rappelant ces réunions au Yesterday's. D'emblée, le groupe de Waterford avait occupé une place centrale dans la vie de l'université dans la mesure où, en tant que groupe, nous étions particulièrement actifs dans la vie estudiantine. Ledare fut embarquée dans les histoires de *pom-pom girls*, de sororités, de concours de beauté, tout ce qui perpétuait les traditions sudistes. Elle était sur les rails pendant que nous autres usions nos énergies à nous apostropher, à discuter tard dans la nuit, à tenter de changer la vie par la force de nos idées. Nous aimions faire les malins et parler haut et fort, et puis Radical Bob réglait la bière que nous ingurgitions au Yesterday's. Ledare rompit avec Capers peu de temps après l'intervention de Radical Bob. Un mois plus tard, Capers quittait sa fraternité, la très chic Kappa Alpha, après avoir servi un discours contre la guerre à ses pairs.

A la fin de l'année 1969, Capers Middleton, rejeton d'une des familles les plus anciennes et les plus illustres de l'histoire de Caroline du Sud, descendant de trois signataires de la déclaration d'Indépendance, était devenu le dirigeant reconnu des SDS et du mouvement étudiant révolutionnaire de Caroline du Sud. En arrière-plan se tenait Bob Merrill, fournissant instructions, conseils et direction politique. En seconde position dans la hiérarchie arrivait Shyla, qui partageait désormais le lit et l'engagement de Capers à faire cesser la guerre dans le Sud-Est asiatique et ramener tous les soldats américains sur la terre natale. A mon grand regret, Capers et Shyla constituèrent des figures inséparables dans la vie du campus, pendant cette période d'ivresse et de dérive. Le matin, ils buvaient un espresso dans Gervais Street en essayant de persuader de jeunes recrues de Fort Jackson d'exprimer leur désaccord avec la guerre. Ils sillonnaient le pays ensemble pour participer à des manifestations ou des réunions impliquant les dirigeants des mouvements pacifistes. Shyla devint célèbre pour sa beauté et son éloquence, Capers pour son courage face aux forces de police et son aptitude à conjuguer passion et pragmatisme dans les discours qu'il faisait chaque jour devant des foules qui pouvaient aller de cinq à mille personnes. Sa rhétorique avait un ronronnement hallucinatoire capable de subjuguer une foule en quelques minutes.

« Shyla était la vraie révolutionnaire, dit Radical Bob. J'ai su dès que je suis tombé sur elle qu'elle était un exemplaire unique. Je l'ai vue pleurer pendant qu'une des autres filles racontait la mort de son chat, qui remontait à dix ans. Shyla ne connaissait ni la fille ni le chat, mais elle était en empathie avec toutes les créatures de Dieu. C'est ce qui faisait son charme et sa naïveté. Shyla, c'était du sérieux. Je crois qu'elle était déjà amoureuse de Jack, à l'époque, mais Jack n'était pas politisé et refusait de changer. Capers a gagné son amour en jetant son passé aux orties et en organisant les barricades avec elle. Shyla avait l'impression que Capers était sa chose. J'avais évidemment la même impression avec elle.

« Shyla croyait que la guerre du Viêtnam était un mal... mais sa vision du mal était compliquée par l'histoire de ses parents. Le fait qu'elle était juive fut central dans tout son militantisme contre la guerre. Pour elle, les Vietnamiens étaient des Juifs. Les Américains étaient l'armée des envahisseurs, ce qui faisait d'eux des nazis. Chaque fois que je parlais de la guerre à Shyla, j'avais droit à un couplet sur Auschwitz. J'évoquais le siège de Khe Sanh avec les marines, et d'un seul coup, je me retrouvais dans un wagon à bestiaux traversant la campagne polonaise. J'ai appris que j'appartenais à une autre sorte de Juifs que Shyla. Mon père et ma mère avaient cette extraordinaire gratitude envers l'Amérique. Je regardais le monde avec les yeux de mes parents. Quand Shyla regardait le monde, sa vision était obscurcie par le numéro tatoué sur le bras de son père. Je crois qu'elle avait besoin de protester contre la guerre parce que personne n'avait dit un mot lorsque ses parents et leur famille avaient été emmenés par les nazis. Chaque photo de Vietnamiens morts lui rappelait les fosses pleines de Juifs. Ses prises de position, son côté révolutionnaire, tout était un prolongement de sa vie familiale. Les engagements de Shyla étaient totalement vrais. Pour elle, c'était noir ou blanc.

— Et pour mon fils? demanda le général Elliott. J'accepte votre description de l'engagement de Shyla. Je n'ai jamais douté de sa sincérité. Shyla avait une pureté d'esprit. En changeant un mot ou deux, votre portrait de Shyla pourrait être la description du parfait soldat. Mais parlez-moi de Jordan. Pour autant que je sache, il était aussi apolitique que Jack. Pourtant, tous les deux ont été embarqués dans cette folie. Je n'ai jamais compris.

— Shyla n'avait de cesse d'avoir entraîné Jordan et Jack au sein des SDS, expliqua Capers. Ils se moquaient d'elle et de ses idées révolutionnaires. Ils l'ont même appelée "Jane Fonda", pendant un moment. Mais elle les amenait aux débats et aux meetings. C'étaient des garçons intelligents, et je crois que s'ils n'avaient pas joué au base-ball, ils se seraient engagés plus tôt.

— Nous avons été dépassés par les événements, dis-je. Les choses nous ont échappé.

— Prends le récit à partir d'ici, Jack », dit Mike, et j'acquiesçai en me rendant à la barre des témoins.


## 36

J'entrai lentement dans mon rôle de narrateur, mais j'essayai d'exposer les faits correctement. Il faudrait encore un moment avant mon engagement au cœur de l'action, mais je fus incontestablement le témoin des changements surprenants intervenus chez mes amis. Lorsqu'ils eurent découvert le mouvement contre la guerre, Shyla et Capers furent perdus pour nous. Ils n'assistaient plus aux cours que de façon sporadique, mais obtenaient néanmoins de bons résultats. A vingt et un ans, Capers Middleton et Shyla Fox étaient les deux célébrités du campus qui n'étaient pas des champions sportifs. Ils intervenaient régulièrement dans les bulletins d'information du soir et étaient abondamment cités et photographiés dans la presse. Leur première arrestation correspondit à une visite de Du Pont sur le campus, dans le but de recruter de jeunes diplômés pour l'entreprise, qui fabriquait du napalm. La deuxième eut lieu une semaine plus tard, lorsqu'ils tentèrent de bloquer une sortie de l'amphithéâtre, alors que Nixon parlait à Charlotte. A l'époque, Capers et Shyla semblaient vivre dans un clair-obscur de fanatisme. Il n'était pas une question concernant la guerre à laquelle ils n'avaient pas de réponse. L'un et l'autre se rengorgeaient de la justesse de leur cause, et chaque semaine le mouvement contre la guerre gagnait de l'influence sur le campus à cause de leur zèle et de leur grand talent pour le débat d'idées, l'organisation, l'argumentation.

Mais pour la plupart d'entre nous, l'université était encore le centre de notre vie.

Souvent, après ses cours, Jordan me retrouvait, moi et éventuellement Mike, dans les bureaux de la rédaction de l'annuaire de la fac. J'ai rédigé pratiquement toute la copie de trois livraisons successives et Mike a fait plus de photos que quiconque ayant jamais travaillé pour « Garnet and Black ». Sur un cliché, Mike avait saisi tout le sel du concours annuel pour l'élection de Miss Vénus : des étudiantes vêtues de chemisiers moulants, de shorts courts et de talons hauts, défilaient sur une scène, avec un sac en papier sur la tête. C'était une façon traditionnelle de désigner la femme de Caroline qui possédait le corps le plus désirable : le jury était constitué d'une bande d'étudiants lubriques réputés pour leur taux de testostérone. La photo de Mike avait saisi l'alignement des têtes des filles, anonymes sous le sac, avec leurs seins pigeonnants pointés vers l'objectif, pour le plus grand plaisir d'un visage masculin grotesque, au regard torve, appréciant une suite de poitrines apparemment sans fin. Je mis en légende : « Les obus secrets de l'Amérique ». Lorsque le président Thomas Jones nous pria de lui expliquer où était l'humour, Mike et moi invoquâmes une erreur de l'imprimeur. Mike succombait lentement au chant de Radical Bob, mais il tenait encore à notre annuaire ; d'emblée nous y avions vu la possibilité de raconter l'histoire avec notre point de vue à chaque page, et nos signatures. Pour nous, le « Garnet and Black » tenait à la fois de l'épître, de la pierre de Rosette, de la carte Hallmark, du dialogue socratique, et du répertoire des noms. C'était une brillante accumulation de vie, constituée à partir de la matière informe de dix mille vies jetées ensemble dans une grande marmite et mijotées pendant quatre ans.

Mais lorsque Capers et Shyla subirent leur sixième arrestation de l'année, en décembre 1969, je dis au revoir à tout cela. Mike, Jordan et moi, nous sommes allés payer la caution pour les faire libérer. Nous étions devenus des pros de la libération sous caution, vu que les parents de Capers et ceux de Shyla avaient décidé de décliner toute responsabilité quant aux poursuites judiciaires encourues par leur progéniture. Les Fox partageaient la hantise des immigrants soucieux de ne pas offenser les autorités, tandis que les parents de Capers lui avaient coupé les vivres parce qu'il ruinait la réputation d'une famille dont le nom jouissait d'une longue célébrité dans les annales de Caroline du Sud. Privés de soutien familial, les deux furent souvent victimes des brutalités policières et se retrouvaient avec les menottes, tirés par les cheveux jusqu'au panier à salade proche. Ils apprirent ainsi que la police se recrutait parmi les travailleurs manuels des banlieues marginales. Et que ces derniers s'en prenaient volontiers à des étudiants privilégiés à cheveux longs, qui ne détestaient pas utiliser le drapeau américain pour allumer des feux le long des boulevards. Une matraque de flic avait expédié Capers à l'hôpital au mois de novembre ; Shyla reçut un violent coup de poing d'un agent de la police de la route plus tard le même mois.

Ce soir précis, un adjoint nommé Willis Shealy n'apprécia pas mon allure. La nuit était tombée et je savais que c'était une heure dangereuse dans les prisons sudistes, mais j'avais la courtoisie invétérée, pour ne pas dire naturelle. L'adjoint hostile, à la mâchoire molle, me dévisagea d'un œil qui m'indiquait que j'étais mal parti.

« J'ai une sœur qui a des gros seins et les cheveux moitié moins longs que toi, dit Shealy.

— L'officier des libérations sous caution a dit que les papiers étaient en règle, monsieur, dis-je en évitant le regard de l'adjoint.

— Vous avez entendu ce que j'ai dit? demanda l'adjoint.

— Oui monsieur. J'ai entendu.

— Ton petit copain, là-bas, il a les cheveux qui lui arrivent aux fesses. C'est une queue ou une chatte qu'il a entre les jambes?

— Monsieur, dis-je, il vous faudra poser la question à Capers.

— Joue les marioles avec moi, et tu vas passer la nuit avec ton copain », dit Shealy.

Juste à cet instant, Jordan fit son entrée dans la prison de Columbia pour voir ce qui me retardait. Jordan avait depuis longtemps renoué avec son style californien et portait une des premières queues de cheval observées dans la population masculine de Caroline du Sud.

« Quel est le problème? demanda Jordan.

— Encore un, dit Shealy, avec un hochement de tête dégoûté. Ma parole, ils ont un poulailler plein de pédés, dans cette université... »

Mais Jordan n'avait aucun sens de la retenue. « Attends, pauvre type, tu te contentes de faire sortir notre pote de prison et tu pourras retourner compter tranquillement tes boutons d'acné.

— Mon ami adore plaisanter », dis-je.

Willis Shealy empoigna la matraque qui était posée sur le bureau métallique devant lui et répondit : « Il joue avec la mort. J'ai fait du football au lycée.

— Non! Tu as entendu, Jack? dit Jordan qui leva les mains en feignant la terreur. Jamais je n'aurais osé ouvrir la bouche si j'avais su que notre super héros avait joué au football. Il doit faire partie de ces botteurs de cul qui ne rigolent pas. J'ai toujours les jambes qui tremblent lorsque je me retrouve en face d'un gros lard boutonneux à tête de con qui se vante d'avoir joué au football au lycée. »

Regardant la matraque, je dis : « La ferme, Jordan. Auriez-vous l'obligeance de relâcher notre ami, monsieur?

— Je n'aime pas ton copain pédé, dit l'adjoint en faisant un pas vers Jordan qui réagit en faisant un pas aussi en direction de Shealy.

— Mon ami ne va pas très bien, ces derniers temps », dis-je.

Ricanement de l'adjoint : « Ça ne lui a pas coupé la chique pour balancer ses conneries, en tout cas.

— Je vomis à la seule odeur pestilentielle du plouc de base, dit Jordan.

— Merci de m'aider à calmer le jeu, dis-je.

— A ton service, quand tu veux.

— Je parie que tu aimes sucer les bites, pas vrai, pédé ? demanda Shealy.

— Si vous pouviez simplement éviter de parler, monsieur, je pense être capable de raisonner mon ami, dis-je. Vous n'y mettez pas du vôtre ni l'un ni l'autre.

— Je suis justement un aficionado de la pipe », dit Jordan qui s'amusait beaucoup à présent.

Les muscles de la mâchoire de Shealy se crispèrent.

« Aficionado ? Bien sûr, ce mot de cinq syllabes dépasse votre entendement, Shealy. Mais j'ai sucé quelques très belles bites dans ce pays. Je suis un orfèvre en la matière. On chante les louanges de ma langue dans tous les bars homos du coin. J'aime les grosses bites et les bites maigrichonnes. Certaines ont un goût de fromage, d'autres de viande de porc, d'autres de bœuf séché, d'autres encore de maïs grillé, mais mes préférées ont le goût du sucre de canne. Il y a des gars dont l'hygiène laisse à désirer, des gars dans votre genre, vous voyez, Shealy, qui prennent un bain par mois, quelles que soient les circonstances. C'est alors un goût de sardine qui vient à l'idée, ou d'anchois peut-être... »

Jordan était lancé et je l'avais rarement vu s'amuser à ce point.

« Tu es un salaud et un malade, dit Shealy. Je ne voudrais jamais d'un pervers comme toi dans ma prison.

— Libérez notre ami Mr. Middleton, dis-je. Et je vous débarrasse de ce pervers.

— Je parie que vous êtes monté comme un cheval, Mr. Shealy, rigola Jordan en faisant un pas de plus vers Shealy qui recula. Je parie qu'elle n'entrerait même pas entière dans ma bouche.

— Si votre ami fait un pas de plus, me dit Shealy, je vous descends tous les deux. Surveillez-le, pendant que je vais chercher votre ami. »

Pendant que Shealy se dirigeait vers les cellules, je dis : « Ta technique ne m'a pas facilité les choses.

— Tu faisais la carpette, répliqua joyeusement Jordan. Et ça n'avait pas l'air de marcher fort non plus.

— Il ne faut pas flanquer la trouille à un adjoint du shérif, conseillai-je. Ils sont très mal payés et leur seule distraction est de tuer un gars qu'on leur a amené pour excès de vitesse.

— Je pensais que tu connaissais le Sud, dit Jordan. La seule raison pour laquelle nous ne sommes morts ni l'un ni l'autre, c'est que nous sommes blancs.

— Tu devrais être plus prudent.

— La prudence m'ennuie, répondit Jordan en toute franchise. Je ne commence à trouver de l'intérêt aux choses qu'après avoir envoyé promener les règles de prudence.

— Rends-moi un petit service. La prochaine fois que tu as décidé de rompre l'ennui, préviens-moi, que je m'écarte de ton passage. »

Jordan dit : « Ne sois pas incolore, inodore et sans saveur, Jack. Promets-moi de ne pas devenir terne.

— C'est ce à quoi j'aspire, dis-je tandis que Capers était ramené de sa cellule par un Shealy encore sous le choc.

— Qu'avez-vous bien pu dire à ce pauvre agent Shealy ? demanda Capers en nous apercevant. Il tremble comme une feuille.

— La prochaine fois, Middleton, fais ta manifestation en dehors du comté de Richland, avertit Shealy. Et achète de quoi désinfecter la bouche à ton dégénéré de copain.

— Bien envoyé, agent Shealy, dit Jordan. J'adore voir la populace frappée par un éclair de génie. Cela me redonne foi en les vertus de l'éducation des masses.

— Mais qu'est-ce qu'il raconte ? me demanda Shealy.

— N'oublie pas, Shealy, dit Jordan, dans le Sud, on sait raconter des histoires, pas aligner les reparties.

— Quel sale con ! répondit Shealy.

— Toi, tu as du génie, dit Jordan. Tu renvoies sur tous les terrains. Tu inventes des histoires, tu as la repartie cinglante. »

Capers repoussa ses longs cheveux à deux mains avant de demander : « Il a bu quoi, Jordan ?

— Il est de bonne humeur, dis-je. Maintenant, assez déconné, on met les bouts.

— Ça, c'est une expression de boy-scout, dit Capers. Si seulement mon chef scout me voyait !

— En train de détruire l'Amérique, dit Jordan. L'Amérique et tout ce qui fait sa grandeur.

— En train de la sauver, dit Capers, dont le visage retrouva son sérieux.

— Tu es devenu un vrai bonnet de nuit, depuis que tu as décidé de sauver la planète et tous les petits oiseaux, Capers, dit Jordan.

— Si nous poursuivions cette conversation au Yesterday's ? suggérai-je. Mike s'est occupé de libérer Jane Fonda. Elle aussi doit avoir envie de nous engueuler. »

Et nous sommes tous partis pour le Yesterday's où Mike et Shyla étaient déjà installés devant un verre. Capers et Shyla échangèrent un baiser passionné, comme ils en avaient l'habitude en ces temps enivrants d'arrestations et de discours hurlés dans des porte-voix. Ils se tenaient la main en public, se livraient à des démonstrations d'affection qui me mettaient fort mal à l'aise et conduisaient Jordan à détourner les yeux. Il ne leur suffisait pas de vivre ensemble ; le message tacite, sous-jacent à leur comportement, semblait être que la violence de leurs convictions avait accru l'intensité de leur vie sexuelle. Pendant que nous attendions nos bières, au Yesterday's, ils se pelotaient avec avidité, comme si le langage de leur épiderme était le seul alphabet braille auxquels ils pussent se fier.

« Décollez-vous, dit Mike, que nous passions les commandes.

— Tu es simplement jaloux, dit Capers les yeux rivés à ceux de Shyla. Quand nous sommes séparés, j'ai l'impression d'avoir perdu mes bras et mes jambes. Comme si nous ne faisions plus qu'un depuis le début de la révolution.

— Quelle révolution ? demandai-je.

— Quand vas-tu te réveiller, Jack ? demanda sèchement Shyla. Combien faut-il qu'il y ait de cadavres empilés au Viêtnam pour que tu daignes considérer que le problème mérite ton attention ?

— Soixante-douze mille trois cent soixante-huit, dis-je en étudiant la carte.

— Comment peux-tu plaisanter alors que de jeunes Américains sont en train de mourir dans une guerre immorale ? » demanda Capers en m'attrapant le poignet.

Jordan, qui était plongé dans le menu, annonça : « J'ai envie d'un cheeseburger avec plein d'oignons. Et puis il y a aussi leur fantastique hot-dog qui me fait de l'œil. Quelque chose en moi rêve d'une grande salade. Mais ensuite, je pense à ces garçons en train de mourir dans une guerre immorale, et je me rends compte que je n'ai pas faim. Je voudrais porter une banderole, participer à une manifestation contre la guerre, et être moralement supérieur à tous les humains que je croise.

— J'avais l'intention de prendre une entrecôte, dis-je. Mais dès que je pense à de la viande rouge, j'ai des images de Hué avec les sacs que l'on hisse, contenant les cadavres de jeunes gens qui n'entendront plus jamais les paroles de la Gettysburg Address. Alors l'entrecôte me paraît immorale. Je songe donc à prendre du riz et des haricots rouges, mais le riz me rappelle les malheureux Viêt-congs qui se font tuer en menant une guerre parfaitement morale contre des salauds de mon espèce. Terminé le riz. Je voudrais commander un truc sans le moindre message politique. Je vais donc sans doute demander une carotte crue et un verre d'eau. »

Mike avertit : « Capers et Shyla ne vous trouvent pas drôles, les gars.

— Dommage, dis-je.

— Pas de chance, ajouta Jordan.

— Qu'est-ce qui vous fait rire dans le Viêtnam ? demanda Shyla.

— Que tout le monde est devenu cinglé, dis-je.

Que deux personnes formidables comme vous deux se soient transformées en fanatiques. Regarde-toi, Capers. Tu passes du gratin des KA à Abbie Hoffman en moins d'un an. Quant à toi, Shyla, on ne pouvait rêver plus agréable compagnie que la tienne, mais aujourd'hui, je préférerais encore la lecture des vieux numéros du *Journal officiel* à ta triste présence. Je ne comprends pas pourquoi vous ne pouvez pas être des progressistes sans devenir des emmerdeurs bornés et contents d'eux-mêmes.

— Nous essayons de faire cesser la guerre, Jack, dit Capers. Excuse-moi de te gâcher le plaisir avec notre militantisme.

— Est-ce que tu crois à quelque chose ? demanda Shyla.

— A la bannière étoilée, dis-je.

— Patriotisme de bas étage, ricana Capers. Ce que j'aime dans le drapeau américain, c'est qu'on n'est pas obligé de le révérer. On peut le faire brûler, le piétiner, le balancer aux ordures, notre Constitution nous garantit ce droit précieux.

— Il y a un fasciste qui sommeille en toi, Jack, dit Shyla.

— S'il se manifeste un jour, ce sera pour vous avoir fréquentés trop longtemps, Capers et toi, dis-je. Chaque fois que je suis avec vous, j'ai envie de lâcher une bombe H sur Hanoi.

— Tu es donc pour la guerre ! cria Shyla. Avoue-le.

— Nous sommes à l'université, dit Jordan. Personne n'est pour cette guerre. C'est une guerre idiote, menée pour des raisons idiotes, et par des idiots.

— Alors tu es de notre côté, dit Shyla.

— Ouais, on est de votre côté, dit Jordan. Mais en moins énervés.

— Je ne peux pas ne pas m'énerver quand il est question de napalm et de gosses brûlés qui fuient sur les routes, dit Capers.

— C'est pareil pour moi, dit Shyla. Et je ne supporte pas non plus la compagnie de gens qui supportent ces horreurs. »

Comme Capers et elle se levaient pour partir, je me

mis debout et déclarai : « Je lève mon verre au napalm. Puisse-t-il ne frapper que des enfants innocents, des petits orphelins accrochés à leur ours en peluche, des paraplégiques, des amputés en attente de prothèse, de gentils personnages de dessins animés, des religieuses avec leur chapelet et leur mauvaise haleine, des *pom-pom girls* de l'Atlantic Coast Conference... »

Je n'étais pas encore au bout de ma liste que Capers et Shyla avaient déjà retrouvé l'obscurité de l'extérieur.

« L'humour n'est pas leur point fort, en ce moment, dit Mike qui nous photographia tous au moment où ils partaient.

— Tout cela est du toc, dis-je. Ils donnent dans le blabla poreux. Ils sont capables de disserter pendant des heures sur la liberté d'expression, et lorsque quelqu'un tient des propos qui ne leur plaisent pas, ils font la gueule. »

Mike dit : « Ce n'est pas ce qui te met en colère, Jack.

— Mike a raison, dit Jordan.

— Alors pourquoi est-ce que je suis en colère ? demandai-je. Heureusement que j'ai deux amis très malins, et qui savent tout sur tout, pour expliquer comment va le monde à leur demeuré de copain.

— Tu es amoureux de Shyla, dit Mike. Aucun mal à cela. Mais elle ne craque que pour les gars qui courent devant les lacrymogènes.

— Je suis contre la guerre, dis-je. Mais j'aime l'Amérique. Alors si c'est un crime...

— Elle est dans une phase très extrémiste, expliqua Mike.

— Ce n'est pas sérieux leur histoire de faire cesser la guerre, dit Jordan en avalant une longue gorgée de sa bouteille de bière.

— Ils y croient vraiment, s'insurgea Mike.

— Mais non. Je ne suis pas souvent d'accord avec mon père, dit Jordan, mais il prétend qu'on juge le sérieux de l'engagement de quelqu'un pour une cause aux risques qu'il est capable de courir pour cette cause. Il m'a dit le mois dernier qu'il ne prendrait Capers au sérieux que le jour où il lui donnera une preuve que tout cela n'est pas une guignolade.

« — Et Capers devrait faire quoi, pour donner cette preuve ? » demandai-je.

Rire de Jordan. « Il a dit que si Capers croyait à la cause qu'il prétend défendre, il ferait sauter tous les baraquements de Fort Jackson. Mon père ne se laisse pas avoir par les grandes protestations tant que l'on n'est pas capable de donner sa vie pour ce à quoi l'on croit. Le jour où Shyla et Capers descendront leur premier flic, il commencera à leur prêter une oreille attentive. »


La guerre n'arriva chez nous que plusieurs mois plus tard, le jour où Jordan était dans ma chambre en train de lire un roman de Thomas Merton pendant que j'écrivais à ma mère. Mike franchit le seuil de la porte.

« Vous êtes au courant de la nouvelle ? demanda-t-il avec trois appareils photo lui pendant autour du cou. La Garde nationale a tué plusieurs étudiants lors d'une manifestation contre la guerre. Ecoutez. »

Jordan tourna la tête et dit : « Les gens crient des slogans. »

Je regardai par la fenêtre et vis des étudiants en train de vider des poubelles par les fenêtres du bâtiment administratif. D'autres couraient dans les allées, en criant et en pleurant.

« Shyla et Capers ont appelé à un meeting, lança Mike. Tout ça parce que Nixon a bombardé le Cambodge. Génial ! Il ne faut jamais sous-estimer la puissance du lien de cause à effet. »

Depuis la fenêtre du premier étage, Mike se mit à mitrailler les réactions bizarres et parfois violentes à l'annonce de ce que nous ne tarderions pas à connaître sous le terme : les morts de Kent State.

On put mesurer la naïveté du président Nixon à l'inconscience dans laquelle il était de la déflagration que son incursion au Cambodge allait provoquer chez nous, qui étions pourtant les étudiants les plus soumis de la nation. Un redoutable souffle d'énergie embrasa le cœur de ceux d'entre nous qui étaient depuis longtemps résignés à leur statut de pions dans l'Etat. Tout le monde quitta les salles de cours, résidences et bibliothèques, en abandonnant les livres sur les pupitres. Seuls ou par deux, nous avons déambulé un moment avant de nous regrouper pour aller vers le Horseshoe, après la place qui se trouvait devant la Russell House. Désorientés, sans but précis, nous éprouvions incompréhension, chagrin, la sensation d'avoir été trahis, après le meurtre absurde de quatre des nôtres. Si les morts s'étaient produites à Harvard ou Columbia, déjà très engagés dans la contestation, il y aurait eu un contexte, il aurait pu y avoir des circonstances atténuantes. Mais abattre ainsi treize étudiants, dans la petite ville idyllique de Kent, au cœur de l'Ohio, à Kent State, une université encore beaucoup plus respectueuse des traditions, dans sa soumission à l'autorité, que ne l'était la très sage université de Caroline du Sud, c'était inconcevable. Il était limpide pour nous que le gouvernement avait déclaré la chasse ouverte contre tout opposant à la guerre. Par ce seul jour, à travers le soulèvement fébrile et révolté des étudiants d'Amérique, tous les dangers de la solidarité eurent libre cours. Même les étudiants les plus dociles, les plus passifs, furent sensibles au vent brûlant de la révolte qui soufflait sur notre marche vers le Horseshoe. Le chagrin ne tarderait pas à se muer en colère, la timidité en flamboyance. Ce qui se passait dans ce cortège aveugle d'étudiants migrant vers l'espèce de grande place entre la bibliothèque et la Russell House se passait aussi dans tous les campus d'Amérique. L'intelligence et la raison étaient enterrées, la civilité était en berne et la révolte prenait le dessus. Pourtant, aucun de nous ne savait où nous allions.

Par la suite, je me suis dit que ce mouvement irraisonné avait été une sensation inoubliable, par laquelle j'avais compris le confort du troupeau, la sécurité que les foules confèrent aux pèlerinages religieux. Jamais je n'avais participé à une chose qui me dépassait à ce point. Mes mains tremblaient de rage, j'avais la gorge sèche ; je me sentais irrationnel, assassin, et curieusement dépourvu de colère tandis que je marchais parmi les étudiants, dont beaucoup pleuraient.

Le temps que nous arrivions devant la bibliothèque, Capers et Shyla avaient déjà été arrêtés pour rassemblement illégal. La nouvelle de leur arrestation se répandit comme une traînée de poudre avec celle, surprenante, de l'intervention du président de l'université pour obtenir leur libération. Comme un reste de brume au-dessus de la rivière Saluda, la foule se dispersa, timidement presque, à croire qu'un sortilège venait d'être levé par une main invisible.

Ce soir-là, Jordan, Mike et moi étions au Yesterday's lorsque Shyla entra avec Capers. Ils furent salués par un tonnerre d'ovations tandis qu'ils se dirigeaient vers le bar, le poing levé, avec des gens qui se bousculaient pour les toucher. Capers avait un pansement sur l'œil gauche, un des policiers lui ayant tapé la tête contre un mur. Shyla se rendit à l'entrée du restaurant et plongea la foule dans un bain de bonne conscience tandis que Capers et Radical Bob s'occupaient de l'arrière-salle et du bar. Des cris retentissaient dans les rues et une voiture de police brûla près du stade. Le hurlement des sirènes assourdissait la ville. Ce n'était pas l'anarchie, ni rien d'approchant, mais quelque chose avait ébranlé les couches accumulées d'impassibilité, aux lisières de cette université. On sentait le frisson de la léthargie mise à feu. Cette nuit-là, le simple fait de vivre ressemblait à une branche nouvelle de la théologie. L'inquiétude et l'agitation planaient dans les rues bordées d'arbres d'une ville assoupie. Sur les télévisions et les radios était diffusée l'information qu'aucun des étudiants abattus n'était un militant, et que l'un d'eux faisait même partie du corps des officiers de réserve, le ROTC. Les hommes en uniforme avaient tiré sur des étudiants. Ma génération se soudait dans la réprobation et partout les parents avaient peur.

L'après-midi suivant, les étudiants se regroupèrent de nouveau, et j'appris que les mouvements spontanés étaient beaucoup plus dangereux que les événements prévus et organisés. La foule se dirigea de nouveau vers le Horseshoe ; et une fois encore j'éprouvai l'excitation de participer à une chose qui me dépassait de beaucoup, alors que j'étais porté par une marée de milliers de personnes. La main de Jordan me prit le coude lorsque je tentai d'apercevoir les orateurs malgré le soleil et le bruit. Il me chuchota à l'oreille que jamais de sa vie il n'avait vu un tel rassemblement d'hommes armés de fusils, même au camp de Pendleton. Des centaines de gars de la Garde nationale étaient venus prêter main-forte à la police locale, et l'air lui-même semblait irrespirable, gélatineux.

Shyla s'adressait à la foule lorsque nous fûmes à portée d'oreille, mais nous étions toujours à près de vingt mètres de l'estrade. Nous l'entendîmes déclarer : « Hier, ils nous ont apporté la guerre chez nous. Parce que nous refusions d'enterrer nos soldats morts dans une guerre injuste, ils ont décidé d'enterrer quelques-uns d'entre nous à la place. Parce que nous voulions la paix, ils ont essayé de nous montrer le prix qu'il faudrait payer cette paix. Parce que nous détestons la guerre, ils ont résolu de nous déclarer la guerre à tous. Répondons à leurs balles en nous mobilisant davantage encore pour faire rentrer nos soldats chez nous. Enterrons nos morts, et ensuite occupons-nous d'enterrer à jamais la guerre du Viêtnam. »

Les applaudissements qui saluèrent ses paroles furent nourris et persistants. Puis Radical Bob se dirigea vers le micro. Il n'avait prononcé que quelques mots lorsque le chef des forces de l'ordre pour la Caroline du Sud — la SLED —, J. D. Strom, l'interrompit pour annoncer à la foule qu'aucune autorisation de rassemblement n'avait été accordée par la ville, et que cette manifestation était annulée sur ordre du maire. Bousculant Strom, Radical Bob tenta de récupérer le micro, mais il fut coupé dans son élan par une équipe légère et rapide qui lui passa les menottes avec brio. La foule gronda pendant que Radical Bob était embarqué et jeté dans une voiture de police. Les étudiants qui étaient en bordure du meeting essayèrent de forcer le cordon de police pour libérer Bob, mais ils furent repoussés par une ligne d'agents de la SLED.

Capers négocia pied à pied avec le colonel Strom et obtint l'autorisation de faire une déclaration au micro.

« Nous reconvoquons ce meeting dans l'enceinte de la Russell House. Ils peuvent nous empêcher de discuter ici, mais le siège du syndicat étudiant, c'est chez nous. »

Et nous voilà repartis, cette fois entre les fusils, les pistolets et les matraques des forces de l'ordre, mais dans le calme, et dubitatifs devant cette triste démonstration de force et de paranoïa. Les yeux des officiers de police exprimaient le dégoût devant le déplacement confus mais point menaçant des étudiants entre leurs rangs.

« Ils ont peur de se faire tuer, dit Jordan. Ces pauvres cons ont peur de nous.

— Pourquoi y a-t-il tant de gros dans les forces de l'ordre ? demandai-je.

— C'est parce qu'ils portent des gilets pare-balles. Reste au milieu, conseilla Jordan. S'ils se mettent à tirer, ils vont dégarnir les rangées extérieures d'abord.

— Ils ne vont pas tirer, dis-je. Ce sont des gars de Caroline du Sud comme nous.

— Tu crois que les gardes nationaux qui ont tiré sur ces pauvres étudiants n'étaient pas des gars de l'Ohio, peut-être ? dit Jordan.

— Ne me rends pas plus nerveux que je ne suis déjà, dis-je. Si on regagnait nos chambres ? Personnellement, je me soucie de la guerre du Viêtnam comme d'un pet de gerbille.

— C'est justement une excellente raison de rester », dit Jordan, sans expliquer ce qu'il entendait par là.

Comme je montais la pente accédant à la Russell House, je vis deux hélicoptères militaires qui rôdaient au loin. Une fille qui avait un transistor dit que l'on annonçait la mobilisation de mille gardes nationaux supplémentaires à Charleston. Je regardai les forces de l'ordre faire circuler les grenades lacrymogènes et reconnus des aboiements de dobermans et de bergers allemands, regroupés derrière la bibliothèque. L'Etat avait déjà accumulé une puissance de feu suffisante pour rayer un quartier de Hanoi de la carte, et pourtant l'ennemi redouté décorait de fleurs et de bonbons les étuis de revolver et les cartouchières des policiers impassibles.

Lorsque nous fûmes arrivés au syndicat étudiant, Jordan et moi restâmes dans une aile latérale surpeuplée, tandis que Capers se dirigeait vers l'estrade et le podium. Les applaudissements ébranlèrent les pins déjà secoués par les courants d'air, et se déchaînèrent sous le trop-plein d'énergie contenue. Les ovations se transformèrent en hurlements, et les hurlements en un rugissement tribal, irrésistible. Les étudiants avaient été si nombreux à se tasser dans la grande salle, puis dans les vestibules et couloirs, que la police et la garde étaient restées majoritairement dehors. Une fois encore nous étions seuls, entre nous.

Curieusement, Capers ne prit pas la parole tout de suite. En revanche, il savoura son premier succès d'homme politique, de citoyen capable d'évaluer instinctivement les besoins pressants d'une foule. Il regarda les forces de la police et de la garde forcer le passage pour pénétrer à l'intérieur de l'auditorium, bousculant les étudiants sur leur passage, et il jeta la feuille sur laquelle il avait rédigé son intervention. Une fois la phalange policière installée dans les premiers rangs, matraque en main, il commença : « Je vous demande à tous de chanter avec moi un chant qui convient particulièrement à l'occasion. Car en fait, nous voulons célébrer la grandeur de ce pays. Ce pays où les Britanniques nous refusaient la liberté de parole, de réunion, ainsi que le droit de choisir à qui nous paierions des impôts. Ils avaient pensé à tout, les Britanniques, sauf à une chose : nous n'étions plus anglais. Ce pays nous avait changés, et sans même le savoir, nous étions devenus américains. Et en tant qu'Américains, nous avons enseigné au monde entier la liberté d'expression. Nous en sommes les inventeurs. Alors personne — je dis bien personne — ne pourra nous reprendre cette liberté. »

Mike était grimpé sur l'estrade pour photographier l'éruption d'une foule électrisée par la puissance des paroles de Capers. Jordan et moi étions au bord de l'explosion à force de crier, à nous casser la voix. « Ces pauvres flics ont peur de nous. Montrons-leur qu'il n'y a pas de quoi être effrayé. »

Puis Capers entonna au micro, de sa voix de ténor à peine juste :

*Par la beauté de tes vastes cieux,*
*Par l'ambre blond de tes champs de grain,*
*Par la majesté pourpre de tes montagnes,*
*Qui dominent d'immenses et riches vergers !*

*Amérique ! Amérique ! Sur toi Dieu déversa sa grâce,*
*T'accordant la fraternité pour prix de ta bonté,*
*D'un océan à l'autre, sous le soleil brillant !*

Tout le monde pleura en chantant « America ! America ! ». Capers avait réussi à créer un instant de sublime beauté. Son instinct était infaillible, son sens du moment parfait, et il semblait exercer son ascendant sur les foules par la seule autorité de sa présence. Je n'avais jamais vu tant de beauté et de charisme chez un garçon, et je sentis que je succombais de nouveau au charme de cet ami parfait.

C'est alors que les forces de l'ordre commirent leur première erreur stratégique. Le chef des pompiers grimpa sur l'estrade où il se dandina comme un pingouin inquiet, et l'on percevait son malaise face à notre assemblée d'étudiants chevelus. Il parvint à saisir le micro des mains de Capers. Pendant leur bref affrontement, Capers souriait et jouait la complicité avec la foule, mais le chef des pompiers n'était pas d'humeur à apprécier la plaisanterie. Il crut que Capers se moquait de lui. Il fit un signe de la main gauche et l'estrade se trouva brutalement investie par les flics. L'un d'eux envoya un jet d'aérosol dans les yeux de Capers, qui hurla et tomba à genoux lorsqu'un coup de matraque l'atteignit aux mollets. Il s'écroula ensuite face contre terre, sous le deuxième coup de matraque qu'un flic lui administra sur la tête. Capers était inconscient lorsqu'on l'embarqua vers une ambulance qui attendait dehors. Nous étions tellement stupéfaits par le tour pris par les événements qu'il n'y avait pas un bruit dans la salle, à part celui de l'objectif de Mike qui s'ouvrait et se fermait comme les paupières d'une bête invisible.

Le chef des pompiers s'exprima enfin : « Ce Mr. Middleton n'avait pas d'autorisation pour tenir cette réunion. Vous êtes tous en infraction avec les règles de sécurité édictées par les pompiers. Je suis mandaté par le gouverneur en personne pour vous transmettre une décision. Jusqu'à nouvel ordre, aucun étudiant ne sera admis dans les locaux du syndicat étudiant. Compris ? Aucun étudiant n'est admis à l'intérieur de la Russell House. Vous avez cinq minutes pour vous disperser. »

Un murmure parcourut la foule privée de chef, puis j'entendis une voix à côté de moi. C'était Jordan. « Hé ! gros lard. Si le syndicat étudiant n'est pas fait pour les étudiants, il est fait pour qui ? Pour les chiens ?

— Arrêtez ce gars, dit le chef des pompiers en se retournant, mais la sonorisation amplifia chacune de ses paroles.

— Je suis étudiant, cria Jordan. Aucune loi n'interdit à un étudiant de se trouver dans les locaux du seul syndicat étudiant de son université. Je voudrais savoir ce que fout ici cette armada de flics et de gardes nationaux. Cette maison, elle a été construite et payée par nous. Nous sommes chez nous. Vous débarquez chez nous, vous arrêtez et tabassez nos amis, vous interrompez notre réunion, et vous nous menacez alors même que nous sommes à l'endroit censé nous offrir la sécurité. Et vous avez ensuite le toupet de nous raconter que nous n'avons pas le droit d'être dans un bâtiment dont la plaque porte notre nom.

— Un petit conseil, fiston, la ferme, dit le chef des pompiers.

— Pourquoi devrais-je la fermer ? dit Jordan. J'habite ici. Mes parents payent pour que je puisse suivre les cours de cette université. J'ai passé des examens pour être admis. Nous avons tous travaillé dur au lycée pour être acceptés dans cette université. Vous n'avez donc pas le droit de dire à aucun de nous de sortir.

— Vous enfreignez les règles de sécurité anti-incendie, dit le chef. Cette salle ne peut recevoir que deux mille personnes à la fois.

— Dans ce cas, rembarquez les flics, les soldats, et tirez-vous tous d'ici. Nous ne dépasserons plus le nombre autorisé », dit Jordan. Les policiers avaient déjà amorcé un mouvement en direction de Jordan, mais la foule rendait la tâche très difficile. Le colonel en charge de la Garde nationale et commandant la SLED remplaça le chef des pompiers au micro.

« Ecoutez bien, les gars », dit le colonel. Son visage bouffi et mou avait la texture d'un champignon des bois, mais il détestait visiblement les étudiants. « J'ai avec moi un joli mandat. Ce mandat me confère les pleins pouvoirs et il est issu du bureau du gouverneur. Je vous ai vu refuser d'obtempérer à l'ordre de dispersion donné par le chef des pompiers. Pour ce qui est de moi, je ne crois pas à la manière douce lorsqu'il s'agit de maintien de l'ordre. Je ne vais pas me laisser tenir la dragée haute par des petits cons de hippies, alors vous évacuez en vitesse. »

Jordan reprit la parole, d'autant plus calme que la fureur se répandait dans la foule, prête à exploser.

« Veuillez nous présenter vos excuses pour nous avoir traités de petits cons hippies, colonel, demanda Jordan. Je connais bien mes camarades étudiants, et nous sommes très sensibles aux insultes. La nature nous a dotés d'une sensibilité à fleur de peau, et vous venez de nous injurier gravement.

— J'ai donné un ordre de dispersion, Betsy, dit le colonel. Et pardonne-moi si j'écorche ton nom, mais je ne sais même pas si je m'adresse à une fille ou un garçon.

— Colonel, dit Jordan. Je vous propose de nous battre aux poings sur cette estrade, vous aurez ainsi tout loisir de vérifier que je suis un garçon. »

Le rugissement des étudiants noya les paroles suivantes du colonel.

« ... et j'aimerais rappeler à cette assemblée de réfractaires et de pacifistes qu'en ce moment même, des jeunes Américains sont en train de se battre et de mourir au Viêtnam, pendant que nous parlons, dit le colonel. Savez-vous pourquoi ils meurent, ces jeunes Américains ?

— Bien sûr que nous savons, cria Jordan. Ils n'étaient pas assez riches, ou ils n'ont pas eu assez de chance pour faire leur service dans la Garde nationale, comme vous et les branleurs armés de fusils que vous avez postés autour de nous... »

Un brouhaha cacophonique envahit encore la salle pendant plusieurs secondes. Le colonel tenta plusieurs fois de ramener le calme, mais il avait la voix faible, anémique.

« Nos soldats sont en train de mourir au Viêtnam pour une cause à laquelle ils croient, finit par reprendre Jordan. Ils ont mérité notre amour et notre respect à tous. Nous devons maintenant faire cesser cette guerre et les faire rentrer au pays. Nos forces armées sont sur le terrain pour tuer l'ennemi, pendant que vous et votre Garde nationale à la con, tous ces planqués qui pètent de trouille, attendent tranquillement la fin de la guerre, baïonnette au poing, en prétendant avoir fait leur devoir envers notre patrie. Vous n'êtes pas dans la jungle à poursuivre les Viêt-congs, vous. Vos fusils sont chargés, mais vous êtes venus sur un campus combattre des étudiants américains, vos frères, vos sœurs. Hier vous en avez tué quatre dans l'Ohio. Combien avez-vous l'intention d'en tuer aujourd'hui ? Répondez-moi, messieurs les gardes nationaux. Je voudrais voir un de vous se lever et me dire en face que vous n'êtes pas les rois des planqués. Racontez-moi que ça n'a pas été le plus beau jour de votre vie de merde, celui où un papier arrivé par la poste vous a annoncé que vous n'iriez jamais attraper la chtouille ou la malaria au Viêtnam.

— Jeune homme, vous appelez à l'émeute, dit le colonel lorsque le bruit fut retombé.

— J'appelle qui, les étudiants, ou la Garde nationale ? » demanda Jordan.

Il y eut encore du changement sur l'estrade, et un jeune homme chic et bien habillé, du bureau du gouverneur, remplaça le colonel pour annoncer sans circonvolutions : « Dans cinq minutes, tout étudiant pris à l'intérieur de la Russell House sera suspendu de l'université pour le reste du semestre. Il ne pourra passer aucun examen, ni obtenir de diplôme avec le reste de sa promotion. »

Cris et insultes emplirent de nouveau la salle, mais il y eut également des mouvements de foule en direction de la porte, et lorsque le remue-ménage fut terminé, cinq cents étudiants restaient encore rivés à leur place. En regardant autour de moi, je fus assez surpris de n'en reconnaître aucun, et de ne repérer aucun membre des SDS.

Le jeune homme au micro donnait l'image impeccable d'un commandement qui n'admettrait pas la contestation. Sa jeunesse lui conférait un air d'autorité tranquillement fasciste. Avec son visage angélique, aux pommettes hautes et roses, il avait l'allure d'un candidat au poste de responsable du service des eaux, ou de chargé de mission d'enquête pour dénoncer abus et malversations des permanents syndicaux. De plus en plus d'étudiants refluaient vers la sortie, la tête basse, et adoptaient le pas de course dès qu'ils avaient franchi la porte.

Les cinq minutes écoulées, le jeune homme, qui dit s'appeler Christopher Fischer, annonça que la centaine d'étudiants encore présents étaient exclus de l'université.

« Qu'est-ce que je fais là ? dis-je. Je devrais être dans ma chambre en train de réviser mes cours sur le roman victorien.

— C'est parce que tu es un homme de caractère, dit Jordan en s'asseyant à côté de moi. En plus, tu n'as jamais aimé vider les lieux simplement parce qu'un connard t'en donnait l'ordre.

— On n'aura pas le diplôme, dis-je en me laissant envahir par la pleine mesure d'une décision impulsive. Adieu la remise du diplôme, la cérémonie, les félicitations, les embrassades des parents. Je ne suis même pas certain d'être contre la guerre du Viêtnam, et me voilà privé de diplôme sous prétexte que mes amis sont des fanatiques, et que mon camarade de chambre a les nerfs qui ont lâché sous mes yeux.

— Ils ont envoyé Capers à l'hôpital, inconscient, dit Jordan. Shyla a été arrêtée pour avoir prononcé un discours.

— Ah oui. Je savais qu'il y avait un grand principe moral auquel je ne crois même pas. Je savais bien que je foutais toute ma vie en l'air pour une raison parfaitement idiote.

— Rentre à la niche, alors, suggéra Jordan.

— Pour que tu te croies philosophiquement supérieur à moi ?

— Je le crois déjà, sourit Jordan.

— Shyla ne m'adresserait plus jamais la parole », pensai-je tout haut.

Et Jordan d'acquiescer. « Ça, c'est garanti.

— Mike ferait une photo de moi sortant d'ici, la queue entre les pattes.

— Elle serait dans tous les journaux.

— Mais je pourrais partir pour l'Alaska où ils n'ont jamais entendu parler de la Caroline du Sud. Je pourrais commencer une nouvelle vie. Ma réputation de dégonflé ne me suivrait pas. Je pourrais aussi partir pour le Viêtnam. Comme engagé volontaire. Devenir béret vert. Trancher la gorge des chefs de village trop faibles avec le Viêt-cong. Gagner des médailles. Me taper des putes à Bangkok pendant mes permissions. Sauter en parachute sur le Nord et ruiner leur système de ravitaillement. Me faire un collier d'oreilles humaines. Sauter sur une mine. Perdre les deux jambes et regarder un petit cochon s'enfuir avec mes couilles dans la gueule. Economiser assez pour m'acheter un fauteuil roulant électrique. Détraquer les détecteurs de métaux avec tous les éclats d'obus que j'ai encore dans ce qui me reste de bite. Non. Je reste.

— Bonne décision, dit Jordan.

— Mais tu avais l'intention de t'engager dans les marines, après le diplôme.

— C'est un cadeau que je voulais faire à mon père. Je voulais lui offrir cette seule chance, au cours de notre vie commune, d'être fier de moi.

— Je crois que tu devrais consulter un conseiller d'orientation professionnelle pour te donner d'autres idées », dis-je tandis que le cercle des forces de l'ordre se resserrait sur nous.

Jordan dit en souriant : « Mes chances d'accéder au grade de commandant vont être compromises.

— Nos parents vont nous arracher les yeux, dis-je. Ma mère, elle va sauter au plafond. Elle croit avoir mérité mon diplôme.

— Nous pourrons suivre des cours d'été. »

Puis la voix de Christopher Fischer résonna de nouveau dans la salle. « Tous les étudiants qui n'auront pas quitté les locaux du syndicat d'ici cinq minutes seront arrêtés. L'état d'urgence a été décrété. Il vous reste exactement quatre minutes et quarante secondes pour regagner vos chambres. »

Jordan se leva et dit : « Ho ! Ho ! Les gars, vous n'avez toujours pas pigé. On recommence encore une fois. Cette salle, c'est chez nous. Elle est au syndicat étudiant. Etudiant. Il faut vous faire un dessin ? »

Un des étudiants, qui n'avait pas dit un mot, se dressa à l'autre bout de notre cercle de plus en plus restreint. Je ne le reconnaissais pas, mais il avait l'air particulièrement agressif et menaçant, avec ses cheveux sales et emmêlés, son bandana graisseux, ses jeans déchirés. Sa veste de treillis donnait du poids à sa fureur et il se mit à crier des ordres aux autres étudiants.

« Si les flics veulent nous piquer ce bâtiment, on va le faire cramer et leur laisser les cendres. La non-violence, ça ne marche pas avec ces connards. Ils veulent la bagarre, on va se bagarrer. S'ils ont envie de tirer sur un groupe de gosses désarmés, on va aller s'en faire quelques-uns nous aussi. Marre de discuter. Je veux me faire mon flic. »

Jordan cria à tout le monde de rester assis et se dirigea lentement vers l'étudiant incontrôlable. Il passa le bras sur l'épaule du jeune homme avant de lui serrer la nuque. « Ils s'habillent d'une drôle de façon, les flics, en ce moment, dit Jordan en s'adressant aux derniers manifestants. Quelqu'un connaît ce type ? Je ne sais pas le nom de la plupart d'entre vous, mais je vous ai vus dans le coin. J'ai bien regardé ce Mr. Révolution, là. Il a l'air un peu déguisé, non ? Je veux dire, il passe-rait facilement à Berkeley, mais ici, dans le Sud, il fait un peu Hollywood. Bon, il veut qu'on attaque les types qui ont les fusils. Bonne idée, non ?

— Indic ! se mirent à hurler certains étudiants.

— Va te faire voir ailleurs, mec, conseilla Jordan. Ils sont braves, ces petits gars. Ne les envoie pas au casse-pipe.

— Je la déteste, cette putain de guerre, cria l'homme, en s'adressant à la salle. Les parlotes, c'est des conneries. Il faut agir pour se faire entendre. »

Je me glissai derrière lui et sortis un portefeuille de sa poche de jean. L'insigne de police était là. Je l'ai brandi bien haut, pour que tout le monde voie que Jordan avait deviné juste. Les étudiants, déjà sonnés par leur exclusion, se mirent à siffler jusqu'à ce que le comédien vedette de l'après-midi rejoigne les rangs de ses pairs.

« Tout le monde est sûr d'avoir envie de rester ? dit Jordan. Il n'y a pas de honte à partir maintenant.

— Ils n'ont pas le droit de faire ce qu'ils font, dit une étudiante de dernière année, nommée Elayne Scott. Comment peuvent-ils m'exclure de mon université sous le seul motif que je suis restée dans les locaux du syndicat étudiant ?

— Moi, je suis pour la guerre du Viêtnam, dit une fille ravissante du nom de Laurel Lee, qui faisait partie avec Ledare du club très chic des Tri Delta, ce qui me fit bien rire. Mais mon père et ma mère m'ont appris à reconnaître le bien du mal, et ceci est mal. »

Puis l'ordre fut donné et les arrestations effectuées.

## 37

A notre sortie de prison, le lendemain, nous étions devenus des symboles de notre époque, ces temps difficiles où les Américains cessèrent de s'écouter mutuellement.

Deux cents étudiants et cinq caméras de télévision étaient là pour attendre notre sortie, dans la lumière éblouissante d'un été précoce. Shyla et Capers nous firent un triomphe, pour le bénéfice des caméras, avant de nous entraîner discrètement vers une enclave tranquille de Blossom Street, où les SDS préparaient leur prochaine opération. Les militants qui jusqu'à présent nous avaient tout juste tolérés, Jordan et moi, nous traitaient désormais comme si nous avions passé avec succès une difficile épreuve initiatique. Nous étions intégrés dans un cercle qui ne nous plaisait même pas. Mais la nuit en prison nous avait effrayés, et le délire de cet accueil triomphal fut agréable et mit du baume sur nos esprits irrités. La marijuana était gratuite et le Jack Daniel's coulait à flots.

J'étais euphorique et content lorsque Shyla nous fit signe de la suivre. Elle nous emmena dehors, jusqu'à une table de jardin, autour de laquelle Radical Bob avait réuni un conseil de guerre avec la certitude que nos conversations ne seraient pas écoutées. Il expliquait qu'on ne pouvait pas faire confiance à Jordan et moi, et nous laisser assister à ce conseil de guerre à cause d'une simple arrestation et d'un rôle prééminent joué dans une manifestation qui avait échappé au contrôle de tout le monde. Il craignait de voir le mouvement devenir un point de ralliement et un terrain d'entraînement pour des amateurs agissant en francs-tireurs, sans philosophie révolutionnaire pour fonder leur engagement. Aujourd'hui déjà, une centaine d'étudiants débraillés avaient déclenché une action spontanée, sans direction ni objectif précis, en envahissant le pavillon administratif.

« L'action qui n'est pas sous-tendue par une philosophie, c'est de l'anarchie, dit Radical Bob.

— Pardon? dis-je. Chaque fois que tu ouvres la bouche, Bob, on dirait que tu récites de l'anglais appris au cours Berlitz.

— Qui vous a invités? répliqua Radical Bob. Ce n'est pas parce que vous avez joué les héros hier, Jordan et toi, que cette guerre va durer un jour de moins.

— J'ai remarqué qu'aucun de vous n'a été arrêté avec nous », dit Jordan en regardant successivement les vingt-deux piliers des SDS assis dans la cour, autour de la table de jardin. Beaucoup faisaient circuler des joints, dont certains étaient si petits qu'on avait l'impression qu'ils se repassaient des poils de cul en les tenant entre le pouce et l'index. Ce jour-là, à l'exception de Bob, le groupe s'inclinait devant Jordan et moi. En occupant la une des gazettes, nous étions soudainement devenus des membres importants de ce cercle très fermé de Caroline du Sud.

« Ils ont pris tous les risques, Bob, plaida Shyla, et ils ont tout perdu. Ils ont été arrêtés avec les autres. Que cela nous arrive à toi ou à moi, rien d'étonnant. C'est monnaie courante, quotidienne même. Mais là, il s'agit d'un soulèvement d'étudiants anonymes — rien d'organisé. L'héroïsme à l'état pur, le cri de révolte de l'homme ordinaire. En une seule action spontanée, ces étudiants en ont fait plus que les SDS en une année. D'accord, ils ne savaient peut-être pas ce qu'ils faisaient. Mais ils ont été formidables.

— Ils ne devraient pas faire partie de l'action de ce soir, dit Bob.

— Je ne suis pas d'accord, dit Shyla.

— Vous voulez venir ? » Bob me regarda avec agacement. « Eh bien on y va, petit con.

— Ce sera non-violent ? demanda Jordan.

— Evidemment. Nous voulons faire cesser une guerre, pas en engager une. »

Jordan me regarda. « Je suis trop beurré pour refuser, dit-il. En plus, je n'ai pas d'examens à passer demain.

— Et nulle part où aller, dis-je. Nos chambres ont été vidées et verrouillées. Nous avons le reste de la vie pour faire ce qui nous chante.

— On est partants », dit Jordan.

A deux heures du matin, le lendemain, Capers Middleton, en tenue paramilitaire, brisait la vitre d'une petite fenêtre des toilettes du rez-de-chaussée d'un bâtiment abritant le bureau de la conscription en Caroline du Sud, dans Main Street. Puis il entra et chercha dans l'obscurité la petite porte donnant dans une ruelle de derrière, où attendait un groupe d'étudiants qui ne tarderaient pas à être connus comme les « Douze de Columbia ».

Après avoir forcé cette porte et fait signe à tout le monde de se taire, Capers nous entraîna à l'intérieur, par l'escalier de service. L'opération était préparée depuis plusieurs semaines, et chacun s'acquitta parfaitement de sa mission au cours des premières minutes. Les clés volées aux gardiens ouvraient les serrures prévues. Les garçons avaient transporté des seaux pleins de sang de bœuf, et les filles s'étaient chargées de tout le matériel pour faire brûler les dossiers militaires de tous les garçons de Caroline du Sud.

Shyla se dirigea vers le premier classeur, et sans perdre un instant vida tous les dossiers qu'elle étala sur le sol. Jordan et moi passions derrière, et couvrions le tout de sang de bœuf. Capers dirigeait le groupe qui empilait les dossiers au centre d'une vaste pièce grise. La pile montait rapidement, tandis que Capers pressait chacun de faire vite. Il regarda sa montre, fit un signe à Bob qui aspergea les dossiers d'essence. Alors que Capers demandait à chacun un effort surhumain, je notai une certaine tension dans sa voix, et m'arrêtai en plein élan. L'essence me chatouillait les narines, j'étais épuisé par le manque de sommeil. Je regardai Shyla, dont le visage rayonnait comme celui d'une nonne extatique. En fait, nous ressemblions tous à une horde religieuse s'apprêtant à brûler un hérétique dans une sorte d'autodafé bizarre et surréaliste. Un signal d'alarme se déclencha sans raison dans ma tête tandis que j'observais le visage de ces amis, qui étaient de parfaits étrangers, et je tentai de chasser un sentiment de panique. Reculant de quelques pas, je saisis Jordan par les épaules lorsque je vis Radical Bob allumer une allumette et les autres sortir leur briquet avant de s'approcher de la montagne de dossiers militaires.

« Foutons le feu à cette putain de baraque, dit Radical Bob.

— Non, dit Shyla. Les dossiers seulement.

— Bob a raison, dit Capers. Si on veut vraiment la révolution, faisons brûler la baraque. Et la ville entière. On va leur amener la guerre à domicile. Leur montrer ce que subissent les Vietnamiens.

— Tais-toi, dit Shyla. Nous sommes non-violents. Non-violents.

— Parle pour toi », dit Radical Bob, et la pièce s'enflamma tandis qu'une centaine de sirènes se mettaient à hurler dehors et que policiers et pompiers faisaient irruption dans la pièce. Une armée de flics se jeta sur nous, à coups de poing et de matraques. Deux énormes types m'expédièrent à terre avant de s'asseoir sur moi pour me passer les menottes, en rigolant tandis que je hurlais de douleur parce qu'ils serraient les bracelets assez fort pour me couper la circulation.

« Putains de flics ! criait Capers. Putains de flics ! Qui a cafté ?

— Je t'avais dit de laisser tes foutus copains hors du coup, dit Radical Bob. Toute cette histoire a été du travail d'amateur.

— Nous n'avons rien fait de mal, dit Shyla. Nous avons voulu frapper un grand coup en faveur de la paix. Nous n'avons pas réussi à cent pour cent, mais notre passage a été remarqué.

— Oh, merde ! entendis-je Jordan murmurer.

— Qu'est-ce qui se passe ? demandai-je.

— Il y a une chose à laquelle nous n'avons pas réfléchi, dit Jordan. Ce que nous avons fait est un crime fédéral. Nous sommes carrément dans la merde. »


Le jour de notre présentation au juge, nous sommes arrivés au tribunal fédéral en panier à salade et il nous a fallu affronter la horde de journalistes et de photographes avant d'entrer. Mike était présent et savait exactement ce qu'il guettait. Son Nikon était prêt lorsque le général Elliott, resplendissant dans son uniforme impeccable, sortit de la foule et descendit rapidement les marches pour accueillir son fils. Un policier faisait monter Jordan en le tenant par les menottes. Lorsque le général expédia Jordan sur les genoux d'un revers de main, Mike prit la photo. Dans sa fureur emblématique, Elliott incarnait jusqu'au bout des ongles la protestation de l'autorité douloureuse frappant le détracteur chevelu des règles et des lois, sur les marches d'un palais de justice. Le cliché offrait l'image parfaite, d'une portée quasi biblique, d'un père rétablissant l'ordre et la hiérarchie des valeurs chez lui. L'expression désespérée de Jordan, frappé, à genoux, reflétait la honte et l'humiliation sans fin d'une enfance interminable. Pour la nation, le général Elliott incarna l'Amérique des adultes, mais pour nous, il personnifiait tout ce qu'il y avait de tyrannique, d'immuable et d'hypocrite dans la conscience américaine rongée par la lèpre du Viêtnam. Jordan à genoux avait la puissance d'un symbole : son visage exprimait le sentiment de trahison éprouvé par sa génération. La photo de Mike fut l'ultime étape avant le point de non-retour. Semblable à un christ vaincu, Jordan se releva pour affronter son père, gravit la marche qui le séparait de lui, le regarda droit dans les yeux.

Alors le général Elliott cracha au visage de son fils, et le monde qu'ils avaient en commun connut une soudaine, irrévocable éclipse. La guerre, et ses dommages sur l'âme de l'Amérique, se jouèrent dans ce bref face-à-face entre père et fils. Ce fut la brisure fatale pour Jordan. Il passa dans un territoire de souffrance où personne ne pouvait le suivre. En prison, il oublia le Viêtnam et ne songea plus qu'à la pire façon de blesser son père. Que pourrait-il faire pour le briser ? Jamais auparavant je n'avais entendu personne prier avec tant d'ardeur, or Jordan priait pour la mort de son père.

Lorsque je fus remis à la garde de mes parents, mon père se mobilisa pour ma défense. La sévère condamnation que j'encourais pour cette affaire le poussa à la sobriété, et il sélectionna les meilleurs spécialistes du droit criminel de l'Etat pour s'occuper de mon dossier. En privé, ma mère et lui eurent de violentes altercations sur nos méthodes et stratégies de protestation contre l'engagement américain au Viêtnam, mais en public, c'est avec la même véhémence qu'ils soutinrent mes actes contre vents et marées. Plus ils étudiaient la guerre du Viêtnam, moins ils mettaient d'ardeur à défendre l'engagement militaire des Etats-Unis en

Asie. Lorsque vint le début de mon procès, tant Lucy que le juge luttaient avec une fougue inlassable pour me protéger. Les parents de Shyla soutenaient leur fille avec le même zèle tranquille. Malgré leur totale désapprobation de tout ce qu'il avait fait, les parents de Capers se tenaient aussi aux côtés de leur fils enragé et chevelu.

Presque tous les parents des étudiants arrêtés s'étaient manifestés pour soutenir leurs enfants lorsque avocats, plaignants et juges se retrouvèrent dans la salle du tribunal. Tous, en fait, à l'exception du général Elliott.

Pour lui la cause était entendue. Nous étions tous coupables d'avoir aidé l'ennemi ; tous coupables de trahison.

Lorsque Jordan sortit de prison, le général était là pour l'attendre, mais cette fois, il ne frappa pas son fils devant les objectifs. Au lieu de ramener Jordan sur l'île Pollock, le général Elliott le conduisit directement dans l'enceinte de l'hôpital psychiatrique de Caroline du Sud, dans Bull Street. Un médecin militaire, expert auprès de la Cour suprême de l'Etat, et le général lui-même signèrent un document déclarant Jordan Elliott mentalement inapte à être jugé par un tribunal, et devant être interné immédiatement dans un service psychiatrique, pour observation. La Caroline du Sud était dotée des procédures les plus souples de toute l'Amérique pour enfermer ses irresponsables et ses fous.

Le procès se déroula à Columbia au début du mois de décembre. Les passions, déchaînées en Amérique par la tuerie de Kent State, étaient retombées, remplacées par une lassitude qui s'installait insidieusement au sein du corps politique. Le pays entier se sentait usé et affaibli par des années de tragédie banalisée.

A l'extérieur du palais, la plus grande marche de protestation contre la guerre en Caroline du Sud était en train de se dérouler, alors qu'entouré de mes parents et de mes frères je m'apprêtais à affronter les conséquences de mes actes du mois de mai précédent. J'avais beau me repasser constamment le film de ces événements, je ne parvenais pas à comprendre ce qui avait pu me conduire à cette formidable défiance envers l'autorité. J'avais si longtemps été considéré comme le jeune Américain par excellence que cette image participait de mon identité secrète. Jamais je n'avais eu de contravention pour excès de vitesse, jamais je n'avais raté une interrogation écrite, ni causé le moindre souci à mes parents pour mes résultats scolaires. Après un parcours scolaire sans faute, j'encourais aujourd'hui une peine de prison de trente années. J'avais tiré un trait sur mon diplôme parce que j'étais en colère contre la mort de quatre étudiants que je n'avais jamais rencontrés, qui fréquentaient une université dont je n'avais jamais entendu parler, dans un Etat où je n'avais jamais mis les pieds, ni une roue de voiture. Ce procès me terrorisait, et même le panache de Shyla ne pouvait atténuer la sensation de flou et de platitude qui m'envahissait lorsque je songeais à l'avenir.

Mais sous les flashes des appareils photo, à l'extérieur du palais de justice, avec mon père, magistral, ma mère, très belle, et mes frères, loyaux, je remerciai ma famille de son soutien.

Lorsque l'huissier cria l'ordre de se lever, le juge Stanley Carswell fit son entrée à longs pas solennels. Il avait l'air sévère jusqu'au moment où il s'assit et sourit. Il nous observa brièvement, hocha tristement la tête, et se mit à l'ouvrage. Il entendit plusieurs exposés avant de dire : « L'accusation veut-elle appeler son premier témoin ? »

L'accusation était représentée par un vétéran sudiste pur jus. Corpulent, éloquent, il avait un de ces accents du terroir qui évoquent aussitôt les jambons salés pendus à l'intérieur de la cheminée. Assise entre Capers et moi, Shyla nous poussa du coude lorsque la voix savoureuse de l'accusation se leva : « Votre Honneur, j'aimerais appeler comme premier témoin cité par l'Etat de Caroline du Sud, Mr. Capers Middleton. »

En Caroline du Sud, le peu d'esprit exsangue, infinitésimal et balbutiant des années soixante qui existait encore mourut à cet instant. Capers cité comme témoin à charge contre nous. Il livra tous les noms, dévoila tous les secrets, révéla tous les dossiers, rapporta toutes les conversations, il avait noté tous les rendez-vous, toutes les dépenses, tous les coups de fil dans son agenda, et la force de son témoignage expédia des douzaines de personnes en prison, sur toute la côte Est. La section locale des SDS occupa la première heure qu'il passa à la barre des témoins. Sous la houlette efficace de l'accusation, il raconta comment J. D. Strom, qui dirigeait la SLED, l'avait recruté pour infiltrer les mouvements pacifistes à la fin de sa première année d'université. Capers reconnut avoir utilisé ses relations avec son amie d'enfance, Shyla Fox, pour accéder au noyau dur de l'activité contestataire sur le campus. Sans Shyla, Capers ne pensait pas qu'il aurait réussi à gagner la confiance de vrais militants comme Radical Bob Merrill. C'est un patriotisme exacerbé et un anticommunisme farouche qui l'avaient amené à jouer les sous-marins pour le compte de l'Etat. Sa famille descendait d'une des plus vieilles et plus illustres familles du Sud, et l'amour qu'il portait à son pays passait avant tout le reste. Il estimait que les contestataires qu'il avait côtoyés ne constituaient pour la plupart aucun danger pour l'Etat. En fait, il gardait toute son affection à ses amis, Shyla, Jordan et moi, et pensait que nous avions été des dupes immatures, trop sensibles à une rhétorique incendiaire dont nous ne saisissions pas la portée. Au cours des cinq jours que dura sa déposition, Capers utilisa si souvent le mot « moutons », que Shyla me fit passer un petit mot disant qu'elle se sentait devenir gigot au fil des déclarations de Capers. Ce fut la seule note d'humour dont nous fûmes capables pendant ce procès. Et ce même procès modifia radicalement notre position par rapport à l'amitié, la politique, et jusqu'à l'amour.

Les avocats de la défense fondirent sur Capers Middleton avec tout le mépris et la hargne que toléra le juge. Ils se gaussèrent de sa sincérité lorsqu'il affirmait n'avoir agi de la sorte que parce qu'il avait le sentiment que sa patrie était en grand danger. Ils crucifièrent Capers en relisant les mots de ses propres discours, en faisant projeter des enregistrements vidéo où il dénonçait la guerre en des termes cinglants et définitifs. Mais en tentant de tourner en ridicule son imposture, ils ne parvinrent qu'à réveiller le patriote vibrant qui sommeillait en lui. Capers surcoupa sur le mépris des avocats de la défense pendant les séances pénibles de son contre-interrogatoire. Il refusa de reconnaître la moindre trahison par rapport à nous, mais admit avec tristesse que nous n'avions peut-être pas été parfaitement fidèles à nos engagements envers l'Amérique.

Capers parla ensuite de Shyla sans pouvoir la regarder. Au-dessus du lot de toutes les personnes qu'il avait pu rencontrer dans le mouvement contre la guerre, Shyla était la plus passionnée, la plus logique, la plus résolue dans son engagement. Son idéalisme était indubitable ; elle avait été son aide de camp, et il se reposait complètement sur son génie inné de la stratégie, son courage sans faille. Il dit et redit devant la cour que Shyla était par excellence la personne mue par la seule condamnation morale, profonde et sincère, de la guerre au Viêtnam. Il attribuait cette réaction à une sorte de désir de paradis terrestre qu'elle aurait développé au contact d'un père rescapé d'Auschwitz, et d'une mère ayant vu sa famille massacrée par les nazis.

Capers réserva ses attaques les plus virulentes contre Radical Bob Merrill, l'étranger, venu de la bête immense et avide, New York. Jouant sur la vieille crainte viscérale des sudistes à l'égard des pièces rapportées et autres parachutés venus du Nord, Capers tissa un témoignage accablant sur le caractère insurrectionnel des projets de Merrill, ses tentatives maladroites pour pousser à des actions de plus en plus radicales. Les arrière-pensées de Bob allaient toujours dans le sens de la violence. Il parlait d'une voix suave, mais ses projets menaient toujours à l'assassinat de policiers et l'incendie de voitures de police. La pensée incantatoire de Radical Bob était excitante et subversive. Il finissait toujours par dire que, pour être pris au sérieux, le mouvement pacifiste devrait s'en prendre au nœud de la guerre et prévoir une action contre la base de Fort Jackson.

« Ces militants contre la guerre sont tous des charlatans, expliqua Capers devant la cour. Même si pour moi Radical Bob était cinglé et à côté de ses chaussures, il n'avait pas complètement tort. Des gens qui sont vraiment contre la guerre, ils devraient être prêts à donner leur vie pour ce principe. Or tous ces contestataires ne pensaient qu'à défiler avec des banderoles, fumer des joints, et baiser. Mes ancêtres se sont battus contre Cornwallis et Grant. Contre le Kaiser et contre Hitler. Ils se sont battus, ils n'ont pas fait des discours. Ils ont pris les armes, pas la plume pour écrire des slogans. Si Radical Bob était dangereux, il m'a cependant montré la faille de tout ce mouvement de contestation. Ils n'ont rien dans le ventre. Ils n'ont pas le courage de leurs convictions, et je suis ravi d'être celui qui les dénonce pour les lâches qu'ils sont. »

Le second témoin de l'accusation contribua beaucoup à changer la vision de Capers Middleton. Si la stupeur avait parcouru les rangs de ce qui restait des « Douze de Columbia » lorsque Capers révéla qu'il avait agi comme agent secret de la SLED, le monde sembla s'écrouler quand Radical Bob Merrill quitta son siège sur le banc des accusés pour prendre place à côté du bureau du juge, comme témoin cité par le gouvernement. Le Bureau Fédéral d'Investigation, FBI, avait recruté Bob comme informateur pendant l'agitation à Columbia University, à New York, et il avait si bien fait ses preuves en infiltrant le mouvement contestataire qu'il était apparu comme le choix évident lorsque la branche locale du FBI s'était émue de la possible contamination des jeunes recrues par les pacifistes. Ni le FBI ni l'Etat de Caroline du Sud n'imaginaient qu'ils avaient chacun leur sous-marin dans les rangs déjà faibles des SDS.

Bien que notre défense eût établi que toutes les actions illégales auxquelles nous avions pris part cette fameuse nuit avaient été préparées, soit par Capers, soit par Radical Bob, nous fûmes déclarés coupables de violation de domicile public avec effraction, et de destruction volontaire, avec intention de nuire, de biens appartenant à l'Etat fédéral. Le juge nous condamna à un an de prison, assorti de sursis compte tenu de notre jeunesse et de notre idéalisme évident. Avec une générosité tranquille, le juge nous tenait pour quittes.

Lorsque Capers vint à la barre des témoins sur la scène du Dock Street Theater, le silence était complet quand il reprit l'histoire de son implication dans le procès. Il donna certes sa version des faits, mais je sentis néanmoins sa gêne concernant la façon dont il avait contribué à faire tomber ses amis. Un instant je le trouvais sur la défensive, mais celui d'après il était songeur en essayant de se souvenir des peurs et des passions qui faisaient rage pendant ces jours difficiles. Dans un plaidoyer nerveux et tendu, Capers défendit ses actes comme une forme de patriotisme et une façon de servir son pays. Lorsqu'il avait signé comme agent gouvernemental, il ne pouvait pas savoir que Kent State entraînerait ses amis les plus proches dans un piège qu'il avait tendu aux ennemis de l'Amérique.

« Shyla t'aimait, Capers, intervint Ledare. Pourquoi as-tu fait semblant de l'aimer en retour ?

— Je ne faisais pas semblant, dit Capers en jetant un regard à son ex-femme. Mes sentiments pour Shyla étaient réels. Personne ne m'a appris autant de choses qu'elle, et je n'ai jamais rencontré personne qui ait son sens politique. Elle comprenait les médias, qu'elle faisait toujours jouer en notre faveur. Je croyais que je pourrais lui expliquer un jour ce qui s'est passé. Plus tard. Une occasion comme celle-ci. L'amour que j'avais pour elle était vrai — merde, nous aimions tous Shyla —, nous avons grandi avec elle. Mais j'avais une vision plus large des choses. Je pensais que notre pays était en danger. Je savais que les communistes avaient infiltré le mouvement pacifiste. A la différence de vous tous, j'étais en contact avec les agents.

— Tes amis n'étaient pas communistes, dit Jordan Elliott. Jack et moi, nous n'étions même pas politisés. Quant à Mike et Shyla, ils étaient juste contre la guerre. »

Le général Elliott interrompit vertement son fils. « Vous avez fait votre devoir envers votre pays, Capers. Vous n'avez pas à vous justifier.

— Capers a toujours été fier de ce qu'il a fait à l'université, dit Ledare. C'était un sujet de dispute entre nous, du temps de notre mariage.

— Je n'étais pas fier, rectifia Capers. J'étais réconcilié. La différence est importante.

— Sans Shyla et toi, Jordan et moi n'aurions même pas prêté attention à Kent State, dis-je à Capers.

— J'assume la responsabilité de ce que j'ai fait, dit Capers. Je suggère que tu en fasses de même.

— Tu m'as tenu à l'écart des manifestations, dit Mike. Tu m'as cantonné dans le rôle de photographe. Je devais enregistrer l'histoire, disais-tu. Est-ce parce que tu voulais me protéger ?

— Tu étais trop impressionnable, dit Capers. Je te protégeais de Shyla et de nos pires instincts.

— Alors tu exposais Shyla ? demanda Mike.

— Elle s'était exposée toute seule. Shyla a contribué à forger mon extrémisme. Ma vraie cible était Radical Bob.

— Quelle ironie ! dit Bob.

— C'est toujours ce qui arrive avec la bureaucratie, dit Capers.

— Tu touchais un salaire ? demanda Jordan.

— Oui. Bien sûr, dit Capers, comme si la question le surprenait. Et je le méritais. »

En écoutant Capers et les autres, je me souvins du temps qu'il me fallut pour retrouver un équilibre perdu pendant le procès. J'avais découvert que je n'avais pas du tout la fibre révolutionnaire, et si le juge m'avait condamné à partir avec une unité combattante au Viêtnam, j'aurais accepté mon devoir avec gratitude. L'accusation avait répété, jour après jour, que je n'aimais pas mon pays, et j'en avais été profondément marqué. Mon pays, c'est ce que je trouvais tous les matins à mon réveil, ce que je voyais, ce que je respirais autour de moi, c'est ce que je connaissais et aimais sans réserve, ce pour quoi j'aurais donné ma vie s'il avait été menacé, si j'avais entendu son appel. Dans la forteresse de mon moi le plus authentique, j'avais été contraint par ce procès à regarder l'homme que j'étais, et celui que j'étais sur le point de devenir.

Après la fin du procès, Mike avait attendu Capers sur les marches du palais de justice, et il avait fait trois photos de lui tenant Radical Bob par l'épaule. Puis il avait posé soigneusement son Nikon, et expédié son poing dans la mâchoire de Capers. Des spectateurs avaient dû séparer Mike et son vieil ami.

Pendant le long hiver 1971 qui suivit, je suis passé par une longue période d'interrogation, et j'ai pansé mes blessures en mesurant les dégâts que j'avais faits dans ma vie. C'est à cette époque que Shyla et moi nous sommes rapprochés. Lorsque j'y repense, je suppose que notre pas de deux était inévitable. Nous étions semblables à deux lunes qui n'émettaient pas de lumière, attirées par la même orbite illusoire. Shyla avait le plus grand mal à se remettre de la honte d'avoir couché avec Capers et partagé tous ses secrets avec lui pendant plus d'une année. Pour elle, le pire n'était pas les mensonges qu'il lui avait servis au sujet de la guerre, mais ses protestations d'amour, répétées chaque nuit, quand il l'assurait de son admiration absolue pour tous les principes qu'elle défendait, quand il lui disait qu'il adorait son corps, quand il parlait de son ardent désir de passer le reste de sa vie à ses côtés. Qu'elle n'ait pas vu pareille dissimulation et hypocrisie chez son propre amant la perturba beaucoup plus que le fait qu'il travaillait en secret pour l'État. Elle ne redoutait pas les avatars éventuels de Capers et sa mauvaise foi, mais elle ignorait si elle pourrait jamais retrouver confiance en elle-même et en ses facultés de jugement. Shyla s'était toujours considérée comme une personne fiable et incorruptible, jamais elle ne s'était perçue comme une proie facile, crédule au point d'y perdre son honneur. Elle acceptait sans problème les conséquences légales de ses actes, mais elle ne supportait pas d'être ridiculisée, bafouée en amour. Elle s'est tournée vers moi, et je me suis tourné vers elle, mais nous ne savions ni l'un ni l'autre que nous avions tous les deux un rendez-vous impitoyable avec un pont de Charleston.

38

Lorsque Jordan vint prendre place à côté de mon père sur la scène du Dock Street, je me rendis compte que les pièces et les fragments de ce qui lui était arrivé allaient former un tout. J'avais toujours répugné à lui poser trop de questions sur une période que nous estimions l'un et l'autre minée, et il ne m'avait pas donné d'information spontanée. Pendant qu'il parlait, je sentis Jordan détendu pour la première fois sous le regard métallique de son père. Il s'exprimait d'une voix neutre, précise. Sa reconstitution des événements lui venait facilement, et je me rappelai soudainement pourquoi ma religion enseignait que la confession était bénéfique à l'âme. Pendant qu'il racontait, nous étions tous penchés en avant, pour ne pas perdre une parole articulée par cet homme réservé et doux. Même le général était penché dans son fauteuil.

« C'est immédiatement après mon arrivée à Bull Street que j'ai été placé en isolement total, dans une chambre sans meubles. Les médecins m'avaient administré des drogues pour calmer ma fureur d'avoir été interné, mais j'avais continué de hurler contre les infirmières, les gardes de nuit et les autres patients, ce qui les avait incités à m'isoler au maximum. Ils ont également augmenté le dosage de ma médication, au point de m'ôter pratiquement toute pensée cohérente. A mon retour en salle normale, je n'avais droit à aucune visite et ne pouvais recevoir aucun courrier, sauf de mes parents.

« Je ne suis pas certain de la date, mais peu de temps après, j'ai subi la première de quatre séries d'électrochocs, qui m'ont calmé au point de me plonger dans une quasi-léthargie. J'ai passé plusieurs mois au milieu d'une foule de psychotiques gravement atteints, circulant dans un nuage épais de tabac, parmi des hommes abrutis de neuroleptiques. Mais ce que médecins et infirmières avaient pris pour de la folie était mon incapacité à accepter la trahison de mon père. Les électrochocs m'ont fait oublier, mais la mémoire a fini par revenir, et avec elle la souffrance. Au souvenir de la gifle paternelle, de sa salive coulant sur mon visage, j'ai tenté de me tuer en me pendant avec une ceinture volée à un garde endormi. Plus tard, j'ai encore voulu me pendre avec des draps, ce qui m'a valu une nouvelle série d'électrochocs. Ma mère venait me voir deux fois par semaine.

« Je suis resté à Bull Street jusqu'au mois de mai suivant. J'étais là depuis presque un an lorsqu'ils m'ont laissé sortir. Ma libération a pris tout le monde par surprise, à commencer par moi. Au milieu du mois de février, je m'étais mis à coopérer totalement avec l'équipe thérapeutique. J'avais opté pour l'entreprise de charme. A mon départ, tout le monde m'adorait. J'étais bien résolu à sortir de cet endroit. J'ai même organisé une collecte de sang pour la Croix-Rouge dans mon service. J'ai pris le sang de plus de la moitié des patients parce qu'ils m'écoutaient plus volontiers que les infirmières. Ensuite, tout le monde me faisait confiance, patients et corps médical. J'attendais mon heure. Je faisais des sourires. Puis je me suis lancé secrètement dans la préparation de ce que je ferais après ma libération. »

En écoutant Jordan, nous avons commencé à voir le monde comme il le voyait à l'époque, après une longue période de neuroleptiques et d'électrochocs.

C'est au cours de son isolement, dit-il, que lui vint son attirance pour la retraite monastique. Ensuite, il découvrit le pouvoir des mots pour calmer la terreur des humbles et des égarés. Il commença à s'exprimer comme un prêtre au cours de cette période, non sans dissimuler à tous la terrible haine qui lui rongeait le cœur comme un virus. Le prêtre était né en lui, mais le guerrier n'avait pas disparu. Les seules voix qu'il entendit, pendant ces longs mois d'internement, étaient celles de son père et de Capers. Elles venaient le narguer la nuit.

A sa sortie de l'hôpital, son plan était prêt. Il écrivit une carte postale à ses parents pour leur annoncer qu'il partait en auto-stop vers la Californie, où il avait l'intention de se remettre sérieusement au surf. Il fut ensuite pris en voiture par un policier qui campait avec sa petite amie sur la plage de l'île St. Michael, et qui le laissa devant les grilles de l'île Pollock. Là, il se présenta au caporal en faction comme le fils du général Elliott, et l'adjoint du prévôt le prit à son tour pour le laisser devant les magasins réservés aux militaires. De là il rejoignit à pied les quartiers du général. La maison était immense et largement inoccupée, ce qui lui permit de passer la nuit dans la chambre de bonne, inutilisée. Sans faire de bruit, il se cacha dans les aza-lées à hauteur d'homme pour observer ses parents qui dînaient, sans soupçonner le moins du monde que leur fils ne perdait pas une de leurs bouchées.

Il consacra les deux jours suivants, expliqua-t-il, à la préparation de sa longue réponse à l'humiliation infli-gée par son père sur les marches du palais de justice. Dans l'atelier du général, il fabriqua une petite bombe incendiaire, avec deux piles de lampe de poche pour actionner le détonateur, petit mais efficace. Il confi-gura soigneusement l'architecture de la bombe, pui-sant librement dans les réserves de poudre utilisée par son père quand il fabriquait des balles de mousquet pour son fusil datant de la guerre de Sécession et ayant appartenu à un de ses ancêtres, compagnon d'armes du général Wade Hampton. Il voulait une bombe légère et puissante, mais pouvant être trans-portée sans danger à la main, jusqu'au moment où il brancherait le dispositif de retardement. Il dessina des plans très élaborés, peaufina encore et encore le projet dans sa tête, apporta les modifications nécessaires jusqu'au moment approprié pour l'action.

Lorsque sa mère sortait dans la journée, et pendant que la bonne faisait le ménage à l'étage, il entrait dis-crètement par la porte de derrière et volait de la nourriture dans l'arrière-cuisine, qui paraissait à l'abandon. Quand la bonne n'était plus là, il s'installait à la coiffeuse de sa mère et respirait tous ses parfums, toutes ses odeurs, comme lorsqu'il était petit. Il passa même une nuit dans sa propre chambre afin de retrouver la sensation d'être là. Il aurait pu pardonner tous les crimes de son père, sauf un. Celui de lui avoir volé la totalité de son enfance.

Le jour où ses parents partirent passer le week-end dans les montagnes de Caroline du Nord, il effectua les derniers arrangements. Il leur écrivit une lettre, exposant dans le détail ce qu'il avait l'intention de faire et pourquoi. Il leur racontait les choses auxquelles il croyait profondément, et l'opinion qu'il avait fini par se forger du monde. Il affirma son opposition à la guerre du Viêtnam et admit que son séjour forcé à Columbia n'avait fait que le renforcer dans sa conviction. La seule faiblesse qu'il reconnaissait à son attitude pacifiste était sa répugnance à combattre la violence par la violence. A sa mère, il laissait sa gratitude et son amour impérissable. A son père, il offrait son cadavre, sa haine, et aucun remerciement, pour rien. Cette lettre, vestige tortueux, grandiloquent, un peu ostentatoire et égomaniaque des années soixante, il la laissa dans le coffret à bijoux de sa mère.

Le soir du samedi choisi par lui pour passer à l'acte, il parcourut à pied le petit kilomètre jusqu'à la marina, en portant sa planche de surf sur sa tête. La veille, il avait placé la bombe sous le siège avant du bateau qu'il avait réservé la veille, par téléphone, au nom du fils de l'adjudant de son père. Il avait essayé le moteur le soir précédent en faisant un tour d'essai. Il embarqua des réserves supplémentaires de carburant, de nourriture toute prête, de Coca-Cola, prit une bouteille de Wild Turkey dans le bar paternel, et chargea enfin des pochettes de sang volé aux donneurs de l'hôpital. Il enveloppa les deux litres de sang dans du papier journal et de la gaze, avant d'enfermer le tout dans un petit sac de voyage qu'il rangea dans le casier à poissons. Tout le sang appartenait au groupe O, le sien.

Il nous décrivit avec quel soin il revêtit l'uniforme de

marine de son père, en plaçant toutes les décorations et tous les insignes à leur place. Il astiqua les chaussures de son père. Ses cheveux avaient déjà la coupe en vogue dans le corps des marines, grâce aux règles strictes de l'hôpital psychiatrique. Quand il se regarda dans le miroir en pied de son père, il eut un soudain aperçu de la vie que son père aurait voulue pour lui. Il faisait un beau marine, mais reconnut que ce soir précis, il était surtout un homme dangereux, en colère, dont la pensée était confuse à cause de la rage qui sapait en lui la voix de la raison.

Dans la voiture de fonction de son père, il conduisit, le dos bien droit dans la nuit pluvieuse. Plusieurs soldats saluèrent en voyant les étoiles sur le pare-chocs avant, et personne, dit-il avec dérision, ne retournait un salut militaire comme Jordan Elliott, élevé dans le corps des marines. Il parcourut les sept ou huit kilomètres le séparant de la base aérienne de Waterford, reçut le salut sec d'un première classe, puis se dirigea vers la piste d'envol et les hangars où étaient rangés les grands avions militaires. Il y avait de la lumière dans les postes de garde et des officiers de service. Il vérifia chaque escadrille, guetta le moindre mouvement ou signe de vie, et sut que tout allait bien.

Il lui fallut un moment, dit-il, pour choisir s'il ferait sauter un A-4 ou un Phantom. Il aimait la pureté des lignes et la beauté des deux. Il fut une époque, expliqua-t-il, où son rêve le plus cher était de devenir aviateur dans les marines. Il voulait être le pilote capable de surgir du ciel pour sauver le régiment de son père, coincé et harcelé. Cela remontait à une éternité, mais cette incursion du passé le rendit nostalgique, dilua sa concentration sur la mission en cours. Mais il nous expliqua encore que l'idée de faire sauter un avion dans lequel il avait jadis rêvé de voler le dérangeait, comme s'il s'apprêtait à détruire cette petite parcelle de son enfance dont le souvenir ne lui arrachait pas de larmes.

Comme il passait au volant de la voiture de son père devant les escadrilles Bumblebee et Shamrock, les formes se firent grotesques, vaporeuses. Puis il le vit :

un DC-3 rangé en bout de piste, vestige oublié d'une ère révolue de l'aviation. La perfection, pour le message qu'il voulait transmettre à son père. Il s'écarta de la route et stoppa la voiture derrière un gros massif d'arbustes. Il avait enveloppé soigneusement la bombe et l'enroula encore dans un tissu imperméable avant de se diriger vers l'avion. Il n'y avait que l'éclairage des pistes, et il avait la sensation d'être invisible, même à ses yeux, dit-il.

Avec adresse et rapidité, il scotcha le paquet sous le fuselage du DC-3, près des réservoirs. Il régla la pendule pour programmer l'explosion à quatre heures du matin. Il ne se souvenait pas du retour vers l'île Pollock, ni du moment où il avait remis la voiture de son père dans le garage, avant de replacer la clé de secours dans sa cachette habituelle, sous un pot de peinture.

De retour dans la chambre de ses parents, il pendit l'uniforme paternel dans le placard. Il ouvrit ensuite l'album de photos où il prit une de celles qu'il aimait, une photo de lui avec sa mère. Avant de ranger les chaussures de son père, il les nettoya et les astiqua de nouveau.

Puis, dans la salle de bains paternelle, il vola un paquet de lames Gillette neuves dans l'armoire à pharmacie. Avec un bâton de rouge à lèvres de sa mère, il écrivit *Jordan* sur la trousse de rasage de son père.

Jordan regarda le général : « Je voulais que tu saches que j'avais utilisé la maison comme base opérationnelle. »

Retournant à la coiffeuse de sa mère, il relut sa lettre de suicide qu'il trouva assez forte. Il espéra avoir le courage de se tuer, le moment venu, mais dans le cas contraire, il avait une solution de rechange. Après avoir consulté sa montre, il se rendit dans sa chambre où il se mit en maillot de bain et survêtement. Puis il traversa la maison pour la dernière fois, non sans faire un ultime inventaire des objets qui avaient accompagné son enfance. « Je courais encore en arrivant à la marina, et j'ai détaché le bateau pour le laisser dériver avec la marée. Je n'ai mis le moteur qu'une fois arrivé dans le chenal principal du bras de mer. J'avais franchi la balise des cinq kilomètres lorsque le DC-3 a explosé. » Quand il prononça cette phrase, il n'y eut pas le moindre frémissement sur la scène du Dock Street Theater. A croire que nous avions tous oublié la façon de respirer.

Je ne savais que trop bien ce qui se passa aussi cette même nuit. Juste avant minuit, le caporal Willet Egglesby retrouvait la fille du colonel Harold Pruitt pour un rendez-vous secret, dans le passage couvert d'une maison inoccupée, située à trois maisons de celle dont venait de s'échapper Bonnie Pruitt, en enjambant la fenêtre de sa chambre. Leur histoire d'amour n'avait pas l'heur de plaire à Ellen Pruitt, imbue de hiérarchie, qui avait harcelé un mari malléable pour lui faire interdire à sa fille de dix-sept ans de fréquenter son ardent caporal. Une tension insupportable était devenue le lot quotidien chez les Pruitt, jusqu'à la découverte, par le caporal, du DC-3 rangé sur la piste proche de la maison de sa belle. Le caporal Egglesby et la jeune demoiselle Pruitt étaient en train de faire l'amour lorsque la bombe explosa, et les deux jeunes gens furent enterrés côte à côte, dans le cimetière militaire situé en bas de la route de Waterford.

Cependant, dans l'émotion extraordinaire que suscita l'explosion de l'avion, et à cause de la réaction de la brigade des pompiers des marines, autant que de celle de Waterford, la plupart des pièces à conviction se trouvèrent détruites — un grand nombre de pompiers piétinèrent le site de l'incendie, dont personne ne soupçonnait l'origine criminelle. Les corps de Bonnie Pruitt et du caporal Egglesby ne furent découverts que tard dans l'après-midi du lendemain, par des experts militaires envoyés pour examiner l'épave. Lorsque les mêmes experts se rendirent au domicile du colonel Pruitt, une Ellen Pruitt éperdue et bourrelée de remords produisit trois lettres de suicide écrites à ses parents par Bonnie, où elle déclarait son intention de se tuer si ses parents persistaient à l'empêcher de fréquenter Willet Egglesby. Le caporal Egglesby était quant à lui le fils d'un ingénieur des travaux publics de Virginie, spécialiste du maniement des explosifs. Après enquête poussée, les experts conclurent à un pacte de suicide conclu entre les deux jeunes gens, le caporal ayant ensuite confectionné une bombe plus qu'efficace pour tenir la sombre promesse qu'ils s'étaient faite mutuellement. Dans leur rapport, les experts regrettaient, dans le langage rigide des bureaucrates de carrière, que les réservoirs du DC-3 eussent été pleins au moment de l'explosion. Il était aussi signalé que le couple était en train de faire l'amour au moment de l'explosion, et que l'activité sexuelle est rarement concomitante d'un désespoir aussi évident.

Celestine Elliott reprit le récit à cet endroit, après s'être glissée avec élégance à la barre des témoins, et en s'adressant à Jordan, Ledare et moi-même. Elle dit que le général était reparti aussitôt pour la base aérienne lorsqu'il avait appris la catastrophe. Elle-même était rentrée directement en voiture chez eux, sur l'île Pollock. A l'arrivée de son mari, qui avait passé de longues heures sur place à organiser les choses et parler aux agences de presse, elle avait effacé toute trace du passage de Jordan dans la maison. Elle avait fait disparaître son nom, écrit par lui au rouge à lèvres sur la trousse de rasage de son mari. Elle avait refait le chemin parcouru par son fils, depuis la chambre de bonne à l'atelier de son mari, puis à la lettre qu'il avait écrite et soigneusement cachée dans son coffret à bijoux. Elle avait lu cette lettre où Jordan confessait son crime, expliquant qu'il avait voulu faire sauter cet avion pour montrer à son père qu'il avait hérité de l'intelligence aiguë et martiale du général, une intelligence capable de comprendre la nature de la stratégie militaire : audace, attaque, élément de surprise. Jordan voulait que l'explosion de cet avion marquât la fin de la carrière de son père comme officier des marines. Il voulait amener le déshonneur et la ruine sur la maison de son père. Cet acte était sa réplique à l'humiliation que ce dernier lui avait fait subir sur les marches du palais de justice. Au crachat de son père, il répondait par le feu et son sang versé.

Dans des phrases dont la lecture lui avait été presque insupportable, dit Celestine en retenant ses larmes, Jordan expliquait comment il avait réservé le bateau sous le nom du fils d'un autre marine, et volé le paquet de lames Gillette. Il écrivait qu'il partirait droit vers le large, pendant la nuit. Il se trancherait les veines des poignets et la gorge, puis lorsqu'il sentirait venir la faiblesse, il se hisserait par-dessus bord après s'être attaché une ancre autour de la taille. Les dernières phrases étaient incohérentes, dit-elle, et loin de ressembler à Jordan.

Elle a brûlé la dernière lettre de son fils parce qu'elle ne pensait pas que son mari y eût survécu. Ensuite, elle a jeté les cendres dans l'évier. Puis elle s'est servie un verre, et elle a attendu le retour de son mari. A l'arrivée du général, une nouvelle femme l'attendait, infiniment plus brisée et soumise que celle qu'il avait laissée sur le terrain de golf en Caroline du Nord.

Celestine avait ensuite sombré lentement dans une région crépusculaire où elle tenait soit de la somnambule, soit de l'alcoolique invétérée. Son mari attribua cette fâcheuse tendance alcoolique à la mort de Jordan. Elle s'était mise à boire après la découverte de son bateau, à la dérive sur l'Atlantique, avec des traces de sang du groupe O sur les coussins trempés et le bois maculé. Le crevettier qui avait récupéré le bateau déclara qu'on aurait dit que quelqu'un y avait égorgé un daim.

C'est à ce moment que les Elliott s'adressèrent à l'aumônier pour organiser un petit service religieux à la mémoire de Jordan. A la sortie de la chapelle du camp militaire, le général Elliott nous interpella — Shyla, Mike et moi.

« Je veux que vous sachiez que je tiens ses amis pour personnellement responsables de la mort de mon fils », dit le général Elliott tandis que Celestine tentait de l'entraîner ailleurs.

Shyla explosa de colère. « Bizarre, il n'a été ni élevé ni frappé par aucun de nous. Nous, nous aimions Jordan. Nous ne lui avons pas craché à la figure, et nous ne l'avons pas fait enfermer dans un asile de fous.

— Il était le meilleur ami que nous ayons jamais eu, dis-je en m'interposant pour protéger Shyla. Nous l'adorions.

— Nous le savons, Jack », dit Celestine, et nous ne nous sommes rendu compte qu'à ce moment que la mère de Jordan était ivre. Pendant trois ans, elle n'a pas dessoûlé, elle pleurait son fils et haïssait son mari, tout en se détestant elle aussi d'aimer encore le général. A côté de son mari, Celestine ne ressentait rien. Le bourbon était une distraction ambrée, et elle a bu constamment jusqu'à amener le général à prendre sa retraite tellement il était gêné pour elle. Le jour où son mari s'est retiré sur l'île Pollock, trois ans après le service funèbre pour Jordan, elle est tombée raide sur la tribune et s'est réveillée dans un centre de désintoxication en Floride. Par deux fois, le général Elliott avait appris durement que l'ennemi intérieur est dix fois plus dangereux qu'une armée sur un champ de bataille. Nombreux étaient ceux qui, au sein du corps des marines, pensaient que le général recevrait un jour une nomination présidentielle à un poste de commandement général, mais ses problèmes avec sa propre famille dénonçaient une faiblesse de jugement et de discipline sur le front domestique.

Mike Hess se leva de son siège, à côté de mon père, et dit : « Quel est le but de cette journée ? Toutes ces choses sont arrivées il y a plus de quinze ans. C'est terrible pour cette jeune fille et son marine. Nul ne le nie. Mais l'important est d'aller de l'avant. Vrai ou faux ? Nous tous qui sommes réunis ici avons souffert parce que cette guerre nous a atteints de façons que nous ne connaissions pas encore. Shyla n'a plus jamais été la même après la contestation contre la guerre. Jordan, nous l'avons perdu. Il était mort pour la plupart d'entre nous jusqu'à maintenant. Nous avons regardé notre génération se déchirer, se haïr, cesser de se parler, et pour quoi ? Cette journée sera-t-elle celle du pardon ? »

Le général Elliott se leva et dit : « Non, ce sera celle de la justice.

— La justice pour qui, général ? » Le supérieur de Mepkin Abbey se leva sur la scène, son capuchon maintenant son visage dans l'ombre. « Pour vous, ou pour Dieu ? Est-ce que vous recherchez la justice des militaires ou la justice divine ?

— Je cherche les deux, mon père, répondit le général. Et je pense que vous-même et votre congrégation entière avez entravé le cours de la justice.

— Nous connaissons votre fils comme un bon prêtre et un serviteur de Dieu, dit très calmement le père Jude.

— Il a fait sauter deux personnes innocentes, dit le général. Même Dieu n'a pas besoin d'en savoir davantage sur mon fils. »

Le juge McCall frappa son marteau et consulta sa montre. « Décidons de ce que nous allons faire. Cette affaire doit être conclue, à présent.

— Comment es-tu sorti du pays, fils ? demanda le général. On a retrouvé ton bateau en mer.

— Avec ma planche, dit Jordan. Il m'a fallu plus de deux jours pour rejoindre la côte. Je suis resté une semaine sur l'île d'Orion, dans la cabane de pêche des McCall. J'avais mes points de chute. Je pêchais le poisson et le crabe la nuit. Lorsque je me suis senti la force, après m'être reposé, j'ai pris la barque de Jack et je suis allé jusqu'à sa maison, en pleine nuit. »

Je me levai alors pour dire : « Je peux reprendre l'histoire à ce point. »


Le chagrin, ce printemps-là, resta figé en moi. Après le service pour Jordan, je suis allé me coucher, je me suis enfermé dans ma chambre pour tenter de trouver le moment précis où tout s'était détraqué dans ma vie.

Peu de temps après ce service religieux, Shyla était partie pour une manifestation contre la guerre, devant le bâtiment des Nations unies à New York, mais je n'avais pas voulu l'accompagner. Je m'étais promis de ne plus jamais perdre le contrôle face aux circonstances que l'histoire pourrait semer sur ma route. J'envisageais une vie de prudence et de retenue. Je ferais pousser mes fines herbes dans une jardinière, et je planterais tous les ans un potager pour me rappeler que je faisais partie d'un vaste cycle, et puis j'enrichirais mon vocabulaire en lisant les auteurs qui avaient le bonheur de danser avec la langue, je choisirais mes amis pour leur absence de bizarrerie ou de flamboyance. Plus jamais je ne voulais souffrir à cause des énergies furieuses de la passion de mes amis pour le courant à haute tension. Jordan était mort de son entêtement et de son incapacité à faire la paix avec son père ou se tenir en marge de son orbite. Shyla avait répudié la passivité de ses parents et s'était jetée tête baissée dans chaque idée nouvelle qu'elle croisait sur la route et qui pouvait donner un sens à sa vie. Comme celle d'un rabbin perdu, son existence était la quête permanente d'une Torah encore à écrire.

L'ambition de Mike brûlait avec incandescence, et déjà il travaillait au service des envois de l'agence William Morris, à Manhattan, et il avait placé son premier projet de film à un agent rencontré dans le hammam du New York Athletic Club. Chaque soir, il voyait des films et des pièces off-Broadway dont il me parlait dans ses lettres, sans oublier de joindre ses propres remarques et critiques en précisant les améliorations qu'il aurait apportées à la production, s'il en avait eu la responsabilité. Mike ne souffrait pas du fardeau sudiste consistant à toujours regarder en arrière. Je découvrais quant à moi que j'avais le don inné de la paralysie.

Et puis une nuit, je me suis réveillé avec une main rude me couvrant la bouche. J'ai voulu crier, mais j'ai entendu Jordan me murmurer de ne rien dire. Dans l'obscurité, j'ai tâté les contours de son visage pour être sûr qu'il s'agissait de lui. Trop étonné pour parler, j'ai passé un bermuda, des vieux mocassins de bateau, un tee-shirt, avant de suivre Jordan dehors, au-delà du grand chêne, dans le jardin vibrant d'insectes, jusqu'au dock flottant où nous nous sommes déchaussés pour laisser nos pieds patauger dans le montant.

« Comment va Jésus ? demandai-je. Paraît que tu lui as rendu visite.

— Il va bien. Il m'a demandé de tes nouvelles, dit Jordan avant de s'assombrir. Moi, je ne vais pas bien. Quelque chose ne tourne pas rond chez moi, Jack.

— Ce n'est pas moi qui vais te contredire. Il y avait des litres de sang à toi dans le bateau.

— C'était mon groupe sanguin, mais pas mon sang, dit Jordan. J'ai passé mon temps chez les fous à mettre ce plan au point. Qu'a dit mon père à propos de l'avion ?

— Quel avion ?

— Celui que j'ai fait sauter.

— Tu n'as pas fait ça, Jordan », dis-je en priant pour avoir raison.

Et Jordan de me répondre d'une voix inquiétante, désincarnée : « J'étais capable de démonter un semi-automatique les yeux fermés à l'âge de huit ans. Tu veux savoir comment on fabrique un cocktail Molotov ? Une bombe ? Tu veux que je te montre comment on plante un bâton de dynamite dans des excréments humains sur une route ? J'ai parcouru la moitié du réseau des égouts de Waterford, alors je saurais comment fuir si jamais les communistes débarquaient.

— Il est arrivé une chose bien pire, Jordan, dis-je.

— Je suis allé trop loin avec l'avion, Jack. J'étais sûr que tu détesterais.

— Willet Egglesby et Bonnie Pruitt, ça te dit quelque chose ?

— Non. C'est qui ?

— Ils étaient dans l'avion quand il a explosé, expliquai-je. Les gens croient qu'ils se sont fait sauter eux-mêmes. Un pacte d'amour. »

Je n'ai jamais compris comment le hurlement de Jordan n'avait pas réveillé tous les dormeurs de Waterford cette nuit-là. Le son de l'horreur à l'état pur jaillit spontanément de la gorge de Jordan. Pendant qu'il pleurait les larmes de son corps, je l'ai tenu par l'épaule tout en tâchant de trouver un plan pour le cacher. Avant le lever du jour, j'avais réussi à le ramener par le jardin, puis le chêne, jusque dans ma chambre. J'ai ensuite tiré une chaise sous la trappe située dans mon placard, afin de faire grimper Jordan dans le grenier où il pourrait dormir sur une pile de vieux matelas. La dépression méticuleusement forgée par le général Elliott commençait à présent à frapper sérieusement Jordan. Il souffrit le martyre dans la chaleur insoutenable de ce grenier, tandis que l'unique personne au monde à le savoir vivant tramait son évasion dans la chambre juste en dessous.

Lorsque Shyla revint au pays, le lendemain, j'étais à la gare pour l'attendre, à Yemassee. Elle avait acquis le don de fonctionner dans la fièvre de l'urgence, et se vantait de savoir garder la tête froide lorsque le chaos était à l'ordre du jour, et puis j'avais besoin d'elle pour Jordan. Je l'ai amenée jusqu'au grenier où il faisait une chaleur étouffante, et nous avons transpiré tous les trois ensemble en tentant d'inventer un moyen de mettre Jordan à l'abri. Nous avons envisagé de demander l'aide de nos parents, mais le moment était mal choisi, dans l'histoire de la république, pour faire confiance à l'avis de nos aînés. Nous avions tous grandi trop vite ces dernières années, et assez connu la trahison dans nos propres rangs pour ne nous fier strictement qu'à nous-mêmes. Shyla trouva notre couverture, et l'itinéraire de l'évasion fut mon œuvre.

J'ai mis ma voiture en état pour un long voyage, acheté un canoë d'occasion à un camp de jeunes filles méthodistes installé à Orangeburg, et une tente dans un magasin de chasse de Charleston. Shyla devait s'occuper de la nourriture, qu'elle empaqueta dans des paniers à pique-nique, plaçant le trop-plein dans une glacière. Il y avait des saucisses, du fromage, des sacs d'oranges et de pommes, des fruits secs et des boîtes de sardines, du thon en conserve et assez de bouteilles de vin pour donner un air de fête à tous les repas, même si notre équipée fut généreusement arrosée.

Shyla se rendit ensuite chez son médecin, auprès duquel elle se plaignit d'insomnie et de dépression, et elle ressortit avec assez de Valium et de somnifères pour endormir un petit troupeau de bisons. Jordan dormit pour la première fois grâce à sa médication attentive. Le lendemain, je suis allé faire une prise de sang, et j'ai écrit une longue lettre à mes parents dans la salle de lecture de la bibliothèque de la ville. Cette lettre était difficile à rédiger, car je n'avais pas l'habitude du langage timide de l'amour. Mon intention pre-

848

mière n'était pas de faire une déclaration d'amour, mais c'est le tour que prit ma lettre, même si je savais qu'elle allait causer un immense chagrin à mes parents. J'ai laissé Shyla lire cette lettre pendant que je lisais celle qu'elle avait écrite à Ruth et George Fox. La sienne était charmante; Shyla savait exprimer son affection pour ses parents avec une simplicité que je ne pouvais qu'envier. Je me penchai pour l'embrasser pendant qu'elle se concentrait sur ma prose. Elle a levé les yeux, et je crois que c'est à cet instant que nous nous sommes fait don mutuellement de nos vies.

Nous avons quitté Waterford tous les trois à deux heures du matin. Nous avons poussé la voiture le long de la rue bordée de chênes, avant de démarrer le moteur. Jordan était allongé sur la banquette arrière, sous une pile de couvertures. Nos deux lettres étaient posées sur la table du petit déjeuner, dans la maison où nous avions grandi. Les missives expliquaient que nous étions partis pour nous marier, et que nous passerions notre lune de miel dans les montagnes de Caroline du Nord. En réalité, moins de vingt-quatre heures plus tard, nous approchions de la banlieue de Chicago, et nous roulions toujours vers le Nord.

Nous nous relayions au volant et ne nous arrêtions que pour faire le plein d'essence et utiliser les sanitaires des stations-service. Et nous parlions interminablement de la vie que nous avions partagée. Nous avons discuté de tout, sauf de ces événements prodigieux et denses qui avaient provoqué notre voyage précipité vers l'inconnu.

A un moment, comme j'étudiais la carte, Jordan dit : « On a du mal à croire que le Minnesota et la Caroline du Sud font partie du même pays.

— Les choses sont tellement bizarres, dit Shyla. Il a fallu qu'ils aillent baratiner ces gens, et tous ceux de Caroline du Sud, pour leur faire traverser la moitié du monde et tirer sur des paysans vietnamiens. Il y a vraiment un truc, là.

— Si tu fais une fois encore allusion à la guerre du Viêtnam, dis-je, je jure que jamais tu ne figureras dans les statistiques des épouses battues.

— Avise-toi de lever la main sur moi, dit Shyla, et tu pourras apprendre des choses sur ton cas le jour où l'on fera une enquête sur les eunuques.

— Soyez heureux. C'est un ordre. Vous me devez bien ça, tous les deux », dit Jordan.

Au Gundersen Motel, à Grand Marais, nous avons passé la nuit sous des noms d'emprunt, puis nous sommes allés aux magasins Bear Track pour acheter une carte détaillée d'une région frontalière déserte dite Boundary Waters. Un guide nous a tracé un itinéraire qui nous ferait traverser une nature intacte.

Tôt le lendemain, nous sommes partis sous une brume si légère qu'on aurait dit des graines de pissenlit. Nous avons descendu le canoë jusqu'à un lac indiqué sur la carte, et lorsque nous avons commencé à manier les rames, nous avions l'impression de nous enfoncer dans une grotte de turquoise. Le soir, nous campions au bord de lacs, et nous nous baignions nus dans une eau encore froide de la fonte des neiges. Nous mettions nos bouteilles de vin à rafraîchir dans les cailloux qui bordaient l'eau. La nuit, nous dormions dans la même tente, et nous avons suivi ainsi une série de lacs se succédant comme les perles d'un chapelet, dans des forêts denses et bourdonnantes où les ours bruns éloignaient brutalement leurs oursons du rivage à l'apparition de notre canoë, alors que les élans observaient avec un calme de philatéliste notre passage dans les eaux profondes.

Au cours de ce voyage, notre amitié, l'amour tacite qui nous liait l'un à l'autre formaient une gracieuse demeure sans piliers ni murs porteurs. Nous savions, en dérivant, que nous nous dirigions vers un instant où Jordan disparaîtrait de nos vies aussi précipitamment qu'il y était entré, sur une planche à roulettes, les cheveux au vent, il y avait déjà tant d'années. Shyla sentait que le silence des clairières soulageait les douleurs les plus immédiates de Jordan. Les loups bientôt s'interpellèrent, dans la vaste étendue sauvage, et nous avons même entendu la course d'une meute entière, en chasse. Lorsque nous parlions de Dieu, il nous était facile de croire en son existence, alors que nous voguions sur les eaux cristallines de ces lacs baignés de soleil. Sur les plages de cailloux où nous campions, Jordan ramassait des agates et des opales de feu qu'il nous offrait comme cadeau de mariage.

Nous avons vogué ainsi pendant dix jours ; ce n'est qu'en arrivant dans une petite ville au bord d'un lac, et en voyant un représentant de la police montée canadienne que nous avons compris que notre voyage était terminé. Depuis trois jours, nous nous trouvions sur des eaux canadiennes sans le savoir. Au Canada, Jordan pourrait se débrouiller chez des gens unanimement bienveillants avec les réfractaires à la guerre.

Pendant le dîner de notre dernière soirée ensemble, Shyla et moi avons levé notre verre pour Jordan et bu à son avenir. Nous étions certains de ne plus jamais le revoir, et il nous expliqua qu'il risquait seulement de nous mettre en danger s'il essayait d'entrer en contact avec nous.

« Ce que vous avez fait pour moi va au-delà de l'amitié, dit Jordan, parce que je sais que l'attentat que j'ai perpétré vous a tous les deux horrifiés. J'essayerai de racheter mes actes. Je le promets.

— Nous t'aimons, Jordan, dit Shyla. Ça suffira comme explication. »

A notre réveil, le lendemain, Jordan s'était éclipsé dans le paysage canadien pour commencer sa vie de fugitif. Shyla et moi avons fait demi-tour et trouvé le souvenir de Jordan imprimé dans chaque lac que nous traversions. Nous avons fait l'amour pour la première fois au Canada, et trouvé cela agréable. Il nous a fallu deux fois plus de temps pour revenir sur nos pas jusqu'à Grand Marais. Nous nous sommes dit que nous avions élevé l'art de la lune de miel à de nouveaux sommets. Une nuit, nous avons fait l'amour en écoutant une meute de loups se rassembler pour partir en chasse. Nous avons pensé l'un et l'autre que nous avions fort bien commencé notre vie conjugale. Le lendemain, nous sommes donc passés devant un juge à Grand Marais, Minnesota. Il nous a fallu encore trois semaines de camping avant de retrouver la Caroline du Sud et les vies qui nous attendaient.

Dans le théâtre, le silence était passionné, mais abstrait, lorsque j'ai regagné mon fauteuil, après m'être tu. Nous avions tous besoin de retrouver nos esprits en cette fin d'après-midi à Charleston. Semblables à des personnages sur un tableau, nous paraissions perdus dans un paysage juste entraperçu, volé, où personne ne parlait notre langue maternelle. Jordan avait réveillé en nous tous une frange depuis longtemps engloutie par les associations faciles d'une mémoire erronée. Le théâtre ressemblait à un confessionnal secret. Dans la sensation d'étouffement qui suivit mon récit, j'ai avalé la poussière du temps passé. J'ai réfléchi au rôle que j'avais joué dans le drame terrible de mes années de fac, et je me suis rendu compte que je ne reconnaissais pas la description du jeune homme que j'avais été. J'étais absent quelque part dans l'action, alors que ce récit était celui de ma vie. J'attendais une synthèse, une reconstitution de tous les éléments disparates et contradictoires, une voix du passé qui donnerait sa bénédiction à une vie que je n'avais pas seulement conscience de vivre. En ces temps troubles, je laissais l'instinct guider mes pas et ne réfléchissais pas à deux fois. Le jeune homme qui avait escamoté Jordan en traversant la contrée pleine de loups des Boundary Waters était mort, et personne ne l'avait pleuré. J'avais quitté le garçon pur et dur de jadis sur un pont de Charleston, et pourtant je me rendais compte que dans le souvenir de toutes les personnes présentes sur cette scène, j'étais toujours ce jeune homme-là. Celui, j'en avais bien peur, qui avait envoyé Shyla à la mort, en signant l'ordre de marche qui conduisait à la rambarde du pont, à l'oubli de Charleston et de la maison que nous partagions. J'ai regardé Ledare, j'ai vu qu'elle m'observait et j'ai su qu'elle attendait son heure depuis toute cette année, j'ai su qu'elle avait commis l'erreur fatale de tomber amoureuse de moi. Cet amour se lisait dans ses yeux, sur son visage, et elle ne cherchait pas à le cacher. J'avais envie de la mettre en garde, de lui dire que mon amour n'était que fureur et souffrance. J'étais expert dans l'art de tuer les femmes que j'aimais, et je le faisais avec une duplicité et une gentillesse qui tenaient de la pure vocation. Mais partout où se portaient mes yeux, je voyais l'amour m'assaillir, monter à l'assaut de ma personne. Je n'avais pas su vivre pleinement à cause de mon échec à me réconcilier avec les alliances et les destins de ce rassemblement bancal d'êtres divers. Notre souffrance nous enfermait dans un terrible nœud d'amour. J'avais envie de parler, mais tous les autres aussi.

Nous attendions — muets, et sous l'œil de caméras que nous ne voyions pas.

Quelque chose nous empêchait de nous parler. Une présence s'était imposée sur cette scène, invisible. Aussi longtemps qu'elle resterait là, cachée, il n'y aurait pas d'armistice entre nous. Je n'avais plus senti la présence de ce fantôme depuis si longtemps qu'il me fallut un bon moment pour reconnaître sa déprimante progression. Et puis j'ai vu clair, j'ai pu identifier cette vieille connaissance qui nous avait suivis jusque sur cette scène.

« Bonjour, Viêtnam, me dis-je intérieurement. Ça faisait une sacrée paye ! » Il était pourtant imprimé dans la substance du silence qui nous tenait entre ses plis concentriques. Comme pays, le Viêtnam importait peu ; mais comme blessure, il était insupportable. Aussi loin que nous fuyions, il nous rattrapait toujours ; il nous suivait, sur des moignons et des béquilles, ravi de son omniprésence, ravi d'être incontournable. Cette guerre, je l'avais détestée de toutes mes forces, de toute mon âme, pourtant, assis dans ce théâtre, je me rendais compte que le Viêtnam n'en était pas moins MA guerre. Je lui avais reproché ses effets dévastateurs sur l'Amérique, le doute, la fin de la politesse, la mort de la forme, l'effondrement de toutes les vieilles vérités et de l'intégrité, tant de la loi que des institutions. Tout était dans tout. Et réciproquement. On tressait des couronnes à la facilité et la médiocrité, les discours débiles prenaient des quartiers de noblesse. La densité était devenue un concept réservé aux manuels de physique. L'indifférence prenait le pas sur tout et il devenait difficile de croire en quelque chose. Dieu reculait. J'avais couru le monde en quête d'un objet de foi, et j'étais chaque fois revenu les mains vides. « Bonjour, Viêtnam, me répétai-je, toujours intérieurement. L'heure est venue de faire amis », et j'attendais qu'un de nous trouvât notre voix commune.

Quelqu'un finit par prendre la parole, et j'eus la surprise de reconnaître Capers Middleton. « Quel était donc le but de cette réunion ? J'ai tout entendu et je ne comprends toujours pas. J'ai besoin qu'on m'aide. Vraiment.

— Ainsi va la vie, dit le général Elliott. Les garanties n'existent pas.

— Tu en parles à ton aise, dit sa femme, Celestine. Esquiver les responsabilités. Les reporter sur les autres. Comme tu as toujours fait.

— Ce que j'aimerais savoir... commença Capers.

— Tu es trop dur avec toi-même... dit Betsy en prenant le bras de son mari.

— Non, laisse-moi dire ceci, insista Capers qui avait l'air sincèrement décontenancé. Je n'avais aucune idée du tour qu'allaient prendre les choses. J'aurais procédé différemment. Je n'imaginais pas ce genre de conséquences. Des gens auxquels je tenais plus que tout au monde ont terriblement souffert. Je n'arrive pas à m'y faire. C'est toujours là.

— Je me pose beaucoup moins de questions », dit Radical Bob Merrill avec un large sourire. A la différence de nous, il était resté de marbre pendant la déposition de Jordan. « J'ai fait ce qui me semblait juste à l'époque. Revenir sur le passé, c'est sympa, mais c'est une totale perte de temps. »

Mike Hess, reprenant le rôle de metteur en scène, claqua dans ses doigts et dit : « Bye-bye, Radical Bob. Tu peux retourner à l'hôtel. Bon appétit pour ce soir et rejoins vite ta vie. C'est terminé pour toi. »

Bob Merrill se leva et partit, raide, sortant définitivement de nos vies. Personne ne lui accorda un regard, ni même un adieu.

« Bon, dit Mike en s'adressant à nous tous. Il nous faut un dénouement, à présent. Nous devons trouver. Tâchons de nous aider réciproquement.

— Cela a été plus fort que moi, papa, dit Jordan à son père. Rien n'était clair pour moi.

— Les temps étaient troublés, bizarres. On ne pouvait pas ralentir le rythme, regarder. Les choses sont arrivées trop vite, dit Ledare.

— Tu n'étais pas encore née, à l'époque, Ledare, dit Mike. Ce vaisseau-là, tu n'avais pas embarqué dessus.

— J'étais spectatrice, dit Ledare. Puis j'ai hérité de Capers, je l'ai sorti du naufrage. Je crois qu'il a souffert de tout ce que nous venons d'écouter. Je ne croyais pas que Capers pourrait jamais me pardonner d'être amoureuse de lui après ce qu'il avait fait à ses amis.

— Je ne pense pas que vous connaissiez le vrai Capers, dit Betsy, volant au secours de son mari.

— Je suis coupable d'un certain commerce intime avec lui, dit Ledare. J'ai davantage qu'une connaissance superficielle de l'homme de votre vie.

— Ce n'était pas le vrai Capers, insista Betsy. Pas celui que je connais.

— Si, chérie, dit Capers. Ils savaient que ce Capers était bien moi. Je leur demande d'accepter cet aspect de moi. Il a toujours existé et ils étaient tous au courant. Ce que je ne savais pas, c'est que cette part de moi avait le pouvoir de blesser mes amis. J'ai ruiné la vie de Jordan Elliott. Regarde ce que j'ai fait à ses parents. »

Betsy laissa les paroles retomber et dit ensuite : « Tu as toujours été extrêmement sévère avec toi-même.

— Tais-toi, Betsy, dit Mike Hess. Tu es mignonne, mais tais-toi.

— Peut-il y avoir un pardon ? demanda Capers. C'est la réponse dont j'ai besoin.

— Vous ? Vous leur demandez pardon à eux ? dit le général Elliott, incrédule. Vous êtes le seul, sur cette scène, à vous être conduit honorablement pendant cette affaire.

— Que sais-tu de l'honneur, toi ? demanda Celestine à son mari. Fais-nous profiter des connaissances que tu as sur le sujet, chéri. Raconte à l'épouse et au fils que tu as trahis.

— Papa était fidèle à ses principes, maman, dit Jordan. Il n'a trahi personne.

— Ils font mal, ses principes, dis-je.

— Moi non plus je ne les comprenais pas, reconnut Jordan. Jusqu'au moment où j'ai pu fréquenter quelques jésuites, à Rome. »

Le père Jude et le père supérieur rirent, mais la plaisanterie était trop ecclésiastique pour nous autres.

« Jordan, dit Ledare. Est-ce que tu es devenu prêtre parce que c'était le meilleur endroit pour échapper au passé ?

— Non, dit-il. C'était le meilleur endroit pour échapper au présent. Et à moi-même. Mais je n'ai fait que rejoindre ma vocation, Ledare. Je suis né pour être prêtre, mais il a fallu que je tue deux innocents pour en prendre conscience.

— Tu aurais mieux fait de dire quelques chapelets de plus, mon fils, lança le général sur le ton du sarcasme. Cela aurait sauvé deux vies humaines et évité aux marines de perdre un avion.

— J'aurais bien voulu que les choses se passent ainsi, papa, dit Jordan, les mains jointes sur ses genoux.

— Quelle honte, ce manque de caractère ! dit le général Elliott à son fils.

— Ce n'est pas le caractère qui me faisait défaut, dit Jordan, mais la modération.

— Laisse mon fils tranquille, dit Celestine.

— Il est aussi le mien », répondit le général.

Et moi d'intervenir : « Dans ce cas, agissez en conséquence. Regardez-le quand il parle, général.

— Je suis comme je suis, je n'y peux rien, dit le général Elliott en s'adressant directement à moi.

— C'est pareil pour moi, papa », dit calmement Jordan.

Et Celestine de bondir sur ses pieds pour se diriger vers son mari, vindicative. « Tu ne vois pas, Rembert ? C'est évident, maintenant. Personne ne pouvait agir autrement que comme il l'a fait. Le destin n'est qu'un valet de la personnalité. Un accessoire dont on paye les services. Rien de plus. Tu n'as pas changé d'un pouce depuis que je te connais. Regarde-toi. Pur et dur. La bonne conscience. Et cette rigidité. Je sais ce que tu cherches, aujourd'hui. Je n'ai pas besoin de te demander. Tu ne penses pas, tu exécutes. Tu chargerais un abri ennemi pour sauver nos vies à tous. Mais tu le chargerais avec plus de hargne encore si tu savais que notre fils se trouve à l'intérieur. Tu veux envoyer notre fils en prison. Tu veux le voir croupir dans une cellule. »

Jordan dit : « Je suis moine, maman. Les cellules ne me font pas peur. C'est un lieu comme un autre pour prier.

— On t'a volé à moi, Jordan, dit-elle. Jamais je ne pourrai lui pardonner d'avoir fait cela. Et jamais je ne pourrai me pardonner de l'avoir laissé faire. Je divorce de ton père par honte, et par épuisement.

— Tu as tort, Celestine, dit le général. Tu n'aimais pas plus que moi Jordan. Tu en avais l'air. C'est tout. Question d'apparences. Tu t'es fiée à l'apparence des choses. Je reconnais que...

— Continuez, général », dit Mike Hess, et c'était un ordre, pas une prière.

Le général sembla surpris, mais poursuivit. « Je déclare que j'aimais Jordan autant que ma femme. Mais à l'intérieur des limites et des contraintes d'un homme de mon temps. J'étais doué pour mener les hommes au combat. Nous sommes peu nombreux à avoir ce talent. J'ai toujours su communiquer avec les hommes de combat. Un meilleur père n'aurait pas fait un aussi bon soldat. »

Il y eut un coup de marteau, et j'entendis mon père parler. « Vous n'êtes plus un marine, Rembert. C'est terminé tout cela. Qu'allez-vous faire à propos de Jordan, à présent ?

— Je vais l'obliger à rendre compte de ses actes, répondit le général.

— J'ai vu aujourd'hui une chose qui m'a surpris, dit mon père, et je remarquai tout à coup qu'il me regardait. Jordan vous tient en bien plus haute estime que ne me tient Jack. Tout le monde peut le constater. Pourtant, cela ne semble pas avoir d'importance pour vous.

— Jordan a appris par son éducation à faire la dif-

857

férence entre le bien et le mal, commença le général. Mais quand son pays a fait appel à lui, il était absent.

— Vous faites allusion au Viêtnam ? demanda Capers.

— Oui, je fais allusion au Viêtnam, répondit le général. Vous n'êtes pas responsable d'être de la génération dont vous êtes. Je suis bien content de ne pas être né dans la vôtre.

— C'est vrai que la vôtre à vous était super, dis-je, prêt à exploser. Merci de nous avoir fait le cadeau de cette merveilleuse petite guerre. Nous vous serons reconnaissants jusqu'à la mort de nous avoir permis de nous déchirer, grâce à votre stupidité.

— Cette guerre était trop grande pour vous, Jack », dit le général.

A quoi je répliquai : « Pour moi, c'était une guerre trop petite, justement, général. C'est ce que vous ne pigez pas.

— J'espérais mieux de vous, Rembert, dit mon père au général.

— Comment cela, vous espériez mieux de moi ? demanda le général d'une voix glaciale.

— Jordan est venu ici parce qu'il voulait vous raconter sa version, dit le juge. Nous autres, nous sommes tous secondaires.

— Vous avez combattu les Allemands en Europe, monsieur le juge. Vous avez même été décoré. Que pensez-vous de Jack et des autres, et de la façon dont ils ont répondu lorsque notre pays avait besoin d'eux ?

— Je n'aurais pas agi comme eux, convint mon père.

— Certes, dit le général.

— Mais soyons honnêtes. Nous leur imposons des principes qui n'ont plus cours, dit le juge. Mon fils Jack a défendu ce à quoi il croyait. C'est ainsi qu'il a été élevé. »

J'ai manifesté ma satisfaction d'un signe de tête à mon père, qui répondit de la même façon. Le général regarda cet échange de remerciements.

« Je serai aussi honnête, quitte à être brutal, dit le général. Jack a été élevé par l'ivrogne de la ville, monsieur le juge. Vous parlez de principes ? Je doute que vos périodes de sobriété vous aient seulement permis de remarquer la présence de Jack.

— Faites attention lorsque vous vous adressez à mon père, dis-je au général. Recommencez à lui parler de cette façon, et je vous transforme en serpillière. »

Le marteau résonna encore et mon père dit : « Tu n'as pas la parole, Jack. Le général avait tout à fait raison.

— Je suis sincèrement désolé, Johnson Hagood, dit le général Elliott.

— C'est le feu de l'action, répondit généreusement mon père. Il n'y a aucun mal. Présente tes excuses au général, Jack.

— Désolé, Rembert, dis-je, en l'appelant par son prénom pour la première fois de ma vie. Je me suis laissé emporter.

— L'idée de te voir nettoyer le plancher en te servant de Rembert comme serpillière me réjouissait, dit Celestine, et Mike se permit de rire ostensiblement, pour détendre un peu l'atmosphère.

— Tu m'as manqué, Jordan, dit Capers en se levant de son siège pour se diriger prudemment vers le prêtre, de l'autre côté de la scène. Je n'arrive pas à me faire à l'idée que vous êtes tous persuadés que j'ai trahi mes meilleurs amis. Ce n'est pas l'image que j'ai de moi. C'est un contresens. Shyla est morte sans m'avoir jamais plus adressé la parole. Je lui ai écrit une lettre, une fois. Où je lui disais que je l'aimais, que je vous aimais tous. Qu'aucun de nous n'était responsable de ce qui s'était passé à l'université. Shyla a retourné la lettre sans l'ouvrir. Jack ne peut toujours pas me voir sans éprouver des bouffées de haine. » Et Capers de se tourner vers moi avant de dire : « Ne dis pas le contraire, Jack.

— Parce que tu as entendu quelqu'un dire le contraire ? dis-je.

— Shyla croyait que tu l'aimais, Capers, dit Ledare. Nous avons été plusieurs à commettre cette erreur.

— Je n'ai pas été un cadeau pour toi, Ledare, dit Capers. Chaque fois que je te regardais, je me souvenais de ce que j'avais perdu.

— Oublions cela, mon cher. Dans l'histoire, je n'ai jamais perdu que mes vingt ans et ma foi dans la maternité, dit Ledare. A part ce détail, je m'en suis tirée sans une égratignure.

— Je suis désolé. Je te prie de me pardonner, dit Capers.

— Ça suffit, Capers, intervint Betsy. Ne rampe pas. Ce n'est pas ton genre, chéri.

— Waouh! dit Mike. C'est trop aimable, Betsy. Qu'avec grâce ces choses-là sont dites.

— Je suis désolé, Ledare, dit Capers. Au moment où je t'ai quittée, je commençais à me rendre compte que ma vie allait de travers.

— Garde tes salades, Capers, dis-je. Je n'aime pas l'hypocrisie mélo. »

Nouveau coup de marteau — et intervention de papa. « Jack, si tu n'es pas capable de faire la paix avec un de tes meilleurs amis, quel espoir y a-t-il pour Jordan et son père? Comment résolvons-nous le problème?

— La pellicule défile. Il faut conclure, mesdames et messieurs », dit Mike.

J'ai regardé mon père et compris ce qu'on attendait de moi, alors je me suis levé pour me tourner vers Capers, qui était toujours debout.

« Je suis désolé, Jack. Je regrette, me dit-il. Je voudrais pouvoir revenir en arrière. Je ferais beaucoup mieux.

— Quand tu seras gouverneur, je t'enverrai mes contraventions pour stationnement interdit », dis-je.

Nous nous sommes serré la main, et lorsque nous avons senti que la sincérité était là, nous nous sommes embrassés.

Le général s'est levé, tandis que Capers et moi regagnions nos sièges. Il s'est approché de Jordan qui le regarda venir sans émotion.

« Vous avez dit qu'il s'agissait d'un faux procès, dit le général à Mike. J'aimerais exprimer mon vote concernant la culpabilité ou l'innocence de mon fils.

— Bien, dit Mike. Mais c'est moi le producteur et metteur en scène. Je voterai donc le premier, général.

Mais vous connaissez mieux que personne les questions de hiérarchie. Non coupable.

— Non coupable, dit Ledare, suivie de Celestine qui prononça les mêmes paroles.

— Non coupable, dirent le père supérieur et le père Jude.

— Non coupable, dirent Capers et Betsy.

— Non coupable, dit mon père, le juge.

— A présent, c'est à moi », dit le général, et je crus entendre sa voix trembler.

Celestine s'adressa à son fils, qui soutenait le regard de son père : « Ce n'est pas en lui, Jordan. L'amour est une chose trop profonde pour lui. Il ne peut pas l'atteindre.

— Je peux le faire pour lui, maman, dit Jordan. Pour moi, c'est facile.

— Je suis désolé, mon fils », dit le général, mais c'était un père qui parlait à présent, plus le général.

Jordan posa la main sur la bouche de son père avec beaucoup de douceur. « Inutile de voter, papa. Je connais ta décision. Elle est inévitable. Je suis venu ici pour m'expliquer avec toi. Il faut que je sorte de cet endroit avec un père dans ma vie. J'ai donné la preuve que je ne peux pas vivre sans.

— Je suis fait comme ça, mon fils. Je n'y peux rien, dit le général lorsque la main de Jordan retomba.

— Je ne peux rien non plus à la façon dont je suis fait, moi, dit Jordan.

— Dis-moi que tu as eu tort.

— J'ai eu grandement tort, papa, dit le prêtre. Ma haine envers toi a pris le dessus. J'aurais dû suivre la voie que tu avais tracée pour moi. L'Amérique est un pays qui vaut bien qu'on meure pour lui, même quand l'Amérique a tort. Pour un gars comme moi, du moins. Vu l'éducation que maman et toi m'avez donnée.

— Ça ira comme ça, Jordan, dis-je. Cette guerre était une sale guerre. Ne le laisse pas te remettre le nez dedans.

— Que puis-je faire, papa ? dit Jordan, attendant le jugement de son père.

— Va te rendre, dit le général. Si tu le fais, je te soutiendrai tout le long. Je me battrai pour toi. »

Jordan s'inclina devant son père, en signe d'obéissance. Les deux trappistes se levèrent pour venir le rejoindre, deux hommes de prière, maigres, et Jordan se mit à genoux pour recevoir leur bénédiction. Puis le père supérieur prit la parole : « Jordan m'a chargé d'appeler le général Peatross tôt ce matin, sur l'île Pollock. Je lui ai annoncé, général, que vous viendriez remettre votre fils entre les mains du prévôt demain à midi. Le général Peatross aimerait que vous passiez d'abord par son bureau. Il a connu Jordan enfant, paraît-il. »

Il y eut un sanglot étouffé lorsque Celestine Elliott se leva pour gagner le fond de la scène et l'obscurité. Jordan la suivit, et nous avons pu l'entendre consoler sa mère pendant que l'équipe de tournage commençait à démonter le plateau et que nous restions encore plantés sur place, au milieu de notre vie. J'ai regardé mon père dans sa tenue de juge aller réconforter le général qui semblait vaincu et dépossédé, après avoir fait la seule chose qu'il pouvait faire.

Le soir, nous avons dîné dans la maison que Betsy et Capers avaient au bord de la mer, sur l'île Sullivan. Je me suis installé sur la terrasse donnant sur l'océan pour faire griller des oignons, des aubergines, des hamburgers, des steaks, et des crevettes pour rassasier tout le monde. Mike et Jordan ont même dû ressortir pour acheter de la bière. Les trappistes étaient repartis vers Mepkin Abbey et mon père avait raccompagné le général à Waterford. Celestine préféra ne pas assister à la soirée, mais nous étions tous très soulagés de nous retrouver chez les Middleton. Les enfants de Ledare, Sarah et le jeune Capers, étaient ravis de voir leurs parents sous le même toit, décontractés, et Betsy se révéla une parfaite hôtesse lorsque tout le monde se retrouva à table pour échanger des anecdotes du passé. Je trouvais encore bizarre de voir Jordan en public, sans guetter par-dessus son épaule, ni m'assurer que je n'avais pas été suivi jusqu'à un rendez-vous secret. Un étrange sentiment de liberté s'était emparé de lui. Il ne se lassait pas de notre compagnie. Il buvait nos paroles, nous dévorait des yeux, se repaissait de notre présence, à satiété. Nous nous livrions, pour lui offrir complètement cette soirée.

Après minuit, tout le monde avait fini par aller se coucher dans la grande maison, sauf Jordan, Capers, Mike et moi. Nous nous sommes retrouvés sur la plage.

« Alors ? demanda Mike. Je crois n'avoir jamais été plus heureux.

— Et Hollywood ? dit Capers. Tu as le gratin des starlettes. Tu mènes une vie de prince. C'est quand même mieux que manger des hamburgers sur une plage de Caroline du Sud, avec une bande de vieux copains de lycée.

— Pas pour moi, dit Mike.

— Ni pour moi, dit Jordan.

— Et toi ? me demanda Mike.

— Je ne voudrais pas gâcher la soirée, dis-je. Mais je continue de penser que Capers est un pauvre type.

— Oh ! dit Mike. Ça finira par te passer.

— Le passage du temps, dit Jordan dont les yeux scrutaient les étoiles, c'est la grande surprise de la vie. La seule, peut-être. J'ai l'impression que nous avons toujours été sur cette plage. Comme si nous ne nous étions jamais perdus.

— Ça me rappelle un truc », dit Capers en claquant dans les doigts avant de remonter en courant vers la maison. A son retour, il avait une planche de surf qu'il portait sur la tête, et nous avons poussé des cris de joie. Nous nous sommes mis en petite tenue pour plonger dans l'eau tiède et fraîche en même temps de l'Atlantique. Les vagues étaient calmes et alanguies, tandis que nous nagions vers le large.

« Vous appelez ça des vagues ? demanda Jordan. Vous appelez ça un océan ?

— L'Eté de Jordan, se rappela Mike.

— Je n'ai jamais oublié, dis-je.

— Tu te souviens de mes cheveux longs ? demanda en riant le moine à la coupe rase.

— Le premier hippie de Waterford, dit Capers.

Putain. Tu as été le premier présage des années soixante. On aurait dû te rouler dans le goudron et les plumes avant de te renvoyer chez toi.

— Faites des garçons, faites des garçons ! s'écria joyeusement Mike.

— Où sont les marsouins ? demandai-je. Il nous faut des marsouins, Mike.

— Passez-moi les effets spéciaux, cria Mike. Appelez la Warner.

— Ça se résume donc à cela, dit Capers.

— La vie a des revirements. Elle vous prend par surprise, dit Jordan.

— Comme un bon film, dit Mike.

— Tu voulais m'envoyer où, Capers ? demanda Jordan. A ton avis, c'est où, chez moi ? »

Nous flottions sur l'océan, cramponnés à la planche de surf, avec un nouvel été qui s'achevait, un vent doux qui nous effleurait, et le goût de l'eau salée sur les lèvres. Nous nous laissions dériver au gré de courants profonds, par une nuit sans lune, et parce que nous étions des enfants des basses terres, nous n'avions pas peur. Puis Capers résuma la situation en tendant le bras pour effleurer les cheveux courts de Jordan en disant : « Ici. Chez toi, c'est ici. Avec nous. Toujours. »

39

Tous les fils connaissent un jour l'épreuve d'une chambre comme celle-ci, me disais-je en rejoignant mes frères qui montaient la garde au chevet de notre mère. L'odeur de la chimiothérapie était familière, avec son parfum métallique qui s'incrustait sur mes papilles gustatives. Son rôle était de massacrer les globules blancs qui avaient proliféré dans le sang de Lucy, ces leucocytes qui s'agglutinaient en troupeaux autour des globules rouges menacés d'extinction. Dans ma tête, je voyais le sang de ma mère se transformer en neige fatale. Et lorsque je l'ai regardée, j'ai lu pour la première fois de la terreur dans ses jolis yeux bleus. Toutes les cellules de son corps brûlaient de l'innommable peur.

« Si tu aimais vraiment maman, Jack, dit Dupree, tu serais dans ton atelier en train d'inventer un traitement pour guérir le cancer.

— C'est ça que je déteste chez mes frères, dit John Hardin en se rapprochant de Lucy. Tu as entendu, maman ? On devrait tous faire en sorte que tu te sentes en pleine forme, et cet idiot de Dupree commence ses plaisanteries stupides.

— Explique-nous comment on s'y prend pour que maman se sente en pleine forme, dit Dallas. Apparemment, on n'a pas ton génial talent de garde-malade.

— Vas-y. Fiche-toi de moi, Dallas, dit John Hardin. Je me rends bien compte que je suis une cible facile. Je sais bien que tu ris derrière mon dos. Que tu te moques de moi. Que tu écris des choses sur moi dans les latrines quand tu vas pisser un coup. Je les vois, les choses que tu écris. Je reconnais ton écriture vilaine et répugnante. »

Dallas secoua la tête en répondant : « Jamais de toute ma vie je n'ai écrit sur les murs des toilettes.

— Tu n'as même pas le cran de le reconnaître, dit John Hardin. Les gens de ton espèce sont vraiment abjects.

— Je suis d'accord, dit Tee. Dallas et les gens de son espèce sont en dessous du seuil du mépris. Que dire de quelqu'un qui n'a même pas le courage de ses graffiti ?

— Toi, tu écris des choses encore pires que Dallas, sur moi, répondit John Hardin. Mais je vous tiens les gars. Je l'ai dit à maman. Je lui ai tout raconté. Maman est au courant, bande de salauds. Et maman va prendre les choses en main dès qu'elle sera sur pied. Pas vrai, maman ?

— Oui, John Hardin, dit faiblement Lucy.

— Tu rêves, John Hardin, dit Tee, perplexe. Et j'ai écrit quoi, sur toi ?

— Tu as écrit : "Adressez-vous à J. qui taille les meilleures pipes de la ville", dit-il. Et tu avais inscrit mon numéro de téléphone juste en dessous.

— Tu n'as pas le téléphone, dit Dallas. Tu vis dans un arbre, comme un petit oiseau.

— Je suis trop malin pour vous, les gars, dit John Hardin. J'ai toujours une longueur d'avance sur vous.

— Arrêtez de taquiner John Hardin, dit Lucy. J'ai lu que Jordan avait été arrêté. C'était dans le journal de ce matin, chéri.

— Il aurait dû rester où il était, dis-je.

— Le passé est la chose la plus difficile à fuir, dit Lucy. Je crois que Jordan s'est lassé de fuir un personnage qu'il n'a jamais été.

— Ça y est, Jack est toujours le chouchou de maman, observa John Hardin. Ce n'est pas juste de le préférer lui, simplement parce qu'il est né le premier.

— J'étais moi-même une enfant, à la naissance de Jack, John Hardin, dit Lucy en touchant mon visage de sa main gauche. Je n'avais jamais eu de poupée pour jouer quand j'étais petite. Alors j'ai fait comme si Jack était un joli baigneur laissé sous l'arbre de Noël par un inconnu. Je n'avais pas le droit d'élever un enfant, vu l'âge que j'avais, mais Jack ne pouvait pas le deviner. La première fois que je lui ai donné le sein, je ne savais même pas à quoi je jouais. Mais Jack semblait s'accommoder de tout ce que je faisais. Il me facilitait les choses. On a grandi ensemble, Jack et moi. Il a été mon premier meilleur ami, et je savais qu'il ne m'abandonnerait jamais.

— Je suppose qu'aller vivre en Italie était la façon pour Jack de rester près de toi, dit Dallas.

— Moi, je n'irai jamais en Italie, même si le pape en personne m'invitait à venir manger des raviolis avec lui, dit John Hardin. Les Italiens sont les gens les plus effrayants du monde. Ils passent leur temps à signer des serments avec leur sang, à vendre de la drogue aux Noirs et à s'entre-tuer à coups de fusil. Les hommes se plaquent les cheveux avec du saindoux, et les femmes ont des gros seins et passent leur temps à réciter le chapelet ou manger des plats qui se terminent par des voyelles. Il y a tellement longtemps que la Mafia existe, que je suis étonné qu'il reste un seul Italien en vie.

— J'ai une idée, dit Tee. John Hardin vient de nous

montrer les dommages causés à l'image des Italiens par Hollywood. La Mafia devrait cesser de descendre les indics, et se reconvertir dans l'assassinat de réalisateurs et de producteurs de Hollywood.

— Maman est fatiguée, dit Dupree. Si nous revenions dans sa chambre un peu plus tard ?

— Elle est juste fatiguée par ta connerie, Dupree, dit John Hardin. Mais c'est le cas de tout le monde. »

Dupree hocha la tête et murmura sans s'adresser à personne en particulier : « Je voudrais bien savoir pourquoi je me laisse insulter par un psychotique.

— Tu as entendu, maman ? dit John Hardin en pointant un doigt accusateur sur Dupree. Tu devrais être privé de sorties pendant un mois au moins, et pas d'argent de poche. Tiens ! Ça t'apprendra à te moquer d'un pauvre schizophrène sans défense. Tous mes problèmes viennent d'un patrimoine héréditaire pollué au dernier degré, et d'une tapée de frères dégueulasses, sans la moindre compassion pour ceux des leurs qui sont désavantagés. Vous n'arrêtiez pas de m'embêter quand j'étais petit. Je suppose que ça ne vous arrange pas que je crache le morceau à maman, hein, bande de nuls ?

— John Hardin, dis-je. Tu as remarqué que nous sommes dans un hôpital ? Que maman n'a pas une forme éblouissante ?

— Mr. le Matamore. Mr. Je-vis-en-Europe et J'emmerde-ceux-qui-vivent-en-Amérique. Mr. Chef-Boyard, est-ce-que-les-pédés-ne-sont-pas-plus-mignons-en-tablier. Mr. Ducon-la-joie qui essaye de dire au petit gars ce qu'il doit faire. La chasse est toujours ouverte pour tirer sur les malades mentaux, maman. Je te l'ai déjà dit, et à présent, tes moins que rien de fils t'en font la démonstration.

— Tu es le plus gentil de tous, John Hardin, dit Lucy en lui prenant la main pour l'attirer contre elle. Ils ne comprennent pas mon petit bébé, hein ?

— Ils ne connaissent rien, dit John Hardin dont la voix se brisa. Ils représentent le monde normal et ça me fait froid dans le dos, maman. J'ai toujours eu peur du monde normal.

— Je vais les obliger à être gentils avec toi, chéri, dit Lucy en nous faisant un clin d'œil et en serrant John Hardin sur son cœur.

— Nous sommes bien les seuls gosses en Amérique à être punis sous prétexte qu'ils ne sont pas schizophrènes, dit Dallas.

— Le noiraud est jaloux, dit Tee.

— Le noiraud devient vert, surenchérit Dupree.

— Sortons de cette chambre, dis-je. Maman a besoin de repos.

— Un de nous restera avec toi en permanence, maman, dit Dupree. Nous organisons les tours de garde tout de suite.

— Ils ne veulent pas de moi, maman, dit John Hardin. Alors que c'est moi qui t'aime le plus. Je n'ai pas le droit de rester à ton chevet au moment où tu en as le plus besoin.

— Les infirmières ont une peur bleue de John Hardin, maman, dit Dallas. Tout le monde se souvient de l'occupation du pont tournant.

— C'est parce que j'entendais des voix, expliqua John Hardin. Je n'étais pas moi-même.

— Oh que si, tu étais toi-même ! dit Tee. Et ça te ressemblait parfaitement aussi lorsque tu as forcé tes pauvres frères à plonger nus dans le fleuve.

— Je suis victime d'un dysfonctionnement familial, dit John Hardin. Je ne suis pas responsable des actes que je commets lorsque je suis sous l'influence des voix.

— Alors si un soir tu décides de faire rôtir notre pauvre maman, dit Dupree, si tu la découpes en morceaux comme un cochon de Noël et que tu vas la servir à l'hospice des sans-logis à Savannah, nous ne pourrons pas être furieux contre toi.

— J'ai une maladie mentale, dit John Hardin, très fier de lui. C'est écrit dans mon dossier.

— Putain, dis-je. La vie de famille est trop épuisante pour un Américain, quel qu'il soit.

— Mets John Hardin pour le quart de nuit, suggéra Tee. Il a des problèmes d'insomnie.

— De minuit à sept heures, dit Dupree à John Hardin. Tu penses pouvoir assurer, John Hardin, ou bien tu veux qu'un de nous reste avec toi?

— Vous n'êtes pas une compagnie, dit John Hardin. Vous êtes juste une tare de naissance dont je dois m'accommoder.

— Les vingt-quatre heures à venir ne vont pas être jolies, dit faiblement Lucy. Ce truc tue peut-être les cellules cancéreuses, mais il risque fort de me tuer avec. »

John Hardin étudia la sinistre poche de plastique emplie du liquide nauséabond qui coulait actuellement dans les veines de Lucy. « Cette saloperie ne marche pas. Ça enrichit les docteurs, les laboratoires, et ça va tuer notre merveilleuse maman. La vitamine C est le seul traitement qui guérit la leucémie. Je l'ai lu dans « Parade ».

— Formidable, on a même un magicien avec nous », dit Dallas.

Nous nous sommes rapprochés du lit de Lucy et l'avons tous les cinq couverte de baisers jusqu'à ce qu'elle crie grâce. Tee s'est mis à pleurer en disant : « Je t'aime de tout mon cœur et de toute mon âme, maman. Bien que nous sachions tous que tu as fait le maximum pour me gâcher la vie. »

Dans l'éclat de rire qui suivit, Lucy renvoya tout le monde, sauf Tee qui prenait le premier tour de garde. Nous avions commencé notre veille, et notre vie était désormais réglée sur les cycles de sa chimiothérapie. J'ai contemplé mes frères bruyants et fougueux, et je savais qu'aucun de nous n'avait accompli le dur travail indispensable pour affronter trente ou quarante ans de vie sans Lucy. Chacun à notre façon, nous avions fini par accepter la cruelle impassibilité de la vie, mais nous prenions à présent de plein fouet la perspective immédiate de nous réveiller un matin avec un lever de soleil non seulement impersonnel, mais dont Lucy serait absente.

A l'extérieur, dans la salle d'attente, au milieu d'un nuage de fumée fatiguée, nous nous sommes attardés pour une ultime récapitulation de nos craintes et de nos pensées. Tous, nous avions vu la peur dans les yeux de Lucy.

« Je suis le seul ici à penser que maman a encore dix ans de vie devant elle, dit John Hardin. Vous autres, vous avez tous capitulé, n'est-ce pas ? »

Après quelques plaisanteries forcées et remarques rassurantes, Tee annonça : « Je prends le premier quart. Viens prendre la relève à minuit, John Hardin. Vous autres, allez dormir un peu.

— Est-ce que vous saviez que la leucémie est le seul cancer directement affecté par les émotions humaines ? nous demanda John Hardin avec une pointe de réprobation dans la voix. Je suis le seul à être optimiste dans cette triste brochette. Maman a besoin de gens toniques, pas de bonnets de nuit.

— Si je pète les plombs et que je fracasse le crâne de John Hardin avec un démonte-pneu, je risque d'en prendre pour combien ? demanda Dupree à Dallas.

— Première condamnation ? Tu te ferais mettre au trou pour quatre ans maximum, avec les remises de peine pour bonne conduite.

— Tu te sens capable ? demandai-je à John Hardin en le prenant par l'épaule. On ne peut pas se permettre de cafouillages. Il faut que tu mérites notre confiance.

— Pourquoi ? Personne ne m'a encore jamais fait confiance. Pour rien, dit John Hardin. C'est pour cela que j'ai tant de comptes à régler avec le monde entier. »

A minuit, alors que Waterford dormait et que la mer se retirait dans les marais et les estuaires, John Hardin releva Tee. A demi endormi lui-même, Tee embrassa rapidement John Hardin avant de partir en traînant les pieds sur le lino brillant, sans penser à nouer ses lacets.

Lorsqu'une infirmière passa à minuit et demi pour accrocher une pleine poche de chimio à la potence de la perfusion, elle déclara que John Hardin était nerveux mais affable pendant qu'elle vérifiait la température de Lucy et prenait sa tension artérielle. Quand il arriva à l'hôpital à sept heures le lendemain matin, Dupree découvrit que John Hardin et Lucy n'étaient plus là. Devant une porte secondaire, Dupree trouva le fauteuil utilisé par John Hardin pour emmener Lucy loin du danger. Il avait laissé un mot sous l'oreiller où il expliquait : « Je refuse de les laisser tuer ma pauvre mère avec leurs poisons. Ceci prouvera aussi à maman que je l'ai toujours aimée beaucoup plus fort que mes crétins de frères. Certains peuvent me traiter de fou, mais ma mère saura bien, elle, que je la classe *nùmero uno*, au-dessus de toutes les autres mères du monde. »

En apprenant la nouvelle, nous nous sommes tous retrouvés chez le juge pour discuter de l'attitude à adopter et établir les responsabilités. Dallas s'en prit à Dupree et semblait plus agacé que de coutume, tandis que Tee s'ouvrait une bière et jetait sa tasse de café frais dans l'évier.

« En période de stress, l'alcool est la drogue adéquate, et la caféine ce vers quoi on se tourne lorsqu'on veut dessoûler, dit Tee.

— Une fois de plus, je suis la risée de cette ville à cause de ma foutue famille, dit Dallas. Vous ne vous rendez pas compte. Les gens s'adressent aux piliers de la communauté pour avoir un conseil juridique. Moi, je ressemble à la bouche d'incendie sur laquelle les chihuahuas du quartier vont pisser pour marquer leur territoire. Je n'aurais jamais dû vous écouter.

— Maman tenait à ce qu'on mette John Hardin dans le coup, dit Tee. Légère erreur de calcul. La prochaine fois que maman mourra, nous nous y prendrons un peu différemment.

— Son docteur est devenu dingue, rapporta Dupree. Il m'a hurlé après pendant une demi-heure. Le Dr Pitts n'était pas ravi non plus. »

Dallas fit remarquer : « Elle a assez de produits chimiques dans le corps pour la rendre malade comme un chien, sans lui faire le moindre bien.

— Il a pris la voiture de maman, dis-je. Après s'être calmé, le Dr Pitts m'a dit que toutes les réserves ont disparu du garde-manger de maman. Pas d'alcool en vue. Des couvertures, des draps et des serviettes de toilette ont également disparu du placard à linge. J'ai vérifié la maison dans l'arbre quand Dupree a appelé ce matin, mais ils ne sont pas là. »

Dupree dit : « Il n'a pas de carte de crédit et pour

ainsi dire pas d'argent liquide. On n'avait rien pris dans le porte-monnaie de maman. Il n'a nulle part où aller. La police de la route est alertée et ils ne devraient pas tarder à repérer la voiture de maman et la ramener.

— John Hardin a quelques vis en moins, dit Tee. Mais il est malin comme un singe. Il a un plan, l'animal. Je vous en donne mon billet.

— Vous savez pourquoi on est dans ce pétrin ? dit Dallas. Facile. Parce que nos parents nous ont donné une éducation progressiste alors que nous vivons dans le Sud. Ils nous ont appris à nous fier à notre semblable et croire que l'homme est né naturellement bon. Personne au monde ne confierait la garde de sa mère mourante à un dingue patenté comme John Hardin. Si nous avions reçu une éducation traditionaliste, comme n'importe quel sudiste bon teint, nous n'aurions jamais laissé ce zinzin approcher notre mère.

— Je serais volontiers traditionaliste si je n'en avais jamais fréquenté aucun, dis-je. Ils sont égoïstes, mesquins, égocentriques, réactionnaires et ennuyeux.

— Exactement, acquiesça Dallas. Mon rêve.

— Le coup de la culpabilité, dit Tee. Je vois Haïti, je me sens coupable. La Somalie, archicoupable. Le Salvador, c'est ma faute. Le Guatemala, aussi ma faute. Les rues grouillantes de l'Inde, toujours moi.

— Maman est perdue », dit Dupree.

Et de nous écrier ensemble comme un seul homme : « C'est notre faute.

— Nous aurions dû prévoir, les gars, dit Tee.

— Comment est-on censé prévoir ce que va faire un cinglé ? argumenta Dallas.

— Ce n'est pas un cinglé, dit Dupree. C'est notre frère, et il faut absolument le retrouver avant que maman ne meure. Nous ne pouvons pas la laisser mourir là où elle est, avec lui. John Hardin ne pourra pas faire face.

— Je me charge des petites routes, dis-je.

— Je sais qu'il traîne encore au Yesterday's, à Columbia, dit Dupree. Je vais aller leur parler, avec

Tee. Pourquoi tu ne fais pas un saut à Charleston pour vérifier si quelqu'un les aurait vus là-bas, Dallas ?

— Minute les gars. J'ai un boulot ici. Avec des vrais clients qui ont besoin de moi au cabinet. Une secrétaire à payer. Des frais généraux. Ça vous dit quelque chose, ça ? demanda Dallas.

— La Cadillac de maman est rouge framboise, dis-je. John Hardin aura l'air d'un maquereau en vacances qui visite les petites routes de Caroline du Sud.

— Je parie que tu regrettes l'Italie, pas vrai, frangin ? demanda Tee.

— *Chi, io ?* dis-je.

— Moi, je regrette de ne pas être né en Italie, dit Dallas. Comme ça, je ne parlerais pas un mot d'anglais. Je serais dans le noir absolu. Dans cette famille, c'est la seule façon d'être tranquille.

— Appelez chez moi à six heures ce soir, proposai-je. Entre-temps, on peut utiliser le cabinet de Dallas comme quartier général. Au fait, où est papa ?

— Bourré, dit Dupree.

— Non ! Quelle surprise ! dit Dallas. Mon père qui se laisse aller ? Ça ne lui ressemble vraiment pas.

— Il boit quand il est soumis à une pression, expliqua Dupree.

— Sinon, dis-je, il ne boit que s'il n'est soumis à aucune pression. »

Il y a beaucoup à dire sur les petits Etats comme la Caroline du Sud, mais il faut bien reconnaître que les citoyens s'y sentent entre eux, équilibrés. En moins de vingt-quatre heures, tout l'Etat était aux aguets pour repérer une Cadillac Seville rouge de 1985, conduite par un malade mental et ayant à son bord une femme très affaiblie, qui venait d'entamer sa dernière chimiothérapie.

Pendant que Tee vérifiait les réservations des hôtels et motels des environs et que Dallas téléphonait à tous les shérifs des comtés les plus ruraux, j'étais installé dans la salle de rédaction du « News and Courier » de Charleston, d'où j'appelais divers journalistes pour tenter de faire passer l'annonce de la disparition de Lucy en première page. A Columbia, Dupree se mit à pister les amis de John Hardin dans tous les bars un peu louches qui entourent l'université. L'alcool était le premier refuge de John Hardin quand son esprit commençait à devenir brumeux et confus. Dans les bars, il trouvait des amis peu enclins à porter des jugements, qui l'écoutaient dresser la liste des forces liguées contre lui. Entre les grands miroirs de ces salles, la disponibilité d'individus en dérive dans le même paradis artificiel que celui où se retranchait un John Hardin pris de panique, ou bien brisé par la souffrance qui le tenaillait depuis sa naissance, était une source de réconfort. Lorsqu'ils apprirent la disparition de John Hardin en compagnie de sa mère, ces amis accueillirent Dupree et lui donnèrent le nom et le téléphone d'autres amis de John Hardin. Le troisième jour, Dupree mit la main sur le gars capable de lui dire où John Hardin était allé, et comment le retrouver.

Vernon Pellarin frayait au milieu d'une faune de dépressifs drogués qui mendiaient des cigarettes à moins de dix mètres du bureau de Dupree, dans l'enceinte de l'hôpital psychiatrique. Vernon était lui-même un peu sonné et se fit un plaisir de raconter à Dupree qu'il avait donné à John Hardin les clés du cabanon de pêche de sa famille, sur l'Edisto. A son avis, ce fait remontait à deux semaines, un jour qu'il était au Muldoon, près du Capitole. Le cabanon appartenait à Vernon et son frère, Casey, depuis la mort de leur père, mais Casey vivait à Spokane dans l'Etat de Washington. John Hardin avait dit qu'il voulait trouver le coin le plus tranquille et le plus retiré d'Amérique parce qu'il avait besoin de temps pour écrire un essai qui changerait le cours de la société contemporaine. Vernon avait été ravi d'encourager une percée courageuse dans la littérature américaine. Le cabanon était propre, meublé simplement et confortable. Mais on ne pouvait y accéder qu'en bateau.

Le lendemain matin, nous mettions deux bateaux sur l'Edisto, juste en aval d'Orangeburg. Tee et moi étions sur le premier, Dallas et Dupree sur le second. Il nous fallait ramener Lucy à l'hôpital, mais en ménageant notre très vulnérable cadet — et en nous méfiant aussi de lui. Lorsque John Hardin sombrait dans la violence, il était capable de semer la terreur dans toute une ville, ce que Waterford savait parfaitement pour en avoir fait plusieurs fois l'expérience.

Nous nous laissâmes porter par le cours rapide de l'Edisto, enflé par les pluies. Sur les deux rives, des chênes se penchaient au-dessus de l'eau et se rejoignaient par endroits, permettant le passage d'oiseaux et de serpents. Les serpents d'eau regardaient nos bateaux passer sous les branches basses. Dallas compta sept serpents enroulés autour des branches d'un seul chêne.

« Je déteste les serpents, dit-il à voix basse. C'est quelle race?

— Des vipères venimeuses, dit Tee. Leur venin est mortel. Quand elles te mordent, tu as trente secondes pour faire la paix avec Jésus.

— Ce sont des serpents d'eau, dit Dupree. Ils ne sont pas dangereux.

— Je n'aime pas passer sous un arbre où je repère une cinquantaine de créatures vivantes en train de m'apprécier comme un bon repas, dit Dallas.

— Les serpents ne sont pas un problème, dit Dupree. Notre problème, c'est John Hardin.

— Peut-être tomberons-nous sur un de ses jours de bonne humeur, dis-je. Raconte-lui que nous avons des tickets bien placés pour le prochain concert des Rolling Stones.

— J'en doute, dit Dupree. Il a du retard pour sa piqûre. Il a sûrement bu, et il va être très agité parce qu'il est persuadé que les docteurs essaient de tuer maman. Il va falloir improviser quand on le verra. Si nous réussissons à le convaincre de nous laisser remmener maman, formidable. Mais nous devons absolument la ramener à l'hôpital, d'une façon ou d'une autre.

— Tu crois qu'il a un fusil? demanda Tee.

— Probablement, dit Dupree.

— Tu sais qui est le seul as de la gâchette de la famille? me demanda Tee.

— Au hasard, dis-je. John Hardin.

— Il te coupe un poil de cul de mouche à cinquante mètres, dit Dallas. Il tire comme un chef. »

Nous dépassâmes quatre appontements menant à quatre petites maisons banales, avant de suivre une boucle et de repérer un autre appontement à cinquante mètres. Le bateau de John Hardin était remonté à terre, dans une cour couverte de mauvaise herbe. Après avoir amarré nos deux bateaux, conformément au plan mis au point la veille, nous nous dirigeâmes vers la maison en parpaings, deux par deux, en prenant soin de rester à couvert des arbres qui entouraient la maison. Une volute de fumée montait de la cheminée, dans l'air matinal dépourvu de vent. Il régnait une odeur de rouille et de marécage. Des traces de daims, dans le sol meuble, dessinaient d'étranges hiéroglyphes sur la terre de la forêt.

Dupree restait le seul authentique homme de plein air parmi nous. Il élevait des chiens d'arrêt, entretenait le moteur de son bateau, s'assurait en permanence de la validité de ses permis de chasse et de pêche.

Tee et moi l'avons regardé sortir de sa cachette pour monter rapidement et en silence vers la maison, disparaissant de notre champ de vision. Nous le vîmes ensuite ramper sur le ventre en direction de la porte, puis rester accroupi sur la véranda de fortune et risquer un œil par le carreau du bas d'une fenêtre graisseuse. Comme il ne voyait apparemment rien, il continua à quatre pattes jusqu'à la fenêtre suivante, qu'il frotta avec la paume de la main, avant de regarder à l'intérieur. Il frotta encore une fois la vitre et plaça un œil contre le rond proche qu'il venait de faire avec son index mouillé de salive. Il n'entendit pas la porte s'ouvrir et ne vit John Hardin que lorsque le canon du fusil lui toucha la tempe.

Tandis que Dupree levait les deux mains en l'air, John Hardin le força à marcher jusqu'au milieu d'un jardin humide et sans herbe. Il l'obligea à se mettre à genoux, les mains sur la nuque, pendant qu'il scrutait la forêt pour nous apercevoir aussi.

« Sortez, ou je fais sauter la bite de Dupree d'un

coup de fusil avant de la donner à manger aux ratons laveurs, cria John Hardin dont la voix se répercuta entre les troncs.

— Il va nous refaire mettre à poil. Se moquer de nos petites bites. Nous renvoyer à la nage jusqu'au pont sur la route 17 », murmura Tee. Mais je lui fis signe de se taire.

Dallas céda le premier et sortit des bois qui se trouvaient de l'autre côté de la maison. Il tenta d'utiliser le prestige de sa profession pour bluffer son jeune frère.

« Laisse tomber, John Hardin, cria Dallas avec autorité en brandissant un bout de papier. J'ai un mandat d'arrêt contre toi, petit frère. Il est signé par trois représentants de la loi du comté de Waterford, et par ton propre père. Papa veut te voir derrière les barreaux. Il veut que tu sois enfermé et qu'on fasse fondre toutes les clés qui ouvrent la serrure de ta cellule. Je suis ta seule chance, John Hardin. Avec moi comme avocat, je te jure que tu seras libéré plus vite qu'un pet de truite dans un torrent de montagne.

— Un pet de truite dans un torrent de montagne ? dis-je tout bas. D'où il sort ça ?

— Quand Dallas a peur, il ne recule devant aucune métaphore, expliqua Tee. Ecoute sa voix. Il est terrorisé.

— Tu es recherché selon la loi de trois Etats, John Hardin. Il y a un mandat national lancé contre toi. Il faudra une défense brillante pour t'éviter la prison ferme. Un avocat sorti dans les dix premiers de sa promotion. Un ténor du barreau capable de séduire un jury, de raisonner un juge, un type capable de faire une omelette sans casser les œufs.

— A genoux, avant que je fasse sauter ta putain de cervelle, dit John Hardin.

— J'espère que ton avocat va merder, dit Dallas en s'exécutant. Que ton compagnon de cellule sera un violeur noir, homo et géant, capitaine de l'équipe de base-ball de la prison.

— C'est du racisme, murmura Tee.

— Absolument, dis-je.

— Je pourrais vous tailler en pièces tous les deux,

les gars. Sur place. A genoux, dit John Hardin. Et je ne passerais pas une demi-minute en prison. Vous savez pourquoi ? Parce que je suis dingue. J'ai les certificats pour le prouver. Vous m'avez embêté tous les deux quand j'étais petit. Qui sait ? Elle est peut-être là, la clé de ma schizophrénie.

— Qui sait ? répéta Dupree. C'est peut-être aussi la cuisine de maman.

— Ta gueule ! hurla John Hardin. Tu ne dis pas un mot contre notre mère. Peut-être qu'elle n'a pas été parfaite. Mais regarde qui elle a épousé — notre monstre de père, qui ne méritait déjà pas de rencontrer une sainte femme comme elle, encore moins de l'épouser. Elle avait des rêves, notre mère, de grands rêves, alors tu ne crois pas qu'elle a été déçue d'avoir trois salauds de fils dans votre genre à la suite ? Je reconnais que moi aussi, je l'ai déçue. Mais elle dit que j'étais trop sensible pour survivre dans ce monde de rapaces. Toute sa vie, elle l'a sacrifiée pour papa et vous, têtes de nœuds puants. Maman me comprend mieux que personne.

— Alors pourquoi est-ce que tu es en train de la tuer, John Hardin ? demanda Dupree, l'air de rien.

— Ne redis jamais ça. Tu n'as pas intérêt, salaud de Dupree. Salopard de bon à rien de nullité de Dupree.

— Il a raison, dit Dallas. La chimiothérapie est sa seule chance.

— Si seulement vous voyiez ce que ça lui fait, dit John Hardin avec une véritable épouvante dans la voix. Elle ne garde aucune nourriture. Maman ne veut rien manger parce qu'elle vomit aussitôt. Elle se retourne comme une chaussette. Elle se vide complètement. »

C'est alors que Tee sortit en direction de la clairière. Il fit irruption sur la scène en parlant fort et en gesticulant comme un marin qui agite un drapeau pour prévenir un autre bateau. Son accent sudiste s'aggravait quand la tension montait, et lorsque John Hardin le mit en joue, Tee parlait comme un tanneur dans une série B de production locale.

« Frangin, frangin, frangin, se mit à japper Tee,

comme un roquet excité, à l'intention de John Hardin. Frangin, frangin.

— Qu'est-ce que tu veux, Tee? demanda John Hardin en levant le canon du fusil à hauteur du cœur de son frère. J'avais entendu du premier coup. Tu crois avoir besoin de répéter tes "frangin" combien de fois pour que je comprenne?

— J'avais peur, frangin, répondit Tee.

— Je déteste qu'on m'appelle "frangin", dit John Hardin. Redis-le encore une fois, et je te tire une balle dans le cœur. De quoi tu aurais peur, de toute façon?

— Maman est en train de mourir. Mon frère est cinglé. Il y a quelqu'un qui menace de me descendre, gémit Tee. Je suis pas vraiment à la fête, frangin.

— Il a redit "frangin", dit Dupree. Descends-le, John Hardin.

— Toi, Dupree, la ferme, menaça John Hardin.

— J'ai un rendez-vous en ville, dit Dupree en regardant sa montre. Je vais perdre mon boulot si je ne repars pas.

— Toi, un boulot? ricana John Hardin. Tu travailles dans un asile de fous où tu enfermes de pauvres gars innocents comme moi.

— Je dois voir un client, dit Dallas. Un gros contrat.

— Tu es tout juste un rond-de-cuir, un avocaillon à trois ronds qui porte des chaussures bon marché et n'a même pas un fax, dit John Hardin. Papa était peut-être un ivrogne, mais c'était un grand juriste. Il déplaçait des montagnes avec sa connaissance du droit, alors que toi tu règles les problèmes de contraventions de Portoricains qui se perdent en voiture sur l'I-95.

— Voilà qui résume joliment ma carrière, admit Dallas, ce qui fit rire Dupree.

— Toujours les plaisanteries. Pour vous, les gars, on peut rigoler de tout. Mais le véritable humour, vous ne connaissez pas. Ce que vous aimez, vous, c'est humilier, assassiner, ridiculiser... »

Tee intervint : « Ça, c'est Dupree et Dallas, frangin. Moi, j'ai le même humour que toi, John Hardin.

— Merci, Tee, dit Dallas. Rien ne vaut un front uni pour sortir de ce pétrin.

— Il faut ramener maman à l'hôpital, dit Dupree en se relevant.

— Reste à genoux », exigea John Hardin, en donnant un coup de crosse dans le haut du mollet de son frère.

A ce moment, j'en avais vu et entendu assez, et plus par colère que par un sursaut de courage, je suis sorti de ma cachette en faisant un maximum de bruit. Je n'ai même pas jeté un coup d'œil à John Hardin ni aux autres, j'ai couru directement vers les marches du cabanon rustique, avec John Hardin qui criait dans mon dos. Je l'ai entendu qui me hurlait de m'arrêter alors que j'entrais dans la maison où je découvris ma mère, frêle et à peine consciente, dans un sac de couchage trempé de sueur, à côté d'un poêle à bois où brûlait un feu. J'ai touché son front; je ne crois pas avoir jamais senti pareille température sur un être humain. Lucy a ouvert les yeux, essayé de me dire quelque chose, mais elle délirait, en proie à la voracité de la fièvre qui la rongeait. Quand je l'ai soulevée dans mes bras, j'étais furieux et rien ne m'aurait arrêté.

Je suis sorti à la lumière du jour, j'ai descendu prudemment les marches rudimentaires, et je me suis dirigé vers John Hardin dont le fusil était pointé entre mes yeux. En même temps que j'approchais, je priais pour que la gentillesse fondamentale de John Hardin prime sur l'étendue informe de sa folie. La mort de ma mère est en train de me rendre dingue, me suis-je dit intérieurement, alors comment pourrions-nous trouver surprenant que John Hardin aille mal ?

« Remets ma mère où tu l'as prise si tu ne veux pas que je t'expédie faire un tour gratuit au paradis.

— Alors il faudra que tu élèves Leah à ma place, John Hardin, criai-je en approchant de lui. Tu pourras lui dire que tu as descendu son père au fond d'un bois, lui raconter des histoires le soir pendant le reste de son enfance, et mettre de l'argent de côté pour ses études. Shyla s'est déjà suicidée, Leah est donc habituée à se passer de parents. Bien sûr, une fois que tu auras tué maman, en la laissant dans cet état, je me moque bien de ce que tu feras de moi. Pousse-toi, John Hardin, laisse-moi passer. Maman doit avoir quarante-deux de fièvre, et elle sera morte dans une heure si on ne la conduit pas à l'hôpital. Tu veux tuer maman, c'est ça que tu cherches ?

— Non, Jack, je le jure devant Dieu. J'essaie de la sauver, de l'aider. Demande-lui. Réveille-la. Elle sait ce que je tente de faire. J'ai seulement oublié de prendre l'aspirine. C'est tout. Je l'aime plus que personne. Plus que vous tous en tout cas. Elle le sait.

— Alors aide-nous à l'emmener à quelqu'un qui pourra la sauver, dis-je.

— S'il te plaît. S'il te plaît », plaidèrent Dallas, Dupree et Tee. Et John Hardin baissa son fusil.

Même après son retour à l'hôpital, Lucy demeura dans le pays involontaire du délire. Une fois encore nous l'avons entourée en murmurant : « Je t'aime, maman », des milliers et des milliers de fois, comme une litanie de messages d'amour pour soulager sa souffrance et sa solitude. A côté de son lit, la perfusion limpide et puante de nouveau irriguait la veine de son bras droit. Ce liquide brûlait et détruisait toutes les cellules qu'il touchait, bonnes ou mauvaises. Il circulait le long des autoroutes reliant ses organes comme des villes éloignées. Une fois encore, elle fut entraînée aux portes de la mort. Son corps se referma sur lui-même, les signes de vie vacillaient tandis que son jeune médecin contrôlait chaque étape de la descente. Il mena Lucy jusqu'au bout du chemin qui conduit à la mort, puis il mit un terme définitif au traitement chimiothérapique, laissant à Lucy le soin de sauver désormais son pauvre corps ratatiné.

Il avait cru que Lucy allait mourir au cours de la première nuit de son retour à l'hôpital, le Dr Peyton, mais il sous-estimait l'énergie qu'elle déployait pour sa survie. Son corps avait enduré cinq accouchements difficiles et donné naissance à cinq garçons de plus de huit livres chacun. Deux fois, au cours de la première nuit, elle avait failli mourir, et deux fois elle est revenue.

A la fin du deuxième jour, Lucy ouvrit les yeux et vit mes frères et moi autour de son lit. Nous avons poussé de tels cris de joie que les infirmières sont arrivées au pas de course pour nous faire taire. Désorientée, elle comprenait mal les raisons de notre tapage, mais nous fit un clin d'œil. Puis elle dormit profondément pendant cinq heures de plus, avant de se réveiller de nouveau sous nos acclamations.

Après le deuxième réveil, un Tee désemparé s'éclipsa de la chambre. Je le suivis par la porte de derrière l'hôpital, dans l'air limpide, et l'accompagnai au bord du fleuve, juste au-dessus d'une bande de spartina vert. Tee pleurait doucement.

« Je ne suis pas prêt pour ça, Jack. Il devrait y avoir des cours pour préparer à cette connerie. Il faut écrire un livre pour m'expliquer ce que je dois faire ou ressentir, à présent. Tout ce que je fais me semble faux. Même ces larmes, j'ai l'impression que c'est du chiqué, comme si je faisais semblant d'être plus triste que je ne le suis. Elle n'aurait pas dû nous mettre au monde, si elle savait qu'on serait un jour obligés de rester à la regarder mourir à petit feu. Ce n'est pas que je l'aime tant que ça, non plus. Je crois que vous avez eu la meilleure part de maman, vous les aînés. Vraiment. A un moment donné, avec nous, elle a laissé tomber son rôle de mère. D'accord, elle est au bout du rouleau. La belle affaire. Mais ça me tue, et je ne sais même pas pourquoi. Je lui reproche même l'état dans lequel est John Hardin. Je crois qu'elle ne l'a pas éduqué, cet emmerdeur. Elle s'est contentée de l'arroser pour qu'il pousse. Je suis désolé. Je n'ai pas le droit de penser des choses comme ça.

— Vide ton sac si tu veux, dis-je. Je crois que c'est peut-être le mieux que nous ayons à faire pendant que nous la perdons.

— Elle aime John Hardin plus que moi pour une raison dégueulasse, dit Tee. Parce qu'il a une maladie mentale et pas moi. Est-ce que c'est juste ? Je suis jaloux de ne pas être un putain de schizophrène. Je suis pathologiquement jaloux chaque fois que j'y pense.

— John Hardin a besoin que maman l'aime plus que les autres, tentai-je d'expliquer. C'est un cas spécial.

— C'est un cinglé, dit Tee. Il tue pratiquement maman et on fait comme si tout va bien, simplement parce que John Hardin a oublié son rendez-vous avec la Thorazine.

— Il a fait ce qu'il pouvait, dis-je. J'envie John Hardin. Nous restons assis à prier un Dieu dont nous savons qu'il n'exaucera pas nos prières. Mais John Hardin, lui, il enlève la femme qu'il aime plus que tout au monde, il l'emmène loin du mal, dans un château imaginaire, dans un endroit caché que personne ne connaît. Maman sait que nous, nous l'aimons en théorie. Mais le pauvre John Hardin, avec sa folie, sa démence, il fugue avec elle en pleine nuit, il met un Etat entier sur les dents pour la retrouver. Nous, nous remettons notre amour pour elle entre les mains des médecins. John Hardin emmène maman sur l'Edisto, il lui fait cuire un bar qu'il a pêché lui-même, il lui fait du feu, il la nourrit à la petite cuiller dans une cabane de pêcheur à demi abandonnée qu'on ne peut atteindre que par l'eau. Comme tout le reste, l'amour ne vaut pas grand-chose si on n'agit pas pour le défendre.

— Nous sommes allés à sa recherche. Nous l'avons trouvée et ramenée, dit Tee.

— Tu peux remercier John Hardin, dis-je.

— Quand maman sera morte, il ne restera plus que papa, continua Tee.

— Si on y retournait, suggérai-je à Tee. Nous pourrons être là si elle a besoin de nous. »

Deux nuits plus tard, à deux heures du matin, je dormais dans un divan au pied de son lit lorsque je l'entendis crier et la retrouvai couverte de vomissures. Ses cheveux tombaient de nouveau par poignées inertes, elle avait le souffle rauque, irrégulier. Sa main serra fort mon poignet tandis que j'essuyais le vomi sur sa chemise de nuit, sa gorge, ses bras. Pendant que je la nettoyais, elle vomit encore, tant et plus. J'en étais recouvert lorsqu'elle se mit à chuchoter qu'elle avait besoin d'aller aux toilettes, d'urgence.

« Tout se déglingue. Tout se détraque », souffla-t-elle désespérément pendant que je la soulevais du lit. Elle était légère comme une plume, minuscule, l'impression de tenir une baguette de pain. Ses jambes ployèrent lorsque ses pieds prirent contact avec le lino froid, alors je l'ai tenue sous les aisselles pour l'emmener comme une poupée de chiffon jusqu'aux toilettes. Mais pendant que je l'installais sur le siège, je vis, et je sentis, la traînée de diarrhée balisant son parcours dans la chambre d'hôpital. On aurait dit que ses entrailles giclaient littéralement tandis qu'elle vomissait et aspergeait partout sous l'emprise de la diarrhée. Des larmes roulaient sur ses joues et elle gémissait d'humiliation et de souffrance.

« Fais de ton mieux, maman, je reviens dans un instant », dis-je, et j'ai fermé la porte de la salle de bains après avoir une fois encore épongé les traces de vomissures sur elle. J'ai vite retiré draps et couvertures de son lit pour le refaire de propre. Avec une autre serviette, j'ai essuyé la traînée d'excréments sur le sol que j'ai passé ensuite au détergent javellisé. J'ai nettoyé encore les vomissures sur les murs, sur moi, et puis j'ai fait un paquet du linge souillé que j'ai porté à la lingerie, dans le couloir. J'ai alors frappé doucement à la porte des toilettes, dominant la panique et le dégoût qui risquaient de percer dans ma voix, et j'ai demandé : « Ça va, maman ? Tu tiens le coup ?

— Est-ce que tu pourrais me donner un bain, mon fils ? demanda-t-elle.

— Avec plaisir, maman.

— J'empeste. Je suis dégoûtante.

— Le savon a été inventé pour remédier à ce genre de chose. »

J'ai fait couler l'eau chaude et placé Lucy sous la pomme de la douche. L'eau lui fit du bien, à l'intérieur, et elle gémit de plaisir pendant que je la savonnais des pieds à la tête, sans éprouver la moindre gêne à sentir la nudité de ma mère sous mes doigts. Quand je lui ai lavé les cheveux, de petites touffes sont restées dans ma main, et je les ai alignées comme du linge propre sur le porte-serviettes, juste à côté de la douche.

Après l'avoir bien séchée, j'ai mis un de ses turbans roses sur sa tête et une chemise de nuit de l'hôpital, toute propre, sur son corps. Je lui ai brossé doucement les dents, et je l'ai laissée se rincer la bouche, longtemps, pour se débarrasser complètement du goût de vomi. Je lui ai effleuré les joues et la gorge avec quelques gouttes de White Shoulders, le parfum qui était pour moi l'essence même de Lucy.

Lorsque je l'ai ramenée dans son lit, elle dormait déjà. Il restait des endroits que je n'avais pas nettoyés parfaitement, alors cette fois j'ai lavé toute la chambre, du sol au plafond, et à la fin, elle était étincelante. J'ai arrangé les fleurs différemment, en les rapprochant du lit. Je voulais qu'elle se réveille avec l'odeur des roses et des lis, et j'ai même songé à vaporiser un peu de parfum sur la dernière pochette en plastique de sa perfusion.

Une heure plus tard, j'étais enfin satisfait car il ne restait aucune trace des violentes nausées de Lucy, et je me suis allongé, épuisé, sur le divan. Le clair de lune qui baignait mon visage me surprit, et dehors, les étoiles qui inscrivaient leur alphabet sudiste sur le tableau noir du ciel m'interpellèrent. Leur lumière était familière, amicale. Me redressant sur un coude, j'ai regardé, par la fenêtre, le fleuve qui reflétait les étoiles dans une symétrie parfaite, comme une partition musicale éclairée par en dessous. J'aurais voulu être libéré de toute responsabilité, me retirer de tout commerce humain, me cacher dans cette cabane sur l'Edisto, inaccessible en voiture et pour le facteur, vivre de ce qu'on trouvait dans la forêt, pêchait dans le fleuve, ou cultivait dans la clairière. Et puis j'ai pensé à Shyla. Son souvenir aiguisait des couteaux dans mon cœur, et cet écho de la mémoire n'était que souffrance. A l'intérieur de moi, Shyla était le bruit de la mer et le chant du vent. En regardant ces étoiles, j'ai dessiné une constellation qui avait le joli visage de Shyla. Elle était lumière et me hantait.

Encore et encore, j'ai cherché la fraîcheur sur mon oreiller et tenté vainement de trouver un peu de confort sur ce matelas inconnu et plein de bosses. Je guettais le souffle de Lucy mais ne distinguais que le chœur discordant des insectes s'interpellant dans les vastes étendues d'herbe. J'ai fini par m'asseoir pour affronter le désespoir familier de l'insomnie, et j'ai vu le clair de lune barrer le visage épuisé de ma mère. Elle avait les yeux ouverts et contemplait elle aussi le ciel nocturne.

« J'ai cru que c'était terminé, hier soir, dit Lucy en remuant ses lèvres gercées et fiévreuses. Si j'avais eu un fusil, j'aurais appuyé sur la détente moi-même.

— Je me serais fait un plaisir de le faire pour toi, dis-je. Je n'ai jamais vu personne être malade à ce point.

— Je serai contente quand je pourrai me retrouver en tête à tête avec mon cancer, dit Lucy. Cet autre truc est fabriqué en usine. La leucémie va peut-être me tuer, mais au moins, c'est moi qui choisirai la recette.

— Tu vas guérir, maman, dis-je.

— Non, répondit Lucy. Mes fils sont très gentils de faire comme si j'allais m'en sortir. Ce qui est intéressant, c'est que je m'attendais à avoir plus peur. Oh, il arrive qu'elle prenne le dessus de temps en temps, la peur ! Mais globalement, j'éprouve un grand soulagement, de la résignation. J'ai la sensation d'être une parcelle de quelque chose d'immense. J'étais en train de regarder la lune. Regarde-la, Jack. Elle est presque pleine, cette nuit, et j'ai toujours su ce que faisait la lune, à quelle phase elle était, même si je n'y prêtais pas attention. Quand j'étais petite, je croyais que la lune était née dans les montagnes, comme moi. Je me souviens à peine du visage de ma mère, Jack. Mais c'était une femme douce, qui a connu trop de malheurs. Un jour, elle nous a montré la pleine lune, à mon frère et à moi. Elle nous a parlé de l'homme sur la lune, raconté que tout le monde prétendait voir un visage d'homme en regardant bien. Mais elle ne l'avait jamais vu. Sa mère lui avait raconté qu'il y avait une dame, sur la lune, et que très peu de gens réussissaient à la voir. Il fallait beaucoup de patience pour l'apercevoir, parce qu'elle cachait sa beauté. Elle avait une auréole de cheveux brillants et un profil parfait. La dame de la lune, on la voyait de côté et elle était aussi jolie que ces femmes qui sont sur les camées dans les bijouteries d'Asheville. On ne peut la voir que les nuits de pleine lune. Elle ne se montre pas à tout le monde. Mais une fois qu'on l'a vue, on ne pense même plus à l'homme de la lune.

— Pourquoi est-ce que tu ne nous as jamais raconté cette histoire ?

— Je viens juste de me la rappeler. Les souvenirs de mon passé me reviennent constamment. Je ne les contrôle pas. J'ai l'impression que ma pauvre tête est pressée de penser à tout ce qu'elle peut avant la fin, dit-elle. Mon cerveau ressemble à un musée qui accepterait tous les tableaux. Je suis dépassée par le flot.

— C'est plutôt agréable, dis-je.

— J'ai besoin de ton aide, Jack.

— Avec plaisir, maman. Si je peux.

— Vu que c'est la première fois que je meurs, je ne sais pas trop comment m'y prendre, dit Lucy. Je pense savoir quoi dire au Dr Pitts, parce qu'il me voit à travers un tel brouillard d'amour que jamais il ne saura qui je suis vraiment. Mais avec vous, les garçons, c'est différent. Je vous ai soumis à des épreuves, je vous ai obligés à sauter au travers de cercles de feu qui vous ont rendu la vie inutilement douloureuse. Je ne savais pas que mon ignorance pouvait causer autant de mal à mes enfants. Parce que j'avais connu des horreurs quand j'étais petite, j'ai cru que mon devoir se limitait à vous assurer un ventre plein, et assez de vêtements en hiver pour ne pas être malades. Je ne savais rien de la psychologie. Tiens, j'avais quarante ans passés que je ne connaissais même pas l'orthographe de ce mot. La psychologie, c'était un animal dont je n'avais jamais entendu parler. J'étais capable de remonter la piste d'un chevreuil, de chasser l'ours avec des chiens, ou d'attendre le retour du puma à sa tanière, mais comment faisait-on pour piéger la psychologie, ou une chose qu'on ne voit pas, qu'on n'entend pas ? J'ai élevé cinq beaux garçons qui ont tous l'air de m'en vouloir parce qu'il y a un truc cassé, ou qui manque dans notre famille. Tout le monde semble furieux contre moi. Mais mes erreurs, je les ai commises pour avoir toujours fait de l'équilibre sur corde raide. Chaque fois que je tentais quelque chose, c'était la première fois pour moi. J'étais une gamine qui a dû tout apprendre sur le tas. Je n'ai jamais fréquenté d'autre école que celle de l'expérience et de l'erreur.

— Tu as réussi formidablement, maman.

— Je voudrais te remercier pour autre chose, dit-elle.

— Ce n'est pas la peine.

— Je ne t'ai jamais dit merci de m'avoir appris à lire, dit-elle.

— Je ne m'en suis pas rendu compte.

— Quand tu rentrais de l'école, la première année, tu voulais que j'écoute tout ce que tu avais appris dans la journée. Tu me faisais asseoir à côté de toi pendant que tu faisais tes devoirs.

— Tous les enfants font la même chose.

— Je vivais dans la terreur que quelqu'un s'en aperçoive, dit ma mère. Tu étais d'une telle patience avec moi, Jack. J'étais trop gênée pour te dire merci.

— Un plaisir, maman. Comme toujours avec toi.

— Alors pourquoi est-ce que tout le monde m'en veut autant ?

— Parce qu'on ne supporte pas l'idée que tu puisses mourir, dis-je. Aucun de nous ne peut accepter d'entendre cette information sans devenir fou furieux.

— Est-ce que je peux faire quelque chose, Jack ?

— Oui. Renonce. Reste ici. Descends du train.

— C'est un train qui s'arrête de rouler pour tout le monde, dit Lucy.

— Ginny Penn est à l'article de la mort depuis vingt ans. Elle est toujours là.

— Elle est increvable, sourit Lucy. Mon Dieu, j'ai eu des bagarres avec Ginny Penn à faire pâlir Lee et Grant. Est-ce que vous vous disputiez beaucoup, avec Shyla ?

— Je crois même qu'on ne se disputait pas du tout, maman, dis-je. Apparemment, on savait toujours ce que l'autre pensait. Elle était exactement comme moi par bien des côtés. Est-ce que tu crois que Shyla s'est suicidée parce que je l'ai rendue malheureuse, maman?

— Non, bien sûr que non. Vous étiez fous l'un de l'autre tous les deux. Elle entendait déjà les voix qui l'ont tuée quand elle était petite. John Hardin entend les mêmes voix. Il y a des oiseaux chanteurs qui sont trop jolis pour vivre au milieu des corbeaux et des étourneaux. Les autres oiseaux les attaquent en force et les mettent en pièces quand ils se mettent à chanter. Rien de ce qui est délicat ne dure. La nature a horreur de la douceur et de la bonté. Shyla a été blessée profondément et prématurément. Tu l'as empêchée d'aller sur ce pont aussi longtemps que tu as pu, mon fils.

— Tu penses que John Hardin et elle sont pareils?

— La même famille. Si pleins d'amour tous les deux que cela provoque un déséquilibre. Ils basculent sous le poids insupportable de ce déséquilibre. La chute est ce qu'ils font le mieux. Ils s'habituent à l'incertitude. L'amour les noie, les submerge, les rend impossibles à vivre. Ils ont un besoin d'amour proportionnel à celui qu'ils donnent. Tout le monde les déçoit. Finalement, le froid les tue. Jamais ils ne trouvent le bon ange.

— Je suis un homme froid, maman. Il y a en moi quelque chose qui glace toute personne qui tente de m'approcher. J'ai connu des femmes qui étaient presque gelées après un week-end passé avec moi. Je ne veux pas être comme cela. Mais même lorsque j'en suis conscient, je ne peux pas aller contre. J'ai dit à Leah qu'à mon avis, l'amour est aussi une chose qu'il faut apprendre. Je pense qu'on peut le découper en morceaux, les numéroter et leur donner un nom, pour en faciliter la maîtrise. Je ne crois pas qu'on m'ait appris, maman. C'est une chose que vous avez peut-être négligée, papa et toi. Tout le monde passe son temps à parler d'amour. C'est comme la météo. Mais comment un homme comme moi peut-il apprendre l'amour? Comment est-ce que je libère ce qui est enfoui profondément en moi? Si je savais faire ça, maman, je donnerais de l'amour à tout le monde. Je serais généreux, maman, je ne rechignerais avec personne. Mais l'amour est une danse dont personne ne m'a appris les pas. Personne ne l'a démonté pour moi. Je crois que je ne sais aimer qu'en secret. Il y a en moi comme un grand fleuve sans source auquel je peux puiser lorsque personne ne regarde. Parce qu'il est secret, caché, je ne peux pas y mener d'expéditions. Alors j'aime de façon bizarre, oblique. Mon amour devient une sorte d'énigme. Il n'apporte ni repos ni soulagement à aucune souffrance.

— Leah. Tu adores Leah. Tout le monde le sait. A commencer par elle.

— Mais je ne suis pas sûr qu'elle le sente. Et mon adoration, est-ce l'amour dont parlent les autres ? Le danger viendra quand elle tentera d'aimer un homme d'un amour qui ne serait pas vrai. Parce que s'il n'est pas vrai, leurs enfants devront souffrir de la même mascarade. Mais à part Leah, je ne sais pas comment aimer. Je ne sais pas ce que c'est qu'aimer, maman. Je ne sais pas à quoi ça ressemble, ni où ça se trouve.

— C'est une chose dont il ne faut pas trop se préoccuper. On ne maîtrise pas vraiment l'amour. On le laisse venir, et il trouvera sa voie, le moment venu.

— Pour moi, ça ne marche pas de cette façon.

— Aime comme tu peux, Jack, dit Lucy. Je ne crois pas que c'est un sujet dont tu parles très bien. Les filles sont meilleures à ce jeu. Tu perds ta langue et tu as peur chaque fois que le sujet surgit.

— C'est un sujet qui m'échappe, dis-je. Je ne parviens jamais à dire ce que je pense vraiment. Pourquoi n'existe-t-il pas de définition ? Neuf ou dix mots qui résumeraient bien le tout, qu'on pourrait apprendre par cœur et se répéter jusqu'à ce que la clarté se fasse.

— Tu veux apprendre à Leah ? murmura Lucy. C'est ça ?

— Oui — et je ne peux pas. Je n'ai pas la clé.

— Tu n'as pas besoin de mots, mon fils. Tu as tout ce qu'il faut. Dis-lui que l'amour, c'est nettoyer le vomi dans le lit et sur la chemise de nuit de ta mère, que c'est nettoyer la merde sur le carrelage d'un hôpital. Faire huit mille kilomètres en avion quand tu apprends que ta mère est malade. Dis-lui que l'amour, c'est retrouver un frère très perturbé sur l'Edisto, et le ramener sans lui faire de mal ; ramener à la maison un père ivre cent fois au cours de ton adolescence. Dis à Leah que c'est élever seul une petite fille. L'amour c'est des actes, Jack. Ce n'est pas des belles paroles. Ça ne l'a jamais été. Tu crois que ces médecins et ces infirmières ne sauront pas que tu m'aimes lorsqu'ils verront ce que tu as fait cette nuit ? Tu crois que moi, je ne sais pas, Jack ?

— J'aime bien avoir un mode d'emploi à suivre, dis-je. Avoir des choses précises à faire.

— Tu vas être comblé au cours des prochaines semaines, dit Lucy. Je commence à tourner à vide. Le temps est court, Jack. Le cancer a gagné mes organes. Il est partout, maintenant.

— Est-ce que le fait de croire en Dieu est une aide ?

— Par Dieu, dit-elle. Crois-moi quand je te dis que c'est la seule chose qui aide un peu. »

Nous avons ri ensemble et j'ai redressé Lucy contre ses oreillers pour lui permettre de regarder avec moi le lever du jour.

« Encore une chose. Il faut qu'elle devienne quelqu'un sur qui on peut compter.

— Je suis bien content d'arriver enfin au bout de cette nuit, dis-je.

— Je vais rentrer à la maison ce week-end, dit Lucy. Non, non. N'essaie pas de me dissuader. Ils ont fait tout ce qu'ils pouvaient pour moi, ici. Je prendrai une infirmière parce que j'en ai besoin. Je veux mourir en écoutant l'océan. J'aimerais aussi avoir tous mes fils autour de moi. Tous.

— Il va falloir que John Hardin fasse un super baratin là-bas, à l'hôpital psychiatrique, dis-je. Il est devenu le fou le plus célèbre de l'Etat.

— John Hardin n'est pas fou, dit Lucy, la tête tournée vers la lumière de l'est. Il est simplement le fils chéri de sa maman. Il croyait que s'il me cachait assez bien, la mort ne saurait pas me trouver.

— J'aurais voulu que ça marche comme ça », dis-je.

Et Lucy répondit : « Peut-être que ça marche. Vous n'avez pas voulu tenter la chance. »

Ma mère rentra donc sur l'île d'Orion vivre le temps

qui lui était désormais imparti. Nous savions tous que Lucy était compliquée, imprévisible, difficile, mais aucun de nous ne savait exactement la femme courageuse qu'elle était, avant le moment où elle affronta la tâche de mourir. Elle nous a donné des leçons quotidiennes dans l'art de mourir en beauté. Sa maison au bord de la mer s'emplissait d'amis venus lui faire leurs adieux, et qui découvraient, à leur grande surprise, qu'ils avaient mis les pieds dans une maison joyeuse. En dépit de ses nombreux regrets concernant ses origines sociales, Lucy avait percé la plupart des secrets dont le Sud glaçait joliment les dames, et elle charmait ses visiteurs par sa vivacité. Maman avait appris que la courtoisie résumait tous les livres de savoir-vivre jamais écrits, ainsi que tous les codes transmis par le bouche à oreille.

Le 10 octobre, le dernier nid de tortue de la saison devait être découvert, et Lucy exigea d'être présente. La fraîcheur était déjà là, sur les basses terres de Caroline du Sud, mais ni les oies ni les canards n'étaient encore arrivés si loin dans leur migration. Nous descendions nous baigner devant sa maison deux fois par jour, et Lucy aimait rester assise sur la terrasse, en tenant la main du Dr Pitts, pendant que j'avançais dans l'eau profonde avec Leah sur les épaules, ou que Dallas allait nager au large.

Plus de cent personnes s'étaient rassemblées pour la libération des tortues, lorsque Lucy se rendit à pied, avec notre aide, jusqu'au nid protégé par du fil de fer et abritant les œufs de tortue déplacés en août. Au cours de la saison, les volontaires de Lucy avaient procédé au déménagement de quarante et un nids sur l'île d'Orion. Quatre mille six cent quarante-trois bébés tortues avaient réussi à rejoindre l'eau.

Debout devant ce dernier nid, Lucy interrogea Leah. « Combien d'œufs ont été installés ici ? »

Leah, qui avait son carnet, lut la réponse : « Cent vingt et un, grand-mère.

— Qui avait trouvé le nid ?

— Betty Sobol, grand-mère.

— Ah, Betty ! dit Lucy. J'ai demandé à Betty de diriger le programme l'année prochaine. Je crois qu'il est temps que quelqu'un d'autre s'occupe un peu de ces tortues. J'aimerais bien faire un peu la grasse matinée avec mon joli mari, au lieu d'arpenter ces plages au petit matin. »

Des applaudissements saluèrent brièvement le passage du flambeau à Betty Sobol, mais la gravité de l'état de Lucy ramena vite le calme.

« Quelqu'un voit-il un inconvénient à ce que Leah sorte les tortues de ce nid ? Je le ferais bien moi-même, mais je me sens un peu patraque. Tu veux bien t'en charger encore une fois, fillette ?

— C'est ma vocation, grand-mère », dit Leah qui s'agenouilla dans le sable pour se mettre à creuser sous le regard vigilant de cent personnes.

Leah retirait le sable meuble, en faisant très attention au début. Puis elle sourit, regarda sa grand-mère, et exhiba une tortue noire miniature, qui gigotait. La foule applaudit lorsque Leah la fit passer à Lucy. Lucy l'examina avant de la placer dans le seau tapissé de sable. La fois suivante, Leah sortit trois tortues. A l'intérieur du nid, la mêlée des carapaces produisait un cliquetis, comme si une centaine de dés roulaient d'un coup sur le velours. A la fin de l'opération, Leah récupéra toutes les coquilles des œufs pour les recouvrir de sable.

« Gardes-en une pour toi, Leah, ordonna Lucy. Maintenant, tu prends ces tortues et tu les libères à vingt mètres de l'eau. Nous tenons à ce qu'elles marquent de leur empreinte le sable de cette île.

— On le fait ensemble, grand-mère », dit Leah, et Lucy et elle marchèrent ensemble vers les vagues tandis que la foule se poussait pour les laisser passer. Cette marche consomma les dernières forces de Lucy, mais personne n'aurait pu la retenir, alors Tee descendit un fauteuil de jardin pour lui permettre de s'asseoir à l'endroit d'où les tortues allaient partir pour leur long et périlleux voyage dans l'Atlantique. Les nageoires grattaient contre les parois du seau.

Lucy tendit le vieux fer de golf à Leah, qui traça dans le sable un large demi-cercle que les spectateurs ne devaient pas franchir. L'intérieur de ce cercle était zone libre pour les bébés tortues. Les gens vinrent coller leurs orteils ou le bout de leurs tongs contre la ligne, mais sans la dépasser.

Une fois le seau posé sur le sable, Lucy fit signe à Leah qui l'inclina doucement à l'horizontale, et les petites tortues entamèrent leur course à quatre nageoires, de leur sol natal à l'océan. Elles foncèrent vers la clarté brillante de l'eau avec la rage de l'instinct en éveil. Leur progression était comique, mais résolue. Une marche antique et passionnée. Mais elles ne croiseraient aucune armée de ratons laveurs, aucun vol de mouettes ni rassemblement menaçant de crabes, en position de combat pour leur couper la route des vagues, ces petites tortues. Elles étaient encouragées par les acclamations de ceux qui étaient venus assurer la sécurité de leur départ de l'île d'Orion.

La première tortue à atteindre le sable humide avait cinq mètres d'avance sur ses concurrentes, lorsqu'elle fut heurtée par une vague qui la renvoya en arrière en une série de culbutes, comme toujours. Mais la petite tortue récupéra rapidement, se remit en position, et c'est une nageuse qui affronta la vague suivante. Chaque tortue se faisait ainsi bousculer par la première vague, mais nageait avec assurance et grâce sur la suivante. Un seul crabe sortit de son trou et attrapa une petite tortue par le cou avant de disparaître aussi vite dans son repaire sous-marin. Je vis que la rencontre entre le chasseur et sa proie n'avait pas échappé à Lucy, mais elle ne dit pas un mot. Le crabe était conforme à sa nature et ne ressentait aucune animosité contre la petite tortue.

Bientôt, des carapaces laquèrent la surface des premières vagues, sombres et luisantes comme l'ébène au milieu de l'écume blanche. Une petite tortue, distraite, se laissa retourner et repartit en direction du nid, mais Leah la prit et la remit dans la bonne direction. Elle se tourna ensuite vers sa grand-mère pour recevoir son approbation, et Lucy salua d'un signe de tête la tâche bien accomplie. Lorsque toutes les tortues eurent atteint l'océan, nous tentâmes de suivre un moment leur progression en regardant leurs minuscules petites têtes d'anguilles émerger toutes les cinq ou six brasses pour respirer.

Une mouette, qui surveillait la plage en remontant du sud, après avoir longuement pêché dans la mer, restait suspendue au-dessus de la crête des vagues, comme une chemise sur une corde à linge, et tandis que la foule gémissait, elle plongea brusquement pour ressortir avec une tortue dans le bec. La mouette sectionna la tête de la tortue et laissa retomber le reste dans l'océan.

« Je déteste les mouettes, dit Leah.

— Non, il ne faut pas. Elles font bien ce qu'elles ont à faire, dit Lucy. C'est simplement que tu aimes beaucoup les tortues. »

Pendant la semaine qui suivit, j'ai préparé des plats fabuleux pour tous ceux qui venaient à la maison dire au revoir à ma mère. Ils furent des centaines, et nous étions très émus de constater que la vie de Lucy n'avait pas été ignorée de ses concitoyens. Nous, ses enfants, nous savions tout de la bizarrerie et du manque de confiance de Lucy, mais nous connaissions aussi sa gentillesse sans faille. Elle avait camouflé le vinaigre sécrété par sa personnalité, en répandant généreusement le miel sur les façades de son personnage public. Les dirigeants noirs vinrent la saluer, en costume strict, pour lui signifier qu'ils n'avaient pas oublié l'extraordinaire courage de la femme du « juge nègre ». J'ai appris au cours de cette semaine que ma mère possédait le génie du geste juste. Elle avait accompli des milliers de choses qu'elle n'était pas tenue de faire, simplement parce que ces choses lui semblaient naturelles. Elle avait été prodigue en gestes naïfs et discrets qui rendaient les gens heureux de vivre.

Lucy ne put rien manger de ce que je cuisinais pour elle, pourtant elle se vantait que ses amis avaient affirmé n'avoir jamais aussi bien mangé, pas même lorsqu'ils étaient allés assister au match des Braves à Atlanta. Je régalais quiconque franchissait le seuil de la porte, et je restais à mes fourneaux faute de réussir à dominer autrement mon désarroi. Je ne parvenais pas à surmonter la perspective de devoir affronter pour la première fois un monde sans mère, et cela me conduisait à regarder Leah différemment, tandis qu'elle jouait les hôtesses en accueillant les gens à la porte et en les priant de signer le livre d'or. Leah m'avait annoncé que l'école était moins importante pour elle que le fait d'aider sa grand-mère à mourir, et tant de sagesse chez une enfant aussi jeune m'émerveillait.

Un soir, tard, le Dr Pitts décrocha le téléphone et forma un numéro en notre présence à tous. Nous avons entendu : « Allô, monsieur le juge », et je l'ai entendu inviter mon père à se montrer. La présence tapageuse de mes frères et moi le laissait encore mal à l'aise, mais le Dr Pitts s'était assuré que nous avions bien compris que notre aide lui serait nécessaire au cours des prochains jours.

Ces jours furent vite arrivés. Je découvris que, pour m'être préparé à la mort de ma mère, je n'avais pas songé à tous les détails et à ce que cette mort allait exiger de moi. J'observais le lent processus au fil duquel ma mère me devenait une totale étrangère, une femme dépourvue d'énergie et de vitalité, qui ne quittait jamais son lit, une hôtesse incapable de se lever pour recevoir ses invités. Ses yeux s'éteignaient sous l'effet des antalgiques, et elle demandait à Leah de s'allonger à côté d'elle pour une petite sieste avant de sombrer dans le sommeil, sans lui laisser le temps de répondre. Elle était trahie par son propre sang qui menaçait de plus en plus sa santé. Son déclin s'accélérait d'heure en heure. Ce qui avait été si longtemps un lent processus invisible se mit à faire surface et presser le pas. Le galop fatal était enclenché.

Il existait des soirées de relative amélioration, mais elles étaient rares. Nous l'entourions, avides de faire quelque chose, d'accomplir un acte héroïque en échange de la vie de Lucy. Notre source s'éteignait. Nous étions issus de ce corps qui s'en allait. Natifs de ce corps qui maintenant la tuait. Nous nous servions mutuellement des verres, nous nous accrochions les uns aux autres, nous éclations en sanglots lorsque nous marchions sur la plage la nuit, parce que la claustrophobie de la mort nous devenait insupportable. Je me disais que ma mère avait besoin des soins et du contact physique pour lesquels une fille serait bien plus douée que ses fils bagarreurs et intempestifs, qui attendaient là avec l'espoir que Lucy leur demanderait de déplacer un réfrigérateur ou de repeindre le garage. Collectivement, nous étions inutiles, perturbateurs, encombrants. Les infirmières étaient interchangeables, efficaces et douces. Nous avions envie de la prendre ensemble dans nos bras, de la faire passer de fils en fils, mais le contact physique nous intimidait, nous étions mauvais dans toutes les expressions charnelles de l'affection, nous avions peur de casser quelque chose, alors même que l'insidieuse détérioration faisait son œuvre et que sa peau avait la pâleur du papier blanc.

Un jour Lucy parut reprendre des forces, et le moral de toute la maison remonta au rythme de son sursaut, comme une marée d'équinoxe lave les marais au sortir d'un hiver rigoureux. Ce matin-là, en apportant le petit déjeuner auquel je savais qu'elle ne toucherait pas, j'ai trouvé Lucy assise en compagnie de Leah, à qui elle apprenait à se maquiller. Leah avait apparemment fait des catastrophes en appliquant le rouge à lèvres sur ses lèvres et celles de Lucy, mais la seconde tentative était plus concluante. J'ai posé le plateau et regardé ma mère transmettre les rites secrets du maquillage à ma fille.

« Ferme l'œil sur lequel tu vas passer l'ombre à paupières. Ensuite, tu l'entrouvres, à peine. Il faut que le fard couvre les deux paupières de la même façon. C'est bien. Parfait. Maintenant, le parfum. Souviens-toi, le plus est toujours l'ennemi du bien quand il est question de parfum. Un sconse est un sconce parce qu'il ignore la modération. Je te lègue tous mes produits cosmétiques, et tout mon parfum. Je veux que tu penses à moi lorsque tu les utiliseras. Bon, on s'occupe du fond de teint. Tu es d'accord ?

— Bien sûr, dit Leah. Mais toi, tu auras la force ?

— Leah est trop jeune pour se maquiller, dis-je, conscient de reproduire la critique de Lucy à Rome, et de jouer les parents rabat-joie.

— Peut-être, dit Lucy. Mais pas trop jeune pour apprendre à le faire. De plus, je ne serai pas là pour lui transmettre les trucs du métier. Je suis ignorante en bien des domaines, mais pour ce qui est du maquillage, je suis Léonard de Vinci. Leah, ce sera une partie de ce que je te léguerai. Tu récoltes ton héritage, chérie. »

Plus tard dans la matinée, j'ai trouvé Leah en train de lire un livre d'enfants à Lucy, de sa jolie voix musicale. J'entendais l'Italie infiltrer la façon dont Leah prononçait l'anglais, ce qui m'avait toujours ravi. Je me suis assis pour l'écouter lire « Charlotte's Web » à voix haute. Je lui avais lu ce livre tant de fois que j'aurais presque pu réciter avec elle, mot pour mot.

Lucy m'a souri. « Personne ne m'a jamais raconté ces histoires quand j'étais petite. Quelle jolie façon de s'endormir !

— Pourquoi est-ce que tes parents ne te lisaient pas d'histoires, grand-mère ? demanda Leah.

— Ils ne savaient pas lire, chérie, répondit-elle. Et moi non plus, avant que ton papa m'apprenne. Il ne te l'a jamais dit ?

— C'était notre secret, maman, dis-je.

— Mais c'est une jolie chose que Leah peut savoir de son papa, non ? Il n'était pas seulement mon petit garçon. Il a aussi été mon professeur », dit Lucy avant de s'endormir profondément.

Le père Jude arriva ce soir-là du monastère, et Dupree était allé chercher John Hardin à l'hôpital psychiatrique. Esther et le Grand Juif sortaient de la chambre avec Silas et Ginny Penn lorsque John Hardin est entré dans la maison, où les fleurs commençaient à se flétrir dans les vases tandis que la marée basse donnait du corps aux arômes de la mer, poussés à l'intérieur par un vent d'est. Ledare servait à boire aux adultes et je préparais assez de spaghettis carbonara pour nourrir une équipe de rugby. Dans une chambre d'amis, Jude se préparait pour l'administra-tion des derniers sacrements. Pendant une semaine entière, il avait prié et jeûné pour sa sœur. Sa foi était inébranlable et il était convaincu que les péchés de Lucy ne pouvaient pas peser lourd pour le Dieu qui avait traversé le chemin de larmes de ce siècle insup-portable. Tout le monastère avait fait des réserves de prières pour Lucy. Elle entrerait au paradis portée par un coussin de louanges, avec les recommandations pressantes et l'estime d'un petit peloton de saints hommes au service du Seigneur.

Le père Jude dit une messe ce soir-là, et Lucy le pria de le faire en latin, avec Dupree et moi comme enfants de chœur. Les portes-fenêtres étaient grandes ouvertes et l'air marin pénétrait dans la chambre comme un communiant supplémentaire. Lucy demanda à son frère d'ajouter une prière pour toutes ses tortues qui nageaient en ce moment vers le varech de la mer des Sargasses. Lorsqu'elle eut reçu la communion, nous avons incliné la tête, et puis chacun de nous, ses fils, a pris l'hostie sur sa langue, et j'ai prié pour elle avec toute la fougue qui m'animait en cet instant. Les larmes se mêlèrent à mes prières. Et mes prières ne montaient pas vers les hauteurs du monde comme une fumée, elles se perdaient, maculées et imbibées de larmes. L'air avait goût de sel et le visage de mes amis et parents aussi, lorsqu'ils m'embrassèrent.

Tard le même soir, Lucy réclama la présence de mes frères et moi, seuls. Nous avons obéi à regret, comme à un ordre du colonel commandant le peloton d'exé-cution. L'inexorable devait être accompli, l'heure était venue. J'avais l'impression que ces derniers jours étaient les seuls moments de vraie plénitude que j'avais vécus, alors que nous nous retrouvions doulou-reusement pour dire au revoir à notre mère. Mais Tee hésita devant la porte de la chambre et refusa d'entrer.

« Je ne peux pas, dit Tee en larmes. Je n'aurai pas le courage. »

Après avoir pleuré, il retrouva le contrôle de lui-même et nous suivit. Nous étions nous aussi épuisés, nous avions appris que mourir est un travail à plein temps, une tâche infiniment plus rude que l'abandon tranquille et bienheureux à la nuit. Il nous fallut une extrême concentration pour regarder notre mère. Des lésions s'étaient formées sur ses gencives et ses lèvres, son corps ayant cessé de combattre les infections. Elle avait opposé à la mort toutes les résistances possibles, mais son corps rebelle avait à présent atteint ses limites. Son teint rose avait jauni et une ombre noire planait près de ses yeux. L'immobilité faisait son chemin silencieux devant nous qui attendions ses paroles. Dallas lui tendit un verre d'eau et elle grimaça de douleur en buvant. Le verre était maculé de sang lorsqu'il le reposa.

Comme elle tentait de parler, John Hardin, énervé par l'atmosphère solennelle, commença : « Maman, tu ne croiras pas ce qui vient d'arriver. Le docteur est venu et il a dit : "Lucy sera redevenue elle-même demain matin." Il riait, et il a dit qu'il avait refait certains examens et que finalement, il n'y avait pas de leucémie. Il s'était planté dans le diagnostic, le toubib. C'est juste un rhume, au pire un psoriasis. Il a dit que dès la semaine prochaine tu pourras faire un parcours de golf par jour. Allez, les gars. On sourit, c'est fini. »

Dupree haussa les épaules : « J'ai commis une belle erreur en allant le chercher.

— Chut ! chuchota Lucy. J'ai quelque chose à vous dire. »

Nous avons fait silence pendant que l'océan roulait, une vague à la fois, dans la nuit.

« J'ai agi du mieux que j'ai pu, avec vous, dit-elle. J'aurais voulu faire mieux encore. Vous méritiez une reine, les garçons.

— Et nous l'avons eue, dit Dupree d'une voix à peine audible.

— Si une chose est sûre..., dit Dallas.

— Chut, dit Lucy, et nous avons dû nous pencher pour l'entendre. J'aurais dû vous aimer plus, et avoir moins besoin de vous. Vous êtes les seuls cadeaux gratuits que j'aie jamais reçus.

— Maman, maman, maman », dit John Hardin en tombant à genoux à son chevet, et avec un sanglot,

Lucy sombra dans son ultime coma en entendant le premier mot que nous avions tous prononcé. Ma mère venait de passer dans la nuit, loin de moi.

Lucy mit quarante heures à mourir, et nous n'avons pratiquement jamais quitté son chevet. Les docteurs et les infirmières passaient, vérifiaient les signes de vie, la soulageaient. Sa respiration devint un râle désespéré. Ce son râpeux, hydraulique, était pour moi l'unique bruit de la Terre.

Nous avons passé ces dernières heures à la couvrir de baisers et lui répéter que nous l'aimions. Puis je me suis mis à lui lire les livres de Leah. Elle avait vécu une enfance sans parents pour raconter des histoires, alors pour le dernier jour de sa vie, je lui ai lu tous les livres qu'elle n'avait pas eus. Je lui ai parlé de Winnie l'Ourson, de Yertel la Tortue, je l'ai emmenée chez « Pierre le Lapin » et « Alice au Pays des merveilles ». A tour de rôle, nous lui avons lu les « Contes de Grimm », et tout à la fin, Leah a tenu à ce que je lui raconte toutes les histoires de Chippie-la-brave-chienne dont j'avais bercé ses années d'exil, loin de sa famille, à Rome.

J'ai repris les épisodes préférés de Leah, et ces histoires de Chippie-la-brave-chienne ont amusé mes frères jusqu'au moment où je les ai vus se laisser prendre à la magie de la narration. Je regardais Leah passer successivement sur les genoux de mes quatre frères en me disant qu'il devait être merveilleux d'avoir pléthore d'oncles en adoration.

Puis, une heure avant la mort de Lucy, j'ai raconté une dernière histoire dont cette chienne merveilleuse, morte avant que Tee et John Hardin eussent le temps de bien la connaître, était l'héroïne.

« Dans une jolie maison, sur une île jolie de l'Etat de Caroline du Sud, une femme qui s'appelait Lucy s'apprêtait à faire son dernier voyage. Elle avait déjà dit adieu et rangé ses affaires. Elle avait embrassé sa petite-fille Leah, et lui avait appris à se vernir les ongles et se maquiller. Ses fils étaient réunis autour d'elle, et elle avait su les consoler en choisissant les mots qu'il fallait pour qu'ils gardent toujours d'elle un tendre souvenir. Bien que son préféré, et de loin, fût Jack, elle se montra aussi gentille avec tous ses fils au moment de partir. »

Même John Hardin rit de bon cœur.

« Il lui fallut longtemps pour mourir, car elle aimait passionnément la Terre, et sa ville, et sa famille. Mais lorsqu'elle s'en alla, elle fut bien étonnée de quitter son corps pour s'élever au-dessus de la maison et de l'océan. Elle regarda en bas, vers la lune, et les étoiles, et la Voie lactée, libérée de son corps, et elle se sentait légère, aérienne, belle tandis qu'elle tourbillonnait dans la douce lumière des étoiles qu'elle croisait.

« Puis elle arriva dans un lieu dont elle avait entendu parler. C'était un champ de fleurs sauvages entouré de montagnes, plus jolies que le Blue Ridge, plus hautes que les Alpes. Jamais auparavant Lucy ne s'était sentie chez elle. Elle était arrivée, elle le savait, mais elle ne savait pas le nom de ce lieu.

« Lucy entendit une grosse voix au-dessus d'elle. C'était la voix de Dieu, elle le savait. Une voix sévère, mais douce. Elle attendit son jugement avec confiance, ardeur. Sa petite-fille lui avait maquillé le visage pour ce long voyage, et Lucy savait que le Dieu qui l'avait créée la trouverait jolie.

« Mais une autre voix gronda derrière elle, et la terrifia. Lucy se retourna et reconnut Satan et ses armées de démons qui traversaient le champ pour la réclamer. Satan était roux comme une puce, hideux, et il dansait derrière Lucy qui sentait dans son cou le souffle brûlant de sa respiration.

« Satan rugit : "Elle est à moi. Je la réclame pour les entrailles de la Terre. Elle a gagné honnêtement sa part de feu. Tu n'as aucun droit sur elle et je revendique ce qui m'appartient pour l'enfer.

— Doucement, Satan, résonna la voix du Seigneur. Cette femme est Lucy McCall, de Waterford. Tu n'as aucun droit sur elle. Bien que tu veuilles t'emparer de toutes les âmes qui arrivent ici, tu n'as pas gagné celle-ci.

— Je la réclame tout de même, Seigneur. Elle a tant

souffert sur Terre qu'elle est habituée à la souffrance. La souffrance est ce qu'elle connaît le mieux. Sans souffrance, elle ne se sentira jamais chez elle."

« Elle se défendait vigoureusement, Lucy, mais elle sentit la poigne de Satan se refermer sur sa gorge et lorsqu'elle voulut parler, pas un mot ne sortit tandis qu'on la traînait de force, hors du champ au doux parfum de fleurs sauvages. Lucy pensa qu'elle était condamnée à l'enfer, lorsqu'elle entendit quelque chose...

"Je sais ce qu'elle a entendu, couina Leah.

— Quoi ? demandèrent ses oncles.

— Elle a entendu : *'Grrrr-grrrr.'*

— Et d'où venait ce bruit ? demanda Dallas.

— C'était Chippie-la-brave-chienne, dit Leah. Arrivée juste à temps. Elle va sauver Lucy. Même si Dieu ne peut pas. Pas vrai, papa ?

— Les crocs de Chippie-la-brave-chienne étaient blancs et acérés comme ceux d'un loup. Avec ses babines retroussées et son corps noir et musclé comme celui d'une panthère, elle marchait vers Satan. Les autres démons reculèrent, terrorisés, mais pas Satan. Jamais Chippie n'avait approché un ennemi avec autant de férocité. Ses yeux étaient jaunes et elle était prête à tuer. Elle prit son élan, prête à sauter sur la source de tout mal. Elle était venue accueillir la femme qui l'avait trouvée abandonnée, Chippie-la-brave-chienne, celle qui l'avait amenée dans une maison pleine d'enfants, où elle l'avait nourrie, lui avait donné les caresses et l'amour dont un chien a besoin.

— Hé ! cria Satan. Tu crois que je vais avoir peur d'un chien ?"

« Il s'adressait à Dieu lui-même et tenait toujours Lucy.

"Non. Tu n'as pas à avoir peur d'un chien, répondit Dieu. Sauf celui-ci.

— Pourquoi celui-ci ? Pourquoi ce bâtard ?

— Parce que c'est moi qui l'ai envoyé. Cette chienne exécute ma volonté", répondit Dieu.

« Et le prince des ténèbres libéra Lucy et retourna dans sa maison de flammes.

« Lucy tomba à genoux et embrassa Chippie-la-brave-chienne, qui l'embrassa aussi. Puis la chienne lui montra le chemin vers la lumière, au milieu des fleurs. »

Lucy mourut cette nuit-là, avec mes frères et moi autour d'elle. Lorsque l'employé des pompes funèbres vint chercher son corps, le lendemain, sa chemise était encore humide des larmes de ses cinq fils, de ses deux maris, de son frère unique, et de sa petite-fille Leah McCall. Le monde sembla s'arrêter lorsqu'elle cessa de respirer, mais une grande marée se préparait, le soleil embrasait l'horizon, le premier lever de soleil que Lucy manquait depuis son installation dans sa maison sur l'île.

Pendant la messe d'enterrement, on entendit toute une ville en deuil. Ses cinq fils et son ex-mari, le juge, tinrent les cordons du poêle et portèrent le beau cercueil brillant fabriqué par son fils John Hardin. C'était une journée de grisaille et le Dr Pitts pleura pendant toute la cérémonie, comme Dallas, Dupree, Tee, John Hardin, mon père et moi. Il n'y avait pas une lèvre qui ne tremblât. L'amour de Lucy nous avait réunis ; nous ruisselions de sa tendresse. Elle nous laissa blessés, anéantis, sur les genoux. Au cimetière, mes frères et moi l'avons mise en terre, en prenant le temps de lui parler comme si elle pouvait nous entendre. Le mot « mère » n'existait plus pour moi, et cette perte irrémédiable m'était insupportable.

Après avoir reçu les condoléances de la ville, qui s'était retrouvée dans la maison de l'île d'Orion, fatigué de pleurer, las de faire des sourires, j'ai passé un maillot de bain et suis parti pour une longue baignade dans l'océan, avec Leah. L'eau était tiède, soyeuse, les cheveux de Leah brillaient comme une otarie lorsqu'elle sautait de mes épaules dans les énormes vagues qu'elle suivait jusqu'à la plage où elles se brisaient. Je n'ai pas dit grand-chose, mais accepté le réconfort et le plaisir physique de l'acte de nager, porté par le courant, malmené par la marée, bercé par l'océan. Leah avait appris à nager comme un poisson, à pêcher la crevette aussi bien que moi, et elle savait déjà slalomer en ski nautique. Elle devenait une fille des basses terres, et je l'ai serrée fort contre moi pendant que nous nous reposions dans l'eau, à vingt mètres de la plage.

« Regarde, papa, Ledare nous fait signe de rentrer. »

Sur le sable, encore en robe noire avec des perles, mais pieds nus, Ledare nous faisait des grands signes. Lorsque nous l'avons rejointe, elle tenait quelque chose dans sa main. « Betty Sobol vient juste d'apporter ceci. Quelqu'un l'a trouvée sur le terrain de golf. A son avis elle était perdue depuis plusieurs jours. »

Ledare ouvrit sa main, et à l'intérieur se trouvait une minuscule tortue, toute blanche, la plus parfaite albinos que l'on pût voir. Elle ne bougeait pas et Ledare dit : « Betty Sobol pense qu'elle est peut-être morte. Elle se demandait si Leah et toi pourriez l'emmener en eau profonde, loin du bord. Si elle est vivante, à son avis, elle ne résistera pas à ces vagues. »

J'ai pris la tortue dans ma main et je l'ai tenue comme une montre de gousset. « Aucun signe de vie, dis-je.

— Allons la mettre dans l'eau, papa. Aussi loin que possible », dit Leah.

J'ai pris ma fille sur mes épaules, et j'ai marché vers le large, en bandant mes muscles pour résister aux rouleaux. J'ai tendu la tortue à Leah en lui demandant de la tenir bien haut, loin des vagues.

« Même si elle n'est pas vivante, Leah, elle pourra toujours participer à la chaîne alimentaire.

— Génial, papa, de faire partie de la chaîne alimentaire. »

Marcher à contre-courant était fatigant, mais dès que nous avons dépassé les vagues, Leah m'a tendu la tortue inerte. J'ai vérifié encore une fois avant de la plonger dans les eaux tièdes de l'Atlantique. Au bout de quelques secondes, j'ai senti que la tortue bougeait faiblement, puis, comme si le contact était mis, elle a agité ses quatre nageoires et l'instinct de vie a pris le dessus, dans toutes les cellules de son corps.

« Elle est vivante ! » ai-je crié à Leah en libérant la tortue à la surface de l'eau. Puis Leah et moi avons nagé à côté de la tortue albinos qui reprenait ses marques, respira un coup, et disparut. Tout en pataugeant, nous avons vu la minuscule tête blanche émerger encore à deux mètres de nous avant de plonger à nouveau. Nous l'avons suivie jusqu'au moment où je n'avais plus pied. Nous avons alors fait demi-tour, et nagé vers le sable, où Ledare nous attendait.

## Epilogue

L'été suivant, Ledare Ansley et moi nous sommes mariés dans la ville de Rome, et nous avions invité tous ceux que nous aimions pour le mariage. Pendant que nous écrivions le scénario commandé par Mike Hess, nous avions découvert que nous ne pouvions plus vivre l'un sans l'autre. Lorsque je me suis enfin décidé à lui demander de m'épouser, j'ai découvert que Ledare et Leah venaient d'acheter la robe de mariage à Charleston; la liste des invités était prête et l'annonce pour le journal rédigée. La seule personne que l'événement étonna fut moi. Mais j'avais eu le temps de connaître les périls et dangers qui parviennent à ronger les amours les plus fortes. Je voulais être absolument certain.

Je lui ai posé la question pendant une soirée que nous donnions en l'honneur de Jordan Elliott, juste avant son départ pour la prison de Fort Leavenworth où il devait purger sa peine. Il avait été condamné à cinq années de prison pour homicide involontaire et destruction délibérée de biens fédéraux. Le procureur voulait expédier Jordan derrière les barreaux pendant vingt ans, pour meurtre, mais Capers Middleton parvint à un accord après avoir persuadé les autorités fédérales qu'un monastère entier viendrait témoigner que Jordan avait les attributs de la sainteté si l'accusation était maintenue. Le général Rembert Elliott partit s'installer à Kansas afin d'être près de son fils pendant tout le temps de son incarcération. Durant toutes les tractations précédant le procès, le général avait maintenu une attitude constamment et résolument protectrice à l'égard de son fils. Chaque jour, le général Elliott rendait visite à Jordan en prison, et une solide affection se développa entre eux. A leur surprise ravie, ils découvrirent qu'une amitié entre père et fils pouvait effacer toutes les blessures et séquelles d'un passé troublé. Dans les ruines de leur vie, ils s'étaient trouvés mutuellement, ils s'étaient rapprochés et ils avaient pu accepter jusqu'à leurs stupéfiantes différences.

La veille du mariage, le soir, Ledare et moi sommes montés vers le Janicule, d'où nous dominions les brumes de l'antique cité dans le bourdonnement secret de la dernière agitation, avant l'ultime embrasement des collines situées à l'ouest. La dernière soirée à laquelle nous participerions avant d'être mari et femme se préparait en bas, au milieu des petites lumières pâles qui s'allumaient successivement dans les divers quartiers de la ville. J'avais décidé que le Janicule était l'endroit approprié pour remettre la lettre de Shyla à Ledare. Cette lettre exposait en termes clairs, précis, un certain nombre de choses dont je savais que je ne trouverais pas le moyen de les expliquer avec mes mots à moi. Dans une salle de tribunal, il y avait très longtemps, cette lettre m'avait valu le droit d'élever ma fille, après le procès que les Fox m'avaient intenté pour obtenir la garde de leur petite-fille. J'en avais été touché profondément, aveuglément. Elle m'avait révélé que j'avais une fois dans ma vie vécu une passion que peu d'hommes et de femmes ont le privilège de connaître. C'est pour cette raison que j'avais pu laisser Shyla partir, mais sans jamais lui dire adieu. Aujourd'hui, à la veille de mon mariage avec Ledare, j'avais besoin d'en finir et de laisser l'amour de Ledare faire son œuvre lénifiante sur mon cœur blessé de sudiste.

« La voilà donc, la fameuse lettre, dit Ledare lorsque je lui tendis l'enveloppe.

— Elle est à la hauteur de sa réputation, dis-je. Tu verras.

— Qui l'a lue ?

— La cour de Caroline du Sud, et toi à présent, dis-je. Je n'ai pas l'intention de la donner à Leah avant un moment. Elle a subi assez de choses dans l'immédiat.

— Je suis déjà assez jalouse de Shyla et toi, de tout ce que je pense que vous avez partagé, dit Ledare. Est-ce que cette lecture va empirer les choses ?

— Elle va les expliquer. Une partie de cette lettre te concerne.

— Moi ?

— Tu verras. »

Ledare sortit la lettre de l'enveloppe, délicatement. Elle avait été écrite à la hâte, et il lui fallut un certain temps pour apprivoiser les idiosyncrasies de la calligraphie tourmentée de Shyla.

« Cher Jack,

« Les choses ne devraient pas se terminer ainsi, mais il le faut, mon amour, je te jure qu'il le faut. Te souviens-tu de cette première nuit où nous sommes tombés amoureux, la nuit où la maison a sombré dans la mer et où nous avons appris que nos mains ne pourraient plus se passer du contact de la peau de l'autre ? A l'époque, nous ne pouvions imaginer aimer personne d'autre, à cause du feu que nous venions d'allumer. Te souviens-tu de la nuit où nous avons conçu Leah, dans une chambre du dernier étage de l'hôtel Raphaël, à Rome ? Ce fut pour moi la plus belle, parce que nous voulions tous les deux un enfant, parce que nous transformions toute la folie et le désespoir de nos vies en une chose porteuse d'espoir entre nous. Quand toi et moi nous allions bien, Jack, nous pouvions embraser le monde entier avec nos corps et le rendre parfait.

« Je ne t'ai pas dit pourquoi je vous quittais, toi et Leah, Jack, mais je te le dis maintenant. La folie de nouveau. Et cette fois, c'est trop. La dame est revenue. La dame aux pièces d'or, celle dont je te parlais lorsque nous étions gosses. Quand j'étais enfant, elle venait seulement me regarder, prendre pitié de moi, mais cette fois, elle est revenue cruelle. Cette fois, elle parlait avec les voix des Allemands, elle me crachait au visage parce que j'étais juive. Petite fille, Jack, je ne supportais pas ce que mes parents avaient enduré. Leur souffrance me touchait comme rien d'autre ne m'a jamais touchée. Je m'éveillais chaque matin avec leur chagrin muet, leur guerre avec le monde qu'aucun mot ne saurait expliquer. Je portais leur douleur en moi, à la façon d'une enfant. Je m'en nourrissais, je m'en délectais, je la laissais courir dans mes veines comme des fragments de verre, de cristal. Jamais je n'ai eu la force d'assumer la terrifiante histoire de mes parents. Ce qu'ils ont enduré me torture, m'émeut, m'enrage d'impuissance.

« La dame aux pièces d'or me réclame à présent, Jack, et je ne peux résister à sa voix. Je n'ai pas de pièces d'or cousues dans les boutons de ma robe pour acheter mon évasion, payer quelqu'un. Les camps m'appellent, Jack. Mon tatouage est frais et le long voyage en wagon à bestiaux achevé. Je rêve de Zyklon B. Il me faut suivre la voix, et lorsque je sauterai de ce pont, Jack, j'irai simplement rejoindre dans les fosses les corps affamés et brisés de six millions de Juifs, me mêler à eux faute de pouvoir les empêcher de me hanter. Les corps de mon père et de ma mère gisent parmi ces Juifs massacrés, et eux n'eurent pas la chance de mourir. Dans ces fosses, auxquelles j'ai toujours pensé que j'appartenais, je prendrai ma juste place. Je serai la Juive qui arrache les dents en or dans la bouche des morts, la Juive qui offre son corps amaigri pour fabriquer le savon qui lavera le corps des soldats du Reich pendant qu'ils se battent sur le front russe. C'est de la folie, Jack, mais c'est une réalité. Ce qu'il y a de plus vrai en moi, et je demande ton pardon.

« Mais, Jack, Jack chéri, mon bon Jack — comment puis-je vous laisser, Leah et toi ? Comment parler de mon amour pour vous deux à la dame aux piè-

910

ces d'or ? Mais elle ne veut pas mon amour, elle veut ma vie. Sa voix est si persuasive, dans sa brutale douceur, elle connaît bien son affaire. Elle sait que je ne peux aimer personne quand mon pays est le pays de la falsification, de l'obsession, des larmes, des gens brisés.

« C'est le mieux, Jack, le mieux pour moi. Quand je serai partie, s'il te plaît, parle de moi à Leah. Raconte-lui tous les bons moments. Elève-la bien. Aime-la pour nous deux. Chéris-la comme je l'aurais chérie. Trouve la mère en toi, Jack. Elle est là, et c'est une bonne mère, et je compte sur toi pour l'honorer et élever Leah avec cette part douce et tendre de toi. Fais le travail que j'étais censée faire, Jack, et ne laisse personne t'en empêcher. Honore-moi et souviens-toi de moi à travers l'adoration de notre enfant.

« Et puis, Jack, Jack chéri, tu rencontreras une autre femme, un jour. J'aime déjà cette femme, je la chéris, je la respecte, je l'envie. Elle a mon homme chéri, et j'aurais combattu n'importe quelle femme au monde qui aurait tenté de t'enlever à moi. Dis-le-lui, et parle-lui de moi.

« Mais dis-lui ceci, Jack, dis-lui ce que je vais te dire, et que je veux que tu écoutes.

« Je t'attends, Jack. Je t'attends dans cette maison que la mer a engloutie le premier soir où nous nous sommes aimés, lorsque nous avons su que nos destinées s'étaient croisées. Aime-la bien, sois-lui fidèle, mais dis-lui que je tiens cette maison prête pour ton arrivée. C'est là que je t'attends déjà, Jack, tandis que tu lis cette lettre. Cette maison est sous la mer, les anges planent dans les coins et sont aux aguets derrière les placards. Je t'écouterai frapper, et je t'ouvrirai la porte, et je t'entraînerai vers cette pièce où nous avons dansé la musique de l'été, où nous nous sommes embrassés, couchés sur le tapis, où je t'ai mis au défi de tomber amoureux de moi.

« Epouse une femme bien, Jack, mais qu'elle ne soit pas bien au point que tu n'aies plus envie de me revenir, dans notre maison sous la mer. J'espère qu'elle sera jolie, j'espère qu'elle aimera notre fille autant que je l'aurais aimée. Mais dis-lui que je ne renonce pas complètement à toi, Jack. Je lui permets de t'emprunter un moment. Je m'en vais aujourd'hui, mais je t'attendrai, chéri, dans cette maison engloutie.

« Je te le demande, Jack, c'est la dernière requête de mon âme et de l'amour impérissable que j'ai pour toi, épouse une femme fabuleuse, mais dis-lui que je suis celle qui t'a appris à danser. Dis-lui que tu dois garder la dernière danse pour moi.

Oh, chéri
Shyla. »

Ledare lut la lettre trois fois avant de la plier soigneusement pour me la rendre. Pendant plusieurs secondes elle ne dit rien, essayant de retenir ses larmes.

« Je ne peux pas t'aimer comme t'aimait Shyla, Jack, finit-elle par dire. Je ne suis pas faite de cette façon.

— Te montrer cette lettre était une erreur.

— Non, dit-elle en prenant ma main pour l'embrasser. C'est une très belle lettre, déchirante. En tant que future épouse je la trouve un peu intimidante. Sans réponse possible.

— Moi aussi, dis-je. D'une certaine façon, j'ai été prisonnier de cette lettre. Je pleurais chaque fois que je la lisais. J'ai cessé de pleurer il y a peut-être deux ans.

— Descendons maintenant, et profitons de la vie, Jack, dit Ledare. Aimons-nous aussi bien que nous pourrons. Mais Shyla aura la dernière danse. Elle l'a méritée. »

Jordan avait envoyé une longue lettre depuis sa prison de Leavenworth, pour bénir notre mariage et promettre de dire une messe pour nous le même jour aux Etats-Unis. Il avait appris que les cellules ne lui faisaient pas peur et que la discipline des prisons lui semblait presque souple, après avoir observé si longtemps les règles sévères de la Trappe. Il m'avait expliqué dans une lettre le sacerdoce que les autorités pénitentiaires lui permettaient d'exercer en prison, et les cours de théologie et de philosophie qu'il était autorisé à faire aux détenus. Il disait qu'il souffrait pour l'humanité de voir tant d'hommes en si grande et si permanente détresse, et qu'il était atterré de constater que si peu d'entre eux savaient prier pour demander à être soulagés de leur souffrance. Ce n'est pas tant le fait que les autres détenus fussent des hommes sans Dieu qui gênait Jordan, que le fait que leur foi en Dieu leur apportait si peu de réconfort. Ils lui parlaient du néant abrutissant de leur vie d'Américains. Leur intelligence était à l'abandon, en friche. L'absence de rêve rendait leurs yeux vides, fermés. Jordan n'avait jamais rencontré d'hommes en tel manque de conseils spirituels.

Dans une de ses lettres, il disait être très heureux. Sa vie en prison l'avait replongé dans le monde, et avait renforcé son engagement de prêtre. Sa vocation s'en trouvait confirmée et fortifiée. Il avait transformé Leavenworth en aile de son monastère et sensibilisé nombre de ses codétenus à l'étrange beauté radieuse d'une solitude voulue de trappiste. Jordan écrivait qu'il priait souvent et s'efforçait d'expier le crime commis du temps de sa fougueuse jeunesse, alors qu'à l'instar du pays entier, il s'était démantelé, comme lorsque les coutures principales qui tiennent un vêtement se rompent. Chaque jour il priait pour le repos de l'âme du jeune homme et de la jeune femme qu'il avait tués accidentellement, mais tués cependant. Il nous envoyait aussi son amour et sa bénédiction, et sollicitait le droit de nous marier de nouveau lorsqu'il sortirait de prison.

J'ai répondu par retour que Ledare et moi ne nous considérerions comme vraiment mariés que lorsqu'il aurait béni personnellement notre union.

Le lendemain, le matin du mariage, Leah et moi avons quitté la Piazza Farnese pour une promenade dans l'ocre éblouissant des rues de la ville où elle avait vécu la plus grande partie de son enfance. Je désirais une dernière matinée seul avec ma fille, ce que Ledare avait parfaitement compris. Lorsque tout allait bien, songeais-je en marchant main dans la main avec Leah, l'amour entre nous recelait des éléments de tendresse, de confiance et de secrète osmose qui le rendaient différent de toutes les autres formes d'amour.

Après avoir entendu les histoires de George et Ruth Fox, je me surprenais souvent à regarder Leah en tentant de l'imaginer embarquée dans un wagon à bestiaux, la tête rasée avant d'être expédiée vers les chambres à gaz, ou ses petites mains levées de terreur tandis qu'on lui faisait traverser de force un village, jusqu'à une fosse fraîchement creusée où l'attendaient les mitrailleuses. Je me repaissais de la beauté de ma fille, et je savais que je tuerais tous les Allemands de la planète avant de les laisser toucher mon enfant. Je ne supportais pas l'idée que le monde avait pu être un jour assez démoniaque pour traquer et exterminer des enfants comme s'il s'agissait d'insectes ou de vermines. Leah McCall, fille d'une femme juive, eût été un peu de cendres noires accrochées sur les montagnes de Pologne, si elle était née cinquante ans plus tôt, me dis-je en lui serrant plus fort la main.

Mais ce matin-là, j'ai raconté à Leah l'histoire de Ruth Fox et de sa terrifiante survie pendant la Seconde Guerre mondiale. J'ai décrit l'assassinat de la famille de Ruth, sa fuite dans le monde de la résistance catholique, son séjour clandestin dans un couvent jusqu'au jour où le Grand Juif la racheta miraculeusement pour l'amener à Waterford, Caroline du Sud. Pour la première fois, j'ai parlé à Leah de la robe cousue par son arrière-grand-mère pour sa fille Ruth, en lui disant comment cette femme, morte depuis bien longtemps, avait dissimulé huit pièces d'or déguisées en boutons que Ruth devrait utiliser pour acheter sa fuite.

Tandis que nous passions devant les boutiques obscures, j'ai senti de nouveau l'emprise de cette histoire alors que je racontais à Leah comment Ruth avait caché la robe aux pièces d'or derrière un autel où trônait la Vierge Marie, couronnée reine des anges, et comment sa grand-mère avait prié cette femme dont elle savait qu'elle était née juive, deux mille ans plus tôt, en Palestine. Je lui dis que Ruth avait cru toute sa vie que Marie avait entendu et exaucé les prières d'une fillette juive qui demandait son intercession dans une église de la Pologne déchirée par la guerre. Ruth avait baptisé cette statue la dame aux pièces d'or, et cette histoire avait marqué profondément et à jamais Shyla, la mère de Leah.

Sur le Ponte Mazzini, qui traversait le Tibre, j'offris à Leah le collier en or que Shyla avait porté tous les jours de sa vie, sauf le dernier. Dans son testament, Shyla précisait que ce collier devait revenir à Leah lorsqu'elle serait en âge d'entendre son histoire. Elle me faisait confiance pour décider du moment.

« A la fin de la guerre, Ruth avait encore trois pièces dans sa robe. Elle a fait faire un collier avec chacune. Elle porte un de ces colliers. Tante Martha a l'autre. Celui-ci était à ta mère, Leah. Elle y tenait plus qu'à aucune de ses possessions. J'aimerais que tu te souviennes d'elle chaque fois que tu le porteras. Et souviens-toi aussi de l'histoire de ta grand-mère. »

Leah mit le collier de Shyla, et ses épaules ainsi que son cou étaient aussi ravissants que ceux de sa mère. Je commençais à remarquer les premiers signes timides de féminité adulte, et j'en fus à la fois ému et effrayé. Je priai pour que Leah eût la bonne fortune de tomber amoureuse d'un homme radicalement différent de moi, un homme qui serait moins torturé, en proie à un régiment moins fourni de démons, un homme qui aimerait le rire, les mots, et posséderait un peu de talent pour le bonheur et la joie.

« Je le porterai tous les jours de ma vie, papa, dit Leah.

— Ta maman serait ravie, dis-je. Nous ferions bien de rentrer, maintenant. Il faut que tu m'aides à me marier aujourd'hui. »

Leah répondit : « Je suis impatiente. Il est temps que tu me donnes une mère, tu ne crois pas ?

— Si, dis-je. Je suis d'accord. Au fait, Leah. Merci d'être l'enfant que tu es. Tu es la fillette la plus douce, la plus gentille, la plus adorable qu'il m'ait été donné de voir de toute ma vie, et ce du jour où nous t'avons ramenée de l'hôpital jusqu'à aujourd'hui. Je n'y suis pour rien et me suis contenté d'être fasciné et béat d'admiration chaque fois que je te regardais.

— Tu dois bien avoir quelque mérite, papa, dit Leah en observant la pièce d'or de son collier avant de relever les yeux sur moi. Je n'ai pas grandi toute seule. C'est toi qui m'as élevée.

— Ce qui était un vrai plaisir, chérie. »

En fin d'après-midi, notre noce se retrouva sur la colline du Capitole, sur une piazza dessinée par Michel-Ange. Des nuages orageux se formaient, une brise légère des Appenins se fit soudain plus violente, des pages de journal volèrent au-dessus des pavés. Les bans de plus de cinquante couples étaient affichés à l'intérieur des panneaux vitrés qui entouraient un vieux bâtiment, dont une partie était un musée et une autre une chapelle nuptiale. C'est là que les Romains venaient faire légaliser leur mariage par la ville de Rome. Les bans étaient écrits dans une calligraphie prétentieuse, à l'ancienne. Tout autour de nous, en groupes distincts et séparés, de ravissantes mariées romaines, avec leurs fiancés sombres et nerveux, attendaient au milieu de leurs familles radieuses qu'on appelle leur nom dans la piazza surpeuplée. Je me fis la réflexion que l'espèce humaine allait bien, et tentai d'imaginer ce qu'il pouvait y avoir de plus beau qu'une femme, mais en vain. La propagation de l'espèce était un vrai bonheur.

Lorsque nos noms furent enfin appelés, une grande ovation monta parmi nos parents et amis venus à Rome pour la cérémonie. Un vaste et bruyant contingent était arrivé de Waterford la semaine précédente, et je me souvins qu'il n'existait pas au monde de troupe plus indisciplinée qu'un groupe de sudistes en voyage. Ils déplacèrent beaucoup d'air lorsqu'ils pénétrèrent dans la grande salle fleurant le cuir et le velours ancien, mais la majesté des hauts plafonds ramena le silence tandis que nous avancions vers les hommes solennels, élégants et impassibles comme des lamas, qui allaient conduire la cérémonie et en consigner la trace à jamais dans les annales de Rome. Les Caroliniens du Sud se placèrent dans la moitié gauche de la salle, mes amis romains allèrent s'asseoir à droite. L'institutrice de Leah, Suor Rosaria, était là, installée à côté de Paris et Linda Shaw, et elle m'envoya un baiser. Je m'inclinai devant les frères Raskovic, saluai le maître d'hôtel Freddie qui avait déserté le Da Fortunato à midi pour assister à la cérémonie. Plusieurs des médecins qui m'avaient soigné après l'attentat de l'aéroport étaient aussi présents. Marcella Hazan et son mari étaient venus de Venise, Giuliano Bugialli avait pris sa voiture après le dernier cours de cuisine qu'il donnait à Florence. Des journalistes et des grands chefs étaient venus en groupe célébrer le mariage d'un pair. Un coup d'œil silencieux me permit de compter au moins trente livres de cuisine. Si une bombe explosait, la face de la gastronomie de la moitié du monde en serait changée.

Ledare envoya des baisers à notre petit contingent venu de Caroline du Sud. Mes frères et leurs familles étaient arrivés deux semaines plus tôt et avaient fait un tour complet de l'Italie, concocté par mes soins. La mère de Ledare suscita quelques sourires dans l'aile romaine lorsqu'elle leva un doigt dans leur direction en nasillant : « *Ciao*, tout le monde. » Son mari et elle avaient amené les enfants de Ledare et Capers. Le Grand Juif était là avec sa femme, Esther, accompagnés de Silas et Ginny Penn, dont la hanche cassée s'était subitement et miraculeusement remise. A Rome, elle fit la tête parce qu'elle pensait que les Italiens parlaient une langue étrangère dans le seul but de se distinguer et de l'agacer. Le Dr Pitts s'installa au fond, avec Celestine Elliott qui n'avait toujours pas adressé la parole à son mari, à cause du rôle qu'il avait joué dans l'emprisonnement de Jordan. Trois des amies d'université de Ledare étaient là avec leurs maris. Mike arriva en retard, amenant avec lui l'actrice à l'époustouflante beauté, Saundra Scott, qui deviendrait sa cinquième femme. La sœur de Shyla, Martha, était au premier rang avec son fiancé d'Atlanta.

Mon père, qui n'était pas présent, avait envoyé un mot : « ... Je suis toujours alcoolique, et ne cesserai sans doute jamais de boire. Je n'y arrive pas, Jack, Ledare, et je n'ai pas d'excuses. A part que je ne peux pas. Mon cadeau de mariage est que je ne vous ferai pas honte le jour de votre mariage. C'est ce que je peux vous offrir de mieux. »

Le magistrat qui officiait s'éclaircit la voix avant d'annoncer que la cérémonie allait commencer. Leah vint près de nous en tenant un bouquet de fleurs. Elle avait une robe de soie blanche et ses longs cheveux noirs brillaient comme une flamme sombre sur ses épaules. Sur sa gorge nue étincelait le collier de Shyla et le profil du tsar Nicolas était aussi aigu que les clavicules de Leah.

Je me suis penché pour l'embrasser et j'ai eu la surprise de sentir des larmes sur ses joues. « Pourquoi pleures-tu ?

— Parce que je suis heureuse, idiot », dit Leah.

Ledare et moi prîmes place dans deux grands fauteuils finement sculptés et dorés. A nos côtés se trouvaient nos témoins dont le choix avait donné lieu à bien des controverses.

Nous avions choisi George et Ruth Fox, et lorsque les deux familles avaient élevé des objections, nous avions répondu que la décision était irrévocable.

L'idée était venue de Ledare, et j'en avais eu les larmes aux yeux quand elle m'en avait parlé. Ledare avait depuis toujours le sens du geste adéquat et de l'instant de grâce. Elle sut voir dans nos deux vies le terrible, l'ineffable besoin de réconciliation et d'apaisement. J'avais raconté à Ledare ce que les Fox avaient enduré pendant la guerre, et ma tristesse de l'avoir su si tard. En demandant à la mère de Shyla d'être son témoin, Ledare pensait faire une déclaration d'amour absolu à Leah. Ma démarche envers George Fox panserait peut-être les vieilles blessures entre nous. C'était aussi une façon d'inclure Shyla dans cet événement, en rappelant à chacun la longue et triste histoire qui avait conduit à cet instant merveilleux où Ledare et moi nous sommes engagés l'un envers l'autre pour le reste de notre vie.

A l'instant où nous fûmes déclarés mari et femme, nos amis et parents se levèrent pour nous acclamer, tandis que j'embrassais Ledare.

Tout le monde s'en revint ensuite à la Piazza Farnese, où se tenait la réception de mariage, sur les terrasses de mon appartement, mes frères ayant apporté des bandes entières de musique de Caroline du Sud, la musique de nos étés, la *beach music* chère à nos cœurs. Les Romains apprirent à danser le shag, cette nuit-là, et la fête dura jusqu'à deux heures du matin. Dans un admirable effort de diplomatie, Dallas, Dupree et Tee avaient eu le bon goût de ne pas passer « Save the Last Dance for Me ». En revanche, une fois rentrés en Caroline du Sud, ils clamèrent partout qu'ils avaient introduit la *beach music* en Italie.

J'étais en train de servir du cognac aux derniers invités lorsque Ledare vint me dire qu'elle allait avec ses enfants reconduire ses parents à l'hôtel Hassler. Je lui proposai de venir aussi, mais elle me montra tous les gens qui s'attardaient encore dans le salon en disant qu'elle devait aller mettre ses parents au lit. Tous les deux avaient bu trop de vin italien, et mon frère Dupree avait proposé de prendre le volant, et puis John Hardin avait envie de faire un tour.

« Mais cette nuit est notre nuit de noces, dis-je tandis qu'elle se mettait sur la pointe des pieds pour m'embrasser.

— Je te réveillerai, promit-elle.

— Je ne dormirai pas, dis-je. Je veux voir le lever du soleil. »

Elle sourit. « Tu as pris une excellente décision.

— La meilleure de ma vie.

— Je ne te le fais pas dire.

— C'est pourquoi je t'ai offert cet anneau, dis-je en regardant son alliance.

— Et pourquoi je l'ai accepté. »

Lorsque la fête fut enfin terminée, je ressortis sur la terrasse et contemplai la ville bise, aux mille ruelles. La nuit, elle semblait sculptée dans le sucre brun. En bas, sur la piazza, les deux fontaines conversaient dans la jolie langue des jets d'eau. Je tenais à remercier la ville de Rome pour m'avoir apaisé, manié avec des gants de velours lorsque j'étais brisé intérieurement. Rome m'avait enseigné que la beauté seule suffisait parfois ; elle m'avait abrité, soigné, remis sur pied. Je cherchai des mots de remerciement pour la ville entière et contemplai, par-delà les toits, les lumières qui brillaient sur l'avenue longeant le Tibre, en me disant que j'écrirais un jour une lettre d'amour à Rome, qui contiendrait tous les compliments et les mercis que je ne savais pas exprimer aujourd'hui. Il y eut du bruit dans mon dos et je me retournai.

« Je croyais que tu étais partie te coucher, dis-je.

— J'étais trop excitée pour dormir », dit-elle en me prenant la main. Nous avons admiré la piazza, spacieuse et belle, ma fille et moi qui avions vécu là si longtemps. Je leur devais tant, à cette enfant et à cette ville, et je me rendais compte que les mots n'étaient parfois rien de plus que des notes inscrites au plus profond de soi, lorsqu'on se bat pour exprimer la splendeur, et la magie, et l'inéluctable désarroi que l'on éprouve aux heures fugitives du doute.

« On a longtemps été rien que tous les deux, Leah, dis-je tandis qu'une voiture passait dans la nuit.

— Trop longtemps, papa, dit-elle.

— On était comme Tonto et le Ranger solitaire.

— Mieux que ça.

— Je suis d'accord.

— Papa.

— Oui, chérie.

— Je n'ai pas pu m'empêcher de penser à maman, dit-elle. Je me sentais coupable d'être vraiment heureuse pour Ledare et toi.

— Il ne faut pas te sentir coupable. Moi aussi, j'ai pensé à elle toute la journée.

— Pourquoi?

— Parce que j'avais envie de lui raconter tout le mariage, dis-je. Nous parlions toujours de tout. Je voulais qu'elle soit au courant pour toi, moi, Ledare.

— Qu'est-ce que tu lui dirais, papa?

— Qu'à mon avis tout allait bien se passer.

— Mieux que bien. Ce sera formidable. Nous serons une famille.

— Tu en as toujours eu envie, n'est-ce pas?

— Hum. Mais c'était plus pour toi que pour moi. Tu étais tellement seul, papa. Je ne supportais pas que tu sois aussi seul.

— J'aurais dû mieux le cacher.

— Personne d'autre que moi ne savait. Mais n'oublie pas : je suis ta fille. Il n'y a pas grand-chose que je ne sache de toi. »

Une voiture s'arrêta devant notre immeuble. Ledare en descendit, avec mes frères. Dupree et John Hardin se déshabillèrent et grimpèrent en slip dans la grande fontaine où ils se mirent à nager, Dupree sous l'eau et John Hardin en dos crawlé. Leah me lâcha la main et courut rejoindre Ledare qui tenait les vêtements.

Je riais tout seul en regardant mes frères s'offrir cette baignade interdite. Tee et Dallas sortirent par la porte avec Leah, et Tee plongea dans l'eau sans même ôter son costume. Leah le rejoignit dans sa belle robe blanche. Je regardais cette scène se dérouler dans un monde qui me semblait à la fois lointain et très cher.

Je m'échappai en douceur dans ce monde de rêve où se déroulerait le reste de ma vie. J'avais tant de raisons de me dire reconnaissant...

J'aurais aimé que mon père et ma mère fussent là pour partager cette soirée avec moi. J'adressai une prière à Lucy en la remerciant de m'avoir aimé de son mieux. Elle m'avait chéri à sa façon, et grâce à elle je m'étais senti comme un prince dans une ville qui s'était jadis moquée d'elle. Je remerciai mes frères, mes amis, ma ville, mon pays, mon amour de la bonne chère, des voyages, des endroits inconnus.

Il y avait une plénitude dans ma vie que je découvrais seulement. J'étais arrivé à Rome blessé, hanté par Shyla, et je savais à présent qu'il existait pires situations.

J'entendais les rires de ceux que j'aimais, en bas, sur la piazza. Je remerciai le monde de me les avoir donnés. Puis je m'abandonnai une dernière fois à Shyla Fox. Je la laissai m'envahir et me pardonner mon bonheur.

Je la remerciai intérieurement et m'excusai de devoir la quitter maintenant. Sans parler tout haut, je lui dis que je lui avais été aussi fidèle que je pouvais l'être, que jamais je ne l'aurais quittée, quelles que fussent la cruauté de sa souffrance et la permanence de ses blessures. Je fermai les yeux et l'incurable besoin de Shyla m'envahit de nouveau, mon amour pour cette fille qui empruntait les voies secrètes et feuillues d'un chêne pour me rejoindre, qui redessina mon univers entier en m'ouvrant son âme et son cœur.

« Jack ! » entendis-je, et cette voix qui m'appelait était celle de ma femme. La surprise passée, en regardant en bas, je vis que Ledare avait rejoint sa nouvelle famille dans la fontaine éblouissante. Elle avait toujours été une très belle nageuse et glissait dans l'eau à côté de Leah. Sa robe de mariée lui collait au corps et mes frères ainsi que ma fille me firent signe de descendre. J'aperçus un scintillement sur ma main gauche et découvris avec surprise qu'elle était définitivement différente avec la bague que Ledare avait achetée et passée à mon doigt ce jour. Je caressai la bague toute neuve, qui ressemblait beaucoup à une vie toute neuve.

Avant de rejoindre Ledare et les autres, je me souvins de mon rendez-vous et souris, sachant qu'un jour Shyla et moi serions réunis. Parce qu'elle l'avait promis et parce qu'elle m'avait appris à honorer l'éminence de la magie dans son fragile drame humain, je savais qu'elle m'attendait, patiente, espérant cette danse qui durerait toujours, dans une maison quelque part sous l'océan immense et brillant.

# REMERCIEMENTS

Je remercie tout particulièrement :

SUSANNAH ANSLEY CONROY, ma plus jeune fille, le grand cadeau qui illumine ma maturité et que j'aime de tout mon cœur.

TIM BELK, ami pour la vie, pianiste, homme du Sud à San Francisco.

DOUG MARLETTE, mon ami « Kudzu », qui m'a montré que les artistes jouent toujours avec le feu.

Le romancier MICHAEL MEWSHAW et LINDA KERBY MEW-SHAW, qui m'ont enseigné le sens de l'hospitalité et à qui je dois la magie de mes années romaines.

Le Dr MARION O'NEILL, qui sauve les vies et habite Hilton Head Island.

NAN TALESE, brillante et ravissante, mon éditeur. Je souhaite à tous les écrivains de bénéficier d'une semblable collaboration.

JULIAN BACH, mon agent, ultime grand monsieur; MARLY RUSOFF, mon vieil ami du Minnesota, l'un des grands amours de ma vie. Le colonel JOSEPH WESTER JONES, Jr., et JEAN GAULDIN JONES de Newbern, Tennessee, pour leur générosité, leur courage, leur classe.

Ainsi que leur fils, le capitaine JOSEPH W. JONES III, héros américain, mort au Viêtnam, père de mes deux filles aînées, qui n'eut pas le temps de les voir grandir et devenir d'adorables jeunes femmes.

et aussi :

Lenore et les enfants, Jessica, Melissa, Megan, Gregory, et Emily.

Melinda et Jackson Marlette, Betty Roberts, Margaret Holly, Dennis Adams, Nuri Lindberg, Jane et Stan Lefco, Eugene Norris, Bill Dufford, Sallie et Dana Sinkler, Sylvia Peto, Sigmund et Frances Graubart, Cliff et Cynthia Graubart, Anne Rivers et Heyward Siddons, Terry et Tommie Kay, Mary Wilson et Gregg Smith, Bill et Trish McCann, Joseph et Kathleen Alioto, Yanek et Mary Chiu, Henry et Liselle Matheson, Elayne Scott, Brooke Brunson, Carol Tuynman, Joy Hager, Ann Torrago, Bea Belk, Sonny et Katie Rawls, Diane Marcus, Sandee Yuen, Jesse Cohen, Stephen Rubin, Bill et Lynne Kovach, Herb et Gert Gurewitz, Steve, Riva, Peter, Ann et Jonathan Rosenfield, Rachel Resnick, Dick et Patsy Lowry, les habitants de Fripp Island, les familles et les enseignants du couvent du Sacré-Cœur de San Francisco, les Sobol, les Pollak, les O'Hearn, les Nisbet, les Harper de Floride, les Gillepsie de Jacksonville, ma famille par alliance, Jean, Janice, Teri et Bobby, ainsi que ma nièce Rachel, mes neveux Willie et Michael. Plus un affectueux salut à ma première petite-fille, Elise Michelle.

## NOTE AU LECTEUR

J'exprime ma reconnaissance à ceux qui ont rendu ce livre possible en partageant avec moi leurs souvenirs et leur expérience de l'Holocauste :

Martha Popowski Berlin, dont les parents, Henry et Paula, survécurent à l'Holocauste. Martha qui m'a aidé à entamer le voyage qui aboutit à ce livre. Le Centre de la Communauté Juive d'Atlanta, les Enfants Survivants de l'Holocauste, Atlanta. Le Centre de l'Holocauste de Californie du Nord, les familles Lourie et Friedman, qui m'ont invité à leur réunion de famille à Charleston. Je remercie aussi les nombreuses familles juives d'Atlanta qui ont bien voulu me raconter leur histoire, à moi ou à mon assistante, Myriam Karp. Je salue Old New York Bookshop pour avoir publié la traduction anglaise, par Sigmund Graubart, du pamphlet écrit en hébreu par Abraham Liebesman : *Pendant l'administration russe : avec les Juifs de Stanislavov, du temps de l'Holocauste.*

Composition réalisée par EURONUMÉRIQUE

*Imprimé en France sur Presse Offset par*

**BRODARD & TAUPIN**

GROUPE CPI

La Flèche (Sarthe).
N° d'imprimeur : 8069 – Dépôt légal Edit. 13107-07/2001
LIBRAIRIE GÉNÉRALE FRANÇAISE – 43, quai de Grenelle – 75015 Paris.

ISBN : 2 – 253 – 14451 - 7